村山吉廣教授古稀記念
中國古典學論集

題字　平形精逸

村山吉廣教授　近影

序

早稻田大學教授村山吉廣先生是中國學術界熟知的日本漢學家之一。他的論著近年相繼譯爲中文在中國發表，廣爲傳播，很受中國學者重視，一時洛陽紙貴。他幾十年來研究古代文化典籍，成果累累；致力于學術研究的組織領導工作，也成績昭然。對此，中國學者表示由衷的敬佩。

村山吉廣先生領導的中國古典研究會，是在日本國内外都很有影響的學術組織，所研究的漢學，廣涉中國的經、史、子、集，這和中國現代學者傳統文化研究的内容，大多是相同的。因此，對日本漢學家的這些研究，我們感到十分親切，而日本漢學家研究内容的廣博和深入，都可以供我們借鑒，在選題的角度和方法論方面給我們以啓發，願意與日本學者進行討論和合作。

村山吉廣先生在二十世紀七十年代創建日本詩經學會，比中國成立全國性的詩經學術社團早二十年。二十年來，他團結了日本的詩經學者，組織學術研究，培養新生力量，使日本的詩經學研究日益發展。中國詩經學會成立後，便與日本詩經學會成爲親密的兄弟學會，爲加强兩國文化交流，特聘村山吉廣先生爲中國詩經學會顧問。他帶領博士研究生多次來華，參加詩經學術會議。一九九七年兩會共同發起籌辦第三屆詩經國際學術研討會，在中國桂林市成功舉行，這是一次高層次高規格的大型國際學術盛會，也是中日文化交流與合作的成功範例。村山先生推進國際文化交流的功績，是會記載于學術史册的。

村山吉廣先生的學術研究是多方面的，僅就詩經學研究而言，成績相當突出。在中國經學史上，傳統理論認爲明代學術空疏，學術史敍述簡略。村山先生致力于明代詩經學研究，寫出系列論文，使學術界對明代詩經學有了新的認識和評價。經他和其他學者的共同努力，已經可以改寫這一段學術史。他近年又致力于淸末民初詩經學著述的鈎沉發微，塡補由傳統詩經學向現代詩經學過渡的這一階段的內容，也具有開拓性的價値。爲表彰他的學術貢獻，中國詩經學會一九九九年舉辦的首屆學術研究成果評獎，授予村山吉廣先生以特別榮譽奬。這項光榮，他是當之無愧的。

村山吉廣先生與老朽多年相交。一九九五年他來華訪問、講學，我有幸在寒舍接待他。一九九八年我來日本訪問、講學，承他在東京舉行歡迎會，幷同游東京名勝。他爲人眞誠謹信、溫柔敦厚，是我的好朋友。欣値他的紀念文集出版，謹序如上。

夏　傳　才

一九九九年十月于思無邪齋

序

村山吉廣教授と相識ったのは、昭和三十五・六年の頃だったかと思う。當時、日本中國學會の關東地區に屬する各大學の、若手の研究者が集って、「土曜談話會」という研究會を作っていた。今は亡き安居香山、山井湧、頼惟勤、前野直彬などという、助手・助教授クラスの〝青年將校〟をリーダーとして氣鋭相寄り、それは活發な研究會であった。村山教授は當時たしか早稲田の院生で、御入會早々の日光での夏季合宿の折、夜を徹して議論を闘わせたことなど、記憶に鮮明である。今でもお變りないが、長身痩軀、ハイ・トーンの含み聲で、實に若々しく、溫順《おとな》しい中に鋭いものを祕めている風であった。

それから何年、學會の〝青年將校〟たちも年を重ねて、次々に役員にもなり、重きを爲していった。村山教授も、目加田誠理事長の下で幹事を務めたのを皮切りに、評議員、理事、監事、學術專門委員、と歴任され、今や重鎭として學會に臨むとともに、研究に教育に精力的に活躍されている。全國を驅け廻っての調査活動は他の追隨を許さず、「フット・ワークの村山」の稱は鳴り響いている。ことにイギリスや中國への在外研究時の活動は目覺ましく、その體驗は名筆によって珠玉の隨筆となっている。

御研究の方面では、清朝考證學を基盤として江戸の漢學などにも及ぶ幅廣い分野を手がけられ、中でも目加田誠博士の衣鉢を繼いだ「詩經學」は、研究誌を自ら主宰されて、多くの若手研究者を誘掖・指導しておられる。

このようにお元氣で活躍しておられる村山教授が、このたび古稀を迎えて早稲田大學を勇退されることになった。まことに感慨無きを得ない。ここに知友、門生相い謀って論集を獻呈し、以て記念とし、これからの教授の一層の御活躍を御期待申し上げようという次第である。

私は、村山教授とは出身大學も専攻も同じくはないながら、土曜談話會、日本中國學會などを通して次第に親交を深めていった。平成二年、私が湯島聖堂を管理する財團法人斯文會の理事長を務めるようになった折、教授に評議員をお願いし、平成五年よりは理事、八年には常務理事として會の運營に攜っていただいている。また、聖堂の公開講座の講師も長年お願いして今日に至っている。今では一週に一回以上顏を合わせる親密な間柄である。私がこうして記念論集に序を書く榮を荷うのも、かかる御縁に由るものと思う。

村山教授は若いころ大病をされたという。そのためであろうか、日常を拜察するに、煙草はのまず酒は少し飲み、好き嫌いなく食べ、健康に留意しておられる。古稀とはいえ、まだまだ馬力は相當のものとお見受けする。何とぞ御加餐の上、益ます御活躍くださるようお祈りして筆を擱く。

なお、最後に、和歌をたしなまれる村山教授に、私は拙い漢詩一首を獻げ、以て祝意を表したいと思う。

賀村山吉廣教授躋古稀壽

村山吉廣教授の古稀壽に躋《のぼ》るを賀す

求是西東毎問津　是《ぜ》を西東に求めて毎《つね》に津を問ふ
稻門學舍見長人　稻門の學舍に長人を見る
如今躋得古稀壽　如今躋り得たり　古稀の壽
豈擬安閑老潁濱　豈《あに》擬せんや　安閑として潁濱に老ゆるに

注：長人は、遠くは孔子をいうが、ここでは、背の高い蘇轍に村山教授をなぞらえた。蘇轍は兄軾を凌ぐ名文家で、晩年は許（潁水の濱）に隱居した。號を潁濱ともいう。

平成十一年十月吉日

辱交　石川忠久

目　次

村山吉廣教授自編年譜

村山吉廣教授自編年譜

昭和四年（一九二九）

十二月八日（戸籍では九日）、埼玉縣南埼玉郡粕壁《かすかべ》町内出《うちで》（現在・春日部《かすかべ》市粕壁）に生まれる。父は準造、母はふで。二男四女の末子。曾祖父は神道無念流の逸見《へんみ》思道軒福演。逸見家屋敷門前に中島撫山撰文「逸見先生遺劍藏銘碑」あり。篆額は龜田鶯谷《おうこく》。家業は鋸鍛冶、のちに金物商。命名は刀工郷《ごう》ノ義弘にちなんだもの。母方は舊幸松《こうまつ》村小淵《こぶち》（現・春日部市小淵）にあり、タンス製造業で知られるが、江戸時代以來の指物《さしもの》師の家柄。

昭和十年（一九三五）　七歳

四月、粕壁小學校入學。前年に二・二六事件あり。この年、「日獨防共協定」調印。

昭和十八年（一九四三）　十四歳

三月、小學校高等科一年修了。四月、縣立幸手《さって》實業學校（現・幸手商業高等學校）入學。前々年に太平洋戰爭勃發。この年二月、ガダルカナル島撤退、五月、アッツ島守備隊玉碎。在學中一年次を除き、ほとんど授業なく、農村動員で田植・麥刈・脱穀などに従事し、ついで大宮市の日東水壓工場に入り、潛水艦部品加工のために勞働する。昭和二十年八月の終戰直前には在學中のまま本土防衛軍に編入され、澤田大隊に配備される。

昭和二十三年（一九四八）　十九歳

三月、幸手實業學校卒業。在學中は五年間副級長をつとめる。

四月、縣立春日部高等學校第三學年編入。擔任は國語科で歌人の大熊勇二先生、數學は俳人の佐久間東城先生。

昭和二十四年（一九四九）　二十歳

三月、春日部高等學校卒業。新制度第一回生。

四月、早稲田大學第一文學部史學科東洋史專修入學。

この年、下山事件、松川事件あり、學内外ともに物情騷然。大學構内も大隈庭園・恩賜館など戰災による廢墟のまま。文學部では本間久雄（文學論）、增田綱（英語學）、岡一男（日本文學）、暉峻《てるおか》康隆（日本文學思潮）、土岐《とき》善麿（上代文學）、尾島庄太郎（詩學）、駒井和愛（考古學）、直良《なおら》信夫（先史地理學）、福井康順（東洋思想）、大野實之助《じつのすけ》（中國古典）各先生の指導を受ける。東洋史には清水泰次・松田壽男《ひさお》・根本誠・栗原朋信《とものぶ》の各先生あり。

九月、母ふで病沒。

昭和二十八年（一九五三）　二十四歳

三月、早稲田大學文學部卒業。卒業論文は「兵書の思想史的考察」で栗原朋信先生に提出。なお、これよりさきこの年一月刊の栗原先生『黄河文明』（アジアの歴史文庫・福村書店）の口述筆記を擔當。

同期卒業生には鹿野《かのう》政直（日本近代史）、川村喜一（エジプト考古學）、鈴木啓造（中國上代史）、藤家《ふじいえ》禮之助（宋代史）、三宅祥雅（元東濃高校校長）、佐藤沙羅夫（詩人・「詩の家」主宰）、牛山純一（日本映像センター代表）らの諸君あり。

卒業と同時に大學院進學豫定のところ、直前の健康診斷で、左肺上部に多數の結核小病巣が發見され、入院手術（胸廓成形）を申し渡される。指定された療養所行きを拒否して直ちに自宅療養に入る。卒業式翌日から病臥生活。醫師の示した「安靜三度」の基準を守り、かたわら通院で氣胸《ききょう》療法を受ける。病狀は好轉も惡化もせず、不安な日々を送る。

昭和三十年（一九五五）　二十六歳

療養二年を過ぎ、國内にも抗結核劑による化學療法が普及し、その恩惠を受ける。パス・ヒドラジド・ストレプトマイシンによる三藥併用療法で、次第に病巣石灰化が顯著となる。療養を打切り家業手傳い。連日リヤカーで鐵板・鐵線などの配達をする。當時身長一七八・體重五六・肺活量一五〇〇。

金物屋の徒弟生活と訣別し獨立自活を求め、教員試驗を受け合格するが「結核前歴者は排除する」と申し渡され就職斷念。このころ兄（俳號思水《しすい》）のすすめで俳誌「寒雷」に加わる。加藤楸邨《しゅうそん》・森澄雄氏らと會う。春日部の句會では佐久間東城・榮水《えいみず》朝夫氏の指導を受ける。また大熊勇二先生のすすめで歌誌「塔」に參加。主宰の關田史郎氏（久喜市在住・現在「白樫《しらかし》」主宰）と親交を結ぶ。

昭和三十二年（一九五七）　二十八歳

仕事を探して都内の豫備校をめぐり、代々木學院採點員の職にありつく。以後一枚×圓の採點料を貯めて自立に備える。豫備校では副校長本多正徵氏・國語科事務主任三井蝶子先生の庇護あり。

昭和三十三年（一九五八）　二十九歳

三月、卒業論文の延長上に「孫子の成立について」（四百字×六〇枚）を書きあげ、「史觀」52冊に登載。栗原朋信先生の特段の配慮に依る。學界への處女論文。間もなく當時未知の東北大金谷治教授が雜誌上で激賞していると聞き、大きな勵ましとなる。

四月、早稻田大學大學院文學研究科修士課程（東洋哲學專攻）に進學。上京して新宿區戸山町に下宿する。大學卒業後五年目に當る。社會復歸の喜びを歌に託す。

咲き出でし棕櫚《しゅろ》の梢の花にそそぐ光明るき五月となれり（講談社刊『昭和萬葉集』巻十二所收）

療養から大學院入學に至る間、福井康順・栗田直躬《なおみ》・栗原朋信・大野實之助各先生からの温かい心づかいあり。

下宿は平屋木造の都營住宅の外壁に急造された「差掛《さつか》け」の三疊部屋。冬期の寒氣甚し。上京・入居に支拂った諸費用で所持金ゼロとなり、朝夕採點に沒頭し、赤エンピツ一本で食いつなぐ。

九月、友人松浦友久氏（現・文學部教授）が持時間の半分を分けてくれ、早稻田實業高等學校非常勤講師に採用となる。早實では山口直平教頭（のちに校長）、國語科羽山力《つとむ》先生の知遇を受ける。

昭和三十五年（一九六〇）　三十一歳

三月、修士課程卒業。修士論文「姚際恒《ようさいこう》の學問」（審査は福井康順・栗田直躬兩教授）。

四月、博士課程進學。

同月、早稲田大學附屬工業高等學校（夜間制）非常勤講師就任。博士課程進學を待ち、大野實之助先生が兼擔の持時間を引繼ぐよう取り計らったもの。

昭和三十六年（一九六一）　三十二歳

二月、穴原《あなはら》延一・靜江長女慶子と結婚。新宿區戸山町のちに諏訪町の六疊一間の下宿に住む。專任職なく収入不安定のため、早實・早工のほか、早稲田ゼミナール・早稲田學院・千代田豫備校・新宿セミナー各豫備校講師を兼ね、授業時間は週四二時間に達する。

昭和三十七年（一九六二）　三十三歳

一月、父準造病沒。

十月、日本中國學會第一四回大會で「姚際恒の禮記通論」について發表。池田末利《すえとし》・佐藤震二氏らの厚情を受ける機縁となる。このころ楠山春樹先生の紹介で土曜談話會に參加し、安居《やすい》香山・山井湧・前野直彬・中村璋八・石川忠久・新田大作・田中東竹各氏らと相知る。

昭和三十八年（一九六三）　三十四歳

三月、早稲田大學大學院博士課程修了。

四月、早稲田實業高等學校教諭就任。

昭和三十九年（一九六四）　三十五歳

四月、早稲田大學文學部非常勤講師となる。

十月、オリンピック東京大會開かれる。

昭和四十一年（一九六六）　三十七歳

三月、東京都町田市玉川學園三丁目の新居に轉入。

四月、早稲田大學教育學部非常勤講師兼擔。同學部國文科主任川副《かわぞえ》國基教授の推挽による。「中國文學講義」擔當。

昭和四十二年（一九六七）　三十八歳

三月、長女敦子誕生。

同月、早稲田實業高等學校退職。住宅ローンの返濟などのため大學の非常勤講師と豫備校講師兼擔でフル操業。

蟬の聲滿つる夕に兒の睡《ねむ》るその安らぎよ我は貧しく

（「我は貧しく」抄）

四月、目加田誠先生が九大を退休され、早大へ教授として赴任。以後、先生逝去に至るまで、先生に親近し、指導と恩寵とを蒙る。

昭和四十三年（一九六八）　三十九歳

四月、早稲田大學文學部專任講師囑任。身分が定まりようやく窮乏生活脱出の目途が立つ。

六月、東大安田講堂占據事件などあり、學生運動激化。

昭和四十六年（一九七一）　四十二歳

四月、早稲田大學文學部助教授囑任。目加田誠先生日本中國學會理事長就任に伴い、幹事（事務局長）となり、學會事務一切を擔當。役員會の事務方、全國大會の裏方、學會誌發送・會費徵收の實務あり。

昭和四十八年（一九七三）　四十四歳

四月、第二文學部學生擔當教務副主任囑任。文學部は「川口君事件」後の大混亂のうちにあり、分派多く、全共闘集團も出現。各派の武闘、學生の亂闘絶えず、學部長小山宙丸教授（のちの總長）の下で學內秩序維持のため奔走。深夜に及ぶ「團交」などのため歸宅できない日々多し。

昭和四十九年（一九七四）　四十五歳

三月、目加田誠先生早稲田大學を古稀退休。同時に日本中國學會理事長退任。これに伴い幹事の任務終了。

五月、目加田誠先生の後援を得て、詩經學會創立。代表者となる。先生は退休後も東京郊外荻窪の寓居にあり、しばしば訪問して指教を受ける。この年「詩經研究」（年刊）第一號發行。雜誌は一九九九年現在、二四號に達する。

九月、學生擔當教務副主任任期滿了。この間『中國の思想』（四十七年七月・現代教養文庫・社會思想社刊）、『中國笑話集』（四十七年十二月、同上）、『孫子譯注』（四十八年六月・「中國古典文學大系」4・平凡社刊）等を執筆し、激職激務の重壓解消の一助とする。なお、

『孫子譯注』の執筆擔當は金谷治先生の高配による。

昭和五十年（一九七五）　四十六歳

三月、大野實之助先生古稀退休。これに伴い學生の會「中國古典研究會」會長を引繼ぐ。同時に同名の學外學術研究團體「中國古典研究會」會長も引繼ぐ。前者は學生時代に村瀬敏夫（現・東海大學教授・和歌文學）、松本治久（現・武藏野女子大學教授・平安文學）氏らとともに結成。はじめは「漢文學研究會」と稱したもの。後者はこの會に松浦友久（現・早稻田大學文學部教授・中國文學）、山崎純一（現・櫻美林大學教授・中國哲學）氏らが加わり、協議の結果、大學及び學生の會から完全分離して、廣く中國古典學（哲・文・史・現代文學及び日本漢文學を含む）全般にわたる國際學術研究機關として發足したもの。雜誌「中國古典研究」（年刊）を發行し、一九九九年現在四四號に達する。

四月、早稻田大學在外研究員に選ばれ、ロンドン大學東洋學院（School of Oriental and African Studies 略稱SOAS）に留學。家内と長女を伴いロンドンに渡り、市北郊 Hampstead に居を定める。研究テーマ「イギリス東洋學發展史」。SOASでは客員として圖書館内に研究室を與えられ自由に活動。文獻調査・資料收集に當るほか、中國學の A. C. Graham 教授の「日知錄」講義に出席、日本學教室では「中國笑話文學」等について講演。中國學D. C. Lau（劉殿爵）、P. K. Whiteker, G. F. Weys, 日本學では C. J. Dunn, P. G. O'nill 各教授と交流。當時、SOASで教鞭をとっていた稻垣久雄・現龍谷大學教授（佛教學）、井上英明・現明星大學教授（平安文學）兩先生と親交。下宿先の Dr. Siskin とMr. and Mrs. Ott には終始一方ならぬ厚情を蒙る。滯英中はロンドン近郊はもとより、スコットランド・湖水地方に旅し、夏のバカンスにはスイスに行き、インターラケンに居を定め、ユングフラウ ヨッホ・レマン湖・ベルンなどの風光を鑑賞。

昭和五十一年（一九七六）　四十七歳

三月、一年ぶりにロンドンから歸國。在外研究の成果はその後、「イギリスの東洋學」など八篇の論文として發表。

四月、早稲田大學文學部教授昇任。

七月、次女尚子誕生。

これよりさき學生同好會「早稲田大學空手道極眞會」顧問就任。學生らとともに毎週基本稽古參加。春合宿・夏合宿は輕井澤の追分セミナーハウスで行う。後、初代主將東孝君が空手道大道塾を創設するや、同じく顧問となり、佐藤勝昭氏創設の「空手道佐藤塾同好會」の顧問も依囑される。


　佐藤塾空手同好會の學生西村和之君らと茨城縣潮來町での合宿の折に

利根川の河口の秋に咲き殘る小草が中の文字摺りの
　花
そのかみの常陸蘇城のひとところ雨に向《むか》伏す庭萩の
　花

　(注) 潮來町に古刹長勝寺あり。その鐘樓の鐘の銘に「常陸蘇城」の句を刻む。

昭和五十三年（一九七八）　四十九歳
八月、埼玉縣鷲宮《わしのみや》町、久喜《くき》市兩教育委員會の依頼により久喜市內の中島撫山《ぶざん》藏書整理を行い、撫山の家塾「幸魂教舍《こうこんきょうしゃ》」資料のほか、撫山の師承たる龜田鵬齋《かめだほうさい》關係資料も多數發見、のちの撫山研究・鵬齋研究の端緒となる。
十二月、『撫山中島家藏書目錄』刊行（久喜市・鷲宮町兩教育委員會合同調査報告書第一集）。

昭和五十四年（一九七九）　五十歳
四月、日本中國學會評議員選任。

四月、日本大學藝術學部大學院非常勤講師囑任。科目「中國文學講義」。六十一年度まで八年間出講。

五月、早稲田大學文學部學生擔當教務主任囑任。「自治會再建運動」が擡頭しその矢面に立つ。

八月、激務のため肺炎で倒れ、昭和大學病院に入院。この間に栗原朋信先生逝去。入院中のため葬儀に參列できず。

十二月、筑波大學大學院集中講義。內山知也教授の委

囑による。科目「中國文學研究」（詩經解釋學史上の諸問題）。五十九年度まで六年間出講。受講生に鷲野《わしの》正明・增野弘幸・高橋明郎・中野將・加固《かこ》理一郎・谷口匡らの諸君あり。

昭和五十五年（一九八〇）　五十一歳

九月、學生擔當教務主任任期滿了。

昭和五十六年（一九八一）　五十二歳

四月、日本中國學會理事選任。

六月、大學設置審議會專門委員囑任（文部省）、六十一年まで任期六年。

八月、埼玉縣鷲宮町史編纂室の依賴により町內碑文（漢文體）調查、報告書『鷲宮町の金石文』は翌年三月刊。

昭和五十七年（一九八二）　五十三歳

四月、東洋大學文學部大學院非常勤講師囑任。金岡照光教授の委囑による。科目は「中國哲學研究」「中國哲學特論」（崔述《さいじゅつ》の詩經學）。六十二年度まで六年間出講。受講生に吉田雅子・淺井政喜・三浦理一郎・佐藤博之・横內哲夫・長谷川潤治（派遣研修）らの諸君あり。

十一月、龜田鵬齋碑文探訪のため佐渡に渡り、佐和田町五十里城之下の勵風館《れいふうかん》碑・新穗《にいほ》村矢島家墓碑、小木《おぎ》町の蓮華峯《ぶ》寺碑などを調查して歸る。

秋雨の小木の小比叡《こひえ》の蓮華峯寺は木々みな濡れて夕
暮れにけり

昭和五十八年（一九八三）　五十四歳

二月、學術審議會專門委員囑任（文部省）。

四月、日本中國學會專門委員（＝學術專門委員）選任。

昭和五十九年（一九八四）　五十五歳

二月、『中國の知囊』刊行（讀賣新聞社）。

四月、東京大學文學部非常勤講師囑任。科目「中國文學研究」（詩經概論）擔當。伊藤漱平教授の委囑による。受講生に大西克也・日原傳君らあり。

六月、かねて改築中の自宅完成。入居には佐藤塾空手道の學生諸君の手傳いあり。書齋藏書の配架には嶋崎一郎・內山精也兩君に協力依賴。

昭和六十年（一九八五）　五十六歳

五月、『續・中國の知嚢』刊行（同前）。

七月、南紀における龜田鵬齋碑文調査のため、和歌山縣有田《ありだ》郡廣川町・湯淺町に赴く。大學院生江口尚純君同行。菊池海莊・古碧《こへき》吟社關係資料も收集。垣内《かきうち》貞先生（廣川町南廣小學校長＝當時）、施無畏《せむい》寺住職中島昭憲師らと交流。歸途、單身、熊野をめぐり、新宮に立寄り、「徐福の墓」を弔う。

　木の實植ゑ徐福がここに棲みつくと人の傳へし紀の國の濱

八月、日航機群馬縣御巣鷹山中に墜落し大慘事となる。

九月、北海道大學文學部集中講義。科目「中國哲學」（詩經解釋學史）。伊東倫厚教授の委囑による。期間中に「イギリスの東洋學」について講演。受講生に山際明利・柏原和幸・名畑嘉則・福田忍・志村治らの諸君あり。松川建二・宮本勝・末岡實各氏らと交流。歸京の途次、伊東教授の車で弭和《ゆはず》順氏とともに道南旅遊。

十二月、大學院生江口尚純君を伴い、信州野澤の舊家並木德夫氏宅を訪問、同家舊藏の龜田鵬齋資料調査。更に郷土史家木内寛氏の案内で佐久平の八千穗村に殘る鵬齋・詩佛の筆になる「石敢當」碑を探訪。

　野佛にふり積む雪のやはらかし古道《こどう》の果ての佐久の枯原

昭和六十一年（一九八六）　五十七歳

四月、早稻田大學が校外教育・生涯教育のために發足させたエクステンション講座に「中國古典講義」のクラスを引受ける。

七月、「美濃の漢詩」關係資料收集のため、山田勝弘氏（岐南高校校長＝當時）、三宅祥雅氏（八百津高校校長＝當時）に同行して、郡上《ぐじょう》市方面探訪。

十二月、神奈川近代文學館で講演。題目「中島敦とその家學」（主催中島敦の會・横濱文藝懇話會）。

昭和六十二年（一九八七）　五十八歳

四月、早稻田大學規定に基く「國內留學」適用、六十二年度の出講免除。但し大學院には出講。

昭和六十三年（一九八八）　五十九歳

一月、十日（日）から日本經濟新聞文化欄「名言の内側」（はじめ隔週の日曜日、ついで三週目の日曜日となる）連載開始。

昭和六十四年・平成元年（一九八九）　六十歳

一月、昭和天皇崩御。平成と改元。

三月、學生諸君と早春の中國旅行。濟南・曲阜・泰山をめぐる。

六月、紀行「濟南遊記」（「出版ダイジェスト」一二九八號）あり。

九月、安田火災海上株式會社未來塾（韮崎《にらさき》市）にて「老莊思想について」講演。擔當は同社能力開發部・部長瀬尾俊朗氏。以後八年間、年間二〜三回、定期的に講座を開く。同月、七日出發、河南省安陽市で開かれた「殷墟甲骨文發現九十周年國際學術討論會」に參加。小屯村に赴き、はじめて殷墟を見る。池田末利先生に同行し、齋木哲郎氏と相知る。散會後、單身、鄭州を觀光し、上海を經て歸國。

十月、學會印象記を「傳説を史實に、甲骨文九十年」と題し、日本經濟新聞「文化欄」（十月七日）に發表。のちに九二年七月「東方」一三六號に安陽の思い出を「文峰塔のある町で——古都安陽の風物」と題して掲載。

日本比較文學會の雜誌「比較文學」編集委員に囑任。劍持武彦・柳富子・川本皓嗣・諸坂《もろさか》成利氏らと相知る。

十月十四日、大野實之助先生逝去。山崎純一（櫻美林大學教授）、田口暢穗《のぶお》（鶴見大學教授）、杉本達夫（早稲田大學教授）各氏と高野山に赴き葬送。

平成二年（一九九〇）　六十一歳

三月、還暦祝賀會あり、祝賀を受ける。會場は臺東區鶯谷の「笹乃雪《ささのゆき》」。發起人は田口暢穗・土田健次郎・水野實・鷲野正明の各氏。歌稿「棕櫚の花」頒布。

八月、日本經濟新聞社から、かねて連載中の「名言の内側」が單行本として刊行される（木村尚三郎・外山滋比古兩氏と共著）。

同月、十八日、福井文雅氏の誘いあり、カナダのトロントで開かれた「第33回國際アジア・北アフリカ會議」

に參加。"James Legge and China——mainly on his translation of the Shi jing——"のテーマで發表。同行の高崎直道・神田信夫・西村富美子・筧久美子・村上四男、同夫人・栗原圭介、同夫人・市川愼一・渡邊澄子氏らと親交の機縁が生まれる。閉會後一行の一半の人々とアメリカに向い、ボストン・ウイリアムズバーグ・ワシントン・ニューヨークを巡る。ニューヨークでは單身、五番街のパブリック・ライブラリーに赴き、レッグの詩經英譯に貢獻した王韜《おうとう》の『毛詩集釋』稿本に出會い、その大略を調査。この紀行の記録は「トロント紀行」(『中國古典研究』三五號・九〇年十二月刊)及び「レッグと王韜——稿本『毛詩集釋』の周邊——」(『詩經研究』第一五號・九一年二月刊)として發表。

十月、故大野先生の納骨の儀式に參列するため高野山に登る。弔歌。

師の魂《たま》の命のきはに通ひけむ高野の里に秋は來向ふ

長雨に萎《な》へたる草を踏み立ちて讀經の聲にただに聽き入る。

追悼記「回想・大野實之助」執筆(『中國古典研究』三五號・九〇年十二月刊)。

平成三年(一九九一)　六十二歳

一月、福井康順先生逝去。京都妙法院に赴き葬送。

三月、全國漢文教育學會役員懇親旅行。家内同道にて「雲南の旅」參加。石川忠久・加藤道理・田部井文雄各先生御夫妻も同行。

四月、よみうり文化センター荻窪教室に「漢詩・漢文講座」開講。讀賣新聞本社常務取締役永井正一氏の委囑による。

同月、湯島聖堂「斯文會」の公開講座で「江戸漢學講義」開講。石川忠久理事長の委囑による。

七月、春日部市立圖書館文學教養講座で講演。以後、毎年定期的に開講。

八月、全國漢文教育學會主催「中原の旅」團長として家内同道にて中國旅行。祕書長吉崎一衞氏(現・二松學舍大學教授)。洛陽・三門峽・運城・西安・北京をめぐる。西安では馬嵬坡の楊貴妃墓に故大野先生著

『楊貴妃』を手向ける。同行の丸亀市の廣谷《ひろたに》青石氏（漢詩人）、鎌田孝義氏（元副市長）らと親交。この紀行は「中原紀遊」㊤㊦として「中國古典研究」三六・三七號に登載（九一年十二月／九二年十二月刊）。

十月、日本學術會議東洋學研究連絡委員會委員に委囑される。

十二月、九州大學文學部大學院集中講義。科目は「中國哲學特殊講義」（明清詩經學の展開）。町田三郎教授の委囑による。受講生に楢崎洋一郎君らあり。岡村繁・竹村則行・合山《ごうやま》究《きわむ》・柴田篤・佐藤明・連《れん》清吉各氏と交流。大野城市に隱棲中の目加田先生を訪ねて歡談。講義終了後、單身對馬に渡り、「雨森芳州墓」展墓。淺茅《あさじ》灣にて一首。

　わが影を伴としひとり旅行けり淺茅の海の見ゆる果てまで

平成四年（一九九二）　六十三歳

四月、山口縣油谷《ゆや》町二尊院の「楊貴妃墓」を訪ねる。南陽市立圖書館勤務の藤村聰氏の案内による。

同月、㈱テクモで「中國古典の知恵――孫子の兵法に學ぶ――」について講演。

五月、春日部高校講堂で「中國古典の名言に學ぶ」と題し講演（ＰＴＡ主催）。

十月、日本經濟新聞文化欄連載「名言の内側」終了。

十一月、群馬縣千代田町公會堂で「龜田鵬齋――人と藝術――」講演（町教育委員會主催）。

十二月、『續・名言の内側』〈共著〉出版（日本經濟新聞社刊）。

平成五年（一九九三）　六十四歳

一月、埼玉縣立幸手商業高校で「橘守部《たちばなもりべ》の生涯」について講演（ＰＴＡ主催）。

三月、前年中央公論社刊「婦人公論」十一月號所載の隨筆「歯を病む楊貴妃」が九二年度ベスト・エッセイに選ばれ（日本エッセイストクラブによる）九二度版ベスト・エッセイ集に入ることになる。

五月、靜岡大學教育學部專任講師就任の江口尙純君を靜大に訪問して交歡。

六月、舊知の廣谷・鎌田兩氏を訪ねて香川縣丸龜に旅行。兩氏と共に八栗寺《やくりでら》にて會津八一「鐘銘」を鑑賞。

七月、名古屋大學文學部集中講義。科目「中國哲學」。宇野茂彥教授の委囑による。今鷹眞・野村茂夫氏らと交流。この閒、三重縣菰野《こもの》町の齊藤正和氏宅に參上。齊藤拙堂書畫を拜觀。拙堂撰・山陽朱批の「孫子辨」稿本に出會う。

同月三十一日より全國漢文教育學會主催「長江の旅」團長として出發。武漢より長江を溯上して重慶に達し、以後、景德鎭・廬山・黃山をめぐり八月十二日歸國。祕書長役として吉崎一衞氏・菊池隆雄氏（板橋高校）らあり。同行の戶川芳郎氏（東京大學教授）・入谷仙介氏（山口大學教授）らと交流。家內同道。

平成六年（一九九四）　六十五歲

四月、目加田誠先生、福岡縣大野城市の自宅で逝去。博多に赴き葬送。追悼記「溫トシテソレ玉ノ如シ」を「詩經硏究」第一九號（九四年十二月刊）に登載。

八月、斯文會刊豫定の『神農五千年』に「日本における神農信仰」を擔當。資料收集と遺跡調査のため、高岡・富山・水橋・新潟・須坂・名古屋・京都・大阪・奈良など各地を探訪。

十二月、靜岡大學教育學部集中講義。

平成七年（一九九五）　六十六歲

四月、早稻田大學の在外硏究員に選ばれ、一ヶ年の豫定で中國に留學。北京大學に赴き勺園《しやくえん》五號樓三〇八室に入居。

五月、趙沛霖教授の招きで天津に赴き天津社會科學院で「早稻田大學の歷史と現在」について講演。

六月、同じく天津社會科學院で「士魂商才」と題して講演（要旨は「天津日報」〈六・二十八〉に掲載）。

同月、天津社會科學院で開かれた中外女性文學國際學術硏討會で「井上通女和荻野吟子」について發表。

九月、井澤耕一君（關西大學大學院から留學中）と內蒙古フフホトへ。內蒙古大學訪問。草原で一夜を明かし滿天の星空を仰ぐ。

十月、夏傳才教授の招きで河北省石家莊市に赴き、河北師範學院で「中國傳統文化與日本現代化」について講義。翌日、學生らと「抱犢賽」觀光。

同月、河北師範學院（現在河北師範大學）より名譽教授の稱號を受ける。

同月、李雲九教授の招きで北京より韓國ソウル市に赴き、第五回東洋學國際學術會議に出席。主催は成均館大學校大東文化研究院。「日本詩經學史」について發表。

同月、北京に歸り、北京大學中文系費振剛教授の求めにより中文系教室で「戴君恩《讀風偶識》初探」と題して講義。同月末、北京を離れる。

　丁香《ティンシャン》の甘きかおりの花影に紫淡き戀をするかな

　六月の胡桃青葉の木洩れ陽に本を讀みをり學生も我も

　胡同《ホートン》の楡の葉蔭の木の椅子に刀削面《タオシヤオミエン》を食ひし秋かな（「燕園雜詠抄」）

十一月、一日、北京より上海に着く。復旦大學に迎えられ、南苑專家樓三〇三室に入居。圖書館古籍部主任吳格教授合作にて、高吹萬「詩經藏書」の明代詩經學關係書の研究に專念。

十二月、林慶彰教授の招きで上海より臺北市中央研究院中國文哲史研究所に赴き、「明代經學國際研討會」で「戴君恩《讀風臆評》與陳繼揆《讀風臆補》比較研究」と題して發表。再び香港經由で上海に歸着。

　冬季到臺北來看雨

　羊蹄甲花《ようていこう》咲く冬の臺北のしみじみと降る雨に逢ひたり（注・羊蹄甲、一名インド櫻）

同月、杭州→紹興→寧波旅行。（浙江省圖書館古籍部・文瀾閣・杭州大學・天一閣訪問）元旦は西湖畔で迎え、曉の蘇堤散策。

平成八年（一九九六）　六十七歳

一月、蘇州→大湖觀光。

同月、南京觀光。（南京圖書館古籍部・南京古舊書店探訪）

　南京の夫子《フーズ》廟《ミヤオ》の冬の夜にフツフツ煮えし狗の肉食ふ（「上海雜詠抄」）

二月、嘉興→杭州→湖州→南潯→蘇州→周莊觀光。（煙雨樓・杭州古舊書店・嘉業堂圖書館・蘇州古舊書店・沈萬三故居探訪）

三月、揚州→泰州→泰興→無錫觀光。（揚州古舊書店・泰州博物館・泰興朱東潤故居探訪。吳嘉紀・朱東潤研究資料收集）

四月、一日、一ケ年の在外研究終了。上海より歸國。

　金槌で胡桃を割つて食べてゐる異國の空のひとりのくらし

盆湯弄《ボンタンロン》のいぶせき街を通りけり薄き冬日を眼に追ひながら

徐家滙の天文臺の冬の日の空にひろがる動かざる雲

（「上海雜詠抄」）

在外期間中交流の主な海外人士

○費振剛（北大中文系主任）　陳熙中（北大中文系）　張猛（北大中文系）　褚斌傑（北大中文系）　張玉範（北大圖書館善本室主任）　林被甸（北大圖書館長）　丁世良（北大圖書館研究員）　劉家和（北師大歷史系）　錢遜（清華大中哲系）　王中忱（清華大中文系）　夏傳才（河北師大中文系）　王輝（天津社科院長）　趙沛霖（天津社科院文學院長）　孫綠怡（電視大中文系）　李芒（中國社科院）　孫曉燕（郭沫若故居

○顧易生（復旦大中文系）　章培恆（復旦大古籍所）　陳廣宏（同上）　吳格（復旦大圖書館古籍部主任）　秦曾復（復旦大圖書館長）　王水照（復旦大中文系）　林之豐（同上）　周勛初（南京大中文系）　蕭瑞峯（杭州大中文系）　江澄波（蘇州古舊書店主）

○丁範鎭（成均館大總長）　李雲九（同大大東文化研究院長）

○林慶彰（臺北中央研究院中哲系）　蔡哲茂（同研究院歷史系）　張寶三（臺大中哲系）

在外研究期間の著作

○「日本詩經學史」（『第五回東洋學術會議論文集』所收・成均館大學校大東文化研究院・九五年十二月刊）

○「盛唐の繁榮と玄宗の開元の治」（『中國歷史紀行』

第三巻所收・學習研究社・九六年三月刊）
○「戴君恩《讀風臆評》初探」（『第二屆詩經國際學術研討會論文集』所收・河北大學出版社・九六年六月刊）
○「戴君恩《讀風臆評》與陳繼揆《讀風臆補》比較研究」（『明代經學國際研討會論文集』所收・臺北・中央研究院・九六年六月刊）
○「中國傳統文化與日本現代化」（「河北師範學報」九六年第四期・河北師範學院刊）

同月、日本中國學會理事選任（再任）。

同月、財團法人「斯文會」常務理事昇任。

五月、長女敦子、早川隆祥氏と結婚擧式。

十月、早稲田大學から永年勤續（三十年）の表彰を受ける。

同月、湯島聖堂「斯文會」主催「先儒祭」で文京區大塚先儒墓所において墓前講演「龜田鵬齋——龜田氏三代の儒業」。

十一月、春日部市立圖書館主催「教養講座」で講演「西遊記の世界」。同日、春日部市教育委員會より「市の社會教育に盡した功績」で感謝狀を受ける。

平成九年（一九九七）　六十八歳

四月、二松學舍大學大學院非常勤講師「江戸漢學講義」擔當（本年度のみ）。

八月、第三屆詩經國際學術研討會に參加のため、中國桂林に赴く。この研討會開催ははじめての日本詩經學會と中國詩經學會との共催。日本詩經學會代表として「開幕詞」を披露したほか「高吹萬《詩經》蒐書軼事」につき發表。加藤實・川田健・島村亨君同行。歸途マカオに赴き、「ロバート・モリソン墓」展墓。墓誌の碑文調查。島村君同道。學會紀行は「桂林山水記——詩經國際會議の旅のなかで」（「日本經濟新聞」文化欄・九月十四日刊）に掲載。マカオ紀行は「ロバート・モリソン展墓の記——鶏蛋花《チダンホワ》の咲く下で——」（「中國古典研究」第四二號・十二月一日刊）として發表。

十一月、酒井忠治氏の招きにより山形縣鶴岡市致道館で「老莊思想」について講演。市内大山地區の「石敢當」及び市内錦町の「神農堂」探訪。のち、「斯文」一〇六號（九八年十月刊）に「鶴岡市の石敢當と神農堂」を發表。

平成十年（一九九八）　六十九歳

一月、早大エクステンションセンター「論語講座」の「論語集註完讀祝賀會」開催。場所は西早稲田のアバコ・ブライダルホール。十年間の受講者表彰も行う。

三月、金融公庫及び早稲田大學などからの住宅ローン殘額を一括返濟する。結婚以來四十年にしてはじめて「ローンのない暮し」が訪れ、心身ともに安らぐ。

踏まれても踏まれてもなお花咲かす道の邊《べ》の草田のあぜの草
生活に追はれ追はれて年を經て追はれしままに定年となる　（「老殘抄」）

六月、茨城縣結城郡八千代町東蕗田の鈴木貫松氏宅訪問。文學部學生北澤紘一・池田淳一君同道。鈴木家庭前に建つ「龜田三先生之碑」と對面。この碑は鈴木家が龜田鶯谷生家であることにちなみ、貫松氏の發願で建てた龜田鵬齋・綾瀬・鶯谷三代の顯彰碑。建立は平成八年七月。撰文は鈴木家の依頼により村山が筆を執ったもの。歸途、同地區において碑文・碑石の探訪を行い、たまたま鶯谷高弟の中島撫山撰文を刻む「武田翁碑」を發見する。のちに「發見記」と池田君による譯注を「中國古典研究」第四三號（九八年十二月刊）に發表。

同月、伊香保溫泉横手館に赴き、「中國の古典詩」について講演。主催は高陽書道研究會。同會刊の雜誌「書研」創刊五十周年・通巻六百號記念の全員大會席上。同會理事長加藤霞汀氏の依囑による。

十月、中國社會科學院歷史研究所長陳祖武教授來訪。同教授點校本で新刊の姚際恆『儀禮通論』（社會科學出版社刊）一冊を贈られる。姚際恆『九經通論』の一つで、つとに亡佚に歸したとされていた書物に接し一驚。同月、栗田直躬先生逝去。葬送。

十二月、學校法人・横濱學園創立一〇〇年記念企畫・

中島敦の會・公開講座で講演（神奈川近代文學館講演ホールにて）。題目「實說・斗南先生」。横濱學園理事長田沼智明氏の依囑による。

同月、慶北大學校金時晃教授の招きで韓國大邱市慶北大學校に赴き、「漢文學及び禮學學術發表國際大會」に參加。「關于姚際恆的《儀禮通論》」について發表。紀行は「大邱・安東行程記」と題し「斯文」第一〇七號（平成十一年二月刊）に發表。

平成十一年（一九九九）　七十歳

三月、數年來、新潟縣中之口村教育委員會の鄕土の先哲「小柳司氣太」顯彰事業に協力。『近世之醇儒・小柳司氣太』刊行の運びとなり、依賴を受けて監修者となる。刊行は中之口村役場。

七月、栃木縣足利市の史跡足利學校で「足利學校アカデミー」講師として「詩經講義」。

八月、中國山東省濟南市に赴き、第四屆詩經國際學術研討會に參加し、「徐光啓的《毛詩六帖》」について發表。董治安教授（山東大）、向熹教授（四川大）、袁梅教授（濟南大）らと交流。增子和男・川田健・西口智也・北澤紘一の四君同道。歸途三年ぶりに北京大學訪問。中文系張猛教授と交歡。

九月、輕井澤の早稻田大學追分セミナーハウスに赴き、中國古典研究會の學生諸君と現役最後の合宿。

十月、吹田市に赴き關西大學で中國學會大會に參加。總會で學會での最後の役目として議長をつとめる。

十一月、大東文化大學東松山校舎講堂にて中國文學科秋期講演會で「異色の中國學者——小柳司氣太」について講演。倉田信靖教授の委囑による。

十二月、大修館書店から『漢學者はいかに生きたか——近代日本と漢學』刊行。

靜岡大學大學院教育研究科集中講義。科目「漢文學特論」Ⅱ　題目「江戸文人論」。

平成十二年（二〇〇〇）

一月、文學部最終講義。題目「早稻田漢學の榮光」。

村山吉廣教授業績目録

村山吉廣教授業績目錄

擔當　北澤紘一
田中邦博

以下は村山吉廣教授の業績目錄である。發行形式別目錄と研究內容別目錄の二篇を掲載する。

發行形式別目錄は、【單行本】【研究論文】【雜錄・記錄】【解題】【書評】【隨想】【譯注】【外文發表】【名言の內側】【事典項目】の十種に分類し、題目・副題に「掲載誌」「發行母體」「出版社」「刊行年月」「備考」を附してある。【名言の內側】は一九八八年一月十日から一九九二年九月六日にわたり日本經濟新聞に連載されたものであり、單行本に收められているので、題目だけを列擧する。

研究內容別目錄は、【詩經學關係】【中國學一般】【江戶漢學】【龜田鵬齋】【明治漢學】【中島撫山】【埼玉史學】【イギリスの東洋學】の八種に分類し、發行形式別目錄と同樣に掲載する。

發行形式別目錄

【單 行 本】

入門中國古典　早稻田大學中國古典研究會　一九六三年 五 月　共同編集
中國の思想　社會思想社　一九七二年 三 月　現代教養文庫
中國笑話集　社會思想社　一九七二年十二月　現代教養文庫

「孫子」譯注	平凡社	一九七三年 六月	中國古典文學大系4
中國の名詩鑑賞（10）清詩	明治書院	一九七六年 四月	
撫山中島家藏書目錄	久喜市・鷲宮町兩教育委員會	一九七八年十一月	久喜市・鷲宮町兩教育委員會合同調査報告書第一集
中島撫山小傳（附）樂托日記・關係資料三種譯注	鷲宮町教育委員會	一九八三年 三月	鷲宮町教育委員會調査報告書第二集
中國の知嚢	讀賣新聞社	一九八四年 二月	
中國の古典詩――詩經から唐詩まで――	早稲田大學文學部村山研究室	一九八四年 四月	
續　中國の知嚢――策略編――	讀賣新聞社	一九八五年 五月	
中國の古典　蒙求・小學	講談社	一九八七年 九月	
中國の知嚢　上	中央公論社	一九八八年 五月	中公文庫
中國の知嚢　下	中央公論社	一九八八年 七月	中公文庫
名言の内側――歴史の發想に學ぶ――	日本經濟新聞社	一九九〇年 八月	共著
續　名言の内側――色褪せぬ先人の知恵――	日本經濟新聞社	一九九二年十二月	共著
詩經研究文獻目錄	汲古書院	一九九二年 十月	江口尚純共編
論語名言集――中國古典の不滅の知恵――	永岡書店	一九九三年 七月	
故事・寓話Ⅱ	昌平社	一九九五年 四月	主編／漢詩・漢文解釋講座第十六卷
中國歴史紀行　第三卷　隋・唐――遙かなる歴史、	學習研究社	一九九六年 三月	GAKKEN MOOK

勇躍する英傑、廣大な風土をたどる――

中國の古典詩 鑑賞篇（1）――古謠諺・詩經―― 早稲田大學文學部村山研究室 一九九六年 十 月 責任編集 共著

名言の内側――歴史の發想に學ぶ―― ベネッセコーポレーション 一九九七年 二 月 福武文庫 共著

楊貴妃 中央公論社 一九九七年 二 月 中公新書

故事ことわざで讀む 史記 小學館 一九九八年 三 月 ジェイ ブックス

近世の醇儒 小柳司氣太 中之口村 一九九九年 三 月 監修

戰略戰術兵器事典――中國中世・近代編―― 學習研究社 一九九九年 五 月 ［歴史群像］グラフィック戰史シリーズ 監修 共著

論語名言集 中央公論新社 一九九九年 五 月 中公文庫

漢學者はいかに生きたか――近代日本と漢學―― 大修館書店 一九九九年十二月 あじあブックス

【研究論文】

孫子考 漢文學研究第一號 漢文學研究會 一九五二年十一月

兵家について 同第二號 一九五三年 三 月

呂氏春秋に現れた養生の説 同第六號 一九五八年 三 月

「孫子」の成立について 史觀第五二册 早稲田大學史學會 一九五八年 三 月

姚際恆の學問（上）――『古今僞書考』について 漢文學研究第七號 漢文學 一九五九年 三 月

──　研究會
姚際恆の學問（中）──その生涯と學風──　同第八號　一九六〇年六月
姚際恆の學問（下）──『詩經通論』について
──　同第九號　一九六一年九月
山路愛山の「孔子論」　同第十號　一九六二年十月
姚際恆の『禮記通論』　フィロソフィア第四十五號　一九六三年十月
早大哲學會
明學から清學へ──研究史による展望──　中國古典研究第十二號　中　一九六四年十二月　會名・會誌名改稱
國古典研究會
服部南郭の『文筌小言』　同第十六號　一九六九年六月
中野逍遙について──逍遙周邊の人々──　東洋文學研究第一八號　早　一九七〇年三月
稻田大學東洋文學會
韋應物について──吳郡志所收資料ほか──　中國古典研究第十七號　中　一九七〇年十二月
國古典研究會
服部南郭の「燈下書」　フィロソフィア第五八號　一九七〇年十二月
早大哲學會
李翺の『來南錄』について　中國古典研究第十八號　中　一九七一年十二月
國古典研究會
田能村竹田の「瓶花論」　同第十九號　一九七三年六月
太宰春臺の『朱子詩傳膏肓』　詩經研究第一號　詩經學會　一九七四年十月
姚際恆論　『目加田誠博士古稀記念論集』　一九七四年十月

龍溪書舍

田能村竹田の「黄築紀行」――高客聽琴圖屏風の描かれたころ――　中國古典研究第二十號　中國古典研究會　一九七五年一月

渡邊蒙庵の『詩傳惡石』について　詩經研究第二號　詩經學會　一九七五年五月

イギリスの東洋學（1）――School of Oriental and African Studies について――　中國古典研究第二十一號　中國古典研究會　一九七六年三月

中島敦とその家學――鵬齋門流の中島撫山――　同第二十二號　一九七七年六月

イギリスの東洋學（2）――モリソン雜記――　同第二十三號　一九七八年六月

崔述の詩經學――「讀風偶識」の立場――　詩經研究第四號　詩經學會　一九七八年十二月

ジェームズ・レッグの『詩經』譯　同右

イギリスの東洋學（3）――James Legge の生涯――　中國古典研究第二十四號　中國古典研究會　一九七九年六月

漢詩文の位相　國文學　解釋と鑑賞四五卷三號　至文堂　一九八〇年三月

漢文脈の問題――西歐の衝撃のなかで――　國文學　二五卷一〇號八月號　學燈社　一九八〇年八月

イギリスの東洋學（4）――Thomas F. Wade 小傳――　中國古典研究第二十五號　中國古典研究會　一九八〇年十月

龜田鵬齋の瀧澤馬琴「瘞筆塚銘」について　同右

鍾伯敬『詩經鍾評』の周邊　詩經研究第六號　詩經學會　一九八一年六月

イギリスの東洋學（5）――Marshman, Medhurst,　中國古典研究第二十六號　一九八一年十月

Staunton——　中國古典研究會

龜田鵬齋の「雲泉山人墓銘」について　同右　一九八二年　九月

王質の『詩總聞』考略　詩經研究第七號　詩經學會

中島敦とその家學（續）——祖父撫山及び三人の伯父——　中國古典研究第二十七號　中國古典研究會　一九八二年十二月

明治漢詩史稿（一）大沼枕山・中野逍遙（附）宮本賢一・山本富朗譯注　同右

明誼學舍（中島靖塾）　『栃木市史』「史料編・近現代Ⅱ」栃木市　一九八三年　三月　第五章　教育　第三節　塾・私學校所收

中島撫山の生涯（續）　中島敦の會會報第一〇號　中島敦の會　一九八三年　八月

漢詩和譯の辿ったみち　比較文學年誌第二十一號　早稲田大學比較文學研究室　一九八五年　三月

仁科琴浦・仁科白谷の生涯　『古田敬一教授退官記念中國文學語學論集』東方書店　一九八五年　七月

中島撫山の「幸魂教舍」　新しい漢文教育第一號　研文社　一九八五年　十月

明治漢詩史稿（二）菊池溪琴・菊池晩香（附）江口尚純譯注　中國古典研究第三十號　中國古典研究會　一九八五年十二月

イギリスの中國學——發達の歴史を辿って——　『東洋思想研究論集』雄山閣　新田大作編　一九八六年　二月

『古今僞書考』補説　東洋の思想と宗教第三號　早稲田大學東洋哲學會　一九八六年六月

關雎篇の詩旨——解釋學史の見地から——　詩經研究第十一號　詩經學會　一九八六年十二月

方玉潤の生涯と著述　中國古典研究第三十一號　中國古典研究會　一九八六年十二月

高田春汀と中島撫山　『栃木市史』［史料編・近世］栃木市　一九八七年三月　第五章 社會と文化 第三節所收

吳嘉紀の生涯と詩業　新しい漢文教育第四號　全國漢文教育學會　一九八七年四月

近世から近代の私學教育　『鷲宮町史』通史下巻　鷲宮町役場　一九八七年七月　第一編 明治期の鷲宮 第四節所收

中島撫山の生涯　中島敦の會會報第九號　中島敦の會　一九八七年八月

『毛詩原解』序説　詩經研究第十二號　詩經學會　一九八七年十二月

明治漢詩史稿（三）桂湖村（附）江口尙純譯注　中國古典研究第三十二號　中國古典研究會　一九八七年十二月

高田春汀と中島撫山　『栃木縣史』通史編　栃木縣　一九八八年十二月

ジェームズ・レッグの"The Chinese Classics"　比較文學三二號　日本比較　一九八九年二月

文學會

桃夭——不相應の娘もちけり桃の花——一茶「享和句帖」抄—— 詩經研究第十三號 詩經學會 一九八九年 三月

方玉潤の詩經學——『詩經原始』の特質—— 日本中國學會報第四十一集 日本中國學會 一九八九年 十月

崔述の生涯と學績 文學研究科紀要第三六輯哲學・史學編 早稲田大學大學院文學研究科 一九九〇年 二月

レッグと王韜——稿本『毛詩集釋』の周邊—— 詩經研究第十五號 詩經學會 一九九一年 二月

日本人と漢文世界 しにか一九九一 vol.二 №.三 大修館書店 一九九一年 三月

佐羽淡齋の生涯と詩業 漢文教育一四號 全國漢文教育學會 一九九二年 五月

崔述『讀風偶識』の一斷面——戴君恩の『讀風臆評』とのかかわりについて—— 中國哲學第二十一號 北海道中國哲學會 一九九二年 十月

中島敦 家系・教養——「家學」を中心に 『昭和の作家のクロノトポス 中島敦』双文社 一九九二年十一月

崔東壁「東山詩解」について 詩經研究第十七號 詩經學會 一九九二年十二月

竟陵派の詩經學——鍾惺の評價をめぐって—— 東洋の思想と宗教第十號 一九九三年 六月

早稲田大學東洋哲學會

小柳司氣太——東洋學の系譜——47——　しにか一九九四年二月號　大修館書店　一九九四年二月

高吹萬詩經蒐書軼事　詩經研究第二十一號　詩經學會　一九九七年二月

龜田鵬齋の生涯と學績　斯文第一〇五號　斯文會　一九九七年三月

漢詩文と漱石　國文學四二巻六號　學燈社　一九九七年五月

戴君恩『讀風臆評』初探　『中國文人論集』明治書院　一九九七年五月

漢詩文と漱石——時代のコードの中でグローバルに漱石をみる——　國文學四二巻六號　學燈社　一九九七年五月

朱東潤敍說　中國古典研究第四十二號　中國古典研究會　一九九七年十二月

徐光啓『毛詩六帖』序說　詩經研究第二十二號　詩經學會　一九九八年二月

鶴岡市の石敢當と神農堂　斯文一〇六號　斯文會　一九九八年三月

朱東潤の生涯と學績　日本中國學會創立五十年記念論文集　汲古書院　一九九八年十月

明儒郝敬の詩解　早稲田大學大學院文學研究科紀要第四四輯・第一分冊　一九九九年二月

早稲田大學大學院文學研究科

名匠石工廣群鶴傳　中國古典研究第四十三號　中國古典研究會　一九九九年十二月

【研究餘滴】

服部南郭と和學の教養　東洋哲學　二文東哲2年クラス誌　一九六六年十二月

楊貴妃の姿態について　春秋七月號No.一一三　春秋社　一九七〇年六月

白樂天の呉郡詩石記——少年漂泊者の感傷——　古典と現代二三　明治書院　一九七一年三月

ロンドンから歸って　江湖　中國古典研究會學生部會　一九七六年十月

撫山先生略記　中島撫山先生遺墨展しおり　鷲宮町文化財審議會　鷲宮町教育委員會　一九七六年十一月　久喜市／鷲宮町兩教育委員會合同調査報告書第一集

撫山先生略記　久喜市の教育展〝中島撫山〟しおり　久喜市教育委員會　一九七八年十月

中島家とその藏書　『撫山中島家藏書目錄』久喜市／鷲宮町兩教育委員會　一九七八年十一月

冬藏詩話（一）　江湖　早稻田大學中國古典研究會學生部會　一九八一年十二月

越風石臼歌と小田穀山　目加田誠著作集二　月報　龍溪書舍　一九八二年一月

漱石漢詩事典　別冊國文學　夏目漱石必携Ⅱ No.一四　學燈社　一九八二年五月

冬藏詩話（二）　江湖五七年度（早大百周年記念號）中國古典研究會學生部會　一九八二年十二月

冬藏詩話（三）　江湖五八年度　中國古典研究會學生部會　一九八四年三月

〝侯鯖一臠〟と龜田鶯谷　漢字漢文一六巻二九號　全國漢字漢文教育研究會　一九八四年十一月

冬藏詩話（四）　江湖五九年度　中國古典研究會學生部會　一九八五年五月

仁科白谷紹介の一資料――菊池晩香の〝仁科白谷傳〟について――　牛窓春秋二五　牛窓春秋會　一九八五年十二月

冬藏詩話（五）　江湖六〇年度　中國古典研究會學生部會　一九八六年五月

佐佐木信綱宛て中野逍遙書簡　日本近代文學館館報第九二號　日本近代文學館　一九八六年七月

郡上藩の漢學と「濃北風雅」補說　新しい漢文教育第三號　研文社　一九八六年十月

聞書・鵬齋と良寛――加茂川ノ水ノ如クニ――　北方文學第三十六號　北方文學會　一九八七年一月

冬藏詩話（六）	江湖六一年度　中國古典研究會學生部會	一九八七年五月
漢詩文	國文學三二―六　學燈社	一九八七年五月
高靑邱——明初の詩豪——	別冊「墨」九號　藝術新聞社	一九八八年十月
中國笑話雜記その（1）愚人譚あ・ら・かると	名著サプリメント臨時增刊號　名著普及會	一九八八年十月
冬藏詩話（七）	江湖六二年度　中國古典研究會學生部會	一九八八年十二月
中國笑話雜記その（2）笑話と落語二題	名著サプリメント臨時增刊號　名著普及會	一九八九年一月
笑話文學論	新しい漢文教育第八〇號　研文社	一九八九年四月
蘇洵「晚學」の周邊	新釋漢文大系季報№七六　明治書院	一九八九年五月
鵬齋歸隱——一生酒ヲ飲ミ終ニ錢ナシ——	創文〇五／二九九　創文社	一九八九年五月
寛齋出奔す	同〇六／三〇〇	一九八九年六月
中國笑話雜記　その（3）小咄の原話	名著サプリメント秋季增刊號　名著普及會	一九八九年八月
陽明學と人間形成——講演（要旨）——	安田火災未來塾№九　安田火災海上保險株式會社	一九八九年十月

中国笑話雑記　その（4）艶笑譚　名著サプリメント年末増刊號　一九八九年十二月

『少年世界』と漢詩文　名著サプリメント秋季増刊號　名著普及會　一九九〇年　八月

國際アジア・北アフリカ研究會議に出席して　漢文教育一一號　全國漢文教育學會　一九九〇年十一月

『少年世界』と漢詩文（2）　名著サプリメント一二月號　名著普及會　一九九〇年十二月

中國笑話雑記　その（5）腐儒譚　同二月號　一九九一年　二月

南郭二題　江戸詩人選集　月報六　第三巻　岩波書店　一九九一年　四月

〈シンポジウム〉「論語」で何をどう教えるか　漢文教育一九九一　第一三號　全國漢文教育學會　一九九一年十二月

我ハ是レ人間ノ一蠹魚——寧齋文庫の周邊——　ふみくら№三六　早稲田大學圖書館　一九九二年　七月

『詩經研究文獻目録』補遺Ⅰ　詩經研究第十七號　詩經學會　一九九二年十二月　村山吉廣・江口尚純共著

中國古典——人間の德について——　安田火災未來塾№七三　安田火災海上保険株式會社　一九九三年　六月

『詩經研究文獻目録』補遺Ⅱ　詩經研究第十八號　詩經學會　一九九三年十二月　村山吉廣・江口尚純共著

龜陽文庫を訪ねて　江河萬里流る——甦る孔子と龜陽文庫——　（財）龜陽文庫・能古博物館　一九九四年十二月
敦と横濱高女とをつなぐ縁　ツシタラ新刊二號　中島敦の會　一九九五年十二月
敦と横濱高女とをつなぐ縁（轉載）　うめが香第一〇號　横濱學園中學・高校　一九九六年三月
「龜田鵬齋——龜田氏三代の儒業」——先儒祭墓前講話——　斯文第一〇五號　斯文會　一九九七年三月
周作人「湯島聖堂參拜之感想」〈資料紹介〉　同右
中國生活一年間——北京の春・上海の冬——　新しい漢文教育第二四號　全國漢文教育學會　一九九七年五月
如達堂縁起　新釋漢文大系季報№九五　明治書院　一九九八年十二月
中國生活一年間——北京から上海へ——　早大極眞會新聞創刊號　早稲田大學極眞會OB會　刊行年月未詳

【雜錄・記錄】

嘆かわしい漢文學輕視　日本經濟新聞一九六一年七月二十八日　日本經濟新聞社　一九六一年七月
教科としての漢文　中國古典研究第十三號　中　一九六五年十二月

國古典研究會
教科としての中國語　同第十四號　一九六六年十二月
學園探訪――早稲田大學――　漢字漢文教育三―一八　全　一九七一年十二月
國漢字漢文教育研究會　一九七二年十二月
大學における漢文教育　漢字漢文四―一二　秀英出　一九七二年十二月
版
中國の現代思想その3　東書高校通信　一九七三年　三月
（詩の選出）　玄樹社夏の小品展　一九七三年　七月
儒教と日本人　人と日本　行政通信社　一九七四年　四月
英國における東洋學の現狀　信濃毎日新聞　信濃毎日新　一九七六年　五月
聞社
諸子百家　『中國古典紀行』五　史記　一九八二年　一月
の旅　講談社
孔子とその弟子　同右
采詩ノート（1）鳳鳴の碑（2）甘棠之碑　詩經研究第七號　詩經學會　一九八二年　九月
中國古典研究會OB會　早稲田學報　早稲田大學校　一九八三年　一月
友會
采詩ノート（3）「穆如清風」の碑（4）閑谷學　詩經研究第八號　詩經學會　一九八三年十二月
校「鶴鳴門」
采詩ノート（5）「匪今斯今　振古如茲」（中島撫　同第九號　一九八四年十二月
山書）の幟

采詩ノート（6）「遷喬館」（岩槻市兒玉南柯塾）　同第十號　一九八五年十二月

佐佐木信綱宛て中野逍遙書簡　日本近代文學館九二號　日本近代文學館　一九八六年七月

采詩ノート（7）「六義園」（8）扁額「甘棠亭」　詩經研究第十一號　詩經學會　一九八六年十二月

老子と無爲自然　時事教養第六二〇號　自由書房　一九八七年二月

采詩ノート（9）「不騫堂」　詩經研究第十二號　詩經學會　一九八七年十二月

采詩ノート（10）「靜嘉堂」　詩經研究第十三號　詩經學會　一九八九年三月

傳説を史實に―甲骨文90年―　日本經濟新聞　日本經濟新聞社　一九八九年十月

陽明學と人間形成　安田火災未來塾№九　安田火災海上保險株式會社　一九八九年十月

采詩ノート（11）「葛覃亭」　詩經研究第十四號　詩經學會　一九八九年十二月

老子とその思想　時事教養第六五一號　自由書房　一九九〇年二月

采詩ノート（12）「菁莪小學校」「菁莪中學校」　詩經研究第十五號　詩經學會　一九九一年二月

中國古典に學ぶ――老莊の哲學について――	安田火災未來塾№三〇　安田火災海上保険株式會社	一九九一年 六月
人よく道を弘む、道、人をひろむるにあらず	弘道　日本弘道會	一九九一年 十月
中國古典に學ぶ――孫子の兵法にみるリーダーシップ――	安田火災未來塾№四三　安田火災海上保険株式會社	一九九一年十一月
采詩ノート（13）「鹿鳴館」（14）「菁莪會館」	詩經研究第十六號　詩經學會	一九九一年十二月
采詩ノート（15）「凱風快晴」	同第十七號	一九九二年十二月
變革の時代に「孫子の兵法」に學ぶ	あさひ銀總研レポート九二・一二　株式會社あさひ銀總合研究所	一九九二年十二月
采詩ノート（16）「有造館」（17）「敬止館」	詩經研究第十八號　詩經學會	一九九三年十二月
采詩ノート（18）「高岡」	同第十九號	一九九四年十二月
獻辭（目加田誠博士追悼）	同右	
溫トシテソレ玉ノ如シ（目加田誠博士追悼記）	同右	
ロバート・モリソン展墓の記――鷄蛋花の咲く下で――	中國古典研究第四十二號　中國古典研究會	一九九七年十二月
采詩ノート（19）「關雎堂」	詩經研究第二十二號　詩經學會	一九九八年 二月
昌平坂學問所創建二百年・斯文會創立八十周年に	斯文會會報第三九號　斯文	一九九八年 四月

寄せて　會

加藤諄先生の『千厓抄』刊行に寄せて　白橿　白橿短歌會　一九九八年 六月

采詩ノート（20）天險親不知「如砥如矢」の碑　詩經研究第二十三號　詩經學會　一九九九年 二月

夏傳才教授の來日　同右

論語　足利學校講演記錄　足利學校　一九九九年 三月

大邱・安東行程記　斯文第一〇七號　斯文會　一九九九年 三月

【解題】

解題 韓愈「詩之序議」　詩經研究第一號　詩經學會　一九七四年 十月

龜田鵬齋「遷善館記」解題――堀間善憲譯注　中國古典研究第二十四號　中國古典研究會　一九七九年 六月

龜田鶯谷「桃青翁高逸吟碑陰記」解題――長谷川孝一譯注　同右

田能村竹田「百活矣」――宮地秀夫譯注　同右

詩經關係書目解題（一）　詩經研究第五號　詩經學會　一九八〇年 四月　東條一堂「詩經標識」、赤松弘「詩經述」、皆川愿「二南訓闡」、黑川彝「詩經一枝」

詩經研究文獻提要（一）　同右　「詩經國風篇研究」（松

崎鶴雄述）、詩經に見える「嘆老」（藤野岩友）、「豳風七月の詩について」（津田左右吉）、詩の「芣苡」とその信仰の發生背景について（水上靜夫）、「姚際恆詩經通論述平」（陳柱）、詩經と萬葉集（松本雅明）

詩經關係書目解題（二）——新井白石校・狩野春湖筆『詩經圖』について——　詩經研究第六號　詩經學會　一九八一年　六月

圖版『詩經圖』唐棣解題　同第七號　一九八二年　九月

詩經關係書目解題（三）——清原宣賢「毛詩抄」について　稲生若水「詩經小識」について——　同右

明治漢詩史稿（一）大沼枕山・中野逍遙（附）宮本賢一・山本富朗譯注　中國古典研究第二十七號　中國古典研究會　一九八二年十二月

圖版『詩經圖』木瓜解題　詩經研究第八號　詩經學會　一九八三年十二月

龜田鵬齋碑文譯注七種解題　中國古典研究第二十八號　中國古典研究會　一九八三年十二月

「桂山多紀先生墓碑銘」石見清裕譯注　同右

「墨陀梅莊記」阿川正貫譯注　同右

「成美君墓碣銘」（附）不老泉銘——三宅崇廣譯注　同右

「竹垣君徳政之碑」增野弘幸譯注　同右

「朝川默翁碑銘」梯信曉譯注　同右
「萬卷樓記」鷲野正明譯注　同右
「鶴峯居士墓表」清水悅男譯注　同右
圖版『詩經圖』諼草解題　詩經研究第九號　詩經學會　一九八四年十二月
龜田鵬齋碑文・序跋十種譯注解題　中國古典研究第二十九號　一九八四年十二月　中國古典研究會
「船丘神祠碑」長谷川潤治譯注　同右
「天滿天神碑」長谷川潤治譯注　同右
「彌彥宮遙拜所碑」長谷川潤治譯注　同右
「琴浦仁科先生墓碑銘」・附「琴浦碑陰記」・「仁科禮宗墓碑銘」江口尙純譯注　同右
「無琴道人墓銘」藤森敦譯注　同右
「海外奇談序」嶋崎一郎譯注　同右
「養志帖跋」小野村浩譯注　同右
「花鳥帖敍」三宅崇廣譯注　同右
「樊川集序」山本明譯注　同右
「晚唐詩選序」內山精也譯注　同右
圖版『詩經圖』泮水解題　詩經研究第十號　詩經學會　一九八五年十二月
龜田鵬齋碑文六種解題　中國古典研究第三十號　中國古典研究會　一九八五年十二月
「羽生菅公廟梅樹記」小林邦久譯注　同右

「正邑小笠原君墓碑銘」加固理一郎譯注　同右
「新建佐州五十里鄉勵風館記」長谷川潤治譯注　同右
「濱口行易墓碑」江口尙純譯注　同右
「了順居士墓銘」江口尙純譯注　同右
「敬念垣内君墓銘」江口尙純譯注　同右
圖版『詩經圖』睢鳩解題　詩經研究第十一號　詩經學會　一九八六年十二月

龜田鵬齋碑文及び記六種解題　中國古典研究第三十一號　中國古典研究會　一九八六年十二月

「退鋒郎毛君瘞髮塚銘ならびに序」内山知也譯注　同右
「幸清水銘」長谷川潤治譯注　同右
「惰惰子印記」仲本純介譯注　同右
「應神祀之碑」淺井政喜譯注　同右
「常念居士墓銘」渡邊幸秀譯注　同右
「萬梅書樓記」江口尙純譯注　同右
圖版『詩經圖』騶虞解題　詩經研究第十二號　詩經學會　一九八七年十二月
詩經關係書目解題（六）——岡白駒『毛詩補義』　同右

——

『李鴻章』（張美慧譯）序　『李鴻章』久保書店　一九八七年十二月
龜田鵬齋碑文及び序四種解題　中國古典研究第三十二號　一九八七年十二月

「片原先生墓表銘」長谷川潤治譯注　中國古典研究會
「水陸齋感應記」坂下聰譯注　同右
「鶴芝碑」小野村浩譯注　同右
「巣兆發句集序」水野實譯注　同右
龜田鵬齋碑文四種解題　同第三十三號　一九八八年十二月
「竹内平右衞門信將墓碑」坂下聰譯注　同右
「大川雨聲居士墓碑銘」淺井政喜譯注　同右
「會田先生算子塚銘」嶋崎一郎譯注　同右
「堀出神社碑文」帆刈喜久男譯注　同右
圖版『詩經圖』芣苢解題　詩經研究第十三號　詩經學會　一九八九年　三　月
圖版『詩經圖』羔羊解題　同第十四號　一九八九年十二月
龜田鵬齋碑文竝びに序三種解題　中國古典研究第三十四號　中國古典研究會　一九八九年十二月
「北山山本先生墓碑銘」宇野直人譯注　同右
「素月居士墓銘」水谷隆譯注　同右
「醉芙蓉序」渡邊昭夫譯注　同右
龜田鵬齋碑文竝びに序四種解題　同第三十五號　一九九〇年十二月
「翠玉夫人大崎氏墓碣」谷口匡譯注　同右
「谷文一墓石銘」淺井政喜譯注　同右

「光琳百圖序」小野村浩譯注　同右

「石經大學序」水野實譯注　同右

圖版『詩經圖』蟋蟀解題　詩經研究第十五號　詩經學會　一九九一年　二月

新刊紹介『詩經』目加田誠著　同右

圖版『詩經圖』辟廱解題　同第十六號　一九九一年十二月

植村淸二著『中國史十話』（中公文庫）解說　植村淸二著『中國史十話』中央公論社　一九九二年　三月

圖版『詩經圖』果贏解題　詩經研究第十七號　詩經學會　一九九二年十二月

龜田鵬齋碑文竝びに序各一種解題　中國古典研究第三十七號　中國古典研究會　一九九二年十二月

「赤穗四十七義士碑」石見淸裕譯注　同右

「送石井生序」譯注　同右

圖版『詩經圖』狐解題　詩經研究第十八號　詩經學會　一九九三年十二月

龜田鵬齋碑文三種竝びに畫贊一種解題　中國古典研究第三十八號　中國古典研究會　一九九三年十二月

「加部一法翁昭先碑」井上和人譯注　同右

「鶴山先生吉野君之碑」「福井良輔墓銘」砂原浩太郎譯注　同右

「小山泰山畫神農圖識語」譯注　同右
圖版『詩經圖』薺解題　詩經研究第十九號　詩經學會　一九九四年十二月
中島撫山碑文二種解題　同第二十一號　一九九七年二月
圖版『詩經圖』造舟解題　中國古典研究第四十二號　中國古典研究會　一九九七年十二月
「日野井碑銘」池田淳一譯注　同右
「淡水中島翁衣幘藏碑銘」北澤紘一譯注　同右
圖版『詩經圖』苓解題　詩經研究第二十二號　詩經學會　一九九八年二月
龜田鵬齋「玉川百詩敍」解題、北澤紘一譯注　中國古典研究第四十三號　中國古典研究會　一九九八年十二月
圖版『詩經圖』鶉解題　詩經研究第二十三號　詩經學會　一九九九年二月

【書　評】
日本政治思想史研究——丸山眞男著　東京大學出版會刊——　漢文學研究第三號　漢文學研究會　一九五四年三月
文藝講話——毛澤東著　竹内好譯　新日本文學會刊　一九四六年・鹿地亘　一九五一年・岩波文庫　同第五號　一九五六年三月

『老子』（角川新書）を批判する――山田統著　角川新書　一九五七年六月――　同第六號　一九五八年三月

「道」の傳播――リュー・ウー・チー著　山敷和男譯　同第七號　一九五九年三月

書評　富士川英郎「菅茶山」　日本經濟新聞　日本經濟新聞社　一九八一年五月

書評　原田種成『漢字の常識』　週刊讀書人　週刊讀書人　一九八二年十月

『雲處筆墨』『王道院曼陀羅』――新田雲處著　新田大作主編　研志堂刊　一九八二年五月　中國古典研究第二十七號　中國古典研究會　一九八二年十二月　東西書誌（一）

Perspectives on the T'ang,――Edited by Arthur Wright and Denis Twitchett. Yale University Press 刊　一九七三年――　同右

『中國文學における對句と對句論』――古田敬一著　風間書房刊　一九八二年六月　同第二十七號　一九八二年十二月　東西書誌（二）

『明清思想史の研究』――山井湧著　東京大學出版會刊　一九八〇年十二月　同右

『王韜的政治思想』――姚海奇著　文鏡文化事業公司刊　一九八一年九月　同右

『漢字の常識』――原田種成著　三省堂刊　一九八二年六月――　同右

『佛教と中國社會』――ケネスK・Sチェン著　同右

福井文雅・岡本天晴譯　金花舍刊　一九八一年十二月――　同右

『龜田鵬齋詩文・書畫集』――杉村英治編　三樹書房刊　一九八二年三月

書評　中村宏「漱石漢詩の世界」　圖書新聞三七三號　圖書新聞社　一九八三年十月　東西書誌（二）

『ヨーロッパとアジア』――榎一雄著　大東出版社刊　一九八三年七月　中國古典研究第二十八號　中國古典研究會　一九八三年十二月

『唐詩の風土』――植木久行著　研文出版刊　一九八三年二月　同右

『北京の隱者――エドマンド・バックハウスの祕められた生涯――』――ヒュー・トレヴァ＝ローパー著　田中昌太郎譯　筑摩書房刊　一九八三年六月　同右

『賴山陽書畫跋評釋』――竹谷長二郎著　明治書院刊　一九八三年五月　同右

『雜書雜談』――增田涉著　汲古書院刊　一九八三年三月　同右

『森槐南遺稿　中國詩學概說』――神田喜一郎編　臨川書店刊　一九八二年十二月　同右

『說文入門――段玉裁の「說文解字」を讀むため　同右

に──』──賴惟勤監修・說文會編　大修館書店刊　一九八三年六月

Waiting for China──by Brian Harrison Hong Kong University Press 刊　一九七九年　同右

『明末淸初的學風』──謝國楨著　北京人民出版社刊　一九八二年六月　同右

『中島撫山小傳』──村山吉廣編　埼玉縣鷲宮町教育委員會刊　一九八三年三月　同右

『全唐詩外編』上・下　王重民・孫望・童養年輯錄　北京中華書局刊　一九八二年　同第二十九號　一九八四年十二月　東西書誌（三）

The World of Kameda Bosai, "The Calligraphy, Poetry, Painting and Artistic Circle of a Japanese Literate by Stephen Addiss New Orleans Museum of University Press of Kansas 刊　一九八四年"　同右

『中國の近代化と知識人──嚴復と西洋──』B・Iシュウォルツ著　平野健一郎譯　東京大學出版會刊　一九七八年四月　同右

「唐詩紀行」渡部英喜・吉崎一衞・大地武雄著　昭和堂刊　一九八四年十月　同右

『黄仲則詩選』止水選注　香港三聯書店刊　一九　同右

八一年

『化政・天保の人と書物』鈴木瑞枝著　玉壺草堂刊　一九八四年十一月　同右

『光風帖』窪田貪泉著　鶴形山詩碑奉賛會刊　一九八四年十一月　同右

『明末清初』福本雅一著　同朋舍出版刊　一九八三年八月　同右

『漢字學』——『說文解字』の世界——阿辻哲次著　東海大學出版會刊　一九八五年三月　同第三十號　一九八五年十二月　東西書誌（四）

『年節趣談』——中國節禮、習俗、掌故——談笑生編著　香港明珠出版社　一九八五年三月　同右

『江戸時代の插繪版畫家たち』K・B・ガードナー著　めいせい出版刊　一九七八年八月　同右

書評『明代文人論』內山知也著　新しい漢文教育第五號　研文社　一九八七年十月　東西書誌（六）

『李鴻章——清末政治家悲劇の生涯——』張美慧著　久保書店刊　一九八七年十二月　中國古典研究第三十二號　中國古典研究會　一九八七年十二月　東西書誌（六）

『內藤湖南ノート』加賀榮治著　東方書店刊　一九八七年五月　同第三十二號　一九八七年十二月　東西書誌（七）

書評『管子の研究』金谷治著　新しい漢文教育第六號　研文社　一九八八年四月

新刊紹介『故事成語名言大辭典』　漢文教室第一六一號　大修館書店　一九八八年十一月

中國の公案小說　庄司格一著　研文出版刊　一九八八年八月　中國古典研究第三十三號　中國古典研究會　一九八八年十二月

CULTURAL REVOLUTION IN CHINA'S SCHOOL," ——May 1966－April 1969——by Julia Kwong Hoover Institution Press, Stanford, California 刊　一九八八年"　同右

『文人畫論』——浦上春琴「論畫詩」注釋——竹谷長二郎著　明治書院刊　一九八八年八月　同右

『中國說話文學の誕生』高橋稔著　東方選書　東方書店刊　一九八八年七月　同右

大庭定男著『戰中ロンドン日本語學校』　比較文學年誌第二五號　早稻田大學比較文學研究室　一九八九年　三月

山敷和男著『論考服部撫松』　同右

莊司格一著『中國の公案小說』について　東洋文化復刊第六十二號　無窮會　一九八九年　三月

『中國の神祕思想』安居香山著　平河出版社刊　一九八九年　中國古典研究第三十四號　中國古典研究會　一九八九年十二月

東西書誌（八）

"Entering China's Service——Robert Hart's　同右

Journals, 1854－1863", "Edited and with narratives by KATHERINE F. Bruner Jhon K. Fairbank, Richard J. Smith Published by the Council on East Asian Studies, Harvard University, 1986."

同右　一九九〇年　一月

『華夏文明』第一集　田昌五主編　北京大學出版社刊　一九八七年七月

國語と國文學平成二年一月號　東京大學國語國文學會　一九九〇年　三月

入谷仙介著『近代文學としての明治漢詩』

比較文學年誌第二六號　早稻田大學比較文學研究室　一九九〇年十二月

ウッドハウス暎子著『日露戰爭を演出した男モリソン』上・下

中國古典研究第三十五號　中國古典研究會

山下龍二教授退官記念『中國學論集』記念論集刊行會編　研文社刊　一九九〇年十月

東西書誌（九）

『日本中國『管子』關係論文文獻總目索引』谷中信一編　早稻田大學出版部刊　一九八九年十月

同右

『文革笑科集』余川江・責任編集　西南財經大學出版社刊　一九八八年八月

同右

SINGULAR LISTLESSNESS, a Short History of Chinese Books and British Scholars. by T. H.Barrett Wellsweep 社・ロンドン刊　一九八九年

同右

『齋藤拙堂詩選』『齋藤拙堂詩集』全　杉野茂著・齋藤正和編　三重縣良書普及會刊　一九八九年十一月　同右

書評　德田武著『江戸漢學の世界』　國文學研究一〇四集　早大國文學會　一九九一年六月

朱捷著『神様と日本人のあいだ』　しにか一九九一年十一月號　大修館書店　一九九一年十一月

『説苑』池田秀三著　講談社刊　一九九一年十月　中國古典研究第三十六號　中國古典研究會　一九九一年十二月　東西書誌（十）

『列女傳』――歴史を變えた女たち　山崎純一著　五月書房刊　一九九一年六月　同右

『中國古典詩歌の手法と言語』宇野直人著　研文出版刊　一九九一年十月　同右

『中外文化交流史話』沈立新主編　華東師範大學出版社刊　一九九一年一月　同右

書評　劉香織著『斷髮』近代東アジアの文化衝突　比較文學第三四卷　日本比較文學會　一九九一年三月

宇野哲人著『中國哲學』（學術文庫）　産經新聞夕刊九二年二月十九日　産經新聞社　一九九二年二月

書評　嚴安生『日本留學精神史――近代中國知識人の軌跡――』　比較文學第三五卷　日本比較文學會　一九九二年三月

鳥山喜一『中國小史　黃河の水』（角川文庫）――
名著の軌跡――
高校通信　東書　國語№三二一　一九九二年　四月
三　東京書籍

『道家思想と道教』楠山春樹著　平河出版社刊
一九九二年七月
中國古典研究第三十七號　一九九二年十二月　東西書誌（十一）
中國古典研究會

『滿學五十年』神田信夫著　刀水書房刊　一九九
二年三月
同右

小杉未醒著『新譯　繪本西遊記』解説
小杉未醒著『新譯　繪本西　一九九三年　三月
遊記』中央公論社

山田勝弘著『美濃の漢詩人とその作品』序
山田勝弘著『美濃の漢詩人　一九九三年　四月
とその作品』研文社

新刊紹介　江上波夫編『東洋學の系譜』
漢文教室第一七五號　大修　一九九三年　六月
館書店

「禮」の理念と實際解説――藤川正數著「禮の話
――古典の現代的意義――」
岐阜新聞九三年十月二十五　一九九三年　十月
日　岐阜新聞社

『齋藤拙堂傳』齋藤正和著　三重縣良書出版會刊
一九九三年七月
中國古典研究第三十八號　一九九三年十二月　東西書誌（十二）
中國古典研究會

『佐藤春夫の車塵集』中國歷朝名媛詩の比較研究
吉川發輝著　新典社刊　一九八九年一月
同右

『黃昏の人』――津田左右吉――鈴木瑞枝著　八
雲書房刊　一九九四年六月
同第三十九號　一九九四年十二月　東西書誌（十三）

『春草考』――中國古典詩論叢――前野直彬著
同右

秋山書店刊　一九九四年二月

『販書經眼錄』嚴寶善著　浙江古籍出版社出版・杭州古籍書店發行　一九八八年刊行・一九九四年十二月修訂版　同第四十一號　一九九六年十二月　東西書誌（十五）

『日本學者中國文章學論著選』王水照・吳鴻春編選　上海古籍出版社刊　一九九四年五月　同右

『心聲詩匯』服部承風編　漢詩文研修センター心聲社　一九九六年十月　同右

『杜甫研究』安東俊六著　風間書房刊　一九九六年十二月　同右

『中國思想論集』上・中・下　金谷治著　平河出版社刊　一九九七年五月〜九月　同第四十二號　一九九七年十二月　東西書誌（十六）

『宋代文學通論』王水照主編　開封市河南大學出版社刊　一九九七年六月　同右

山崎純一著『列女傳』上・中・下　早稲田學報一〇八〇號　早稲田大學校友會　一九九八年二月

加藤諄先生の『千厓抄』刊行に寄せて　白檮No.六一　白檮短歌會　一九九八年六月

中村璋八編　安井香山博士追悼『緯學研究論叢』　漢文教育一六號　全國漢文教育學會　刊行年月未詳

【隨想】

釜無溪谷抄（短歌）	漢文學研究第七號　早大漢文學研究會	一九五九年 三月
生活感情	湧水七—一　湧水會	一九六二年 一月
私の對決	同七—三	一九六二年 八月
論理の美しさ	錯綜　早大哲學研究會	一九六四年十二月
「爽秋の文人いけばな」に寄せて	花展　小原流濱松支部	一九六五年 二月
民の聲と神の聲	錯綜第三號　早大哲學研究會	一九六五年十二月
新日本風土記	早工誌vol. 一〇　早稲田大學工業高等學校生徒會	一九六六年 三月
大學および大學生	同右	
文章作法	同右	
私の學生時代	樹海　二文2Dクラス會	一九七一年 六月
秋海棠の花	廣報まちだ　町田市	一九七三年 十月
けじめのない社會	極眞會報創刊號　極眞空手早大支部	一九七九年 六月
讀書	文學部報第九號　早大文學部	一九七九年 十月
簡にして要	早大極眞會報第二號　極眞空手早大支部	一九八〇年 七月
會話はテーブルからこぼれぬほどに	文學部報第一〇號　早大文	一九八〇年 十月

學部

經營戰略は孫子に學べ　經營コンサルタント三No.四一三　經營政策研究所　一九八三年　三月

新しい空手道の旗手東孝君を語る　早稲田學報九三一號　早稲田大學校友會　一九八三年　四月

〝おがくずが降る〟鋸談義　日本經濟新聞　日本經濟新聞社　一九八四年　四月

「石敢當」雑話　同朋九〇　同朋舎　一九八五年十二月

my Books　中央公論　中央公論社　一九八八年　五月

おしゃべり列車　Concourse No.一二五　JR東日本　一九八八年　九月　ペンネーム　おいらん車

オポチュニストとの遭遇　同一二六　一九八八年　十月

解説がうるさい　同一二七　一九八八年十一月

悪貨が良貨を驅逐する　同一二八　一九八八年十二月

受驗生の國公立離れ　同一二九　一九八九年　一月

「とか語」世代　同一三〇　一九八九年　二月

「嫌煙」の仲　同一三一　一九八九年　三月

人間のぬくもり　同一三二　一九八九年　四月

居心地のよかった早稲田　森銑三著作集月報九　中央公論社　一九八九年　六月

濟南遊記　出版ダイジェスト一二九八　一九八九年　六月

號　出版ダイジェスト社

中國笑話雜記　その（4）　艷笑譚　名著サプリメント年末增刊號　名著普及會　一九八九年十二月

大野實之助博士弔辭　中國古典研究第三十四號　中國古典研究會　一九八九年十二月

馬の話ア・ラ・カルト　中央公論九〇年二月號　中央公論社　一九九〇年二月

追悼・大野實之助先生　わせだ國文ニュース第五二號　早大國文學會　一九九〇年五月

古典閑話(1)　人間學のすすめ　埼玉自治八月號　埼玉縣廳　一九九〇年八月

古利根川の藻の中を泳ぐ――私のふるさと――　日本經濟新聞夕刊一九九〇年八月二日　日本經濟新聞社　一九九〇年八月

古典閑話(2)　讀書の周邊　埼玉自治九月號　埼玉縣廳　一九九〇年九月

古典閑話(3)　教育の課題　同十月號　一九九〇年十月

トロント紀行――第33回國際アジア・北アフリカ會議に出席して――　中國古典研究第三十五號　中國古典研究會　一九九〇年十二月

回想・大野實之助　同右　一九九〇年十二月

辭書に金を惜しむな　外國語の手引き一九九一　IRT NEWS特別號　早稲田大學語學教育研究所　一九九一年三月

昭和の防人歌	Current 一九九一・六・No.九 早稲田大學語學研究所	一九九一年　六　月
好きな歌との出會い	白檀No.三四　白檀短歌會	一九九一年　九　月
齒を病む楊貴妃	婦人公論十一月號　中央公論社	一九九一年十一月
中原紀遊（上）	中國古典研究第三十六號 中國古典研究會	一九九一年十二月
古人今人① 中島撫山	埼玉自治一月號　埼玉縣廳	一九九二年　一　月
古人今人② 澁澤榮一	同二月號	一九九二年　二　月
古人今人③ 塙保巳一	同三月號	一九九二年　三　月
古人今人④ 寺門靜軒	同四月號	一九九二年　四　月
古人今人⑤ 齋藤俳小星	同五月號	一九九二年　五　月
古人今人⑥ 橘守部	同六月號	一九九二年　六　月
文峰塔のある町で――古都安陽の風物――	東方一三六　東方書店	一九九二年　七　月
中原紀遊（下）	中國古典研究第三十七號 中國古典研究會	一九九二年十二月
親を喰う梟	ダジアンNo.七　コスモ石油	一九九三年　一　月
古人今人⑦ 宮内翁助	埼玉自治一月號　埼玉県廳	一九九四年　一　月
古人今人⑧ 伊古田純道	同二月號	一九九四年　二　月
古人今人⑨ 越谷吾山	同三月號	一九九四年　三　月
古人今人⑩ 荻野吟子	同四月號	一九九四年　四　月

古人今人⑪ 田代三喜	同五月號	一九九四年 五月
龜陽文庫を訪ねて	『江河萬里を渡る』――蘇る孔子と龜陽文庫――龜陽文庫・能古博物館	一九九四年十二月
長江溯洄記(1)	中國古典研究第三十九號 中國古典研究會	一九九四年十二月
敦と横濱高女をつなぐ縁	うめが香一〇號 横濱學園中學・高校	一九九六年 三月
中國生活一年間――北京から上海へ――	早大極眞會新聞九七年四月十五日 早大極眞會	一九九七年 四月
中國生活一年間――北京の春・上海の冬――	漢文教育二四號 全國漢文教育學會	一九九七年 五月
桂林山水記――詩經國際會議の旅のなかで――	日本經濟新聞一九九七年九月十四日 日本經濟新聞社	一九九七年 九月
地脈を斷った罪	中央公論十一月號 中央公論社	一九九八年 十月
武田翁碑發見記	中國古典研究第四十三號 中國古典研究會	一九九八年十二月
前野さんとのえにし――哀悼前野直彬先生――	同右	

【譯注】

寛保治水之碑（服部南郭撰文）　『鷲宮町の金石文』（鷲宮町史資料第七集）鷲宮町史編纂室　一九八二年 三月
默山和尚碑銘（藤原公享撰文）　同右
高橋武陵墓碑銘（川村利恭撰文）　同右
新井先生墓標（中島端撰文）　同右
堀訓導之碑（中島撫山撰文）　同右
福翁府君神道碑（澤田東江撰文）　『久喜市史』久喜市史編纂室　一九九〇年 三月　資料編Ⅲ近世2所収
知道軒戸賀崎氏衣幘藏碑銘（龜田鵬齋撰文）　同右
岡嶽院福翁義田居士墓誌銘（立原翠軒撰文）　同右
有道軒先生碑（大槻磐溪撰文）　同右
逸見思道軒之碑（中島撫山撰文）　同右
弘道軒川島兵庫君記德碑（中村忠誠撰文）　同右
早川君遺愛碑（久保筑水撰文）　同右
祖山東方君墓銘（安積艮齋撰文）　斯文一〇八號　斯文會　二〇〇〇年 三月
三口橋碑（安積艮齋撰文）　同右

【外文發表】

三度折肘　知爲良醫　中央日報　海外版④　中央日報社　一九九〇年 三月　范添盛譯

早稻田大學及其中國學	國文天地第七卷第一〇期 國文天地社	一九九二年三月	臺灣
崔述《讀風偶識》的側面	中國文哲研究通訊第五卷・第二期 中央研究院中國文哲研究所	一九九四年六月	臺灣・林慶彰譯
姚際恆的學問（上）——關於《古今僞書考》——	『經學研究論叢第三輯』中央研究院中國文哲研究所	一九九五年四月	臺灣・林慶彰譯
姚際恆的學問（中）——他的生涯和學風——	同右		
姚際恆的學問（下）——關於《詩經通論》——	同右		
姚際恆論	同右		
姚際恆的《禮記通論》	同右		余崇生譯
戴君恩《讀風臆評》與陳繼揆《讀風臆補》比較研究	『明代經學國際研討會論文集』中央研究院中國文哲研究所	一九九五年六月	臺灣
士魂商才——漫談中國傳統文化與日本現代化——	天津日報一九九五年六月二十八日 天津日報社	一九九五年六月	中國
日本詩經學史	『第五回東洋學國際學術會議論文集』成均館大學校出版部	一九九五年十二月	韓國
姚際恆的學問（上）——關於《古今僞書考》——	『姚際恆研究論集』中央研究院中國文哲研究所	一九九六年六月	臺灣・林慶彰譯・再錄

姚際恆的學問（中）——他的生涯和學風——　同右
姚際恆的學問（下）——關於《詩經通論》——　同右
姚際恆論　同右　余崇生譯・再録
姚際恆的《禮記通論》　同右
中國傳統文化與日本現代化　河北師院學報（社會科學版）一九九六年第四期　河北師範學院　一九九六年　中國・周月亮譯
戴君恩《讀風臆評》初探　『第二屆詩經國際學術研討會論文集』中國詩經學會　一九九六年　八　月　中國
高吹萬《詩經》搜書軼事　『第三屆詩經國際學術研討會論文集』中國詩經學會　一九九八年　六　月　中國・李寅生譯
關於姚際恆的《儀禮通論》　東洋禮學　東洋禮學會　一九九九年　二　月　韓國・金正和譯

【名言の內側】

易經　君子は豹變す／詩經　小心翼翼／三尺下がって師の影を踏まず　「北條氏直時代諺留」／君子は危うきに近寄らず／「唐詩」　年年歳歳、花相似たり／「論語」　知らしむべからずよらしむべし／酒なくて何のおのれが櫻かな／稼ぐに追いつく貧乏なし／王陽明　山中の賊を破るは易く心中の賊を破るは難し／犬養　毅　話せばわかる／兼好法師　家の作りようは夏をむねとすべし／會津　八一　深くこの生を愛すべし／唐・高駢　一架の薔薇滿院香し／將を射んと欲すればまず馬を射るべし／王莽　酒は百薬の長／天高く馬肥ゆ／「十八史略」　自家薬籠中のもの／韓退之　燈火親しむべし／「孟子」　ことごとく書を信ずれば書なきにしかず／劉邦　法三章／「大學」　日日に新たに、又日に新たなり／「左傳」　百年河清を俟つ／「史記」　斷じて行えば鬼神もこれを避く／鄧小平　黑い猫でも白い猫でもネズミを捕るのがよい猫だ／螢雪の功／孟 浩然 春眠曉を覺えず／「書經」 玩物喪志／乃公出でずんば蒼生をいかんせん／入るを量りて出づるを制す／細川 頼之 人生五十功なきを愧ず／ホラティウス 大山鳴動して鼠一匹／「禮記」 禮は往來を尙ぶ／『論語』 怪力亂心を語らず／「實語教」 山高きが故に貴からず、樹あるを以って貴しとなす／耶律楚材 一利を興すは一害を除くにしかず／李 紳 粒粒皆な辛苦／「莊子」 壽ながければ辱多し／「左傳」三たび肘を折って良醫となる／董遇 讀書百遍、義おのずから見わる／「史記」 敗軍の將、兵を語らず／「詩經」わが心、石にあらず／莊子 聖人に夢なし／蘇東坡 春宵一刻直千金／「孟子」 居は氣を移す／『孫子』 呉越同舟／孔子 述べて作らず／「左傳」 鼎の輕重を問う／魏徴 人生、意氣に感ず／張横渠 萬世の爲めに太平を開く／「瓔珞經」 言語道斷 心行所滅／「大學」 小人閑居して不善をなす／「書經」 教うるは學ぶのなかばなり／唐詩 一葉落ちて天下の秋を知る／「論語」 下學して上達す／虛堂錄 鹿を逐う者、山を見ず／易經 積善の家には必ず餘慶あり／唐詩 山中曆日なし／馬 援 老いてますます壯んなるべし／「易經」 吉人の辭は寡し／「養生訓」 接してもらさず／「史記」 千金の子は市に死せず／王安石 萬綠叢中紅一點／班超 水淸ければ魚棲まず／孟子 子を易えて救う／韓非子 株を守りて兎を待つ／「左傳」 良禽は木を擇ぶ／魯迅 水に落ちた犬は打て／孔子 人よく道を弘む、道、人を弘むるにあらず／『孟子』 夜氣を存す／「詩經」 明哲保身／「左傳」 病膏肓に入る／「三國志」 衆寡敵せず／李商隱 人間晩晴を重んず／王康琚 大隱は市に隱る／「禮記」 直情徑行／「荀子」 爭氣ある者とはともに辨ずることなかれ／「韓非子」 毛を吹いて疵を求む／最澄 一隅を照らす／金原 明善 古書を古讀すべからず／「莊子」 虛しく往き實にして歸る／洪自誠 友と交わるには、すべからく三分の俠氣を帶ぶべし／西鄉隆盛 兒孫のために美田を買わず／眼光、紙背に徹す／「老子」 天網恢恢疎にして漏らさず／『書經』 終わりを始めに愼む／『論語』 教ありて類なし

【事典項目】

日本大百科事典（王應麟・桂湖村・漢籍解題・崔 小學館 一九八八年十一月

述・黄氏日鈔）

中國文學歳時記（春景色・ざくろの實・秋の柳・なつめ・紅〈黄〉葉・山行・冬のあやかし）　同朋舍　一九八九年一月

日本現代文學事典（岩溪裳川・大沼枕山・國府犀東・國府青厓・服部擔風・本田種竹・竹添井井・鷲津毅堂・松枝茂夫・森槐南・森春濤・『槐南集』・『毅堂集』・『懷古田舍詩存』・『棧雲峽雨日記』・『春濤詩鈔』・『詩董狐』・『裳川自選稿』・『花柘榴』・『枕山詩鈔』・『擔風詩集』・松枝茂夫譯『紅樓夢』・『新文詩』・「近代の漢詩文」）　明治書院　一九九四年十月

中國思想辭典（『詩經』・『詩本義』・崔述・姚際恆）　研文出版　一九八四年四月

日本近代文學大事典（秋月天放・阿藤伯海・石田東陵・伊藤春畝・犬養木堂・鵜崎鷺城・大久保湘南・落合東郭・江馬天江・木崎好尚・鹽谷青山・田邊松坡・高島九峯・服部擔風・北條鷗所・三島中洲・長三洲・中野逍遙・野口寧齋・中井錦城・森槐南・柳井絅齋）　講談社　一九七七年十一月

大百科事典（大沼枕山・國分青厓・野口寧齋・中野逍遙・森槐南・森春濤・漢詩文）　平凡社　一九八六年四月

研究内容別目録

【詩經學關係】

詩經研究文獻目錄	汲古書院	一九九二年 十 月	江口尚純共編
太宰春臺の『朱子詩傳膏肓』	詩經研究第一號　詩經學會	一九七四年 十 月	
姚際恆論	『目加田誠博士古稀記念論集』龍溪書舍	一九七四年 十 月	
渡邊蒙庵の『詩傳惡石』について	詩經研究第二號　詩經學會	一九七五年 五 月	
崔述の詩經學——「讀風偶識」の立場——	同第四號	一九七八年十二月	
ジェームズ・レッグの『詩經』譯	同右		
鍾伯敬『詩經鍾評』の周邊	同第六號	一九八一年 六 月	
王質の『詩總聞』考略	同第七號	一九八二年 九 月	
關雎篇の詩旨——解釋學史の見地から——	同第十一號	一九八六年十二月	
方玉潤の生涯と著述	中國古典研究第三十一號　中國古典研究會	一九八六年十二月	
『毛詩原解』序說	詩經研究第十二號　詩經學會	一九八七年十二月	
ジェームズ・レッグの 'The Chinese classics'	比較文學三二號　日本比較文學會	一九八九年 三 月	

桃夭―不相應の娘もちけり桃の花――一茶「享和句帖」抄――　詩經研究第十三號　詩經學會　一九八九年三月

方玉潤の詩經學――『詩經原始』の特質――　日本中國學會報第四十一集　日本中國學會　一九八九年十月

崔述の生涯と學績　文學研究科紀要第三六輯哲學・史學編　早稻田大學大學院文學研究科　一九九〇年二月

レッグと王韜――稿本『毛詩集釋』の周邊――　詩經研究第十五號　詩經學會　一九九一年二月

崔述『讀風偶識』の一斷面――戴君恩『讀風臆評』とのかかわりについて――　中國哲學第二十一號　北海道中國哲學會　一九九二年十月

崔東壁「東山詩解」について　詩經研究第十七號　詩經學會　一九九二年十二月

竟陵派の詩經學――鍾惺の評價をめぐって――　東洋の思想と宗教第十號　早稻田大學東洋哲學會　一九九三年六月

高吹萬詩經蒐書軼事　詩經研究第二十一號　詩經學會　一九九七年二月

戴君恩『讀風臆評』初探　『中國文人論集』明治書院　一九九七年五月

徐光啓『毛詩六帖』序說　詩經研究第二十二號　詩經學會　一九九八年二月

明儒郝敬の詩解　早稻田大學大學院文學研究　一九九九年二月

科紀要第四四輯・第一分冊

早稲田大學大學院文學研究科

越風石臼歌と小田穀山　目加田誠著作集二　月報　龍溪書舍　一九八二年　一月

『詩經研究文獻目錄』補遺Ⅰ　詩經研究第十七號　詩經學會　一九九二年十二月　村山吉廣・江口尙純共著

『詩經研究文獻目錄』補遺Ⅱ　同第十八號　一九九三年十二月　同右

如達堂緣起　新釋漢文大系季報No.九五　明治書院　一九九八年十二月

采詩ノート（1）鳳鳴の碑（2）甘棠之碑　詩經研究第七號　詩經學會　一九八二年　九月

采詩ノート（3）「穆如清風」の碑（4）閑谷學校「鶴鳴門」　同第八號　一九八三年十二月

采詩ノート（5）「匪今斯今　振古如茲」（中島撫山書）の幟　同第九號　一九八四年十二月

采詩ノート（6）「遷喬館」（岩槻市兒玉南柯塾）　同第十號　一九八五年十二月

采詩ノート（7）「六義園」（8）扁額「甘棠亭」　同第十一號　一九八六年十二月

采詩ノート（9）「不騫堂」　同第十二號　一九八七年十二月

采詩ノート（10）「靜嘉堂」　同第十三號　一九八九年　三月

采詩ノート（11）「葛覃亭」　同第十四號　一九八九年十二月

采詩ノート（12）「菁莪小學校」「菁莪中學校」　同第十五號　一九九一年　二月

采詩ノート（13）「鹿鳴館」（14）「菁莪會館」　同第十六號　一九九一年十二月

采詩ノート（15）「凱風快晴」　同第十七號　一九九二年十二月

采詩ノート（16）「有造館」（17）「敬止館」　同第十八號　一九九三年十二月

采詩ノート（18）「高岡」　同第十九號　一九九四年十二月

采詩ノート（19）「關睢堂」　同第二十二號　一九九八年　二月

采詩ノート（20）天險親不知「如砥如矢」の碑　同第二十三號　一九九九年　二月

夏傳才教授の來日　同右　一九九九年　二月

解題　韓愈「詩之序議」　同第一號　一九七四年　十月

詩經研究文獻提要（一）　同第五號　一九八〇年　四月
「詩經國風篇研究」（松崎鶴雄述）、詩經に見える「嘆老」（藤野岩友）、「豳風七月の詩について」（津田左右吉）、詩の「芣苡」とその信仰の發生背景について（水上靜夫）、「姚際恆詩經通論述平」（陳柱）、詩經と萬葉集（松本雅明）

詩經關係書目解題（一）　同第五號　一九八〇年　四月
東條一堂「詩經標識」、赤松弘「詩經述」、皆川愿「二南訓闡」、黒川彜「詩經一枝」

詩經關係書目解題（二）——新井白石校　狩野春　同第六號　一九八一年　六月

湖筆『詩經圖』について——　同第七號　一九八二年　九月
詩經關係書目解題（三）——清原宣賢「毛詩抄」について——稲生若水「詩經小識」について——　同第七號　一九八二年　九月
詩經關係書目解題（六）——岡白駒『毛詩補義』——　同第十二號　一九八七年十二月
圖版『詩經圖』唐棣解題　同第七號　一九八二年　九月
圖版『詩經圖』木瓜解題　同第八號　一九八三年十二月
圖版『詩經圖』諼草解題　同第九號　一九八四年十二月
圖版『詩經圖』泮水解題　同第十號　一九八五年十二月
圖版『詩經圖』雎鳩解題　同第十一號　一九八六年十二月
圖版『詩經圖』騶虞解題　同第十二號　一九八七年十二月
圖版『詩經圖』芣苢解題　同第十三號　一九八九年　三月
圖版『詩經圖』羔羊解題　同第十四號　一九八九年十二月
圖版『詩經圖』蟋蟀解題　同第十五號　一九九一年　二月
圖版『詩經圖』辟廱解題　同第十六號　一九九一年十二月
圖版『詩經圖』果蠃解題　同第十七號　一九九二年十二月
圖版『詩經圖』狐解題　同第十八號　一九九三年十二月
圖版『詩經圖』薺解題　同第十九號　一九九四年十二月
圖版『詩經圖』造舟解題　同第二十一號　一九九七年　二月
圖版『詩經圖』苓解題　同第二十二號　一九九八年　二月

圖版『詩經圖』鶉解題	同第二十三號	一九九九年 二 月	
新刊紹介『詩經』目加田誠著	同第十五號	一九九一年 二 月	
親を喰う梟	ダジアン№七　コスモ石油	一九九三年 一 月	
桂林山水記――詩經國際會議の旅のなかで――	日本經濟新聞一九九七年九月十四日　日本經濟新聞社	一九九七年 九 月	
崔述《讀風偶識》的側面	中國文哲研究通訊第五卷・第二期　中央研究院中國文哲研究所	一九九四年 六 月	臺灣・林慶彰譯
姚際恆的學問（下）――關於《詩經通論》――	『經學研究論叢第三輯』中央研究院中國文哲研究所	一九九五年 四 月	臺灣・林慶彰譯
戴君恩《讀風臆評》與陳繼揆《讀風臆補》比較研究	『明代經學國際研討會論文集』中央研究院中國文哲研究所	一九九五年 六 月	臺灣
日本詩經學史	『第五回東洋學國際學術會議論文集』成均館大學校出版部	一九九五年十二月	韓國
姚際恆的學問（下）――關於《詩經通論》――	『姚際恆研究論集』中央研究院中國文哲研究所	一九九六年 六 月	臺灣・林慶彰譯・再錄
戴君恩《讀風臆評》初探	『第二屆詩經國際學術研討會論文集』中國詩經學會	一九九六年 八 月	中國
高吹萬《詩經》搜書軼事	『第三屆詩經國際學術研討	一九九八年 六 月	中國・李寅生譯

會論文集』　中國詩經學會

【中國學一般】

入門中國古典　早稻田大學中國古典研究會　一九六三年　五月　共同編集
中國の思想　社會思想社　一九七二年　三月　現代教養文庫
中國笑話集　社會思想社　一九七二年十二月　現代教養文庫
「孫子」譯注　平凡社　一九七三年　六月　中國古典文學大系
中國の名詩鑑賞（10）清詩　明治書院　一九七六年　四月
中國の知嚢　讀賣新聞社　一九八四年　二月
中國の古典詩——詩經から唐詩まで——　早稻田大學文學部村山研究室　一九八四年　四月
續　中國の知嚢——策略編——　讀賣新聞社　一九八五年　五月
中國の古典　蒙求・小學　講談社　一九八七年　九月
中國の知嚢　上　中央公論社　一九八八年　五月
中國の知嚢　下　中央公論社　一九八八年　七月　中公文庫
名言の內側——歷史の發想に學ぶ——　日本經濟新聞社　一九九〇年　八月　中公文庫
續　名言の內側——色褪せぬ先人の知惠——　日本經濟新聞社　一九九二年十二月　共著
論語名言集——中國古典の不滅の知惠——　永岡書店　一九九三年　七月　共著
故事・寓話Ⅱ　昌平社　一九九五年　四月　主編／漢詩・漢文解釋講座第十六卷
中國歷史紀行　第三卷　隋・唐——遙かなる歷史、　學習研究社　一九九六年　三月　GAKKEN MOOK

勇躍する英傑、廣大な風土をたどる――
中國の古典詩　鑑賞篇（1）――古謠諺・詩經――　早稲田大學文學部村山研究室　一九九六年十月　責任編集　共著

名言の内側――歴史の發想に學ぶ――　ベネッセコーポレーション　一九九七年二月　福武文庫　共著

楊貴妃　中央公論社　一九九七年二月　中公新書

故事ことわざで讀む　史記　小學館　一九九八年三月　ジェイ　ブックス

戰略戰術兵器事典――中國中世・近代編――　學習研究社　一九九九年五月　［歴史群像］グラフィック戰史シリーズ　監修　共著

論語名言集　中央公論社　一九九九年五月　中公文庫

孫子考　漢文學研究第一號　漢文學研究會　一九五二年一一月

兵家について　同第二號　一九五三年三月

呂氏春秋に現れた養生の説　同第六號　一九五八年三月

「孫子」の成立について　史觀第五二册　早稲田大學史學會　一九五八年三月

姚際恆の學問（上）――『古今僞書考』について　漢文學研究第七號　漢文學研究會　一九五九年三月

姚際恆の學問（中）――その生涯と學風――　同第八號　一九六〇年六月

姚際恆の學問（下）――『詩經通論』について　同第九號　一九六一年九月

姚際恆の『禮記通論』　フィロソフィア四十五號　早大哲學會　一九六三年十月

明學から淸學へ――研究史による展望――　中國古典研究第十二號　中國古典研究會　一九六四年十二月　會名・會誌名改稱

韋應物について――吳郡志所收資料ほか――　同第十七號　一九七〇年十二月

李翺の『來南錄』について　同第十八號　一九七一年十二月

姚際恆論　『目加田誠博士古稀記念論集』龍溪書舍　一九七四年十月

イギリスの中國學――發達の歷史を辿って――　『東洋思想研究論集』雄山閣　新田大作編　一九八六年二月

『古今僞書考』補說　東洋の思想と宗教第三號　早稻田大學東洋哲學會　一九八六年六月

吳嘉紀の生涯と詩業　新しい漢文教育第四號　全國漢文教育學會　一九八七年四月

小柳司氣太――東洋學の系譜――47――　しにか一九九四年二月號　大修館書店　一九九四年二月

朱東潤敍說　中國古典研究第四十二號　中國古典研究會　一九九七年十二月

朱東潤の生涯と學績　日本中國學會創立五十年記念論文集　汲古書院　一九九八年十月

楊貴妃の姿態について　春秋七月號№一一三　春秋社　一九七〇年六月

白樂天の呉郡詩石記――少年漂泊者の感傷――　古典と現代二三　明治書院　一九七一年三月

高青邱――明初の詩豪――　別冊「墨」九號　藝術新聞社　一九八八年十月

中國笑話雜記その（1）愚人譚あ・ら・かると　名著サプリメント臨時增刊號　名著普及會　一九八八年十月

中國笑話雜記その（2）笑話と落語二題　名著サプリメント臨時增刊號　名著普及會　一九八九年一月

笑話文學論　新しい漢文教育第八〇號　研文社　一九八九年四月

蘇洵「晩學」の周邊　新釋漢文大系季報№七六　明治書院　一九八九年五月

中國笑話雜記その（3）小咄の原話　名著サプリメント秋季增刊號　名著普及會　一九八九年八月

陽明學と人間形成――講演（要旨）――　安田火災未來塾№九　安田火災海上保險株式會社　一九八九年十月

中國笑話雜記その（4）艶笑譚　名著サプリメント年末增刊號　名著普及會　一九八九年十二月

國際アジア・北アフリカ研究會議に出席して　漢文教育一一號　全國漢文教育學會　一九九〇年十一月

中國笑話雜記 その（5） 腐儒譚	名著サプリメント二月號 名著普及會	一九九一年 二月
〈シンポジウム〉「論語」で何をどう教えるか	漢文教育一九九一 第一三號 全國漢文教育學會	一九九一年十二月
中國古典——人間の德について——	安田火災未來塾No.七三 安田火災海上保險株式會社	一九九三年 六月
周作人「湯島聖堂參拜之感想」〈資料紹介〉	斯文第一〇五號 斯文會	一九九七年 三月
中國生活一年間——北京の春・上海の冬——	新しい漢文教育第二四號 全國漢文教育學會	一九九七年 五月
中國生活一年間——北京から上海へ——	早大極眞會新聞創刊號 早稻田大學極眞會OB會	刊行年月未詳
教科としての漢文	中國古典研究第十三號 中國古典研究會	一九六五年十二月
教科としての中國語	同第十四號	一九六六年十二月
大學における漢文教育	漢字漢文四ー一二 全國漢字漢文教育學會	一九七二年十二月
中國の現代思想その3	月刊東書高校通信 東京書籍	一九七三年 三月
英國における東洋學の現状	信濃每日新聞 信濃每日新聞社	一九七六年 五月
諸子百家	『中國古典紀行』五史記の	一九八二年 一月

旅　講談社

孔子とその弟子　同右

老子と無爲自然　時事教養第六二〇號　自由書房　一九八七年二月

傳說を史實に——甲骨文90年——　日本經濟新聞　日本經濟新聞社　一九八九年十月

陽明學と人間形成　安田火災未來塾No.九　安田火災海上保險株式會社　一九八九年十月

老子とその思想　時事教養第六五一號　自由書房　一九九〇年二月

中國古典に學ぶ——孫子の兵法にみるリーダーシップ——　安田火災未來塾No.四三　安田火災海上保險株式會社　一九九一年十一月

變革の時代に「孫子の兵法」に學ぶ　あさひ銀總研レポート九二・一二　株式會社あさひ銀總合研究所　一九九二年十二月

論語　足利學校講演記錄　足利學校　一九九九年三月

書評『李鴻章』（張美慧譯）序　『李鴻章』久保書店　一九八七年十二月

書評　植村清二著『中國史十話』（中公文庫）解說　植村清二著『中國史十話』中央公論社　一九九二年三月

『老子』（角川新書）を批判する——山田統著　角　漢文學研究第六號　漢文學　一九五八年三月

川新書　一九五七年六月――　　研究會
書評『日本政治思想史研究』――丸山眞男著　東　　同第三號　一九五四年三月
京大學出版會刊――
書評『文藝講話』――毛澤東著　竹内好譯　新日　　同第五號　一九五六年三月
本文學會刊　一九四六年・鹿地亘　一九五一年・
岩波文庫――
書評『「道」の傳播』――リュー・ウー・チー著　　漢文學研究第七號　漢文學　一九五九年三月
山敷和男譯――　　研究會
書評『中國文學における對句と對句論』――古田　　中國古典研究第二十七號　一九八二年十二月　東西書誌（一）
敬一著　風間書房刊　一九八二年六月――　　中國古典研究會
書評『明清思想史の研究』――山井湧著　東京大　　同右
學出版會刊　一九八〇年十二月――
書評『王韜的政治思想』――姚海奇著　文鏡文化　　同右
事業公司刊　一九八一年九月――
書評『漢字の常識』――原田種成著　三省堂刊　　同右
一九八二年六月――
書評『佛教と中國社會』――ケネスK・Sチェン　　同右
著　福井文雅　・岡本天晴譯　金花舍刊　一九
八一年十二月――
書評『ヨーロッパとアジア』――榎一雄著　大東　　同第二十八號　一九八三年十二月　東西書誌（二）
出版社刊　一九八三年七月――

書評『唐詩の風土』――植木久行著　研文出版刊　一九八三年二月――　同右

書評『雜書雜談』――增田涉著　汲古書院刊　一九八三年三月――　同右

書評『說文入門－段玉裁の「說文解字」を讀むために－』――賴惟勤監修・說文會編　大修館書店刊　一九八三年六月――　同右

書評『明末清初的學風』――謝國楨著　北京人民出版社刊　一九八二年六月――　同右

書評『全唐詩外編』上・下　王重民・孫望・童養年輯錄　北京中華書局刊　一九八二年　同第二十九號　一九八四年十二月　東西書誌（三）

書評『中國の近代化と知識人――嚴復と西洋――』B・Iシュウォルツ著　平野健一郎譯　東京大學出版會刊　一九七八年四月　同右

書評『唐詩紀行』渡部英喜・吉崎一衞・大地武雄著　昭和堂刊　一九八四年十月　同右

書評『黃仲則詩選』止水選注　香港三聯書店刊　一九八一年　同右

書評『明末清初』福本雅一著　同朋舍出版刊　一九八三年八月　同右

書評『漢字學』――書評『說文解字』の世界――　同第三十號　一九八五年十二月　東西書誌（四）

阿辻哲次著　東海大學出版會刊　一九八五年三月
書評『年節趣談』——中國節禮、習俗、掌故——談笑生編著　香港明珠出版社　一九八五年三月　同右
書評『明代文人論』内山知也著　新しい漢文教育第五號　研文社　一九八七年十月
書評『李鴻章——清末政治家悲劇の生涯——』張美慧著　久保書店刊　一九八七年十二月　中國古典研究第三十二號　一九八七年十二月　東西書誌（六）　中國古典研究會
書評『内藤湖南ノート』　同右
書評『管子の研究』金谷治著　新しい漢文教育第六號　研文社　一九八八年四月
新刊紹介『故事成語名言大辭典』　漢文教室第一六一號　大修館書店　一九八八年十一月
書評『中國の公案小説』庄司格一著　研文出版刊　一九八八年八月　中國古典研究第三十三號　一九八八年十二月　東西書誌（七）　中國古典研究會
書評『中國説話文學の誕生』高橋稔著　東方選書　東方書店刊　一九八八年七月　同右
書評　大庭定男著『戰中ロンドン日本語學校』　比較文學年誌第二五號　早稲田大學比較文學研究室　一九八九年三月
書評　莊司格一著『中國の公案小説』について　東洋文化復刊第六十二號　無窮會　一九八九年三月

『中國の公案小説』について　同右

書評『中國の神祕思想』安居香山著　平河出版社刊　一九八九年　中國古典研究第三十四號　中國古典研究會　一九八九年十二月　東西書誌（八）

書評『華夏文明』第一集　田昌五主編　北京大學出版社刊　一九八七年七月　同右

書評 ウッドハウス暎子著『日露戰爭を演出した男モリソン』上・下　比較文學年誌第二六號　早稲田大學比較文學研究室　一九九〇年　三月

書評 山下龍二教授退官記念『中國學論集』記念論集刊行會編　研文社刊　一九九〇年十月　中國古典研究第三十五號　中國古典研究會　一九九〇年十二月　東西書誌（九）

書評『日本中國『管子』關係論文文獻總目索引』谷中信一編　早稲田大學出版部刊　一九八九年十月　同右

書評『文革笑科集』余川江・責任編集　西南財經大學出版社刊　一九八八年八月　同右

書評 朱捷著『神様と日本人のあいだ』　しにか一九九一　十一月號　大修館書店　一九九一年十一月

書評『説苑』池田秀三著　講談社刊　一九九一年十月　中國古典研究第三十六號　中國古典研究會　一九九一年十二月　東西書誌（十）

書評『列女傳』——歴史を變えた女たち　山崎純一著　五月書房刊　一九九一年六月　同右

書評『中國古典詩歌の手法と言語』宇野直人著　同右

研文出版刊　一九九一年十月

書評『中外文化交流史話』沈立新主編　華東師範大學出版社刊　一九九一年一月　同右

書評　宇野哲人著『中國哲學』（學術文庫）　產經新聞夕刊九二年二月十九日　產經新聞社　一九九二年二月

書評　劉香織著『斷髮』近代東アジアの文化衝突　日本比較文學第三四卷　日本比較文學會　一九九二年三月

書評　嚴安生『日本留學精神史――近代中國知識人の軌跡――』　同第三五卷　一九九二年三月

解説　鳥山喜一『中國小史　黃河の水』（角川文庫）――名著の軌跡――　高校通信　東書　國語№三二三　東京書籍　一九九二年四月

書評『道家思想と道教』楠山春樹著　平河出版社刊　一九九二年七月　中國古典研究第三十七號　中國古典研究會　一九九二年十二月

書評『滿學五十年』神田信夫著　刀水書房刊　一九九二年三月　同右

小杉未醒著『新譯　繪本西遊記』解説　小杉未醒著『新譯　繪本西遊記』中央公論社　一九九三年三月

新刊紹介　江上波夫編『東洋學の系譜』　漢文教室第一七五號　大修館書店　一九九三年六月

「禮」の理念と實際解説――藤川正數著「禮の話――古典の現代的意義――」　岐阜新聞九三年十月二十五日　岐阜新聞社　一九九三年十月

書評『佐藤春夫の車塵集』中國歴朝名媛詩の比較研究　吉川發輝著　新典社刊　一九八九年一月　　中國古典研究第三十八號　中國古典研究會　一九九三年十二月　東西書誌（十二）

書評　中村璋八編　安井香山博士追悼『緯學研究論叢』　　漢文教育一六號　全國漢文教育學會　一九九三年十二月

書評『黄昏の人』――津田左右吉――鈴木瑞枝著　八雲書房刊　一九九四年六月　　中國古典研究第三十九號　中國古典研究會　一九九四年十二月　東西書誌（十三）

書評『春草考』――中國古典詩論叢――前野直彬著　秋山書店刊　一九九四年二月　　同右

書評『販書經眼錄』嚴寶善著　浙江古籍出版社出版・杭州古籍書店發行　一九八八年刊行・一九九四年十二月修訂版　　同第四十一號　一九九六年十二月　東西書誌（十五）

書評『日本學者中國文章學論著選』王水照・吳鴻春編選　上海古籍出版社刊　一九九四年五月　　同右

書評『杜甫研究』安東俊六著　風間書房刊　一九九六年十二月　　同右

書評『中國思想論集』上・中・下　金谷治著　平河出版社刊　一九九七年五月～九月　　同第四十二號　一九九七年十二月　東西書誌（十六）

書評『宋代文學通論』王水照主編　開封市河南大學出版社刊　一九九七年六月　　同右

書評　山崎純一著『列女傳』上・中・下　　早稲田學報一〇八〇號　早稲田大學校友會　一九九八年二月

秋海棠の花　廣報まちだ　町田市役所廣報課　一九七三年十月

「石敢當」雜話　同朋九〇　同朋舍　一九八五年十二月

濟南遊記　出版ダイジェスト一二九八號　出版ダイジェスト社　一九八六年六月

中國笑話雜記　その（4）艷笑譚　名著サプリメント年末增刊號　名著普及會　一九八九年十二月

大野實之助博士弔辭　中國古典研究第三十四號　中國古典研究會　一九八九年十二月

馬の話ア・ラ・カルト　中央公論　中央公論社　一九九〇年二月

追悼・大野實之助先生　わせだ國文ニュース第五二號　早大國文學會　一九九〇年五月

古典閑話(1)　人間學のすすめ　埼玉自治八月號　埼玉縣廳　一九九〇年八月

古典閑話(2)　讀書の周邊　同九月號　一九九〇年九月

古典閑話(3)　教育の課題　同十月號　一九九〇年十月

トロント紀行――第33回國際アジア・北アフリカ會議に出席して――　中國古典研究第三十五號　中國古典研究會　一九九〇年十二月

回想・大野實之助　同右

齒を病む楊貴妃　婦人公論十一月號　中央公論社　一九九一年十一月

中原紀遊（上）　中國古典研究第三十六號　一九九一年十二月

文峰塔のある町で――古都安陽の風物――　中國古典研究會　一九九二年 七 月

中原紀遊（下）　東方一三六　東方書店　一九九二年十二月

長江溯洄記（1）　中國古典研究第三十七號　中國古典研究會　一九九四年十二月

中國生活一年間――北京から上海へ――　同第三十九號　一九九七年 四 月

中國生活一年間――北京の春・上海の冬――　早大極眞會新聞九七年四月十五日　早大極眞會　一九九七年 五 月

桂林山水記――詩經國際會議の旅の中で――　漢文教育二四號　全國漢文教育學會　一九九七年 九 月

地脈を斷った罪　日本經濟新聞九七年九月一四日　日本經濟新聞社　一九九八年 十 月

前野さんとのえにし――哀悼前野直彬先生――　中央公論十一月號　中央公論社　一九九八年十二月

姚際恆的學問（上）――關於《古今僞書考》――　中國古典研究第四十三號　中國古典研究會　一九九五年 四 月　臺灣・林慶彰譯

姚際恆的學問（中）――他的生涯和學風――　『經學研究論叢第三輯』中央研究院中國文哲研究所

姚際恆的學問（下）――關於《詩經通論》――　同右

姚際恆論　同右

姚際恆的《禮記通論》　同右　臺灣・余崇生譯

姚際恆的學問（上）——關於《古今僞書考》——　『姚際恆研究論集』中央研究院中國文哲研究所　一九九六年 六月　臺灣・林慶彰譯・再錄

姚際恆的學問（中）——他的生涯和學風——　同右

姚際恆的學問（下）——關於《詩經通論》——　同右

姚際恆論　同右

姚際恆的《禮記通論》　同右　余崇生譯

關於姚際恆的《儀禮通論》　東洋禮學　東洋禮學會　一九九九年 二月　韓國・金正和譯

【江戶漢學】

服部南郭の『文筌小言』　中國古典研究第十六號　中國古典研究會　一九六九年 六月

田能村竹田の「瓶花論」　同第十九號　一九七三年 六月

田能村竹田の「黃檗紀行」——高客聽琴圖屛風の描かれたころ——　同第二十號　一九七五年 一月

仁科琴浦・仁科白谷の生涯　『古田敬一教授退官記念中國文學語學論集』東方書店　一九八五年 七月

佐羽淡齋の生涯と詩業　漢文教育一四號　全國漢文教育學會　一九九二年 五月

龜田鵬齋の生涯と學績　斯文第一〇五號　斯文會　一九九七年 三月

鶴岡市の石敢當と神農堂　同一〇六號　一九九八年 三月

服部南郭の「燈下書」　フィロソフィア第五八號　一九七〇年十二月

早大哲學會

服部南郭と和學の教養　東洋哲學　二文東哲2年クラス誌　一九六六年十二月

越風石臼歌と小田穀山　目加田誠著作集二　月報　龍溪書舍　一九八二年　一月

冬藏詩話（三）　江湖五八年度　中國古典研究會學生部會　一九八四年　三月

〝侯鯖一臠〟と龜田鵞谷　漢字漢文一六巻二九號　全國漢字漢文研究會　一九八四年十一月

冬藏詩話（四）　江湖五九年度　中國古典研究會學生部會　一九八五年　五月

仁科白谷紹介の一資料——菊池晩香の〝仁科白谷傳〟について——　牛窓春秋二五　牛窓春秋會　一九八五年十二月

冬藏詩話（五）　江湖六〇年度　中國古典研究會學生部會　一九八六年　五月

郡上藩の漢學と「濃北風雅」補說　新しい漢文教育第三號　研文社　一九八六年　十月

聞書・鵬齋と良寛——加茂川ノ水ノ如クニ——　北方文學第三十六號　北方文學會　一九八七年　一月

冬藏詩話（六）　江湖六一年度　中國古典研究會學生部會　一九八七年　五月

漢詩文	國文學三二―六　學燈社	一九八七年五月
冬藏詩話（七）	江湖六二年度　中國古典研究會學生部會	一九八八年十二月
鵬齋歸隱――一生酒ヲ飲ミ終ニ錢ナシ――	創文〇五／二九九　創文社	一九八九年五月
寛齋出奔す	同〇六／三〇〇	一九八九年六月
南郭二題	江戸詩人選集　月報六　第三巻　岩波書店	一九九一年四月
龜陽文庫を訪ねて	『江河萬里流る―甦る孔子と龜陽文庫―』（財）龜陽文庫・能古博物館	一九九四年十二月
「龜田鵬齋―龜田氏三代の儒業」――先儒祭墓前講話――	斯文第一〇五號　斯文會	一九九七年三月
中國古典に學ぶ――老莊の哲學について――	安田火災未來塾№三〇　安田火災海上保險株式會社	一九九一年六月
昌平坂學問所創建二百年・斯文會創立八十周年に寄せて	斯文會會報第三九號　斯文會	一九九八年四月
田能村竹田「百活矣」――宮地秀夫譯注――	中國古典研究第二十四號　中國古典研究會	一九七九年六月
山路愛山の「孔子論」	漢文學研究第十號　漢文學研究會	一九六二年十月
書評　富士川英郎「菅茶山」	日本經濟新聞　日本經濟新	一九八一年五月

聞社

書評『賴山陽書畫跋評釋』――竹谷長二郎著　明治書院刊　一九八三年五月――　中國古典研究第二十八號　一九八三年十二月　東西書誌（二）

書評『化政・天保の人と書物』鈴木瑞枝著　玉壺草堂刊　一九八四年十一月　同第二十九號　一九八四年十二月　東西書誌（三）

書評『文人畫論　』――浦上春琴「論畫詩」注釋――竹谷長二郎著　明治書院刊　一九八八年八月　同第三十三號　一九八八年十二月　東西書誌（七）

書評『齋藤拙堂詩選』書評『齋藤拙堂詩集』全　杉野茂著・齋藤正和編　三重縣良書普及會刊　一九八九年十一月　同第三十五號　一九九〇年十二月　東西書誌（九）

書評　德田武著『江戸漢學の世界』　國文學研究一〇四集　早大國文學會　一九九一年六月

書評　山田勝弘著『美濃の漢詩人とその作品』序　山田勝弘著『美濃の漢詩人とその作品』研文社　一九九三年四月

書評『齋藤拙堂傳』齋藤正和著　三重縣良書出版會刊　一九九三年七月　中國古典研究第三十八號　中國古典研究會　一九九三年十二月　東西書誌（十二）

古人今人④　寺門靜軒　埼玉自治四月號　埼玉縣廳　一九九二年　四月

古人今人⑥　橘守部　同六月號　一九九二年　六月

古人今人⑦　宮内翁助　同七月號　一九九四年　一月

古人今人⑧　伊古田純道　同二月號　一九九四年　二月

古人今人⑨　越谷吾山	同三月號	一九九四年三月
古人今人⑪　田代三喜	同五月號	一九九四年五月
寛保治水之碑（服部南郭撰文）	『鷲宮町の金石文』（鷲宮町史資料第七集）鷲宮町史編纂室	一九八二年三月
默山和尚碑銘（藤原公享撰文）	同右	
福翁府君神道碑（澤田東江撰文）	『久喜市史』久喜市史編纂室	一九九〇年三月　資料編Ⅲ近世2所收
知道軒戸賀崎氏衣幘藏碑銘（龜田鵬齋撰文）	同右	
岡嶽院福翁義田居士墓誌銘（立原翠軒撰文）	同右	
有道軒先生碑（大槻磐溪撰文）	同右	
弘道軒川島兵庫君記德碑（中村忠誠撰文）	同右	
祖山東方君墓銘（安積艮齋撰文）	斯文一〇八號　斯文會	二〇〇〇年三月
名匠石工廣群鶴傳	中國古典研究第四十三號　中國古典研究會	一九九九年十二月
三口橋碑（安積艮齋撰文）	斯文一〇八號　斯文會	二〇〇〇年三月

【龜田鵬齋】

龜田鵬齋の瀧澤馬琴「瘞筆塚銘」について	中國古典研究第二十五號　中國古典研究會	一九八〇年十月

龜田鵬齋の「雲泉山人墓銘」について　同第二十六號　一九八一年十月

龜田鵬齋の生涯と學績　斯文第一〇五號　斯文會　一九九七年三月

〃侯鯖一臠〃と龜田鶯谷　漢字漢文一六巻二九號　全國漢字漢文研究會　一九八四年十一月

鵬齋歸隱——一生酒ヲ飮ミ終ニ錢ナシ——　創文〇五／二九九　創文社　一九八九年五月

聞書・鵬齋と良寛——加茂川ノ水ノ如クニ——　北方文學第三十六號　北方文學會　一九八七年一月

「龜田鵬齋—龜田氏三代の儒業」——先儒祭墓前講話——　斯文第一〇五號　斯文會　一九九七年三月

龜田鵬齋「遷善館記」解題——堀間善憲譯注——　中國古典研究第二十四號　中國古典研究會　一九七九年六月

龜田鶯谷「桃青翁高逸吟碑陰記」解題——長谷川孝一譯注——　同右

龜田鵬齋碑文譯注七種解題　同第二十八號　一九八三年十二月

「桂山多紀先生墓碑銘」石見清裕譯注　同右

「墨陀梅莊記」阿川正貫譯注　同右

「成美君墓碣銘」（附）不老泉銘——三宅崇廣譯注　同右

「竹垣君德政之碑」增野弘幸譯注　同右

「朝川默翁碑銘」梯信曉譯注　同右

「萬卷樓記」鷲野正明譯注　同右

「鶴峯居士墓表」清水悅男譯注　同右

龜田鵬齋碑文・序跋十種譯注解題　中國古典研究第二十九號　一九八四年十二月
「船丘神祠碑」長谷川潤治譯注　同右
「天滿天神碑」長谷川潤治譯注　同右
「彌彦宮遙拜所碑」長谷川潤治譯注　同右
「琴浦仁科先生墓碑銘」・附「琴浦碑陰記」・「仁科禮宗墓碑銘」江口尙純譯注　同右
「無琴道人墓銘」藤森敦譯注　同右
「海外奇談序」嶋崎一郎譯注　同右
「養志帖跋」小野村浩譯注　同右
「花鳥帖敍」三宅崇廣譯注　同右
「樊川集序」山本明譯注　同右
「晚唐詩選序」内山精也譯注　同右
龜田鵬齋碑文六種解題　同第三十號　一九八五年十二月
「羽生萱公廟梅樹記」小林邦久譯注　同右
「正邑小笠原君墓碑銘」加固理一郎譯注　同右
「新建佐州五十里鄕勵風館記」長谷川潤治譯注　同右
「濱口行易墓碑」江口尙純譯注　同右
「了順居士墓銘」江口尙純譯注　同右
「敬念垣内君墓銘」江口尙純譯注　同右
龜田鵬齋碑文及び記六種解題　同第三十一號　一九八六年十二月
「退鋒郎毛君瘞髮塚銘ならびに序」内山知也譯注　同右

「幸清水銘」長谷川潤治譯注　同右
「惰惰子印記」仲本純介譯注　同右
「應神祀之碑」淺井政喜譯注　同右
「常念居士墓銘」渡邊幸秀譯注　同右
「萬梅書樓記」江口尙純譯注　同右
龜田鵬齋碑文及び序四種解題　同第三十二號　一九八七年十二月
「片原先生墓表銘」長谷川潤治譯注　同右
「水陸齋感應記」坂下聰譯注　同右
「鶴芝碑」小野村浩譯注　同右
「巢兆發句集序」水野實譯注　同右
龜田鵬齋碑文四種解題　同第三十三號　一九八八年十二月
「竹内平右衞門信將墓碑」坂下聰譯注　同右
「大川雨聲居士墓碑銘」淺井政喜譯注　同右
「會田先生算子塚銘」嶋崎一郎譯注　同右
「堀出神社碑文」帆刈喜久男譯注　同右
龜田鵬齋碑文竝びに序三種解題　同第三十四號　一九八九年十二月
「北山山本先生墓碑銘」宇野直人譯注　同右
「素月居士墓銘」水谷隆譯注　同右
「醉芙蓉序」渡邊昭夫譯注　同右
龜田鵬齋碑文竝びに序四種解題　同第三十五號　一九九〇年十二月
「翠玉夫人大崎氏墓碣」谷口匡譯注　同右

「谷文一墓石銘」淺井政喜譯注　同右
「光琳百圖序」小野村浩譯注　同右
「石經大學序」水野實譯注　同右
龜田鵬齋碑文竝びに序各一種解題　同第三十七號　一九九二年十二月
「赤穗四十七義士碑」石見清裕譯注　同右
「送石井生序」譯注　同右
龜田鵬齋碑文三種竝びに畫贊一種解題　同第三十八號　一九九三年十二月
「加部一法翁昭先碑」井上和人譯注　同右
「鶴山先生吉野君之碑」「福井良輔墓銘」砂原浩太郎譯注　同右
「小山泰山畫神農圖識語」譯注　同右
龜田鵬齋「玉川百詩敍」解題　北澤紘一譯注　同第四十三號　一九九八年十二月
『龜田鵬齋詩文・書畫集』——杉村英治編　三樹書房刊　一九八二年三月——　同第二十七號　一九八二年十二月　東西書誌（一）
書評 "The World of Kameda Bosai", "The Calligraphy, Poetry, Painting and Artistic Circle of a Japanese Literate by Stephen Addiss New Orleans Museum of University Press of Kansas 刊　一九八四年"　同第二十九號　一九八四年十二月　東西書誌（三）
書評『光風帖』窪田貪泉著　鶴形山詩碑奉贊會刊　同右

一九八四年十一月

知道軒戸賀崎氏衣幘藏碑銘（龜田鵬齋撰文）譯注　『久喜市史』久喜市史編纂室　一九九〇年　三月　資料編Ⅲ近世2所收

【明治漢學】

漢學者はいかに生きたか——近代日本と漢學——　大修館書店　一九九九年十二月　あじあブックス

中野逍遙について（1）——逍遙周邊の人々——　東洋文學研究第一八號　早稲田大學東洋文學會　一九七〇年　三月

漢詩文の位相　國文學　解釋と鑑賞四五卷三號　至文堂　一九八〇年　三月　第五章　教育　第三節　塾・私學校所收

漢文脈の問題——西歐の衝撃のなかで——　國文學　二五卷一〇號八月號　學燈社　一九八〇年　八月

明治漢詩史稿（一）大沼枕山・中野逍遙（附）宮本賢一・山本富朗譯注　中國古典研究第二七號　一九八二年十二月

明誼學舍（中島靖塾）　『栃木市史』［史料編・近現代Ⅱ］栃木市　一九八三年　三月

中島撫山の生涯（續）　中島敦の會會報第一〇號　中島敦の會　一九八三年　八月

漢詩和譯の辿ったみち　比較文學年誌第二十一號　早稲田大學比較文學研究室　一九八五年　三月

中島撫山の「幸魂教舍」　新しい漢文教育第一號　研　一九八五年　十月

文社

明治漢詩史稿（二）菊池溪琴・菊池晩香（附）江口尙純譯注　中國古典研究第三十號　中國古典研究會　一九八五年十二月

高田春汀と中島撫山　『栃木市史』［史料編・近世］栃木市　一九八七年三月　第五章　社會と文化　第三節　名所　所收

近世から近代の私學教育　『鷲宮町史』通史下巻　鷲宮町役場　一九八七年七月　第一編　明治期の鷲宮　第四節所收

中島撫山の生涯　中島敦の會會報第九號　中島敦の會　一九八七年八月

明治漢詩史稿（三）桂湖村（附）江口尙純譯注　中國古典研究第三十二號　中國古典研究會　一九八七年十二月

高田春汀と中島撫山　『栃木縣史』通史編　栃木縣　一九八八年十二月

日本人と漢文世界　しにか一九九一　vol.二　№.三　大修館書店　一九九一年三月

中島敦　家系・教養――「家學」を中心に　『昭和の作家のクロノトポス　中島敦』雙文社　一九九二年十一月

小柳司氣太――東洋學の系譜――47――　しにか一九九四年二月號　大修館書店　一九九四年二月

漢詩文と漱石――時代のコードの中でグローバルに漱石をみる――　國文學四二巻六號　學燈社　一九九七年五月

撫山先生略記　中島撫山先生遺墨展しおり　鷲宮町文化財審議會　鷲宮町教育委員會　一九七六年十一月

撫山先生略記　久喜市の教育展〝中島撫山〟しおり　久喜市教育委員會　一九七八年十月

中島家とその藏書　『撫山中島家藏書目錄』久喜市／鷲宮町兩教育委員會　一九七八年十一月　久喜市／鷲宮町兩教育委員會合同調査報告書第一集

漱石漢詩事典　別冊國文學No.一四　夏目漱石必攜Ⅱ　學燈社　一九八二年五月

冬藏詩話（二）　江湖五七年度（早大百周年記念號）中國古典研究會學生部會　一九八二年十二月

佐佐木信綱宛て中野逍遙書簡　日本近代文學館館報第九二號　日本近代文學館　一九八六年七月

『少年世界』と漢詩文　名著サプリメント秋季增刊號　名著普及會　一九九〇年八月

『少年世界』と漢詩文（2）　同十二月號　一九九〇年十二月

我ハ是レ人間ノ一蠹魚——寧齋文庫の周邊——　ふみくらNo.三六　早稲田大學圖書館　一九九二年七月

敦と横濱高女とをつなぐ緣　ツシタラ新刊二號　中島敦の會　一九九五年十二月

敦と横濱高女とをつなぐ縁（轉載）　うめが香第一〇號　横濱學園中學・高校　一九九六年　三月

書評『雲處筆墨』『王道院曼陀羅』――新田雲處著　新田大作主編　研志堂刊　一九八二年五月　同第二十七號　一九八二年十二月　東西書誌（一）

書評　中村宏「漱石漢詩の世界」　圖書新聞三七三號　圖書新聞社　一九八三年　十月

書評『森槐南遺稿　中國詩學概説』――神田喜一郎編　臨川書店刊　一九八二年十二月――　中國古典研究第二十八號　中國古典研究會　一九八三年十二月　東西書誌（二）

書評　山敷和男著『論考服部撫松』　比較文學年誌第二五號　早稲田大學比較文學研究室　一九八九年　三月

書評　入谷仙介著『近代文學としての明治漢詩』　國語と國文學平成二年一月號　東京大學國語國文學會　一九九〇年　一月

書評『心聲詩滙』服部承風編　漢詩文研修センター　心聲社　一九九六年十月　中國古典研究第四十一號　中國古典研究會　一九九六年十二月　東西書誌（十五）

古人今人①　中島撫山　埼玉自治一月號　埼玉縣廳　一九九二年　一月

古人今人⑩　荻野吟子　同第四月號　一九九四年　四月

高橋武陵墓碑銘（川村利恭撰文）　『鷲宮町の金石文』（鷲宮町史資料第七集）鷲宮町史編纂室　一九八二年　三月

早川君遺愛碑（久保筑水撰文）　『久喜市史』久喜市史編纂室　一九九〇年三月　資料編Ⅲ近世2所收

【中島撫山】

撫山中島家藏書目録　久喜市・鷲宮町兩教育委員會　一九七八年十一月　久喜市・鷲宮町兩教育委員會合同調査報告書第一集

中島撫山小傳（附）樂托日記・關係資料三種譯注　鷲宮町教育委員會　一九八三年三月　鷲宮町教育委員會調査報告書第二集

中島敦とその家學――鵬齋門流の中島撫山――　中國古典研究第二十二號　中國古典研究會　一九七七年六月　第五章　教育　第三節　塾・私學校所收

明誼學舍（中島靖塾）　『栃木市史』〔史料編・近現代Ⅱ〕栃木市　一九八六年三月

中島撫山の生涯（續）　中島敦の會會報第一〇號　中島敦の會　一九八三年八月

中島撫山の「幸魂教舍」　新しい漢文教育第一號　研文社　一九八五年十月

高田春汀と中島撫山　『栃木市史』〔史料編・近世〕栃木市　一九八七年三月

中島撫山の生涯　中島敦の會會報第九號　中島敦の會　一九八七年八月　第五章　社會と文化　第三節　名所　所收

高田春汀と中島撫山	『栃木縣史』通史編　栃木縣	一九八八年十二月
中島敦　家系・教養——「家學」を中心に	『昭和の作家のクロノトポス　中島敦』双文社	一九九二年十一月
撫山先生略記	中島撫山先生遺墨展しおり　鷲宮町文化財審議會　鷲宮町教育委員會	一九七六年十一月
撫山先生略記	久喜市の教育展〝中島撫山〟しおり　久喜市教育委員會	一九七八年　十月
中島家とその藏書	『撫山中島家藏書目錄』久喜市／鷲宮町兩教育委員會	一九七八年十一月　久喜市／鷲宮町兩教育委員會合同調査報告書第一集
敦と横濱高女とをつなぐ縁	ツシタラ新刊二號　中島敦の會	一九九五年十二月
敦と横濱高女とをつなぐ縁（轉載）	うめが香第一〇號　横濱學園中學・高校	一九九六年　三月
中島撫山碑文二種解題	中國古典研究第四十二號　中國古典研究會	一九九七年十二月
「日野井碑銘」池田淳一譯注	同右	
「淡水中島翁衣幘藏碑銘」北澤紘一譯注	同右	

『中島撫山小傳』——村山吉廣編　埼玉縣鷲宮町教育委員會刊　一九八三年三月——　同第二十八號　一九八三年十二月

武田翁碑發見記　池田淳一譯注　中國古典研究第四十三號　中國古典研究會　一九九八年十二月　東西書誌（二）

新井先生墓標（中島端撰文）　『鷲宮町の金石文』（鷲宮町史資料第七集）鷲宮町史編纂室　一九八二年三月

堀訓導之碑（中島撫山撰文）　同右

逸見思道軒之碑（中島撫山撰文）　『久喜市史』久喜市史編纂室　一九九〇年三月　資料編Ⅲ近世2所收

【埼玉史學】

「石敢當」雜話　同朋九〇　同朋舍　一九八五年十二月

古利根川の藻の中を泳ぐ——私のふるさと——　日本經濟新聞夕刊一九九〇年八月二日　日本經濟新聞社　一九九〇年八月

古人今人①　中島撫山　埼玉自治一月號　埼玉縣廳　一九九二年一月

古人今人②　澁澤榮一　同二月號　一九九二年二月

古人今人③　塙保巳一　同三月號　一九九二年三月

古人今人④　寺門靜軒　同四月號　一九九二年四月

古人今人⑤　齋藤俳小星　同五月號　一九九二年　五　月
古人今人⑥　橘守部　同六月號　一九九二年　六　月
古人今人⑦　宮内翁助　同一月號　一九九四年　一　月
古人今人⑧　伊古田純道　同二月號　一九九四年　二　月
古人今人⑨　越谷吾山　同三月號　一九九四年　三　月
古人今人⑩　荻野吟子　同四月號　一九九四年　四　月
古人今人⑪　田代三喜　同五月號　一九九四年　五　月

【イギリスの東洋學】

イギリスの東洋學（1）——School of Oriental and African Studies について——　中國古典研究第二十一號　中國古典研究會　一九七六年　三　月
イギリスの東洋學（2）——モリソン雜記——　同第二十三號　一九七八年　六　月
ジェームズ・レッグの『詩經』譯　詩經研究第四號　詩經學會　一九七八年十二月
イギリスの東洋學（3）——James Legge の生涯——　中國古典研究第二十四號　中國古典研究會　一九七六年　六　月
イギリスの東洋學（4）——Thomas F. Wade 小傳——　同第二十五號　一九八〇年　十　月
イギリスの東洋學（5）——Marshman, Medhurst, Staunton——　同第二十六號　一九八一年　十　月
イギリスの中國學——發達の歴史を辿って——　『東洋思想研究論集』雄山閣　新田大作編　一九八六年　二　月

ジェームズ・レッグの 'The Chinese classics' 比較文學三二號　日本比較文學會　一九八九年 三 月

レッグと王韜――稿本『毛詩集釋』の周邊―― 詩經研究第十五號　詩經學會　一九九一年 二 月

英國における東洋學の現狀 信濃毎日新聞　信濃毎日新聞社　一九七六年 五 月

ロバート・モリソン展墓の記――鶏蛋花の咲く下で―― 中國古典研究第四十二號　中國古典研究會　一九九七年十二月

書評"Perspectives on the T'ang"――Edited by Arthur Wright and Denis Twitchett. Yale University Press 刊 1973年―― 同第二十七號　一九八二年十二月　東西書誌（一）

書評『北京の隱者――エドマンド・バックハウスの祕められた生涯――』――ヒュー・トレヴァ＝ローパー著　田中昌太郎譯　筑摩書房刊　一九八三年六月―― 同第二十八號　一九八三年十二月　東西書誌（二）

書評"Waiting for China"――by Brian Harrison Hong Kong University Press 刊　一九七九年―― 同右　一九八五年十二月　東西書誌（四）

書評『江戸時代の插繪版畫家たち』K・B・ガードナー著　めいせい出版刊　一九七八年八月 同第三十號　一九八八年十二月　東西書誌（七）

書評"CULTURAL REVOLUTION IN CHINA'S 同第三十三號

SCHOOL" ——May 1966－April 1969——by Julia Kwong Hoover Institution Press, Stanford, California 刊　一九八八年

書評 "Entering China's Service——Robert Hart's Journals, 1854－1863", "Edited and with narratives by KATHERINE F. Bruner Jhon K. Fairbank, Richard J. Smith Published by the Council on East Asian Studies, Harvard University, 1986."　同第三十四號　一九八九年十二月　東西書誌（八）

書評 "SINGULAR LISTLESSNESS",a Short History of Chinese Books and British Scholars. by T.H.Barrett　Wellsweep社・ロンドン刊　一九八九年　同第三十五號　一九九〇年十二月　東西書誌（九）

【その他】

冬藏詩話（一）　江湖　早稲田大學中國古典研究會學生部會會　一九八一年十二月

儒教と日本人　人と日本　行政通信社　一九七四年四月

人よく道を弘む、道、人をひろむるにあらず　弘道　日本弘道會　一九九一年十月

嘆かわしい漢文學輕視　日本經濟新聞一九六一年七　一九六一年七月

	月二十八日　日本經濟新聞社	
學園探訪——早稲田大學——	漢字漢文三巻一八號　全國漢字漢文教育研究會	一九七一年十二月
（詩の選出）	玄樹社夏の小品展　玄樹社	一九七三年　七月
中國古典研究會OB會	早稲田學報　早稲田大學校友會	一九八三年　一月
獻辭（目加田誠博士追悼）	詩經研究第十九號　詩經學會	一九九四年十二月
溫トシテソレ玉ノ如シ（目加田誠博士追悼記）	同右	
書評　原田種成『漢字の常識』	週刊讀書人　週刊讀書人社	一九八二年　十月
加藤諄先生の『千厓抄』刊行に寄せて	白櫂No.六一　白櫂短歌會	一九九八年　六月
釜無溪谷抄（短歌）	漢文學研究第七號　早大漢文學研究會	一九五九年　三月
生活感情	湧水七－一　湧水會	一九六二年　一月
私の對決	同七－三　湧水會	一九六二年　八月
論理の美しさ	錯綜　早大哲學研究會	一九六四年十二月
「爽秋の文人いけばな」に寄せて	花展　小原流濱松支部	一九六五年　二月
民の聲と神の聲	錯綜第三號　早大哲學研究會	一九六五年十二月

新日本風土記	早工誌vol.一〇　早稲田大學工業高等學校生徒會	一九六六年 三月
大學および大學生	同右	
文章作法	同右	
私の學生時代	樹海　早大二文2Dクラス會	一九七一年 六月
けじめのない社會	極眞會報創刊號　極眞空手早大支部	一九七九年 六月
讀書	文學部報第九號　早大文學部	一九七九年 十月
簡にして要	早大極眞會報第二號　極眞空手早大支部	一九八〇年 七月
會話はテーブルからこぼれぬほどに	文學部報第一〇號　早大文學部	一九八〇年 十月
經營戰略は孫子に學べ	經營コンサルタント三№四一三　經營政策研究所	一九八三年 三月
新しい空手道の旗手東孝君を語る	早稲田學報九三一號　早稲田大學校友會	一九八三年 四月
〝おがくずが降る〟鋸談義	日本經濟新聞　日本經濟新聞社	一九八四年 四月
my Books	中央公論　中央公論社	一九八八年 五月

おしゃべり列車	Concouse №一二五　JR東日本	一九八八年九月	ペンネームおいらん車
オポチュニストとの遭遇	同一二六	一九八八年十月	
解説がうるさい	同一二七	一九八八年十一月	
悪貨が良貨を驅逐する	同一二八	一九八八年十二月	
受驗生の國公立離れ	同一二九	一九八九年一月	
「とか語」世代	同一三〇	一九八九年二月	
「嫌煙」の仲	同一三一	一九八九年三月	
人間のぬくもり	同一三二	一九八九年四月	
居心地のよかった早稲田	森銑三著作集月報九　中央公論社	一九八九年六月	
辭書に金を惜しむな	外國語の手引き一九九一 ILT NEWS特別號　早稲田大學語學教育研究所	一九九一年三月	
昭和の防人歌	Currebt 一九九一・六・№九　早稲田大學語學研究所	一九九一年六月	
好きな歌との出會い	白櫂№三四　白櫂短歌會	一九九一年九月	
三度折肘　知爲良醫	中央日報　海外版④　中央日報社	一九九〇年三月	范添盛譯
早稲田大學及其中國學	國文天地第七卷第一〇期	一九九二年三月	臺灣

國文天地社

士魂商才——漫談中國傳統文化與日本現代化——　天津日報一九九五年六月二八日　天津日報社　一九九五年　六　月　中國

中國傳統文化與日本現代化　河北師院學報（社會科學版）一九九六年第四期　河北師範學院　一九九六年　中國・周月亮譯

大邱・安東行程記　斯文第一〇七號　斯文會　一九九九年　三　月

村山吉廣教授古稀記念中國古典學論集

詩經の比喩

——「如」字使用の直喩について——

古田敬一

一

昭和五十八年（一九八三）十月一日、二日の兩日、日本中國學會第三十五回全國大會が、廣島市東千田町廣島大學本部キャンパスの文學部で開催された。この學會の全國大會が廣島で開催されるのは、第三回（一九五一）、第二十一回（一九六九）に續いて、三回目のことであった。兩日とも爽秋の好天に恵まれ、多數の會員の參加を得て、盛大に擧行された。その大會の總會の席上、筆者（本論文執筆者）が開催校を代表して挨拶申し上げたが、その折り、キャンパス風景を紹介し、正門入口近くにあった舊制廣島高等師範學校初代校長、北條時敬《ときゆき》の胸像に言及した。そしてその臺座に取り附けられた銅版の銘刻「穆如清風」の一句にも觸れた。それというのも、當時偶々廣島高師創立八十周年記念事業の終了直後であり、その事業の一環として北條校長の胸像修復のことがあり、筆者もその事業會委員に加わっていたので、自然に胸像のことが腦裏に浮んだからである。さすが學術誌『詩經研究』を主宰し、その誌上で自ら毎號「宋詩ノート」の欄を執筆しておられる村山教授だけあって挨拶の片言隻句にすぎなかった、その一句を聞き逃すことなく、その年十二月發行の『詩輕研究』（第八號）に早くも、この碑銘をとりあげられた。

村山教授の調査によれば、北條校長は、金澤の人。高師校長の後、東北大學長、學習院大學長を經て宮中顧問官、敕選貴族院議員となる。昭和四年四月歿。年七十二。この碑は昭和十二年二月に學徒一同によって建立さる。因に、銘文を揮毫したのは平沼淇一郎である。平沼は作州津山の出身。第二次近衛内閣の後をうけ、一九三九年首相となった人である。ところで、長らく廣島高等師範學校の發展を、臺上から見守って來た胸像は、その後廣島大學の總合移轉に伴い、現在は東廣島市のキャンパス内、文學部の中庭に移設されている。

さて、「穆如清風」（穆トシテ清風ノ如シ）の一句は古來、名句[1]と評されている。名句なるが故に、碑銘として選ばれたのであり、また北條校長の人格を表現するのに最適の語であり、且つ學徒教育の箴言としても恰好の名言であった、と筆者も考える。「穆如清風」の句は、言うまでもなく、『詩經・大雅・烝民』に見える。この句を名句とする説話は『晉書巻九十六、王凝之妻謝氏傳』『蒙求巻上、謝女解圍』に見える。今『蒙求』を引く。

晉王凝之妻謝氏、字道韞、聰識有才辯。叔父安嘗問、詩何句最佳。道韞稱、吉甫作誦、穆如清風、仲山甫永懷、以慰其心。安謂有雅人深致。（圏點は筆者、以下同じ）

村山教授編譯の『蒙求・小學』[2]の譯文に言う。

晉の王凝之の妻謝氏は字を道韞《どううん》といい、聰明で才能があり辯舌もすぐれていた。叔父の謝安がある時彼女にたずねた。

「詩經の詩句ではどれが一番すぐれていると思うかな」

彼女は答えた。

「吉甫《きっぽ》誦を作りて／穆として清風のごとし／仲山甫永く懷い／以てその心を慰《やす》んず／この句がすばらしいと思います」

謝安は彼女が『詩經』の詩人の心をよく體得していると感心した。

右の説話は、聰明にして文才ゆたかな女性、道韞が「穆如清風」の句を『詩經』随一と折紙をつけたと言う話である。『蒙求』の書名が『周易』「蒙」の卦の「童蒙求我」（童蒙 我ニ求ム）から來ていることからも解るように、もともと童蒙の教科書として編纂されたものであった。そうした書物にこの句が採られているということは、その句がいかにポピュラーであったかを證明するものである。上文にも記したように、この一條の話は、正史である『晉書・列傳』にも載っている。一般に『蒙求』と『晉書』、中でもその「列傳」とは、兩者間で、説話の重なるものが多い。また『晉書』には『世説新語』と重なるものも頻出する。『世説』や『蒙求』は、書物の性格として、史實性よりも説話性・物語性が濃厚である。かく考えれば『晉書』は、正史の中では、説話性の強い史書ということになり、その點『漢書』よりは『史記』に近いと言える。このように『蒙求』は、童蒙にとって興味あり魅力ある編集がなされ、一方、その德育に役立つよう配慮された説話集であった。今日的な言い方をすれば、兒童生徒の人間形成を目標とした書物であった。それだけに、その書物は生來、世の中に廣く讀まれる性格を具えており、そこに書かれている説話は、社會に對して普及度が廣く、浸透度も深かった。

さて、ここで念のため、「大雅・烝民」の詩のストーリーを簡單に紹介しよう。

周の宣王は賢臣、仲山甫を宰相として周室を中興した。中山甫が王命を受けて東のかた齊の國へ築城に出かけた時、周の大臣尹吉甫が詩を作って贈ったが、その詩が人の心を和らげること、そよ吹く風の如くであった。仲山甫が長らく旅に出て、故國のことを氣にかけているに違いないので、この詩で彼の心を慰めたのである。

ところで、先に引用した『蒙求』では、謝安の姪、謝道韞は『詩經』の「吉甫作誦、穆如清風、仲山甫永懷、以慰其心」の四句を擧げて詩經最佳の句と謝安に答えているのであるが、その四句の中でポイントになる一句は、言うまでもなく「穆如清風」である。以下この句について、少しく細かく吟味検討してみよう。

二

「穆如清風」（穆トシテ清風ノ如シ）の語は古來、名句の評が高い。一つの成語として、その風格といい、韻律といい、ともに格調が高い。僅か四字の語ながら、華音で朗誦しても、和音で訓讀しても、格調高い名句である。書で揮毫しても、四字相輔けて、形象的に恰好のとれる、漢字の構成をなしている。そもそも、『詩經』の原典では、上に引いたように、尹吉甫の作った詩に對する作品批評なのである。その詩を誦すれば、人の心を和やかにすること、清風のようだ、と言うのである。北條校長胸像の銘として使われる時は、胸像の主人公の人物評論の語となる。この句が碑文に用いられた例を一つ擧げよう。南朝梁の文人、裴子野の「丹陽尹湘東王善政碑」に次のような文が見える。

徳政寛明、化先仁惠、不嚴之治、穆如清風。(3)

碑銘、碑文に用いるにふさわしい字句なのである。

ここで、「穆如清風」の意味を古い注釋に立ち返って考えてみよう。「毛傳」「鄭箋」「集傳」を總合して考えると、「穆」とは「和やか」の意であり「奥深い」の意味である。「清風」とは「清微の風」であり、「萬物を化養する」風である。卽ち、「吉甫の作ったこの歌が、人の氣持をなごやかにするのは、恰もそよそよと吹く風が、深く長く萬物を養うようなものだ」というのである。「微風」とは、おだやかで氣持のよい、さわやかな風である。そういう風こそは萬物を化育培養するものである。

ところで、「穆」は思想・精神に屬する抽象概念であり、「清風」は自然界の氣象に屬する具體的現象である。心的概念を解說するのに、具象的現象を用いている。抽象を敷衍するのに具體的な氣象の現象を以てしている。「穆」一字では漠然としてつかみどころが無いけれども、「如清風」の三字を附け加えることによって、言わんとするところが、面目躍如として明瞭になるのである。抽象的思想と具象的物象が、一句の中で融合することによって、抽象でも具象でもない、より深く、滋味のある、新世界が創造されるのである。

三

比喩が成立するためには、原則として、三個の要素が必要である。「甲如乙」（甲ハ乙ノ如シ）という場合、「甲」は本體であり「乙」は喩體であり、「如」は比喩詞である。換言すれば、「甲」は被比事物であり、「乙」は比喩事物であり、中間に「如」「若」「猶」「似」等の、甲と乙の類似を表示する語があって、直喩を構成するのである。修辭學の大家、陳望道は、この三要素を「正文」「譬喩」「譬喩語詞」と呼ぶ。[4] ところで、本體（甲）と喩體（乙）の二つの事物について、その具象性と抽象性がどうであるかの觀點から、比喩を分類することができる。これは南朝梁の劉勰の名著『文心雕龍・比興』に見える分類法である。一つは具體的事物を以て具體的形象に比喩するもの、即ち「比」であり、他の一つは具體的事物を以て抽象的概念に比喩するもの、即ち「興」である。即ち、前者に於ては、本體と喩體が同次元の世界に屬するが、後者に於ては、異次元の世界に屬するのである。以下、具體的に詩句の例を擧げながら述べよう。

㈠　具體と具體の比

⑴有女同車　顔如舜華『詩經・鄭風・有女同車』

同じ車に乗り合せた娘さん　顔はむくげの花のよう

舜華は木槿《むくげ》である。因に筆者自宅の庭にも木槿《むくげ》が自生し、毎夏、楚々として可憐な白い花をつける。これは現在の日本で「朝顔」と稱せられるものとは別物である。ここでは同乘している女性の顔がむくげの花のように美しい、と言うのである。この比喩では、「顏」は人體、「舜華」は植物、というふうに、その屬する範疇は、それぞれ異なるが、いずれも具體的事物であることに變りはない。ところで、美しい女性の顔を花に喩えるのは、時の古今を問わず、洋の東西に拘らず、常見の比喩である。それだけに平凡であり通俗であるが、半面、時と所を超えた普遍性をもつ。日本にも、有名な昔の流行歌がある。

立てば芍藥　坐れば牡丹　歩く姿は百合の花『譬喩盡《たとえづくし》　三』

これは「主體」と「比喩詞」を缺いた比喩、卽ち「借喩」であり、前述の「顔如舜華」が「主體」も「比喩詞」も具えた「直喩」であるのとは異なる。しかし、「芍藥」「牡丹」「百合」などの、花を美しい女性に譬えている點では同じである。比喩の對象である、美しい女性の姿は表面には出ないで、文面から隱れ、美女の姿態（立ち姿・坐る姿・歩く姿）に應じた三種三樣の花が美女の代わりとなっているのである。

そもそも、「借喩」というテクニカル・タームの定義は、元の范德機の『木天禁語』(5)「借喩」の條に見える。その條の説明は次に掲げるような簡單なものであるが、奇しくも、女性を花に喩えることを、例に引いて定義を下している。

借喩

借本題説他事。如詠婦人者、必借花爲喩、詠花者、必借婦人爲比。

本題を借りて他事を説く。婦人を詠ずる者は、必ず花を借りて喩と爲し、花を詠ずる者は、必ず婦人を借りて比と爲す如し。

范徳機は、「借喩」を「借本題説他事」と定義した後で、花と美しい女性とが、相互に「借喩」として使用されることを指摘している。卽ち、どちらも相互に譬喩となり得るということであり、兩者は等價であるということである。

(2)鬒髪如雲　不屑髢也

黒髪は雲のように豊かに　かもじなど用はない　『詩經・鄘風・君子偕老』

この比喩の主體である「鬒髪」も、喩體である「雲」も、ともに具體的事物である。ただ(1)の例句と同じく、「鬒髪」は人體の一部であり、「雲」は氣象現象の一つであって、兩者の事物としての範疇は全く異なる。一般に比喩というものは、比喩を形成する二つの概念の距離の大きいほど、比喩としての効果も大きくなり、比喩としての面白味も増してくる。その意味では、今述べている㈠類の比喩よりも、あとで述べる㈡類の比喩の方が興趣が深いと言えよう。

さて、「鬒髪如雲」の「如雲」は、「毛傳」に「如雲、言美長也」（雲ノ如シトハ、美シク長キヲ言ウナリ）とあり、「集傳」に「如雲、言多而美也」（雲ノ如シトハ、多クシテ美シキヲ言ウナリ）とあるように、若き女性の美しく豊かな黒髪の比喩なのである。詩經のこの句から「雲鬒」の語が生じた。例えば蘇東坡の「琴枕」の詩に、「爛斑漬珠涙　宛轉推雲鬒」（爛斑トシテ珠涙　漬《ひた》シ　宛轉トシテ雲鬒　推《うずたか》シ）の句がある。又、この「雲鬒」の同類語として、後世「雲鬟」「雲鬢」の二語が派生する。例えば、前者には、唐の李白の「久別離」の詩に「至此腸斷彼心絶、雲鬟綠鬢罷梳結」（此ニ至リ腸《はらわた》斷チ　彼ノ心絶へ　雲鬟・綠鬢　梳結ヲ罷《や》ム）があり、後者には、唐の白居易の「長恨歌」の詩に「雲鬢・花顔　金步搖」がある。「雲鬟」「雲鬢」の二語とも、先に擧げた「雲鬒」と同じく、「雲」の字は、本來「雲の如き」

という比喩から來ており、「豊かで美しい」という意味をもつ。しかも、三語とも頭髪にかかわる語である。その點で後の二語は、語の構成から言って、先行の「雲鬢」の語と同一系統に屬する語である。ところで國と時代を超えて、現代日本文學の作品にも、美しい髪を雲に喩える例はある。いま二例を擧げよう。(7)

エボニー色の雲のように眞黒にふっくりと亂れた葉子の髪の毛　有島武郎「或る女」

春の雲のように柔らかい髪　中村眞一郎「遠隔感應」

以上、『詩經』に始まって、唐詩を經て、現代の日本小説に至る、廣い範圍にわたって、頭髪が雲に喩えられる例を紹介して考察して來た。さて、「如雲」を髪以外の事物について比喩として用いるものは、いくらでもある。『詩經』の中にも、次の如き例がある。

出其東門　有女如雲
其の東門を出づ　女有り雲の如し　『詩經・鄭風・出其東門』

齊子歸止　其從如雲
齊子　歸止《とつぐ》　其の從　雲の如し　『詩經・齊風・敝笱《へいこう》』

諸娣從之　祁祁如雲
諸娣　之に從う　祁祁《きき》として雲の如し　『詩經・大雅・韓奕《かんえき》』

これらの句の「如雲」に對し、『詩經』の諸注は皆「衆多也」と注す。人數の多いことを言うのである。

ここで、話の本筋からは外れるけれども、一つ觸れて置きたいことがある。それは右の第二例に見える「其從如雲」についてである。この四字句が、このままの形で『文選』の次の二つの文章に使用されている。

寔蕃有徒　其從如雲

寔《まこと》に蕃《おお》く徒あり　其の從　雲の如し　『文選巻二　張衡　西京賦』

傾山盡落　其從如雲

山を傾け（村）落を盡し　其の從　雲の如し　『文選巻五十九　沈約　齊故安陸昭王碑文』

右の二つの例の「其の從　雲の如し」は、『詩經』原典における意味と同じく「つき從う部下が多い」ことをいうのである。そのうち、前者は、「其從如雲」が、『詩經・敝笱』の句を、ずばりそのまま借用しているだけに止まらず、その上句の「寔蕃有徒」も、『尙書・仲虺之誥』の句をそっくり引用しているのである。尤も『尙書』では「蕃」を「繁」に作るが、二字は音も意も同じで、古字は通用するから、この場合、同字と考えて差支えない。卽ち、右に擧げた「寔蕃有徒、其從如雲」の二句が、二句とも經書からの引用によって出來上っているのである。それに對し後者は、下句が『毛詩』を引用するに止まり、上句には典故はない。

右二例の作品の時代を考えるに、前者は後漢であり、後者は南朝の梁である。その間に典故引用の型に相違が見られる。後漢の頃の作品には、經書など古典の語をまるごと引用することが多いが、六朝になると典故を利用する場合、作者が多少の變形を加える場合が多い(8)。ただ一つの例で論ずるのは筆者の本意ではないが、右の場合も、張衡に較べれば沈約の方が、典故引用の姿勢に於て、やや愼重であると言えよう。

以上「如」の字で繫がれる主體と喩體が、ともに具體的事物事象である場合に就て檢討して來たが、以下、抽象的概念である主體を具體的事物である喩體に喩えるものに就て考えてみよう。

(二)　抽象と具體の比

『詩經・邶風・柏舟』

(1)心之憂矣　如匪澣衣

我が胸の愁《うれい》は　洗濯してない着物のよう

「匪」の字は「不」と同じである。胸につもる憂愁は、長い間、洗ってない衣服と同じだ。衣服にしみついた汚れが、肌に不快であると同様に、心にまつわる憂愁は、うち拂うことができず鬱陶しい。心の憂愁という精神的問題を、衣服の洗濯という物質的・機械的問題になぞらえて比喩している。

ところで、この一首の詩は五章より成るが、二章には「我心匪鑒」（我が心　鑒《かがみ》に匪《あら》ず）、三章には「我心匪石」（我が心　石に匪《あら》ず）と「我心匪席」（我が心　席《むしろ》に匪《あら》ず）とがあり、五章の比喩に先立って、「鏡」「石」「席《むしろ》」などの事物が持ち出され、否定形を使った比喩として積み重ねられている。鏡は美醜善悪にかかわらず、物の姿を寫すけれども、我が心は鏡ではないから、善は受け容れるけれども悪は受け容れられない。それで小人たちに憎まれる。[9] 我が心は石ではないから、自由に轉がすことはできない。筵《むしろ》ではないから、思いのままに巻いてしまうこともできない、と歌う。

このように重層的に比喩を使うことによって、憂愁の深刻さを強調し、最後に第五章で、そのように深刻な愁いは、洗濯しない衣服についた汚れ同様、心にとりついていて取り除くことができない、というのである。「鏡」「石」「筵」「衣」といった、具體的形象の色々な情況を通して、「憂愁」という抽象的心情を描出するのである。いわゆる「形象思惟」の手法なのである。

ここで、筆者の一つの想い出を語ることを恕されたい。それは一九八四年の秋、上海の復旦大學で開催された「中日學者《文心雕龍》學術討論會」のことである。この國際學會は『文心雕龍』の専家である王元化教授らが中心となり、日本の六朝文學研究者十一名を招待して一週間にわたって行ったものである。日本側團長は目加田誠博士で、他の團員も筆者を除いて、皆『文心雕龍』に精しい人たちばかりであった。充實した中にも、樂しい雰圍氣に滿ちた國際學會であった。それは多分に、中國側の用意した快適なホテルに、全員泊り込みで交流を深めることができたせいであろう。加うるに、適當にレクリエーションをちりばめた、行き屆いたプログラムのお蔭であった。中國側の參加者は優に七十名を超える盛況であったが、いま筆者の記憶に殘る氏名を若干擧げさせて貰えば、上記王元化氏のほかに、徐中玉・楊明照・王運熙・王季思・章培恆・顧易生・王瑤・詹鍈・牟世金・周振甫・錢仲聯・周勳初（順不同）等々の諸氏であった。同じ分野を專攻する中國の學者と、一週間膝を交えて懇談し、相互に啓發と示唆を交わしあえたことは、甚だ有意義であった。

いま、過去の學會のことを、敢えて追敍したのは、ほかでもなく、「形象思惟」に因んでのことである。言うまでもなく「形象思惟」の概念は、『文心雕龍』の文學理論體系の一つの大きな柱である。上に擧げた中國の學者たちには、「形象思惟」に關する、深い思索と緻密な考察に基づく、優れた論文が多數ある。筆者の觀る所では、その業績は大きく分けて、二つに分れると思う。一つは哲學的、理論的探究であり、他の一つは文獻學的、考證學的研究である。前者には宋代朱子學の、後者には淸朝考證學の遺風があると思うのは、筆者の短見であろうか。上記二つの流れのほかに政治的、思想的論爭もあり、この文學理論が複雜になり難解になった一面がある。

そもそも、「形象思惟」なる術語は、十九世紀前半、ロシヤの革命民主主義者にして文學評論家である、ベリンスキー（Vissarion G. Belinskii・別林斯基）の提起したものである。この術語は、『中國文學大辭典』[10]によれば、二十世紀の三十年代に中國で始めて活用されるようになったという。「形象思惟」という言葉自體、一見して外國語の翻譯であることは誰の眼にも明瞭である。ひとたびこの語が中國に輸入されるや、一つの纏った概念として、定型の思想構造と内容をもった、文學理論の術語として、論壇に公認され、持て囃されたのである。そもそも、「形象思惟」とは「理論思惟」と對極にある言葉である。「理論思惟」は又「抽象思惟」とも言い、中國語では「邏輯思惟」ともいう。邏輯は勿論、ロジックの音譯である。このような對極語の字面《じづら》を追うだけでも、「形象思惟」の何たるかは、漠然としてではあるが、大凡の見當はつくであろう。なお中國では「思惟」は普通「思維」と書く。

ところで、この語が中國の文學理論の分野で喧傳され、定着したに就いては、幾つかの理由を擧げることができる。それには、先ず東洋思想と西歐思想の一般的、基本的相違が擧げられよう。前者が總合的、直觀的であるのに對し、後者は分析的、科學的である。そういうことで中國人にとって西歐の理論が新鮮に感ぜられ、魅力的であったに違いない。中國にも古くから、「形象思惟」に類似した觀念が無かったわけではない。王季思も指摘するように[11]『詩經』の「比興」、『樂記』「文賦」『文心雕龍』の「神思・比興」等々に見られる文學理論がそれである。しかし、これらの思想はまさしく直觀的、總合的であって、科學的分析性に缺ける。それにひきかえ、ベリンスキーの理論は論理的に明快に思考の道筋を展開して見せたのである。

さらに考えられることは、時代的、政治的支援が、この理念に寄せられ、思想・學問の基本的パターンとして擴大したのである。「形象思惟」に關する中國學者の研究業績は、毛澤東革命後とみに增えていることは否定できない。首唱者ベリンスキーがヘーゲルの影響を受けた革命的民主主義者であったことが、その思想が革命後の中國社會で時流に乘り擴大傳播した一つの大きな理由であった。

さてそれでは、「形象思惟」とはどういうことなのか。今『文藝美學辭典』[12]の解説を借り、その核心部分を紹介しよう。

形象思惟の過程にあっては、思惟主體は始めから終りまで强烈な情感活動を伴う。この活動は又理性活動の制約もうける。もし情感がなければ形象の思惟を構成することはできないし、また理性がなければ、文藝作品は意味のない素材の推積に終ってしまう。無制限な感情の漏泄も、やはり本物の藝術品にはなり得ない。

最近筆者が讀んだ書物の中で、「形象思惟」を最短の文言で定義したものに出會した。[13] それは「用具體的事物形象來說明一個抽象的思想概念」（具體的事物形象を用いて、一個の抽象的思想概念を說明する）と言うのである。實のところ、筆者は、この見解に立脚して、今迄の敍述を進めてきたのである。さらに、宋代の『滄浪詩話』に見える「鏡花水月」という、禪理に基づく文學論も、「形象思惟」の思考法の延長線上にある、と筆者は考える。

閑話休題。「形象思惟」自體は閑話ではないが、紙數も殘り少なくなったので、話を元へ戻そう。抽象的思想理念を具體的事物現象に喩える第二の例として、『詩經』の次の句を擧げよう。文學理論の分野では、『文心雕龍』に引用されていることもあって有名な句である。

(2)有匪君子　如金如錫　如圭如璧

氣品ある君子は　金《こがね》のよう錫《すず》のよう　圭《けい》のよう璧《へき》のよう　『詩經・衞風・淇奧』

ここでの「匪」の字は、同意の「斐」と通ずる。「有斐」とは文章《あや》のことである。學問や修養によって磨かれた内面の德性が、自然に外面に現れ出た、人間のつやであり、魅力である。そもそも、この詩の作者の女性が、男性をたたえて詠んだ詩である。「金錫」は、金や錫を鍛《きた》え練《ね》って美しく仕上げたものである。「圭璧」は、いずれも玉である。「圭」は長方形、「璧」は圓形、どちらも本來美しいうるおいを持っている。修業を積んで、はなやかな地位についた俊才の、魅力ある人格を、「金錫」「圭璧」に比喩しているのである。品格、人物という抽象的なものを、「金錫」「圭璧」という具體的事物で比喩している。人間的魅力である人品を、抽象的な言葉で描寫するのではなく、具體的な事物で喩えて述べることによって、聞く者には、非常によく解るのである。ただ、ここでひとつ氣になるのは、「錫」

という金屬のことである。今日的感覺からすれば、「なぜ錫か」ということになる。中國人の注釋でも、後代「錫」は價値が下り、その上、融解し易い、という缺點もあって現在ではもはや君子の德に喩えるのは不適當であると指摘している。[14] その通りである。

『文心雕龍・比興篇』では、「金錫以喩明德」（金錫　以テ明德ニ喩ウ）と云う。卽ち、「金錫」を以て「明德」に喩える、と解釋しているのである。この解釋は後世も踏襲されている。明の徐元太の撰『喩林一百二十卷』は、古人の比喩を採摭し、集めて一編の書となしたものである。十門に分け、毎門さらに子目に分け、合計五百八十餘類に整理している。この『喩林』の中では、右に引いた『詩經』の「金錫」の篇を「德行門・成德」の目に所屬させている。この「成德」は『文心雕龍』の「明德」と同類の概念である。ところが、近人黎錦熙は、「金錫」を「明德」ととらないで、「身分の尊貴華麗」にとる。それは下句に「寬兮綽兮、猗重較兮、善戲謔兮、不爲虐兮」（寬たり綽たり、重較に猗《よ》る、善く戲謔すれども、虐を爲さず）と言っていることから考えれば、詩の主人公である男性の〈身分の高貴と華麗さ〉と、とるべきであると云う。[15] 文脈の整合性から言えば、黎說の方が合理的であり、妥當性が高い。

更にここで餘談を一つ。太湖の湖畔、無錫市は筆者曾遊の地である。そこを訪れた時、土地の案內人曰く、「この土地は昔は〈有錫〉でしたが、錫を掘り盡して、後に〈無錫〉となりました」と。その時、筆者が直感したのは、簡單明瞭ではあるが、何かしら、これはいかがわしい解說だ、ということであった。歸國後、物の本を見ると、案內人の言った通りのことが書かれており、そのうえ『大明一統志』[16]にもその旨の記述があった。しかし、最近目にした『中國地名語源詞典』[17]には、通說を擧げた後「此の說　信ずべからず、〈無〉は乃ち古の越語の發語詞なり、〈無錫〉は乃ち古の越語の地名なり」と解說する。これに從えば錫の有無とは關係のない、方言の地名ということになる。從うべき見解である。

四

以上『詩經』の比喩、なかでも直喩について、『文心雕龍』「比興」篇の理論をベースにして、考察して來た。考察の原理として具體と抽象のかかわり方に注目して檢討したのである。比喩、特に直喩は、主體と喩體の兩者を「如」の字で結ぶのであるが、その主體と喩體それぞれが、具體的事物であるか、抽象的理念であるか、に基準を置いて分類し考察したのである。從って意味論的探究が主となり、形態論的追究を等閑に附した嫌いがあるが、そのテーマは稿を改めて論ずる豫定である。上節で取りあげた「如金如錫　如圭如璧」の例などは、一句に二つずつ、二句で四個の「如」字を連續使用して比喩を形成している。形態上、「如」字重ね型の比喩であり、『詩經』に頻繁に見える。「如」字の數によって分類し、若干の例を擧げてみよう

〔一句二如〕

如兄如弟　兄ノ如ク弟ノ如シ　『邶風・谷風』

如山如河　山ノ如ク河ノ如シ　『鄘風・君子偕老』

〔二句二如〕

如臨深淵　如履薄氷　深淵ニ臨ムガ如ク　薄氷ヲ履ムガ如シ　『小雅・小旻』

〔二句四如〕

如切如磋　如琢如磨　切スル如ク磋スル如ク　琢スル如ク磨スル如シ　『衞風・淇奧』

〔四句四如〕

手如柔荑　膚如凝脂　領如蝤蠐　歯如瓠犀

手ハ茉荑ノ如ク　膚ハ凝脂ノ如ク　領ハ蝤蠐ノ如ク　歯ハ瓠犀ノ如シ　『衛風・碩人』

〔七句九如〕（天保九如）

如山如阜　如岡如陵　如川之方至……如月之恆　如日之升　如南山之壽……如松柏之茂

山ノ如ク阜ノ如ク　岡ノ如ク陵ノ如シ　川ノ方ニ至ルガ如ク……月ノ恆《ゆみはり》ノ如ク　日ノ昇ルガ如ク　南山ノ壽ノ如ク……松柏ノ茂ルガ如ク　『小雅・天保』

以上目ぼしいものを少し拾ったのであるが、このような重ね型の比喩は『詩經』には多數ある。『詩經』が歌謡であるから、繰り返すことがリズムもよいし、意味もとりやすいので自然多用されるのである。最後の例は、必ずしも連續してはいないのであるが、一篇の詩の中での現象である。古來この詩は九個の「如」字が使用されているので「天保九如」とよび、長壽の祝い歌とされている。このように比喩を多用することを「博喩」とよび、宋の陳騤の『文則』「比喩十則」の中にも、その一つとして數えている。蘇東坡の「百歩洪」の詩は、「博喩」を使用し成功した作品として殊に有名である。必ずしも、一つひとつの比喩ごとに「如」字は使用していないのであるが、實質的比喩を八個連用して、輕舟が急流を飛ぶが如く速く進む情況を、いきいきと描寫している。

ところで、日本の短歌は短詩型文學であり、字數に縛られ、自由に比喩を使うことはできないが、それにも拘らず比喩を連用し効果をあげる場合がある。一例をあげて本稿を終ることとする。朝日歌壇（一九九七・一・二十七）島田修二選。

義務のように安堵のように愁いのように歸省する人ら機内に默す　松村　明德

選者の評に曰く。「比喩を幾つも重ねて構築した第一首。結句が締まって實感が強まった。作者自身もその一人と思われる」と。評の中の「第一首」とは、島田選十首のうちの第一首のことである。この短歌に見られる重ね型の比喩は、上文で見て來たように、『詩經』の比喩の一つの特徴であり、いわゆる「博喩」である。しかも、この歌の比喩は所謂「倒喩」であり、本體と喩體の順序が顚倒している。それは突如として喩體を提示することであり、讀者に强烈な印象を與える。また、この比喩は、機内の沈默の樣子（具象）の喩えとして、義務・安堵・愁いという精神狀況（抽象）を用いている。卽ち、具象を比喩するのに抽象を用いているのであり、言わば構造の逆轉した「形象思惟」である。その點で本論文の主題とかかわりあうのである。

―完―

注

（1）『詩經原始』「巻十五・大雅・烝民」清方玉潤撰　一九八六年　中華書局
（2）『中國の古典　蒙求・小學』村山吉廣編譯　昭和六十二年　講談社
（3）『中國成語大辭典』王劍引主編　一九八七年　上海辭書出版社　但し、嚴可均の『全上古三代秦漢三國六朝文』の裴子野の條に同名の碑文は見えるも、ここに揭げる字句は見えず、後考を俟つ。
（4）『修辭學發凡』陳望道撰　一九七六年　上海教育出版社
（5）『木天禁語』元　范梈撰『歷代詩話』所收　清　何文煥輯　上海文寶公司石印本
（6）『文心雕龍注釋』「比興第三十六・說明」周振甫注　一九八一年　人民文學出版社
（7）『比喩表現辭典』中村　明著　昭和五十二年　角川書店
（8）『六朝麗指』「典故利用における成語の改變」古田敬一・福井佳夫譯注　一九九〇年　汲古書院
（9）『詩經原始』「巻之三・邶・柏舟」清方玉潤撰　一九八六年　中華書局
（10）『中國文學大辭典』馬良春・李福田主編　一九九一年　天津人民出版社
（11）「略談比興與形象思維」王季思『文學遺產』一九九三年第二期　中國社會科學出版社

（12）『文藝美學辭典』「形象思維」王向峰主編　一九八七年　遼寧大學出版社
（13）『唐詩百話』「初唐詩話・劉希夷」施蟄存撰　一九九六年　華東師範大學出版社
（14）『文心雕龍義證』「比興第三十六・金錫以喩明德」詹鍈撰　一九八九年　上海古籍出版社
（15）同右所引に據る。
（16）『和刻本大明一統志』卷之十「常州府・無錫縣」昭和五十三年　汲古書院
（17）『中國地名語源詞典』「無錫」史爲樂主編　一九九五年　上海辭書出版社

『詩經』における「南畝」の意味について

増野弘幸

一

『詩經』には「畝」字を用いた詩句の用例が數多く見られる。例えば次の様なものである。

㈠十畝之閒兮　十畝の閒
　桑者閑閑兮　桑者閑閑たり
　　（魏風・十畝之閒）

㈡迺疆迺理　迺ち疆し迺ち理し
　迺宣迺畝　迺ち宣し迺ち畝す
　　（大雅・緜）

㈠では、「畝」は面積の單位として用いられ、「十畝」で小さな田畑の事を示している。㈡では、田畑のうねを作る意で用いられている。この様に、「畝」は面積やうねの意に用いられる事が多いが、また、次の例の如く、田畑の意で用いられる事もある。

　于此菑畝　此の菑畝に

（小雅・采芑）

こうした田畑としての「畝」の用例の中で、特に多く見られるものは「南畝」の語である。用例を全て擧げると以下の如くである。

㈠同我婦子　我が婦子と同じく
饁彼南畝　彼の南畝に饁す
田畯至喜　田畯至りて喜ぶ
（豳風・七月第一章）

㈡自古有年　古より年有り
今適南畝　今南畝に適く
（小雅・甫田第一章）
曾孫來止　曾孫來り
以其婦子　其の婦子を以て
饁彼南畝　彼の南畝に饁す
田畯至喜　田畯至りて喜ぶ
（第三章）

㈢俶載南畝　俶めて南畝に載し
播厥百穀　厥の百穀を播く
（小雅・大田第一章）

曾孫來止　曾孫來り
以其婦子　其の婦子を以て
饁彼南畝　彼の南畝に饁す
田畯至喜　田畯至りて喜ぶ
（第四章）

(四)有嗿其饁　嗿たる其の饁有り
思媚其婦　思に其の婦を媚し
有依其士　其の士を依する有り
有略其耜　略たる其の耜有り
俶載南畝　俶めて南畝に載す
（周頌・載芟）

(五)畟畟良耜　畟畟たる良耜
俶載南畝　俶めて南畝に載す
播厥百穀　厥の百穀を播し
實函斯活　實に斯の活を函む
或來瞻女　或は來りて女を瞻るに
載筐及筥　筐及び筥を載す
其饟伊黍　其の饟は伊れ黍

（周頌・良耜）

この㈠から㈤の用例における「南畝」は全て「南の田畑」の意で用いられている。㈠では、農村の生活を詠ずる中、陰暦二月の耕作を始める頃、語り手たる「我」がその「婦子」と共に「南畝」で「饁」をし、そこに「田畯」がやって來る、というものであり、以下㈡〜㈤の例も皆類似した内容を持っている。㈡では、耕作時、「曾孫」がその「婦子」を連れ「南畝」で「饁」し、「田畯」がやって來るとあり、㈢も㈡と同じ表現を用いながら收穫時の事を述べる。㈣では、多くの「饁」が用意され、「婦」と「士」が慰勞される。その後に「南畝」に耜を入れ耕作が始まる。㈤では、耜を用いて「南畝」で耕作を始め、「女」を見ると食事を運んで來て用意している事を述べる。

この様に、五例中㈠・㈡・㈣・㈤では主に農耕開始の頃、㈢では收穫の頃に、「南畝」において「饁」をし、そこには「婦」または「女」が運び役として關與しているという共通點が見られる。これら「饁」、「婦」又は「女」、「田畯」については、例えば「饁」が傳統的には辨當等單なる食事であると説明されるが、他に神への供物の意とする説がある等[1]、それぞれ當時の農耕儀禮との關わりから見て重要な意味を持つと思われる。それらの點については稿を改めて論ずることとし、ここでは、そうした語の中から特に「南畝」を取り上げて考えてゆきたい。

二

「南畝」の語が用いられる詩の共通點については、先述の「饁」等用語以外にも、全體の流れの中で考える事が出來る。

解り易い例として㈤の詩では、「南畝」から耕し始めた農作業の結果、實りも多く、犧牲を捧げて祖靈に感謝するという内容で、以下の例でも同じだが、農耕に關する儀禮歌の中で特に「南畝」と田畑の方角を指定した形での言葉が用いられている。㈣の詩でも、一族總出で「南畝」より耕作を始め、實りも多く、それで作った酒を祖靈に供え、豐穰を感謝するという内容で、農耕儀禮を主旨とする詩の中、「南畝」は用いられている。㈢の詩では、第二章で田神たる「田祖」が作物を害蟲から守ることを述べ、第三章で收穫を行ない、「南畝」の語のある第四章では、特に後半で「來方禋祀、以其騂黑、與其黍稷、以享以祀、以介景福」と犧牲と穀物を供えて收穫祭を行なう様子が明確に描かれている。㈡の詩では、前の第二章で、「以我齊明、與我犧羊、以社以方、我田既臧、農夫之慶、琴瑟擊鼓、以御田祖、以祈甘雨、以介我稷黍、以穀我士女」と穀物と犧牲を供えて四方神等を祭り、「田祖」を音樂によって迎え、良い雨を祈るという豐穰祈願の祭祀の様子が歌われている。また後の第四章でも祖靈より大いなる福が齎らされるとあり、㈡の部分、卽ち第三章もそうした流れの中では、祭祀に關わった内容が述べられていると考える方が妥當であろう。㈠では全體に農民生活をうたう中、最後の第七、八章で、羊や酒を供物として田中の祭壇に捧げる等、收穫祭の様子が述べられており、第一章にある「南畝」の用例も、他の㈡～㈤の例と併わせ考えるならば、農耕祭祀との關連で考えるべき表現であると言えよう。

この様に「南畝」の用例は、「饁」等、いくつかの農耕儀禮に關わると指摘されている言葉と組み合わされて用いられており、用いられている詩の内容から考えると農耕儀禮と何らかの關連性があると考えられ、それ故に單に「畝」とするのではなく、「南」という方向を指定していると言えるのではないだろうか。

三

そこで「南畝」の意味について考えると、「毛傳鄭箋」を初めとする傳統的注釋では、特に取り上げて注解される事は無く、他の部分も含めた形で説明がなされる程度である。例えば㈡の「鄭箋」には次の様にある。

饁、饋也。（中略）成王（中略）爲農人之在南畝者、設饋以勸之。

ここでは周の成王が南畝で働く農民のため食事を用意して勸める、と述べられており、ここにおける「南畝」の理解は、單に南側の田畑程度のものであると言えよう。

そこでこうした見解と異なるものを探すと、「南畝」と農耕儀禮とを關連させて考えるものが多い。例えば貝塚茂樹氏は、田祖を迎え南畝で「饁」卽ち供物を辨當にし、とれた新米を味わってもらうとし、(2)谷口義介氏は、南畝は共同體所有の本來神の粢盛を得る祭田であったとし、(3)藤田忠氏も、陽當りの良い田でなく、祭祀を行なう特定の場所とし、(4)佐竹靖彦氏も春の農耕儀禮の行なわれる所とする。(5)この様に、「南畝」を農耕儀禮の行なわれる場所、卽ち祭田とする説がいくつか見られるのである。

こうした田畑を祭田として、その中で儀禮を行なう例としては次の様なものが擧げられる。

a　其社稷之壝而樹之田主。（周禮・大司徒）
〔賈公彥疏〕云而樹之田主者、謂籍田之內、依樹木而爲田主。

b　司空除壇于藉。（國語・周語上）

c　天子親耕於南郊以共齊盛。（禮記・祭統）

aでは、賈公彦の疏によれば、藉田卽ち祭田に樹木を立てて田神の依り代とする事を言う。これについて谷口義介氏は、二月耕種の時、村の祭田で農祭が行なわれ、巫女が黍を祭田中の樹木の田神に捧げると述べている。(6) bは、周の宣王に對し卿士たる虢文公が藉田の禮について述べたものだが、ここでは司空が祭田中に壇を設けると言い、祭田中で祈穀の儀禮が行なわれた事を示すものである。cは、天子自らが南郊に設けられた祭田を耕し、神に供えるべき穀物を得る事を言う。ここでは祭田中で祈穀の儀禮を行なう事は言わないが、祈穀儀禮の一環として行なわれる儀禮的耕作であり、その意味では祭田中でも儀禮を行なっていると言える。(7)

こうした田の中で農耕儀禮を行なう事例は中國、日本、朝鮮等に汎く見られる。

宋思常氏によれば、雲南の傣族は、水田中に建物を建て、中に供物を置き、「好叔牙」という棒を立て、田神の依り所とし、そこから耕し始め、(8) 竹村卓二氏によれば、廣西の壯族は田植終了後の六月に團子を供え稻の生長を祈る儀式を田の邊で行なう。(9) また、古野清人氏によれば、臺灣のパイワン族は播種祭前日に祭田を設け、播種當日には供物を竝べ、巫女が種子へ呪文を唱え生長を祈る。(10)

日本においても、平山敏治郎氏は、古くは田が祭場であり、苗代田の水口又は中央に土盛りし木の枝を立て供物を置く地域は日本各地に分布しているとし、(11) 伊藤幹治氏も沖繩本島での聖田における儀禮の後に田植を開始する例を示した後、日本各地で播種儀禮の際、田の水口に供えて祀る水口祭と田の中央に自然木を立て農耕神の依り代とする慣行があるが、かつては竝行して行なわれた儀禮であるとする。(12) 韓國でも、金宅圭氏によれば、六月に田の畦に供物を置き田神を祭る。(13) 杉山晃一氏は、中部タイでも耕し始める時、鍬と供物を持參し水田で豊作を祈る儀禮を行なうとする。(14)

この様に耕作時、田中において豊穰を祈る儀禮は、古代中國より現在のアジアに到る迄汎く行なわれている。こうした儀禮についての報告では、特に方角について述べたものは先出のbの例に見られる程度で近來の例には見られないのであるが、例えば日本各處で儀禮の行なわれる例の見られる、苗代田の所在について、内田るり子氏は、中國山地、徳之島、朝鮮半島珍島の比較考察の中で、苗代田はいずれも日當りと水利の良い所を選ぶとし、[15]この事は祭田としての苗代田選定の際、南側の田が選ばれ易い事を示している。農耕を行なう際、陽當りは當然の事ながら重要な要素であり、そうした點から南側を尊重する事は當然の事と言えよう。

四

次に「南」の意味を考えるに當たり、「郊祭」について考えてみたい。

『逸周書』作雒には次の様に述べられている。

　設丘兆于南郊、以祀上帝、配以后稷。

ここでは郊祭の際、都城の南郊に祭祀のための壇を設け、上帝を祀ると共に后稷も祀るとしている。

また『禮記』郊特牲には次の様にある。

　大報天而主日也。兆于南郊、就陽位也。

天を祀るに太陽を中心とする。その際、南郊に祭壇を設けるのは陽の場所に合わせたためであるとする。

この様に、當時、天子の行事として都城南郊において天を祀る事が行なわれていたのであるが、郊祀の目的の一つに次の様なものがあると考えられていた。

『春秋左氏傳』襄公七年には次の様に述べられている。

孟獻子曰、（中略）郊祀后稷、以祈農事也。是故啓蟄而郊、郊而後耕。

ここでは、啓蟄の頃に郊祀を行ない后稷を祀って豐穰を祈り、その後で耕作を始めると述べている。先出『逸周書』の例を併わせ考えれば、南郊において祖靈たる后稷に豐穰を祈ってから耕作を開始する事を言うのであり、當時南郊において農耕儀禮が行なわれていた事を示すものである。

『禮記』月令孟春には次の様にある。

天子乃以元日祈穀于上帝。

ここでは舊暦一月一日に天子が南郊で郊祀を行ない上帝に農作物の豐穰を祈るとしている。

この二例について『南齊書』禮志上に王儉の言葉として次の様に述べている。

王肅曰、周以冬祭天於圜丘、以正月又祭天以祈穀。（中略）春秋傳云、啓蟄而郊、則祈穀也。

ここでは魏の王肅が周代の年に二度の郊祀の內、正月に行なわれるものは祈穀を主たる目的とするものであるとの言說を引き、さらに前出『春秋左氏傳』の一部を引用し、同樣に祈穀を目的とするものであったとする。從って前出二例では祈る對象が后稷、天と異なってはいるが、やはり前出『逸周書』で郊天に后稷が配祀されることからも、同一の郊祀と考えて良いであろう。また、谷口義介氏は后稷の原像は穀神であったと述べており、[16] 杉山晃一氏が朝鮮や東北日本の事例から祖先神と穀靈が融卽的であると言う點からも、[17] 后稷を配祀する郊祀は農耕儀禮と關係が深いと考えて良いであろう。

また、白鳥淸氏は、郊祀の起源は穀物の豐穰を祈る民間信仰の名殘りであるとし、[18] 張鶴泉氏も、周代郊天で祈穀があるのは、以前は一種の生產祭であったためである事を、臺灣少數民族等を例に述べている。[19]

以上の事から、周代に都城南郊で行なわれていた郊祀では天を祀ると共に農神を原像に持つ后稷も祀られ、共に豐穰を祈る對象として祀られていた。そしてこの南郊で行なわれる祈穀の要素を持つ郊祀の源流は、豊穰を祈る、民間で行なわれていた生産祭であったと言えよう。

この様に、祈穀の祭祀を含む郊祀が「南郊」において行なわれ、その原初的な形態が民間レベルの農耕儀禮であるとするならば、この「南郊」の「南」は、前述した如く、農耕上尊重され、儀禮を行なうため祭田も設けられる事の多い方角である「南」に基く場所の設定と言えよう。南畝で行なわれる祈穀や收穫の儀禮の發展型として、郊祀の際も特に「南郊」が選ばれ、祈穀の祭祀が行なわれたのであり、それは、民間、宮廷を問わぬ農耕民族としての共通の發想に基く方角の設定であったと言えよう。

こうした事から、『詩經』の「南畝」について考えてみると、農耕上、「南」は尊重される方角であり、農耕儀禮においても「南」を祭田とする傾向が見られ、こうした發想の發展型として「南郊」における郊祀の際、祈穀も主要な目的の一つとなり得たのであるという事から、『詩經』に見られる「南畝」も、單に陽當りの事を言うのではなく、祭祀の場としての「南」を特に強調する言葉として用いられたと考えるのが妥當であると言えよう。

五

次に「南畝」の「畝」について考えてみたい。「畝」は田畑の意であり、當時の居住形態から言えば、言う迄も無く郊外に存在する場所である。そこで「南畝」が祈穀を行なう祭祀の場とするならば、何故郊外に出て祭祀を行なう必然性があったのかという點を考えなければならない。

まず、郊外での祭祀という事について、現代においても傳統を守り續け、そうした祭祀を行なっている民族の例を見てみたい。

鳥越憲三郎氏によれば雲南省の佤族は、集落の外に聖林を持っており、そこには神殿があり聖木が立っている。稲作儀禮を行なう時には、現在は神殿が狭いため集落の廣場迄聖林の神を迎えるが、本來は聖林で儀禮を行なっていた。[20]黄強氏によれば、同じ雲南省納西族も祭天のための壇を設ける祭天場を持ち、周圍に樹木が植えられ、更に木で圍いが設けられ、平素は何人も中に入れず、この圍いが神聖と世俗の二世界を隔てるものとなっている。また同氏は、紅山文化の東山嘴祭祀遺跡にも壇を圍んでいたであろう石垣が出土していることを指摘している。[21]この様に、祈穀や祭天を行なう場を聖地とし、周圍に境界を設けることが行なわれるのは、中國に限った事ではなく、例えば杉山晃一氏によれば中部インドのムンダ族も播種祭を行なうためのバーハ・サルナーという聖地を持ち、普段は何人も入ることを許さない。[22]この様に、集落等居住地の外に聖地が置かれ、そこで祭天や農耕祭祀が行なわれる事は現在でも行なわれている事なのである。

翻って古代中國について考えてみると、「南畝」については、農耕儀禮を行なう郊外の南の田畑という事であり、また、郊祭を行なう際にも、前出『逸周書』の例に「設丘兆于南郊」と都城の南郊に祭祀のための壇を設けるとある様に、祈穀・祭天の祭祀は郊外で行なうが、その祭場を前出の用例と同様に何かで圍み聖域としているということを明確に述べている例は見當らない。當然、現在の北京天壇の如く、その一帶を柵で圍む等の事はあったと考えられるが、宗教的意義として特別な聖域を設けたという記録は見られないのである。それでは何が祭祀を行なう場と世俗の場を分けているかといえば、郊祭の「郊」の字がその事について示していると言えよう。卽ち、城内と城外を區別する意識である。

六

當時の人々にとって城外・城内がどの様な意味を持っていたかについては、以前に論じたこともあるが[23]、それに基いて改めて考えてみると、城外と城内を隔てるものとしては城壁があり、その内外の接點としては城門がある。城門は内外を遮斷したり通じさせたりする可變性故に注目されることが多く、人類學的見地から門を考えると、傳道彬氏によれば、原始的門は無限の自然空間から人類の文明單元を分離するためのものであり、世界の様々な古代神話の中では、城門には門神がいて人類を保護しているのである[24]。古代中國においても、門に對する祭祀が行なわれていた。例として掲げれば、次の様なものがある。

(イ) 禁門用瓢齎。(周禮・鬯人)

(ロ) 秋、大水。鼓用牲于社、于門。(春秋・莊公二十五年)

(ハ) 季春之月(中略)命國難九門、磔攘以畢春氣。(禮記・月令)

(ニ) 磔狗邑四門、以禦蠱菑。(史記・封禪書)

(イ)では、國の城門を瓠製の樽を用いて祭るとし、(ロ)では、大水が出た時、被害を避けるため、社や門に犧牲を捧げたと述べる。(ハ)は、春の終わりに城門で追儺をし、犧牲を門に磔にし邪氣の侵入を防ぐとし、(ニ)では、秦が四方の門に犬を犧牲として磔にし、悪靈の侵入を防いだ事を言う。

こうした例から、當時の人々は、宗教的觀念の上では、城壁は固定的に城内の人々を悪靈・邪氣等から守るものであり、それらの侵入の可能性があるのは城門であると考え、犧牲を捧げ、その侵入を防いでいたのである。従って、城壁の内側は、これら城壁・城門に守られた安全な所だが、外側は悪靈等の存在する危險な場所であったのである。『呂氏春秋』孟春紀には次の様な例も見られる。

立春之日、天子親率三公九卿諸侯大夫以迎春於東郊。

ここでは、立春の日に天子以下が東門郊外に春を迎えるとあり、城外は人々に春の再生を齎す所でもあったのである。さらに、そうした郊外において郊祀が行なわれていた事を考えると、城外が單に危險な場所というのではなく、城内は日常生活を送る現世であり、城外は天や悪靈等が併わせ存在する、異界に繋がる場所と考えられていた事が窺われる。

『春秋公羊傳』僖公三十一年の傳文について何休の「解詁」には次の様に述べられている。

謂之郊者、天人相與交接之意也。

ここでは、郊というのは天と人とが接觸するという意味であると述べるが、まさしく郊外とは、こうした場所であったのであり、それ故、悪靈等の存在があるにも拘わらず、門外に出て郊祭を行なったのであり、そうする事が天に祈りを屆ける確實な方法と信じられていたのである。

この様に見て來ると、前出『詩經』五例において、城外南郊の畝で祈穀を行なうのは、こうした、豐穰の願いを確實に天や祖靈に傳えるための行爲であることが理解されるのである。

七

以上、『詩經』における「南畝」の意味について考えて來たが、「南畝」における「南」の意味については、田畑の中で農耕儀禮を行なう例は古代中國から見られ、古い生活形態を維持している民族の例等から見ると、祭田として用いる田畑は南側である傾向があり、それは實際に農耕を行なう上でも陽當りが重要である點からも南が尊重される事があったからであろう。

また、當時行なわれていた宮廷行事である郊祀についても、南郊で祈穀の祭祀を行なっており、これも、農耕民族として南側を尊重するという發想に基くものであり、それらの事から『詩經』の「南畝」の例を考えてみると、農耕儀禮を詠じた詩の中で用いられ、「南」と方角を指定しているのは矢張り南側を尊重する農耕民族としての發想に基いた表現であり、近來論ぜられることのある「祭田」と言う意味での使用と考えるのが妥當と思われる。

さらに、そうした農耕儀禮を城外の南畝で行なう點については、當時の人々にとって城壁・城門が宗教的觀念上、惡靈等から身を守るためのものであり、城外には惡靈等が存在していると考えられていたと同時に、郊祀に見られる様に、天や祖靈との接觸を取り易い所でもあると考えられており、そうした考えに基いた、豐穰を天や祖靈に祈るための行動と見ることが出來るのである。

注

（1）例えば葉晨暉氏は『周禮』小宗伯とその注に基き田畯を神とし、「饁」は神を祀る事を言うとする（「也談〝饁彼南畝〟」『社會科學輯刊』一九八二―一二）。
（2）『中國の古代國家』（中央公論社、一九八四）五五頁。
（3）『中國古代社會史研究』（朋友書店、一九八八）八七頁。
（4）「田畯考」『國士舘大學文學部人文學會紀要』一五。
（5）「藉田新考」『中國の都市と農村』（汲古書院、一九九二）。

（6）前掲書、三〇頁。
（7）藉田についてもその所在等、農耕儀禮上重要な意味を持っており、いずれ稿を改めて論じたい。
（8）『雲南少數民族研究文集』（雲南人民出版社、一九八六）六四二頁。
（9）『儀禮・民族・境界――華南諸民族「漢化」の諸相――』（風響社、一九九四）一八七頁。
（10）『古野清人著作集』第一巻、一一八頁。
（11）『歳時習俗考』（法政大學出版社、一九八四）五〇～五一頁。
（12）『稻作儀禮の研究――日琉同祖論の再検討――』（而立書房、一九七四）四〇頁。
（13）『韓國農耕歳時の研究』（第一書房）九頁。
（14）『稻のまつり――アジアの村々を訪ねて――』（平樂寺書店、一九九六）二七五頁。
（15）「稻作儀禮と音樂」『日本文化研究所研究報告――シンポジウム「日本文化と東アジア」（一九八五―一九八六）――』（東北大學文學部附屬日本文化研究施設）。
（16）前掲書、二四九頁。
（17）「東アジアの農耕神觀」『日本文化研究所研究報告』二四。
（18）「古代支那人の民間信仰」『東洋思潮』一四（岩波書店、一九三五）。
（19）『周代祭祀研究』（文津出版社、一九九三）六五頁。
（20）『稻作儀禮と首狩り』（雄山閣、一九九五）六六～七一頁。
（21）『中國の祭祀儀禮と信仰』下（第一書房、一九九八）一九頁。
（22）前掲書、四二頁。
（23）拙稿「『詩經』邶風北門篇における「門」の意味について」『大妻國文』二二、「漢代の詩における「門」について」『中村璋八博士古稀記年東洋學論集』（汲古書院、一九九六）參照。
（24）「門：一個語詞的詩學批評」『北方論叢』一九九四―三。

『周易』文言傳「貞固足以幹事」釋義

伊東倫厚

一

『周易本義』の開巻劈頭、乾卦辭「元亨利貞」の下に、「貞、正而固也。」と云う。朱子は、卦爻辭中の「貞」字に對して、大率「正」(もしくは「守正」「得正」「正道」など「正」を含む連語)と換言するのだが、往々「正」に「固」を加えた形の訓詁を施す。例えば、比卦辭「元永貞」に關して「有元善長永正固之德」と云い、恆六五爻辭「恆其德貞」に關して「常久不易、正而固矣。」と云い、大壯卦辭「利貞」に關して「但利在正固而已」と云い、咸九四爻辭「貞吉悔亡」に關して「以爲能正而固、則吉而悔亡。」と云い、噬嗑九四爻辭「利艱貞吉」に關して「然必利於艱難正固則吉」と云うのがそれである。なお、『論語』衛靈公「子曰、君子貞而不諒。」章下の朱注に「貞、正而固也。」と見えるが、これは、『周易』の「貞」字に對する訓詁の援用に過ぎない。

それは兎も角、「貞」に對するかかる朱子の口吻は、直接には伊川の『易傳』のそれの衣鉢を繼ぐものとも云える。蓋し「貞」を含む經傳の字句に對する『易程傳』の解説を概見するに、「正」(または「貞」ないし「貞正」)と稱するほか、「正固」(乾卦辭)あるいは「貞固」(例えば、坤六三爻辭・頤六五爻辭・屯卦辭・屯象傳・明夷六五爻辭・既濟卦辭・未濟九四爻辭など)とも稱しているからである。(1)

二

卦爻辭中の「貞」を「正」に置き換える訓詁は、周知の如く、『周易集解』に引く荀爽注・虞翻注や王注・孔疏はもとより、無慮無數の『周易』注解書において採用されている所。(2) この訓詁の原據に相當するようなものとして、師卦彖傳の記述、「師、衆也。貞、正也。能以衆正、可以王矣。」を擧げることが出來る。(3)

さて、古籍の中で、『周易』の經傳の含義とは無縁の文脈で用いられている「貞」の語彙の一端として、「貞信」(『韓非子』姦劫弑臣)・「忠貞」(『呂氏春秋』權勳・『莊子』漁父)・「貞廉」(『韓非子』外儲說左下)・「貞良」(『墨子』非儒下)・「貞士」(『韓非子』和氏)・「貞臣」(『史記』趙世家)などを拾い出すことが出來る。これらの語彙中の「貞」は、どうやらそれと音近の「正」を意味する、と解してよさそうではある。

では、卦爻辭の場合はどうか。疑古派の學者、李鏡池は、「周易筮辭考」(『古史辨』第三冊上編。『周易探源』に再錄。)において、『說文解字』卜部に「貞、卜問也。从卜貝。貝以爲贄。一曰、鼎省聲。京房所說。」と記されていること、(4) 殷墟卜辭において「貞」(正しくは鼎・鼎)が實に卜問の意で使われていること、この二點に着目し、卦爻辭中の「貞」はすべて「正」ではなく、「問」(すなわち筮問)の意に解さなければならぬことを道破し、その事例を綿密に檢證している。李氏の見解は、前人の曚を發く不動の論、と稱しても溢美にはなるまい。しかるに、丁度七十年前に公表されたこの卓見が現在なお必ずしも全面的には受容されてはおらず、遺憾の限りである。この件については、いずれ稿を改めて論じてみたい。

三

今でこそ『周易』經文中の「貞」を「正」と釋するのが誤解以外の何物でもないことが判明しているわけだが、その誤解がここ二千年來の定見であった以上、「貞」が「正」と說かれていること自體を捉らえ、ことさらに云々するつもりは毛頭ない。

とはいえ、「正」と「固」とが同義語ないし類義語の關係に在るのならいさ知らず、そうではないことの明白な狀況で、「貞」を解するに際し、あるいは「正」（または「貞」）、あるいは「正而固」ないし「正固」を掲げるのは、注釋の仕方として異樣の感は否めない。なお、古籍の文辭において、「貞」を「固」と訓じるのは、『周易』の注解を除けば、稀ではなかろうか。では、伊川や晦庵が卦爻辭中の「貞」に對し、敢て「正」に加えて「固」なる訓を施したのは、何故か。伊川の言葉遣いに「貞固」とあったことからも容易に想到するのは、乾卦文言傳に載せる以下の字句の存在である。

元者善之長也。亨者嘉之會也。利者義之和也。貞者事之幹也。君子體仁足以長人。嘉會足以合禮。利物足以和義。貞固足以幹事。

『左傳』襄公九年所載の隨卦辭「元亨利貞、无咎。」に關して穆姜が下した形の解說は、この文言傳の字句とほぼ重複する。穆姜の解說では、「善」が「體」に作られ、「嘉會」が「嘉德」に作られ、「君子」の二字が無い。文言傳の記述とこの穆姜の解說とについては、先後關係の問題など、議すべき事柄が無いわけでもない。ただ、ここでは本稿の主題に卽し、文言傳（及び『左傳』）の記述において、まずは元亨利貞の「貞」に關して「貞者事之幹也」及び「貞固足以幹事」と説明されている點に注目しておけばよい。

その趣意が必ずしも明確ではないようだが、「貞者事之幹也」もしくは「貞固足以幹事」なる解説をば卦爻辭中の「貞」を含む字句一般に當て嵌めるのは、到底、無理であることは、論證するまでもなかろう。[5] もっとも、文言傳の作者（及び『左傳』の穆姜の言説の記載者）が何故にそのような解説を試みるに至ったか、という點については、若干の考察を要すると思われる。

上引の文言傳の記述を玩味するに、元亨利貞をいわゆる四德に分解し、「元」を「長」に、「亨」を「會」（「合」）に、「利」を「和」に、「貞」を「幹」に讀替えつつ、それぞれ適宜他の文字を配當する、ということで、まずは前半の四句を綴り、しかる後ほぼ同内容でありながら異なる文型となるように、初句から第五句を、第二句から第六句を、第三句から第七句を、第四句から第八句を捻り出したもの、と揣摩される。こういった作文の樣相を念頭に置いて再度、問題の記述を熟視してみると、「元」「利」「貞」の三者に關わる字句の書振りに倣う限り、「亨」に關する所の第二句「亨者嘉之會也」の「會」はそれと形近の「合」の譌である可能性が高く、したがってまた、第六句「嘉會足以合禮」の「會」は『左傳』のように「德」に作るのが勝るのではないか、と考えられる。

四

話題を「貞」に戻すなら、「貞者事之幹也」といい、「貞固足以幹事」といい、「貞」を「幹」に讀替える、つまりは「貞」を「幹」と訓ずる、という操作に根ざした措辭に相違無い、と推測されるのである。この推測から直ちに連想されるのは、『毛詩』大雅、文王の「王國克生、維周之楨。」句下の毛傳の訓詁、「楨、幹也。」に他ならない。[6] 該句下の鄭箋には、「此邦能生之、則是我周家幹事之臣。」とあって、實に「幹事」という言回しも見える。興味深いことに、大雅、崧高には、かの文王の『詩』句に酷似した表現、「維申及甫、維周之翰。」が認められ、しかも、その下の毛傳に、「翰、幹也。」とあり、鄭箋には、「申、申伯也。甫、甫侯也。皆以賢知入爲周之楨榦之臣。」とある。[7] かくて、「楨」と「榦」(「翰」「幹」)とが互訓の關係に在ることのみならず、「楨榦」なる熟語の存在をも了解出來たわけである。[8]

今述べた事柄について若干、補足すると、『左傳』宣公十一年に「令尹蔿艾獵城沂、使封人慮事、……平板幹、稱畚築、程土物。」とあり、その下の杜注に「幹、楨也。」と云う。上記鄭箋以外の「楨榦」の用例としては、『尚書』費誓「魯人三郊三遂、峙乃楨榦。甲戌我惟築。」、江漢「召公維翰」句下の鄭箋「召康公爲之楨幹之臣、以正天下。」、奕奕「榦不庭方」句下の鄭箋「作楨榦而正平之」、『漢紀』孝哀紀上「陛下秉四海之衆、曾無楨幹之臣。」などが目に止まる。

更に、より重要なこととして、「楨幹」ならぬ「貞幹(「榦」)」という記し方も古典に散見する。例えば、「吾以仲尼爲貞幹、國其有瘳乎。」(『莊子』列禦寇)、「夫三公鼎足之臣、王者之貞榦也。」(『論衡』語增)、「其朝豈無貞榦之臣、典誥之篇哉。」(『後漢紀』孝桓紀)などがそれである。

さて當面の「楨」(「貞」)及び「榦」(「幹」)は、一體何を指すか。『詩』句などにおいては比喩的に使われているわけだが、上引の『左傳』及び『尚書』の用例に鑑みることにより、「楨」といい、「榦」といい、牆垣を築くための板(版)を意味する語であることが容易に推知される。[9]『説文解字』木部の記載、「榦、築牆耑木也。」は、この推測の正當なることを裏づける。

上に述べた二、三の知見を踏まえるなら、文言傳の作者(及び『左傳』の穆姜の言説の記載者)は、上引の『詩』句などの存在を明確に念頭に浮かべていたか否か、ということとは無關係に、乾卦辭の「貞」の解説を試みるに際し、「貞」すなわち「楨」と「榦」（「幹」）とが互訓の關係にあることを根據としていたに相違無い。別の言い方で以て敷衍するなら、「貞」が「楨」と音通であること、そして貞幹（楨榦）とも熟合する通り、「楨」が「榦」を意味すること、この二點に着目して創作したのが「貞者事之幹也」なる説明であろう、と考えられるのである。

五

文言傳の記述の前半中の句、「貞者事之幹也」の言換えの如きものとして案出されたのがその後半中の句、「貞固足以幹事」であろうことは、前にも觸れた通り。であるから、後者が前者と同様、「貞」「幹」の同義語的關係を踏まえた立言である、というのは、改めて斷わるまでもない。

ただし、兩者を見比べた場合、後者に「固」の字が附け加わっている點が氣に懸かる。敢て「固」を附加した作者の意圖は、那邊に在りや。問題は、「固」が單に堅固を意味する形容詞風の言葉なのか、それとも「貞」あるいは「幹」と語義の上で何か關わりのある言葉なのか、という點に存する。[10]

この問に解答するための豫備作業として、件の「貞」「幹」の語義についての再檢討を行うべく、『説文解字』木部の幾つかの文字の説解に矚目してみたい。念のため先ずは「楨」の條を閲するに、「剛木也」とあり、これと前引の「築牆耑木也」の「榦」とは、互訓の關係にはならない。もっとも、「楨」と音近の「梃」の條に、「木（原作一）枚也」とあり、[11]「枚」の條には、「榦也。……詩曰、施于條枚。」とある。周南、汝墳「伐其條枚」句下の毛傳に徵するに、「枝曰條、幹曰枚。」とある。「梃」と「幹」とが「枚」を媒介にして結ばれるわけである。

許愼はまた、「枝、木別生條也。」と述べた後、「條、小枝也。」と說いている。なお、「梃」字下の段注に、「凡條直者曰梃。梃之言挺也。」と云う。ここにおいて、「梃」「枝」が全く同義の關係、より精確には、古韻の對轉關係に在る、(12)という事實に氣づくのみならず、許愼の場合、そうは理解しなかったのだが、「梃」は「楨」の異文に過ぎぬ、と判斷されよう。

上に得た所の知見を「楨」「幹」に卽し、且つ和訓で以て整理するなら、「楨」が「えだ」で、「幹」が「みき」である、という一事に盡きる。先に引證した「楨」(「貞」)「榦」(「幹」)の用例では、「楨」(「貞」)も「榦」(「幹」)も、具體的には土木の工具を指してはいたが、語源的には、「えだ」なり「みき」なり、それで以て築牆の木板を意味しただけのこととも考えられる。

さて、いよいよ本題の「貞固足以幹事」の「固」を取上げなければならぬわけだが、『說文解字』では、「固」そのものについては、「四塞也」とあるだけであるから、格別にここの論題とは繫らない。ただし、同書竹部において、「固」を聲符とする「箇」が「竹枚也」と說かれており、(13)意味上、前引の「梃」についての說解「木枚也」、及び「枚」についての說解「榦也」を連想させる。更に興味深いことに、やはり竹部に「竹梃也」と說かれる「竿」は、實に「榦」の俗字「幹」と諧聲である。(14)これらの事柄は、「箇」が語義の上で「梃」と密接に相通じることを示すと云えよう。「挺」がいわば「楨」の異文であることは、すでに述べた所。ここに至って、文言傳の作者が「貞固足以幹事」と屬辭した所以が炙り出し風に浮上する。「貞固」は、類義の語を竝列した言回しで、「固」は讀んで「箇」と爲すものではなかったか。つまり、該句において、「貞」と「固」と「幹」とは、同義・類義の關係に在ると考えられる。(15)

六

思うに、乾卦辭の「元亨利貞」の「貞」を説明すべく、兎も角もその類義語として連想した「幹」、そして「箇」を按排する、という着意の下に捻出されたのが「貞者事之幹也」及び「貞固足以幹事」であるからには、「貞」に對する文言傳の著者の訓解は、かの兩句に盡きる、と稱してよいであろう。であるから、かの著者が兩句を記した際、問題の「貞」を彖傳に說くが如くに「正」と解していた保障はどこにも無い。假に「正」と訓ずることを作者が了解していたとしても、その場合、「貞」が「楨」の懸け言葉として用いられていることになる。(16)

翻って考えてみるに、「貞者事之幹也」といい、「貞固足以幹事」といい、その趣旨がいま一つ判然としないのは、いわば語義上の連想がそこに介在していることによる當然の結果なのかも知れない。

ここで發端の話柄にたち歸るなら、以上の論述によって、朱子が時に卦爻辭の「貞」を「正而固」と解するのは、文言傳の「貞固足以幹事」に濫觴するとはいえ、かの字句の原意とは懸け離れた通俗的な訓詁に由來する、と結論することが出來よう。

註

（1）屯卦辭の下の『易程傳』の「貞固」は、一に「正固」に作る。

（2）王弼は、多くの場合、經傳の「貞」を換言せずに、そのまま注解する。ただし、恆卦辭・萃卦辭の下には「利正」と、遯九五爻辭の下には「得正之吉」と稱するなど、稀に「正」と換言している。

（3）「貞」を「正」と換言したと見做される彖傳の文辭は、「利艱貞、晦其明也、內難而能正其志。」（明夷）、「頤貞吉、養正則吉也。」（頤）、「君子正也」（同人）、「大亨以正、天之命也。」（无妄）、「大亨以正」（革）の五例。なお、「貞、正也。」の訓詁は、『子夏易傳』（乾卦辭の孔疏及び李鼎祚『集解』所引）にも認められる。
（4）桂馥『説文解字義證』に依れば、「省」は衍字。從うべきであろう。
（5）因みに、歐陽脩は、『易童子問』巻三で、文言傳において乾の四德を掲げておきながら、別に「乾元者、始而亨者也。利貞者、性情也。」と説くのは、それが一人の手に成るものではあり得ぬことを示唆する旨を指摘している。
（6）『爾雅』釋詁下にも「楨、翰、儀、榦也。」と云う。
（7）「翰、幹也。」の訓詁は、文王有聲「王后維翰」句下と板「大宗維翰」句下の毛傳及び崧高「戎有良翰」句下の鄭箋にも認められる。なお、幹は、榦の俗字。注（14）參照。
（8）『法言』五百には、「幹楨」という言い方も見出される。
（9）『尙書』費誓の「峙乃楨幹」句下の僞孔傳に「題曰楨。旁曰榦。」とある。孔疏には、これを解して「題曰楨謂當牆兩端者也。旁曰榦謂在牆兩邊者也。」と云い、「楨」「榦」の一應の區別を示す。
（10）孔穎達の疏に「貞固足以幹事者、言君子能堅固貞正、令物得成、使事皆幹濟。」と説き、「固」を讀んで字の如く堅固と解する。上掲の程子や朱子の解釋は、この孔疏のそれの延長線上に在るとも云える。
（11）段注に「一枚疑當作木枚。竹部曰、箇、竹枚。則梃當云木枚也。」とある指摘に從う。
（12）「枝」（『集韻』章移切）は支部で、「楨（貞）」（『集韻』知盈切）は、耕部。支・耕兩部は、陰陽對轉の關係。
（13）『方言』巻十二にも「箇、枚也。」と云う。郭注に「謂枚數也」とある通り、「箇」及び同音の「個」「个」は、もっぱら量詞に用いられることになる。
（14）俗字「幹」は、「榦」（从木倝聲）の意符「木」を蛇足重複の聲符「干」に替えて出來上ったもの。「榦枝」が「干支」とも書せられるのは、周知の通り。
（15）因みに、『蔡中郎集』巻七、薦皇甫規表に「忠臣賢士、國家之元龜、社稷之貞（一作楨）固也。」と云う。蔡邕は、「貞固」の二字を「貞（楨）」「固（箇）」の竝列と解したか、「柱幹之固守」（『漢書』李尋傳）を意味すると解したか、そのいずれかであろう、と考えられる。
（16）因みに、江漢「召公維翰」句下の鄭箋に「召康公爲之楨幹之臣、以正天下。」と見え、奕奕「榦不庭方」句下の鄭箋に「作楨幹而正平之」と見える。この兩處の言回しは、鄭玄が「楨」を懸け言葉風に「正」とも解していたことを示唆する。

これと似た「貞」に關わる事例として、『周禮』春官、大卜「凡國大貞」句下の注、「鄭司農云、貞、問也。……玄謂貞之爲問、問於正者、必先正之、乃從問焉。」も注目される。鄭玄は、鄭司農の發言に引きずられてのことながら、結果的に、「貞」に同義語ならぬ「問」「正」の兩訓を與えていることになる。

論語發微三則

金谷　治

一　子貢がたしなめられる

子貢曰わく、我れ人の諸れを我れに加えんことを欲せざるは章（公治長篇第12章）

子貢が「わたしは、自分が人にされたら厭だと思うようなことは、こちらからも人にしかけないようにありたい」と言った。すると孔子は「賜《し》（子貢）よ、爾《なんじ》の及ぶ所に非ざるなり――お前にできることではない――」と答えた。ただそれだけの章である。「しかける」と譯した「加」の字は、古注では「陵なり」とあって「我れをしのぐ」あるいは「侮る」などの意味になるが、とくに重要な違いでもない。簡單にみえるこの章をここでとりあげて問題にするのは、子貢に對する孔子の言葉がいかにも冷たく嚴しい、いや嚴しすぎると思えるからである。

子貢がこうありたいと願ったその内容は、孔子自身が仁德の内容として語った「己れの欲せざる所は人に施すことなかれ」（顔淵篇第2章）というのに、そのままぴったりである。いわゆる思いやりの德、自分の誠心で他人を推しはかる忠恕のことである。そんな大切なことを、子貢ほどの門人が實行したいと願っているのに、孔子は激勵することもしないで、お前にできることでないと冷くぴしゃりとひきとめている。これは不思議なことではなかろうか。まさか、お前にはまだまだ仁德を學ぶ資格がない、というわけでもあるまい。

事實、子貢は孔門での重い存在で、孔子にも尊重される門人であった。孔子は子貢に對して、お前は貴重な瑚璉《これん》の器だと評價し（公治長篇第4章）、政治を行なうのに十分だとその才能を認め（雍也篇第8章）、孔子自身の學問が「ただ一つのことで貫ぬかれている」ということまで教えている（衛靈公篇第3章）。

子貢は孔子より三十一歳若く、顔回と同年輩の孔門の中堅組であるが、孔子の死に際しては顔回や子路がすでに死んでいたということもあって、門人の中心となって葬儀をとりしきり（『孟子』滕文公上篇）、孔子よりも勝るという世評を強く退けて聖人孔子の名を高めることに努力した（子張篇第23・24・25章）。子貢が「命を受けずして貨殖す」（先進篇第19章）といわれるような利財の才と、言語の科として四科十哲の一人に數えられているような（同上第3章）辯説の才とによって、孔子の死後にその教えを廣めるのに大きな功績をあげたことは、確實である。仁德の實現について、孔子が子貢にまったく期待しなかったということは、まずありえない。してみると、「爾の及ぶ所にあらず」という決めつけはいよいよ不思議なものとなるが、その不思議をさらに助長するような一章がまた別にある。それは、衛靈公篇第24章である。

子貢が孔子にむかって「ただの一言で一生行なっていけるようなことがありますか」とたずねたのに對して、孔子は「それ恕か。己れの欲せざる所は、人に施すことなかれ」と、恕（思いやり）の德の大切なことを教えている。孔子の教えとして恕を強調することはもちろんふさわしいが、ここではそれが子貢にむかって教えられているのである。さきには公冶長篇で、恕ということばこそ無いけれども、自分が人から受けて厭なことは自分の方からも人にしむけないという同じ内容が、孔子によってお前にはできないと言われていたのに、こちらの衛靈公篇では、子貢が生涯をかけて守るべき德として孔子によって推重されているのである。二つの記録は正反對であって、矛盾といってもよいほどである。どちらかが間違っていて實錄ではないということであろうか。

二つの章の違いに注目した人は、實は意外に少ないのだが、宮崎市定氏（『論語の新研究』）が衛靈公篇の方の解説で兩者の矛盾を指摘している。そして、それを「恐らく同一の事實を見聞した人が語り傳える間に、次第に變化してきて、二つの異った傳承が成立したのであろう」と解釋し、さらに恕の德を教えた方が原型に近く、公冶長篇のたしなめの方は子貢の學派と異なる人たちによってできたものであろうと想像している。子貢の存在の重さからすると、いかにもその考えは妥當なようにも思えるが、そうだとすると、公冶長篇の一章は實録からは遠いということになる。それでよいであろうか。

實は、子貢が孔子によってたしなめられたという記録は、『論語』のなかで公冶長篇のこの一章だけではない。憲問篇第31章では、子貢がよく人の惡口をいうので——あるいは人のことを批評するので——、孔子は「お前は賢いんだね。わたしなど、そんなひまはない」と、ちょっと厭味なお灸をすえている。また公冶長篇第9章では、孔子は「お前と顔回とはどちらがすぐれているか」と質問し、子貢は「回は一を聞いて十を知るが、わたしは一を聞いて二がわかるだけです」と卒直に自分の劣ることを認める、すると、孔子は「及ばないね」とその答えを肯定する。つまり、孔子は子貢の方が及ばないことを知っていて、そのことをあらためて子貢に自覺させたのである。子貢が有名になって、孔子以上だという評判までたった狀況をふまえて、それを抑えたのだとする舊説は正しいであろう。

子貢はあの四科十哲で言語にすぐれた人とされるが、『論語』にみえる彼のことばは確かに生彩のある譬喩で滿たされている。『史記』の傳記はそれを承けて、「子貢は利口巧辭、孔子は常にその辯を黜《しりぞ》けたと言っている。辯の立つ才能にまかせて、子貢は時に出すぎたことを言った。「巧言」をきらう孔子はそれをたびたびたしなめたということであろう。してみると、さきの公冶長篇で「爾の及ぶ所にあらず」と冷たくたしなめられているのも、あながち原形から離れた異派の後次の記録とみるわけにはいかない。

さて、それでは兩者の違いを調停する合理的な解釋があるだろうか。それを得るためには、それぞれの對話の背景を考えてみるのが有效であろう。

まず衛靈公篇の方では、子貢が「一言にして終身これを行なうべき」重要な德をたずねたのに對して、孔子は恕の德をあげ、さらに「己れの欲せざる所云云」とその內容を解說したのである。子貢の方から恕の德を問題にしたのではないこと、それに對應して孔子の教えが懇切であることに注意したい。つまり、子貢にとって恕の德は、それほどにも重要とは必ずしも考えられていなかった。孔子の教えはそこを突いて、いつも對症療法的に相手の人格に見あった適切な教えを施す例のとおりに、子貢の修養のために最も必要なこととして教えられたのである。

公治長篇の方で、子貢が「我れ人のこれを我れに加えんことを欲せざるは、吾れ亦たこれを人に加うること無からんと欲す」と言ったのは、衛靈公篇で教えを受けた後のことと見るのが自然である。これを逆に考えるのは、一度お前にはできないとたしなめたことをまた教えることになって、不自然だからである。孔子から恕の德を教えられた子貢が、いかにもと納得してその實踐に乘り出そうとする氣構えが、そこにある。「われ」ということばがくり返して出てくるのは、それを示しているように思われる。ところが孔子がそれをたしなめたのは、子貢の輕薄な調子の良さを戒めたのではなかろうか。

そこで、もしこの公治長篇の一章が衛靈公篇の一章の後につづく同じ一時の記錄であったとしたら、どうであろう。子貢が終身守るべき一言を求める、孔子が恕の德を教える、子貢が感服して早速わたしも實行したいという、孔子がたしなめる、ということになる。そして、こうした一連の對話を考えると、孔子が冷たくたしなめた理由がいかにもよくわかるように思われる。子貢は今教えられたばかりの恕の德の重要さやその實踐上の困難などについて十分な熟慮もせず、「利口巧辭」ともいわれるような人がらそのままに、孔子のことばを巧みに言いかえて、直ぐにもその實行に入ることを宣言したというわけである。孔子から見れば、輕率で危險で、口先だけに終ってしまいそうな元氣の良さである。

ちなみに、仁のことをたずねて教えを受けた顏淵や仲弓では、「請う、斯の語を事とせん（請事斯語矣）」と答えていて（顏淵篇第2・3章）、なるほど、大事に臨む愼重な重い氣魄がある。子貢のことばを、孔子の教えを受けたその場で直ぐに言われたものだとすると、孔子の危惧はなおさらもっともである。そこで、「賜や、爾の及ぶ所に非ず」、お前の考えるほど簡單なことではないぞという意味をこめて嚴しい戒めとなったものであろう。

さて、これで二章の矛盾はまったく解消した。二章の間には、矛盾とまで言わなくても、少なくともはっきりした違和感があるが、それを不問にしてそれぞれを切り離して讀んでおくというのは、不十分な讀み方である。しかしまた、二つの章の違いを指摘しながら、それを同一資料の異傳によるとするのも、その根據に乏しい。傳承の間にまったく違った文章に變化するという例はもちろんあることではあるが、ここで衞靈公篇の方が正しい傳承で公冶長篇の方が原形から遠いということを證明するのは、とても簡單にはできないだろう。むしろ反證があげられたのである。

してみると、二つの章は今こそ離れ離れで別章として獨立しているが、もとは一連の對話であったとみるのが、最も妥當である。二つに分かれた理由はもちろん今ではよくわからないが、公冶長篇の全體には門人に對する孔子の批評が多く、それも宰我の晝寢（第10章）や子路の無分別（第7章）に對するような嚴しいことばがあるのをみると、あるいは編集者がそこに子貢の例を加えるために意圖的に切り離したものであったかも知れない。『論語』の編纂にはそうした配慮のあったことを思わせる所も散見できるようであるが、それはまた別にのべることとする。

要するに、ここでは子貢についての公冶長篇第12章と衞靈公篇第24章との矛盾ともみえる重要な違いをとりあげて、その一方を切り捨てる、あるいは輕視するというのでなくて、二つを接合することによってこそ合理的な正解が得られることをのべたのである。公冶長篇の方の解釈がすっきりすると共に、合わせて現在の『論語』の編纂過程を示唆する一つの事象を明らかにすることができたことであろう。

二　孔子は聖人だろうか

太宰、子貢に問う章（子罕篇第6章）

太宰が子貢に「夫子《ふうし》（孔子）は聖者か、何ぞそれ多能なる」とたずねたのに對して、子貢が「もちろん大聖人であられて、しかも多能だ」と答えたところ、それを聞いた孔子が、「自分は身分の低い出身であるからつまらないことがいろいろとできるのだが、君子は多能ではないものだ」と言って、自分の多能を認めると共に、その多能が聖人・君子とは何の關係もない、むしろ絶縁すべきことだと説明したのである。

孔子は聖人だという風評があって、孔子自身がそれを否定していることばが他にもあるから（述而篇第33章、聖と仁との若きは章）、この章でもまずそういう背景を考えておく必要がある。そして、太宰がとくに孔子の多能なことをとりあげて、それと聖人という評判との關係について質問したのに對して、孔子自身は聖人などということは頭から問題にせず、自分の多能なことだけをとりあげて、それこそ聖人どころか君子の資格にも缺けている證據だと謙遜したのである。この章の眼目は、やはりそうした孔子の謙虚な態度を强調すると共に、多能ということについての孔子の考えを傳えることにあるだろう。「吾れ少《わか》くして賤し、故に鄙事《ひじ》に多能なり」という卒直な表白、そして「君子は……多ならざるなり」というきっぱりした斷定に、孔子の清々しい人格が輝いている。

この章の異讀として廣く知られているのは、子貢のことばで、「天縱之將聖」とあるところ、古注では「天、これが將（大）聖（の德）を縱《ゆる》す」と讀み、朱子の新注では「天、これを縱《はな》（肆）ちて將《ほとん》（殆）ど聖」と讀むことであるが、意味としてはそれほど大きな違いではなく、訓詁のうえでも古注のままで誤りはない。「太宰」について、古注の孔安國は「官名である。吳の太宰か宋の太宰かはっきりしない」といい、朱子もそれを引用しているが、敦煌から出た鄭玄注では吳の太宰嚭《ひ》であって、子貢との問答は魯の哀公十二年冬に吳と魯との會合が素睾《そこう》の地で行なわれた時のことだ、という詳しい注がある。哀公十二年といえば前四八三年、孔子七十歳であるから聖人という評判がたつのにもふさわしいが、確かなことではない。いずれにしても、この問題は本章の理解にとってそれほど重要とも思えない。

ここで問題としたいのは、太宰の質問の意味内容である。「夫子は聖者か、何ぞそれ多能なる」という二句で「聖者」と「多能」とが對照的に擧げられているのは、太宰の心として、兩者を背反すると考えたのか、それとも一致すると見たのか、という點である。「夫子は聖者か」の「か」は原文では「與」であって、朱子は「疑辭なり」と言っているから、第一句では「孔夫子は聖人でしょうか」とたずねたのである。そして、その理由は「何ぞ其れ——何とまあ——」という驚きの表現でわかるように、孔子があまりにも萬事に多能であったからである。そこで、その並《なみ》はずれた多能がいかにも聖人らしいと思われたからの質問であったのか、それとも細かい雜事に多能なことは聖人としてはふさわしくないので、孔子を聖人だとする世評に疑問を持ったからの質問であったのか、質問の意味としてそのどちらかということが問題になる。

朱子の注釋では、はっきり前の方だと解釋する。「太宰は蓋《けだ》し多能を以て聖となす——多能であることによって聖人だと考えたのであろう——」というのが、朱子のとくに加えた注釋であって、その後、これが通説ともなっている。太宰の「聖人でしょうか」という質問は、むしろ積極的に「聖人でしょうな」というダメ押しの質問ということになる。子貢はそれに對して聖人であることを肯定しながら、しかし多能はまた別のことだと切り離して修正したわけである。通説はそれで一應の意味の通りは悪くない。

ただ、これで落ちつかないのは、孔子のことばとの連續である。孔子はとくに自分の多能をとりあげて、それが美徳どころか、むしろつまらないことだと言っている。太宰がもし、朱子のいうように、多能を聖人の資格ともなるような美徳と考えていたのであれば、孔子はまっこうからその考えと衝突することになるわけだが、それなら開口一番、「太宰は我れを知れる者か」と肯定しているのはどういうわけだろう。太宰が自分のことをよく見ぬいているとして賛成しているのであって、それはもちろん孔子の多能についてであるが、その多能の評價が基本的に違っていたのなら、「我れを知れる者か」と賛成するだろうか。

そこで考えられることは、太宰もまた、孔子と同様に、多能をマイナス評價していたとみるのがよいことになる。世評では聖人ともされているが、あの並《なみ》はずれた多能ぶりをみると、それは疑わしい、「あの方は〔本當に〕聖人でしょうか」というのが、太宰の質問であった。そして、そうだとすると、太宰の疑問は孔子の考えとぴったり一致する。孔子を聖人とする世評を疑問とし、多能をむしろ餘計な要らざることとする太宰の考えは、當然に孔子の賛成するところである。いかにも「太宰は、我れを知れる者か」であろう。自分の多能はたまたま自分の出身からそういうことになったまでで、多能を聖人君子の要件だなどとはとんでもない、君子は多能ではない、というわけである。

もっとも「知我者乎」という句は、ことばとしては「我れを知る者ならんや」（通行本では「者」の字が無いから「我れを知らんや」）と反語に讀むこともできるから、「自分のことがわかっていない」と否定したものとも讀める。ただ、それに従うと、何がわかっていないというのか、反語にするほど感慨をこめた否定が何をさしているか、もう一つはっきりしないのが困る。上の太宰のことばとの關係からすると、孔子が否定したのは自分のことを聖人とする點だろうと思われるが、それにしては下のことばが多能のことだけになって聖人には一言もふれないというのは不思議である。

また孔子の多能は太宰も孔子も共に認めることだから、その點を否定するわけがない。ここはやはり、一般にそう讀まれているとおり、感嘆詞のついた肯定文として讀むのが順當である。

「太宰はわたしのことがよくわかっている方だね」といった孔子のことばは重いと思う。つまり、自分が多能であることを見ぬいたうえ、それを聖人にふさわしくないと考えた太宰の慧眼に、孔子は感服したのである。孔子のこの一言には、章の全體をひきしめるような強い文氣がある。孔子のこのことばとの照應から考えると、太宰の質問は、多能なことが聖人にふさわしくないのではないかという疑問を表白したものとみてこそ、いかにも自然であると思われる。初めに擧げた二種の解釋のその後者に當たる。太宰は孔子を聖人とする世評に對してその多能の故に疑問を持った、子貢の答えはその疑問を封じこめて、まちがいなく大聖人であること、しかも多能は多能として別に一つの美德であることを強調したのである。孔子はそこで、子貢を抑えて太宰の自分についての認識を評價したという流れであろう。太宰・子貢・孔子の三人三樣の態度がそれぞれにはっきりして、一章の主意が孔子の謙讓に收束していることがよく理解できる。

さて、種明しのようなことになるが、實はこちらの解釋の方が古い傳統的な解釋なのである。まず古注の孔安國は「〔太宰は〕孔子の小藝に多能なるを疑う」と言って、聖人らしくないとして疑問を抱いたものとしている。皇侃の『義疏』では「我れを知れる者か」を解釋して、「孔子、太宰の疑いを聞きて、我れを知れりと言うは、〔太宰が〕我れの聖に非ざるを疑いしを許して是とするなり」という。さらにはっきりしているのは鄭玄の注である。敦煌發見の資料によると、「夫子は聖人にして大道を德《え》（得）たり。褻《せつ》（小）事《じ》に於て何ぞ其れ多能なるやと問う」と、太宰の質問の意味を明らかにしたうえ、「多能なる者は、則ち必ず聖ならざればなり」と、太宰の心を忖度している。邢昺の『正義』もまた同樣である。

してみると、多能を美徳として多能だから聖人だろうと考えたとする朱子の注釋は、まさに新注としての新しい解釋であったとわかる。朱子はなぜことさら古注に反對して新説を加えたのであろうか。またその新説が通説にまで廣がったのはなぜだろうか。朱子自身の説明もないのではっきりしたことは不明ながら、いくらか穿鑿してみると、孔子が聖人であることを疑うような説があったということを、認めたくはなかったのではなかろうか。聖人孔子の觀念が強かった當時の一般的な立場からすると、その可能性は強い。朱子がこの章の主意として子貢の評價をとくに重視しているのは（『朱子語類』巻三六）、それを物語っている。そして、この推測を支持するかと思えるのは、清の劉寶楠の『論語正義』の解釋である。

清朝考證學の成果を集大成したこの新『正義』は、一般に新注には批判的で古注を尊重する立場にあるが、この章ではそうでない。孔安國の「孔子の小藝に多能なるを疑う」という注について、劉寶楠は多能の内容は小藝だけでなく、藝の大なるものとしての禮樂などもあったと考證を加え、太宰は多能によって孔子を聖としたのだから、「夫子は聖者か」の「與《か》」は美辭《ほめことば》であって疑辭はない、古注の微誤であると否定している。朱子と同様に、太宰の立場を、多能を聖人の資格とみたとして、多能の内容が聖人にふさわしいものであることを説明したのであって、聖人孔子の像を疑いようのない立派なものに祭りあげている。

聖人の資格を疑うような不謹愼なことばが『論語』のなかにあるはずがないという解釋、つまらない先入觀ではあるが、實は中國社會では普遍的で根強い孔子觀に根ざすものであった。そして、そうした聖人孔子を尊重する先入觀が『論語』の解釋を誤らせるという一つの例を、ここに認めてよいのではなかろうか。

三　必ずや……かの意味

子曰わく、君子は爭う所なし。必ずや射か章（八佾篇第7章）

君子は爭いごとはしないものだ、爭いごとに相當するのは弓の禮だが、それもふつうとは違って君子的な爭いかただ、という。意味ははっきりしていて、「揖讓《ゆうじよう》して（會釋《えしやく》し讓りあって）昇り下りし、而して（敗者に）飲ましむ」といわれるその弓の禮のこまかい解釋のほかは、とくに異説というほどのものはない。一章の主旨はそれでよいのだが、ここでとりあげたいのは、その「必ずや射か」という表現のことである。古典を讀むのに難しいのは虚辭の解釋であるが、この場合にもその「必也……乎」という虚辭の使い方が問題である。そして、それがうまく解釋できると、言外にこめられている話し手孔子の深意がよく理解できるのである。

ふつう、ここの「必ずや」は「必」の文字どおりに「必ず」「きっと」「ぜひとも」という意味に讀まれて、下の「也」の字はあまり重視されない。「必也」は「必」の一字と同意で、「也」の字はたかだか「必」の意味を強めるていどの添加《つけたし》とみられている。そこでこの章の第二句は「必ずきっと弓の禮であろう」ということになる。しかし、それだけでは、上の第一句との連續がよくない。

上の句では「君子は爭いごとはしない」と言っているのに、それを受けて「きっと弓の禮だろう」と言うのでは矛盾である。少なくとも何か言葉が足りない。下文で弓の禮のことが説明され、「その爭うや君子なり」と結ばれて、弓の爭いはふつうの爭いごととは違っていると強調するのを考えあわせると、「君子は爭う所なし」ではあるが、その爭いらしいものを探してみると「きっと弓の禮だ」ということになるわけであろう。つまり、第一句と第二句の間には意味の轉換があって、一旦は否定したものをもう一度とりあげて吟味するといった形である。そこで、この二句の間には、「もし争いごとがあるとすれば」というような言葉を補ってはじめて意味の連續がよくなる。一般の解釋でも確かにそれに似た言葉が補われている。

ただ、その補いの言葉がどこから出てくるか、その補いの根據をたずねると、ふつうは上の句と下の句との意味の連續を整えるために納得のゆく解釋を補ったというまでで、それでは「望文生義」にも似て主觀的に勝手な解釋をすりこませる恐れもないではない。もっと客觀的で科學的な根據がほしいが、實は「必也……乎」という句形そのものに、上下句の意味のひらきを埋めるものが備わっているというのが、これからのべようとすることである。「必也」は決して單なる「必」の一字と同じではない。

わたしがそう考えるのは、この句形が見られるのはここだけでなく、『論語』のなかで七例もあって、それぞれがおおよそここと似た意味で使われているからである。いまそのすべてを擧げて、その共通した意味を探ってみよう。

(1) 君子は争う所無し。必ずや射か。（八佾篇第7章）

(2) 何ぞ仁を事とせん。必ずや聖か。（雍也篇第30章）

(3) 暴虎馮河《ひょうか》、死して悔いなき者は、吾れ與《とも》にせず。必ずや事に臨《のぞ》みて懼《おそ》れ、謀を好みて成さん者也《なり(か)》。（述而篇第10章）

(4) 訟《うった》えを聽くは、吾れ猶《な》お人のごときなり。必ずや訟え無からしめんか。（顔淵篇第13章）

(5) 子路曰わく、……子は將《まさ》に奚《なに》をか先にせん。子曰わく、必ずや名を正さんか。（子路篇第3章）

(6) 中行を得てこれに與《くみ》せずんば、必ずや狂狷《けん》か。（子路篇第21章）

(7) 人未《いま》だ自ら致す者有らず。必ずや親の喪《も》か。（子張篇第17章）

(3)では「必也」を受ける句末の字が「也」であるが、「也」は句末の助字として「乎」と通用するから、同例とみなすことができる。そして、(5)だけが「必ずや」以下の句に對應する上の句がなくて例外的であるが、他の六條はみな上の句との對應關係があって、しかもおおむね上の句は否定の形である。(1)は「爭う所無し」、(2)は反語の形で否定に通じ、(3)は「與《とも》にせず」、(6)は「與《くみ》せず」、(7)は「自ら致す者有らず」である。下の「必ずや」にとって、上の句がおおむね否定の句であるということは、やはりここにも特別な意味のあることを思わせる。つまり、否定の句は問題に一つの斷定をくだして、それに一應の完結を與えるわけだが、それを受ける下の「必ずや」の句は、その問題をさらにまた掘り起こして問題にする、そこまでしなくともよいことを強いてそうするといった轉義がそこにある。その微妙なつづきぐあいを表現するのが「必ずや」ということばではなかろうか。

「君子には爭いごとはない」とひとまずは斷定したが、さてそうではあっても爭いとも見えることがないわけではない。射禮である。言わなくともよいかも知れないが、それをあえて口にして、やはりそれもふつうの爭い方ではないことを説明しておこうというわけである。「何ぞ仁を事とせん」、仁德として問題にすべきことではないと、相手の質問に對する答えはそれで終ってもよいのだか、さらにていねいに、それが仁德以上の聖のことであるのをあえてつけ加えておこうというのが、次である。述而篇の「暴虎馮河」も、勇猛だけで無鐵砲な人物とは共に戰わないよと、勇みたった子路の出鼻をくじいたことで答えは終っている。もし共に戰うとなればもっと愼重な人物を選ぶだろうと、さらにていねいに、言わなくともよいことかも知れないが、あえてそのことを言っておこうというのである。子路篇の「中行」と「狂狷」との關係も同じで、「中行」が理想であることは動かないが、それが得られないばあいの次善の策をあえて言うなら「狂狷か」ということになる。「必ずや」には本來進んでは言いにくいところを押して強いて言うという意味が備わっているようだ。上の對應句がない(5)や否定形でない(4)もこれから類推して考えるべきものであろう。

實はその(4)、すなわち顔淵篇第13章については、特に荻生徂徠の卓説がある。徂徠（『論語徴』）はこの章の注で次のように言っている。

> 「必ずや訟え無からしめんか」とは、言うこころは、若《も》し必ず我れの材（才）を見んと欲すれば、則ち民をして「訟え無からしめん」こと、是れ或いは能くすべし。「訟えを聴く」が若《ごと》きは我れの長ずる所に非ずとなり。……學者多く「必ずや」の二字の解に昧《くら》し。

ここで傍點をうったところが「必ずや」二字の直接の解釋である。「もし必ず（どうしても）わたしの才能を見たいと思うなら」ということになるが、それは「訟えを聴く」ことでは格別のこともない（我れの長ずる所に非ず）と否定した後で、また新たに自分の長所特色を示すのであるから、初めの「もし必ず」は、もしどうしてもということならといった語氣を帯びることになる。してみると、ここの「必ずや」も、さきに見た諸例と同じ意味になるわけである。「訟え無からしむ」が徂徠のいうような自分の長所と意識されていたかどうかはともかく、それが他人とは違った特色として言われていることは、まちがいがない。そういう特色をあえて口にするというところに「必ずや」の二字が出てくるのである。徂徠がとくにこの二字をことばとして注目して、一般の學者が不注意に見すごしているのを警告しているのは、さすがである。

ただ、殘念なことには、徂徠はこの含蓄のある特別な解釋を顔淵篇以外の他の章にまで及ぼそうとはしなかった。「必ずや射か」を初めとして、それぞれの章でとくに「必也……乎」に注目した形跡はほとんどない。近人の注釋でこの徂徠の説を詳しく紹介したのは、吉川幸次郎氏である。吉川氏の著書は一般に徂徠の説を的確に多くとりあげるところに一つの特色を持つが、「訟え無からしめん」について、徂徠は「きっとそうして見せよう」というふうの意味でなく、「どうしても裁判にふれていうなら」の意味にとると總括し、「細心の説でそうも讀める」と半ば肯定しながらも、「細心すぎるかも知れない」と留保している。ただ、吉川氏もその影響を受けている。「君子の爭い」について「爭うものを強いて求め出すならば」と補いをつけるのもそうであろうが、子路篇の「中行」と「狂狷」についての細説はとくにそうである。「中行」は理想であるが、そうでない「狂狷」の場合は理想的ではないのだから「判斷と行動に無理をともなわねばならぬ場合であり、その無理を意識しての判斷を示すものとして、「必也」の二字が次にあるのであろう」という。それこそ「細心すぎるかも知れない」が、とくに「必也」に注目した一つの考察として貴重である。

徂徠も吉川氏も、卓見を筆にしながらそれを「必也」の用例の全體にまでは廣げず、また「必也」の句がおおむね「乎」の字で結ばれていることにも注意していない。そこに注意して文法的な整理を加えた人が、實は徂徠より前にいた。清の閻若璩である（『四書釋地』三續四）。

「必也」は決辭、「乎」は疑辭である。一句の中にこの二義が具わっていて、決定しながらそれに安定しないのである（不寧惟是）。「射」「聖」「無訟」「正名」「狂狷」「親喪」の句はみな同じだ。

と彼はいう。決辭とは決定して斷乎と言いきること、疑辭は疑問を殘したはっきりしない言い方である。朱子の注では、その場その場でどちらかに偏って解釋しているのがよくない、正確な解釋はこの兩方の意味を生かした統一的な解釋であるべきだ、とするのである。閻氏の説は簡單でわかりにくい點もあるが、「必也……乎」を一つの句法としてとらえ、文法的にその意味を考えたのは、いかにも清朝漢學の大師である。

いったい「必」というのは、確かに「必ず」「きっと」という決辭である。それが「必也」となって、その斷定を強めたとしてもよいが、斷定には他の可能性をふりきって、「強いて」「どうしても」「それだけで」といったニュアンスがともなう。そこで、その強意が加わるほど、他方でその強いてむりをしたことへの心理的なためらいが生まれる。句末の「乎」の疑辭こそはその不安な氣持ちを表明したものであろう。「必」でなく「必也」とあるのは、「乎」と對應したそうした複雜微妙な意味を表現したものに違いない。「一句の中に決辭と疑辭との二義が具わっている」というのは、こういうことであろう。

以上を要約すると、「必也……乎」の句は、進んで當然のように言うべきことではないかも知れないが、あるいはむしろ言いにくいことではあるが、それを押して言えば、ということを表わしている。さきに列擧した『論語』中の七條は、すべてこの意味にとってこそ始めてぴったりした解釋が得られる。私の岩波文庫本の譯文でも、多少の言葉の違いはあってもそれで統一したつもりである。特別の注はつけていないが、檢討を加えていただければ幸いである。

村山吉廣教授の賀を祝して獻呈するには、いかにも氣恥しい論文ならぬ雜文三則である。教授との長きにわたる厚い友誼を想ってあえて名を連ねさせて頂くことにしたが、教授および諸賢の諒恕を請いたい。

（一九九九年五月）

呂覽の稱謂の由來

――十二紀と八覽の天子觀の相違から見て――

宇野茂彦

「一」

呂氏春秋はなぜ呂覽ともいはれるのであらうか。これは、この書の成書、構成等に關はる問題である。先づその成書についての諸説を簡單に振返つておきたい(1)。

呂不韋傳によると、呂不韋は秦の強大にもかかはらず、戰國の四君に及ばないのを遺憾に思ひ、賓客を招くことにし、また、時に荀子の一黨が著書して天下に示したのを眞似て、麾下の客士を動員して呂氏春秋を作つたといふ。從つて書の成るや、これを咸陽の市門に揭げて、能く一字を正せば千金を與へようと言つて誇つたのであつた。この記述によれば、呂氏春秋といふ書は或る種の示威行動として一擧に作られた編纂物といふことになる。確かにそのやうに理解されてきてをり、例へば、馮友蘭は先秦の諸子の書の整書は秦以降の人の結集したものだが、呂氏春秋は計畫があつて書かれ、綱目具備し、條理整然たるもので、この當時にあつて初めてのことであると述べてゐる（許氏集釋序文）。

ただ、はたしてこの成書は勢力の誇示だけが目的だつたのであらうか。それ自體に政治的意味があつたのは事實であらうが、同時に内容においても思想の紹介や探究に止まらず、より政治への意圖があらうことを思はせる。そして、諸子説の網羅的編輯のなかで、所々意圖的な折衷を試みてゐる面が確かにある。(2)

呂氏の意圖を儒家的な正統思想であると見て評價したのは元の陳澔であつた。陳澔は「呂不韋、秦に相たること十餘年、此の時已に必ず天下を得るの勢有り。故に大いに群儒を集め、先王の禮を損益して此の書を作る。名づけて春秋と曰ふ。將に一代興王の典禮を爲らんと欲するなり」と述べ、また、禮家が古制を學ぶために呂氏春秋を傳へたと言ふ(禮記集説、月令注)。禮家は月令の存在などのため呂氏春秋を割合尊重するのだが、陳澔もまた、禮記の注釋者として、その禮説を來たるべき王朝の典禮の作成として評價した。この態度は四庫提要にも引繼がれた。提要でも、諸子の書に比べて醇正、儒を以て主となしてゐるといひ、六籍の文と孔子曾子の言、樂記や考工記の文を引用してゐるのに、呂氏の人となりを鄙として、その書を重んじないのは公論ではないといふ。そして漢宋兼采の清の陳澧も、呂氏は古儒家の説を多く採るから、取るべきものが多いといつてゐる。

呂氏春秋は十二紀、八覽、六論といふ三部構成になつてゐるのである。これは史記では、その順が八覽、六論、十二紀となつてはゐるが、この三部から成ることは變らない。成書の當初からさうであつたと考へてよいであらう。では何故に三部構成にしたのであらうか。馮友蘭がいふやうに計畫的に作られたのであるなら、なほのことその意味を考へなくてはならない譯だが、あまり問題にされてゐない。わづかに赤塚忠がその點について「十二紀の十二は天道に法るものであり、八覽の八は八風の數によつたもので、地の數であり、六論の六は人事の象數である」と述べ、天地人の順に配列されたものと考へてゐる程度で、(3)三部構成の理由はまだ十分に解明されてはゐない。

春秋といふ書名はいかなる由來によつて名づけられたのであらうか。序意篇では、十二紀について質問された文信侯呂不韋は、「黄帝が顓頊に教へたやうに、古代の清世では天地に法つて事が行はれたのだ、それを學び得たものだ」

と前置して、

十二紀は治亂存亡を紀する所以、壽夭吉凶を知る所以なり。上は之を天に揆り、下は之を地に驗し、中は之を人に審かにす。……則ち是非可不可、遁るる所無し

と言つてゐる。ただこれは十二紀について述べたもので、春秋といふ名の由來ではない。

司馬遷も明瞭に解說してゐるわけではないが、史記の二箇所でかう記述する。

呂不韋……尙古を上觀し、春秋を删拾し、六國の時事を集め、以て八覽六論十二紀と爲し、呂氏春秋を爲る。（十二諸侯年表）

呂不韋乃ち其客人人の著聞をして集論せしめ、以て八覽六論十二紀、二十餘萬言と爲し、以て天地萬物古今の事を備ふと爲し、號して呂氏春秋と曰ふ。（呂不韋傳）

この傳によれば、呂不韋がつけた書名といふことであるが、宋の黃震は「竊かに春秋と名づく」（黃氏日抄）と述べてゐて、內輪で單に春秋と呼んでゐたのが、司馬遷の時代には呂氏春秋といはれるやうになつたと考へるやうである。序意と傳とは共に天地人をいふ點で近似するが、傳は十二紀のみではなく覽論紀を綜合して說明してゐる。また、年表の方は歷史といふ觀點が強く指摘されてをり、「春秋を删拾し」と挾むことによつて春秋の由來を示唆してゐるとも見られる。司馬遷の認識では呂氏春秋といふのは覽論紀の綜名であり、天地萬物古今の事を備ふるのを春秋と稱する理由と考へてゐるやうである。馮友蘭はこれを解釋して、「この書、名づけて呂子と曰はずして名づけて呂氏春秋と曰ふ。蓋し文信侯、本自ら其の書を以て史と爲すなり。史記に謂ふ、呂不韋、其の書を以て天地萬物古今の事を備ふると爲し、號して呂氏春秋と曰ふ。亦以爲らく呂不韋、其の書を以て史と爲すのみ。史記十二諸侯年表、敍に、呂氏春秋を以て左氏春秋、虞氏春秋と竝列す。是れ史公も亦此の書を以て史と爲すなり。此の書を以て史と爲さば、則

ち其の紀《しる》す所の先聖の遺說、古史舊聞、片言隻字と雖も、亦珍貴すべし。故に此の書、子部の要籍に非ずと雖も、實に乃ち史家の寶庫なり」と述べ、春秋と名づける所以は、この書が史書であるからだ。呂氏も史遷もさう考へてゐたとして三箇條の理由を擧げた。そしてこの書の史料としての價値を高く評價する。

このやうに史遷流に覽論紀全體の內容に依ると考へる說のほか、序意篇の記述を重視して十二紀にその根據を置く說がある。十二紀の各篇首には月令が書かれて、あたかもそれが以後の篇を統率してゐるやうに見える。そこで、鄭玄は、呂氏が月令を說いて春秋と謂つたのは、事柄が近似するからだといふ（禮記禮運注）。禮記正義もこの鄭玄の注に疏して、十二月の令を說いて呂氏春秋と謂つたのは、孔子の春秋と相近いからで、月令も天地陰陽四時日月星辰五行禮儀の屬を載せるから近いと謂つたのだと說く。宋の王應麟も月紀が首篇にあるから春秋と書に名づけたのだと明言してゐて（玉海、漢志考證雜類）、鄭玄以降の經學者たちは十二紀の月令を重視して、その名の由來とするのである。

後漢の高誘が呂氏春秋の注を附け、その序文では呂不韋傳の記事を引用してゐるが、傳が八覽、六論、十二紀の順で記すのを十二紀、八覽、六論の順に變へてゐる。このことから、後漢のときには、現在と同じく紀覽論の順に構成されてゐたことが推知されるが、だからこそ鄭玄もそのやうに考へたのであらう。しかし、史記では二箇所ともに覽論紀の順になつてゐるから、はじめは覽が最初にあり、紀は最後にあつたのではないか、古代では序が最後に附けられるとするなら、紀と覽の間に序文が挾まれるのはをかしい、十二紀が最後にあつてこそ序意も全體の最後に位置することになるではないかといふ疑問が起るのである。もし、覽論紀が編纂時の配列だとすると、十二紀首篇を根據とする鄭玄以來の說は成立たなくなるわけである。

四庫提要は早くもその疑問に氣づき、「序意篇は十二紀の總論であつて、紀は內篇、覽と論とは外篇雜篇であらう。劉知幾の史通も內外二篇から成るが、自序は內篇の末、外篇の前にある」と實例を擧げて答へてゐる。なるほど、確に史通はさうなつてゐる。

一方、呂覽といふ名稱も古く、すでに史記に記述がある。

不韋、蜀に遷され、世に呂覽を傳ふ。（太史公自序）

これは問題を起す一文であつて、二つの問題を生じた。一つは呂氏春秋は呂覽かどうかといふこと、もう一つはその成書は蜀において爲されたのかといふことである。

この呂覽は呂氏春秋のことであるとは、史記正義において張守節が注したのであるが、たぶん以前からさう考へられてゐたであらうと思はれる。唐の正義以降も別段の疑義もなく、別名として通じて來たのである。ところで、呂覽といふ書名がなぜ出てきたかといふ疑問が起つたのは清朝の考證家からであつた。梁曜北（梁伯子）は、「史記では覽論紀の順で記されてゐて十二紀は末にある。だから世間では呂覽といふのだ。首にあるもので言つたのだ。現本が十二紀が首めにあるのは本來の順ではないらしい」と述べた。これに對し畢沅は、「十二紀が首篇であつて、それが春秋の名の由來である。漢書藝文志には呂氏春秋とあり呂覽ではない。呂覽といふのは行文の便であつて拘はる必要はない」と述べてゐる。また、梁玉繩も、古人の作序はみな巻末にあるが、呂氏も十二紀を終へて序意を綴つたもので、覽論はその附けたしであるといふ。[4] また、孫人和は司馬遷が紀を最後にしたのはこれを尊重したからであつて、書の構成がこのやうな順序であつたわけではない。呂覽と稱したのは行文の便であつて、不韋の意圖は十二紀に在り、覽論が序意の後に置かれたとて不都合はないといふが、（許氏集釋序文）これは些か强辯といふものであらう。呂覽といふ書名は畢沅も孫人和もともに行文の便、作文上の便宜だと述べて無視してゐるわけだが、これも承服しがたい。

確に書名としては漢志以來の書目にはすべて呂氏春秋とあるのであつて、本當の書名が呂氏春秋か呂覽かといふ問題ではない。正式名稱が呂氏春秋であることは明らかだが、呂覽といふ通稱も存在したはずである。さうでなくては

司馬遷の言葉は通じない。つまり、なぜ呂覽といふ書名が傳へられるのか、呂覽は呂氏春秋と等しいのか依然不明である。(5)

呂氏春秋の製作された時期については、序意篇の冒頭にある、

維れ秦の八年、歲、涒灘に在り

の語句をその製作の時と考へる他はあるまいと思はれる。勿論、後世の附加部分がないとはいへないが、(6)呂不韋の閱歷に鑑みて、その失脚より後に新たに呂氏の名を冠するやうな書物の成るはずもないことである。蜀で作られたかの如き太史公自序の記述は、この秦の八年とも、また、咸陽の市門に掲げたといふ傳の記述とも合はないのであつて、この點を早くも明の方孝孺は指摘し、不韋は疑はれて國都を去り、歲餘で死んだのだから賓客などあらうはずもなし、著書の暇などないと述べて、自序の記述を誤りとする(遜志齋集、讀呂氏春秋)。そもそも傳の記載は、不韋は河南に蟄居した後そこで毒を呷つたのであつて、蜀に遷つてはゐないと讀める。自序の文は、不韋に續いて「韓非、秦に囚はれ、說難、孤憤あり」とあるが、この因果關係が逆であるのと同じで、「不韋は呂覽を作つたが、蜀に遷される羽目になつた」と解すべきである。かう書いたのは、それこそ行文の便であらう。自序は激するところがあつて書いたもので、修辭上の故にこのやうに書かれたと文學研究家による考察は深められてゐるが、要するに、事實の認識としては方孝孺の說の通りである。であるから、陳奇猷が呂覽は八覽のことだといふのは正しいとしても、太史公自序を根據に、八覽は呂氏が蜀に流されてから書かれたといふのは無理な議論で到底承服しがたい。(7)

「秦の八年」とは秦の始皇(勿論、この時は始皇帝ではなく、まだ趙政であるが)卽位の八年(前二三九年)であると注したのは後漢の高誘である。以來そのやうに考へられてきたが、これに疑問を呈したのは宋の王應麟であつた。「歲、涒灘に在り」といふのは、歲星卽ち木星が天の分野の申の位置にあることだが、始皇の八年は木星は壬戌に在ると通

鑑や皇極經世にあるから、呂氏春秋より二年後れてゐると指摘してゐる。（漢志考證雜類）

ここの乖離については清朝の學者に樣々な說を生じた。孫星衍は「莊襄王がその卽位の年に東周を滅ぼし、完全に周が亡んだのであるから、その翌年が秦の元年となる。莊襄王は在位三年で薨じた。とすると秦の八年は始皇卽位の六年といふことになる。さうすれば歲星の位置と合ふことになる」と解說する。(8)これは辻褄の合ふ話だが、この說に反對して、沼尻正隆は「古人の木星による紀年は、實際の天文現象によって得られたもので、後世の甲子とは一貫していない點で問題にならない」といふ。(9)秦の八年が始皇の六年なのか八年なのか、倉卒に判斷できないものの、秦の八年が始皇の八年と等價の表現ではない點を思ふと孫星衍の說がやや勝るかと思はれる。しかし、いづれにしろ二年の差に過ぎない。呂不韋は莊襄王の卽位とともに宰相になつたから、その頃から始皇の六年（前二四一年）乃至八年迄の間に作られたと判斷される。莊襄王元年に太子趙政は十歲、卽位したときは十三歲であつた。卽位の六年には十八歲、八年なら二十歲といふことになる。

「二」

呂氏春秋の編成は以上述べたやうに三部から成るが、どうも諸家が問題にする通り、十二紀と八覽六論とは異質なところが感じられる。有始覽の七篇のそれぞれの最後に「解は～に在り」と述べて、他の篇に參照すべき詳しい記述があることが示されてゐるが、その參照の範圍が覽と論との範圍にとどまり、十二紀には及んでゐないことから、(10)覽と論とは密着してゐて編纂が同時に行はれたであらうこと、また、十二紀が離れたものであることを推知し得る。(11)

以下、十二紀と八覽六論とがその主張するところに於て異質性があることを述べたいと思ふ。紀と覽論との異質性が認められれば、編纂の意圖や書名や編纂時期、三部構成などの問題について、統一的に解釋できる一つの推論を導くことができるのではないかと思ふ。そのために「天子」の語を調べるのが一つの便法と思はれる。後述の恃君篇に、「君」に重ねて改めて「天子」を持出すやうに、呂氏春秋は強く天子を意識するのである。[12]

十二紀においては月令部分に天子の語が頻出する。これは天子が天下を治めるに當つて、時令を正しく行ふことによつて、天人の調和を保ち得るといふ、戰國末から一般的に廣く信じられるやうになつた天人相與の世界觀に基く天子の役割を考へたものであると思はれる。天人參合の「人」とは、儒家では易傳の述べるやうに「聖人」と考へるのであるが、[13]呂氏春秋では、その役割は端的に「天子」に擔はせてゐる場合が多い。しかしながら、上記のやうな月々の時令の擧行を天子の業務として述べ立てることは、祭祀や儀禮的役割しか認めないことに繫がり、政治的な意味としては天子の實際政治からの疏外に他ならない。

このやうな天子觀に呼應するやうに、本生篇では

始めて之を生ずる者は天なり。養ひて之を成す者は人なり。能く天の生ずる所を養ひて、之に攖《もと》（戾）る勿き之を天子と謂ふ。天子の動くや、天を全うするを以て故と爲す者なり。此れ官の自りて立つ所以なり。官を立つるは以て生を全うするなり。今世の惑主、官多くして反つて、以て生を害す。則ち之を立つる所以を失ふ。[14]

ここでは官僚制度の由來根據を説明しつつ、天子の無爲を説くのであるが、これは説者が君權に依據しながらも、君主の掣肘を受けないことを欲するもので、これは戰國中期以降の遊説家たちによくある態度であり、それを引繼ぎながら、やはりここでは來るべき天子の在り方を示してゐるのであつて、天子は無爲にして、なにをするかといへば、天子自身の全生を實踐せよと主張してゐるわけである。

また、當染篇でも、「古への善く君爲りし者は人を論ずるに勞して官事に佚す」などと述べるが、官事に佚すとわ

ざわざいふところが問題なのであり、これも實際政治への關與を否定するのであらう。しかし、始皇は後にその官事に精勵したことが對照的である。

もつとも、呂氏春秋の編纂は種々の思想の寄せ集めであるから、雜駁なところがあり、天子像についても、政治に對して退嬰的な在り方を主張する者と、その反對に、政治上の役割を擔ふ英邁な天子を期待する論とがある。[15] ただ、いづれの場合でも、天子の必要性を否定することはないのである。

十二紀のなかでも、必ずしも天子の無爲を説くもので一貫してゐるわけでもない。功名篇に、「民に常處無く、利を見れば之に聚り、無くば之を去る。天子爲らんと欲すれば、民の走る所、察せざる可からず。今の世至りて寒く、至りて熱し、而して民の走る者無きは、取《おも》（趣）むくも、則ち行ひ均しければなり（陳氏説に從ふ）」これなどは天子の明察を期待する意味において天子の役割の積極性を認めるものであらう。

蕩兵篇と振亂篇は相連續する篇であり、內容的にも關聯するが、ここでは周の天子がすでに廢絶して、世ははなはだ濁つてゐるといふ現狀を述べつつ、義兵の必要を歷史的に説明する。鬪爭の勝者が長として權を握るわけであるが、族長の上に君を立て、その上に天子を立てたのだとして、君權の最終段階として立てられたのが天子であるといふ。これは儒家のいふ有德者天子論ではなく、霸者天子論であるが、これらは、來るべき天子、天下統一者としての天子を想定して、天子の意義を説くものであらう。

このやうに必ずしも十二紀の天子觀は一定ではないが、月令の占める位置は重要であり、その天子の姿は、祭祀を執り行ふことに重點がある。確に三公九卿諸侯大夫を率ゐたり、農民を督勵、或いは勞ふなどの記述があるものの、それらは定型化された儀式に過ぎない。結局、天子の月々の行爲を規程すること自體が、實際政治からの疏外となるのである。その意味において、十二紀の天子觀は政治に退嬰的な像を中心にしてゐるといへよう。

一方、八覧においては、天子の在り方や、天子の執るべき施策、また天子となることを誘ふもの、そして天子の必要性を論理構成しようとするもの、などが顯著である。

その在り方を述べるものとしては、聽言篇に次のやうにいふ。

周書に曰く、其の世に賢明なる、之を天子と謂ふと、故に當今の世能く善不善を分つ者有らば、其の王たること難からず。善不善は義に本づき、愛に本づく。……

この前段に世主は善不善を區別することが出來ず、社稷を危くしてゐると述べてゐるのは、當時の状況を指摘するものであらうが、その渾沌のなかで、賢明にして善不善の判斷のできる者こそが天子となるといふ、しかもその規準は義であり、愛であるといふのであるから、ここに期待される天子像は荀子の述べる君主觀と等しい積極的なものである。(16)

湯武の賢有るも桀紂の時なくば成らず、桀紂の時有るも湯武の賢無くば亦成らず、……時至れば布衣よりして天子と爲る者有り。千乘よりして天下を得る者有り、卑賤よりして三王の佐たる者有り、匹夫よりして萬乘に報ずる者有り。(首時)

これも天子を目指すべき心構へを説くと解せるが、時の遇合だけでなく、愼人篇では、「功名大いに立つは天なり。是が爲の故に、因りて其の人を愼まざるは不可なり……」と述べて、天と人とが相俟つて事は成ると説く。愼大篇では、「賢主愈〻大なれば愈〻懼れ、愈〻強なれば愈〻恐る」とあるが、大なる者の愼みを述べるのも、秦の時の情勢に合致する。重言篇で、成王が唐叔虞に戲れで封ずると述べたのを、周公が天子に戲言なしとして、その言の通り唐叔虞を封じた話を載せ「人主の言は愼まざる可からず」といふのも同様に愼むべき天子の在り方を論じてゐる。

下賢篇では、天子が賢者に下るべきことをいふが、說者が賢君への相遇を求める態度が嘗て在つたが、その言說が幾分變化して、ここでは上位に求めるといふよりも、位に在る者が心構へとして知るべきものとして說かれてゐるやうに見える。それは達鬱篇でも同樣であり、君主に對する臣下の諫言の重要さを述べてゐるが、むしろ君主が諫言をよく聽き入れることに重點が置かれてゐるのである。

天子の採るべき施策としては

務は事に在り、事は大に在り。……凡そ物の成るを謀るに、必ず廣大衆多長久に由るは信なり（論大）。

などは、まさに秦がこの後に行つた統一の理念であつて、この時點でこのやうな主張を掲げることは、秦王政に對する諭告の言葉としてふさはしい。それと同時に天子の威光を發揮すべきことをいふ愼勢篇は、數や勢が大切であることをいふのであるが、「先王の法は、天子を立てては諸侯をして疑はしめず」といひ、天子は諸侯を威壓してしまふ體勢が大事だと說くのである。

これらは、いづれも君主に對する政治的な教訓と受取るべき內容のものである。そして、當時の天下のなかで秦の置かれた狀況によく合致してをり、それに應ずる方針としてふさはしい敍述と解釋し得る。

本味篇は首に、末を捨てて本を求めよといひ、本は賢を得るに在り、賢者は僻地に生れるといふ。この點は謹聽篇などと同じであるが、この篇はその後、地方の美味を竝べておいて、最後に、

先づ天子と爲るに非ざれば、得て具ふ可からず。天子は强ひて爲る可からず。必ず道を知るを先とす。道なる者は彼に亡く、己に在り。己成りて、天子成り、天子成れば、則ち至味具る。

と述べる。これは、天下の美味、珍味を味ひたければ天子に爲らなくては達成できない、そのためには己の道を努めて、自然の趨勢のうちに、それを達成せよと、荀子的な君道論を說き、かくすれば天子となり、天下の珍味を備へ得

るのだといふのである。慾望や好奇心を煽るやうな言ひ方であり、權力欲をいまだ解しない者への分り易い物欲による誘ひである。これなど、年少の趙政を天子の地位に就けたいと考へる呂不韋の言葉としてふさはしいのではないだらうか。

天子の必要性を說くことは、この八覽に特徵的であり、もつとも重視すべき點である。

亡國の主は此に及ばず、乃ち自ら賢として人を少とす。主、賢にして世治れば、則ち賢者上に在り。主不肖にして世亂るれば、則ち賢者下に在り。今、周室旣に滅びて天子正に絕ゆ。亂は天子無きより大なるは莫し。天子無ければ則ち强き者弱きに勝ち、衆き者寡きを暴し、兵を以て相殘ひ、休息を得ず。今の世、之に當る。（謹聽）

主の聰明を積極的に求めてゐる。周の天子が無くなり、混亂のなかに次の天子の必要性を言はんとしてゐる。しかもその天子は賢でありながら自らを賢としない高潔な人格の天子である。ここでは天子の執るべき態度とともに、その必要性を說明してゐる。この同文が八覽中では觀世篇にも見える。この天子觀は、十二紀では上述のやうに義兵の根據として持出された程度で、その敍述も平板であつた。八覽においてこそ顯著な天子觀である。

王者一を取りて、萬物の正と爲る。……天下に必ず天子有り。之を一にする所以なり。天子は必ず一を執る。……。一なれば則ち治り、兩なれば則ち亂る。（執一）

天子は、天下を一統するために必要不可缺であることを述べる。一を執るの一は何か問題がある。「兩なれば亂る」とあるから政策の一貫性といふやうな現實的解釋がよいと思ふが、道とか太一とかの萬物萬事の本質といふやうな深遠な思辨的解釋もあり得よう。ともあれ、一を執ることのできるのは天子なのである。

極めつきは恃君篇であらう。人間は一人では弱いが萬物を裁し、禽獸を利するのは、群を以て集るためであると說き起し、次のやうにいふ。

群の集る可きは、相與に之を利とすればなり。利の群より出づるは、君道立てばなり。故に君道立てば則ち利は群より出て人の備へ完かるべし。……聖人深く此の患を見、故に天下の長慮を爲すに、君を置くに如くは莫しと。君を置くは、以て君に阿るに非ざるなり。天子を置くは、以て天子に阿るに非ざるなり。

天子の存在理由を人類の普遍性から説いて根據づけようとしてをり、さらに天子におもねるために天子を置くのではないといふあたりは、來るべき天子に對する戒めの口調が感じられる。ここの敍述も荀子の論に近い國家觀を述べてゐる。[17] 荀子は禮制による「分」を説くから、人君の必要性もその中に含まれ、議論が普遍的であるのに比して、呂氏は單純に天子の必要性のみが强調されてゐる。この點が呂氏春秋の、特に八覽の特徴であり、政治志向であると判斷する所以でもある。

以上いづれも天子の必要性をより根本的に説明しようとしてをり、また天子の心構へや、その政治上の役割についても、十二紀に見られた退嬰的な天子像と全く異り、天子自身に治亂に關はる積極的な役割が求められてゐる。ただ、八覽もすべて積極的天子觀で滿されてゐるわけではない。特に審分覽などに、十二紀と同樣な退嬰的君主觀も少しは見られるが、ただここは人主一般の話で、天子について述べるのではない。八覽には天子の存在の正當性やその聰明や行動に期待する文章が多く存在する。このことが重要である。もともと呂氏春秋は編纂物であつて多くは說話諸篇の羅列であるから、主張性の乏しい書である。しかし、その中でもわづかに編者の意圖が垣間見える部分がある。さういふ箇所に於ける「天子」は、やはり、編者の胸中を示すものであらう。八覽のそれはかなりの程度、聰明な天子を期待し、天子の存在を合理化しようとするものであつて、これが呂不韋とその麾下の士たちの意圖と見えるのである。

「三」

以上のやうに見ることが聽されるならば、八覽は、呂不韋が太子の政に、そして引續き秦王となつた政に示した内容といふことになる。であるなら、呂氏は初め幼君に對する教育の指針と、その具體的な插話とを求めて、配下の客士たちに文を提出させた。それによつて何回にも亙つて政への進講が行はれた。その資料はすでに呂氏による覽、後述するやうな意味での覽といふことで呂覽と呼ばれてゐたが、それを原典として構成したのが八覽であり、その餘は六論とした。十二紀はやや遲れて作られ、天下を統一することが明瞭に感得されるやうになつた時點で、統一後の天子像を示したのが十二紀の月令だつた。後にたぶん呂氏の手により、三部は併せられて呂氏春秋となつた[18]。覽論紀が併せられ呂氏春秋が出來てからは、呂覽はその異稱として傳はつた。司馬遷のいふ呂覽はそれであらう。と、このやうに推論してみたいと思ふのである。

八覽の覽の意味について先學は論じてゐない。ただ楠山春樹氏がそれについて述べて、覽は示すの意で、天下に覽示したの意ではないかと推論してゐる[19]。しかし、八覽の内容は天下に示すといふよりは、天子たるべき秦王政に向けて說かれてゐるやうに思ふ。とすると覽は後世の御覽のやうに、天子の閱覽に供する意であるか、或いは、覽は攬の意で衆論の中から時の必要に應じて「摘み取つた」といふ意味で、その目的はやはり、政への帝王教育のためであつたと思はれる。それは秦王政の獨裁者的性格を教誨するといふのではなく[20]、むしろ本味篇に見たやうに、帝王を欲するやうに仕向け、すぐれた天子を育てる目的のものであつた可能性が高いのである。その結果、成長した政は實際政治に優れた意欲と能力を持つことになつたが、人の心は微妙にして、呂氏は政のその成長にも或る種の危惧を懷き、反つてそれを制禦しようとした。その意志の顯現の一つが十二紀であつたのだが、政はもはや、そこに示された飾り物の君主は受け容れることが出來ず。呂不韋と反目する立場に立つたのだと思はれる。呂不韋の失脚とはさういふことではなかつたか。

注

（1）以下の回顧は、主として許維遹、『呂氏春秋集釋』の序文と附攷、竝びに、陳奇猷、『呂氏春秋校釋』の附錄を資料とする。
（2）「呂氏春秋に於ける儒墨折衷の樣相」「東京支那學會報」十六號所收に嘗て論じた。
（3）「呂氏春秋の思想史的意義」日本中國學會報第八集
（4）陳氏校釋、高誘序、注五。梁曜北は畢沅の所引。内藤湖南「尙書稽疑」でも八覽六論は後に附加されたものであらうと言つてゐるが、尙書の附加部分を論ずる枕として觸れたもので呂氏春秋を專ら檢討したものではない。
（5）この他に、書の體裁上の問題として、十二紀各篇は五篇からなるのに、最後の季冬紀のみ序意篇があり六篇となり、つづく八覽は各八篇から成るのに、最初の有始覽のみ七篇で一篇たりないといふことがあるが、これは呂氏春秋が完本でないことを意味しよう。楠山春樹『呂氏春秋』解題に詳しい。
（6）例へば、島邦男『五行思想と禮記月令の研究』では、呂氏春秋の原始月令なるものがあり、その後、漢初十二紀（淮南子時則）などを經て成立した禮記月令が成り、それを受けたのが現本の呂氏春秋月令で、後漢の成立であるといふ。かうした論證については判斷がむづかしいが、筆者には納得し難い。
（7）「陳奇猷、呂氏春秋成書的年代與書名的確立」陳氏校釋附錄。この批判については、西川靖二「呂氏春秋成立考一則」「呂氏春秋研究」第二號所收、に詳しい。陳奇猷の論は、司馬遷は良史の材であるから、實錄に違ひないといふだけのことである。ほかにも覽と論は後の作であるといふ論があるが（郭沫若、沼尻正隆ほか）、筆者の見るところ根據に乏しい。
（8）陳氏校釋序意篇注。賀凌虛『呂氏春秋的政治理論』によれば、姚文田なども同樣の趣旨を考へてゐる。
（9）『呂氏春秋の思想史的研究』序說、六、呂氏春秋の成立年代。

（10）但し、冒頭の有始覽の「解在」以下の文は該當する箇所が他所に見出せない。

（11）「解は〜に在り」といふのは、解説として他所の文章を參照せしめるやうにしたものであつて、このやうなことは後世の後漢書などにも見られる。

楠山春樹『呂氏春秋』、解題、竝びに三三三頁補説では、この解が有始覽の七篇にのみあつて他にはないこと、「解在」によつて示される關係は、應同篇―侍君覽召類篇。去尤篇―先識覽去宥篇。聽言篇―審應覽淫辭篇・不屈篇・應言篇。謹聽篇―審應覽精諭篇・審大覽下賢篇。務本篇―士容論務大篇・審應覽審應篇。諭大篇―士容論務大篇・開春論愛類篇のごとく、覽論の範圍であること。また、有始覽諸篇の主張はその解在以下の記述によつて初めて完全となるから、有始覽は他に對して優越性があるやうだといふ。

（12）六論の貴當篇でも、人、君、天子、欲、性と竝べて說くところがあるが、同文が淮南子、齊俗訓にも見え、そこでは物、地、人、君、欲、性、德、道といふ順に竝べて品位が高まる記述になつてゐる。君と天子は通常の見方では重複であるが、呂氏春秋では、君は一般人主、諸侯なのであり、天子はそれとは別の一段上の存在と意識されるのであらう。

（13）例へば荀子禮論篇「宇中萬物生人の屬、聖人を待ちて、然る後、分るるなり」

（14）この官は高誘以來、官制の意味にとる。貴生篇の記述から推して、官を耳目鼻口の四官の意にとる說もあるが、「官多くして」とある以上、官制官吏の意味とすべきである。

（15）内山俊彦「呂氏春秋小論」「漢魏文化」第八號所收。呂氏春秋の君主觀に二通りあることを述べる。

（16）例へば「湯武、天下を取るに非ず。其の道を脩め、其の義を行ひ、天下の同害を除く、而て天下之に歸す」正論篇。或いは「君賢なれば、其の國治まり、君不能なれば、其の國亂る」議兵篇など。

（17）例へば、「力、牛に若かず、走、馬に若かず。而して牛馬用ゐらるるは何ぞや。曰く、人能く群す、彼は群する能はず。人何を以て能く群す、曰く分なり」王制篇。「人の生、群する無き能はず。群して分無くば則ち争ふ。争へば則ち亂る、亂るれば則ち窮す。……人君は分を管する所以の樞要なり」富國篇。

（18）楠山解題では、八覽が首篇であつたと考へることから、確證はないが覽論が先にでき、後に紀が作られたと考へる方が妥當ではないかといつてゐる。先述の通り覽論は後作乃至殘餘とするのがおほかたの說であるが、本稿は楠山說とはまた別の理由で、必ずしもさうとはいへないことを主張するものである。

(19)『呂氏春秋』中卷、解題末

(20)郭沫若『十批判書』呂不韋與秦王政的批判、七、「大獨裁者的徵候、在他十歲時一定早有些表現。呂不韋當得在替他心焦、呂氏春秋一書之所以赶着在八年做出。必然是意向他說教。然而結果是無效、或者反生了逆效果。」

六家要指考
――漢初黃老の資料として――

楠山春樹

はじめに

『史記』太史公自序（「自序」と略す）に、司馬遷の父談の作という「六家要指」なる文が引用されている。ここに六家とは陰陽・儒・墨・法・名・道を指すが、その内容は、まず道家を除く五家の説それぞれについて短所と長所を述べ、最後に道家こそは五家の長を採り、五家に優越する完全無缺な思想政策であることを論ずるものであって、端的にいって道家の美を極力宣揚する趣旨の文であるといえよう。そして、さらにいえば、道家という學派名の初めて見える文としても知られている。

ところが、ここにいう道家とは、いわゆる老莊流の道家ではない、それは明らかに黃老の旨を體するものであって、その意味で「六家要指」は、いわゆる漢初黃老の一典型を示す貴重な資料である、と筆者は考えている。この點、從來の黃老研究では見落とされているかに思われるので、[1] 周知の文獻ではあるが、敢えて表題を掲げ識者の高判を乞う次第である。

因みに前漢の初期、黃老と稱する道法折衷の說があり、武帝期における儒教國教化に至るまで中心的政治思想として流行していたことは餘りにも有名な史實である。黄老の語は先秦の書には見えず『史記』を初見とするが、のみならず、この語を含む記事もまた前漢代では『史記』に限られているようである。しかし、それらの記事は必ずしも黄老の主義主張を鮮明にするものではない。

たとえば、漢朝の成立して間もない惠帝の元年、齊國の相に任ぜられた曹參は、齊地に住む蓋公なる人物の提言を容れ、黄老の術によって統治したところ、九年にわたる在任中齊國は無事に治まり、參は賢相と稱せられたという（曹相國世家）。いうまでもなく漢初黄老の流行を示す發端となる所傳である。ところがそれを思わせる徴證は、蓋公の言葉に「治道は清靜を貴びて民は自ら定まる」とあるにすぎず、これでは『老子』にいう「我れ無爲にして民自らに化し、我れ靜を好みて民自ら正し」（五七章）の繰り返しであって、いわゆる道家とは異なる黄老の特色は見えてこない。また文帝の皇后で次の景帝から武帝の初年まで權勢を振るった竇太后が黄老を好み、そのために屢々儒者と軋轢を起こしていたという話（魏其武安侯傳、儒林傳中の轅固生傳など）も有名であるが、ここにも黄老ならではの思想施策を示すような記事は皆無である。わずかに「老莊申韓列傳」が、莊子について「其の要は老子に本づき歸す」と斷ずる一方、申不害の場合は「黄老に本づきて刑（形）名を主とす」と、韓非については「刑名法術の學を喜び、而して其の歸は黄老に本づく」と要說し、法家に關連する道家を特に黄老と稱して、老莊流の道家と區別していることに留意される程度なのである。

このようなわけで小論の意圖は、そこに黄老の語は見えずとも、「六家要指」こそが『史記』にあって唯一つ黄老の實態を語る資料であることを提言するにある。ただその前にもう少し黄老なるものの概念を明らかにしておきたいと思うので、ここで老・莊・申・韓の四子が合傳されていることの意義につき再檢討を試みておこう。

さて司馬遷が、本來は法家の人とすべき申韓二子を、老莊と竝べて道家に列しているのはどのような根據によるものであろうか。申不害については後述するとして、まず韓非についていえば、やはり主道・揚搉という、老子の影響を強く思わせる二篇の存在に着目してのことであろう。しかし、韓非の書において老子に係わる篇は、それに解老・喩老の二篇を加えても、厖大な全書に比すればほんの僅少部分である。それにも拘らず司馬遷が韓非を黄老の徒と見做して道家に列したのは、彼自身黄老に對して格別な思い入れがあり（二〇三頁參照）、そこで主道・揚搉二篇の存在を強く意識するとともに、この二篇を韓非の代表的思想とみなしたことによる、と解すべきではないか。(2)従來の黄老研究において、主道・揚搉の二篇を代表的文獻と見ることはほぼ定論と思われるが、筆者は以上の經緯に照らしてそれに與するものである。そこでいま二篇によって、黄老の特質を要約すると次のようになろう。

君主たる者は、虚靜無爲を持して自ら事の主とならず、政務の萬端は臣下に委ね、ただその成果を督責していればよい。いったい君主が先頭に立てば、臣下は追隨のみを事とし、好惡の情を示せば、臣下は迎合のみを事とするようになる。しかし虚靜無爲を持して臣下の出方を待てば、臣下の方から進言してくる。そこで進言（名）によって相應する官職（事）を與え、さらに事の處し方、つまり實績（形・刑）を點検する。名が形と一致するか否か、兩者を突き合わせて調べることを「形（刑）名參同」と稱するが、この術によって督責していれば、臣下はもてる知能を盡くすようになり、無能不忠の臣は退けられ、君主は勞せずして臣下を統御し、國家を安泰に導くことができる。この間における眞僞是非の判定は君主の思慮分別に待つのではない、心に虚靜を持していれば臣下の動靜は自らに察知され、判定は適正に行なわれる。――要するに、理想的君主の在り方を老子のいう得道の聖人、もしくは道そのものになぞらえて説き、一方、その君主が人臣を統御し、國家を平治するための術として形名參同を強調する、黄老の特質はこの二點にあるといえよう。

ところで形名參同とは、黄老のみが持つ術ではない。たとえば純粋な法家説である二柄篇は、人臣統御の術として君主による賞罰二権の掌握が必須である旨を説くものであるが、そこには賞罰を公正に實施する方法として形名審合の語が見え、それは形名參同と同義である。主道・揚搉二篇は、道家の理論を借りてそれを整備したものといえよう。さらに遡れば、その本來は戰國初中期の申不害にあり、それは名實の一致をいう名家の論を借りて人臣統御の術を説くものである。申不害は黃老家ではないが、形名參同なる術の元祖であることは確かであって、思うに司馬遷は形名參同を黃老に固有なものと考えたことから、それを共通項として、申不害を韓非と竝べて黃老の思想家とした、という次第なのではなかろうか。

一、「六家要指」の本文

「六家要指」はここに紹介するまでもない有名な文であるが、論述の便宜もあるので、ほぼ全文を訓讀して掲げておく（中華書局本に據る）。

易の大傳（繫辭傳下）に、天下は致を一にして慮を百にし、歸を同じくして塗を殊にす、と。夫れ陰陽・儒・墨・名・法・道德は、此れ務めて治を爲す者なり。直だ從りて言ふ所の路を異にし、省不省有るのみ。

［甲　文］

嘗って竊かに陰陽の術を觀るに、大《はなは》だ祥にして忌諱衆く（吉凶の事に拘泥するあまり）、人をして拘《とら》はれて畏るる所多からしむ。然れども其の四時の大順を序《つい》づるは、失ふべからず。

儒者は博にして要寡く、勞して功少なし。是を以て其の事盡くは從ひ難し。然れども其の君臣父子の禮を序で、夫婦長幼の別を列ぬるは、易ふべからざるなり。

墨者は儉にして遵ひ難し。是を以て其の事偏《あまね》くは循ふべからず。然れども其の本を彊くし用を節するは廢すべからざるなり。

法家は嚴にして恩少なし。然れども其の君臣上下の分を正すは、改むべからず。

名家は人をして儉にして（論理に檢束されて）、善く眞を失わしむ。然れども其の名實を正すは察せざるべからず。

道家は人の精神をして專一ならしめ、動は無形に合し、萬物を贍足せしむ。其の術爲るや、陰陽の大順に因り、儒墨の善を採り、名法の要を撮り、時と遷移し、物に應じて變化す。俗を立て事を施すに、宜しからざる所無く、指約にして操り易く、事少なくして功多し。（一段）

儒者は則ち然らず。以爲らく、人主は天下の儀表なり。主倡へて臣和し、主先んじて臣隨ふ、と。此《かく》の如ければ則ち主勞して臣逸す。大道の要に至りては、健（强）羨（欲）を去り、聰明を絀《しりぞ》け、此を釋《す》てて術に任ず。夫れ神大いに用うれば則ち竭《つ》き、形大いに勞すれば則ち敝《つか》る。形神騷動し、天地と長久ならんことを欲するは、聞く所に非ざるなり。（二段）

［乙　文］

夫れ陰陽には、四時・八位・十二度・二十四節、各々教令有り。之に順ふ者は昌へ、之に逆らふ者は死せざれば則ち亡ぶとは、未だ必ずしも然らざるなり。故に「人をして拘せられて畏るる所多からしむ」と曰ふ。夫れ春生じ、夏長じ、秋收め、冬藏するは此れ天道の大經なり。順はざれば則ち以て天下の綱紀と爲す無し。故に「四時の大順は失ふべからず」と曰ふ。

夫れ儒者は六藝を以て法と爲す。六藝の經傳は千萬を以て數へ、累世其の學に通ずること能はず、當年其の禮を究わむること能はず。故に「博にして要寡く、勞して功少なし」と曰ふ。若し夫れ君臣父子の禮を列ね、夫婦長幼の別を序づるは、百家と雖も易ふ能はざるなり。

墨家も亦た堯舜の道を尙び、其の德行を言ひて曰く、「堂高三尺、土階三等、……」と。其の死を送るや、桐棺三寸、音を擧ぐるも其の哀を盡くさず。喪禮を敎ふるに、必ず此れを以て萬民の率（律）と爲す。天下の法をして此《かく》の若からしめば、則ち尊卑別無きなり。夫れ世異に時移り、事業必ずしも同じからず。故に「儉にして遵い難し」と曰ふ。要に「本を彊くし用を節せよ」と曰ふは、則ち人給《た》り家足るの道なり。此れ墨子の長とする所、百家と雖も廢すること能はざるなり。

法家は親疎を別たず、貴賤を殊にせず、一に法に斷ずれば、則ち親に親しみ尊を尊ぶの恩絶ゆ。以て一時の計を行ふべくして、長く用うべからざるなり。故に「嚴にして恩少なし」と曰ふ。主を尊び臣を卑くし、分職を明らかにして相踰越するを得ざらしむるが若きは、百家と雖も改むること能はざるなり。

名家は苛察激繳、人をして其の意に反することを得ざらしめ、專ら名に決して人の情を失はしむ。故に「人をして儉にして、善く眞を失はしむ」と曰ふ。若し夫れ名を控《ひ》きて實を責め、參伍失はざるは、此れ察せざるべからざるなり。

道家は爲すこと無し、又曰く、爲さざる無しと。其の實は行ひ易く、其の辭は知り難し。其の術は虛無を以て本と爲し、因循を以て用と爲す。成勢無く、常形無し、故に能く萬物の情を究む。物の先と爲らず、物の後と爲らず、故に能く萬物の主と爲る。法有りて法無く、時に因りて業を爲す。度有りて度無く、物に因りて趣舍す。故に曰く、「聖人は巧《たく》まず[3]、時に變じて是れ守る」と。〈一段〉

虛とは道の常なり、因とは君の綱なり。群臣竝び至り、各々自ら明らかにせしむ。其の實、其の聲（名）に中る者は之を端（正）と謂ひ、實、其の聲に中らざるる者は之を款（空）と謂ふ。款言聽かざれば、姦（邪惡）乃ち生ぜず、賢不肖自ずから分かれ、白黑乃ち形《あらは》る。用ゐんと欲する所に在るのみ、何事か成らざらん。乃ち大道に合し、混混冥冥たり。天下に光燿し、復た無名に反る。〈二段〉

凡そ人の生ずる所の者は神なり、託する所の者は形なり。神大いに用うれば則ち竭《つ》き、形大いに勞すれば則ち敝《つか》れ、形神離るれば則ち死す。死する者は復た生く可からず、故に聖人は之を重んず。是に由りて之を觀れば、神は生の本なり、形は生の具なり。先ず其の神を定めずして、我は以て天下を治むる有らんと曰ふは、何に由るか。〈三段〉

「六家要指」は、まず「六家はひとしく天下の平治を標榜するものであるが、ただ路を異にするために思慮の加え方に差がある」という趣旨の序文があり、續いてはほぼ論旨を同じくする二つの文から成る。今それを甲文・乙文と呼ぶこととするが、甲乙とも、まず五家それぞれの短所と長所とを述べ、それを承けて五家の長を含み唯一的存在である道家を論ずる、という趣向である。なお長文にわたる甲乙の道家論には、便宜上段落を附した。

二文を較べると、五家の短所を説くのに甲は簡略抽象的であるが、乙ではそれを、かなり具體的に解説するものとなっている。一方道家に關する論は、末尾の養生を説く部分に共通する文が見えるなど、二文の間における詳略の別は必ずしも明白ではない。ただ甲が五家の存在に配慮しつつ道家の優位に言及する形であるのに對して、乙はそれを既定のこととして、もっぱら道家の長を詳論するものとなっている。この點からすると、やはり基本的には詳略の關係にあるといえよう。

同じ司馬談の作という「六家要指」に、ほぼ論旨を同じくする甲乙二文のあることは一見奇異にも思われるが、そうかといって甲は談の作、乙は後學の解説、といった關係は考え難い。竝存する二文はむしろ兩者相俟って、五家の缺陷を嚴しく指摘する一方、その長とする所は採って、唯一完全無缺である道家の美を宣傳する文となっており、その意味で甲乙の分說は絶妙な配慮と稱すべきであろう。

二　「六家要指」の思想

(1)黄老思想としての道家論

單刀直入、まず甲乙の道家論に注目したい。

甲一段の冒頭にいう「道家は人の精神をして專一ならしめ、動は無形に合し、萬物を贍足せしむ」は、一見したところ純粹な道家論を思わせる表現である。しかし二段に「儒者は則ち然らず、以爲らく、人主は天下の儀表なり、……」とあることからすれば、ここにいう道家の對象は君主であり、「人」はもっぱら君主を想定するとみなければならない。つまり「道家は、君主の心を虛靜無爲の境地に專一ならしめ、行動は道そのままに迹を殘さないが、それでいて萬物（實質は萬民、以下同じ）を滿足させる」とでも解すべきであろう。そして、それに續く「其の術爲るや」以下は、その君主の施政のさまを述べて、五家の長を含みつつ自在無碍である道家の美を説いているのである。

甲二段は儒家への論難に始まるが、論難の内容は明らかに、君主は無爲・安逸、臣下は有爲・煩勞、という黄老の圖式に反することにある。とすれば「此れを釋《す》てて術に任ず」の術とは、形名參同による人臣統御を指すと解されるが、この點の確認にはさらに乙文を俟たねばならない。なお、以下にいう養生の論については、甲乙を合して次項に述べる。

次に乙文についていう。乙の一段も、首句の「道家は爲すこと無し、……」を始めとして、概して一般的な道家論を思わせる表現が續く。「虛無を以て本と爲し、因循を以て用と爲す」も、これだけについていえば、やはり一般的な道家の信條を述べるかに思われよう。しかし留意すべきは、この句が二段全文の骨子となる「虛とは道の常なり、因とは君の綱なり」を導くための伏線と考えられることであって、とすれば乙一段のすべては、實は得道の君主を念頭におく文なのである。碎いていえば、次のようになろう。

道家に立つ君主は何もしないが、それでいて成し遂げぬこととてない。これを實行することは容易だが、さて言葉で說くとなると難しい。要するにそのやり方は、自らは虛無を持することを本旨とし、「臣下の力に」因り循うことを施策とするものである。これぞと定めた方向や態度を持たず「自在に對處する」、そこでよく萬物（萬民）の狀況がわかる。民の先頭に立つことはないが、後れることもない「常に民とともにある」、そこでよく萬民の主爲り得る。法度はあっても、法度に執われることなく、時宜によって施行し、相手に應じて取捨する。そこで「聖人は技巧を弄すること無く、時の變化に順應する」といわれる。

ここで「法有りて法無く、……度有りて度無く、……」の解釋について補足しておこう。いったい黃老における君主が得道の聖人を彷彿させる存在であるとすれば、依據する所は道であって、法ではない。その意味でこの句が法度の無視・超越をいうことは確かであろう。ただ、もともと法家に係わる思想であり、現實的な統治思想である黃老として、法を無視することはできない相談である。こうした見地から、ここでは得道の君主における、法度への自在な對處のしかたを述べるものと解した。(4) また「先と爲らず、後と爲らず」とある句は、單にとらわれのないさまをいうとも考えられるが、「萬物の主と爲る」に續くことから推して一應上記のように解した。いずれにせよ、聖人はその身を後にすることによって民の先となる、という老子の發想とは異なることに留意される。

さて、乙二段にいう「虚とは道の常なり、因とは君の綱なり」は、上述したように一段の「虚無・因循」の句を承けるものであるが、さらに後續の文から推すと、まさしく黄老の眼目を述べる趣意である。直譯すれば「[君主の持する]虚無とは道の常なる在り方であり、[臣下の力に]因り循うことは君主の執るべき大綱である」となろう。要するに理想的な君主は、道を體して心は虚靜を持し、[自らは事の主とならず]もっぱら臣下の力に頼ることを旨とする、ということである。そして、以下にその方途を大要次のように述べるが、それは他でもない、いわゆる形名參同の趣意なのである。

竝び至る群臣に對して、各自にもてる才能を表明させる。その實績がその名（各自の表明）に當る場合は、これを端（正）言とみなし、その名に當らない場合は、これを款（空）言とみなす。君主が款言を聽き入れなければ、邪惡の事は起こらず、また賢不肖の別も自ずと知られ、事の白黑も明らかとなる。要は君主がその術を用いようとするか否かにあり、[用いた君主は]何事とて成し遂げぬことがあろうか。かくて君主の心は大道に合し、混混冥冥として捉え所もないが、その德は天下に輝き、また無名の根源に歸ってゆく。

重ねていうが、上文は虚無を體し、因循を事とする君主の統治のさまを解説する趣旨である。要するにそれは、虚無・因循による統治が、まず形名參同の術によって實現するものであることを述べ、次にその術を用いる君主は自らにして大道に合致し、功德を天下に輝かすことになる、というのである。黄老の特質は、ここに最も端的に示されているといえよう。

因みに道法を折衷する黄老は、これを道家的法家ともいえるが、また法家的道家とも稱し得よう。『韓非子』の二篇が前者とすれば、「六家要指」は後者に當ろうか。兩者の論調にこの程度の差異のあることは否めないとしても、君主の虚靜無爲と形名參同による督責という二つの柱は一致している。「六家要指」にいう道家が黄老を內容とすることは、まさに明白であろう。ただ末尾に養生の論の見えること、これは「六家要指」だけの特色であって、次には問題として残しておいたそれについて一言しておこう。

(2) 黄老と養生説

道家論の甲乙は、ひとしく養生に關する文によって結ばれている。論説の流れからすると、やや唐突の感すらあるこの事實は、いったいどう考えたらよいのであろうか。

因みに戰國最末期の著である『呂氏春秋』の季春紀先己篇に、殷の湯王が伊尹に向って天下統治の法を問うと、伊尹は大要次のように答えた、という趣意の文が見える。

> 天下は治めようとして治まるものではありません。天下を治めるには、まず身を治めることが大切です。治身の道とは、精氣の浪費を愼み、新陳代謝を盛んにして一身の氣血を新鮮に保つ、等々につとめること。かくて天壽に達すれば、その人を眞人と申します。古の聖王は、まず治身の道を全うして、治天下を成就しました。

以上は、當時流行していた養生家の帝王論である。[5] いったい儒家では、修身（道徳的修養）を最高度に積んだ人を聖人と稱し、その聖人こそ天下の王たるに相應しいとするが、養生家は、儒家の修身に相當するものとして治身（養生）をいい、また聖人に相當する人格を眞人と稱したのである。つまり天下に王たるの資格は、養生の道を最高度に達成することにあり、別言すれば偉大なる帝王は不老長壽だということになる。

思うに黄老は、こうした養生家の説を吸收して、自説のさらなる強化を計った、ということなのではなかろうか。つまり虛無・因循を旨として形神を勞することのない君主は、それゆえに不老長壽を期待し得るが、一方、不老長壽を得ることは君主の偉大さの證明ともなる。君主たる者、そのためにも形神を勞してはならない（儒家の論はこれに反する)、という次第になるのである。

さて、黄老思想に養生説が係わっていることの意味については、改めて稿を設けることとし、ここでは臆説を呈するにとどめる。ただ一言附け加えておきたいのは、武帝の初年を境に政治社會からは後退した黄老が、後漢代に入って神仙黄老として流行すること、それは政治的黄老が側面としてもっていた養生思想の展開であろう、と考えられることである。もし然りとすれば、黄老と養生思想との係わりをかくも明白に説く「六家要指」は、その意味でも貴重な資料と稱すべきである。

(3) 五家についての論説

まず留意されるのは、儒家の長として甲乙ともに「君臣父子の禮、夫婦長幼の別を秩序づける」ことを擧げ、一方、法家の短として乙に「親親尊尊の恩愛の情を絶やす」點を指摘していることである。これは本來の道家が儒家のいう禮や別に對して批判的であったこと、『韓非子』に忠と孝との兩立を否定して孝を斥ける論まであることなどを念頭にして、黄老は家族間の人倫を決して無視するものでないことを、ことさらに强調したのであろう。

とはいえ黄老の主意は、やはり君權の强化と君臣の別を説くにある。そもそも君主を得道の聖人になぞらえる發想が君主の神祕化にあることは否定し難いところであり、法家の長として、甲乙ともに君尊臣卑を明らかにすることを擧げ、墨家の短として乙文に「尊卑の別が無くなる」ことをいうのは、いずれもその趣旨である。また法家の長として、乙に「分職を明らかにす」とあり、名家の長として甲乙とも「名實を正す」ことを擧げるが、さらに乙文がそれを咀嚼して「名を控《ひ》きて實を責め、參伍失わざらしむ。(名〈言葉〉を楯にとって、その實が言葉通りであるか否かを正し、混亂が起こらぬようにする)」とあるのは、形名參同の趣意に沿うからであろう。

五家に對する論評には、今日からみても肯綮に當たるところが多々あり、まさに司馬談の見識のほどを示す名文であることは確かであろう。しかし事實として、黄老の思想や政策が、ここにいうように五家の長を採ることによって形成されたとは思われない。たとえば、陰陽家について甲乙とも「四時の大順を序づる」ことを長とするが、その解説として乙にいう春生・夏長・秋收・冬藏のことは、陰陽家を待つまでもなく、重農主義に立つ當時の爲政者にとってむしろ一般的な政策であったろう。また墨家の長として「彊本節用」の主張を擧げるが、同じ句が『荀子』天論篇に見えるように、これも一墨家のみの主張とは稱し難いようである。また黄老のいう形名參同が名家の名實論に端を發することは確かであろうが、それは間接的な係わりに過ぎないのではないか。

要するに五家の短長を説く論説は、短を指摘することによって、道家（實は黄老）の美をさらに宣揚する効果を擧げている、とはいえよう。しかし、五家の長を採るという主張は、いささか形式論に墮しているようである。顧みれば老子の道は、百家の道を内に包んで渾然として一であることを誇號するものである。五家の長を採るという司馬談の論は、まずその傳統を承けることに意味があったのではないか。しかしさらに考えると、「六家要指」の述作された當時の狀況に於いて、ことさらに道家を宣揚するためには、このような形式をとらざるを得ない事情があったようにも思われる。その點については、次節で述べることとしたい。

三、「六家要指」述作の事情

「六家要指」を記すに先立って司馬遷は、まず父談の學問と述作の動機について次のようにいう。

太史公（司馬談）、天官を唐都に學び、易を楊何に受け、道論を黄子に習ふ。太史公、建元・元封の間に仕へ、學ぶ者の其の意に達せずして師に悖《まど》ふことを愍れむ。乃ち六家の要指を論じて曰く、……

まず談が「道論を習った」という黄子なる人物についていうと、「集解」の引く徐廣説に「儒林傳に黄生と曰ふ、黄老の術を好む」と見える。つまり談の師である黄子は、すでに黄老に屬する人物なのであって、とすれば司馬談が黄老の徒であることは、或は當初から自明の理であった、と稱すべきかも知れない。

因みに史漢の「儒林傳」は、齊人で「詩」を治めたという轅固生と黄生（黄子）とが、景帝の前で論爭したことを記している。その論爭は、黄生が「湯武は受命に非ず、弑なり」と主張したことに端を發するが、これに對して儒者である轅固生は孟子流の放伐革命論によって反駁する。そこで黄生が「湯武はたとえ聖智の人であっても當時は桀紂の臣であって、とすれば桀紂の非を諫めるのが臣道である。しかるにその非に乘じてこれを伐ったのは、君主を弑して王位を簒奪したものにほかならない」と述べたという。「湯武は受命に非ず、弑なり」とする論議は『韓非子』の忠孝篇・説疑篇等に頻出しており、法家の常套的な論議であったと思われるが、その論議は、當然のこととして君臣の分を强調する黄老に繼承されていたのであろう。そして、司馬談が黄子に學んだのは景帝の時、つまりまだ黄老の盛行していた時期であることが、ここに留意されるわけである。

次に司馬談が仕えたという「建元元封の間」について。ここに建元とは言うまでもなく武帝卽位の年號、元年は前一四〇年に當たる。また五年（前一三六）は、漢朝が初めて五經博士を置いたと傳えられる年である。その後年號は、元光、元朔、元狩、元鼎と改められて元封元年（前一一〇）に至るが、この年に武帝は封禪の儀を行う。ところが司馬談は、太史公の職にありながらこの盛儀に參加できず、それを痛恨事とした談は、憤慨の餘り死去したという。「自序」はこの間の事情を「周南（洛陽）に留滯して、從事に與るを得ず、故に發憤して死す」と述べるにとどまるが、憤死の理由としてはいささか薄弱である。おそらくは「儒林傳」に「今上卽位するに及び、趙綰・王臧の屬儒學を明かにす。而して上も亦た之に鄕《むか》ふ。……竇太后崩ずるに及び、武安侯田蚡丞相と爲り、黄老、刑名百家の言を絀けて、文學儒者數百人を延く。……」とあるような情勢から、黄老の信奉者であった司馬談は封禪の盛儀から遠ざけられた、という次第なのであろう。

ともあれ司馬談は、建元・元封の間の約三十年にわたって太史公の職にあり、その間「世の學ぶ者が學問の眞意を理解できず、いたずらに師説に惑っている状況を遺憾に思った。そこで六家要指を作成した」という。もう少し敷衍すると次のようになろう。――景帝の時まで盛行していた黄老は、武帝時に至って俄かに退けられ、上述したように文學儒者が重んじられるようになった。世は滔々として儒家に赴くが、さてその學はといえば「いたずらに博大であって一向に要領を得ず、苦勞ばかり多くて得るものは少ない」。ところが世人にはこうした實態がわからない、そこで儒家の美をいう師説に惑わされることになる、と。

「六家要指」は、以上のような世相を睨みつつ、かたくなに黄老の孤壘を守っていた司馬談の發した警世の文であった。五家といっても、司馬談の眼中にあったのは當然のこととして儒家である。儒家の短として經典の厖大と儀禮の煩瑣を指摘しつつ、漢代では既に社會的常識であったと思われる家族倫理をあえて儒家の長として特筆しているのは、黄老に代わって中心的思想學術となりつつあった儒家の存在を意識してのことであったろう。

一方、司馬遷がこうした内容をもつ「六家要指」を延々と「自序」に載せるについて、父談に對する敬慕の念に出る點のあったことは確かであろう。しかし彼自身も、またひそかに黄老に好意を寄せていた事情も當然加味されなければならない。それは歴然と法家である申韓二子を、あえて黄老の徒として道家に列している事實からも知られよう。

さて、黄老についてなお論ずべきことは多々あるが、既に紙數も盡きており、表題として掲げた限りではほぼ述べ得たと思うので、ここで小論を結ぶこととする。筆を擱くに當り、村山教授の御文安を切にお祈りする。

注

（1）もちろん管見の及ぶ範圍は限られているが、いま黄老についての詳論を含む木村英一『老子の新研究』（一九五九年、創文社）、金谷治『秦漢思想研究』（一九六〇年、日本學術振興會刊）、專論である淺野裕一『黄老道の成立と展開』（一九九二年、創文社刊）、この三書に言及のないことは確かである。なお小論脱稿の後、早大助教授森由利亞氏から“Harold Roth: Who Compiled the Chuang Tzu, H. Rosemont, Jr. ed. *Chinese Texts and Philosophical Contexts, 1991*”に「六家要旨」への言及があり、文中の道家を黄老說としている旨の教示に接した。本論は黄老を、道家を中心に諸家を折衷する立場の稱呼としているらしく、もっぱら法家との折衷をいう一般論とは異なるようである。

（2）從來は黄老思想の發生を漢代とすることから、主道・揚搉の二篇は韓非後學の手になると解するのが通說であったが、近年は戰國末とする見解を生じ、連動して二篇もまた韓非の自作とする說も出てきた。すなわち、帛書『老子』乙本の卷首に附載されていた「經法」「十六經」「稱」「道原」四種の寫本が、調査に從事した學者によって黄老の佚文――『漢書』藝文志道家の條に見え、漢代以後に散佚した一連の「黄帝書」の佚文――であろうと推定され、しかもその成書年代は戰國末に遡る可能性も指摘されてきたのである。しかし前漢代における黄老を論ずる小論では、始源のことは不問に附しておく。なお孟荀列傳に、齊の稷家思想家、愼到・田駢・環淵を論じて「皆黄老道德の術を學ぶ」とあるが、これは漢代に傳わる假託の書について生じた說であって、戰國中期に遡ることを意味するものではない。

（3）「不巧」の原文は「不朽」、『漢書』司馬遷傳により改めた。王念孫はいう、「史記の原文はおそらく「巧」であった。後人は下句の「守」と韻が合わないとして「朽」に妄改したのであろうが、それは古讀では巧と守が同韻であることを知らないのだ」と。

（4）注(2)にいう『經法』道法篇は「道、法を生ず」の句に始まり、道と法との關係を論じている。もちろん道の優位を說くが、しかし法を無視するものではないことに留意される。

（5）拙稿「養生家の帝王觀」（『斯文』一〇四號、一九九六年、斯文會刊）を參照。

女訓書としての漢代の『詩經』

――『毛詩』と『古列女傳』女訓詩の基礎的検討――

山崎純一

序

班固は『漢書』外戚傳の序文において次のように述べている。

夏之興也以塗山、而桀之放也用末喜。殷之興也以有娀及有㜪、而紂之滅也嬖妲己。周之興也以姜嫄及太任・太姒、而幽王之禽也淫褒姒。故『易』基乾坤、『詩』首關雎、『書』美釐降、『春秋』譏不親迎。夫婦之際、人道之大倫也。〔畧〕可不愼與。

（圈點は筆者。以下おなじ）

一王朝の興廢が賢后妃の良輔佐・内助の徳の有無によるという見解は漢代碩學の士の閒に共有された常識であった。今日では『詩經』は呪術的な古代祭禮につらなる歌謠として、再解釋されているが、漢代經學の成立時においては、周知のごとく禮法・治政の指針を示す儒教經典の一書として解釋されていた。家産國家の帝室の權力機構につらなり、國運の興廢にかかわる後宮女性の禮法の規範も『詩經』に求められ、内容が女訓を示すものと意義づけられたり、詠み手が女性であると解せられたりした詩篇は、現行の『毛詩』の中においても相當數にのぼっており、とくに關雎篇にはじまる周南、鵲巢篇にはじまる召南の巻に、それは集中している。この事實はつとに知られ、婦徳確立のための女性の知育の必要を主張する根據となっていた。日本でも江戸時代の儒者熊澤蕃山がここに注目し、「周南之解」「召南之解」と題するその和解と「女子訓」上・下から成る『女子訓』を著している。

小稿は、『詩經』諸篇中の漢代において女訓詩とされた詩篇を、古文『毛詩』（詩序・毛傳・鄭箋）の側から抽出、留意點をしるし、ついで今文三家詩の家に出た劉向『古列女傳』の解を示し、『詩經』の巻頭詩、關雎篇の特徴を論じ、『古列女傳』とならんで『毛詩』も濃厚な女訓書色を帯びるにいたった經緯を論ずるものである。

一

現行の『毛詩』において女訓詩とされる詩篇は、后妃（帝王妃）・夫人（王朝蕃屛の諸侯・諸王の妻）訓を中心とした國風二南の詩に集中するが、美詩・刺詩雙方にわたって全巻の随所に散見する。いま詩序の解を基本に國風諸篇から該當詩篇を抜き出すと次のごとくになる。

國　風

◎周南　○關雎、○葛覃、○巻耳、○樛木、○螽斯、○桃夭、○兎罝、○芣苢、○漢廣、○汝墳、○麟之趾。（十一篇中十一篇）

◎召南　○鵲巢、○采蘩、○草蟲、○采蘋、○行露、○羔羊、○殷其靁、○小星、○江有汜、○野有死麕、○何彼襛矣。＊なお騶虞篇も詩序は冒頭に「鵲巢之應也」といい、夫人の「應德」について解するがごとくであるが、下文に詳説はない。内容は夫人訓を語っていない。（十四篇中十一篇）

◎邶風　○綠衣、○匏有苦葉、○谷風、○泉水、○靜女、○新臺。＊詩序は柏舟については、「言仁而不遇也。衞頃公之時、仁人不遇、小人在側」と述べ、女訓詩とは見なさず、女性を題材にした燕燕に關しても、「衞莊姜送歸妾」と述べるのみで女

訓詩とは見なしていない。(十九篇中六篇)

◎鄘風　○柏舟、○牆有茨、○君子偕老、○桑中、○鶉之奔奔、○載馳。(十篇中六篇)

◎衞風　○氓、○竹竿、有狐。＊詩序は碩人については、ヒロイン莊姜の「賢」なることに言及するが、「閔莊姜也」と評して女訓詩とは見なさない。(十篇中三篇)

◎王風　○大車（＊詩序は「刺周大夫也。禮義陵遲、男女淫奔。故陳古、以刺今大夫不能聽女訟焉」といい、一讀、周の大夫非難の詩と解しているようだが、詩篇の内容からは「男女淫奔」の誡めの詩ととれる。この件はとくに第二節でも再述する）。(十篇中一篇)

◎鄭風　○女曰雞鳴（＊詩序は女訓詩として解さぬが、鄭箋は「此夫婦相警覺以夙興、言不留色」という）、○有女同車、○丰、○東門之墠、○溱洧。(二一篇中五篇)

◎齊風　○雞鳴、○東方之日、○南山、○敝笱、○載驅（＊この篇は齊の襄公の妹文姜の淫奔非難―貞淑勸告―の女訓詩たる敝笱と對をなす詩篇であるが、詩序は「齊人刺襄公、〔畧〕與文姜淫、播其惡於萬民焉」と解するのみ。いま内容から女訓詩に加える）。(十一篇中五篇)

◎魏風　(七篇中になし)

◎唐風　(十二篇中になし)

◎秦風　○小戎、○渭陽（＊小戎については、詩序は、「美襄公也。備其兵甲、以討西戎。西戎方彊（强）、而征伐不休。國人則矜其車甲。婦人能閔其君子焉」と述べ、第一義的には秦の襄公揚美の詩と解している。しかし一讀この詩篇は「義勇公に奉じる」出征兵士の妻の、夫（君子）に對する眞情を詠ったものと解し得る。後世の朱熹『集傳』は「雖婦人亦知勇於赴敵、而無所怨矣」と評する。詩序が第二義的に述べる解釋から女訓詩に加える。渭陽については、詩序は大要「康公念母也」と解するのみであるが、詩篇の表面に見えぬものの母徳の賛歌たることは明白である。よって女訓詩に加えた。（十篇中二篇）

◎陳風（十篇中なし）。＊ただし陳風には、内容的に見て男女雙方の淫亂を譏刺したと解せられる詩、東門之枌・東門之池・東門之楊・月出・株林・澤陂等六篇があり、詩序もおおむねその觀點から解を述べているが、東門之枌は幽公の荒淫、株林は靈公の荒淫の譏刺の詩たることを明言し、男性に對する教訓の詩篇と見なしている。とはいえ、東門之池についての詩序は、「疾其君之淫昏、而思賢女以配君子也」と述べ、女訓にわたる解の一面をも示している。これを女訓の詩と見なせば一篇增となる。

◎檜風（四篇中なし）　◎曹風（四篇中なし）　◎豳風（七篇中なし）

次に小・大兩雅中の女訓詩と見なし得る詩篇を検討するが、雅においては詩序が女訓詩たることを明言するものは寡少であり、詩序のみでなく毛傳・鄭箋の言・詩篇の内容の一端を示す句等をも紹介せねば、『毛詩』中の女訓詩のあり方は捉えきれない。よってここでは、鄭箋の言・詩篇の句をも示すことにした。なお雅においては具態的に實名を語る賢后妃讃歌、孽嬖（惡虐后妃）の刺詩がある。

小　雅

◎鴻鴈之什　○斯干　＊詩序はたんに「宣王考室也」と述べるが、内容の一部に「乃生女子、載寢之地。〔畧〕無非無儀・唯酒食是議。無父母詒罹」という重要な一般女性の教訓が詠われており、女訓詩の一面をそなえている。毛傳は「婦人質、無威儀也。罹、憂也」とのみ、これらの句に注するが、鄭箋は、「儀、善也。婦人無所專。於家事有非、非婦人也。有善亦非婦人也。婦人之事、惟議酒食爾。無遺父母之憂」という。

◎甫田之什　○車舝　詩序は「刺幽王也。褒姒嫉妬、無道竝進。〔畧〕周人思得賢女以配君子、故作是詩」と述べ、幽王非難とともに孼嬖褒姒譏刺と賢后妃待望の思いを詠じた后妃訓の詩という解を示している。しかし内容は「閒關車之舝兮、思孌季女逝兮」「辰彼碩女、令德來教」「覯爾新昏、以慰我心」のごとき句によって判るように賢后妃待望・禮讃の歌であり、孼嬖褒姒のことは一言も詠われていない。＊逆に孼嬖褒姒の悪を刺る小雅の詩篇には節南山之什・正月があり「赫赫宗周、褒姒威之」の句が詠われているが、詩序は「大夫刺幽王」と述べ、事實、内容全體は幽王秕政のすべてに對する憂國の賢臣の慨歎であり、孼嬖褒姒批判は一部をなすにすぎない。さらに孼嬖褒姒を刺る小雅の詩には次條の白華篇がある。

◎魚藻之什　○都人士　詩序は「周人、刺衣服無常也。古者、長民、衣服不貳。從容有常。以齊其民、則民德歸壹。傷今不復見古人也」と述べるが、内容は、「萬民所望」の「都人士」の女《むすめ》を讃えて、「彼君子女、綢直如髮。我不見兮、我心不説」以下、賢女の禮容を描き、賢女の出現を待望する句を續けたものであり、女訓の詩たることは明らかである。○白華詩序は「周人刺幽后（褒姒）也。幽王取申女以爲后。又得褒姒而黜申后。故下國化之、以妾爲妻、以孼代宗。而王弗能治。周人爲之作是詩也」と述べる。毛傳はこれにもとづいて注を附するが、内容上は孼嬖褒姒を名ざしで非難する句はなく、孼嬖僭上を憤る正后の悲哀を詠う句であり、后妃を賢后妃ならしめる積極的な后妃訓・女訓の詩とは必ずしも見なし得ぬ詩篇である。（七什・七四篇中四篇）

大　雅

◎文王之什　○大明　詩序は「文王有明德、故天復命武王也」と解するが、内容の半ばは文王の聖母大任（王季の正后）と正后大姒の讃歌である。大任については、「乃及王季、維德之行（王季に嫁いでは、ひたすら德行につとめ）」と述べてその德行を賞め「大任有身、生此文王」と文王産育の功を讃えており、大姒については「纘女維莘、長子維行、篤生武王（大任の女訓を纘《つ》いだのは有莘氏＝大姒、長女としての婦道を實踐し、愼重に武王を産《な》された）」とその德行を讃え、武王産育の功を褒めている。大明はしかく賢后禮讃の美詩としても讀める女訓詩である。○緜　詩序は文王興起の本が大王（古公亶父）の德行に由ることを示すものとして解するが、内容の一部は「姜女（大姜）」とともに周原に周の根據地を定め、開發したことに對する讃美を含んでおり、これも女訓詩の一面をそなえている。○思齊　詩序は「文王所以聖」と述べるが、その「聖たる所以」として、詩句冒頭の六句は、「思齊大任、文王之母。思媚周姜、京室之婦。大姒嗣徽音、則百斯男」と詠っており、内容の一部は大王妃大姜、王季妃・文王母大任、文王妃・武王母大姒の周王朝勃興の大業に盡した三賢后の禮讃の詩、女訓の詩となっている。（文王之什十篇中三篇）

◎生民之什　○生民　詩序は「尊祖也。后稷生於姜嫄、云々」と述べる。内容は后稷讃美とともに后稷母姜嫄の揚美の詩。賢后禮讃の女訓詩としても讀める。（生民之什十篇中一篇）

◎蕩之什　○瞻卬　詩序は「凡伯刺幽王大壞」と述べ、事實、その内容は幽王が「大厲（大惡）」たる「哲婦」の虐后に誤られて暴政を行なっていることを非難し、「無忝皇祖、式救爾後」と末尾二句を結び幽王を直諫するものである。だが「哲夫成城、哲婦傾城。懿厥哲婦、爲梟爲鴟。婦有長舌、維厲之階。〔畧〕婦無公事、休其蠶織」という句は帝王訓たるよりも后妃への諫誡、一般女性への教訓となっており、女訓詩の一面もそなえているといえよう。なお後世の『集傳』は「哲婦」を幽王の寵妃ゆえに褒姒と明示するが、毛傳・鄭箋は特定しない。この瞻卬とともに召旻も詩序は「凡伯刺幽王大壞」と解するが、女性にかかわる詩句は「泉之竭矣、不云自中（鄭箋・王政の亂れは、中《うち》—後宮—に賢妃なきによる）」の二句のみで、后妃に對して直接教訓を語るものではない。（蕩之什十一篇中一篇）

次に頌における女訓詩と見なされる詩篇を檢討するが、魯頌・閟宮に后稷母姜嫄、商頌・長發に殷の祖妣簡狄の揚美の句が短く詠われる他に、賢后妃の業績に言及する句はない。かつ閟宮の詩序は「頌〔魯〕僖公能〔修〕復周公之宇也」と述べて、閟宮の主神姜嫄については一言も觸れていない。殷の始祖妣について詠う長發の詩序も簡狄には言及しない。女訓が語られる詩篇には、周頌・載芟があるが、全卅一句から成るこの詩篇の中で、わずかに「有嗿其饁、思媚其婦、有依其士」という三句の勤労訓が語られているにすぎず、女訓は抽きだし得ても、女訓詩とはいえない。

以上、毛傳の解において、賢后妃揚美の詩、虐后妃の刺詩も含めて女訓詩と捉え得る詩篇は、國風に五〇（五二）篇、小・大兩雅に九篇、計五九（六一）篇、三百五篇（現行）の約五分の一に達する。後漢末の鄭玄によって一應の完成を見た現行『毛詩』において『詩經』はしかく女訓書の一面をそなえた經書となっていたのであった。

二

いっぽう周知のごとく、今文三家詩においては『詩經』は獨立した女訓書すら形成していた。前漢末、魯詩の家に出た劉向の『古列女傳』がそれである。＊ただしその各譚は成文・固定化された魯詩の解を示すものではない。『傳』中、詩贊所引の詩句にいたっては、詩篇と內容の一致せぬものあり、同一詩句が複數譚にわたって用いられるものあり、劉向一流の斷章取義の技法で附されたものであることは歷然としている。詩句によって內容が構成されているものも、劉向の作爲によるものもあれば、『毛詩』と一致するものもある。そもそも『史記』儒林傳には、「魯申公獨以詩經爲訓（訓詁＝句解）、以教無傳（義解・説話解）、疑者則闕不傳」といい、『漢書』藝文志にも「魯申公爲詩訓故」と語るのみで、固定化された魯詩の傳なるものは無かったといってよい。

『古列女傳』（現行一〇四譚＝傳）所引の國風の詩篇は、題名のみを示すものを含めて次のごとくである。（括弧內は譚名。各巻タイトル省畧。號數のみを表示。詩句も省畧する）。

◎周南　關雎（巻一湯妃有㜪、巻三魏曲沃婦の二傳。後者は譚中會話引の句ながら重要）　○兎罝（巻二楚接輿妻）　○芣苢（巻四蔡人之妻。譚中引の題名のみながら重要。詩贊はなく、譚全體がこの詩篇の成立について語っている）○汝墳（巻二周南之妻。譚中引の句ゆえに重要。詩贊はなく、譚全體がこの詩篇の成立について語っている）○漢廣（巻六阿谷處女）。（十一篇中五篇）

◎召南　○行露（巻四召南申女。譚中引の句ゆえに重要。詩贊はない。譚全體がこの詩篇の成立について語っている）。（十二篇中一篇のみ）

◎邶風　○柏舟（巻四衛寡夫人、巻四衛宗二順。前者は譚中引、詩贊雙方に用いられている）○燕燕（巻一衛姑定姜第一話。譚中引の句ゆえに重要。譚全體が詩篇の成立について語っている。第一話には詩贊なし）○日月（巻七衛宣公姜）○凱風（巻三孫叔敖母）○谷風（巻二晉趙衰妻、巻四息君夫人、巻五楚昭越姫。晉趙衰妻傳は譚中引の句、詩贊は大雅抑の句）○式微（巻四黎莊夫人。譚中引の句ゆえに重要。詩贊はなく譚全體が詩篇の成立について語っている）○泉水（巻一魯之母師）○北風（巻六楚處莊姪）。（十九篇中八篇）

◎鄘風　○君子偕老（巻二齊桓衛姫）○定之方中（巻四陳寡孝婦）○蝃蝀（巻七陳女夏姫）○相鼠（巻七衛二亂女、巻七趙悼倡后）○干旄（巻一鄒孟軻母第一話・第二話）○載馳（巻二陶荅子妻、巻三魯公乘姒、巻三許穆夫人。許穆夫人譚中の句は譚中引の句ゆえに重要。詩贊はなく、譚全體が詩篇の成立について語っている）。（十篇中六篇）

◎衛風　碩人（巻一齊女傅母、巻二楚莊樊姫。前者は譚中引の句。詩贊は小雅、角弓の句）○氓（巻一魯季敬姜第七話、巻七魯宣繆姜）。（十篇中二篇）

◎王風　○黍離（巻三魯漆室女）○中谷有蓷（巻七魯莊哀姜）○大車（巻四息君夫人、巻四梁寡高行。前者は譚中引の句ゆえに重要。詩贊は前出の邶風・谷風の句）。（十篇中三篇）

◎鄭風　○羔裘（巻五楚成鄭瞀、巻五梁節姑姊）○有女同車（巻二晉文齊姜、巻四楚白貞姫。○蘀兮（巻三魯公乘姒）。（二一

篇中三篇）
◎齊風　（引詩なし）
◎魏風　○葛屨（巻五魯秋潔婦）○園有桃（巻四魯寡陶嬰）○陟岵（巻三魯臧孫母）○伐檀（巻一齊田稷母）。（十一篇中四篇）
◎唐風　○蟋蟀（巻一楚子發母、巻三密康公母、前者は譚中引の語。詩贊は小雅・小宛の句）。（十二篇中一篇）
◎秦風　○車鄰（巻六齊孤逐女）○小戎（巻二、楚於陵妻）○渭陽（巻二秦穆公姫。譚中引の句ゆえに重要。この詩篇が譚の一部を構成している。詩贊は大雅・抑）。（十篇中三篇）
◎陳風　○衡門（巻二楚老萊妻）○東門之池（巻二晉文齊姜、巻二魯黔婁妻）。（十篇中二篇）
◎檜風　○素冠（巻四齊杞梁妻）。（四篇中一篇）
◎曹風　○鳲鳩（巻一衞姑定姜第二話、巻一魏芒慈母、巻四楚昭貞姜）。（四篇中三篇）
◎豳風　（引詩なし）

これらの『古列女傳』所引の國風の詩篇のうち、詩贊に用いられた句のほとんどが詩篇の内容とは一致しない。第二節に既述のごとく同一詩が複數譚にわたって使われてもおり、斷章取義によって引かれているのは明らかである。魯詩の説話解にもとづいて附されたものではない。ただし譚中所引の詩句は譚と密着しており、その一部は、詩序・毛傳と相異するものあり、一致するものあり、漢代經學における『詩經』解釋の特徴がうかがわれる。小・大兩雅・頌においても事は同様である。

次に大・小兩雅、頌の詩篇を検討する。

小　雅

◎鹿鳴之什　○鹿鳴（巻一魯季敬姜第四話）○皇皇車華（巻二晉文齊姜。譚中引の句。詩贊は陳風・東門之池の句）○常棣

（巻六齊傷槐女）　○出車（巻六齊威虞姬）。
◎南有嘉魚之什　○蓼蕭（巻六趙佛肸母）　○菁菁者莪（巻六齊鍾離春、巻六齊宿瘤女）。
◎鴻鴈之什　○斯干（巻一鄒孟軻母第四話。譚中に「無非無儀、唯酒食是議」の詩句が用いられている。詩贊は魯頌。泮水）。
◎節南山之什　○正月（巻六楚野辯女、巻七周幽褒姒。既述のごとく詩序では「大夫刺幽王」と述べるが、本譚はこの詩篇の一部に詠われる。「赫赫宗周、褒姒滅〔威〕之」の句解として構成されている）　○小旻（巻三柳下恵妻、巻三晉羊叔姬第二話）　○小宛（巻一楚子發母）　○小弁（巻五魏節乳母）　○巧言（巻七殷紂妲己、巻七楚考李后）　○何人斯（巻三衛靈夫人）。
◎谷風之什　○鼓鍾《ママ》（巻五蓋將之妻）。
◎甫田之什　○裳裳者華（巻一衛姑定姜第四話）　○車舝（巻二齊相御妻）。
◎魚藻之什　○角弓（巻一齊女傅母）　○都人士（巻四齊孝孟姬）　○隰桑（巻二周宣姜后）。（七什・現存七四篇中一九篇）

大　雅

◎文王之什　○文王（巻一魯季敬姜第一話）　○大明（巻一周室三母第三話。第一章に既述のごとく、詩序はこの詩篇を文王受命の大徳の贊歌として解するが、毛傳の内容自體は周室三母中の大任・大姒の讚美の言を列ねており、この譚が引く「大邦有子、俔天之妹、云云」の句は大姒の讚歌である）　○緜（巻一周室三母第一話。周室三母中の大姜説話と密着する）　○旱麓（巻四楚平伯嬴）　○思齊（巻一周室三母第三話。周室三母中の大姒説話と密着する）。
◎生民之什　○行葦（巻六晉弓工妻）　○既醉（巻一啓母塗山）　○假樂（巻二周宣姜后）　○巻阿（巻五齊義繼母、巻六趙津女娟）　○板（巻一衛姑定姜第三話・巻三晉伯宗妻、巻三趙將括母、巻六齊管妾婧、巻六楚江乙母、巻六齊女徐吾、巻六齊太倉女）。

◎蕩之什　○蕩（巻三楚武鄧曼第一話、巻七齊東郭姜、巻七趙靈呉女）○抑（巻二秦穆公姫、巻二晉趙衰妻、巻三齊靈仲子、巻三晉羊叔姫第一話、巻四宋恭伯姫、巻五魯義姑姊、巻五代趙夫人、巻五郃陽友娣、巻五周主忠妾）○桑柔（巻三晉羊叔姫第三話）○烝民（巻二宗鮑女宗、巻三曹釐氏妻）○瞻卬（巻一魯季敬姜第三話、巻三晉范氏母、巻七夏桀末喜、巻七魯桓文姜、巻七晉獻驪姫、巻七齊靈聲姫。劉向は、この詩篇に見える「懿厥哲婦」の句を夏桀末喜傳の詩贊に、「哲婦傾城」の句を晉獻驪姫傳の詩贊にそれぞれ配しているが、瞻卬は、他の大雅の諸詩篇と共通して季世の周王の秕政への刺詩であり、夏の末喜や晉の獻公夫人驪姫には、本來的には結びつけられない。詩序とその解を踏襲・敷衍した『集傳』の解については、第一節二一〇ページに既述した）。（三什三一篇中一五篇）

頌

◎周頌・清廟之什　○烈文（巻一有虞二妃）○思文（巻一棄母姜嫄。この詩篇は後述の魯頌・閟宮の詩篇と一體となって姜嫄傳の詩贊としてふさわしい）。

閔予小子之什　○敬之（巻三魏曲沃媍）。

◎魯頌　○有駜（巻一魯季敬姜第五話）○泮水（巻一鄒孟軻母第四話）○閟宮（巻一棄母姜嫄。この詩篇は周・魯共通の始祖妣姜嫄の祠廟たる閟宮の贊歌であり、詩序は閟宮修復の魯の僖公揚美の詩と解するのみだが、棄母姜嫄傳は「赫赫姜嫄、其德不回」にはじまる六句の姜嫄の功績を特書している）。

◎商頌　○那（巻二楚莊樊姫）○玄鳥（巻一契母《せつほ》簡狄）○長發（巻一契母簡狄）。（三頌四〇篇中九篇）

以上『古列女傳』においては『毛詩』（詩序）が女訓詩と見なしている周・召二南の詩篇の多くを諸譚中に取りこんでいない。――召南にいたっては唯一、召南申女譚に行露の詩を引くのみである――。だが逆に詩序が女訓の詩篇と見なさない小・大兩雅・頌の詩篇からも女訓譚を多數構成している。『古列女傳』（現行一〇四譚）所引の詩篇の數を再度擧げれば、國風四二篇・兩雅卅四篇・頌九篇、計八五篇となり、『毛詩』を凌いでいる。

三

從來、『古列女傳』（以下『傳』と畧稱。卷は號數のみ、譚名はタイトルのみをしるす）と『毛詩』が解を異にする詩篇として、論者はとくに次のごとき國風の諸篇に注目してきた。

◎周南・關雎　『傳』卷三魏曲沃媍。「周の康王の（房事過多――＊『論衡』謝短篇に「康王德、缺於房」という、――による）晏出朝」に對する刺詩と見なし、韓詩もしかく解している。そのいっぽう、卷一湯妃有娎において、「賢女能爲君子和衆妾」の賢后訓としても解している。　**詩序**　關雎、后妃之德也。所以風天下而正夫婦也。（畧）然則關雎・麟趾之化、王者之風。故繫之周公。（畧）周南・召南、正始之道、王化之基。是以關雎、（賢后妃）樂得淑女、以配君子。憂在進賢。不淫其色、哀（＝愛。『詩三家義集疏引『釋名』說。）窈窕、思賢才、而無傷善之心焉。是關雎之義也」と說いており、『傳』の湯妃有娎の詩贊と共通の認識をもって、妬忌の情を去り、衆妾を和して後宮を治める賢后妃の揚美の詩と解している。

＊後世の『集傳』はこの賢女を殷の湯王妃有娎ならぬ周の文王妃大姒に擬している。

◎周南・芣苢　『傳』卷四蔡人之妻。惡疾の夫を惡臭を放つ芣苢（＝澤舄《さじおもだか》）に譬え、その妻が「惡臭あるからとて採んだ芣苢を女は棄てない。惡疾あるからとて、夫を妻は見捨てない」と述べたことを讃えて、芣苢の詩篇がつくられたという。

詩序　ここでは「后妃之美也。和平則婦人樂有子矣」と述べ、后妃の政教行き届く平和な世には、女性は出產を願って懷妊促進劑の芣苢採みに精を出すと解し、賢后妃の揚美の詩と見なしている。＊『傳』と同樣の解は『韓詩薛君章句』（『太平御覽』疾病部引）等にも見えることを先人は指摘。この種の解を魯・韓共通のものという。

◎邶風・柏舟　**『傳』**巻四衞寡夫人。衞に嫁いだ齊公の女が、衞の城門に來たときに衞君が逝去、にもかかわらず衞にとどまって堅貞寡婦となったが、衞君の弟君に再婚を迫られたさいに峻拒して詠った詩という。「望門寡」という殘酷な堅貞の德を後世の中國女性に強いることになったこの譚は、鄘風・柏舟篇との混淆譚であり、鄘風のこの同一名篇については、詩序も「共姜（衞の共伯に嫁した齊公の女）自誓（不改嫁）也。衞世子共伯蚤死、其妻守義。〔畧〕故作是詩以絶之（＝改嫁の强制を謝絶した）」と解している。　**詩序**　邶風のこの詩篇に對しては第一節に既述のごとく「仁而不遇」なる臣下の怨嗟を詠った詩と解している。

◎邶風・燕燕　**『傳』**巻一衞姑定姜。衞の定公夫人姜氏が子に惠まれなかった公子の一媳婦を母家《さと》に歸すことにし、郊外まで見送ったときのことを詠った詩とし、この傳の君子賛に、「定姜爲慈姑、過而之厚」の語を添えて慈姑訓譚を構成している。　**詩序**　毛傳・鄭箋の解の補說を加え、『傳』と異なり、衞の莊公夫人姜氏が、公子州吁に子の桓公を殺された莊公の嬖妾戴嬀が生國陳に大歸するのを見送ったさいに詠った詩として、第一節に既述のごとく女訓の詩とは見てはいない。衞公夫人莊姜の悲劇語りと解しているのである。

◎邶風・式微　**『傳』**巻四黎莊夫人。衞より黎の莊公に嫁した夫人が性格の不一致から莊公の愛を得ず、見かねた傅母が離婚を勸めた句と、夫人が貞順の道に遵じて傅母の勸めを峻拒した句とから成る問答歌として解している。齊詩の解を示したものと考えられる漢の焦贛の『易林』巻十四歸妹之困にも、『陰陽隔塞、許嫁不答（夫婦仲が隔てられ障られて、嫁入りがとりきめられても、妻として相手にされない）」の句も同様の事態を語ったものとされ、この種の解は齊・魯共通のものであったとも考えられる。　**詩序**　毛傳をも加えて、祖國黎を狄に侵畧されて衞に出奔した黎侯がこの地に安んじ、歸國を忘れたのを臣下が諫めて詠ったものと解して、女訓の詩とは見ていない。

◎衞風・碩人　＊**『傳』**も詩序・毛傳も衞の莊公夫人姜氏のことを詠った詩という點では一致している。ただし解は大いに異なる。『傳』巻一齊女傅母。いまだ操行修まらず、淫佚の心ある莊姜を、卓れた傅母《もりやく》が出嫁のさいに訓誡した譚として構成され、傅母訓の詩とされている。**詩序**「莊公惑於嬖妾、〔晷〕國人閔而憂之」という内容の詩、邶風・燕燕とも共通する莊姜悲劇譚を語る詩と解している。

◎王風・大車　『**傳**』巻四息君夫人。楚に滅ぼされた小邦息國の夫人が、夫が〔不具者にされ〕守衞として楚の宮城の門に繫がれ、自分は楚王の嬖妾として後宮に圍われる身となったさい、夫に國君夫婦の誇りを守ってともに自決するよう迫ったときに詠ったものという。息君夫人の語と見られる詩篇中の「穀（＝生）則異室、死則同穴、謂予不信、有如皦（＝皎）日」の句は、巻四梁寡高行中にも用いられており、劉向一流の斷章取義の技法によって、この句が息君夫人の守節堅貞の意の表明の語として、譚中に引かれた可能性もあるが、淸の魏源『詩古微』は冒頭「大車」の語以下の四句に譚に卽應した解を與えて、この詩篇全篇を魯詩の解を示すものと説いている。**詩序**　第一節に既述のごとく女訓の義の存在を無視して、「刺周大夫也。禮義陵遲（衰頽）、男女淫奔。故陳古、以刺今大夫不能聽男女之訟焉」と述べ、鄭箋もこの解にそって全篇に句解を添えるが無理があろう。とくに、「謂予不信、有如皦日」の句を、政教遂行の才力に缺け、「古禮に闇き」大夫の居直りの言と解するのは頷けない。＊後世の『集傳』は、この詩篇を「相奔」の淫行に及ぶ男女が取締まりにあたる大夫を恐れるようすを詠った詩と解し、「謂予不信、有如皦日」の句を、「相奔」の男女が大夫の規制を怨み、二人の仲の成就を死後に願って詠ったものと解している。

以上、魯詩の家に出た劉向の撰になる『古列女傳』と詩序・毛傳において、一讀 內容の把握に相違が見られる詩篇を擧げてみたが、その數は多くない。いっぽう、『古列女傳』と『毛詩』、就中、詩序において、細部に相違はあっても大局的に一致する內容把握が見られる詩篇には次のごときがある。（繁瑣になるが、詩序の語の他に鄭箋の語や、『傳』の細部の異同の要約説明も附した）。

◎周南・漢廣　**『傳』**卷六阿谷處女。**詩序**「德廣所及也。文王之道、被于南國。美化行乎江漢之域。無思犯禮。求而不可得也」。＊『傳』では、孔子が子貢に阿谷で洗濯をする女性に交際を求めさせ、女性が峻拒するのを、孔子が「禮を知る者」と激賛する筋立てになっており、詩句は詩贊に用いられている。譚中、孔子と子貢は、一見、非禮の癡漢めいた丑角《ピエロ》を演じさせられている。

◎周南・汝墳　**『傳』**卷二周南之妻。**詩序**「道化行也。文王之化、行乎汝墳之國。婦人能閔其君子《おっと》、猶勉之以正也」。＊『傳』では、婦人とその夫の居住地は汝墳とは特定されていない。婦人は、暴政の結果、治水事業に驅り出されて歸らぬ夫が、自暴自棄から怠業に及んで破滅するのを恐れて、勉勵の語を寄せたという筋書きになっており、詩句は、婦人が夫の勉勵のために詠われたものとされている。暴政の主は聖人文王たり得ない。文王がなお臣從していた殷の紂王でなければなるまい。鄭箋は「是時紂存」と毛傳に附記する。

◎召南・行露　**『傳』**卷四召南申女。**詩序**「召伯聽訟也。衰亂之俗微、貞信之教興、彊暴之男、不能侵陵貞女也」。＊『傳』には、召伯自身は登場しないが、召伯の訴訟の庭において、聘禮不備なままで嫁入りを迫る「彊暴」の夫家に對し、貞信の德を守るべく言い争う女性が詠う詩として語られている。

◎邶風・谷風　**『傳』**卷二晉趙衰妻。**詩序**「刺夫婦失道也。衞人化其上、淫於新昏、而棄舊室。夫婦離絕、國俗傷敗焉」。＊『傳』では、詩篇の場面は衞と特定されていず、「舊室《ふるいつま》」を離婚する衞の「上《きみ》」も登場しない。晉の文公の忠臣たる趙衰の妻となった文公の公主が、趙衰に、亡命中に狄で苦勞をともにした彼の舊妻を正妻に迎えよと趙衰に勸める場で、公主が、自分の意見に說得性をもたせるべく、この詩篇を引用している。『傳』と詩序の閒に解釋の相違は認められない。

◎鄘風・載馳　**『傳』**卷三許穆夫人。**詩序**「許穆夫人作也、閔其宗國顚覆。自傷不能救也。衞懿公、爲狄人所滅。國人分散、露於漕邑。許穆夫人、閔衞之亡、傷許之小、力不能救。思歸唁其兄。又義不得。故賦是詩也」。＊傳は『左傳』閔公二年十

二月の記事の異傳として構成されている。詩序とは些かの相違があるが、同一の解を示したものである。

◎秦風・渭陽　**『傳』**巻二秦穆公姫。　**詩序**　康公念母也。康公之母、晉獻公之女。文公遭麗《ママ》姫之難、未反而秦姫卒。穆公納文公。康公時爲太子。贈送文公于渭之陽。念母之不見也。我見舅氏如母存焉。及其卽位、思而作是詩」。＊『傳』は『左傳』僖公十五年の條にある晉から秦の穆公に嫁した夫人が、異母兄弟の晉の獻公が恩人穆公に背信行爲を尤められて捕われたとき、太子の罃《おう》（康公）らの子供たちも道づれに自分が身替りに焚刑に處せられようとして、獻公の罪の取りなしに成功した譚をしるし、のちに夫人の死後、夫人の同母弟の文公重耳が穆公の後押しで晉に乘りこむさいに、康公がこの母家《じっか》に對し孝心あつかった亡き母を想い起こして詠った詩だという。詩序はこの『古列女傳』の説話と完全に一致している。

以上、諸例を擧げてみたが、『古列女傳』と『毛詩』が解を共にする詩篇は、國風のみでも數的に拮抗している。雅・頌のごとき賢后妃の禮讃や虐后譏刺の主題が確定している詩篇を加えれば、解を共にする詩篇の數は解を異にするそれを凌ぐことになろう。

ところで、筆者は、從來の論者に從って『古列女傳』と『毛詩』の解が異なる詩篇の先頭に周南・關雎篇を擧げたが、じつは一讀異なるかに見えて、關雎篇もまた解釋の根底には、兩者に通底一致するものがある。今文三家詩の一家の魯詩のみでなく、古文毛詩家もまた『詩經』に對しては共通の「女訓」の認識があった。以下、關雎篇の詩解に見える兩者の共通性を論じ、漢代において『詩經』が后妃、夫人訓を核とした女訓の書としての側面をもった由因に迫ることにする。

四

關雎篇において『古列女傳』と詩序の解が對局にあるかのように考えられてきたのは、二點の理由による。①は前者においては、康王姫釗のときの作と明言され、後者においては周公のときの作のように語られているからであり、②は前者においては「康王失德」の刺詩とされ、後者においては「正始之道、王化之基」を實現した賢后妃の揚美の詩とされているからである。

①の理由についていえば『詩三家義集疏』が魯詩説と見なす『史記』十二諸侯年表は「周道缺、詩人本之衽席、關雎作」といい、『史記』は儒林傳においても「夫周室衰而關雎作、幽・厲微而禮樂壞」と述べている。『古列女傳』出現前において、關雎篇は衰世の時代の作とされており、劉向はその解にもとづき、その衰世の時期を康王姫釗のときに擬定したのであろう。しかし、康王は周公の攝政を受け、周公の盛治を實現した成王姫誦の子であり、第三代の王となり、周の盛世を維持した王であった。關雎篇が康王の失德を刺って作られた詩、司馬遷がその「晏出朝」の失德の故をもって周室衰退の兆が現れた時代に作られたと考えた詩であったにせよ、その時代そのものは、詩序が「周公に繫く」と述べる時代に近接する頃のことであった。この點では、そのじつ『古列女傳』と詩序の解は對局に立ってはいないのである。後世兩者が對局に立つように考えられるに至ったのは、康王の時代をさながら後代の厲王や幽王に近接した時代のごとく錯覺させる記述をする『史記』儒林傳のごとき文獻があったからであり、後世、關雎篇に詠われる「君子（帝王）」「淑女（賢后妃）」が文王・大姒夫妻に擬定されるにいたったからである。しかし『古列女傳』では第三節に既述するごとく、これを殷の湯王・有㜪氏夫妻に擬定している。むろん『古列女傳』湯妃有㜪譚では、關雎篇の詩句は詩贊に附されたものであるが、斷章取義とは見なせぬほど譚の内容と緊密に一體化している。『詩經』は周代（西周・春秋）に作られた詩篇の後世編定の總集ではあるが、經學の議論上からも、關雎篇の「君子」「淑女」

を特定の周王朝の王と后妃のみに擬定するまでもなかったのではあるまいか。

なお詩序を核とする『毛詩』出現後の後漢においても、關雎篇のみならず、『詩經』全體が康王の時代に作られたという説が、詩家の通説であったらしいことは記憶さるべきであろう。そのことは『論衡』謝短篇の次のごとき皮肉の評により窺える。『論衡』には、「問詩家曰、詩作、何帝王時也。彼將曰、周衰而詩作、蓋康王時也。康王德缺於房。大臣刺晏（＝晏出朝）。故詩作也。夫文・武之盛、貴（＝遺）在成・康。康王未衰、詩安得作。周非一王、何知其康王也」と述べられているのである。

②の理由も注意を要する。たしかに關雎篇を『古列女傳』は「康王失德」の刺詩と捉えているが、それはあくまで制作の動機に絡まる評價であり、刺られているのは康王夫妻の行爲であって、詩篇中に「窈窕淑女、君子好仇（逑）」と詠われる「君子」「淑女」の行爲についてではない。詩篇中のどの句を検討してもこれを康王夫妻の過淫の房事を詠ったと解せられる語はないのであり、逆にあるのは正しき男女（君子・淑女）の婚姻のあり方を述べたものと解し得る語ばかりである。詩篇の内容自體は賢后妃の佳行の揚美を目的として作られており、詩序の方はこの詩篇の内容に絡まる評價を下しているのである。

ちなみに『古列女傳』の譚のみならず、他の魯詩家と目される論者の遺文や韓詩家の論者の遺文は等しく關雎篇を制作動機から見て刺詩と見なしていたのであり、この詩篇の内容自體は美詩であることを明言した者も存在した。『詩三家義集疏』が魯詩家の言として収める杜欽の語（＊『漢書』本傳中の上奏文）は、

后妃之制、夭壽・治亂・存亡之端也。迹三代之季世、覽宗（＝殷・高宗）・宣（＝周・宣王）之饗國、察近屬之符驗、禍敗曷常由女德。是以佩玉晏鳴、關雎歎之（＝周・康王妃失德）、知好色之伐性短年、〔署〕陵夷而成俗也。故詠淑女、幾以配上、忠孝之篤、仁厚之作也。

と、しかく動機（、點部分）と内容（。點部分）の兩面から、關雎篇の性格を述べている。杜欽にあっては、詩篇中の「不淫其色」という「淑女」の德性讚美が過淫の失德を犯した康王夫妻に對する諷諫の言と解されていたのであろう。

おなじく同上書所收の『韓詩薛君章句』の文（『後漢書』明帝紀・永平八年の條・李注引）も、次のごとく述べている。

　詩人言、雎鳩貞潔愼匹。以聲相求、隱蔽於無人之處。故人君退朝入於私宮、后妃御見有度。應門擊柝、鼓人上堂、退反宴處、體安志明。今時、大人內傾於色、賢人見其萌、故詠關雎、說淑女正容儀、以刺時。

さらに同上書所收の成帝の好色を諫め、賢后妃の拔擢を勸める齊詩學者匡衡の上奏の言（『漢書』本傳）にあっては、つぎのごとく關雎篇の內容を捉えていた。

　孔子論詩、以關雎爲始。言太上者民之父母、后夫人之行不侔乎天地、則無以奉神靈之統而理萬物之宜。故詩曰、「窈窕淑女、君子好仇」。言能致其貞淑、不貳其操、情欲之感無介容儀、宴私之意不形乎動靜、夫然後可以配至尊、而爲宗廟之主。此綱紀之首、王教之端也。自上世已來、三代（夏・殷・周）興廢、未有不由此者也。願陛下（畧）采有德、戒聲色、近嚴敬、遠技能。

匡衡は、明かに關雎篇の主題を賢后妃の出現による王朝の維持・發展の說諭と解し、この詩篇を美詩と見なしていたのであった。かつ詩篇中の君子・淑女については、夏・殷・周三代のどの盛世の帝王夫妻にも該當する者としていたのである。劉向が『古列女傳』の湯妃有㜪譚の詩贊に「窈窕淑女、君子好仇」の句を繫けたのは、三家詩の他の學統に連なる者にも共通の認識があったからだと思われる。

以上を要するに三家詩の徒の關雎篇の解釋と毛詩家の詩序・毛傳のそれは、對極的なものではなかった。關雎篇は、內容的には、四家共通して美詩と認識されたものであったのである。この詩篇が刺詩か美詩かという議論は無益の業ではあるまいか。

ところで杜欽や匡衡らが諫爭の上奏文に好色の戒めや「淑女（賢后妃）」の拔擢を論じ、劉向が女訓書を撰した頃は、前漢末の成帝朝期にあたり、漢王朝は外は外戚王氏一門に帝權を蠶食されつつあり、内は多數の宮嬪を擁し、許皇后の專横、趙昭儀の妬忌の兇行により後宮の秩序は破壞され、成帝みずから趙昭儀の强迫によって子殺し、皇統絶やしを行ない、後には自分も壽命を縮めており、前漢王朝が滅亡に向かいつつある時代であった。關雎篇のごとき、一讀したところ、たんなる結婚儀禮の壽ぎ歌としか讀めぬ詩篇を、王朝の維持と繁榮を實現する賢后妃の揚美の詩として、漢王朝の博士官に立てられた今文三家詩の學統に連なる者たちが解したのは、こうした切迫した背景があればこそのことにちがいない。

ただし、三家詩の徒は、後世に各自の關雎全句の句解を後世に殘さなかった。その句解とほぼ同様の句解を殘したのは、毛詩家につたわる各句解をもとに後漢の衞宏により一篇の主題總説「詩序」を完成させ、後漢の馬融による基本句解（現毛傳）に鄭玄による部分詳注（鄭箋）を統合させた現行本の『毛詩』であった。毛詩家の學統について『漢書』は儒林傳に河閒獻王のもとで博士となった趙人の名をつたえるが、彼は毛詩家の文獻を殘さなかった。『漢書』藝文志が誌す毛詩學派の文獻は『毛詩』廿九巻と『毛詩故訓傳』卅巻の二點であって、關雎篇を今文三家が「窈窕淑女」の賢后妃揚美の詩と解していた時點で、本文の訓詁と各詩句の内容にかかわる基本的な傳（義解）までは具えていたと思われる。

詩序は孔子の弟子子夏による古序があったという説（『經典釋文』引鄭玄『詩譜』、『隋書』經籍志）が流布していたにせよ、この傳説は、近年 常識化しているように『史記』『漢書』の兩儒林傳、『漢書』藝文志にはまったく見えぬものであり、信じ難い。詩序の成立が確認できるのは、『後漢書』儒林傳の「衞宏、〔畧〕初、九江謝曼卿善毛詩、乃爲其訓、宏從曼卿受學、因作毛詩序、善得風・雅之旨。〔畧〕光武以爲議郎。〔畧〕中興後、鄭衆、賈逵傳毛詩、後馬融作毛詩傳、鄭玄作毛詩箋」という記述のみである。詩序の體例から見て、衞宏以前に原（古）序があったことが窺えるが、衛宏こそが詩序の完成者と見なしてよいのではあるまいか。

彼は前漢末、後漢初期の人であり、前漢の成帝朝期における後宮の紊亂や三家詩の徒の關雎篇の解や、劉向の『詩經』による女訓書の編輯については熟知しており、その影響下に詩序を撰したと考えられる。かくて、彼は關雎篇を第三節に既述したごとき、賢后妃の風化による天下の夫婦閒の道徳の樹立、妬忌の情を去って後宮を「窈窕淑女」と評される賢女で固めるべき賢后妃の任務の確立を諭す詩と解したのであった。

結に替えて

衛宏は關雎篇に徹底した女訓詩としての解を施し、はるか後世の鄭玄の句解補訂に備えた。それのみでなく后妃（帝王の后妃）、夫人（王朝の藩屛たる諸侯・王の夫人）、大夫（高官）の妻による風教の確立に資すべく、『古列女傳』が取りこみ殘した周・召二南の女訓詩と見なせる詩篇のことごとくに、かかる解を添えたのであった。すでに周・召二南については、齊詩學者匡衡が、成帝卽位當初の日蝕のさいの上奏文中において、「國風之詩、周南・召南、被賢聖之化深、故篤於行而廉於色、云云」と述べており、それらの詩篇に、女訓に引伸解釋される教訓性が具わっていることを述べていた。かかる背景もあって、『毛詩』の周・召二南は、三家詩の家に出た劉向の『古列女傳』の向こうを張る女訓書と化したのであり、『詩經』は濃厚な女訓書としての側面をもつにいたったのである。

以下、本來ならば、既述した詩篇外の周・召二南の詩序を列擧し、これらの詩序の文言と詩篇の内容の一致・不一致の分析について論ずべきであるが、紙幅も盡きたので、ここで擱筆する、近年の先行學説の批判等も後日に委ねることにした。

附記

小稿第一節と第四節の基底部分は無窮會東洋文化研究所第卅八回談話會（一九九二年十一月八日）における講演のまとめである。小稿と同主題を一見追うがごとき題名を持つ論稿に、ふるく、柳町達也「二南の詩と婦道と『詩經』」（『東京學藝大學研究報告』第七號・一九五六年一月刊）がある。『古列女傳』の撰書經緯・『詩經』との關係については、拙著『列女傳』上・中・下（明治書院・一九九六年十二月、九七年四月・七月刊）の解題・各巻各譚の校異・注・餘説を參考。關連の文獻に下見隆雄『劉向「列女傳」の研究』（東海大學出版會・一九八九年二月刊）がある。第四節の關雎篇の詩旨や詩序形成論にかかわるわが國最近の主要な研究には、村山吉廣「關雎篇の詩旨——解釋學史の見地から」（『詩經研究』第十一號・一九八六年十二月刊）、藪敏裕「『毛序』成立考——古文學との比較を中心として——」（『日本中國學會報』第四〇集、一九八八年十月刊）、同氏「三家詩と『毛詩』——關雎篇を中心に——」（『斯文』第九七號、一九八九年四月刊）、同氏「『毛序』研究の現状について——鈴木説・猪口説批判——」（『二松』第四集・一九九〇年三月刊）等がある。

班固の思想　初探

――とくに漢堯後説と漢火徳説を中心として――

福井重雅

まえがき

『後漢書』巻四〇上班固傳（以下、『班固傳』と略稱）を見ると、

　固、字は孟堅、年九歳にして能く文を屬《つづ》り、詩書を誦す。長ずるに及んで、遂に博く載籍を貫き、九流百家の言、窮究せざるは無し。學ぶ所常師無く、章句を爲《おさ》めず、大義を擧ぐるのみ。

とあるように、班固は各種多様な學問を「窮究」するとともに、「常師」や特定の思想傾向をもたない學者であったように傳えられる[1]。しかし實際にはそうではない。『漢書』巻一下高帝紀下（以下、『高帝紀』と略稱）の贊を見ると、そこに彼の思想の一端が、つぎのように示される(イ)。

　贊に曰く、春秋に晉史蔡墨の言える有り。陶唐氏既に衰うるや、(ロ)其の後に劉累有り。龍を擾すを學びて、孔甲に事う。范氏は其の後なり、と。而して大夫范宣子も亦曰く、祖の虞自り以上は陶唐氏と爲る。夏に在りては御龍氏と爲り、商に在りては(ハ)豕韋氏と爲り、周に在りては唐杜氏と爲る。晉夏盟を主りしとき、范氏と爲る、と。范氏は晉の士師と爲る。魯の文公の世に秦に奔り、後に晉に歸る。其の處る者は劉氏と爲る。劉向云う、戰國の時、

劉氏秦より魏に獲《とら》えらる、と。秦魏を滅ぼすや、大梁に遷り、豊に都す。故に周市雍齒に説きて曰く、豊は故《もと》梁の徒なり、と。是こを以て高祖を頌えて云う、漢帝の本系は唐帝自り出《い》づ。降りて周に及び、秦に在りて劉と作《な》る。魏に渉《い》り東して、遂に豊公と爲る、と。豊公は蓋し太上皇の父なり。其の遷りし日淺ければ、墳墓の豊に在るもの鮮《すくな》し。高祖卽位するに及んで、祠祀の官を置き、則ち秦晉梁荊の巫有り。世々天地を祠り、之れを綴《つ》ぐに祀を以てす。(ヘ)豈信《あにまこと》ならずや、と。是れに由りて之れを推せば、(ニ)漢堯運を承けて、(ホ)德祚已に盛んなり。蛇を斷ちて符を著す。旗幟は赤を上び、火德に協う。自然の應、天統を得たり。

文中の傍線（ニ）・（ヘ）に示されるように、班固は漢を堯の苗裔と見なし、火德とする所説を信奉していたことがわかる。また傍線（イ）は『左傳』昭公二十九年、（ロ）は同襄公二十四年、（ハ）は同文公六年・同十三年の各條からの引用であるから、ここにいう『春秋』が『左傳』を指すことは疑いない。そして後述するように、傍線（ホ）はおのずから圖讖と密接に關聯する文言である。とするならば、班固の思想は漢堯後説の標榜、漢火德説の支持、『左傳』の偏重、讖緯思想の受容という四點から成り立つものであったということができる。

ただしこれら漢堯後説をはじめとする班固の思想は、そもそも「後傳」(2)の撰者である父彪の奉持していた理論であった。『漢書』巻一〇〇敍傳（以下、『敍傳』と略稱）上に、班彪「王命論」が收載されている。左にほぼその前半の文章のみを掲げることにする。

其の辭に曰く、昔帝堯の禪に在りて曰く、咨爾舜《ああなんじ》、天の歴數は爾の躬に在り、と。舜も亦以て禹に命ず。稷契咸《みな》唐虞を佐《たす》くるに臮《およ》んで、光《あまね》く四海を濟《すく》い、奕世德を載《う》け、湯武に至りて、(イ)天下を有《たも》てり。其の遭遇(ロ)時を異にし、(ハ)禪代同じからずと雖も、天に應じ民に順うに至りては、其の揆は一なり。是の故に(ニ)劉氏堯の祚を承け、氏族の世、春秋に著る。唐火德に據りて、漢之れを紹ぐ。始めて沛澤より起これば、則ち神母夜號し、以て赤帝の符を章らかにす、と。

あらためて指摘するまでもなく、傍線（イ）は漢堯後説、（ハ）は漢火徳説、（ロ）は『左傳』、（ニ）は圖讖に、それぞれ立脚した文言である。このように班固のいだく思想のすべては、實は父彪のそれを直接繼承するものであった。したがって嚴密にいえば、班固の思想は班彪・班固父子の思想とするのが正しいが、以下、ここではそれを班固一人に代表させ、紙幅の制約上、そのうちの前二者の所説について、いくつかの考察を試みることにしたい。

一、漢堯後説と漢火徳説

まず最初に漢堯後説から検討しよう。右の「王命論」を見ると、「蓋し高祖に在りては、其の興るに五有り、一に曰く、帝堯の苗裔なり、と」とあるように、漢堯後説は漢の興起した理由の筆頭に擧げられている。それを繼承して、『敍傳』下には『漢書』全體を撰述する主旨が要述されているが、その最初に班「固以爲えらく」と起筆し、「漢は堯運を紹《つ》ぎ、以て帝堯を建つ」云々にはじまる序文が示される。そしてそれにもとづいて、

皇《おお》いなるかな漢祖、堯の緒を纂《つ》ぎ、天生の徳を實《みた》し、聰明にして神武。……。襲《つつし》みて天罰を行い、赫赫明明たり。

高紀第一を述ぶ。

と記し、「高帝紀」の執筆意圖を明らかにしたのちに、以下、紀志列傳の各巻の要旨が摘記されている。このことは前漢の歴史自體が堯を始祖とすることを暗示したものと考えられる。

このような帝堯崇拜の姿勢からして、『班固傳』に收載される彼の作品の中に、漢堯後説にもとづく文言が數多く散見するのも當然のことであろう。たとえばその「東都賦」に、「聖皇」は「唐統を系《う》けて、漢緒を接《つ》ぎ、群生を茂

育して、疆宇を恢復す」とあるなどがその典型である。また「典引篇」では、

若し夫れ上りては乾則を稽《かんが》え、降りては龍翼を承け、而して諸《これ》を典謨に炳《あき》らかにし、以て冠徳卓蹤なる者は、陶唐より崇《たつと》きは莫し。陶唐は胤を舍《す》てて有虞に禪《ゆず》り、虞も亦夏后に命じ、稷契載《ここ》を熙《ひろ》め、越《ここ》に湯武と成り、股肱既に周《あまね》し。天乃ち功を元首に歸し、將に漢劉に授けんとす。

にはじまる文章につづいて、「矧《いわ》んや夫の赫赫たる聖漢、巍巍たる唐基。……。故に夫れ顯《あき》らかに三才昭登の績を定むるは、堯に匪《あら》ざれば興らず。遺策在下の訓を鋪聞するは、漢に匪ざれば弘まらず」とあり、また「放唐の明文を展《の》べん」等々とあって、最後は「唐なるかな皇なるかな。皇なるかな唐なるかな」という美辭によって結文されている。李賢注に、「典とは堯典を謂い、引とは猶《なお》續《つ》ぐがごとし。漢は堯の後を承く。故に漢德を述べて以て堯典に續ぐ」と解されているが、まさしく「典引篇」こそは、終始、帝堯に對する贊辭によって占められた一篇であり、班固の漢堯後説を雄辯に物語る作品である(3)。

班固にとって、この漢堯後説が同時に漢火德説に連動することはいうまでもない。『文選』卷五六班固「封燕然山銘」に「玄甲日に燿《かがや》き、朱旗天を絳《あか》くす」とあり、また右の「典引篇」に、「蓋し以《おも》えらく、當天の正統を膺《う》け、克讓の歸運を受け、炎上の烈精を蓄《やしな》い、孔佐の弘陳を蘊《つつ》む」とあるのをその好例として擧げることができる。とくにそれは前掲の『高帝紀』の贊文とともに、『漢書』卷二五下郊祀志下の贊にもっともよく示されている。すなわち、

劉向父子以《おも》えらく、帝は震より出づ。故に包羲氏始めて木德を受け、其の後《のち》母を以て子に傳え、終わりて始めに復《かえ》り、神農、黄帝自り下り、唐虞三代を歴て、漢火を得たり。故に高祖始めて起こるや、神母夜號して、赤帝の符を著し、旗章は赤に遂《したが》い、自ら天統を得たり、と。

とあるのがそれである。劉向父子の發言からの引用であるが、それはまた班固自身の確信する一説でもあった。

二、『左傳』と緯書

一般に班固は公羊傳の學者として位置づけられるが、一方では實は隱れた『左傳』の信奉者でもあった。(4)のちに言及するように、漢堯後説と漢火德説は、ただ『左傳』のみを唯一の典據として成立する所説であったから、班固が左傳家の一人であったことは不思議ではない。『班固傳』の李賢注によると、「西都賦」の「左は函谷、二崤の阻に據る」は、『左傳』僖公三十二年條の「殽に二陵有り」を典據とした文章とされるが、同樣の用例は「西都賦」に五條、「東都賦」に九條見出される。また『文選』李善注によると、『左傳』をふまえた文章は、「西都賦」に九例、「東都賦」に十四例を拾集することができる。これに對して、『公羊傳』は前者に二例、『穀梁傳』は後者に一例を數えるのみである。さらに同李善注によると、「典引篇」に「舊章缺く」とある短文は、『左傳』哀公三年條の「舊章は亡《うしな》う可からざるなり」を、また「誼士……德に慙《は》ずる有り」とある一節は、同桓公二年條の「義士猶之れを非《そし》る或り」と同襄公二十九年條の「猶德に慙ずる有り」を背景とした作文であると注釋されている。

その意味から注目されるのは、『敍傳』に記錄される班氏の先祖の系譜である。それは、

班氏の先は楚と姓と同じくし、令尹子文の後なり。子文初めて生まるるや、夢中に棄てらるるも、虎之れに乳あたう。楚人乳を穀と謂い、虎を於檡と謂う。故に穀於檡を名とし、子文を字《あざな》とす。楚人虎を班と謂い、其の子以て號と爲す。

という一節によって起筆されるが、この班氏の家系は、『左傳』宣公四年條に、

初め若敖は䢵より娶《めと》り、鬭伯比を生む。若敖卒するや、其の母に從いて䢵に畜《やしな》わる。……。䢵夫人諸《これ》を夢中に棄

てしむるも、虎之れに乳あたう。邵子田《かり》して之れを見、懼れて歸り以て告ぐ。遂に之れを收めしむ。楚人乳を穀と謂い、虎を於菟と曰う。故に之れを命《なづ》けて、鬪穀於菟と曰う。其の女《むすめ》を以て伯比に妻《めあわ》す。實に令尹子文と爲す。

とある文章に依存したものである。もちろんこの一節は『公羊傳』と『穀梁傳』には存在しない。したがって漢堯後説が『左傳』を典據とするのと同様に、班氏の祖先もまた『左傳』にもとづいて作成されていることがわかる。このような引證の態度は、班固と『左傳』との關係を端的に示唆するものであろう。

最後に指摘すべきことは、上述のように、班固が讖緯説の信奉者であったという事實である。すなわち『班固傳』によると、「西都賦」では、「大漢命を受けて之れを都とするに及んで、仰ぎては東井の精を寤《さと》り、俯しては河圖の靈に協《かな》う」と詠み、また「東都賦」では、「曷《なん》ぞ四瀆五嶽の河を帶び洛を泝《さかのぼ》り、圖書の淵なるに若かんや」と吟ずる。また『文選』李善注によると、「西都賦」には「孝經鉤命決」（三例）、「春秋文耀鉤」、「樂稽喜耀」、「春秋漢含孳」（二例）、「河圖括地象」、「春秋元命苞」、「春秋合誠圖」（二例）、「易乾鑿度」、「樂汁圖」など、また「東都賦」には「春秋漢含孳」、「樂緯」、「春秋元命苞」（二例）、「禮含文嘉」（二例）、「孝經鉤命決」（二例）、「河圖括地圖」、「河圖會昌符」（二例）、「春秋命歴序」などの多數の緯書が引用されている。ついで「典引篇」に「沈みて奧《にご》れる有りて、浮かびて清《す》める有り」は、「易乾鑿度」の「清みて輕き者は上りて天と爲り、濁りて沈む者は下りて地と爲る」や「洛書靈準聽」の「其の氣の清める者は、乃ち上りて天と爲り、其の質の濁れる者は、乃ち下り凝りて地と爲る(5)」を、また「冠徳に卓絶する者」は、「春秋合誠圖」の「黃帝の徳は帝位に冠たり」を出典とする。さらに「昔姫に素雉、朱鳥あり」云々は、「孝經援神契」の「周の成王の時、越裳來たりて白雉を獻ず」や「尙書中候」の「火有りて天自りし、王屋に止まり、流れて朱鳥と爲る」を、また「玄聖・祕實・放唐」などは、「尙書旋機鈐」などの圖讖に由來する用語であるとされる。最後に『文選』巻一四班固「幽通賦」は「春秋演孔圖」にもとづく作品である(6)。

このような讖記に對する班固の傾倒は、『漢書』巻二七上五行志上の贊に、「以爲えらく、河圖洛書は相《あい》經緯を爲し、八卦九章は相表裏を爲す」とある短文の中に、その一端が垣間見られる。このように班固が讖緯説の同調者であったということは、從來、意外に看過されがちな視點ではなかろうか(7)。

三、賈逵の思想

このような班固の思想を考察するとき、もっとも參考に資する史料は、『後漢書』巻三六賈逵傳(8)に記される以下の文章である。相當な長文であるので、行論上不可缺な部分のみを掲載することにする。

賈逵、字は景伯、扶風平陵の人なり。……。父徽は劉歆に従いて、左氏春秋を受く。兼ねて國語、周官を習う。又古文尚書を塗惲に受け、毛詩を謝曼卿に學ぶ。左氏條例二十一篇を作る。逵悉く父の業を傳え、弱冠にして能く左氏傳及び五經の本文を誦し、大夏侯尚書を以て教授す。古學を爲《おさ》むると雖も、五家の穀梁の説に兼ね通ず。……。尤も左氏傳、國語に明らかにして、之れが解詁五十一篇を爲《つく》る。永平中、上疏して之れを獻ず。顯宗其の書を重んじ、寫して祕館に藏《おさ》めしむ。……。拜されて郎と爲り、班固と竝《とも》に祕書を校し、左右に應對す。肅宗立つや意を儒術に降し、特に古文尚書、左氏傳を好む。建初元年、逵に詔して入れて北宮の白虎觀と南宮の雲臺に講ぜしむ。帝逵の説を善しとし、左氏傳の大義の二傳に長ずる者を出ださしむ。逵是こに於いて具《つぶ》さに之れを條奏して曰く、臣謹んで左氏の三十事の尤も著明なる者を擿出するに、斯れ皆君臣の正義にして、父子の紀綱なり。其の餘の公羊に同じき者は什に七八有るも、或いは文簡小異にして、大體を害《そこな》う無し。……。臣永平中を以て、左氏の圖讖と合する者を上言するに、先帝芻蕘を遺さず、臣の言を省納し、其の傳詁を寫して之れを祕書に藏《おさ》めらる。建平中、侍中劉歆は左氏を立てんと欲し、先に暴《あき》らかに大義を論ぜずして、輕々しく太常に移し、其の義の長ずるを恃みて、諸儒を詆挫す。諸儒は内に不服を懷き、相與《あいとも》に之れを排す。孝哀皇帝は衆心に逆《さから》うを重《はばか》り、故《ことさら》に歆を出だして河内太守と爲せり。是れ從り左氏を攻擊して遂に重讐と爲る。光武皇帝に至るや、獨見の明を奮《ふる》い、左氏、穀梁を興立す。會々二家の先師は圖讖に曉《あき》らかならず。故に中道にして廢せらる。凡そ先王の道を存《たも》つ所以の者は、要は上を安んじて民を理《おさ》むるに在るなり。(イ)今左氏は君父を崇びて臣子を卑《いや》しめ、幹を彊《つよ》めて枝を弱め、善を勸めて惡を戒《いまし》め、至明至切、至直至順なり。……。(ロ)又五經家は皆圖讖を證するを以て、劉氏の堯後爲るを明らかにする者無し。而れども左氏にのみ獨明文有り。五經家は皆言う、顓頊は黄帝に代わりて、堯は火德爲るを得ず、と。左氏以爲えらく、少昊は黄帝に代わる、と。卽ち圖讖に謂う所の帝宣なり。如《も》し堯をして火爲《た》るを得ざらしむれば、則ち漢は赤爲るを得ず。其の發明補益する所實に多し。陛下は天然の明に通じ、大聖の本を建て、元を改め歷を正し、萬世の則を垂らせらる。……。若し復《ま》た意《みこころ》を廢學に留め、以て聖見を廣め、遺失する所無からんことを庶幾《こいねが》う、と。

この賈逵の條奏は、漢堯後說・漢火德說・『左傳』・讖緯の四者のもつ相關關係を說明した唯一最初の記錄として注目される。賈逵の父「徽は劉歆に從いて、左氏春秋を受く」と記されるように、賈逵は劉歆再傳の弟子に當たり、また「班固と竝《とも》に祕書を校」定したと述べられ、さらに「典引篇」の冒頭に、「臣賈逵……等、召されて雲龍門に詣《いた》る」という班固の上言が見出されるように、班固と同時代の同僚の一人であった。したがってその上書中に披瀝される賈逵の言說は、班固の思想を具體的に檢討するさいに、いくつかの比類ない情報や示唆をあたえてくれる。

まず第一に、漢堯後說については、文中の傍線(イ)を要約すると、從來の「五經家」は圖讖を導入することによって、漢堯後說を辯證することはできないが、ただ『左傳』のみはその「明文」を所有しているために、それが可能である、ということになる。周知のように、この說は『左傳』の眞僞をめぐる基本問題の一つとして、古來、論議の焦點とされてきた。(9) しかし隋の劉炫によってはじめて疑問視され、(10) ついで孔穎達『春秋正義』に、「此の辭を插注して、將に以て世に媚《こび》んとす」と非難されるように、それは左傳家が自派の後出性の遲れをとりもどすと同時に、他派との優越性を誇稱する必要上、漢室に媚態を呈して、意圖的に插入された作文であるとされている。このような漢堯後說と『左傳』の記事に對する懷疑論や否定論は、唐の啖助・趙匡・劉知幾ら、宋の鄭樵・王應麟・洪邁(11)をはじめ、清朝考證學者の著作中に、枚擧にいとまなく數えることができる。

この漢堯後說が成立し得ないことは、『史記』によって明らかにされる。すなわち『史記』巻二夏本紀に、

　陶唐既に衰うるや、其の後に劉累有り。龍を擾《なら》すを豢龍氏に學びて、以て孔甲に事《つか》う。孔甲之れに姓を賜い、御龍氏と曰い、豕韋の後を受く。

とあるが、この記事は小論の冒頭に掲示した『高帝紀』贊の傍線（イ）に相當する。しかし漢堯後說を立證するはずの『左傳』昭公二十九年條の文章に直接接しながら、司馬遷は劉氏の祖先が堯にまで遡るなどということに全く觸れることはない。

一方、同巻八高祖本紀の高祖十二年（前一九五）の條に、

　吾《われ》布衣を以て三尺の劍を持ちて天下を取れり。之れ天命に非ずや。命は乃ち天に在り。

と自負し、また同巻五五留侯世家の高祖六年（前二〇一）の條に、「留侯（張良）曰く、陛下は布衣より起こり、此の屬《ともがら》を以て天下を取れり、と」と贊美するように、高祖が「布衣」の出身であることは、自他ともに均しく認めるところであった。また高祖本紀五年（前二〇二）正月の條に、即位にさいして、「群臣皆曰く、大王微細より起こり、暴逆を誅し、四海を平定す、と」と記され、さらにその死後に、

群臣皆曰く、高祖微細より起こり、亂世を撥《おさ》めて之れを正に反《かえ》し、天下を平定して、漢の太祖と爲れり。功最も高し。尊號を上《たてまつ》りて高皇帝と爲さん、と。

と述べられるように、群臣もまた高祖は、「微細」の身分から立身した人物であることを公言して、一向にはばかることはなかった。ということは、漢堯後説などは、少なくとも『史記』の時代までは、全く存在しなかった〝幽靈譚〟にほかならなかったのである。

そもそも堯は傳説上の聖天子とされる存在であるから、單なる傳聞ならいざ知らず、堯から高祖にいたる歴史的な系譜を跡附けようとすることは、とうてい不可能である。というよりも、それ自體が荒唐無稽な發想以外のなにものでもない(12)。したがっていかに豫斷的に『左傳』の記事を操作し、合理的に漢堯後説を辯證しようとしても、そこに無數の論理上の矛盾や破綻が續出し、結局、それは無意味な〝虚談〟に終わらざるを得ない。要するに漢堯後説は架空と實在とを史料によって論理的に結び附けようとする一説であるから、最初からそれは單なる〝空論〟以上の妥當性や信憑性を求め得べくもなかったといってよい。

また第二に、漢火德説については、同じく賈逵傳の傍線(ロ)を約言すると、いわゆる「左氏」派の理論によると、本來、黃帝に代わるべき帝王は顓頊ではなく、少昊(皞)、すなわち緯書に明記される「帝宣」に當たり、したがって堯卽火德という五行推移の系譜を跡附けることができる、というものである。とすると、「如し堯をして火爲るを得ざらしむれば、則ち漢は赤爲るを得ず」という主張を成立させるためには、あくまでも帝堯陶唐氏を火德に配當しなければならない。しかし當時一般の五行相生説によるかぎり、堯は靑や木德に相當するが、とうてい赤や火德に擬定することはできない。そこで賈逵ら反「五經家」は、あえて黃帝と顓頊との間に少昊を插入し、しかもその屬性を露骨に示す金天という別名を追加する。そして以下、各帝の順序を一次ずつつくりさげることによって、漢火德説を捻出しなければならなかった。その古帝王の序列は、つぎのように圖式化することができる。

〈五經家説〉　黄帝（土）→顓頊（金）→帝嚳（水）→堯（木）→舜（火）

〈非五經家説〉　黄帝（土）→少昊（金）→顓頊（水）→帝嚳（木）→堯（火）→舜（土）

ここに登場する少昊は、『呂氏春秋』十二紀や『禮記』月令などに散見するが、元來、それは孟秋・仲秋・季秋などの時令に配祀される帝號の一種であったらしい。しかし賈逵の條奏中に、「左氏以爲えらく、少昊は黄帝に代わる、と」とされているように、その繼位の論據は『左傳』昭公十七年條のつぎの記事にもとづいている。

秋、郯子來朝す。公之れと宴す。昭子問うて曰く、少皥氏、鳥もて官に名づくるは何故ぞや、と。郯子曰く、吾が祖なり。我《われ》之れを知れり。昔黄帝氏は雲を以て紀す。故に雲師と爲りて、雲もて名づけぬ。炎帝氏は火を以て紀す。故に火師と爲りて、火もて名づけぬ。共工氏は水を以て紀す。故に水師と爲りて、水もて名づけぬ。大皞氏は龍を以て紀す。故に龍師と爲りて、龍もて名づけぬ。我が高祖少皥摯の立つや、鳳鳥適《たま》々至れり。故に鳥に紀し、鳥師と爲す、と。

一見して明らかなように、ここでは炎帝（火）が黄帝（土）の後と共工（水）の前に置かれ、また各帝は雲・火・水・龍・鳥によって命名されている。したがって、本來、これは五行説に立脚する古帝王の序列とは無關係の文章であり、ここから黄帝を繼ぐ少昊などという理論が成立し得るはずもない。にもかかわらず、このような根據のない『左傳』の記事に强引に附會することによって、賈逵らは「少昊は黄帝に代わる」という非論理的な結論を導き出しているのである。この記事以外に、『左傳』では、小昊氏は文公十八年、昭公二十九年、定公四年の各條に見え、また金天氏は昭公元年條に現われている。しかし他方の『公羊傳』と『穀梁傳』の文中には、兩者の名稱は一例も存在しない。

また賈逵の條奏中に、「卽ち圖讖に謂う所の帝宣なり」と述べられるように、少昊の別名とされる帝宣は、緯書

「春秋命歴序」に、

黄帝は一に軒轅と曰い、十世二千五百二十歳を傳う。次は宣帝と曰い、少昊と曰う。一に金天氏と曰い、則ち窮桑氏なり。八世五百歳を傳う。次は顓頊と曰い、則ち高陽氏なり。二十世三百五十歳を傳う。

と記される帝王である。また『文選』巻三六王元長「永明十一年策秀才文」の李善注を見ると、

皇甫謐の帝王世紀に曰く、舜始めて眞に卽くや、正朔を改め、土を以て火を承け、色は黄を尚ぶ、と。尚書中候に黄を建て正を授け、朔を改むと謂う所なり。

と引かれる一節は緯書の文章であるが[13]、そこでは舜を土徳（黄色）とし、堯の火徳を繼承した王朝であるとしている。このように讖緯説においても、

黄帝（土）→少昊（金）→顓頊（水）→帝嚳（木）→堯（火）→舜（土）

という帝系が立説化されていたことがわかる[14]。まさしくこの系譜は賈逵が『左傳』以外にただ圖讖にのみ求め得るという「明文」にほかならない。

しかしこの漢火徳説が成立し得ないことも、また『史記』によって明らかにされる。すなわち『史記』巻一五帝本紀に、「黄帝崩ず。橋山に葬る。其の孫にして昌意の子なる高陽立つ。是れを帝顓頊と爲す」とされ、また同巻一三三代世表にも、「黄帝→帝顓頊→帝俈（嚳）→帝堯→帝舜」と明記されるように、黄帝を繼承する帝王は顓頊であって、少昊などではない。前者の『左傳』の記事について、康有爲[15]は「（劉）歆の僞竄」であると論斷し、また崔適[16]は「少昊の名は圖讖より出づ」と裁定しているが、漢火徳説が『左傳』と緯書を底本として成立したことはまちがいない。とするならば、それは『左傳』の一部と圖讖の共謀になる合作であり、幼稚で姑息な作爲の産物であったといわなければならないであろう。

四、漢堯後説と漢火徳説への批判

漢堯後説と漢火徳説に對する懷疑的な批判は、あくまでも現在の常識から下す判斷であって、後漢當時の人々はこれら兩説を信じて、いささかも疑うことはなかったとする辯護論も存在するかもしれない。[17] しかし實際にはそうではない。すでに後漢初期においてすら、これら二説は公的に否認されているのである。

すなわち前者の漢堯後説については、『續漢書』巻七祭祀志上を見ると、建武七年（三一）五月の條に、つぎのような記事が見出される。

三公に詔して曰く、漢當に堯を郊《まつ》るべし。其れ卿、大夫、博士と議せよ、と。時に侍御史杜林上疏して以爲《い》えらく、漢の起こるは堯を因緣とせず。殷周と宜を異にす。而して舊制は高帝を以て配す。方に軍師外に在り。且《まさ》に元年の郊祀の故事の如くす可し、と。上之れに從う。

『後漢書』巻二七杜林傳によると、右の經緯はつぎのように述べられる。

明年、大いに郊祀の制を議す。多く以爲えらく、周は后稷を郊れば、漢は當に堯を祀るべし、と。詔復《ま》た公卿に下りて議せしむるも、議は僉《みな》同じ。帝も亦《また》之れを然りとす。林のみ獨り以爲えらく、周室の興るは、祚は后稷に由るも、漢業の特起するは、功は堯に緣らず。祖宗の故事は宜しく因循すべき所なり、と。定めて林の議に從う。

李賢注所引の『東觀漢記』によると、ここにいう「林の議」とは、

當今政卑《ひく》くして行い易く、禮簡にして從い易し。人は愚智と無く、漢德を思仰するも、基業の特起するは、堯を因緣とせず。堯は漢より遠くして、人曉《あき》らかには信ぜず。言は其の耳に提《おし》うるも、終には說諭せず。后稷は周に

近く、人之れを知る所なり。亦據りて以て興るは、基は其の祚に由る。詩に曰う、愆《あやま》たず忘れず、率《したが》いて舊章に由る、と。宜しく舊制の如くして、以て天下の惑いを解くべし、と。

という内容からなるものであったことがわかる。ここで「漢の起こるは堯を因縁とせず」とされ、また「漢業の特起するは、功は堯に縁らず」などと言明されるように、漢堯間の縁故性などは明白に否定されているのである。

とくに注目されるのは、「林の議」として、「堯は漢より遠い」太古の王朝(18)であるから、その因縁説などは「曉らかに信」じるに足らず、とうてい一般吏民を「說諭」することなどは不可能であると述べられていることである。しかも「天下の惑いを解くべし」という直言から推測すると、當時においてすら、漢堯後說は多分に人心を惑亂する俱れのある一種の風說と見なされる一面もあったようである。いずれにせよ、この上疏の結果、「上之れに從う」とされ、また「定めて林の議に從う」とあることから明らかなように、この建武七年(三一)五月の時點において、漢堯後說は正式に否定されるにいたったことは疑いない。

つぎに後者の漢火德說については、『後漢書』巻一上光武帝紀上の建武二年(二六)正月の條に記されるつぎの記載が參考にされる。

壬子、高廟を起《た》て、社稷を洛陽に建て、郊兆を城南に立つ。始めて火德を正し、色は赤を尙ぶ。

李賢注に「漢初は土德にして、色は黄を尙ぶ。此こに至りて始めて火德を明らかにし、徽幟は赤を尙び、服色是こに於いて乃ち正す」と明記されるように、漢火德說はすでに前漢末期に胚胎していたとはいえ、この年時において「始めて」公的に成立したものである。『太平御覽』巻九〇皇王部一五所引『東觀漢記』に、

漢德運を草創して自り、正朔服色未だ定むる所有らず。高祖秦に因りて、十月を以て正と爲し、漢を以て水德と爲す。北時を立てて黒帝を祠る。孝文に至りて、賈誼、公孫臣以爲えらく、秦は水德なれば、漢は當に土德爲る

べし、と。孝武に至りて、倪寛、司馬遷猶《なお》土徳に從う。上卽位して自り、圖讖を案じて、五運を推し、漢を火徳と爲す。周は蒼にして漢は赤、木は火を生じ、赤は蒼に代わる。……。火徳の運を明らかにし、徽幟は赤を尙ぶ。と明快に説明されるように、その創設當初、漢は自ら水徳説を唱えたが、文帝・武帝時代には土徳説が有力となり、「上卽位」、すなわち光武帝の卽位後、「圖讖を案じ」た結果、はじめて漢火徳説が確立するにいたったという經緯が知られる。事實、『漢書』巻二五下郊祀志下の贊所引の注を見ると、漢火徳説に關聯して、「鄧展曰く、（劉）向父子に此の議有りと雖も、時に施行されず。光武の建武二年に至りて、乃ち火徳を用い、色は赤を尙ぶのみ、と」という一節が見出される。『三國志』魏書巻二文帝紀所引『典論』によると、鄧展は後漢末・三國初の將軍であるから、早くも漢魏交替期ごろには、漢火徳説は光武帝時代の所産にすぎないことが明らかにされている。このように漢火徳説は後漢成立以後に齊唱されたものであるから、元來、それは前漢王朝とは何ら關係のない説であった。しかももともと漢火徳説は漢堯後説と一對をなす理論であるから、少なくとも後者が是認されてこそはじめて成立し得る一説である。しかし上記のように、建武七年、事實上漢堯後説が公認されないという事態が生じると、漢火徳説それ自體が必然的に典據のない〝根無草〟のような存在に形骸化し、空洞化せざるを得なかったはずである。にもかかわらず、「五經家」に屬さない左傳派の學者たちは、あたかも建國當初から漢は火徳の王朝であるかのように强辯し、ついに自らの主張を變えることはなかった。これまで觀察してきたように、これら左傳系の學者に伍して、漢堯後説と漢火徳説に立脚して、前漢一代の歴史『漢書』を執筆したのが、ほかならぬ班固その人であった。このような班固の史觀は『漢書』の執筆や記事内容にいかに投影し、とくに漢代の思想史を研究するばあい、それがどのような具體的な問題を提起することになるであろうか。これらの問題は、班固の包懷する殘る二點の側面、すなわち『左傳』と緯書との關係を吟味したのちに、後日あらためて檢討しなければならないであろう。[19]

あとがき

『論衡』怪奇篇を見ると、王充は堯と劉氏の感生帝説を併記して、それを「虚妄の説なり」と論破する。またその驗符篇を見ると、終始、「漢は土德なり。……。土德なること審《つまび》らかなり」と發言し、一度たりとも、漢が火德の王朝に相當するなどと主張することはない。つまり班固とほぼ同世代人の王充は、漢堯後説や漢火德説の存在すら知らなかったかのように、これら兩説と全く無緣な學者であった。もちろん歴史に假定は許されない。とはいえ〝もし〟王充が前漢の歴史を撰述したとするならば、それは『漢書』の内容と多分に相違した史書を誕生させることになったであろうことだけは疑いない。

注

(1)『東觀漢記』、『後漢紀』、『八家後漢書』などに掲載される班固の傳記もこれとほぼ同様である。

(2)「後傳」については、小論「班彪『後傳』淺議」(鹽入良道先生追悼論文集『天台思想と東アジア文化の研究』所載、山喜房、一九九一年)を參照。

(3)班固と「典引篇」については、板野長八「圖讖と儒教の成立」(同氏『儒教成立史の研究』第九章所收、岩波書店、一九九五年)を參照。また小論と關連する論考に、同氏「班固の漢王朝神話」(同右第十一章所收)がある。なお「典引篇」には、前四史撰者列傳研究ゼミナール「前四史撰者列傳の研究　『後漢書』班彪・班固傳譯注(下)」(『史滴』二一、一九九九年)に、當該部分の譯注(福井重雅分擔)がある。

(4)班固と『左傳』との關係については、重澤俊郎「班固の史學」(『東洋文化の問題』一、一九四九年)を參照。とくに「漢書に引用される經義の大多數が今文學に據つてゐる事實は有るが、これは當時學界の主流が依然として今文學にあつたことから考へて班固の學問的常識に過ぎず、之を以て班固が今文學者とまで狹く規定するのは行き過ぎであらう」と指摘する。この指摘は小論にとって有益である。

（5）これらの文章については、戸川芳郎「後漢を迎える時期の元氣」（小野澤精一他編『氣の思想』第一部第四章第一節所載、東京大學出版會、一九七八年）を參照。

（6）宮澤正順「緯書に關する二、三の考察」（『緯學研究論叢――安居香山先生追悼――』所載、平河出版社、一九九三年）によると、『文選』李善注に數多くの緯書が引用されているのは、「李善の家學の傳統によるものであろう」（一三七頁）とされる。李善は緯書に精通していた。

（7）注（4）所引重澤氏論文は「班固としても此の學問（讖緯學－福井注）自體を正面から非難せんとする意圖は、持つてゐない」と記す。また田中麻紗巳「董仲舒と『春秋繁露』」（同氏『兩漢思想の研究』第一章所收、研文出版、一九八六年）によると、「班固は、權力との癒着の傾向をもつ讖緯に批判的でなかったかと思うのである」（一二三頁）と述べる。事實はその逆で、いずれも肯綮に當たらない。

（8）賈逵については、狩野直喜『兩漢學術考』兩漢文學考巻五白虎通義（筑摩書房、一九六四年）、田中麻沙巳「賈逵の思想」（注（7）所引田中氏著書第三章第二節所收）などを參照。

（9）『左傳』の眞僞問題をめぐる論議については、中國のそれは、張西堂『左氏春秋考證』序（劉逢祿『左氏春秋考證』附載）、または日本のそれは、鎌田正『左傳の成立と其の展開』第一編左傳の眞僞と成立に關する研究（大修館書店、一九六三年）、平勢隆郎『中國古代紀年の研究』（汲古書院、一九九六年）を參照。その第二章結びにかえてにおいて、平勢氏は「この書物（『左傳』－福井注）を漢代の成書と見なす說が、まったく意味をもたなくなるわけではない。鎌田正氏も、體系的な議論檢討から戰國中期における成書を想定しながら、かつ言及せざるを得なかったように、この書物には劉氏の祖先顯彰を議論し得る內容（祖先の出自に言及し得る）が見えるからである。しかし、その部分に想定し得る書き換えの內容は、『左傳』の他の部分に及ぼす影響が無に等しい」（一三三頁）と結論付けている。のちに出版された同氏『左傳の史料批判的研究』（汲古書院、一九九九年）の論旨も、これに相違するところはない。なお問題や疑問は皆無ではないが、小論はこの結論にしたがう。

（10）楊寛「劉爲堯後說探源」（『古史辨』七上附錄一、一九二九年）による。

(11) 啖助「春秋集傳」、趙匡「春秋闡微纂類義疏」(ともに『玉函山房輯佚書』所收)、劉知幾『史通』申左篇、鄭樵『通史』總敍、王應麟『困學紀聞』巻六春秋、洪邁『容齋五筆』巻一〇唐堯無後

(12) 注(8)所引田中氏論文によると、「漢は堯の後などと、當時少なくとも知識人は、本氣で信じていなかったのではなかろうか」(一四八頁)とされる。

(13)『蛾術編』巻四説錄四舜典首二十八字にも、「此れ乃ち緯書の文なり」と指摘されている。

(14) 圖書と五帝の排列については、原田正己「緯書に見られる河圖洛書」(福井博士頌壽記念『東洋文化論集』所載、早稲田大學出版部、一九六九年)を參照。

(15) 康有爲『新學僞經考』漢書劉歆王莽傳辨僞第六

(16) 崔適『春秋復始』外篇巻三八鑿空

(17) 狩野直禎「霍光から王莽へ(1)——前漢末政治史の一斷面——」(『聖心女子大學論集』三〇、一九六七年)によると、「堯が實在したと漢代の多くの人々が固く信じていた。すくなくともそういう固定觀念を抱かされていた」とされる。

(18) ちなみに緯書『尙書考靈耀』などによると、堯から漢までの期間は、「四千五百六十歳」とされる。

(19) この一文の續篇は、「班固の思想　續論」(『史滴』二一、一九九九年)として發表。

この論文は文部省科學研究費(研究課題「漢代儒教の史的研究」)による研究成果の一部である。

——一九九九・五・一八　F・J・4・Y・B——

王符の詩經學

加藤　實

はじめに

王符『潛夫論』は、我々に現實社會における儒教理念の實現がいかに難しいものであるかを提示している。王符の生きた時代は儒學の理想で單純に昇華できるような社會ではなかったのである。あまりにも理不盡な現實社會をどのように治めていくべきか。結局『潛夫論』の論點はすべてそこに收束してゆく(1)。和帝から桓帝へと移行する後漢中葉期は、周知のごとく外戚・宦官の跋扈する不透明な時代であった。この時代に儒學を修めようという若者は總じて權力者の推擧を受けて官職を得ようとしたのだが、王符は「獨り耿介にして俗と同じうせず。此を以て遂に升進するを得ず。志意蘊憤し、乃ち隱居して書を著すこと三十餘篇……以て當時の風政を觀見するに足る（後漢書本傳）」とされる。現實と妥協することを拒否し、またそれ故に現實からも拒否された王符は、自己と相容れざる社會を前にして、自らかくあるべしとする社會像をここに描き出す。王符にとって經書の世界は理想の世界であり、外戚や宦官による專權の横行する現實は理不盡な世界であった。當今の世がいかにその理想から遠い存在であることか。『潛夫論』において王符は、その理想の過去と理不盡な現實を對置させ、そこにあるべき人の世のさまを示そうとしたわけである。

さて、『潛夫論』に述べられる王符の經術と法術の運用をどのように評價するかがこれまでの研究の主要關心事であった。[2] 小稿はやや今までの流れとは異なる。現實をいかに治めるべきかという思想ではなくて、むしろ思想の背景となっている經術そのもの、王符の思想の原風景とも言うべき經書の世界のありようを、特にその詩經學について分析しようとするものである。なお、『潛夫論』のテキストは、新編諸子集成本を用い、文字の異同に關しては、汪繼培の『箋』(以下汪『箋』と略稱)、彭鐸の『校正』によった。

一　詩の系統

王符の詩經學は一般に魯詩家に基づくとされるが、必ずしもその明確な記述があるわけではない。後漢書本傳にはもとより、諸家が描く三家詩の師承の系統の中にも、王符の名はない。[3] そもそも後漢の中期以降における經學の師承のあり方は、一經一家を專修するのではなく、家を跨ぎ經を跨ぎ今古文を跨いで廣く兼習する方向にあったとされる。[4] 例えば、尹敏は始め今文の歐陽尚書を學んだが後に古文を學び、更に毛詩、穀梁・左氏春秋を學んだ(後漢書儒林傳)。また、王符の友人馬融に至っては、いっそう多彩な學風で、春秋について『三傳異同説』を著し、「孝經」「論語」「易」「書」「詩」「三禮」、及び「列女傳」「老子」「淮南子」等に至るまで注を施したと言われる(同前)。

さて、話を『詩』に絞ろう。馬融の弟子で後漢經學の集大成者とされる鄭玄の詩經學について、既に陳奐は次のようにそれが四家詩雜採であったと述べている。

東漢になって經學は大いに盛んになり、鄭衆・賈逵・許愼・馬融らが次第に古文毛詩を學ぶまでになった。しかし、官僚たちの多くは、相變わらず今文の魯詩を尙んで、時に韓詩を兼修するくらいであった。鄭玄もまたそうした後漢末の學風に從って今文經學を修め、最初は張恭祖に從って韓詩を學んだが、やがて古文毛詩の精緻な學問に出會い、啓發されてその注釋を作るに至った。しかし、鄭玄は詩箋を施すに際して、盡く毛詩の義を取っているわけではなく、時に韓詩説及び魯詩説などを交えて自説を述べている。もとより『箋』を著したということは、毛傳にあき足りないものがあったからに違いない。（『詩毛氏傳疏』敍錄）[5]

こうした『詩』における兼習雜採の傾向は鄭玄ばかりでなく、馬融もまた然りである。[6] 彼は始めに今文三家詩を學び、後年古文毛詩を學んだ。その馬融の作になる『毛詩傳十巻』の周南「樛木」には次のように今文説を用いている箇所があったという。

「南有樛木」の（毛）傳に、木の下曲するを樛と曰ふ、と。『釋文』に云ふ、「馬融・韓詩、本竝びに朻に作る」と。（胡承珙『毛詩後箋』「周南」樛木[7]（　）内筆者補筆。以下同じ）

周南「樛木」の『釋文』に「馬融・韓詩本作朻」とあることから、馬融の著した『毛詩傳十卷』本では「樛木」が「朻木」となっていたということであり、それではもとの毛詩の經文と異なるわけである。胡承珙はこれに續けて更に云う、「馬融は毛詩の傳を作るに當たって、魯詩の經文に從って「朻」字を用いたが、それはおそらく韓詩の經文もそうなっていたからという理由によるのだろう。思うに、「朻」では高い木という意味にすぎない。高貴な身分の者がその德を下に及ぼすという詩意を考慮すれば、「樛」字を用いている毛詩の經文が優れている」と。

胡承珙が云う毛詩説の優越性についてはしばらく措くとして、馬融が毛詩傳を著すに當たって、今文の魯詩・韓詩を參照して毛詩の經文を直したということは、馬融にとって三家の相違も、今文古文の相違も、本質的なものとは見なされていなかったということになろう。

もちろん王符は鄭玄のように詩經學をうち立てようとして『潛夫論』を著したわけではなく、また馬融のように毛詩を正そうとしていたわけでもない。『詩』によって理想を語り、現實を批判しようとしたに過ぎない。王符にとって『詩』は到達點ではなく出發點なのである。それ故、王符の引詩は概ね師説の繼承と考えてよいだろう。

王符の詩經學が魯詩説に基づくものであろうという推論は、既に陳喬樅によってなされている。それによれば、『潛夫論』は「鹿鳴」を以て刺詩と爲し、司馬遷『史記』年表・蔡邕『琴操』・高誘『淮南注』と、幷びに合す。又た「行葦」を以て公劉を咏ずるの詩と爲し、亦た劉向『列女傳』と合す。是れ其の魯詩を用ふるの明證なり（魯詩遺説攷「采繁」の條）とある。かくして王先謙の『三家詩義集疏』もまた汪『箋』も彭鐸の『校正』も、この陳喬樅説を踏襲して王符の詩經學を魯詩説に基づくとする。しかしその一面で、王引之によれば、劉向『列女傳』の詩説は韓詩説に基づくとされるのであり[8]、今文詩説の相互關係は錯綜していたことが伺われるのである。劉向の詩説に韓詩説が取り込まれていた如く、王符の『潛夫論』にも、齊詩學派の匡衡についての論説（讃學篇）や『韓詩外傳』との關連（本政篇）[9]が見られる以上、單純に魯詩學派に屬するとは言い難い部分もあるのである。

一般にある詩説が何家に基づくものであるかを確かめるには、引用されている詩句の文字の異同を調べるという手法が取られるのだが、『潛夫論』の場合、テキストの文字に後世の複數の手が加わっている可能性が懸念されていて、この手法は取りにくい。例えば次のようにである。

王者四海を以て一家と爲し、兆民を以て通計と爲す。一夫も耕さざれば、天下必ず其の饑を受くる者あり、一婦も織らざれば、天下必ず其の寒きを受くる者あり。今世を擧げて農桑を舍てて、商賈に趨き、牛馬車輿、道路に塡塞し、游手爲功、都邑に充盈し、本を治むる者少なく、浮食せる者衆し。「商邑翼翼、四方是れ極」と。今洛陽を察するに、浮末者農夫に什ばいし、虛僞游手する者、浮末に什ばいす。是れ則ち一夫耕して、百人之を食らひ、一婦桑して、百人之を衣る。一を以て百を奉ず、孰か能く之を供さんや。（中略）下民無聊にして、上天災を降せば、則ち國危ふからん。（俘侈篇）[10]

王者は天下を一家のごとくにまとめあげ、全ての民を等分に扱わなければならない。一部の悪風を放置しておけば、それはやがて天下全體に及ぶ。一人の農夫の働きは百人の食を支えている。まして今、都には農事を捨てて商人となり、産業に従事せずして儲けることのみを追求するような輩が満ちあふれている。これを治めずして、天下は成り立たない。京師を覆うかのようなこうした輕佻浮薄の風をそのまま放置しておくならば、天下全體に及んでしまうだろう。下民を無聊にしておけば、やがて天が災禍を降す。それでは國は危殆に瀕してしまう、と王符はここで警鐘を鳴らしているのである。したがって引用されている商頌「殷武」の經文は「商邑翼翼　四方是極」のままでは、文意が不明確になってしまう。

詩そのものはもともと殷の高宗武丁を稱え、その都の賑わいを詠うものであるから、極言すれば「商邑」とあろうが「京邑」とあろうが[11]大差はない。しかし、『潛夫論』が今の都のさまを問題にするのであれば、「商邑」では迂遠であり、「京邑」の方がわかり易い。都が地方の最先端だというのではなく、地方は都の風をまねるものだといっている以上、「之極」ではなく「是則」とあるべきである。

そもそも三家詩では「京邑翼翼　四方是則」（齊詩。荀悅漢紀所引の匡衡の上疏文による[12]）または「京師翼翼　四方是則」（韓詩。後漢書樊準傳所引の準の上疏文による）に作っていたとされ、毛詩が「商邑翼翼　四方之極」に作るのとは異なっていたのである。

要するに、王符の詩說によれば、ここは「京邑翼翼　四方是則」とあるべきで、それが毛詩と同じ文字になっているのは、後世の人が毛詩に據って文字を改竄したからだ（汪『箋』及び彭鐸『校正』の說）、ということになる。

もう一例、今度は同じ『潛夫論』の中での異同の例を示そう。大雅崧高篇の引用について、三式篇と志氏姓篇とで引用している經文の文字が異なるのである。

A　周宣王時、輔相大臣、以德佐治、亦獲有國。故尹吉甫作封頌二篇、其詩曰「亹亹申伯　王纘之事　于邑于謝　南國于是式(13)」。　（三式篇　傍線筆者以下同じ）

B　故詩云「亹亹申伯　王薦之事　于邑于序　南國爲式」。　（志氏姓篇）

因みに毛詩では「亹亹申伯　王纘之事　于邑于謝　南國是式」に作り、Aの引用とは一字違うだけである。また汪『箋』はこれについて次のようにいう。「此の書、詩を引くに毛詩を用ゐざるも、後人或いは毛氏に據りて之を改め、遂に兩引して互いに異なるに致れり(14)」。

こうした改竄は『潛夫論』の其處此處に散見する。したがって、文字の異同のみで王符の詩經學が三家詩のいずれであるかということを輕々に判斷するわけにはいかないのである。

さて、それにも係わらず王符の詩の引用の仕方には、前漢の詩説に多く見られるような所謂「斷章取義」でないことが見てとれる。詩篇から部分的な詩の文句を切り取ってきて恣意的な解釋を施したり、奔放な意味づけをしたりするようなことがなく、詩篇全體の確かな解釋を前提にしており、詩句の意味を部分的に用いるとしてもその背景には確固たる定見があることを感じさせるのである。例えば冒頭讚學篇(15)には次のようにある。

詩に云ふ「彼の鶺鴒を題《み》るに　載ち飛び載ち鳴く　我日《ひび》に斯に邁《ゆ》く　而《なんぢ》月に斯に征かん　夙に興き夜《よわ》に寐ね　爾の所生を忝《はづかし》むること無かれ」と。是を以て君子は終日乾乾として德を進め業を修むる者にして、直ちに己を博むるのみにあらざるなり。蓋し乃ち祖考の令聞を思述して、以て父母を顯はすなり。

引用されている詩句は小雅小宛篇の第四章であり、鶺鴒が鳴いては飛び一時も休むことがないように、人も休むこと無く努力して、安逸に陥ってはならぬことを言っているわけであるが、「小宛」の詩篇は全體として、先祖を思い、逸樂に流れず、子を教え弟を戒め、自らも謹んで善導に勵むべきことを言うものである。つまりこの讚學篇の、日々研鑽努力して學に勵み、父母の名譽を輝かすべきことを言う文脈に相應しい内容を具えている。「小宛は大夫、幽王を刺る」というような恣意的な解釋をする毛詩序の考え方とは明らかに無緣であり、詩に對して的確な引用をしていると言えよう。

二　引詩のありよう

『潛夫論』において、上述のような『詩』の引用は、ほぼ全篇に及んでいる。またごく部分的な詩句の使用は『潛夫論』の論説の中に巧妙に織り込まれているので、『詩』は『潛夫論』の内容構成の上で缺くことのできない重要な要素を占めていると言ってよいであろう。こうした儒教經典は『詩』の他に、『尙書』、『周易』特に繫辭傳、『論語』などが頻繁に引用されており、時には經書以外の『淮南子』『呂氏春秋』『莊子』などにも及ぶが、このうち『詩』は尤も頻度が高いと言ってよい。

さて、王符の論點の一つに賢者の登用と言うことがある。思賢篇にて王符は賢者の重要性についてこう力說する。「最上の醫者は國を治める者であり、病氣を治す醫者はそれに次ぐ。されば國を治めること、身を治めるがごとくにすべきである。身の病は醫者を待って治すが、國の亂は賢者を待ってこそ治せるのである。身を治めるには黃帝の術があり、世を治めるには孔子の經がある」(16)と。まさに王符が經書の世界を理想と考えていたことを明言するものであるが、ここでいう賢者の概念は廣く、孔子の經典を修めた人つまり王符のような士人から、次の引用にあるような大臣公卿をも含むのである。

しかし王符は賢者で才能ある者が用いられずにいることをただ嘆くばかりではない。いま列侯となっている者に果たしてその資格があるか否か。例えば、功なき外戚の封侯など、無能な顯官はいないかどうか。それは常に「試み」られなければならないという。もしその資格なき者、或いは惡心を懷くが如き者があれば、その領土を削り國を奪い、斷固たる處置をしなければならない、と當路の無能は嚴しく斷罪すべきことを主張するのである。

今列侯、或いは德宜しく子たり民たるべくして、道施すを得ざること有り。或いは凶玩醜[17]にして、宜しく國を有すべからずして、惡上聞せざること有らん。且つ人の情は、己を以て賢と爲さずして其の能を效《いた》さざる者莫し。周公の戒むるに、「大臣をして以《もち》ひざるに怨みしめず」(論語微子篇)と。詩に云はく「彼の四牡に駕すに　四牡項領たり」(節南山)と。今列侯年世以來、宜しく皆試みて長吏墨綬以上に補し、關内侯は黄綬に補し、以て其の志を信《の》べ、以て其の能を旌《あらは》しむべし。其の韓侯・邵虎の德有りて、上に功を天子に有し、下に益を百姓に有すれば、則ち稍く位を遷し土を益し、以て有德を彰らかにせん。其の姦を懷《いだ》き惡を藏して尤も狀無き者は、土を削り國を奪いて、以て好惡を明らかにせん。(三式篇[18])

ここで「駕彼四牡　四牡項領」の句は、「賢者の才有りて試みられざるを喩え」(汪『箋』)ており、これを論語の有能な大臣の嘆きと竝べることによって、無能な列侯の姿と對照させているのである。

ではいったい王符はこの詩を何王の時代の作と見ているのであろうか。次の「節南山」の引用は少々注意を要する。

尹吉甫は宣王に相たる者にして大功績あり。詩に「尹氏は大師　維れ周の底」と云ふなり。(志氏姓篇[19])

つまり、經文に「尹氏」或いは「師尹」とあるのを尹吉甫としているわけで、するとこれは一見して「節南山」の詩を宣王の時代の作と解しているかのように見えるが、實はそうではない。吉甫の子孫の時代、つまり幽王の時代の尹氏の惡政を批判したものだとしているのであり、それは次の引用からも明らかである。

上明聖主、民の爲に日を愛《をし》むこと此くの如くして、有司輕々に民の時を奪ふこと彼の如し。(中略)詩に曰く

「國既に卒《ことごと》く斬《た》えなんとす、何を用て監みざる」（節南山）と。三公、人の尊位に居り、人の重祿を食みて、曾て肯て民の盡瘁せんとするを察せざるなり。（愛日篇）[20]

この件りは、王符が後漢の明帝の精勤ぶりを稱え、その三公以下の役所の庶民感覚とは隔絶した悠長さを痛罵するものである。民の訴えに對しては、引き延ばしをしたり勿體ぶったりせずに、即座に對應するべきであるのに、今の三公はそうではない、かの「節南山」の尹氏のように何もしようとしないのだ、というのである。

陳喬樅もこうした「尹氏」の解釋法は魯詩説に共通するものとして次のように云う「魯詩、此の尹氏を以て尹吉甫と爲すは、其の氏族を論ずるに、其の祖考に遡るなり。是れ此の詩は古を陳べて今を刺り、師尹の其の職に善からざるを傷むなり」[21]と。そのかみ大功績を立てた尹吉甫、その子孫にして今の悪政の根元たる尹氏、なんという落差だろう、という。往時の盛行を述べて近時の悪政を批判するわけだが、これはいわば、經學の理想を述べて現世の政治の有り様を批判する『潛夫論』の立場そのものだともいえよう。

三　特異な宣王観

『詩』によって説を立てる限り、周の宣王の中興という史觀は動かし難い。それは大雅の「崧高」「烝民」「韓奕」「常武」等の篇に申伯・尹吉甫・仲山甫・韓侯・南仲・程伯休父といった宣王の臣下の名が見え、またその功績が稱えられているからである。『潛夫論』もまた當然のようにこの史觀を踏襲している。

周の宣王の時、輔相大臣、德を以て治をたすけ、亦國を有するを獲たり。故に尹吉甫頌二篇を作封す。其の詩に曰く「亹亹たる申伯　王之をして事を纘《つ》がしむ　于《ここ》に邑し于に謝し　南國是に于いて式《のっと》る」（崧高）と。

其れ（程に封ぜられた重黎氏は）周の世に在りては、宣王の大司馬と爲る。詩に「王、尹氏に謂ひて、程伯休父に命ず」（常武）と美ふ。（三式篇）[22]

（志氏姓篇）[23]

もちろんこれは何も大雅に限らないのであって、例えば小雅の「六月」にも尹吉甫・張仲の名が見えるところから、「詩は宣王を頌え、始めて『張仲孝友』と有り」[24]として、これを宣王時代の作とする。では王符もやはり毛詩序のようにこれ以降の篇を宣王時代の作とするのであろうか。答は否である。『潛夫論』では「沔水」「白駒」を二回ずつ引用するが、いずれに於ても宣王の作としているようには見えない。

宣王とその前後の時代に關する王符の史觀は次の例にあらわれている。

是の故に世の善否、俗の薄厚は皆君に在り。上聖德氣を和して以て民心を化し、表儀を正して以て群化を率いる。故に能く民をして比屋可封せしむ、堯舜是れなり。其の次は道德を躬して慈愛を敦くし、教訓を美へて禮讓を崇む。故に能く民をして爭心無くして刑錯を致さしむ。文・武是れなり。其の次は好惡を明らかにして法禁を顯かにし、賞罰を平らかにして阿私無からしむ。故に能く民をして姦邪を辟けて公正に趨かしめ、弱亂を理めて以て治彊を致さしむ。中興、是れなり。天下を治むるに、身は汚れに處りて情を放ち、民事を怠りて酒樂を急にし、頑童を近づけて賢才を遠ざけ、諂諛に親しみて正直を疎んじ、賦税を重くして以て功無きを賞し、妄りに喜怒を加えて以て無辜を傷つく。故に能く其の政を亂して以て其の民を敗り、其の身を弊《やぶ》りて以て其の國を喪ふ者、幽厲是れなり。（德化篇）[25]

堯舜の時代を上聖の德化による治世の時代とし、その次は文王・武王の禮讓教訓による治世の時代、宣王の中興はこれよりも一段劣る法治の時代。賞罰の公正さが守られ、一黨一派に利權が握られないような世の中だと評價している。そして最後が亡國に至る末期的な幽王・厲王の時代。君主がおのれ獨りの快樂に溺れ、政務を怠り、寵臣による恣意的な政治が次第に王朝を蠶食してゆき、庶民は重税に喘ぎ、君主は一時の氣まぐれに庶民を罰するありさま。庶民を損ない、それはやがて君主自身を損ない、ひいてはその國までもが崩壞する。いわば衰世である。

ここでいう宣王の「中興」時代とは、下降してもはや德治も教化も及ばないが、衰世というほどではない時代。民衆の性は悪であるが、法治による嚴正公平な賞罰を示せば、弱亂は收束して治安は守られる、再び治世に向かうことのできる時代である。爲政者が姿勢を正し、賢者を登用し、民に法禁を知らしめることによってそれは達成できるとされる。まさにこれは『潛夫論』が力說する法治によって將來される世の中と重ね合わせられているのである。

さて、魯詩說では毛詩序のように宣王の刺詩を設定しない[26]。宣王の時代はあくまでも中興の時代であって、衰世ではない。王符が宣王を刺る詩というものを想定していないということは、右に述べた『潛夫論』の趣旨とも合致するものである。

一方、毛詩序の觀點はこれに異なり、宣王の時代は中興時代であるとともに、その末年は失政によって衰世に戻ったとする。例えば小雅「白駒」は毛詩序では「大夫宣王を刺るなり」といい、毛傳でも「宣王の末、賢を用ふること能はず、賢者白駒に乘りて去る者有り」とあって、毛詩說ではこの詩を宣王時代末年の寵臣政治を刺るものと讀みとる。しかし、そのように讀みとらねばならない必然性は、本來これらの詩の文句からは感じられない。それは獨り「白駒」のみに止まらない。「沔水」から「無羊」に至る八篇の詩を毛詩序は全て確たる根據を持たないまま宣王の時代の作とし、そのうち前六篇を刺詩とする。毛詩序がそのように考える理由は必ずしも明らかでないが、ただ單純に詩篇の順序が時代の順序であるという假定の上に立っているもののようである[27]。

『潜夫論』では、こうした暗い世相を暗示するような詩を、毛詩序のように單に詩篇の順序によって宣王時代の作とはせずに、「白駒」は「雨無正」と同様に衰世の作とする。ここで衰世というのは、おそらく幽厲時代をいうのであろう。

孔子曰く「國に道有るに、貧しくして且つ賤しきは、恥なり。國に道無きに、富て且つ貴きは、恥なり」と。詩は「皎皎たる白駒・彼の空谷に在り」(白駒)、「巧言流るるが如し　躬をして休に處らしむ」(雨無正)と傷む。蓋し言ふこころは、衰世の士、志彌いよ潔き者は身彌いよ賤しく、佞彌いよ巧みなる者は官彌いよ尊きなり。方は類を以て聚まり、物は群を以て分かたれ(繋辭上傳)、同明相見、同聽相聞く(韓詩外傳五)。惟だ聖のみ聖を知り、惟だ賢のみ賢を知る。(本政第九)[28]

國に道なき世であれば、賢者は隱棲すべきであると孔子は言った。詩人はこれを傷み嘆いて詠う、高潔なる賢者は疎んぜられて空しく山谷に隱棲し、巧言たくましき阿世は權門に取り入って榮えている、と。「白駒」と「雨無正」とを引用して王符は現實の衰退せる世情を嚴しく糾彈する。「雨無正」は「周宗既に滅び　止戾する所靡し」という經文(詩句)からして衰世の作であることは明らかである。つまり西周末期のほとんど滅びなんとしている王朝政治の亂脈ぶりを指彈しているわけである。毛詩序がこれを「大夫、幽王を刺るなり」とするのも頷けよう。王符が「白駒」に描かれた時代と「雨無正」に描かれた時代とを同じように見ていることは疑いない。そこでもし王符が「白駒」を宣王時代の詩とするならば、「宣王の末、知者を用いること能わず」というような表現が『潜夫論』のどこかに出てきてもよいはずだが、それは見當たらないのである。

いったい宣王の失政という發想は、『詩』を解釋することだけでは、明確な形で歸納されることはない。それは『國語』に由來するもののようである。但し、『國語』には逆に宣王の失政はあっても宣王の中興はない。そこに描かれているのは、千畝の籍田を耕さなかったこと、魯の立太子に介入して魯の公室の相續争いを招いたこと、南方遠征に失敗して太原で徴兵のための人口調査を行ったことの三點のみである。一方『詩』では、小雅「釆芑」に「蠻荊來り威《おそ》る」とあって、宣王の南方遠征はかくかくたる戰果を擧げたものとして大いに賞贊されており、『國語』の記述とは相容れないものがある。

ともあれ『潛夫論』は、宣王を中興の英主とする史觀に立つ。『國語』のように宣王の失政を批判する文獻を王符がどのように咀嚼したのかは、必ずしも明らかでないが、[29] 王符が宣王の外征を『國語』のように批判するのではなく、逆に次のように賞贊していることからすれば、少なくとも『國語』でいう宣王の失政と關連づけて、王符が「白駒」以下の數篇を、宣王を刺る詩と解していたはずはないのである。

> 中國は昔より今に至るまで蠻夷の侵入に惱まされ續けた。内憂は外患を誘い、外患は内憂を觸發するからである。その昔堯舜は民の苦しみを見かね、皐陶を大理（獄官の長）に任じて世を亂す者たちの取り締まりをさせた。宣王は衰えかかった周王朝を中興して、南仲を周邊諸部族の征伐に派遣した。今周邊の事態を靜觀し、危機に瀕している民を見殺しにするようでは、世の繁榮は遂げられない。そこで救邊篇を著したのである。（敍錄篇）[30]

とある。ここで皐陶と南仲とが竝び稱されていることは意味深いものがある。皐陶は舜に大理に任命されて、下愚極惡の民を刑罰を以て治めた、いわば法術の政治の象徵であり、南仲は宣王に將軍に任命されて、無知蒙昧な蠻夷の徒を懲らした武斷政治の象徵である。[31] これを同等と言っては間違いになるだろう。但し、南仲の功績を皐陶のそれに匹敵させていることからすれば、王符が宣王の中興時代を、周末衰世の幽厲時代とは明確に切り離していたであろうことが伺われる。これが王符の詩說に宣王の刺詩という觀點の見あたらぬ所以であろう。

むすびに代えて

王符の詩説が概ね魯詩説であることは定説の通りであろう。宣王時代に刺詩を設定しないのもそのことと何ら矛盾はしない。しかし、その説は他の三家詩説を併用していたきらいもあるのである。大事なことは、その詩説が三家詩のいずれであるかということではなく、むしろ馬融・鄭玄という二大學者によって古文毛詩學が深められていたその同時代に、王符のような今文詩説を驅使して自らの思想を構築した人物がいたことであり、就中、瞠目すべきことは、その經術の理想と現實政治の困難を示したこの『潛夫論』の詩説の精緻であることであろう。

注

(1) 日原利國「王符の法思想」(初出「東洋の文化と社會」六　一九五七年、後『漢代思想の研究』一九八六年所收)參照。

(2) 王符の思想については既に幾多の研究がなされている。その主なものは次の通り。日原利國前掲論文。金谷治「後漢末の思想家たち――特に王符と仲長統」(『福井博士頌壽記念東洋文化論集』一九六九年)。中島隆藏「王符の天人論について」(『文化』33－2　一九六九年)。堀池信夫(「王符の天道人道觀」『漢魏思想史研究』第二章三－(四)一九八八年所收)。田中麻沙巳「『潛夫論』における法と民」日本大學人文科學研究所紀要53　一九九七年。なお、研究史に關しては、田中論文に概略が述べられている。

(3) 魏源『詩古微』魯詩傳受考、陳喬樅『三家詩遺説攷』魯詩敍錄など、いずれも魯詩の系譜に王符の名はない。これは王符が魯詩を以て世に顯れた人ではないということに由來する。

(4) 皮錫瑞『經學歷史』經學極盛時代參照。

(5) 東京巳降、經術粵隆。若鄭仲師・賈景伯・許叔重・馬季重、稍稍治毛詩。然在廷諸臣、猶尙魯訓兼習韓。故鄭康成、殿居漢季、初從東都張師、學韓詩、後見毛詩義精、好爲作箋、亦復間襍魯詩、幷參己意。固作箋之旨、實不盡同毛義。

（詩毛氏傳疏敍錄）

（6）『馬融之經學』李威熊（一九七五年）「馬氏之説詩、有據三家之説者」の條參照。

（7）南有樛木傳、木下曲曰樛。釋文云、馬融韓詩、本竝作朻。説文以朻爲木高（胡承珙『毛詩後箋』周南「樛木」の條）。なお、本文中の胡承珙の説は、以下の部分の大意を示した。原文は次の通り。「承珙案、馬融習魯詩者、疑魯詩本作朻、與韓同也。詳二家詩意、蓋謂朻木雖高、而葛藟得以蔓延、猶后妃至貴、而衆妾得以上附耳。然不如毛用爾雅下曲之訓、於逮下之義、爲尤切」。

（8）『經義述聞』卷七「劉向述韓詩」の條參照。

（9）例えば、注28の本文の中「同明相見、同聽相聞。惟聖知聖、惟賢知賢」は、その前半が『韓詩外傳』五の文と文字がほぼ一致し、後半はその主旨が一致する。

（10）王者以四海爲一家、以兆民爲通計。一夫不耕、天下必受其饑者、一婦不織、天下必受其寒者。今擧世舍農桑、趨商賈、牛馬車輿、塡塞道路、游手爲功、充盈都邑、治本者少、浮食者衆。「商邑翼翼、四方是極」。今察洛陽、浮末者什於農夫、虛僞游手者、什於浮末。是則一夫耕、百人食之、一婦桑、百人衣之。以一奉百、孰能供之。（中略）下民無聊、而上天降災、則國危矣。（浮侈篇）

（11）皮錫瑞は云う、「『白虎通』京師篇に、夏代には夏邑、商代には商邑、周代には京師という、とある。（中略）三家詩では「殷武」を周人の作と考えているから「京師」「京邑」とし、毛詩では商人の作と考えているから「商邑」とするのである」（白虎通京師篇、夏曰夏邑、商曰商邑、周曰京師。是周以前天子所居、無京師之稱。三家以此爲周人作、故據周人所稱、曰京師・京邑。毛以爲商人作、故據商人所稱、曰商邑也）。

（12）王引之『經義述聞』卷七「商邑翼翼四方之極」の説によれば、「漢書匡衡傳では、商邑翼翼に作るが、それは後人が毛詩によって改めてしまったもので、本來『漢紀』にあるように、京邑翼翼に作っていたはずである」という。また「匡衡の疏には、【道德の行いが内より外に、近きより遠きに及んで初めて民がそれに法《のっと》るようになる】とあるのだから、四方是則とあるべきで、四方之極では義を失する」という。

（13）この部分の訓讀については第三節を參照されたい。

（14）この「兩引」とは、王符の本來の引用と後人の毛詩からの引用とをいうのであろう。

（15）詩云「題彼鶺鴒　載飛載鳴　我日斯邁　而月斯征　夙興夜寐　無忝爾所生」。是以君子終日乾乾、進德修業者、非直爲博己而已也。蓋乃思述祖考之令聞、而以顯父母也。（讃學篇）

（16）上醫醫國、其次下醫醫疾。夫人治國、固治身之象。疾者身之病、亂者國之病也。身之病待醫而愈、國之亂待賢而治。治身有黃帝之術、治世有孔子之經。（思賢第八）

（17）「凶玩醜」脱落があるようで文意不明。上の句に合わせれば四字になるべき所で、汪『箋』も「脱一字」という。

（18）今列侯或有德宜子民、而道不得施。或有凶玩醜、不宜有國、而惡不上聞。且人情莫不以己爲賢而效其能者。周公之戒、不使大臣怨乎不以。詩云「駕彼四牡　四牡項領」。今列侯年世以來、宜皆試補長吏墨綬以上、關内侯補黃綬、以信其志、以旌其能。其有韓侯・邵虎之德、上有功於天子、下有益於百姓、則稍遷位益土、以彰有德。（三式篇）

（19）尹吉甫相宣王者大功績。詩云「尹氏大師　維周之底」也。（志氏姓篇）

（20）上明聖主（箋は「上聖明主」に作るべしとする）、爲民愛日如此、而有司輕奪民時如彼、（中略）詩曰「國既卒斬　何用不監」傷三公居人尊位、食人重祿、而曾不肯察民之盡瘁也。（愛日篇）

（21）魯詩以此尹氏爲尹吉甫、論其氏族、遡其祖考。是此詩陳古刺今、傷師尹不善其職也。（魯詩遺說攷）

（22）本文は前掲。第一節及び注13に相當する文を參照されたい。なお彭鐸は「是」を衍文とする。

（23）其在周世、爲宣王大司馬、詩美、王謂尹氏、命程伯休父。（志氏姓篇）

（24）詩頌宣王、始有張仲孝友（志氏姓篇）。因みに「張仲孝友」は小雅「六月」の經文。

（25）是故世之善否、俗之薄厚、皆在於君。上聖和德氣以化民心、正表儀以率群化。故能使民比屋可封、堯舜是也。其次窮道德而敦慈愛、美教訓而崇禮讓。故能使民無爭心而致刑錯。文武是也。其次明好惡而顯法禁、平賞罰而無阿私。故能民使辟姦邪而趨公正、理弱亂以致治彊、中興是也。治天下、身處汚而放情、怠民事而急酒樂、近頑童而遠賢才、親諂諛而疏正直、重賦稅以賞無功、妄加喜怒以傷無辜。故能亂其政以敗其民、弊其身以喪其國者、幽厲是也。（德化篇）

（26）このことは拙稿「漢代詩說における宣王像――宣王像のゆれと變雅の成立――」（「詩經研究」第二十二號一九九八年）にて論じたことがある。

（27）この見解を同じくする者として王先謙の名を擧げておきたい。その『三家詩義集疏』巻十六白駒の條に云う「毛之說詩、每以詩先後、限斷時代。其説多不可從。宣末失政、尙非衰亂、毛特以詩寘於此、斷爲一王之詩耳」。宣王の末が衰亂の世であるか否かは定義の仕方によるので暫く措くとして、王先謙の説は概ね首肯できよう。

（28）孔子曰「國有道、貧且賤焉、恥也。國無道、富且貴焉、恥也」。詩傷「皎皎白駒　在彼空谷」「巧言如流　俾躬處休」。蓋言衰世之士、志彌潔者身彌賤、佞彌巧者官彌尊。方以類聚、物以群分。同明相見、同聽相聞。惟聖知聖、惟賢知賢。（本政篇）

（29）『潛夫論』には『國語』の記事と關連する箇所が幾つかあるが、果たして『國語』そのものを引用しているかどうかは疑問である。

（30）蠻夷猾夏、古今所患。堯舜憂民、皐陶御叛、宣王中興、南仲征邊。今民日死、如何弗蕃。故敍救邊第二十二。（敍錄篇）

（31）日原利國前揭論文には「王符は、下愚極惡の徒から社會と人民とを防衛するために嚴刑重罰主義を導き出したのであったが、それと同じ論理を以て、貪欲な羌虜から國家と人民とを防衛するために武斷的攘夷主義を結論するに至ったのである」とある。

『論衡』における『論語』解釋の一斑

弝　和　順

後漢の思想家、王充（二七〜一〇〇?）が約三十年の歳月をかけて完成したという『論衡』は、しばしば異端の書と評される。かような評を受けるのは、經書に對する訓詁中心の學問、いわゆる章句の學が全盛の世にあって、その學問を批判するとともに、合理的かつ實證的な論を展開したことが一因だといえよう。

かく『論衡』は、經學とは相反する立場にあるのだが、だからといって經書を研究する上で、無價値な存在とはいえまい。たとえば『論語』に關する研究を採り上げてみれば、武内義雄博士が『論衡』正說篇の一節に基きながら、『論語』の文獻批判を行い、前漢中期以前にすでに齊魯二篇本と河間七篇本のテキストが存在し、それが今本『論語』の前半部、すなわち上論の主要部分に相當することを明らかにされたことはあまりにも著名である(1)。

この武内博士の研究に代表されるように、從來より『論衡』一書が、『論語』の成立過程を檢證するための資料として利用されることは少なくなかったが、その一方で、後漢前半の『論語』解釋、すなわち『論語』がその當時どのように解釋されていたかを探究する資料として活用されることは、あまり多くはなかったように思われる。それは、いうまでもなく『論衡』が純然たる注釋書ではないため、『論語』全般の解釋を體系的に把捉できないからだが、しかし同書を用いれば、部分的にせよ、王充がどのように解釋していたかを解明することは可能である。

そこで『論衡』の記述に基きながら、當時の『論語』解釋の一斑を明らかにしようと思うのだが、小論では、まずその足がかりとして、王充獨自の『論語』解釋と考えられるもの、つまりは何晏『論語集解』の解釋と比較して相違する例について一考したい。その上で、それぞれの解釋の特徴を論じながら、なぜ王充のような『論語』解釋が生まれたのか、その背景にも觸れたいと思う。

＊　＊　＊

『論衡』における『論語』解釋を考究するに當り、まず儒增篇の一節を採り上げたい。儒增篇は、語增・藝增篇と竝んで、儒者の典籍における誇張表現が批判された篇であるが、その中ほどに『論語』を援用した件が見える。

A『論語』に曰く、孔子、公叔文子を公明賈に問ひて曰く「信なるか、夫子の言はず笑はず取らざること」と。公明賈對へて曰く「以て告ぐる者の過てるなり。夫子は時にして然る後に言へば、人、其の言ふを厭はざるなり。樂しみて然る後に笑へば、人、其の笑ふを厭はざるなり。義ありて然る後に取れば、人、其の取るを厭はざるなり」と。子曰く「豈其然乎、豈其然乎」と。夫れ公叔文子は、實に時にして言ひ樂しみて笑ひ義ありて取るに、人は傳說して之を稱し、其の言はず笑はず取らずと言ふなり。俗言は竟に之を增すなり。(2)

ここに引用されているのは、憲問篇公叔文子章の文章である。話題は、公叔文子なる人物についてであり、孔子が、公叔文子と同鄉の公明賈に對して次のように尋ねた。公叔文子は、世間で言わない、笑わない、取らないとの評判だが、どのように思うかと。公明賈は、その立ち居振る舞いが自然であるため、かえって周圍から誤解を受けるのだと、公叔文子を辯護するが、それに對して孔子は「豈其然乎、豈其然乎」と述べたという。この『論語』公叔文子章の一節を引用した王充は、世間の評判とは信用できないものだと結ぶのである。

さて、ここで問題となるのは、孔子の言葉「豈其然乎、豈其然乎」である。いま『論衡』の原文に從い、その訓讀を試みると「豈其れ然るか、豈其れ然るか」となる。その意味は、黄暉の「抑揚の詞に非ず」（『論衡校釋』三六七頁）という見解を考慮すれば「本當にそうだろうとも、そうに違いあるまい」とでもなろう。つまり、公叔文子を擁護した公明賈の發言に對して、孔子は同意し、それに贊成したことになる。

では、今本『論語』はどうかというと、孔子の言葉を「其然、豈其然乎」に作る。[3] それを訓讀すると「其れ然り、豈其れ然らんや」となるが、同句について、何晏『集解』は、馬融の說を引用し、左のようにいう。

馬曰く、其の道を得るを美とし、其の悉く然る能はざるを嫌ふと。

ここに馬融のいわゆる「其の道を得るを美とし」とは「其れ然り」に對する注釋、「其の悉く然る能はざるを嫌ふ」とは「豈其れ然らんや」に對する注釋だといえる。したがって、馬融の說に從えば、孔子は「そういう可能性もあるが、しかし果してそうであろうか」と述べ、まず公明賈の意見を立てながらも、最終的には否定的な態度をとったことになるのである。

このように、公叔文子章における孔子の發言については、王充と馬融・何晏との間において、その解釋がまったく逆になることが分る。そのような解釋の相違が生じたのは、右の例に限っていえば、『論語』の原文そのものに原因がある。王充と馬融・何晏とが基いた『論語』のテキストが異なっていた可能性が高いといえよう。[4]

＊　＊　＊

次に知實篇の一節を掲げたい。知實篇は、聖人とて物事を先知することは不可能なことに關して、實例を用いつつ、論證が試みられた篇であるが、その中に孔子と聖人との關わりについて『論語』を踏まえた論考が見える。[6]

B太宰、[5] 子貢に問ひて曰く「夫子は聖者なるか。何ぞ其れ多能なるや」と。子貢曰く「故天縱之將聖。又多能也」

と。「將」は「且」なり。「已に聖たり」と言はずして「且《まさ》に聖たらんとす」と言ふは、以て孔子の聖未だ就《な》らずと爲せばなり。夫れ聖たるは賢たるが若し。行を治め操を厲《みが》くも、操行未だ立たざれば、則ち「且に賢たらんとす」と謂はん。今「且に聖たらんとす」と言ふは、聖に爲るべきが故なり。孔子曰く「吾十有五にして學に志し、三十にして立ち、四十にして惑はず、五十にして天命を知り、六十にして耳順ふ」と。天命を知るより耳順ふに至るまで、學就り知明にして、聖に成るの驗なり。未だ五十、六十ならざるの時、未だ天命を知る能はず、耳順ふに至るや、則ち之を「且に」と謂ふ。子貢の太宰に答ふるの時に當り、殆ど三十、四十の時なり。

ここに採り上げられているのは、子罕篇太宰問於子貢章における太宰と子貢との問答である。孔子は多能だからこそ聖人だと考えた太宰が、それを子貢に質問したところ、子貢は、多能であることと聖人であることとは別次元の問題だとし「故天縱之將聖。又多能也」と答えたという。いま王充は、この問答中、特に子貢の發言内容を掘り下げ、さらに爲政篇「吾十有五にして學に志し……」の文章を持ち出して、その問答があったのは、孔子が三、四十歳の頃だと考證している。

さて、問題は、子貢の言葉「故天縱之將聖。又多能也」の解釋である。ここでは「將は且なり」という訓詁が注目される。それを敷衍すれば、王充は「故《もと》より天、之を縱《ゆる》して將に聖たらんとす。又多能なり」と讀んでいたことが類推される。つまり、孔子は聖人になる能力を有しており、まだ聖人にはなっていないのだが、限りなくその境地に達した人物であるため、多能だと解するのである。

ところが、何晏『集解』の解釋は趣を異にする。何晏は、孔安國の說を引用し、次のようにいう。

孔曰く、天、固《もと》より大聖の德に縱《したが》ひて、又多能せしむるを言ふなりと。

右に示した孔安國注の特徴は、經文の「將聖」を「大聖」といい換えた點にある。それによれば、『集解』では

「固より天の縱《ゆる》せる將聖にして、又多能なり」と讀み、孔子は天から許された大聖人であるので、多能だと解するのである。要するに、孔子が聖人であることは、もとより前提とするのが、孔安國・何晏の解釋だといえよう。

　このように王充は、孔子が年齢を重ねるにつれ、聖人の域に到達したと見るのに對して、孔安國・何晏は、孔子が生來の聖人であったと考えるわけだが、その兩者の孔子觀の相違から、子貢の言葉の理解に差異が生じ、結果的に「將」字の訓詁の違いが生まれたといえよう。

* * *

　續いて、率性篇の文章を採り上げたい。同篇は、人間の本性には善なる要素と惡なる要素とが存在し、それらは教化教育によって變ずることが可能だという王充の教育論が展開された篇であるが、その中に次のような文章が見える。

C王良・造父を稱して善御と爲すは、[7]能く不良をして良たらしむればなり。如《も》し徒だ能く良を御するのみにして、其の不良なる者を馴服する能はざれば、此れ則ち駔工・庸師にして、服馴の技能、何の奇ありて世、之を稱せん。故に曰く「王良、車に登れば、馬、罷駑ならず、堯舜、政を爲せば、民に狂愚無し」と。傳に曰く「堯舜の民は、比屋して封ずべきも、桀紂の民は、比屋して誅すべし」「斯民也、三代所以直道而行也」と。聖主の民は彼の如く、惡主の民は此の如く、竟に化に在りて性に在らざるなり。

　ここで王充は、王良や造父といった有能な御者の手腕を例證に擧げながら、それと同様に、政治においても、堯や舜の統治下では人民がよく治まったと述べる。その上で、爲政者によって人民は變るのだから、人それぞれの本性に任せるのではなく、聖王による教化教育が必要だと主張するのである。

　それに際し、王充は「傳に曰く」として、最初に『新語』無爲篇の文、續いて『論語』衛靈公篇誰毀誰譽章の文を援引するのだが、ここで問題となるのは『論語』の引用文「斯民也、三代所以直道而行也」の解釋である。ここでは先に『論語』當該章の文章全體を掲げてみよう。

子曰く「吾の人に於るや、誰をか毀り誰をか譽めん。如し譽むる所の者有らば、其れ試みる所有らん。斯民也、三代之所以直道而行也」と。

この一章は、孔子の人に接する姿勢が語られたものである。試みに問題の箇所以前を譯出すると「私は人に對して誰を毀り誰を譽めようか。もし譽める人があるとすれば、その人が譽めるに値するだけの人物かどうか試してから譽めるのである」となろう。つまり、孔子は毀譽褒貶を愼しむというのである。その後に『論衡』所引の文章が存するのだが、訓みを檢討するに當り、まずは何晏『集解』を見ておきたい。

馬曰く、三代は夏・殷・周なり。民を用ひること此の如くんば、阿私する所無し。直道にして行ふと云ふ所以なりと。

何晏はここで馬融の説を採用している。それによって『論語』の本文を訓讀すると「斯の民や、三代の、直道にして行ふ所以なり」となり、その解釋は「當代の人民は、夏殷周の三代の王朝が、正直な方法によって萬事を遂行したときのと同じ人民である」ということになろう。要するに、何晏によれば、孔子の發言は、毀譽褒貶を愼しむ自身の姿勢が當世の人民に對しても十分通用すると考えていたことの表れであり、孔子の姿勢そのものを極めて高く評價した解釋だということになろう。

ところが、この解釋に從うと、先に掲げた『論衡』率性篇の文章を理解しようにも、文意が通らない。それは、元來『論語』に掲載されていた孔子の言の一部を、王充があえて『新語』の文章に接續させたのだから、當然といえば當然のことである。一種の斷章取義ともいえる。ともあれ、同文を王充がどのように解していたかというと、實は、鄭玄の解釋が大いに參考になる。

いま何晏『集解』は、問題の文章に對する鄭玄の解釋を援用してはいない。しかし、實は『禮記』鄭玄注に「犆は讀みて皆、直道而行の直の如し。直とは緣を謂ふなり(8)」という記述が見え、ここにいわゆる「直道而行」とは、問題の『論語』誰毀誰譽章中の一節に他ならない。鄭玄は『論語』の一節を踏まえつつ、『禮記』に注釋を施したのである。ということは、「直とは緣を謂ふなり」という訓詁をもってすれば、鄭玄は『論語』の當該部分を「斯の民や、道に直《よ》りて行ふ所以なり」と讀んでいたことが類推されよう。つまり「當代の人民は、夏殷周の三代の道によれば、よく治まる」との意味に解するのである。すなわち、孔子は、夏殷周といった理想王朝の教化教育が當世に必要だと述べただけであり、自身の姿勢が當代に通用するなどとは考えていなかったことになる。

以上、二通りの解釋が生まれたのは、前段同樣、兩者による孔子觀の相違が原因だと思われる。孔子を聖人として絶對視すると、馬融・何晏のような解釋が生まれるが、反對に孔子に對して批判的な立場から捉えると、王充・鄭玄のごとき解釋が生じたものと考えられる。

* * *

また『論衡』には、主に『論語』における孔子の言動について、それを批判した問孔篇が収められている。同篇は、その內容からして、王充が『論語』の文章をどのように讀解していたかを知るには恰好の一篇といえるのだが(9)、その中に先進篇回也其庶乎章中の文章が引用されている。

D孔子曰く「賜は命を受けずして貨殖す。億《はか》れば則ち屢々中る」と。何を「命を受けず」と謂ふや。說に曰く「富に當るの命を受けざるも(10)、自《みづか》ら術知を以て、數々億りて時に中るなり」と。夫れ人の富貴は、天命に在りや、人知に在りや。如し天命に在れば、知術もて之を求むるも得る能はず。如し人知[11]に在れば、孔子何爲れぞ「死生命有り、富貴は天に在り」と言ふや。夫れ富は命を受けずして自ら知術を以て之を得と謂へ[12]ば、貴も亦た命を受けずして自ら努力を以て之を求むべし。世に貴命を受けずして自ら貴を得る無ければ、亦た富命を受けずして自ら富を得る者無きを知る。成事に、孔子は富貴を得ず。周流し聘に應じ、行きて諸侯に說くも、智窮まり策困む。還りて詩書を定め、望み絕え冀《ねが》ひ無く、「已んぬるかな」と稱す。自ら貴命無ければ、周流するも補益する無きを知るなり。孔子、己が貴命を受けざれば、周流して之を求むるも得る能はざるを知るも、而れども賜は富命を受けずして、術知を以て富を得と謂ふは、言行相違ひ、未だ其の故を曉らず。或ひと曰く「子貢の短を攻めんと欲するなり。子貢は道德を好まずして徒らに貨殖を好む。故に其の短を攻め、窮服して其の行節を更《あらた》めしめんと欲す」と。夫れ子貢の短を攻むれば、「賜は道德を好まずして貨殖す」と言ふべく、何ぞ必ずしも「命を受けざる」を立て、前に「富貴は天に在り」と言ふと相違反するや。

そもそも先進篇回也其庶乎章とは、孔子が顏淵と子貢とを比較しつつ、その兩者を評した有名な一章である。すなわち「子曰く、回や其れ庶きか。屢々空し、賜は命を受けずして貨殖す。億れば則ち屢々中る」というのがその章の全文である。

その中からここでは、特に子貢に對する評のみが問題とされている。そして王充は、孔子の發言の矛盾點を次のように指摘する。一方では「死生命有り、富貴は天に在り」(『論語』顏淵篇)と述べ、人が富貴になるのは天命によって決定されているというにもかかわらず、また一方では「賜は命を受けずして貨殖す」という發言をすること自體、理解できないと。さらに王充は、一說として、孔子の言葉は子貢の短所を非難したという解釋も存するが、その說にも齟齬する點があることを指摘している。

因みに、いま揚げた孔子の子貢評、中でも「賜は命を受けずして貨殖す」については、王充がしばしば話題にする一文であり、たとえば、率性篇にも左のようにいう。

「賜は命を受けずして貨殖す」と。賜は本より天の富命の加ふる所を受けずして、貨財積聚し、世の富人と爲るは、貨殖の術を得ればなり。夫れ其の術を得るものは、命を受けずと雖も、猶ほ自《みづか》ら饒富を益す。性惡の人も亦た天の善性を稟《う》けずとも、聖人の教を得れば、志行變化す。

王充は、ここでも最初に、問題の子貢評を引用し、元來、子貢は富むべき天命を受けていないのに富人となることができたのだから、本性が惡なる人物でも、教化教育によってそれを善に變ずることが可能だと主張している[13]。

いま『論衡』において掲載されている孔子の子貢評を、都合二例提示したが、そこにおいて、王充は「賜は命を受けずして貨殖す」なる句をどのように解釋していただろうか。注目すべきは、とりわけ「命」の解釋であり、「富に當るの命」「天の富命」という表現が用いられていることから分るように、王充は「富貴になる天命」と解していたといえよう。とすれば、文章全體を「子貢は富貴になる天命を受けていないのに、偶然、投資に成功し、財産を殖やした」という意味に理解していたことが知られる。

ところが、何晏は『集解』において、まず最初に次のようにいう。

何晏曰く、言ふこころは、回は聖道に庶幾《ちか》く、屢々空匱なりと雖も、而れども樂は其の中に在り。賜は教命を受けず、唯だ財貨のみ是れ殖し、是非を億度す。蓋し回を美して賜を勵する所以なりと。

何晏によれば、孔子がかく發言した理由は、顏淵を稱譽し、子貢を奬勵するところにあったというのである。これは、王充が最後に掲げた一説に類似する見方だといえる。このように章の大意を把握した何晏は、懸案の「命」について「教命」といい換える。つまり、問題の文章を「子貢は、孔子の教命を受けずに、ただ財産を殖して富むことに勵んだ」と解釋していたことが分るのである。おそらくは、以上が何晏の解釋であったろうと推測される。しかし、何晏『集解』はなお續く。子貢の評に關する部分のみを掲げてみよう。

一に曰く……子貢は、數子の病無しと雖も、然れども亦た道を知らざるは、理を窮めずと雖も、而れども幸にして中り、天命に非ずと雖も、而れども偶々富む。亦た虚心ならざる所以なり。

ここで何晏は「命」を「天命」と解する説があることを紹介する。この説こそ、王充が最初に掲げた解釋にほぼ合致するのである。つまり、回也其庶乎章の解釋については、王充も何晏も、二説が存することを承知の上で、その二説を掲載するのだが、それぞれが採用した解釋は、明らかに異なっていたことが知られるのである。

さらに附言すれば、王充が採用した「子貢は富貴になる天命を受けていないのに、偶然、投資に成功し、財産を殖やした」という解釋は、出生時に賦性とともに人間を決定づける祿命が存在するという、王充獨自の命定論と相通ずる考え方だといえよう。

＊　＊　＊

以上、王充が『論衡』において『論語』の章句をどのように解釋していたかについて、何晏『集解』に收錄されている漢魏の解釋とは相違するものを具體的に四例提示した。

これら四例は『論衡』における『論語』解釋の全體からいえば、その一部であり、まして漢代の『論語』解釋全般を視野に入れれば、ほんの一端に過ぎない。しかし、こうした王充の解釋が存すること自體、何晏が漢代の代表的解釋を收斂し『集解』を編纂したのではないことを證するに足るのではなかろうか。漢魏を代表する『論語』解釋といえば、すぐさま何晏『集解』が想起されるが、必ずしもそれが一般的、總括的な解釋だとは斷言できないのである。

また、王充と何晏の間において、かくも解釋の差異が見られるのは、さまざまの要因が想定されよう。たとえば、Aについては、おそらくは兩者の使用した『論語』のテキストが異なっていたことが豫想される。またBCについては、兩者の「聖人」觀、「孔子」觀の相違が解釋の差を生じさせたものと思われる。要するに、何晏が孔子を生來の聖人として絶對視するのに反して、王充は、孔子が最終的に聖人の域に到達したことを認めるものの、終始、客觀的批判的に孔子を捉えており、それが解釋にも影響を與えたものと考えられる。さらにDについては、二者の「命」に對する解釋の相違が表面化したものであろう。すなわち、王充は「天命」と理解するが、何晏は「教命」というのである。王充の解釋には、その命定論の影響が少なからず認められるといえる。

このように、王充の『論語』解釋が、後の何晏『集解』のそれと相違するのは、幾多の事情が介在していたことが知られる。がしかし、王充獨自の解釋の裏には、何より王充その人の思想が大いに反映されていることだけは否めないであろう。

注

(1) 『論語之研究』(岩波書店、昭和十四年)。後に『全集』第一集に所收。

(2) テキストは黄暉『論衡校釋』(「新編諸子集成」第一輯、中華書局、一九九〇年)を使用する。なお、以下、小論で問題とする箇所については、傍線を附し、中でも訓讀の相違を論ずる際は、原文のまま引用することとする。

(3) この文字の異同から、まず豫想されるのは、『論語』の文章を王充が誤って引用したという可能性、ないしは後代の學者が誤って傳寫したという可能性である。しかし、『論衡』知實章にも同文が引用されており、そこでも「豈其然乎、豈其然乎」に記されていることから判斷して、その可能性はまずないと考えてよかろう。

(4) 王充が齊論・魯論・古論、いずれの系統のテキストを使用したか詳らかではない。たとえば、馬國翰『玉函山房輯佚書』所收の齊論・古論の佚文においても、『論衡』からは一條も採錄されていない。

（5）今本『論語』は「大宰」に作る。
（6）今本『論語』は「固」に作る。
（7）原文は「不能」に作るが、劉盼遂『論衡集解』に従い「不」を衍字とする。
（8）『禮記』玉藻篇「君羔幦虎犆」に對する鄭玄注。
（9）問孔篇において、王充は『論語』における孔子の言行十八條を俎上に載せ、それに批判を加えている。佐藤匡玄「王充の孔子批判」（『論衡の研究』所収、創文社、昭和五十六年）、鬼丸紀「王充『論衡』と『論語』―後漢の批判精神―」（松川健二編『論語の思想史』所收、汲古書院、平成六年）を參照。
（10）黃暉『論衡校釋』に從い、「受」字の上に「不」字を補う。
（11）黃暉『論衡校釋』に從い、「人」字の下に「知」字を補う。
（12）黃暉『論衡校釋』に從い、「自」字の下に「以」字を補う。
（13）『論衡』にはその他、知實篇においても『論語』先進篇回也其庶乎章の子貢評が援引されている。

顧歡『夷夏論』に見える「道教」について

中嶋隆藏

はじめに

いわゆる道教について、その呼稱によって指示される宗教は如何なる構造をもつものなのか、そうした宗教が中國史上に登場し始めるのはいつ頃からか。こうした問題意識は、研究對象としていわゆる道教が取り上げられた當初から現在まで、程度の差はあっても、研究者の腦裏から離れることは恐らく無かったであろう。從來少なからざる研究者が各自の關心に沿っていわゆる道教に關わる諸問題を研究してきた。

このような状況の下、宗教としての「儒教」や「佛教」と鼎立する「道教」が如何なる構造をもつ宗教であるかを確定しないまま研究者各自が任意の研究を推し進めたところで、稔りある成果は到底望めないとして、改めて「道教」という宗教の構造を確定し、そうした構造を具えて眞に「道教」と稱されるにふさわしい宗教が果たしていつ頃から登場することになったかを解明しようとする試みが最近提出された[1]。尤もな問題提起である。

それによれば、儒佛兩教と鼎立する宗教を「道教」と呼稱するようになるのは、現在確かめられる限りでの材料によれば、顧歡の『夷夏論』から始まり、從って、「道教」の歴史を考えるには『夷夏論』に見える「道教」なる表現がきわめて重要な手がかりになる、という。專論での檢討を踏まえつつ專著でいくども繰り返えされる論者の主張は、いかにも力強い。だが果たしてそうであろうか。事柄が重大であるだけに確認作業が是非とも不可缺である。ただ「道教」という宗教の構造を嚴密に定めるということはきわめて困難で、その仔細な檢討は小論の能くするところではない。先ずは、『夷夏論』中に見える「道教」という表現に考察の焦點を絞って、それがどのような文脈の中でどのような意味で用いられているのか、を檢討しよう。それが果たして儒佛道三教の一つとしての道教を指示する呼稱であるのかどうか、そこで自ずから明らかになるであろう。

(一) 『夷夏論』發表の時期と現在傳來の文章

『夷夏論』の著者顧歡の略傳は、梁の蕭子顯撰『南齊書』巻五十四列傳三十五「高逸」竝びに唐の李延壽撰『南史』巻七十五列傳第六十五「隱逸上」のなかに收められ、いずれにも『夷夏論』を著したことが明記され、またその文章が收録されている。

兩史によれば、『夷夏論』は、「佛道二家」それぞれの「教えの立てかた」が相違しそれぞれの「學者が互いに非難し合っ」ていた狀況の下で論爭の解消を目指して著されたものである。だが、この論が出た後、宋の司徒袁粲が道人通公に託して論駁したのに顧歡が返答し、また明僧紹が『正二教論』を著して批判するなど、論爭は激化したという。

ところで、先ず問題になるのは『夷夏論』の撰述年時である。實は、兩史には執筆年時の記載が無い。『弘明集』巻六、七に收録された數篇の論駁文にも執筆の年時を示す記載は無い。なるほど、南宋の志磐撰『佛祖統紀』巻三十六には、宋明帝泰始三年(四六七)のこととし[2]、元の念常撰『佛祖歷代通載』巻八には、齊武帝永明七年(四八九)のこととして、その年時を明記しているが、二書の間に大きな食い違いがある。遙かに時代を隔てて佛家の手で編纂された兩書の記錄がそれぞれ如何なる資料に基づいているのか不明であって、その信憑性には疑いがもたれる。幸いにも『南齊書』『南史』兩書の顧歡傳には「宋司徒袁粲が道人通公に託して論駁した」と見えており、先學も既に注意しているように、これが唯一の手がかりである。そこで梁の沈約撰『宋書』をみると、巻八十九列傳四十九の袁粲傳に、彼が司徒であったのは元徽二年（四七四）以降であり、昇明元年（四七七）十二月には反亂を企てて殺されたとある。これによれば、『夷夏論』が公表されたのは劉宋末期、元徽年間（四七三—四七七）の初め頃であろうか。

さて、兩史の顧歡傳に收錄された『夷夏論』の文章を對照すると、『南齊書』には有るのに『南史』には無い文章があり、また對應する語句は有るのに文字が違っているものが有る[3]。更に、『弘明集』所收の諸駁論を一覧すると、明僧紹の『正二教論』、朱昭之『難顧道士夷夏論』、朱廣之『疑夷夏論諮顧道士』などに引用されるもので『南齊書』所引のものには見えないものもある。あれこれ考え合わせると、『南齊書』所引のものが恐らくはその概略をよく傳えているかと思われるものの、顧歡の文章そのものからは幾分隔たったものらしい。ともかく以下に、『南齊書』の顧歡傳に收錄されている『夷夏論』の全文を掲げておこう。内容の全體と論述の展開を確認するのに便利だからである。

夫辨是與非、宜據聖典、尋二教之源、故兩標經句、道經云、老子入關、之天竺維衞國、國王夫人、名曰淨妙、老子因其晝寢、乘日精、入淨妙口中、後年四月八日夜半時、剖左腋而生、墜地卽行七步、於是佛道興焉、此出玄妙内篇、佛經云、釋迦成佛、有塵劫之數、出法華無量壽、或爲國師道士儒林之宗、出瑞應本起、歡論之曰、五帝三皇、莫不有師、國師道士、無過老莊、儒林之宗、孰出周孔、若孔老非佛、誰則當之、然二經所說、如合符契、道則佛也、佛則道也、其聖則符、其跡則反、或和光以明近、或曜靈以示遠、道濟天下、故無方而不入、智周萬物、故無物而不爲、其入不同、其爲必異、各成其性、不易其事、是以端委搢紳、諸華之容、翦髮曠衣、群夷之服、擎踞磬折、侯甸之恭、狐蹲狗踞、荒流之肅、棺殯槨葬、中夏之制、火焚水沈、西戎之俗、全形守禮、繼善之教、毀貌易性、絶惡之學、豈伊同人、爰及異物、鳥王獸長、往往是佛、無窮世界、聖人代興、或昭五典、或布三乘、在鳥而鳥鳴、在獸而獸吼、教華而華言、化夷而夷語耳、雖舟車均於致遠、而有川陸之節、佛道齊乎達化、而有夷夏之別、若謂其致既均、其法可換者、而車可涉川、舟可行陸乎、今以中夏之性、效西戎之法、既不全同、又不全異、下棄妻孥、上廢宗祀、嗜欲之物、皆以禮伸、孝敬之典、獨以法屈、悖禮犯順、曾莫之覺、弱喪忘歸、孰識其舊、且理之可貴者道也、事之可賤者俗也、捨華效夷、義將安取、若以道邪、道固符合矣、若以俗邪、俗則大乖矣、屢見刻舷沙門、守株道士、交諍小大、互相彈射、或域道以爲兩、或混俗以爲一、是牽異以爲同、破同以爲異、則乖爭之由、淆亂之本也、尋聖道雖同、而法有左右、始乎無端、終乎無末、泥洹仙化、各是一術、佛號正眞、道稱正一、一歸無死、眞會無生、在名則反、在實則合、但無生之教賖、無死之化切、切法可以進謙弱、賖法可以退夸强、佛教文而博、道教質而精、精非粗人所信、博非精人所能、佛言華而引、道言實而抑、抑則明者獨進、引則昧者競前、佛經繁而顯、道經簡而幽、幽則妙門難見、顯則正路易遵、此二法之辨也、聖匠無心、方圓有體、器既殊用、教亦異施、佛是破惡之方、道是興善之術、興善則自然爲高、破惡則勇猛爲貴、佛跡光大、宜以化物、道跡密微、利用爲己、優劣之分、大略在茲、夫蹲夷之儀、婁羅之辯、各出彼俗、自相聆解、猶蟲嚾鳥聒、何足述效、

上に指摘したように、たとえば、『正二教論』冒頭の「論稱」という一段に「擧手指天曰、天上天下、唯我爲尊、三界皆苦、何可樂者」「此是漢中眞典、非穿鑿之書」という文字を引き、『難顧道士夷夏論』の中段に「(論に)云」として「殘忍剛愎、則師佛爲長、慈柔虚受、則服道爲至」「博奕賢於慢遊、講誦勝於戲謔」と言う文字を引いているのに、いずれも『南齊書』所引の文章中には見えず、それが顧歡の論そのままの姿を傳えるものではなく、編者による節錄であることが推察される。

㈡『夷夏論』に見える「道教」

さて『南齊書』の撰者は『夷夏論』を収録するに當たり、その前に「佛道二家、立教既異、學者互相非毀、歡著夷夏論」という状況説明の文字を添え、その後ろを「歡雖同二法、而意黨道教」という文字で締め括っている。『南史』もほぼ同様である。これらの文字からすると、兩史の撰者の理解では、「佛」「道」二家に於いて、それぞれの「家」が立てている「教」が異なることから「二家」の「學者」の間で相互非難が絶えず、この状況に終止符を打つべく顧歡が『夷夏論』を著して、「二（家）」が立てた「法」は「同」じであると主張したが、その實、「道（家が立てた）教」えに加擔するものであった、という。

果たして顧歡の論の趣旨が兩史の撰者が理解したようなものであったか否かはともかく、ここで注意されるのは、兩史の撰者いずれもが、教えの立て方の違いから相互非難を繰り返している兩當事者達を稱して「佛道二家」、すなわち「佛家」と「道家」としており、「二家」それぞれが「立」てたものを「教」とし、またこれを「法」とも言い換えており、「道教」というのも「道法」というのと同樣、「道家」が立てている「教」、「道家」が立てている「法」の意味であって、別に論爭當事者の一方を指す宗教名として「道教」という表現を用いているのではないということである。

以上を先ず確認した上で、『夷夏論』で「道教」という表現がどのような用いられ方をしているかを見ることにしよう。論の末尾近くに「佛教文而博、道教質而精」という文字があり、そこに「佛教」に對比されるものとして「道教」という表現がわずかに一度だけ見えている。前後の文脈を無視してこれだけを抜き出して見れば、宗教的立場を異にする一方を指して「佛教」と稱し、他方を指して「道教」と稱しているようにも受け取ることも可能であろう。すぐ後ろに續く「精非粗人所信、博非精人所能」という表現も、そう理解することを必ずしも妨げないであろう。しかし、更に續く文章が「佛教之言……、道教之言……」ではなく「佛言華而引、道言實而抑、抑則明者獨進、引則昧者競前」であり、また「佛教之經……、道教之經……」ではなく「佛經繁而顯、道經簡而幽、幽則妙門難見、顯則正路易遵」であることは輕率に見逃せないであろう。ここの表現では、「佛言」すなわち「佛（家）」の「言」に對して、「道言」すなわち「道（家）」の「言」が用いられ、「佛經」すなわち「佛（家）」の「經」に對して、「道經」すなわち「道（家）」の「經」が用いられていると認められる。とすると、その直前に同一形式の文章で出てくる「佛教」「道教」というのも、「佛（家）」の「教」、「道（家）」の「教」と理解すべきであろう。

要するに、「佛教」「道教」に於ける「教」、「佛言」「道言」に於ける「言」、「佛經」「道經」に於ける「經」の文字は、いずれも「佛（家）」や「道（家）」の「教」なり「言」なり「經」なのであって、「佛」や「道」という文字との繋がりを問題にするとき、その語法上の役割りに於いて「教」と「言」と「經」とはなんらの相違も無いと認められる。もし、「道言」を「道（家）」の「言」と理解し、「道經」を「道（家）」の「經」と理解してよいならば、「道教」も「道（家）」の「教」と理解してよいわけであり、これだけを取り上げて特別に宗教名を示す「道教」と理解しなければならないいわれは無いであろう。「道教」を宗教名を示す二字不可分の熟語と見るのであれば、その「言」や「經」に言及する場合、「道教之言」「道教之經」、あるいは「道教言」「道教經」と表示すべきであろうが、上記のように、そうはなっていない。前後の文脈からしてここに見える「道教」は宗教名としての「道教」とは認められず、「道（家）」の「教」を表示していると見るべきなのである。

ここで角度を換えて、論中に「教」がどう使われているかを見てみよう。論の書き出し部分に「尋二教之源」とあり、いかにも宗教名を指す呼称としての「佛教」と「道教」とをまとめて「二教」と表現しているようにも受け止められる。だが、締めくくり近くに「此二法之辨也」という文字があり、これが冒頭部分の「尋二教之源」と對應しているように認められることからすると、「教」は「法」と言い換えることもできる言葉のようである。ほかにも、「全形守禮、繼善之教、毀貌易性、絶惡之學」とか「教華而華言、化夷而夷語耳」とか「但無生之教賖、無死之化切、切法可以進謙弱、賖法可以退夸强」とか「器既殊用、教亦異施、佛是破惡之方、道是興善之術」などという文字があり、「教」を「學」、「教」を「化」、「教」を「化」や「法」、「教」を「方」や「術」に言い換えているようである。

以上、『夷夏論』所見の「教」や「道教」という表現の用いられ方を検討してきた。その結果によれば、本論に見える「道教」という表現は、あくまでも「佛(家)」の「教」に對して「道(家)」の「教」という意味で用いられているものであって、いわゆる特定の宗教を指すべく二字不可分の熟語を用いて表現された宗教名とは認められないのである。

ところで「佛教」に對する「道教」という表現は、道人通公に假託された駁論へ顧歡が答えた文中にも「然則道教執本以領末、佛教救末以存本」と一例見えている。本論中の「佛教文而博、道教質而精」と同様、それだけを不用意に取り出して見ると、まるである宗教を呼稱する表現として「佛教」の二字を用いるのに對して、それに對するある宗教を指示する呼稱として「道教」の二字を用いているようにも認められようが、しかし、『夷夏論』に對する批判に反論したものである以上、これまた本論中の用いられ方と同じく、「道言」「道經」などと同格の「道教」、すなわち「道(家)」の「教え」の意味であろう。

(三)「中夏」の「道教」

さて、二史の云うところによれば、顧歡は、立教を異にする佛道二家の學者たちが相互非難を繰り廣げる中で本論を著したわけであるが、論中に「屢見刻舷沙門、守株道士、交諍小大、互相彈射、或域道以爲兩、或混俗以爲一、是牽異以爲同、破同以爲異、則乖爭之由、淆亂之本也」と强調しているように、そしてまた、二史の撰者がともに留保附きながら顧歡の立場は「同二法」だと言っていることからも知られるように、その文字に示された表面上の意圖からすれば、彼は、世間一般の門戶の見に囚われた佛道二家の相互非難の次元に於いてそのいずれかに加擔するという立場から論を著したのではない。まさしく「無心」なる「聖匠」が「達化」を實現する目的で示すのが「聖道」であり、佛道二家の道もこのような「聖道」の具體的顯現であり、尊重されるべきは「理」として同一である「道」であり、「事」として相異する「俗」なり「法」なり「教」ではない、とする超越的、全體的立場から論を著した、ということのようである。しかし、もとより顧歡は、「理」が同じであれば「事」の同異は少しも問題にならないと言うのではない。たとい「事」に於いて相異が存在しようとも「理」が同一であれば問題ではないのだから、そうである以上、地域の風俗の相違に隨って「事」としての「教」なり「法」なり「術」なりが必ずや採用されなければならない、と主張するのである。さればこそ二史の撰者も顧歡の執筆意圖を憶測し批評して、「同二法」という文字の前に留保を示す「雖」の字を加え、「同二法」の後ろに逆の立場を示す「而意黨道教」という文字を續けているわけであろう。

こうして「二教」もしくは「二法」の「辨」「分」すなわち同異が考察されるわけであるが、ここで注意されるのが、本論を稱して『佛道論』なり『道佛論』なり『二教論』とするのではなく、わざわざ『夷夏論』としていることであり、本論の論述において「佛」と「道」とを對比することと「夷」と「夏」とを對比することとをほとんど同一視しているように認められることである。このことは、「夷」に於ける「佛」の「事」に「夏」に於ける「道」の「事」を對比するに際して、單にいわゆる道教のそれに限定することなく「中夏」の諸事象全般を以てそれに當てていることからも確かめられる。たとえば、「國師道士、無過老莊、儒林之宗、孰出周孔、若孔老非佛、誰則當之」というのは、「夷」に於ける「佛」に對して「夏」に於ける「老、莊、周、孔」を擧げているわけであり、「或和光以明近、或曜靈以示遠」というのは、いわゆる道家を佛家に對するものであるが、「全形守禮、繼善之教、毀貌易性、絶惡之學」というのは、いわゆる儒家を佛家に對するものであり、「或昭五典、或布三乘」というのも、いわゆる儒家を釋家に對したものであり、佛家に隨えば「下棄妻孥、上廢宗祀、嗜欲之物、皆以禮伸、孝敬之典、獨以法屈」ということになるという場合、主に對極に意識されているものは、いわゆる儒家の禮教であろう。なるほど、論文の後半に見える「泥洹仙化、各是一術」以下の論述に擧例對照されているものは、確かにいわゆる道教に屬することがらであるが、それでも「佛是破惡之方、道是興善之術、興善則自然爲高、破惡則勇猛爲貴、佛跡光大、宜以化物、道跡密微、利用爲己、優劣之分、大略在茲」と締めくくる部分に見える「道」は、「夏」に於けるいわゆる道教のみならず儒家をも含んだ「道」を以て「夷」に於ける「佛」に對比させた表現であると理解されるであろう。『夷夏論』の中で「佛教」と對照される「道教」は、いわゆる儒佛道三教の一つとしての「道（教）」などではなく、中夏に行われる教えすべてを含めた「道（家）の教え」であり、これが夷域の「佛（家）の教え」に對照されているのである。

(四) 駁論諸篇に見える「道教」

ところで、顧歡の『夷夏論』をいわゆる佛教に對する非難だとして、反駁文を寄せた人々は、果たして、いわゆる道教を如何なる表現で呼稱しているのであろうか。

(1) 明僧紹『正二教論』[4]には「道家之指、其在老氏二經、敷玄之妙、備乎莊生七章」、「由佛者固可以權老、學老者安取同佛」、「今之道家所教、唯以長生爲宗、不死爲主、……雖大乖老莊立言本理、然猶可無違世教損欲趣善乘化任往忘生生存存之旨、……至若張葛之徒、又雜以神變化俗、……咸託老君所傳、而隨稍增廣、遂復遠引佛教、證成其僞」、「客既悉於佛老之正、猶未値其津」、「老子之教、蓋修身治國、絶棄貴尙、事正其分、虚無爲本、柔弱爲用、內視反聽、深根寧極、渾思天元、恬高人世、皓氣養和、失得無變、窮不謀通、致命而俟、達不謀己、以公爲度、此學者之所以詢仰余流、而其道若存者也、安取乎神化無方、濟世不死哉」、「經世之深、孔老之極也、……神功之正、佛教之弘也、是乃佛明其宗、老全其生、然靜止大方、乃雖蔽而非妄、動由其宗、則理通而照極、故必德貴天全、自求其道、崇本資通、功歸四大、不謀非然、守教保常、孔老之純、得所學也、超宗極覽、尋流討源、以有生爲塵毒、故息敬於君親、不驚議其化異、不執方而駭奇妙、寂觀以拓思功、積見而要來則、佛教之粹、明於爲也」などと見える。

論中「佛教」という表現が三度も見えており、明僧紹は熟した表現として「佛教」という言葉を用いていることが窺われるが、この「佛教」に對して「孔老」という表現が用いられているものの「道教」という表現は見えない。また、「道家」という表現が二度出てくるが、これにしても一義的ではないようで、「老子之教」(おそらくは莊子のそれをも含むかと思われるが)を學ぶ者としての「學老者」だけではなく、老莊に據りつつも「長生」「不死」を教えの中心に置く修道者達をも指してそう表現しているようである。ただ、老莊に忠實なものをただ「道家」とか「學老者」というに對して、神仙不死を言う者を「今之道家」といって區別している。さらに、神仙不死の說に加え「老君所傳」に假託し「佛教」を密かな據り所とした「神變化俗」の說を雜えた教えに據る「張葛の徒」については、「今之道家所教、……至若張葛之徒……」という書きぶりからすると、あるいは、彼らを「道家」とは見なしていないようにも認められる。

ともあれ、明僧紹の『正二教論』に於いて駁正の立場からする發言としては、いわゆる道教を指して「道教」と呼稱することはなく、それに關わる表現としては「道家」「敷玄」「學老者」「老子之教」「今之道家所教」「張葛之徒」などが見え、また、「佛」に對するものとして「老」、「佛教」に對するものとして「孔老」という表現が見えるだけである。その論を『正二教』という以上、明僧紹の意識の中に『夷夏論』中の「二教」や「二法」ということが存在している筈で、駁論中で言及するに當たって、彼は、たしかに「佛教」に對するもう一つの「教」を擧げているのであるが、しかし、「孔老」などの多様な表現を用いながらも、「道教」とは呼んでいないのである。

(2)　謝鎭之の場合はどうであろうか。「顧道士」に宛てた第一書簡では、「世訓」に對する「玄教」、「俗禮」に對する「淳道」、「道法」に對する「佛法」という表現が見え、いわゆる佛教を「佛道」と稱しているのが認められるが、いわゆる佛教に對するものを「道教」と表現しているのは見受けられない。しかし第二書簡には、「和光道佛、而涇渭釋李」とか「非徒止不解佛、亦不解道也」などと「道」と「佛」、もしくは「李」と「釋」を對比するほか、「道」と「菩提」、「聖」と「牟尼」、「道家」と「佛教」、「道教」と「佛家」とを對比的に示す表現が見えている。

第二書簡中、「道教」という表現は二度見えているが、一つは、「犧皇之前、民多專愚、專愚則巢居穴處、飲血茹毛、君臣父子、自相胡越、猶如禽獸、又比童蒙、道教所不入、仁義所未移」という文脈の中で用いられ、もう一つは「佛家三乘所引、九流均接、九流均接、則動靜斯得、禪通之理、是三中之一耳、非其極也、……今云、道在無爲得一而已、……夫明宗引會導達風流者、若當廢學精思、不亦怠哉、豈道教之筌耶」という文脈の中に見えている。一見するところ老子の教えを指して「道教」と言っているようにも思われるが、ただ、前の文章に先立って「余以、三才均統、人理是一、俗訓小殊、法教大同、足下答云、存乎周易、非胡書所擬」とあり、また、後の一段に「假令孔老是佛、則爲韜光潛導、匡救偏心、立仁樹義、將順近情、是以全形守祀、恩接六親、攝生養性、自我外物」とあるのを參考すると、「道教所不入、仁義所未移」というのも、果たして老子の教えとしての「道教」と孔子の教えとしての「仁義」とをはっきり分けた上での表現なのか、あるいは、單に修辭上の工夫から實質的には同一のことを言葉を換えて表しているだけなのか斷定しにくい。もし同一であれば孔老いずれをも含んで「道教」ということになろうし、區別されていれば老子の教えを指して「道教」ということになる。ここで注意されるのは論中「佛教」に對して擧げられている「道家」という言葉が出てくる一段である。すなわち「道家經籍簡陋、多生穿鑿、至如靈寶妙眞、採撮法華、制用尤拙、及如上清黄庭所尙服食咀石餐霞、非徒法不可效、道亦難同、其中可長、唯在五千之道、全無爲用、全無爲用、未能遣有、遣有爲懷、靈芝何養」という文章からすると、いわゆる道教を指して「道家」と稱しており、その中の「五千之道」だけが採用するに値するとしているのである。これと先に問題とした「道教」とを併せ考えるならば、謝鎭之が「道教」の言葉で表現しているのは、「道家」の言葉で表現されるものの全體ではなく、「全無爲用」を説く「五千之道」、もしくは孔老兩者を包み込んだ教ということになるであろう。いわゆる道教で理解される宗教全體を指して「道教」とは稱していないのである。

（3）　朱昭之は「夫聖道虛寂、故能圓應無方、以其無方之應、故應無不適、……是以智無不周者、則謂之爲正覺、通無不順者、則謂之爲聖人、開物成務、無不達也、則謂之爲道、然則聖不過覺、覺不出道」との理解の下に、「聖人

之訓、動必因順、東國貴華、則爲衮冕之服、禮樂之容、屈申俯仰之節、衣冠簪佩之飾、以弘其道、蓋引而近之也、夷俗重素、故教以極質、髡落徽容、衣裳不裁、閑情開照、期神曠劫、以長其心、推而遠之也、道法則採餌芝英、餐霞服丹、呼吸太一、吐故納新、大則靈飛羽化、小則輕強無疾、以存其身、卽而效之也、三者皆應之感之一用、非吾所謂至也、夫道之極者、非華非素、不卽不殊、無近無遠、誰捨誰居、不偏不黨、勿毀勿譽、圓通寂寞、假字曰無、妙境如此、何所異哉」といういわゆる三教觀を披瀝するわけであるが、ここでいわゆる道教に當たるものを稱して「道法」としており、「道教」とは稱していないことが注意される。

（4）このほか、たとえば朱廣之は、「佛教」に對して「仙道」を、「釋」に對して「老」を言い、惠通は、「佛」に對して「老氏仲尼」を、「佛教」「大教」に對して「老教」「今學道」を言い、しかも「五千」の「老教」は「眞籍」であるが、それ以外はそうではなく、「陳黃書、以爲眞典、佩紫籙、以爲妙術、士女無分、閨門混亂、或服食以祈年長、或婬狡以爲瘳疾」といわれる「今（の）學道」は「老教」の「慈柔之論」とは似ても似つかぬものだとしてこれを區別している。また、僧敏は、「佛」に對して「道」「老」を、「漏盡」に對して「仙道」を、「如來」に對して「周孔」を、「眞法」に對して「正禮」を、「佛教」に對して「太伯」をいい、特に「於是道指洞玄爲正、佛以空空以宗、老以太虛爲奧、佛以卽事而淵、老以自然而化、佛以緣合而生、道以符章爲妙、佛以講導爲精」というように對比的に述べる部分に彼の見解をはっきりと示している。「老」と「道」とを區別しているのかどうか微妙なところがあるが、修辭上の配慮からするものだとすると、對比する一方を終始一貫「佛」と稱して「佛」と「釋」とを交互に用いず、對する一方だけを「老」と「道」とに區別していることは形式が整わないこと、內容からすると、「老」として示される內容と「道」として示される內容との振り分けに配慮の跡が認められることなどから、僧敏は、「老」と「道」とを區別しているようである。いずれにしろ、彼もいわゆる道教を指す言葉として「道教」の文字を用いてはいないのである。

以上、いささか煩雜の感があるが、『夷夏論』に對して寄せられた駁論數篇によって、いわゆる佛教を捧持する人々が、いわゆる道教に對してどのように呼稱していたのかを確認してきたのである。上に擧げた駁論數篇に據る限り、彼らが著した文章の中で、批判のために『夷夏論』の言葉を直接引用する場合を除くと、彼らがいわゆる道教を指して「道教」と呼稱することは全然無いことが確認されたわけである。

(五) 顧歡の立場

『弘明集』巻六、七を見ると、明僧紹の『正二教論』の題下の恐らくは自注に「道士有爲夷夏論者、故作此以正之」と見え、朱昭之の論は『難顧道士夷夏論』と稱され、朱廣之の論も『疑夷夏論諮顧道士』と稱され、惠通の論も『駁顧道士夷夏論』と稱され、僧敏の論も『戎華論折顧道士夷夏論』と稱されていることからすると、本論發表當時、顧歡は反駁者達から道士と決めつけられていたようである。(5)

『南齊書』所載の本傳には、「歡晩節服食、不與人通、……事黄老道、解陰陽書、爲數術、多效驗」と見え、『南史』本傳の記錄もほぼ同樣であり、また、『南齊書』には見えず『南史』にだけ「弟子鮑靈綬門前有一株樹、大十餘圍、上有精魅、數見影、歡印樹、樹卽枯死、山陰白石村多邪病、村人告訴救哀、歡往村中、爲講老子、規地作獄、有頃見狐狸黿鼉自入獄中者甚多、卽命殺之、病者皆癒、又有病邪者問歡、歡曰、家有何書、答曰、唯有孝經而已、歡曰、可取仲尼居、置病人枕邊、恭敬之、自差也、而後病者果愈、後人問其故、答曰、善禳惡、正勝邪、此病者所以差也」という逸話が見える。(6) これらによれば、彼が晩年に服食に心を用い黄老道に從事し、周圍に弟子を持ち、效驗ある道術を修得するまでに至っていたことが知られる。ただ、彼が果たして道士であったかどうかということになると、断定できないところがある。というのも、『宋書』『南齊書』『梁書』『南史』のいずれにも顧歡を稱して「道士」とする記載は見えず、『宋書』『南齊書』『南史』が陸脩靜を「道士」と稱し、『南齊書』『南史』が孟景翼を「道士」と稱しているのとは異なっていること、『夷夏論』の中で、彼自らが「刻舷沙門、守株道士、交諍小大、互相彈射、……」として自己の立場をそれらとは區別しているからである。

本傳の語るところに據れば、彼は六甲や陰陽に通じ數術を修めて多くの效驗があったようだが、もとより單なる道術者ではない。幼少より『孝經』『論語』『詩經』を誦し、その學識が顧顗之の目に留まり、託されてその諸子や孫に經句を授けるほどであったが、後には雷次宗について玄儒の諸義を諮問し、母の死後は隱遁して天臺山に館を開き學徒を聚めて教授し、講學の範圍には儒學の經典も含まれていたようであるが、受業者は常に百人近くになったという。更に、宋末、時の實力者に老氏を删撰して『治綱』一巻を獻じ、南齊初、時の名士達と四本論を談じて『三名論』を著し、また王弼の「易二繋」に注を施してそれが學者によって後に傳えられた、という。佛經や道經にもそれなりに通じていたことは『夷夏論』にそれらを論據にしての主張を展開しているとおりである。(7)

彼此併せ考えると、『夷夏論』の批判者達が彼を道士呼ばわりしているにしても、彼自身が沙門に對する道士という意識を持っていたわけではなく、また、佛教や儒教に對する道教を自己の立場として堅持していたわけでもないようである。彼が道理として追求したのはあくまでも沙門や道士という對立的次元を越え出たところに見いだされる夷夏佛道に一貫した「聖道」であり、その具體的實踐法は中夏の風俗に順った「道教」「道言」「道經」に據るものである。もとよりそれは『老子』を中心とするものであったようだが、しかし、いわゆる道教に限られるものではなく、いわゆる儒教をも含めた中夏の地に行われている道すべてを包み込んだものでなければならない、と考えていたようである。

結語

以上、要するに、顧歡の發言に「道教」の語が出てくるのはわずかに二度である。『夷夏論』中の一例、論駁者に對する反論中の一例である。これら二例の「道教」は、特定の宗教を指示する呼稱として通常用いられる「儒教」「佛教」「道教」などといったものではない。文中に數珠繋ぎに出てくる「道言」「道經」などと同列に用いられる「道教」であり、その意味は、〝道家の教え〟というものである。そして、ここに云う〝道家の教え〟とは、道士が奉ずるものに限られず、中夏の地に行われているいわゆる儒教その他のすべてをも包み込んだものである。以上の考察に誤りがなければ、儒佛兩宗教と鼎立する宗教としての道教の成立時期を確定する手がかりに『夷夏論』所見の「道教」という表現を用いることは不適切であろう。

注

（1）小林正美氏「道教の構造と歴史」（『東洋の思想と宗教』第十三號、一九九六、三）。同『中國の道教』（創文社中國學藝叢書、一九九八、七）

（2）任繼愈氏主編『中國道教史』七四六頁中國道教史年表に「四六七……道士顧歡作夷夏論」と見える。小林正美氏も前掲二書で『佛祖統紀』に據り劉宋泰始三年（四六七）頃の著作だという。卿希泰氏主編『中國道教史』第一巻四九〇頁に「乃于宋末著夷夏論」と記し「夷夏論見上二書顧歡本傳、未系年月、湯用彤先生在漢魏兩晉南北朝佛教史下册中、據宋司徒袁粲曾著論駁夷夏論、判定此文作于宋末」と注記する。

（3）『南齊書』冒頭「尋二教之源、故兩標經句」は『南史』に見えない。「剖左腋而生」は『南史』に「剖右腋而生」と作る。「五帝三皇、莫不有師」は『南史』に「五帝三皇、不聞有佛」と作る。「若孔老非佛、誰則當之」は『南史』に「若孔老非聖、誰則當之」と作る。このほか、なお文字の違いが六ヶ所あるが省略する。

（4）『弘明集』（高麗藏本）には「正二教」と題しているが、『南齊書』『南史』、また明方册本『弘明集』はいずれも「正二教論」と題している。

（5）卿希泰氏主編『中國道教史』第一巻四八四頁に「宋齊兩代、長期居道館或隱居山林的道士則更多、其中名聲最大、影響又很遠的、當數孫游嶽和顧歡」という。また吉川忠夫氏『六朝精神史』四八〇頁、四九一頁に「道士の顧歡」「顧歡は道士であり」という。小林正美氏『中國の道教』は七〇頁、九六頁、一三九頁に「天師道の道士顧歡」「顧歡のような道士たち」という。任繼愈氏主編『中國道教史』七四六頁の年表にも「道士顧歡」という。吉川氏が五〇九頁に注(2)として引く『太平御覽』巻六百六十六道部道士の項には確かに『道學傳』に引く顧歡と劉法先との交渉を傳える逸話を載せており、『御覽』の編者達が『道學傳』に見える人々を道士と認定していることは確認されるが、しかし、『道學傳』の記述から顧歡が道士であることを確かめ得る證據となるものは見いだせない。

（6）陳國符氏の『道藏源流考』によれば、これらの逸話が南宋紹興年間に正一道士陳葆光の手に成る『三洞群仙錄』にも『道學傳』からのものとして収められているようである。

（7）『隋書』經籍志には『尙書百問』一巻、『毛詩集解敍義』一巻、『老子義綱』一巻、『老子義疏』一巻、『夷夏論』一巻、『顧歡集』三十巻を記録している。

六朝志怪における因果應報觀の浸透

——冥界說話の變容——

竹田晃

はじめに

一九九一年、上海文藝出版社から『中國鬼話』と題する一冊の本が刊行された。編者の名は文彦生。文彦生は筆名で、本名は徐華龍、一九四八年生まれ、上海文藝出版社の民間文學讀物編輯室主任を本務とするかたわら、中國民俗學會常務理事、上海民俗學會副祕書長、江西社會科學院客座教授等の肩書をもつ、民俗學・文化人類學・神話學・鬼學の研究者である。私はこの本の「前言」と「目錄」に眼を通してまず驚嘆した。

編者の「後記」によれば、一九八八年に上海文藝出版社が刊行した第二期『故事會』誌上に、全國各地の民間に傳承されている鬼話の類の收集に協力してほしいという趣旨の廣告を發表した。すると、その呼びかけに應じて、なんと數萬件にのぼる鬼話の存在が、全國の大小の都市・農村から報告された。編者たちは、その中から、面白い話、記錄に留めるだけの價値のある話三百餘篇を選んで文字に記錄する作業を行い、この書に收めたのだ、という。

こうしてこの書に收錄された鬼話は、鬼の形態や種類により、閻王・無常鬼・鍾馗・冤魂鬼・水鬼・吊死鬼……など二十八種（他に「其他」一章がある）に類別されている。

この書を一讀して感じたこと、それは、社會主義の政治體制下にある現代の中國で、これほど多くの、しかも興味ある鬼話が語り繼がれている、という現實である。次ぎに氣がついたのは、多種多彩な鬼話の中で、最も數多く收錄されているのが「閻王」に關する話だということであった。閻王、それはわれわれ日本人にとっても、「閻魔大王」「閻羅王」などの名でおなじみの地獄の主宰者である。

閻王に關する話の中には、その存在や權力をカリカチュア化して語り、「閻王恐るるに足らず」と笑いとばす「健康な」話もあるが、大部分はやはり人閒の生前の功罪をはかって地獄における所遇を決裁する閻王の權力に對する畏怖の念にもとづく話である。閻王説話は、そもそもその名がサンスクリットの Yamarāja の音譯であることからもわかるように、インド原産の佛教の因果應報の觀念の所産である。それが中國において長い年月を經過し、さまざまな地方に傳播するに從って、あるものは道教的色彩を加え、またあるものは土俗信仰と融合して、變化し潤色を施して語り傳えられてきたものであろうが、その底流に、人閒の生前の所業に對する閻王の考課の權力に對する畏怖の念が存在していることに變わりはない。

二十一世紀が目前に迫っている現在、この『中國鬼話』に示されているような、善男善女の心に深く、そして廣くしみこんでいる冥界のイメージや因果應報の宿命觀は、中國においてはそもそもどのように形象されてきたのであろうか、その原點と演變の過程を探ってみたい、『中國鬼話』を讀んだ私の關心は、この點に收約されるに至った。(1)

以下の小論は、私のこのような問題意識の展開と追求の試みである。

一、古代中國における魂魄觀

『春秋左氏傳』昭公七年に、鄭の貴族伯有が反亂を起こして誅殺されたあと、その亡靈が現れて復讐を豫告し、その言葉どおりに伯有を殺した二人の人物が死んだ——という話が見える。この話の中で注目すべきは、伯有の亡靈の出現、復讐の豫告、その實行という事態の推移に鄭の人びとがおびえきっている時に、大夫の子産が、鬼が厲《たたり》を起こすのはその魂の落着き所がないからだとして、伯有の子孫を取立てて大夫とし、祖先の廟の祭ができるように取計らってやったところ、それきり伯有の亡靈が厲を起こすことはなくなったというその處置と、子産のこの處置の根據となった人間の魂魄に關する考え方である。

子産の説明は、「人間が生まれてはじめて化するのを魄といい、魄の中の陽なるものを魂という。日常ぜいたくな暮らしをして精の多い上流の者は死後の魂魄も強い、だからその魂魄は人について淫厲となる。まして伯有は名門の士であるから、彼はぜいたくに暮らし、精を多く吸收した人間だ。それだけでも彼の魂魄は十分に強いのに、そのうえ彼は非業の死を遂げた。ゆえにその魂が鬼となって人にたたるのは當然なのだ」というものであった。

いわゆる「人間のたましい」に關する子産のこのような説明は、古代中國人の「たましい」に關する考え方の原則を含んでいると言えるだろう。つまり、「たましい」を「陰魄」と「陽魂」というように、陰陽二元論にもとづいて考える考え方である。『説文解字』にも、「魂」は「陽氣なり」、「魄」は「陰神なり」との説明がある。人間が生まれてから、肉體の形成に従って備わるいわゆる五官の本能的な機能は、子産の言う「化」の結果であり、「魄」の働きによるものである。一方の「魂」は、後天的に經驗や學習を積んで進歩し、變化して生ずる精神作用をつかさどるものである。同時に、人間が死ぬと、魄はそのまま肉體に留まって地に歸するが、輕い魂は肉體から遊離するとも考えられていた。『左傳』に傳えられる鄭の伯有の亡靈は、伯有の肉體を離れた魂が落書き所を失って厲を起こしたのである。だから死者の魂は、子孫の手できちんと祭ることによって落書き所を與えてやれば厲を起こすことなどなくなるのだ、と子産は説いたのである。ちなみに『説文解字』においては、「鬼」は、「人所歸爲鬼」と解説されている。

さて、人閒が死ぬと陽魂が肉體を離れると考えるならば、人びとの次ぎなる關心は、その肉體を離れた魂はどこへ行くのか、という方向に向けられる。

二、古代中國人による冥界の想定

古代中國人は、死者の靈魂の行方について、まず二様の考え方をもっていたと考えられる。その一は「天上」であり、その二は「地下」である(2)。

『詩經』周頌、清廟に

濟濟多士、秉文之德、對越在天。

とあり、鄭箋には「對は配、越は於」と説かれ、正義は「在天とは文王の精神、已に天に在るを謂う」と解釋する。

また『禮記』檀弓下には、呉の季札が息子の死に際し、埋葬したあとでその墓をめぐって烈しく號泣しながら、

骨肉復于土、命也。若魂氣則無不之也。(傍點筆者)

ととなえたと記されている。つまり、死後、肉體は地に歸するが、魂はいかなる所までも飛んでゆく、人閒の死後の魂は、肉體を離れてからは、方向も到着點も定めずに、無限の空閒へ放たれてゆく、と言うのである。ここには、もはや手のとどかない天空へ去ってゆくのだという思いが暗示されている。

漢代の資料としては『淮南子』精神訓に次ぎのような記述が見える。

精神者天之有也、而骨骸者地之有也。精神入其門、而骨骸反其根。

ここで精神の入口とされる「其門」とは「天の門」であろう。

また漢代の民歌とされる「烏生」には、

　烏死魂魄飛揚上天。（『樂府詩集』卷二十八、相和歌辭三所收）

とあり、彈弓の丸《たま》に當てられて死んだ烏の靈魂も天に昇ってゆく、と歌われている。

また、死後の魂が昇天するという考えと關連して、天上の星が人閒の壽命を管理しているという考え方も存在していた。

『周禮』春官、大宗伯に、

　大宗伯之職、……以槱燎、祀司中司命飌師雨師。

と見え、注には「司命文昌宮星」とある。ここでは、司命星は必ずしも人閒の壽命、生死を管理する星とはされていないが、『五雜俎』（天）には、

　俗言、南斗注生、北斗注死、故以北斗爲司命。

という說が紹介されている。おそらくこれは、「司命」という名稱から生じた俗說であるか、あるいは『楚辭』九歌、大司命の王逸注に、

　予謂司命也、言普天之下、九州之民、誠甚衆多、其壽考夭折、皆自施行所致、天誅加之、不在於我也。

の例のように、「司命」と稱される他の神との混同の結果から生じた民閒の俗說だったのだろうと推察される。

そしてこのような俗說は、六朝志怪の中にもその痕跡を留めている。『搜神記』卷三に、三國時代、占易の名人として有名だった魏の管輅（二五四年ごろ在世）次ぎのような逸話が收められている。

ある時、平原を通りかかった管輅が、一人の少年に若死にの相が現れていると判斷した。少年の父親は、なんと

か壽命を延ばしてやれないものか、と管輅に懇願した。すると管輅は少年に策を授け、ある畑の片隅で碁を打っていた二人の男に酒を飲ませ、つまみを食べさせた。じつはこの二人は、北斗星と南斗星だったのである。南斗星は少年に恩義を感じて北斗星の持っていた人閒の壽命を記した帳簿に手を加え、十九歳で死ぬことになっていた少年の壽命を九十歳に變えた。そしてそのあとで管輅は、「南斗星は生をつかさどり、北斗星は死をつかさどるのだ。人閒はすべて母親の胎内に宿ってからは、南斗星の所轄から北斗星の手へと移り進んでゆくものなのだ」と語ったという。

さて一方、死後の魂が地下に行くという考え方については、『春秋左氏傳』隱公二年に、

大隧之中、其樂也融融、大隧之外、其樂也洩洩。

という詩が見える。これは、春秋時代初期（B・C七二二）、鄭の莊公が亡くなった母を慕い、地下に深いトンネルを掘って會いに行ったらよい、と人に教えられ、莊公はその教えに従って地下にいる母と會うことが叶い、二人で再會の喜びを歌いかわした、その時の詩とされる。

また、漢代のものとされる古樂府「孤兒行」（『樂府詩集』巻三十八、相和曲辭十三、瑟調曲三所收）にも、

願欲寄尺書、將與地下父母、兄嫂難與久居。

という句が見える。父母を亡くした孤兒が兄夫婦にいじめられ、その辛い思いを手紙に書いて「地下」にいる父母に訴えたい、という意である。

このように、漠然と「地下」と考えられていた死者の魂の行く先は、やがて地上の「泰山」にしぼって想定されるようになる。同じく古樂府「怨詩行」（『樂府詩集』巻四十一、相和歌辭十六、楚祠曲上所收）に次ぎのように歌われている。

黄泉下兮幽深、人生要死、何爲苦心、……蒿里召兮郭門閲、死不得取代、庸身自逝、……嘉賓難再遇、人命不可續、齊度遊四方、各繫泰山錄、人間樂未央、忽然歸東嶽。

ここで、元來は地下と同義であった「黄泉」が、「蒿里」「泰山」「東嶽」と同列に扱われていることに注目したい。つまり、死者の魂はただ「地下」「黄泉」に赴くのではなく、「泰山」という地上の具體的な場所に行くとされているのである。そして、その泰山に冥界があり、泰山神が死者の魂の管理を行う、という信仰の存在がこの詩から確認されるのである。(3)

また漢代の挽歌「蒿里」（『樂府詩集』第二十七、相和歌辭二所收）にも、

蒿里誰家地、聚歛魂魄無賢愚、鬼伯一何相催促、人命不得少踟躕。

とあり、前掲の「怨詩行」を參照すれば、「蒿里」とは泰山の中の地名である。

かくして六朝の志怪には、泰山の冥界に關する話、また、そこで人間の壽命を管理し、その冥府を主宰する神である泰山府君に關する話が多く語られ、多く記録されるようになるのである。

四、魂魄を聚むるに賢愚なし

死後、人間の魂は泰山に集まる、その泰山には冥府が存在し、泰山府君がその管理者として官僚體制を布く、また泰山府君は人間の壽命を管理している、という形の泰山冥府がイメージアップされる中で、壽命が盡きて冥府に呼び出された死者が冥界に入るに當たって、生前の所業の善惡について、なんらかの評價なり考課なりが行われると考えていたのか、またその評價の如何によって冥府での待遇に格差が生ずると考えていたのかどうか、という點を、次ぎ

の問題として考えてみたい。

『淮南子』天文訓に、

紫宮者太一之居也。軒轅者帝妃之舍也。咸池者水魚之囿也。天阿者群神之闕也。四守者所以司賞罰。（傍點筆者）

紫宮・軒轅・咸池・天阿はいずれも星または星群の名稱であり、合わせて「四守」と稱している。その「四守」が「賞罰を司る」というのだが、前野直彬氏が、「この『賞罰』は、どのようにしておこなわれるのか。豊饒とか天災とかの形で地に降るのかもしれないし、あるいはまた、ここに裁きの庭があって、後世の閻魔の廳の純中國的な姿が、おぼろげながらも考えられていたのかもしれない。しかし文獻は、これ以上の説明は何も與えてくれないのである。」と指摘されるように、(4) その「賞罰」の内容や方法については不明である。

さきに例として擧げた古樂府「怨詩行」に「蒿里召兮郭門閱」（傍點筆者）とあるのによれば、泰山府に召された死者（の靈魂）は、冥府の城門で「閱（取調べ）」を受けると考えられていたらしい。この「閱」が、確實に壽命が盡きて召されてきたのかどうか、執行に手落ちがなかったかどうかを確認する手續き(5)なのか、もう一歩踏みこんで、死者の生前の行爲についてのなんらかの評價や考課を行うことまでしたのかどうか、それは判然としない。しかしその一方で、挽歌「蒿里」には、「聚歛魂魄無賢愚」（傍點筆者）とあり、死者の靈魂は賢愚の別なくひとしなみに泰山府に召されることを示している。

『列異傳』及び『搜神記』（巻十六）に、魏の領軍將軍蔣濟の夭折した息子の靈魂が母親の夢枕に立ち、冥府での仕事が辛いので、もう少し樂なポストに變えてもらうよう泰山府君に賴んでほしい、と訴える話が見える。息子は、

死生異路、我生時爲卿相子孫、今在地下爲泰山伍伯、憔悴困辱不可復言。

生きている時は貴族の子弟であったのに、今は泰山府で雜役夫としてこき使われ、口には言えないほどの苦勞を強い

られている、と言うのである。この言葉からも、泰山府においては、生前の貧富貴賤はなんら考慮されることなく扱われると考えられていたことがわかる。

中國には、古くから「積善之家有餘慶、積不善之家有餘殃」（易、坤）という言葉が傳えられている。これは、一個人の生前の所業の善悪は、その人自身の身の上に幸不幸をもたらすだけでなく、子孫にまで影響が及ぶ、との戒めである。しかしこの戒めは、三世《さんぜ》の存在、轉生輪廻の法を前提とする佛教的因果應報の觀念とは異なるものであり、あくまで人間に善行を積むべきことを勸める道徳律にほかならない。

いずれにしても、比較的初期の泰山冥府說話においては、死者が冥府に入るに際しては、また、冥府に入ってからの扱いについては、その者の生前の貴賤賢愚、所業の善悪には關係がなかったと見てよいと思われる。

五、六朝志怪に現れた「地獄」

六朝宋の劉義慶（四〇三―四四四）の撰とされる『幽明錄』に次ぎのような話が見える。

王明兒という男が死後一年たってから、突然姿を現して故鄉の家に歸ってきた。彼は親戚友人を集め、「冥府（原文は「天曹」）の許しがあってしばらく歸ってきた。久しぶりに故鄉の樣子を見てみたい。」と言い、息子といっしょに故鄉の村里を見てまわった。やがて鄧艾廟の前までくると、王は息子にこの廟を燒き拂ってしまえ、と命じた。息子は驚いて、「鄧艾は生前は征東將軍で、死後も神となって靈驗あらたかと言われ、みんなで祭って幸福を祈っているのに、どうして燒いてしまうのか。」と尋ねると、父親は怒って、「艾はいま藥局（原文は「尙方」）に勤めており、藥研《やげん》で藥を磨《ひ》く仕事を休みなく續けさせられ、十本の指は曲ったままになりそうだ。神なんかであるものか。」と言う。さらに王は、「王大将軍（王敦）も牛になってこき使われ、いまにも野垂れ死にしそうだ。桓溫は獄卒にされ、王大将軍といっしょに地獄（傍點筆者）にいる。彼らはみなひどいしうちを受けて正氣を失っているから、ご利益だのたたりなどという力などあるはずがない。おまえたちが福を求めようというなら、（つまらぬ神頼みなどせずに）行いを愼しみ、目上の者を敬い、忠孝を盡くし、むやみに腹を立てたりしなければ、善果（原文は「善流」）は極まりないだろう。」と諭した。彼はさらに、指の爪に呪文を書いておけば罪ほろぼし（原文は「贖罪」）となる。また、部屋のしきいを高く作っておけば、冥土からの迎え（原文は「鬼」）が部屋に入ってきて連れて行こうとする人の罪過を記憶しても、しきいをまたいで越えるひょうしにうっかり忘れてしまう、とも話した。

この話に登場する鄧艾（一九七―二六四）は魏の鎭西將軍（『幽明錄』にいう「征東將軍」は誤り）、都督隴右諸軍事として鍾會と共に蜀を平定したが、のちに鍾會と仲たがいし、讒言を被って殺された人物であり、王大將軍とは、晉の武帝の女婿で、從弟の王導と共に元帝を輔けた王敦（二六六―三二四）で、彼は征西大將軍として反亂を起こし、官軍と戰った中で病歿した人物であり、また桓溫（三一二―七三）は晉の將軍として蜀を討ち、内外の權力を掌握し、のちに簒奪の志を抱いたが、けっきょく病沒した人物である。

彼らはいずれも當代の名士であったが、その晩年には非運に遇ったり、野望を抱いたまま死んだりした人物である。そして何よりもこの話の中で注目すべきは、「同在地獄」と記されているように、ここに「地獄」という語が明確に示されていることである。彼らは地獄の責苦にあっていたのである。王明兒の亡靈が、生前の罪過が地獄で問題にされないための方法を教えたり、息子に善行を勸めている言葉の裏には、鄧艾らが生前の惡業の報いで地獄の責苦にあえいでいるという認識があったに相違ない。ここには明らかに佛教的因果應報、轉生輪廻の觀念が見られるのである。

『幽明錄』の撰者劉義慶は『世說新語』の撰者としても著名であるが、學問を好み、その身邊に多くの學者・文人を集めてサロンを形成した文化人貴族であったが、晩年は熱心な佛教信者になり、佛寺などに多額な寄捨をしたりして非難されたとも傳えられる。(6)また彼は、もっぱら佛教の奇蹟の話を集めた志怪書『宣驗記』も撰している。

六、最初の「地獄めぐり」の話

前章「王明兒」の話において、六朝志怪に佛教的因果律の影響が見られることを紹介した。このような中國固有の冥界說話の佛教化現象が、よりはっきりした形をとって現れた話が同じ『幽明錄』に見える。

趙泰という男が三十五歲の時、死んでから十日たって生き返った。彼は家族に死んでいる閒に經驗したことを次ぎのように語って聞かせた。

死んだと思ったら、迎えにきた冥土の使者に兩脇から抱えられて東に進み、やがて大きな城に到着した。門を入ると男女あわせて五、六十人が列をつくって立っていた。おもだった役人が一人一人順番に姓名を呼び、自分は三十番目に呼ばれて役所の中に連れて行かれた。そこには府君が西を向いて坐っており、名簿を一通りあらためた。それが終わるとまた南の建物に引き立てられて行った。そこには朱衣の役人がいて、連れこまれた人びとは順次名を呼ばれ、生前の所業を問いただされた。その內容は、犯した罪過、施した功德、行った善行についてであった。長官は、「お前たちには、すべてを告白する機會を與えてやったのだが、こちらでは六人の監視役を派遣して人閒界に常駐させ、人の行爲の善惡をいちいち記錄させて取調べの資料としているのだ。そもそも人が死ねば三惡道があり、殺生と邪神信仰が最も重い罪で、佛を信じて五戒十善を固く守り、慈悲の心をもって布施をすれば、死後は福舎に生まれて安穏無事に暮らせることになるのだ」と諭した。趙泰の番になったので、彼は、これという善行も悪事もしていない、と答えた。訊問が終わると、趙泰は水官監作使という役に任ぜられ、千人あまりの部下を使って、川（おそらく三途の川であろう）の護岸工事を行うこととなった。勞働は晝夜兼行で、亡者の人夫はその辛らさを嘆いて、「生前に善行を積まなかったばかりに、今こんな目にあってしまった」と言って、泣きながら後悔するのだった。趙泰はやがて水官都督に昇進し、諸地獄の總監督の任に當たることになった。そこで彼はほうぼうの地獄の状況を視察して廻わった。

ある地獄では、亡者たちが針で舌を貫かれていたり、からだじゅうから血が吹き出したりしていたりで、髪をふりみだしている者、裸ではだしの者が繋がれてぞろぞろ歩いており、そのうしろから太い棒を持った獄卒がせき立てていた。

またある地獄では、鐵のベッドと銅の柱が音をたてて燃えあがっており、そこに亡者を追いたててベッドに寝かせたり、柱に抱きつかせたりしていた。それらの亡者は、近づいたとたんに燒けただれるが、少したつとまた生き返る。

またある地獄では、燃えさかる爐に大きな釜がすえてあり、その中に罪人を入れて釜ゆでにする。投げこまれた者は、からだと頭がばらばらになり、沸き返る湯の中で浮いたり沈んだりしている。そばには叉《さすまた》を持った鬼卒がひかえており、また、三、四百人の亡者が抱きあって泣き悲しみながら、釜に投げこまれる順番を待っていた。

また別の地獄には、高くそびえる劍の樹の林があった。そこの劍はおびただしい數にのぼり、根も幹も葉もすべて劍でできている。亡者たちは互いにののしりあいながら、喜び勇むかのようにいそいそと劍の樹によじのぼるのだが、のぼるやいなやからだと頭は切りはなされ、さらに細かく切りきざまれてしまう。趙泰はこの地獄で、祖父と祖母と弟を見かけたが、彼らは泰を見て涙を流していた。

地獄を出るとそこへ二人の役人が書類を届けにきた。書類には、亡者の中の三人が、家が佛教信者で、寺に幡《のぼり》を寄進し、香を焚いて法華經を讀み、生前の罪過を許してもらうように祈願しているので、地獄から出して福舍に行かせるように、と書いてあった。やがてその亡者三人が地獄から出てきたので、そのあとをついて行くと、「開光大舍」と書かれた門のあるところへ來た。

三人について門の中に入ると、正面に大きな御殿があり、その前に二頭の獅子が伏した形の獅子の座と呼ばれる椅子があり、そこに身のたけ丈餘の人物が腰をおろしていた。その面《おもて》は金色に輝き、うなじからは後光がさしていた。そのまわりには多くの僧侶が侍立し、四隅の座席には眞人菩薩がいた。そこへ泰山府君が現れて挨拶をした。趙泰が役人に、あの後光のさしている人はだれかと尋ねると、「あの方は佛と呼ばれる方で、天上天下にわたって衆生を濟度される導師だ」と答えた。

やがてみ佛の聲が響く。「このたび、惡道や諸地獄に落ちた人びとを濟度し、すべて助け出して經を聽かせてやりたいのだ」と。この時、百萬九千人の亡者が一度に地獄から出ることが許され、「百里城」というところに入ることができた。ここに來た者は佛法を信仰する衆生なので、生前の行爲に缺點があっても濟度されたことになる。そこで說法を聽かせ、七日間この百里城で彼らの行爲を觀察し、その善惡の多少に應じて、順次放免される。

趙泰がここにいる間に、十人が放免され、天（原文は「虛空」）に昇って行った。

この開光大舍を出ると、また別の廣い城が見えた。それは「受變形城」で、生まれてから佛法を聽聞した經驗がなく、地獄の責苦を受け終えた者が轉生させられるところであった。中には五百人あまりの役人がいて、亡者の名簿と善惡の行狀とを照合して、生まれ變わる行先を指示している。

たとえば、殺人の罪を犯した者は、朝生まれて夕方に死ぬ短命なかげろうに生まれ變わらされる。盗みをはたらいた者は、豚や羊になって屠殺され、その肉で被害者に辨償させられる。淫亂な者は、鵠《こうのとり》や鶩《あひる》、または蛇になる。人の悪口を言った者は、みみずくやふくろうにされ、その不吉な鳴き聲を聞いた人から、死んでしまえと呪われる。借金を踏み倒した者は、ろばや牛馬、魚やすっぽんのたぐいにされる。廣閒の下には地下室があり、北向きの扉と南向きの扉がある。呼びこまれる時は北向きの扉から入り、南の扉から出てゆく時には、みな鳥や獸に姿を變えられていた。

趙泰はさらに別の城を見た。廣さは百里四方、瓦ぶきの家があり、亡者たちはそこで快適な暮らしをしている。彼らは生前に、悪事もしなければ善行もしなかった連中で、ここで千年過ごすと再び人閒に生まれ變わって外に出られるということだった。

またひとつ、「地中」と呼ばれる城があった。ここに入れられて罰を受ける者はとても苦痛に耐えられない。五、六萬人の男女がいたが、いずれもすっ裸で、飢えて弱りきり、互いに助けあって立っていたが、趙泰を見ると平伏し、聲をあげて泣いていた。趙泰が地獄の役人に、「天道と地獄道との入口は、いったい何里ほど離れているのか」と尋ねると、役人は、「天道と地獄道との入口は、すぐ近くに向かいあっている」と答えた。

趙泰が巡察を終えて水官の役所に歸ると、長官が次ぎのように言った。

「地獄は掟どおりに運營されていたか。貴公は別に罪がなかったので水官都督に拔擢されたのだが、さもなければ地獄の亡者どもと同じことになるところだった」

趙泰がさらに、

「人閒と生まれたならば、何を樂しみにしたらよいのでしょうか」

と尋ねると、長官は、

「ひたすら佛を信仰して精進し、戒律を犯さないことを樂しみと心がければよい」

と答えた。趙泰がさらに、

「佛を信仰する前に犯した罪過は、佛法に歸依すると消していただけるのでしょうか」

と尋ねると、長官は、

「すべて消えうせる」

と答えると書記役を呼び出し、趙泰の死んだ理由を改めて調査した。すると壽命の帳簿では趙泰の壽命がまだ三十年殘っていることが判明した。そこで家に歸されることになったのだ――と趙泰は語るのであった。

それ以後、趙泰の一家は老いも若きも一念發起して佛を信仰し、地獄で責苦にあえいでいる祖父母と弟のために幡《のぼり》と天蓋とを寺に寄進し、法華經をとなえ、死者のために追善供養を行ったのであった。

この話は、『太平廣記』巻百九〈應報〉には「出幽冥(ママ)錄」として引かれ、巻三百七十七〈再生〉には「出冥祥記」として引かれており、雙方を比較すると細部にかなりの異同がある。右の要約は、『古小説鈎沈』に『幽明錄』の中の一條として、『廣記』巻百九に見えるものを收めているものによったが、諸地獄の狀況については『廣記』三百七十七に見えるものを補った。（なお要約中の傍點は筆者による）

右の趙泰の話は、一讀してはっきりわかるように、中國固有の泰山冥府の話とはまったく趣きを異にしていて、趙泰という、冥官の手續きの過失によって冥界に連れて行かれた男の〝地獄めぐり〟の形をとっている。

諸地獄の恐しい責苦の狀況、あわれな亡者たちの樣子などは、いずれも中國固有の冥界説話には語られていなかったことであり、また、福舍・開光大舍・百里城・受變形城・地中などという聞きなれない冥府の役所や施設がつぎつぎに現れることも興味深い。

この趙泰の話には、これが中國固有の冥界説話に變質をもたらしたと認められる決定的な三つの要素が含まれていると思う。

その一は、開光大舍なる場所で趙泰の見た冥府の支配體制である。中央の獅子の座に坐わる身のたけ丈餘、顏は金色に輝き、後光がさしている人物、趙泰が「何人」と尋ねると、役人が「此名佛、天上天下、度人之師」と答える。「佛」とは釋尊のことであろう。そして廣閒の四隅には「眞人菩薩」が控えており、そこへ「泰山府君來作禮」——つまり泰山府君が挨拶をしに現れるのである。冥府の主宰者とされてきた泰山府君の上位に、眞人菩薩・佛が君臨し、とくに佛は「度人之師——衆生を濟度する導師——」と紹介されている。これは明らかに泰山説話でイメージされていた冥界のヒエラルキーの大變容である。

その二は、因果應報、轉生輪廻という佛教の教理がきわめて具體的に、そして明確に語られている點である。[7] 冥府に連れて行かれた亡者たちに對する生前の所業についての審査、生前の悪業に對する罰としての地獄の責苦、受變形城における轉生等の手續きや執行の狀況の描寫は、これまでの泰山説話にはまったく見られなかったものである。

その三は、生前に善行を積めば地獄に行って責苦に遭うことを免れたり、幸福な轉生をすることができるというわけであるが、その際の「生前の善行」が、「佛を信じて五戒十善を守り、慈悲の心をもって布施をする」と説明されるように、佛教への歸依を前提とすると規定されていることである。さきに掲げた「王明兒」の話では、地獄で責苦に遭わないために生前に積むべき善行としては、「恭順・忠孝」という名教の德目が示されていた。この點から見ても、この趙泰の話は基本的に佛教の信仰の利益《りやく》を説くことを目的とするものにほかならないと判斷できるのである。

むすび

冒頭にも述べたように、この小論は、中國における冥界のイメージの形成と、佛教的な因果應報の宿命観がどのように形象化されてきたかを問題意識の原點として考察を試みたものである。筆者はすでに小著『中國の幽靈』（東京大學出版會、一九八〇年）において、この問題も含めて、中國の幽靈や冥界についての總合的な考察を行ったが、今回はテーマを右の點にしぼり、いくつかの例話を參考としながら、より考察を深めて論じたつもりである。

六朝時代に現れた多くの志怪書の中で、東晉末のものと推定される『靈鬼志』（荀氏撰）は、現在は二十數條の佚文が傳えられるのみであるが、この書にはすでに佛教關係の話がかなり含まれていたようである。さらに本稿で論證に用いた『幽明錄』（宋、劉義慶）に見えるいくつかの冥界說話の內容を考え合わせると、東晉末から宋初にかけて、つまり五世紀前半に、中國固有の冥界說話に變容の動きが現れ、しだいに佛教的な色彩が濃くなってきたことがわかる。このことは、この時期に、中國の南・北兩朝において佛教の布教が隆盛を極め、すでにこれに對して眉をひそめる側からの排佛の聲があがり始めていたという社會現象を生じていたこととも合致する。(8)

以後、『宣驗記』（劉義慶）・『冥祥記』（齊、王琰）・『還冤記』（北齊、顏之推）等々、もっぱら佛教信仰の利益《りやく》を宣傳する志怪書が續々と出現することとなる。やがて地獄の主宰者として「閻羅王」が登場すると、地獄の責苦はますます嚴しいものとして描かれ、非業の死を遂げた者の亡靈はますます陰濕な恐ろしさが增幅して語られるようになる。また、道教が宗教として整備されるにしたがって、中國の冥界や地獄にも道教の要素が加えられることとなる。

これらの問題については、今後の問題として考察を續けたいと考えている。

注

（1）『中國鬼話』には、鈴木博譯『鬼の話』上・下（青土社、一九九七年）がある。また同じ譯者によって、徐華龍『中國鬼文化』（上海文藝出版社、一九九一年）が『中國の鬼』として翻譯出版されている（青土社、一九九五年）。

（2）前野直彬氏は、その著書『中國小説史考』（秋山書店　一九七五年）「Ⅱ六朝・唐・宋の小説　第二章冥界遊行」において、中國の冥界の變遷について詳述しておられる。

（3）清の顧炎武は、『日知錄』巻三十、泰山治鬼において、この「怨詩行」を泰山府に關する觀念の成立の考證に用いている。前野氏前掲著書一一六頁にも觸れている。

（4）前野氏前掲書一一六頁。

（5）死者が冥府に連れて行かれた時、壽命がまちがいなく盡きているかどうかを確認する手續きが行われることを語る話はかなり多い。例えば『幽明錄』に、冥府に連れて行かれた男が、まだ壽命が盡きていないことが判明して人閒界に歸されることとなったが、急に脚が痛んで歩いて歸ることができなくなった、そこで、別に冥府に連れてこられた胡人の脚とすげかえられて歸された――という話が見える。また、「趙泰」も、まちがって冥府に招かれた男の話である。

（6）劉義慶の傳は、『宋書』宗室傳及び『南史』劉義慶傳に見えるが、前者に「爲性簡素、寡嗜欲、愛好文義、文辭雖不多、然爲宗室之表、受任歷藩、無浮淫之過、唯晩節奉養沙門、頗致費損」とある。

（7）趙泰の話については、前野氏前掲書一三三―一四〇頁、拙著『中國の幽靈』六三―七一頁にも詳しい説明がある。

（8）四世紀末から五世紀初にかけての中國における佛教布教の状況について二、三の例を擧げる。慧遠《えおん》（三三四―四一六）は江南廬山の西林寺において弟子數十人と共に廬山教團をつくって多くの僧俗の教化に專念し、江南における一大佛教勢力を形成した。法顯《ほっけん》（三三九？―四二〇？）は、三三九年、西域・インドに赴き、多くの經典を得て四一二年に歸り、建康（南京）の道場寺において經典の漢譯の作業を進めながら布教に盡力した。一方北朝においては、四〇五年に鳩摩羅什《くまらじゅう》（三四四―四一三、一説に三五〇―四〇九）が後秦の國師となっている。また四四〇年には、當時皇太子として實際上政權を掌握していた北魏の太武帝が、佛教の流行に伴う害毒を恐れ、排佛の詔を發している。

（一九九九年五月三十日）

道教と占い

坂出祥伸

Ⅰ　はじめに

中國の占いは、占いの手段、方法、對象、場所などあらゆる方面にわたって、じつに多種多様であるため、それらを一律に見なして定義を與えることは不可能である。しかも、占いは道教特有のものではなく、また儒教のものでも佛教のものでもない。占いは、それ自體獨自に發展したのであり、基本的には儒教、道教、佛教は占いを借用したと言ってよい。

孔子は「怪力亂神を語らない」と言っているが、しかし、この言葉は知識人のとるべき當爲的態度を示しているにすぎない。というのは、官僚となって民を治める立場に立つ知識人でさえも、さまざまな占いを用いて自分の行爲についての決斷を下したり、あるいは未來の立身出世を豫測しようとして占い師に依賴するのである。ましてや、一般民衆は日常生活における様々な願望の達成や苦惱、苦痛の解決のため占いにすがるのが、ごく自然なありかたであったろう。占いはこのようにして中國人の上下を問わず廣く行なわれ發展したのである。

本稿では、占いの歴史を二段階、すなわち信仰者集團としての道教が成立する以前の占いと成立して以後の占いに分け、ほぼ唐宋時代までの状況について論述してみたい。これまで道教における占いについて考察されたことはないようなので、道教研究にいくらか役立つであろう。

Ⅱ　道教教團成立以前

占いがいつ始まったのかは、明確ではない。傳承によると、傳說時代である夏王朝の時に連山という占いがあり、また殷王朝の時には歸藏という占いがあったといわれる。しかし今日では出土遺物から、殷時代の龜甲や牛骨を灼いてその裂け目により吉凶を判斷する「甲骨卜」が最も古い占いである。これに續く周時代には、五〇本のメドギと卦木（算木）による占い、すなわち「筮占」、これが「周易」と呼ばれるのであるが、この筮占が起こった。この占いは現在まで絶えることなく繼承されている。その後、春秋時代には占風、望氣、夢占、相人などの占術も盛んに行なわれるようになり、『春秋左氏傳』には多くの占い師の活躍ぶりが描かれている。孔子も相人術には信賴を置いていたのか、『韓詩外傳』には姑布子卿に人相を占ってもらい王者に似ていると言われたという話が見えている。

戰國時代の秦で行なわれていた種々の占いの實體が、近年、出土資料によって明らかになったことにも言及しておかなければならない。一つは湖北・雲夢・睡虎地の秦代の墓から出てきた文字資料の中に建寅、除卯、盈辰などの文字の見える竹簡、さらに「一、建日、利……利寇帶劍乘車可……」「二、除日、可以請謁……」などの記述のある竹簡がある。(1)これらは建除十二神といわれる擇日法であり、漢代の『史記』日者傳には建除家として見え、『淮南子』天文訓に詳細が記されている（後述）。この占いは秦ではかなり流行していたと見え、天水放馬灘秦簡日書の竹簡にも出てくる。

『史記』日者傳は漢の武帝の時の話として、緒先生が多くの占い師を集めて婚姻の可否を問うたことを批判的に記載しているのであるが、ここには五行家、堪輿家、建除家、叢辰家、曆家、天人家、太一家と呼ばれる占い師が集まったという。同じ『史記』の天官書には占星、占風、望氣の術者が記載されている。班固の『漢書』藝文志は、前漢時代までに行なわれて書物になって當時の宮中に所藏されていた占術書を「數術略」の中に記載しているが、これによると天文占二一家、四四五卷、曆譜占八家、六〇六卷、五行占三一家、六五二卷、蓍龜占一五家、四〇一卷、夢占を含む雜占一八家、三一三卷、形法（相術）六家、一二二卷であったという。

後漢時代になると占術はますます盛んになったらしく、王符（約八五〜一六三）『潛夫論』には「卜列」「巫列」「夢列」のような篇が設けられて、占卜に對して厳しい批判が行なわれている。その中で興味をひくのは相術であり、骨相や氣色による相術が登場していることである。やはり後漢時代の王充（約二七〜一〇〇）の『論衡』にも、骨相術が見えていて、彼は骨相を深く信じていたようである。彼は言う。「人は命（運命）を天から受けているから、その表候（しるし）は身體にあらわれている。それを觀察することにより、その人の命を知ることができる」と。「命を天から受けている」というのは、天の星が一つの基準になっている。つまり、人がどの星の下に生まれたかによって、星のもつ「氣」が人の「氣」の厚薄を決め、それによって「命」が決まる、と考えられているのである。一種の天人相關論であり、決定論とも言える。

ところで、後漢時代の占いの隆盛ぶりは、歴史家の注目するところとなり、范曄の『後漢書』には占い師をも含む人々の傳記「方術傳」が設けられている。方術は、術數とも方技とも呼ばれ、いわば一種の超能力のことである。ここには、風角（風占い）、遁甲（後述）、七政（星占い）、元氣（陰陽の氣による占い）、六日七分（後述）、逢占（透視術）、日者（擇日）、望氣、雲氣など「氣」の操作に巧みな人物がこの時代には多く登場してきたらしく、この頃に始めて成立する信仰者集團としての「道教」に關係をもつようになる。例えば左慈は「神道」（奇術）の保有者として見えているが、彼は葛洪の從祖・葛玄に煉丹術の祕傳を授けた人物である。後漢末から三國時代初のことである。[2]

漢代の占いで特に注意しなければならないのは、いわゆる「象數易」である。これは、魏伯陽が著したとされる『周易參同契』に基礎的な理論を與えているからであり、しかも後世の内丹説が『參同契』の影響を少なからず受けている點からも見落とすわけにはいかない。前漢時代には孟喜（生歿年不詳）の二十四爻を二十四氣に當てる卦氣説、京房（七七BC～三七BC）の分卦直日法（六日七分）、十二消息卦が行なわれ、後漢時代になると荀爽（一二八～一九〇）の升降説が現われ、さらに三國時代になると、呉の虞翻（一六四～二三三）が卦變説、動爻説、旁通説、半象説、納甲説を唱えた。[3] これらの象數易の方法のうち十二消息卦や納甲は『參同契』に用いられているのである。

漢代でもうひとつ注意しておきたい占いがある。それは、近年中國各地で出土している式盤による占いである。最も古いのは、安徽阜陽縣雙古堆前漢汝陰侯墓出土の六壬式盤と太一九宮盤である。これらは式占《しょくせん》の道具であり、唐代には太卜署（天文臺の中の役所）で行なわれている。要するに、恆星における太陽の位置が人の運命を決定するという觀念に基づいているのである。[4] 王充の骨相論も實は、この式占に根據があるのである。

Ⅲ　道教の中の占い

後漢末の魏伯陽が著したとされる『周易參同契』の煉丹理論は、これが内丹か外丹かの問題は別にして、象數易の納甲説と十二消息卦の説に基づいている。魏伯陽は京房の納甲説に月の晦朔盈虧を加えて月體納甲説を作った。つまり、「震納庚」は初三の月を示し、「兌納丁」は初八の月（上弦）を示し、「乾納甲壬」は十五日滿月を示し、「艮納丙」は二十三日下弦の月を示し、「坤納乙癸」は三十日月晦を示すのである。これは八卦納甲説であるが、そのほかに十二消息卦納甲説、六十卦納甲説がある。十二消息卦は復卦から始まり坤に至るまでの十二卦で、陽が息し陰が消する變化を説明し、さらにその十二卦に子、丑……の十二辰と十二月、四時を配當するのである。このような説は後世の後蜀・彭曉や宋末の兪琰らの内丹理論に取り入れられ發展した。なお、後漢末、太平道の經典といわれる『太平經』巻四四「案書明刑德法」には十二消息卦が用いられて一年の間の萬物の盛衰が説明されている。

晉の葛洪（二八三〜三四三）の『抱朴子』内篇には、王相の日を選ぶという擇日法がしばしば出てくる。例えば「王君丹法」を王相の日に服すると「不老」になる。「兩儀子餌黄金法」は王相の日に作り、服すると精神によい（以上ともに金丹篇）。また、芝《きのこ》を採集したり服用するには王相の日を選ぶ（仙藥篇）。「眞一の口訣」は王相の日に白牲の血を啜って受ける（地眞篇）。これは、王（旺）、相（強壯）、胎（孕育）、沒（沒落）、死（死亡）、囚（禁錮）、廢（廢棄）、休（退休）の八字に五行、四字、八卦などを配當して事物の消長交代を示すという複雑な占法をもつ遁甲術の一種である。今日よく知られている王相日、すなわち清代の『協紀辨方書』に見える「王官守相民日」とは體系が異なっている。

『抱朴子』登渉篇には「遁甲術」の必要性がしきりに力説されている。「名山に入らんとするには遁甲の祕術を知らなくてはならない」と。そこで葛洪は若い時から遁甲の書物を讀んだという。『抱朴子』には、『遁甲中經』『太乙遁甲』という書名が出ている。後世になると葛洪に名を託した遁甲書が著されている。『遁甲要用』四巻、『遁甲祕要』一巻、『遁甲要』一巻（以上『隋書』經籍志）、『三元遁甲圖』三巻（『舊唐書』經籍志）等である。この時期、すなわち魏晉南北朝時代には遁甲術がよほど繁榮していたものと思われる。『隋書』經籍志には遁甲書がすくなくとも二三種は記載されている。

奇門遁甲は、九宮、九星、八門、十干十二支、陰陽五行、四時八節二十四節氣などを複雑に組合せて、吉を選び凶を避ける術である。これは、元來は軍事に用いられていたともいわれるが、葛洪は入山に用いているし、『三國志』管輅傳によると、管輅は遁甲を用いて逃げた牛の所在を當てた。『道藏』の中には、『祕藏通玄變化六陰洞微遁甲眞經』（洞神部方法類）、淨明忠孝道の儀禮書である『貫斗忠孝五雷武侯祕法』（洞玄部衆術類）や、『黄帝太乙八門入式訣』（洞玄部衆術類）、隱形術、治病法、拘邪法などを載せた『黄帝太一八門逆順生死訣』（洞玄部衆術類）がある。

『抱朴子』内篇・登涉篇には、道士が山に入る場合の吉日擇びの重要さが説かれている。「良い時、良い日どりに當たらなかったら、たちまちその報いを受ける。輕々しく山に入ってはならない」と。そして『靈寶經』を引用して「山に入るには、保日と義日に行なえ。專日は大吉。制日、伐日に入山すれば必ず死ぬ」とある。これは、『淮南子』天文訓に見えている擇日法であり、干支一巡の六〇日を義・保・專・制・困各一二日ずつに分けて日の吉凶を當てるのである。ただし、『淮南子』には伐日はないので、困日がそれに相當するのであろう。また、『抱朴子』には、「名山に入るには、甲子開除日を用いよ」とも言う。これも『史記』日者傳にいう建除家の説であり、具體的には、やはり『淮南子』天文訓に見えている建除十二神の擇日法で、後世の『協紀辨方書』によると開日は上吉、除日は小吉となっている。梁・陶弘景の『眞誥』卷九にも、明堂内經開心辟妄符を書く時には開日の夜明けに王氣の方角を向いて朱書するとされている。

次に、魏晉時代に盛んになった風水術について説明したい。相宅、相墓や王城占は先秦時代から行なわれていたし、漢代になると王充『論衡』譏日篇では『葬曆』という埋葬に關する擇日書が批判的に論じられ、また同書詰術篇には「圖宅術」が批判されている。圖宅術とは宅門の方角の吉凶を五行説にもとづいて論じたものである。しかし、魏晉時代の風水術では墓、宅、都城の設けられる地形、位置のほかに水が重視されている。この點で、それ以前の相墓、相宅等とは根本的に異なっている。この相違點は、華北の地を異民族に奪われたために漢民族が江南に移住して、ここに政治經濟の基盤を置いたことと關係があると思われる。つまり彼らは山と水に恵まれ、「氣」から生ずる現象を身體的に感じとれる環境に置かれていたからであろう。『晉書』郭璞傳には、郭璞（二七六～三二四）が母の墓地を曁陽（江蘇省江陰縣）の地の「水を去ること百歩」のところに選んだのに對して非難が出たことを述べているが、後世、風水術の始祖のように見なされている郭璞の墓地選びの重要なポイントが示されている。また彼は、人のために墓地選びをしたことがあり、その墓主との問答に「龍角」「龍耳」の語が出てくる。「龍」は「氣」の代名詞である。かつて秦の始皇帝の將軍・蒙恬が長城を築いた時に地脈を絶った罪に氣づいて毒藥を呑んで自殺したという話が『史記』蒙恬傳にあるが、その地脈こそが、今日、「龍脈」と呼ばれるようになったのである(5)。

ところで、この郭璞には今でも、その名を冠した『郭璞葬經』と呼ばれる風水書が傳えられているが、もちろん彼の名聲に託した僞書であり、おそらく宋代に作られたのであろう。しかし風水というタームはこの書に由來する。「風に乘ずれば散じ、水に界《かぎ》られれば、則ち止まる」というのが、それである。しかし、郭璞は當時において、道教とは何の關わりをも持たなかった。なお、明・趙道一の『歴世眞仙體道通鑑』巻二八では彼の傳記の最後に、彼が兵解（屍解の一種）したと記して、仙人として扱われている。

いったい、風水術は中國の人間關係、社會關係の根底をなしている宗族制と密接な關係にある。墓地風水の場合だと、好風水の地に墓地を設けることにより子々孫々の繁榮を期待するのである。したがって、家族を棄てて道士や女仙になった者にとって、なぜ墓の風水が問題にされるのかが疑問であるが、梁・陶弘景（四五六～五三六）の『眞誥』という上清派の道教經典に墓地風水の記事がしばしば見えているのは、道教と風水の關係を考える上で興味深い。『眞誥』巻一〇協昌期第二には、漢代の范幼沖の語として、「私の今の墓には青龍が氣を捕え、上弦（朱雀）が非を退け、玄武が體を延ばし、虎が八方のはてに嘯《うそぶ》くという墓相がある」が引用されている。もちろん漢代にはまだ風水はなく、したがって、龍虎とか氣とかの風水的術語は陶弘景の時代のものである。范は地理を解し冢宅のことに關心があったという。もうひとつの例は巻一八・握眞輔第二であり、楊羲の夢の中で許翽がいう。「今の葬處は吉ではない。墓脈を斷っているところが多い」と。墓脈とは龍脈であり、氣脈でもある。(6)

ところで、『道藏』洞眞部衆術類に『黃帝宅經』と稱する圖入りの占書が收められている。この書は、『四庫全書總目提要』が指摘しているのによれば、『宋史』藝文志の「相宅經一卷」に相當するから唐代の作と考えられ、また、「世」とすべき字が「代」に改められていることからも、唐代の作と推測できるが、敦煌出土P3865『宅經』殘本（書名部分と圖を含む後半部分が全て缺けている）と基本的には同じ內容の文獻であることからも唐代の作とほぼ斷定できる。この書はいわゆる風水書というよりも相宅術を説いた書であり、宋代風水術の前段階に位置づけられる。というのは、住宅の方位により、そこに住む人の禍福・昌亡が決まることを二四方位（天干地支と乾艮坤巽）それぞれに配當された吉凶にもとづいて説明していて、住宅を圍む地勢への言及がほとんどなく、また白虎・靑龍・案山・祖山などの風水術的術語がほとんど使用されていないからである。(7)『道藏』の中のいわゆる風水書としては、わずかに『儒門崇理折衷堪輿完孝錄』八巻（『續道藏』所收、藝文印本第六〇冊）のみであり、これは明の終わりごろの作であり、しかも儒教的な風水思想を發揚せんがために書かれているのである。(8)

つぎに相人術と道教の關係について、いくらか説明しておこう。道教經典には、しばしば仙骨という語が出てくる。例えば、「(三台の存思を行なって)五年すれば仙骨が自ずとできあがる」（『雲笈七籤』巻四六）とか、また、「精心をもって修行すれば、皆飛仙になれるが、しかしたいていは、仙骨をもっている」（『上清後聖道君列紀』『洞玄部譜錄類』、藝文印本第一一冊）などである。これらの例は、骨相に仙人の相が表れているという意味である。(9)相人術は、先秦時代の姑布子卿の例では額、眼、頸、口の相であるが、後漢の王充の場合はすべて骨相である。この骨相術は、隋唐時代になって大いに發展して、武則天の相を占った袁天綱（唐初の人）のようなすぐれた相術師が現われた。彼は武則天がまだ幼児であった時、宮中に呼ばれて、その母の骨法を見たてた。そして、「かならず貴子をお生みになりましょう」と言い、男子の服を着せられて乳母に抱えられていた武則天を見て、「このおぼっちゃまは龍の眼に鳳の頸で、貴人の極みになられます」「もし女の子でしたら天下の主になられます」と占った（『舊唐書』袁天綱傳）。ただし、これらの相術者は道士ではない。

北宋時代は家柄よりも個人の能力が重んじられるようになったから、士大夫たちは自分の能力や運命に強い關心を抱くようになる。そこで彼らは科擧の合否や升官の見込みを占卜師に見たててもらうのである。相術や風水術や靈籤など多くの占術が盛んになるのは、この北宋時代以後のことである。その中でも所謂「先天圖」や「太極圖」の傳授によって宋學に強い影響を與えたといわれる陳摶（字・圖南、自號・扶搖子、八七一～九八九）が、まぎれもない道士であり、且つすぐれた相術者であったことは、意外に知られていない。彼は麻衣道者という僧侶を師として相術を學んだという逸話（『麻衣石室神異賦』）があるが、實際、陳摶は北宋時代の『邵氏聞見錄』巻七などを始めとする隨筆では相術に長じた人物とされているし、また彼の名に託した相術書『人倫風鑑』一巻が『宋史』藝文志に著錄されているのは、彼が宋代には相士としても名を知られていたことを示している。なお、麻衣道者の名に託された『麻衣相法』は後世に傳えられて、今日でも相書の代表となっている。(10)

この宋代に、超然觀道士・張紫芝の撰とされる相書『集七十二家相書』の日本・鎌倉時代の寫本が、金澤文庫に傳存しているが、これは今日まで殘っている宋代の相書と言ってよいものであり、非常に珍しく貴重な資料である。

求籤もまた一種の未來豫知の占いといえる。靈籤がいつはじまったのか、定かでないが、おそらく唐宋時代には盛んに行なわれていたと思われるが、今日に傳わっている資料で最も古いのは、『幸蜀記』（『說郛』巻五四）に五代の王衍が張悪子の廟に行って祈禱をした時、「籤を抽き、逆天者殃（天に逆らう者は殃いあり）の四字を得た」とあるから、この頃には籤を抽いて吉凶を占う方法が行なわれていたことが分かる。さらに時代が降って北宋の蘇東坡（一〇三六～一一〇一）の「北極靈籤」という文（『東坡養生集』巻三）には、

大慶觀に遊び、北極眞聖に謁し、靈籤を探り、以て餘生の禍福吉凶を決す。その辭に曰く、「道は信を以て合と爲し、法は智を以て先と爲す。二者相離れざれば、壽命は已《すで》に延ぶるを得る」と。

と記載されていて、この文によると、蘇東坡は天慶觀という道觀に行って靈籤を引き、餘生は吉との占斷を得たのである。

今日傳わっている靈籤で最も古いのは、南宋・嘉定年間（一二〇八～一二一四）と推定されている『天竺靈籤』であり、鄭振鐸が収集して寫眞版で出版した（上海・古典文學出版社、一九五八年）。ただし、殘念なことに、この靈籤は天竺觀音籤、すなわち佛寺の發行したものであり、道教のものではない。

『道藏』正一部には、七種の靈籤類の書が收められている。『四聖眞君靈籤』（藝文印本第五四册）は四聖眞君すなわち天蓬大元帥眞君、天猷副元帥眞君、翊聖保德眞君、眞武靈應眞君から授かる靈籤の意味であるが、宋代以後のものであろう。四九條の靈籤の語が收められている。『玄眞靈應寶籤』（藝文印本第五四册）は籤の意味を解釋した書である。この籤は子丑寅卯辰巳……の一二時辰の順序に從って分類され、一時に三〇條の籤文が添えられている。元代あるいは明代初めのものであろう。『大慈好生九天衞房聖母元君靈應寶籤』（藝文印本第五四册）も明代のものであろう。九九籤あり、それぞれに意味の解釋が附せられている。『洪恩靈濟眞君靈籤』（藝文印本第五四册）の洪恩靈濟君とは、明・永樂年間に眞君の號を封ぜられた五代の道士、徐知證・徐知諤兄弟のことであるので、明代の書であることが分かる。

五三首の七言絶句から成る籤文である。『靈濟眞君注生堂靈籤』（藝文印本第五四册）もまた、洪恩靈濟眞君の籤であり、明代のものである。六四條ある。『扶天廣聖如意靈籤』（藝文印本第五四册）は成立年代不明である。『護國嘉濟江東王靈籤』（藝文印本第五四册）は封號からして宋代の書かと推測される。籤文は一〇〇條、毎條七言四句の詩から成る。

以上のような靈籤は、現代にまで受け繼がれていて、關帝廟や城隍廟など大きな道觀には「關帝靈感籤」「觀音籤」のような靈籤が置かれていて、筒の中から籤を一本抽き出し、それに對應する籤文の書かれた紙を廟觀の住持からいただき、それを見て吉凶の占斷を知るのである。

なお、『靈信經旨』（藝文印本第五七册）は『通志』藝文略に記載されているから、北宋以前に成立した書である。この書は耳、目、心の異常を何らかの豫兆と見なす占書である。このような占術はすでに敦煌文書に記されている。例えば、P2661背面に手癢（手の痒み）について、「有愛人想念之事（愛人が思ってくれている）」ことの豫兆だと判斷されているのである。

最後に現代中國における占いの状況を一瞥しておこう。

大陸中國では、占いは原則的には禁止されているが、臺灣、香港の道觀では、道士たちは民衆の願望に應えて種々の占いを行なっている。廟には杯珓（ポエ）と靈籤が置かれているし、廟の近くには擇日師が店をかまえている。道教の死者儀禮である功德儀禮では、道士はまず葬儀の日時を擇び、葬儀が終わって埋葬する時には羅盤を使って棺の方位を測る。また、洗骨して正式な墓に埋葬する時にも、やはり日選びを行なう。建醮の日取りを決めるにも、道士は日選びを行なう。紫微斗數もまた、死者儀禮に缺かせない占いである。『道藏』（續道藏・藝文印本第六〇册）には明代初めの成立と推測される『紫微斗數』三卷が収められている。これは生まれた年月日時を干支で示し（「八字《バーズー》」とも呼ばれる）、それに應じた紫微宮の星を求めて運命を推定する占いであり、その始まりはよく分からないが、現在も臺灣、香港では非常に盛んに行なわれている。この占いが死者儀禮にとり必要なのは、埋葬の日取りを決めたり、また夫婦合葬してよいかどうかを判斷するのに用いられるからである。

Ⅳ　占いの背景をなす世界觀――「氣」の觀念――

占いは個人や集團の行爲の當否を事前に何らかの徵《しるし》に依據して豫知し判斷を決定するための手段である。それは未開民族のみならず、あらゆる民族が普遍的に行なっていることであり、また將來でも消滅することはないといえる。なぜなら、この世界はいまだ完全に合法則的なものではないし、またそうなることは考えられないのであるから、人間は未來の事態を未然に知りたいという願望を棄てられないのである。

しかし占いは民族、地域、時代などによって、その目的、手段がさまざまに異なっている。例えば現代の日本で若者に人氣のあるのはコンピュータ占いであるが、すこし前までは黄道十二星による星占いであった。また、歐米では今でも水晶石占いやトランプ占いが盛んに行なわれている。

中國の占いも、時代と地域によって種々雜多であるが、私は中國の占いは基本的には中國人の世界觀の根底をなしている「氣」の觀念に根據をもつものである、と考えている。そこで先ず「氣」の觀念について概略的な説明を與えておかねばならない。中國人は古代以來、この世界のあらゆる存在は、今日では有機的とされるものであれ、無機的とされるものであれ、すべて「氣」から成ると考えられていた。今日使う漢語の中に「星氣」「水氣」のように「氣」の字が附せられて用いられているのは、中國人の「氣」の觀念の根強さを示している。占いではないが、「氣」に根據を置く「氣功」が盛んに行なわれたり、鍼治療が衰えることなく活發に行なわれているのも、彼らの「氣」の觀念の根強さを示していると言える。

さて、「氣」は一種の生命體的エネルギーもしくは波動のように考えられている。そして、その特徴として感應と循環的變化という點が考えられる。「氣」は實際には陰陽二氣として作用しており、陰陽の交替により具體的な現象があらわれる。陰陽二氣はしばしばさらに木火土金水の五行として作用することがある。

例えば象數易のひとつ、二十四消息卦は坎、離、震、兌の四卦の二十四爻を二十四節氣（冬至、小寒、大寒、立春、雨水、驚蟄など）に當てはめ、陰陽二氣の消息と天地の異變を關連づける占いであるが、ここには天の氣が人の氣と對應するという觀念が背後にある。「氣」は變化するものであるが、それは循環的なものであるから、ある程度、豫測可能なものである。その變化のきざし――「幾」を、占い師は自分の身體の「氣」にもとづいて未然に把握しなければならない。

「易占」は、五〇本の筮竹の操作によって陰陽二爻から成る八卦を組み合わせた六四卦のいずれに當たるかを導き出す占いであるが、しかし、陰氣と陽氣の消長が八卦の基本となっていることに示されているように、この占いも「氣」の觀念を基礎に置いているのであり、より具體的にいうと、六四卦の「氣」と依賴者の「氣」との感應作用によって占斷が與えられるのである。『周易』繫辭傳上に、「易は思って知るのではない。作爲して爲すのではない。寂然として動くことはしないが、問う人の意志はひそかに卦に感じて、天下のあらゆる事に對して應えが得られる」（易無思也。無爲也。寂然不動。感而遂通天下之故）とあるが、これは卦と依賴者との感應作用を説明した言葉である。

六壬式盤の場合は、天盤に示された天の十二分野に生じる星の異變現象がそれに對應する地の十二分野にもたらす災異を豫測する占いであるから、これもまた、天の氣と地の氣との相感という觀念に基づいていることは明白である。

以上によって、中國の占いが中國人の世界觀の根底にある「氣」の觀念に根據をもつものであることは、容易に理解されるであろう。

本稿を終えるに當たり、再度強調しておきたいことがある。それは道教固有の占いというものはない、ということである。どんな占いも、それ自體獨自に發展したのであり、道教が占いをその領域に取り込んだり、道士が占いを利用したからといって、その占いを道教的占いだと考えてはならない。占いをはじめとする迷信的なものは、すべて道教に屬するとするのは、儒教を合理的なものとする儒教崇拜的學者の通弊にほかならない。

注

(1) 工藤元男『睡虎地秦簡よりみた秦代の國家と社會』(創文社、一九九八年)第四章「睡虎地秦簡日書の基礎的檢討」、第六章「先秦社會の行神信仰と禹」、第七章「日書における道教的習俗」。
(2) 以上については、坂出祥伸「方術傳の成立とその性格」(『中國古代の占法』研文出版、一九九一年 所收)參照。
(3) 本田濟『易學―成立と展開―』平樂寺書店、一九六〇年。鈴木由次郎『漢易研究』明德出版社、一九六三年。
(4) 山田慶兒「古代人は自己―宇宙をどう讀んだか」(『制作する行爲としての技術』朝日新聞社、一九九一年。
(5) 三浦國雄「『眞誥』と風水」(吉川忠夫編『六朝道教の研究』春秋社、一九九八年)。
(6) 前出・三浦論文。
(7) 平木康平「養生論における相宅術」(坂出祥伸編『中國古代養生思想の總合的研究』平河出版社、一九八八年)、宮崎順子「敦煌文書『宅經』初探」(『東方宗教』第八五號、一九九五年)、王玉德『古代風水術注評』北京師範大學出版社、一九九二年。
(8) 詹石窗『道教風水學』臺灣・文津出版社、一九九三年。
(9) 龜田勝見「『上清後聖道君列紀』における種民思想について」(『日本中國學會報』第五〇集、一九八八年)で仙骨が問題にされているのを參照。

（10）笠沙雅章「陳摶と麻衣道者―「若水見僧」逸話をめぐって―」（秋月觀暎編『道教と中國文化』平河出版社、一九八七年）、小川陽一「明代小説における相法」（『日用類書による明清小説の研究』研文出版、一九九五年）を參照。

＊注に引用した以外の參考文獻
Kalinowski, Marc, La littérature divinatoire dans le *Daozang*, *Cahiers d'Extrême-Asie* 5, 1990
マルク・カリノウスキー「敦煌數占小考」（山田慶兒・田中淡編『中國古代科學史論・續篇』京都大學人文科學研究所、一九九一年）
祝平一『漢代的相人術』（臺北・學生書局、一九九〇年）
劉道超・周榮益『奇門遁甲注評』（廣西民族出版社、一九九三年）
劉道超・周榮益『神祕的擇吉』（廣西人民出版社、一九九二年）
劉道超譯注『協紀辯方書』上下（廣西人民出版社、一九九三年）

＊本稿はリビア・コーン編『道教辭典　Daoistic Handbook』（オランダ・ブリル社、近刊）の分擔項目「占い」のために起稿した日本語原稿にもとづいているが、日本人研究者には不必要とおもわれる説明はすべて省いた。

『毛詩注疏』における『史記』の評價

田中和夫

一

『毛詩注疏』には基本的な述作基準があったらしく、その全二十巻にわたって基本的な形態・基本的な思想が貫かれている。注疏の作者たちが意を注いだことの一つに、「經典間の記述における整合性の追求」があった。一例を擧げよう。

園有桃　其實之淆

（毛傳）興也。園有桃、其貫之淆、國有民、得其力。

○箋云、魏君薄公税、省國用、不敗於民、食園桃而己、不施德教、民無以戰、其侵削之由、由是也。

○箋「魏君」至「由是」

○正義曰、魏君薄於公税、乃是人君美事、而刺之者、公家税民有常、不得過度。故『孟子』曰[1]、「欲輕之於堯舜、大貉小貉。欲重之於堯舜、大桀小桀」。十一而税、下富上尊[2]、是税三不得薄也[3]。『鄭志』「答張逸亦云、税法有常、不得薄。今魏君不取於民、唯食園桃而巳。非徒薄於十[4]、故刺之」。『中庸』[5]云、

「時使薄斂」。『左傳』(6)稱、「晉悼公薄賦斂、所以復覇」。皆薄爲美。以當時莫不厚稅、故美其薄賦斂耳。魯哀公曰(7)、「二吾猶不足」。是當時皆重斂也。易傳者、以云其實之淆、明食桃爲淆、卽是儉嗇之事。

(『毛詩正義』巻五之三、魏風「園有桃」嘉慶二十年江西南昌府學開雕『重栞宋本毛詩注疏』本。以下引用は同じ)

注

(1)『孟子』告子章句下に「白圭曰、吾欲二十而取一、如何。孟子曰、子之道貉道也。萬室之國、一人陶則可乎。曰、不可。器不足用。曰、夫貉五穀不生、惟黍生之。……陶以寡、且不可爲國。況無君子乎。欲輕之於堯舜之道者大貉小貉也。欲重之於堯舜之道者大桀小桀也」とある。

なお、次につづいている『十一而稅、下富上尊』も正義の書き方からすれば『孟子』の引用文のようにみえるが、『孟子』に該當文は見えない。

(2)「十一而稅、下富上尊」、引用文とも讀まれるが、該當部分なく、關連句として『孟子』滕文公篇に「夏后氏五十而貢、殷人七十而助、周八百畝而徹、其實皆什一也」がある。

また、ここの(1)(2)と同趣旨のことを述べているものに、『春秋公羊傳』宣公十五年「古老什一而藉。古者局爲什一而藉。什一者天下之中正也。多乎什一、大桀小桀。寡乎什一大貉小貉。什一者天下之中正也。什一行而頌聲作矣」がある。

(3)「是稅三不得薄色」の「三の字、阮元の校勘記に「案三當作一」とあるのに従い、「一」とし、「是れ稅は一より薄くするを得ざるなり」と讀んだ。

(4)非徒薄於十　阮元の「案十當作一」とあるのに従い、「一」として意味をとった。

(5)『中庸』第二十章に「時使薄斂、所以勸百姓也」とある。

(6)『春秋左氏傳』成公十八年に「二月乙酉、朔。晉侯悼公卽位于朝。始命百官、施舍已責、逮鰥寡、振廢滞、匡乏困、救災患、禁淫慝、薄賦斂、宥罪戾、節器用、時用民、欲無犯時。……所以後覇也」とある。

（7）『論語』巻六・顔淵第十二に「哀公問於有若曰、年饑用不足、如之何。有若對曰、蓋徹乎。曰、二吾猶不足、如之何其徹也。對曰、百姓足、君孰與不足、百姓不足、君孰與足」とある。

ここで論じられていることは、魏の君主が公税を薄くしたというのは、むしろ褒められるべきことであるのに、「時を刺る」というのはなぜか、ということである。『孟子』告子・滕文公によれば、十分の一税（十パーセントの税）より重くも輕くもしてはいけないという主張であり、また一方『中庸』『左傳』成公十年では税を輕くすることを良しとしていたことになる。

こうした經典間の齟齬について、注疏では、『中庸』や『左傳』で言われていることはその時に税が十パーセントより重かったからその時は輕くすることが評價されているのであり、『論語』の顔淵篇の話も税は二十パーセントでもなお足りない、といっているではないかと、『孟子』及び『中庸』『左傳』等の説の調整を行っている。

また、漢代以來の師法・家法を尊ぶ儒學傳授の方法——師承・家風への配慮の姿勢も顯著である。（後世、「疏不駁注」と評されるもの。皮錫瑞『經學歷史』など。）

次の「十月之交」の詩は西周の幽王を刺《そし》ったものであるとするか、あるいは西周の厲王を刺ったものであるとするか、毛傳と鄭箋とでその見解を異にしているものである。

十月之交、大夫刺幽王也。

〔鄭箋〕當爲刺厲王。作詁訓傳時、移其篇第、因改之耳。節（小雅「節南山」）刺師尹不平、亂靡有定、此篇譏皇父擅恣、日月吉凶。「正月」惡褒姒滅周。此篇疾豔妻煽方處。又幽王時司徒乃鄭桓公友、非此篇之所云番也。是以知然。

〇十月八章八句〇正義曰、毛以爲刺幽王、鄭以爲刺厲王。經八章皆刺正之辭。此下及「小宛・序」皆刺幽王。鄭以爲本刺厲王、毛氏移之。事既久遠、不審實然以否。縱其實然、毛既移其篇第、改厲爲幽、卽以爲幽王說之。故下傳曰、豔妻褒姒、是爲幽王之事、則四篇皆如之。今各從其家而爲之義、不復強爲與奪。

（『毛詩正義』巻十二之二「十月之交」）

毛傳では「十月之交」の詩は大夫が幽王を刺ったものだとし、鄭箋ではこの詩はもとは厲王を刺ったものであったものを、毛氏が詩篇の順序を變え、幽王を刺った詩群の中に移してしまったものだとする。

これについて正義では「（詩が編纂された時の）事柄は既に久しく前のことであって、鄭玄がいうような毛氏が「十月之交」の詩を移したということが本當にそうであるかどうかよくわからない。たといそうだったとしても、毛氏はその篇第を移して、厲王を改めて幽王とし、この詩は幽王（を刺ったもの）として說いているだ。……ここでは、それぞれその家に從って意味をとることとし、強いて贊否を加えたりはしない」という。

ここで注意されるのは、毛・鄭の異同について「今各々其の家に從って之が義を爲す。復た强ひて興奪を爲さず」という部分である。事の眞僞關係は時代が隔っているので十分にはわからない、それぞれ自らの家（流儀・流派）に從って說をなしているのだから、ここではそれを尊重することとし、無理な論斷は避けたい、というのである。

十代　厲王（八五四～八二七）――（共伯和）――十一代　宣王（八二六～七八二）――十二代　幽王（七八一～七七一）

二

一章の例からは、注疏は經典に對してまたその注釋に對しても異論を唱えたりしようとはせず、いわば「經典に對する愼み」をもっていたことが印象づけられる。それに對して、『毛詩注疏』における『史記』の扱われ方には大きな違いが認められる。時には大膽な疑問の表明がなされている。

『史記』の記述に疑問を呈しているものに次のようなものがある。

(1)、『史記』の記述が粗略である、『史記』内部でその關連記錄に相互に矛盾がある、とするもの

次の例は「齊の哀公の弟、胡公が薄姑に都を遷したのは、周の夷王の時に當たる。その胡公の同母弟、山が胡公を殺して、自立し獻公となり、都を臨淄に遷した」という記錄についての議論である。

「齊世家」云、「哀公之弟胡公始徙都薄姑、而周夷正之時、哀公之同母少弟山殺胡公而立。是爲獻公。因徙薄姑都治臨淄」。據此則齊唯胡公一世居薄姑耳。以後復都臨淄也。（大雅）「蒸民」云、「仲山甫徂齊」。（毛）傳曰、「古者諸侯逼隘則王者遷其邑而定其居。蓋去薄姑遷於臨淄」。以爲宣王之時、始遷臨淄。與「世家」異者、『史記』之文、事多疎略。夷王之時、哀公弟山殺胡公而自立、後九年而卒。自武公九年厲王之奔、上距胡公之所殺爲十八年、而「本紀」云、「厲王三十七年出奔」。計十九年、不及夷王之末、則遷說自違也。如此則所言獻公之遷臨淄、未可信也。毛公在馬遷之前、其言當有準據。故不與馬遷同也。

（「齊譜」「周武王伐紂、封太師呂望於齊、是齊太公。地方百里、都榮丘」の注疏。但し、原文「止自胡公之所殺」とあるのを、阮元校勘記により、「上距胡公之所殺」としている）。

『毛詩注疏』の主張の要點は次のようである。齊が都を始めて臨淄に遷したのは、周の夷王の二代後、宣王の時のことである（「蒸民」の毛傳によれば、これは周の宣王の時に當たる）。

また『史記』の「齊世家」では、「周の夷王の時、哀公の弟、山が胡公を殺して自立して獻公となり、九年で卒し、

武公が立ち、その武公の九年に周の厲王が彘に出奔した」、とされる。つまり、齊の獻公が立ってから周の厲王が出奔した時までは前後十八年である。

一方、『史記』の「周本紀」では、「厲は卽位三十七年に彘に出奔して」いる。この厲王の出奔の時から厲王の前の夷王の時に至るまでは、「周本紀」で三十七年あり、「齊世家」では、十八年。十九年の差がある。明らかに、司馬遷の説は相互矛盾している。

「齊世家」の「獻公が齊の都を臨淄に遷した」という記録は信じがたい。毛公は司馬遷より前の人であり、その言葉には何か據り所があったに違いない。だから、毛傳の説と司馬遷の（「齊世家」の）所説は異なっているのである。

（『齊世家』）齊　獻公――（九年）――武公――（九年）…〔厲王彘に出奔〕

（『周本紀』）周　九代夷王――十代厲王――（三十七年）――（卽位後三十七年）

(2)、『左傳』『國語』に關連記述があって、それが『史記』と食い違う場合、『左傳』『國語』を是として、『史記』を非とするもの

燕燕于き飛び　つばめは空を舞い
其の羽を差池す　翼を張ってはゆるめる
之の子于き歸り　あの子は今お里に帰っていく
遠く野に送る　私はそれを郊外まで見送る
瞻望して及ばず　遙かに望み見てもその姿は見えなくなり
泣涕雨の如し　雨のように涙が流れ落ちる

（『史記』）「衞世家」云、「莊公娶齊女爲夫人而無子。又娶陳女爲夫人、生子早死。陳女女娣、亦幸於莊公而生子完。完母死、莊公命夫人齊女子之、立爲太子」。

禮諸侯不再娶。且莊姜仍在。『左傳』唯言「又娶於陳」、不言爲夫人。「世家」云、「又娶陳女爲夫人」、非也。『左傳』唯言「戴嬀生桓公、莊姜養之、以爲己子」、不言其死。云、「完母死」亦非也。然『傳』言「又娶」者、蓋謂媵也。『左傳』曰、「同姓媵之、異性則否」、此陳其得媵。莊姜者、春秋之世、不能如禮。（邶風「燕燕」疏）

「燕燕」の詩は、毛傳に、衞の莊姜が歸妾を郊外まで見送った詩であるとされるものである。これについて、『史記』では「衞の莊公は齊の公女を娶って夫人としたが跡繼ぎが生まれなかったので、陳の公女を娶って夫人とした。公子が生まれたが早く亡くなった。陳の公女の妹も莊公の寵愛を受け、公子の完を生んだ。完の母が死んだので、莊公は夫人である齊の公女に命じて子供として育てさせ、その子を太子に立てた」といっている。

これが注疏作者達（儒者）の側からすれば、容認しがたい事になるわけである。つまり、禮によれば、諸侯は再び娶ることはしないからであり、しかも、この時正妻である齊の公女莊姜がなお健在である。莊公が再度娶ったのは、禮に悖る行爲であることになる。そこで、同じ歴史上の事實を記錄した『左傳』では、ただ「又た陳に娶る」とだけあって、これを夫人としたという記錄はない。こちらの方が正しいのであって、『史記』「衞世家」の「陳女を娶り、夫人と爲す」というのは誤りである、と主張するのである。以下、これに關連して、『史記』の記事の非であることをいっている。

(3)、「毛傳」と『史記』の記述が異なっていて、『史記』の記述を疑うもの

大雅「烝民」（毛序）、尹吉甫美宣王也。任賢使能、周室中興焉。

四牡彭彭、八鸞鏘鏘、王命仲山甫、城彼東方

〔毛傳〕、東方、齊也。古者諸侯之居逼隘、則王者遷其邑而定其居、蓋去薄姑而遷於臨菑也。

これについて、注疏では次のように言う。

下言「徂齊」、故知「東方、齊也」。又解王命城齊之意。由「古者諸侯居逼隘、則王者遷其邑而定居」、時齊居逼隘、故王使仲山甫往城而定之也。既言所定、不知定在何處、故云、「蓋去薄姑而遷於臨菑也。」毛時書籍猶多、去聖未遠、雖言「蓋」爲疑辭、其當有所依、約而言也。『史記』「齊世家」云、「獻公元年徙薄姑都、治臨菑」。計獻公當夷王之時、與此傳不合。遷之言、未必實也。

……毛公の時、書籍はなおまだ多く残っていて、聖王の世からあまり離れていない。「蓋し」と言って、断定を避けてはいるが「薄姑を去って臨菑に遷った」ということには何か依るところがあったに違いない。齊の獻公の時は周の王室の夷王の時にあたっており、ここの毛傳（毛序の「尹吉甫、宣王を美む」とあるように、「烝民」は周の宣王を褒め称えた詩としていること）に合っていない。司馬遷のここの記述は必ずしも事實とは限らない。

(4)、周邊の事情から、蓋然的に『史記』の記述を疑うもの

『史記』「孔子世家」云、「古者詩本三千餘篇、去其重、取其可施於禮義者三百五篇」是詩三百者孔子定之。如『史記』之言、則孔子之前、詩篇多矣。案書傳所引之詩見在者多、亡逸者少、則孔子所錄不容十分去九。馬遷言古詩三千餘篇、未可信也。據今者及亡詩六篇、凡有三百一十一篇、皆子夏爲之作序。明是孔子舊定、而『史記』『漢書』云、三百五篇者、闕其亡者、以見在爲數也。……

（詩譜・序「故孔子錄懿王夷王時詩、訖於陳靈公淫亂之事、謂之變風變雅」注疏）

『史記』「孔子世家」の「昔は詩は三千篇あまりあったのだが、孔子の時になって、その中で重複しているものを捨て、禮儀に施すべきもの三百五篇を選んだ」という記述について、古來の典籍・注釋の中で引用されている「詩」は現在（『詩經』に）殘されているものが多く、亡逸したもの（いわゆる逸詩）は少ないことからみて、孔子が記錄（編纂）したのが、それまでの十分の一に過ぎないということはあるはずがない。司馬遷が古詩三千篇といっているのは、信じがたい、という。

今（當時、初唐期）亡んでいる詩は六篇、（殘されているものと）併せて三百十一篇、これらは皆子夏がその序を作っている。明らかに孔子の編定したものであって、しかも『史記』『漢書』では、詩三百篇といっている。その失われたものを省いて、そのときあった詩篇を數えたものだからである。

以上のように『史記』の記述への疑問の表明がなされているものもあるが、『史記』の記述を肯定的に用いているもの（引用しているもの）も多く見られる。以下、その一部のみを掲げよう。

○「本紀」云、「平王封襄公爲諸侯、賜之岐西之地」。然則始命之爲諸侯、謂平王之世。

（秦風「駟驖」毛序「美襄公也。始命、有田狩之事、園囿之樂焉」の箋「始命、命爲諸侯也」についての正義）

○「本紀」稱「暴虐國人謗王、召公諫曰、民不堪命、王怒殺謗者。諸侯不朝、於是國人莫敢出言。三十七年乃相與叛襲厲王。王出奔彘」。是王流于彘之事也。

（小雅「雨無正」の經文「周宗旣滅、靡所止戾」の鄭箋「周宗鎬克也。是時諸侯不朝王。民不堪命。王流于彘」についての正義）

○「周本紀」云、「紂聞武王來亦發兵七十萬人拒武王、武王使師尙父以大卒馳紂師、紂師雖衆、皆無戰之心、欲武王之亟入、紂師皆倒戈戰、以開武王。武王馳之、紂兵皆崩」。是「衆而不爲用」也。

（大雅「大明」の經文「殷商之旅、其會如林、矢于牧野、維予侯興〈殷商の旅、其の會まること林の如く、牧野に矢《つら》なる。維れ予を侯《こ》れ興さんとす〉」の毛傳「旅、衆也。如林言衆而不爲用也」についての正義）

○『史記』「周本紀」曰、「幽王三年嬖愛褒姒生子伯服。太子之母申侯女爲后、欲廢后、竝去太子、用褒姒爲后以其子伯服爲太子」。又「鄭語」曰、「王欲殺太子以成伯服、必求之申、申入弗畀、必伐之」。是放而欲殺之事也。

（小雅「小弁」の經文「民莫不穀、我濁于罹〈民の穀《やしな》はざる莫し、我れ濁り于に罹ふ〉」の毛傳「幽王取申女、生太子宜咎、又説褒姒、生子伯服。立以爲后、而放宜咎將殺之」についての正義）

三

『毛詩注疏』が『史記』に對して批判的評價を持っていたのはなぜなのだろうか。批判的評價をもたらしたものは何なのであろうか。

それにはまず、『五經正義』以前の『史記』に對する批判的評價と『毛詩正義』での評價を見る必要があろう。

後漢の班固『漢書』「司馬遷傳」の贊には次のような言葉がある。

故司馬遷據『左氏』・『國語』、采『世本』、『戰國策』、述『楚漢春秋』、接其後事、訖于（大）漢。其言秦漢、詳矣。至於采經摭傳、分散數家之事、甚多疏略、或有抵梧。亦其涉獵者廣博、貫穿經傳、馳騁古今、上下數千載間、斯以勤矣。又其是非頗繆於聖人。論大道則先黄老而後六經、序遊俠則退處士而進姦雄、述貨殖則崇勢利而羞賤貧、此其所蔽也。然自劉向・揚雄博極群書、皆稱遷有良史之材。服其善序事理、辨而不華、質而不俚、其文直、其事核。不虚美、不穩惡、故謂之實錄。烏呼、以遷之博物洽聞、而不能以知自全、既陷極刑、幽而發憤、書亦信矣。迹其所以自傷悼、小雅「巷伯」之倫。夫唯大雅「既明而哲、能保其身」、難矣哉。

「經を采り傳を摭ふに至っては、數家の事を分散し、甚だ粗略多く、或いは抵梧する有り」と批判されている。

『毛詩注疏』「小大雅譜」には小雅・大雅の區別の由って來る所以が論じられている部分があるが、その中で、

大雅則宏遠而疏朗、弘大體以明責。小雅則躁急而局促、多憂傷而怨誹。司馬遷以良史之才、所坐非罪、及其刊述墳典、辭多慷慨。班固曰、「迹其所以自傷悼、小雅「巷伯」之倫也。夫唯大雅『既明且哲、以保其身』難矣哉」。又『淮南子』曰、「國風好色而不淫、小雅怨誹而不亂」。是古之道、又以二雅爲異區也。

と、司馬遷の著述について、『漢書』司馬遷傳の贊をそのままに用いながら、「其の墳典を刊述するに及んでは辭に慷慨多し」といい、その著述が小雅に近いものであるように述べられている。

『漢書』の贊では、司馬遷の事跡が小雅「巷伯」の類であること、(「巷伯」の詩は「寺人にして孟子と曰ふ者が罪已に定まって將に刑を踐まんとして此の詩を作る」〈毛傳〉とされているもの)、讒言を受けて刑に臨んだ寺人の類であることを述べたものであり、「小大雅譜」の注疏では、『漢書』贊を引用しながら、司馬遷の著述に慷慨の辭が多いことを指摘するものであり、文章に於ける重點はそれぞれ異なっている。しかし、司馬遷の著述が『詩經』小雅に近いとすることに於いては基本的に共通のものがあることがわかる。

また、『史記』の内部に前後不一致な所があることなど、粗略な所があることを指摘する點でも『漢書』の贊、及び『毛詩注疏』に共通な認識があったことがわかる。『毛詩注疏』の作者達は、この點で『漢書』贊の考え方を襲っているといってもよいであろう。『五經正義』の初期の述作者に『漢書』の注釋を書いた事で知られる顏師古がいたことも、上記のような『史記』の評價に影響を與えているかもしれない。

注疏作者達が『史記』に對して懷いている違和感は、このような『漢書』以來の通念に

由っていることは疑いがないであろう。

こうした評價との繼續性も認めなければならないが、さらに見逃してはならないことに、司馬遷『史記』の述作姿勢と注疏述作者のそれとの相違、及びその政治的立場――官僚としての立場――がある。

司馬遷の父、太子公（司馬談）は前漢當時の學者達に對して「愍學者之不達其意而師悖（學者の其の意に達せず、師に悖ふ〔師について習ったことにとらわれ惑う〕を愍れみ）」、いわゆる「六家の要指」を論じている。儒者については、

儒者博而寡要、勞而少功、是以其事難盡從、然其序君臣父子之禮、列夫婦長幼之別、不可易也。……夫儒者以六藝爲法。六藝經傳以千萬數、累世不能通其學、當年不能究其禮、故曰「博而寡要、勞而少功」。若夫列君臣父子之禮、序夫婦長幼之別、雖百家弗能易也。

と述べている。

陰陽・儒・墨・名・法・道德の六家はそれぞれその「務めは治を爲す者なり（國を治めることをその務めとする）」とした上で、儒者に對しては「博識ではあるが、簡要なところが少なく、勞が多い割には功が少ない。だから儒者達の說くところのすべてには從い難い。しかしながら、君臣父子の禮・夫婦長幼の別を秩序立てていることは、（百家といえども）變えることは出來ない。」「儒者は六藝を法としている。六藝の經やその解釋の傳は千萬をもって數えるほど多すぎて、世代を重ねてもその學問に通曉することは出來ない。一代ではその禮だけでも究めることが出來ない。云々」という。

司馬談の言ではあるが、司馬遷もほぼ同じ見解であったであろう。學問（その法としている六藝〔六經〕の經典・注釋）が多すぎて煩瑣であり、なかなか通曉しがたいことが缺點であること、しかし君臣父子・夫婦長幼の別を秩序立てて

いることは、他の百家に勝れている、という。第三者的にはともかく、儒者の側、特に初唐期の儒者からすれば、

①師承による學問傳授形式に對する疑問の提示

②儒學の位置づけ

等について、特に不滿のある論斷であったと思われる。

こうした論斷よりもさらに、初唐期の儒者達・注疏作者達にとって違和感を持たざるを得なかったのは、司馬遷のあらゆるものに對する根元的な問いかけ、疑問の投げかけ（それが儒學にとって直接に關係するもの・關係する問題であればなおさらであったであろうが。）の姿勢ではなかったろうか。

『史記』「伯夷列傳」は「夫れ學ぶ者は載籍極めて溥きも、猶ほ信を六藝に考う。詩書缺けたりと雖も、然れども虞夏の文知る可し。」で始まる。學ぶ者が六藝を基本とすることをいう。さらに堯―舜―禹へと天下を傳える際には極めて愼重に取り扱い、傳えるに足るかどうかを見極めてからこれを傳えた事を述べる。しかし、『史記』はこの後に、六藝の書には傳えられていないが、許由・卞隨・務先といった節義の高い人々がいたが、これらの人々について詩書の文辭にはその概略さえも見えないのは、どうしたことだろうと疑問を提示する。

太子公曰、余登箕山、其上蓋有許由冢云。孔子序列古之仁聖賢人、如吳太伯・伯夷之倫詳矣。余以所聞由・光義至高、其文辭不少概見、何哉。

孔子曰、「伯夷・叔齊、不念舊惡、怨是用希」。「求仁得仁、又何怨乎」。余悲伯夷之意、睹軼詩可異焉。其傳曰、

……

武王已平殷亂、天下宗周、而伯夷・叔齊恥之、義不食周粟、隱於首陽山、采薇而食之。及餓且死、作歌。其辭

曰、「登彼西山兮、采其薇矣。以暴易暴兮、不知其非矣。神農・虞・夏忽焉没兮、我安適歸矣。于嗟徂兮、命之衰矣」。遂餓死於首陽山。由比觀之、怨邪非邪。

孔子が伯夷・叔齊について「仁を求めて仁を得たり。又何をか怨まん」(『論語』述而)と評したことに對して、司馬遷は軼(逸)詩を讀んで、疑問を抱く。詩の言葉からすれば怨みを抱いていたのではないか、という強い疑問である。孔子の言葉に對する大膽な疑間の表明である。

さらに、疑問は發せられる。

或曰、「天道無親、常與善人」。如伯夷・叔齊、可謂善人者非邪。……余甚惑焉、儻所謂天道、是邪非邪。

「天道には依怙贔屓がなく、常に善人の味方である」といったことは本當だろうか、さらに「もし天道というものがあるとしたら、それは正しいものだろうか、それとも間違ったものだろうか」という強い疑問が發せられる。

このような儒家の考え方の或いは儒家の價値觀の根底をなしているような『論語』への疑念の表明がなされ、「天道」といったものにさえその正しさへの疑間の表明がなされている。儒者である注疏の作者たちにはとうてい受け入れがたい發想であろうと思う。

また、注疏の作者たちには彼らがおかれている初唐の政治的狀況も無視できなかったと思われる。次に分析する文章は、必ずしも初唐の注疏作者の文章と斷定はできないものであるが、假に六朝期の文章だったとしても、それを選んだのは初唐の注疏作者たちであることは免れようがない。文章として注疏に殘されているとすれば、その文責は初唐の注疏作者にもあることは疑いがない。そして、それは彼らの官僚としての立場から、あるいはその護身的立場からの發想と思われるものである。注疏の文章を見る前に、これと直接に關わりのある衛風「淇奧」の詩を見よう。

瞻彼淇奥　彼の淇の奥を瞻れば　あの淇水の隈を瞻れば

綠竹猗猗　綠竹猗猗たり　王芻と篇竹が美しく茂っている
有匪君子　匪たる君子有り　〔衛の王室をみれば〕內質美しく德盛んな君子〔武公〕がおられる
如切如磋　切する如く、磋する如く　〔武公は〕骨を切り、象牙を刻むように
如琢如磨　琢する如く、磨する如く　また玉や石を磨り研ぐように〔ひたむきに學問に勵まれ、臣下の諫めを聞き入れ〕
瑟兮僩兮　瑟たり、僩たり　嚴かにまた心廣く寬大で
赫兮咺兮　赫たり、咺たり　〔明德〕が自ずと外見に現れ、堂々として威儀あふれている
有匪君子　匪たる君子有り　內質麗しく德豊かなこのお方
終不可諼　終に諼《わす》るる可からず　いつまでも忘れることはできない

この衞風「淇奧」の詩は、毛詩に「衞の武公の德を稱えたもの。武公はすぐれた教養を持ちあわせ、よく臣下の諫めを聞き入れ、禮法でもって自らを制御した。それで周王室の（宰）相となった。このため人々は彼を讃えてこの詩を作った」とされる。

この詩で讃えられている衞の武公（和）は、『史記』「衞世家」に、

四十二年（BC八一三年）、釐侯卒、太子共伯餘立爲君。共伯弟和有寵於釐侯、多予之賂、和以其賂賂士、以襲攻共伯於墓上、共伯入釐侯羨自殺。衞人因葬之釐侯旁、謚曰共伯、而立和爲衞侯、是爲武公。

とある君主である。

父の釐侯亡き後、和は壯士達に命じて王位繼承者であった兄の餘を釐侯の墓のほとりに襲擊させ、餘をその墓道で自殺に追い込んだ。そしてその兄に變わって衞君となったのである。つまり、いわば簒奪者である。

毛詩の「淇奥」に讃えられているところの武公には、ふさわしくない、あるいは似つかわしくない行跡である。事實、『史記』の司馬貞「索隱」には、この部分に

> 和殺恭伯代立、此説蓋非也。按季札美康叔・武公之德。又國語稱武公年九十五矣、猶箴誡於國、恭恪于朝、倚几有誦、至于沒身、謂之叡聖。又「詩（柏舟）」著衞世子恭伯蚤卒、不云被殺。若武公殺兄而立、豈可以訓而形之于國史。蓋太史公採雜説而爲此記耳。

と、簒奪について、その信憑性に疑いを抱いている。

司馬貞は盛唐期の人であり、『史記』「索隱」は『毛詩注疏』の書かれた時より後のものであるので、このような疑問が注疏の作者達の間にあったかどうかは定かではない。

『毛詩注疏』では、これについて、

> 「（衞）世家」云、「武公以其賂賂士、以襲攻共伯」而殺兄簒國得爲美者、美其逆取順守、德流於民、故美之。齊桓・晉文皆簒弑而立、終建代功、亦皆類也。

國の權力を奪い取ったのは簒奪という力（逆）に依って取ったのであるが、取った後は文事（順）で以て國を守り、德政を布いたので譽め稱えてもよいのである、齊の桓公・晉の文公もそのようであった、と言って『史記』の記述を擁護している。「而殺兄簒國得爲美者」という文章からは、注疏の作者達にも、この簒奪について何らかの論爭があったことも伺える。もちろん論爭の有無は定かではないが、ここの注疏を書いた者は、この點について疑念があったのであろう。それを敢えて「逆取順守（逆もて取り、順もて守る）」（『史記』「陸賈傳」）であればよいのだ、前例もある、という論理で『史記』「衞世家」の記録に従っているのである。ここには太宗李世民の即位にまつわる事情、即ち李世民が兄の皇太子李建成、弟の齊王元吉を玄武門に於いて射殺して權力を奪取したということに對する注疏の作者達

の解釋――權力者への迎合――の立場を認めるべきであろう。

結

このように見てくると、司馬遷と注疏述作者達の經典に對する認識、及びその歷史認識には、大きな相違・食い違いがあることを認めなければならない。『毛詩注疏』においてしばしば見られる『史記』の記述への不信感の表明は、こうした兩者間にある儒家の經典に對する認識の違い・歷史考察の自由度の違いに基づくものであると考えられる。

『十二眞君傳』考

内山知也

一、『太平廣記』所收の『十二眞君傳』について

『十二眞君傳』は李劍國氏著『唐五代志怪傳奇敍錄』上册（一九九三年南開大學出版社刊）に取り上げられ、唐代小説初興期の作品として、同書一二二頁〜一二七頁「晉洪州西山十二眞君内傳一卷」の章に詳説されることによって、初めて唐代小説史の初唐小説の一編として評價の對象になった。

李劍國氏は『十二眞君傳』を次のように總括評價している。

唐以前の道教神仙の傳記は、二種類に分かれる。一つは多くの仙人の傳記を集めたもの、すなわち『列仙傳』『神仙傳』『洞仙傳』がそれである。もう一種は、單編で、主として一人二人のことを述べたもので、『漢武内傳』がそれである。『十二眞君傳』は後者に近い。許眞君を主とし、あわせて十數人に及ぶものである。原文は亡佚したけれども、『太平廣記』などに部分的に引用された文章から見ると、その構成は一人物によって事件が統一されている。登場の神仙はそれぞれに分けて敍述され、主人公も副主人公もあり、主副がからみ合い一體になっているところは、『漢武内傳』が一事件の一部始終を敍述するのとは異なっている。しかし登場人物が多く、事件もまた多くて、中心となるプロットがなく、一讀してばらばらな感じを免れない。思うに作者の意圖は許眞一

派の仙徒を顯彰するために、めいめいの傳を立てようとしたのであって、文章に注意を拂っていないのであろう。記事が道術のことを離れないのは、もとより仙傳の本來の面目であるが、許遜の惡龍退治の一節には異常な變化の描寫がすこぶる多く描かれており、文章にも曲折があって、まことに文學作品と呼ぶにふさわしく、『西遊記』の孫悟空や二郎神が變化して戰う形象の始まりである。（同書一二七頁）

李氏の所論には前後矛盾がある。仙傳を神仙の短い傳記を多く集めた集と、長編の『漢武内傳』とに分類したことにそもそも食い違いの生ずる原因がある。この總括の文章の後半部分で李氏が氣づいているように、『十二眞君傳』はその書名が示しているように、十二名の神仙の傳記を集めた仙傳の集だったはずである。ただ「内傳」という語が『漢武内傳』と共通して用いられたが、それは大した問題ではない。『列仙傳』（おそらく三國魏以後の作品）を開祖とする仙傳集の系列に屬する作品の一つと見做すべきである。創作の意圖については、著者胡慧超道士が自分の所屬する洪州西山（江西省南昌市西郊の西山）の道觀遊帷觀の宗祖たちを顯彰しようとしてこの作品を書いたということは、十分肯定できる。少し補足しながら言えば、『新唐書藝文志』道家類に

胡慧超　神仙内傳一巻　晉洪州西山十二眞君内傳一巻

と記錄されているので、まず胡慧超以外の人の著ではないだろう。その他『崇文總目』道家類、『通志略』の道家類、『遂初堂書目』道家類にも記載があり、特に『郡齋讀書志』巻五上の「附志」神仙類の項には、

西山十二眞君傳一巻

右晉の許遜・吳猛・陳勳・周廣・曾享・時荷・甘戰・施岑・彭抗・盱烈・鍾離嘉・黃仁覽、皆道を西山に得し者なり。「政和玉册誥詞」其の中に在り。

とその內容構成が記されている。勿論「政和玉册誥詞」は宋代の別人の文章であるから胡慧超の作ではない、と李氏

は指摘している。

なお李劍國氏は、余卞の『十二眞君傳』二巻と題する作品が宋代に存在していたことを『祕書省續編到四庫闕書目』神仙類、及び『宋史藝文志』道家類の著録を擧げて認め、『郡齋讀書記』に著録されたものは、この余卞の作品であると述べている。しかし一巻がなぜ二巻に擴張されたか（制誥を一巻として見た可能性もある）の明言はない。

胡慧超の『十二眞君傳』は、洪州西山に本據を置く道教淨明道の祖師を語る傳記なので、特に許遜の傳記の後世に於ける演變については、秋月觀暎氏の『中國近世道教の形成――淨明道の基礎研究』（創文社昭和五十三年刊）が詳細を極めている。ただ秋月氏は許遜の傳記のうち、『雲笈七籤』巻一〇六所收の「許遜眞人傳」が最も簡潔な體裁を持っているので、これが最古のものであり、『太平廣記』巻一四の「許眞君」はやや詳細ということで成立年代を下げるべきだという見解を示している。しかし「許遜眞人傳」は『十二眞君傳』系の物語とは別の傳承を經た記述であろうと私は考える。同時に「許遜眞人傳」の前に配列されている「吳猛眞人傳」も『十二眞君傳』の「吳猛」の物語に比較してみると、はるかに編幅が短かく、内容も異なっている。従って『太平廣記』所收「十二眞君傳」三編を以て、現在見られる最古のものと考えるべきだろう。

二、初唐の仙傳としての意義

初唐期は、佛教道教共に唐朝の尊崇を得て、勢力を擴張させた時代である。この間、高僧高道が輩出し、學問の面では多數の著述が現れ、布教の面では國家體制の中に組み入れられ、道玄學の設立に伴ない、寺廟の創建が盛んになり、貴族や士族だけでなく、民間への布教も熱心に行なわれるようになった。

三國六朝時代に作られた『列仙傳』『神仙傳』『梁高僧傳』に載せられている僧や道士は共に奇怪な逸話に満ちている。また特に宗派にこだわらず、宗教者の靈力の偉大さを語っている。道教の方では『列仙傳』の中には出身もわからず、身分も下賤な仙人の傳を取っており、社會的低位層からこの宗教が發生していることを示している。

ところで、初唐期の僧傳として特に有名な『大唐大慈恩寺三藏法師傳』は、高僧玄奘の門人慧立と彥悰が書いた膨大な傳記である。特に前半部分は直接師から聞いた西遊取經の話を中心に要約したと見られるが、その中にも實に奇怪な夢の豫告の話や、靈力の話が重要なモチーフになって點在している。當時私人の傳記を著わして遺すことが禁止されていたので、『三藏法師傳』は久しく隱匿されていたほどである。それに比べると胡慧超の『十二眞君傳』は、遠く晉代の神仙の傳記であり、内容的に碑文や狀文など公的な文章の採擇を全く含まない宗派内部の傳承記錄の樣相を示している短篇にすぎないから、政府の忌諱に觸れなかったのであろう。

『太平廣記』神仙部の配列を見ると、巻一から巻十三までは壓倒的に『神仙傳』から採錄しているのに對して、巻十四、十五は、五代の杜光庭の『神仙感遇傳』『神仙拾遺』(『仙傳拾遺』と同じ)の中にこの『十二眞君傳』の三編が混って配列されている。この配列方法は、作品の成立年代順をある程度意識し、唐以前の作品を巻十三までに置き、それ以後は唐代成立の作品集から選んで、題材内容の古いものから竝べているように見える。しかし「蘭公」は「許遜」より古い時代の人なのに後に配置されている。唐代には『神仙傳』のようなまとまった傳記集が書かれず、五代の杜光庭に至ってやっと多くの神仙の傳記が集められ編集された。『十二眞君傳』はまとまった一巻として宋代に傳わったはずなのだが、散佚してしまったのである。

三、『十二眞君傳』の三編について

(1) 「蘭公」について

「蘭公」(『太平廣記』巻一五) の物語は、蘭公の孝行が天地を感動させ、孝悌王と稱する斗星中の眞人が降下し、孝悌の教えを示陳し、後世晉代に許遜という眞人に傳えよと命じて「至道の祕旨」なるものを附托する。傳えたものは、孝道の祕法、寶經一帙、金丹一合、銅符、鐵劵であった。後世蘭公の子の手からそれを取得できたものは、ただ高明大使許眞君だけである、と語られるものである。これは西山派の宗要「孝道」の傳統を說き、物語のモチーフになっている。大使とは使者つまり道教の神將のことである。「吳眞君」には全くこうした傳承過程は省略されている。「孝道」の傳承については、むしろ『太平廣記』巻六三の杜光庭の『墉城集仙錄』を引く「諶母」の話に別傳の一節がある。その話を要約すると、西晉時代にいつも幼兒のような容貌をした嬰母と呼ばれる女道士が丹陽郡の黃道觀に住し、彼女の前に孝道明王と稱する天仙が現われ、修眞の祕訣を教える。嬰母はそれを祕して漏さなかったが、南陽から吳猛と許遜が南遊し、熱心に所傳を乞うたので、盟誓を立ててこれを授けた。嬰母は二人の子にこう告げる、「世雲(吳猛)は昔は許遜の師であったが、今では玉皇の玄譜によると、猛は御史に過ぎず、許遜は高明大使で、仙籍の五品以上を總領する。また主たる所の十二辰は十二國の分野に配する。遜は玄枵の野を領し、辰に於ては子である。猛は星紀の野を領し、辰に於ては丑である。遜が猛の上位に居るのは、仙階の等障に從うものだ」と記す。從って「孝道」は兗州曲阜縣高平鄉九原里の蘭公の子供から傳えられたという話と、丹陽郡黃道觀の嬰母(後に唐の宣宗の諱を避けて諶母と改めた）の子から授けられたという二説が傳承された。この二説は儒學の本山曲阜から江南建業に傳えられ、さらに江西に傳播したと說くものであったろう。

許遜は洪州高安縣に黃堂壇を設け、朝拜の場所にして嬰母を拜した。高安は西山のすぐ西隣である。諶母の子孫たちがここに移住し祖先を祀りながら西山の許遜教團の一部を形成したことが推測される。

「十二神君」がなぜ十二人でなければならないのかという理由は「諶母」の話で判明する。道教では天干十二（十二支）を尊崇し、十二辰を尊んで玄枵・星紀などと稱した。許遜・吳猛以外の彭伉・時荷・周廣・甘戰・施岑・曾亨・陳勳・旴烈・黃仁覽・鍾離嘉十仙は、さらに別人が加わる文獻が後世出現するけれども、この宗祖をも含む天上の十二辰の如く嚴然たる連繫を保って宗派を形成し、基本的には農耕移住民として西山を中心に開墾の作業に從事していたのであろう。要するに「孝道」に努めて神仙に至った人たちを十二人選び、星辰の稱號で呼んだのである。佛教でも十二神將があって佛國を守護するように、西山の神仙たちも一つの集團を形成して初期道教天師道のような組織を持とうと意識されていたのであろう。

(2)　「許眞君」について

「許眞君」の前半は、許遜の家柄・官歷の記錄と、王敦の反亂に關わって鍾陵に逃れたことを語り、後半は愼郎と稱する惡龍を退治する話である。

許遜の先祖は代々道教信者で『晉書』にもその傳を見ることができる。晉の尙書郎許邁や散騎常侍護軍長史許穆に連なる。許遜は吳猛から三清の法要を學び、鄉里から孝廉に擧げられ、蜀の旌陽令となったが、晉室の亂れにより、官を棄てて東に歸ったと記されている。

『神仙傳』には、代々儒學の家の出身で、孝廉に擧げられ、仕官して各地の縣令に任ぜられるが、世と合わず、官を棄てて道教徒の中に入るという書き出しの人物が相當居る。後漢王朝を維持したのは清廉な儒學の教養を持った地方縣令の嚴正な政治の力によるものだということは歴史の常識であるが、後漢末三國時代に入ると、政情悪化のため、地方官の身分が不安定なものになってゆく。三國時代はその最たるものであり、西晉末期もまた同樣な狀態で、一縣令の力量では支えようもない政治崩壊が各地に起きていた。

許遜が旌陽縣（三國吳の時、今の湖北省枝江縣の北のあたりにこの縣が置かれ、南朝宋の元嘉十八年に廢せられた）の縣令になったことは、この物語に大きな意味を持つと思われる。というのは西晉末期に巴蜀地方から膨大な量の流民が發生し、湖北の荆州地方に流入し、さらに湖南・江西北部に移動した結果、それらの土地の舊住民や豪族との間に紛爭が生じ、晉朝も軍將を派遣して制壓に乘り出した。その最大規模のものが杜弢の亂である。王敦はその方面軍の司令長官であり、陶淵明の祖陶侃は强力な將軍で大いに戰果を揚げた人物であった。『晉書』巻一〇〇杜弢傳によれば、蜀からの流民汝班・蹇碩ら數萬家は、荆・湘の間に布在したが、舊農民に侵害されて怨恨を抱くようになった。元醴陵縣令だった杜弢は推されて首領となり、自ら梁益二州の牧・平難將軍・湘州刺史と稱し、零陵・長沙・宜都・邵陵を侵し、太守を殺した。征南將軍王敦、荆州刺史陶侃はこれらの流民勢力を打破するために任命され、前後數十年の戰鬪の末、杜弢の軍は敗れ、杜弢は行方不明になった。

これら歴史上の背景が長江中流域にあり、物語りの許遜はその事件に絡んでくる。東晉の初期杜弢を一應制壓した王敦は、湖南・湖北を勢力下に置き、勢を驅って建業に上り、東晉王朝を倒し、王權を奪おうと試みるが失敗し、再度の進攻（三二四）も王導の老獪な手腕の前に挫折し、中道にして病死（同七月）してしまう。郭璞の死もその僅か前にある。許遜はかって自分が治めていた旌陽を回復した時の大勢力江揚等軍事都督王敦に、吳猛と共に接近した。續いて郭璞と共に占筮術を以て面會し、王敦の夢を占う。この占夢のプロットは、この物語でも重要な部分で、江北の人許遜が江南の人に變る契機になる。事實は『晉書』巻七二「郭璞傳」によれば、郭璞が占なった字謎が王敦の忌諱に觸れ、郭璞は處刑されることになっている。物語ではその謎解きを許遜が行ない、王導の怒りを買い、その毒手を幻術を使って逃れ、王導の手の屆かない江西の地洪州（今の江西省南昌市地帯）へ逃れることになる。第二次反亂の前進基地は蕪湖（今の安徽省蕪湖市）に在ったから、長江南岸の蕪湖から長江を遡上し、湖口から鄱陽湖に入り、南昌に逃走するとなると、その距離は地圖上の直線距離でも三五〇粁もあり、孝道を守る家族たちの集團であるから、何百人という大團體が動亂の中を遁走してゆくのには船頭の手も足りないのは當然である。そこで物語では二匹の龍が船を擔いで渡るのだが、廬山山頂で禁忌を破った船頭の爲に座礁してしまう。

西晉の首都洛陽に近い汝南から、家門の力によって縣令になったものの、王朝の滅亡と後趙の建國創業の動亂に紛れ、南渡した許家の辛苦がこの短い飛翔する龍の説話に象徴されている。

(3)「吳猛眞君」について

『十二眞君傳』の物語によれば、吳猛は最初許遜の孝道の師であるが、後に次位に位置する人物である。武寧縣の人。今の江西省武寧縣に武寧縣が置かれたのは唐の長安四年（則天武后の年號、七〇四）で、胡慧超在世時代に出現する縣名である。武寧縣から西山まで約一〇〇粁である。物語の後半に、干寶の兄干慶が、當時縣令として在任中に死んだのを吳猛が蘇生させ、干寶をすっかり道教信者にしてしまい、『捜神記』を書く契機となったと記す。勿論『晉書』巻九五「吳猛傳」には載らず、『捜神記』にも吳猛の名は現われない。『晉書』の「吳猛傳」と「吳眞君」とが一致するのは、かの二十四孝で有名な、親の睡眠のため自分を襲う蚊を追い拂わなかったという故事と、豫章に歸って來たとき、長江の波が高いのを白羽扇で水を畫し、靜かにして渡ったという二つの故事だけである。江州刺史庾亮の招きに應じ、病氣のことを尋ねられた際、吳猛は自分の死が旬日の間に迫っているのでお答えできないと答えて死に、屍解してしまう。庾亮も死ぬというのが「吳猛傳」であるが、「吳眞君」では臨川（江西省臨川市）で白鹿の寶車に乘り、冲虛して去ったと記す。兩傳とも許遜との關連には一切觸れない。「吳猛傳」では道術を使って江州刺史庾亮にまで信賴を得たほどの人物として多くの信者と尊崇を得ていたことを示している。

『雲笈七籤』の「吳猛眞人傳」は、冒頭に、幼くして至孝であったことを記し、次の段に南昌の社公と大蛇を退治する說話が續く。この大蛇は蜀精蛇と稱せられ、杜穀（杜弢の誤記であろう）の象徵であるという。第二段に王敦に招かれて蜀に行き、多くの病人を癒したが、敦に惡まれ、宴席の座中に脫走し、船に乘って一宿のうちに家に歸った。猛の門弟たちは二頭の龍が船を背負っているのを見た。その龍の眼は甕よりも大きかった。猛は王敦の死は今年中であると豫言する。第四段は太尉庾亮に招かれて武昌に行き、歸る途中に自分の壽命の盡きたことを門弟たちに傳えて死ぬ。弟子が棺を開いて確かめてみると屍體は見えなくなっていたという。この第三段は「許眞君」の王敦の幕下から脫走するプロットと共通している。

吳猛の傳記に限定して、編幅の長短と、それに包含されている說話のモチーフを總合して見ると、一應唐代成立の作品とされている、『晉書』卷九五藝術傳「吳猛傳」（貞觀二十二年、六四八成立）が最も古く、『十二眞君傳』「吳眞君」（原本散佚、『太平廣記』卷一四、高宗〈六五〇－六八三在位〉當時成立か）が續き、『雲笈七籤』は宋代の選であるから例外とすると、「吳眞君」は干寶・干慶にまつわるプロットだけが異っている。

四、『孝道呉許二眞君傳』について

『道藏』洞玄部譜錄類に、元和十四年（七九八）以後晩唐の道士の作と秋月氏に推定されている作品『孝道呉許二眞君傳』がある。この作品は『十二眞君傳』の三編に比べて長編であるが、大體はそれを敷衍しているような作品である。作品は呉猛から書き進められる。第一段に、呉猛が許遜と共に建昌縣（江西省奉新縣）の大蛇を退治することを述べ、第二段に愼郎（悪龍の化身）を退治し、洪州南塘の井戸に鐵柱を建てて妖異を鎭壓したこと。古來龍蛇は鐵が大嫌いなのである。第三段に、突然のように「孝道」の起源を語る。これはほとんど「蘭公」を敷衍したもので、「孝道」の傳承を語る。呉猛は許遜を師と仰ぎ、周・彭・陳・時・盱・甘・曾・鍾・施・黄・呉・劉沈等十二眞君（この數は合わない）に妙法が授けられ、廣く流布したこと。第四段に、元和十四年に許眞君上仙五六二年を祝し、四鄕の百姓が道觀に集まり盛大な祭祀を擧行したこと。第五段は許眞君のことで、許・呉・郭璞の三人が王敦の夢を占い、怒に觸れて郭璞は處刑され、許・呉二名は脱出、金陵から豫章へ船に乘り、龍の背に載せられて飛翔、廬山頂上で下船、水を歩いて歸り、落星灣で怪獸を殺したこと。第六段は、元康二年八月十五日、一家四十餘人と家鷄犬共に一時に拔宅昇仙したこと。第七段はそれ以後の西山の道觀のこと、及び子孫の名を記す。遜の姪男簡から始まって二十代の顯然に至る許氏の名が載せられている。

この『孝道呉許二君傳』は、前の二書を網羅しているが、前後不定に編集している。元和十四年の祭典もそう規模が大きくなかったらしい。許氏の系譜もおそらく家譜が傳わっていたのであろうが、それほど大人物は現われた氣配がなく、次第に衰退していたのであろう。當時はまだ唐朝の特別の被護を受けたらしくもなく、洪州刺史も開元十五年張九齡、至徳二年に元載、廣徳二年に李勉などの大物が赴任するまで全く有力者に缺ける。元和十四年ころには商祐、裴次元が在任したが特に有名人ではない。元和十五年から長慶三年まで在任した王仲舒の爲に韓愈は碑銘を書いている。これ以後高名な人物が續々と着任しているが、一般的に政治不安の少い土地という印象がある。

五、施肩吾と西山について

中唐期に實際に西山に隱棲して詩文を作り、道術の研究をした人物が居た。それは施肩吾である。『全唐文』巻七三九施肩吾の項に、「肩吾字は希聖、自ら棲眞子と號す。洪州の人。元和十年（八一五）の進士、洪の西山に隱居す」とあり、彼の生卒年代は不明だが、晩唐初の開成二年（八三七）にはまだ在世していた。もし元和十四年に西山の大醮があったら、肩吾も參加していたはずだが、彼の詩や文の中には關連の記事は見當らない。これは私の想像だが、彼は十二眞君の一人施岑の子孫であって、西山復興に熱意を持っていたのではないかと思われる。その自負は彼の詩文に散見するからである。

彼は同鄉の徐凝（～八一三～）と詩文の交わりを持っていた。「徐凝に與ふる書」（『全唐文』巻七三九）に、

僕幸に成名を忝くすと雖も、自ら命の薄きを知り、遂に心を元門に棲ましめ、性を林壑に養ひ、先聖の扶持に賴る。年遲暮に迫ると雖も、幸に龍鍾を免かる。其の得る所を觀るに此の如きのみ。

と書いている。徐凝は韓愈の門に入った人物だけれども、官界を諦めて鄉里南昌に歸っている。

西山に入り道觀の人となった施肩吾は、「西山群仙會眞記序」を書いているが、その中に、

古先の達士、皆道成ると曰ふも、眞に道を成せる者は、百に一二も無し。今來の後學、徒らに道名有りて眞に

道に入りたる者は、十に八九無し。道を論じて超脱せんと欲する者は、西山の十餘人のみ。

と言っているが、この十餘人とは十二眞君のことを指すのであろう。なお「識人論」に、

解志一旌陽に見えて、盡く九轉の功を授けられ、王猛長壽大仙に見えて、談笑の間に大道を識破す。

とあり、旌陽は許遜、王猛は吳猛の誤記、長壽大仙とは嬰母のことではないかと推測するが未詳である。肩吾は西山で何を修行していたのであろうか。「逑靈響詞序」に、

愚不敏なりと雖も、情頗る激切なり。神道扶持し、遂に至懇を發し、且らく靜を試みる。卽ち開成三年戊午の歲を以て起り、正月一日庚申自り、閉戶自修し、人事を交へず。百日を尅期し、方めて靜室より出でたり。五穀併せ絕つと雖も、五氣長く修まる。幸に瘦羸を免れ、饑渴を知らず。未だ月を淹えざるに神光目を照らし、百靈耳に集まる、精爽不昧なり。此の三者皆應ぜば、則ち仙經の祕奧を知ること虛設ならざるなり。久修せざれば知らず、旣に知らざれば、則ち彼の前後學の咸な神仙の教は盡く誑誕の辭たり、と謂ふを信ぜん。（下略）

とあり、肩吾は『三靜經』の「內觀」の行を實踐しようと、まず小靜百日を實行し、その成果のすばらしいことをここに記錄した。靜かな道觀の一室でただ一人靜坐していたのであろう。

『全唐詩』卷四九四の肩吾の詩に、「西山靜中吟」がある。

重重たる道氣結んで神と成り
玉闕金堂日を逐うて新たなり
若し西山道を得し者を數ふれば
予を連ねて便ち是れ十三人

彼は靜坐によって道氣が神に至ったと自覺し、われこそ十二眞君の次の一人になったぞと誇らしく歌う。また「經吳

眞君舊宅」五言古詩に、

古仙錬丹の處
測られず何れの歳年ぞ
今に至るまで空宅の基
時に五色の煙有り

とあり、また「自適」の詩に、

篋に靈砂を貯へ日日に看る
仙法を成さんと欲するも身を脱すること難し
知らず誰か交州に向って去る
爲に謝せ羅浮の葛長官に

とあり、葛洪の仙丹煉成術は困難だという立場にあった。彼は精神修養の方向に努力しており、また、

清靜無爲、外物を以て心を累はしめざれば、神全うして守固し。(「座右銘」)
體虛にして氣周ねく、形靜かにして神會す。(「養生辨疑訣」)

と述べているところを見ると、肩吾は煉丹術を排し、もっぱら精神修錬を主として西山道教の研究と實踐に勵んでおり、十二眞君の後繼と自認している。だが彼の詩文には「孝道」について觸れることは全くない。

六、悪龍退治

「許眞君」の後半の悪龍の化身愼郎退治は物語の中でも最重要部分である。南來の許遜一團と愼郎の激突と見ることもできるし、大洪水の害毒を與える毒龍と地元民の鬪爭と考えることもできる。後世の許遜たちの傳記は、洪水の害を防ぎ、洪州の人民に敬慕されるに至る過程が記される。『道藏』所收の『西山許眞君八十五化錄』（宋代成立）にそれは特に詳しく、『許太史眞君圖傳』（元代成立）には插繪でその迫力を具體化している。また明末の『警世通言』第四〇巻「旌陽宮鐵樹鎭妖」全八四葉は、廣大な讀者を得たらしく、『覺世雅言』巻六「旌陽宮鐵樹鎭妖」や『三教隅拈』の「許眞君旗（旌の誤）陽宮斬蛟傳」のような書名題名が異なっても内容は同一、という出版元の作戰すら考えられるような白話小説全盛期の出版樣相を示している。「旌陽宮鐵樹鎭妖」には既に『西遊記』の影響が色濃く、紅孩兒など西遊記の人物名が現われ、龍との鬪爭法は詳細になり、悟空と妖怪の變化戰鬪と似通っている。逆に言えば、「許眞君」の愼郎退治のプロットが『西遊記』に變身鬪爭のヒントを與えているのかもしれない。

愼郎という美貌で聰明な男は、毎年春から夏にかけて旅游し、歸る時は大量の財貨を持ち歸り、潭州刺史賈玉一族を豐かにし、娘婿になった人物として描かれている。一方彼は洪州では黄牛に化け、黑牛に化けた許遜と應援の十二眞君たちと川の中洲で戰っているという二面性を持った登場人物である。このような二重人格の副主人公設定の一例として、『謝小娥傳』（中唐、李公佐の作）の申蘭・申春という盜賊の設定に見ることができる。彼等は九江とその對岸に何食わぬ顔で商人らしく暮らし、舟を操って貨物船を襲撃略奪し、乘員を殺害して生活しているのである。この惡黨は男裝の女謝小娥によって復讐される運命にある。

江西には鄱陽湖を中心とする大小無數の湖沼地帯があり、それを乾拓した低地農民は大形の黒い水牛を驅使して今も農耕している。低地に近い丘陵部にはや〻小形の黄牛を使う農民たちがいる。生産物を運搬する船舶は大河や湖上を渡り、湖口から東西に旅立ってゆく。鄱陽湖に近い南昌も、洞庭湖に近い長沙も、物資の集散地であることは同一である。長沙の富豪がなぜ南昌に現われなければならないか。この不審を「許眞君」の作者は洪水を象徴する悪龍の隱密の襲來と考え、その驅除に神君たちが立ち上ったとして描く。江西低地農民の代表が洪水と戰うという構圖である。ところが戰って逃走する愼郎は井戸を通じて長沙に現われ、無收益の狀態で家に歸る。追跡して賈玉のもとに現れた許遜は愼郎とその子を殺す。長沙に命からがら歸った愼郎は龍の本身を現わして死ぬが、長沙では何の神威もない。正に亂世敗殘の人である。私はこういう二面構造の物語の意圖するところを二、三點に要約してしぼりたい。それは前にも述べたように洪水と鬪う江西農民の姿と、杜弢の亂に融和と反亂をくり返した湖南人と江西北部人士。その中にあって、南來の西山一派が强力に團結し、同宗教の下によく外敵を防いだことをこの龍退治の話は語っているのだと思う。

七、結　論

『十二眞君傳』は初唐小說として『古鏡記』『補江總白猿傳』の後に位置する仙傳小說であって、遠く『神仙傳』の後を繼ぐ道教小說である。初めは西山の道士胡慧超によって十二名の眞君の傳記としてその名稱がつけられたが、大部分が散佚し、『太平廣記』に採錄された三編だけになった。宋代以後、西山の道教が王朝の尊崇を受けるようになってから、道教的傳記文件や白話小說に發展する。

（附記）

『十二眞君傳』の文獻研究は、秋月觀暎氏及び李劍國氏の著が詳細である。また先行の說話の影響を檢討した屋敷信晴氏〈『西山十二眞君內傳』「許眞君」の成立について（中國學研究創刊號一九九八年四月）〉が詳しくプロットの檢討を行なっている。山川英彥氏の「道藏所收四種許遜傳考」（神戶外大論叢三〇巻三號、昭和五十九年）は『孝道吳許二眞君傳』『許眞君仙傳』『西山許眞君八十五化錄』『許太史眞君圖傳』『歷世眞仙體道通鑑』の成立過程から白話小說『許旌陽鐵樹鎭妖』に繫がる歷史過程を論じて詳細である。また『古今山水名勝詩詞辭典』（陝西人民出版社）には西山の名所を簡單に說明すると共に、宋の楊萬里の「歸自豫章復過西山」の詩、元の王士熙の「送朱眞一住西山」の詩を載せる。なお許遜の仙像は、蜂屋邦夫氏『中國の道教―その活動と道觀の現狀』（汲古書院一九九五年）の閤皀山大萬壽崇眞宮（吉州新塗縣）の葛玄宮の內部寫眞に、中央に葛玄、向って右に張天師、左に許遜の姿が見える。『西遊記』には、玉皇の宮殿通明殿に四天師が居て、悟空が玉皇に面會を求めてくると必ず應對する。許遜はその取り次ぎの天使の一人で、それ以外の活躍はしない。

唐代「沙陀公夫人阿史那氏墓誌」譯注・考察

石見清裕

はじめに

九世紀に山西省北部で勢力を溫存したテュルク系沙陀族は、黃巢率いる反亂軍の鎭壓に一役買ってからというもの、混亂した唐末の政治情況を左右しかねないほどの一地方勢力に發展し、やがてその系統から五代の三王朝が形成された。この沙陀の動向は、それがまさに中國史でいう唐宋變革期に重なり、またテュルクが中國内地に建國した貴重な事例でもあるため、そこにはいくつもの重要な問題がひそんでいると思われる。しかしながら、それにもかかわらず、從來の沙陀突厥史の研究は、他の種族や時代と比較して大きく立ち遲れているといわざるを得ない(1)。その理由の一つは、唐末に酋師の李克用が現れるまでの沙陀族の姿が、史料的制約によって極めて描き出しにくいからであろう。

本稿で取り上げる「沙陀公夫人阿史那氏墓誌」は、そうした史料の少ない唐前半期、玄宗朝の沙陀族に關する貴重な一次史料である。ただし、表題からわかるとおり、もとより本墓誌は沙陀氏本人のものではなく、その夫人突厥阿史那氏の墓誌である。しかし、そうはいっても、唐代の沙陀族に關する墓誌史料としては現時點では本墓誌が唯一のものであり(2)、また、そこからは配偶者である沙陀氏とその周邊、および沙陀・突厥・唐の三者の關係を窺い得る可能性が存するはずである。そこで、墓誌文を訓讀し、それによって當時の沙陀のあり方に迫ってみたい。

本墓誌の拓本寫眞は、次の三種の石刻集に掲載されており[3]、本稿ではこれらをテキストとする。

①北京圖書館金石組編『北京圖書館藏中國歷代石刻拓本匯編』第二一册、一二四頁（中州古籍出版社、一九八九年）。

②毛漢光『唐代墓誌銘彙編附考』第一七册、圖版一六二八（臺灣・中央研究院歷史語言研究所、一九九四年）。

③『隋唐五代墓誌匯編』北京卷一、一三八頁（天津古籍出版社、一九九一年）。

これらによれば、誌石は縱八八×横八六㎝、誌文は全二〇行、一行一九字、楷書で、刻年は開元八年（七二〇）である。

また、錄文は次の五種の編纂書にも收められ、これらも適宜參照したい。

①『唐文拾遺』卷六五（臺灣・文海出版社、一九七九年、八四〇～一頁）。

②毛鳳枝『關中石刻文字新編』卷三（『石刻史料新編』第一輯第二二册、一七〇五三～四頁）。

③魏錫曾『績語堂碑錄』（『石刻史料新編』第二輯第一册、七五六頁）。

④毛漢光『唐代墓誌銘彙編附考』第一七册、一二九頁。

⑤周紹良主編・趙超副主編『唐代墓誌彙編』上册、一二二三～四頁（上海古籍出版社、一九九二年）。

なお、誌石の出土狀況については、毛鳳枝『關中金石文字存逸考』卷三、「金滿州都督賀蘭軍大使沙陀公故夫人金城縣君阿史那氏墓誌銘」の條（『石刻史料新編』第二輯第一四册、一〇四三五頁）に、「此の石、道光の時、長安より出づ。今、好事者の爲に攜去され、未だ何處に移徙するかを知らず」と記されるのが、わずかに知り得る情報である。

一　誌文譯注

〔錄　文〕

1 大唐銀青光祿大夫金滿州都督賀蘭軍大使沙
2 陀公故夫人金城縣君阿史那氏墓誌銘
3 夫人姓阿史那氏繼往絶可汗步眞之曾孫竭忠
4 事主可汗驃騎大將軍斛瑟羅之孫十姓可汗右
5 威衞大將軍懷道之長女也自冒頓驕天聲雄朔
6 野呼韓拜闕禮襲京朝殊寵冠於侯王深誠見乎
7 餘羨夫人天姿淑美雅性幽閑自然貞檢之容暗
8 合蘋蘩之訓年十有七歸于沙陀氏封金城縣君
9 勤于輔佐外彼榮滿藩部所以清謐戎馬所以滋
10 大宜其椒衍盈升保寧楡塞豈謂桂華淪彩已矣
11 蒿歌春秋二十五以開元七年八月二十四日遘
12 疾終於軍舍沙陀府君悲興異室感極如賓雖大
13 夜同歸將鼓盆而自遣而方春搖落詠長簟而纏
14 懷粤以八年三月二十九日遷祔於長安縣居德

15 鄉龍首原先公特府君之塋禮也□呼生摯榛栗
16 歿奉松楸霜露之祀忽諸蘭菊之芳無歇鳴呼哀
17 哉乃爲銘曰
18 李華白兮桃復紅歎零落兮委飄風蘭有秀□菊
19 有芳羌淑美兮不可忘閟音容之寂寂□松□之
20 蒼蒼

〔訓　讀〕

大唐の銀青光祿大夫①、金滿州都督②、賀蘭軍大使③、沙陀公の故夫人、金城縣君④、阿史那氏の墓誌銘

夫人、姓は阿史那氏、繼往絕可汗歩眞⑤の曾孫、竭忠事主可汗、驃騎大將軍斛瑟羅⑥の孫、十姓可汗、右威衛大將軍懷道⑦の長女なり。冒頓⑧驕天してより、聲は朔野に雄たりて、呼韓⑨拜闕して、禮は京朝を襲《かさ》ぬ。殊に寵せられて侯王に冠たり、深き誠は餘羨⑩に見《あら》はる。

夫人、天姿は淑美にして、雅性は幽閑たり。自づから貞檢の容を然りとし、暗に蘋蘩⑪の訓に合す。年十有七にして沙陀氏に歸し、金城縣君に封ぜらる。輔佐に勤め、彼の榮滿を外にす。藩部、清謐⑫なる所以にして、戎馬、いよいよ大なる所以なり。宜なるかな、其れ椒衍升に盈ち⑬、楡塞⑭を保寧するは。豈に、桂華淪彩にして、蒿歌⑮に已みなむと謂はんや。春秋二十五にして、開元七年八月二十四日を以て、疾に遘ひて軍舍に終る。

沙陀府君、悲興して室を異にし⑯、感極ること賓の如し⑰。大夜に同に歸せんとす⑱と雖も、鼓盆を將て自ら遣り⑲、而れども、方春搖落して、長簟を詠じて纏懷す⑳。粤に八年三月二十九日を以て、長安縣居德鄉龍首原㉑の先公特府君㉒の塋に

遷祔す㉓。禮なり。ああ㉔、生まれては榛栗㉕を摯り、歿しては松楸㉖を奉る。霜露の祀㉗は忽諸にして、蘭菊の芳は歇きる無し。ああ、哀れまんかな。乃ち銘を爲りて曰く、

李華は白く、桃復た紅たり。零落を歎じて、飄風に委ぬ。蘭に秀有り、菊に芳有り㉘。羌たる淑美、忘るべからず。音容の寂寂たるを闔《と》ざし㉙、松檟の蒼蒼たるを待たん㉚。

〔語　釋〕

①「銀青光祿大夫」　唐代、從三品の文散官。

②「金滿州都督」　金滿州は、高宗朝初期の阿史那賀魯の反亂に沙陀族の朱邪孤注が連和し、その討伐後に唐が沙陀の故地に置いた羈縻州。北庭都護府の管轄下。『舊唐書』卷四〇、地理志三、河西道、北庭都護府の條末尾（標點本一六四六～七頁）に、六都督府・一〇州が揚げられ、「已上十六番州、〔雜〕（新）戎胡部落。寄於北庭府界內、無州縣戶口、隨地治畜牧。（已上十六番州は、雜戎胡の部落なり。北庭府の界內に寄せ、州縣戶口無く、地に隨ひて畜牧を治む）」と說明される十六蕃州中に「金滿州都督府」の名が見え、『新唐書』卷四三下、地理志七下、羈縻州、隴右道、北庭都護府の條（一一三二頁）に、「金滿州都督府。永徽五年、以處月部落置爲州、隸輪臺。龍朔二年、爲府。（金滿州都督府。永徽五年、處月部落を以て置きて州と爲し、輪臺に隸す。龍朔二年、府と爲す）」とある。後述、考察(2)、參照。

③「賀蘭軍大使」　唐代の「軍」とは、唐初以來の府兵制の一環としての防人による鎭・戍が衰退し、それにともなって新たに登場してくる邊防機關。大使はその統帥。ただし、管見の限りでは既存の唐代史料中に「賀蘭軍」なる軍は見出し得ない。一時的に置かれた軍か。後述、考察(2)、參照。

④「金城縣君」 縣君は唐代婦人の爵の一つ。唐・開元年間の命婦の制を記した『大唐六典』巻二、吏部、司封郎中、外命婦之制（廣池學園本四一頁）によれば、「五品官もしくは勳官三品の有爵者の母・妻」に相當する。ただし、墓誌文冒頭によれば、墓主の配偶者は從三品の銀靑光祿大夫であるので『六典』の規定とは完全には符號しないが、實際には必ずしも規定どおりに運營されるとは限らない。本墓誌の金城縣君の場合は、墓主が嫁いだ時點では配偶者はまだ三品身分を授與されておらず、後に昇官したが、夫人は昇爵される以前に死去したものとも推測されよう。なお、金城は縣名（蘭州金城縣、『舊唐書』地理志三、蘭州五泉縣の條、一六三四頁、または延州金城縣、『舊唐書』地理志一、延州敷政縣の條、一四一一頁）であるが、公主の封號が國名・郡名・美名をもってするように、雅號である。

⑤「步眞」 西突厥の繼往絕可汗、阿史那步眞。獨立遊牧政權としての西突厥は、五八三年（隋・開皇三年）に室點蜜（イステミ）可汗がモンゴリアの東突厥から分離獨立したのを開始時點とし、唐初の統葉護可汗の繁榮期を經て、高宗・顯慶二年（六五七）に阿史那賀魯が唐軍によって捕らえられた時點で滅亡したとされる。唐は滅亡後の西突厥に對し、その構成部族を咄陸部と弩失畢部とに分割統治することとし、前者を押領させるために室點蜜の五代の子孫にあたる阿史那彌射を興昔亡可汗・崑陵都護に册立し、後者の押領のためにその族兄阿史那步眞を繼往絕可汗・濛池都護に册立した。

⑥「斛瑟羅」 阿史那步眞の子。垂拱（六八五〜八八）の初めに繼往絕可汗を繼ぎ、天授元年（六九〇）に唐より左衛大將軍・竭忠事主可汗を拜せられた。

⑦「懷道」 阿史那斛瑟羅の子。神龍（七〇七〜一〇）中に右屯衛大將軍・光祿卿を累授せられ、太僕卿兼濛池都護・十姓可汗に轉ぜられた。

⑧「冒頓」　匈奴の單于。在位前二〇九頃～一七四。父の頭曼單于を謀殺して位に卽き、東胡、月氏を破って全モンゴリアを制壓、その後の匈奴隆盛の基礎を築いた。

⑨「呼韓」　匈奴で呼韓邪を稱した單于は、前漢末期宣帝に援を請うた呼韓邪と、その孫で後漢光武帝に降って來た日逐王比の二名が存在する。前者は王昭君の降嫁で有名であり、後者は南匈奴の初代單于とされる。ここは、そのいずれに解しても文意は通じるが、後文との關係から後者がよりふさわしい。『晉書』巻九七、四夷傳、北狄匈奴の條（標點本二五四八頁）に、「呼韓邪感漢恩來朝、漢因留之、賜其邸舍、猶因本號聽稱單于、歲給緜絹錢穀、有如列侯。子孫傳襲、歷代不絕。（呼韓邪、漢の恩に感じて來朝し、漢因りてこれを留め、其の邸舍を賜ひ、猶ほ本號に因りて單于を稱するを聽し、歲ごとに緜・絹・錢・穀を給し、列侯の如きこと有り。子孫傳襲して、歷代絕えず）」とある。墓誌後文に「呼韓拜闕して、禮は京朝を襲ぬ。殊に寵せられて侯王に冠たり」と記すのも、これらを承けての表現であろう。

⑩「餘羨」　あまり、餘衍。羨はあまること。

⑪「蘋蘩」　蘋はうきくさ、蘩はしろよもぎ。ともに祖先の供物とする質素な草。『詩經』召南に「采蘋」「采蘩」の二詩があり、それぞれ詩序に、「采蘋、大夫妻能循法度也。能循法度、則可以承先祖共祭祀矣。（采蘋は、大夫の妻、能く法度に循ふなり。能く法度に循へば、則ち以て祖先に承け、祭祀に共すべきなり）」、「采蘩、夫人不失職也。夫人可以奉祭祀、則不失職矣。（采蘩は、夫人職を失はざるなり。夫人以て祭祀を奉ずべくんば、則ち職を失はざるなり）」とある。ここはこれらを出典とし、女性としての平素の勤勉な行い、の意。ただしその女性を、毛傳は少女とし、鄭箋も未婚の少女とするが、集傳は若い主婦と解す。

⑫「淸謐」　淸らかで靜かなさま。謐は靜。邊境の情勢を表す用例としては、『北史』巻一〇〇、序傳（三三四〇頁）

に、「邊服淸謐、朝廷大嘉之」とある。

⑬「椒衍升に盈つ」『詩經』唐風、椒聊、「椒聊之實、蕃衍盈升。（椒聊の實、蕃衍して升に盈つ）」が出典。山椒の實が升に滿ちあふれるのは、子孫繁榮のたとえで、鄭箋が「興するは、桓叔は晉君の支別のみ。今其の子孫衆多にして、將に日を以て盛ならんとするに喩ふるなり」と解する。ただし集傳は「此れ其の指す所を知らず」とする。

⑭「楡塞」北方の邊塞。古來、楡を植えて防塞とした。『漢書』韓安國傳（二四〇一頁）に、「累石爲城、植楡爲塞。（石を累して城と爲し、楡を植えて塞と爲す）」とある。

⑮「蒿歌」葬送歌、挽歌。蒿は墓地。崔豹『古今注』卷中、音樂（『古今注・中華古今注・蘇氏演義』、上海・商務印書館、一九五六年、一二頁）に、「薤露、蒿里、竝喪歌也。出田横門人。横自殺、門人傷之、爲作悲歌言、人命如薤上之露、易晞滅也。亦謂、人死魂魄歸乎蒿里。故用二章。（薤露、蒿里は、竝びに喪歌なり。田横の門人より出づ。横自ら殺し、門人これを傷み、爲に悲歌を作りて言ふ、人命は薤上の露の如し、晞《かわ》き滅し易きなり、と。亦た謂ふ、人死すれば魂魄は蒿里に歸る、と。故に二章を用てす）」とある蒿里を指す。

⑯「室を異にす」『詩經』王風、大車に、「穀則異室、死則同穴。（穀《い》きては則ち室を異にするも、死しては則ち穴を同じうせん）」とある。今は別々に暮らしていても、せめて死んだ後は夫婦の縁を全うしたい、の意。ここは、妻に先立たれた夫の悲嘆の表現。

⑰「賓の如し」秦末、卽位した漢の高祖との面會を恥じた齊の田横が自害すると、その食客二人が冢の傍らに自己の墓穴を穿ち、田横の後を追って自頸した故事。『史記』卷九四、田儋列傳（二六四八頁）。

⑱「大夜に同に歸す」大夜は黃泉、死の世界。同歸は一緒に歸ること。

⑲「鼓盆を將て自ら遣る」莊周が妻を失った時に盆を鼓して歌った故事。『莊子』外篇、至樂（新釋漢文大系、明治書

院、四九二頁）に、「莊子妻死。惠子弔之。莊子則方箕踞鼓盆而歌。（莊子の妻死す。惠子、之を弔ふ。莊子則ち方に箕踞して盆を鼓ちて歌ふ）」とあり、その理由として莊周は、人の死にいつまでも悲哭するのは天命に通じないとした。自遣は、自ら己が心を慰め、己が憂いを忘れること。李白に「自遣詩」がある。

⑳「長簟を詠じて纏懷す」　長簟は、竹や葦などで作った長いむしろ。纏懷は、思いがまとわること。纏は繞。

㉑「長安縣居德鄉龍首原」　龍首原は長安縣の北方一〇里にある丘陵。居德鄉は、長安城内西端の居德坊を指すのではない。

㉒「先公特府君」　先公は祖先の總稱にも用いるが、通常は亡父を指すことが多い。先考に同じ。府君は死者に對する敬稱。ただし、特府君という一般名詞は存在せず、そこで毛漢光氏の錄文（前掲、編纂書④）では「特」字に傍線を附して固有名詞と解しており、今はこれに從う。とすれば、墓主阿史那夫人の義父または實父にあたるが、中國の禮に從うならば前者であろう。

㉓「遷祔」　遷殯祔葬。祔は祖先の廟。殯を遷して祖先の墓域に埋葬すること。

㉔「あぁ」　拓本は判讀不能であるが、編纂書の錄文は全て「嗚呼」に作り、これに從う。

㉕「榛栗」　はじかみとくり。どちらも婦人の執る禮物。『春秋左傳』莊公二四年秋に、男女の別と國の大節を説いて、「女贄不過榛栗棗脩、以告虔也。（女の贄は榛・栗・棗・脩を過ぎず、以て虔に告ぐるなり）」とあり、「疏」によれば、榛は虔、栗は戰栗、棗は早起、脩は自脩にそれぞれ通じるという。

㉖「松楸」　まつとひさぎ。この二木は墓地に植えることから、轉じて墓地をいう。謝玄暉「齊敬皇后哀策文」（『文選』巻五八）に、「陳象設於園寢兮、映輿鑁於松楸。（象設を園寢に陳し、輿鑁を松楸に映ず）」とある。園寢は陵墓内の祭祀用の建物、象設はそこに生前の具を象すること、輿鑁は車と馬の飾り。

㉗「霜露の祀」「祀」は拓本からは判讀困難であるが、今は編纂書錄文に從う。「霜露」は、秋の寂しさ、父母を思う悲しみなど、悲愴や辛苦の喩に用いる。『禮記』祭義（新釋漢文大系、七〇〇頁）に、「霜露既降、君子履之、必有悽愴之心。（霜露既に降れば、君子之を履みて、必ず悽愴の心有り）」とある。

㉘「蘭に秀有り菊に芳有り」拓本は一部判讀不能。編纂書錄文は全て「蘭有秀兮」に作る。ここは漢武帝「秋風辭」の一節を踏まえているので、錄文に從う。「秋風辭」（『文選』卷四五）に、「秋風起兮白雲飛、草木黃落兮鴈南歸。蘭有秀兮菊有芳、携佳人兮不能忘。（秋風起ちて白雲飛び、草木黃落して鴈南のかた歸る。蘭に秀有り菊に芳有り、佳人を携して忘る能はず）」とある。

㉙「音容の寂寂たるを閟ざす」音容は音聲と容姿、こえとすがた。用例としては、謝靈運「酬從弟惠連」（『文選』卷二五）の「巖壑寓耳目、歡愛隔音容。（巖壑耳目に寓し、歡愛音容を隔す）」など。寂寂はさびしく静かなさま。閟は『說文』は「閉門也」とする（『段氏說文解字注』、臺北・宏業書局本、四二〇頁）。とじる、とざす。

㉚「松檟の蒼蒼たるを待つ」拓本では「松」字の上下二字は判讀不能であるが、下字の右下「貝」部は確認でき、文意から今は編纂書錄文に從う。松檟はまつとひさぎ、陵墓に植える樹木。蒼蒼は、『詩經』秦風、蒹葭に、「蒹葭蒼蒼、白露爲霜。（蒹葭蒼蒼たり、白露霜と爲る）」とあり、夏の葉の青青とは異なり、蘆の葉が黃色に變ぜんとする時の色で、秋が深まった様子を表す（高田眞治『詩經』上、集英社漢詩大系、一九六六年、四六〇頁）。

〔口語譯〕

大唐の銀青光祿大夫、金滿州都督、賀蘭軍大使である沙陀公の亡き夫人で、金城縣君であった阿史那氏の墓誌銘

夫人は、姓を阿史那氏といい、西突厥の繼往絕可汗であった阿史那步眞の曾孫、竭忠事主可汗、驃騎大將軍であっ

た阿史那斛瑟羅の孫にあたり、十姓可汗、右威衛大将軍の阿史那懐道の長女である。かつて冒頓單于が驕りたかぶってからは、匈奴の威聲は北方の野を覆ったが、後に呼韓邪單于は漢の宮廷に拜謁し、匈奴に對する禮遇は代々朝廷に受け継がれた。呼韓邪とその子孫は特に寵愛されて王侯の中でも最高級の厚遇を受け、漢に對する彼らの深い忠誠心には餘りあるほどであった。

阿史那夫人は、生まれながらにして麗しい容姿と奥ゆかしい性質とを身につけていた。平素の生活ぶりは、自然とただしいみさおを守り、無意識のうちに女性としての勤勉な行いに適っていた。十七歳の年に沙陀氏のもとに嫁ぎ、唐から金城縣君の封爵を授けられた。それ以後は、沙陀氏の輔佐に勤め、その榮譽榮達が外に現われるよう盡力してきた。そのため、邊境は平和で安寧となり、兵馬はいよいよ强大となったのである。沙陀族の子孫が繁榮し、北方邊塞の平和が保たれたのは、まさに當然のことであったといえよう。どうして、桂の花が色鮮やかに咲き誇る春の滿開のこの時期に、悲しい葬送の挽歌に思いを致すであろうか。夫人は、開元七年八月二十四日に、二十五歳で、病に罹って兵舎で死んでしまったのである。

夫の沙陀君は、夫人に先立たれた悲しみのあまり、〔あの田横の食客がしたように〕感極まって夫人の後を追って黄泉の國に行こうとさえしたのであるが、〔かの莊周が妻を失った時に盆を鼓して歌ったように〕何とか自分を奮い立たせ、己の心を慰めたのであった。とはいっても、あたかも春爛漫にして花がゆれおちてしまったのであり、沙陀君は長むしろの上で嘆息して心は惑うばかりであった。夫人の遺體は、開元八年三月二十九日に、長安縣居德鄉龍首原にある亡父特府君の墓に合葬された。葬送儀禮に則ってのことである。ああ、夫人は生前ははじかみと栗を手に取り、女性としての禮儀作法に従い、死後はこの墓地で松とひさぎをいただくこととなった。悲しい葬儀はたちまちのうちに終わったが、蘭や菊の芳香がいつまでも殘るように、夫人の生前の德は盡きることはない。ああ、なんと痛ましいことであろうか。そこで、銘文を作って夫人に捧げることにする。

李の花は白く、桃の花は紅い。美しい花が散ってしまったことを嘆じつつ、今はつむじ風にその行方を任せるだけである。しかし、蘭や菊の花が芳香を残すように、夫人の麗しい德は決して忘れらることはない。今はただ、寂しい面影を閉ざし、松とひさぎが生い茂る秋の深まりを待つばかりである。

二　考　察

(1)　墓主について

本墓誌文、全二〇行、三四六字を段落分けすれば、(1)誌題（第一〜二行）、(2)墓主の血統と、匈奴を例とした北方民族と中國との友好的關係の記述（第七行二字まで）、(3)墓主の生前の姿と死亡（第一二行五字まで）、(4)葬儀の様子（第一七行まで）、(5)銘文、のごとくに整理されよう。二十五歳の若さで死亡した女性を墓主とするところから、本墓誌は、希望あふるる春（夫人の生）とうら寂しい秋（夫人の死）とを對比する手法を取り入れて描かれている。文中には『詩經』の一節を踏まえた表現がいくつか見られ、しかもその中には〔毛傳〕〔鄭箋〕〔集傳〕の間で解釋が微妙に分かれる一節がある（語釋⑪、⑬、さらには㉚）。『詩經』は唐代の墓誌文には最も頻繁に引用される古典であるので、こうした傾向は當然ながら他の墓誌文においてもしばしば見うけられるであろう。したがって墓誌に『詩經』がどのような文意で引用されているのかを調査することは、今後『詩經』解釋史の研究上一つの有效な手段となるのではなかろうか。

さて、本稿の墓主阿史那夫人は、墓誌文によれば開元七年（七一九）に二十五歳で死亡したのであるから、これを數え年で溯れば、彼女は證聖元年（天册萬歳元年、六九五）の生まれ、沙陀氏のもとに嫁いだのは睿宗の景雲二年（七一一）ということになる。唐でいえば、則天武后朝から玄宗朝初期の間に生きた人である。その血統は、誌文には曾祖父は阿史那歩眞、祖父は阿史那斛瑟羅、父は阿史那懷道と記され、突厥史においてはそうそうたる人物が名を連ねている。すなわち、本墓主の阿史那夫人は、西突厥王族のまさに直系の血をひく女性なのである。ただし、彼女自身に相當すると思われる人物は在來史料中には一切見出し得ず、この女性は本墓誌によって初めてその存在を知り得るにすぎない。それならば、われわれは墓主の人間像にどれだけ迫り得るであろうか。

そもそも、先述（語釋⑤）のとおり、西突厥の獨立政權は高宗朝初期の阿史那賀魯の亂平定をもって實質上終焉し、それ以後の西方テュルク世界は唐と册立關係を結ぶ時期が多かった。墓誌文に見える繼往絶可汗・竭忠事主可汗・十姓可汗の稱號は唐からの册立可汗號であり、西突厥の代名詞「十姓（on oq）」も西突厥政權滅亡後に使用された呼稱である。[4] そして、その唐の册立下にあった西方の阿史那氏統治體制も、實質上は本稿墓主の祖父斛瑟羅の時代をもって最後とする。『舊唐書』突厥傳下（五一九〇頁）には、

自垂拱已後、十姓部落頻被突厥默啜侵掠、死散殆盡。及隨斛瑟羅纔六七萬人、徙居內地。西突厥阿史那氏於是遂絶。

（垂拱（六八五～八八）より已後、十姓部落頻りに突厥の默啜の侵掠を被り、死散して殆ど盡く。斛瑟羅に隨ふもの纔かに六、七萬人なるに及び、徙りて內地に居す。西突厥の阿史那氏、是に於て遂に絶ゆ。）

と記される。墓主はこの數年後にこの世に生をうけたのであり、彼女の時代には唐の册立下にあった西突厥阿史那氏體制ですらも、すでに崩壞していたのである。こうして西方テュルク世界は、やがて新たに臺頭してきた突騎施の支配下に入ることになる。

唐の内地に移住した阿史那氏王族の中には、阿史那彌射の孫、阿史那獻のように、興昔亡可汗・安撫招慰十姓大使に立てられながら歸國せず、開元中に長安で卒した例もあり（『舊唐書』突厥傳下、五一八九頁）、それればかりか斛瑟羅自身も長安で死去したという（『新唐書』突厥傳下、六〇六五頁）。とすれば、われわれは、阿史那氏のおかれたこうした状況を念頭におけば、斛瑟羅の孫にあたる本稿墓主も唐内地で出生したか、あるいは少なくともかなり幼い時期から内地で成長したと見てまず間違いないであろう。その女性が十七歳の時、西方の沙陀族のもとに、おそらくは長安から縣君として嫁いでいったのである。

ところで、西突厥の王族から他家に嫁いだ女性というと、すぐに「交河公主」（『舊唐書』は「金河公主」に作る）の名が想起されるであろう。交河公主は、『唐會要』巻六、和蕃公主の條（上海古籍出版社標點本、八七頁）にその名が見え、原注には、

十姓可汗阿史那懷道女。開元五年十二月、出降突騎施可汗蘇祿。

（十姓可汗、阿史那懷道の女なり。開元五年（七一七）十二月、突騎施可汗の蘇祿に出降す。）

とあり、『舊唐書』巻一九四下、突厥傳下（標點本、五一九一頁）にも、

蘇祿者、突騎施別種也。……上乃立史懷道女爲金河公主以妻之。

（蘇祿は、突騎施の別種なり。……上（玄宗）乃ち史懷道の女を立てて金河公主と爲し、以てこれに妻はす。）

と記され、西突厥に代わって臺頭してきた突騎施の蘇祿に嫁いだ公主である。[5] ただし、これらを一見すると、この交（金）河公主も、本稿の墓主阿史那夫人と同じく阿史那懷道を父とすると思われがちであるが、實は交河公主は阿史那懷道の實子ではない。『唐大詔令集』巻四二、和蕃册文の條所收「册交河公主文」に、

維開元二十八年歲次庚辰四月丁巳朔十五日辛未、皇帝若曰……咨爾十姓可汗・開府儀同三司・濛池都護阿史那昕

　妻、涼國夫人李氏……冊爾爲交河公主。

と記されているからである。ここに見える阿史那昕とは懷道の子であり、すなわち交河公主は懷道の義理の娘にあたり、本稿の墓主とは義理の姉妹の關係なのである。彼女はおそらくは宗室の女性（あるいは賜姓）で、初め西突厥の王族阿史那昕に嫁ぎ、開元二八年（七四〇）にあらためて公主に立てられ、突騎施の蘇祿に降嫁された。もちろん、その時點では本稿墓主はすでにこの世を去っていたことになり、兩者の降嫁年を比較すれば墓主の方が年長と見てよい。

ただし、この義姉妹交河公主の存在は、阿史那夫人の考察にも一つの手掛かりを與えるであろう。というのも、前掲『唐會要』『舊唐書』に見えるとおり、交河公主はたてまえ上は阿史那懷道の娘として突騎施に降嫁されているのであり、墓主が阿史那氏體制崩壞後に西方の沙陀に金城縣君として嫁いでいる點と酷似しているからである。『舊唐書』突厥傳下、突騎施、蘇祿の條（五一九二頁）には、突騎施討伐後に安西都護蓋嘉運が行った措置として、

　〔蓋嘉運〕又欲立史懷道之子昕爲可汗、以鎭撫之。

　（〔蓋嘉運〕また史懷道之子昕を立てて可汗と爲し、以てこれを鎭撫せんと欲す。）

とある。すなわち唐は、西突厥に對する統治體制が崩壞すると、阿史那氏との關係を保持するために一旦は李氏を出嫁させたが、西方で突騎施の蘇祿が臺頭するとその女性を阿史那懷道の女子として公主降嫁させ、さらに蘇祿の沒後はあらためて阿史那氏を可汗に冊立してテュルク族を押さえようとしているのであり、最後まで西方統治に際して阿史那氏を利用する政策を捨ててはいない。

とすれば、本稿墓主の出嫁も、これら唐の西方政策と軌を一にするものであったことがわかるであろう。唐は、阿史那氏體制の崩壞後、後の交河公主と同様に、西方テュルク統治の上で重要となる人物と關係を結ぶために、阿史那

直系の女性を縣君として降嫁させたのである。もちろん、その際に阿史那懐道の長女や義理の娘に白羽の矢が立てられたのは、テュルク世界における阿史那氏の威光を利用したものであることはいうまでもない。本稿の墓主は、西方統治のために阿史那の血統が利用された、まさにその先驅けだったのである。

(2) 配偶者沙陀公について

それでは、墓主阿史那夫人の配偶者であり、墓誌文に銀靑光祿大夫・金滿州都督・賀蘭軍大使として登場する沙陀公（沙陀府君）とは、一體誰であろうか。

『新唐書』巻二一八、沙陀傳（六一五三頁）によれば、そもそも沙陀はかつて西突厥の支配下にあった處月種をその出自とし、貞觀期に唐に入朝したことがあるというが、年代的に沙陀族出身者で個人名が最初に現れるのは、高宗初期の西突厥・阿史那賀魯の反亂に際して登場する朱邪孤注および沙陀那速の二人である。[6] 唐は、阿史那賀魯に連和した朱邪孤注を討伐し、その後に「處月の地に金滿・沙陀二州を置き、皆都督を領さし」めたという。そしてこの金滿州は、前述（語釋②）のとおり、北庭都護府の管内に設置された羈縻州であり、本稿墓主の配偶者沙陀公はこの羈縻州の統率者たる地位を繼いだものと見てよい。

續いて沙陀傳には、高宗朝後半から玄宗朝期の沙陀の情況について、

龍朔（六六一～六六三）の初め、處月の酋沙陀金山を以て、武衞將軍薛仁貴に從ひて鐵勒を討たしめ、墨離軍討擊使を授く。長安二年（七〇二）、進められて金滿州都督と爲り、累ねて張掖郡公に封ぜらる。金山死し、子の輔國嗣ぐ。先天（七一二～一三）の初め、吐蕃を避けて、部を北庭に徙し、其の下を率いて入朝す。開元二年（七一四）、復た金滿州都督を領す。其の母鼠尼施を封じて鄯國夫人と爲し、輔國は永壽郡王を累爵せらる。死して、子の骨

啜支嗣ぐ。天寶（七四二～五六）の初め、回紇内附し、骨咄支を以て回紇副都護を兼ねしむ。肅宗に從ひて安祿山を平らげ、特進・驍衛上將軍を拜さる。

と記されており、ここに、沙陀金山（墨離軍討擊使・金滿州都督・張掖郡公）―沙陀輔國（金滿州都督・永壽郡王）―沙陀骨咄支（回紇副都護・特進・驍衛上將軍）の父・子・孫三名が登場する。沙陀と唐の關係が密接となるのはこの金山以後のことであり、本稿の墓主の生涯と重なるのももちろんこの時代でなければならない。

さて、右の引用箇所のうち、まず沙陀金山の入朝については、『册府元龜』卷九七一、外臣部朝貢四（明版一右）に、

唐玄宗先天元年（七一二）……十月、突厥汝〔沙〕陀金山、十一月、突厥十姓、十二月、吐蕃・新羅並遣使朝貢。

とあり、同卷九七四、外臣部褒異一（明版一四左）にも、

十二月壬戌、沙陀金山等來朝、宴于內殿。

と見え、後者の來朝は『册府元龜』の後文から、開元二年（七一四）十二月と見られる。[7] また、彼が墨離軍討擊使・金滿州都督に就任していた點は、『册府元龜』卷九五六、外臣部種族、沙陀突厥の條（明版三二右）に、

唐則天通天中（六九六～九七）、有黑〔墨〕離軍討擊使沙陀金山、爲金滿州都督。

とある記事によって確認される。[8] すなわち、沙陀金山は高宗・則天武后朝期に唐との關係を保った沙陀族の酋首であり、その死亡時期はほぼ玄宗朝初期と見てよいであろう。

金山の子、沙陀輔國については、『册府元龜』卷九七五、外臣部褒異二（明版八右）に、

（開元十六年、七二八）三月戊申、金滿州都督沙陀輔國之母鼠尼施氏、封爲鄯國夫人。

とあり、また、清・胡聘之『山右石刻叢編』卷六所收「慶唐觀紀聖銘」（『石刻史料新編』第二〇册、五左～一七左）は、同書によれば開元一七年（七二九）九月三日に晉州神山縣の老子祠に建立された石碑紀銘であるが、その碑陰に皇太

子・皇族・官僚等の寄進者計七五人の名が列記され、その中に、

特進、永壽郡王、沙陀輔國。

の一行が認められる。(9) 管見の限りでは、沙陀輔國に關する史料はこの二例しか見當たらないが、これらによって、開元年間に輔國が金滿州都督、永壽郡王の稱號を帶び、その母鼠尼施が鄯國夫人に封ぜられたとする『新唐書』沙陀傳の妥當性が確認されよう。

とすれば、年代から見て、則天武后朝から玄宗朝初期に生を受け、開元七年（七一九）に二十五歳で死亡した本稿の墓主阿史那夫人の配偶者の候補としては、この沙陀輔國が最もふさわしいといわざるを得ない。(10) 輔國の子、沙陀骨咄支は安史の亂期の人であって、彼の世代では時代が下りすぎるのである。もちろん、金山－輔國－骨咄支の系譜以外の沙陀の男性を墓主の配偶者に想定する考え方が、ない譯ではないであろう。しかしながら、本稿の墓誌には「銀青光祿大夫、金滿州都督」と明記され、墓主の配偶者は從三品の高官でなければならず、この時代にそれにふさわしい沙陀族出身者は現存史料には一切見えないばかりか、さらには金滿州なる羈縻州の統率者が他に存在したとも思えないのである。

それならば、前掲「慶唐觀紀聖銘」に輔國が「特進・永壽郡王」とされていることとの關連は、どのように考えればよいであろうか。特進とは正二品の文散官である。おそらく輔國は、父の金山が入朝した關係から唐より西突厥王族の女性が降嫁され、開元初期に父の死によって金滿州都督を繼ぎ、その際に彼が率いる配下の勢力を參酌して、唐は輔國を蕃望第三等と判斷したのであろう。蕃望とは、唐が異民族出身者に授官するに際して基準とするランクであり、その第三等とは唐の品階の第一品～三品に相當する。(11) したがって彼は、まず從三品の銀青光祿大夫を授與され、その後、開元一七年の時點では正二品に昇官されており、また郡王の封爵も授與されていたと考えればよいであろう。

さて、以上のように考えて大過ないとすれば、殘る問題はただ一つ、墓誌に記される「賀蘭軍大使」の解釋である。先述（語釋③）のとおり、ここでいう「軍」とは、府兵制による鎭・戍の衰退にともなって登場してくる軍事機關であり、菊地英夫氏によれば、それは出征軍たる行軍制が發展したものであり、軍の中には部落の酋帥を通じて羈縻統督される移動性に富んだ異民族軍團も存在したという[12]。そして、例えば、『唐大詔令集』卷一三〇、蕃夷・討伐の條所收（標點本七〇五頁）の景龍二年（七一〇）「命呂休璟等北伐制」は、唐の軍事行動に際して具體的軍名が記されることでしばしば引用される詔敕であるが、この詔文中に賀蘭軍は登場せず、また『唐會要』卷七八、諸使・中、節度使の條（一六八六頁以下）には五〇以上もの軍名が列記されているにもかかわらず、やはり賀蘭軍の名は見えない。そればかりか、既存の唐代史料中に「賀蘭軍」なる軍の存在は一切確認できないのである。とすれば、われわれは、賀蘭軍なる軍は内附沙陀突厥を中心勢力とする蕃部落兵軍團として設置されたのであろうが、ただしそれは極めて一時的に短期間設置された軍にすぎないと考えてよいのではなかろうか。

そうであるならば、一時的にせよ存在した沙陀賀蘭軍は、おおよそどの地方に置かれたであろうか。『安祿山事迹』卷中、天寶一四載（七五五）末尾（上海古籍出版社、標點本、二六頁）には、

是月……以河西・隴右節度使、西平王哥舒翰爲副元帥、領河・隴諸蕃部落奴剌・頡跌・朱耶・契苾・渾・蹛林・奚結・沙陀・蓬子・處蜜・吐谷渾・恩結等一十三部落、督蕃漢兵二十一萬八千人、鎭於潼關。

（是の月……河西・隴右節度使、西平王哥舒翰を以て副元帥と爲し、河・隴の諸蕃部落、奴剌・頡跌・朱耶・契苾・渾・蹛林・奚結・沙陀・蓬子・處蜜・吐谷渾・恩結等一十三部落を領し、蕃漢兵二十一萬八千人を督して、潼關に鎭せしむ。）

とあり、安祿山の反亂軍に對處するため唐側が出動させた河西の蕃部落兵の中に、沙陀の名が見える。また、王維「爲王常侍祭沙陀鄯國夫人文」（『王右丞文集』卷四、四庫全書本、七左）は、前掲沙陀輔國の母鄯國夫人の靈を祠る祭文

であるが、その冒頭には、

維年月日朔、河西節度使、左散騎常侍王某、遣總管石抱玉、以酒牢之奠、致祭於故沙陀鄯國夫人之靈。

とあり、この致祭の主催者が河西節度使であったことがわかる。さらに、『新唐書』巻六、代宗本紀、永泰元年（七六五）一〇月の條（一七二頁）には、

十月、沙陀殺楊志烈。

とあり、前年一一月乙未の條によれば、楊志烈は河西節度使であった。これらの史料によれば、唐末に山西北部で勢力を振う以前は、沙陀の主力は河西地方に置かれていたと見られる。

それならば、その地域をもう少し絞れないであろうか。『舊唐書』巻一五一、范希朝傳（四〇五九頁）に、憲宗期（九世紀初）のこととして、

突厥別部有沙陀者。北方推其勇勁。希朝誘致之、自甘州舉族來歸、衆且萬人。

（突厥の別部に沙陀なる者有り。北方、其の勇勁を推す。希朝、之を誘致し、甘州より族を擧げて來歸し、衆は且に萬人ならんとす。）

とある。また、『册府元龜』巻九六一、外臣部土風三（明版二六左）にも、

沙陀突厥在耳（甘）州。習俗、左老右壯……。

（沙陀突厥は、耳（甘）州に在り。習俗は、老を左にし壯を右にす。……）

とあり、さらには沙陀が中國内地東方に移動を開始する際のこととして、同書巻九五六、外臣部種族（明版三一右）には、

元和三年（八〇八）、廻鶻破涼州。……沙陀遂擧帳東來、轉戰三千餘里。本出甘州有九千餘人。

（元和三年、廻鶻、涼州を破る。……沙陀、遂に帳を擧げて東來し、轉戰すること三千餘里。本は甘州を出づるに九千餘人有り。）

と記されている。とすれば、河西の沙陀の本據は甘州方面にあったと見てよいであろう。

すなわち、本稿墓主の夫、沙陀輔國は、父が入朝した關係から西突厥王族の女性を唐より降嫁され、父の後を承けて故地の北庭方面に置かれた金滿州の都督の地位を繼いだが、むしろ彼の配下の主力は河西甘州方面に移っており、少なくとも開元八年の時點では唐はそこに賀蘭軍を置いていたと思われるのである。ところで、東方移動以前の沙陀が落ち着いていた河西地方には、彼らだけでなく、吐谷渾や鐵勒契苾部等も散居していた。唐末の史料にしばしば「吐渾（退渾）・契苾・沙陀」がセットになって現れるのは[13]、そうしたことが伏線となっているのではあるまいか。

注

（1）これまでの沙陀突厥史に關する專論を揚げれば、次のとおりである。①小野川秀美「河曲六州胡の沿革」（『東亞人文學報』一―四、一九四二年、特に二〇九頁以下）、②岡崎精郎「チュルク族の始祖傳説について―沙陀朱邪氏の場合―」（『史林』三四―三、一九五一年）、③傅樂成「沙陀之漢化」（『華岡學報』第二期、一九六五年、同氏著『漢唐史論集』、聯經出版事業公司、一九七七年、再錄）、④室永芳三「唐代における沙陀部族の成立―沙陀部族考その一―」（『有明工業高等專門學校紀要』第八號、一九七一年）、⑤同「吐魯蕃發見朱邪部落文書について―沙陀部族考その一（補遺）―」（『有明工業高等專門學校紀要』第一〇號、一九七四年）、⑥同「唐代における沙陀部族の擡頭―沙陀部族考その二―」（『有明工業高等專門學校紀要』第一一號、一九七五年）、⑦李樹桐『唐史索隱』（臺灣商務印書館、一九八八年）、「唐代借用外兵之研究、三、僖宗借沙陀兵」等。

（2）葉奕苞『金石錄補』卷二三（『石刻史料新編』第一輯第一二冊、九一〇二頁）によって「唐汾州刺史朱邪公墓誌」の存在が知られ、その紹介文によれば、墓主は唐末の沙陀族長の朱邪赤心または朱邪執宜である可能性を窺わせているが、殘念ながらそこには「晉王墓中に在り、止だ此の額のみ存す」と記され、墓誌文までは傳えられていない。

（3）氣賀澤保規編『唐代墓誌所在總合目錄』（汲古書院、一九九七年）、八三頁。

（4）内藤みどり氏によれば、「十姓」の名稱は、西突厥滅亡後に處木昆部の長であった阿史那都支が「十姓可汗」を自稱し、もとの西突厥の中心勢力を招集して on oq と稱した時に始まる。したがって、on oq は本來西突厥そのものを指すのではなく、自立した可汗が支配する部族連合體の自稱として使用され始める。内藤『西突厥史の研究』（早稲田大學出版部、一九八八年）、一八四頁。

（5）突騎施降嫁後の交河公主は、一時碎葉城に居住していたことが確認され（『通典』卷一九三、邊防典、石國の條所引『杜環經行記』、十通本一〇四三頁、内藤、前掲書一六頁）、蘇祿の死後、開元二六年（七三八）の安西都護蓋嘉運の突騎施討伐によって唐に歸國した（『舊唐書』突厥傳下、五一九二頁）。

（6）このうち朱邪孤注は、『舊唐書』卷四、高宗本紀、永徽三年正月條（七〇頁）、『新唐書』卷二一八、沙陀傳（六一五四頁）、同卷三、高宗本紀、永徽二年十二月壬子條（五四頁）、同卷一一〇、契苾何力傳（四一一九頁）、同卷二一五下、突厥傳下、阿史那賀魯條（六〇六一頁）、『資治通鑑』卷一九九、永徽二年十二月壬子・三年正月癸亥條（六二七七頁）にも、その名が見える。

（7）『資治通鑑』でも、沙陀金山の入朝は、先天元年十月辛酉の條（六六七八頁）と開元二年十二月壬戌の條（六七〇六頁）の二カ所に置かれている。

（8）荒川正晴氏によれば、墨離軍は投降吐谷渾の部落を中心に沙州・瓜州方面に置かれた軍であるが、この沙陀金山の記事等から、一時沙陀の酋帥に率いられた部落を主要勢力とした時期もあったと推測されるという。荒川「唐の中央アジア支配と墨離の吐谷渾㊤㊦」（『史滴』九・一〇、一九八八～八九年、特に下、二四～二五頁、三五頁）。

（9）室永芳三、前掲注（1）、⑤論文、七頁。

（10）本墓誌の沙陀公の候補者として沙陀輔國をあてる推測は、すでに毛鳳枝『關中金石文字存逸考』卷三、「金滿州都督賀蘭軍大使沙陀公故夫人金城縣君阿史那氏墓誌銘」の條（『石刻史料新編』第二輯第一四册、一〇四三五頁）によって示されている。

（11）拙稿「蕃望について」（石見清裕『唐の北方問題と國際秩序』、汲古書院、一九九八年、所收）、參照。

（12）菊地英夫「節度使制確立以前における『軍』制度の展開」（『東洋學報』四四－二、一九六一年）。

（13）『舊唐書』卷一六一、劉沔傳（四二三四頁）、石雄傳（四二三五頁）、卷一六三、盧簡求傳（四二七二頁）等。

李白「蜀道難」の變奏
――「蜀道易」の系譜について――

高橋良行

一、はじめに

蜀道難（清、王琦『李太白文集』巻三）

噫吁嚱、危乎高哉。蜀道之難難於上青天。蠶叢及魚鳧、開國何茫然。爾來四萬八千歳、不與秦塞通人烟。西當太白有鳥道、可以横絶峨眉巓。地崩山摧壯士死、然後天梯石棧相鉤連。上有六龍回日之高標、下有衝波逆折之回川。黄鶴之飛尚不得過、猿猱欲度愁攀援。青泥何盤盤、百歩九折縈巖巒。捫參歴井仰脅息、以手撫膺坐長嘆。問君西遊何時還。畏途巉巖不可攀、但見悲鳥號古木、雄飛雌從繞林間。又聞子規啼夜月愁空山。蜀道之難難於上青天。使人聽此凋朱顏。連峰去天不盈尺、枯松倒挂倚絶壁。飛湍瀑流爭喧豗、砯崖轉石萬壑雷。其險也若此。嗟爾遠道之人胡爲乎來哉。劍閣崢嶸而崔嵬、一夫當關、萬夫莫開。所守或匪親、化爲狼與豺。朝避猛虎、夕避長蛇。磨牙吮血、殺人如麻。錦城雖云樂、不如早還家。蜀道之難難於上青天、側身西望長咨嗟。

李白の「蜀道難」は、都の長安から蜀（現在の四川省）に至る蜀道が、極めて険阻な難路であることを詠じたものであるが、彼の百數十首に及ぶ樂府詩（その他の歌行體の作品を含めると二百數十首）の中でも最高傑作のひとつとされており、李白詩全體においても、また唐詩全體においても、最も代表的な作品である。

李白の「蜀道難」前史ともいうべき、蜀を描いた先行作品としては、漢の揚雄「蜀都賦」「益州牧箴」や晉の左思「蜀都賦」、張載「劍閣銘」等がある。さらに、「蜀道難」は、本來、古樂府題であるため、『樂府詩集』巻四〇「相和歌辭、瑟調曲」には、梁の簡文帝・劉孝威、陳の陰鏗、唐の張文琮・李白までの同題の作が五首（連作を數えれば七首）収められている。もっとも、これらのすべてが蜀道の險難について詠じているわけではなく、簡文帝の一首は巫山の、劉孝威の一首は、銅梁等の山々の險難について詠じており、長江（三峽）から巴（重慶を中心とする地域）に至る四川省の東南部が、その詩的空間となっている。李白の「蜀道難」と同じく、關中（長安）から蜀（成都）に至るルート、地域に該當するのは、陰鏗以下の作である。(1) それはともかく、總じて、李白以前の蜀の自然を詠じた作品は、基本的に險阻で魁偉な自然を詠じたものである。また、『史記』『漢書』や『華陽國志』『水經注』のような史書や地理書における關連記事も、今、具體例を擧げる餘地はないが、等しく蜀地の自然の險阻を強調している。

唐代に入ると、初唐の王勃に「入蜀紀行詩序」（『王子安集註』巻七）があり、關中から蜀地への道程、および蜀地の自然は、やはり險阻なものとして描かれている。(2) また、盧照鄰も少なくとも三度入蜀しており、關連作に蜀道の困難が歌われている。李白以後においても、杜甫の一連の蜀地での紀行詩をはじめとして、素材的、主題的に見て同様の作品が製作されている。したがって、李白の「蜀道難」は、そのような詠蜀詩ともいうべき作品群にあって、突出した規模と完成度を有する作品であるといえよう。(3)

しかし、一方で、後世の詩人には、李白の「蜀道難」の趣旨である「難」を反轉した、「蜀道易」と題する、またはそれを詩語として用いる一連の變奏的作品も、斷續的に見ることができる。小稿では、このような反轉した「蜀道易」

系の主要な作品を検討することによって、「蜀道難」享受史の一端を概觀し、それらが、「蜀道難」の主題解釋史において、どのような位置を占めているかという點についても言及したい。

二、唐、陸暢「蜀道易」詩について

『全唐詩』を検索すると、「蜀」を含む用例は千餘首、「蜀道」は五十餘首、「蜀道難」は盧照鄰・張文琮・李白・岑參・姚合・羅隱・韋莊・馮涓・王周・齊己などに十首見られるが、「蜀道易」はわずか一首である。[4]

「蜀道易」という實作を通して、李白によって完成された「蜀道難」に最も早く反應したのは、中唐の陸暢である。この陸暢が劍南節度使韋皐のために「蜀道易」を作った故事の背景や、關連人物の傳記等については、すでに乾源俊「李白『蜀道難』序説」[5]に詳細で優れた考證があり、以下、本節は基本的に同論文に據っている。故事の概要は、晩唐の李綽『尙書故實』（『百部叢書集成』本）に、次のように記されている。

陸暢、字達夫。常爲韋南康作蜀道易、首句曰、蜀道易、易於履平地。南康大喜、贈羅八百疋。南康薨。朝廷欲繩其既往之事、復閲先所進兵器、刻定秦二字。不相與者、因欲搆成罪名。暢上疏理之云、臣在蜀日、見所進兵器、定秦者、匠之名也。由是得釋。蜀道難、李白罪嚴武也。暢感韋之遇、遂反其詞焉。（傍點筆者、以下同じ）

これによれば、陸暢は、蜀で自分を厚く遇してくれた韋皐をたたえて、「蜀道易」を作り、「蜀道易、易於履平地」（『全唐詩』巻四七八に逸句を収める）と蜀道の平易なことを歌った。すなわち、本來ならば自然的にも人事的にも危險きわまりない蜀道が、韋皐の善政によって、何の憂いもなく通えるというのである。蜀道の危難を、善政という人事によって讀み替え、稱揚しているのである。この詩を獻呈された韋皐は、大いに喜んで、陸暢に羅八百疋を贈ったという。ここには、蜀地の險阻が、善政によって平易で安寧な地に轉じたという、きわめて政治性の強いメッセージがこめられている。

「蜀道易」の作者、陸暢（生卒年不詳）は、湖州の人。元和元年（八〇六）、進士の第に登ったが、官僚としては大成しなかったようである。陸暢自身は、現在、『全唐詩』巻四七八等に三十七首（そのほとんどは七絶）、逸句二條を殘すのみの典型的なマイナーポエットである。陸暢は、在世時、詩想が敏捷で、詩によって諧謔の才を發揮し、世に知られていた。この時は、進士登第前の無官の布衣であった。おそらく、求職活動のための入蜀であったと考えられている。

一方、韋皐は、貞元元年（七八五）に劍南西川節度使となって、永貞元年（八〇五）まで在任した。單に善政を施す徳治の政治家ではなく、『資治通鑑』巻二三六に據れば、二十一年に及ぶ支配の中で、實際上、半獨立的な絶大な權力を確立していたようである。唐朝への忠誠を裝いながら、配下の士卒を維持するため、蜀人に對しては、苛斂誅求を行う一方で、三年に一度の免税を行うなど、巧妙な治政であったらしい。蜀人は、その智謀と權威を畏れて、家々では今に至るまで、韋皐の畫像を土地神として祭っていたという。陸暢が「蜀道易」を獻呈した年に、韋皐は離任、あるいは歿しているので、蜀地での權力者として最後の時期にあたる。

さて、この故事は、何を意味しているのであろうか。「蜀道易」という詩題や表現自體は、小兒でも考え附くような「蜀道難」の單純な反義語に過ぎない。したがって、おそらくは、韋皐との接見の場で、即興的に作られ獻上された機知的、遊戯的な作品であろう。「首句曰」として「蜀道易、易於履平地」とあるからには、李白の作と同様に、この主題句をリフレインさせる、ある程度長編作かと推測されるが、あくまで卽興の作である可能性の高いことや、現存する陸暢の作品がほとんど七絶の短詩形である點などから、せいぜい十句餘りの古體詩であったかもしれない。いずれにしろ、それは、絶對的な權力者であった韋皐を大いに喜ばせ、同座の賓客たちの喝采を浴びたことであろう。そこには、當然ながら、まず前提として、蜀道の險阻なことが、確固たる事實として人々の腦裏にあり、かつ李白の作によって、それが疑う餘地のないほど決定的な文學的觀念として、言語化されていたことがある。現代から見ればマイナーな存在である陸暢と韋皐の故事においてさえ、「蜀道難」が現れるのは、李白沒後數十年に過ぎない中唐の初めにおいて、既に誰もが知る作品であるのみならず、それがなにがしか逸話的、寓意的な讀解を許容するものとして認識されていたことが伺えよう。

加えて、兩者の立場の違いが、この故事をより大きな話柄としたと思われる。すなわち、進士登第前の若き無官の陸暢と、蜀地の帝王にも等しい韋皐との絶對的な力關係のもと、李白の「難於上青天」という垂直感覺的な「難」を、「蜀道易、易於履平地」という水平感覺的な「易」に反轉した首句によって、韋皐は、眼前の若者が、何を求めており、自分にとっていかなる存在かを瞬時に悟ったはずである。晩年の韋皐には、よりいっそう自己の善政を、それは實際には虐政でもあったのだが、そのような二重性の善政であればあるほど、他者によって喧傳され、人々に正當に評價されたいという權力者特有の願望があったはずである。そうした韋皐と、庇護や協力を得たい陸暢との思惑が一致したとき、その故事としての表現力、傳播力は、作品の詩的完成度をはるかに超えるものとなったことであろう。端的にいえば、「蜀道易」は、陸暢の韋皐に對する阿諛追從の作として、完全に機能した作品といえる。ただ、先の引用文（「朝廷……得釋」）にあるように、韋皐の沒後（具體的にいつかは不明だが）、その悪政を朝廷から咎められたとき、陸暢は韋皐のために辯明し、訴追を免れさせている。もし、これが事實であるならば、權力者への一時的追從のみではなく、両者の胸中には相通じる何かがあったとも考えられる。

三、宋、晁説之・范成大の詩について

續く宋詩について檢索すると、「蜀」は四六一首、「蜀道」は五〇首、「蜀道難」は歐陽脩・范成大・陸游・梅堯臣などに八首見られる。「蜀道易」と明言するものには、陸暢のような政治的詩とは異なる用例もみられる。たとえば、北宋の晁説之「題楊如晦二畫（之一蜀道圖）」詩に、「山鉤樹白何年歲、流瀑可聽下無地。行人愁絶卻無愁、始信宜歌蜀道易」（四部叢刊續編本『嵩山文集』卷四）とある。これは、楊景、字は如晦が描いた二枚の繪のうち、蜀道圖に題した題畫詩である。本來、愁いに滿ちているはずの蜀道を行く旅人からも、愁いの色は見えないという、まるで時空を超越した桃花源の如き、虚構の世界への畫贊であり、實際の旅游や治世とは無縁のものである。しかし、そのような種類の題畫詩にも用いられるほど、「蜀道難」の反轉としての「蜀道易」は意識されていたともいえよう[6]。

また、「四時田園雜興六十首」などの田園詩とともに、紀行詩にも優れていた南宋の三大詩人の一人、范成大、字は子能には、赴任地である蜀への道程や蜀地の風光を描いた作品のいくつかに、「蜀道易」という表現が見られる。「再用前韻」詩（中國古典文學叢書本『范石湖集』卷一四）に、「蜀道雖如履平地、杜鵑終勸不如歸」、「清湘驛送祝賀州南歸」詩（卷一五）に、「萬里書來蜀道易、四愁詩成湘水深」、「點心山」詩（卷一八）に、「游人貪勝踐、姑吟蜀道易」、「瞿唐行」詩（卷一九）に、「劍閣翻成蜀道易、請歌范子瞿唐行」とあるのがそれである。

范成大は、乾道八年（一一七二）十二月、四十七歳の時、廣西經略安撫使として靜江府（桂林）に赴き、淳熙元年（一一七四）十月には、四川安撫制置使として成都に赴いている。この時、桂林から北行し、瀟湘を船で下り、洞庭湖

を經て、三峽を遡り、六月、成都に到着している。「再用前韻」詩は、「甲午除夜、憑在桂林、念致一弟使虜、今夕當宿燕山會同館、兄弟南北萬里、感悵成詩」詩と同一の韻字を用いて、甲午すなわち淳熙元年の翌年、正月に作ったものである。「蜀道雖如履平地、杜鵑終勸不如歸」とは、陸暢の詩句を直接的に援用した表現であり、「清湘驛送祝賀州南歸」詩とともに往路の作である。

これに對して、「點心山」「瞿唐行」詩は復路の作である。成都に赴任後も、病氣がちであった范成大は、再三、離任を申請していたが、淳熙四年五月、念願かなって故鄉の蘇州に歸る。この時、詩友の交わりを結んでいた幕僚の陸游らに見送られ、眉州で別れる。その後、范成大は峨眉山に登り、大いに詩的刺激を受けることになる。點心山は峨眉山にある白水寺後方の山。「遊人貪勝踐（名所を訪ね歩くこと）、姑吟蜀道易」とあるように、歸路の氣樂さもあって、峨眉山一帶の風光を樂しんでいる。續いて、七月十九日、險阻なること劍閣にも過ぎる長江の三峽（瞿塘峽）にさしかかったとき、偶然、水量の增加のため、容易に通行できたことを詠じたのが、「瞿唐行」詩（七言古詩、十六句）であり、歸心にはやる心がほの見える作である。それゆえに、入蜀の二大險難ルートである蜀道と三峽とを比較して、かつて、杜甫の「夔州歌」によって、蜀道よりも險阻と歌われた三峽の方が、かえって容易になったという。ここでは、蜀道と三峽が對比され、その難易が反轉されていて、陸暢の原詩に比べて、二重の反轉という發想のおもしろさを見ることができる。なお、この詩は、陸游が夔州通判として赴任した折の作「瞿塘行」詩に、「君不見陸子歲暮來夔州、瞿塘峽水平如油」とあるのと通じるものがある。

これらは、いづれも蜀への赴任と離任時に作られている。純粹な紀行詩において、詩全體の主題として扱われているわけではないが、詩句として、自然描寫の一環として歌われている。蜀（成都）の長官であった范成大が、自らの治蜀を、自ら「蜀道易」に比擬して賞贊することは、當然ながらあり得ず、あくまで紀行詩中の比喩表現の一環として詠じている。しかし、そこには、陸暢による「蜀道難」の反轉が十分すぎるほど意識されており、范成大にとっての蜀地に對する認識の一端を見て取ることができる。(7)

四、明、方孝孺「蜀道易　有序」詩について

明代になると、陸暢の詩以上に、政治性に富んだ作品も現れる。たとえば、明初の一代の碩儒、方孝孺は、陸暢にならって、「蜀道易　有序」（四部叢刊本『遜志齋集』巻二十四）を作っている。序文二一七字、詩本文は、全七十句（句讀によって異なるが）、四一九字に及ぶ雜言古詩の大作であり、規模としては李白の「蜀道難」を超えている。

昔唐李白作蜀道難、以譏刺蜀帥之酷虐。厥後韋皐治蜀、陸暢反其名作蜀道易、以美之。今其詞不傳。皐雖恵於蜀民、頗以專横、爲朝廷所患。暢之詞工否未可知。推其意、蓋不過媚皐云爾、非實事也。伏惟今天子以大聖御極、殿下以睿哲之資爲蜀神民主、臨國以來、施恵政、崇文教、大賚臣僚及於兵吏。内外同聲稱頌喜悦、天下言仁義忠孝者推焉。西方萬里之外、水浮陸走、無有寇盜、商賈駢集、如赴鄕閭。蜀道之易、於斯爲至矣。臣才雖不敢望白、而所遇之時、白不敢望臣也。因奉教作蜀道易一篇、以述聖上及賢王之德、名雖襲暢而詞無溢美、頗謂過之。其詩曰、

美矣哉。西蜀之道、何今易而昔難。陸有重巖峻嶺、萬仞鑱天之劒閣。水有砯雷掣電、懸流怒吼之江關。自昔相戒不敢至、胡爲乎今人操舟抹馬、夕往而朝還。大聖建皇極、王道坦坦如弦直。西有彫題金齒之夷、北有氈裘椎髻之野。東南大海際天地、島居洲聚千萬國。莫不奉琛執贄效朝貢、春秋使者來接迹。何况川蜀處華夏、賢王於此開

壽域。播以仁風、沾以義澤。家和人裕、櫜兵斂革。豺狼變化作騶虞、蛇虺消藏同蜥蜴。鑿山焚荒穢、略水剗崖石。帆檣扉履任所往、宛若宇宙重開闢。

美哉蜀道之易有如此。四方行旅、絡繹來遊西覽德。成都萬室、比屋如雲。桑麻蔽原野、鷄犬聲相聞。文翁之化、孔明之仁。嚴鄭之節、楊《ママ》馬之文。遺風漸被比鄒魯、士行賢哲方回參。方今況有賢聖君、大開學館論典墳、坐令政化希華勛。徵賢一詔到巖穴、咄爾四方之士、孰不爭先而駿奔。王道有通塞、蜀道無古今。至險不在山與水、只在國政弁人心。六朝五季時、王路嗟陸沈。遂令三代民、盡爲獸與禽。八荒之內皆晦陰、戎夷雜寇盜、干戈密如林。今逢天子聖、賢王之德世所欽。文教洽飛動、風俗無邪淫。孱夫弱婦懷千金、悍吏熟視不敢侵。蜀道之易諒在此、咄爾四方來者、不憚山高江水深。

明の太祖、朱元璋は、建國の功臣を肅正し、二十四人の諸王を藩屛として各地に分封したが、『明史』卷一一七によれば、洪武十一年（一三八二）、第十一子朱椿を蜀王に封じた。蜀王は、同十八年、鳳陽に駐し、二十三年、成都に至った。彼は、他の軍事に秀でた兄弟と異なり、人德・學問・擧止ともに優れた人物であった。諸王中、彼だけが、禮教の理想によって、蜀地を治めていたという。

一方、方孝孺は、洪武十五年、太祖に招見されるなど、早くから尊崇されていたが、洪武二十五年（一三九六）、漢中府教授に任じられ、日々、諸生に講學して倦むことを知らなかった。蜀王は、その賢人ぶりを聞き、招聘して世子の師とし、殊禮をもって遇し、その講書の廬を「正學」と稱揚した。方孝孺は、蜀王の德治を自ら見聞して、この「蜀道易」を作り、その功績を賞贊したのである。

まず、その序の冒頭に、「昔唐李白作蜀道難、以譏刺蜀帥之酷虐」と述べた後、陸暢は韋皐に媚びて表層的で輕薄な「蜀道易」を作ったが、自分は陸暢とは異なり、天子の聖徳や蜀王の善政によって太平が實現し、蜀道の通り易く、蜀（成都）の未曾有の繁榮と安寧をもたらしたことを、心から頌美するものだという。そして、「臣才雖不敢望白、而所遇之時、白不敢望臣也」と、自分が、李白より太平の御代に在世している僥倖を强調する。ちなみに、方孝孺には、「李太白贊」「吊李白」「題李白觀瀑布圖」「題李白對月飮圖」などの詩文があり、李白を景仰していたのは確かであるから、その李白と自らを對比するこの發言は、方孝孺にとっては、リアリティのあるものであったと考えられる。

詩は、「美矣哉。西蜀之道、何今易而昔難」という句で始まり、そのバリエーションである「美哉蜀道之易有如此」「蜀道之易諒在此」が、途中と最後に二度繰り返される。「美哉蜀道之易有如此」までの前半は、いくつかの平・上聲の韻字を交えながら、主として入聲十一陌・十三職韻によって押韻されている。以後の後半は、いくつかの去・入聲韻を交えつつ、上平聲十二文・下平聲十二侵韻によって押韻されている。一首の韻律的基調は、前半の短く重い入聲韻から、後半の平らかな平聲韻の調子に變化していることになる。その間に、序文の趣旨の内容が歌われていて、基本的に「蜀道難」と同様の構成である。冒頭の「美矣哉」は、「美」という直截的、肯定的な贊美の評語に、矣・哉という感嘆の助字を重ねた表現であり、これは、李白の「噫吁嚱」という、一説に蜀地の方言とされる、絶望の念を祕めた驚嘆の語と類似した措辭ではある。しかし、その内容は全く相反するものであり、一首の基調音の違いを明示する。

「陸有重巖峻嶺、萬仞鑱天之劔閣。水有砯雷掣電、懸流怒吼之江關」と劍閣と江關（夔門）のみを描寫して、「昔難」を簡潔に總括した後、「自昔相戒不敢至、胡爲乎今人操舟抹馬、夕往而朝還。大聖建皇極、王道坦坦如弦直」と「今易」の原因と狀況を述べる。

すなわち、前提としては、太祖による王道政治（歴史的事實とは異なるが）により、四夷も全て朝貢し、全土に平安がもたらされたからである。そして、個別的、直接的には、蜀王による德治、惠政によって、蜀地を「壽域」とした功による。蜀王の儒教に基づく理想的德治により、民生の安定、開墾治水による交通の自由、人口の流入をもたらし、成都の繁榮や農村の發展を歌っている。また、蜀王は、既に述べたように、禮教・學問の擁護に厚く、學校を興し、蜀民を教化したため、蜀には鄒魯のような文教の遺風があるという。

方孝孺の理想主義的政治認識は、「王道有通塞、蜀道無古今。至險不在山與水、只在國政弁人心」に端的に現れている。さらに、「當時豈惟蜀道難、八荒之内皆晦陰、戎夷雜寇盜、干戈密如林」というように、李白の當時、「難」なる状況は、蜀道のみではなく、全土においてしかりだった。それに比して、現在は、全土、とりわけ蜀地には、開明的な蜀王の德治による平安と繁榮とが實現され、人民はそれを享受していると稱揚する。

方孝孺の作の最大の特徴は、自から蜀地への賛歌、すなわち主君である蜀王への頌美であることを强調しているように、太祖や蜀王への赤誠、すなわち、そこにこめられた政治的メッセージとしての純粹さ、强烈さであり、その點において、獨自の境地を體現している。方孝孺には、別に「蜀王賜宴浣花草堂感恩懷古」「次陶淵明詩韻謝蜀王」など、蜀王の厚遇に謝する多くの詩もあり、蜀王に對する方孝孺の眞情を伺うことができる。

そして、この作を單なる阿諛追從の作と見なすことをためらわせるのは、何よりも方孝孺その人の死によって、彼の至誠が雄辯に證明されているからでもある。周知のように、方孝孺は、宋濂の學統を繼ぐ、浙東學派の領袖であった。漢中府教授を辭した後、建文元年（一三九九）、太祖の武治に對して、儒教的な理想的文治を目指す建文帝が即位すると、翰林侍講、侍講學士などの文臣として新政に力を盡くしたが、帝位を簒奪した燕王朱棣、後の永樂帝のために、悲劇的最期を遂げる。即位の詔勅を起草することを燕王より執拗に求められ、「燕賊簒位」と大書して拒絶した結果、磔刑に處せられた。これに先だって、彼の妻と息子たちは自殺し、二人の娘は秦淮河に入水した。九族および朋友・門下生（これを合わせて「十族」という）八七三名が處刑され、これによって、天下の讀書人の種子は絶えたといわれた。「靖難の變」による「壬午の殉難」と稱される悲劇の中で、最も劇的な最期を遂げた人物であった。(8) そのような方孝孺の傳記に卽して、この「蜀道易」を讀むと、後に建文帝に殉じた赤誠の情と通底するものを看取することは容易であろう。(9)

しかし、同時に、方孝孺の「蜀道易」は、理論的、抽象的、道義的に過ぎて、詩歌の生命ともいうべき抒情性や迫眞の描寫性という點で、李白に遠く及ばないことも認めざるをえない。

五、郭沫若「蜀道奇」詩について

さらに、時代は下るが、四川出身の文學者・政治家である現代の郭沫若にも、李白の「蜀道難」を模擬しながら、その趣意を變えた「蜀道奇」（一九六一年九月二八日、「人民日報」に發表）(10) という、全十章、一〇一行（八五一字）からなる長編の口語による新詩がある。これは、詩題そのものも變奏されていて、「蜀道易」とは命名しないものの、その趣旨は、共通するものである。

李白曾作《蜀道難》，極言蜀道之險，視爲畏途，今略擬其體而反其意，作《蜀道奇》。

噫吁嚱！　雄哉壯乎！　蜀道之奇奇于讀異書。四川盆地古本大陸海，海水汪汪向東注。流成瀑布三千丈，地質年代遠邁蠶叢與魚鳧。日浚月削鑿深崖，鑿成三峽之水路。

（略四章）

文翁治蜀文教敷，爰產揚雄與相如。詩人從此蜀中多，唐有李白宋有蘇。鞠躬盡瘁兮諸葛武侯誠哉武，公忠體國兮出師兩表留楷模。利州江潭傳是金輪感孕處，浣花溪畔尙有工部之故居。蜀道之奇奇于讀異書，使人聽此心顏朱。足見江山自古不負人，人亦未肯江山負。

（略一章）

蜀中夫如何？氣象同昭蘇。民食爲天有基礎，大力發展農林牧副漁。輕重工業按比例，交通網脈如蜘蛛。開建成渝、寶成、成昆諸鐵路，促使西南四塞之域成通衢。江輪增加千萬噸，懋遷有無事吐輸。莫言〝黃鶴之飛不得過〞，神鷹鐵翼開運途。莫言〝猿猱欲度愁攀緣〞，東風輪下峨眉俯。三峽況將成水庫，人定勝天目可睹。于時萬噸之輪可以直抵渝，于時發電之量可以直送拉薩與淞滬。

君不見，鐵有攀枝花，煤與煤氣亦何富；砂金、銅、鋅、磷鑛石，遍地寶藏難計數？又不見，民族和雍載歌舞，塤篪協奏遍鄉都；馬、揚、李、蘇其輩出，冰、翁、亮、照其如林中之樹株？蜀道之奇奇于讀異書！

蜀僅一隅耳，一隅三反見全部。祖國光芒耀千古，方今時代萬倍超唐虞。眼前險阻何足道？戰略視之如紙虎！全民壯志世無侔，行將超躍必然兮進入自由之疆土。人人齊唱《東方紅》，意氣風發心情舒，萬歲萬歲長歡呼！

まず、詩題の「奇」は、珍しい、優れる、特殊である、という意味に該當し、肯定的な評價に用いられることが多い。冒頭、「噫吁嘻！　雄哉壯乎！　蜀道之奇奇于讀異書。四川盆地古本大陸海、海水汪汪向東注。流成瀑布三千丈、地質年代遠邁蠶叢與魚鳧。……」と始まるこの作品は、第六章と第九章でも繰り返される「蜀道之奇奇于讀異書」の句に、一首の主題、すなわち、蜀の奇觀、壯觀が明示されている。五丁・李冰・司馬相如・揚雄・諸葛孔明・李白・杜甫・蘇軾など、蜀と關係の深い歷史的人物とその功績を再評價しながら、長征・革命を經て、人民の力によって、新生中國の偉大な領域となった、現代の四川全域の壯觀、榮光を稱贊している。いわば人民中國への一大贊歌となっているのである。郭詩の趣旨は、蜀地のすばらしさを肯定し、頌歌するという點、とりもなおさず、新中國への贊歌という點で、きわめて政治的な作品でもある。ちなみに、このルートに、近代的な道路（陝川公路）が作られたのは一九三六年であり、新中國成立後の一九五六年、その西側に鐵道（寶成鐵路）が開通して、太古以來初めて、人や物資の往來が容易となった。また、第八章では、三峽ダムの實現を豫言しており、今日すでに着工されて、來世紀の完成を目指している現狀と符合している點も興味深い。

次に、この詩が作られた時期の郭沫若について、簡單に見ておきたい[11]。郭沫若は、建國以來、政務院副總理や社會科學院院長の他、各種の外交使節團團長など、政治・學問・文學・藝術の各分野において、數多くの要職につき、非常に充實した多忙な毎日を送っていた。たとえば、この時期、八月十七日には、インドネシア獨立十六周年記念式典に出席し、二十七日には、歸路、ビルマに立ち寄り、九月三日、ビルマを離れて昆明に着き、昆明・大理などに滯在した後、九月十四日、重慶から江滬輪に乘って長江を下り、三峽を經ている。そして、十八日にはこの「蜀道奇」を作り、二十日、北京に歸京している。殊に、十四日、三峽を下ったのは、一九一三年、故鄕より出鄕して以來、四十八年ぶりのことであり、その感慨はいかばかりであっただろうか。ちなみに、この間、「過瞿唐峽」「過巫峽」など

「再出夔門七首」と題する古典詩の連作を作り、十月十四日の人民日報に發表している。その總序に、「一九一三年秋、第一次乘長江輪船、東出夔門、經過三峽。爾來、往返均乘飛機、與三峽不見者四十又八年。今秋、九月十四日、由重慶乘江滬輪東下、再次經過三峽。因在奉節阻沙、十八日始抵漢口。五日間得詩七首、輯爲「再出夔門」」とあることからも、この時の郭沫若の心境をうかがうことができよう。

このような郭沫若の社會的地位や活動、また、それに伴う精神の高揚を考えると、この詩には、當時の郭沫若の故鄉四川や祖國に對する、僞らざる心情や感慨が込められている。すなわち、現在の樂山市沙灣の地主の家に生まれた郭沫若にとって、蜀は、封建制への反抗や、辛亥革命を經驗した少青年時代を過ごした地であり、紛れもなく心のふるさとであった。そして彼は、蜀地の發展を稱贊することによって、祖國新中國の、大いなる現在の發展と未來の可能性を讚えているのである。建國十二年後當時の社會的雰圍氣や、郭沫若の地位を考えると、無論、郭沫若の主觀においては、間違いなく心からの贊歌であった[12]。

しかし、その文學者、研究者、政治家としての巨大さにもかかわらず、今日の目から冷靜に見れば、これはやはり新中國、ひいては毛澤東への阿諛追從という感は否めない。詩歌としての抒情性、藝術性よりも、現實的、政治的メッセージ、より強くいえばプロパガンダ性に富んだものであり、それゆえの限界を內在した作品と評價せざるをえない。

六、結　語

以上、いくつかの代表的な「蜀道易」系の作品を概觀し、その作詩の事情や背景、詩人の傳記的分析を加えてきた。それらをふまえて、もう一度まとめれば、以下の諸點を指摘することができよう。

各詩人の作例には、それぞれいくつかの異同が見られる。まず、諸例に共通する外在的要素としては、基本的に、作者が蜀の地と實際の關わりを有していたということである。蜀地を無官の布衣として訪れた者、朝廷から官僚や學者として派遣された者、あるいは蜀を故鄕とする者など、いずれも蜀の地と密接な關係を持っている。

また、詩型的には、長短兩様であるが、印象的なのは、方孝孺や郭沫若のような長篇詩である。豐富な物産と、中原から見ればある種の神祕性に滿ちた、蜀という廣大で複雜な地理空間を描寫するには、李白の「蜀道難」と同じく、相應の長篇によらなければ十全に描ききれないという感覺が、方孝孺や郭沫若にはあったものと思われる。

次に、作品の主題を考えると、おのずから李白「蜀道難」の主題解釋史と關連することになる。「蜀道難」の主題、すなわち李白の表現意圖については、千年來、諸説が提出され、議論が盡されてきた。とりわけ、「劍閣崢嶸而崔嵬」句以下に込められた政治的寓意性（諷諭性）及びその根據となる事實關係の有無については、早くから百家爭鳴の觀があり、今日では、十種に近い主要な見解がほぼ出そろったといってもよい。古典的な説においては、政治的寓意性を認めるものが中心的であり、近人の説では、特定の寓意を認めないもの、たとえば、友人王炎が蜀に行くのを送ったもの、故鄕蜀の山川の奇險さと壯麗さをうたったとするもの等が次第に有力になっている[13]。

このような主題解釋史のなかで、これらの「蜀道易」系の作品は、どのような位置を占めているのであろうか。諸例からいえることは、范成大や一部の宋詩のように、あくまで紀行詩としての發想の轉換から生まれたものと、陸暢や方孝孺、郭沫若のようにきわめて政治的なメッセージから反轉して作られた詩とが、混在している點である。それは、ちょうど解釋史における政治的寓意性の有無の問題と符合するものといえるが、李白の「蜀道難」の主題に對する、各詩人たちの解釋の反映と見ることができよう。

「蜀道易」系の作品は、表現内容上、「難」から「易」に反轉した形とはいえ、實作次元において、李白の「蜀道難」

を最も直接的に享受、繼承しているものである。その點が、他の詩話類や詩論などにおける「蜀道難」への言及や理論的解釋と異なる點である。なかでも、比率的には、方孝孺や郭沫若など、社會性、政治性の濃い作品の方が中心である。それらは、韋皐や蜀王（天子）や新中國、總じていえば權力への政治的頌歌として、政治的な意圖や表現內容によって作られており、彼らが、本歌ともいうべき李白の作品を、政治的寓意詩として、少なくともそのような可能性を含みうるものとして解讀していたことを示している。李白の原詩としては、一部分に可能性としてあった諷諭性、政治性を、いわば一首全體に擴大したものともいえよう。それも、陸暢はともかく、方孝孺や郭沫若など時代を代表する巨大な知性が、斷續的とはいえ、そのような解釋を示していることは興味深い。

ところで、こうした「蜀道易」という反轉の發想は、當然ながら、李白以前には見られないものであった。李白の「蜀道難」の登場によって、初めて可能となった發想であり表現である。それは、李白の「蜀道難」が、過去の「蜀道難」系詠蜀詩の集大成であると同時に、以後の作品に對して、集大成詩としての典型性、規範性を強く印象づけたことによる。そこから初めて「蜀道易」という反轉の發想も生まれ、かつ今日まで繼承されてきたのである。

注

（1）李白の「蜀道難」と先行作品との關連については、乾源俊「「蜀道難」論に寄せて」（高知大學人文學部『人文科學研究』二、一九九四年六月、一～一九頁）に、示唆に富んだ樣々な考證や解讀がなされている。

（2）王勃が自ら編んだ「入蜀紀行詩三十首」そのものは、佚亡していて、讀むことができない。王勃の入蜀については、聶文郁『王勃詩解』（青海人民出版社、一九八〇年、四三～四八頁）、參照。

（3）李白以前の作は、詩型的には、五言四句から七言六句程度の短篇であり、李白の長篇（四十五句、二九四字。句讀によっては五十句近い）には遠く及ばない。また、音數律的にも、一句七言を基調としつつ、三言から四・五・八・九・十・十一言にいたる字數をおりまぜ、自由奔放なリズムを現出させている。何よりも、雄大な構想や、様々な故事と迫眞の山嶽(水)描寫とを融合した複雜な表現は、李白の獨創である。そこには、森槐南『李詩講義』(文會堂書店、一九一三年、一三四頁)が說くように、「蜀道の賦」ともいうべき趣があり、古樂府の傳統と同時に、揚雄や左思の「蜀都賦」の流れを繼承するものとも言えよう。ちなみに、「蜀道」という語自體は、『史記』卷七「項羽本紀」に始まるらしい。

(4) 以下、『全唐詩』については、既刊の詩人別索引類及び臺灣の陳郁夫氏による電子テキスト「古典文獻全文檢索資料庫」(URL：http://210.69.170.100/s25/index.htm)によって、宋詩については臺灣の元智工學院による「網路展書讀」(URL：http://cls.admin.yzu.edu.tw/)によって檢索したものである。後者は、歐陽修・蘇軾・范成大・陸游ら二十三名の詩人を對象としたものであり、部分的な檢索であって、ともに精度には不確實性が殘る。明詩・淸詩については、恣意的な調査に過ぎない。小稿は、あくまで各時代のサンプル的な代表作品によって、「蜀道易」系の作品を概觀することを意圖したものである。

(5) 『高知大國文』第二十一號、一九九〇年、一三~二二頁。なお、陸暢については、周祖譔主編『中國文學家大辭典　唐五代卷』(中華書局、一九九二年、四五四~四五五頁)の當該項(吳汝煜執筆)をも參照。

(6) ちなみに、晁說之、字は以遠は、博く群書を極め、六經に通じ、詩・畫を善くしたが、建炎三年(一一二九)、七十一歲で沒した。一方、楊景の詳しい經歷は未詳のため、兩者の交友の實態は不詳である。

(7) 他に、「蜀道易」とは明言しないものの、蘇轍・晁補之・梅堯臣などの詩に、實質上、「蜀道易」に通じる表現も見られる。なお、范成大には、「初發桂林、有出嶺之喜、但病餘便覺登頓、至靈川疲甚、……」詩(卷一五)や「發荊州」詩(卷一五)、「上淸宮」詩(卷一八)などに、「蜀道難」という本來の用例も見られる。また、一時期、成都で范成大の幕僚であった陸游は、四十五歲より十年近く蜀に在り、離蜀後も、故鄕紹興で、蜀地での生活への回想詩を多く書いている。それらの中には、その體驗を懷かしんだ作品も無いわけではないが、「蜀道は易し」と明言するまでには到っていないようである。輕薄さと紙一重ともいえる「蜀道易」という表現を、陸游は好まなかったのかもしれない。

(8) これらの事情については、『明史』卷一四一や『明儒學案』卷四三の方孝孺傳の他に、檀上寛『永樂帝　中華「世界システム」への夢』(講談社選書メチエ、一九九七年)、參照。

(9) その後の蜀王について附言すれば、永樂帝が卽位すると、蜀王は參內して厚遇され、永樂二十一年、薨じている。『明史』

巻一一七によれば、蜀王以下、四世七王、約百五十年、皆賢王であったという。もっとも、方孝孺が最後まで、賊と罵って抵抗し、慘殺された永樂帝から覺えがめでたかったというのも、歴史の皮肉ではある。

（10）ここでは、『郭沫若全集　文學編4』（人民文學出版社、一九八四年、三一七～三二二頁）による。なお、この詩の存在及び關連資料については、愛知教育大學助教授高橋みつる氏より教示を得た。

（11）この時期の郭沫若の動向については、龔繼民・方仁念『郭沫若年譜』下（天津人民出版社、一九九二年、一一五九～一一七三頁）、參照。

（12）ちなみに、この郭沫若の詩は、現在でも當地の人々に意識されており、たとえば『西南旅游』總第三十九期（一九九三年五月）には、陸宣・光韶による「蜀道美」という、御當地贊歌的な文章も見られる。

（13）詹鍈「李白蜀道難本事說」（同『李白詩論叢』作家出版社、一九五七年、二五～三六頁）、松浦友久「李白樂府論考－表現機能の完成をめぐって－」（同『李白研究－抒情の構造－』第七章、三省堂、一九七六年、二九八～三〇三頁）等、參照。

王維の應制詩について

入谷仙介

王維の集の注解としては、明の顧起經の『類箋唐王右丞集』、顧可久註說の『唐王右丞詩集』、淸の趙殿成箋注の『王右丞集』の三部があり、最近、陳鐵民の『王維集校注』が世に出た。これら諸家の功は沒すべからざるものがあり、ことに、顧起經が『佩文韻府』すら存在しなかった時代に、萬卷の書を涉獵し、一生の精力を費やして、詳密に詩を注したことは、たとえ蕪雜の弊を免れないにせよ、貴重な業績である。顧可久は、出典には簡略であるが、時に句意を說き、簡明な評語を附し、初學に便である。趙殿成は顧起經によって增删し、誤りを正すところが多く、顧起經の手の及ばなかった文章の部にも注を附し、決定版として廣く行われた。陳鐵民の注は趙殿成以後の研究成果を取り入れ、ことに詩文の製作年代の考證に努力し、現代語による語釋も附加され、新生面を開いている。

これら諸注解の王維研究に對する功績は大きいが、すでに新しい注解が要求されるべき時期が到來していると考えられる。

その一つは、わが靜嘉堂文庫藏宋本『王右丞文集』(1)、中國北京圖書館藏蜀刻『王摩詰文集』の二種の宋本が相次いで景印され、學界の利用が可能となったことである。これまでは、王維の最古本は『四部叢刊』に景印されている、元の劉辰翁の刊本であった。明淸の三家が宋本を利用できなかったのは是非もないが、陳鐵民も北京圖書館本のみ、それも對校に用いるだけで、底本には趙殿成本を用いる。ここでは刊本についての說明は略するが、私は今後の王維研究のためには、靜嘉堂本を底本とし、北京圖書館本を參酌して、定本を作成すべきであると考えている。

第二に工具書のめざましい發達である。諸橋轍次『大漢和辭典』、羅竹風主編『漢語大詞典』などの巨大な辭書が刊行され、また、斯波六郎『文選索引』、小尾郊一『玉臺新詠索引』、松浦崇『全漢三國晉南北朝詩索引』(全梁詩部分のみ未刊)、富永一登・張健『先秦・兩漢・三國辭賦索引』などの、唐詩の出典として重要な意味を持つ文獻の索引、また、中華書局の全唐詩索引シリーズの一環として、四傑などの初唐主要詩人の索引が出版され、それらを利用しての出典檢出が容易になった。さらに逯欽立『先秦漢魏晉南北朝詩』が出て、先行の丁福保『全漢三國晉南北朝詩』にはなかった、收錄詩の原典が詳細に記された。文の方はすでに嚴可均の『全上古三代秦漢三國六朝文』において同じ作業が成されていた。これによって、我々は單に某文學者の某々の詩あるいは文を出典とするということのみでなく、作者は何に基づいてこの語を選んだかということを推測できるようになった。

これらの條件を踏まえて、私は王維詩の新注解作成の作業を、特に作者が基づいたであろう文獻に注意しつつ、進行させており、現在、靜嘉堂宋本第二卷の約三分の一、應制詩の部分をようやく終えたところである。なお、靜嘉堂宋本の詩の排列は、劉辰翁本と全く同じである。第一巻の内容の一端については一九九四年一一月、中國浙江省新昌縣における、第七回唐代文學學會で、「關于王維早期的樂府詩」として報告、『唐代文學研究』第六輯(廣西師範大學出版社)に收錄された。これは第一巻の大部分をしめる樂府詩のうちから、製作年代の判明する「燕支行」「桃源行」「洛陽女兒行」の三首を選び、その含有する典故を分析したものである。その結果、詩によって『文選』を主たる典故とするものと、『玉臺新詠』[2]を主たる典故とするものとがあること、史書では、『史記』『漢書』の影響が比較的強いこと、類書では『藝文類聚』がよく用いられていること、時として初唐詩人の詩語を用いていることなどが判明し、これによって、王維が典故を選ぶに當たり、詩の內容、雰圍氣を十分に考慮するとともに、初唐の新しい詩語を取り入れて、新鮮な感覺を出そうとしていることが明らかにされた。

本稿は靜嘉堂宋本巻二の最初の部分に置かれている應制詩一五首のうちから、應制詩としての特色・問題性をよく具えていると思われる、下記の二首を選び、典故を分析しそのはらむ問題を考察した。詩例が少なきに過ぎるが、一斑をもって全豹を知ることはできよう。これら應制詩は、王維の中年期、天寶年間に製作され、したがって王維の詩人としてもっとも圓熟した時期の作品である(3)。應制詩は、天子の命を奉じて製作した詩の意で、おおむね公式の宴會の席上で、御製に唱和して作る。莊重典雅に、天子の治世をことほぐを旨とし、五言、あるいは七言の律詩、排律を正格とする。齊梁期に起こり、唐代前半、ことに高宗、武后から玄宗の開元年間まで盛んであった。この時代の名ある詩人の多くは應制詩の名手であった。天寶に入ってにわかに衰え、應制詩の作者は王維だけといってよい狀態になる。安史の亂以後も、まれに作例はあるが、事實上、安史の亂をもって絶えたといってよい。ちなみに『全唐詩』に玄宗の詩一巻を錄するが、王維の應制詩に對應する作品はない。

奉和聖製從蓬萊向興慶閣道中留春雨中春望之作應制

渭水自縈秦塞曲。黃山舊遶漢宮斜。
鑾輿迥出仙門柳。閣道廻看上苑花。
雲裏帝城雙鳳闕。雨中春樹萬人家。
爲乘陽氣行時令。不是宸遊重物華。

〔閣道〕

1、『史記』秦始皇本紀。周馳爲閣道。索隱曰。謂爲複道。

2、『史記』留侯世家。上在雒陽南宮，從復道望見。如淳曰。復音複，上下有道，故謂之復道。韋昭曰。閣道。

3、『文選』卷二張衡西京賦。於是鉤陳之外，閣道穹隆。

〔渭水〕

4、『水經注』卷一七。渭水，出隴西首陽縣渭谷亭南，鳥鼠山。

5、『水經注』卷一九。東過長安縣北。東入于河。

〔秦塞〕

6、『史記』蘇秦傳。秦四塞之國。被山帶渭，東有關河，西有漢中，南有巴蜀，北有代馬。此天府也。

7、『全唐詩』卷七七。(4) 駱賓王帝京篇。秦塞重關一百二，漢家離宮三十六。

〔黃山〕

8、『漢書』地理志。右扶風槐里縣，有黃山宮。孝惠帝二年起。

〔鑾輿〕

9、『文選』卷一班固西都賦。是乘鑾輿，備法駕。

10、『漢書』賈捐之傳。鸞旗在前，屬車在後。師古曰。鸞旗，編以羽毛，列繫橦傍，載於車上。大駕出，則陳於道而先行。

11、崔豹『古今注』輿服篇。五輅衡上金爵者朱雀也。口銜鈴。鈴謂鑾，所謂和鑾也。『禮記』云。行前朱鳥鸞也。前有鸞鳥，故謂之鸞。鸞口銜鈴。故謂之鑾鈴。今或爲鑾，或爲鸞。事一而義異也。

〔仙門〕

12、『全唐詩』卷五〇楊烱和騫右丞省中暮望詩。仙門藹已深。

〔上苑〕

13、庾信徵調曲。上苑有烏孫學琴。

14、『漢書』西域傳。上迺以烏孫主解憂弟相夫爲公主，置官屬侍御百餘人，舍上林中學烏孫言。

15、『史記』秦始皇本紀。三十五年，營作朝宮渭南上林苑中。先作前殿阿房。

16、『漢書』揚雄傳。武帝廣開上林，南至宜春、鼎胡、御宿、昆吾，旁南山而西，至長揚五柞，北繞黃山，瀕渭而東，周袤數百里。

〔雲裏〕

17、謝朓後齋迴望詩。望山白雲裏。

〔雙鳳闕〕

18、『史記』孝武本紀。於是作建章宮。度爲千門萬戶。前殿度高未央。其東則鳳闕，高二十餘丈。

19、『水經注』卷一九引關中記云。建章宮圓闕，臨北道。有金鳳在闕上，高丈餘。故號鳳闕也。

20、『文選』卷一班固西都賦。設璧門之鳳闕。

21、『藝文類聚』卷六二魏繁欽建章鳳闕賦。築雙鳳之崇闕。

〔爲乘句〕

22、『後漢書』朗顗傳。方春東作，布德之元，陽祁開發，養導萬物。王者因典視聽，奉順時氣，宜務崇溫柔。

23、『禮記』月令篇。季冬之月。天子乃與公卿大夫，共飭國典，論時令，以待來歲乃宜。

〔物華〕

24、王勃秋日登洪府滕王閣餞別序。物華天寶。

25、『全唐詩』巻七三蘇頲侍宴安樂公主山莊應制詩。駸駸羽騎歷城池。帝女樓臺向晚披。霧灑旌旗雲外出。風回巖岫雨中移。當軒半落天河水。繞徑全低月樹枝。簫鼓宸遊陪宴日。和鳴雙鳳喜來儀。

【經書】禮記　23　計一
【正史】史記　1　2　6　15　18　計五　漢書　8　10　14　16　計四　後漢書　22　計一
【名物・地理】古今注　11　計一　水經注　4　5　19　計三
【總集・類書】文選　3　9　20　計三　藝文類聚　21　計一
【六朝諸家】謝朓　17　計一　庾信　13　計一
【初唐諸家】楊炯　12　計一　駱賓王　7　計一　王勃　24　計一　蘇頲　25　計一

一四部二五條

この詩は清の沈德潛（一六七三―一七六九）が

「唐の時、七言以て制に應ず。限るに聲律を以てして、而して又た得失諛美の念、先ず中に存し、君上の意旨に迎合す。宜なり其の言の工なり難きや。王維が奉和聖製雨中春望の外、傑作寥寥たり。略ぼ観るべし」[5]

と、應制詩中、唯一の傑作と折り紙を附けた作品である。雨中の御遊という趣向は、蘇頲の「侍宴安樂公主山莊應制」を下敷きにしていると思われるが、規模が雄大で構成がしっかりしており、しかもダイナミックで、大唐の盛世をことほぐにふさわしく、まさに巨匠の作である。

典故に史記、漢書が比較的多く用いられているのは、自己の王朝を漢の盛時に重ねることの多かった唐人として、この種の詩では當然であろう。六朝の謝朓、庾信は他の詩でもよく用いられており、愛讀書であったことがうかがわれる。六朝詩人は、文選、玉臺新詠、藝文類聚の他に、別集でも讀んでいたであろうが、初唐の詩人の作品は、かならずしも書物でなく、朗唱、吟詠されて耳から入ったものもあったかもしれぬ。

奉和聖製天長節(6)賜宰臣歌應制

太陽升兮照萬方。開閶闔兮臨玉堂。儼冕旒兮垂衣裳。金天淨兮麗三光。
彤庭曙兮延八荒。德合天兮禮神遍。靈芝生兮慶雲見。唐堯后兮稷禼臣。
匝宇宙兮華胥人。盡九服兮皆四隣。乾降瑞兮坤獻珍。

〔太陽升〕
1、『後漢書』五行志。日者太陽之精，人君之象。
2、『晉書』王導傳。（元）帝登尊號，百官陪列。命導升御牀共坐。導固辭三四曰。若太陽下同萬物，蒼生何由仰照。
3、『文選』卷一九曹植洛神賦。望之皎若太陽升朝霞。
〔照萬方〕
4、『文選』卷一九宋玉神女賦。極服妙綵照萬方。
〔閶闔〕
5、『楚辭』離騷。吾令帝閽開關兮，倚閶闔而望予。王逸注。閶闔天門也。
6、『文選』卷二張衡西京賦。正紫宮於未央，表嶢闕於閶闔。薛綜注。天有紫微宮。王者象之。紫微宮門，名曰閶闔。

〔玉堂〕

7、『韓非子』守道篇。人主甘服於玉堂之中。

8、『楚辭』劉向九嘆逢紛。紫貝闕而玉堂。

9、『文選』卷四五揚雄解嘲。歷金門，上玉堂。

10、陸雲大安二年夏四月大將軍出祖王羊二公於城南堂皇被命作此詩。景物台暉，棟隆玉堂。

11、『藝文類聚』卷七八陰鏗賦詠得神仙。羅浮銀是殿，瀛洲玉作堂。

〔冕旒〕

12、『說文』七下。冕，大夫以上冠也。邃延垂瑬紞纊。

13、『釋名』釋首飾一五。祭服曰冕。冕猶俛也。俛平直貌也。亦言文也。玄上纁下。前後垂珠，有文飾也。

14、『後漢書』蔡茂傳。賜以三公之服，冕旒。注。冕以木爲之。衣以帛，玄上纁下，廣八寸，長尺六寸。旒謂冕前後所垂玉也。天子十二旒，上公九旒。

15、『文選』卷五四劉峻辨命論。譬天王之冕旒，任百官以司職。

16、『全唐詩』卷九六沈佺期和崔正諫登秋日早朝。爽氣臨旌戟，朝光映冕旒。

〔垂衣裳〕

17、『易』繫辭下。黃帝、堯、舜，垂衣裳而天下治。

18、『藝文類聚』卷四梁何遜爲西豊侯九日侍宴樂遊苑詩。垂衣化比屋。

19、『全唐詩』卷一唐太宗元日詩。恭己臨四極，垂衣馭八荒。

〔金天〕

20、『文選』卷一五張衡思玄賦。顧金天而嘆息兮，吾欲往乎西嬉。張衡自注。金天少昊之位也。李善注。家語。孔子曰。其爲明王死配五行。少皞配金。呂向注。金天，西方少昊所主也。

21、『全唐詩』卷八七張說舞馬千秋萬歲樂府詞。金天誕聖千秋節。趙殿成曰唐人多使金天字。卽秋天也。秋于五行屬金，故曰金天。

〔三光〕

22、『淮南子』原道訓。紘宇宙而章三光。高誘注。三光日月星。

23、『楚辭』王逸九思。亂曰。天庭明兮雲霓藏，三光朗兮鏡萬方。注。天淸則雲霓除，日月星辰昭。

〔彤庭〕

24、『文選』卷一班固西都賦。於是玄墀釦砌，玉階彤庭。張銑注。彤赤色也。以彤漆飾庭。

〔八荒〕

25、『列子』仲尼篇。雖遠在八荒之外，近在眉睫之內。

26、『淮南子』泰族訓。登泰山，履石封，以望八荒。

27、『漢書』陳勝項籍傳論贊。秦有囊括四海，併呑八荒之心。顏師古注。八荒，八方荒忽，極遠之地也。

28、『文選』卷一五張衡思玄賦。將往走乎八荒。

〔德合天〕

29、『易』乾卦。夫大人者，與天地合其德，與日月合其明。

30、『全唐詩』卷四七張九齡奉和聖製賜諸州刺史以題座右詩。聖人合天德。

〔禮神〕

31、『文選』卷七揚雄甘泉賦。集乎禮神之囿。李善注。禮神謂祭天也。

〔靈芝〕

32、『初學記』卷一五班固論功歌。因露寢兮產靈芝。

33、『文選』卷二張衡西京賦。濯靈芝以朱柯。薛綜注。靈芝，皆海中神山所有神草之名。仙之所食也。

〔慶雲〕

34、『列子』湯問篇。慶雲浮，甘露降。

35、『漢書』天文志。若煙非煙，若雲非雲，郁郁紛紛，蕭索輪囷，是謂慶雲。慶雲見喜氣也。

36、『全唐詩』卷二八張說舞馬千秋萬歲樂府詞。翩翩來伴慶雲翔。

〔唐堯〕

37、『史記』五帝本紀。帝堯。正義曰。徐廣云。號陶唐。

38、『詩經』唐風唐譜。鄭箋。唐者帝堯舊都之地。今日太原晉陽是。堯始居此。後乃遷河東平陽。

39、『史記』司馬相如傳所載封禪書。君莫盛於唐堯，臣莫賢於后稷。

〔稷禼〕

40、『尙書』舜典。帝曰棄，黎民阻飢，汝后稷，播時百穀。

41、『史記』周本紀。帝堯舉弃爲農師，天下得其利。號曰后稷。

42、『尙書』舜典。帝。契，百姓不親，五品不遜。汝作司徒，敷五教在寬。

43、『史記』殷本紀。契長，而佐禹治水有功。帝舜乃命爲司徒。

44、蔡邕讓高陽鄉侯章。臣聞稷契之疇，以德受命。

〔宇宙〕

45、『莊子』齊物論。旁日月，挾宇宙。

46、『淮南子』原道訓。紘宇宙而章三光。高誘注。四方上下曰宇，古往今來曰宙。

47、『文選』卷一一王延壽魯靈光殿賦。荷天衢以元亨，廓宇宙作京。張載注。天之所覆爲宇，中之所由爲宙也。

48、『文選』卷三〇陶淵明讀山海經。俛仰終宇宙，不樂復何如。

49、陳子昂諫靈駕入京書。長轡利策，横制宇宙。

〔華胥〕

50、『列子』黃帝篇。黃帝晝寢而夢，遊於華胥氏之國。華胥氏之國，在弇州之西，台州之北。不知斯齊國幾千萬里。蓋非舟車足力之所及，神遊而已。其國無帥長，自然而已。其民無嗜欲，自然而已。不知樂生，不知惡死，故無夭殤。不知親己，不知踈物，故無愛憎。不知背逆，不知向順、故無利害。都無所愛惜，都無所畏忌，入水不溺，入火不熱，斫撻無傷痛，指擿無痟癢。乘空如履實，寢虛若處牀。雲霧不硋其視，雷霆不亂其聽，美惡不滑其心，山谷不躓其步，神行而已。黃帝既寤，悟然自得。

51、『藝文類聚』卷七六梁簡文帝大法頌。若夫眇夢華胥，怡然姑射。

〔九服〕

52、『周禮』夏官大司馬職方氏。辨九服之邦國，方千里曰王畿。其外方五百里曰侯服。又其外方五百里曰甸服。又其外方五百里曰男服。又其外方五百里曰采服。又其外方五百里曰衞服。又其外方五百里曰蠻服。又其外方五百里曰夷服。又其外方五百里曰鎭服。又其外方五百里曰藩服。鄭玄注。服，服事天子也。賈公彥疏。此言九服，仍除王畿爲數。故從其外已下爲九也。

53、陸雲南征賦。九服惟清，諸夏謐靜。
54、『隋書』薛道衡傳引高祖文皇帝頌。八荒無外，九服大同，四海爲家，萬里爲宅。

〔四隣〕

55、『尙書』蔡仲之命。睦乃四隣，以蕃王室，以和兄弟。

〔乾瑞坤珍〕

56、『文選』卷一班固東都賦。乃握乾符闡坤珍。呂延濟注。乾符赤伏符也。坤珍洛書也。
57、『文選』卷四六王融三月三日曲水詩序。天瑞降地符升。李周翰注。天瑞謂甘露也。地符謂慶雲也。
58、陳子昂上武后請興明堂大學書。天瑞降，地符升。

【經書】尙書 40 42 55 計三 易 17 28 計二 詩經 38 計一 周禮 52 計一
【小學】說文 12 計一 釋名 1 計一
【正史】史記 37 39 41 43 計四 漢書 27 35 計二 後漢書 1 14 計二 晉書 2 計一
隋書 54 計一
【諸子】莊子 45 計一 韓非子7 計一 淮南子 22 26 46 計三 列子 24 34 50 計三
【總集・類書】楚辭 5 8 23 計三 文選 3 4 6 9 15 20 24 28 31 33 47 48 56 57
計一四 藝文類聚 11 18 51 計三 初學記 32 計一
【漢魏六朝諸家】蔡邕 44 計一 陸雲 10 53 計二
【初唐諸家】唐太宗 19 計一 陳子昂 49 58 計二 沈佺期 16 計一 張說 21 36 計二 張
九齡 30 計一

二六部五八條

他の詩人を含めても、應制詩での騷體は、この詩ただ一首で、その意味では非常に珍しい。典故の取捨選擇、何をもって典故とするかといったような問題について、なお、議論はあるであろうが、王維が四部の書にわたって自由自在に典故を使いこなし、『文選』や『藝文類聚』はなお重要な典故源ではあるが、もはやそれらにもっぱら頼っていない。ここに王維の圓熟を見て取ることができる。もはや總體的な分析を試みる紙數がないので、一つの問題を指摘するに留めたい。

「天長節賜宰臣歌」の第一句「太陽升兮照萬方」の典故として、59『文選』卷一九曹植「洛神賦」の「望之皎若太陽升朝霞」と同じく60『文選』卷一九宋玉「神女賦」の「極服妙綵照萬方」の二つをあげておいた。この二句はいずれも賦のヒロインたる美女を讃美する句である。

この詩の製作は、玄宗の誕生日を天長節と稱した天寶七載（七四八）以後である。とすると、この時期には、帝寵をほしいままにしている周知の美女がいる。楊貴妃である。とすると第一句は皇帝の萬國に君臨する威勢を讃美すると見せかけて、じつは楊貴妃の美貌をたたえる受けねらいの句であったと思われる。騷體という破格の詩體を用いていることが、作者の氣分に解放感をもたらし、こんな藝を披露する氣にさせたのかもしれぬ。洛神賦や神女賦は、文選の賦といっても、好色文學に近いもので、一座の人々には、その中の語は耳に熟していたことであろう。玄宗が常例を破って、騷體の御製を作ったのも、宴席を四角張らない氣樂な雰圍氣で盛り上げようという配慮だったかもしれない。玄宗のそのような氣さくで洒脫な一面が、大衆的な人氣の源となっている。

ここで、思い合わせられるのは、有名な李白の筆禍事件である。(7) 大要を述べる。玄宗の牡丹の花見の宴の時に、皇帝の命で李白はたちどころに「清平調」三首を作り、その中に、「借問す漢宮誰か似るを得しや。可憐の飛燕は新粧に倚る。」という句があった。その場は面目を施したが、高力士が彼を恨んでいて、楊貴妃に向かい、「貴妃様を悪女として有名な飛燕にたとえるとは、侮辱も甚だしい」といった。玄宗は李白を任官しようとしたが、貴妃の妨害で沙汰止みになった。

この話の眞僞はともかく、注意すべきことは、詩人が權力者の意に逆らうと、その作品、それもさほど深い意味もなく、貴人の座興を滿足させるために作ったようなものが、作者も氣づかなかったような、裏の意味を讀まれて、失脚の原因となることがあると、當時の人々が信じたことである。

そのことを念頭に置いて、もう一度、「賜宰臣歌」の第一句を見直すと、じつは李白と同じ危險をはらんだ句である。「洛神賦」は李善注によると、兄曹丕の妻甄氏の薄命を悼んで作ったとされる。作者は彼女を愛していたが、父の曹操は兄にめあわせてしまった。作者は彼女を慕って、晝夜、寢食を廢するほどであった。のちに任地から入朝したときに、帝位についていた兄から、彼女の用いていた、金玉をちりばめた帶と枕を贈られた。彼女は後宮内の權力争いの犠牲になって殺されていた。その後になって弟の氣持ちに氣づいた曹丕が、かたみの帶と枕とを與えたのである。戀人の死を悟った作者がしおしおと任地に歸る途中、洛水のほとりに憩った時に、彼女が川の水を踏んでやってくる幻を見て、この賦を作ったという。楊貴妃の末路を豫言したような物語である。その時は誰も豫想はしなかったにせよ、何か暗いものを暗示するかの如くである。少なくとも緣起の良い故事ではないといえる。

「神女賦」は前作の「高唐賦」と二部作構成になっている。「高唐賦」では楚の襄王が、宋玉を伴って雲夢に遊び、高唐の絶景を見、宋玉から、その先王（李善注では懷王）が高唐に遊び、巫山の神女と、夢に會って歡樂をともにしたことを聞き、高唐の絶景ぶりを宋玉に述べさせるという趣向である。「神女賦」は、「高唐賦」を受けて、その夜、襄王の夢に神女が現れて歡樂をともにし、目覺めた襄王が宋玉に命じて、神女の美貌を歌わせる。つまり神女は二代の楚王と愛情を交わしていることになる。楊貴妃は周知の如く、もとは玄宗の皇子、壽王瑁の妃であったのを、父帝が取り上げて自分の寵姫にしたといういきさつがある。順序は逆だが、巫山の神女は楊貴妃に當てつけているという解釋ができないわけではない。ちなみに「清平調」にもこの故事は取り入れられている。

こう見ていくと、「賜宰臣歌」と「清平調」とは見かけほど違ってはいない。「賜宰臣歌」の方が典故をより微妙に洗練された形で、いわば隠し味として使っているのに、「清平調」はより露骨であるという違いはある。しかし、李白は「清平調」のために、宮廷を去らねばならなかったと傳えられるのに、「賜宰臣歌」は何の問題にもならなかった。

しかし、いったん高力士の如き悪意ある目で見れば、王維の應制詩にも、危険な典故は少なくない。作者についてだけ見ても、初唐以前の文學者には貳臣、反逆者、終わりを善くしなかった者がいくらでもいる。本稿で典故としてあげた作品の作者に限っても、韓非子は毒殺され、「離騷」の作者とされる屈原は、國を憂えるのあまりとはいえ、入水自殺している。班固は獄死した。揚雄は前漢から簒奪者王莽に仕え、しかも志を得ていない。曹植は兄曹丕に迫害され、幽愁の内に死ぬ。陸雲、謝朓、王融は若くして殺された。庾信は梁、北周の二朝に、陰鏗は梁、陳の二朝に仕えた貳臣である。王勃も若くして非業の死を遂げる。駱賓王が則天武后に對する反亂に加擔して、行方不明となったこと、張九齡に至っては、當時、威勢を揮っていた宰相、李林甫の最大の政敵として、荊州に左遷されて死んだことは、まだ生々しい事件であった。

内容から見ても、「雨中春望」では、一代の暴君、秦の始皇帝の事跡が二回にわたって出現する。烏孫公主、漢が皇族の女性を異民族國家の王と結婚させる、いわゆる和番公主は、唐代でも行われたとはいえ、中國にとって名譽な故事ではない。

このようにあら探しをやって見ると、文選、玉臺新詠の文學者で、何かしら脛に傷があったり、不吉な影を背負っている人物はざらにいる。高力士式のあら探しをした日には、危なくて應制詩など作れないに違いない。應制詩というのはそのようなあら探しはしないという、暗默の了解の成り立つところに成立する文藝であった。いいかえれば、文學内の問題は文學としてのみ處理し、典故の裏讀みや、出典の作者の品性や行動は問題にしない。典故としての適切さ、美しさのみが問題とされるのである。このような約束事が成立していたのは、唐代前半、開元期までの貴族的社會においてであった。高力士の行爲は明白なルール違反である。しかし、この時、李白の身分は翰林供奉、すなわち帝室ご用係で、正規の官僚ではなかった。高力士は官僚世界の外にいる宦官であった。この事件は貴族的官僚世界の外のできごとであった。ゆえにかかることも起こり得たのであった。しかし、たとえ貴族社會の外であろうとも、このようなルール違反が起こりうるということは、やがて貴族社會の崩壊とともに、ルールそのものが消滅する前觸れであった。「文は道を載する器」といったことばが、幅を利かせるようになると、このようなルールは意味を失う。王維の應制詩は、貴族社會崩壊の寸前に咲いた、貴族文化の最後の花であったことが、典故の面からも論證できると思われる。

注

(1) 靜嘉堂本は從來、顧千里の識語にもとづき、南宋麻沙本とされていたが、近年、傅熹年(「參觀靜嘉堂文庫札記」、一九九一)により、避諱、刻工名などから、南宋初期の江西刊本とする新説が出された。

(2) 『文選』と『玉臺新詠』の關係については、岡村繁『文選の研究』(一九九九、岩波書店)によると「堂々の文學と日陰の文學」であるという。

(3) 應制詩の製作時期については、拙著『王維研究』(一九五六、創文社)第七章參照。

（4）唐人の詩は便宜上全唐詩の巻數を示した。
（5）『說詩晬語』巻下
（6）『舊唐書』玄宗本紀上。玄宗垂拱元年秋八月戊寅生。又。開元十七年八月癸亥，上以降誕日，讌百僚于花蕚樓下。百寮表請。以每年八月五日爲千秋節，王公已下獻鏡及承露囊。天下諸州，咸令讌樂，休暇三日，仍編爲令。從之。同下。天寶七載八月己亥朔，改千秋節爲天長節。
（7）『太平廣記』巻二〇四「李龜年」の條に、『松牕錄』よりとして載せる。

孟浩然「疾愈過龍泉寺精舍呈易業二上人」詩をめぐって

――「傍崖採蜂蜜」考――

田口暢穗

一

盛唐の詩人孟浩然に「疾愈過龍泉寺精舍呈易業二上人」という詩がある。詩題からもわかるように、寺院を訪れてその寺域の情景をうたった詩であるが、その中に些か氣になる表現があるので、それについて少しく考えてみたい。まず、問題の所在を明らかにするために、詩題と本文を示しておこう。

疾愈過龍泉寺精舍呈易業二上人
　　疾愈えて龍泉寺精舍に過り、易・業二上人に呈す

停午聞山鐘　　停午　山鐘を聞き
起行散愁疾　　起ちて行き　愁疾を散ず
尋林採芝去　　林を尋ねて　芝を採りに去り
轉谷松蘿密　　谷を轉ずれば　松蘿密なり
傍見精舍開　　傍らに精舍の開くを見れば

長廊飯僧畢　　長廊に僧に飯し畢る
石渠流雪水　　石渠　雪水流れ
金子耀霜橋　　金子　霜橋耀く
竹房思舊遊　　竹房に舊遊を思ひ
過憩終永日　　過り憩ひて　永日を終ふ
入洞窺石髓　　洞に入りて　石髓を窺ひ
傍崖採蜂蜜　　崖に傍うて　蜂蜜を採る
日暮辭遠公　　日暮　遠公に辭すれば
虎溪相送出　　虎溪　相送りて出づ

（『孟浩然集』巻一）[1]

詩題にいう龍泉寺は、どこにあった寺か、よくわからない。近年の注解書類にも明記するものは少なく、曹永東氏『孟浩然詩集箋注』（天津古籍出版社　一九九〇年）と、趙桂藩氏『孟浩然集注』（旅游教育出版社　一九九一年）の二書に説く所が注目に價する。曹氏は湖北崇陽縣の西南の龍泉山に在りといい、趙氏は江西の廬山と湖北の襄陽に在るが、詩の語氣を見れば、詩人の疾が愈えたのは家居の際のことで、客游時のことではないようであるから、襄陽のをよしとすべきであろうという。また所在は記さぬが、李景白氏『孟浩然詩集校注』（巴蜀書社　一九八八年）、徐鵬氏『孟浩然集校注』（人民文學出版社　一九八九年）にも、作者の家の附近に在った寺であろうと推測している。諸説にいう如く、詩の内容から推して、襄陽の作者の家の近くにあった寺と考えてよいであろう。

詩は、まず第一・二句に山寺に行こうとする契機、第三・四句に寺に至る途中の、山道の情景をうたう。ついで第五句から第十二句が寺域の情景の描寫、第十三・十四句で寺を辭去するに當って易・業兩僧に別れることをいい、全篇を結ぶという構成であろう。

そして本稿で問題にしたいのは、その寺域の情景をうたう條り、第十一・十二句の

入洞窺石髓　洞に入りて　石髓を窺ひ

傍崖採蜂蜜　崖に傍うて　蜂蜜を採る

という二句、特に「傍崖採蜂蜜」の句である。寺院で蜂蜜を採取するとは、どういうことなのであろうか。何か特別な意味があるのであろうか。どうも取るに足らぬことに拘泥しているようで、我ながら些か困惑しているのであるが、實は孟浩然にはもう一例、僧房の景に點ぜられた蜂乃至蜜蜂の巣があるのである。

鷰覔巣窠處　鷰は覔む　巣窠の處

蜂來造蜜房　蜂は來る　造蜜の房

（「夏日辨玉法師茅齋」『孟浩然集』巻三）

二例とも、實際に蜜蜂が蜜を作っていて、それを描寫したに過ぎないと見ることも、無論出來る。現に「夏日辨玉法師茅齋」詩の蜂や蜜については、蕭繼宗氏『孟浩然詩説（修訂本）』（臺灣商務印書館　一九八六年）、游信利氏『孟浩然集箋注』（臺灣學生書局　一九七五年）、李景白氏、徐鵬氏、曹永東氏、趙桂藩氏の諸書には言及がない。「疾愈過龍泉寺精舍……」詩の「傍崖採蜂蜜」句についても、徐鵬氏と趙桂藩氏が「崖蜜」に關する文獻を擧げるのみである。

程大昌《演繁露》：『崖蜜者，蜂之釀蜜，卽峻崖懸壁，其窠不可攀取。人伺其窠蜜成熟，用長竿繋木桶，度可以相及，則以竿刺窠，窠破，蜜注桶中。』（徐鵬氏『孟浩然集校注』）

《圖經本草》："石蜜，卽崖蜜。其蜂黑邑似虻，作房于岩崖高峻處或石窟中，以長竿刺令蜜出，取之。"《本草・蟲・蜂蜜》解集《マヽ》："弘景曰：石蜜卽崖蜜也。在高山岩石間作之，色靑，味小酸。"（趙桂藩氏『孟浩然集注』。原簡體字、横書。「解集」は蓋し「集解」の譌）

これらの註は「崖に傍って蜂蜜を採る」とあるのをそのまま實際の情景や行動とみて附せられたものであろう。また、註を附さぬ諸書も、實景とみて註は不要であると考えたのであろう。

しかし「疾愈過龍泉寺精舍呈易業二上人」詩において、「傍崖採蜂蜜」句は「入洞窺石髓」という句と對をなしており、「蜂蜜」は「石髓」に匹敵する藥物としてうたわれているのである（「夏日辨玉法師茅齋」詩の「蜂」は「鶯」と對をなすのみで、格別深い意味があるとは言い難いように思われる）。「龍泉寺」にたまたま蜜蜂がいて、その蜜を採る、というのよりは、何かもう少し背景がありそうに感ぜられる。そこで本稿においては、蜂蜜を採ることが寺院や僧房と結びつくものか否かについて検討を加えてみることにした。

二

中國において、古來、蜜は甘い、美味なるものであった。『說文解字』十三篇下に、

𧖴、蠭甘飴也。

とある。『詩經』には蜜はうたわれていないのだが、『楚辭』に用例がある。

室家遂宗　　室家　遂に宗とし

食多方些　　食　多方なり

（略）

粔籹蜜餌　　粔籹《きよじよ》の蜜餌と

有餦餭些　　餦餭《ちやうくわう》有り

瑤漿蜜勺　　瑤漿《えうしやう》に蜜勺して
實羽觴些　　羽觴に實《み》たす
（宋玉「招魂」）

とうたうのは、甘く美味なるものの典型として取り上げたものであろう。しかもそれが、この段落の前に、

魂兮歸來　　魂よ　歸り來れ
西方之害　　西方の害
流沙千里　　流沙千里なり
（略）
赤螘若象　　赤螘《せきぎ》　象の若く
玄蠭若壺些　　玄蠭　壺の若し

と、ふくべほどもある玄《くろ》い蠭が人をさす毒蟲として描かれているのと對照的なうたい方になっているのが、何となくおかしい。

このように、蜂蜜が甘く美味なるものと意識されていたことは容易に確かめられるのであるが、問題は「石髓」と對をなし得るような、藥物としての「蜜・蜂蜜」である。藥物としての蜜とは、いかなる性質のものなのか。

まず、對をなしている石髓について確かめておこう。石髓とは「石鐘乳の異名」で、「仙人がよくこれを服すといふ」（『大漢和辭典』）。明の李時珍も「按ずるに列仙傳に言ふ、卭疏石髓を煑て服すと。卽ち鐘乳なり。仙經に云ふ、神山五百年に一たび開き、石髓出づ。之を服すれば長生す」（『本草綱目』巻九、石髓、集解）と述べており、要するに神仙が服する不老長生の仙藥の一種である。石髓が仙藥であるのならば、蜂蜜も仙藥乃至その材料ということになる。(2) 今、その方面について文獻的に確認してみたい。

はじめに仙薬について具體的に製法や原材料を示している『抱朴子』内篇「金丹」を見ると、丹法に蜂蜜を用いるものが數例見出せる。王明氏『抱朴子内篇校釋』（中華書局　一九八〇年）によって原文のみ擧げておく。

采女丹法、以兎血和丹、與蜜蒸之百日、服之如梧桐子大一丸、日三、至百日、有神女二人來侍之。可使役。

稷丘子丹法、以清酒・麻油・百華醴（引用者補、王氏註に「卽蜂蜜」と）・龍膏和、封以六一泥、以糠火熅之、十日成。服如小豆一丸、盡劑、得壽五百歲。

陳生丹法、用白蜜和丹、内銅器中封之、沈之井中、一期。服之經年、不飢。盡一斤、壽百歲。

韓終丹法、漆蜜和丹煎之。服可延年久視。立日中無影。

小神丹法、用眞丹三斤、白蜜六斤攪合、日暴煎之、令可丸。旦服如麻子許十丸、未一年、髮白者黑、齒落者生、身體潤澤。長服之、老翁成少年、長生不死矣。

これらの記述だけでも蜂蜜が仙薬と見做されていたことがわかるが、もう一例、具體的な製造法ではないが、仙薬であることを明言している例を擧げておく。

漢武帝故事曰、西王母曰、太上之藥有中華紫蜜、雲山朱蜜。

〈漢武帝故事に曰く、西王母曰く、太上の藥に中華の紫蜜、雲山の朱蜜有り、と〉（『太平御覽』巻八五七蜜）

西王母の言とされているだけ、效能が信ぜられていたのかもしれない。

また、蜜を服用した仙人の故事もある。

神仙傳曰、飛黄子服中嶽石蜜及紫粱得仙。

〈神仙傳に曰く、飛黄子中嶽の石蜜及び紫粱を服して仙を得〉（『太平御覽』巻八五七蜜）

とあるのが明らかな例であるが、ただしこの話は現在通行の『神仙傳』（晉、葛洪撰）には見られない。同様に『列仙傳』(漢、劉向撰)にも蜜を服用した仙人の話は見當らない。內容にやや曖昧な點はあるものの、それに近いかと思われる例を紹介しておきたい。

丹沙絶熾出其坂、蜜房郁毓被其皐。山圖采而得道、赤斧服而不朽。劉淵林注、巴西漢昌縣多野蜂蜜蠟。山圖、隴西人也。隨道士之名山採藥、身輕不食、莫知所如。赤斧、巴人也。能煉丹砂與消(マヽ)石、服之、身體毛髮盡赤。皆古仙者也。見列仙傳。

〈丹沙絶熾《きよくし》として其の坂より出で、蜜房郁毓《いくいく》として其の皐《をか》に被る。山圖采りて道を得、赤斧服して朽ちず。劉淵林注に、巴西の漢昌縣に野蜂蜜蠟多し。山圖は隴西の人なり。道士に隨って名山に之きて藥を採り、身輕くして食はず、如く所を知る莫し。赤斧は巴の人なり。能く丹砂と消石とを煉り、之を服して、身體毛髮盡く赤し。皆古の仙者なり。列仙傳に見ゆ〉(『文選』巻四、左思「蜀都賦」及びその劉淵林注)

この劉注は蜜蠟に言及してはいるが、山圖と赤斧が蜂蜜や蜜蠟を服したとは明言していない。また、現行の『列仙傳』にはこの話はない。その二點で、蜜を服用した仙人の例としては十分でないと思われるが、『文選』の例であり、後世への影響力の大きさを考えて一應紹介しておく。

最後に神仙思想にかかわりの深い、實在の人物が蜂蜜を藥餌乃至滋養として用いた例を見ておく。梁の陶弘景の逸話である。

永明十年、(陶弘景)脫朝服挂神武門、上表辭祿。詔許之、賜以束帛、敕所在月給伏苓(マヽ)五斤白蜜二升、以供服餌。

〈永明十年、(陶弘景)朝服を脫して神武門に挂け、上表して祿を辭す。詔して之を許し、賜ふに束帛を以てし、所在に敕して月に伏苓《ぶくりやう》二斤白蜜二升を給して、以て服餌に供せしむ〉(『南史』巻七六、隱逸下、陶弘景傳)

このあたりになると、仙藥としてよりも滋養のために服用するという意識が強いのかもしれないが、蜂蜜の效能が信ぜられていたことは確實であったろう。

詩の方に目を轉じて、漢から南北朝までの作品で、仙薬として蜂蜜をうたうものを捜してみたが、明らかにそれと言えるものは、あまりないようである。ただ、北周、庾信「道士歩虚詞十首其九」の

鵠巣堪煉石　鵠巣　石を煉るに堪へ
蜂房得煮金　蜂房　金を煮るを得

（逯欽立氏『先秦漢魏晋南北朝詩』「北周詩」巻二）

は、道士が蜂蜜を用いて丹薬を煉ることをうたったものではないかと思われる。

以上、蜂蜜が仙薬と考えられていたことを文獻によって確かめて來た。これならば石髄と對をなすのも首肯し得る。それを確認したうえで、南北朝期の詩にあらわれた蜂或いは蜂蜜について、もう一つの形象を指摘しておきたい。

劉宋以後の詩には、蜂が庭園や花木の景に點綴されることがあり、蜜がその蜂に併せてうたわれることもある。また蝶などの蟲や鳥と對をなすことが多い。例えば「乳燕草蟲を逐ひ、巣蜂花蕚を拾ふ」（宋、鮑照「采桑」『先秦漢魏晋南北朝詩』「宋詩」巻四）、「蜻蛉草際に飛び、遊蜂花上に食ふ」（齊、謝朓「贈王主簿詩二首其一」『先秦漢魏晋南北朝詩』「齊詩」巻四）、「蜂は歸って蜜の熟するを憐み、燕は入りて巣の乾けるを重んず」（梁、庾肩吾「和竹齋」『先秦漢魏晋南北朝詩』「梁詩」巻二三）、「樹には宿る櫻を含む鳥、花には留まる蜜を釀す蜂」（北周、庾信「陪駕幸終南山和宇文内史」『先秦漢魏晋南北朝詩』「北周詩」巻二）などがそれである。このようにうたわれる蜂は、おそらく實際の庭園の光景が詩表現に定着したもので、神仙的なモチーフではない。從って殊更にここで觸れる必要はないのだが、はじめに引いた孟浩然の「夏日辨玉法師茅齋」詩にうたわれた「鶯は覓む　巣窠の處、蜂は來る　造蜜の房」の二句は、僧房の景ではあっても、神仙的ではないモチーフの系統に屬する表現だと考えたほうがよさそうなので、その位置附けを示すために簡單に言及しておいた。

三

さて、蜂蜜が石髓とともに仙藥と見做されていたことはわかった。ならばこの「疾愈過龍泉寺精舍呈易業二上人」詩においては、「石髓を窺ひ」「蜂蜜を採る」ことが、なぜ道觀でなく、寺院のこととしてうたわれるのであろうか。

第一に考えられるのは、道家的な言葉を用いて佛教に關することを說いたということである。これは堤留吉氏『白樂天研究』（春秋社　一九六九年）にも

津田左右吉博士も指摘しておられるように、またこれまで幾つかの例を擧げて來たように、唐代詩人は、多く道家方面のことばをもって佛教のことを語っている。（第四章　思想　89ページ）

と、唐詩人の表現上の一般的傾向として述べられている。今、孟浩然について考えてみるならば、『孟浩然集』巻一の第一首目「尋香山湛上人」詩に「法侶相逢ふを欣び、清談曉に寐ねず」とある、「法侶」は佛教的な語であろうが、「清談」は道家系の語であろう。同じ詩の「平生眞隱を慕ひ、累日靈異を探る」も、「靈異」は釋氏の語であろうが、「眞隱」は道家系の語である。また巻一の第二首目「雲門寺西六七里聞符公蘭若最幽與薛八同往」詩の「居る所は最も幽絕、住む所は皆靜者」も、「靜者」は『呂氏春秋』に據る語であろうから、道家系の語と考えてよいであろう。「宿終南翠微寺」詩（巻一）の「遂に幽人の室に造り、始めて靜者の妙を知る」の「靜者」も同斷である。「幽人」は、無論『易』に出る語だが、班固の「幽通賦」や孔稚珪の「北山移文」に用いられていることを想起するならば、隱逸の風習、また道家的思考に支えられた語と見てよいであろう。これらの例は、まったく任意に『孟浩然集』巻頭の數首の詩に求めただけのものであり、仔細に檢討を加えれば幾らも類例を擧げることができる。堤氏の說かれる如く、

孟浩然も「道家方面のことばをもって佛教のことを語っ」たと見てよい。

しかし、「疾愈過龍泉寺精舍呈易業二上人」詩の「石髓を窺ひ」「蜂蜜を採る」はどうであろうか。道家方面の語を用いて佛寺の景を描いたと見るには、內容があまりに具體的なように思われる。「蜂蜜を採る」という語は、もう少し寺院の生活實態に近い、しかも「石髓を窺ふ」と對をなし得るだけの文獻的な據り所を持つ語だったのではあるまいか。そこで改めて蜂蜜についての、僧侶や佛教と關係する文獻について考えてみたい。とはいうものの、佛典については、まったくの門外漢のことゆえ、單なる恣意的な着想におわってしまう虞れがあることをお斷りしておく。

佛典と蜂蜜というと、筆者が直ちに思い浮かべるのは『觀無量壽經』冒頭の韋提希夫人のことである。頻婆娑羅王が阿闍世太子に幽閉された時、韋提希夫人が「酥蜜を以て麨に和し、用て其の身に塗り、諸瓔珞中に、蒲桃の漿を盛り、密に以て王に上る」（中村元・早島鏡正・紀野一義譯註『淨土三部經』㊦〈岩波書店　一九九〇年改譯〉ただし書下しの表記は私に改めた）とあるあの話である。該書註には、酥蜜を「牛乳を精製して乳酥（ヨーグルト）を作り、これに蜂蜜を加えたもの」と說明している。よって、佛家で蜂蜜を食する證と爲すに足る、と言いたい所であるが、これは無理である。『觀無量壽經』に記された、佛陀の頃の古代インドで蜂蜜を食した事實を、直ちに中國唐代の寺院や僧侶と結びつけるのは、やはり飛躍があるとせねばなるまい。南北朝期から唐ごろの僧侶の食生活の樣相はどのようであったのか。そのあたりの事情を窺うに足る概說がある。

飲食，是維持生命的最基本的需求，寺院中也少不得吃喝之事，但對於僧衆來說，却稱進口的食物爲「藥」。按照僧人的飲食習慣，所謂「藥」可分爲四大類，卽時藥，非時藥，七日藥，盡形壽藥。除「盡形壽藥」爲現代意義上的藥——中草藥，是用來生病的僧人治病的，其餘三種「藥」其實就是僧人們的主食與副食。

（略）

寺院僧人嚴禁食葷腥魚肉，每日只以粥，菜蔬，水果充飢，最多有些豆腐之類的素食品，很容易造成僧人的營養不良。這樣，寺院又有「七日藥」的飲食習俗。所謂「七日藥」，指能保存七天左右仍不會變質的營養價值較高的食物，如酥油，生酥，蜜，石蜜等。這些食物在寺院中屬於補品，只可偶爾使用，任何僧人都不能長期享受。一個「療程」，一般只有七天，過七天之後便要停用，而且通常只有病僧才可享用「七日藥」。

（王景琳氏『中國古代僧尼生活』〈文津出版社　一九九二年〉67・72ページ）

大分引用が長くなったが、中國古代（と言っても、時代は明確に限定されていないが）の僧侶の食物・醫藥は四藥と呼ばれ、醫藥に當る盡形壽藥以外の、時藥・非時藥・七日藥は食物であること、その中の七日藥は、七日前後保存し得る榮養價の高い食物――酥油（バター?）・生酥（ヨーグルト?）・蜜・石蜜（氷砂糖?）等――をいい、臨時に用いるもので常用するものではないこと、七日間を標準とする病氣療養期間に限って用いること、が知られる。(3)

それでは、蜂蜜がこのように七日藥の一として位置附けられているのは、いつごろからであろうか。「四藥」の語を手がかりに捜してみると、『四分律删繁補闕行事鈔』四藥受淨篇第十八の記述にもとづくものらしい。(4)

七日藥者、四分穌（マヽ）油生穌（マヽ）蜜石蜜等五種、世人所識。

〈七日藥とは、四分に穌油・生穌・蜜・石蜜等の五種、世人の識る所と〉

（『新脩大正大藏經』一八〇四。訓は私に施した）

と、前に引いた所と同じ食物が擧げられてある。『四分律行事鈔』は唐初の道宣（五九六―六六七）(4)の撰であるから、この頃には中國において、佛家で蜂蜜を滋養として用いることが戒律上も認められていたと考えてよいであろう。

また、梁、釋慧皎『高僧傳』（湯用彤氏校注。中華書局　一九九二年）卷六、晉の廬山の釋慧遠の傳に、慧遠の病篤くなった時、大衆が豉酒を飲まんことを請うたが許さず、米汁を飲まんことを請うたが、やはり許さなかった。そこで、

請以蜜和水爲漿。乃命律師、令披卷尋文得飲與不、卷未半而終。春秋八十三矣。

〈蜜を以て水に和し漿と爲さんことを請ふ。乃ち律師に命じて、巻を披いて文の飲むことを得ると不《いな》とを尋ねしめ、巻未だ半ばならずして終ふ。春秋八十三。〉

と、蜜を水に和して飲み、榮養をとろうとし（て果さなかっ）たことが記されている。このような記事があるところをみると、佛家で滋養に蜂蜜を用いるのは、東晉よりもさらにさかのぼることができるのではないか。元來、中國で蜂蜜を食用に、また仙藥の材料に用いていたから、佛典にインドにおいて蜂蜜を服用することが記されていても、些かの違和感もなく受容されたのであろう。藥餌乃至滋養として用いるについても、例えば『根本説一切有部毘奈耶藥事』巻一に説かれる四種藥（四藥）の分類とその内容が元來はインドの食習慣にもとづくものであったとしても、インド渡來の知識が中國古來の食習慣と融合されて、蜂蜜を七日藥の一として、そのまま中國佛教の戒律の中に位置附けることが可能になったのではあるまいか。今、これ以上に文獻に徴を求める術は知らぬが、中國における佛家と蜂蜜のつながりはよほど古くからのものであり、また深いものであるように思われるのである。

四

さて、問題は孟浩然の「疾愈過龍泉寺精舍呈易業二上人」詩以外に、寺院や僧房、僧侶と蜂蜜を結びつけてうたった詩がどれほどあるか、詩表現として普遍性・一般性をもつ表現なのか否かである。網羅的な調査ではなく、手許のメモと見込みによる調査であるが、實情の一端を報告しておきたい。

まず、南北朝期の詩には寺院や僧房、僧侶と關連する蜂蜜は、うたわれないようである。ただし、宋齊ごろから後になると、庭園の景に點ぜられる蜂は散見する。

唐の詩人についてはどうであろうか。僧侶との交りが深かった詩人の代表として王維を例にとると、王維には蜂蜜や蜂をうたう詩はない。寺院のたたずまいをうたった儲光羲や常建にも蜜に言及した詩句は見當らぬ。

孟浩然よりも後の詩人であるが、寺院や僧侶を詩にうたうことの多かった人に、韋應物・賈島・白居易がいる。韋應物にも白居易にも、蜜と寺院・僧侶を結びつけてうたう詩は見當らない。韋應物に「與盧陟同遊永定寺北池僧齋」と題する詩があって、

晴蝶飄蘭徑　　晴蝶　蘭徑に飄り
遊蜂遶花心　　遊蜂　花心を遶る
（『韋江州集』巻七）

という句が見えるが、蜜を服用するわけではなく、僧齋の庭の景にあしらわれた蝶と蜂である。また、晩年、香山寺の僧と交わりを結んだ白居易に、寺院の庭の點景としてすら蜂（蜜を求めて花に遊ぶ蜂）をうたう例がないのは、やや意外であった。ただし寺院に限定せず、普通の庭園や郊野の景を詠じた句には蜜を求めて花に遊ぶ蜂が登場する。

遊蜂逐不去　　遊蜂逐へども去らず
好鳥亦棲來　　好鳥亦た棲み來る
（「東坡種花二首其二」『白氏文集』巻一一）
泥新鷰影忙　　泥新にして鷰影忙はしく
蜜熟蜂聲樂　　蜜熟して蜂聲樂し
（「和微之四月一日作」『白氏文集』巻五一）

の如きがそれである。

そのような中で、僧道雙方との交際があった賈島に、これは道家系であるが、藥餌として蜜を用いることを窺わせる作品がある。

二十年中餌茯苓　二十年中　茯苓を餌とし
致書半是老君經　書を致せば半ばは是れ老君の經
東都舊住商人宅　東都　舊《もと》住す　商人の宅
南國新修道士亭　南國　新たに修す　道士の亭
鑿石養蜂休買蜜　石を鑿ち　蜂を養ひて　蜜を買ふを休め
坐山秤藥不爭星　山に坐し　藥を秤りて　星を爭はず
古來隱者多能卜　古來　隱者　多く能くトす
欲就先生問丙丁　先生に就いて丙丁を問はんと欲す

（「贈牛山人」『唐賈浪仙長江集』巻九）

新たに道士としての居を構えたので、自宅で蜂を飼うことができるようになり、他所から蜜を買わずにすむことになったというから、それこそ茯苓と同様に藥餌として蜜を常用していたのであろう。中唐期の道家的な隱者の一面を示しているようで興味深い。

なお、ここで初唐期から中唐期までの詩人について、索引によって調査し得た所をまとめて示しておこう。

一　蜜・蜂、ともに用例がないもの。
王勃、楊炯、盧照鄰、駱賓王、杜審言、陳子昂、王維、王昌齢、元結、張籍。

二　蜜の用例はないが、蜂の用例はあるもの。
沈佺期、宋之問(6)、張說、李白、柳宗元、元稹。

三　蜂の用例はないが、蜜の用例はあるもの。
張九齢。

四　蜜・蜂、ともに用例があるもの。

　岑參、杜甫、韓愈、李賀、劉禹錫。

これらの用例について、おおまかな傾向を見ておく（用例の引用は略に従う）。

①蜜蜂・蜂の語が用いられる場合、庭園や郊野の點景であることが多い。

②蜂について、周の尹吉甫の後妻が自らの衣の蜂を子の伯奇に取らせて吉甫に讒言した、所謂掇蜂の故事が用いられる。

③特に杜甫に目立つことであるが、悪人の譬喩として蜂蠆の語を用いる。

等の傾向を指摘することができる。

その中にあって、蜜を食用にしているのではないかと思われる表現が見られる。一は杜甫である。

充腸多薯蕷　　腸を充たすに薯蕷多く

崖蜜亦易求　　崖蜜も亦た求め易し　（「發秦州」『杜詩詳註』巻八）

家族をかかえ、糧食を求めて旅立とうとする杜甫が、同谷の物産の豊かさをうたう條りであり、蜜を食用にすることは知られるが、僧侶や寺院とは關係しないし、滋養ということでもない。いま一つは李賀である。

自履藤鞋收石蜜　　自ら藤鞋を履《は》きて　石蜜を収め

手牽苔絮長蓴花　　手づから苔絮を牽《ひ》いて　蓴花《じゅんくわ》を長ぜしむ　（「南園十三首其十二」『李長吉歌詩』巻一）

苔絮とは、苔や水草の類をいうのであろう。蓴は蓴菜。池で蓴菜を栽培していて、その手入れをしているのであろう。昌谷の南園での生活ぶりをうたった詩で、その意味で興味を惹くが、これも石蜜（ここでは岩石の間に貯えられた蜜）が蓴菜と同様、食用に供せられることが知られるが、それ以上のものではあるまい。

僧侶が滋養として蜂蜜を用いることをうたう詩、僧房・寺院の生活と蜜が結びついた詩は、なかなか見出し難い。考えてみれば、孟浩然自身の詩においてもそうなのであった。「疾愈過龍泉寺精舍呈易業二上人」詩では寺院で蜜を採取しているが、前にも引いたとおり、「夏日辨玉法師茅齋」詩の「鷰は求む巣窠の處、蜂は來る造蜜の房」は、僧侶の茅齋の景物としてうたわれた蜂である。そしてもう一首、「行至漢川作」詩にも、

石上攅椒樹　石上に椒樹攅《あつ》まり
藤間養蜜房　藤間に蜜房を養ふ
（『孟浩然集』巻二）

と、蜂の巣がうたわれているのだが、これは旅の途中の郊野の景と見るべきであろう。寺院で蜜を採るほうが、むしろ例外的な詩表現であるのかもしれぬ。

最後に僧侶（詩僧）の詩を検してみたい。

まず、寒山である。蜜を用いる詩が三首ある。

醍醐與石蜜　醍醐と石蜜と
至死不能嘗　死に至るも嘗むること能はず
（「俊傑馬上郎」詩）

若さを誇る血氣盛んな少年が遊興に日を暮らし、生死の問題など考えず、醍醐や石蜜という美味なる滋養（佛法の喩）を味わえずに終る、という意であろう。ここに用いられた石蜜は、無論譬喩として抽象的に用いられた語であって、實際に寺院で蜜を採るさまを描寫した語ではない。だが、佛家で經典にもとづいて、蜜を美味なもの・滋養とみていたことの一例證（心細いものではあるが）と考える材料にはなるだろう。他の二首の「死しては黃連の苦きを悪み、生きては白蜜の甜《あま》きを憐む」（「有漢姓傲慢」詩）、「蜜は甜くして人の嘗むるに足り、黃蘗は苦くして近づき難し」（「寒山出此語、此語無人信」詩）は、ともに甘美なるものの喩として用いたもの。拾得詩の一例、「豬《ぶた》を烹て又た羊を宰し、

誇って道ふ甘《あま》きこと蜜の如し」（「得此分段身」詩）も、美味なるものの喩で、寒山詩の二例と同様に考えてよい。

貫休にも蜜を用いた詩が三首ある。まず「霜椑蜜裹の如し（下句、缺字が有るので略す）」（「桐江間居作十二首其八」『全唐詩』巻八三〇）である。「椑」は、しぶがきか。霜にあたったしぶがきが甘くなったことをいうのであろう。蜜は甘いものの代表として用いられている。また「石膏木屐に黏し、崖蜜冰池に落つ」（「思匡山賈匡」『全唐詩』巻八二九）という句もあり、隠棲している賈匡なる人の山居のたたずまいを描いている。ただし、この山居は僧侶のではなく、道家系のそれのようである。蜜の屬性も道家系のとして考えるほうがよさそうである。

そして僧侶が蜜を採ることをうたう詩があった。

山童貌頑名乞乞　山童　貌《かたち》頑にして　名は乞乞
放火焼畬采崖蜜　火を放ちて畬を焼き　崖蜜を采る
擔頭何物帯山香　擔頭　何物ぞ　山香を帯びたる
一籮白蕈一籮栗　一籮の白蕈《しん》　一籮の栗　（「深山逢老僧二首其二」『全唐詩』巻八二八）

「畬」は、やきはた。「擔頭」は、荷ったもの、か。「籮」は、かごの一種。口がまるく、底が四角い、竹製のかご、という。「白蕈」は、白いきくらげ。深山に住む老僧が焼き畑を作り、崖間の蜂蜜を採っている、とうたう。深山の老僧の簡素な生活ぶりを表現している句である。薬用ではなく、日常的な食用かと思われるのは、生活環境に起因する面もあろうが、ともかく蜜を食用に供していることが明らかに讀み取れる。

貫休には他に蜂をうたう詩が三首あるが、山居の景に添えられた、花に遊ぶ蜂が一例、悪人の喩に用いられた蜂蠆が二例で、寺院や僧侶と蜂蜜のかかわりをうたうものはない。

齊己にも庭園の景に點ぜられる蜂が二例あるが、寺院や僧侶にはかかわらない。皎然、靈澈等には、蜜や蜂の例は見出せなかった。

以上にたどってきた、蜂蜜や蜂をうたう詩について、おおよその傾向をまとめなおしておく。

第一に、宋齊ごろから後、唐に至っても、庭園の花に遊ぶ蜂がうたわれる。これらの蜂は「蝶」「鳥」「燕」等の語と對をなしてうたわれることが多い。そして庭園ばかりでなく、郊野の景色を描く際にもうたわれる。また、この種の詩に「蜜を求めて花に遊ぶ蜂」という形で「蜜」の語が用いられることがあるが、無論、人間が食用に供することにはかかわらない。

第二に、唐代の詩には、稀ではあるが、蜂蜜を食用に供することをうたう詩がある。杜甫・賈島・李賀・貫休等の作品がそれである。寒山の一首もそれに含めてよいかもしれぬ。その中でも貫休の詩は、僧侶が蜜を食用にしていたことが知られて、筆者の注意を惹く。また、賈島の作品は、道家的な隱者であるにしても、蜜を藥餌として用いていたことを窺わせて興味深い。

第三に、蜜を甘美なものの譬喩としてうたう詩がある。寒山・拾得の作品は、その典型である。

第四に、蜂が蜜とは別に、「掇蜂」の故事や「蜂蠆」の成語としてうたわれる場合も少くない。ただし、これは本稿で考えようとした「蜜・蜂」の問題からは離れる。

ほぼ右の如き事にまとまるであろうか。

これらの點をふまえて、もう一度、孟浩然の句、「入洞窺石髓、傍崖採蜂蜜」に戻ってみる。初めに述べた如く、この「蜂蜜」は「石髓」と對をなしており、單なる食用というよりも、藥餌として服用するというのに近いニュアンスを帯びているように思われる。そして石髓は道家や神仙のほうで藥材として珍重される。蜜も同様に用いられる。また、一般的に言って、唐詩人は道家的な用語で佛教的なことを語ることが多い。そうであるならば、この句の「蜂蜜」に對しては、まず『太平御覽』所引の「漢武帝故事」や「神仙傳」、『文選』「蜀都賦」の劉淵林注などにもとづく説明が必要になるのではないだろうか。

さらに、孟浩然のこの句が寺院の實際のありさまを描いたものであるとすれば——筆者にはそのように感ぜられるのであるが——、寺院や釋氏に相應しい、表現上の據りどころがあったであろう。この假定の上に立ってみるならば、『行事抄』の蜜の位置附け、『高僧傳』の慧遠の傳などによる説明も成り立つのではないか。數は極めて少ないが、そして孟浩然よりも後の作品ではあるが、僧侶が蜜を食用に供している例があるのも、傍證にならぬだろうか。甚だ迂遠にして疎漏な推論なのだが、この二句は道家的な用語で寺院のありさまを語ろうとしたのが「入洞窺石髓」の句、道家的な用語を用いるというにとどまらず、佛教に關する知識や寺院・僧侶の生活實態をふまえて表現としてまとめあげたのが「傍崖採蜂蜜」の句であったと考えるものである。

註

（1）四部叢刊本に據る。必要に應じて他本を參看する。

（2）この點については、中唐文學會一九九七年夏季合宿（於日本大學輕井澤研修所）の討論の席上、葛曉音北京大學教授より示唆を頂いたのが手がかりとなっている。

（3）同様の記述が李富華氏『中國古代僧人生活』（商務印書館國際有限公司　一九九六年）にも見える。

寺院除爲病僧進行祈禱外，還把病僧移送延壽堂治療。治療藥物，按照佛教的説法共分四類，稱〝四藥〟。一稱〝時藥〟，是僧人日常使用的食品，也就是維持僧人生命的每日早、午二時的飯食，如米、麵、醬豉、麨菜等。二稱〝非時藥〟，又稱〝更藥〟，指果汁一類的食品，這是專爲治病而設的一種非時的食物，根據病情食用。三稱〝七日藥〟，指能治病的食品，如酥油、生酥、蜜、石蜜等，在病后七日内服用。四稱〝盡形藥〟，指一切可以治病的植物的根莖花果，略相當于中草藥，如人參、甘草、枸杞、萱草、藿香、丁香等。（同書128ページ）

（4）織田得能氏『織田佛教大辭典（補訂縮刷版）』（大藏出版社　一九五四年）、中村元氏『佛教語大辭典』（東京書籍　一九七五年）の「四藥」の項には、それぞれ出所を、（行事鈔二二）、『行事鈔』二巻と記している。『四分律刪繁補闕行事鈔』には、三巻本・六巻本・十二巻本がある由であるが（鎌田茂雄氏『中國佛教史辭典』（東京堂出版　一九八一年））、『織田佛教大辭典』『佛教語大辭典』の「巻二」とは、何巻本に據ったものか、よくわからない。『新脩大正大藏經』は四藥受淨篇を巻下二に收める。

（5）生歿年は陳新會氏『釋氏疑年錄』（鼎文書局　一九七七年）巻三による。

（6）「芳樹」詩は、沈佺期と宋之問の兩者の巻に重出し、相互に「一作宋之問詩」「一作沈佺期詩」との題下注がある。沈佺期の蜂の用例は「芳樹」詩の「啼鳥弄花疏、遊蜂飲香遍」句のみであるから、數に入れにくくなるのであるが、疑いを存したまま、ここに分類しておく。

補　本稿は、註(2)で言及した如く、中唐文學會一九九七年夏季研修合宿の討論會に於て、話題として提起した事柄がもとになっている。今回、詩句の解釋論という形でまとめなおした。討論の席上、有益な御意見を頂いた葛曉音教授をはじめ、岡田充博氏（橫濱國立大學）、佐藤正光氏（東京學藝大學）、丸山茂氏（日本大學）他、會員諸氏に篤く御禮を申し上げたい。

夔州における杜詩

安東俊六

一

大暦元年（七六六）の暮春、杜甫は雲安から夔州に居を移した。そして同三年初春、江陵に向けて船を放つまでの二年弱の間に、四五〇首に餘る詩を殘している。宋本『杜工部集』（上海商務印書館影印・一九五七年）の詩の配列にしたがえば、古詩では巻六の第二首・「引水」詩から、巻七の巻末の「大覺高僧蘭若」詩までの一〇五首、近體詩では巻十四の第三十一首・「移居夔州郭」詩から、巻十七の第十三首・「春夜峡州田侍御長史津亭留宴」詩までの三五三首。もっとも巻十五の「九日」詩五首中の一首と、巻十六の巻末の詩二首は、詩題のみあって詩そのものを缺いてはいるが、古詩近體詩併せて四五八首の詩が夔州で作られたことになる。

杜甫が短い期間に詩を多作した例としては、乾元二年（七五九）秋から冬にかけて滯在した秦州・同谷での一一〇餘首が、もっとも多くて注意をひくが、夔州における多作ぶりも、それに勝るとも劣らないものであって、注意をひかずにはおかない。

杜甫の秦州における詩の多作、殊に五言律詩の多作の動機が、五言律詩に詩才を馳せることによって、朝廷に歸參する手づるを得ようとすることにあったことは既に述べた。[1] では、夔州における多作は、杜甫にとってどのような意味をもつものであったのであろうか。ここでは、その點を究明してみたいと思う。

二

夔州は古蹟が多く、また杜甫がかつて目にしたことのない自然の奇觀にも惠まれた地であった。とりわけ夔州移居のはじめから杜甫の心をとらえていたのは、白帝城であったといえる。そもそも白帝城は、「移居夔州郭」詩に「枕に伏す雲安縣　居を遷す白帝城」と詠っているごとく、杜甫にとっては、夔州そのものを指すほどの存在であったのであって、久しく登臨を待望していた古蹟であった。

江城含變態　　江城變態を含み
一上一回新　　一たび上れば一回新たなり
天欲今朝雨　　天　今朝雨ふらんと欲し
山歸萬古春　　山は歸す萬古の春
英雄餘事業　　英雄事業を餘し
衰邁久風塵　　衰邁久しく風塵
取醉他鄉客　　醉を取る他鄉の客
相逢故國人　　相逢ふ故國の人
兵戈猶擁蜀　　兵戈猶ほ蜀を擁し
賦歛强輸秦　　賦歛强ひて秦に輸す

不是煩形勝　　是れ形勝を煩はしとするならず
深愁(2)畏損神　　深愁　神を損はんことを畏る

「上白帝城」と題するこの詩は、白帝城に念願の登臨を果した時の感懐を詠ったものである。冒頭に「江城變態を含み　一たび上れば一回新たなり」と詠うように、斷壁の上に立つ飛樓の眺望は、時によって千變萬化し、奇趣に富むものであった。晴れては「峽坼け雲霾りて龍虎睡り　江清く日抱きて黿鼉遊ぶ」（「白帝城最高樓」詩）と詠うごとく、眼下遙かに江水の急流と崢嶸たる層崖とを望み、雲湧いては「白帝城中雲門より出で　白帝城下雨盆を翻す　高江急峽雷霆鬭ひ　翠木蒼藤日月昏」（「白帝」詩）と詠うごとく、激しく變化して異った趣きを呈してみせた。杜甫はこの「一たび上れば一回新た」な眺望の妙なる變化に誘われて、しばしば白帝城に登臨を試みている。白帝城に登ったり、あるいは遠望したりしたことを詠った詩は、詩題だけをひろってみても十二首に及び、詩中に白帝の語を用いる詩にいたっては、三十八首にも及んでいる。

また白帝城の城邊には、「白帝空しく祠廟　孤雲自づから往來す」（「上白帝城」詩・第二首）と詠う白帝・公孫述の祠廟があり、そして「柱穿たれて蜂は蜜を溜らせ　棧缺けて燕巣を添ふ」（「陪諸公上白帝城頭宴越公堂之作」）と詠うごとく、朽ちはててはいたが、隋の楊素の越公堂もあった。

白帝城の西郊には蜀漢の劉備の先主廟があり、更にその西には諸葛孔明の武侯廟があった。ところがこの夔州の武侯廟は、廟前に四十圍の老柏こそ亭々とそびえ立っていたものの、成都の武侯祠の莊重なさまとはうって變って、「遺廟丹靑落ち　空山草木長し」（「武侯廟」詩）という哀れなありさまであった。しかもここの孔明の像は首がとれてしまって着いていなかったらしい。その痛ましさにいたたまれない思いであった杜甫は、その修復を當時夔州刺史の權であった母方の舅に依賴してもいる。また孔明が造ったと稱せられる八陣圖は、魚腹浦の平沙に殘っていた。そこを訪れて、「江流に石轉ぜず」（「八陣圖」詩）と長江の流れに流されてしまわない陣形の不可思議を杜甫は驚きをもって詩に詠っている。

夔州における最大の自然の奇觀は、瞿唐峽であった。杜甫にとって白帝城が夔州そのものを指す語であったように、瞿唐峽もまた夔州を指す語であった。そのことは、「秋興」八首の第六首の詠い出しが、「瞿唐峽口と曲江の頭と　萬里風煙素秋に接す」であることからも知られるとおりである。

三峽傳何處　　三峽傳ふるは何處
雙崖壯此門　　雙崖此の門壯なり
入天猶石色　　天に入る猶ほ石色
穿水忽雲根　　水を穿ちて忽ち雲根
猱玃鬚髯古　　猱玃鬚髯古り
蛟龍窟宅尊　　蛟龍窟宅尊し
羲和冬馭近　　羲和冬馭近く
愁畏日車飜　　愁へ畏る日車の飜らんかと

「瞿唐兩崖」と題するこの詩は、かねてより傳え聞いていた瞿唐峽を目のあたりにして、上は高く天に至り、下は深く切れ込んで江の底に至る兩崖の壯大さに、息を呑んださまを詠ったものである。宋本『杜工部集』では補遺にもう一首「瞿唐懷古」と題する詩が收載されていて、そこでもやはり「西南萬壑注ぎ　勍敵兩崖開く　地は山根と裂け江は月窟より來たる」と、あたかも萬壑を敵として立ちはだかるかのごとく聳え立つ峻崖のさまを驚異の目をもって詠っている。

夔州の江中には灔澦堆もあった。また東の空に目を轉ずれば、赤甲山と白鹽山とが相對して天空をさえぎって卓立していた。殊に白鹽山は「卓立す羣峯の外　根を蟠らす積水の邊　他は皆原地に任すに　爾獨り高天に近づく」（「白鹽山」詩）と、杜甫にとって一篇の詩に詠うに足る奇峯であった。

三

しかしいかに、「馬に騎りて忽ち憶ふ少年の時　蹄を散ずれば迸落す瞿唐の石　白帝城門水雲の外　身を低くすれば直下八千尺」（「醉爲馬墜諸公攜酒相看」詩）と詠うごとき氣晴らしをこころみようとも、杜甫にとって、夔州は必ずしも住み心地のよい土地ではなかったらしい。「覽物」詩に、「形勝餘り有るも風土悪し　幾時か首を廻らして一たび高謌せん」と詠う、風土の悪さも住み心地を悪くした大きな要因であろう。

夔州の冬が溫暖であったことは杜甫を大いに喜ばせたが、しかし、夏の暑さが殊の外嚴しい上に、その暑さが秋に入っても衰えないことには、嫌悪感をさえもよおしている。杜甫が夔州に居を移した大暦元年の夏から秋の暑さは、例年にまして嚴しいものであったようである。

「雷」詩、「火」詩、及び「熱」詩連作三首などの詩は、その堪えがたい暑さを詠ったものである。「熱」詩・第一首をみてみよう。

雷 霆 空 霹 靂　　雷霆空しく霹靂

雲 雨 竟 虛 無　　雲雨竟に虛無

炎 赫 衣 流 汗　　炎赫に衣汗を流し

低垂氣不蘇　低垂して氣蘇らず
乞爲寒水玉　乞ふ寒水の玉と爲らんことを
願作冷秋菰　願はくは冷秋の菰と作らん
何似兒童歲　何ぞ似ん兒童の歲の
風涼出舞雩　風涼に舞雩に出でしに

空しく雷が鳴るばかりで雲ひとつ湧かず、雨の一滴も降りはしない、陽はじりじりと赤くやけて汗が流れるばかり、ぐったりと頭を垂れるばかり元氣も出はしないと、うだる暑さにほとほと辟易し、第三首では、「將に衰へんとして骨盡く痛む」と、いかんとも耐え難い暑さを訴えている。當時夔州ではこのような大旱のとき、山を燒いて雨請いをする風習があったらしい。その火は一ヶ月以上も燃え續けて、夜も夜空を焦し續けた。「夜に入りて殊に赫然　新秋牛女を照す　風吹きて巨焰作り　河に棹さすごとく煙柱騰る　勢は崑崙を焚かんと欲し　光は彌いよ洲渚を焮る」（「火」詩）と、杜甫の目には異様で恐ろしいものに映っている。

夔州で杜甫の目に映じた異様なものは、雨請いの火ばかりではなかった。「歲月蚰常に見え　風颸虎或いは聞こゆ」（「南極」詩）と詠うごとく、凡そ中原では考えられないことながら、年中蛇がうろついているし、虎のほえ聲も風にのって聞こえてきた。もっとも虎は人里におりてくることもあって、杜甫は用心のために下僕に命じて垣を結わせている（「課伐木」詩）。また夔州では黃魚という奇妙な魚を、人も食べ犬にも食べさせる風があった。涎のような粘い液を吐いてとぐろを卷く魚で、しかも「龍鱗かと怪しむ」（「黃魚」詩）と詠うとおり怪異な姿をしていた。それを土地の人が平氣で食べるのは、よほど杜甫にとって氣味惡かったらしい。

夔州では、鷄の鳴き方まで尋常ではなかった。

「雞」

紀徳名標五　徳を紀し名は五を標はす
初鳴度必三　初鳴度必ず三
殊方聽有異　殊方聽くに異なる有り
失次曉無慙　次を失して曉に慙づる無し
問俗人情似　俗を問へば人情も似たり
充庖爾輩堪　庖に充つる爾が輩堪へたり
氣交亭育際　氣は交はる亭育の際
巫峽漏司南　巫峽漏南を司る

冒頭で、鶏は五徳（文・武・勇・義・信）を備え、三度時をつくってから夜が明けると、鶏の徳を稱えて詠っているように、もともと杜甫は、鶏の持つ不思議な能力に強い關心をよせていた。「催宗文樹雞柵」詩では、「昧からず風雨の晨　亂離に憂慼を減ず　其の流は則ち凡鳥なるも　其の氣は心石に匪ず」と詠って、風雨の晨にも誤たず正確に時をつくる鶏の異能を大いに稱えている。ところが夔州ではその鶏が朝ちゃんと時をつくらない。それでは庖丁で割かれて食膳に供されてもいた仕方あるまいと、時をつくらぬ鶏の尋常でないさまに、杜甫はあきれている。

四

ところで、先掲の「雞」詩において、ぽつりと吐かれた「俗を問へば人情も似たり」は、夔州における杜甫のいつわりならぬ本音であったようである。

　夔州での杜甫は、下僕には恵まれていて、就中信行に對しては、「汝が性葷を茹はず　清淨なり僕夫の内　心を秉るに本源を識り　事に於て滞礙少し」（「信行遠脩水筒」詩）と、士人にも勝る賛辭を呈して、恐らくは佛教徒らしいその性情の清淨さを稱えている。しかし、最下層で生きる下僕の中に信行のような人間を見出しえたその一方では、信行などよりははるかに恵まれた境遇にありながら、していることが醜く姑息な人物にも出會っていて、そのことを詩に詠っている。「園官送菜」詩がそれであって、この詩には次のような序がついている。「園官菜把を送るに、本より數日闕く。矧んや苦苣・馬歯の嘉蔬を掩ふをや。時に小人の君子を妬害するを傷む、菜は道ふに足らざるなり。比して詩を作る。」と、いかに姑息なことが行われたかを詳しく記している。詩中に「清晨菜把を蒙る　常に荷ふ地主の恩　守者實數を愆る　略ぼ其の名を存する有り」と詠うところよりすれば、この園官は夔州都督・柏茂林の配下の役人であって、長官に命ぜられて杜甫に野菜を定期的に送り届けていたものであろう。ところが姑息にも野菜の數はごまかすわ、送り届ける回數は減らすわしたのである。もとよりごまかした野菜は密かに私したのであろう。「俗を問へば人情も似たり」と詠う信の置けない人情とは、具體的には、このような役人達の醜さを指して言ったものであろう。

「最能行」は、峡中の船頭の繰船の能を稱えた詩である。

峡 中 丈 夫 絶 輕 死　　峡中の丈夫絶だ死を輕んじ
少 在 公 門 多 在 水　　公門に在るは少く水に在る多し
富 豪 有 錢 駕 大 舸　　富豪は錢有り大舸に駕し
貧 窮 取 給 行 艓 子　　貧窮は給を取らんと艓子を行る

小兒學問止論語　小兒學問止だ論語
大兒結束隨商旅　大兒結束して商旅に隨ふ
欹帆側柂入波濤　帆を欹け柂を側け波濤に入り
撇旋捎濆無險阻　旋を撇ひ濆を捎ひて險阻を無みす
朝發白帝暮江陵　朝に白帝を發して暮には江陵
頃來目擊信有徵　頃來目擊し信に徵有り
瞿唐漫天虎鬚怒　瞿唐天に漫り虎鬚怒り
歸州長年行最能　歸州の長年行ること最も能くす
此鄕之人氣量窄　此の鄕の人氣量窄く
悞競南風疎北客　悞りて南風を競ふとして北客を疎ず
若道土無英俊才　若し土に英俊の才無しと道はば
何得山有屈原宅　何ぞ山に屈原の宅有るを得ん

峡中の男は死を恐れず水運で身を立てる。金持は大きな船で運送を業とし、貧乏人は小舟で手間賃かせぎをする。小さい時の學問は『論語』程度、大きくなると船乗りとして商旅についていく、帆をあやつり柁をあやつって波濤に乗り入れ、盛り上り引き込む渦を巧みによけて進む、昔から朝に白帝城を發して夕べに江陵に着くという話があるが、それがまんざら嘘でないことを今知ったと、船頭の腕の良さに舌を巻いている。しかしこの詩も末尾の四句では、「此の鄕の人氣量窄く　悞りて南風を競ふとして北客を疎ず　若し土に英俊の才無しと道はば　何ぞ山に屈原の宅有るを得ん」と、いにしえ屈原の出た土地にしては狭量で、土地柄だけを誇って排他的である點を指摘して、嫌っている。

五

また夔州における杜甫を悩ましたものには、上來見てきた風土の悪さの他に、生活のためとはいえ、心に染まぬ、人との交際もあった。夔州での杜甫は、生活の多くの部分を人の援助に頼っていた。中でも最も厚く援助を受けていたのは夔州府都督柏茂林であった。したがって柏茂林の催す宴席に陪して詩を賦すことは、經濟的な援助を受けている杜甫にとっては、いわばその見返りの行爲であったと言えるであろう。「陪柏中丞、觀宴將士」詩二首は、柏茂林の催した將士慰勞の宴席の盛大なることを稱えて詠った詩であり、「覽柏中丞[3]兼子姪數人除官制詞、因述父子兄弟四美、載歌絲綸」詩は、柏茂林とその一族の人々の除任の詔書を見て、父子兄弟四人の共に秀れていることを述べ、詔書の内容を詠ったものである。「陪柏中丞、觀宴將士」詩にせよ、「覽柏中丞兼子姪數人除官制詞、因述父子兄弟四美、載歌絲綸」詩にせよ、杜甫に詩興が湧いて自らすすんで作った詩とは到底考え難い。百歩讓って「陪柏中丞、觀宴將士」詩を、杜甫が盛宴の華麗なさまに感動して作ったものであったとしてみても、その詩を呈せられた柏茂林は、杜甫の詩を呈した個人的な心情のたかぶりよりも、かつて都で高名の詩人と交わったことのある、玄宗皇帝に「三大禮賦」をたてまつって集賢院に待制を命ぜられた經歴を持つ詩人・杜甫が、己の催した將士の宴を高らかに華麗に詩に詠ってくれたということの方を、誇らしく高く買ったであろう。假りにこの二首の杜甫の詩が、宴席のその場で柏茂林に呈せられたものであったとすれば、柏茂林は喜色滿面で卽座にこの詩を披露して、滿座のやんやの喝采を浴びたことであろうし、よしんば後日呈せられたものであったとしても、柏茂林がこのことを大いに得意に思ったことは間違いあるまい。

「覽柏中丞兼子姪數人除官制詞、因述父子兄弟四美、載歌絲綸」詩は、明らかに作ることを求められた詩であろう。柏茂林と子・姪の除任の詔書を、杜甫がたまたま目にしたなどということはあり得ないことである。それはまぎれもなく柏茂林が誇らかに取り出して杜甫に見せたのであって、「載ち絲綸を歌う」よりすれば、杜甫は具さに詔書を拜讀したのである。

紛然喪亂際　紛然たる喪亂の際
見此忠孝門　見る此の忠孝の門
蜀中寇亦甚　蜀中寇亦た甚しく
柏氏功彌存　柏氏功彌いよ存す
深誠補王室　深誠王室を補ひ
勠力自元昆　勠力元昆自りす
三止錦江沸　三たび止む錦江の沸
獨清玉壘昏　獨り清くす玉壘の昏
高名入竹帛　高名竹帛に入り
新渥照乾坤　新渥乾坤を照す
子弟先卒伍　子弟卒伍に先だち
芝蘭疊璵璠　芝蘭璵璠に疊る
同心注師律　同心師律に注ぎ

灑血在戎軒　灑血戎軒に在り
絲綸實具載　絲綸實に具に載せ
紱冕已殊恩　紱冕已に殊恩なり
…………　…………

「絲綸實に具に載せ　紱冕已に殊恩なり」の前に詠われる十四句の内容は、恐らくは制詞を忠實に踏えたものであろう。柏茂林が制詞を杜甫に見せたという行爲といい、杜甫が制詞の内容を詩に詠ったという行爲といい、それが柏茂林の直接言葉に出しての要求であったにせよ、杜甫が暗默のうちに了解してなしたことであったにせよ、この詩が作ることを求められたものであったことと、當時の杜甫の置かれていた立場と果すべき役割りとを、よく物語っているといえる。

また柏茂林の求めに應じたにとどまらず、「見王監兵馬使説、近山有白黑二鷹、羅者久取、竟未能得、王以爲毛骨有異他鷹、恐臘後春生、騫飛避暖、勁翮思秋之甚、眇不可見、請余賦詩」と、詩題にそのことを明記する兵馬使王氏の求めにも應じて詩を賦している。王氏の爲には、「王兵馬使二角鷹」詩も賦しているし、荊南兵馬使趙氏の爲には、「荊南兵馬使太常卿趙公大食刀謌」詩を賦している。また「江陵節度衛公馬也」という自注のある「玉腕騮」詩など、いずれも求めに應じて賦した詩であろう。

このように權勢の人の求めに應じて詩を賦すという行爲が、いかに生計のためとは言え、決して心に染むものでなかったことは、「搖落」詩に、「鵝は費す羲之の墨　貂は餘す季子の裘」と自嘲を込めて詠っていることでも明らかであり、客食の身の息苦しさを、「肉食菜色を哂ひ　少壯老翁を欺る　況や乃ち主客の閒　古來偪側同じきをや」（「贈蘇四徯」詩）と、年若い蘇徯にまで嗟嘆してみせなければならなかったのである。

六

夔州における客食の身の息苦しさが、「老病は拘束を忌み　應接は精神を喪ふ」（「暇日小園散病將種秋菜督勤耕牛兼書觸目」詩）と詠うほどに、杜甫にとって堪えがたいものであったという事實と、皮肉ではあるが、その苦痛の見返りとして經濟的に生活の安定が得られたという事實とは、ともに、夔州における杜甫の詩の多作の意味を究明する上では、重要な意味をもつものであると考えられる。

夔州における杜甫の詩の特徴を擧げれば、次の四つが擧げられるであろう。第一は交際上の贈詩の多いことであり、第二は回顧追懷の詩が多いことである。第三は、現實の情況にそぐわないにもかかわらず、政治參與の姿勢をしきりに詠う詩が多いことである。第四は、これが最も特徴的と言えるかもしれない、日常のささいな生活の場面を細大漏らさず詠う詩がきわだって多いということである。

交際上の贈詩が八十八首の多きに及ぶことは、先にも述べたとおり客食の身であってみれば、むしろ當然のことであったと言えるであろう。しかし、第二の回顧追懷の詩の多いことや、第三の政治參與の姿勢を詠う詩の多いこと、第四の日常の生活のささいな場面を詠う詩が多いことなどは、當時の杜甫のどのような側面をものがたるものであり、またそのような詩を多作することが、杜甫にとってどういう意味をもつものであったのであろうか。考えるに、第二と第三は第一の特徴と深く關連性を持ち、第四はそれとは全く違った杜甫の側面を語るものではないであろうか。

夔州における回顧追懷の詩が、當時の息苦しい情況の中で自己を正當化するために作られたものであったことは、既に論じたことがあるのでここで重ねて詳述することは避けるが、要點だけ少しく述べておくことにしよう[4]。虁州における杜甫が種々の好ましくない情況の下におかれていたのと同様に、それまでの杜甫の生涯も、決して榮光に充ちたものであったとは言い難い。しかし虁州で集中的に作られた回顧追懷の詩の多くは、著しく過去を美化した内容となっている。例えば「壯遊」詩がそうである。「壯遊」詩は、まず少年の日の神童ぶりを披瀝するところから詠い出される。やがて呉越の旅、續いて齊趙の旅のさまを詠う。そして杜甫の生涯において最も榮光につつまれた時であった、「三大禮賦」を奉って集賢院に待制せしめられたこと、長安城を逃れ出て鳳翔の行在所に驅けつけ左拾遺に拜せられたことを詠う。そして最後は、檢校官とはいえ工部員外郎の身でありながら、老い病んで虁州に客の身であることのふがいなさを嘆き、「群兇逆未だ定まらず　側佇す英俊の翔るを」と、英俊の臣が現われて擾亂の世を鎭めてくれることを待望してやまないと詠い結ぶ。

追懷の詩で過去を美化して描くのは、自然なことかも知れない、しかし、自己の回顧の樂しみのために書かれた詩であれば、自己の閲歷を克明にたどり、しかも榮光あるように誇示して詠う必要はない。まして現在の自分を介之推や漁父などになぞらえることには、むしろためらいを覚えるであろう。何故ならば、當時の杜甫は決して、介之推のように賞從を避けて客遇の身となっていたのでもなければ、漁父のように處生の理に達觀していたわけでもなかったからである。

そもそも、過去の美化や實情とかけ離れた現在の自己の美化は、現在の自己を正當化することを抜きにしてはあり得ない。當時の杜甫には、いかにしても現在の自己を正當化して、それを詩に詠い續けなければならない理由があったはずである。

杜甫は高い自尊心を持つ人であったから、自らを單に老い病んだ漂泊の人と卑めて認めることはできなかったであろう。しかし當時の杜甫にあっては、この高い自尊心が、よい方向に作用したのであった。夔州で杜甫に經濟的な援助を與えた柏茂林ら權勢の人々も、杜甫が自ら老い病んだ漂泊者と自認して卑屈にふるまっていたならば、敢えて好んで經濟的な援助を與えはしなかったであろう。杜甫が、いかに現實の姿と遊離していようとも、かつて自らがあった中央官界への歸參をひたすら願い、國の命運に憂いを致して、理想的な政治論を詩に詠いつづけてこそ、柏茂林らは杜甫の過去の經歷を高く買って、經濟的な援助を與えたのであった。杜甫はその毅然とした姿勢を崩すことは許されなかった。その姿勢を崩すことは、とりもなおさず夔州での生活を失うことを意味したのであった。

「昔遊」詩では、高適・李白と遊んだ宋州での遊びが追懷され、「存歿口號」二首では、席謙、畢曜、鄭虔、曹霸のことが詠われている。また「解悶」詩十二首では、第四首から第八首までに、薛據、孟雲卿、孟浩然、王維・縉兄弟が詠われ、第九首から第十二首にかけての四首では、玄宗皇帝、貴妃と茘枝のことが詠われている。玄宗の宮廷の行樂を追懷したものとしては、「宿昔」詩、「鬪鷄」詩などがあり、「能畫」詩では、畫工毛延壽と投壺の名手郭舍人が詠われている。

絕唱とされる「秋興」八首も、第四首から第八首までの五首は、かつて大明宮で朝班に點せられたことや、玄宗皇帝の曲江の御遊が追懷され、まだ亂のおさまらぬ都長安に思いを馳せた詩となっている。また「八哀」詩も、その序に、「時に盜賊未だ息まざるを傷み、王公・李公より興起し、舊を歎じ賢を懷ひ、張相國に終る。八公前存沒するも遂に詮次せず。」と記すとおり、王思禮、李光弼、嚴武、李璡、李邕、蘇源明、鄭虔、張九齡等、玄宗朝に赫々たる名を輝かせた人物が詠われている。

これらの詩の全てが、柏茂林らに對して、杜甫自らが經歷を誇示することを企圖して詠ったものとは言わない。たしかに往時を追懷して詩に詠うことは、當時の情況の下にあっては、杜甫の心を閒違いなく慰撫すべきよい方法であった。しかし一方これらの詩のもつ對他者的な意味よりすれば、玄宗朝に詩名を轟かせた詩人の歴々が名を連ねた詩や、玄宗朝の絢爛華麗な宮廷の遊樂が追懐されたこれら一連の詩は、あまりあるほど十分に杜甫の經歷を人々に高く印象づける役割を果したであろう。

「提　封」

提　封　漢　天　下　　提封漢の天下
萬　國　尙　同　心　　萬國尙ほ同心
借　問　懸　車　守　　借問す懸車もて守るは
何　如　儉　德　臨　　儉德もて臨むに何如
時　徵　俊　乂　入　　時に俊乂を徵して入れ
莫　慮[5]　犬　羊　侵　　犬羊の侵すを慮ること莫かれ
願　戒　兵　猶　火　　願はくは兵猶ほ火のごとくなるに戒め
恩　加　四　海　深　　恩の四海に深く加へられんことを

ここに詠われる政治の要道論が、柏茂林のような實務家に、高い評價を受けたとは考えにくい。理想ではあっても具體性に缺け、しかも時用に適さぬ杜甫の政治論や、ほぼ道が斷たれているにもかかわらず、繰り返し詠われる中央政界への歸參の願いは、それが實現することを直接の目的として詩に詠いつづけられたというよりも、杜甫自身にとっては、自尊心を高く維持しつづけるための心の張りとして、對他者としての意味では、老い病んでなお毅然として愛國の心を抱きつづける高潔なる人士としての像を保持させる役割を荷っているであろう。

七

これまでの杜甫であればさほど目の行かなかった、さして強くは關心を拂わなかったような日常のささいな生活の場面を、細大漏らさず詠うという第四の特徴は、この時期の杜甫のいかなる側面を語るものなのであろうか。

先に、杜甫が夔州に居を移した大暦元年の暑さを詠った「熱」詩を掲げたが、夔州での詩には、殊にこうした天候や夜とか月とかを詩題とした詩が多い。就中、雨を詩題とするものは十七首ともっとも多く、これに「晩晴」や「晴」といった詩題も含めると二十首を超える。これらの詩はいずれも、雨そのものを題材として詠ったというよりも、折々の感懷を詠うことを主眼としたものであって、その日がたまたま雨の日であったというにすぎない。「夜」や「中宵」・「中夜」と題する十首の詩も同様で、感懷を催した時間を詩の題としたにすぎず、詩題はほとんど詩の内容を語っていない。こうした詩題のつけ方が語るものは、この時期の杜甫の詩が、たとえれば今日のわれわれの書く日記のごとく、日々折々の感懷をつづるものになっていたということであろう。

またこの時期には、連作の詩を除いても、二首または三首の詩が同日に作られていたり、三夜連續して詩が作られたりしている。例として擧げれば、「八月十五日夜月」詩二首と「十六夜翫月」詩、「十七夜對月」詩とは、大暦二年八月十五日から十七日にかけて、三夜連續して詠われたものである。同一の詩題で連作するということは、すでに夔州以前でも多くあったが、三夜連續して詠うといったかたちのものはない。この三夜連續で詠うという杜甫の詩作の態度には、夔州において心のゆとりもしくは遊びといったものを求めたあとが見てとれる。

奴僕に命じてさせた農業や作業に關する詩が多いことも、夔州において目立った點の一つである。「種萵苣」詩には、「既に雨ふり已に秋なり。堂下に小畦を理め、一兩席許りの萎苣を隔種し、二旬に向とす。而るに苣甲坼せず、伊の人莧靑靑たり。傷む時に君子の或は晩に微祿を得て、轗軻して進まざるを。因って此の詩を作る。」という詳しい序文がついている。總じて、農業や手配した作業を詠った詩には、このように仕事の内容を具體的に記した序文がついているか、さもなければ、詩題そのものが「秋、行官張望督促東渚耗稻向畢、淸晨遣女奴阿稽・豎子阿段往問」のように詳しく長い。最も長い序文をもつのは「課伐木」詩であって、「𫛚人伯夷・幸秀・信行等に課し、谷に入りて陰木を斬らしむ。人ごとに日に四根にして止む。維れ條伊れ校、正直挺然たり、晨に征き暮に返り、庭内に委積す。我に藩籬有り、是れ缺くる是れ補ふ、載ち篠簜を伐り、伊に仗りて支持すれば、則ち小安に旅次し、山に虎有るも禁を知らむ。若し爪牙の利を恃まば、必ず昏黑に撐突せむ。夔人の屋壁白菊を列樹し、鏝して牆を爲り、實たすに竹を以てし式遏を示す。虎と近く無良に混淪たるが爲に、賓客害馬の徒を憂へ、苟くも活くるを幸ひと爲す、嘿息す可し。已に詩を作りて宗武に付して誦せしむ。」という、ほとんど作業日誌に近い長い序文がついている。しかも詩でも、

長夏無所爲　長夏爲す所無く
客居課奴僕　客居奴僕に課す
淸晨飯其腹　淸晨其の腹に飯せしめ
持斧入白谷　斧を持ちて白谷に入らしむ
靑冥曾巓後　靑冥曾巓の後
十里斬陰木　十里陰木を斬る
人肩四根已　人肩四根もて已み
亭午下山麓　亭午山麓に下る

尚聞丁丁聲　　尚ほ聞く丁丁たる聲
功課日各足　　功課日々各々足る
蒼皮成積委　　蒼皮積委を成し
素節相照燭　　素節相ひ照燭す
藉汝跨小籬　　汝に藉りて小籬を跨らすに
當仗苦虛竹　　當に仗るべし苦虛竹に
空荒咆熊羆　　空荒に熊羆咆え
乳獸待人肉　　乳獸人肉を待つ
不示知禁情　　禁を知らしむるの情を示さずんば
豈唯干戈哭　　豈に唯だ干戈に哭するのみならんや
……………　　……………

と詠うように、全篇三十六句からなるこの詩の二分の一に當る十八句に、奴僕の作業の内容が詳細に詠われているのである。この事實は、とりもなおさず、奴僕に命じた作業というものに對して、杜甫の關心がいかに強かったかをものがたるものとみてよいであろう。先掲の「覽柏中丞兼子姪數人除官制詞、因述父子兄弟四美、載歌絲綸」詩の詩題もたしかに長い。しかしこの詩題には、長くとも正確に記した必然的な意味があった。それに較べれば、一見するところ、農業や作業の詩の長い序文や長い詩題には、それほどの意味がないように、われわれには思われる。しかし杜甫が敢てこれほどまでにするということは、杜甫の關心がそれほどまでに強かったという證左に他ならない。

八

杜甫は夔州において、日記に綴るがごとく折々の感懷を詩に詠ったり、詩作に遊びを求めたり、また奴僕に命じた農業や作業に、異様なまでの關心を示して詩に詠ったりしたが、それらは、堪えがたいと嘆いた客食の見返りとして得られた經濟的安定によってもたらされたものであった。したがって、これらの詩は、自ずから、客食の息苦しさから脱がれるための詩作という側面と、經濟的に安定した生活を樂しむゆとりの詩作という側面との、兩方の側面を持っている。そしてこの兩方の側面を持つ詩作こそが、夔州における杜甫の精神生活を支えたものに他ならない。一方で經濟的に生活を支えるために詩を多作し、一方で自らの精神生活を支えるために詩を多作した。これが夔州における杜甫の詩の多作の意味するものであろう。

ただ惜しむらくは、結果的にはそれは、杜甫が希求してやまなかった心の安寧の方向へとは向っていない。外的にも内的にも詩が夔州での生活の支えであったにも關らず、この期に及んでなお、杜甫は「法を問へば詩を看るに妄に身を觀ずれば酒に向ふに慚し」（「謁眞諦寺禪師」詩）と、他に求めて詩を否定しさえしている。杜甫は問法に面と向いあっていない自分を羞じて、禪師に謙遜の辭を呈したつもりであろう。しかし、生活の支えである詩を否定して、その他所に佛法があると考えることそれ自體が、己を佛法から遠ざけているのだということに氣づいていない。

夔州での杜甫の詩が、上來みてきたように多彩であるという點は、注目に値する。しかしそれに思想的な深化が伴っているかといえば、私にはそれは認めがたいように思われる。

註

（1）拙論「秦州における杜甫—五言律詩多作の動機—」（目加田誠博士古稀記念『中國文學論集』・龍溪書舍・一九七四）を參照願いたい。
（2）宋本『杜工部集』巻十四では「深塹」に作り、「一作愁」と注する。「一作愁」に從う。
（3）宋本『杜工部集』巻七は「中允」に誤る。「陪柏中丞、觀宴將士」詩など他の詩に據って改める。
（4）拙論「杜甫の「詩家」について」（岐阜大學「國語國文學」第十二號・一九七六）を參照願いたい。
（5）宋本『杜工部集』巻十五では「草竊」に作り、「一作莫慮」と注する。「一作莫慮」に從う。

韋應物詩考

——澧上退居と「變風」の形成

松原　朗

緒　言

韋應物の閑寂とも沖澹とも評される詩風は、古典的な安定感を持っている。しかしそれにも拘わらず、韋應物の詩は、その時代の最も斬新な試みの產物だった。このことを的確に見拔いていたのは、やがて元和の文學の實質的な開拓者となる若き日の孟郊である。韋應物が蘇州刺史に在任していたとき、彼が催す文宴に參加した孟郊は、「太守不韻俗、諸生皆變風」の二句を含んだ詩を制作した(1)。この詩句は、二つの點で重要な意味を持っている。一つは、「變風」を積極的な價値として許容する視點が明瞭に示されていること、もう一つは、その「變風」の代表的な存在として韋應物が意識されていることである。無論、そこで直接に變風の持ち主とされているのは、このとき文宴に集った、恐らくは孟郊もその中に含んだ「諸生」である。しかしこうした場合、主人韋應物の風格は參集した賓客の總體を通して語られるのが詩の作法であり、端的に、韋應物を指した措辭と理解して良いのである。

そもそもが負の價値を擔うべき「變風」が、この詩が作られた貞元期の前後に、どのような議論を經て、正の價値を示す評語へと轉換を遂げたのか。これ自體が、中唐文學を考察する上の重要な研究課題であるが、今はこの點に立ち入らない。本稿では、韋應物の文學が「變風」と評された、そのことの意味を中心に考察を進めることにしたい。

そもそもこの時、「變風」の對極に想定された「正風」とは、紛れもなく、王維を生み、また李白を生んだ盛唐の文學のことである。代宗が、宰相王縉に命じてその兄、王維の文集を編集させ、また王維を「天下の文宗」と稱したことは、この時代の文學評價の基準が何處にあったかを物語るものである。とはいえ否定すべき對象として「正風」が語られたとき、その具體的内容は、盛唐文學の一面を肥大的に繼承した當時の文學狀況一般、つまりいわゆる大曆文學であった、と考えるのが適當であろう。[2]

韋應物における「變風」の實態を考える上で手掛かりとなるのが、韋應物と、詩論書『詩式』の著者である詩僧皎然（俗名は謝清晝、約七二〇―約七九四）とをめぐる一つの逸聞である。

吳興僧晝、字皎然、工律詩。嘗謁韋蘇州、恐詩體不合、乃于舟中抒思、作古體數十篇爲贄。韋公全不稱賞、晝極失望。明日、寫其舊製獻之。韋公吟諷、大加歎咏。因謂晝曰、「師幾失聲名。何不以所工見投、而猥希老夫之意。人各有所得、非卒能致」。晝大伏其鑒別之精。（『因話錄』卷二）

この逸聞は、當時の文人の間で、韋應物が古體詩の名手として聞こえていたことを示している。古體詩は、近體詩と共に中國古典詩を二分する詩型である。しかしこうした理解は、古近體併用が自明のこととなった宋代以降の詩型理解であり、これに先立つ唐代においては、詩型は、單なる型式の問題ではなく、その選擇自體が文學的主張と不離一體のものであった。特に、近體詩がいったんは古體詩を驅逐して大勢を占めるに至った大曆期以降において、それでもあえて古體を選擇するか否かは、詩人たちに文學のあり方を問いかける重い課題となっていたのである。

近年、大曆時期の文學について、中國では勝れた研究成果が陸續と出されて、從來不明であったこの時期の文學情況についても、多くのことが判明してきた。[3]この結果、從來一括して扱われることの多かった大曆期の詩人についても個別的研究が仔細に進められたが、しかし一方で、この時代の詩人たちが、やはり多くの共通項を持つことをも明らかにした。その間にあって、韋應物の個性は、却って際立つものとなったと言えよう。[4] 韋應物が作り上げた新しい詩風とは、如何なるものであったのか。本稿は、大曆文學の大勢に距離を置くことで形成された韋應物の獨自の「作風」を、「正風」「變風」の對立と位置づけて、考察するものである。

韋應物の傳記的研究は、ここ二十年の間に大きく前進した。[5] 韋應物の文學の形成を複數の時期に分かって考察した論文に、儲仲君「韋應物分期的探討」（『文學遺產』一九八四年、第四期）がある。これに據れば、韋應物の文學は、主導的な情緒を基準にして、次の三期に分けられる。①洛陽丞在任の前後。盛んに諷諭詩を制作して、政治に積極的に關與しようとする積極的意欲を持っていた時期。②長安―滁州時期。京兆府功曹參軍に就任してから、滁州刺史となるまで。長安時期の消沈、灃上退居時期の閑散、滁州時期の凄清といった趣の相違はあるが、概して消極的色彩が濃い時期。③江州―蘇州期。江州刺史より、蘇州刺史を經て、永定寺に寄寓しての生涯を終えるまで。安逸と滿足の時期。――儲仲君は、このように韋應物の文學を分期することで、その複雜な性格に整然とした見通しをつけ、かくして彼の後期の飾り氣を去って典據を用いず、內容を本意として彫琢を凝らさない作風が、中唐詩壇において獨自の風格を樹立したことを、確認している。

儲仲君の論文は、韋應物の文學が一地點に停留するものではなく、その中に複雜な自己の歷史性を含み込んで形成されたものであることを明らかにした點で、本稿にも重要な示唆を與えるものとなっている。

（一）

韋應物の生涯には、眼に見える二つの挫折があった。一つは、安史の亂である。彼は、高官の子弟の特權である恩蔭によって玄宗の侍衛（三衛）となり、得意の日々を送っていた。しかしその特典を、安史の亂によって一時に失っている。もう一つは、洛陽丞在任の時期に、横暴を働く神策軍の兵士を處罰して、却って誣告、投獄されるという事件である。(6) 彼はこのとき、洛陽丞の辭任に追い込まれている。しかし人生を變える事件は、眼に見える形で、このように外からやって來るものばかりではない。自己の内部に深くわだかまっていた記憶が、にわかに自らに向かう刃となって、その人の精神を苛むこともある。彼の櫟陽縣令辭官は、そのような事件だった。

櫟陽令辭官という事件を挾んだこの前後は、韋應物の文學にとって重要な轉換期である。何よりも注目すべきは、この鄠縣の善福精舍に退去していた時期に、韋應物が自己の文集を編集しているという事實であろう。北宋、王欽臣の「韋集序」に「題曰韋蘇州集。舊或云『古風集』、別號『澧上西齋吟藁』者、又數卷」と記す。これに據れば、今日にその原形を傳えないこの自編文集は、數卷の規模を持つものであった。白居易が江州左遷の時期にそれまでの作品を文集として自編していることが思い出されるように、詩人がそれ迄と變わりのない順調な日々を送るときには、こうした回顧——自己の過去の文學に對する總括は、必要とならない。むしろそれまでの精神が挫折した後に、しかも無意識裡に新しい境地が模索されつつある時期に、回顧はなされるものである。この時期が韋應物の文學の重要な轉機であったことを示唆する事實として、この文集自編の行爲を位置づけておかなければなるまい。(7)

櫟陽令辭官の前後、すなわち韋應物が京兆府功曹參軍となってから滁州刺史に轉出するまでの經緯を年表風に書き出せば、次のようになる。

大暦九年（七七四）四〇歳　京兆尹の黎幹の推擧によって、京兆府功曹參軍（正七品下）となる。

大暦十年（七七五）　京兆府功曹參軍、併せて高陵縣令を攝す。

大暦十一年（七七六）　冬、妻を喪うか。悼亡の詩を多く制作。

大暦十二年（七七七）　京兆府功曹參軍。秋、京兆府の屬縣、雲陽縣に水害の視察。

大暦十三年（七七八）　暮春ないし初夏、鄠縣の縣令（正六品上）となる。

大暦十四年（七七九）　黎幹失脚し、閏五月に賜死。六月、櫟陽の縣令（正六品上）に任命されるも辭官。七月、澧上の善福寺に寓居。

建中元年（七八〇）　澧上の善福寺に寓居。この頃、文集を自編する。

建中二年（七八一）　四月、比部員外郎（從六品上）に任命される。以後、休暇を澧上に歸って過ごす二重生活が始まる。

建中三年（七八二）　夏、滁州刺史（從三品）に除せられる。

（二）

ところで羅聯添の推定に據れば大暦十一年（七七六）冬、長安で京兆府功曹參軍の任にあったときに、一つの大きな「事件」があった。それは、妻の突然の死である。

二人の結婚は、この時を遡ること二十餘年の昔、すなわち安史の亂が勃發する直前であった。[8] 愛妻を亡くした悲しみは一様のものではなかったらしく、巻六には「傷逝」詩以下、唐代詩人の中では最も多い十九首の悼亡の詩が傳えられている。ところでこの一連の悼亡詩の制作は、妻に對する愛情の深さ、あるいは彼の情愛一般の濃かさを傳えるだけではなく、なお二つの彼の文學を考える上での興味深い觀點を提供するものである。一つは、韋應物は、象徵的な意味において、このとき彼自身の青春と訣別したことである。韋應物がこの妻を娶ったのは、彼がまだ二十歳になっていない少年の、玄宗の侍衛として最も得意の日々を過ごしていた時期である。[9] すなわち韋應物が妻の死によって喪ったのは、妻との出會いと共に大切に守ってきたもの、すなわち彼自身の青春の殘影だったように思われる。[10] 韋應物はこれ以後、それまでとは異なる己れの人生の時間と向かい合うなかで、文學の制作に從事することになる。

第二の觀點は、悼亡詩の制作が、彼の文學にもたらした影響である。韋應物のここに至るまでの文學は、大曆十才子に代表されるところの當時の文學の大勢と軌を一にして、應酬を中心とした官場社交の中にあった。しかしこの時、悼亡という、彼自身にとっては初めての主題に向かい合い、しかもそれを多面的な角度から制作することになった。[11] このことは韋應物の眼を、これまでにない新しい文學の地平に差し向ける契機となったに相違なかろう。

（三）

妻を喪って一年あまりの後、韋應物は長安西隣の鄠縣の縣令（正六品上）に任命された。京兆府功曹參軍（正七品下）からの、昇進である。

鄠縣在任の時期は、新しい文學の準備期と理解して良いであろう。鄠縣は、「東北して長安に至るまで、僅か六十五里」（『元和郡縣圖志』巻二）の近郊にあったが、それでも韋應物を、長安の官場社交の場から引き離すには充分の距離であった。儀禮的應酬の詩は姿を消し、その後の韋應物詩の基調ともなる一人の世界の閑適を詠ずる詩が、現れてくる。長安に出張して、鄠縣の縣齋に歸ったときの作「朝請後還邑、寄諸友生」に、「閑閤寡喧訟、端居結幽情。況茲晝方永、展轉何由平」の句が見えている。また小なりといえども地方行政の長官となった韋應物は、配下の官吏たちを集めて自ら文會を主催するようになる。(12) これは、韋應物が後年に開花させる郡齋宴集の詩の、萌芽と位置づけることが出來よう。韋應物の文學は、明らかに轉換期にさしかかっていた。

韋應物はその翌年、鄠縣から櫟陽縣の縣令に任じられたとき、病氣を理由に任官を斷って、(13) 善福寺に退居している。しかし病氣の理由は、こうした辭官の常套的な理由であって、もとより眞實を傳えるものとは考えがたい。櫟陽令への敍任は、羅聯添に據れば、畿縣（鄠縣）から一格下位の望縣（櫟陽縣）への降格の意味があった。つまり辭官には、抗議の意圖があったと見るのである。もっともこの降格説は、その後、傅璇琮によって愼重に退けられている。(14)

左遷か否か、ここで最も重要な意味を持つのは、韋應物自身の思いであろう。彼自身においては、櫟陽令への轉任は、明らかに不本意のものであった。「閑居贈友」詩は、櫟陽令辭官の直後の制作であるが、その冒頭二句「補吏多下遷、罷歸聊自度」に明らかである。では、同じ畿縣への轉任が、如何にして下遷と意識されたのか。陶敏は、この詩に對する注釋の中で、次のような解釋を試みている。「櫟陽は、同じく京兆府に屬する畿縣ではあっても、鄠縣よりも面積も狹く、長安からの距離も遠かったので、下遷と言ったのである」。これは、一つの解釋である。あるいは私見によれば、韋應物はこの時までに、京兆府功曹參軍の在任時には兼ねて高陵令を攝し、その後また鄠縣令となって、實質的には、畿縣の縣令を二度に渉って歷任していた。それ故、さらなる同格の櫟陽令への移動を、期待に違うものとして「下遷」と言ったものかも知れない。しかし、羅聯添、傅璇琮、陶敏たちのこうした行政機構をめぐる客觀的議論によっては、これ以上の結論を得るのは難しいだろう。

櫟陽令辭官の理由について注目すべき推定を行っているのは、芳村弘道「韋應物の生涯（上）」（『學林』七號、一九八六年）である。「洛陽丞を辭し、長らく布衣であった韋應物は、黎幹の引き立てで再出仕を果たし」て京兆府功曹參軍（正七品下）に就任し、その後、攝高陵令（高陵縣令の代理）となり、また鄠縣令（正六品上）となったのも、すべて黎幹の推薦の結果と推定されている。そこで芳村氏は、彼の櫟陽令の辭官にも、黎幹の影響があったものと推測する。「韋應物に櫟陽令任命の制が下る以前、德宗の卽位を阻げようとした黎幹らの謀事が露見し、大曆十四年（七七九）閏五月に黎幹は死を賜るという事件が起こった。黎幹は京兆府時代の應物にとって大恩ある上司である。應物は黎幹との密接な關係が災いをもたらすかもしれないと懸念して身を引いたと思われる」のである。[15]

もしこの黎幹失脚原因説が適當だとすると、韋應物のこのときの辭官＝「官僚としての挫折」は、自己の力がとうてい及び難い上部の權力闘爭に對する「恐怖」[16]に由來すると考えるのが、最も適當であろう。この說に補足するものがあるとすれば、それは輝かしい榮光の歷史の陰に潛んだ、韋氏にまつわる暗い過去の記憶である。韋應物の高祖は、太宗に仕えて御史大夫の高官に昇った韋挺である。しかし彼は、その後嶺南の象州（廣西、柳州の東）刺史に左遷されて、その地で沒している。また韋挺の子の韋待價は、則天武后に仕えて宰相（同鳳閣鸞臺三品）となった。しかし、對吐蕃戰の大總官となり、敗軍の責めを負って繡州（廣西、桂平の南）に左遷され、その地で沒している。韋氏の、最も榮達を遂げた二人は、同時に、その死に際して最も過酷な運命を引き受けた人でもある。また、中宗の皇后として專橫を極めた韋后は、韋應物とは遠戚に當たる。韋后が玄宗李隆基に誅滅されたとき、その一族の主だった者たちは、一掃された。韋捷・韋灌・韋璿・韋錡・韋播は、韋后の擁護に回ったが、このうち韋錡が亂兵の中で行方不明となったのを除いて、みな斬られた。傅璇琮の「韋應物系年考證」の推定に據れば、その韋錡は、韋應物の叔父である。——このような忌まわしい一族の記憶は、黎幹の失脚と賜死に際して、まざまざと思い出されていたと考えてよい。

韋應物の櫟陽縣令就任辭退が、黎幹の失脚を直接の原因とし、さらに韋氏一族の忌まわしい記憶を心理的な理由とするものならば、この櫟陽令辭官は、彼の人生を前後に分ける大きな轉換點と位置づけるだけの重みを持つものである。進取ではなく、あえて自ら選んで退嬰することの意味を、韋應物はこの時點で思い知った、と考えて良かろう。この點に關して言えば、洛陽丞の在任中に横暴な軍騎を掣肘しようとして却って誣告され、職を失ったことなどは、自らの行爲と、その結果との理不盡な關係が如實に見えているだけに、却って納得できるものだとも言えるのである。

（四）

ともあれ韋應物の灃上退居は、強いられたものではなく、彼の主體的な選擇であった。當初は、灃水のほとりの善福寺に寓居した。寺院は、士人たちが一時の投宿に利用したり、あるいは閑靜な立地と豐富な藏書の故に長期の科擧受驗準備に利用するなど、當時においては一種の文化的な公共施設の役割を擔うものでもあった。韋應物は、これを利用したのである。

しかし韋應物は、この退居を、暫時の寄寓とは考えていなかったようである。彼はここ灃上を、久しく生活の場とするために、環境整備に取り掛かることになる。

登西南岡卜居、遇雨尋竹、浪至灃壖、縈帶數里、清流茂樹、雲物可賞。

西南の岡に登りて宅を卜す、雨に遇ひ竹を尋ぬ、浪は灃壖に至り、縈帶すること數里、清流と茂樹と、雲物賞す可し。

登　高　創　危　構　林　表　見　川　流　　高きに登りて危構を創り、林表に川の流るるを見る

微風颯已至　蕭條川氣秋　　微風　颯として已に至り、蕭條として川氣　秋なり
下尋密竹盡　忽曠沙際游　　下りて密竹を尋ぬれば盡き、忽曠として　沙際に游ぶ
紆直水分野　綿延稼盈疇　　紆直して　水　野を分かち、綿延として　稼《みのり》　疇に盈つ
寒花明廢墟　樵牧笑榛丘　　寒花　廢墟に明らかに、樵牧　榛丘に笑ふ
雲水成陰澹　竹樹更清幽　　雲水　陰澹を成し、竹樹　更に清幽たり
適自戀佳賞　復茲永日留　　適自　佳賞を戀ふ、復た茲に永日留まらん

韋應物が灃水のほとりに築いた閣を、西齋と呼んだ。それは、恐らくは善福寺の境内の一隅に位置していたものと思われる。

韋應物は、西齋を造營しただけではなく、附近には莊園を置いて、自ら耕作も指揮したようである。韋應物が長安で比部員外郎の任となった時期、休暇を得て灃上に歸ったときの「園林晏起寄昭應韓明府盧主簿」詩の冒頭に、「田家已耕作、井屋起晨烟。園林鳴好鳥、閑居猶獨眠。（後略）」とある。詩に言うところの「園林」とは、殆ど例外なく、經濟的目的で設けられた莊園の詩的美稱なのである。(17)

（五）

官場社交の中で作られる應酬の詩は、彼が灃上に退居した時期から次第に少なくなってゆく。もっとも、應酬詩の減少は、詩人の外部にある環境の問題であり、このことにのみ注目する限りでは、韋應物の文學の成熟を語る視點を見出だすことは難しいであろう。韋應物の文學は、この環境の變化を一つの契機として、それまでとは異なる境界に

すでに一歩を踏み出していたのである。すなわち澧上退居の後、韋應物は尙書省比部員外郎として長安の文壇に復歸する。しかしこの時期にも、韋應物の文學は、かつてのような官場社交の中に回歸することはなかった、このことが重要な意味を持つのである。

鄠縣令から澧上退居の時期にかけて彼の文學に起こった最も客觀的な變化は、五言律詩の減少と、恰もこれと置き換わるかのような短篇八句の五言古體詩の增加である。こうした詩型の變化は、いずれも五言八句という外見上の共通點を持つために、從來、殆ど注目されたことはなかった。しかし、文學の形式的側面に注目するならば、五言律詩の集中的多作こそは大曆時期の詩人に共通する傾向であり、また大曆文學の總體としての單調な印象は、この點と密接に關係もしていた。元和の文學は、この單一的な傾向を克服し、再び多端な表現の可能性を取り戻すところに成立するのである。大曆から元和へ、こうした轉換點に位置する詩人が韋應物であり、それ故に韋應物に始まるこうした主要詩型の變化は、見過ごしがたい意味を持つことになる(18)。

近體五言律詩から、古體五言八句詩への轉換、それは、韋應物の文學が官場社交の場から次第に距離を置く過程と略ぼ對應していることは興味深いことである。つまり、自己の作品を外部から求められる基準に合わせるのではなく、專ら自己の審美的基準にのみ合わせるという意識の轉換が、そこでは行われていた。このことの變化を、「送別」部（卷四所收）の詩について觀察してみよう。送別は、盛唐期以降の最も代表的な應酬詩の主題であり、それゆえ官場を舞臺とするの社交と、韋應物の文學との距離を測るには、最も相應しい考察の對象となる。また加えて、大曆から貞元にかけて最も大量に制作されたのが送別を主題とする詩であり、この中に當時の文學狀況一般の縮圖があったことも、ここでは重要な考慮材料となっている。

制作時期を前後に二分する時點を、鄠縣令赴任時として、陶敏・王友勝『韋應物集校注』の系年に從って五言の送

別詩（前期三十五首・後期二十一首）を調査すると、以下のようになる。(19)

前期　律詩（十九首）　八句古體詩（無）　八句以外の古體詩（十六首）

後期　（無）　（六首）　（十五首）

そもそも五言古體詩（主に十句以上の長篇詩）が多いのは、韋應物の特徴である。從ってここで注目すべきは、八句詩の場合であろう。まず明らかであるのは、五言律詩の激減である。送別詩は、通常、送別の宴席において列席者が擧って制作するものであった。こうした公開的な社交の場における集團制作を常態とする送別詩では、目立って外形的な要素である詩型は、大勢に從うことが前提となる。大曆期の應酬の場で制作される送別詩が、最も正格かつ典雅と意識された五言律詩によって大部分が占められていたことを考慮するならば、韋應物の前期送別詩に五言律詩が多いことは、それ自體、儀禮的な場との密接な關係を示唆するものである。

次に、前期の十九首の五言律詩の具體相について、瞥見しておきたい。この十九首は、大曆期の平均的な離別詩の情況を直接に反映している。卽ち、官人の赴任を壯行するものが十二首(20)と、最も多くの部分を占めている。その大部分は、高官あるいは同僚が用意した壯行の宴席において、參集した同僚たちがはなむけに作った詩である。送別の詩の作られる、これが最も典型的な場であった。それ以外のものでは、科擧の落第などで歸鄕する者を慰めた詩が三首(21)、官人の覲省（里歸り）を送ったものが一首(22)、弟の訴訟事件のために急行する者を送った詩が一首(23)、放浪の旅を見送った詩が二首(24)などがあり、このいずれもが儀禮的な送別の詩に頻見する主題である。官人社交の場で作られる大曆期の送別詩の縮圖が、これら韋應物のこれらの五言律詩にあると言ってもよい。

では數において最も多く、それだけに最も典型的な樣式性を備えた送別詩、つまり官人の赴任を送った作品を揭げておきたい。路氏（經歷未詳）が宣州の錄事參軍となって赴任するのを壯行したもの。陶敏に據れば、永泰中（七六五）、韋應物が洛陽丞の任にあったときの制作である。

送宣城路録事　　　宣城の路録事を送る

江上宣城郡　孤舟遠至時　　江上　宣城郡、孤舟　遠く至るの時
雲林謝家宅　山水敬亭祠　　雲林　謝家の宅、山水　敬亭の祠
綱紀多閑日　觀游得賦詩　　綱紀あれば　閑日多く、觀游して　詩を賦するを得ん
都門且盡醉　此別數年期　　都門　且く酔いを盡くせ、此の別れ　數年の期あり

盛唐から大暦期にかけての最も典型的な送別詩には、三つの要件があり、韋應物のこの詩は、この三つの要件を模範的に備えることで、破綻のない端正な送別詩となっている。第一は、五言律詩の形式を採ること。第二には、任地へ向かうときの沿路の敍景（「宣城」「謝家」「敬亭」等の語をちりばめる詩の前半）であり、[25] もう一つは、職務に對する激勵の言辭（第五句）である。しかし換言すれば、この詩は韋應物でなくとも作る、いわばどの大暦詩人の詩集中においても違和感のないほどに無個性の作品となっている。このような送別詩を作ったということは、韋應物が、當時の平均的な詩人と異なることなく、官人社交の場を主要な舞臺として詩を作っていたことの證據である。

次に、科擧に落第して郷里に歸る者を送った詩を見ておきたい。

送魏廣落第歸揚州　　魏廣の落第して揚州に歸るを送る

下第常稱屈　少年心獨輕　　下第　常に屈を稱するも、少年　心　獨り輕し
拜親歸海畔　似舅得詩名　　親を拜して　海畔に歸り、舅に似て　詩名を得たり
晩對青山別　遙尋芳草行　　晩に青山に對して別れ、遙かに芳草を尋ねて行く
還期應不遠　寒露濕蕪城　　還期　應に未だ遠からざるべし、寒露　蕪城を濕す

失意の青年を送る詩であり、官人の赴任を壮行する華やかな宴席とは對照的な場において作られたものである。しかしそれにも拘わらず、詩は、同じ構えを持っている。第一は、五言律詩の詩型。第二は、沿路あるいは目的地を想像しての敍景を持つこと。揚州は、海濱にある、またかつて鮑照によって蕪城とも呼ばれた都市である。そこで「拜親歸海畔」「寒露濕蕪城」の句を配するのである。第三は、被送者に向けられる激勵である。「下第常稱屈、少年心獨輕」とは、落第の失意にあるものに對する慰撫であり、將來を期しての激勵である。そして「還期應不遠、寒露濕蕪城」は、すがすがしい露が揚州の町をしっとりと濕すさまを思い浮かべながら、その美しい故鄕に歸る日も近いと述べて、良き旅立ちへのはなむけとするのである。――この詩が儀禮的應酬の詩であることは、沿路の光景を定石通りに配し、また當たり障りのない壯行の言辭を綴ることを見れば、明瞭である。要するに、作者自身の惜別の思いが、切實に滿ちてはいないのである。そしてこれは、大暦時期の最も平均的な送別詩の姿であった[26]。

(六)

しかし韋應物が、洛陽・長安といった官人蝟集の地を去って、鄠縣令となると、送別詩の制作にも大きな轉機が訪れる。鄠縣令在任は、大暦十三年から、翌十四年までの一年餘りであったが、その間の制作が確認できる送別詩は、一首もない。

大暦十四年六月に、櫟陽令となる。しかし韋應物は病氣を理由に辭官し、鄠縣の一隅、灃水のほとりの善福寺に退居する。この時期には、長安の詩友が韋應物の許を訪れる機會を捉えて、送別詩もようやく作られることになる。

送姚係還河中　姚係の河中に還るを送る

上●國●旅●游○罷●　上國　旅游を罷め　（孤平）
故●園○生○事●微○　故園　生事微なり
風○塵○滿●路●起●　風塵　路に滿ちて起こり
行○人○何○處●歸○　行人　何處にか歸る　（失對）（孤仄）
留●思○芳○樹●飲●　思いを留めて　芳樹に飲み
惜●別●暮●春○暉○　別れを惜しみて　春暉　暮る
幾●日●投○關●郡●　幾日か　關郡に投じ
河○山○對●掩●扇○　河山　對ひて扇を掩はん（○平字、●仄字）

この詩は、一見すると五言律詩である。しかし、韻律上、頷聯は近體詩の要件である對法を滿たしていない。近體詩の形成過程において、對法は、一方の粘法に比べても相當に早く浸透し、初唐四傑の時期には大部分の詩で、この對法は遵守されるようになる。その意味で對法は、近體詩の最も基本的な韻律要件なのである。この點をとっても、韋應物のこの作品は、近體的韻律を意識的に拒否するものとなっている。(27) しかも律詩に必要な對偶（對句）に就いてみれば、頷聯、とりわけ頸聯は(28)、その條件を嚴格に滿たすものとはなっていない。

韋應物は五言八句詩を作りながら、この規模の詩として最も通常の形態である五言律詩を、注意深く拒否している。しかも恰もそのことを裏附けるように、この詩は、當時の樣式化された送別詩とは全く異なる相貌をもっている。そこには、旅立つ人が辿るであろう土地の、想像による敍景は含まれていない。その代わりにあるのが、眼前に塞がる「風塵滿路起」という、ただ侘びしげな光景である。それは、實景であるとともに、離別の空間の索漠とした精神風景と稱すべきものであろう。そして慇懃に語られるのは、惜別の思いである。「留思芳樹飲、惜別暮春暉」、花咲く木の下で、心を盡くして酒を酌み、別れを惜しんで、春の遲い日が暮れるのを眺めやる。――韋應物はこのようにして、送別詩のすでに出來上がった類型に執着するのではなく、あえてその類型を脱することによって、友人との惜別の思いをどこまで懇切に抒べるかに心を費やすのである。樣式の破壞は、すなわち舊套に囚われた抒情に代って、如何にして新鮮な感情の脈動を送り込むことが出來るかという工夫の結果なのである。

澧上退居の時期は、送別詩一般の減少のために、これ以外に古體五言八句の送別詩はない。しかしその後、韋應物は京官の比部員外郎となり、さらに滁州・江州・蘇州の刺史を歷任する。官人同士の往來が頻繁となるその環境において、送別詩の制作は復活するが、しかし五言律詩は竟に作られることはなく、五言八句の古體詩がその空白を埋めるかのように作られてゆく。次の詩は、滁州刺史在任時の制作である。

送元錫楊淩　　元錫・楊淩を送る

荒○林○翳●山○郭●	荒林　山郭を翳らし	
積●水●成○秋○晦●	積水　秋晦を成す	
端○居○意●自●違○	端居　意　自ら違ふ	
况●別●親○與●愛●	况や親と愛とに別るるをや	
歡○筵○慊●未●足●	歡筵　未だ足らざるに慊らず	（失對）
離○燈○悄●已●對●	離燈　悄として已に對す	（失對）
還○當○掩●郡●閤●	還りて當に郡閤を掩い	
佇●君○方○此●會●	君を佇ちて　方に此に會すべし	

仄韻の詩。また句中の平仄も、近體五言律詩のものではない。(29) しかも頷聯は、對偶構造となっていない。いずれの

點でも、この詩が古體の韻律を志向する作品であることは明瞭である。そしてこのような工夫と呼應するように、詩は、齊梁期の離別詩を意識的に模倣することになる。すなわち離別の場を夜間に求めることも、「離燈」という名詞性の離別用語を用いることも、また別後の寂寞たる思いを抒べて再會を願う趣向も、これらはいずれも齊梁離別詩の特徴に數えられるものである。[30] 韋應物は、近體五言律詩を避け、併せて、すでに過去のものとしていったんは否定された齊梁離別詩の様式を改めて注入することで、作品を、當時の固定化した送別詩の様式から解放するのである。

澧上に始まる脱近體の試みは、このようにして大曆文學の舊套を意識的に乗り越えながら、韋應物の後半生を通して繼續され、[31] しかも送別に限らず「寄贈」「酬答」など様々な主題にも波及しながら徹底されることになる。[32]

結語

韋應物は、大曆から元和へと文學が大きく轉換を遂げる、その過渡期を生きた重要な存在である。しかしその文學史における彼自身の評價の高さにも拘わらず、文學史への位置づけをめぐる議論は、必ずしも十分ではないように見受けられる。あるいはより正確に言えば、韋應物の個性を際立てるために、文學史的環境から切り離された一個の獨立峰でもあるかのように理解する傾向がある。しかし韋應物は、文學史に孤立した存在ではなく、むしろ文學史の展開に深く關與することを通して、自らの個性を形成した詩人であった。

盛唐を容易には超えがたい文學史上の高峰と認めざるを得なかった中唐の詩人たちは、これを「正風」に見立てることで、自己の文學を「變風」へと形成すべく試みることになった。もっとも「變風」は、「正風」に對する意識的かつ方法的な抵抗の總和であり、その具體的な有り樣は、各々の詩人において、また各々の作品において、多樣な可能性を持つものである。そして韋應物の文學が持つ「變風」的要素も、また多様な姿を取っている。本稿では、彼の「變風」への試みの一例として、韻律の問題を取り上げた。卽ち、韋應物の文學が大きな岐路に立ち至った澧上退居の時期を取り上げて、そこで近體的韻律に對する抵抗の意識が次第に深められて行く過程に考察を加えた。ところで韻律、あるいは韻律の具體的統體としての詩型とは、詩歌の有機的な構成要素である。それゆえ韻律の問題は、これと對應する抒情のあり方と密接に連動するものでもある。すなわち韋應物における近體的韻律への抵抗は、同時に、盛唐の様式化された表現、典型化された主題の設定に對する意識的な抵抗と、不離一體のものとしてあったのである。韋應物の前期にあっては五言律詩型を用いて制作された送別詩は、この澧上退居の時期を境に、五言八句の古體詩によって取って代わられることになる。そしてこの過程は、韋應物の送別詩が、盛唐期に完成し、大暦期にもそのまま繼承された送別詩の様式を、否定し、乗り越えて行く過程と重なっていたのである。

注

（1） 孟郊「春日同韋郎中使君送鄒儒立少府扶侍赴雲陽」詩の第五・六句。韋應物の關連作品には、「送雲陽鄒儒立少府侍奉還京師」の詩がある。なおこの詩の「變風」は、詩經學にいう「正風」に對する「變風」ではなく、「風を變ず－文風を改める」と訓む可能性もある。『全唐詩』で「變風－風を變ず」と訓むべき例は三篇、①張說「送蘇合宮頲」詩の「變風須愷悌、成化佇弦歌」、②劉禹錫「竹枝九首幷引」の「引」に「後之聆巴歈、知變風之自焉」、③次亞之「文祝延二閣幷序」の「序」に「或謂軍副者能變風從律」とある。ただしこの三例いずれも「風俗を變ず」の意であり、「文風を變ず」の用例は『全唐詩』には見出だせない。それゆえこの詩の「變風」は、「文風を變ず」の意ではなく、「正風」に對する「變風」と考えるのが適當だろう。——因みに『全唐詩』の「正風」の用例は、劉言史「初下東周贈孟郊」の「修文返正風、刊字齊古經」の一例のみ。先の孟郊詩と考え合わせると、「正風」「變風」の文學概念が孟郊の周圍で關心を惹き始めていることが窺われ、興味深い。

（2）大曆の文學が、盛唐文學の連續的な繼承であることは、特に、五言律詩型による送別詩の制作において、とりわけ顯著である。盛唐期の主要な詩人において、送別詩の全詩作品に占める割合は、二割を超えるほどに達している。またこうした多作化は、沿路の敍景の導入と、五言律詩型の活用という内容と形式の兩面から成る送別詩の「様式化」によって可能となっていた。大曆の詩人たちは、この送別詩の様式と、その多作という盛唐詩に顯著な二つの傾向をそのまま引き繼いでいる。注（25）所掲の拙稿參照。――なおさらに一般的な觀點から盛唐の文學を性格づけるならば、主題（送別・閨怨・邊塞・山水、等々）と型式（嚴格な韻律を持つ近體律詩の確立、等々）の兩面にわたる「様式化」「典型化」、となるであろう。

（3）代表的な成果として、蔣寅『大曆詩風』上海古籍出版社、一九九二年・同『大曆詩人研究（上下）』中華書局、一九九五年。因みに蔣寅によれば、大曆の文學は、前後も併せて、玄宗の天寶十四載（七五五）から德宗の貞元八年（七九二）の時期の文學とされ、それはほぼ、韋應物の文學活動時期と重なっている。

（4）前掲『大曆詩人研究』九二頁に、「大曆詩人能進入名家級的僅有劉長卿・韋應物兩人、而能開宗立派、自成一家的只有韋應物」とある。

（5）羅聯添「韋應物年譜」（もと「韋應物事蹟繫年」として「幼獅學誌」八巻一期、一九六九年。その後、同『唐代詩文六家年譜』學海出版、一九八六年）、その成果をふまえて、傅璇琮「韋應物詩系年考證」（同『唐代詩人叢考』中華書局、一九八〇年）、陶敏ほか「簡譜」（同『韋應物集校注』上海古籍出版社、一九九八年）。また日本では、松本肇「韋應物の生涯と文學」（『函館大學論究』一四號、一九八一年）、芳村弘道「韋應物の生涯（上下）」（『學林』七・八號、一九八六年）がある。本稿は、韋應物の年齡は、原則として陶敏・王友勝『韋應物集校注』（上海古籍出版社、一九九八年）に據る。なおこれに據ると韋應物の生年（開元二三年、七三五）は、羅聯添・傅璇琮らが支持する從來の通說（七三七）より、二年早まる。

（6）この事件の渦中にあって作られた詩が、「示從子河南尉班」である。その自注に、「永泰中（七六五）、余任洛陽丞、以撲抉軍騎、時從子河南尉班、亦以剛直爲政、倶見訟於居守（東都留守王縉）。因詩示意。府縣好我者、豈曠斯文」と陳べる。

（7）この自編文集の名稱が『古風集』でもあったことは、重要である。韋應物は、自己の文學の性格を「非近體」という一點に集約し、主張しようとするのである。大曆十才子に代表される當時の詩歌が、五言律詩を中心に、殆ど近體一色に塗りつぶされていることに鑑みれば、「古風」の標榜は、強い自己主張を伴ったものと理解されなければならない。

（8）「傷逝」詩に「結髪二十載、賓敬如始來。提攜屬時屯、契闊憂患災」とある。「時屯」とは、安史の亂を指す。

（9）深澤一幸「韋應物の歌行」（『中國文學報』第二四冊、一九七四年）は、韋應物の歌行「漢武帝雜歌」「驪山行」「王母歌」等の分析を通して、「應物が玄宗に扈從していたのは、このような時期である。それは、玄宗・楊貴妃を中心とする、道教的神仙的色彩にみちた華麗きわまりない世界が、應物をも含みこむかたちで展開した時期だった。……應物の神仙を描いた歌行は、この時代に腦裏に刻みこまれた記憶が、時間による浄化作用を經て、この世ならぬ神仙の世界に結晶したものでる」。顯赫の一族の子弟として過ごした韋應物の少年の時期、しかもその總てが安史の亂によって一擧に喪われたその時期が、後年の韋應物によって神々しいまでの光に滿たされた世界として回顧されたとしても、不思議ではない。なおこの時期を回想した詩に、次の「逢楊開府」がある。「少事武皇帝、無賴恃恩私。身作里中横、家藏亡命兒。朝持樗蒲局、暮竊東隣姫。司隷不敢捕、立在白玉墀。驪山風雪夜、長楊羽獵時。一字都不識、飲酒肆頑癡。武皇升仙去、憔悴被人欺。（後略）」。

（10）韋應物は、その後、再婚することはなかったと推定されている。

（11）十九首の悼亡詩は、「冬夜」「對芳樹」「夏日」「悲紈扇」などの詩を含み、一年餘りの期間にわたって作られたことが分かる。また、悲哀の表現も、遺された幼兒、空虚な居室など、多様な對象を通して行われている。

（12）鄠縣令在任時に韋應物が主催した文會における作として、縣内の名勝渼陂に遊んだときの「扈亭西陂燕賞」、また「西郊游宴、寄贈邑僚李巽」がある。

（13）例えば、「謝櫟陽令歸西郊贈別諸友生」詩に「獨此抱微痾、頽然謝斯職」、「閑居贈友」詩に「閑居養痾瘵、守素甘葵藿」。

（14）傅璇琮「韋應物系年考證」には、以下の按語を附す。『新唐書』巻三七「地理志」一に據れば、櫟陽縣は華州華陰郡に屬している。（卽ち、羅聯添が主張するように、京兆府に屬する鄠縣が畿縣であるのに對して、望縣である櫟陽縣は、等級において一格落ちる）。しかし、同「地理志」に據れば、櫟陽縣は、天佑三年（九〇六）に初めて華州に歸屬する望縣となったのであり、先立つ大曆年間には、なお京兆府に屬する畿縣であった。それ故、鄠縣から、同じく畿縣である櫟陽縣への轉地は、左遷・外放の意味はなかった。

（15）その後、陶敏・王友勝『韋應物集校注』も、上記「閑居贈友」詩の注釋において櫟陽令辭退と黎幹失脚との關係に言及し、「按舊唐書代宗紀、大曆十四年三月、京兆尹黎幹被代、改官兵部侍郎；五月、黎幹除名長流、賜死。韋應物係黎幹所擧薦、故「下遷」、且旋卽辭官」と述べる。

（16）韋應物は、數代にわたって顯官を出した名門の出身である。五世の祖、韋沖は、隋に仕えて民部尚書となった。高祖韋挺は、唐の太宗のとき、吏部侍郎・黄門侍郎・御史大夫を歴任。曾祖の韋待價は、則天武后に仕えて、宰相（同鳳閣鸞臺三品）に至っている。俗諺に「城南韋杜、去天尺五」と言われたのは、唐の前半期において韋氏が顯赫たる盛族であったことを物語るものである。しかしその韋氏も、祖父の代から漸く振るわなくなった。韋應物自身は、十數歳のとき門蔭によって玄宗の侍衛（三衛）に補せられている。しかし「家貧無舊業、薄宦各飄揚」（「發廣陵、留上家兄、兼寄上長沙」詩）と述懷しているように、すでにその家産も大半を蕩盡していたようである。

（17）韋應物は、その後、尚書省比部員外郎、さらには滁州刺史となって、澧上から遠ざかる。しかしその間、澧上の族弟を懷かしむ詩を大量に殘している。（儲仲君の前掲論文に據れば、韋應物が滁州刺史の任にあった三年足らずの間に澧上の諸弟に寄せた詩は、二九首、それはこの時期の作品の約四分の一に當たるという）。韋氏のかつて保有していた產業は、杜陵にあって、澧上にはない。從って、多くの族弟がその後も澧上の地に留まっていたことは、韋應物が澧上に莊園を設け、これを一族の據點として經營していたことを裏附けるものである。

（18）注（7）參照。

（19）陶敏・王友勝『韋應物集校注』の二五〇頁「送宣州周錄事」までを前期、二五一頁「謝櫟陽令歸西郊贈別諸友生」以下を後期とする。因みに、通行する『韋蘇州集』は、「宴集」「寄贈」「送別」等の分類ごとに、概ね制作順に編纂されており、陶敏・王友勝『韋應物集校注』が底本とする北京圖書館藏南宋刻書棚本『韋蘇州集』も、その體例を取っている。

（20）「李五席、送李主簿歸西臺」「送宣城路錄事」「送唐明府赴溧水（三任縣事）」「賦得鼎門、送盧耿赴任」「送榆次林明府」「送黎六郎赴陽翟少府」「送開封盧少府」「送汾城王主簿」「送澠池崔主簿」「奉送從兄宰晉陵」「送五經趙隨登科授廣德尉」。外に訪書の任務で出張する者を送ったものとして、「送顏司議使蜀訪圖書」がある。

（21）「送別覃孝廉」「送魏廣落第歸揚州」「送元倉曹參軍歸廣陵」。

（22）「送張侍御祕書江左覲省」。

（23）「送李二歸楚州（時李牧楚州、被訟赴急）」。

（24）「賦得浮雲起離色、送鄭述誠」「賦得暮雨、送李冑」。なおかかる「賦得」體は、文會における遊戲的制作の方法である。

（25）沿路の敍景を方法的に導入して、五言律詩による送別詩に確固とした典型を與えたのは、王維である。盛唐期において、送別詩が、とりわけ沿路の敍景を取り込むことによって様式化されたこと、またこのことを契機として送別詩が一擧に多作化の道を辿ったことについては、拙稿「六朝期における離別詩の形成（下）の三——盛唐期の臺閣詩人と送別詩の確立」（『中國詩文論叢』第十四集、一九九五年）を參照。

(26) 魏廣の落第歸郷を見送った詩は、外にも李端「送魏廣下第歸揚州寧親」および次に示す盧綸の五言律詩「送魏廣下第歸揚州」：「楚郷雲水內、春日衆山展。淮浪參差起、江帆次第來。獨歸初失桂、共醉忽停杯。漢詔年年有、何愁掩上才」。——なお大曆十才子の一人である盧綸のこの作は、典型的なまでに様式化された送別詩である。前半四句は沿路の敍景、尾聯四句は慰撫と激勵の言辭である。韋應物の五言律詩による儀禮的な送別詩は、要するに、こうした盧綸たちの作る送別詩と同じ世界に屬している。

(27) 句中の韻律については、第一句が孤平、第四句が孤仄の禁忌を犯している等、總體として、韻律の整齊を志向していない。

(28) 第六句は「惜別・暮・春暉」と分節される。「春暉」は熟語であり、また別れを惜しんで時間を過ごすという一句の趣旨からして、第五句「留思・芳樹・飮」と對偶となるべく「惜別・暮春・暉」となることは難しい。

(29) 律句の條件（二四不同）を滿たさない句は、第一・四句。第五・六句で失對。第二・三句および第四・五句で失粘。

(30) 參照：拙稿「六朝期における離別詩の形成（中）——永明期における離別詩の競作を手掛かりとして」（『中國詩文論叢』第十集、一九九一年）。

(31) 鄠縣令以後の古體五言八句詩型を用いた送別詩六首の詩題を列記する（制作時期の推定は陶敏に據る）。鄠縣令期：無。灃上退居期：「送姚係還河中」。比部員外郎期：「送蘇評事」。滁州刺史期：「送元錫楊凌」「送中弟」。江州刺史期：無。蘇州刺史期：「重送弓二十二還臨平山居」「送崔叔清游越」。

(32) 韋應物の詩集で、送別詩に次いで應酬詩としての性格を強く示すのは、「寄贈」部の詩である。ここに所收の五言八句詩は、京兆功曹參軍在任時までの前期の作が一〇首（うち律詩七首、古體詩三首）、これに對して後期、鄠縣令以降の作が二三首（うち律詩二首、古體詩二一首）。送別詩の場合と同樣、寄贈の詩でも、鄠縣令以降になると、五言律詩が激減し、代わって五言八句の古體詩が增加する傾向が、明瞭に窺われる。

「王孟韋柳」評考
――「王韋」から「韋柳」へ――

赤井益久

一　はじめに

盛唐の王維・孟浩然と中唐の韋應物・柳宗元ら四人の詩人を併稱して〈王孟韋柳〉と言う。中國古典詩における「山水田園詩派」あるいは「清遠詩派」の代名詞ともなり、陶淵明評價の高揚に伴い、また王士禎が唱えた「神韻說」の先蹤として宋以降清代にかけて、その併稱は次第に普遍化していった。

しかし、四家併稱が定着する以前、すでに多く〈王孟〉・〈韋孟〉・〈王韋〉・〈韋柳〉・〈陶韋〉などの二家併稱として詩話や文學評論に散見する。〈王孟韋柳〉の呼稱は、これらを統合したものと見るべく、就中北宋の蘇軾による〈韋柳〉評や所謂「南遷二友」卽ち陶淵明と柳宗元の稱揚が併稱定着に決定的であったと考えられる。

なかでも、〈王韋〉評などは早くに唐代にあり、その後の四家併稱定着までに各時代複雑な様相を呈する。[1] 小論は、四家併稱の經緯とそれに託された文學史的な意味とを考察するものである。

二　〈王孟韋柳〉評概觀

四家の合集である『唐四家集』を編輯した清代の汪立名は、その序文（康熙乙亥—三十四、一六九五）中に明詩は生氣に乏しく、宋元詩さらにその源流となる四家こそ學ぶべきであると認め、〈王孟韋柳〉は風氣の偏頗・停滞を矯めるものであると稱揚する。汪立名が批判する明詩とは、盛唐を標準や模範とみなす高棅の『唐詩品彙』や李夢陽ら古文辭派を具體的には意識していよう。明代一般には、前代である宋元朝の晩唐詩偏重を嫌う傾向があった。

まず〈王孟韋柳〉の併稱が、いかなる形でなされたかを概觀する。

清の李重華（一六八二—一七五四）は、四家が五言古詩に優れる點、陶淵明の詩風を繼承する點を指摘して次のように言う。

五言古以陶靖節爲詣極、但後人輕易模倣不得。〈王孟韋柳〉雖與陶爲近、亦各具本色。韋公天骨最秀、然亦參學謝康樂。（五言古詩は陶淵明を最高と考えるが、後世の人間が輕々しく眞似できるものではない。〈王孟韋柳〉ら四人も陶の作風に近いとはいえ、それぞれに個性をもっている。韋應物の天性が最も優れ、同時に謝靈運にも學んでいる。）

——『貞一齋詩説』詩談雜錄

また、同樣な指摘は李調元（一七三四—？）によってもなされている。

淵明清遠閒放、是其本色。而其中有一段深古朴茂、不可及處。或者謂唐〈王孟韋柳〉學焉、而得其性之所近、亦有見之言也。（陶淵明の詩は、清澄かつ幽遠にして靜かで何物にもとらわれぬことを本來の趣としている。しかも、そのなかの古雅かつ素朴で人情味のある點は、一等秀でている。〈王孟韋柳〉の四人は、この點を學んで淵明に近づきえていると言う人がいるが、見識ある意見である。）

――『雨村詩話』巻上

これらの評價から〈王孟韋柳〉が、五言古詩に見るべき點があること、陶淵明の詩趣である「清遠閒放」の繼承者であること、そして韋應物がその點で最も優れていることなどの認識を窺うことができる。

同じ時期に、四家併稱を主唱者を擧げて指摘するものもいた。卽ち、漁洋山人王士禎の「神韻説」に由來すると見なすのが梁章鉅（一七七五―一八四九）である。

自王漁洋倡神韻之説、於唐人盛推〈王孟韋柳〉諸家。今之學者翕然從之、其實不過喜其易於成篇、便於不學耳。

（漁洋山人王士禎が神韻説を唱えてより、唐代の詩人では〈王孟韋柳〉の諸家を盛んに重んずるようになった。今の詩を學ぶものはこぞってこの風潮に染まっているが、實際は諸家の作風によれば容易に詩が出來、面倒な勉強をしないで濟むのを歡迎しているに過ぎない。）

――『退庵隨筆』巻二一、學詩二

王士禎自身は蘇軾の「抑韋揚柳」に反論し、風懷澄淡な〈韋柳〉を尊重しながらも「抑柳揚韋」を主張する。また、王士禎が「神韻」の先驅とみとめる薛蕙の所説中にも、謝靈運・王維・孟浩然・韋應物を擧げていることは、「言盡くる有りて而も意は窮まりなし」を理想とする神韻派にとって、四家は重視すべき詩人であったことは容易に理解できる。しかし、袁枚（一七一六―九七）が王士禎の詩を「清雅」ではあるけれども力強さに缺け、四家を學ぶものの弊害として「弱に流れる」と指摘するのも、四家が持つ反面の評價であろう。しかし、それはまた一方で梁章鉅が指摘するがごとく、四家の詩風が往時廣く支持された證左でもある。

三　〈王韋〉から〈韋柳〉へ——「清」の意味

四家が併稱される以前、その先蹤として二家併稱が行なわれた。〈王孟〉〈韋孟〉は例も少なく、四家併稱の歴史的經緯からすれば、唐の司空圖に由來する〈王韋〉評と北宋蘇軾（一〇三七—一一〇一）に始まる〈韋柳〉評が後世への影響が最も大きい。

〈王孟〉評は、盛唐の規範を代表する〈李杜〉に匹敵し、しかもそれとは別の價値觀「豐縟」「平淡」を有する大家として意識されるようである（許顗『許彦周詩話』、李東陽『麓堂詩話』）。

司空圖（八三七—九〇八）は〈王韋〉を評して、次のように言う。

詩貫六義、則諷喩・抑揚・停蓄・溫雅、皆在其閒矣。然直致所得、以格自奇。前輩諸集、亦不專工于此、矧其下者耶。王右丞・韋蘇州澄澹精緻、格在其中、豈妨于遒擧哉。（詩が『詩經』以來の傳統的な規範「六義」をわきまえていれば、諷喩勸戒・抑揚變化・含蓄・敦厚雅正な風格はその閒にみとめうる。外界の觀照により心に感ずるところがあって、それにより獨自の風格ですぐれた個性を發揮することができる。過去の詩人の詩集にはこの點に工夫が拂われておらず、さらにそれに及ばぬものにおいてはなおさらである。王維や韋應物の詩は、清澄かつ平淡であり、精緻な工夫があり、獨自の風格がそのなかに認められ、推奬しないわけにはゆかない。）

——『司空表聖文集』巻二、「與李生論詩書」

文は、卑近なことを詠じながら浮ついてはおらず、閒接的に表現しながら盡きせぬ味わいがある、こうした歌いぶりを理想とする「味外の旨」「韻外の致」を標榜する文脈の上にある。その典型として〈王韋〉が擧げられている。

このほかに司空圖は「王駕に與えて詩を評するの書」（巻一）に、「沈宋」より始まり、「李杜」に極まり、〈王韋〉へ推移する唐詩の流れを認める考えを示している。これらは、晩唐期における詩歌の傳統的價値觀や規範の推移を知るうえできわめて貴重である。

司空圖は盛唐から中晩唐への詩風の推移を、〈王韋〉を軸にとらえている。

盛唐の文學規範であった「雄勁」「渾成」は中晩唐へ移行する際にその力を失い、新たに「清空」や「省淨」の價値を見出したことで、中國古典詩は從來の一面的な規範から相補的な規範へと變化し、後世の「唐音」「宋調」の規範性を準備することになる。その際に、留意すべきは中唐前期とも言うべき大曆期の詩人が多く、「清雅」「清逸」「清迴」「清潔」などと評され、「清」が新たな規範性の據り所となっている點であろう。これは、從來の文學規範がややもすれば明確な意圖と方向性を持つのに對して、一見して目立たぬ「沈靜」や「平淡」に價値を認め、景と情および文と質の微妙な關係、卽ち對立矛盾する要素を一時無化し、一見すると無色無味ではあるが、かえってその中に從來の枠組みを越える新たなる可能性を見出そうとしたからではあるまいか。

司空圖の言説は、まさにこの點を洞察したものである。

宋の曾季貍は、〈韋柳〉評を蘇軾に始まるとみとめ、次のように指摘している。

前人論詩、初不知有韋蘇州・柳子厚。論字亦不知有楊凝式。二者至東坡而後發此祕。遂以〈韋柳〉配淵明、凝式配顏魯公。東坡眞有德於三子也。（以前の人々が詩について語るとき、當初韋應物と柳宗元の存在を知らなかった。また、書を語るとき、楊凝式の名を知らなかった。〈韋柳〉と楊凝式は、蘇軾に至り、その奧に祕められた特質を知られるようになった。そして、ついには〈韋柳〉を陶淵明に、楊凝式を顏眞卿に匹敵する者と見なした。蘇軾は、この三人にとっての恩人といえよう。）

――『艇齋詩話』

〈韋柳〉の評價は、陶淵明の詩風に繫る觀點から注目されている。この點は、蘇軾自身が述べているところであって、宋人が盛唐以降の詩歌の規範を何に求めていたかを窺うに足るものである。蘇軾は、〈韋柳〉を詩史の上に明確に位置附けている。まずは書論を述べ、「妙は筆畫の外に在り」とした後に次のように言う。[2]

至於詩亦然。蘇・李天成、曹・劉之自得、陶・謝之超然、蓋亦至矣。而李太白・杜子美以英瑋絶世之姿、凌跨百代、古今詩人盡廢、然魏晉以來高風絶塵亦少衰。李・杜之後、詩人繼作、雖間有遠韻、而才不逮意。獨韋應物・柳宗元發纖穠於簡古、寄至味於淡泊、非餘子所及也。（詩についても同様である。蘇武・李陵の自然な歌いぶり、曹植・劉楨の自由な歌いぶり、陶淵明・謝靈運の超俗的な歌いぶり、これらの出來も最高といえよう。だが、李白・杜甫が比類のない素晴らしさで百代に抜きんでているので、古今の詩人は影が薄くなり、したがって「建安の風骨」や陶・謝以來の優れた傳統も漸次衰えていった。李白・杜甫の後、詩人相次いで出て、時に優れた響きをもつ者もいたが、表現技巧が意に及ばず成功しなかった。ただ、韋應物と柳宗元だけは作詩の規範を簡潔古雅に求め、最高の味わいをあっさりした中に託している點で、傑出している。）

――『蘇軾文集』巻六七、題跋「書黄子思詩集後」

この文はつづいて司空圖の「その美は常に鹹酸の外に在り」の言説を引いていることから、蘇軾は司空圖の〈王韋〉評を承けて〈韋柳〉をとらえていることが判明する。

韋應物については、韋の作品に次韻したり、王維について歌う詩で「前身は陶淵明、後身は韋蘇州」（『蘇東坡集』巻三十、「次韻黄魯直書伯時畫王摩詰」）と詠じて、陶淵明・王維・韋應物を同じ流れであると認めている。一方、柳宗元については、蘇軾が晩年惠州・儋州の配所にあったおりに、陶・柳の詩集が〈南遷二友〉として心を慰めた。また、柳詩に附された多くの跋文にも窺われ、やがて後に議論を呼ぶ韋柳優劣論へとその評價は高まっていく。

柳子厚詩在陶淵明下、韋蘇州上。退之豪放奇險則過之、而溫麗靖深不及也。所貴乎枯澹者、謂其外枯而中膏、似淡而實美。淵明・子厚之流是也。若中邊皆枯澹、亦何足道。佛云「如人食蜜、中邊皆甜」。人食五味、知其甘苦

者皆是、能分別其中邊者、百無一二也。（柳宗元の詩は陶淵明の下、韋應物の上にある。韓愈は豪放かつ険しく嚴しい歌いぶりではこれを淩ぐけれども、穩やかな美しさと淸らかさでは及ばない。俗氣がなくさっぱりしている「枯澹」を尊重するのは、表面的には枯れているように見えても中味は潤いがあり、あっさりしているように見えて實は旨みがあるからで、これこそ陶淵明や柳宗元の流派なのである。外側だけではなく中味も「枯澹」であるのは、とるに足りない。佛語にいう、「人が蜜を食するように、空と有を越えた《中邊》が甘く感ずるのである」と。人が五味を食するのも同じことで、甘味や苦味を知るとは、結局その味を指すだけで、それを越えた「中邊の味」を辨別するものは、百人に一人二人もいないのである。）

——『蘇軾文集』巻六七、題跋「評韓柳詩」

この「外枯中膏」「似淡實美」、また「中邊の味」を〈陶柳〉の特色とみることは、〈韋柳〉を「發纖穠於簡古、寄至味於淡泊」とみなしたことと、無論同様な觀點であることは言うまでもない。この「中邊の味」も「寄至味於淡泊」も、前述の「淸」に認めた景と情の關わり、言と意、文と質との關係を表現した言葉であろう。

その後、これに對する論評は、「唐宋詩の争い」の活發化につれ論點の一つとなって展開してゆく。たとえば、柳宗元の評價が比較的高いのは蘇軾以降、黄庭堅・朱子らで、「宋調」を標榜する立場の者たちである。韋應物を高く評するのは、高棅・王世貞・胡應麟・胡震亨・王漁洋らで、所謂「唐音」派である。しかし、韋柳優劣論はむしろ兩者の共通性を認めながら異質性を確認する途上でおこった議論であって、けっして絶對的な相違を言うものではない。

四　陶・謝と〈韋柳〉

そもそも〈王孟韋柳〉の併稱自體、陶淵明評價の高揚と密接に關係がある。むしろその系譜を過去に求めたおりに、詩史上浮びあがってくるのが四家であるともいえる。だが、そう考えるだけでは正しくない。つまり、たしかにこれらの詩人には陶淵明への祖述性が認められるけれども一様ではないし、彼らの文學にとって併稱はまったく關係のないことだからだ。

すなわち〈王韋〉と〈韋柳〉との併稱、あるいはこれを合稱してある種の理念を代表させようとした時代の趨勢と文學理論上の本質が問われなければならないのである。

〈王孟〉と言い〈韋柳〉と言うけれども、實は併稱の例からいうと、〈王韋〉〈韋孟〉〈韋柳〉〈陶韋〉と呼ばれる韋應物こそが四家併稱の紐帯といってよい。併稱の實態も、本來〈王韋〉から〈韋柳〉へ及ぶ詩歌の流れに着目したのを契機としたのであって、その後多少の詩人の出入りがあり、時代性を斟酌して、〈王孟〉から〈韋柳〉へと及ぶものと考え、四家併稱に至るのである。

韋應物の陶淵明への傾倒と認識は、陶淵明評價の畫期をなすと考えてよい。これは、つとに白居易が指摘するところからもうかがわれる。韋應物は、單に「與友生野飲效陶體」や「效陶彭澤」など陶詩の模擬作があるばかりでなく、生涯における重要な岐路に際會した折に陶淵明の境遇と處世に思いを致し、詩作に反映している。例えば、「出身時士を忝《かたじけな》くし、世に於いて本より機なし。爰《ここ》に林壑の趣を以て、遂に頑鈍の姿を成す。流れに臨んで意已に悽たり、菊を采りて露未だ晞《かは》かず。頭を擧げて秋山を見、萬事都て遺《わす》るるがごとし。……」（『韋江州集』巻五、265「答長安丞裴稅」）、「職を棄てて曾て拙を守り、幽を翫びて遂に喧しきを忘る。山澗は磽瘠《かうせき》に依り、竹樹は清源を蔭《おほ》ふ。貧居に烟火絶え、歲熟して梨棗繁し。風雨茅屋に飄り、蒿草瓜園を沒す。……酒を飲みて眞性に任《まか》せ、筆を揮ひて狂言を肆《ほしいま》まにす。……」（同巻五、282「答僩奴重陽二甥」）とあり、また、「任洛陽丞請告」（巻八、446）には「方鑿　圓を受《さづ》けず、直木　輪を爲さず。材を揆《はか》りて　各々用有り、性に反すれば　苦辛生ず。腰を折るは　我が事に非ず、水を飲むは　我が貧に非ず。著書 復た何をか爲さん、當に東皐に去《ゆ》きて耘《くさぎ》るべし」とあって、陶淵明の作品を意識しながらも、その「閑居」の世界を自らのものとしていることがよく分かる。(3)

玄宗の死後、侍衛の任を失職した韋應物は、その後いく度かの出仕と退隱を繰り返す。大曆の末頃詠まれた「東郊」(卷七、411)には次のようにある。

吏舍跼終年　吏舍 終年跼《くぐま》り
出郊曠清曙　郊に出づれば 清曙曠《あき》らかなり
楊柳散和風　楊柳 和風に散じ
青山澹吾慮　青山 吾が慮を澹にす
依叢適自憩　叢に依りて 適々憩ひ
緣澗還復去　澗に緣りて 還《かへ》りて復《ま》た去《ゆ》く
微雨靄芳原　微雨 芳原に靄たりて
春鳩鳴何處　春鳩 何れの處にか鳴く
樂幽心屢止　幽を樂しめば 心屢々《しばしば》止《と》まり
遵事跡猶遽　事に遵《したが》へば 跡猶ほ遽《あはただ》し
終罷斯結廬　終に罷め 斯《ここ》に廬を結べば
慕陶眞可庶　陶を慕ふは 眞に庶《ちか》かるべし

「出仕」と「退隱」の對立、閉塞した局面を世の中への名利に恬淡とすることで束縛から自由になる。その境地を中間の六句の自然描寫で具體的に述べる。「樂幽心屢止、遵事跡猶遽」とは、その「幽賞」を樂しむことが出來れば心は自在であり、逆に仕事に就けば體は齷齪するばかり、の意。その「心」と「跡」の關わりでは「閑居」という世界を考え、陶淵明は處世觀の展開のうえで獨自性をもちえた。かくして韋應物は「心」と「跡」の關わり、「景」と「情」の關わりにおいて、それぞれ「閑居」と「幽賞」を標榜することで新たな意味を與えた。この點に、韋應物は陶詩の意義を認め、評價したのである。

白居易が〈陶韋〉を認めるのも、實はこの點である。生涯の二度の大事な岐路において白居易はつよく〈陶韋〉を意識した。母の服喪期間中、下邽に退居していたおりには「蘇州及び彭澤、我と時を同じくせず」(『白居易集箋校』巻六、「自吟拙什因有所懷」0256)と詠じ、江州司馬左遷時においては「常に愛す陶彭澤、文思何ぞ高玄なる、又怪しむ韋蘇州、詩情亦た清閑」(巻七、「題潯陽樓」0277)と歌い、兩者を處世と文學の先達として自らの據り所としている。このほかに、兩者については個別にもしばしば詩文中にふれている。[4]

二王柳劉を中心とする「永貞の改革」が頓挫し、柳宗元は正義への矜持を持しながら永州へ左遷された。貶謫以降、心中にわだかまる憤懣を山水詩に託し、「蕭散沖淡」の境地に悲嘆を慰藉したのである。その折に、棄官して歸隱した陶淵明の處世と詩作が意識されたと考えられる。この點を從來の評者は指摘する。例えば、「覺衰」や「讀書」(『柳宗元詩箋釋』巻二)は陶詩と區別がつかぬと評價され(曾季貍『艇齋詩話』)、「首春逢耕者」(巻二)は陶詩の風味があると指摘され(蔣之翹『柳集輯注』巻四三、所引宗英)、「飲酒」(巻二)は淵明に甚だ似ているといわれる(曾吉甫『筆墨閑錄』)。

金の元好問は「論詩絶句」中の自注に、「柳子厚は唐の謝靈運、陶淵明は晉の白樂天」といい、「天然」「眞淳」を標榜する詩論において、「天然閑適」な點を陶淵明・白樂天に、「蘊釀神秀」な點を謝靈運・柳宗元に求めている(翁方綱『石州詩話』)。柳詩に陶詩だけではなく、謝詩の影響をも指摘するものは、他に「その沖澹なる處は陶に似、而して蒼秀なるは則ち謝を兼ぬ」（汪森『韓柳詩選』）などがあり、清の許學夷は次のように指摘する。

韋柳五言古、雖以蕭散沖淡爲主、然舊史稱子厚詩「精裁密緻」、宋景濂謂柳「斟酌於陶・謝之中」、斯竝得其實。故其長篇古律用韻險絶、七言古鍛錬深刻。應物之詩較子厚雖精密弗如、然其句亦自有法。故其五言古短篇仄韻最工、七言古既多矯逸、而勁峭獨出。乃知二公是由工入微、非若淵明平淡出於自然也。（韋柳の五言古詩の主情は靜寂かつわだかまりがなくさっぱりしている點にあり、史書に柳宗元の詩を「こまやかに念入りに描く」と評され、宋景濂は「陶淵明・謝靈運の詩風を汲み取っている」と指摘しているが、的確な評といえるだろう。それゆえに、彼の長篇の古詩や律詩における用韻は險韻が多く、七言古詩は表現修辭を嚴しく鍛えている。このこまやかに意を用いる點、韋應物は及ばないのだが韋には韋に獨自な詩法がある。それゆえに、五言古詩の短篇は最も巧妙であり、七言古詩も普通と變わった良さがあるだけではなく、力づよさが際立っている。かく見て分かるのだが、韋柳兩者はいずれも巧妙な技巧から微妙な表現が可能になっており、淵明の平淡が自然に由來するのと違っている。）

——『詩源辯體』卷二十三

韋柳の詩風に陶淵明に通ずる「蕭散沖淡」な點を認め、なおかつ柳宗元の特色として「精裁密緻」を指摘する。これは、「精絶工緻」（方回『瀛奎律髓』卷四）「雅淡幽峭」（葉矯然『龍性堂詩話』初集）などという評價に通じている。これは「韋柳優劣論」にまつわり、兩者に對する認識の深まりがそれぞれの風格の違いを明確に求めようとした結果であるといえよう。それが、例えば「韋詩淡而緩、柳詩峭而勁」（方回『瀛奎律髓』）、「韋左司有沖和、柳儀曹有峻潔」（沈德潛『說詩晬語』）などであり、同時に韋の「平易」「不造作」、柳の「精刻」「鍛煉」の評價ともつらなる。これを要するに、韋の「自然」、柳の「鍛煉」と大別することができようか。そして、柳詩のこの點に謝靈運の影響をとくに認めるのである。

謝詩は、「その妙趣が目につきやすいものであっても盡きぬ味わいがあり、また目につきにくいものであっても自ら現れ出てくる。ただその境地に到達した人でないと氣づかない。情について言えば、立ち居振る舞いや有無の閒のぼんやりした中に景をとって現われる。景について言えば、目で見て心を經て、寸分の相違もなく文字に寫される。かくして情はただ單に情としてあるのではなく景を伴い、景はひとり景になづむのではなくすべて情を含みもつ。神理は景情の閒に流れ、自然はその契機となり、大としても外れることなく細も際限がない。作詩の先、工夫を凝らす前に、すでに謝靈運の心には我々が知りえない悟りがあるのだ」(5)と王夫之が指摘するように、情と景の交融が工夫をもって現出しているところにその特色が認められる。この情と景の交融は、謝靈運自身の言葉でいえば、「物我同忘」「有無壹觀」卽ち主觀と客觀の差別の撤廢と融合、また自然のなかに「道」を觀照することを意味すると思われる。

これこそ唐の釋皎然が「兩重意已上、みな文外の旨なり。もし高手康樂公覽て之を察するに遇はば、但だ性情を見て、文字を覩《み》ず。蓋し道に詣《いた》るの極みなり」(『詩式』重意詩例)とその間の消息を説明するものであろうし、そのためには「苦思」「精思」の必要があった(同、「取境」)。元和期、韓愈・孟郊らの所謂「韓孟詩派」はこうした考えの影響を受け「苦吟」を標榜し、柳宗元もそうした傾向にある。

つまり、六朝から初盛唐期に至る詩壇において、直面した大きな問題は「文と質」、「自然と雕琢」の間の矛盾をいかに克服するかであった。初盛唐期、概して建安の風骨や風雅の標榜によって繁縟かつ浮華な詩風を矯める傾向にあり、雕琢浮華の批判原理として陶淵明の詩風が意識され、やがて謝靈運の詩風が注目され出すのである。

いわば、陶淵明の「自然」、謝靈運の「鍛煉」が、六朝における一方の特長を有しながらも、「文と質」、「自然と雕琢」の調和を示す典範として想起された。柳宗元が唐の謝靈運と見なされるのも、「淸遠」を求めるに際して「鍛煉」を介してそこに至る傾向を指摘したものである。(6)中唐以前は、「鍛煉」「精刻」は眞を阻害し、自然にもとるものであると考えられていたが、皎然などの言説に窺われるように、この閒の矛盾を克服するには何らの障害にはならなかったのである。むしろ、「自然」の新たなる展開として位置附けさえされるのである。これこそ〈韋柳〉評が歴史的にもつ意味なのである。

韋應物は、柳に比較するとより自然であると目され、陶淵明に近く、〈陶韋〉と併稱されるのも同様な理由によるものである。

五　結語

「景と情」、あるいはこれを「境と意」または「言と意」と言い換えてもいいかもしれない。その間の消息を考える場合、無論いかなる「情」いかなる「意」を持ちえているか、もしくは希求しているかが、實のところ兩者の關わりの本質なのであった。

盛唐から大暦・元和にかけて「沖淡自然」が新たな規範の據り所となれば、〈王韋〉〈陶韋〉が評價を得、その「天然閑適」の在り方が注目を浴びたが、それは韋應物の詩に「情虚なれば澹泊生じ、境寂なれば塵妄滅す」（巻七、435「同元錫題瑯琊寺」）、「景清ければ神已《すで》に澄み、事簡なれば慮牽かるるに絶す」（巻六、315「曉至園中憶諸弟崔都水」）、また「物幽なるは夜更に殊なり、境靜かにして興彌々臻《いよいよいた》る」（巻七、392「秋夕西齋與僧神靜遊」）などの表白がみとめられ、その閒の矛盾を止揚する言説として注目されたからであった。

押え切れぬ憤懣、奈何ともし難い悲哀、それらはむしろ抑制の效いた筆致で淡々と述べられるところに、かえってその情が伺われる。自然に至る以前の工夫を重視し、「蘊釀神秀」の點では柳宗元が評價される。蘇軾が言う「外枯中膏」も、柳宗元の「峭刻」「鍛煉」と指摘される言語表現の背後に、「澹然として言説を離れ、悟悅心に自足す」

（巻二、「晨詣超師院讀禪經」）、「神舒びて羈鎖を屛《しりぞ》け、志適《かな》ひて幽潺《いうせん》を忘る」（巻一、「構法華寺西亭」）などの情意を認めたからにほかならない。

かくして「情」「意」は、それを包む世界との關わり、處世觀とも密接につながり、「適意」や「自足」の問題として後世の人々の關心を引いた。陶淵明や〈王孟韋柳〉が注目を浴びるのは、往々こうした點においてであった。その詩風「沖淡清眞」は、汪立名の言葉によれば、あたかも「太羹」「玄酒」卽ち味を附けていない肉汁や水のごときであり、その滋味の美こそ四家の特色であって、この新たなる價値・美意識の創出が宋元の鼻祖となったというのである。

注

（1）四家併稱の概要については、拙稿「『王孟韋柳』論考」（國學院大學大學院紀要第十四輯、一九八三）を參照されたい。

（2）韋柳評については、趙昌平「韋柳異同與元和之詩變」（『中國古典文學論叢』第四輯、一九八六）、馬自力「論韋柳詩風」（『中國社會科學』一九八九年第五期）、房日晰・盧鼎「韋應物柳宗元五言古詩之比較」（『晉陽學刊』一九九六年第二期、のち房日晰『增訂本唐詩比較論』三秦出版社、一九九八に所收）に、優れた研究があり、小論において參照した。

（3）拙稿「白居易と韋應物に見る『閑居』」（國學院雜誌九十四巻八號、一九九三）を參照されたい。

（4）拙稿「先行文學と白居易」（『白居易研究講座』第二巻、一九九三）を參照されたい。

（5）「謝詩有極易入目者而引之益無盡、有極不易尋取者而徑遂正自顯然。顧非其人、弗與察爾。言情則于往來動止、縹緲有無之中、得靈蠁而執之有象。取景則于擊目經心、絲分縷合之際、貌固有而言之不欺。而且情不虛情、情皆可景。景非帶景、景總含情。神理流于兩間、天地供其一目、大無外而細無垠。落筆之先、匠意之始、有不可知者存焉」（『古詩評選』巻五）

（6）この點に關しては、前揭趙氏論文および王錫九「學陶謝之形迹、得楚騷之神髓――試論柳宗元永州時期的詩歌」（『文學評論叢刊』三十一、一九八九）に詳しい。

「進學解」の制作年代について

谷口　匡

一、序

「進學解」は、韓愈（七六八—八二四）が官界における不遇感を教授と學生との對話の形式を借りて表明した散文作品である。その制作年代は彼が國子博士の任に在った元和七～八年頃と考えるのがおおむね歷代の年譜・注釋の說で、現在でもそれに疑問が挾まれることはない(1)。

「進學解」元和七～八年制作說の、決定的な論據となってきたのは、兩『唐書』の韓愈傳の記述である。後述するごとく、後晉・劉昫の『舊唐書』韓愈傳に、都官員外郎から國子博士へ轉任となった韓愈が「進學解」を書いて比部郎中史館修撰に拔擢されたように記して傳中に「進學解」の全文を引用し、ついで北宋・宋祁の『新唐書』韓愈傳もほぼその內容を踏襲している。宋の洪興祖の『韓子年譜』に引く『憲宗實錄』によれば、韓愈が職方員外郎から國子博士に就任したのが「元和七年二月乙未」のことであり、更に比部郎中史官修撰へ轉出したのが「八年三月乙亥」である。從って、兩『唐書』のような事情で「進學解」が書かれたと見る時、その制作時期は元和七年二月から翌八年三月の間ということになるのである。

歷代の年譜・注釋類は殆ど「進學解」の制作をこの時期に考えてきた。主なものを擧げれば、宋代では呂大防の

『韓文公歷官記』、洪興祖の『韓子年譜』、方崧卿の『韓集擧正』、清代に及んで顧嗣立の『昌黎先生年譜』、陳景雲の『韓集點勘』、方成珪の『昌黎先生詩文年譜』などがあり、錢基博『韓愈志（增訂本）』（香港龍門書店、一九六九）、前野直彬『韓愈の生涯』（秋山書店、一九七六）、童第德『韓愈文選』（人民文學出版社、一九八〇）、羅聯添『韓愈研究』（臺灣學生書局、一九八一增訂再版）など現代の著作に受け繼がれ、最近の張清華氏の勞作「韓愈年譜彙證」（『韓學研究（下册）』江蘇教育出版社、一九九八、所收）でもその説を採る。(2)

私も、以前、拙稿「韓愈の散文作品の立場と『道』の主張」（『中國文化　漢文學會會報』46號、一九八八）で「進學解」を取り上げた際には、通説に從って元和七～八年頃の作品とした。しかし、最近になって、この元和七～八年制作説に幾つかの疑問が生じてきたので、本稿において述べたいと思う。

二、「進學解」制作に關する逸話の形成

兩『唐書』の記載によって、韓愈が「進學解」を執筆するに至った經過を、元和元年からの官歷に溯って辿ると以下のようである。

元和元年、韓愈は江陵府の法曹參軍から國子博士に召還された。この時は權知國子博士、つまり國子博士でも扱いとしては見習い的なものであったが、のち元和三年には正式の國子博士に任ぜられた。ついで翌元和四年に都官員外郎、五年に河南縣令に轉勤となったのち、六年に職方員外郎として長安に戻った。そこで柳澗の事件がおこったが、兩『唐書』はいずれも詳しくそのことに觸れている。

それによれば、當時華州の刺史であった閻濟美が、不正を犯したとして華陰縣の縣令柳澗を彈劾した。しかし柳澗

は、その數か月後刺史を辭職して官舍に戻った閻濟美に對して、人々を煽動して道を遮斷し、前年、軍隊が駐屯した際の勞役の手當を要求した。後任の刺史が取り調べて柳澗の罪を奏上し、房州の司馬に左遷した。その時たまたま韓愈が使者として華州を通りかかった。彼は二人の刺史が結託していると思って、柳澗を審議し直すよう奏上した。觀察御史の李宗奭が詔によって再度取り調べた結果、贓罪を確認し、それによって柳澗は更に封溪の縣尉に流され、また韓愈自身もでたらめな言動があったと見なされ、再び國子博士への配置換えとなった。以上が柳澗の事件の顚末である。

『舊唐書』韓愈傳は、こうした出來事ののちに「進學解」が書かれたとして次のように記す。

……愈の妄論を以て、復た國子博士と爲す。愈自ら以《おも》えらく、才高くして、累《しき》りに擯黜せらると。「進學解」を作って以て自ら喩う。（「進學解」を引用）執政その文を覽て憐れみ、その史才あるを以て、比部郎中史館修撰に改む。

一方、柳澗の事件以後の記述は、『新唐書』韓愈傳では次のようである。

……愈これに坐して復た博士となる。既に才高くして數しば黜《しりぞ》けられ、官又た下遷す。乃ち「進學解」を作って以て自ら諭《たと》う。（「進學解」を引用）執政これを覽て、その才を奇とし、比部郎中史館修撰に改む。

このようにして兩『唐書』の記述を竝べて比較した時、注目すべき相違が三點ある。第一に『舊唐書』では柳澗の事件によって韓愈は再び國子博士になったとされているが、『新唐書』では再び博士になったとだけいい、國子博士になったとはいわない。第二に、韓愈が「進學解」を書いた動機として、『舊唐書』は才能があるのにしばしば排斥されるためと書いているのに對し、『新唐書』はそれに「下遷」、つまりその異動が降格の人事であったことを付け加える。第三に、「進學解」に對する反應について、『舊唐書』には爲政者たちはそれを讀んで（韓愈の不遇を）哀れみ、その史官としての才能を認めたとある。ところが『新唐書』では哀れんだということを言わず、ただ單に、「進學解」の文章によって才能が評價されたことを述べる。

こうした記述の違いは「進學解」制作の事情を考える上で重要な問題を含んでいないであろうか。

第一の點ではっきりと「國子博士」と言わないのは、第二の點で「下遷」と言うのと關わっている。つまり、『新唐書』で「復た博士となる」という時の博士とは、國子博士ではなく太學博士ともとれる。傅璇琮主編『唐才子傳校箋　第二册』（中華書局、一九八九）や筧文生『鑑賞中國の古典20　唐宋八家文』（角川書店、一九八九）は、この時の韓愈が太學博士であった可能性を考證している。假に太學博士であれば正六品上であり、職方員外郎と同じ品階であるが、省の職ではなくなるので「下遷」といえるのだという（傅氏前掲書四四七頁）[3]。また第三の點については、早く『韓子年譜』に言及がある。『韓子年譜』は、執政は韓愈がしばしば斥けられるのを哀れみ、その上で史官の才を認めたために、比部郎中史館修撰に任命したのであって、ただ文章がよく書けるのを評價して遷擢したのではないといい、「『新史』は簡を務め、遂にその實を失えり」、『新唐書』の記載が簡略を目指すあまり事實から離れてしまったと批判している。以上の三點を合わせて考えるならば、『新唐書』の記述は、職方員外郎から「博士」への轉任が左遷であることを強調しており、不遇な環境に在った韓愈が「進學解」を書いたことで才能を認められ、新しい活躍の場を得るという劇的な展開をここから讀み取ることができる。ここに「進學解」制作に關して、『舊唐書』とはやや異なる形での逸話が形成されたといってもよい。

では、更に後の時代ではどうか。南宋・計有功の『唐詩紀事』巻三十四に記す韓愈の傳記には次のようにある。

（元和）六年、入りて職方員外郎に拜せらる。時に「送窮文」「寄盧仝」詩あり。華陰の令柳澗を論ずるの事に坐して、復た博士となる。「進學解」を作れば、執政その才を奇として、比部郎中史館修撰に改む。

更に下っては、元の辛文房の『唐才子傳』巻五に、次のようにいう。

　元和中、國子博士・河南の令となる。愈、才高くして容れられ難く、累りに下遷し、乃ち「進學解」を作って以て自ら諭《たと》う。執政その才を奇とし、考功・知制誥に轉じ、中書舍人に進む。

これらを兩『唐書』の記述と比較した時、主として『新唐書』の記事に據っていることは明らかである。その後、韓愈の詩文集のテキストとして明代に廣く行われた東雅堂本『昌黎先生集』では、「進學解」の題下注に『新唐書』を殆どそのまま引き、作品の解題としての意味を持たせるに至った。

以上より、『舊唐書』に記された「進學解」制作に關わる逸話は、『新唐書』がやや形を變えて受け繼いだが、後世の人々はむしろ『新唐書』記載の逸話によって「進學解」を理解するようになったといえよう。

それでは逆に、『新唐書』の逸話が直接基づく『舊唐書』の記述は、更に溯れるのだろうか。

『舊唐書』韓愈傳より早い韓愈の生前の事蹟の記録として今に傳わるものに、李翺の「韓公行狀[4]」、皇甫湜の「韓文公神道碑[5]」及び同じく「韓文公墓銘[6]」などがある。これらの記録は『舊唐書』韓愈傳が書かれる上での主要な資料の一つであったと思われるが、「進學解」制作にまつわる逸話はいずれにも記されていない。

すなわち「韓公行狀」では、柳澗の事件を記述したのちに「公これによりて復た國子博士となる。比部郎中史館修撰に改めらる」とごくあっさりと官歴のみを記し、「韓文公神道碑」では「先生竟に責められて省を出《い》で、比部郎中修史に復す」と國子博士になったことも省略され、「韓文公墓銘」に至っては、「始め先生、進士を以て三十有一たび仕えて、官を歷《へ》、その御史・尚書郎・中書舍人となるや、前後三たび貶せらるるは、みな疏陳して事を治むるも、廷議從わずして罪となすを以てなり」というごとく、「三たび貶せらる」の一言で片づけている。また、當時の信賴すべき記録として、『韓子年譜』に引く佚文『憲宗實錄』も擧げられる。しかしこれとても、ただ轉任となった日附を上述のごとく記すにとどまっている。

以上のことから見て、今日殘っている文獻で最初に「進學解」の成立を、柳澗の事件によって國子博士への異動となった時期におくのは、『舊唐書』韓愈傳であるといわねばならない。そして『新唐書』韓愈傳がこれにやや手を加え、後世の諸説はみなそれに沿って「進學解」制作の事情を記述してきたのである。しかし、李翺・皇甫湜といった韓愈の門弟にして「進學解」制作の事情に一言も觸れていないという點から考えると、『舊唐書』の記述の信憑性については甚だ疑いの目を以て眺めざるを得ない。

私は、兩『唐書』によって確立されていった「進學解」制作の逸話は暫く措き、主として作品の内部から制作年代を考え直してみたい。

三、「解」について

「進學」は學問を修める意で『禮記』學記篇を出典とし、また「解」とは、明の徐師曾の『文體明辨』によれば、「人に因って疑い有るときこれを解釋するなり」、つまり、人から何か疑いをかけられた時、説明を加えてその疑いを晴らす文章であり、漢の揚雄の「解嘲（解謿）」がこの文體の祖であるとされる。從って、「進學解」は「進學の解」の意で、文字通りには、學問を修めることについての疑いを晴らすための文章ということになるが、「國子先生」（國子監の教授）と「弟子」（學生）との對話形式をとるのは、つとに宋代には指摘されていたように、「解嘲」やそれより早い漢の東方朔の「客難（答客難）」に倣うからである。[7] すなわち、「客難」は「東方先生」（東方朔）と「客」（客人）、「解嘲」は「揚子」（揚雄）と「客」との對話であり、いずれも「客」から學問を積んでいるわりにはいつまでも低い官位のままであるのを非難・嘲笑されたという想定のもとにそれに答えるという形をとっている。

この二つの文章はともに『漢書』の列傳の中に全文がとられているが、その引用の仕方は次のようである。すなわち「東方朔傳」では、東方朔が、農耕と軍事とで國を強大にする策を上書し、それによって自分だけが高い官職についていないのを訴えて任用されようとしたものの、ついに用いられなかったという状況のもとで、「朔因りて論を著し、客の己れを難ずるを設け、位卑《ひく》きを用って以て自ら慰諭す。その辭に曰わく」とあり、そのあとに「客難」の全文が引用される。一方、「揚雄傳」では、當時、『大玄經』を起草していた揚雄に對して、「或るひと雄に謿《あざけ》るに玄尙お白きを以てす。雄これを解き、號して『解謿』と曰う。その辭に曰わく」というように、ある人がいくら『大玄經』を著したところで玄はまだ白（官位が低い）ではないかと揚雄を嘲ったので、彼はそれに對して辨解する文章を作ったとあって、そこで「解嘲」の全文が引用される。前者では「客の己れを難ずるを設け」とあるから、他者からの非難は明らかに架空の話であるし、後者も、前者のごとくあからさまに架空の設定とは言わないにしても、「或るひと」というような漠然とした他者を登場させることは、いかにもこの嘲りが實際のものではなく、世間一般の、あるいは揚雄自身の内心に存在するところの嘲笑を意味していることを思わせる。加えて、二つの列傳は「客難」「解嘲」の全文を引用しているが、引用のあとに彼らへの非難・嘲笑がその後どうなったかということは記されない。このことからも、これらの文章は「東方朔傳」に言うようにまずは「以て自ら慰諭」するために書かれたと思われる。

ところで、韓愈は「進學解」のほかにも「獲麟解」「通解」「擇言解」の三篇の「解」を書き殘している。「獲麟解」は、一説には元和七年に麒麟が東川に出現したため、それに説明を加えるべく作られた「解」であるとされ、また一説には、そうしたことに關係なく、自らを麒麟に喩えて不遇を嘆く作であるという。いずれにしても、その主旨は、麒麟を他の諸々の動物と比較しながら、なぜめでたい動物だといえるのかを合理的に說き明かすことにある。

「通解」は、世間の人々が、古えの賢人がなしたような優れた行いを輕視し、一足飛びに、すべての行い・技藝に通じた聖人のようになろうとして「通才」と稱しているのを批判した文章である。文末に「余、その説の將《まさ》に深からんとすることを懼れて『通の解』を爲《つく》る」とあるように、韓愈は、世の中に「通」に對する誤った考えが浸透していくのを恐れ、それを正すための「解」を作ったのである。

「擇言解」では言葉を擇ぶことの必要性を述べる。言葉は火や水のように注意して扱わないと禍を招き、一旦そうなると、火や水のようには勢いを抑えることができないとし、「所以《ゆえ》に理を知る者又焉《いずく》んぞその言を擇ばざるを得んや。その愼を爲すこと水火よりも甚だし」という。

『昌黎先生詩文年譜』によれば、以上の三作品は制作年代未詳であって、ただ「通解」「擇言解」の二篇について若い時期の作であろうと注記するだけである。從って制作の動機に關する詳細はこれ以上わからないが、內容から考える限りいずれもその時々の世俗に廣がる疑問を晴らすたぐいの文章であろう。

また、中唐の文人で、一時期、韓愈の門下生でもあった沈亞之（生卒年不詳）に「湘中怨解」という小説がある。これは世に傳わる「湘中怨」の曲について、世の人々がその曲調の美しさに浸るばかりで、曲の起源を正しく理解していないため、起源となる物語を記したものである。題名を「湘中怨解」というのはそのような動機で書かれたからであろう(8)。

このように「解」と名のつく作品は元來、世人に對して、作者自身の解釋を述べて疑いを晴らしたり、蒙を啓いたりする種類の文章をいうのである。「進學解」も例外ではないであろう。兩『唐書』の記述からは、いかにもその後まもなく「執政」の目に作品が觸れたように見えるけれども、少なくとも最初から人に差し出す目的で書かれたのではなく、基本的には「自ら慰諭」する目的で制作されたのである。

四、「進學解」に現れる「國子先生」について

「進學解」に登場する「國子先生」なる人物が當時の韓愈を表していることは誤りではないであろう。作品中に「弟子」の口を借りて述べられる「先生」の描寫が、執筆當時またはそれ以前の韓愈自身の姿であることを指摘するのは困難ではない。

例えば、「前を跋《ふ》み後に躓《つまず》いて、動けば輒ち咎《とが》を得。暫く御史となり、遂に南夷に竄せらる」とあるのが、貞元十九年、觀察御史の任を拜命した韓愈が、同じ年の冬には陽山縣の縣令に左遷されたことを示すのは明らかであるし、「異端を觝排し、佛老を攘斥す」というのは、儒家の傳統を繼ぐ者として聲高に佛教・道教の排擊を叫び、後に「佛骨を論ずる表」を奉るに至る彼を容易に想起させる。

また、その日常の生活ぶりを「冬煖《あたた》かなれども兒寒《こご》えたりと號《さけ》び、年豐かなれども妻飢えたりと啼《な》く」と述べるのは、元和三年の作[9]と考えられる「崔十六少府攝伊陽以詩及書見投因酬三十韻」の詩に「男寒くして詩書に澁り、妻痩せて腰襻を剩《あま》す」とあるのと重なり、更に、その哀れな容貌について「頭童《かぶろ》に齒豁《あら》わにして、竟《つい》に死すとも何の裨《たす》けかあらん」と記すのは、「祭十二郎文」（貞元十九年）に「吾れ今年よりこのかた、蒼蒼たる者或いは化して白となり、動搖する者或いは脫けて落ちぬ」、「五箴五首」（永貞元年）の序に「余生まれて三十有八年、髮の短き者日に益ます白く、齒の搖《うご》く者日に益ます脫《お》つ」、「上兵部李侍郎書」（同前）に「髮禿《かぶろ》に齒豁わになるまでに、知己を見ず」、「感春四首」（元和元年）の詩の第三首に「冠欹《そばだ》って髮の禿なるに感じ、語誤って齒の墮ちたるを悲しむ」、「寄崔二十

六立之」（元和七年）の詩に「我れ未だ耄老せずと雖も、髪禿にして骨力羸《つか》る。餘す所の十九齒、飄颻として盡く浮危なり」、「潮州刺史謝上表」（元和十四年）に「年纔《わず》かに五十にして、髪白く齒落つ」とあるのなどと一致する。(10) 韓愈が「進學解」の中で「國子先生」として登場させている人物は彼自身であり、そこに虚構はほぼないと考えてよいであろう。

從って、私は「進學解」を現實の韓愈自身をかなり色濃く反映した作品と考えるのであるが、從來の諸注釋もすべてそのような立場で書かれてきたと思われる。しかしそうした立場で解釋しようとする時、作品中において、從來の諸注で甚だ説明に苦しんでいると思われる部分がある。それはやはり「弟子」が「先生」について述べた言葉の中の、「弟子事先生于茲有年矣」及び「三年博士」の二箇所である。

五、「弟子事先生于茲有年矣」「三年博士」の解釋について

「進學解」は國子監の先生が學生に對して訓戒を述べるところから書き始められる。その内容は、目下、聖人・賢人によって人材登用の制度が整えられ、俊良は必ず用いられるから要らぬ心配はせず、勉學に勵み行いを磨くことにのみ意を注ぐようにというもので、「諸生、業は精なること能わざるを患えよ。有司の明ならざるを患うること無かれ。行いは成ること能わざるを患えよ。有司の公ならざるを患うること無かれ」といった教訓が語られる。

しかし、先生の訓辭が終わらないうちに一人の學生が登場して反論を述べ出す。問題の箇所の一つ「弟子事先生于茲有年矣」は、その學生の言葉の冒頭に見える。

先生、余を欺くや。弟子、先生に事《つか》うること茲《ここ》に年有り。先生、口、六藝の文を吟ずることを絶たず。手、百家

の編を披《ひら》くことを停《や》めず。……先生の業、勤めたりと謂うべし。

ここで問題になるのは傍點部、就中、「年有り」という表現である。この言い方は、例えば「圬者王承福傳」に左官屋の王承福が金持ちの邸宅に出入りしていた頃を回想して「ああ、吾れ鏝《こて》を操《と》って以て貴富の家に入ること年有り」、「答張籍書」に釋・老の二家を斥ける立場を表明して「僕、聖人の道を得てこれを誦するより、前の二家を排すること年有り」、「後十九日復上書」に自分のこれまでの精励ぶりを述べて「愈の學を彊《つと》め行いを力《つと》むること年有り」、「答李翊書」に自己の文體が確立していくまでの過程を記して「惟だ陳言をこれ務めて去《しりぞ》く。……かくの如き者亦た年有り。猶お改めずして、然る後に古書の正僞と、正と雖も至らざる者とを知る。……かくの如き者亦た年有り。然る後に浩乎としてそれ沛然たり」、「與陳給事書」に相手との附き合いが昔に溯ることを書いて「愈の閣下に見《まみ》ゆることを獲《う》ること年有り」という例などから明らかなように、數年ないしはそれ以上の比較的長い時間を表す言葉である。從って「弟子、先生に事うること茲に年有り」というのは、韓愈が少くとも現在までの數年間、「先生」と呼ばれる地位に在任中であることを示す。

しかし、「進學解」の成立を通説に從って考えると、上述の通り、柳澗の事件に座して國子博士に轉任した時のこととされるから、その執筆時期を最も遲く、比部郎中史館修撰へ改められる直前の元和八年三月頃に想定しても、國子博士となった元和七年二月から起算して、執筆時までせいぜい一年餘の時間しか經過していない。つまり、學生の側から見て「弟子、先生に事うること茲に年有り」ということには到底ならない。

從って唐文粹本・文苑英華本・韓集擧正本・五百家注本・祝充音注本などではこの部分を「弟子事先生于茲有時矣」に作っている。[11]『韓集擧正』には「『舊史』を考うるに、公、時に職方を以て下遷す。蓋し博士に久しきに非ず」とその理由を述べる。つまり『舊唐書』の記載から考えると、韓愈は當時、職方員外郎から左遷されて來たのであり、長らく博士の職に在ったのではないので、「有年」では合わないというのである。

さて、學生の言葉は更に續き、先生の「業」（仕事）のあとには「儒」（儒學）「文」（文學）「爲人」（人格）が次々と稱えられる。しかし彼の發言の眞意は實はそのあとにある。すなわち、先生はこのように様々な面で努力し、成果をあげているのに、なぜ不遇であるのか、という疑問である。問題の箇所の第二「三年博士」はその部分に現れる。

然れども公には人に信ぜられず、私には友に助けられず、前を跋《ふ》み後に躓《つまず》いて、動けば輒ち咎《とが》を得。暫く御史となり、遂に南夷に竄《ざん》せらる。三年博士たり、冗として治められず。命と仇と謀る、敗を取ること幾時《いくばく》ぞ。

この「三年博士」が問題となった發端は、『舊唐書』韓愈傳に引く「進學解」においてこれを「三爲博士」、つまり「三たび博士と爲る」と讀める文に改めていることにある。

『舊唐書』に倣って「三爲博士」に作るのは方崧卿の說で、『舊唐書』の記述に從うと、貞元十八年の四門博士、元和元年の國子博士、元和七年の國子博士というように、三度「博士」に任官していることを根據とする。

逆に「三年博士」に作るのは樊汝霖の說で、元和元年六月に國子博士となり、同四年六月に都官員外郎に異動しているのでその間丸三年の期間があり、『新唐書』にも「見習いから三年で正式の國子博士に昇任した」と書くのがその理由である。

方崧卿の說をもとに「三爲博士」に作るのは韓集擧正本であるが、それには「諸本多く『三年』に作る」と言って樊汝霖の說を附記する。一方、樊汝霖の說に從って「三年博士」に作るのは五百家注本であるが、同時に方崧卿と同じ理由から「『三爲博士』に作るも亦た可なり」とも言う。管見の及ぶ限りでは「三爲博士」に作るのは『舊唐書』と韓集擧正本だけで、壓倒的に「三年博士」に作るテキストが多い。しかし、五百家注本が「三爲博士」の說も併記するのは、必ずしもそう考えるのが不可能ではないことを示している。方崧卿の他にも例えば洪興祖は、元和元年の權知國子博士と翌年の洛陽勤務とを一度ずつと數え、元和元年以降三度博士を歴任したという獨特の解釋から「三爲博士」の説を立てている（『韓子年譜』元和七年の條）。

以上、「弟子事先生于茲有年矣」及び「三年博士」の「年」の字をめぐる議論を見てきたが、その結果次のことが明らかである。第一に、「進學解」の制作年代を元和七～八年と考えると、「弟子事先生于茲有年矣」の本文のままでは非常に讀みにくく、「年」を「時」に作る説も説得力があるといえる。第二に、「三年博士」についてはこの通りでも讀めるが、諸本で「三爲博士」に作ったりあるいは兩樣に讀む説を併記したりするのは、いずれの説も今一つ決定的な論據を缺き、どちらかに決しがたいからであると考えられる。

それでは、本文を改めずに通行のまま「有年」「三年」で讀む場合に、どのような解釋をとるべきなのであろうか。この問いに對して一つの明確な解答を與えるのが南宋の朱熹の説である。

六、朱熹『韓集考異』の説について

朱熹の説は、もと方崧卿の『韓集擧正』の誤謬を正す目的で書かれ、『韓集考異』十巻として南宋の慶元元年（一一九七）に成った。のちに王伯大（?―一二五三）がこれを他の諸注とともに韓愈の文集に組み入れ（四部叢刊に收める『朱文公校昌黎先生文集』）、また東雅堂本にも朱熹の注は大部分が採られた。一方、朱熹の原書は一旦散逸しかかったが、門人の張洽（一一六一―一二三七）が校訂を加えて刊行し、清代に重刻されて四庫全書にも入った（『原本韓文考異』）。更に現代になって、山西省祁縣圖書館所藏の張洽校訂本を底本に、一九八一年に線装の影印本が、八五年には洋裝の影印本が出版された（上海古籍出版社刊『昌黎先生集考異』[12]）。今、これによって朱熹の説を引用する。

まず、「有年」については次のようにいう。

「年」、方（崧卿）「時」に作って云わく、『舊史』を考うるに、公、時に職方を以て下遷す。蓋し博士に久しきに非ず」と。今、此の文を按ずるに、恐らくは職方左遷の時に作るに非《あら》じ。

つまり、上述したように、方崧卿が博士に長らく在任したあとの執筆ではないとして、本文を「有時」に作るのに對し、朱熹は、この「進學解」は職方員外郎から左遷された時の作ではないと推斷する。これは、換言すれば、元和七～八年制作説の否定である。この新説は下條の「三年博士」の校異において再び述べられる。朱熹は方崧卿の「三爲博士」の説と樊汝霖の「三年博士」の説を引いた上で、次のようにいう。

今、洪（興祖）の譜（『韓子年譜』）を按ずるに、則ち樊（汝霖）の説を是と爲す。當に「三年」に作るべし。唐本の詩の注・『行狀』みな「三年」の字有り。何ぞ曲説を煩わさんや。然れば洪も亦た「三爲」の説に附くは、則ち又誤れり。

これから見れば、朱熹は樊汝霖の「三年博士」の説を支持している。それは、古いテキストの一つである唐本の詩の注や李翺の「韓公行狀」に「三年」の語が見えるからであるという。

このことについては注釋を必要としよう。すなわちこれは恐らく『韓子年譜』元和三年の條に「『崔十六少府に酬ゆ』の詩、唐本の注に云わく、『元和三年』と。詩に云わく、『三年　國子の師』と。公、元年に博士となって、今に至るまで三年なり。『行狀』に『權知すること三年にして、眞博士に改めらる』と云うなり」と見えるのに基づく。詩は前掲の「崔十六少府攝伊陽以詩及書見投因酬三十韻」のことで、「三年　國子の師」はその第四十三句である。唐本の注によればこれは元和三年の作である。つまりこの詩句は元和元年から三年まで、三年間博士であったという意味である。加えて、李翺の「韓公行狀」にも、見習いから三年で正式の博士になったとある。これらから見て「三年博士」とする本文が正しいことは明白だというのである。よって『韓子年譜』においても「三爲博士」の説に贊同するのは誤りであると朱熹は主張する。

さて、朱熹のこの「三年博士」の説は、先の「有年」の注と密接に關わっている。朱熹が「三爲博士」の説を誤りとするのは、「有年」の注で「恐らくは職方左遷の時に作るに非じ」と述べたごとく、この「進學解」の制作年代を元和七～八年の、三度めの博士の時と考えていないからである。

上述したように、元和七～八年の創作と考えると「弟子事先生于茲有年矣」の本文は成立しにくい。しかし、制作年代に關する『舊唐書』以來のその前提をひとまず白紙に戻すことによってそうでなくなる。この朱熹の説に立って更に一歩を進めると、「進學解」の制作年代を元和三年におく説が浮び上がってくる。この年は元和元年に權知國子博士となって三年目の年である。また、就任から三年經って正式な國子博士に任ぜられた年でもある。「進學解」がこの年に書かれたと考えれば、學生の立場から見て「先生に事うること茲に年有り」と言え、かつ當然「三年博士たり」と言えるのである。

元和三年に正式な國子博士を拜命した韓愈は、翌四年六月、都官員外郎に轉任となった。その際の辭令に當たる制辭が王仲舒の作として『韓子年譜』に引かれて殘っているが、注目されるのはその文中に韓愈の文才を稱えて「宋玉の微辭を美《よみ》し、揚雄の奇字を尙ぶ」とあることである。これは、彼の文學のどの部分を指した表現なのであろうか。

ここで私は宋玉の作とされる「對楚王問」の文を想起してみたい。これは文學的才能を認められない宋玉が、楚の頃襄王との問答という形式をとって世の非難に答えようとした作品である。假に「宋玉の微辭」の指すところが「對楚王問」であるとすれば、「揚雄の奇字」は言うまでもなくその流れを汲む「解嘲」の一篇であろう。

こう考えてみると、制辭に「宋玉の微辭を美し、揚雄の奇字を尙ぶ」というのは、あるいは「對楚王問」「解嘲」

と同類の系統の作品である「進學解」の創作について暗に述べているのではなかろうか。その場合にこそ、宋玉と揚雄を對に竝べた意味も判然とするのである。

韓愈が都官員外郎に除せられたのは、『韓子年譜』によれば、元和四年六月十日のことであった。このような制辭が存在することからいっても、「進學解」が元和三年に書かれていた可能性は大いにあると考えられる。

七、結び

「進學解」は從來、元和七～八年制作説が支配的であったが、以上述べてきたことから考えて、その據りどころとなっている兩『唐書』の記載に果たしてどの程度の信憑性があるのか、私には疑問に思われる。あくまで一つの假説にすぎないが、『舊唐書』の韓愈傳が書かれるにあたって、撰者の劉昫は、『漢書』揚雄傳で「解嘲」をはじめとする代表的な作品が引用されているのに倣い、韓愈の作品の幾つかを傳の文中にちりばめようとしたのではないだろうか。その際に選ばれたのが、韓愈の不遇感の表明とも讀み取れる「進學解」であって、まさに揚雄の「解嘲」に匹敵する文章であった。この作品が置かれるに最も都合のよい場所が柳澗の事件によって國子博士へ轉任となった時期であって、劉昫は「進學解」がいかにもその時に書かれたように、制作の動機・制作後の反響などを引用の前後に書き添えたのである。

韓愈の「進學解」については、ただ兩『唐書』の記述だけに依りかかって元和七～八年に書かれたと見なすことはできず、その制作の動機や主題とともに、制作年代に關しても、元和三年制作の可能性も含めて改めて考え直されなければならないと思う。

注

（1）管見では、王婕「關於《進學解》、《滕王閣序》寫作年代質疑」（『西北民族學院學報（哲學社會科學版）』一九八四年第二期）が「進學解」の制作年代について正面から論じた唯一の論文であるが、ここでも「作於元和七年二月乙未到元和八年之前」と結論されている。なおこの論文の入手に際しては、九州大學の黄冬柏氏を煩わした。記して深く感謝申し上げる。

（2）これらのうち、元和七年作とするのが『韓集擧正』、八年作とするのが『昌黎先生詩文年譜』・『韓愈文選』・「韓愈年譜彙證」、七年の末か八年の初めの作とするのが『韓愈の生涯』（のちの齋藤茂氏との共著『中國の詩人8　韓退之』集英社、一九八三、でも同じ）であるなどの微妙な違いがあるが、本稿では元和七～八年制作説として一括して考える。

（3）但し、盧仝に「常州孟諫議座上聞韓員外職貶國子博士有感五首」という詩があり、國子博士（正五品上）への異動であっても降格と言い得るのかもしれない。

（4）「故正議大夫行尚書吏部侍郎上柱國賜紫金魚袋贈禮部尚書韓公行狀」（『唐李文公集』巻十一）。

（5）（6）いずれも『皇甫持正文集』巻六。

（7）西上勝「韓愈『進學解』の敍法について」（『文化』第49巻第3・4號、一九八六）參照。

（8）内山知也『隋唐小説研究』（木耳社、一九七七）五二一頁參照。

（9）以下、制作年の決定は、『昌黎先生詩文年譜』、錢仲聯『韓昌黎詩繫年集釋』（上海古籍出版社、一九八四）などによる。

（10）齒のことだけに限れば「落齒」（貞元十九年）、「贈劉師服」（元和七年）などの詩にも言及がある。

（11）屈守元・常思春主編『韓愈全集校注』（四川大學出版社、一九九六）によれば、北京圖書館所藏の翁同書舊藏殘宋白文本も「時」に作るという。

（12）以上の記述については、清水茂『唐宋八家文　上』（朝日新聞社、一九六六）七頁及び『昌黎先生集考異』の「出版説明」參照。

白居易の白髪表現に關する一考察

埋田重夫

〔一〕

白居易にとって自己の詩歌は、「抒情の器」「賦活の具」としてあり續けたようである。詩を詠うことは、彼の生存そのものに結びつく必須の營みでもあった、と考えられる。白居易と詩歌のこうした濃密な關係が、最もいかんなく發揮されるのは、日毎衰退していく我が肉體と眞正面から向かい合う時であった、と思われる。老い、病み、衰え、損なわれていく身體を凝視する詩作の場から、自己蘇生を圖る白氏獨特の詠病詩が、數多く生産されていることは、何よりもこの事實を雄辯に物語っていよう。

中國歷代の文人のなかで白居易は、自身の衰貌・病態を文學化することに、とりわけ熱心な詩人であったと斷定してよい。本稿ではこの前提を踏まえて、主に白居易の白髪表現[1]がもつさまざまな問題點を、傳記論・作家論・心象論・詩語論・詩材論の立場から集中的に解讀してみたいと思う。

彼の自撰詩文集である『白氏文集』七十一巻には、實に夥しい數の白髪表現が存在する。一般に中國古典詩の傳統において、「白髪」は最も普遍的に認められる詩材の一つであるが、白居易のそれは、何よりも量と質の兩面で、完全に他の詩人の用例を壓倒している。結論から言えば彼は、中國文學史にあって〝白髪詩人の典型〞と稱されるに相應しい地位を占めている。白詩に高い頻度で現れる白髪描寫を、丁寧に掬い上げ專一に分析することは、單なる唐代の一作家研究の領域に留まらず、この分野の作品がもつ詠法・發想・心象・措辭などを、もう一度改めて整理し確認する作業にも繋がるであろう。數千年に及ぶ詩歌實作史のなかで、白髪表現に取り込まれてきた豊潤なイメージは、白髪詩人たる白居易が殘した膨大な詩篇（詩句）を檢討することで、極めて效率よく解明されると判斷される。(2)

〔二〕

中國古典詩の世界で、白髪がまとまって詠われるようになるのは、(3)漢代に入ってからであろう。作者不詳の「樂府古辭」や「古詩」のなかでは、素材としての白髪がしばしば取り上げられ、老齢や老境を明確に指し示す詩語となっている。逯欽立輯校『先秦漢魏晉南北朝詩』（中華書局、一九八三年九月）の上册「漢詩」に收載する「髪白更黑、延年壽命長。」（相和歌辭「長歌行」）、「吾去爲遲、白髪時下難久居。」（相和歌辭「東門行」）、「願得一心人、白頭不相離。」（相和歌辭「白頭吟」）、「座中何人、誰不懷憂、令我白頭。」（雜曲歌辭「古歌」）、「努力崇明德、皓首以爲期。」（「李陵錄別詩」）などは、最も初期の作例群を形成している點で注目される。そしてまた、共白髪になるまで一緒に暮らすことのできない棄婦の情を詠う相和歌辭「白頭吟」が、後世の擬古樂府のイメージに重大な影響を與えていることも特に注意されよう。

一定數の用例が蓄積された漢代以後、白髪表現は「嘆老」「懷憂」の抒情感覺に必須のものとなり、魏晉期の詩人によって繼承されるようになる。曹丕「短歌行」（魏詩卷四）の「人亦有言、憂令人老。嗟我白髪、生一何早。」、張載「七哀詩二首、其二」（晉詩卷七）の「憂來令髪白、誰云愁可任。徘徊向長風、淚下沾衣襟。」、陶淵明「飲酒二十首、其十五」（晉詩巻十七）の「宇宙一何悠、人生少至百。歳月相催逼、鬢邊早已白。」などは、この系譜を裏付ける確かな例證にほかならない。

以上のような素材次元の白髪描寫の増加は、必然の結果として、白髪そのものを題材とする作品をも登場させることになる。いわゆる部分的個別的な素材から全體的統一的な主題への展開である。現存する全六朝韻文のうちで、白髪をメインテーマとする作品には、(4)晉の左思「白髪賦」（『歴代賦彙』外集、巻十九、人事）、梁の何遜「秋夕歎白髪詩」（梁詩巻九）、北周の庾信「塵鏡詩」（北周詩巻四）、陳の張正見「白頭吟」（陳詩巻二）、陳の孔範「和陳主詠鏡詩」（陳詩巻九）の五首を擧げることができる。これらは「賦↔詩」「徒詩↔樂府詩」「詠髪↔詠鏡」という相違を含みつつも、何れも白髪を通して迫りくる老いを嘆じ、胸に懷く憂いを述べることで共通している。唐代に到って急速に成熟する白髪表現は、ほぼ間違いなくこれらを礎にして、徐々に發展したものと考えてよいであろう。とりわけ白髪を題材化した作品の嚆矢に、晉の左思「白髪賦」があり、その後を梁の何遜「秋夕歎白髪詩」が追隨していることは、極めて注目に値する。さらにまた、この二篇の韻文については、唐の代表的類書である歐陽詢撰『藝文類聚』巻十七、人部、髪の條にも言及されていることから、唐代の讀書人――士大夫――階級に幅廣く通行していたと推定されよう。ここでは參考までに、何遜の五言古體詩の全文を引用してみたい。

秋夕歎白髪詩　　何遜〈梁詩巻九〉

絲白不難染、　蓬生直易扶。　唯見星星鬢、　獨與衆中殊。
昔年十四五、　率性頗廉隅。　直是安被褐、　非敢慕懷珠。
何言志事晩、　疲拙嬰殊軀。　逢時乃倏忽、　失路亦斯須。

郊郭勤二頃、形體憇一廡。涸蚌困魚目、籠禽觸四隅。
宵長壁立靜、廓處謝懽愉。月色臨窗樹、蟲聲當戶樞。
飛蛾拂夜火、墜葉舞秋株。逐物均乘鶴、違俗等雙鳧。
故人倘未棄、求我谷之嵎。

總じて言えば、これら題材系の白髪は、素材系のそれに比して極端に寡作であることが確認できる。六朝における白髪表現の大多數は、「身體衰老」「人生短促」「懷才不遇」などに觸發されて沸き起こる憂愁や悲哀を、いわば增幅し强調する素材の一つとして援用されている。この事實はまた逆の意味で、白髮自體を題材にする少數の詩人の存在を、より一層クローズアップさせることにもなっている。

唐詩に現れる白髪描寫は、當然のことながら、六朝詩以上に大變な數に達している。一般に流布する複數の唐詩選集——『唐詩選』『三體詩』『唐詩三百首』等々——に限ってみても、われわれは卽座に、白髪にまつわる名詩・名句の數々を想起することができる。詩題に白髪を含む張九齡「照鏡見白髮」、劉希夷「代悲白頭翁」、王維「歎白髮」、杜甫「垂白」を筆頭にして、駱賓王「帝京篇」「在獄詠蟬」、陳子昂「贈喬侍御」、賀知章「回鄕偶書」、王維「酌酒與裴迪」、李白「秋浦歌、其四、其十五」「將進酒」、杜甫「春望」「登高」、高適「除夜作」「醉後贈張九旭」、岑參「寄左省杜拾遺」「西掖省卽事」「首春渭西郊行呈藍田張二主簿」、劉長卿「送鄭說之歙州謁薛侍郎」、包何「寄楊侍御」、錢起「闕下贈裴舍人」、盧綸「長安春望」「晩次鄂州」、武元衡「嘉陵驛」、白居易「聞夜砧」「賣炭翁」「新豐折臂翁」、元稹「行宮」、許渾「秋思」、李商隱「無題」……などは、その極々一部に過ぎないと言ってよいであろう。初唐から晩唐に到る唐朝三百年にあって、白髪表現はこの時代の詩人のなかに、廣く深く定着していた、と考えられる。六朝末期までに積み重ねられてきた白髪描寫のさまざまな可能性は、詩文を生産する階層の擴大・擴充にともなって、質・量ともに急速に開拓されたのである。

そして現存する作品四九四六九首、判明する作者二九五五人のなかで、白髪表現を第一に多用し、この詩材の新たなる展開に成功したのは、中唐最大の文人白樂天であった、と結論づけられる。彼が詠出する狹義・廣義の白髪詩は、白居易文學の本質と確實に通底している。次章ではその論據について、さらに詳しくみていきたいと思う。

〔三〕

白居易詩における白髪表現の比重の大きさは、ほぼ三つの觀點から明確に指摘することができる。まず最初に確認しなければならないポイントは、白居易が使用する白髪關連語彙の驚異的な豊かさである。「古典中國語」で白髪を意味する語彙は、ほとんど全て『白氏文集』のうちに網羅されているといっても過言ではない。特定の詩人にこれだけ多種多様な白髪描寫が集中していることは、他に同様の傾向が認めにくいことから、作家論としても大きな意義をもつものと考えられる。彼は自己と他者を問わず、生涯にわたって膨大な白髪表現を遺している。それら個々の用例を逐一調查し、言語表現上の特色を把握しておくことは、當該詩篇の心象構造を分析する前に、どうしても避けることのできない基礎作業であろう。白居易の全作品（韻文と散文）に現れる白髪を示すことばは、概ね次のようにまとめることができる。檢索は主に平岡武夫・今井清『白氏文集歌詩索引』（同朋社、一九八九年十月）と當方の讀書メモに據っている（以下各語の排列順序は任意）。

〔A〕 身體と結びついた白髮表現（○白髮・萬莖白髮・白髮新生・白髮生一莖・白髮兩三莖・爛斑白髮新・白髮新更新・白髮生無數・蒼髮・華髮、……○白頭・蒼頭・半白頭・白盡〜頭・頭因感白・頭日已白・黑白半頭・頭白・頭半白・頭班・頭斑・頭斑白・頭新白・頭還白・頭盡白・頭仍未盡白・頭已白・頭又白・頭早白、……○白鬢・（雪）鬢・白雙鬢・衰鬢色・雙鬢白・兩鬢斑・兩鬢蒼・鬢蒼蒼・兩鬢蒼蒼・兩鬢蒼然・兩鬢半蒼蒼・旅鬢尋已白・兩邊蓬鬢一時白・鬢〜成斑・鬢〜先白・鬢上斑、……○白首、……○白鬚・白鬚無一莖・爭向白鬚千萬莖・蒼鬚・鬚白・鬚間白・鬚上些些白、……○白髭、……○白髯・（雪）髯、……○頭鬢白、……○頭上白髮多・頭上新白髮・半頭白髮・頭生白髮・頭垂白髮・白髮頭・白髮半頭・白髮垂頭・白髮平頭・白髮滿頭・白髮生頭、……○鬢毛已斑白、……○鬢髮班・鬢髮蒼浪・鬢髮莖莖白・鬢髮各蒼然・鬢髮三分白・鬢後蒼浪髮・白髮更添今日鬢、……○白髭鬚・髭鬚半白・髭鬚白一色・髭鬚白・髭鬚早白、……○鬚髮轉蒼浪・鬚髮斑、……○鬢毛斑・鬢毛不覺白毿毿・鬢毛已斑白・素毛如我鬢、……○鬚鬢各皤然・鬚鬢轉蒼浪、……○齒髮日衰白、……○頭鬢眉鬚皆似（雪）、……）。

〔B〕 比喩と結びついた白髮表現（○鶴髮・鶴毳、……○雲、……○絲・白絲・素絲・新絲・素絲縷・一莖絲・數莖絲・一把絲・萬莖絲・二分絲・半成絲・半是絲・幾多絲・盡成絲・鏡中絲・絲千萬白、……○霜・霜白・秋霜・秋霜白・撲霜・幾許霜・班白霜・數莖霜・霜一色、……○雪・雪白・雪色・斑斑雪・雪千莖、……○氷、……○經霜蓬・霜蓬〜三分白、……○絲雪・如雪復如絲、……○雪霜・霜雪・從霜成雪・〜雪多於〜霜、……）。

〔C〕 その他の白髮表現（○白・斑白・衰白・垂白・皤・皤皤・皤然・二毛・二毛來・二毛新・二毛生・二毛年・三十生二毛・生二毛・小校潘安〜・已過潘安三十年……）。

〔A〕〔B〕〔C〕に見られる各語は、單獨で使われるケースもあるが、それぞれ相互に關連し重複し合いながら用いられる場合が多い。白居易の白髪表現は、「頭」「首」「鬢」「眉」「髯」「髭」「鬚」などの身體部位に隈なく及んでおり、それが豊富な比喩表現と自由自在に結びつくことで、より一層複雑なイメージを作り出している。そしてこの現象は、白髪が最初に目立ってくる「鬢」（左右の耳際に生えている毛髪）部に、とりわけ顯著である點も見逃せない。

白詩に關して次に論及すべきは、その總數二千七百首强のなかに、白髪を詩題や題材にするいわゆる狹義の白髪詩が、相當數見出せるという事實である。白髪を詩題に含む「上陽白髪人」〔0131〕、「初見白髪」〔0403〕、「白髪」〔0424〕、「櫻桃花下歎白髪」〔0917〕、「白髪」〔1340〕、「白髪」〔3397〕……、白髪を主題にする「照鏡」〔0441〕、「歎老三首、其一、其二」〔0453〕〔0454〕、「新磨鏡」〔0735〕、「白鷺」〔0871〕、「湖中自照」〔1362〕、「對鏡吟」〔2241〕、「老戒」〔2682〕……等々は、その代表作となっている。これ以外にも、毛髪の脱落現象を冷徹に見据えて作られた「因沐感髪、寄朗上人二首」〔0515〕〔0516〕、「歎髪落」〔0657〕、「感髪落」〔0736〕、「和微之詩二十三首、其四、和祝蒼華」〔2253〕、「嗟髪落」〔2296〕などの詩篇があり、白氏の人生と文學にとって、白髪がいかに重い意味を有していたかが、改めて理解される。白居易文學において白髪は、それ自體獨立した一つの作品カテゴリーを形成している、とさえ言えるであろう。

詩人と白髪の關係で、最後のそして一番重要な點は、白居易が自らの身體の變化や變調に對して、非常に敏感な神經を持つタイプの人間であった、という事實である。「生活日誌的な作風」と批評されることの多いこの詩人は、まさにそのことばのままに、數十年という長い單位で、自己の肉體――毛髪――が變化していく過程を克明に記錄し續けたのである。白髪を詠う中國詩人は數多いが、白髪へのこだわりを持續させながら、それを生涯不變の創作對象としているものは、白居易を除いてほとんど指摘できない。白氏白髪の傳記的經過については、居易自らが實に丹念に敍述している。繰り返し反復し執着するその情念は、一種病的でさえある。大まかな年齡區分に從って、特徵ある描寫のごく一部を紹介してみたい。

(a) 三十歳代の言及状況(5) (○「……不覺明鏡裏、忽年三十四。……白髮雖未生、朱顏已先悴。……」〈「感時」(0177) 34歳、長安〉○「……到官來十日、覽鏡生二毛。……」〈「權攝昭應、早秋書事、寄元拾遺、兼呈李司錄」(0394) 35歳、昭應〉○「白髮生一莖、朝來明鏡裏。勿言一莖少、滿頭從此始。……」〈「初見白髮」(0403) 36歳から37歳、長安〉○「年來白髮兩三莖、憶別君時髭未生。……」〈「寄陳式五兄」(0725) 39歳、長安〉)。

(b) 四十歳代の言及状況 (○「……今朝日陽裏、梳落數莖絲。家人不慣見、憫默爲我悲。……」〈「白髮」(0424) 40歳、下邽〉○「……朱顏銷不歇、白髮生無數。……」〈「重到渭上舊居」(0423) 40歳、下邽〉○「昔到襄陽日、髯髯初有髭。今過襄陽日、髭鬢半成絲。……」〈「再到襄陽、訪問舊居」(0493) 44歳、長安至江州途中〉○「……紅櫻滿眼日、白髮半頭時。……臨風兩堪歎、如雪復如絲。」〈「櫻桃花下歎白髮」(0917) 45歳、江州〉○「行年四十五、兩鬢半蒼蒼。……」〈「四十五」(0952) 45歳、江州〉○「兩鬢千莖新似雪」〈「醉吟二首、其二」(1065) 47歳、江州〉○「……況吾頭半白、把鏡非不見。……」〈「花下對酒二首、其二」(0544) 49歳、忠州〉○「頷下髭鬚半是絲、光陰向後幾多時。……」〈「答山侶」(1212) 49歳、長安〉)。

(c) 五十歳代の言及状況 (○「雲髮隨梳落、霜毛繞鬢垂。……最憎明鏡裏、黑白半頭時。」〈「白髮」(1340) 51歳、杭州⇩この時期、「半頭白髮」「白髮半頭生」「半作白頭翁」「髭鬚半白時」「頭仍未盡白」などの表現が増加〉○「……除却髭鬚白一色……」〈「閑出覓春、戲贈諸郎官」(2394) 54歳、洛陽〉○「……萬莖白髮直堪恨、一片緋衫何足道。……」〈「日漸長、贈周・殷二判官」(2208) 55歳、蘇州〉○「……白髮滿頭歸得也……」〈「詠懷」(2481) 55歳、蘇州〉○「……悲鬢萬莖絲……」〈「和微之詩二十三首、其二十、和晨興、因報問龜兒」(2269) 57歳、長安〉○「三分鬢髪二分絲、曉鏡秋容相對時。……」〈「對鏡」(2755) 58歳、洛陽〉○「白頭老人照鏡時、掩鏡沈吟吟舊詩。二十年前一莖白、如今變作滿頭絲。……」〈「對鏡吟」(2241) 58歳から60歳、洛陽〉)。

(d) 六十歳以後の言及状況(○「今朝覽明鏡、鬚鬢盡成絲。……」〈「覽鏡喜老」(3008) 64歳、洛陽⇩これ以降、「白鬚千萬莖」「鬢絲千萬白」「白髪萬莖」などの表現が增加〉○「……霜蓬舊鬢三分白……」〈「九月八日、酬皇甫十見贈」(3382) 67歳、洛陽」○「……鬚盡白、髪半禿。……」〈「醉吟先生傳」(2953) 67歳、洛陽〉○「白髪生來三十年、而今鬚鬢盡皤然。……」〈「白髪」(3397) 68歳、洛陽⇩享年75歳までの間に、「滿頭霜雪」「頭雪白」「白頭」「垂白髪」などの表現が增加〉)。

一瞥して明らかな如く、ここでは四十年に及ぶ白髪の進行状況が、備に語られている。白居易にとって詩作は、日々の哀歡を日記に綴る行爲とほとんど同質であったと言えよう。傳記考證に卽した作品繋年によって我々は、皆無(30歳前半)→一莖の發生(35歳前後)→數莖の發生(30歳後半)→急加速度的な增加(40歳前半)→頭部半分の占有(45歳から50歳前半)→頭部三分の二の占有(50歳後半)→さらなる進行(60歳前半)→總白髪及び頭部半分の禿頭状態(60歳後半)という具合に、一人の人間における白髪化――禿頭化――の全軌跡を、極めて鮮明に辿ることができる。白居易は、生まれて初めて白髪を認めた時の複雑な感慨を、「勿言一莖少、滿頭從此始。」(「初見白髪」(0403)〈元和2年から元和3年、36歳から37歳、長安〉)と詠っているが、その多感な詩人の豫言は、不氣味なまでに適中したのである。一生全體から見て白氏白髪は、服喪のため下邽に退居した四十歳頃から急激に增加し、續く四十四歳の江州流謫を契機にして、一氣に加速したと判斷される。白居易の人生にとって四十代は、政治・經濟・文學・家庭・身體の各方面において大きな分水嶺となった、と考えてよい。

以上述べてきた三つの事項から、白居易を〝白髪詩人の典型〟と定める本稿の趣旨は、ほぼ理解されたと思われる。次は白髪なる詩材が、彼の詩歌にどのようなイメージをもたらしているかについて、より深く分析してみたい。

〔四〕

白居易の白髪表現は、自己と他者を詠うものに二分される。白髪への強い關心は、自分以外の廣範な人間にも絶えず向けられたのである。他者の白髪描寫は、大きく①先代の著名な知識人（太公望呂尙・四皓・孟浩然……）、②詩中の登場人物（上陽宮人・梨園弟子・天寶樂叟・新豐折臂翁・賣炭翁……）、③自らの知人や親族（張籍・元稹・劉禹錫・蕭悅・裴垍・楊巨源・楊汝士・白行簡……）の三種類に歸納できるが、その何れの場合も、白髪は注目すべき機能を果している。例えば「昔有白頭人、亦釣此渭陽。釣人不釣魚、七十得文王。」（「渭上偶釣」〈0231〉）と詠われる白首の賢人「太公望呂尙」、秦末漢初の亂世を避けて商山に移り住んだ眉髪皓白なる四人の隱士「四皓」、時代の潮流に押し流され、二度と取り戻せない青春を白髪で象徴させている「上陽宮人」「梨園弟子」「天寶樂叟」「新豐折臂翁」、過酷な勞働によって「兩鬢蒼蒼十指黑」となった「賣炭翁」、「君看裴相國、金紫光照地。心苦頭盡白、纔年四十四。乃知高蓋車、乘者多憂畏。」（「閑居」〈0234〉）と分析される若白髪の宰相「裴垍」などでは、一つ一つの白髪表現が一人一人の印象的な人物形象と固く結合して使われている。これらの「白髪」は、單なる身體の老化現象を表す言語としてあるのではなく、高士や逸民、運命に蹂躙され時代に取り殘された人々、政事によって身心を磨滅させる最高權力者というように、それぞれ重要な意味を内包した記號として作用している。社會を構成するさまざまな階層の人間を、過不足のない的確な身體表現によって描き分ける力量は、白居易の場合ほとんど天才的である。

他者の白髪描寫で最後に指摘すべきは、白居易の實弟である白行簡を詠じたものである。確認できた二首をまず引用してみたいと思う。

聞龜兒詠詩〔1033〕〈元和13年、47歳、江州〉
憐渠已解詠詩章、搖膝支頤學二郎。莫學二郎吟太苦、纔年四十鬢如霜。

聞行簡恩賜章服、喜成長句寄之〔2435〕〈寶曆元年、54歳、蘇州〉
吾年五十加朝散、爾亦今年賜服章。齒髮恰同知命歳、官銜俱是客曹郎。
榮傳錦帳花聯蕚、彩動綾袍鴈趁行。大抵著緋宜老大、莫嫌秋鬢數莖霜。

前者は、行簡の息子龜兒を詠った江州期の七言絶句であり、後者は、寶曆元年、主客郎中であった行簡に緋服が下賜されたことを祝福する七言律詩である。ここで特に注意したいのは、居易より四歳年下であった行簡が、やはり四十にして白髪まじりであったという事實である。遺傳的にみて白一族が、白髪の家系ではなかったのかとの假説は、「奉送三兄」〔2468〕（寶曆2年、55歳、蘇州）にみえる「少年曾管二千兵、晝聽笙歌夜斫營。自反丘園頭盡白、毎逢旗鼓眼猶明。……」という記述からも、十分な説得力をもつと思われる。おそらく白居易と白行簡の白髪化は、先天的な要因を基本條件にしながら、さらにそこに後天的な勞苦が加わることで發生した、と推察してよいであろう。

白居易自身の白髪表現に認められる第一の特色は、晉の潘岳「秋興賦」[6]（『文選』巻十三）を典據とする「悲秋」のイメージである。萬物が凋落していく秋の季節に、自らの人生の秋——肉體が衰老していく晩年——を悲しむという詩情は、白居易作品のなかにも廣く見られる。秋の鏡に映る「二毛」（黑と白の二色が入りまじった頭髪）は、刻一刻老化していく自己を、痛切に實感させるものであった。

曲江感秋〔0417〕〈元和4年、38歳、長安〉

沙草新雨地、岸柳涼風枝。三年感秋意、併在曲江池。
早蟬已嘹唳、晩荷復離披。前秋去秋思、一一生此時。
昔人三十二、秋興已云悲。我今欲四十、秋懷亦可知。
歳月不虛說、此身隨日衰。暗老不自覺、直到鬢成絲。

新秋〔1121〕〈元和14年、48歳、忠州〉

二毛生鏡日、一葉落庭時。老去爭由我、愁來欲泥誰。
空銷閑歳月、不見舊親知。唯弄扶牀女、時時強展眉。

第二に指摘すべきは、白髪を「惜春」に關連させて詠出する作品群である。あらゆる生命活動が充實する春の時節、白居易の視線は、それとは全く對極にある自己の衰えゆく身體に向けられている。とりわけ美しく咲く春の花々は、彼の白い髪と對比されることで、複雑で微妙な感慨を抱かせたようである。白髪から悲秋へという從來の抒情の圖式は、ここに大きく塗り變えられることになる。白花─→白髪─→嘆老─→惜春という新たなる抒情の形式は、中唐の白居易によって急速に開發された、と結論づけてよい。

櫻桃花下歎白髪〔0917〕〈元和11年、45歳、江州〉

逐處花皆好、隨年貌自衰。紅櫻滿眼日、白髮半頭時。
倚樹無言久、攀條欲放遲。臨風雨堪歎、如雪復如絲。

　感櫻桃花、因招飲客（1125）〈元和14年、48歳、忠州〉

櫻桃昨夜開如雪、鬢髮今年白似霜。漸覺花前成老醜、何曾酒後更顛狂。
誰能聞此來相勸、共泥春風醉一場。

　花前有感、兼呈崔相公・劉郎中（2580）〈大和2年、57歳、長安〉

落花如雪鬢如霜、醉把花看益自傷。少日爲名多檢束、長年無興可顛狂。
四時輪轉春常少、百刻支分夜苦長。何事同生壬子歳、老於崔相及劉郎。

　これらの詠花詩に現れる白髪表現以外にも、「……春銷不得處、唯有鬢邊霜。」（「早春」（0802））、「……唯有愁人鬢間雪、不隨春盡逐春生。」（「病中早春」（0829））、「……絮撲白頭條拂面、使君無計奈春何。」（「蘇州柳」（2464））などの注目すべき詩句があり、白居易の「惜春文學」にとって白髪は、如何に重要な詩材となっているかが、理解されよう。

　白髪に含まれる第三のイメージは、「失意」「不遇」「落魄」といった社會的凋落のそれである。古くは『史記』巻七十九「范睢蔡澤列傳贊」に「至白首、無所遇者。」とあるのを踏まえ、白髪の年令になっても、なお社會的に不遇である悲しみを言う。白詩では、身體の衰老や白髪の老境を多分に意識しつつ、自らの「青雲の志」が、「白髪の年」になるまで未だ達成されていないという挫折感が中心に詠われる。白居易は中國古典に見られる代表的な用法を、忠實に襲用していると考えてよい。

初見白髪〔0403〕〈元和2年から元和3年、36歳から37歳、長安〉

白髪生一莖、朝來明鏡裏。勿言一莖少、滿頭従此始。
青山方遠別、黃綬初従仕。未料容鬢間、蹉跎忽如此。

初授贊善大夫、早朝寄李二十助教〔0811〕〈元和9年、43歳、長安〉

病身初謁青宮日、衰貌新垂白髪年。寂寞曹司非熱地、蕭條風雪是寒天。
遠坊早起常侵鼓、瘦馬行遲苦費鞭。一種共君官職冷、不如猶得日高眠。

聞新蟬、贈劉二十八〔2639〕〈大和2年、57歳、長安〉

蟬發一聲時、槐花帶兩枝。秖應催我老、兼遣報君知。
白髪生頭速、青雲入手遲。[7] 無過一盃酒、相勸數開眉。

第四に言及しなければならないのは、「左遷」「流謫」「望郷」「客愁」などの心象に結び付く白髪表現である。これらは、他郷に身を置くという要素を別にすれば、前述第三の要素をさらに擴大強化したものと捉えることも可能であろう。

初貶官過望秦嶺〔0863〕〈元和10年、44歳、長安至江州途中〉

草草辭家憂後事、遲遲去國問前途。望秦嶺上迴頭立、無限秋風吹白鬚。

酬元員外三月三十日慈恩寺相憶見寄〔0990〕〈元和12年、46歳、江州〉

悵望慈恩三月盡、紫桐花落鳥關關。誠知曲水春相憶、其奈長沙老未還。

赤嶺猿聲催白首、黄茅瘴色換朱顏。誰言南國無霜雪、盡在愁人鬢髪間。

前詩は、長安を追放された直後に作られた七言絶句であるが、その四句目「無限秋風吹白鬚——無限に擴がる秋の風が愁《かな》しみのため白くなった私（白）の鬚《あごひげ》を吹き拔ける」では、「白」を姓とする詩人居易を介在させて、「白秋↔白鬚」「秋↔愁」という「悲秋」と「流謫」の感覺・感情が重層的に描寫されている。また後詩では、「三月盡」という「惜春」の情感を背景にして、長安に居る元宗簡と江州に貶されている白居易との友情が、傍點部の印象深い白髪表現によって詠われている。兩詩に共通する詩情は、故郷を遠く離れた他郷で、白髪の老年を送らねばならない悲哀である。

白居易と白髪の關係で第五に認められる特徴は、具體的な音聲を伴うイメージである。猿・蟬・笛・箏・砧・鐘・角……などの啼聲や音色は、その時々の白居易の心に、憂愁を強く引き起こしたようである。「……一催衰鬢色、再動故園情。……」（「早蟬」（0510））、「……此時聞者堪頭白、況是多愁少睡人。」（「江上笛」（0763））、「……憑君向道休彈去、白盡江州司馬頭。」（「聽崔七妓人箏」（0903））、「……應到天明頭盡白、一聲添得一莖絲。」（「聞夜砧」（1287））、「……朝鍾暮角催白頭。……」（「霓裳羽衣歌、和微之」（2202））などは、何れもその典型的な詠法に從って作られている。

白髪に關して第六番目に取り上げるべきは、「病」や「死」を直接詠じるものである。單なる肉體の衰弱や老化を説くのではなく、白髪の先に嚴然と存在する死を、明確に意識して作られた詩篇である。白居易にとって白髪は、死への接近を暗示する表徴であったと考えられよう。

白髪（0424）〈元和六年、40歳、下邽〉

白髮知時節、暗與我有期。今朝日陽裏、梳落數莖絲。
家人不慣見、憫默爲我悲。我云何足怪、此意爾不知。
凡人年三十、外壯中已衰。但思寢食味、已減二十時。
況我今四十、本來形貌羸。書魔昏兩眼、酒病沉四肢。
親愛日零落、在者仍別離。身心久知此、白髮生已遲。
由來生老死、三病長相隨。除却無生念、人間無藥治。

六十六〔3304〕〈開成2年、66歳、洛陽〉

七十缺四歳、此生那足論。毎因悲物故、還且喜身存。
安得頭長黑、爭教眼不昏。交遊成拱木、婢僕見曾孫。
瘦覺腰金重、衰憐鬢雪繁。將何理老病、應附與空門。

夢微之〔3459〕〈開成5年、69歳、洛陽〉

夜來携手夢同遊、晨起盈巾涙莫收。漳浦老身三度病、咸陽宿草八迴秋。
君埋泉下泥銷骨、我寄人間雪滿頭。阿衞韓郎相次去、夜臺茫昧得知不。

白居易自身の主觀的認識に據れば、彼の白髮は、生まれながらの病弱體質、兩眼の視力低下を招くほどの讀書量、宿命とも言うべき飮酒癖、親愛なる人々との死別・生別からくるストレスなどを誘因として、「心」を「焦」がし「血」を「滞」らせた結果、必然的に發生したものであった。かけがえのない親族・友人が次々と死去していくなかで、彼の頭上に殘された雪のような白髮は、自分がまだ辛うじてこの世に踏み止まって生きている確かな存在證明にほかならなかったのである。七言律詩「夢微之」〔3459〕の頸聯「君埋泉下泥銷骨、我寄人間雪滿頭。」は、まさしくこの種の究極の心象を詠い上げたものとして、特に注視に値する。

白髪描寫の第七のカテゴリーとしては、白首になるまで長生きできたことを、率直に喜び感謝する作品を擧げることができる。「長壽」「長命」の象徴である白髪が、ここではプラスの價値をもって積極的に肯定されている。白居易は嫡子には惠まれなかったものの、當時の社會では稀な七十五歳の天壽を全うしている。「白頭」に到るまで跡繼ぎがない不平・不滿は隨所に述べられているが、それでも彼は、〝老いこそは長生きの證し〟と捉え、白氏一流のさまざまな意味づけを行っている。「……乃知浮世人、少得垂白髮。……」（「聞哭者」〔0254〕）、「……猶須自慚愧、得作白頭翁。」（「新秋病起」〔1375〕）、「……不老即須夭、不夭即須衰。晩衰勝早夭、此理決不疑。……」（「覽鏡喜老」〔3008〕）、「……老衰勝少夭、閑樂笑忙愁。試問同年内、何人得白頭。」（「酬夢得比萱草見贈」〔3402〕）、「……況觀姻族間、夫妻半存亡。偕老不易得、白頭何足傷。……」（「二年三月五日、齋畢開素、當食偶吟、贈妻弘農郡君」〔3543〕）、「白鬚如雪五朝臣、又入新正第七旬。……大曆年中騎竹馬、幾人得見會昌春。」（「新入新年自詠」〔3571〕）などは、そのごく數例に過ぎない。ここでは白髪の自分を、他者との比較によって意義づけた重要な作品一首を引用しておきたい。

對鏡吟〔2241〕〈大和3年から大和5年、58歳から60歳、洛陽〉

白頭老人照鏡時、　掩鏡沈吟吟舊詩。　二十年前一莖白、　如今變作滿頭絲。
吟罷迴頭索盃酒、　醉來屈指數親知。　老於我者多窮賤、　設使身存寒且飢。
少於我者半爲土、　墓樹已抽三五枝。　我今幸得見頭白、　祿俸不薄官不卑。
眼前有酒心無苦、　秖合歡娯不合悲。

心象分析の第八に指摘したいことは、白髪が「高位」「顯官」「榮達」のシンボルとして用いられるケースである。これは第三の社會的凋落（失意・不遇・落魄）のイメージと全く逆轉している點で特に興味ぶかい。またこの分野の白髪描寫が、杭州刺史・蘇州刺史に轉出した五十代頃から急激に増加していることも留意されよう。蘇州刺史だった五十五歳の折、「……年顔盛壯名未成、官職欲高身已老。萬莖白髮眞堪恨、一片緋衫何足道。……」（「日漸長、贈周・殷二判官」〔2208〕）と詠われた萬感の思いは、その翌年に長安で祕書監を拜命した時、次のような詩情にまで昇華されている。ここには白髮を悲嘆する感情は、微塵も認められない。

初授祕監、幷賜金紫、閑吟小酌、偶寫所懷〔2527〕〈大和元年、56歲、長安〉
紫袍新祕監、白首舊書生。鬢雪人間壽、腰金世上榮。
子孫無可念、產業不能營。酒引眼前興、詩留身後名。
閑傾三數酌、醉詠十餘聲。便是羲皇代、先從心太平。

老境の白髮に認められる第九の特色は、「致仕」「退老」「隱棲」といったある種の價値を含む作例である。ここでは白髮によって「無位無官」が呈示され、政界から退休する明確な意志が表明されるのである。五十八歲の刑部侍郎白居易が、親友の劉禹錫に贈った詩には「……頭垂白髮我思退、脚蹋青雲君欲忙。……」（「贈夢得」〔2716〕）とあり、傳記的にも極めて重要な資料となっている。五十歲後半には既に、居易のなかで引退の決意が固まっていたことを示すからである。前漢の隱者である商山四皓のうちの二人、夏黃公と綺里季に觸れながら、自らの處世觀を述べた詩では次のように言う。「太子賓客分司」として、退老の地洛陽に居た時の作である。

對鏡〔2755〕〈大和3年、58歳、洛陽〉

三分鬢髪二分絲、曉鏡秋容相對時。去作忙官應太老、退爲閑叟未全遲。
靜中得味何須道、穩處安身更莫疑。若使至今黃綺在、聞吾此語亦分司。

第十として最後に確認すべき性格は、「白」なるイメージに寄せるこの詩人の特別な心情である。白居易が、白鶴や白蓮の〝清廉潔白〟〝孤高不群〟な姿をこよなく愛好したことは有名であるが、その偏愛ぶりは、「白」を姓とするこの詩人の自意識・美意識抜きにしては、ほとんど全く説明不能である。白邸の白鶴や白蓮は、單なる賞玩用の動植物として存在しているのではなく、白居易その人のほとんど親しい分身として把握されている。極言すれば、白詩に現れる「白」は、それぞれ陰翳の濃淡を異にしながらも、形容詞・動詞・普通名詞・固有名詞の各種イメージを包攝したいわば「雙關語（shuāngguānyǔ）」的な世界を現出させている、と考えてもよい。白氏にとって「白」（「素」）たることへのこだわりは、自分が自分であるための根源的美意識によって支えられていたと言える。このコンテキストに照らして考えれば、江南蘇州から東都洛陽に連れ帰った白鶴と白蓮とが、ともに死に、枯れたことを詠う「蘇州故吏」[8]〔3386〕〈開成3年、67歳、洛陽〉は、次に來たるべき自己の死を、極めて明確に想定して詠まれた作品であることがわかる。白が飼育した白い鶴も、白が移植した白い蓮も、作者の生命の延長線上に意識されたもう一人の白自身にほかならないからである。白を姓とする者に相應しい「清白」「清淨」なる心象への拘泥は、當然白髪表現に對しても強い影響を與えている。洛陽分司時代に制作された「詠物詩」「詠病詩」二首を提示してみたい。

白羽扇〔3211〉〈大和9年、64歳、洛陽〉
素是自然色、圓因裁製功。颯如松起籟、飄似鶴翻空。
盛夏不銷雪、終年無盡風。引秋生手裏、藏月入懷中。
麈尾班非疋、蒲葵陋不同。何人稱相對、清瘦白鬚翁。

老病幽獨、偶吟所懷〔3461〉〈開成5年、69歳、洛陽〉
眼漸昏昏耳漸聾、滿頭霜雪半身風。已將心出浮雲外、猶寄形於逆旅中。
觴詠罷來賓閤閉、笙歌散後妓房空。世緣俗念消除盡、別是人間清淨翁。

本章では以上十項目にわたって、白居易の白髮描寫を檢討してきた。全體の傾向としては、第一から第六までが、「悲秋」「惜春」「失意」「流謫」「望鄉」「懷友」「憂愁」「疾病」「死」といったより否定的な心象を述べるものであり、第七から第十までが、「長壽」「榮達」「致仕」「退老」「隱棲」「清白」「清淨」などのより肯定的な心象を述べるものである。これ以外の用法――「追憶」「諧謔」「仙界」のイメージなど――も若干あるが、彼が詠う主要パターンは、ほぼ網羅し得たと判斷される。詩材白髮は、白居易文學のあらゆる分野に深く根づいて使用されており、その多樣で豐潤なイメージは、白氏的な詩情や詩境を構成するうえで、ほとんど不可缺の要素になっていることがわかる。白髮は白居易と出會うことで、その詩的心象を飛躍的に膨張させたのである。

〔五〕

白居易以外の大多數の詩人の詠法は、專ら白髪が喚起するマイナス方向の心象に集中しているが、これは漢魏六朝以來の傳統用法の實踐・遵守と見なしてよいであろう。詩人白居易による卓絶した成果は、從來悲愁の對象に限定されがちだった白髪のイメージを質的に轉換させ、プラス方向の意味を含んだ詩材・詩語としての可能性を、大きく切り拓いた點に求められよう。彼は白髪の老人になった憂愁や孤獨をしばしば詠う一方、「白頭翁」「白首翁」「白鬚翁」「白髯翁」「雪髯翁」「皤然一老夫」「皤然七十翁」となるまで長生きし、最後に高位高官のまま分司退老できる幸福を繰り返し述べている。白髪になれぬまま〝泉下の住人〟となった人々を追憶しながら、この世にまだ生を享けていられる自分の喜びを、率直に開陳するのである。彼にとって白髪は、悲しみであると同時に喜びでもあったことが實感される。

そして白居易が辿り着いた究極の白髪のイメージは、雪のように清淨で、如何なる色にも染まることのない「清而白」なる境地であった、と結論づけられる。白居易の白髪表現に、前漢の高士逸民である「四皓」への共鳴が複數認められる事實は、この指摘の有力な傍證となるであろう。世俗のあらゆる桎梏・妄執から解放され、自然のままの「白」(「素」)であり續けることは、同じ「白」を我が姓とするこの詩人にとって、まことに意味深長であったと言わねばならない。白居易にとって「白色」は、色彩以上の精神的意味をもったのである。

一般に白髪は、一なる自分が分裂していることを、まざまざと自覺させる老化現象である。鏡を毎朝覗く人の心の深奧には、日々劣化していく——日毎終焉に向かっていく——自分への言い知れぬ畏怖の念がある。身體相の變化に鋭敏な神經をもつ白居易は、鏡の向こうの白髪を見詰める度に、驚きや畏れや戸惑いを抱かずにはいられなかったであろう。しかし彼は、その白髪から目を背けず、逆に終生付き合うことで、白氏獨自の「白髪文學」を完成させている。長い時間をかけて漸次變化していく白髪は、詩歌言語に取り込まれることで、その時その場における白居易の人生に、新たな意味や價値を次々と紡ぎ出したのである。この意味において白居易は、詩材とともに成長し續ける人であり、詩歌によって自らの人生を、いかようにも膨らませることのできる人であったと言えよう。「詩魔」と自稱する白居易にとって、「詩歌」はまさに「宿業」そのものであった、と結論づけられよう。

註

（1）本稿では、詩題に白髪關連の語をもち、なおかつ一首全體が白髪を主題にしているものを、狭義の白髪詩と規定する。またその他に白髪を素材として部分的に敍述する作品を、廣義の白髪詩とし、兩者を含む總合概念として、白髪表現・白髪描寫のことばを用いる。

（2）この分野の先驅的論文に田口暢穗「白居易の〝嗟髪落〟詩をめぐって」（『鶴見大學紀要 第一九號 第一部 國語・國文學篇』、一九八二年三月）がある。共通テーマに關する併行的な著作であるので、合わせて參照されたい。

（3）個別的な用例は、『詩經』にも散見される。「魯頌」〝閟宮〟には「黄髪臺背、壽胥與試。」とあり、鄭箋は「黄髪臺背、皆壽徵也。」と説く。

（4）宋の鮑照「代白頭吟」（宋詩卷七所收〈『文選』卷二十八では「白頭吟」に作る〉）は、詩題に白髪を含むものの、詩中に具體的な白髪描寫は全く認められない。棄婦に假託して、變轉きわまりない人情の理を説くことに重點があり、嚴密な意味で、白髪を主題とした作品（狭義の白髪詩）には數えられない。これと同樣の性格は、白居易の五言古體詩「反鮑明遠白頭吟」（0121）にも認められる。因みに本稿で使用する白居易作品番號は、花房英樹『白氏文集の批判的研究』（朋友書店、一九七四年七月）に基づき、引用する白居易詩文は、基本的に『那波道圓本白氏文集』（陽明文庫本・四部叢刊本）に據る。また個々の作品の制作年次については、主に朱金城『白居易集箋校』（上海古籍出版社、一九八八年十二月）に從っている。

（5）白居易三十代の特色として留意すべきは、落髪が白髪に先行している事實であろう。この點で「多病多愁心自知、行年未老髪先衰。隨梳落去何須惜、不落終須變作絲。」（「歎髪落」(0657)）〈貞元17年、30歳、制作場所不明〉は、特に注目すべき作品となっている。

（6）「晉十有四年、余春秋三十有二、始見二毛。……」（序）、「……斑鬢髟以承辨兮、素髪颸以垂領。……」（本文）。また「二毛」の古い用例としては、『春秋左氏傳』〝僖公二十二年〟の「君子不重傷、不禽二毛。」（杜預注、頭白有二色。）、『禮記』〝檀弓篇下〟の「古之侵伐者、不斬祀、不殺厲、不獲二毛。」（鄭玄注、鬢髪斑白。）などが指摘できる。

（7）この詩句に關連して朱金城『白居易集箋校』第三册一八一〇頁では、「……城按、此詩汪本編在後集卷九。劉集外有答白刑部新蟬詩。據舊紀、居易大和二年二月自祕書監遷刑部侍郎、蓋由於裴度・韋處厚兩人之推薦。處厚卽以是年之末暴卒於位、度亦行將出鎭、居易所以不得不於三年乞歸也。聞新蟬詩當作於二年之秋、是時禹錫已除主客郎中入京、其和詩亦作於是時。以官職論、居易正在最得意之時、而詩中有〝催我老〟〝入手遲〟之語、疑居易求入而未遂、到有此感慨耳。」と述べる。

（8）「江南故吏別來久、今日池邊識我無。不獨使君頭似雪、華亭鶴死白蓮枯。」。

許渾とその時代

愛甲弘志

一

許渾が作ったとされる詩は『全唐詩』では五百三十一首を數える。これは同じく晩唐の詩人、杜牧の五百二十八首とほぼ變わらぬものであるにも拘わらず、彼の研究は壓倒的に少ない。これは一體、何を物語っているのであろうか。筆者が本稿執筆を思い立った動機はまさにこのような單純な疑問にある。これは詰まるところ、文學史がどのように紡がれてきたのかという大きな問題に繋がっていくようでもある。そこで本論ではこの問題を念頭に置きつつ、許渾の生きた時代の文學の風潮を確認し、それが許渾とどのように關わるかを明らかにすることによって、その當時に於ける許渾の位置付けを試みてみたい。

二

許渾が進士の禮部試に合格するのは文宗の大和六年（八三二）で、彼の生まれを德宗の貞元四年（七八八）に置く羅時進氏の說に據れば、この時、既に四十五の齡を重ねていたことになる。[1]つまりこの半生を優に超える時間は貢擧及第という目的の爲に費やされたといってもよい。そしてこの多感な時期に彼の文學が築かれていったのであれば、この時代の文學の有様を眺めることは彼の文學を考える上で至って有効なものとなろう。

この時代の文學の風潮について、元和期（八〇六―二〇）に書かれたといわれる李肇の『唐國史補』に次のように記す。

元和以後、文章を爲れば則ち奇詭を韓愈に學び、苦澀を樊宗師に學ぶ。歌行は則ち流蕩を張籍に學ぶ。詩章は則ち矯激を孟郊に學び、淺切を白居易に學び、淫靡を元稹に學び、倶に元和體と爲す。大抵天寶の風は薫を尙び、大曆の風は浮を尙び、貞元の風は蕩を尙び、元和の風は怪を尙ぶなり。

元和以後、爲文章則學奇詭於韓愈、學苦澀於樊宗師。歌行則學流蕩於張籍。詩章則學矯激於孟郊、學淺切於白居易、學淫靡於元稹、倶爲元和體。大抵天寶之風尙薫、大曆之風尙浮、貞元之風尙蕩、元和之風尙怪也。

（『唐國史補』巻下）

この記事は元和期の文學を語る際、必ずと言ってよいほど引用されるものであるが、これを書いた李肇自身の批判めいた口吻が示すように、この時期、數多いる文人・詩人たちの全てが彼らに靡いていたわけでもない。とは言え、このように記されたことは決して輕視されるものでもない。許渾にもここに擧げられている白居易に贈った詩がある。

獻白尹　卽樂天也　　白尹に獻ず　即ち樂天なり

醉舞任生涯　　醉舞に生涯を任せ
褐寬烏帽斜　　褐寬く烏帽斜めなり
庾公先在郡　　庾公は先に郡に在り
疏傅早還家　　疏傅は早に家に還る

林晩鳥爭樹　林晩れて鳥は樹を爭ひ
園春蜂護花　園春にして蜂は花を護る
高吟應更逸　高吟應に更に逸にして
嵩洛舊烟霞　嵩洛舊より烟霞あり

（蜀本『許用晦文集』巻二）

この詩は詩題に〈白尹〉と稱していれば、白居易が大和五年（八三〇）十二月から河南尹として洛陽にいた頃のものとなる。この詩については既に鈴木修次氏が許渾が〈鳥〉と〈蜂〉を對句に用いるのを好むことを指摘した上で、この詩の頸聯〈林晩鳥爭樹、園春蜂護花〉が、これより前に作られた「下第寓居崇聖寺感事」（蜀本『許用晦文集』巻二）の頸聯と同じであることも例示し、許渾の複句について解明しているが、(2) ここに許渾が意を得た詩句を用いていることは、詩題に〈寄〉ではなく〈獻〉という言葉を用いていることと併せて、許渾のこの詩に對する思い入れのほどを十分に窺い知ることができよう。(3) またここに東晉の庾亮や前漢の疏傅を引用するのは杭州・蘇州を歴任した後、洛陽で悠々自適な生活を樂しむ白居易になぞらえており、第一句の〈任生涯〉は或いは白居易の〈無憂無樂者、長短任生涯〉（『白氏文集』巻七「食後」元和十二至十三年頃作）を意識しているのかもしれない。

許渾の思い入れの根底には、貢擧、或いは任官に絡んで白居易に期待するものがあったであろうが、ここで先ず確認されるべきことは、それまで面識も無かったはずの人物（許渾）に白居易の人生觀、そして何よりも彼の詩風がよく理解されていたということである。つまりこの詩が先の李肇の語る當時の文壇の影響を一面に於て裏付けていると言える。そして次に確認しておきたいのは、許渾の詩に對する白居易の返事が見當たらないことである。このことについての意味を更に深く掘り下げて考えることができるのではなかろうか。

三

もっとも〈元和體〉とは、前掲の李肇がいうように元和期の文學全體を指すものもあれば、元稹・白居易に限定するものもあり、更には次に掲げる如く、元稹・白居易に倣った亞流を指すこともある。(4)

唯だ杯酒光景の閒に、屢ば小碎の篇章を爲り、以て自ら吟じ暢ぶ。然れども以らく律體の卑下にして、格力揚がらず、苟も姿態無ければ、則ち流俗に陷る。常に思ひ深く語近く、韻律新しきを調へ、屬對差ふ無く、而して風情宛然たるを得んと欲すれども未だ能はざるを病むなり。江湖の閒に新進の小生多く、天下の文に宗主有るを知らずして、妄りに相ひ倣傚し、又た從ひて之を失し、遂に支離褊淺の詞に至るも、皆目して元和の詩體と爲す。稹は同門の居易と友善たり。居易雅に詩を能くし、就中文字を驅駕し、聲韻を窮極するを愛し、或ひは千言を爲り、或ひは五百言の律詩を爲り、以て相ひ投寄す。小生自ら以て之に過ぐ能はざるを審れば、往往にして戲れに舊韻を排し、別に新詞を創り、名づけて次韻相酬と爲す。蓋し難を以て相ひ挑まんと欲するなり。江湖の閒の詩を爲る者、復た相ひ倣傚し、力或ひは足らざれば、則ち語言を顚倒し、首尾を重複し、韻同じく意等しく、前篇と異ならざるも、亦た自ら謂ひて元和詩體と爲す。而して文を司る者は變雅の由を考え、往往にして咎を稹に歸す。

唯杯酒光景閒、屢爲小碎篇章、以自吟暢。然以律體卑下、格力不揚、苟無姿態、則陷流俗。常欲得思深語近、韻律調新、屬對無差、而風情宛然、而病未能也。江湖閒多新進小生、不知天下文有宗主、妄相倣傚、而又從而失之、遂至於支離褊淺之詞、皆目爲元和詩體。稹與同門白居易友善。居易雅能爲詩、就中愛驅駕文字、窮極聲韻、或爲千言、或爲五百言律詩、以相投寄。小生自審不能以過之、往往戲排舊韻、別創新詞、名爲次韻相酬、蓋欲以難相挑耳。江湖閒爲詩者、復相倣傚、力或不足、則至於顚倒語言、重複首尾、韻同意等、不異前篇、亦自謂爲元和詩體。而司文者考變雅之由、往往歸咎於稹。

（『元氏長慶集』巻六十「上令狐相公詩啓」）

これは元稹が元和十五年（八二〇）に書いたもので、ここに二つの〈元和詩體〉といわれたものがあったと言う。一つは、酒席の場や風景を目にした時に詠まれる短い詩形のもので、もう一つはお互いの詩を踏まえてやりとりする長編のもので、これを眞似て駄作に落ちた者たちの詩も〈元和詩體〉に入るというのである。これより先の元和十年（八一五）、白居易も左遷されていた江州から、同じく通州に左遷されていた元稹に宛てた手紙の中で、自らの文學觀を展開して次のように言っていた。

故に僕の志は兼濟に在りて、行ひは獨善に在り。奉じて之に始終すれば則ち道と爲り、言ひて之を發明すれば則ち詩と爲る。之を諷諭詩と謂ふは、兼濟の志なり。之を閑適詩と謂ふは、獨善の義なり。故に僕の詩を覽れば、僕の道を知る。其の餘の雜律詩は、或ひは一時一物に誘はれ、一笑一吟に發し、率然と章を成せば、平生尙ぶ所の者に非ず。但だ親朋合散の際、其の恨みを釋き懽びを佐くるのみ。今、銓次の閒に、未だ刪り去ること能はざれども、他時、我の爲に斯の文を編集する者有らば、之を略するも可なり。微之。夫れ耳を貴び目を賤しみ、古を榮び今を陋しむは、人の大情なり。僕、遠く古舊に徵すこと能はずして、近歲の韋蘇州の歌行の如きは、才麗の外に、頗る興諷に近し。其の五言詩は又た高雅閑澹にして、自ら一家の體を成す。今の筆を秉る者、誰か能く之に及ばん。然れども蘇州在りし時に當たりては、人も亦た未だ甚しくは愛重せず。必ず身後を待ちて、然うして人之を貴ぶ。今、僕の詩、人の愛する所の者は、悉く雜律詩と長恨歌已下に過ぎざるのみ。時の重んずる所、僕の輕んずる所なり。諷諭なる者に至りては、意激にして言質なり。閑適なる者は、思澹にして詞迂なり。質を以て迂に合はすは、宜なり人の愛せざること。今、愛する所の者、世を竝べて生くるは、獨だ足下のみ。

故僕志在兼濟、行在獨善。奉而始終之則爲道、言而發明之則爲詩。謂之諷諭詩、兼濟之志也。謂之閑適詩、獨善之義也。故覽僕詩、知僕之道焉。其餘雜律詩、或誘於一時一物、發於一笑一吟、率然成章、非平生所尚者。但以親朋合散之際、取其釋恨佐懽。今銓次之閒、未能删去、他時、有爲我編集斯文者、略之可也。微之。夫貴耳賤目、榮古陋今、人之大情也。僕不能遠徵古舊、如近歲韋蘇州歌行、才麗之外、頗近興諷。其五言詩、又高雅閑澹、自成一家之體。今之秉筆者、誰能及之。然當蘇州在時、人亦未甚愛重。必待身後、然人貴之。今僕之詩、人所愛者、悉不過雜律詩與長恨歌已下耳。時之所重、僕之所輕。至於諷諭者、意激而言質。閑適者、思澹而詞迂。以質合迂、宜人之不愛也。今所愛者、竝世而生、獨足下耳。

（『白氏文集』巻二十八）

ここで〈諷諭詩〉〈閑適詩〉と共に擧げられる〈雜律詩〉について朱金城・朱金安兩氏は〈白居易が《率然として章を成す》《將來、僕の文を文章を編集する者がいれば、それを略していい》と言った《雜律詩》こそ、元和の時に廣く傳わり、人々にまねられた作品なのである〉という[5]。これは引用文の〈今、僕の詩、人の愛する所の者は、悉く雜律詩と長恨歌已下に過ぎざるのみ〉に導かれていよう。

これまで〈元和體〉なるものへの研究の中心は元稹や白居易といったその時代を牽引していった詩人たちに在り、その影響を受けたであろう詩人たち、つまり元稹がいう〈江湖閒〉の〈新進小生〉、或いは白居易のいう〈人〉への關心は殆ど無かったように見受けられる。そこに興味を移した時、筆者は許渾もその者たちの一人として位置付けることが可能なのではないかと考えるのである。

四

許渾より約半世紀後れる韋莊が天復三年（九〇三）、六十三歳の時に彼の弟、韋藹によって編纂された『浣花集』に次のような詩が収められている。(6)

題許渾詩巻　　許渾の詩巻に題す

江南才子許渾詩　　江南の才子許渾の詩
字字清新句句奇　　字字清新にして句句奇なり
十斛明珠量不盡　　十斛明珠量盡きず
惠休虛作碧雲詞　　惠休虛しく作る碧雲の詞

（『浣花集』巻四）

韋莊が見たのが具體的に何れの詩を指すのかは知る由も無いが、第二句の〈清新〉〈奇〉といった讃辭を以て評される許渾の詩がどのようなものであったのかは充分に想像できる。(7) 第三句の〈十斛明珠量不盡〉の〈十斛明珠〉とは、則天武后時の喬知之が作った「綠珠篇」冒頭の〈石家金谷重新聲、明珠十斛買娉翠〉（『唐詩紀事』巻六・『全唐詩』巻八十一）に據っており、それはまたその詩題も示すように、孫秀に奪われそうになり自殺した晉の石崇の愛妾、綠珠の話が、同じように井戸に身を投げた喬知之の愛妾、碧玉（『全唐詩』では窈窕）の話と重ねられて想起される。許渾も「戲代李協律松江有贈」（蜀本『許用晦文集』巻二）で〈蜀客操琴吳女歌、明珠十斛是天河〉と詠んでおれば、〈十斛明珠量不盡〉とは許渾の措辭に美女を想起するような、洗練された美しさがあることを認めたものである。また第四句〈惠休虛作碧雲詞〉は劉宋の湯惠休に擬した齊の江掩の「休上人別怨」（『文選』巻三十）の〈西北秋風至、楚客心悠哉。

日暮碧雲合、佳人殊未來〉に基づくものであろう。この惠休と〈碧雲詞〉との取り合わせは詩人達の好むものであり、例えば許渾よりやや先んじる李涉の詩には次のように詠み込んでいる。

奉和九弟渤見寄絶句　　九弟渤の寄せらるるに奉和す絶句

忽 啓 新 緘 吟 近 詩　　忽ち新緘を啓き近詩を吟ずれば

詩 中 韻 出 碧 雲 詞　　詩中韻は出だす碧雲の詞

且 喜 陟 岡 愁 已 散　　且に喜び岡に陟らんとすれば愁ひ已に散ずるも

登 舟 只 恨 渡 江 遲　　舟に登れば只だ恨む江を渡ることの遲きを

（『全唐詩』巻四七七）

また白居易も〈黃菊繁時好客到、碧雲合處佳人來〉（『白氏文集』巻五十二「舒員外遊香山寺、數日不歸、兼辱尺書、大誇勝事、時正値坐衙慮囚之際、走筆題長句以贈之」）・〈道林談論惠休詩、一到人天便作師。香積筵承紫泥詔、昭陽歌唱碧雲詞〉（同集巻十五「廣宣上人以應制詩見示、因以贈之、詔許上人居安國寺紅樓院、以詩供奉」）・〈舊眷交歡在、新文氣調全。慙無白雪曲、難答碧雲篇〉（同集巻六十六「奉酬淮南牛相公思黯見寄二十四韻」）と多用している。これらはいずれも別離に關連するものであり、韋莊が許渾の詩を〈惠休虛作碧雲詞〉と評するのは、そのような場面を詠むことに長けていたことを評したのである。

そもそも韋莊が許渾をこのように高く評價するにはそれなりの背景があったと言える。韋莊は蜀の王建の元に赴く直前の光化三年（九〇〇）に、中晩唐の詩人を中心に採錄した『又玄集』を編纂する。そしてその序文に選詩基準を次のように記している。(8)

謝玄暉文集編に盈つるも、止だ〈澄江〉の句を誦するのみにして、曹子建詩名古に冠たるも、唯だ〈淸夜〉の篇を吟ずるのみ。……國朝の大手名人より、以て今の作者に至るまで、或ひは百篇の内に、時に一章を記し、或ひは全集の中に、唯だ數首を徵すのみ。但だ其の清詞麗句を掇ひて、錄して西齋に在り、其の巨脈洪瀾を窮むる莫く、東海に歸するに任す。

謝玄暉文集盈編、止誦〈澄江〉之句、曹子建詩名冠古、唯吟〈清夜〉之篇。……自國朝大手名人、以至今之作者、或百篇之內、時記一章、或全集之中、唯徵數首。但掇其清詞麗句、錄在西齋、莫窮其巨脈洪瀾、任歸東海。（「又玄集序」）

この〈清詞麗句〉という選詩基準は、例えば、齊の謝朓の、都を離れて道行く切なさを詠んだ「晚登三山還望京邑」（『文選』巻二十七）であり、魏の曹植の、宴の情景を詠んだ「公讌」（『文選』巻二十）である。これは明らかに洗練された言葉の重視を宣言しているのであり、「題許渾詩巻」で許渾が高く評價されるのは、韋莊のこのような文學觀が有ればこそなのであった。

五

もっとも韋莊まで降らずとも、許渾の詩の非凡であったことは當時から言われていたところである。開成三年（八三八）、張祜（七八二?－八五二?）は許渾の家を訪ねて次のように詠んだ。

訪許用晦　　許用晦を訪ぬ
遠郭日曛曛　　郭を遠ざかれば日は曛曛たり
停橈一訪君　　橈を停めて一たび君を訪ぬ
小橋通野水　　小橋は野水通じ

高樹入江雲　高樹は江雲に入る
酒興曾無敵　酒興曾て無敵にして
詩情舊逸羣　詩情舊と逸羣たり
怪來音信少　音信の少きを怪來《あやし》むは
五十我無聞　五十を我聞くこと無ければなり

（『全唐詩』巻五百十）

また顧陶が編纂した『唐詩類選』には二つの序文が付されているが、その一つ「唐詩類選序」は〈大中景子（丙子八五六）之歳〉の日付をもち、もう一つの「唐詩類選序」には次のように記す。(9)

近ごろは則ち杜舍人牧・許鄂《ママ》（郢）州渾より張祜・趙嘏・顧非熊の數公に洎び、竝びに詩句有りて、播きて人口に在るも、身沒して纔かに二三年なるのみ。亦た集を正さんとするも未だ絶筆の文を得ず。若し得る所有らば、別に卷軸を爲り、二十卷の外に附さん。

近則杜舍人牧・許鄂（郢）州渾、絶張祜・趙嘏・顧非熊數公、竝有詩句、播在人口、身沒纔二三年、亦正集未得絶筆之文。若有所得、別爲卷軸、附於二十卷之外。（『全唐文』巻七百六十五）

しかしながらこのように當時に在って決して無名ではなかった許渾が、晩唐を代表する詩人として、十分な地位を確保されていない。例えば、大中十二年（八五八）の進士、張爲が書いた『詩人主客圖』は中晩唐の詩人をその風格によって〈廣大教化〉〈高古奥逸〉〈淸奇雅正〉〈淸奇僻苦〉〈博解宏拔〉〈瓌奇美麗〉の六つに分類し、更にそれぞれを〈主〉〈上入室〉〈入室〉〈升堂〉〈及門〉の五つに格付けしているが、許渾の場合、〈瓌奇美麗〉の四番目〈升堂〉に位置付けられているのである。

『詩人主客圖』はかなり獨創的な分類と格付けを行っているが、冒頭に〈廣大教化〉を置くのは張爲が詩の功用を重視する立場に立っているとするならば意味の有ることであり、だとすればこれが最後に置かれる〈瓌奇美麗〉と對極を成すと考えることも可能であろう。これは卽ち〈廣大教化〉の〈主〉に据えられる白居易と許渾の違いを意味する。北宋末の蔡居厚の『詩史』には次のように記す。

許渾の詩格は清麗なるも、然れども教化に干《あずか》らず。又た李遠賦を以て名あるも、綺靡に傷れ道に渉らず。故に當時渾詩遠賦と號す。然りと雖も、詩は教化に要むれば、聶夷中の輩の若似く、又た太だ拙直なり。

許渾詩格清麗、然不干教化。又有李遠以賦名、傷於綺靡不涉道、故當時號渾詩遠賦。雖然、詩要于教化、若似聶夷中輩、又太拙直矣。
（郭紹虞『宋詩話輯佚』下册所收）

詩が政治と密接な關わりを持つべきか、否かは、それを作る者、或いは鑑賞する者の立場によって、その態度は異なるであろう。しかしながら、純粋に文學者たり得ず、爲政者として政治に與るのが當然であったこの時代の文學の價値基準にこれが持ち込まれるのはまた當然のことでもあった。杜牧が開成二年（八三七）に亡くなった李戡の爲に書いた「唐故平盧軍節度巡官隴西李府君墓誌銘」（『樊川文集』巻九）の中で、〈淫言媟語〉なる〈元白詩〉を批判したのも、まさにこれに據ったからである。これは前掲の韋莊の「又玄集」に見られる文學觀とは對照的である。にも拘わらず、許渾には杜牧から贈られた詩が三首ある。[10] その中の「初春雨中舟次和州横江、裴使君見迎、李趙二秀才同來、因書四韻、兼寄江南許渾先輩」詩は開成四年（八三九）、杜牧が長年に及ぶ江南での幕府生活に別れを告げて、左補闕・史館修撰として長安に赴く直前に、當塗に居た許渾に寄せたものである。

芳草渡頭微雨時　　芳草の渡頭　微雨の時
萬株楊柳拂波垂　　萬株の楊柳　波を拂ひて垂る
蒲根水暖雁初浴　　蒲根水暖かくして雁初めて浴び

梅徑香寒蜂未知　　梅徑香寒くして蜂未だ知らず
辭客倚風吟暗淡　　辭客は風に倚りて吟ずること暗淡たり
使君迴馬溼旌旗　　使君は馬を迴らせて旌旗溼ふ
江南仲蔚多情調　　江南の仲蔚は情調多ければ
悵望春陰幾首詩　　春陰に悵望して幾首の詩あらん
（『樊川詩集』巻四）

第七句の〈仲蔚〉とは、後漢の張仲蔚のことで、晉の皇甫謐の『高士傳』には彼の傳が立てられており、梁の江淹の「雜體詩三十首」の「左記室 思」（『文選』巻三十一）にも〈顧念張仲蔚、蓬蒿滿中園〉と、隱者の典型として引用される。杜牧はまた張祜に對しても〈仲蔚欲知何處在、苦吟林下拂詩塵〉（『樊川外集』「殘春獨來南亭、因寄張祜」）と詠んでいるが、同様にこの詩も長安のすぐ西にある平陵の人、張仲蔚になぞらえて、許渾を〈江南仲蔚〉というのは、官職に恵まれない境遇を強いて讃えているのである。杜牧が許渾に贈った別の詩、「許七侍御棄官東歸、瀟灑江南、頗聞自適、高秋企望題詩、寄贈十韻」の前半にも次のように詠んでいる。

天子繡衣吏　　天子繡衣の吏
東呉美退居　　東呉　退居を美とす
有園同庾信　　園有るは庾信と同じく
避事學相如　　事を避くるは相如に學ぶ
蘭畹晴香嫩　　蘭畹　晴香嫩《あたら》しく
筠溪翠影疏　　筠溪　翠影疏なり
江山九秋後　　江山九秋の後

風月六朝餘　風月六朝の餘
錦肆開詩軸　錦肆　詩軸を開き
靑囊結道書　靑囊　道書を結ぶ
……　……
（『樊川詩集』卷二）

このように杜牧が描く許渾の姿は、江南という美しい風景に身を委ね、風物に誘われるままに詩を作るという、羨むべきものがある。折しも杜牧は江南での開放的な生活に別れを告げて、暗雲渦巻く中央政界へと分け入って行ったのであれば、許渾の姿に杜牧自らが遺してきた分身の如きものを見たのかもしれない(11)。しかしながら、かく言う杜牧も前掲の李㦸の墓誌銘に言うような觀點に立てば、許渾の詩には高い評價は與えられないことになろう。翻ってこのように評される許渾にしても、そのような環境に身を置き、詩を作ることが本意であったかは甚だ疑問が殘る。

六

これまで許渾の生きた時代の文學の情況からその當時の彼の評價へと確認してきた。これによって明らかになったのは、許渾の詩は政治的なものと無緣な場に於て高く評價されているということである。許渾自身も當然、當時の常として、政治的抱負を胸に抱き貢擧に挑み、そして四十五歲にして初めて中央の禮部試に合格した。しかしその後は、採用試驗である吏部試に合格したという史實も見出せないし、それが爲か、その後の官途は順調にいかず、州刺史止まりに終わっている。この彼の經歷と文學を直ちに結びつけることは、勿論、短絡的ではあるが、實際、彼の詩を見てみると、そこには國家・社會に對する溢れるような情熱よりも、むしろそこからより遠ざからざるを得ない、距離感のあることを印象付けるものの方が目立つ。この距離感は故鄉であったと思われる江南の潤州を離れることの多かったこととも關聯している。貢擧受驗前に作ったと思われる「將離郊園、留示弟姪」（蜀本『許用晦文集』卷二）には〈身賤與心違、秋風生旅衣。久貧辭國遠、多病在家稀〉と嘆き、「送前緱氏韋明府南游」（同集卷二）では〈道直去官早、家貧爲客多〉と言い切る。因って離れている者や別れに際しての詩が彼の作品の中でかなりの部分を占めているのも、これと無緣ではない。この距離感は但だ空閒にのみ感じるのではない。懷古の詩も彼の詩の特徵として擧げられるが、そこに表れる現在と過去との時間的距離も許渾にとっては何如ともし難いものと感じられている。『咸陽西門城樓晚眺』（同集卷一）に〈行人莫問當年事、故國東來渭水流〉と詠む詩人には過ぎ去ったものに對する憧憬、もしくは愛惜の情はなく、流れ逝く時間を無爲に眺める目があるだけである。

このように許渾の詩は現實に動いている世界、或いは理想とする時代との間に於て、埋め難い空閒的・時閒的な距離があることを感じさせる。「京口津亭送張崔侍御」（同集卷二）は會昌三・四年（八四三・八四四）頃、許渾が潤州司馬の任に在った時に作ったものであるが、その尾聯の〈傷離與懷舊、明日白頭人〉とは、空閒と時閒、これが彼には決して次元を異にしない、距離有るものとして語られているのである。政治に志を抱くことは、卽ち都、長安を目指すことであった。しかしその道程は遠く永い上に、躓きの連續であった。そしてまた彼の故鄉、江南は嘗て六朝文化の咲き誇った地でありながら、今は僅かにそのよすがを偲ぶものでしかない。手が屆きそうで屆かない、目に見えそうで見えない、このような環境に立たされ續けたことが、自ずと彼の詩の題材を選ばしめ、それに因って當時の文壇に於ける位置も定められていったと言えるのではないだろうか。

最後に、元和期の代表的な詩人と言えば、前揭の李肇の『唐國史補』に擧げられる詩人たちになろうし、また晚唐と言えば、杜牧・李商隱・溫庭筠といった詩人たちになろう。しかしながら彼らは別の見方を以てすれば、その時代に於てその他の多くの詩人たちと比べて特異なる特徴を備えていたのであり、その意味から言えば、彼らをその時代の代表とするのは語弊があることになってしまう。むしろ當時に在っては許渾のような者こそが元稹や白居易に批判された數多くの詩人たちの代表的詩人だったと言えるのではなかろうか。許渾の研究の低調であることは、彼がいわゆる代表的な詩人たちを以て紡がれていった文學史の下に埋沒してしまっているからであり、ならば當時のより一般的な文學の有樣を知る上で許渾のような詩人たちを見直すことは甚だ意義有るものと言えよう。

注

（1）「許渾行跡考略」（『唐宋文學論札』所收　一九九三年三月　陝西文人民出版社）

（2）「許渾と杜牧」（『東方學』第六十一輯所收　一九八一年一月）

（3）〈獻〉は〈寄〉と異なり、かなり高位に在る者に對して使われており、許渾にはこの他に次のような詩が有る。

・「宣城崔大夫召聯句偶疾不獲赴因獻」（蜀本『許用晦文集』卷二）

・「獻韶陽相國崔公」（同集卷一）

・「寄獻三川守劉公」（同集卷一）

・「獻鄜坊丘常侍」（『全唐詩』卷五百三十六）

・「蒙賓客相國李公見示和宣武盧尙書以吏部高尙書自江南赴闕貺大梨重以將雛白鷴因贈五言六韻之什輒敢獻和」（『烏絲欄詩眞跡』。『全唐詩』卷五百三十七作「和李相國」）

また羅時進『丁卯集箋證』（一九九八年　江西人民出版社）では『全唐詩』卷五百二十六に收める杜牧の次の詩も許渾の詩と認めている。

・「三川守大夫劉公早歲寓居敦行里肆有題壁十韻今之置第乃獲舊居洛下大僚因有唱和歎詠不足輒獻此詩」

・「中秋日拜起居表晨渡天津橋卽事十六韻獻居守相國崔公兼呈工部劉公」

（4）元和體については以下を參照。

・朱金城・朱金安著、雋雪豔譯「中國文學史と白居易」（『白詩受容を繞る諸問題』所收　白居易研究講座第五巻　一九九四年　勉誠社）
・川合康三「『白俗』の検討」（『白詩受容を繞る諸問題』所收　白居易研究講座第五巻　一九九四年　勉誠社）
（5）注（4）の論文第二九五頁。
（6）韋莊の經歷については、夏承燾編『韋端己年譜附溫飛卿年譜』參照（一九三四年四月『詞學季刊』第一巻第四號所收。後に『唐宋詞人年譜』收錄《一九五五年十一月　上海古籍文學出版社　一九六一年中華書局再版　一九七九年五月修訂本》）。
（7）〈奇〉という評語については、川合康三「奇——中唐における文學言語の規範の逸脱——」（一九八一年　東北大學『文學研究年報』第三十號）參照。
（8）韋莊『又玄集』については以下參照。
・川北泰彦「『又玄集』編纂時における韋莊」（一九七五年　九州大學『文學研究』第七十二輯）
・拙稿「韋莊的文學及其時代——關于『又玄集』的編纂意圖——」（一九九八年八月　韓國順天鄕大學校人文科學研究所『人文科學論叢』第六輯）
（9）植木久行氏は「唐詩類選後序」の書かれた時期を考證し、許渾の卒年を檢當している。「杜牧生卒年論據考——許渾らの沒年にも觸れて——」（一九九二年　中國文史哲研究會『集刊東洋學』第六十八號）
（10）杜牧と許渾との關係については以下參照。
・前揭注（2）、鈴木氏論文
・松尾幸忠「許渾詩試論——杜牧との對比から——」（一九八八年　早稻田大學『中國文學研究』第十四期）
（11）杜牧の文學創作の變化については、拙稿「杜牧の詩と散文——その兩者を支える創作基盤——」（一九八三年　九州大學『文學研究』第八十輯）を參照。

「鮫人泣珠」考

増子和男

前言

小泉八雲ことラフカディオ・ハーンLafcadio Hearnに、その奇談集『明暗』(「珍籍叢話[1]」)収載の「鮫人の恩返し」という作品がある。あらすじはおよそ次のようである。

琵琶湖のほとりに住む主人公・俵屋藤太郎は、平素から美女を妻に迎えたいと願っていた。ある時、彼は琵琶湖にかかる瀬田の長橋で、墨のように眞っ黒な肌をし、鬼のような面相で目が碧玉のように青く、龍のようなひげを生やした生き物に出會う。聞けば、自分は小さな罪を得て龍宮を追放された「鮫人」であると名乗る。住む場所もなく空腹だというその鮫人を見かねた藤太郎は自宅に連れ歸り、庭の池に住まわす。ある日藤太郎は、大變な美女を見そめるが、彼女の家人が「萬粒の寶玉」を結納に求めていることを知り、諦めようとするが諦めきれず重い戀の病にかかって危篤狀態となる。この事を知った鮫人が、悲しみのあまり目から涙を流すが、その涙が紅蓮のような寶玉となる。

これを見た藤太郎は、急に元氣を取り戻し、この寶玉を結納にし、めでたく彼の娘を嫁にすることを得、一方鮫人も龍王の大赦を受けて龍宮に歸る事ができた云々。

右の話は曲亭・瀧澤馬琴の戲作『鹽梅餘史《あんばいよし》』（『戲聞鹽槑餘史《おとしばなしあんばいよし》』〔寛政十一年、一七九九年正月序〕）に基づく事が知られているが、(2)徳田武氏の考證によれば、この話はさらに、清・沈起鳳の筆記小説『諧鐸《かいたく》』〔乾隆五十六年、一七九二年〕を粉本とするという。(3)

後に詳しく述べるように、鮫人は、傳統的には「こうじん」と音讀みするのを通常とする。ところが、小泉八雲は、その題名を"THE GRATITUDE OF THE SAMÉBITO"つまり、「鮫人《さめびと》の感謝」とし、自注の中で、鮫人を通常Kojinと讀むとしながらも、最終的にSamébitoと讀み、Sharkpersonと英譯している。(4)

しかしながら、「鮫人」の讀みは、

①前記したこの話の梗概に見えるその姿。

②八雲が據り所とした『鹽梅餘史』原文に鮫人に「こうじん」と振り假名がついていること。(5)

③「こうじん（かうじん）」と音讀みするのを傳統とすること。(6)

などからすれば、八雲のようにあえて「さめびと」と讀む必然性はないし、ましてそれを、"Sharkperson"つまり「鮫人間」と譯すのは、明らかに誤譯と言って良いであろう。

或いはここに、ギリシア生まれのアイルランド系イギリス人Lafcadio Hearnの東洋理解の限界を見出す事ができるかも知れない。しかし、こうした錯誤は、必ずしも「外人」であった彼のみのものではないようである。(7)

一

八雲の錯誤の原因は、ひとえに「鮫人」の「鮫」字の理解にかかっていると言ってよいであろう。

良く知られているように「鮫人」は、「蛟人」とも表記し、水中に棲む人面魚身の生き物と考えられていた。それは例えば、魏・曹植「七啓」其五に、

○弄珠蚌、戲鮫人　珠蚌《しゅぼう》を弄し、鮫人に戲れ（『文選』巻十二）[8]

と歌われた他、『文選』所收の西晉・左思「吳都賦」、同・木華「海賦」、同・郭璞「江賦」等にもひとしく歌われている。

就中、有名なのは、西晉・張華の撰と傳えられる『博物志』巻九の次の記述であろう。

○南海外有鮫人、水居如魚、不廢織績。其眼能泣珠。[9]

南海の水中に魚のように棲み、一日中機を織り、その涙は眞珠となる――以後、こうしたイメージがさまざまなバリエーションを生みつつも、鮫人（蛟人）の標準的なそれとして繼承されることとなる。

＊　＊

では、蛟人と鮫人のいずれを表記の本來と捉えるべきか。

これに關する先行の考察として、中野美代子『中國の妖怪』がある。[10]同書によれば、

①鮫と蛟の二字は混用されることが多かった。

②先にできあがったのは蛟人という言葉であろう。

③これは、蛟龍の下半身あるいは尾と、人間の上半身とが結びついたもので、女媧をはじめ漢代の畫像磚に數多く見られる人身龍尾の妖怪である。

とする（同書Ⅲ「靈獸と魑魅魍魎」4「人魚の王國」）。

周知のように蛟は我が國では「みずち」と訓讀し、『山海經』巻一「南山經」南次三經「虎蛟」に付せられた東晉・

郭璞の注に、

〇蛟、似蛇四足、龍屬。

と見えるように、龍の一種と考えられた動物である。これが、水棲であると考えられたことから、本來蛇の類を示すところの虫編から魚編に轉じたと言うのが中野氏の說である。

中野氏はさらに、

①これが漢代を過ぎて、三國時代から六朝時代になると、南の海底で織物をしているとか、泣くとその涙は眞珠になるとか言うように、明らかに女性化してくる。

②中國における眞珠の名だたる產地は南海、すなわち海南島周邊のトンキン灣である。[11]

③南海には、海牛目ジュゴン科のジュゴンがたくさん棲息している。このジュゴンは、後世の人魚のイメージを形成する要素の一つと考えられる。この實在の動物と水棲である蛟龍を原型とする人身龍尾の妖怪という傳統的イメージとが結びつき、そうした妖怪が實際に南海に棲むと信じられるようになり、蛟人ということばも定着するようになった。

とする。そして、岑參「送張子尉南海詩」に、[12]

樓臺重蜃氣　樓臺に蜃氣を重ね

邑里雜鮫人　邑里に鮫人を雜う

と見えるのを手がかりとして、このテキストが「蛟人」ではなく、「鮫人」としていることに對し、

①この場合の「蜃氣」は蛟龍の仲間である蜃の氣でなければならず、その對となっている「鮫人」もまた蛟龍の仲間の「蛟人」でなければならない。

②言いかえれば、蛟人とは岑參の時代つまり唐代のなかばころまでは、まだ人身龍尾のイメージを持っていたのであろう。

と結論する。鮫人が、元來は蛟人であったという指摘やそのイメージに南海に實際に棲むジュゴンが關わっているという指摘は――後者は多少の飛躍があるようには思われるものの――十分な說得力を持っていると言って良い。しかしながら、如上の說明では得心のいきかねる點もまた同時に存する。中野說では、何故に鮫人（蛟人。以後は煩雜となるので、後世、表記の主流となる鮫人に統一することとしたい）の流す淚が珠、つまり眞珠なのかが十分には說明されていないと思われるのである。

二

確かに、先に引いた『博物志』卷九の記述に見えるように、魏晉六朝時代以降、鮫人は概ね南海の海底で機を織り[13]、眞珠の淚をはらはらと流すという、極めて女性的なものとなっている[14]。

そうしたイメージが成り立つ上で、中野氏の說かれるように南海に實在するジュゴンの存在が或いは關わったのかも知れない。また、機織りは古來より女性の重要な仕事の一つであったことから、いわば「女性化した」鮫人の仕事にふさわしく、女性と淚とはまた關連づけてイメージされることが少なくない。さらに「眞珠のような淚」という表現が今日も存在することからすれば、淚と南海の特產品である眞珠とが結びつけられたことも考えられはする。

だが、果たして本當にそれだけなのであろうか。

まず、第一に考慮しなければならないのは、鮫人の本來の表記が蛟人であるとしたならば、蛟龍と珠との關係であろう。

それは例えば『莊子』に、

○夫千金珠、必在九重淵而驪龍頷下（「列御寇」）。

と見えるように、龍と珠とは分かち難いものとイメージされることが多い。志怪・傳奇の類においてもそれは繼承され、例えば、本稿注（13）に引用した『述異記』に珠の序列を述べて、

○凡有珠龍珠、龍所吐也。蛇珠、蛇所吐也。（中略）越人俗云、種千畝木奴、不如一龍珠。

とする。

こうしたイメージは、今日においても變わることはない。それは、さまざまな畫像や彫像において、龍は珠を握った形で描かれ、我が國で言う「蛇踊り」の龍もまた、黄金色に輝く珠を追いかけるという形で行われていることからもうかがい得よう。[15]

更に、中野氏も『中國の妖怪』中で頻繁に引用し、就中、鮫人の考證においても隨所に引用されている『山海經』に付せられた郭璞の注に次のような記述があるのを見れば、鮫人と眞珠の關連性についてのイメージ成立の、より有力な要素も見えてくるのではないか。

○伯慮《はくりよ》國、離耳《りじ》國、北朐《ほくく》國、雕題《ちようだい》國、皆在鬱水《うつすい》南。鬱水出湘陵南海（「海内南經」[16]）。

問題の注とは、右の『山海經』本文の「雕題國」に付せられた次のくだりである。

○點涅其面、畫體爲鱗采、卽鮫人也（傍點增子。以下特に斷りがない場合は同じ）。――その顔に點涅《てんでつ》（點狀に染める。入れ墨や顔料の類を塗る）をし、身體に鱗狀の模樣をつける。すなわち鮫人である。

この「雕題國」のあるという北側を流れる鬱水は、今日「鬱江」の名で呼ばれ、雲南省廣南縣九龍山に源を發し、

廣西壯族自治區桂平付近で紅水河と合流して西江となり、多くの支流と共に珠江となって廣州市付近の海に流れ込む川である。[17]この川の流れは、歷史地理學的研究でも、漢代以來基本的には變わらないとされている。[18]そうした指摘通りであるとすれば、鬱水の南側の付近は、まさしく前記した中野美代子氏の言われる、より限定的な「南海」つまり海南島を中心とする周邊であることに着目したい。[19]

ところが、中野氏は、鮫人について『山海經』を重要な手がかりとしながらも、この注目すべき雕題國について全く觸れていない。本稿注に引いた前野直彬氏の注でも、郭璞の「(雕題國)卽鮫人也」という見解に對して、「しかしここでは、全身にうろこのような入れ墨をした異民族として考えられている」とするのみであり、鮫人との關連性について十分踏み込んでいない。

近時における『山海經』の優れた注釋書として知られる袁珂『山海經校注』では、この郭璞注を次のように批判する。[20]

○鮫人乃人魚、見海内北經「陵魚」節注、此雕題國固非鮫人也(「海經新釋」巻五)。

ここに言う「陵魚」節注とは、同氏の「海經新釋」巻七、つまり『山海經』本文で言えば、第十七「海内北經」に見える人面魚身の「陵魚」に付せられた注である。ここにおいて同氏は『山海經』中に見える人面魚身の生き物(中野氏の言葉を借りれば妖怪)全般について極めて詳細に考證を展開し、その所説は重要な示唆に富むと言って良い。

しかしながら、袁珂氏をはじめとする前記した人々は、鮫人卽人魚とし、鮫人と言う言葉にもう一つの意味があることを全くと言って良いほど見落としているように思われる。

先に引いた西晉・張華『博物志』には、更に續けて次のような記述が見える。

○(鮫人)從水出、寓人家、積日賣絹。

鮫人が、「従水出」と記述されている事からすれば、一見すればいかにも妖怪じみているのではあるが、(21) 人家に寄寓して機を織り、その絹を賣るとは一體どういうことであろうか。

或いはまた、これも先に引いた岑參「送張子尉南海詩」に、「邑里雜鮫人」つまり、村里には鮫人が人に混じり住むとはどういうことなのか。(22)

三

この問題を解く鍵は、唐・段成式『酉陽雜俎』に見える次の記述であろう。

○越人習水、必鏤身以避蛟龍患。今南中有繡面獠子、蓋雕題國之遺俗也（巻八「黥」。また、『太平廣記』巻四八二〔以後は、『廣記』と表記して、巻數のみ記す〕所收）。

右に言う越人とは、往古「百越」と呼ばれ、江南沿海部にいた諸種族を指す。その習俗は、『莊子』（内篇巻一「逍遙遊」）、『戰國策』（巻十九、趙二）、『淮南子』（「原道訓」）、『史記』（「周本紀」）、『説苑』（「奉使」）などに等しく「文身斷髪〔剪髪〕」乃至は、「斷髪〔剪髪〕文身」――つまり、顔や身體に入れ墨などの模様を入れ、漢族が男性も髪を長くのばして結い上げるのに對して、越人は髪を短くきる（または剃り上げる）とされる。

就中、『史記』「周本紀」に見える次の話は、あまりにも有名であろう。

古公亶父の三人の息子のうち、太伯・虞仲が三男の季歴そして、その子である季昌に跡を繼がせるべく荊蠻に奔り、自ら「文身斷髪」して二度と戻らぬ事を示した。最終的に跡を繼いだ季昌こそ、後の周の文王である。

荊蠻の人々の「文身斷髪」の習俗の理由を、唐・張守節『史記正義』では、後漢・應劭の所説を引いて次のように説明する。

○常在水中、故其斷髮。文其身以象龍子、故不見害。(23)

曾昭璇『嶺南史與民俗』（廣東人民出版社、一九九四年）では、『山海經』に言う雕題國を海南島に比定する説が從來あることを紹介し、その可能性について愼重に檢討し、鬱水の南岸一帶は、古來漢族と非漢族の雜居する地域であったとし、その「文身」の習俗を手がかりとして、雕題國を『酉陽雜俎』に言う「獠子」つまり僚人であると見なし、今日海南島を中心に住む少數民族「黎族」であろうと考證する（同書五一一～五四二頁「海南島黎族文身初探」）。

この説が正しいとすれば、雕題國、そして繡面獠子の後裔と目される黎族の住む地域は、中野美代子氏の言う極めて限定的な「南海」に屬する地域とほとんど一致する。顔や身體に龍を思わせる鱗文を施し、水中に潛って魚介を採取する。まさしく、水中を出て人家に假住まいするという鮫人の姿そのものと言って良い。

しかしながら、假に雕題國の考證は右の如くであったとしても、こうした習俗は海南島の黎族だけに見出されるものではない。鱗文を顔や身體に施すのは、百越と稱せられた人々と、その後裔たちに共通して見出されると指摘されているのである。(24)

こうした指摘の中でも、國分直一「シナ海周邊の文身世界」が、

①今日山東の南から福建・廣東の沿岸地域を中心に、入墨文が顯著に集中している。

②特に蛋民・蛋戸・水戸などと呼稱される水人達には龍蛇信仰が顯著で、文身には虫蛇文或いはその變容（鱗文を含む）したものが多い。

とするのは、この問題を考える上で大きな手がかりとなる。(25)

植木久行『唐詩の風土』では、右の蛋民・蛋戸たちは古くは、龍戸と稱されたと述べた上で、次のように説明する。(26)

後世、福建省や廣東省で、水上生活をいとなみ、漁業を職とする人たちを指すこととなったが、唐代では主に眞珠の採集に從事する水上生活者を指し、「海人」とも呼ばれた。

我が國で、養殖眞珠の技術が開發されるまでは、眞珠は淡水・海水にかかわらず、否應なく水中に潛って採取しなければならなかった。

唐・施肩吾はその詩「島夷行」において、その採取の様子を、多分に幻想的に次のように歌う。

腥 臊 海 邊 多 鬼 市　　腥臊《せいそう》たる海邊　鬼市多し
島 夷 居 處 無 郷 里　　島夷の居處　郷里無し
黑 皮 年 少 學 採 珠　　黑皮の年少　珠を採るを學び
手 把 生 犀 照 鹹 水　　手に生犀を把りて　鹹水を照らす

なまぐさい臭いのする海邊には鬼市が多い(27)。島の異民族たちは、ここを故郷とするものではない（彼らは故郷を離れて、西に東に渡り歩いている者たちなのだ）。黑い肌の年少《わかもの》は、眞珠の採取を習い覺え、手に犀の角をとって水中を照らしながら、海水に潛って行くのだ。

内陸部を概ねの居住地とし、水、とりわけ海水に馴染まぬ多くの漢族の人々の目には、水上（この事を水中と表記する用例が漢籍に少なからずあることを想起されたい）に生活し、それだけでも驚異であるにもかかわらず、その水に沒して、眞珠や珍貝を採取する人々は、人という概念を超えて、一種妖怪じみたものと映ったに相違ない。ましてや、そうした人々が施肩吾の詩のように、「黑皮」というのも多分に幻想的であるが、顔や身體に魚龍を思わせる鱗文を施した人々であるなら、ほとんど妖怪と信じられてもやむを得まい。

蛟人（鮫人）というイメージを作り出す重要な要素として、こうした實在の人々が深く關わったと考えることは、以上のようにかなり大きな可能性があると考えて良いであろう。

さらにまた、出土文物などから、百越民族は、紡績技術に早くから長け、その後裔たちも各地の纖維資源を利用して、優れた織物を生み出しているという指摘を併せ考えたとき、[28] 先に引いた『博物志』などの記述を、單なる空想や錯覺から生じたものによるとのみ考えることは、いよいよもって難しくなるのである。[29]

結語

以上、鮫人と眞珠の關連性につき、その來源の一端を考察した。勿論、こうした話を作り出し傳えた人々とて、眞珠が蚌などの母貝から採取されることを全く知らぬ譯ではなかったであろう。しかし、大多數の漢族にとって、水中は非日常的な世界であり、まして自分たちの住む地域とあまりに遠く離れた南方や東方に廣がる海は、隔絶した異界・異域と考えられたに相違ない。そうした異界・異域に住むものは、異形のものこそがふさわしい。その異形のものたちがもたらす眞珠や織物が、この世ならぬ美しさを持つほどに、そこにはロマンチシズムの彩りも加わり、「奇を好む」[30] 漢族たちのイマジネーションは、どこまでも果てしなく廣がっていったのである。

本稿が成るに當たって、多くの方から示教をいただいた。とりわけ、勤務校の同僚である渡邊一雄、倉本昭兩氏には、貴重な情報をいただいた。ここに特記して感謝の意を示したい。

注

（1）題名邦語譯は、平井呈一譯『全譯　小泉八雲作品集』第九巻による（恆文社、一九六四年）。『明暗』の原題は“SHADWINGS”、その中の一群の作品に名づけられた「珍籍叢話」の原題“STORIES FROM STRANGE BOOKS”である。同書は、一九〇〇年（明治三十三年）十二月、リトルブラウン社より刊行された（上田和夫氏作成の年譜〔同氏譯『小泉八雲集』所收、新潮文庫、一九七五年〕參照）。

（2）『全譯　小泉八雲作品集』（本稿注（1）に既出）參照。なお、『鹽梅餘史』の原題と刊行年は、本稿注（3）に示した德田武氏の論文による。今日我々が容易に見ることができるばかりでなく、『鹽梅餘史』原文をできる限り忠實に翻刻したテキストとしては、武藤禎夫編『噺本大系』第十三巻所收本（東京堂出版、一九七九年）がある。本稿で參照した『鹽梅餘史』は、本テキストである。

（3）同氏「曲亭馬琴と鈴木桃野における『諧鐸』」（『讀本研究』第五輯上套、溪水社、一九九一年）。その考證によれば、『諧鐸』は中國本土で刊行された年に早くも我が國に舶載されているとのことであった。ちなみに、今日我々が比較的容易に見ることのできる『諧鐸』のテキストは、民國進歩書局輯『筆記小説大觀』第一集に収録されているものである。本稿で參照したのは、本テキストである。

（4）增子が參照した原文は、一九二〇年にHoughton Mifflin Companyが刊行したものに基づいたテキスト“LAFCADIO HEARN X”――Kyoto Rinsen Book Company, 1988――である。なお、八雲の注は、さらに、鮫人とは、辭書的には男女を問わず人魚を言うが、極東の鮫人と西歐のそれとはあまり關わりがないであろうとする。

（5）『噺本大系』第十三巻（本稿注（2）に既出）の表記による。

（6）漢籍以外でも、例えば、觀世流の作者不詳の謠曲「合浦《かっぽ》」（古名「合浦の玉」）に、「鮫人涙に、玉をなして命恩を……」と見えるが、「鮫人」の讀みは「かうじん」である（『謠曲大觀』第一巻、明治書院、一九六三年）。また、近松門左衛門の淨瑠璃「用明天王職人鑑《ようめいてんのうしょくにんかがみ》」でも、「怒れる涙はらはらと鮫人が玉を貫けり」とあるうちの鮫人の讀みもまた「かうじん」である（『日本古典文學大系』五〇、岩波書店、一九五九年）。

（7）この一例としては、本稿注（8）が擧げられよう。

（8）蚌は和名「どぶがい」。淡水眞珠を作ることで知られる。しかし、小尾郊一譯注『文選』五（集英社『全釋漢文大系』、一九七五年）では、蚌を「はまぐり」と譯す。この場面は、淡水の有様を描寫した場面であるにも關わらず、はまぐりと譯すのは唐突の感は免れない。これも小泉八雲同様、鮫人の「鮫」字にとらわれての解釋であろう。そのことは、本書において、蚌の語釋に引き續き、鮫人を「海中にいる人魚」と説明していることからも見て取れよう。後世の唐詩中でも鮫人は海中のみならず、洞庭湖や江中などの淡水に棲むと歌われている例が少なからず認められるのである（儲光義「採蓮詞」〔『全唐詩』巻一三三。なお、『全唐詩』は今後『全』と表記し、巻數のみ記す〕、孟浩然「登江中弧嶼贈白雲先生王迥」〔『全』一五九〕等々）。

（9）叢書集成初編（據清・錢熙祺輯『指海』第十集）所收。四部叢刊『太平御覽』（我が國圖書寮、靜嘉堂文庫所藏宋刊本を景印）にも引用。

なお、この記述は東晉・干寶『搜神記』巻十二にも見える（汪紹楹校注本、古小説叢刊、中華書局、一九七九年）。こちらの方は、『藝文類聚』巻六十五、八十四、『太平御覽』巻八〇三にそれぞれ引かれる。ちなみに、東晉・干寶『搜神記』巻十二は一字一句この記述のままである。今日傳えられる志怪・傳奇の類は後世に復元されたものが大半であるため、この兩者の記述の先後は確定しかねるのであるが、ここではひとまず、兩者の記述が重複していることのみ指摘しておきたい。

（10）岩波新書（黄版）二三五（一九八三年）。

（11）特に唐人一般がイメージする南海が、具體的にどのあたりを指すのかについては、詩（唐詩）が、當時の人士にとって最も普遍性を持った文學表現形式であり、彼らの標準的な意識を知る資料を多く提供しているとの觀點に立ち、主としてそれらを手がかりに、前稿で少しく考證した（「唐代傳奇『陸顒傳』に關する一考察（中）」、『日本文學研究』第三十四號、梅光女學院大學日本文學會、一九九九年）。そこで得た見解は、中野説に言う極めて限定された領域をも含め、もう少し廣げて、當時の嶺南道周邊の南シナ海あたりまで廣げて見る必要があろうとした。詳細は、拙稿參照。從って、中野説は南海の意味を極めて限定的に言うときは有效ではあっても、當時の實態から言えば、「南海とはすなはち……」と卽斷することは困難である。

（12）『岑嘉州集』巻三（四部叢刊本。據明・正德庚辰〔一五二〇年〕蜀中刊本）。『全』二〇〇では、「送楊瑗南海尉」とし、「一作張子」とする。

（13）梁・任昉『述異記』によれば、その織物は蛟綃紗《こうしょうさ》、泉先、潛織、龍紗などと呼ばれ、高價に取り引きされたという。今日傳えられる同書は、その記述が梁代以降のものを多く含んでいるために、任昉の原著を十分には傳えられてはおらず、このため、『四庫全書總目提要』では、中唐の僞撰とする。李劍國氏は、これを根據が希薄であると批判し、本書は、唐代の早い時期に流傳していた事が確認されているものであり、今日の傳本にも原本の息づかいが殘るとする（劉餘德主編『中國古代小說百科全書〔修訂本〕』、中國大百科全書出版社、一九九八年）。いずれにせよ、同書は中唐以降の人々の目に觸れていたことは確かである。本稿では、清・馬俊良『龍威祕書』第一集「漢魏採珍」所收のテキストを參照した。なお、鮫人と織物の關係については、後に觸れる。

（14）さらに、唐・鄭常『洽聞記』では、東海の人魚を、「狀如人。眉目口鼻手爪頭皆爲美麗女子」とする（『太平廣記』卷四六四。なお、『太平廣記』は、以後『廣記』と表記し、卷數のみ記す）。

（15）もっとも、後には、珠は玉であり、寶珠・寶玉つまり、眞珠を含む廣義の寶石の類をイメージすることの方が多くなる。しかし、『莊子』の記述から見ても、水棲の龍と水中に產する珠つまりこの文字の原義である眞珠とが分かち難くイメージされていたと見ることができる。

（16）前野直彬『山海經』（集英社『全釋漢文大系』、一九七五年）によれば、「川が南海から出るのはおかしい。清・郝懿行『山海經箋疏』はここの文に脫誤があると推定する」とする（同書四五三頁）。

（17）單樹模主編『中國名山大川辭典』（山東教育出版社、一九九二年）。

（18）魏崇山主編『中國歷史地名大辭典』（廣東教育出版社、一九九五年）。

（19）雕題國と同じく鬱水の南にあるとされた離耳國の位置を郭璞注は「在朱崖南渚中」とするが、この朱崖は、漢代海南島にあった郡名である。

（20）上海古籍出版社、一九八〇年。同書の出版說明によると、一九六三年に、『海經新釋』が出來上がり、ほどなく出來上がった『山經柬釋』と併せて成ったのが同書であるという。

（21）實は、この行爲自體も何ら奇とするに足りないことは後述する。

（22）南海の風物を歌う詩に、人と鮫人とが雜居すると詠ずる用例は、この他にも劉禹錫「莫猺歌」（『全』三五四）等がある。

（23）こうした見解は、古くは前漢・劉向『說苑』（「奉使」）のほか、『漢書』（「地理志」）唐・顏師古注、『淮南子』（「原道訓」）後漢・高誘注等に廣く見られる。

（24）　曾昭璇『嶺南史與民俗』のほかにも、陳國強ほか『百越民族史』（中國社會科學出版社、一九八八年）、何光岳『百越源流史』（江西教育出版社、一九八九年）、宋蜀華『百越』（吉林教育出版社、一九九一年）等々、百越關係の論著にはこの事が必ずと言って良いほど觸れられている。

（25）　『倭と倭人の世界』（毎日新聞社、一九七五年）。同書では、こうした鱗文文身あるいは鱗文は、九州から能登半島までの地域まで確認できるという。そして、そうした鱗文を施す理由として、舊來の説とは異なり、龍蛇トーテミズムとの關連を解く（因みに本稿注（26）に示した現代の百越の研究書もまた、ことごとく龍蛇圖像崇拜との關連を説いている）。

（26）　研文出版、一九八三年。なお、本稿執筆中に、同書に基づいて新たに執筆した『唐詩の風景』（講談社學術文庫、一九九九年）が上梓された。ただ、同書では、前著に收録されている邊塞と、本稿で引いた嶺南の項が諸般の事情で割愛されている。

（27）　夜間、燈火をつけずに行われた。沈默交易。元來は異民族同士の交易であったものが、妖怪變化の類が集まって行われると信じられるようになった。なお、この詩に關するいくつかの考證は、本稿の注（11）に引いた拙稿「唐代傳奇『陸顒傳』に關する一考察〔中〕」を參照されたい。

（28）　陳國強ほか『百越民族史』三七頁、宋蜀華『百越』六一頁（兩書とも本稿注（24）に既出）等。また、この事については、南宋・范成大『桂海虞衡志』に詳細な記述がある（叢書集成初篇〔據『知不足齋叢書』〕所收）。

（29）　彼らは、たとえイマジネーションの世界にあっても、常に幾ばくかの實事（事實）を要求する傾向を持っている。この事からすれば、ジュゴンよりも、實際に邑里に出入りし、或いは雜居するというこうした異形の人々に、より強く想像の刺激を受けたと考えた方が、實態に近いのではないか。なお、詩と實事との問題については、增子が、「歐陽脩の文學論における『理』」（『中國詩文論叢』第二集、中國詩文研究會、一九八三年）を始め、幾つかの論考で考察を試みた。

（30）　文學作品において「奇」つまり非日常性を好み、かつ尊重する傾向は、とりわけ唐人に顯著となるようである。中唐・李賀とその周邊の詩人たちの奇の性格を解析した論考としては、川合康三「奇－中唐における文學言語の規範の逸脱」（『終南山の變容』所收〔研文出版、一九九九年〕）。初出は『東北大學文學部研究年報』三十（一九八一年）がある。なお、增子も岑參詩の「奇」について、「理」との關連を手がかりとして考察を試みたことがある（「岑參詩に對する評語『奇』の解釋をめぐって」〔『中國詩文論叢』第六集、一九八七年〕）。

中國における「詩跡」の存在とその概念
――近年の研究史を踏まえて――

植　木　久　行

一、序に代えて

すぐれた詩歌のなかに詠み重ねられ、愛誦されてきた實在の固有名詞「地名」は、まことに不思議な機能をもつ。それは、單なる地理的空間を明示するだけでなく、長い文藝史のなかで當地に託され、刻みつけられてきた歴史的記憶と傳統的詩情（イメージや情感など）を、瞬時に喚び起こす靈力を備えている。

荒俣宏『歌傳枕説』[1]の序章には、きわめて卑近な「演歌の御當地ソング」を取りあげて、この現象を興味深く指摘する。

> 津輕《つがる》、というだけでは印象が明瞭でないが、津輕海峡冬景色、となれば北國の驛のわびしさが眼前に浮かんでくる。函館、というよりも、函館の女《ひと》、とすることで北海の波しぶきまでが見えてくる。具體的な地名と、歌のイメージとが、強い相互作用を生じて、御當地の劇的な印象を固定させる。

と。この機能に歴史性が加わる、いいかえれば、古來、すぐれた詩歌のなかに詠みつがれ、廣く享受されてきた地名は、詩人たちの感性が詠み重ねた、ふくよかな美的イメージと詩的情感をたたえた詩語（歌語）と化している。歴史的に變遷する表層と普遍的な固有の中核《コア》をあわせ持ちながら……。

およそ詩歌の世界では、どの國でも、時間と空間は、基本的な二つの發想軸を形成する、といってもよいだろう。日本文學における季題（季語）と歌枕（名所《などころ》）は、その典型である。古典和歌のなかに詠みつがれて純化し、獨特の連想作用（特定の景物や情趣）を帶びた歌語となった實在の地名「歌枕」（名所）は、周知のごとく、遲くとも平安時代以來の長い文藝史を持っている。近年、俳諧・俳句の分野でも、この歌枕と類似した新しい詩學用語「俳枕《はいまくら》」（現實の見聞のうえに立って、俳諧・俳句の眼で新たに發見したり、舊來の歌枕を捉え直したりして、詠みつがれるようになった名所。江戸前期の延寶八年（一六八〇）、俳人高野幽山《たかのゆうざん》によって刊行された發句の國別名所集『誹枕《はいまくら》』[2]にもとづく。尾形仂《おがたつとむ》氏などの提唱[3]）が、しだいに廣く認知され、『新撰　俳枕』全七巻（朝日新聞社、一九八七～九年）や、『大歳時記3　歌枕・俳枕』（集英社、一九八九年）などが編纂・刊行されている。[4]

「俳枕」の提唱にやや遲れて、中國古典詩の分野でも、この歌枕・俳枕と類似した概念をもつ詩學用語「詩跡」が、早稻田大學教授松浦友久氏とその門下、寺尾剛・松尾幸忠氏らによって提唱され、少しずつ確實に用いられ始めた。「詩跡」の觀點から中國各地の多様な文藝風土を分析する論文も、徐々に増えてきた（詳しくは後述）。松浦友久編『漢詩の事典』（大修館書店、一九九九年一月）に收める第Ⅲ章「名詩のふるさと（詩跡）」（筆者擔當）は、日中兩國における最初の總合的な「詩跡」辭典になっている。紙幅の關係から、當該書のなかで簡略化された項目を補足した論文に、「中國詩跡補考」（筆者、弘前大學人文學部『人文社會論叢（人文科學篇）』第一號、一九九九年三月）がある。[5]

中國の舊社會にあっては、周知のごとく、古典詩は藝術のなかで最高の文藝様式として認識され、政治や文化を擔った士大夫（讀書人）層の、最も基礎的な教養となった。『詩經』以來生み出された風土性・歷史性豊かな詩歌の數々と、長い文藝史のなかで磨きぬかれた詩語の累積とが重なりあって、中國各地に「詩跡」が誕生していった。詩跡の概念については、本稿の後半部で近年の研究史を踏まえて詳述するが、ここでも簡略に觸れておきたい。

中國の「詩跡」とは、單なる地名ではなく、長いあいだ詠みつがれ、愛誦・流布されてきた古典詩のなかに出現して、ある特定の傳統的な詩情やイメージを豊かにたたえた、各地に實在する具體的な場所（いずれも固有名詞に屬し、我が國の歌枕・俳枕と同樣に、宮殿・高樓・橋・亭・關所・祠廟・舊宅・寺院・墳墓などの人工物も含まれる）をいう。この詩跡は、いわばすぐれた詩人たちの詩心の傳統を、ふくよかにやどす聖地であり、當地獨特の地理的空間や自然景觀だけでなく、代々その土地に刻みつけられ、託されてきた豊かな詩情と長い風雅の傳統を強く喚びさます連想機能を持っている。

したがって詩跡の研究は、すぐれた文學作品が規定する、いわゆる文藝風土の研究に屬する、と評してもよい。單に風景が美しく、歷史に富むだけでは、詩跡と呼ぶことはできない。そうした名勝・古跡の基礎のうえに、さらに文藝的な歷史を內在させて、文學史上著名な固有名詞として定着・流布することが、重要不可缺の條件となる。しかもわが國の歌枕が、古くは歌ことば（歌語）を意味し、地名もその一種として理解されていたように、この詩跡もまた、それぞれ重層的に詠み重ねられ、形成されてきた、傳統的詩情と多樣なイメージをたたえた詩語として確立していることが必要である。それは、作者と讀者の共通理解を支える重要な效用を持ち、わが國の季語や歌枕・俳枕と同樣に、「作者の詩情に點火し、作品へと結晶させる起爆劑ないし核としての力を祕め」（尾形仂「〝俳枕〟考[6]」）ている。

この「詩跡」は、現在のところまだ新しい詩學用語であり、學會のなかで廣く認知されたとはいいがたい。このため、わが國の歌枕觀とその特色に對する研究成果を整理・活用して、中國の詩跡との異同を考察することは、重要かつ不可缺の作業となろう。これは今回、紙幅の關係上省略し、本稿では詩跡の存否をめぐる筆者の見解を記したあと、先行論文に見える「詩跡」の概念とその特質を整理して、將來より一層期待される詩跡論展開のための基礎作業としたい。

二、詩跡の存否をめぐって

「詩跡」が提唱される前夜ともいうべき時期に行われた、尾形仂・森本哲郎兩氏による對談「おくの細道・縱横」（『國文學―解釋と教材の研究』一九八九年五月號、學燈社）のなかには、「中國に歌枕はあるか」という刮目《かつもく》すべき條が見える。二人の發言は、當時における國文學者・評論家の、「詩跡」に對する認識のありようを具體的に示すものとして、きわめて興味深い。

前條「歳時記と歌枕」の終りには、

尾形　（歌枕の）名前が詩歌の世界に引き寄せてくれる緒口になっているんですね。

森本　そうなんですね。ヨーロッパやアメリカには名前だけで人を引き寄せるそんな〝歌枕〟はありませんね。むしろ、畫家が描いたところ、たとえばゴッホが描いたプロヴァンス地方の「はね橋」であるとか、そういう名所はあります。しかし、歌枕というのは、……やはり日本的な、その最たるものだと思いますね。中國にもないんじゃないでしょうか、歌枕などというのは。

とあり、引き續いて中國における「歌枕」の存否をめぐる兩氏の考えが、次のように披瀝されている。

尾形　そうですか。

森本　史跡はたくさんありますけれど、①ここは李白が歌った場所だ、などというのは……。

尾形　ただ、西湖を詠んだ詩には西施を詠み、後の詩人が西湖に來てもまた西施を詠むというふうに、ずっと詠み繼いでいきますね。ああいうのはちょっと歌枕に似ているなと思いますが。

森本　でも、そこは宋の時代の都であったという、史跡的イメージがやはり強いように思いますね。

尾形　ああ、そうですか。

森本　中國の場合はどちらかというと文學的というより歴史的で、ここは禹の廟であるとか、秦の始皇帝の陵であるとか、そういう史跡に立っている詩人が詩を詠むので、後世そこにまた詩人が來て詩を詠む。②岳陽樓にしてもそうですが、そういうふうにして歴史がやがて歌に詠み繼がれていくということになるわけです。

ところが日本の場合は、「玉江《たまえ》」(7)なんて歴史的に何の意味もない。ですから、歴史と切り離されちゃっているような氣がするんですね。白河の關あたりはかなり歴史とも重なっていますが、また、「夏草や兵《つわもの》どもが夢の跡」と芭蕉が詠んだ平泉などの場合は、藤原三代という歴史が重なってますけれども、「末《すえ》の松山《まつやま》波こえ《ママ》（さ）じとは」(8)などというのは歴史と何の關係もない。そういう意味で、同じ「してき」でも、日本では「史的」じゃなくて、「詩的」のほうなんですね(9)。

尾形　詩歌による地誌ですよね。私、中國にはやや歌枕的なものがあるんだと思っていたけれども、それはやっぱり日本人的な詩の讀み取りなんですかね。

森本　そうだと思います。そんなわけで①「詩の旅」というのは、中國ではなかなかたどりにくい。張繼の「楓橋夜泊」、あの「月落ち烏啼いて――」という詩が日本人に親しまれて、日本人の觀光客は寒山寺をみたあと、③必ず楓橋に立ちます。すると、中國の案内の人は不思議そうな顔をして、「こんなつまらない橋をどうして見たがるのか」ときくんです。しかし、③これはいってみれば日本人にとっての歌枕なんですね。

尾形　そうですかね。楓橋では、やっぱり「楓橋夜泊」をテーマにしたというか、本歌にした詩が詠み繼がれてるんじゃないですか、「月落ち烏啼きて」だけじゃなくて。

これに対して、森本氏は、「それはないわけじゃありませんが、代々詠み繼がれていったなどという形跡はありません」と一蹴《いっしゅう》し、「やはり中國の人は、そうした〝詩跡〟には大して關心がないとしか思えないですね」と結論づけている。「詩跡」の語が用いられている點も注目されてよい。(4)

中國文明のなかで、二つの「し」、詩歌と歴史が重視されてきたのは、まぎれもない事實である。森本氏の發言は、當人の關心が強く作用してか、歴史の方面に重點を置きがちであり、その判斷も昨今の中國旅行に多くもとづいているようである。他方、尾形氏の推測は、中國古典詩の影響を視野に入れて研究してきた國文學者らしい、直觀の冴えを見せている。

ここで森本發言に含まれる、二三の基本的な誤解を指摘しておきたい。

①の傍線部「ここは李白の歌った場所だ、などというのは……（見あたらない）」は、大きな誤解である。寺尾剛「李白と『詩跡』―中國詩の〝歌枕〟」(10)によれば、李白の遺跡、あるいは彼の名とともに言及されている土地や文物は、南宋の地理書『方輿勝覽』や『輿地紀勝《よちきしょう》』のなかに多く收錄され、のちの『大明一統志』では約一三〇條、『大淸一統志』にも一二〇條ほど收めるという。たとえば、安徽省の桃花潭《とうかたん》は、李白の「汪倫に贈る」詩によって、また同省の秋浦は、李白晩年の名作「秋浦の歌」の連作によって、一躍有名な詩跡となった例である。(11)當地は、「歴史的に何の意味もない」（前掲の森本發言）にもかかわらず、著名な歌枕（詩跡）の一つになっている。

②の傍線部、岳陽樓の場合も、まず史跡として知られ、のちに詩人がそこに立ちよって詩を作り、歴史を詠み繼いでいった、と見なす考え方も、妥當ではない。かつての中國最大の湖、洞庭湖を俯瞰する登臨の名所「岳陽樓」は、その名稱自體、盛唐期以降に現れる。その前身と目される、古い時代の譙樓《しょうろう》（物見やぐら）や城樓は、史跡としては

ほとんど無名に近い。岳陽樓の名を一躍有名にして文人墨客の心を引きつけたのは、まず杜甫の絶唱「岳陽樓に登る」詩であり、續いて北宋の范仲淹の「岳陽樓の記」であった。いいかえれば岳陽樓は、杜甫の名詩と范仲淹の名文によって、天下に名高い第一級の詩跡（歌枕）になったのである。この場合、史跡というよりも名勝であったことが、岳陽樓を詩跡化する重要なモチーフとして作用している。杜詩の首聯「昔聞く　洞庭の水、今上る　岳陽樓」は、當該樓が「八百里の洞庭」を眼下に一望できる登臨の名所として、杜甫の心を長いあいだ引きつけてやまなかったことを、端的に表している。この點で、岳陽樓の事例は、秦の始皇帝陵の詩跡化とは全く異なるケースなのである。中國の詩跡は、大半が史跡をも含めた、いわゆる名勝古跡と重なりあっている。

③の傍線部、楓橋が「日本人にとって（のみ）の歌枕」であるとする發言もまた、大きな誤解である。この楓橋は、張繼の「楓橋夜泊」と杜牧の「呉中の馮《ふう》秀才を懷ふ」という二首の名作によって詩跡化し、「南北の客《たびびと》の（當地を）經由するに、未だ此の橋に憩《いこ》ひて題詠せざる者有らざるなり」（南宋の范成大『呉郡志』巻十七）と記されるほどの、第一級の詩跡であった。決して日本人だけを引きつける歌枕であったわけではない。

「楓橋夜泊」にもとづいた詩が、「代々詠み繼がれていったなどという形跡はありません」（④の傍線部）とする發言もまた、歴史的事實と大きく離れている。南宋以降、孫覿《てき》・陸游、明の高啓・文徵明、清の王士禛など、各時代の著名な詩人たちが、張繼詩を踏まえた詩を作っており、「夜半の鐘」を聞くまでは眠れなくなったほどである。[12]

王勃の華麗な駢文と詩（「滕王閣の序」と「滕王閣」詩）によって一躍著名な詩跡となった、洪州（江西省南昌市）の滕王閣は、歴代、幾度となく修復・再建されてきた。一九八九年の再建は、その二十九回めにあたるとも傳える。このことは、盛唐の崔顥「黃鶴樓」詩と李白の「黃鶴樓にて孟浩然の　廣陵に之《ゆ》くを送る」「史郎中欽《きん》と黃鶴樓上に笛を吹くを聽く」詩などで名高い、武昌（湖北省武漢市）の黃鶴樓の場合でも、ほぼ同様である。しかもこの二樓は、前述の岳陽樓とともに、歌枕（詩跡）化する段階で、すでにある有名な歴史的事件が發生していた「史跡」ではなく、むしろ名勝に屬する場所であった。たび重なる修復と再建の實態を知るならば、「中國の人は、そうした〝詩跡〟には大して關心がないとしか思えない」などとは、全く發言できないだろう。むしろ逆に、長く愛誦されてきた不朽の名詩の魅力と、長いあいだ詠みつがれてきた文化遺產のもつ力とを、まざまざと實感せざるをえない。かつては觀光事業推進による收入の增加を期待できたわけではない。

中國各地に多數散在する詩跡に對して、充全な保護を求めるのは無理であろう。前述の江南三大名樓の存在は、詩跡に對する中國人の熱い思いを端的に表す事例、と考えてよい。南宋の王象之『輿地紀勝』巻二六、隆興府の條には、滕王閣について、「唐より今に至るまで、名士の留題（詩文を題《か》き留めること）、甚だ富めり」という。黃鶴樓の場合も、明代すでに三五〇首あまりの詩を收めた馮承榮ら纂輯『黃鶴樓集』三巻が刊行されている（現存）。こうした詩跡の復元や保護の方法は、必ずしも日本のそれと同じではない。しかし古典詩文を文明・文化の中核に位置づけてきた中國にあっては、長い文學の傳統に培われた詩跡、いわば歷代の詩人たちの詩魂がやどる風雅の聖地に對して、歷代おおむね多大の關心を持ち、その存續と記錄に大きな努力が拂われてきた、と考えるべきであろう。

最後に一つ、㋑の波線部、中國では「歌枕」的なものがないために、「『詩の旅』というのは、中國ではなかなかたどりにくい」とする森本發言も、やや問題となろう。これは、日中兩國とも大きな山河や史跡はともかく、邊鄙な地方の小さな歌枕・詩跡は、一般に時代とともに大きく變貌し、時には不明となる。中國では、歷代、全國・地方の地理書類が多く編纂されており、調査の便宜を得やすいが、土地の廣大さは、日本とは比較にならない。それにもかかわらず、日中兩國とも、ささやかな歌枕・俳枕・詩跡が、各地に傳存している。むしろこのほうが不思議な現象であろう。

わが松尾芭蕉『おくの細道』仙臺の條に、「年比《としごろ》さだかならぬ名どころ」云々とあり、壺《つぼ》の碑《いしぶみ》の條には、より明確に、

むかしよりよみ置ける歌枕、多くかたり傳ふといへども、山崩れ、川流れて（川は流れを變え）、道あらたまり、石は埋《うづも》れて土にかくれ、木は老いて若木《わかぎ》にかはれば、時移り、代《よ》變じて、其《そ》の跡たしかならぬ事のみを（今ではその遺跡が確かでないものばかりなのであるが）、

云々と嘆息する。ちなみに、芭蕉と曾良が、所在の定かでない觀念的名所が、ひときわ多い陸奥《みちのく》の歌枕を詳しく訪ね歩くことができたのは、仙臺藩など當地の各藩が、文化政策の一環として取りくんだ歌名所の整備(13)が完了した後であった、という幸運にもとづいているらしい。要するに、日本でも歌枕を探訪する旅は、決して容易ではなかったのである。

三、中國の「詩跡」の概念をめぐって

近年、各地に散在する詩跡の形成と定着を研究する、文藝風土學的な論文が、徐々に增えてきた。ある土地が、どんな理由から詩人の心を捉えたのか、という詩跡形成の基礎條件を探りながら、詩跡を形成・確立した作品群の分析を通して、イメージや發想上の繼承關係を考察して、當該地に附與された獨特の詩的情感や美的イメージを解讀していく。詩跡が歷代、「作者の詩情に點火し、作品へと結晶させる起爆劑ないし核」（前引）の一つとして作用してきたことを考えるとき、風雅の傳統が宿る詩跡の研究は、古典詩歌の表現史や受容・流布史などの研究と重なりあう。そして詩跡が古典詩語と化した地名であることは、詩語研究の一分野としての重要性も備えている。

詩跡の定義や概念等に言及する主要な論文は、ほぼ次のごとくである。

松尾幸忠Ⓐ「杜牧と黄州赤壁―その詩跡化に關する一考察[14]」

Ⓑ「皮日休『館娃宮懷古』の『香徑』について[15]」

Ⓒ「嚴子陵釣臺の詩跡化に關する一考察―謝靈運・李白・劉長卿[16]」

寺尾　剛Ⓐ「李白における武漢の意義―『詩的古跡』の生成をめぐって[17]」

Ⓑ「李白における宣城の意義―『詩的古跡』の定着をめぐって[18]」

Ⓒ「李白と『詩跡』―中國詩の〝歌枕〟」（前出）

松浦友久「『詩跡』と『歌枕』―イメージの喚起力[19]」

など[20]。

まずこれらの諸論文中に見える詩跡の定義を見てみよう。松尾論文Ⓒは、「文學作品（主に詩）を媒介にして著名になった場所（土地・建物・遺跡等）」とする。文學作品（主に詩）という言葉は、わが國の歌枕が『源氏物語』や『伊勢物語』『大和物語』などとも密接に關連していたことを想起させる。私見によれば、歴史書や地理書中の文學的表現は、小說・詩話・傳記などとともに、無視しえない影響力を持っている。

寺尾論文Ⓐも、ほぼ松尾說と同じく、「詩に歌われることによって著名になった『土地』（建築物・モニュメント等を含む）」としながらも、Ⓒ論文ではさらに詳しく、

詩によって創造された『土地』に關わるイメージ・發想・テーマ・言語感覺等までが繼承されていく「名所」

と述べて、詩跡の特性を明快に指摘する。

他方、松浦論文は、「特定のイメージを共有しつつ、明確な古典詩語として確立された具體的な地名」と定義する。

これは、歌枕が歌語と化した名所である點に着目した發言であろう。この點は、金澤規雄『歌枕への理解―歌びとに與うる書』[21]にも、こういう。

　歌枕とは、地名が韻文の中に採り入れられ、詩語（歌語）となることである。その例は、中國では『詩經』などに早く見られ、日本でも記紀歌謡から『萬葉集』へと用例が多い。

ところで中國古典詩の世界は、その長く豊かな歴史、地域の廣大さ、作品數の累積、作者數の多さ、發想における傳統繼承性の強さ（典故の重視）などの諸性格を備えており、すでに見た岳陽樓や楓橋・寒山寺などの事例のように、中國にもわが歌枕・俳枕と共通する文學現象が充分認められる（大半が實際の見聞のうえに成り立つという點では、俳枕により近い）。

ただ比較詩學的にいえば、中國文學史には、從來、「詩跡」（歌枕・俳枕）に相當する名稱・術語が、存在もしくは通行していなかった。これは、きわめて不可思議なことである[22]。寺尾論文Ⓒも、こういう。「何故か、中國ではこの「歌枕」にあたる詩學用語が存在しない。しかし、詩という一つの言語藝術によって生産され、また、それによって生み出された獨自のイメージさえも、その土地のイメージとして繼承されていく、という意味で、いわゆる『名勝古跡』という語と區別する術語の存在が望まれよう」と。つまり、「詩歌にもよく詠まれる地名という點では『名勝』『景勝』がやや近いが、詩歌を主體とした概念でないという點で、質的には遠」（松浦論文）いので、明確な術語（詩學用語）の存在が望まれ、現在ではほぼ「詩跡」の語に落ちついてきたのである。

中國における詩跡形成の基礎條件とは、いったい何であろうか。寺尾論文Ⓐは、

　①ある具體的な空間・物件（「土地」）が存在すること、②その空間・物件に固定的な『名稱』（「地名」「建築物名」等）が存在すること、③詩に歌われること（著名な作品、著名な詩人の作品であることが望ましい）

の三點をあげ、③の行爲の反復を通して、詩跡は「生成」から「定着」へと移行する、と指摘する。これは、わが國の歌枕や俳枕が、たとえば吉野山・淀川・逢坂關《おうさかのせき》・和歌浦《わかのうら》・廣澤池《ひろさわのいけ》・濱名橋《はまなのはし》・最上川・象潟《きさがた》などのように、地名を冠した山や川・關・池・橋などが多いこととも關連する現象である。漠然とした場所よりも、ある具體的な事物を前にしたほうが、イメージの集約と純化に便利であり、實際に訪れた場合、そこに自分が確かにいるのだと強く實感できるためでもあろう。

寺尾論文の三條件は、名勝古跡の存在と、それを詠みこんだ著名な文學作品（主に詩）の存在（松尾論文Ⓑ）の二條件にまとめることもできよう。これは、實在の固有名詞たる土地（場所）と詩歌との緊密な結びつきを本質とする詩跡の概念から考えてみても、必須の條件といってよい。

しかも地名を詠みこんだ單數もしくは複數の詩は、㋑發想のおもしろさ・奇抜さ、㋺記憶・暗誦のしやすさ、㋩口頭に上りやすい朗詠性（寺尾論文Ⓑ）の特徴をもつことによって、より容易に讀者の心を魅了し、時空を越えて長く愛誦され、かくして忘れがたい詩跡として確立する。㋩の朗詠性の重要さは、松尾論文Ⓐにもすでに指摘されており、「詩型別に見た場合、五言よりも七言、律詩よりも絶句の方がより適している」ことになる。これは、暗誦の容易さ㋺とも直結する條件である。

もちろん、杜甫の「岳陽樓に登る」（五律）、李白の「金陵の鳳凰臺に登る」（七律）、崔顥「黃鶴樓」（七律）などのような、詩跡化に決定的な役割を果たした律詩もあるが、その大勢はゆるがない。これは、わが國の歌枕・俳枕を形成した和歌や發句が、定型かつ短詩である點とも似かよう現象である。ただ中國の場合、わが國とは異なって、多様な詩型（齊言・雜言、今體・古體）が詩跡の形成に關與しており、長い詩の場合は、その中の名句（通常二句單位）を中心に愛誦・流布されることになる。

詩人が初めてある土地を詠もうとする創作のモチーフは、いったい何であろうか。これは、わが國の名所《などころ》歌枕とほぼ同様に、歴史的・文學的・宗教的・政治的・經濟的・地理的な要因が、深くかかわりあっていよう。寺尾論文Ⓐは、この點を細かく分類して、その對象が、ⓐ人目を引くランドマーク（陸標）的存在、ⓑ歴史的事件の發生した場所、ⓒそれにちなんだモニュメント（遺跡・建築物・墓陵・碑文等）が存在する（した）、ⓓ著名人ゆかりの地（生沒地・任官地・假寓地等）、ⓔ風光明媚な景勝の地（あるいは地勢的にインパクトがある）、ⓕ歴史的事實でなくとも、土地にちなむ傳説・傳承等が存在する、という六點を指摘する。そしてこの「名勝古跡」に屬する要因のいずれか（時には複數）が、多かれ少なかれ、詩人の作品化するモチーフになっている、と結論する。なお補足すれば、そのⓑⓒなどともかかわりあうが、かつての政治の中心地たる都城（長安・洛陽・鄴城・南京など）の存在と、宗教上の聖地（五臺山・天台山・廬山・嵩山など）や著名な寺觀（慈恩寺・白馬寺・寒山寺・靈隱寺など）、交通上の要所（函谷關・潼關・瓜洲・灞橋・萬里橋・三峽など）などに對する視點も、重要かつ不可缺であろう。

松尾論文Ⓒの指摘も、寺尾論文の範圍を出ない。ただ松尾論文の、「第一に必要なことは、創作主體である文學者が、その場所を訪れること」という箇所は、いささか疑義が殘る。というのは、邊境にある玉門關・陽關や王昭君墓（青塚）などの詩跡化は、ほとんど歴史書や小説・傳説・傳承にもとづく、空想の所産と考えられるからである。陽關を詩跡化した名作「元二の安西に使ひするを送る」詩を作った王維が、陽關を實際に見た確證はなく、そもそも實體驗の有無は、詩跡形成の絶對條件とはならない。桂林を詩跡化した名句「江《こう》は青羅《せいら》の帶を作《な》し、山は碧玉の簪《かんざし》の如し」（「送桂林嚴大夫」）を作った韓愈も、桂林に赴いた形跡はない。おそらく韓愈は、傳聞や地理書などの知識にもとづいて創作したのであろう。

ある土地を詩跡化した作品の創造性について、寺尾論文Ⓐは、

(1)詩によって獨特のイメージが創作されている、(2)歴史的故事を踏まえる場合でも、詩による故事の再構成・再認識（あるいは活性化）が行なわれ、しかも實景と故事とが融合し、新たな抒情・テーマ（懷古・言志・旅情等）が生成されている、(3)土地を言語化・詩作品化（言語藝術の對象）する過程において、地名の含む一字一字の字義・形體・音韻に至るまで、詩人の關心の對象になっている。

と述べ、「後世、その地が詩と共に受け繼がれる際、民衆・墨客等は、この(1)〜(3)や、あるいはその詩・詩人のエピソードに至るまでをリンケージしたかたちで、意識し繼承していく」と指摘する。これは、實際の詩跡研究を踏まえた發言として注目される。要するに詩跡とは、當地を詠みこんだ詩歌の創造的なイメージに美しく彩られた、中國の文學地誌と評することもできよう。それは、必ずしも現實の風景や實際の風土そのままではない。

他方、松尾論文Ⓒは、詩跡形成の必要條件として繼承性をあげ、「或る土地ゆかりの作品が生まれた場合、それを繼承するものが出てきて、初めてその土地は詩跡として認識される」とする。この點は、寺尾論文Ⓐにも「生成」から「定着」への過程として述べられている（前引）。寒山寺と夜半の鐘、邙山と人生の無常、姑蘇臺と吳國の興亡、易水と荊軻、瀟湘と離怨・風景美、灞橋と送別・折柳、銅雀臺と曹操・妓女（銅雀妓）、峨眉山と月などのように、當地を詠みこんだ作品群のなかに、イメージや發想・テーマ・語彙などの面で繼承關係の明瞭な場合も多いが、そうではないケースも散見する。これは、當地を詩跡化した作品のなかに、著名な絶唱があるかどうかともかかわりあう。またわが國の名所《などころ》歌が、多く實景を知らずに、机上で先行歌の情趣や表現にすがって作られたのとは異なり、大半が實體驗にねざした詩であったため、みずからの感動にもとづく自由な眼で對象の新しい眞實を發見して歌うことも充分可能であった。この點に關しては、平安後期の藤原清輔《きよすけ》『和歌初學抄』中の「萬葉集所名」の終りの、「その所にのぞみてよむには、よしあしいはず。かしこの名をよむべし」という言葉が思い起こされてくる。從って繼承性は、單に作品だけでなく、詩跡化した名作の愛唱の繼續性をも含めたものとして、ゆるやかに考えておくべきであろう。安徽省の詩跡〝桃花潭〟などは、李白の「汪倫に贈る」詩一首による忘れがたい詩跡であり、後世詠みつがれた形跡はほとんどないようである。

この繼承性に關して、松尾論文Ⓒは、二つの鍵――作品そのものに起因する場合（詩跡化した作品に觸發されて創作意欲をもつこと）と、對象物である場所の問題を指摘する。そして前者については、①朗詠性にすぐれる、②地名或いは故事などを詩中に歌い込み、詩のイメージを巧みに増幅させている、③詩人自體が非常にエピソードに富む性格を持ち、それが作品からも彷彿される、また後者については、地理的に往來の困難な場所では、繼承性がきわめて低くなる（柳州と柳宗元など）、と指摘する。詩人のエピソードの面では、平安中期の數寄者《すきもの》能因法師の逸話の多さを思い起こさせるが、他方では、邊境の陸奥《みちのく》が歌枕の寶庫になった特異性を浮き彫りにする。

要するに詩跡とは、實在する具體的な地名を詩中（詩題を含む）に詠みこむことによって誕生する。そして一般には複數の詩によって重層的に、時にはただ一首の名詩によって形成され、獨特のイメージや情緒・景物などを連想させる、傳統的詩情をたたえた古典詩語なのである。詩跡の本質は、土地と詩歌との緊密な一體感にある。ある固有の地名が、ある特定の詩歌との關わりにおいて認識・理解されるという「認識の型《かたち》」の成立（松尾論文Ⓑ參照）こそ、詩跡の本質として重要である。それは、いわば和歌・俳諧における本意（對象の最も本質的な詩的情感、詩歌のなかに刻みこまれてきた美意識の傳統）の確立にほかならない。從って極端にいえば、當地を詠んだわずか一首の名作の長い愛唱を通しても、充分詩跡が確立されるのである。舊社會における詩文集（別集・總集）や、名所の詩を收めた地理書（全國と地方の地志）の流布と愛讀状況などを考えれば、當地の詩跡化に寄與した名作一首のもつ價値は、きわめて大きいように思われる。

中國の詩跡は、わが國の歌枕・俳枕と同様に、單なる地名ではなく、いわば中國の風土に刻みつけられ、託されてきた古典詩人たちの、錬磨された詩心の傳統を深々とやどし、歴代詠み重ねられてきた詩歌の美的イメージに美しく彩られている。それは、時代を追って移ろいゆく眼前の實景を超えて存在しつづける、詩歌の別天地であった。元來、すぐれた詩歌の創造性に依據して確立し、詩心の傳統を深々とやどす聖なる空閒「詩跡」は、それを詠んだ詩人たちへの親愛感と詩的表現への共感を内在させながら、變貌する現實の背後に、詩歌の美しい地誌を展開し續ける。詩跡の持つ風雅の傳統(詩的情感)が、その傳承地で實體驗した自然の風土や風景の美と一致するとき、人々の感動はひときわ高まり、逆の場合には深く失望・落膽することになる。詩跡や歌枕・俳枕の傳承地を探訪して起こる、こうした喜びと悲しみは、深く詩歌の傳統を愛する者にのみ許された、至福かつ殘酷な宿命なのであろうか。

註

(1) 世界思想社、一九九八年。
(2) 日本俳書大系・談林俳諧集所收。
(3) 尾形仂『俳句の周邊』(富士見書房、一九九〇年)には、「俳枕―風土からの發想」と「〝俳枕〟考」を收める。後者は、『新撰　俳枕1』に初出。ちなみに、新しい俳諧の名所としての「俳枕」の使用は、すでに堀信夫「歌枕あるいは名所の句」(『俳文藝』一號、一九七三年)などに見える。
(4) 平井照敏『俳枕』二冊(河出書房新社、一九九一年、河出文庫)もある。
(5) 拙著『唐詩の風景』(講談社學術文庫、一九九九年四月)も、詩跡の觀點を加えて執筆した。
(6) 注(3)參照。
(7) 福井縣の歌枕。『大歲時記3　歌枕・俳枕』一四〇頁參照。
(8) 清原元輔《もとすけ》の歌。注(7)書一九頁など參照。

（9）H・E・プルチョウ『旅する日本人―日本の中世紀行文學を探る』（武藏野書院、一九八三年）は、「『歌枕』の地と、その緣語の多くは、もともとなんらかの宗教的・神話的・歴史的意義を持っていたに違いない」（二七頁）とし、筆者もほぼ同意見である。
（10）『月刊　しにか』一九九五年六月號（大修館書店）所收。
（11）本稿中の個々の詩跡の論證は、前掲の『漢詩の事典』第Ⅲ章（筆者擔當）參照。
（12）葉昌熾『寒山寺志』（江蘇古籍出版社、一九八六年）も參照。
（13）當時の歌枕の比定には、牽强附會も多かったようである。金澤規雄「歌枕傳承の二重構造―「有耶無耶關」の運命」（『文藝研究』第一四五集、一九九八年）には、みちのくの歌枕がどのような傳承過程を經て存在しているのか、その基本的パターン（見取り圖）を描き、きわめて興味深い。金澤規雄『「おくのほそ道」とその周邊』（法政大學出版局、一九六四年）も參照。
（14）『中國詩文論叢』第八集、一九八九年。
（15）注(14)書第十五集、一九九六年。
（16）注(14)書第十六集、一九九七年。
（17）注(14)書第十一集、一九九二年。
（18）注(14)書第十三集、一九九四年。
（19）松浦友久『『萬葉集』という名の雙關語《かけことば》―日中詩學ノート』大修館書店、一九五五年所收。
（20）拙稿「詩跡への誘い」（前掲の『漢詩の事典』所收）も參照。
（21）おうふう、一九九五年、七三頁。なお同書八二頁には、歌枕に對する二種の異なる規定（立場）――韻文に地名が詩語として使用されること、レトリック的機能の重視、を指摘する。
（22）その理由の一つは、松浦論文參照。

『楊太眞外傳』の成書に關する一考察

――原本「楊妃外傳」から通行本『楊太眞外傳』へ――

竹村則行

一

玄宗の愛妃として盛唐中國に實在した楊貴妃（七一九－七五六）の逸話をまとめた『楊太眞外傳』二卷は、五代北宋の樂史（九三〇－一〇〇七）撰とされる。これは、兩宋間の晁公武『郡齋讀書志』卷九に「楊貴妃外傳二卷、右皇朝樂史撰」とあり、また南宋・陳振孫『直齋書録解題』卷七に「楊妃外傳一卷、直史館臨川樂史子正撰」とあるのに據ったものであって、相當の根據がある。樂史は『宋史』卷三〇六に傳を有し、『太平寰宇記』二百卷等の編著がある北宋有數の文人である。ただ、今日一般に通行する『楊太眞外傳』は、後述する様に、明代の出版時に於て、大幅に敷衍、增多して定本化されたものであって、嚴密には原本と峻別されるべきものであるが、小稿では、樂史撰とする通説に從う。

それでは『楊太眞外傳』の原本は一體どの様な體裁、内容であったのだろうか。筆者は、この問題について調査した結果、元明間の陶宗儀編の一〇〇卷本『説郛』卷七に鈔録される「楊妃外傳」不分卷が、どうやら通行本の原本に相當することを突き止めるに至った。

以上の經過を踏まえ、小稿では、『楊太眞外傳』を事例にして、宋代小説が宋元の鈔寫資料から明清の印刷出版を經、今日の通行本へと改編される成書過程について考えてみたい。そのことは、廣く中國文學作品の繼承に關する普遍的課題にも直結するはずである。

二

ここで、『楊太眞外傳』の撰者樂史について、『宋史』巻三〇六（他に『東都事略』巻一一五、『宋史新編』巻八四等）に據って概略を述べれば以下の樣である。

樂史は字は子正、撫州宜黃の人である。十國南唐の齊王李景達の幕下にあって祕書郎を授けられたが、北宋朝に入って著作佐郎に擢せられ、陵州を知した。「金明池賦」を獻じ、召されて三館編修となった。雍熙三（九八六）年、『貢舉事』二十巻、『登科記』三十巻、『題解』二十巻、『唐登科文選』五十巻、『孝弟錄』二十巻、『續卓異記』三巻を獻上し、太宗に嘉せられて著作郎・直史館に遷った。ついで太常博士に轉じ、舒州を知し、水部員外郎に遷った。淳化四（九九三）年には、李甃と共に兩浙巡撫となり、黃州を知した。この間に『廣孝傳』五十巻、『總仙記』一四一巻を獻上した。咸平初（九九八）年には職方に遷り、『廣孝新書』五十巻、『上清文苑』四十巻を獻上して、商州を知している。その後、西京磨勘司等を歷任した。晩年は久しく洛陽に住み、優游自得の生活を送った後、七十八歳で卒した。著編として、更に『太平寰宇記』二百巻、『總記傳』百三十巻、『坐知天下記』四十巻、『商顏雜錄』二十巻、『廣卓異記』二十巻、『諸仙傳』二十五巻、『宋齊丘文傳』十三巻、『杏園集』十巻、『李白別集』十巻、『神仙宮殿窟宅記』十巻、『掌上華夷圖』一巻、『仙洞集』百巻等の編著名が記錄されており、これら一生涯の著作巻數の合計は、實に一〇

○三巻に上る。これらの多くは、先人の著作を集合し、編纂し直したものと察せられるが、『太平寰宇記』『廣卓異記』を除いて傳存するを聞かない。いま、これら數多くの著編の記録から、五代から北宋、とりわけ北宋期において、「著述を好み」（『宋史』本傳）、篤學を以て知られた樂史の文人像が浮かびあがって來る。また樂史は、『楊太眞外傳』と竝ぶ宋代小説『綠珠傳』の著者としても知られる。

次に、『楊太眞外傳』上下二巻の概要を、通行本(1)に基づいて述べることにする。

【上巻の概要】楊貴妃の出自から始まる。蜀の落妃池は少女の彼女が落ちた池の名。彼女は開元二十二年、壽王に嫁し、同二十八年、玄宗の寵を受け、太眞と號する。やがて天寶四載、貴妃に册立され、霓裳羽衣曲が演奏される。玄宗は記念に得寶子曲を制作する。以下には楊貴妃の寵愛ぶりと、一族楊國忠や三國夫人の華麗な出世と贅澤ぶり、及び安祿山の恩遇の描寫が續く。ところが天寶五載、貴妃が御旨に忤らって宮中から放出され、玄宗もノイローゼになるが、高力士の取りなしで事無きを得る。また九載、楊貴妃が寧王の笛を吹いた事で再び處分されるが、貴妃は己の髪を剪って謝罪する。續いて天寶十載頃の楊氏一族の專横ぶりを描き、當時流行した歌謠を通して人民の羨望を述べる。以下には、教坊の王大娘の勇壯な戴竿舞の場面や、玄宗が紫雲迴や凌波曲の二曲を製して樂しむ場面、更には妓女謝阿蠻の妙舞を賞翫する場面等の歡樂の描寫が續く。中でも宮中で牡丹を鑑賞し、翰林供奉李白が淸平調詞を獻上する場面の描寫は精細で興趣に富む（注：この部分は樂史の「李翰林別集序」を借用したものである）。續いて玄宗の『漢成帝內傳』讀書と楊貴妃の質問を契機にして、歷代の至寶たる水晶の屛風に言及する。

【下巻の概要】江陵から獻上された乳柑橘が天寶十載に結實し、その合歡橘を玄宗と楊貴妃が共に食した故事、蜀生まれの楊貴妃が茘枝を嗜好した故事、廣南から獻上された白鸚鵡を雪衣女と呼んで珍重した故事、交趾から獻上された龍腦香を瑞龍腦と呼んだ故事、楊貴妃が明駞使と呼ばれる飾り物を安祿山に贈った故事、華淸宮端正樓の豪華さや行幸の奢侈ぶり、更には六月一日の楊貴妃誕生宴に奏された茘枝香曲の故事等を次々に述べる。續いて描寫は天寶十五載十一月安祿山亂の勃發に移り、安祿山が體重三百五十斤あった故事、酔って猪龍に變身した故事、玄宗が親征しようとして楊國忠が懸命に反對した故事を述べる。次は馬嵬での楊國忠、楊貴妃慘殺の場面である。術士李遐周の預言詩も紹介される。以下は楊貴妃亡き後、玄宗が蜀への蒙塵中に雨の音を聽いて雨霖鈴曲を製作する故事、都へ還御した玄宗が楊貴妃墓を改葬しようとして形見の錦香囊を發見する故事、玄宗が曾ての梨園弟子に遭遇して懷古の情を催す場面等が續く。そして道士楊通幽が楊貴妃の靈魂と會うが、その報告を受けた玄宗は間もなく崩御する。馬嵬の老嫗が楊貴妃の錦韈を有料で展觀する故事を挾み、最後に『楊太眞外傳』の跋語部分に於て物語の主題を提示する。

以上の概要紹介から、『楊太眞外傳』が一應は楊貴妃傳の體裁を取って編年順に楊貴妃故事を羅列するものの、その實、基本的には從來の楊貴妃逸話をモザイク風に集合し直しただけのものである事が明らかとなる。後述第四節の一覽表の流れ圖にも示すように、その敍述は概ね從來の『說郛』や『類說』の「楊妃外傳」敍述を襲っており、『楊太眞外傳』は、これらに更に多くの楊貴妃故事を補加し、併せて末尾の跋語も陳鴻「長恨歌傳」から借用しつつ、如何にも首尾一貫した楊貴妃一代記の如き體裁を裝っているのである。

三

今日定本として通行する『楊太眞外傳』には、宋元明清代を通じて、同一または類似の作品が數多く存在する。今、それらの書目等を、管見に入った限りで作者名と共に擧げれば次の通りである（近現代の活字本については省略する）。

①楊妃外傳一卷（不知作者）……『宋史』卷二〇三、藝文志二
②楊貴妃遺事二卷（題岷山叟上）……『宋史』卷二〇三、藝文志二
③楊貴妃外傳二卷（皇朝樂史撰）……宋・晁公武『郡齋讀書志』卷九
④楊妃外傳一卷（直史館臨川樂史子正撰）……宋・陳振孫『直齋書録解題』卷七
⑤楊妃外傳（樂史）……宋・闕名『紺珠集』卷一
⑥楊妃外傳……宋・曾慥『類説』卷一
⑦楊妃外傳……明・陶宗儀、一〇〇卷本『説郛』卷七
⑧楊太眞外傳三卷……明・陶宗儀、一〇〇卷本『説郛』卷三八
⑨楊太眞外傳二卷（唐史官樂史）……明・陶珽、一二〇弓本『重較説郛』弓一一一
⑩楊太眞外傳二卷（史官樂史）……明・顧元慶『顧氏文房小説』
⑪楊太眞外傳二卷（唐史官樂史）……明・紀振倫『綠窗女史』
⑫楊太眞外傳二卷……明・王世貞（？）『艷異編』

⑬楊太眞外傳二巻（唐史官樂史）……………明・馮夢龍『五朝小説』
⑭楊太眞外傳二巻（唐史官樂史）……………清・馬俊良『龍威祕書』
⑮楊太眞外傳二巻（唐史官樂史）……………清・陳世熙『唐代叢書』

これらのうち、本文が傳存しない②「楊貴妃遺事」二巻が『楊太眞外傳』二巻と如何なる關係を有するかは不明である。⑧本は三巻となっているものの、内容は⑨二巻本に同じ。⑨本は⑧本に較べ、注が増多されているがほぼ同文。また⑨～⑮の『楊太眞外傳』二巻は、所謂通行本であり、今日に至る活字本の底本になっているものである。

以上に記した書名のうち、特に注目されるのは、③『郡齋讀書志』所收「楊貴妃外傳」、及びこれに照應すると見られる⑦一〇〇巻本『說郛』巻七所收の「楊妃外傳」である。卽ち、宋代の讀書目錄である『郡齋讀書志』には、書目の記錄はあっても書物本文の記載は無いのが通例であるが、『郡齋讀書志』巻九、「楊貴妃外傳」二巻の項目には

右皇朝樂史撰。唐楊妃の事迹を敍し、孝明（注：玄宗）の崩に迄ぶ。

との注記があって、この書物概要の記述が、⑦一〇〇巻本『說郛』巻七に著錄する「楊妃外傳」の敍述にピタリ符號するからである（第四節の一覽表流れ圖參照）。「楊妃外傳」の内容や通行本との比較については次章に考察するが、⑦一〇〇巻本『說郛』所收の「楊妃外傳」不分巻は、天寶四載、楊氏が貴妃に册立された時の霓裳羽衣曲故事に始まり、玄宗の崩御の故事で一巻を締め括っている。『說郛』は原書の全部或いは一部の抄書から成る叢書であるが、『郡齋讀書志』に據る限り、「楊妃外傳」の少なくとも末尾の敍述については、宋・晁公武が目睹した「楊貴妃外傳」に一致する。後述するように、今日通行の『楊太眞外傳』の出現（恐らくは明代）以前には、それまでの楊貴妃故事をまとめた種々の異本があったと推測されるが、それらの中で、ここに擧げた『郡齋讀書志』の書誌は、宋の晁公武が郡齋

で讀書した書物が、涵芬樓一〇〇巻本『説郛』所收の「楊妃外傳」に外ならぬものであったことを證するに足る貴重な讀書記録であると思われる。

四

さてここで、宋・曾慥編『類説』所收「楊妃外傳」に示された見出し語をキーワードにして、一〇〇巻本『説郛』所收「楊妃外傳」、更に『顧氏文房小説』等に収める通行本『楊太眞外傳』における楊貴妃故事の描寫の流れを、いずれも文中語の抽出によって比較表示すれば次の通りである。［（　）の標題は、他本との照合上、假に置いたもの］

『説郛』本「楊妃外傳」	『類説』本「楊妃外傳」	『顧氏文房小説』本『楊太眞外傳』
	（落妃池）	落妃池
霓裳羽衣曲	霓裳羽衣曲	霓裳羽衣曲
得寶子	得寶子	得寶子
	給粉翠千緡	月給錢十萬
	杜甫詩	杜甫有詩
	七寶冠	七葉冠
	瑣子金帶	鏁子帳
寧王玉笛吹	竊寧王玉笛吹	竊寧王紫玉笛吹

任風吹多少
合歡
明駝
端正樓
重五百五十斤
豬龍

生女勿悲酸
紫雲迴
凌波曲
謝阿蠻
請一纏頭
綠玉磬
芍藥
任風吹多少
水精屏
合歡橘
雪衣女
明駞使
端正樓
（珠翠可掃）
荔枝香
重三百五十斤
猪龍
與娘子併命

生女勿悲酸
紫雲迴
凌波曲
謝阿蠻
請一纏頭
綠玉琢成磬
木芍藥
任吹多少
水精…屛風
合歡實
雪衣女
明駞使
端正樓
珠翠燦於路岐可掬
荔枝香
三百五十斤
猪龍
與娘子等併命

善地受生	善地受生	善地受生
術士李遐周先有詩	術士詩	術士李遐周有詩
	雨霖鈴曲	雨霖鈴曲
錦香囊	錦香囊	錦香囊
梨園弟子	梨園弟子	梨園弟子
刻木牽絲作老翁	刻木牽絲作老翁	刻木牽絲作老翁
玉妃太眞院	玉妃太眞院	玉妃太眞院
櫻桃蔗漿	櫻桃蔗漿	櫻桃蔗漿
元始孔昇眞人	元始孔昇眞人	元始孔昇眞人
	錦韈	錦袎韈
	落妃池	（落妃池）
	珠翠可掃	（珠翠燦於路岐可掬）

以上に示した楊貴妃説話の流れ圖から一見して分ることは、『類説』本「楊妃外傳」と通行本『楊太眞外傳』との密接な踏襲關係である。このことを具體的に示すために、例えば冒頭の「霓裳羽衣曲」故事の描寫について、兩者を比較してみると次のようである。

『類說』本の描寫

天寶四載、冊太眞宮女道士楊氏爲貴妃、半后服。進見之日、奏《霓裳羽衣曲》。注：劉禹錫詩云、「開元天子萬事足、惟惜當時光景促。三鄉陌上望仙山、歸作霓裳羽衣曲。仙心從此在瑤池、三清八景相追隨。天上忽乘白雲去、世間空有秋風詞」。按『逸史』云、「天寶初中秋、羅公遠曰、『陛下能從臣月中遊乎？』取桂枝、擲空爲大橋、色如白金。上行至月宮、女仙數百、素衣飄然、舞於廣廷。上問『何曲？』曰、『《霓裳羽衣》也』」。

通行本『顧氏文房小說』本の描寫

天寶四載七月、冊左衛中郎將韋昭訓女配壽邸。是月、於鳳凰園冊太眞宮女道士楊氏爲貴妃、半后服用。進見之日、奏《霓裳羽衣曲》。《霓裳羽衣曲》者、是玄宗登三鄉驛、望女几山所作也。故劉禹錫詩有云《伏覩玄宗皇帝望女几山詩、小臣斐然有感》、「開元天子萬事足、惟惜當時光景促。三鄉驛上望仙山、歸作霓裳羽衣曲。仙心從此在瑤池、三清八景相追隨。天上忽乘白雲去、世間空有秋風詞」。又『逸史』云、「羅公遠天寶初侍玄宗、八月十五日夜、宮中翫月、曰、『陛下能從臣月中游乎？』乃取一枝桂、向空擲之、化爲一橋、其色如銀。請上同登、約行數十里、遂至大城闕。公遠曰、『此月宮也』。有仙女數百、素練寛衣、舞於廣庭。上前問曰、『此何曲也？』曰、『《霓裳羽衣》也』。上密記其聲調、遂回橋、却顧、隨步而滅。旦諭伶官、象其聲調、作《霓裳羽衣曲》。以二說不同、乃備錄於此。

この一段は、玄宗と楊貴妃の婚禮に霓裳羽衣曲を奏する場面である。この一段の描寫の比較から分ることは、通行本が『類說』本に比して、敍述がより煩多で興味深く、しかも、より物語的で解說的になっていることである。

次には、同樣に「善地受生」、つまり楊貴妃の慘殺場面の描寫比較である。

『類説』本の描寫

帝幸蜀、至馬嵬、軍士殺楊國忠。

上使力士賜妃死。妃泣曰、「願大家好住。妾誠負國恩、死無恨矣。乞容禮佛」。帝曰、「願妃子善地受生」。力士遂縊

通行本『顧氏文房小説』本の描寫

上幸巴蜀、貴妃從。至馬嵬、右龍武將軍陳玄禮懼兵亂、乃謂軍士曰、「今天下崩離、萬乘震蕩、豈不由楊國忠割剝甿庶、以至於此？　若不誅之、何以謝天下」。衆曰、「念之久矣」。會吐蕃和好使在驛門遮國忠訴事。軍士呼曰、「楊國忠與蕃人謀叛！」　諸軍乃圍驛四合、殺國忠、幷男暄等。（國忠舊名釗、本張易之子也。天授中、易之恩幸莫比。每歸私第、詔令居樓、仍去其梯、圍以束棘無復女奴侍立。母恐張氏絕嗣、乃置女奴嬪姝於樓複壁中。遂有娠、而生國忠。後嫁於楊氏。）上乃出驛門勞六軍。六軍不解圍、上顧左右責其故。高力士對曰、「國忠負罪、諸將討之。貴妃卽國忠之妹、猶在陛下左右、羣臣能無憂怖？伏乞聖慮裁斷」。（一本云、「賊根猶在、何敢散乎？」蓋斥貴妃也。）上迴入驛、驛門內傍有小巷、上不忍歸行宮、於巷中倚杖欹首而立。聖情昏默、久而不進。京兆司錄韋鍔（見素男也）進曰、「乞陛下割恩忍斷、以寧國家」。逡巡、上入行宮。撫妃子出於廳門、至馬道北牆口而別之、使力士賜死。妃泣涕嗚咽、語不勝情、乃曰、「願大家好住。妾誠負國恩、死無恨矣。乞容禮佛」。帝曰、「願妃子善地受生」。力士遂縊於佛堂前之梨樹下。纔絕、而南方進荔枝至。上覩之、長號數息、使力士曰、「與我祭之」。祭後、六軍尚未解圍。以繡衾覆床、置驛庭中、

於佛堂梨樹下。才絶、而南方進茘枝到。上長號、使祭之。妃時年三十八。

敕玄禮等入驛視之。玄禮擡其首、知其死、曰「是矣」。而圍解。瘞於西郭之外一里許道北坎下。妃時年三十八。

この一段に於ても、一見して分る通り、今日の通行本は『類説』本に比して、楊國忠の履歴や楊貴妃の臨終等の描寫が大幅に増多されている。

以上は典型二例、該當部分のみの提示であるが、今日の通行本『楊太眞外傳』が『類説』所收「楊妃外傳」に較べて、より興味深く詳細に楊貴妃故事を敷衍して縷述している事實が明らかとなるであろう。このうち、通行本の楊國忠慘殺の場面を精細に描いた部分［右龍武將軍陳玄禮～殺國忠、并男暄等］の記事は、『類説』本「楊妃外傳」にはないが、通行本『楊太眞外傳』の編者は、恐らく『新唐書』卷二〇六、楊國忠傳に見える次の表現を巧妙に襲用したものと思われる。

右龍武大將軍陳玄禮謀殺國忠、不克。～玄禮懼亂、召諸將曰、「今天子震蕩、社稷不守。使生人肝腦塗地、豈非國忠所致！ 欲誅之以謝天下、云何?」衆曰、「念之久矣。～」會吐蕃使有請於國忠、衆大呼曰、「國忠與吐蕃謀叛！」衞騎合、國忠突出、或射中其頰、殺之、～

なお、通行本『楊太眞外傳』卷上の冒頭、楊貴妃の出自を述べた部分に、

楊貴妃小字玉環、弘農華陰人也。後徙居蒲州永樂之獨頭村。高祖令本、金州刺史、父玄琰、蜀州司戶。貴妃生於蜀。嘗誤墜池中、後人呼爲「落妃池」。池在導江縣前（亦如王昭君、生於峽州、今有昭君村；綠珠生於白州、今有綠珠江）。妃早孤、養於叔父河南府士曹玄珪家。

とあるのは、『類説』所收「楊妃外傳」の「落妃池」條に「貴妃生於蜀。嘗誤墜池中、後人呼爲《落妃池》。」とある

部分、及び（　）内の編者の注解部分を除き、『舊唐書』巻五十一、楊貴妃傳に「玄宗楊貴妃、高祖令本、金州刺史、父玄琰、蜀州司戶。妃早孤、養於叔父河南府士曹玄璬。」とある傳記記述を併せて成ったものである。また、通行本『楊太眞外傳』巻下、末尾の跋語部分に、「今爲『外傳』、非徒拾楊妃之故事、且懲禍階而已。」とあるのは、唐・陳鴻「長恨歌傳」末尾に、「意者不但感其事、亦欲懲尤物、窒亂階、垂於將來者也。」とある部分の表現を、巧妙に借用して補加したものと思われる。

そして、以上に典型的な二例を擧げて比較檢討した宋・『類說』本「楊妃外傳」と明・通行本『楊太眞外傳』との重複する表現について考えてみると、「楊妃外傳」の簡單でメモ記錄的な表現から、『楊太眞外傳』に特徵的な網羅的で體系的な表現への變移現象や、兩本をめぐる成書情況からして、明代の『楊太眞外傳』の作者が宋代の『類說』本「楊妃外傳」に基づいて、新舊『唐書』等の關連記事をも襲用しつつ、これを更に敷衍して今日の通行本の體裁に仕立てあげたものと推定できる。（ここでいう『楊太眞外傳』の作者とは、宋・樂史の謂ではなく、宋・樂史に假託した明代の通行本の補綴者の謂である。）

それでは、『類說』本「楊妃外傳」と一百巻『說郛』本「楊妃外傳」との關係は如何であろうか。今、兩本を調べてみると、『說郛』本は『類說』本に較べ、次に揭げる十九項目の記述が少ないが、その他の記事內容について兩者はほぼ同樣である事が分る。

給粉翠千緡　杜甫詩　七寶冠　瑣子金帶　生女勿悲酸　紫雲迴　凌波曲　謝阿蠻　請一纏頭

綠玉磬　芍藥　水精屛　雪衣女　荔枝香　與娘子併命　雨霖鈴曲　錦韈　落妃池　珠翠可掃

これらを除く他の記述については、『類說』本、『說郛』本ともに同様なのであるが、このことを、前例にならって、『說郛』本に示された「霓裳羽衣曲」「善地受生」の表現の比較によって示すことにする。(ここでは『說郛』本の表現を地の文として示し、『類說』本との異同部分を〰〰および［　］記號を用いて示す。)

霓裳羽衣曲

天寶四載、冊太眞宮女道士楊氏爲貴妃、半后服。進見之日、奏《霓裳羽衣曲》。註［注劉禹錫詩云、開元天子萬事足、惟惜當時光景促、三鄉陌上望仙山、歸作霓裳羽衣曲、仙心從此在瑤池、三清八景相追隨、天上忽乘白雲去、世間空有秋風詞。］按『逸史』云、天寶初中秋、羅公遠曰、「陛下能從臣月中遊乎？」取拄杖［桂枝］擲空爲大橋、色如白金。上行至月宮、女仙數百、素衣飄然、舞於廣庭。上問「何曲？」曰、「霓裳羽衣曲［　］也。」(［］は該當文字が無いことを示す。)

ここでは、『類說』本が、「霓裳羽衣曲」の註として劉禹錫詩を加えている以外は殆ど同様の表現であることが分る。

善地受生

明皇［帝］幸蜀、至馬嵬、軍士殺楊國忠。上使力士賜妃死。妃泣曰、「願大家好住。妾誠負國恩、死無恨矣。乞容禮佛」。帝曰、「願妃子善地受生」。力士遂縊於佛堂梨樹下。纔［才］絕、而南方進茘枝到。上長號、使祭之。妃時年三十八。

ここでも、『類說』本の記述と『說郛』本の記述とは全くといっていいほど同様である。

以上には、典型例二例について、『類說』本と『說郛』本の「楊妃外傳」の記述について比較してみた。その他、

ここには例示しなかった項目、卽ち、

得寶子　竊寧王玉笛吹　任風吹多少　合歡橘　明駞使　端正樓　重三百五十斤　猪龍

術士詩　錦香嚢　梨園弟子　刻木牽絲作老翁　玉妃太眞院　櫻桃蔗漿　元始孔昇眞人

について比較對照してみても、『類說』本と『說郛』本の兩「楊妃外傳」の記述は、「明皇」→「上」等の些細な異同を除けば、全くといっていいほど一致する。このことは、『類說』と『說郛』成立の情況から見て、『說郛』の編者が『類說』本に基づいて抄書したことを物語るものであり、また、前掲の『類說』本にあって『說郛』本に無い「楊妃外傳」記事の十九項目は、『說郛』の抄書の際に抄出されなかったことを示すものであろう。

五

以上の論述から、原本「楊妃外傳」から現行本『楊太眞外傳』に至る成書過程において、『說郛』が深く關わることが明らかになった。そこで最後に、『說郛』の編纂史と『楊太眞外傳』の成立との關係について考察し、小稿の總括に代えたい。

『說郛』の編纂史に關する概略(2)は次の通りである。

まず原纂者たる陶宗儀は字は九成、號は南村、浙江黃巖の人。生沒年は不詳だが、元末から明初にかけて生きた人である。若年に科擧試を受けたが、合格せず、遂に任官することをあきらめ、天下各地を遊覽して回った。晩年は浙江府城の北、泗水の南に居を定め、南村と號し、後生の指導に當った。してみれば、生沒年や履歷を含めて不明な點が多い陶宗儀は、元明の間に於て、顯官の道こそ進まなかったものの、文化水準の高い浙江の鄕土に深く根ざした一知識人であったことは確かである。

次に、『說郛』が何時どういう目的で編纂されたのかも定かではないが、陶宗儀『書史會要』に附した明・宋濂の序に「曾慥の『類說』に倣ひて『說郛』若干卷を作る。」と述べ、また明・郎瑛『七修類藁』卷十八に「陶南村『說郛』を作るは、蓋し曾慥の『類說』に倣って爲す者なり。」と指摘し、更に『四庫全書總目提要』卷一二三の『說郛』提要もこのことを追認するところに據れば、『說郛』が專ら『類說』を踏襲して成ったことがほぼ明らかとなる。『類說』もまた編者が暇居の折に編纂したものであったが(3)、節錄の叢書たる『說郛』も、作者の遊覽の途中に編まれたとは考えられず、恐らくは南村に隱居して後の產物であっただろうと思われる。『說郛』一百卷は、後三十卷が失われていたのを明・弘治間の文人郁文博が補訂したが、これは近人張宗祥の涵芬樓藏本に基づく校補によって、民國十六(一九二七)年に商務印書館から刊行された。また同じ明代には、やや後の萬曆間の文人である陶珽による一二〇弓の『說郛』が編まれたが、こちらを『重較(また重校、また重編)說郛』と呼び、同編『說郛續』四十六卷を附して刊行され、明清間を通じて廣く通行して今日に至っている。近刊『說郛三種』十冊(4)にこれら三種の『說郛』を收める。

これらの『說郛』中に、小稿が考察の對象とする『楊太眞外傳』は、

楊妃外傳(不分卷)……一〇〇卷『說郛』卷七

楊太眞外傳(三卷)……同卷三八

楊太眞外傳(二卷)……一二〇弓『重較說郛』弓一一一

の三點を收錄する。後二者の『楊太眞外傳』は同本である。弓一一一本では編者によると思われる注を更に附加する。そして上述の通り、明皇崩御の記事で一卷を終る「楊妃外傳」の體裁が、宋・晁公武『郡齋讀書志』卷九の書誌に一致する所から、「楊(貴)妃外傳」がどうやら原本の體裁を傳えていると推察されるのである。

してみれば、今日我々が一般に用いる『楊太眞外傳』は、實は明代の活字出版の際に新裝增補して成った所謂通行本であって、原本のそれとは體裁が異なる事になる。むろん原本の著者が樂史であれば、改編後も原著者は樂史であるのだが、できれば、併せて改編者名を知りたい所である。しかしながら、明清期における商業出版の然らしむるところ、殘念ながら上揭の郁文博や陶珽が改編者として疑われるものの、確かな直接證據は見出せない。

更には、以上に論述した『楊太眞外傳』以外の唐宋以前の小說、例えば同じく樂史撰とされる「綠珠傳」、あるいは作者不明の「梅妃傳」「飛燕外傳」「迷樓記」「開河記」等々の小說についても、その原作と改編をめぐるパターンは、或いは『楊太眞外傳』と同樣であったかと推測されるが、これら個別の考察については別稿を俟ちたい。

以上、小稿においては、『楊太眞外傳』をめぐる宋元明淸から今日に至る編纂および成書過程の考察を通して、明淸期に活發化した出版による定本化（それは同時に今日の通行本の底本でもある）の際に、從來の抄書を主體とした古文獻が如何に恣意的に改編されたかについて、個々の描寫比較に基づいて實證的な解明を試みた次第である。

注

（1）丁如明輯校『開元天寶遺事十種』（上海古籍出版社、一九八五年）所收。『顧氏文房小說』本を底本とする。

（2）以下の關連論著を參照。昌彼得『說郛考』（文史哲出版社、一九七九年）、倉田淳之助「說郛版本諸說と私見」（『東方學報〈京都〉』二五、一九五四年）、景培元「說郛版本考」（『中法漢學研究所圖書館館刊』一、一九四五年）、渡邊幸三「說郛攷」（『東方學報〈京都〉』九、一九三八年）、伯希和撰・馮承鈞譯「說郛考」（『北平圖書館館刊』六－六、一九三二年）。

（3）曾慥は字は端伯、號は至遊居士、泉州晉江の人。『類說』六十卷は、自序によると、紹興六（一一三六）年、「余、銀峯に喬寓するに、居に暇日多く、因りて百家の說を集め、事實を采摭し、編纂して成書」するに及んだものだという。

（4）上海古籍出版社、一九八八年。

林和靖「山園小梅」詩の鳥と蝶について

宇野直人

一　問題の所在

北宋初期の隠者詩人林逋（諡、和靖先生。九六七～一〇二八）による一連の詠梅詩は、以後、梅の花が詩材としてますます愛好される端緒をなしたとされる。(1) 彼の詠梅詩の従前と異なる特色は、梅花の超俗的な、孤高の趣に注目したところに認められよう。

人憐紅艶多應俗　天與清香似有私（106「梅花」）
澄鮮秖共隣僧惜　冷落猶嫌俗客看（167「山園小梅二首」其二）
畫名空向閑時看　詩俗休徴故事題（227「梅花二首」其二）
香篘獨酌聊爲壽　從此群芳興名闌（297「梅花二首」其一(2)）

中でも特に有名なのが、次の七律である。

166山園小梅二首　其一　山園《さんゑん》の小梅《せうばい》二首《にしゆ》　其《そ》の一《いち》
衆芳搖落獨暄妍　衆芳搖落《しゆうはうえうらく》して獨《ひと》り暄妍《けんけん》
占盡風情向小園　風情《ふうじやう》を占《し》め盡《つく》して小園《せうゑん》に向《むか》ふ

疎影横斜水清淺
暗香浮動月黄昏
霜禽欲下先偸眼
粉蝶如知合斷魂
幸有微吟可相狎
不須檀板共金尊

疎影《そえい》 横斜《わうしや》 水清淺《みづせいせん》
暗香《あんかう》 浮動《ふどう》 月黄昏《つきくわうこん》
霜禽《さうきん》 下《くだ》らんと欲《ほつ》して 先《ま》づ眼《まなこ》を偸《ぬす》み
粉蝶《ふんてふ》 如《も》し知《し》らば 合《まさ》に魂《こん》を斷《た》つべし
幸《さいは》ひに微吟《びぎん》の 相《あ》ひ狎《な》る可《べ》き有《あ》り
須《もち》ひず 檀板《だんばん》と金尊《きんそん》とを

本詩の頷聯はとりわけ廣く愛誦され、南宋の姜夔は頷聯中の語句を採って、詞牌「暗香」「疎影」を創始、また同じく南宋の黄大輿の編による詠梅詞集『梅苑』を繙くと、ほとんど毎葉にこの二つの語句が現れる。[3] さらに『梅苑』巻八には、本詩の全文が詞牌「瑞鷓鴣」の歌詞として收められ[4]、本詩が詞の旋律に乗せて愛唱されたことを示している。これも本詩の人氣の高さの證明となろう。

つづく頸聯では、鳥と蝶とがそれぞれ「偸眼」（眼《まなこ》を偸《ぬす》む）、「斷魂」（魂《こん》を斷《た》つ）と、きわめて特徴的な擬人化によって描かれる。林逋自身の詩、全三〇四首のうち、鳥類は八十九首[5]、蝶は五首の詩に現れるが、本詩のような擬人法は他には見られない。[6] この事實は、作者がこの頸聯二句に、單なる描寫を超えた特殊の表現效果を期待していたことを思わせる。

ところが從來の日・中の注釋書類においては、この「偸眼」「斷魂」の意味、また「霜禽」「粉蝶」の意味も、的確に把握されているとは言えないようである。これには、

頷聯妙絕、首二句亦不凡。後半不稱、可惜。（『宋元明詩選三百首』巻三、近藤元粋評）

というような評價があることもかかわっているのであろうか。しかし、この頸聯は、描寫中心の首・頷二聯と、感懷

を詠ずる尾聯との中間、すなわち、ちょうど本詩の詩想の轉換點に位置している。それだけに、本聯を的確に理解することは、本詩全體の構造や作者の意圖をとらえる上で大きな意味をもつであろう。

そこで本稿では、

（一）「霜禽」「粉蝶」の意味

（二）「偸眼」「斷魂」の意味と、頸聯全體が表す詩的心象

の二點を追究しつつ本聯の内容を明らかにし、さらに林逋が本詩において、梅花に何を託そうとしたかについても論及したいと思う。

二　「霜禽」「粉蝶」の意味

「霜」「粉」は共に梅の縁語であるが、[7] 本聯の中ではどのような意味を帯びているのか。この二語は、對句をなす兩句のそれぞれに對置されているので、一方の意味をどうとらえるかによって、もう一方の意味が規定され、それがひいては聯全體の境地に影響することとなる。いま前句の「霜禽」から取り上げる。

(1)「霜禽」に對する先行二説

この語に對しては、從來、次の二説がある。

(A)　冬の鳥、霜に打たれる鳥。

(B)　白い鳥。

兩說ともに所說の根據を明示したものは無いが、(A)說は日本の注釋書に[8]、(B)說は中國の注釋書に[9]多く、この點でも興味ある對照を示している。(A)說によれば、本聯は季節感が強調されて〝冬の鳥と、春の蝶〟を竝べた、時間的に廣がりをもつ内容となり、(B)說によれば、色彩が主となって〝白い鳥と蝶〟を描いた境地となる。兩者の差はかなり大きい。

林逋自身「霜禽」という語は（「霜鳥」「霜鶴」「霜鴻」などの類義語を含め）、本詩にしか用いていない。そこで、この語の本詩の中での意味を把握するには、

▽「霜禽」（ならびにその類語）の、歴代詩中での使われ方。

▽本詩の文脈。

の兩面から考察することが必要となる。

(2)「霜禽」の用法の沿革

「霜」は『詩經』以來、習見の字であるが[10]、各時代を通じて、自然現象としての霜を表す用法（風霜・嚴霜・履霜……）、また冬の季節感・寒冷感を表す用法（霜天・霜雲・霜夜・霜氣……）が多く、色彩としての白色を表す例は「霜鬢」「霜月」「霜衣」など、比較的限られている。「霜」が鳥を形容する例はさらに少なく、次のとおりである。

全宋（南朝宋）詩2　全陳詩2　杜甫2　白居易1　孟郊1　李賀1　溫庭筠2　杜牧1

最も古いのは、南朝宋の鮑照による二組の對句である。

皦潔冒霜鴈、飄揚出風鶴（鮑照「歲暮悲」）

眇眇負霜鶴、皎皎帶雲鴈（同「冬至」）

これらの對句の中で「霜」は「風」「雲」と對置されている。したがって、これらの「霜」は色彩よりも〝霜の季節、冬〟の意味に重點があることになろう。兩詩の詩題に示される〝歳末〟〝冬〟もそれを裏づけている。

この傾向は以後、中唐期までほとんど變らずに受け繼がれてゆく。

霜鴈排空斷　寒花映日鮮　（張正見「重陽殿成金石會竟上詩」）

寒燈作花羞夜短　霜鴈多情恆結伴　（江總「姫人怨」）

雪嶺日色死　霜鴻有餘哀　（杜甫「冬到金華山觀……」）

浦鷗方碎首　霜鶻不空拳　（同「寄嶽州賈司馬六丈・巴州嚴八使君……」）

煙鴈飛寒渚　霜鳥聚古城　（白居易「自江陵之徐州、路上寄兄弟」）

これらの「霜」も、文脈や對句の狀況から、季節感を示すと取るのが自然であり、〝霜＝白色〟のイメージを前面に出すべき要素は見當らない。

つづく孟郊の「遠岸雪難暮　勁枝風易號　霜禽各嘯侶　吾亦愛吾曹」（「立德新居十首」其四）も文脈から同樣に受け止められるが、李賀に至って次のような例が現れる。

漁童下宵網　霜禽揀烟翅　（「昌谷詩」）

この句に對し、淸の王琦が次のように注している。

霜禽、鳥之白色者、鷗・鷺之屬。（『彙解』卷三）

「霜禽」の語はここで初めて、はっきり〝白い鳥〟の意にとらえられている。[11]

晩唐では次のような例がある。

漢將營前萬里沙　更深一一霜鴻起　（溫庭筠「觱篥歌」）

僊翁白扇霜鳥翎　拂壇夜讀黄庭經（同「秋日」）
迴野翹霜鶴　激潭舞錦鶏（杜牧「朱坡」）

このうち杜牧の例のみは、「錦鶏」（あかいにわとり）との對應上、「霜鶴」も白い色彩が主となろう。要するに「霜禽」の語は、中晩唐に至って〝冬の鳥〟〝白い鳥〟の兩義を示す可能性をもち始めたと言える。それでは林逋自身は、この語にどちらの意味をこめようとしたのか。それは、對句として對應する「粉蝶」の意味と照らし合せることによって、明らかになる筈である。

(3)　「粉蝶」と「霜禽」

「粉蝶」については、日・中の注釋書類のほとんどが〝白い蝶〟と解している。[12] これについて吟味すると、まず日本の注釋書類が「粉蝶」を〝白い蝶〟と解し、これと對になる「霜禽」を〝冬の鳥〟と解するのは、兩句の色對としての性格が曖昧になる難點を免れない。一方、中國の注釋書類が「粉蝶」を〝白い蝶〟、「霜禽」を〝白い鳥〟と解するのは、色對としての一貫性は保たれるものの、白と白とを對應させることになり、合掌對に接近し、對句表現の妙味の點でやはり疑問が残る。「粉蝶」は果して〝白い蝶〟という、色彩を主とするとらえ方でよいのだろうか。

「粉」の歷代の用例を觀察すると、南朝齊のころまではすべて〝おしろい〟の意で用いられており[13]（紅粉・粉黛・粉粧……）、「粉蝶」の語は南朝後半に初めて登場する。

風扉乍開闔　粉蝶時翻舞（梁、高爽「寓居公廨、懷何秀才」）
胡地少春來　三年驚落梅　偏疑粉蝶散　乍似雪花開（陳、江總「梅花落二首」其二）

前者では「風扉」と對になっていること、後者では〝散る花びら〟にたとえられていることから、これらの「粉蝶」

は色彩よりもむしろ〝飛散する〟性格に重點が置かれているように見受けられる。[14] 唐代での用例[15]もおおむねは〝おしろい〟の意であり（脂粉・粉署・鉛粉……）、「粉蝶」の語は次の數例にとどまる。

風輕粉蝶喜　花暖蜜蜂喧（杜甫「敝廬遣興、奉寄嚴公」）
青陵粉蝶休離恨　長定相逢二月中（李商隱「蜂」）
春風幾許傷情事　碧艸侵階粉蝶飛（溫庭筠「和友人悼亡」）

このうち杜詩の「粉蝶」が色彩を主としていないことは對句の状況から明らかであるが、あとの二例は判然としない。その點、むしろ注目されるのは、次のような一連の用例である。

花留蛺蝶粉　竹翳蜻蜓珠（梁簡文帝「晩日後堂詩」）
戲蝶時飄粉　風花乍落香（梁元帝「後臨荊州詩」）
悲看蛺蝶粉　位望蜘蛛絲（王僧孺「春閨有怨詩」）
蝶翎朝粉盡　鴉背夕陽多（溫庭筠「春日野行」）
紅無果蔕櫻桃重　黃染花叢蝶粉輕（同「偶題」）
花房露透紅珠落　蛺蝶雙雙護粉塵（同「和友人谿居別業」）
屛緣蝶留粉　窗油蜂印黃（李商隱「贈子直花下」）
稍稍落蝶粉　斑斑融燕泥（同「細雨成詠、獻尚書河東公」）
蝶欲試飛猶護粉　鶯初學囀尚羞簧（皮日休「聞魯望遊顏家林園、病中有寄」）

これらの用例中の〝粉〟が示すものは蝶の色彩ではなく、その形態上の一要素、つまり蝶の羽の表面をおおう〝鱗粉〟であることは明らかであろう。[16] これは「粉」の本義〝こな〟にもより近く、自然に受け入れられるイメージである。このことからすれば「粉蝶」は〝鱗粉を散らしながら飛ぶ蝶〟ということになるのである。

ここで林逋の頸聯に戻り、「粉蝶」「霜禽」の兩語を照し合せて意味を検討してみよう。すると、「粉蝶」という語が、粉《おしろい》の白色の要素を或る程度連想させつつも、より多く〝鱗粉を散らして飛ぶ蝶〟のイメージが濃厚なのに對應して、「霜禽」も、霜の白さを含むものの、一義的には〝霜のおりる時節の鳥〟と解するのが自然である。[17] このとらえ方は、本詩の季節感──第一句に「衆芳搖落獨暄妍」とあることから、秋〜冬の雰圍氣が強い[18]──とも無理なく合致する。「霜禽……」の句はほぼ眼前の景を詠じ、「粉蝶……」の句は來たるべき春の光景を想像したもの、ということになるわけである。

作者はこの二つの小動物を擬人的に描くことによって、いかなるメッセージを傳えようとしたのだろうか。

三　頸聯の詩的心象

(1)　〝鳥と蝶〟の對句に見られる二傾向

詩材としての「鳥」は『詩經』から既に見られ、しばしば離愁・不遇感・願望などの感情が投影される。[19] そこに古代の鳥形靈信仰の殘像を認めることも可能であろう。[20]「蝶」はそれに比べて定着が遲く、唐以前の用例數は多いとは言えない。[21] 唐代にあっても頻出の詩材ではなく、王昌齡・孟浩然・王維・岑參・元結・柳宗元らのように「蝶」の字を一字も用いていない大詩人もある。李白も七例に過ぎない。が、すでに梁代から、

飛蝶雙復隻　此心人莫知（梁武帝「古意詩二首」其二）

叢臺可憐妾　當窓望飛蝶（梁簡文帝「採桑」）

長相思　怨成悲　蝶縈草　樹連絲（陳後主「長相思二首」其二）

などという詩句があり、蝶も早い時期から人の感情にかかわりの深い詩材となっていたことが窺われる。

そして、鳥と蝶とを竝べた對句の作例もまた梁代よりすでに見られ、それらは明瞭に二つの系列に分けることができる。

① 典型的な春の情景として、よろこばしく明るい雰圍氣を表す。

黄鸝隱葉飛　蛺蝶縈空戲（何遜「石頭答庾郎丹詩」）

花茂蝶爭飛　枝濃鳥相失（梁簡文帝「奉答南平王康賚朱梅詩」）

蘩蘭已飛蝶　楊柳半藏鴉（王筠「春遊詩」）[22]

② 美しい春景を享受できない者の、心中の不滿・悲愁を誘發する契機として扱われる。

花塢蝶雙飛　柳堤鳥百舌　不見佳人來　徒勞心斷絕（梁武帝「子夜四時歌」―「春歌四首」其四）

蝶逢飛搖颺　燕值羽參池　……佳人不在茲　春風爲誰惜（沈約「會圃臨春風」）

鳴鸝葉中舞　戲蝶花間鶩　調琴本要歡　心愁不成趣（劉令嫻「答外詩二首」其一）[23]

①②ともに、鳥や蝶が典型的な春の景物として取り上げられているが、①が單純な情景描寫として完結しているのに對し、②では鳥や蝶がむしろ心境告白を導く觸媒として現れるところに相違がある。

この二系列は唐代以降、それぞれの特色をより強化する形で受け繼がれている。①の作例は一つの類型となり、鳥が鶯（黄鸝）に限定されることと共に常套的な印象を強めるのに對し、②の感情表現はますます多樣化し、深みを感じさせる方向へと傾いてゆく。

〔①〕

繁、鶯、歌似曲　疏、蝶、舞成行（王勃「對酒春園作」）

苑、蝶、飛殊懶　官、鶯、轉不疏（沈佺期「晦日滻水應制」）

綜殿流鶯凡幾樹　當蹊亂、蝶、許多叢（張説「奉和聖製春日幸望春宮應制」）

蝴、蝶、晴連池岸草　黃、鸝、晩出椒園花（錢起「登劉賓客高齋」）

新葉鳥、下來　萎花蝶、飛去（白居易「歩東坡」）

〔②〕

蝶、戲綠苔前　鶯、歌白雲上……夕濟幾潺湲　晨登每、惆悵、（盧照鄰「奉使益州至長安……」）

舞、蝶、臨階祇自舞　啼、鳥、逢人亦助啼　獨坐傷孤枕　春來悲更甚（駱賓王「艷情、代郭氏答盧照鄰」）

鳥、啼移幾處　蝶、舞亂相迎　忽、歎、人、皆、濁　堤防水至清（杜審言「春日江津遊望」）

蝶、舞園更閒　雞、鳴日云夕　男、兒、未、稱、意　其道固無適（高適「同群公題鄭少府田家」）

縈叢蝶、尙亂　依閣鳥、猶喧　對此殘芳月　憶在、漢、陵、京、（韋應物「始夏南園思故里、、」）

戲蝶、雙舞看人久　殘鶯、一聲春日長　共愁日照芳難住　仍張帷幕垂陰涼（白居易「牡丹芳」）

柔、情終不遠　遙、妬、已先深　浦冷鴛、鴦、去　園空蛺、蝶、尋（李商隱「獨居有懷、、」）

殘芳荏苒雙、飛、蝶、　晩睡朦朧百、囀、鶯、　舊、侶、不、歸、成、獨、酌、　故園雖在有誰耕（同「寒食前有懷、」）

このように、唐代の②の系列にあっては、旅愁・厭世感・不遇感・離情など、さまざまの悲観的感情が描き出されている。

林逋の本詩頸聯は、①②のどちらに解すべきであろうか。まず林逋自身、鳥や蝶を春景の代表、というよりもむしろ通俗的な春のイメージとして認めていたことは、次の詩句によく現れている。

慙愧黄鸝與蝴蝶　秖和春色在桃溪　（227「梅花二首」其二）

ここで作者は、梅花の超俗的な風格を賞賛すると共に、凡俗の者たちがその眞價を理解しないことをむしろ喜び、〝うれしいことに、黄鸝《うぐひす》や蝶々は、春の趣を桃の花咲く谷川にしか感じ取ることができないのだ〟と詠じている。(24) そのような鳥や蝶の通俗的性格は、本聯にも投影されているに違いない。そして本聯の場合、鳥や蝶が単純な描寫ではなく、「偸眼」「斷魂」という擬人法を用いて詠ぜられているために、②の側面が大きく浮上する。なぜならここでの擬人法は、〝鳥や蝶は本來無情のものであるのに、作者には「偸眼」「斷魂」しているように見えた〟ということを示す。それはとりもなおさず、このときの作者自身がそのような心理狀態にあり、その狀態で鳥や蝶を見たからに他ならない。(25) それは、梁代以來の用法②に照らせば或る悲觀的心理狀態であり、その心理を具體的に性格づける働きをしているのが「偸眼」「斷魂」の二語なのである。そこで、以下、この二語が示す心理について検討を加えることとしたい。

(2)「偸眼」の心理

「偸眼」という語は（「偸看」などの類語を含め）、先行の用例に乏しい。(26) そして、その乏しい用例からは、ほぼ一定の心理傾向を見いだすことができる。

蜜蜂蝴蝶生情性　偸眼蜻蜓避伯勞　（杜甫「風雨看舟前落花、戲爲新句」）

競將明媚色　偸眼艶陽年（同「數陪章梓州泛江有女樂……二首」其一）

〔九家注〕公蓋謂、佳人自衒美色、偸眼視春光、以爭勝意。（巻二十四）

〔詳注〕邵注、佳人偸眼、以爭妍媚也。（巻十二）

烟霞偸眼窺來久　富貴粘身擺得無（白居易「近見慕巣尙書詩中……」）

未必諸郎知曲誤　一時偸眼爲迴腰（元稹「舞腰」）

莫向孤峰道息機　有人偸眼羨吾師（齊己「寄尙顏」）

輕動玉纖歌遍慢　時時偸眼看君王（和凝「宮詞百首」其八十九）

これらの「偸眼」は全體に〝相手を正視するのではなく、こっそりと様子をうかがう〟體のものであるが、そこに伴われる心理を吟味すれば、杜甫の第二首には〝他者と自分との優劣を暗に比較する思惑〟が感知され、白居易と元稹の例には〝世俗を脱しようとしてできない引け目〟或いは〝自分の誤りを氣づかれたことへの恐れ〟が、そして齊己や和凝の例には、〝近寄りがたいが近づきがたい者への畏怖の念〟が感じられよう。いずれも、逡巡の氣分に支配されたものである。

林逋自身の「偸眼」の用例は本詩の他にもう一首あるが、その用法も右の特色の延長上にある。

浮名莫惜千鍾貴　急景須防百歳稀　一事不堪身衣褐　且偸閑眼看芳菲（224「小園春興」）

この場合は右の白居易の例に似て、超俗の心境に徹底できない引け目、氣おくれを帯びた視線である。

このように、在來の用法・林逋自身の用法に一貫する、「偸眼」の〝逡巡の氣分〟を考慮して本句「霜禽欲下先偸眼」を解釋すると、冬の鳥は地上へ降りようとして梅の花に氣づき、或る引け目、氣おくれを帶びた眼差しをまず送る。ということになる。その引け目、氣おくれの內實は、林逋の梅花觀と、鳥のイメージとを想起すれば容易に理解されよう。本稿冒頭に述べたとおり、林逋にとって梅の花は、超俗的な、孤高の存在である。一方、蝶と對になった鳥は、傳統的に、通俗的な春のイメージを背負っており、林逋自身、鳥を〝春について常識的な、凡庸な感覺しかもたない小動物〟として詠じていた（前揭227「梅花二首」其二）。

したがってこの句は〝超俗的な、孤高の存在〟と〝あくまで庸俗な感性・價値觀の持ち主〟とを對置させ、後者が前者になじめないことを詠ずることによって、前者の高尙性をいっそう印象づけようとしたものと考えられよう。それは梅花の立場からすれば、やはり〝孤獨の悲しみ〟を免れ得ないものである。

(3)「斷魂」の心理

「斷魂」という語は南朝末までの詩には見られず[27]、初唐期に初めて現れる[28]。その初唐期にはもっぱら旅の詩の中で、旅人の鄕愁を表すのに用いられている。

別島連寰海　離魂斷戍城（駱賓王「遠使海曲、春夜多懷」）
鄕夢隨魂斷　邊聲入聽喧（駱賓王「早秋出塞、寄東臺詳正學士」）
百越去魂斷　九疑望心死（宋之問「自洪府舟行、直書其事」）
望水知柔性　看山欲斷魂（同「江亭晚望」）
路遙魂欲斷　身辱理能齊（同「發端州初入西江」）

ついで盛唐期、孟浩然がこれを承けて「欲識離魂斷　長空聽雁聲」（「唐城館中早發、寄揚使君」）と詠じ、李白・杜甫に至ってやや意味が擴張された。すなわち李白は、

寒燈厭夢魂欲絶　覺來相思生白髮（李白「寄遠十一首」其十一）

と、親しい人と離れて暮らす悲しみをこの語で表し、杜甫はこれをさらに、偉大な人物との時間的隔たりを詠ずる場に應用した。

日斜鵩鳥入　魂斷蒼梧帝（「贈祕書監江夏李公邕」）

〔九家注〕……邕魂斷於思帝舜之君。（巻十四）

古の聖天子に會えない悲嘆を「魂斷」の語で表している。

中・晩唐期は以上の意味の範圍内で受け繼がれている。

目極魂斷望不見　猿啼三聲涙滴衣（孟郊「巫山曲」）

殘夢夜魂斷　美人邊思深（溫庭筠「秋夢」）

王粲平生感　登臨幾斷魂（李商隱「旅泊新津、卻寄□□一二知己」）

此時欲別魂俱斷　自後相逢眼更狂（韓偓「五更」）

自有春愁正斷魂　不堪芳草思王孫（韋莊「春愁」）

以上、唐末までのこの語の用法を概括すれば〝心を寄せる對象との隔絶感から生ずる甚だしい悲嘆を表す〟ということになろう。(29)

このことと、〝鳥と蝶〟の對句において、蝶が通俗的な春の象徴であることとを考え合せて本句「粉蝶如知合斷魂」を解釋すれば、

鱗粉を散らして飛ぶ春の蝶が、かりに、見慣れた春景に先んじてこの梅の花が咲くと知ったら、梅の花と同時期に生れ得ない悲嘆に身も世もない思いをするだろう。

となる。[30] 本句において、蝶は、棲息の條件が合わないためにやむなく梅花と隔てられているものとして描かれ、そのため本句は前句と同様、梅の孤立性と、そこから來る悲しみとを強調する効果を擧げている。

(4)　頸聯の心象と、尾聯とのつながり

以上のように、頸聯の鳥・蝶は、ともに梅花に對して或る隔たりのあるものとして描かれている。本詩の梅花は、首聯から既に〝他の花が散り果てたあと、ひとり咲く花〟という孤立性を賦與されていたが、この頸聯でさらに、通俗的な春の景物から遠ざけられていることが述べられ、その高尚性が強調されると共に、〝他との親和性の乏しさ〟という悲観的雰圍氣もかもし出されている。ここに至って、本詩の梅花には、世俗の價値観に同調せず、一般社會から離れて生きる〝高士〟のイメージが投影されて來る。それは、西湖の孤山に隱棲した作者自身の姿にもつながるものであろう。

そして、このように見ることによってこそ、つづく尾聯はますます生動する。尾聯に至って作者は言う、

私の靜かな吟詠こそこの花に似合う。拍子木や酒樽を持ちこんだ、騒々しい、俗なる酒宴は必要ない。

と。頸聯で梅花に自分との相似性を發見した作者は、ここで明確に、梅花への共感の表明を行っているのである。この場合、とりわけ第七句冒頭の「幸有」の二字は、

ほかの花とも小動物たちとも馴染み得ない孤高の梅の花。しかし幸いにもここに私がいる。

という、梅花への強い親愛感をこめた用字として、千鈞の重みをもつこととなるであろう。

四　結　語

以上の考察の總括として、頸聯二句にこめられた表現意圖をまとめておこう。

(一)　鳥と蝶の對句が傳統的に有する〝悲觀的感情を誘發する機能〟を基盤とする。

(二)　梅花と小動物たち（鳥と蝶）との心理的・時期的懸隔を詠ずることによって、首聯より底流している〝梅花の孤立性〟を強調している。

(三)　擬人法の採用によって作者の主觀を浮上させ、詩の流れが尾聯の感慨表白に自然に移行する契機としている。

本聯はこのような、まことに重層性に富む詩想に立脚している。綿密に構想された一聯と言うべきであろう。これは從來の解釋からはほとんど察知し得ないものであった。

もとよりそのこと自體は、本聯の文學的達成度の高低とはまた別の問題である。が、或る作品の境地、また作者の作詩態度を正確に見究めるためには、文學史上の定評や通說に左右されることなく、作品本文の表現を一々精査する作業が不可缺であろう。その作業を通じて、作品は通念と異なる相貌を露呈することもある。林逋「山園小梅」詩の頸聯は、その一つの好例と言えるのではないだろうか。

註

（1）詠梅詩の沿革と特色については、拙稿「詠梅詩槪觀」（『朱子絕句全譯注』第一册所收〔汲古書院、一九九一〕）を御參照いただきたい。

（2）以下、林逋の詩の作品番號は、『和靖先生詩集』（『和刻本漢詩集成』第十一輯所收、汲古書院、一九七五）の收載順による。

林逋詩に關する各種の統計や語句の引用も同書によっている。

(3) この二點については、岩城秀夫著「梅花と返魂」の〈二〉に、すでに指摘されている（『中國人の美意識』所收、創文社、一九九二）。

(4) ただし第五句の「霜禽」を「寒禽」に作る。この事實は「霜禽」の意味を考える一つのヒントとなろう（注(17)を參照）。

(5) 「鳥」「禽」などの汎稱によるものと、燕・鶴・鷺など、品種を特定したものとの兩者を含む。

(6) 林逋の詩の中で、鳥や蝶が多少とも擬人化されている例は、たとえば次のようである。

多謝提壺鳥　留人到落暉（006「上湖閑泛、艤舟石山函、因過下湖小墅」）
況有陶廬趣　歸禽語夕陽（011「郊園避暑」）
翠羽濕飛如見避　紅蕖香嫋似相迎（088「湖上晩歸」）
清猿幽鳥遙相呼　數筆湖山又夕陽（114「湖山小隱二首」其二）
佳人暗引鶯言語　芳草閑迷蝶夢魂（115「春日懷歷陽後園遊……」）
啼鳥自相語　幽人誰欲聽（145「留題李頡林亭」）
鳥戀茱棚長獨立　樹欹詩壁半傍坐（198「留題李休閑居」）

いずれも擬人法としては單純であり、類型的な着想と言えよう。

(7) 「霜」は「念其霜中能作花　露中能作實　……　徒有霜花無霜質」（南朝宋、鮑照「梅花落」）、「粉」は「偏疑粉蝶散　乍似雪花開」（陳、江總「梅花落二首」其二）や「因風入舞袖　雜粉向妝臺」（初唐、盧照鄰「梅花落」）以來、詠梅詩に頻見する。

(8) 簡野道明『和漢名詩類選評釋』（明治書院、一九一四）、今關天彭・辛島驍『宋詩選』（漢詩大系、集英社、一九六六）、蘆田孝昭『中國詩選』四（社會思想社、一九七四）、『宋詩一百首』（香港中華書局、一九七四）、佐藤保『中國の名詩鑑賞』8（明治書院、一九七八）、前野直彬・石川忠久『漢詩の解釋と鑑賞事典』（旺文社、一九七九）、向新陽・孫家富『古代百花詩選注』（湖北教育出版社、一九八五）、徐放『宋詩今譯』（人民日報出版社、一九八六）、『鑑賞 中國の古典』㉒〈宋代詩詞〉（大野修作執筆、角川書店、一九八八）、松浦友久『中國名詩集』（朝日文庫、一九九二）ほか。

また『大漢和辭典』卷十二の〔霜禽〕の項に「霜を帶びた鳥。霜枯れ時の鳥。冬の鳥」と解說し、孟郊「立德新居」・李賀

「昌谷詩」（いずれも後出）とともに林逋の本聯を例示している。

(9) 呉熊和ほか『唐宋詩詞探勝』（浙江人民出版社、一九八一）、徐振維ほか『松竹梅詩詞選讀』（上海教育出版社、一九八五）、呉在慶『新編宋詩一百首』（江蘇古籍出版社、一九九四）など。また「霜禽」を特に〝白鶴〟とするものに、『宋詩鑑賞辭典』（蘇者聰執筆、上海辭書出版社、一九八七）、夏傳才ほか『中國古典詩詞名篇分類鑑賞辭典』（宋立民執筆、中國礦業大學出版社、一九九一）などがある。

また『漢語大詞典』⑪の〔霜禽〕の項に「霜鳥。指白鷗、白鷺等」と説き、注(8)所掲の『大漢和』と同じ三詩を例示、さらに王琦の『滙解』の「霜禽、鳥之白色者、鷗鷺之屬」を引く。同詞典はこの王琦注を重視したものと察せられる。

(10) 語句の用例検索には各種の歌詩索引を使用した。個々の詩集名・詩人名は注(13)・(15)に列擧されている。また、梁代の詩については、近人・逯欽立輯校『先秦漢魏晉南北朝詩』（北京中華書局、一九八三）の梁詩部分を通覧した。

(11) 注(9)を參照。ただし、この李賀詩の文脈自體に即する限り、この「霜禽」が〝冬の鳥〟ではなく〝白い鳥〟を示す、という確證は無く、王琦による一解釋の次元にとどまるとも言える。注(8)に引いた『大漢和』が既にそうであるように、この「霜禽」を〝冬の鳥〟と解する可能性は無いとは言えない。

(12) 注(8)(9)を參照。なお別の解釋として、呉在慶『新編宋詩一百首』（注(9)所掲）は「粉蝶」を「彩色蝴蝶」とする。また、徐放『宋詩今譯』（注(8)所掲）は、「花蝴蝶兒」と譯する。この兩説については注(16)を參照。

(13) 『詩經』0　『楚辭』1　全漢詩2　全三國詩1　全晉詩4　全宋詩2　齊詩3　梁詩28　陳詩15　隋詩5

(14) 注(7)に引いた盧照鄰の「梅花落」に、

梅嶺花初發　天山雪未開　雪處疑花開　花邊似雪廻　因風入舞袖　雜粉向妝臺

とあり、〝梅―雪―粉〟という一連の〝飛散〟のイメージの流れを有していることも旁證となろう。

(15) 王勃0　盧照鄰3　楊炯1　駱賓王4　沈佺期4　宋之問4　杜審言3　陳子昂1　張說4　張九齡0　孟浩然3　王昌齡1　王維4　高適2　李白7　杜甫20　岑參5　元結0　韋應物7　錢起6
韓愈2　白居易43　孟郊7　李賀26　柳宗元0　張籍1　魚玄機1　溫庭筠21　杜牧20　李商隱25
皮日休11　韓偓18　韋莊5

(16) 關瀅ほか主編『唐詩宋詞分類描寫辭典』（遼寧人民出版社、一九八九）四二四ページに、右の溫庭筠「春日野行」詩の當該句を「翅上的膩粉已失落殆盡」と譯している。

一方、「粉蝶」が色彩感を主としている珍しい例として、

粉蝶團飛花轉影　彩鴛雙泳水生紋（溫庭筠「博山」）

を擧げることができる。が、この場合も、これが〝白い蝶〟とは限らないことは、同じ作者の「偶題」詩の中の對句「紅無花蔕櫻桃重　黄染花叢蝶粉輕」（第五・六句）によって示される。注(12)所掲の呉在慶說・徐放說は、この二例を根據としたものかと推察される。

(17)『梅苑』所收の本詩が「霜禽」を「寒禽」に作る事實は、この考え方の正當性を旁證する（注(4)を參照）。

(18)「悲哉秋之爲氣也　蕭瑟兮草木搖落而變衰」（宋玉「九辯」）、「秋風蕭瑟天氣涼　草木搖落露爲霜」（魏文帝「燕歌行」）、「心緒逢搖落　秋聲不可聞」（蘇頲「汾上驚秋」）など、「搖落」の語は秋の趣に直結する。林逋の本詩の第一句も〝秋に他の花々が散ったあとで、梅の花は咲き始める〟という意をのべていよう。

なお梅の花は、一般的には〝春のおとずれを告げる花〟として詠ぜられる（注(1)所掲の拙稿）が、

梅花殘臘日　柳色半春天（孟浩然「冬至後、過呉・張二子梧溪別業」）

年年春不定　虛信歲前梅（李商隱「小園獨酌」）

など、歲末以前の時期のものとして梅花を詠じた例も少なくない。林逋自身にも、

雪竹低寒翠　風梅落晚香（122「山林冬暮」）

梅花開盡臘亦盡　晴睡便如寒食天（199「湖上初春偶作」）

という作例がある。

(19) 古典詩に詠ぜられた鳥については、增野弘幸氏による一連の論考がある。「漢魏六朝詩における鳥について」（『大妻國文』二三號、一九八八）、「『詩經』における天と鳥について」（『詩經研究』第十七號、一九九二）など。

(20) 白川靜著『中國古代の民俗』第一章―〈(3)古代文字と民俗學〉（講談社學術文庫、一九八〇）。

(21) 漢1　晉1　齊2　梁30　陳4

(22) ほかに、蕭子雲「東郊望春、酬王建安雋晚遊詩」、蕭子範「落花詩」、梁簡文帝「春日詩」、鮑泉「奉和湘東王春日詩」など。

(23) ほかに、虞羲「春郊詩」、梁簡文帝「東飛伯勞歌二首」其一など。

(24) この着想も後續の詠梅詩に繼承されている。「曾無鶯蝶戀　空被雪霜侵」（北宋、梅堯臣「梅花」）、「毎留孤鶴伴　不遣一蜂知」（南宋、張澤民「梅花」）、「絶色复無朱粉態　眞香寧許燕鶯知」（南宋、趙又若「奉和姚仲美臘梅」）など。

(25) つまり本聯には、作者の感情が移入されているのである。

われわれが觀照對象の感覺的現象に表出された內容を直接に感情的に把握するときは、實はそれと類比的な自己の感情を自己の內から對象に投射し、しかもこれを對象に屬するものとして體驗するのである。この一種獨特な心的活動を感情移入という。（竹內敏雄編修『美學事典　増補版』―〈感情移入〉（山川淳次郎執筆、弘文堂、一九七四））

(26) 「偸」の字自體、南北朝期の終りまでほとんど見られず、唐以降も、孟浩然・王昌齡・李白・岑參らは一度も用いていない。

(27) ただし、梁・江淹の「恨みの賦」に「一旦魂斷、宮車晩出」とある（『文選』巻十六）。この「魂斷」は〝生命が絶える、沒する〟意であるが、詩の領域ではこの用法はほとんど見當らない。

(28) 駱賓王2　宋之問3　杜審言1　孟浩然1　李白1　杜甫2　孟郊1　魚玄機1　溫庭筠3　李商隱2　杜牧2　皮日休1　韓偓3　韋莊3

(29) この點、本詩の「斷魂」についての先行の解釋は、必ずしも正鵠を得てはいない。たとえば「うっとりとなる」（松枝茂夫編『中國名詩選』下〈岩波文庫、一九八六〉）、「陶醉歡快的失魄銷魂」（徐放『宋詩今譯』（注(8)所掲））、「慕い寄る」（『鑑賞中國の古典』㉒〈宋代詩詞〉（大野修作執筆、注(8)所掲））、「因愛梅而至消魂、就把粉蝶對梅的喜愛誇張了極點」（『宋詩鑑賞辭典』（蘇者聰執筆、注(9)所掲））など。

(30) 從前の注釋書類でこの點を明確に打ち出しているのは、次の二種である。

○まだ、蝶の季節には早いため、「如《も》し知《し》らば」と假定のこととしてうたう。（佐藤保編『中國の名詩鑑賞』8〈宋詩附金〉（注(8)所掲））

○倘若知道還有這般醉人的芳香、只該怨天忧人、長嘆生不逢時了。（夏傳才主編『中國古典詩詞名篇分類鑑賞辭典』（注(9)所掲））

王安石の性情命論

井　澤　耕　一

はじめに

性論ないし性情命論は、中國哲學史上最も重要な問題の一つであり、古えの時代から絶え間なく議論されてきた。周知のように孔子以來、孟子、告子、荀子、董仲舒、揚雄、王充、そして韓愈、李翺などが各々獨特の性情命論を主張したが、特に性命の探求をメインテーマに置き、人間とそれを取り巻く宇宙の本質を解明しようとしたのは道學であった。とりわけ朱熹の性論は人間の本質の探究において、かつてない精緻さをもつものであったといえる。

しかし從來の研究では、そこに到達するまでの北宋期の性（情命）論、特に非道學者のそれは看過されがちであり、たとえ取り上げられても前時代との共通點、相違點に留意したものはあまりなかった。(1) そこで今回論者は王安石に注目した。彼は新法の推進者、唐宋八家の一人として夙に有名であるが、彼の著作から窺える思想は北宋を代表するものといえるだろうし、考察の對象として取り上げるのに十分な資格をもつと思われる。(2)

一、王安石の性情論

王安石の性情論を検討する前に、彼と同時代の非道學者の性情説を簡潔に考察する。
まず注目されるのは歐陽修の性說である。修は「答李詡第二書」（『居士集』巻四七）において、世の學者たちが性說の探求に汲々としていることを批判し、その上で、

性とは身と倶に生じて人の皆有する所なり。君子たる者は、身を修め人を治むるのみにして、性の善悪は必ずしも究めざるなり。(3)

というように、性の善悪を論じることは不要だと見る。さらに

善なる者も一日教へざれば、則ち失して悪に入り、悪なる者も勤めて之に教ふれば、則ち善に至らしむべし。混なる者驅ひて之を率ゐれば、則ち悪を去りて善に就かしむべし。(4)

として、性の本質の議論よりもむしろ後天的教育の重要性を強調するのである。
これに對して司馬光は、性善悪混在説を主張した。「性辯」（『司馬文正公傳家集』巻六六 治平三年）において、

夫れ性とは、人の天より受けて以て生ずる所の者なり。善と悪とは必ず兼ねて之れを有す。(5)

と、性善悪混在説をとり、性において善がほとんどを占めれば聖人、逆ならば愚人、半々であれば中人としている。しかし司馬光も歐陽修と同様に性の後天的育成を奨勵している。
蘇軾は前の二者とは違って、性無善悪説をとっていた。彼は「揚雄論」（『蘇軾文集』巻四）で、韓愈の說く性は性ではなく、實は上智、下愚の「才」のことであって、それが「移らず」と断定してしまうのは誤りだと批判し、

夫れ善悪とは、性の能く之く所なるも、性の能く有する所に非ざるなり。且つ夫れ性を言ふ者、安んぞ其の善悪を以て爲さんや。(6)

と述べ、性それ自體には善悪は無いと説いている。

それではこのような諸性説のなかにあって、安石の性情説を検討していくと、その性情説は相い矛盾し、一貫性を缺く嫌いがある。それを解決するために近人の賀麟は「王安石的性論」(『思想與時代』第四十三期)において、王安石の性説には三つの變遷があったと説く。

(一)「性情篇」の性情説。體用合一の原則により性を情の本、情を性の用とし、性情は不可分の關係にあると考えた。そして言外に情の重要性を匂わせたのである。

(二)「揚孟篇」の性情説。孟子の性善説と揚雄の性善悪混在説とを折衷させて、性を純善無悪な正性と、善悪兩方兼ね備えた不正の性に分けた。さらにそれは程頤の言う義理の性、氣質の性とも共通すると指摘した。

(三)「性論篇」(7)の性情説。荀子の性悪説を退け、さらに揚雄、韓愈も性と才を混同していると批判し、結局性は善だと規定した。

夏長樸も賀麟の説と同様に、第三の「性論篇」の性説を最終段階に置く。(8)その理由として、他の二編と違って「性論篇」のみ「才」という概念を使用している事と、安石と同時代の劉敞《しょう》が『公是先生弟子記』で、「原性篇」、「性情篇」のみを批判し、「性論篇」には全く言及していない事の二點を擧げている。しかし再検討していくと「才」の概念は、「原性篇」にも見られ「性論篇」獨自のものではないし、果たして賀麟の言うように王安石の性説は道學に止揚していったのかというと全く承服しかねる。

むしろここでは、安石晩年の作と推定される(9)「老子篇」(巻六八)で説かれている本末論に注目する。これは道を本と末に區分し、本のみに務め末を輕視した老子を批判したものであるが、この理論は「性情篇」中にも見えている。そう考えると「性情篇」の著作時期は「老子篇」が書かれた晩年であったと推測でき、その成立を三段時期の最終段階に置くことが可能である。

以上のことから、論者は安石の性情説は、性善説、性善悪混在説、性無善悪説の順序で變遷していったと考える。以下、各段階における各性情説の詳細を紹介し、その論據を呈示してみよう。

1.「性論篇」の性善説――第一段階――

安石はまず性説の正統的系譜を孔子、子思、孟子と定めている[10]。この系譜はすでに韓愈の「原道」などにもみえ、道學者の説くいわゆる「道統」にも共通する。彼は、性善説の否定者は、『論語』陽貨篇「唯だ上知と下愚とは移らず」の語にとらわれて、後天的に變わることのない愚智を「性」と誤解し、これが實は「才」であることを知らないのである、と嚴しく批判した上で「性」と「才」とを次のように定義した。

性とは五常の謂なり。才とは愚智昏明の品なり。其の性を明らかにせんと欲すれば、則ち孔子の所謂ゆる「上智と下愚とは移らず」の説は是なり。其の才品を明らかにせんと欲すれば、則ち孔子の所謂ゆる「性は相い近くして、習は相い遠し」、中庸の所謂ゆる「性に率ふ之を道と謂ふ」、孟軻の所謂ゆる「人に不善有る無し」の説は是なり。……性とは生の質なり。五常是なり。……智にして極上に至り、愚にして極下に至るは、其の昏明異なると雖も、然れども其の惻隱、羞惡、是非、辭遜の端は則ち同じきなり[11]。

「性」は五常、すなわち仁義禮智信であり、萬人皆共通して善である。一方「才」は愚智昏明の品級であり、一人一人差異がある。つまり人は才能において智愚の相違はあるが、性に惻隱、羞惡、是非、辭遜の端（兆し）が備わっている點では同じなのである、と。

ではなぜ各人の才には差異があるのだろうか。

　上智と下愚とは均しく之〔五常〕有りと雖も、蓋し上智は之を得ること全く、下愚はこれを得ること微かなり。……
　上智なる者に之有りて、下愚なる者に之無しと謂へば惑へり。(12)

安石は言う、上智と下愚の違いは、五常をどれだけ有しているかという量的相違に帰するものであり、これを完全に備えていれば上智、ほとんど備えていなければ下愚である、と。ここで注視すべきは、下愚であっても五常が皆無なのではなく、ただ微弱であるという點で、逆に言えば全ての人は量の多寡はあるものの、五常、つまり善を必ず備えているのである。こう考えると、安石が荀子や揚雄、韓愈を批判するのは當然といえよう。

以上「性論篇」の論點は以下のようになる。人には性と才があり、前者は五常で、純粋な善であるのに對し、後者は愚智昏明といった才能の相違である。孔子は「性は相い近し」と述べたが、これは萬人が先天的に善を志向する性を持っていることを物語っている。人の才には上智と下愚があるが、それは性の違いではなく、その人に内在する五常、つまり善が全か微かということで、結局人間の性は善なのである。それをふまえて安石は、この性と才の區別を正確に認識したのは孔子、子思、孟子であったとその正統性を強調したのである。

2.「楊孟篇」の性善悪混在説——第二段階——

では、第二段階の性説について見てみよう。ここで彼の性に對する認識は大きく轉換する。

　孟子の性を言ふは性は善なりと曰ひ、楊子（揚雄）の性を言ふは善悪混ずと曰ふ。……孟楊の道は未だ嘗て同じからずんばあらずして、二子の説は異なること有るに非ざるなり。……孟子の所謂ゆる性とは正性なり。楊子の所謂ゆる性とは、性の不正なる者を兼ねて之を言ふなり(13)。

ここでは前述の「性論篇」と違って、揚雄の性善悪混在説を肯定する方向に進んでおり、孟子、揚雄の性説を調停しようと試みている。また別の箇所でも二説の違いは單に對象の相違だけとして根本的には同じだと考えている。

夫れ人は、羞惡の性有らざる莫し。此に人あり、善行の修めざるを羞じ、善名の立たざるを惡み、力を善に盡くして以て其の羞惡の性を充たす。則ち其の賢たるや、孰か禦がんや。此れ性の正を得たる者にし、孟子の所謂ゆる性なり。此に人有り、利の厚からざるを羞じ、利の多からざるを惡み、力を利に盡くして以て羞惡の性を充たす。則ち其の不肖たるや、孰か禦がんや。此れ性の不正を得たる者にして、楊子の所謂ゆる性を兼ぬる者なり(14)。

彼はいう、人には生來羞惡の性が備わっている。ある人が自ら善を行っていないのを羞惡し、善につとめるならば、その人は必ず賢となる。これが正性であり、したがってまた孟子の説く善のみの性である。もし利益を得られないのを羞惡し、利益を上げることにつとめるならば、その人は不肖となる。これは不正の性であり、したがって揚雄が説く善惡が混在した性である、と。安石は、孟揚の説く性には、善を目指すか、利を目指すかという目的上の違いはあるものの、共に現状に甘んじることなく、變化、自己變革に向かおうとするはたらきがあると考えた。そのうえで、性善説、性善惡混在説の一方向にしか與しない學者たちの偏頗さを批判したのである。

ここで强調しておきたいのは、北宋において揚雄が高く評價されていたということである。司馬光は『法言集注』序〔元豐四年〕で、

揚子の生は最も後にして、二子（孟荀）を鑑みて聖人を折衷し、潛心して以て道の極致を求め、白首に至りて然る後に書を著す。故に其の得る所、多とす(15)。

と記して、揚雄は孟子、荀子の學の集大成者として高く評價し、その性善惡混在説を是とした。他、蘇軾なども揚雄

の性説を肯定しており、揚雄の思想は北宋の思想家達に一定の影響を與えていたのは否定できないし、安石もその影響を受けたことは確かといえるだろう。

こうして安石は孟子の性善説の單純性を解決するために、揚雄の性善悪混在説を取り込み、性二元説を主張した。

3．「性情篇」、「原性篇」、「性説篇」の性情無善悪説――第三段階――

この段階に至って、安石は始めて情について言及し、その上で性、情は一體で善悪はないという性無善悪説を唱えた。

まずは、性情の關係と善悪が生ずる原因については、「性情篇」の冒頭で詳述している。

喜怒哀樂好悪欲未だ外に發せずして心に存するは、性なり。喜怒哀樂好悪欲外に發して行に見はるるは、情なり。性は情の本、情は性の用、故に吾れ性情は一なりと曰ふ。故に此の七者は人生まれながらにして之有り。物に接して後に動く。動きて理に當たれば則ち聖なり、賢なり。理に當たらざれば則ち小人なり。性は情を生じ、情有りて然る後に善悪形はる。而して性は善悪を以て言ふべからざるなり(16)。

性は七情が心に内在する、いわゆる未發の狀態をいい、情は七情が外部に發露する、いわゆる巳發の狀態をいう。また性は情の本體、情は性の作用であり、性情自體に善悪の差はない。善悪というものは、七情の巳發狀態、つまり情が事物に接して動いた後にはじめて發生するもので、理に適っている場合は善、反していれば悪となるのである。「原性篇」においても安石は「故に情有りて然る後に善悪形はると曰ふ。然らば則ち善悪とは情の成名なるのみ」と言っているが、善悪は情が發生してから後天的に形成されるもので、性自體には存在しえないものなのである。

ここに安石の性説は一應の完成をみたわけであるが、性無善悪に立った安石は歴代の性説を如何に評價したのであろうか。以下諸説を紹介して論のまとめとしよう。

孟子の性善説、荀子の性悪説について、彼は次のように論じている。

孟子は惻隠の心人皆之有るを以て、因りて以謂らく人の性に不仁無しと。就し所謂ゆる性なる者、其の説の如くんば、必ずや怨毒忿戾の心、人皆な之れ無くして、然る後に以て人の性に不善無しと言ふべし。而るに人果たして皆之無きか。……荀子曰く、其の善たる者は僞なりと。就し所謂ゆる性なる者、其の説の如くんば、必ずや惻隠の心人皆な之れ無くして、然る後に善なる者は僞なりと言ふべし。人は果たして皆な之れ無きか。……且も諸子（孟荀）の言ふ所、皆な吾の所謂ゆる情なり、習なり、性に非ざるなり。（「原性篇」）[17]

安石によれば、孟子は心中の悪の存在を否定し、荀子は逆に心中の善の存在を否定している。しかし安石は、彼らの説く性は結局、後天的な「情」、「習」であり、人は善悪どちらにもなりうるという現實を無視していると述べ、兩者の單純な性善、性悪説を共に批判している。

唐代の思想家たちの性説に對する筆鋒はさらに鋭い。韓愈は「原性篇」で性を五常と規定し、完全善の上品、善悪可變な中品、完全悪の下品の三品に分類したが、安石は同名の「原性篇」で、性は五常そのものではなく、その背後にある究極的原理、つまり五常の「太極」であり、善悪を超越しているものと反論した。

また韓愈が『論語』の「上知と下愚とは移らず」にのっとって、性の三品は變化しないと説いたのに對して、安石は孔子が移らずとしたのは才であり、性を指しているのではないとし、「性説篇」でこう主張する。

惟だ其れ移らざるのみにして然る後に之を上智と謂ふ、惟だ其れ移らざるのみにして然る後に之を下愚と謂ふ。皆其の卒りに於て之に命づく。其れ生まれながらにして移るべからざるに非ざるなり。[18]

つまり人の性は先天的に固定されているのではなく、後天的に變化する可能性を持つ。であるから上智、中人、下愚の別は結果であって、先天的なものではない。ここで我々は人間は後天的な育成によって必ず善化するという安石の人間観を見てとれる。彼はこの思想を基盤として、教育制度を改革し、一定の成果を收めたのである。

さらに李翺の性善情悪説に關して、安石は「性情篇」においてはっきりと名指しこそしていないものの、嚴しく批判している。

彼曰く、情は悪にして它無しと。是れ天下の此の七者（七情）を以て悪に入るを見るも、七者の性より出づるを知らざること有るのみ。……彼は徒に情の外に發する者、外物の累はる所と爲りて、遂に悪に入るを見ること有るのみ、因りて曰く、情は悪なりと。性を害する者は情なりとは、是れ曾て情の外に發して外物の感ずる所と爲り、遂に善に入る者を察せざるか。(19)

前述したように、安石は性を七情の未發狀態、情を性の已發狀態と考えた。ところが李翺は、七情が外物に誘發されて悪となった狀態のみを見て、情を悪だと言い、七情が善となることを無視している。性を害するものは情と言ったのである。結局李翺の說の缺陷は「其れ性を君子に求め、情を小人に求むるを以てなり」にあると安石は結論づけた。

以上、先秦から唐代までの性說に關する安石の評價を見てきたが、彼は從來の性說は性及び情を固定視し、後天的變化の可能性を著しく制限したと批判・否定し、人間の性自體に善悪はないこと、善悪が生じるのは全く後天的なものであり、それは人爲的に變化させることが可能であることを主張した。彼の說は道學が勃興してからは、あまり省みられることはなくなったが、北宋期の性說を考える際、看過できないものであったと結論付けられよう。

二、王安石の命論

安石は、人間の性は、後天的作用でいかようにも變化させることができると考えた。しかし命は個人の力のみで決定できるものではなく、外的要因が大きく關わっている。であるから時として個人の資質は無視され、善人が非業の死を遂げたり、悪人が權勢を欲しいままにする事態が起きる。此の矛盾を安石はどのように考え、それを解決しようとしていったのか。「楊孟篇」、「對難篇」、「性命篇」[20]、「推命對篇」によって以下考察してみよう。

まず安石は「楊孟篇」で、命には二つあると説く。

(一)　此に人有り。才は以て賤しくすべくして賤しく、辠は以て死すべくして死す。是れ人の自ら爲す所なり。此れ命の不正を得たる者にして、孟子の兼ねて謂ふ所の命なる者なり[21]。

(二)　此に人有り。才は以て貴かるべくして賤しく、德は以て生きるべくして死す。是れ人の爲す所に非らざるなり。此れ命の正を得たる者にして、楊子の所謂ゆる命なるものなり[22]。

(一)はその人の資質や行動に卽して賦與された順當な命であり、「命の不正」と呼ぶ。(二)は人爲の選擇の餘地を全く殘さず、時には人間にとって不條理な結果をもたらす命であり、「命の正」と呼ぶ。つまり安石は命には順當と不條理の二つがあると考えたのである。しかし論者の見るところ、この文章は孟子と揚雄の命論をぜがひでも調停することに主眼が置かれたため、論理の展開に多少の齟齬があり、彼の本意とは考えにくい。

それでは安石自身、如何なる命論を究極なものとしたのだろうか。論者が推論するに、彼は天は必ず人にその行動に則した順當な命を與えると確信していたようである。例えば「楊孟篇」の冒頭で安石は「賢にして尊榮壽考し、不肖にして戹窮死喪するは、命に非ざる莫きなり」と明言して、不肖な者が戹窮死喪するのは命ではないとする說に反駁した。さらに「對難篇」においても、命は人力を超越した不條理なものとする問いに對して、安石は不條理な命の存在を認めつつも、結局は「聖賢の尊進せらるる所以は命なり。不肖の誅せらるる所以は命なり」として命は順當な結果を賦與するものと結論づけている。

「性命篇」でも、まず「天の諸を人に授くるは則ち命と謂ひ、人の諸を天より受くるは則ち性と曰ふ」と定義づけ、「其の道を用ひて以て天下の命を正」すのは聖人の役割だとした。そのうえで

命に貴賤有るか。曰く有りと。壽短有るか。曰く有りと。故《もと》より賢者は貴く、不賢なる者は賤し、其の貴賤の命は正なり。……憾み無くして壽く、辜を以て短し、其の壽短の命は正なり。故に命行わるれば則ち正しく、行はざれば則ち正しからず。(23)

と述べ、結局人に順當な結果を賦與する命を正當なものと考えているのである。

また「推命對篇」において、賢者が賤しまれ、不肖が貴ばれるのは天の所業ではないかという問いに對し、「賢者は宜しく貴かるべし、賢ならざる者は宜しく賤しかるべきは、天の道なり」と明確に否定しており、以上のことから、彼は命には順當と不條理の二種類があることを認めつつも、究極的に才能や行動に卽して人に順當な結果をもたらす命のみを認め、それを人に賦與する天に多大な信賴を置いていたと結論づけることができるだろう。

しかしそれではなぜ人間は不條理な命に遭遇してしまうのだろうか。理由として安石は、命を賦與される人間側の退廢とそれを取り卷く時代の衰亡を擧げている。

まず人間の退廢の問題について、「推命對篇」にいう、

世の賢にして賤しまれ、不肖にして貴ばるる者も亦た天の爲す所なるか。曰く、非なりと。人、天に合すること

能はざるのみ。……擇びて之（天道）を行ふ者は人の謂ひなり。天人の道合せば則ち賢者は貴ばれ、不肖なる者は賤しまる。天人の道悖らば、則ち賢者は賤しまれ、不肖なる者は貴ばる。天人の道悖合相い半ばすれば、則ち賢・不肖は或いは貴ばれ或いは賤しまるるなり。……蓋し天の命は一なるも、人の時率ては合すること能はざるなり[24]。

天道とは賢者が貴ばれ、愚者が賤しまれる不變の道であり、それを人間が正しく享受すれば天下は治まり、齟齬すれば亂れる。であるから我々が正しい態度で天命を受け入れればよいのだと安石は主張した[25]。

次に人を取り巻く時代の衰退については、安石はどのような見解を持っていたのであろうか。「性命論」篇にいう、

堯舜の四門、凶人無くして比屋して封ずべし。此に其れ貴賤壽短の命天下に行はるるなり。降りて文王興るに及びて棫樸の詩作り、則ち士は倖を僥はずして貴賤の命正し。……其の後幽王聖人の勢あるも稱するに德を以てせず。故に君子微を見て古を思い、小人惡を播きて高位を思ふ。……夫れ德有る者は擧な窮し、德ならざる者は擧な達すれば、則ち貴賤の命は行はるるかな。…… 此に命は聖人に非ざれば行はれざるを知るなり。周を去ること之れ遠くして、又明ならず[26]。

上古の聖人の時代は、貴賤や壽短の命は正しく行われていたが、亂世になると命は正しく行われず、不條理なことが次々と起こり、有德者は退けられてしまった。理想の世としてみられていた周代でさえも退廢がすでに始まっていたのだから漢以降はなおさらである。安石は、漢代以降、人々は陰陽、讖緯説（當然釋老說も含まれる）に惑わされ、性命の理を理解せず、天命を受けるどころか、佛教の説く因果應報を分として享受し、結局「其れ賞罰當らずして、德眚歸す無く、民は其の勢を厭うひて一に命に歸す」狀況に至ってしまったと嘆いている。

では人は結局、どのように命と向き合えばよいのだろうか。

且に禍と福とは、君子は諸を外に置くべし。君子居ること必ず仁、行ふこと必ず義なり。仁義に反して福なるは、君子有らざるなり。仁義に由りて禍あるは、君子は屑くせざるなり。……君子は身を修めて以て命を俟ち、道を守りて以て時に任ず。貴賤禍福の來たるは沮む能はざるなり。子は仁義に力め、以て其の中を信ぜず、而るに屑屑として意を誕謾虚怪の説に甘んずるは、已に溺れざるや。（「推命對篇」）(27)

貴賤禍福は天から賦與されるものであり、人力の範疇外にある。それゆえ君子はまず仁義の修得に努め、さらに修身し、ひたすら道を守って、結果はあれこれと思い悩まず時に委ねていけばよい。そうすれば釋老や讖緯の説に溺れることはなく君子の道を全うすることができるのである。此を實踐した人物として安石は「命解篇」で、孔子、孟子を擧げている。彼らは樣々な困難に直面しても、決して世俗に迎合せず、自らの道を貫き通し、ついには千世萬古の師として世の學者の崇拜を集めるに至った。まさに彼の言う「身を修めて以て命を俟ち、道を守りて以て時に任じた」者であり、安石自身にとっても尊崇し、手本とすべき聖賢だったのである。

最後に安石の命論をまとめてみる。彼は命を、操行の善惡に從ってそれに應じた禍福が賦與されるものと、操行とは因果關係を一切持たず、場合によっては不條理な結果をもたらすものとに分類し、前者を是とした。そして現實に存在する命の不條理は、受け手の人間側の問題とし、その責を天に歸してはいない。そうなると「命」は天の完全な被支配物ではなく、それ自身後天的變化が期待できるもので、天と人の關係を密接にし、天を命の絶對的支配者とみなす、いわゆる天人相關説とは一線を畫しているといえよう。むろん安石は天人相關説を全面的に否定しているわけではない。それは「洪範傳篇」（卷六十五）で、

世の災異を言ふ者は非なるか。曰く、人君は固より天地を輔相し以て萬物を理める者なり。天地萬物その常を得ざれば、則ち恐懼修省するは、固より亦た其れ宜なり。今或るひと以爲らく天に是の變有り、必ずや我是の辠有

るに由りて以て之を致すと。或るひと以爲らく災異は天事に自るのみ、何ぞ我に豫らん、我人事を修めるを知るのみと。蓋し前の説に由れば則ち蔽にして葸、後の説に由れば則ち固にして怠なり。[28]

と、天災をひたすら恐懼するものを、道理に暗く臆病者だとしながらも、同時にそれを懼れず無視する者を片意地で怠惰と批判していることからも理解できる。しかしあくまでも視點を命を享受する人間側に置き、彼らが修養して善化することにをすすめた彼の思想の獨自性は評價に價するであろう。

おわりに

北宋時代は中國哲學史上變革の時代といわれている。經學において舊注によらない經書解釋が行なわれたことは、清・皮錫瑞が『經學歴史』經學變古時代で「是れ經學は漢より宋初に至るまで未だ嘗て大變せざるも、慶暦に至りて始めて一大變す」と指摘している通りだが、性情命論、特に性説についても安石等が新説を唱え、新たな流れが起きていることが明らかとなったであろう。彼の論理は確かに矛盾した點もあるが、あくまでも人間を中心に据え、人の後天的變化、それも善方向に進んでいく變化の重要性を強く主張したことについては、從來にない新風を巻き起こし、從來からの性情命論に一石を投じたといえるであろう。安石が後天的變化を堅持し續けたこと、そこには人間を教化し導いていくことを務めとした政治家王安石の信念が大きく作用したのかもしれない。

注

（1）王安石の性情命論に關する研究は、内山俊彦「王安石思想初探」（『日本中國學會報』十九　一九六七）、陳鐘凡「王安石之政治學說」（『兩宋思想評述』一九三三年初版）、賀麟「王安石的性論」（『時代與思想』四三　一九四七）、張岱年『中國哲學大綱』（商務印書館　一九五八）、蔣義斌「王安石性情論之融合儒釋」（『宋代儒釋調和論及排佛論之演進』臺灣商務印書館　一九八八）、夏長樸「王安石思想與孟子的關係」（『李覯與王安石研究』臺灣大安出版社　一九八九）などを參照。本論脱稿後小島毅『宋學の形成と展開』が出版され、その第二部で王安石の性論が詳述されている。しかし安石の性論は孟子の性善說を「基本的に首肯している」と結論づけている點には同意しがたい。

（2）小島毅氏は前出の著作中で、安石の北宋哲學史に果たした役割を高く評價している。

（3）性者、與身俱生而人之所皆有也。爲君子者、修身治人而已、性之善惡不究也。

（4）善者一日不教、則失而入于惡、惡者勤而教之、則可使至于善。混者驅而率之、則可使去惡就善也。

（5）夫性者、人之所受於天以生者也。善與惡必兼有之。

（6）夫善惡者、性之所能之、而非性之所能有也。且夫言性者、安以其善惡爲哉。

（7）この論はもと宋・闕名輯『聖宋文選』に收められていたもので陸心源『群書校補』、『王安石全集』（河圖洛書出版社　一九七四）に輯されている。なお以上の事は關西大學・吾妻重二教授より御教示を受けた。

（8）注（1）の該當書の二〇九頁を參照。

（9）「老子篇」の制作年代は確定されていないが、蘇軾が「王安石贈太傅」の中で安石は「晩に瞿聃を師とす」と述べていることから、晩年の作とみてよいだろう。

（10）古之善言性者莫如仲尼。仲尼聖之粹者也。仲尼而下莫如子思。子思學仲尼者也。其次莫如孟軻。孟軻學子思者也。

（11）性者五常之謂也。才者愚智昏明之品也。欲明其才、則孔子所謂上智與下愚不移之說是也。欲明其性、則孔子所謂性相近、習相遠、中庸所謂率性之謂道、孟軻所謂人無有不善之說是也。……性者生之質也。五常是也。……智而至于極上、愚而至于極下、其昏明雖異、然其于惻隱、羞惡、是非、辭遜之端則同矣。

（12）雖上智與下愚均有之矣、蓋上智得之之全、而下愚得之之微也。謂上智者有之、下愚者無之惑矣。

（13）孟子之言性曰性善、楊子之言性曰善惡混。……孟楊之道未嘗不同、二子之說非有異也。……孟子之所謂性者、正性也。楊子之所謂性者、兼性之不正者言之也。

（14）夫人之生莫不有羞惡之性。有人於此、羞善行之不修、惡善名之不立、盡力乎善以充其羞惡之性、則其爲賢也、孰禦哉。此得乎性之正者而孟子之所謂性也。有人於此、羞利之不厚、悪利之不多、盡力乎利以充其羞悪之性、則其爲不肖也、孰禦哉。此得乎性之不正而楊子之兼所謂性者也。

(15) 揚子之生最後、鑑於二子、而折衷於聖人、潛心以求道之極致。至于白首然後著書。故其所得爲多。

(16) 喜怒哀樂好悪欲未發於外而存於心、性也。喜怒哀樂好悪欲發於外而見於行、情也。性者情之本、情者性之用。故吾曰性情一也。……故此七者、人生而有之。接於物而後動焉。動而當於理則聖也、賢也。不當於理、則小人也。性生（乎）情、有情然後善悪形焉。而性不可以善悪言也。

(17) 孟子以惻隱之心人皆有之、因以謂人之性無不仁。就所謂性者如其説、必也怨毒忿戾之心人皆無之、然後可以言人之性無不善、而人果皆無乎。……荀子曰、其爲善者僞也。就所謂性者如其説、必也惻隱之心人皆無之、然後可以言善者僞也、（爲）人果無之乎。且諸子之所言、皆吾所謂情也、習也、非性也。

(18) 惟其不移、然後謂之上智、惟其不移、然後謂之下愚。皆於其卒也命之、夫非生而不可移也。

(19) 彼曰性悪無它、是有見於天下之以此七者而入於悪、而不知七者之出於性耳。……彼徒有見於情之發於外者、爲外物之所累而遂入於悪也、因曰情悪也。害性者情也、是曾不察於情之發於外、而爲外物之所感而遂入於善者乎。

(20) 注(7)の「性情篇」と同じく『群書校補』所收。

(21) 有人於此。才可以賤而賤、辠可以死而死。是人之所自爲也、此得乎命之不正者而孟子之所兼謂命者也。

(22) 有人於此。才可以貴而賤、德可以生而死。是非人之所爲也。此得乎命之正者而楊子之所謂命也。

(23) 命有貴賤乎。曰有。有壽短乎。曰有。故賢者貴、不賢者賤、其貴賤之命正也。……無憾而壽、以辠而短、其壽短之命正也。……故命行則正矣、不行則不正。

(24) 世賢而賤、不肖而貴者、亦天所爲歟。曰非也。人不能合於天耳。擇而行之者人之謂也。天人之道合、則賢者貴、不肖者賤。天人之道悖、則賢者賤而不肖者貴也。天人道悖合相半、則賢不肖或貴或賤。……蓋天之命一、而人之時不能率合焉。

(25) 安石は「命解篇」で、「今命を知らざるの人、剛なれば則ち道を以て之を御めずして、命有り、彼（天）安んぞ能く我を困しめんや、と曰ふ。……柔ならば則ち禮を以て之を節せずして、出でず、禍及ぶを懼る、と曰ふ」と述べ、命に對して武斷あるいは柔弱な態度にでている者こそ命を知らない者と非難した。

(26) 堯舜四門無凶人而比屋可封。此其行貴賤壽短之命于天下也。降及文王興而棫樸之詩作、……其後幽王有聖人之勢而不稱以德。故君子見微而思古、小人播惡而思高位。詩曰、謀之其臧、則具是違、謀之不臧、則具是依。夫有德者擧窮、不德者擧達。則貴賤之命行乎哉。……此知命非聖人不行也。去周之遠又不明。

(27)　且禍與福、君子置諸外焉。君子居必仁、行必義。反仁義而福、君子不有也。由仁義而禍、君子不屑也。……君子修身以俟命、守道以任時、貴賤禍福之來、不能沮也。子不力於仁義以信其中、而屑屑焉甘意於誕謾虛怪之説、不已溺哉。

(28)　世之言災異者非乎。曰人君固輔相天地以理萬物者也。天地萬物不得其常、則恐懼修省、固亦其宜也。今或以爲天有是變、必由我有是辠以致之。或以爲災自天事耳、何豫於我、我知修人事而已。蓋由前之説則蔽而葸、由後之説、則固而怠。

＊本論は一九九七年第49回日本中國學會（於大阪市立大學）に於ける口頭發表に基づいている。なおこの論稿作成において神樂岡昌俊先生、吾妻重二先生から多くの御指摘をいただいた。改めて謝意を表する。

蘇學三題

王水照
（島村亨 譯）

〈蘇學〉とは、蘇軾に關する專門の學問のことを指し、蘇軾の著述や創作一切から蘇軾についてのさまざまな研究までを含んでいる。つとに宋代に、〈蘇學〉の名稱は普及しており、周必大の「初寮先生の帖に跋す」（『益公題跋』巻十）に、「政・宣の間、禁の蘇學に切なるに當たりては、一たび近似に涉らば、旋いで廢錮に坐せらる」の語がある。清の翁方綱には、「蘇學 北に盛んにして、景行 遺山 仰ぐ」（「齋中 友と詩を論ず」）、「有宋 南渡以後、程學 南に行はれ、蘇學 北に行はる」（『石洲詩話』巻五）というように、一度ならず言及があり、〈蘇學〉の名は學人のだれもが知るところとなった。以下の考證的札記三則は、かりそめに試みた〈蘇學〉のほんの一斷片にすぎない。

一、「越江鄭氏序」は蘇軾の作に非ず

近年、浙江地區で蘇軾の作と傳えられる族譜の序文三篇が陸續と出現した。しかし、何れも蘇軾の別集には收錄されておらず、これらを佚文とみなす研究者もいる。その三篇とは、

①「葉氏宗譜序」（『義烏南陽葉氏宗譜』に見える）

②「題楊氏族譜序」（杭州『楊氏宗譜』に見える）

③「越江鄭氏序」（溫嶺市横峰祝家洋村の『鄭氏宗譜』に載せる）

①は、『文學遺産』一九九三年第三期に發表された後、曾棗莊氏が疑問を提示され、種々の證據を列擧して、これを僞作であると斷定された（『文學遺産』同年第六期）。②は、文章の格式と用字が①とおおむね同じで、考證するまでもなく僞作である。③は、最近出版された『鄭虔傳略』（黄山書社一九九八年刊）において初めて發表された。原文は以下の通りである。

越江鄭氏序

鄭氏出自姫姓、周宣王封弟友于鄭、其先、都西周畿内、後徙滎陽。桓公子武公、孫莊公、幷爲周司徒。自莊公後裔諱國、字子徒者、列孔門中、優入聖域。子徒五子、遺下二十四□、戰國時、分處國都、其族昌大、子姓繁衍、名賢迭出。漢時、忠于漢室。迨至唐至德年間、虔公字若齊者、謫宦于台、實滎陽舊址人也。後終于台、其子孫遂爲台州人。洎後九世孫俠公入道謫宦家、序次廣文派下七世圖、珍藏之、以俟後世能知其所自、纘繼行業也、永守勿替、則德澤之遠或可究也。軾叨任翰苑、蓋亦有年、亦謫宦海南。時日間、入道持是圖徵予成譜牒。入道與予相友善、且知廣文博學多才、稱爲三絶、天下共仰、而入道又能好古、纘述先業、譜諜之作、尤其尊祖敬宗之意、誠不容辭。雖然、此特器也。君子以器寓道、習道以成德、故予所以望于鄭氏之子若孫：思祖德、創業以裕後昆、襲祖德、守成以光先烈；尊尊以親親、長長以幼幼、則論理正、恩義篤。將見作善降祥、惠迪而吉、綿綿瓜瓞、久而益昌、則是之作不爲無補也、斯爲入道序。

時大宋紹定四年辛卯季冬吉旦

翰林國子直講兼修國史經筵大學士東坡蘇軾序

刊行者はこの序を「基本的に正文と補完しあっており、非常に價値がある」とし、「蘇軾の作った序に間違いない」と見なしている。これに據れば、蘇軾のこの篇は友人の鄭俠の爲に作った序であり、序中に「後九世の孫・俠」と明言していることから、鄭俠が台州・鄭虔の九世の孫ということになる。

しかし、わたしはこの「序」には疑わしい點が甚だ多いと考える。第一に、鄭俠の先祖代々の系譜は逐一はっきりとした考證で跡づけられ、鄭俠は實は台州の鄭虔から出た一族ではない。鄭俠『西塘集』「附錄」に、宋・夏之文所撰「墓誌」があり、その冒頭に、

> 公諱は俠、字は介夫、其の先は光州固始（今屬河南）の人なり。唐末、四世の祖・佰、王氏に隨ひて閩に入り、福州の永福に居す。曾祖・御、福清の令に徙り、遂ひに福清の人と爲る。祖の謐、通直の故を以て奉議郎を贈らる。父の暈、德望有りて、學者の師法と爲る。仕へて通直郎に至りて致仕し、子に教ふるに儒を業とす。治平四年、公（鄭俠）甲科に擢でらる。弟の偘、繼いで進士の第に登る。通直 之を見るに及んで、鄉閭 以て盛事と爲す。

とある。滎陽の鄭氏は、漢末より唐代に至るまで、つねに名望家として稱えられ、その子孫の系譜は繁多である。近代に至っても鄭姓の人は家の正門に「滎陽」と刻し、滎陽鄭氏の子孫であることを誇示した。

だが、鄭虔は確かに滎陽に籍があるものの、唐の至德二年に台州に貶せられ、そこで終わり、子孫はその地に廣がった。一方、鄭俠の四世の祖・鄭佰は唐末に王潮・王審知兄弟（同じく光州固始の人）に隨って閩に入り、福州の永福から福清に至り、傳承の系譜ははっきりしている。宋・謝鳳所撰の鄭俠「傳」や宋の『景定建康志』に載せる鄭俠傳も「墓誌」の記述と同じで、鄭俠が鄭虔の子孫でないことは全く疑いようがない。[1]

ちなみに、『四庫全書』所收の『西塘集』は、『宋史本傳』、夏之文の「墓誌」、謝鳳の「傳」を附錄するが、何れも

目次のみで本文が無い。しかし、一九三五年、鈞社校印の『西塘集』は、當時江蘇圖書館に所藏されていた明刊本に基づいてこれを收めるので、鄭俠の世系を尋ねることが容易となっている。

第二に、この序が明らかに破綻している點は末尾の署名の時期と蘇軾の官稱である。時は「大宋紹定四年辛卯季冬」とあり、「紹定」は宋の理宗の年號で、「四年辛卯」は一二三一年である。これは蘇軾の死からちょうど百三十年距たっており、明らかに齟齬を來している。ある人は、これを「重修中の訛誤」で「紹聖四年丁丑」に作るべきだとし、「この時、蘇軾はまだ海南儋州の貶所に居たので、文意と合致する」という。

按ずるに、この序中に蘇軾が「亦た以て海南に謫宦せらる。時日の間、入道（鄭俠）是の圖を持ちて予に徵め譜牒を成さしむ」と明言しているので、鄭俠自らが家藏の所謂「廣文派下七世圖」を攜え、蘇軾に對面して序を求めたことになる。

蘇軾・鄭俠兩人の交遊を考えると、史書に載せるのはわずかに一度の對面だけで(2)、それは元符三年（一一〇〇）十一月、蘇軾が海南から召還されての歸途、英州を過ぎた時である。この時、當時英州に編管されていた鄭俠と出會い、詩歌の唱和をした。今『蘇軾詩集』巻四十四と『西塘集』巻九に各々その時の詩歌を見ることができる。もし紹聖四年であったなら、蘇軾は遠く儋耳に在り、鄭俠は泉州錄事參軍に任じられていた。どうして遠路はるばる海を渡って蘇軾を訪ね序を求めることが出來よう。

「大宋」云々についていうと、蘇軾の文章中に時代をこのように表記する例が全くない。むしろこれは前述の葉氏・楊氏の族譜の序の表記の仕方と同樣の表現である。また、蘇軾が自ら「翰林國子直講・兼修國史・經筵大學士東坡蘇軾序」と署名している點も疑わしい。蘇軾は國子監の職務に就いたことがなく、國史の編纂にも參加したことがない。彼はかつて翰林侍讀學士に任ぜられ、經筵の官に屬したが、宋朝にはもともと「經筵大學士」の官名はなかった。ちなみに紹聖四年の蘇軾の身分は「瓊州別駕・昌化軍安置」である。もしもこの序にある様な堂々たる官職の署名をしたならば、進んで罪を犯すことになり、政敵につけ入る隙を與えるだけではないだろうか。また「東坡」は彼の別號で、比較的嚴肅な文では、ただ「蘇軾　敍す」あるいは「蘇軾子瞻　敍す」と自署するだけで、「東坡蘇軾序す」とする例は全くない（蘇軾の祖父の名が蘇序であるので、祖父の諱を避けて「序」の字は用いず、「敍」を用いた）。

第三に、蘇軾が鄭俠を鄭虔の「九世の孫、俠公入道」と稱したという事實も妥當ではない。鄭虔は六八五年に生まれ、鄭俠は一〇四一年に生まれた。相距たること三百五十六年である。蘇洵の『族譜後錄下篇』にある「三十年を以て一と爲し、世を易う」という計算法に據れば約十二世となり、「九世の孫」云々と矛盾する。蘇軾は鄭俠に五歲長じ、鄭俠がかつて蘇軾に援助を求めたことが「蘇子瞻端明に謝するの啓」（『西塘集』卷八）に見える。鄭俠は自ら「則ち不肖の門下に于けるや、補報すること無き者と爲さざるなり」と、「門下」と稱して弟子の禮を執って甚だ恭しい。蘇軾にも「鄭俠・王斿を錄用するを乞うの狀」（『蘇軾文集』卷二十七）があり、援助の手を差し伸べたことが知られる。しかも、蘇軾が人を「公」と呼ぶのは、常に年長者や高位にあるものに對してで、それは「今　吾が樂全先生張公安道」（「樂全先生文集の敍」）や「故の諫議大夫贈司徒田公表聖奏議十篇」（「田表聖奏議の敍」）などからも分かり、鄭俠を「公」と呼ぶことはあり得ない。

さらに、鄭俠は北宋の名臣であるから、字《あざな》や號は史書にはっきり記錄されている。彼の字は介夫で、英州に貶せられていた時、その地の大慶山に因んで大慶居士と號し、のち福淸に歸る際、わずかに拂子一つを攜えるだけだったので、また自ら一拂居士と號した。各種の記錄に當たっても、彼に「入道」の字があったことは見えず、彼と唱和した蘇軾の詩の題でも「介夫」と稱している。およそこれらから「九世の孫、俠公入道」云々と蘇軾自らが綴ったことはあり得ない。

第四に、蘇軾が元符三年に作った「鄭介夫の二首に次韻す」の其一（『蘇軾詩集』巻四十四）に、以下の句がある。

相與嚙氈持漢節　相ひ與に氈を嚙んで漢節を持せば
何妨振履出商音　何ぞ妨げん　履を振って商音を出だすを

上句が蘇武の故事を典としているのは衆人の知るところであるが、下句は、「兼ねて『漢書』の鄭尚書の履聲の事を用」いている、という（翁方綱『蘇軾補注』巻六）。『漢書』の「鄭崇傳」を閲すると、

（傅）喜は大司馬と爲り、崇を薦め、哀帝　擢げて尚書僕射と爲す。屢〻見えんこと求めて諫爭す。上　初めて納れて之を用ふ。見る毎に革履を曳けば、上　笑ひて曰く、我　鄭尚書の履聲を識る、と。

とある。翁方綱が「兼ねて……用ふ」といったのは、最初の出典が『莊子』讓王篇にあるからである。『莊子』にいう、

曾子　衛に居る。……三日　火を擧げず、十年　衣を制せず。冠を正せば纓　絶え、衿を捉らば肘　見はれ、屨を納るれば踵　決す。屨を曳きて「商頌」を歌へば、聲　天地に滿ち、金石より出づるが若し。

蘇詩の二句は、一句が蘇氏、他の一句が鄭氏の故事を用いて、二人に姓をぴったり合わせたもので、これは蘇軾が律詩において最も得意とした遊技的技巧であった。たとえば、「孫巨源、漣水の李・盛二著作に寄せ、幷びに以て寄せらるる五絶に次韻す」其三（『蘇軾詩集』巻十二）に、

漱石先生難可意　漱石先生　意ふべきこと難し
嚙氈校尉久無朋　嚙氈校尉　久しく朋無し

の句があるが、上句は孫楚を孫覺（巨源）に喩え、下句はまた蘇武を己れになぞらえ（出典は國搜粟校尉）、それぞれ二人の姓に合わせている。また、「張子野　年八十五にして尚ほ妾を買ふ。述古　詩を作らしむ」（『蘇軾詩集』巻十一）の

中では、張鎬（「九尺鬢眉蒼」）・張生（「鶯鶯」）・張祜（「燕燕」）・張蒼（「柱下相君」）・張禹（「安昌客」）等、張姓の人物の典故を一氣に用いて、張子野の姓にうまく合わせているが、これなどは突出した一例である。

蘇軾の詩に鄭尚書（鄭崇）を用いて鄭俠に喩えるのは、實際にはかなりのこじつけで、明らかに穩當ではない。蘇武が蘇洵によって蘇氏の先祖の列に位置づけられたことは、その「族譜後錄下篇」に見える。もしこの時、鄭俠がちょうど蘇軾に「越江鄭氏序」を書いてくれるよう求めたり、蘇軾が鄭俠を鄭虔の後裔だと知っていたとしたら、鄭俠の先祖であって、貶謫された經歴を持つ鄭虔の典故を用いないはずがない。そういう典故を用いてこそ、典雅で適切、かつまた身近で味わいがあり、趣深くなるのではないだろうか。

とはいえ、蘇軾が鄭虔の故事を用いるのを決して拒絶していたわけではない。他の詩ではしばしば鄭虔の故事を用いているのである。「鄭戶曹を送る」（『蘇軾詩集』巻十六）に、

公業有田常乏食　　公業 田 有るも 常に食に乏しく
廣文好客竟無氈　　廣文 客を好むも 竟ひに氈 無し

とある。上句は後漢の鄭太（字は公業）が豪傑と友誼を結び、財を惜しまなかったので、多くの田産がありながら食に事缺いたことをいい、下句は鄭虔が廣文博士に任じられても、困窮して毛氈を誂えることが出來なかったことをいう。「病中 大いに雪ふること數日、未だ嘗て起って觀ず……」（『蘇軾詩集』巻三）では、

誰云坐無氈　　誰か云ふ坐に氈無しと
尚有裘充貨　　尚ほ裘の貨に充つる有り

と暗に鄭虔の故事を用いそれを轉用してもいる。

ところが、蘇軾は鄭俠と唱和した詩の中で、本來鄭俠と餘り關係のない鄭尚書を引っぱって來ながら、目前にある

絶妙な鄭虔の典故を見棄てているのである。蘇詩における用典パターンを熟知している人間にとってみると、これは頗る理解に苦しむことである。從って、唯一合理的な解釋は、鄭虔が鄭俠の九世の祖では全くなく、蘇軾も當然鄭俠にそのような血緣關係があることを知らなかった、ということになろう。

二、陳師道が「雷大使の舞」の語で蘇軾の詞を評したことについて

『文學遺産』一九九八年第五期に「『教坊雷大使舞』考釋」の一文がある。これは「雷大使」その人と、何を「本色」というかを考證したもので、資料を豐富に引用し、論述も緻密で、非常に價値ある論文である。ただ劈頭に「教坊雷大使舞」の語が宋の陳師道の『後山詞話』の「退之 文を以て詩と爲し、子瞻 詩を以て詞と爲し、教坊雷大使の舞ひの如し。天下の工を極むと雖へども、要は本色に非ず」に出るといい、著者はこの評が陳師道の口より發せられたものと見做している。この點はなお議論考證すべき部分である。

この陳師道のものとされる評語に對し最も早く疑問を提示したのは、おそらく『四庫全書總目提要』であろう。巻一九五に以下のように云う。

蘇軾の詞、教坊雷大使の舞の如くして、天下の工を極むれども終に本色に非ず、と謂ふ。案ずるに蔡絛の『鐵圍山叢談』に「雷萬慶（按ずるに、これは雷中慶に作るべきである）、宣和中、舞を善くする以て教坊に隷す」と稱す。軾は建中靖國元年六月に卒し、師道も亦た是の年の十一月に卒す。安んぞ能く預め宣和中に雷大使有るを知り、借りて譬況を爲さんや。其の依託に出づること、問わずして知るべし。

この論證について、郭紹虞氏は『宋詩話考』の中で、「最も强固で説得力があり、到底ひっくり返すことのできな

いものだ」と述べておられるが、私も十分信頼できるものと考える。

蔡絛は蔡京の末子である。その彼が『鐵圍山叢談』巻六において、「太上皇（徽宗）位に在り、時は升平に屬す。手藝の人の稱有る者」で「教坊」に在る人は、「琵琶は則ち劉安世有り、舞ひは則ち雷中慶有り。世皆之を呼びて『雷大使』と爲す」と記載している。一方、陳師道は建中靖國元年（一一〇一）十一月に死去した。徽宗が卽位して二年目のことである。彼は徽宗朝でほぼ二十四ヶ月生きたわけであるが、元符・建中靖國の際は政局が動搖し、「升平」と稱される時期ではなかった（徽宗在位期間は併せて二十六年間に達する）。それゆえ「雷大使」の事を知っている筈がない。また、確かに蘇軾門下には自由に批判し合う氣風があったが、それはすべて元祐年間の蘇門最盛期に見られたことである。徽宗の卽位當初といえば、蘇軾は遠く海南島に流されて未だ召還されておらず、陳師道及びその他の蘇門諸子も蘇軾を仰ぎ懷しみこそすれ、蘇軾の詞を非難するようなことはふつうあり得ない。

宋の胡仔『苕溪漁隱叢話』以來、『後山詩話』の內容に對しては、頗る疑いが持たれてきた。郭紹虞氏も「この『後山詩話』は陳師道の手定の稿ではない上に、後人が改竄した痕跡がある。故に廣く流傳したとはいえ、誤謬が特に多い」といわれるが、けだし名裁決であろう。『後山詩話』のこの條で「雷大使舞」を蘇軾の詞に見立てて「本色に非ず」と批判した內容は、陳師道の手に出るものでないはずである。

あるいは「雷大使」が雷中慶その人であるのか否か、という疑いが生じるかもしれない。これについて改めて說明する。孟元老の『東京夢華錄』巻九の「宰執・親王・宗室・百官入內して壽を上る」の條に、「天寧節」の祝壽の式次第を記して、

第一盞　御酒には、歌板色の一名　中腔一遍を唱し訖る。……宰臣酒には、樂部　傾杯を起こす。百官酒には、三臺の舞旋あり。多くは是れ雷中慶なり。其の餘の樂人・舞者は諢裹寬衫。唯だ中慶のみ官有り、故に展裹す。

とある。按ずるに天寧節は徽宗の生日を祝った節で、「徽宗も亦た五月五日に生まるるを以て、俗忌を以て十月十日に改作して天寧節と爲す」（『癸辛雜識』後集「五月五日生」の條）という。この節は元符三年（一一〇〇）四月に初めて定められた（『續通鑑』卷八十六）。その慶賀の式典のスタイルは、簡潔なものから複雑なものへと推移する過程をもち、上述の「御酒」・「宰臣酒」・「百官酒」という三つの段階の異なる樂・舞がある。それが制定されたのは、まさに徽宗朝の「升平」の際であるはずである。この式次第は南宋でも沿用されており、呉自牧の『夢粱錄』卷三「宰執親王南班百官入内上壽賜宴」の條に見える。その記述は、孟元老の『東京夢華錄』と文字が全く同じで、ただ「百官酒」の箇所に「多くは是れ雷中慶なり」と「唯だ中慶のみ官有り、故に展裏す」の條が無い。これは當時雷中慶が既にその役になかった（既に教坊司が廢止されていた）か、あるいは世を去っていたからである。

また、「中慶有官」はまさに雷中慶が教坊使として出仕していた明證であり、教坊使には本來「教坊大使」という尊稱があったのである。『夢粱錄』卷二十「妓樂」に「向者、汴京の教坊大使の孟角球、曾て雜劇の本子を做る」とあり、これは作者が北宋時代の教坊の樣子を回顧して記したものである。『東京夢華錄』のこの記載と『鐵圍山叢談』の記述が符合するのは、二人の作者が共に徽宗朝を生き、見聞が一致するためである。このように雷大使が雷中慶であることは疑いない。

以上のことから、『後山詩話』が蘇軾の詞を批判して「本色に非ず」といったという記述が、陳師道によるものでは無い、と斷定することができるはずである。

三、「鏖糟陂里叔孫通」について

北宋の著名な「洛蜀黨爭」は、とある些細な理由で勃發した。『河南程氏外書』巻十一（いま『二程集』、中華書局一九八一年版に見える）に、

　溫公（司馬光）薨ず。朝廷、伊川（程頤）に命じて其の葬事を主らしむ。是の日や、明堂に祀りて禮成る。而して二蘇 往いて溫公に哭さんとし、道に朱公掞に遇ひて、之に問ふ。公掞曰はく、「往いて溫公に哭さんとす。而ども程先生以爲へらく、慶弔は日を同じうせずと」と。二蘇 悵然として反りて曰はく、「鏖糟陂里の叔孫通なり」と。是れより時時に伊川に謔むる。

とある。この記述は劉延世所編の『孫公談圃』巻上にも見られ、この書では「燠糟鄙俚」に作っている（『歷代筆記小說集成』影印本、河北教育出版社一九九五年版に見える）。この事件はおそらく眞實であろう。もちろん、この出來事自體は「洛蜀黨爭」の導火線に過ぎず、背後にはより深刻な政治的、學問的、または人生志向等の點で思想的な差異が存在したに違いない。さもなくば、かくも激しく長期に渡る衝突は生じ得なかったであろう。この問題については、ここでは論じない。いまは「鏖糟陂里叔孫通」の語の意味について、些か考察を加えたい。

まず、「鏖糟」について考えると、この語は宋代の口語で、汚い・不潔という意味である。たとえば、『朱子語類』巻二十七に、『論語』を論じて、

　緣是他氣稟中自元有許多鏖糟惡濁底物、所以纔見那物事便出來應他。

といっている。巻二十九では、

　子路譬如脫得上面兩件鏖糟底衣服了。顏子又脫得那近裏面底衣服了。

といい、巻七十二で『易』を論じて、

　某嘗說、須是盡吐瀉出那肚裡許多鏖糟惡濁底見識、方略有進處。

といっている。元代に至って、陶宗義の『南村輟耕錄』巻十、「鏖糟」の條に、

俗語、不潔を以て鏖糟と爲す。按ずるに「霍去病傳」の鏖皐蘭下の注に、「世俗、盡く人を死殺するを謂ひて鏖糟と爲す」と。然れども義は同じからずと雖も、却って出づる所有り。

とある。この『漢書』霍去病傳の「鏖皐蘭下」注は晉灼によるもので、顔師古もそれに贊同し、「鏖とは苦撃多殺を謂ふなり。皐蘭とは、山名なり」と補足している。これらによれば、「鏖糟」には「不潔」と「盡死殺人（皆殺しにする）」の二義があった。

清の胡文英『吳下方言考』巻五、「二蕭」には、「蘇東坡　程伊川と事を義して合はず、之を譏りて曰はく、「頤は鏖糟鄙俚の叔孫通と謂ふべし」と。按ずるに、鏖糟とは、執拗にして人心をして適せざらしむるなり。吳中に執拗生氣を謂ひて鏖糟と曰ふ」とあり、これで「執拗・固執」の意味も加わる。しかも「鏖糟陂里」を「鏖糟鄙俚」に變えており、これはおそらく「陂里」の二字では意味が通じないからではないかと思われる。

しかしながら、この語の正確な解釋は、「陂里」の二文字から探求すべきである。もともと、汴京城外には「鏖糟陂」という名の沼澤地帯があった。宋の蔣綽『鷄肋編』巻中、「地名之訛」の條の「許昌より京師に至る道中」に、

又た大澤有り、彌ねく草莽を望めば、好草陂と名づく。而れども夏秋に積水せば、沮洳泥淖たり。遂ひに易へて鏖糟陂と爲す。

とある。また、呂希哲『呂氏雜記』巻下にも、

都城の西南十五里、地の鏖糟陂と名づくる有り。土人　之を惡みて、自ら易へて好草陂と爲す。今に至るまで四鄕の人、擾りに舊號を襲ふ。彼方の民に問へば、僉な曰はく、「好草陂なり」と。

とある。この二則の宋人筆記は、どちらも「鏖糟陂」が一地名であることをはっきり示しており（許昌はちょうど開封

の西南に位置する)、一つが原名であるといい、他の一つが改稱後の名であるといっているに過ぎない。しかし、何れも同音で互いをもじったものであり、地名の變遷としてはありきたりで珍しくはない現象である。

「鏖糟陂」の「鏖糟」は、その「不潔」の意味をとったもので、汴京郊外のその澤が「沮洳泥淖」で汚く耐え難いのを言うのである。「鏖糟陂里の叔孫通」は、薄汚い土地から來た似非《えせ》叔孫通を意味している。非常にユーモラスな表現である上に、歴史人物である叔孫通が朝廷儀禮を制定し朝廷全體が嚴肅になったことと、強烈なコントラストを釀し出す。それによって骨髓にまで達する切れ味するどい諷刺效果を獲得した。程頤が極度の恨みを感じたのもよく理解できる。

蘇軾の黃州時代の書簡「王定國に與ふ」(『蘇軾文集』卷五十二)には、「鄰曲 相ひ逢ひて欣欣たり、自ら鏖糟陂里の陶靖節と號さんと欲す。如何」とある。これも同じ意味を取ったもので、自らを諷し、かつまた自らへりくだりつつ、自分は陶淵明には敵わないと謙遜して言ったのである。この點は、「我 陶令に比して愧づ」(「辨才老師 龍井に退去し…」詩)や、「我 陶生に如かず、世事 之に纏綿たり」(「和陶飲酒」二十首)と、彼が繰り返し言っているのと一致する。『呉下方言考』では、「執拗・固執」と釋している。他人を譏る場合には通じないでもない。程頤の行爲は「執拗」と見做すことができるからである。ただし、自らを諷する場合には、却って意味が混亂して難解になる。「固執的陶淵明」では、もはや意味不明となろう。ちなみに、「鏖糟」の語は今日なお呉方言地域で使われており、その意味はやはり取り散らかって汚らしいことを指す。

昆山市には、營業百年に及ぶ麵食店「奧灶館」があるが、この「奧灶」は、實は「鏖糟」からきている。紹介文によれば、この店自慢の麵のスープは「青魚の鱗、えら、肉、粘液に田螺、タウナギの骨、鶏骨、豚骨等の材料を加えたもの」を長時間ぐつぐつ煮込んで作るという。これが意外なほどの美味しさなのだという(『文滙報』一九九八年十一月二十一日に見える)。これらの食材は、大抵食べられないものとして捨てられる下級の食材であり、本來は雜多で汚らしいゴミである。

『河南程氏外書』では、「鏖糟陂里叔孫通」の句下に原注があり、「其の山野を言う」と云っているが、これがむしろ正解に近い。この他、『太平治迹統類』巻二十三の「元祐黨事始末上」や『宋史紀事本末』巻四十五の「洛蜀黨議」では、蘇軾と程頤とが憎み合ったこの事件を記録し、この句を「枉死市叔孫通」に作り、表現に異同がある。しかし、「枉死市」と「鏖糟陂」はどちらも場所を指し、兩者の語句の構造は似ている。

要するに、この句の意味を全てはっきりさせて、初めてこの句がなぜ「洛蜀黨爭」の導火線となったのかが理解できるのである。

『論語』に「賢者は其の大なる者を識り、不賢者は其の小なる者を識る」ということばがある。わたしが原文を正確に解讀することを強調しても、このような誹りを受けることには多分ならないであろう。

注

(1) 王潮・王审兄弟が閩に入り、その子孫が閩國を建てたので、福建の多くの一族が彼らにすがって取り入ろうとする風が起こり、中原の籍貫を光州固始に改めた。このような現象がすでに宋代に現れていた。南宋の鄭樵は、莆田『南湖鄭氏家乘』の序を記し、次のように指摘する。「今の閩人 祖を稱すれば、皆な光州固始と曰ふ。實は王緒 光・壽二州を擧げ、以て秦宗權に附し、王潮兄弟 固始の衆を以て之に從ふに由る。後緒 宗權と隙有り、遂ひに二州の衆を拔きて閩に入る。王审知 其の衆に因りて以て閩中を定め、桑梓の故を以て、獨り固始に優る。故に閩人 今に至るまで氏譜を言ふ者、皆な固始と云ふも、其の實 謬濫なりと云ふ」と。ただ鄭俠の一族は、この類のものではない。

（2）洪邁『夷堅丙志』巻十三「鐵冠道士」の條（中華書局一九八一年版）では、紹聖の初め、鄭俠が再び英州に謫され、ちょうど蘇軾も惠州に流されたので、二人は「初めて與に相ひ遇し、一たび見て故交の如し」であったという。按ずるに、洪邁の説は確實なものではない。なぜなら蘇軾が惠州に流されたのは紹聖元年であるが、鄭俠は元符元年に至って再度英州に貶謫されたのである。この時、蘇軾はすでに海南いたので、兩人がばったり會うことは不可能である。

この論文の翻譯に當たっては、早稻田大學の內山精也先生の御協力を頂きました。先生に厚くお禮を申し上げます。王水照先生は散文家としても令名が高く、この論文も高度に洗練された中國文で書かれたものです。その持味を十分に譯出できたかどうか氣がかりです。しかし、恩師村山吉廣先生の「古稀記念論集」にこのような大切な仕事を與えていただいたことをこの上なく幸せに思っています。

（譯者）

『胎息精微論』譯註

福井文雅

前言

村山吉廣教授は文學部での同僚であるよりもずっと昔、「漢文研究會」という學生の同好會で御一緒していた（したがって、以下には村山先輩と言わせて頂く）。當時の會長は大野實之助文學部教授であり、先生の研究室には大矢根文次郎教育學部教授がよく訪ねて來ておられた。兩先生は長年の朋友であった。私は早稻田大學附屬高等學院第一學年の時に大矢根文次郎先生の御擔任の級におり、大矢根先生の漢文の時間のたびごとに、「福井君、先週勉强した漢詩を諳《そら》んじてごらんなさい」と當てられ、閉口したものであった。

右記のような輻輳した人間關係のただなかにあって、村山先輩とは知り合ったのであった。當時村山先輩は確か東洋史專修に御在籍であり、次いで大學院で東洋哲學專修に移られ、二人は次第に親しくなっていったような氣がする。學部御在籍中に健康を害されて、かなり長い間お會いできない時期もあったが、しかし、運命のしからしむるところ、日本中國學會の役員會で再び御同席するようになり、今日に到った。

だから、「村山さん」と言うと、なんと言っても「漢文研究會」當時をすぐに思いだすのである。學部時代の漢文研究會では、皮錫瑞の『經學歷史』を學生國學叢書本の周豫同註釋附きテキストで、（六）經學分立時代と（七）經學統一時代との二章を讀まされた。その想い出は強いが、その時に先輩が同席されていたかどうか、御病氣のために缺席がちであったのかどうか、記憶は定かでない。なにしろ往時茫々、萬事が四十五年以上も前のことである。ともあれ、先輩との長い長い交際の發端には漢文訓讀の會がある。それに因んで、氣の呼吸論を説いた遲くとも十一世紀には成立の小論を訓讀して、先輩からの御叱正を久しぶりに戴くことにしたい。

解題

ここで取り上げるのは、『雲笈七籤』巻五十七（道藏番號六八九）が收める『胎息精微論』である。氣の呼吸の方法については、中國では古來さまざまな「論」が傳えられていたが、それを集成して提示したのが『雲笈七籤』巻五十六（道藏番號六八八・職六）から巻六十二（道藏番號六九〇・從二）までの「諸家氣法」の部である。そこには、呼吸法について實にさまざまな論が展開されているが、本稿の長さに合いそうな文章として『胎息精微論』を取り上げることにした。ここではA本とする。

もっとも、「諸家氣法」の部は、當時存在した氣の呼吸の方法についての文を集成したものであるから、その同類の文章が道藏の別の箇所にある場合も少なくない。この『胎息精微論』にしても同様で、私が知るかぎりでは、道藏番號五七〇・命一の桑榆子評『延陵先生集新舊服氣經』の十四丁左から十七丁右にも、ほぼ同文が出ている（ここではB本とする）。ところが、道藏番號五七一・命四の「二論同巻」という表題の巻のなかに、實は前半部分はほぼ『胎息精微論』と同文であるテキスト（ここではC本とする）が出ているのである。しかし、桑榆子の評は附いていず、後半は他の異本とは大いに違った文章を含み、論理も相違している。

どれが原本に近いのか? 問題であるが、今のところはどの本にしても年代も作者も未詳である。

長い歴史の中國では、すべてがさまざまな變遷を經て現在に到っている。佛教の呼吸法にしても、古譯と新譯とでは説明が違っている。まして、その同じ「古譯」「新譯」と言われる文獻でも、時代が進むにつれてまた新しく古譯・新譯と命名されたテキストが生まれているから、區別が厄介である。

術語にしても同様であり、名稱は同じであっても時代の變化に伴って中身が變わっている。それは歴史の必然であって當然の結果なのであるが、その變化に氣がつかない人もいる。名稱が同じであると、中身まで不變であるかのように思っていては間違える場合がある。歴史を勉强するのは結局は現在を正しく知るためである、とするならば(そうでなければ、單なる好事家であろう)、不變よりも變化の相に注目した方が正しい歴史觀になろう。

したがって、「諸家氣法」の中で私の興味を引いたのは、「古經」とか「古方」、「閉口縮鼻」法の新古の議論であった。新・古を言う以上は、それは道教の呼吸法に變化があった歴史を示すはずであり、その歴史を佛教での呼吸法の歴史と比較するならば、佛教史上にも數々のヒントを與えてくれるはずである。

しかし、二十數年ほど經った今でも、私の知る限りでは、まだ誰もこの問題に注目していないようである。今回は譯註だけであるが、いずれ道教・佛教の呼吸法の變遷について卑見を公表するよすがにしたい。

「諸家氣法」の譯註は、淨土宗の三康文化研究所(東京港區芝增上寺内)での讀書會で二十數年前に私が擔當したものであった。現在も續く讀書會であるが、先輩會員に較べれば私は十歳ほど年少であり、私の附けた句讀點等々について先輩會員各位から御批判を頂いたものである。

しかし、今回舊稿を公表することにして、稿を進めるうちに、かつての私案にかなり加筆せざるをえなかった。とりわけ、當時はできなかった異本との對校を本稿では試みている。當時私は各種異本の存在は知ってはいたが、その異本の間に、こんなにまでの相違點が有るとは氣附いていなかったのである。しかし今回、檢討すべき幾つかの問題を發見した。ここでさらに檢討を進めるべきであったかもしれないが、時間が無いので他日を期す以外にない。ここでの文責がすべて私にあることと同じく、その點をお許し頂かねばならない。

その讀書會から二十年近く經った最近のこと、一九九六年八月に北京の華夏出版社から、蔣力生等が校注した『雲笈七籤』（ここではD本とする）がでた。しかし、道藏の中にある異本については、彼等は全く氣が附いていないし、したがって相違點にも注意していない。四人以上もの編者がいながらの結果なので、一驚した。同じ本の中での對校が一切なされていないのでは、文獻考證學で鳴らしたあの清朝漢人の傳統は、文化大革命後斷絕したのであろうか。ともあれ、蔣力生等校注の『雲笈七籤』はD本として參照するに止めた。

訓讀ではなるべく判りやすくして、傳統の訓讀の仕方には從っていない場合もある。例えば、「長生之道訣在此矣」は傳統的には「長生の道、訣はここに在り」と訓むのが正統であろうが、判りやすく「長生の道の訣は、ここに在り」としたのがその類である。舊假名遣いに必ずしも從わず、日本での印刷の必要上、漢字については略字を使わざるをえなかった箇所が多い。

村山教授を初めとして、讀者諸賢からの御批正を頂ければ幸いである。

訓讀・注

（1）身不衰老、內食太和、元氣爲首、淸淨自鍊。委身（2）放體、志無念慮、安定臟腑（3）、洞極太和、長生久視、潛氣不動、意如流水（注4−前波已去、而後波續處、不返也）。行之不休、得道眞（5）矣。每日入淨室、守玄元。玄元謂存玄門（6）。玄中有玄、是我命。命中有命、是我形。形中有形、是我精。精中有精、是我氣。氣中有氣、是我神。神中有神、是我自然。

身は衰老せずして、內に太和を食し、元氣首となりて淸淨自《おのずか》ら鍊る。身を委ねて體を放ち、志に念慮なければ、臟腑を安定して太和を洞《つらぬ》き極め、長生久視して、氣を潛めて動かず、意は流水の如し（注−前波已に去りて、後波續くところ返らざるなり）。これを行いて休まずんば、道の眞を得たり。每日淨室に入りて、玄元を守れ。玄元とは玄を存するの門を謂う。玄中に玄有り、是れ我が命なり。命中に命有り、是れ我が形なり。形中に形有り、是れ我が精なり。精中に精有り、是れ我が氣なり。氣中に氣有り、是れ我が神なり。神中に神有り、是れ我が自然なり。

（1）B本とC本は「老君曰、知道者天不殺。含德者地不害。道德相抱」の文で始まる。この事實にD本は一切觸れていない。

（2）C本は委身を忘身に作る。

（3）B本とC本は臟腑を藏府に作る。A本が正しいであろう。

（4）この注はB本にも附くが、C本には缺く。

（5）B本もC本も同樣であるが、D本注に、四部叢刊本と四庫本は共に「眞道」に作ると言う。

（6）玄元謂存玄門をB本は割注にし、C本は玄元者一氣也（原文ではこの氣は別體であるが、ここでは印刷の都合上通行の字とした）としている。

德以形爲車、道以氣爲馬、魂以精爲根、魄以目爲戸。形勞則德散、氣越則道叛。精銷魂損、目勤（7）魄微。是以靜形愛氣、全精寶視（8）、道德凝密、魂魄固守。所以含道不言、得氣之眞、肌膚潤澤、得道之根。手足流汗、精氣充溢。不飢不渴、龜龍胎息、綿綿長存、用之不勤（9）。飲于玄泉、登于太淸、還年返嬰、道之自然。至道不遠、近在已身、用心精微、命乃延永（10）。

德は形をもって車と爲し、道は氣をもって馬と爲し、魂は精をもって根となし、魄は目をもって戸となす。形勞すれば則ち德散じ、氣越ゆれば則ち道叛《そむ》く。精は銷《き》え魂は損し、目は勤《つと》め魄は微なり。是《ここ》をもって形を靜め氣を愛《おし》み、精を全《まっとう》し視〔＝神〕を寶《たも》ち、道德は凝密にして、魂魄は固守たり。所以《ゆえ》に、道を含むも言わずして、氣の眞を得、肌膚は潤澤にして、道の根を得たり。手足流汗し、精氣充溢す。飢えず渴えず、龜龍の胎息〔のごとく〕、綿綿として長存し、これを用うるも勤《つと》めず。玄泉に飲みて太淸に登り、年を還して嬰に返るは、道の自然なり。至道は遠からず、近く已〔＝己《おのれ》〕の身に在り、心を用いること精微なれば、命すなわち延永ならん。

（7）B本もC本も目動に作る。D本は勤とし、注に、四部叢刊本と四庫本は共に則の字が次に入ると言う。

（8）B本もC本も視を神に作る。これが正しい。

（9）C本は不勤を不竭（ツキズ。盡きない）に作る。私見では、この方が正しい。

（10）延永をB本もC本も永存に作る。

夫道者或（11）傳（12）服五牙〔注（13）－五牙者五行之生氣。黄庭經云、存漱五牙、不飢不渇（14）〕八方四時日月星辰等氣、思自頂而入鼻而出（15）。雖古經所載、爲之者少見成遂、亦非食穀者所致行致耳（16）。是以服氣者多、不得其訣要、徒（17）精勤矣。既得其門復悟其訣、卽在精勤不懈（18）矣（19）。（20）

夫れ道者〔＝道教の修行者〕に、五牙（注－五牙とは五行の生氣。黄庭經に云う、五牙を漱ると存せば、飢えず渇えず、と）・八方・四時・日月・星辰等の氣を服し、頂よりして鼻に入りて出づと思え、と傳えるあり。古經の載するところと雖も、これをなす者に成し遂ぐるを見ること少なく、また、穀を食する者の能く行い致すところにあらざるのみ。ここをもって、氣を服する者多きも、その訣要を得ざれば、徒《いたずら》に精勤するのみ。既にその門を得、復《ま》たその訣を悟らば、卽ち精勤に在りて懈《おこた》ざれ。

（11）D本では注で、四部叢刊本と四庫本は共に或の字を缺くと言う。
（12）夫道者或傳をC本のみ今之修道者或に作る。
（13）D本では、この注を四部叢刊本と四庫本は共に星辰等氣の後に入れる。
（14）黄庭經云、存漱五牙、不飢不渇を、B本は黄庭内景云、存漱五牙、不飢渇に作る。
（15）思自頂而入鼻而出を、B本は思自頂而入自鼻而出に、C本は但思自頂鼻而入に作る。前後の行文を比較すると、C本は特異であり、「今の修道者に八方・四時・日月・星辰等の氣を服せと〔言う者が〕あるが、みな誤りである」と否定したあとで上文を續け、「ただ頂鼻から入ることを思え」の文が續いている。
（16）所致行致はB本、C本共に所能行致に作る。ここはB、C本に從う。
（17）徒をB本は徒勞に、C本は虛に作る。
（18）卽在精勤不懈を、C本は要在精勤无退懈に作る。

(19) 矣をB本、C本共に耳《のみ》に作る。
(20) これから後の文章は、A本、B本とC本との間では大きな差異がある。
桑楡子曰、鳥鷐而至乎天地(21)、是不知量彼五牙八方四時(22)日月星辰等。教不爲初地者設無成也。當俟其稍近之時可也。

桑楡子曰く、鳥と鷐にして天地に至るも、これ彼の五牙・八方・四時・日月・星辰等を量るを知らず。教えの初地を成さざる者は、設《もう》くるも成るなきなり。まさにそのやや近きの時を待つべくんば可なり。
(21) B本では鳥曷而志乎天地(天地に志すも)に作る。
(22) D本では注で、四部叢刊本と四庫本は共に四時の字を缺くと言う。

凡胎息服氣、從夜半後、服内氣七嚥。毎一嚥既調氣六。七息卽更嚥之、毎嚥如水流過坎聲、是氣通也。直下氣海中凝結、腹中充滿、如含胎之狀、氣從有胎中息(注―氣海中、有氣充、然後爲胎息之道也)。氣成卽淸氣凝爲胎、濁氣而出(23)(注―散從手足及髮而出也)。

凡そ胎息の服氣は、夜半より後に內氣を服すること七嚥〔七回飲み下す〕。一嚥毎に既に氣を調《ととの》えること六。七息にして卽ち更にこれを嚥《の》む。嚥む毎に水流の坎〔あな〕を過ぐる聲が如きは、これ氣通ずればなり。直ちに氣海の中に下り凝結し、腹中充滿し、胎を含める狀のごとく、氣從いて胎中の息あり(注―氣海の中に氣の充つるあり、然る後、胎息の道と爲るなり)。氣成れば卽ち淸氣凝りて胎と爲り、濁氣にして出づ(注―散じて手足及び髮よりして出づるなり)。

（23）濁氣而出を、B本は濁氣散而出に作る。これに續く注を見ても、B本の方が正しい。D本では注で、四部叢刊本と四庫本は共に濁氣從手足及髮中出に作ると言う。

胎成卽萬疾自遣、漸通仙靈。今之學其氣長也（24）、或得古方或授自非道（25）、皆閉口縮鼻、但貴息長、而不知藏擁閉、蓄損正氣（26）、殊非自然之氣。但煩（27）勞形神、無所裨益。

胎成れば卽ち萬疾自《おのずか》ら遣り、漸く仙靈に通ず。今のその氣の長きを學ぶや、或いは古方を得、或いは自非の道を授くも、皆な口を閉じ鼻を縮《ちぢ》め、但だ息の長きを貴ぶのみにして、藏は擁閉し正氣を蓄《たくわ》え損し、殊に自然の氣に非ざるを知らず。但だ形神を煩勞するのみにして、裨益するところなし。

（24）B本は今之學其氣也に、C本は今之學者に作る。D本では注で、四部叢刊本と四庫本が共に今之學服氣者に作るを是としている。

（25）「みずから非としている道」の意味か？　C本は自を衍字と見て非道とする。

（26）藏擁閉蓄損正氣を、B本は五臟壅閉蓄損正氣に作る。

（27）煩をC本は繁に作る。

凡服氣之時、卽須關節通、胃海開、納元氣。固納畢（28）卽關節還閉。徐徐鼻出納外氣、自然內外不離、胎中氣亦不出（29）。但潛屈指數息、從十至百、數從一百至二百三百、此爲小通。卽耳目聰明、百病皆愈。若抑塞口鼻擬習胎息、殊無此理也。口鼻氣既不通、卽畜損臟腑（30）。有何益哉。

およそ服氣の時、卽ち關節が通じ、胃海の開くを須《ま》ち、元氣を納めよ。固く納め畢《おわ》れば、卽ち關節還た閉ず。徐徐に鼻、外氣を出だし納め、自然に内外離れずんば、胎中の氣も亦た出でず。但だ潛《ひそ》みて指を屈して息を數《かぞ》え、十より百にいたり、數えて一百より二百三百にいたれば、これ小通たり。卽ち耳目聰明にして、百病皆な癒えん。もし口鼻を抑塞して胎息を擬《まね》習ふも、殊に此理無きなり。口・鼻の氣既に通ぜずんば、卽ち臟腑を畜《たくわ》え損す。何の益あらんかな。

(28) D本の注に依ると、四部叢刊本と四庫本とでは畢を鼻にしているようであるが、A本が正しい。D本の編者も同意見である。

(29) D本の注に依ると、四部叢刊本と四庫本とでは不出を不得出に作る。

(30) 臟腑をB本は臟府とする。

凡飼内氣者、用力寡而見功多。惟在安神靜慮、不煩不擾、則氣道踈暢、關節開通、内含元和、終日不散、膚體潤澤、手足汗出。長生之道訣在此矣。從夜半後、服七嚥卽閉氣。但(31)内氣不出、鼻口常徐徐出納外氣、内氣都不相離。至五更又服七嚥、平旦又服七嚥、都二十一嚥止。若休粮者卽不限此數。肚空卽嚥内氣。嚥内氣常滿、自無飢渴。初小難、久久習慣、自然内外之氣不相混雜也。漸漸關節開通也。(32)毛髮踈暢、氣自來往、亦不假鼻中、徐徐通外氣也。胎息之妙、窮於此也。(33)

凡そ内氣を飼《か》う者は、力を用うること寡なきも、しかも功を見ること多し。惟《ただ》神を安んじ慮を靜めるに在りて、煩ならず擾ならざれば、則ち氣の道は踈暢(ゆるやかにのびのび)にして、關節開通す。内に元和を含み、終日散せざれば、膚體潤澤にして、手足の汗出でん。長生の道の訣は、ここに在り。夜半より後、七嚥を服せば、卽ち氣を閉づ。但し、内氣出でずして、鼻・口常に徐徐に外氣を出納せば、内氣、都《すべ》て相い雜《まじわ》らず。五更に至りてまた七嚥を服し、平旦にまた七嚥を服し、都《すべ》て二十一嚥なる止《のみ》。若《も》し粮を休《や》むれば、卽ちこの數に限らず。肚空《はら》ならば卽ち內氣を嚥め。內氣を嚥み常に滿つれば、自《おのずか》ら飢渴なからん。初めは小難なるも、久久ならば習い慣れ、自然の內外の氣、相い混雜せざるなり。漸漸として關節開通するなり。毛髮は踈暢（ゆるやかにのびのび）にして、氣は自《おのずか》ら來往し、亦た鼻中を假りずに、徐徐に外氣に通ずるなり。胎息の妙はここに窮まれるなり。

（31）D本の注に依ると、四部叢刊本と四庫本とでは但を令に作る。

（32）D本の注に依ると、四部叢刊本と四庫本とには、不相混雜也。漸漸關節開通也の文中の二個の也が無い。

（33）最後の數行にC本は他の諸本とは違う文が入り、「道曰く、永く胎息を寶《たも》て（＝保）てば、元氣克成し、自《おのずか》ら眞人と爲らん。胎息の妙はここに窮まれるなり」で終わっている。

歳寒堂詩話の杜詩評

興膳　宏

一

南宋初期の張戒によって著わされた『歳寒堂詩話』は、歐陽脩『六一詩話』以來の北宋の詩話が性格とする「詩をめぐる散漫な記事」という舊弊を乗り越えて、本格的な詩の評論にまで詩話の内容を高めた著作として、文學理論史の上でも大きな意義を有している。この書は上下二巻から構成されるが、兩巻は全く異なった體例から成っている。(1)すなわち丁福保『歴代詩話續編』本によれば、上巻には漢魏六朝から北宋の蘇東坡・黄山谷に至る詩史を對象とした評論三十六條を収め、下巻には著者張戒が古今を通じて最高の詩人と見なす杜甫の詩に關する評論三十三條を収める。原本は早い時期に失われて、『宋史』藝文志等の書目にも著錄されておらず、清の乾隆年間に編まれた四庫全書において、明の『永樂大典』から抄出した二巻本が収められ、その形が『歴代詩話續編』などにより今日まで受けつがれている。

私はかつて『歳寒堂詩話』の文學理論史上の意義に着目して、その上巻の評論を對象とする小論を著わし、著者が歴代の詩人中で最も力をこめて論じている杜甫と、彼との對比において重要な位置づけがなされる白居易とを中心にしながら、この書の理論的な特質を明らかにしようと試みた（『東方學』第九十二輯、一九九六年）。ここでは、先の小論での論證を踏まえながら、前稿では直接の對象とすることのできなかった下巻の杜詩をめぐる個別の評論に目を向けてみたい。『四庫全書總目提要』がこの書の杜詩評に觸れて、「又た杜甫の詩三十餘條を專論するは、亦た多く宋人の詩話の未だ考え及ばざる所」というように、南宋初期にあってこれだけ集中的に杜詩を個別に論評した著作は、ほとんど例外的といってもよいほどのものだったのであり、その內容に關して考察を加えておくことは、文學理論史や杜甫研究史の上でも一定の意味があると考えるからである。

先の小論でも述べたように、張戒は北宋の大家蘇東坡と黄山谷には上巻の隨所で嚴しい論評を加えており、なかんずく後者への強い反撥は、この詩話の理論的なバネになっているとさえいってよいであろう。ところで、杜甫評價の歷史において、北宋の時期は決定的なまでの大きな意味を有していたが、その中で王安石などと竝んで重要な役割を演じた一人が黄庭堅であることは、すでに文學史の常識である。だから、張戒の黄山谷嫌いには、表面的な意味だけでは受け取りかねるところが含まれている。杜甫を以て古今最高の詩人と目する彼の見解は、彼自身は認めたくないかも知れないが、黄山谷に觸發されたところも實は少なくなかったのではないか。

たとえば、上巻第三十條において、「子美の詩は、山谷を得て後發明す」とあるのは、杜詩の黄山谷による發見を事實として承認したものである。[2] また下巻第七條の「洗兵馬」評で、「詩句は空を鑿ちて強いて作らず、景に對して生ずるこそ便ち自ずから佳し」という黄山谷のことばを引いて、「山谷の言誠に是《ぜ》なり」と肯定した上で、「惟だ杜子美は則ち然らず。景に對するも亦た可なり、景に對せざるも亦た可なり」と、衆に超絶した杜甫の詩才を稱揚するのは、黄山谷による意識下の影響をさらに暗示するものであろう。[3]

『豫章黄先生別集』巻四の「杜詩箋」（『古典文學研究資料彙編杜甫巻』上編所收、一九六四年、中華書局）は、杜甫の詩句六十條にわたる簡單なメモから成るが、『歳寒堂詩話』における個別の杜詩論評の發想がこうしたことと全く無緣のものであったのかどうか、もはや確かめるすべはないが、氣にかかることではある。

張戒は、『歲寒堂詩話』下卷において、「巳上人茅齋」から「可歎」まで、杜甫のほぼ全生涯をカバーする三十四の作品を取り上げて、おおむねは篇中の詩句を隨時に引用しながら、各詩を論じている。一つの條が一篇の作品を對象とするのが普通だが、第二十一條のように「嚴鄭公宅同詠竹」と「階下新松」の二篇を同時に扱うことも例外的にはあり、また「劍門」を評する第十一條のように、當の標題の作品だけでなく、「行次昭陵」「泥功山」「鹿頭山」「七歌」「北征」「壯遊」等の作品を關連させて論ずることもある。だから、實際にはもっと多くの作品が取り上げられているわけであり、著者が杜詩の全體を視野に收めながら、これら三十四の作品を直接の論述の對象に選んだことは十分に想像できる。

これら三十四首の詩の排列について著者は全く觸れていないが、その全體を見渡してみると、編年によって竝べられたものではないかと豫測するのはさほど無理なことではあるまい。いま比較のために、代表的な杜詩の編年のテクストである宋の蔡夢弼『草堂詩箋』（但し、別人による後次的な編纂に係る補の部分は除く）、淸の仇兆鰲『杜詩詳註』、そして淸の楊倫『杜詩鏡銓』において、これら三十四首がいかなる順序で排列されているかを表示してみることにしよう。[4] なお、現存する杜詩のテクストとして最も古い形を示す宋の王琪本や九家注本は、詩型と編年を組み合わせた構成になっており、ここでは直接の比較の對象にはしないことにする（以下の表で、洋數字は、三十四首間での排列の順序を示す。ただ第二十一條のみは二首の詩を一組にして論じているが、便宜上一つの作品として扱う。また網掛けは、『杜詩詳註』『杜詩鏡銓』二書の編年との間に大きな異同のあることを示す）。

歲寒堂詩話	草堂詩箋	杜詩詳註	杜詩鏡銓
1 巳上人茅齋（五言短律）	1（卷一）	1（卷一）	1（卷一）

2 冬日洛城北謁玄元皇帝廟（五言長律）	2（巻二）	2（巻二）	2（巻一）
3 戲爲六絶句（七言絶句）	—	14（巻一一）	14（巻九）
4 自京赴奉先縣詠懷五百字（五言古詩）	3（巻六）	3（巻四）	3（巻三）
5 哀王孫（七言歌行）	4（巻九）	4（巻四）	4（巻三）
6 行次昭陵（五言長律）	5（巻一一）	5（巻五）	5（巻四）
7 洗兵馬（七言歌行）	6（巻一一）	6（巻六）	6（巻五）
8 秦州雜詩（五言短律）	8（巻一五）	7（巻七）	7（巻六）
9 苦竹（五言短律）	7（巻一四）	8（巻七）	8（巻六）
10 乾元中寓居同谷七歌（七言歌行）	9（巻一七）	9（巻八）	9（巻七）
11 劍門（五言古詩）	10（巻一八）	10（巻九）	10（巻七）
12 江頭五詠（五言短律）	11（巻一八）	11（巻一〇）	11（巻九）
13 屏迹二首（五言古詩・五言短律）	—	12（巻一〇）	12（巻九）
14 奉酬嚴公寄題野亭之作（七言短律）	—	13（巻一〇）	13（巻九）
15 陳拾遺故宅（五言古詩）	—	15（巻一一）	15（巻九）
16 謁文公上方（五言古詩）	—	16（巻一一）	16（巻九）
17 舍弟占歸草堂檢校聊示此詩（五言短律）	16（巻二三）	19（巻一二）	19（巻一〇）
18 江陵望幸（五言長律）	—	17（巻一二）	17（巻一〇）
19 山寺（五言古詩）	12（巻二〇）	18（巻一二）	18（巻一〇）

20 寄司馬山人十二韻（五言長律）	14（巻一四）	20（巻一三）	20（巻一一）
21 嚴鄭公宅同詠竹（五言短律）	15（巻二三）	21（巻一四）	21（巻一一）
階下新松（五言短律）	（巻二三）	（巻一四）	（巻一一）
22 觀李固請司馬弟山水圖（五言短律）	17（巻二三）	22（巻一四）	22（巻一一）
23 莫相疑行（七言歌行）	13（巻二一）	23（巻一四）	23（巻一二）
24 赤霄行（七言歌行）	23（巻三四）	24（巻一四）	24（巻一二）
25 杜鵑（五言古詩）	18（巻二五）	25（巻一四）	25（巻一二）
26 武侯廟（五言絶句）	―	26（巻一五）	26（巻一二）
27 鬪雞（五言短律）	19（巻二九）	28（巻一七）	30（巻一七）
28 偶題（五言長律）	21（巻三一）	29（巻一八）	27（巻一五）
29 秋野（五言短律）	20（巻三〇）	30（巻二〇）	29（巻一七）
30 晴（五言短律）	―	27（巻一五）	28（巻一五）
31 舟中出江陵南浦奉寄鄭少尹審（五言長律）	―	32（巻二二）	32（巻一九）
32 送盧十四弟侍御護韋尚書靈櫬歸上都（五言長律）	24（巻三八）	33（巻二三）	33（巻二〇）
33 可歎（七言歌行）	22（巻三三）	31（巻二一）	31（巻一八）

こうして全體を見渡してみると、この排列が基本的にはやはり編年の基準によるものであることはほぼ確實といってよかろう。ことに『杜詩詳註』『杜詩鏡銓』の二書とは大筋で共通しており、3「戲爲六絶句」の編年が大きく異

なるのを除けば、あとはほとんどが微細な異同のみである。もちろん『歳寒堂詩話』が取り上げるのは、千五百首に近い杜詩の中のわずか三十四篇という少ない數ではあるが、それらが現存する初期の詩から晩年の詩に至るまでの一貫した時間軸に沿っての排列になっていることは、誰の眼にも明らかである。いいかえれば、これら三十四篇の排列は、杜詩全體の編年のシミュレーションとしての意味がある。そしてこの事實は、『歳寒堂詩話』の編まれた北宋末から南宋初期にかけての杜詩の編年の一つの形が、ここに反映されているということでもあり、またそうした編年が、清朝において歴代の杜詩研究の蓄積にもとづいて編纂された編年體の詩注にも、基本的に繼承されていたことを推測させるものでもある。

宋代における、そして最も早い時期の杜詩の編年といえば、『草堂詩箋』がその代表的なものとして知られているが、『歳寒堂詩話』の編年との比較によって、『草堂詩箋』とはいくらか見解を異にする別種の編年も當時すでに存在していたのではないかということが推察できる。『歳寒堂詩話』とは比べものにならないほど多くの詩を擁する『草堂詩箋』だが、蔡夢弼による當初の編纂になる巻三十九までについていえば、杜甫が秦州・同谷を經て成都に達するまでの詩については『歳寒堂詩話』とほとんど同じ編年である。ところが、その後の成都期の作品になると、缺落が目につき、さらに晩年の放浪期の作品について見ると、『歳寒堂詩話』とも、『杜詩詳註』『杜詩鏡銓』とも違ったところがにわかに増える。そこには、『草堂詩箋』の編年の不安定さが暗示されているようでもある。すなわち杜甫晩年の詩についての『草堂詩箋』の編年は、必ずしも清の注釋者たちの承認するところとはなっていなかった。それとは對照的に、『歳寒堂詩話』の編年は、『杜詩詳註』『杜詩鏡銓』のそれときわめて近い關係にある。もちろんこのことは、『歳寒堂詩話』の編年が清の兩書に直接的な影響をあたえたことを意味するわけではない。あくまでも『歳寒堂詩話』に近似した編年が宋代に存していた事實を示唆するにとどまることを、念のために附言しておく。

三十四篇の詩の編年に關して、個別的になお多少のコメントを要するものがいくつかある。まず3「戯爲六絶句」だが、張戒はこの詩を4「自京赴奉先縣詠懷五百字」の直前に置いているから、安史の亂以前の制作になるものと認めていたことは明らかである。他方、この詩を收めない『草堂詩箋』はともかく、『杜詩詳註』『杜詩鏡詮』はともにこれを成都期の作品としているから、『歳寒堂詩話』との間には大きな見解の相違が存することになる。因みに『杜詩詳註』は、その題下の注で、「此は後生の前賢を譏誚する爲に作る、語に跌宕諷刺多し、故に戯と云うなり。姑く梁氏に依り、上元二年に編む」といっている。してみると、さしたる確固とした根據にもとづいてこの詩の編年を定めたものではなさそうである。この詩の内容に、制作時期を考證するための確實な手がかりが潛んでいるようにも思えないから、あくまでも假の編年にとどまるといってもよかろう。[5]

他方、『歳寒堂詩話』について見ても、この詩を杜甫早期の作とするに足るだけの根據づけがなされているとは見なしがたい。この詩の評には、次のようにある。「此の詩は庾信・王・楊・盧・駱の爲に作りしには非ず、乃ち子美の自ら謂《い》えるなり。子美の在りし時に方《あた》りて、名は天下に滿つと雖も、人猶お其の詩を議論する者有り、故に「嗤點す」「哂《わら》いて未だ休《や》まず」の句有り。夫れ子美の詩は今に超え古に冠し、一人のみ。然れども其の生けるときは、人猶お之を笑い、歿して後《のち》人之を敬す、況んや其の下なる者をや。……」この批評が、この連作の絶句の第一首に「庾信の文章老いて更に成り、雲を凌ぐ健筆は意縦横。今人嗤點す　流傳の賦、覺らず　前賢の後生を畏るるを」といい、また第二首に「楊王盧駱　當時の體、輕薄　文を爲《つく》り　哂いて未だ休まず。爾曹《なんじ》　身は名と與《とも》に滅ぶ、廢せず　江河の萬古に流るるを」というのを承けての發言であることはいうまでもない。だが、この連作六首を、杜甫が自らの文學への世人の無理解に對して強い不滿を述べたものとするなら、初期の長安在住期に置くよりも、むしろ彼の文學が成熟し、自分の詩に對する自信を深めた後期の作としてこそふさわしいといえるのではないか。宋の王琪本や九家注本が成都期の作としていることは、そうした考えが古くから主流だったことを思わせる。

しかし、いずれにせよ、この詩の制作時期はなお確定しがたいのであり、現代の杜詩研究も上記の論以上の說得力ある新見解を提起しているとはいえまい。ただ、少數にせよ、この詩を安史の亂以前の作とする見解が宋人の間にあったらしいことを、『歲寒堂詩話』の排列が端なくも示唆しているのは、留意に値するであろう。

排列の順序によって編年上の微妙な問題が浮かび上がるもう一つの例は、6「行きて昭陵に次す」である。この詩の制作時期を安史の亂の前に置くか後に置くかで、內容の理解に大きな違いを生ずる。その問題に關しては、吉川幸次郎『杜甫詩注』第二册（一九七九年、筑摩書房）に詳細な考證がなされているが、吉川氏の說くところをかいつまんでいえば、宋の王琪本では卷九、九家注本では卷十七のいずれも安史亂離以前の作とされるこの詩は、『草堂詩箋』など一部の宋人の注では亂後の作とされており、それが時を經て明末淸初の錢謙益によって採擇され、錢氏の權威も與って、淸の杜詩注釋家はほぼ均しなみにそれに效うこととなった。(6) 吉川氏はいう。「近人の注、おおむね亂後の作とするが、私はそう見ない。舊本に從って亂前の作とするのが妥當である。ただし、亂前どの時點の作か、こまかな時間は判定しにくい」（二六九ページ）。

吉川氏の考證によれば、この詩を亂後の作とする編次は、『苕溪漁隱叢話』前集卷七に引かれる宋・蔡居厚『蔡寬夫詩話』に原據を有する。(7) 亂前亂後いずれの作とするかによっていかに詩の解釋が分かれるかは、時局の情勢など複雜微妙な問題と關連し、いま限られた紙幅で說き盡くすのはむずかしく、吉川氏の書によられたいが、『歲寒堂詩話』は4「自京赴奉先縣詠懷五百字」、5「哀江頭」の直後に排列しているから、『草堂詩箋』等と同じく亂後の作と見なしていたことは疑いない。こうして見てくれば、今日なお杜詩研究家の注目するところとはなっていないようだが、『歲寒堂詩話』の排列は杜詩編次に關する宋人の見解の一端を示す資料として十分な意義を有するといえるであろう。

二

章を改めて、ここでは『歳寒堂詩話』下巻の杜詩をめぐる張戒の評論を概観しながら、その特徴について考察してみたい。先の小論では、上巻第二條の「子美の詩は古今を奄有す、云々」を引いて、「杜甫は過去のあらゆる詩人の長所を一身に體し、それらを總合し、集成した人と見なされている」（四ページ）と著者の基本的な杜甫観をまとめたが、下巻でもその立場は固く守られている。いやむしろ、上巻で提示された杜甫観を、詩人の全生涯にわたる個々の詩を通じて、よりきめ細かく演繹してみせたという方がふさわしいかも知れない。たとえば、4「自京赴奉先縣詠懷五百字」を評して、次のようにいう。

> 少陵は布衣中に在りて、慨然として君を堯舜に致すの志有るも、世の無知なる者、同學の翁と雖も亦た頗る之を笑う。故に「浩歌彌《いよ》いよ激烈」、「沈飲して聊か自ら遣る」なり。此れ諸葛孔明の膝を抱きて長嘯すると異なる無く、其の詩を讀みて、以て其の胸臆を想う可し。嗟夫《ああ》、子美は豈に詩人のみならんや。其の云えらく、「彤庭《とうてい》分かつ所の帛は、本と寒女自《よ》り出づ。其の夫家を鞭撻し、聚斂して城闕に貢ぐ。聖人筐篚の恩、實に邦國の活きんことを欲す。臣如《も》し至理を忽《ゆるが》せにせば、君豈に此の物を棄つるか。多士　朝廷に盈つ、仁者は宜しく戰慄すべし」と。又た云えらく、「朱門には酒肉臭《くさ》り、路には凍死の骨有り。榮枯　咫尺に異なり、惆悵として再び述べ難し」と。幼子の餓死せし時に方《あた》りて、尚お常に租税を免れ征伐に隷《したが》わざるを以て幸いと爲して、失業の徒を思い、遠戍の卒を念いて、「憂端は終南に齊しき」に至る、此れ豈に風に嘲れ月を詠う者ならんや。蓋し經術に深き者なり。王吉・貢禹の流と等し。

「自京赴奉先縣詠懷五百字」という、この壯年期の杜甫の思想を凝縮したような詩を對象としながら、張戒は杜甫を「經術に深き」詩人として深い敬意を表明している。この詩のすぐ後に置かれる、安祿山の亂後の荒廢をつぶさに描く5「哀王孫」について、「子美の此の詩を觀るに、心は社稷に存すと謂う可し」と評するのも、けだし同じ趣旨に他ならない。このような經世家としての一面を杜甫の中に見いだそうとする志向は、上卷においても、第十五條で、「子美は忠義に篤くして、經術に深し、故に其の詩は雄にして正」とあるのを始めとして、詩話全書において一貫した底流となっている。張戒は、北宋末の混迷を極めた時期にあって、秦檜の對金和親政策に異を唱えたために官位を解かれたという經歷の持ち主であり、そうした彼の政治思想の自ずからなる反映という一面も確かにあろう[8]。

10「乾元中寓居同谷七歌」では、そうした杜甫像と關連して、李白との比較論が取り上げられる。前稿で述べたように、張戒は唐の詩人中で、杜甫とともに李白を併擧して、李・杜に對等で最高の地位を認めている。李白に關して彼は多くを語ろうとしないが、心情的にはやはり杜甫の方に共感するところが絶大であった。下卷になると、個別の作品に卽して上卷の所論が肉附けされるのだが、上に見た「經術に深き」詩人としての杜甫像が、色濃く全體を覆っており、李白についてもそのような文脈の中で論及されている。

杜子美・李太白は、才氣相い上下せずと雖も、子美は獨り聖人刪詩の本旨を得て、三百五篇と異なる無し、此れ則ち太白の無き所なり。

杜甫の詩を詩三百篇の精神を繼承するものとして絶贊する趣は、上卷第三十六條で、杜詩が「毛詩序」にいう「夫婦を經し、孝敬を成し、人倫を厚くし、教化を美《ほ》め、風俗を移す」詩の教えを體現したものとして稱揚する論旨に合致する。このあと、張戒は李・杜優劣論の先蹤ともいうべき元稹「唐檢工部員外郎杜君墓係銘序」を引きつつ、李・杜優劣論に對する彼自身の見解を披瀝する。

　元微之は李・杜を論じて、以爲えらく太白は「壯浪縱恣にして、拘束を擺去し、物象を模寫するは、誠に肩を子美に差《なら》ぶ。終始を鋪陳し、聲韻を排比するは、李尙お未だ其の藩翰を歷る能わず、況んや堂奥をや」と。鄙《いや》しきかな、微之の論や。鋪陳排比は、曷《いずく》んぞ以て李・杜の優劣を爲すに足らんや。

元稹は、自由自在な詩的發想や的確な描寫力の面で兩者は全く對等の力量としながら、「鋪陳」すなわちことがらを細敍する修辭的な技巧や、「聲韻」の「排比」すなわち韻律の整備といった點にかけては、李白は杜甫に遠く及ばないと評價する。この點が張戒のとうてい同意できぬところであり、元稹の論を「鄙し」と貶する所以である。李・杜の相違はかかる表現技術にあるのではなく、詩三百篇の精神をいかに體現しているかという詩人としての基本的姿勢の問題だ、と張戒は主張する。その主張を裏づけるために、彼は『論語』の「詩を學ばざれば、以て言う無し」や、「詩は以て興る可く、以て觀るべく、以て羣す可く、以て怨む可し。……」や、また先の「毛詩序」のことばを引用し、「子美の詩は是のみ」、つまり詩三百の精神そのものだとまで斷言する。[9]

「乾元中寓居同谷七歌」は、もちろんその具體的な發露として存在する。

　「乾元中寓居同谷七歌」の若きは、眞に所謂る文を主にして譎諫し、以て羣すべく、以て怨む可く、之を邇《ちか》くしては父に事《つか》え、之を遠くしては君に事うる者なり。

だから、「我が生は胡爲《なんす》れぞ窮谷に在る、中夜 起坐して萬感集まる」（第五首）という「自傷」の詩句も、「讀者其の言を遺《わす》れて其の言う所以を求め、三復玩味すれば、則ち子美の情見《あら》われん」と解說する。表面の意味でなく、その由ってきたる背景にまで考察を及ぼして讀め、というのである。

　この激烈ともいえる杜甫への贊嘆は、最後の第三十三條「可歎」に至って極まった觀がある。これは『杜詩詳註』が大曆二年（七六七）末の作とする杜甫晩年の詩であり、王季友という人物の篤學と不遇に嘆息を發したものである。

王季友といえば、杜甫の同時代人である殷璠が編纂した『河嶽英靈集』に六首の詩を採られる詩人であり、殷璠の評論には、「季友の詩は、奇を愛して險に務め、遠く常情の外に出づ《い》」と評されている。「可歎」では、「羣書萬卷常に暗誦す」という好學の人として描かれ、『孝經』一巻をいつも手放さぬという勤勉ぶりだったが、生活は至って貧しく、藁ぐつを賣りながら生計を立てていた。だが、その道の人にはよく名が知られていたらしく、酒を手みやげに教えを請いにやって來る人もあった。といえば、漢の揚雄を思わせるような人物だったのか。彼の妻は、そんな夫に愛想をつかして、さっさと家を出てしまった。この陋巷の篤學者に目をかけたのが、唐の皇祖の血筋を引き、仁愛の爲政によって民に慕われる豫章太守李勉であり、三年このかた彼を引き取って客とし、細かにわけを問いただすこともなく、敬愛の念を抱きながら世話をしている。人情の反覆常ならぬ現世にあって、この賓主の生き方こそまことに貴重である。彼らこそ「君を堯舜に致す」べき人として、自分の敬仰する存在だ、と杜甫はこの長い詩を結ぶ。[10]

こうした内容の詩に對する張戒の評論は、まず次のようなことばから始まる。

子美の此の篇を觀るに、古今の詩人は、焉《いずく》んぞ下風に伏さざるを得んや。忠義の氣、愛君憂國の心は、造次にも必ず是に于《お》いてし、顚沛にも必ず是に于いてす。之を言いて足らざれば、之を嗟歎し、之を嗟歎して足らず、故に其の詞氣は能く此くの如し。恨むらくは世に孔子無く、國風雅頌に列せざれず。

王季友の好學ぶりを示す、「羣書萬卷常に暗誦し、孝經一通　看るに手に在り」の一節については、「經術に深き者に非ざれば、焉んぞ此の味を知らん」と述べて、重ねて杜甫が經世に深く關心を寄せていたことを力説し、さらに「季友之を知りて、子美も亦た之を知る、故に能く此の句を道《い》う。古今の詩人豈に此を知らんや」とまでいって、杜甫が尋常の詩人を遠く超えた存在であることを重ねて説く。下巻全體にみなぎる杜甫贊辭を締めくくるにふさわしい、高揚した激情のことばで「可歎」の評論は終わっている。しかし、ここまでことばを盡くして絶贊されると、いささかひいきの引き倒しの感がないではあるまい。誰よりも、他ならぬ杜甫自身が、いささか恥ずかしい思いをしているかも知れない。

こうして見てくると、下巻三十三條の評論を貫くキーノートが理解できよう。著者張戒は終始一貫して「經術に深き」杜甫像を、むしろ過剰なまでに浮かび上がらせようとしているのである。すでに述べたように上巻にも窺われるこの基調は、下巻の詩評では個別の作品の詩句をめぐって展開されるだけに、いっそう具體的でもあり、またそれだけにかなり執拗な印象をも與える。

上巻において、張戒は杜甫を『詩經』の精神を祖述する詩人として推賞するだけでなく、また「言志」と並ぶ詩の機能である「詠物」にも優れた手腕を發揮する詩人として認めていた。その面に關して、下巻ではいかなる論がなされているかを検討してみよう。[11]

先にも述べたが、第七條「洗兵馬」では、黄山谷の「詩句は空を鑿ちて強いて作らず、景に對して生ずるこそ便ち自ずから佳し」ということばを起點としながら、「惟だ杜子美は則ち然らず。景に對するも亦た可なり、景に對せざるも亦た可なり」と、杜詩の發想が融通無碍の自在さを持ち前とすることを説いている。その論はさらに續けて、「喜怒哀樂は、遇う所を擇ばず、一たび詩に發すれば、蓋し口より出でて詩を成す、詩を作るに非ざるなり」といい、これこそ「毛詩序」にいう「情 中に動きて言に形われ、云々」の境地だとも述べる。敍景であれ、抒情であれ、杜詩は常にこうした技巧を超越した自然さを生地とすることの指摘である。

その一方で、杜甫の詩が心中の意を形象するための着實で正確な表現力を備えていることも見逃されてはいない。第十一條「劍門」では、主題となる詩のほかに、なお「行次昭陵」「泥功山」「岳麓山道林二寺行」「鹿頭山」「七歌」「遭田父泥飲」「上後園山脚」「收京」「北征」「壯遊」十首から句を摘出して、「子美の詩の設詞措意は、他人と同年にして語る可からざる」ところを示そうと試みている。たとえば、唐太宗の墳墓である「昭陵の威靈を狀《かたど》って」は、「玉衣　晨《あした》に自ずから擧り、鐵馬　汗して常に趨《はし》る」といい、「泥功山の險を狀って」は、「朝に青泥の上を行き、暮に青泥の中に在り」、「白馬は鐵驪と爲り、小兒は老翁と爲る」といったぐあいである。そしてそれらをまとめて、「皆な人心中の事なれども口に言う能わざる者にして、子美能く之を言う。然れども詞は高雅にして、元・白の淺近なるが若くならざるなり」と、杜詩の表現力を概括する。ここで杜の「高雅」と元・白の「淺近」を對比するのは、すでに上巻において、梅堯臣の「寫し難きの景を狀りて、目前に在るが如くす」や、元稹の「人の心中の事を道《い》い得」という觀點から、白居易の詩が「淺近」という難點は割り引かれながらも、高く評價されていたこととの連續性を示している。杜甫は、もちろん「高雅」によって白居易を凌駕しているのである。

第十二條「江頭五詠」では、杜甫の「詠物」における「形似」に言及している。「江頭五詠」は、成都の草堂近くの川邊を彩る五種の動植物の姿を五律に描く詠物の作だが、それらについて次のように評論する。

> 物類同じと雖も、格韻等しからず。同じく是れ花なれども、梅花と桃李とは觀を異にす。同じく是れ鳥なれども、鷹隼と燕雀とは科を殊にす。物を詠ずるには要《かなら》ず當《まさ》に高くしては其の格致韻味を得、下《ひく》くしては其の形似を得て、各おの相い稱《かな》うべきのみ。杜子美には大言多し、然れども丁香・麗春・梔子・鸂鶒《けいちょく》・花鴨は、字字實錄のみ、蓋し此の意なり。

これは上巻第九條で、「同諸公登慈恩寺塔」を例にしつつ、杜甫の詠物の技法がひときわ拔きんでていることを論證するのと、理論上の連續性を有するだろう。また8「秦州雜詩」で「第十八首『塞雲　斷續多く、邉日　光輝少なし』、此の兩句は邉塞の風景を書き出だすなり」とその的確な描寫を稱え、9「苦竹」で「此の詩の前四句を觀れば、則ち苦竹の叢の目前に在り」といい、13「屛迹」で「觀物の句」の趣を「妙なるかな、造化の春工は、此《ここ》に盡せり」

といって、その寫實の精緻を褒めるのも、「江頭五詠」の評論の延長線上にあるものといえよう。

さらに第二十九條「秋野」では、「識り易し　浮世の理、一物を教《し》て違わしめ難し。水深くして魚は樂しみを極め、林茂りて鳥は歸るを知る」の句について、「夫れ生理は何の識り難きこと有らん、魚鳥を觀れば則ち知る可し」と、現象の奥に生命の理を洞察する眼識を指摘している。「形似」を超えた「悟理」への賛嘆である。

かく、下卷においても、杜詩の「詠物」の妙に關して、著者は上卷で提示された視點を持續しながら、より微視的な問題意識に結びつけて一貫した論評が繰り廣げられている。これは北宋期の詩話に全般的に見られるような、論理的な整合性の缺如という傾向と比較してみるとき、確かに文學批評や文學理論としての大きな進展の跡を窺うに足るものである。ただ、下卷では「經術に深き」杜甫の側面を強調しようとするあまり、「詠物」の問題も含めた杜詩の多樣な特性が相對的に埋沒してしまったという恨みは、殘念ながら否定すべくもないようである。

注

（1）『歳寒堂詩話』は、丁福保『歴代詩話續編』本（一九八三年、中華書局刊）を底本とする。

（2）この條の後半では、黄山谷が杜詩の一面を受け繼ぎながらも、また繼承できない一面のあることを述べて、次のようにいう。「至于子美『客從南溟來』、『朝行青泥上』、壯游・北征、魯直能之乎。如『莫自使眼枯、收汝淚縱橫。眼枯却見骨、天地終無情』、此等句魯直能到乎」。また上卷における黄山谷への言及は、このほか第三十六條において、杜甫を陶淵明と竝ぶ「思い邪無き」詩人とした上で、黄山谷を李商隱などとともに「邪思の尤なる者」とし、次のように批判する。「魯直雖不多說婦人、然其韻度矜持、冶容太甚、讀之足以蕩人心魄、此正所謂邪思也。魯直專學子美、然子美詩讀之、使人凜然興起、肅然生敬。詩序所謂『經夫婦、成孝敬、厚人倫、美教化、移風俗』者也。豈可與魯直詩同年而語耶」。

（3）「洗兵馬」評の末尾には、また次のようにいう。「山谷晚作大雅堂記、謂子美詩好處、正在無意而意已至。若此詩是已」。

（4）『草堂詩箋』は一九七一年廣文書局刊景古逸叢書四十卷本を、『杜詩詳註』は一九七九年中華書局刊本を、『杜詩鏡詮』は一九六二年中華書局本を、それぞれ底本として用いた。

（5）宋人の手になるテクストでは、王琪本が巻十一近體詩、九家注本が巻二十二近體詩にそれぞれこの詩を置き、ともに成都での作と見なすほか、『杜陵詩史』も巻十三「上元二年辛丑在成都公年五十歳」に置く。さらに明・王嗣奭『杜臆』は巻四に、清・銭謙益『銭注杜詩』も巻十二近體詩に置いて、やはり成都での作とする。

（6）吉川氏の「讀杜初箋」（『東方學會創立二十五周年記念東方學論集』一九七二年、のち『吉川幸次郎全集』巻二十二）にも、文言による同じ趣旨の論證がある。

（7）蔡寛夫詩話云、「安祿山之亂、哥舒翰與賊將崔乾祐戰潼關、見黄旗軍數百隊、官軍以爲賊、賊以爲官軍、相持久之、忽不知所在。是日昭陵奏、陵内前石馬皆汗流。子美詩所謂『玉衣晨自擧、鐵馬汗常趨』、蓋記此事也」。（『苕溪漁隱叢話』前集巻七杜少陵）

（8）張戒は『宋史』には傳がなく、『四庫全書總目提要』では、李心傳『建炎以來繫年要錄』により、その略傳を記す。拙稿「歳寒堂詩話の詩人論」（『東方學』第九十二輯）の注（1）參照。

（9）上巻第四條では、杜甫の詩が「氣は曹・劉を呑み、固より與《とも》に敵と爲る無き」ものであることを、「新婚別」「壯遊」「洗兵馬」等の詩句を引いて例證したあと、次のようにいう。「凡此皆微而婉、正而有禮、孔子所謂『可以興、可以觀、可以羣、可以怨。邇之事父、遠之事君』者」。

（10）「可歎」の條の末尾を引いておく。「賓主之間如此、與夫勢利之交、朝暮變炎涼者、異矣。故曰、『太守得之更不疑、人生反覆看亦醜』。陳蕃設榻于徐孺、北海徒履于康成、顏回陋巷不改其樂、澹臺滅明非公事未嘗至于偃之室、于王季友復見之、子美以爲可以佐王也。故曰『用爲羲和天爲成、用平水土地爲厚。死爲星辰終不滅、致君堯舜焉肯朽』。夫佐王治邦國者、非斯人而誰可乎」。

（11）「言志」と「詠物」の關係については、上巻第一條で次のように述べられる。「建安・陶・阮以前詩、專以言志、潘・陸以後詩、專以詠物。兼而有之者、李・杜也。言志乃詩人之本意、詠物特詩人之餘事」。また「詠物」の技法については、第九條で「人才各有分限、尺寸不可強。同一物也、而詠物之工有遠近、皆此意也、而用意之工有淺深」と述べたあと、杜甫の「詠物之工」を、彼の五古「同諸公登慈恩寺塔」を例として論ずる。「歳寒堂詩話の詩人論」七ページ參照。

朱熹の經解方法
――『孟子』をめぐって――

小島　毅

一　はじめに――宋代における『孟子』

四書は朱熹によって宣揚され、經書として五經を上回る尊崇を受けるようになった。『大學』と『中庸』とが本來含まれていた『禮記』と、『論語』とが、宋代以前から經書に認定されていたのに對し、『孟子』の經書への昇格は北宋時代、それも後半になってからである。(1)王安石は科擧改革の中で、『孟子』を『論語』と竝べて「兼經」と呼び、進士科における必修の經書とした。著者孟子も、孔子廟において顔回と竝んで配享されるようになる。(2)政治的には王安石に反對する程顥・程頤も、『孟子』尊崇では新法黨（新學）と同じ立場に身を置き、その門流、すなわち道學派もこれを顯彰しつづける。(3)もちろん、最大の功勞者は朱熹である。ただ、それは逆に言えば、それまで『孟子』はさほど重視されていなかったということを意味する。思想史上の唐宋變革、一般に新儒教の成立として語られる事態が、『孟子』の地位を押し上げたのであった。

その特徴は、漢代以來の訓詁學を批判して經文を自由に主體的に解釋し、讀書人個々の修養や天下國家の安寧に役立てることをめざしたものと理解されている。たしかに、北宋なかばの慶暦年間（一〇四一～四八）を境に、范仲淹のいわゆる慶暦の改革にともなって、從來の注疏に囚われない、新たな經解が次々に誕生した[4]。それらは、當時盛んになった印刷技術を利用して書物の形で流布し、多くの讀書人に知られ、その心を捉えていった。朱熹による四書の章句と集注は、その代表作ということができる[5]。

朱熹はたしかに新儒教の潮流に屬し、古來の注疏を批判した。しかし、それはかならずしも全面的な否定ではなかった。晩年の『儀禮經傳通解』においては、鄭玄・孔穎達・賈公彥らの解釋をそのまま轉載しながら、禮學の再構築を試みている。四書においてはそれほどの繼承關係は見られないにしても、やはり先人の解釋への目配りがなされている。本稿では、そのことを、特に新興の經書であった『孟子』について見ていきたい[6]。

二 『孟子要略』

朱熹自身の後年の回顧によれば、彼がはじめて『孟子』を讀んだのは、十七、八歳の時であった（『朱子語類』巻一〇五―三六條）。ただ、その頃は字句を追って讀むのに精一杯で、内容を理解するには至らなかった。『孟子』の奥義について定見を得るきっかけは、同安縣主簿の任期が終わり、すでに荷物を送ってしまって讀む本もなく、『孟子』を知人から借りて讀んだ時であったという（同、巻一〇四―一三・一四條）。紹興二十八年（一一五八）、朱熹は二十九歳だったはずである。この體驗を弟子に語ったのは、「讀書は多讀を良しとはしない、時間がたっぷりある時に精讀してこそ深い理解が得られるものだ」という教訓を告げるためであった。この時に得た解釋は、この教訓を語った晩年の時點にいたるまで、基本的に變わっていないと、朱熹は言う。

漠然と讀んでいたのでは『孟子』は理解できない。自身の經驗を活かすため、朱熹は初學者向けに『孟子』の抄物を編纂する。『朱文公文集』巻四六（および『朱文公續集』巻一）「答黃直卿」に『孟子要略』として現われる書物である。[7]『朱子語類』巻一〇五は『孟子要指』という書名で、五箇條にわたってこの本をめぐる問答を記録している。上の讀書歷の話は、その最初の一條である。

この條（當該巻の第三六條）で、朱熹は『孟子要略』編纂の理由について、自身の『孟子』讀書歷を回顧したあと、『孟子』の文章はどんなに長い章でも首尾一貫していて、熟讀すれば意味はわかるのだと主張する。ただ、それには多大な勞力を要する。それを省くためにこの書を編んだのだ、と。

以下、『朱子語類』は次のように續く。

・第三七條――『孟子』の首章は天理と人欲との區別をはっきりさせる役割を持ち、冒頭に置かれるにふさわしいけれども、『孟子要略』は根本から說き出そうとしているのでこれと異なる配列をした。

・第三八條――『孟子』の要點をすべて仁義の話へと持ち込んでいる。

・第三九條――（自讀の言として）『孟子』が明らかにした道理はすべてこの書に現れており、これ以外にやり方はない。

・第四〇條――「杞柳」の章などはわかりやすいので省略し、「生之謂性」の章などは難解なので省略した。

王懋竑の『朱子年譜』巻四によれば、『孟子要略』は紹熙三年（一一九二）、朱熹六十三歲の時の完成とされる。朱熹の死後もこの書物の新たな版が刊行されていることが、眞德秀がその時に附けた序によって知られる（『西山先生眞文忠公文集』巻二九「孟子要略序」[8]）。この新版は、建寧府の知事陳韡が朱熹の編著としては『論語詳說』に續いて刊行したもので、眞德秀は陳韡の發言を記録するという形をとって、その構成について述べている。

王懋竑は「その書は今傳わらない」と注記する。朱彝尊『經義考』巻二三四にも「未見」とあり、淸代にはすでに刊本として傳わっていなかったものと思われる。現在湖北叢書を通じて叢書集成にも收められている五巻本は、清末、劉傳瑩という人物が再構成し、曾國藩が按語を附して刊行させたものである。(9) 曾國藩は巻末の識語において、『近思錄』の體裁に倣って五巻それぞれの要點を冒頭に附したと述べる。各巻冒頭に附いているその按語の中核になる語は、巻一から順に、人性本善・孝弟之道・義利之辨・王霸之方・爲學要領となっている。

劉傳瑩による再構成には根據があった。元の金履祥の手になる『孟子集註考證』である。(10) この書では、たとえば梁惠王上篇首章の末尾に「この章を要略では三巻の首章に入れる」というように、『孟子要略』に收錄された章について、その場所が逐一明示されている。また、金履祥は盡心上篇三五章などで『孟子集注』と『孟子要略』とで朱熹の解釋が微妙に異なると述べており、『孟子要略』が單に經文を列記しただけでなく、朱熹の注解も示された文獻だったことも傳えている。曾國藩はそこの按語において、その原貌が知れないのを遺憾としている。

『孟子』における孟子の最初の發言は、彼に國を利する獻策を期待していた梁惠王に向かって、「王なんぞ必ず利と曰わん。また仁義あるのみ」とたしなめた有名な句で始まる。第三七條で記錄者潘時擧が、「『孟子』の前半には當時の君侯に說き聞かせた文言が多い」と言っているとおり、梁惠王・公孫丑・滕文公の各篇(11)にはそうした內容の章が續いている。これが離婁篇となると、ほとんどが「孟子曰く」で始まるモノローグであり、門人萬章との問答が過半を占める萬章篇をはさんで、告子・盡心にいたる。告子上篇の初め六章は性說をめぐる告子學說との對決であり、盡心の篇名が上篇首章の「その心を盡くす者はその性を知る」に由來していることは言うまでもない。宋代になって『孟子』が重んじられるようになった大きな理由である、その性說の展開は、主としてこの告子上下・盡心上下の諸篇において見られるのである。『孟子』の構成では性說は終盤に登場するようになっている。(12)

金履祥の證言に明らかなように、『孟子要略』はもとの『孟子』とは配列を大きく入れ替えていた。それは眞德秀が（陳韓の口を借りて）述べるとおり、扱っている内容ごとに整理したためであった。その際、義利の區別を説いた梁惠王上篇首章は後回しにされ、代わって性善説を語る章が巻一に竝んでいる。そのことは、『朱子語類』上掲の第三九條で、『孟子』に説かれた道理を考察する方法として、まず性について讀み、それから中に入っていけば勞力をあまり使わなくて濟むと語っていることと對應している。

もちろん、朱熹は『孟子』の仁義説を重視していた。そのことは上記第三八條での張顯父と思われる門人[13]の問いかけ文での評價にも見えている。これは、第三七條における、『孟子要略』編纂時の見解への反省ともかかわっていよう。ただ、朱熹の『孟子』理解における性説への注視は、『孟子』原テキストにおけるその比重を大きく上回るものであった。『孟子』各篇ごとに、『孟子要略』への採否を數量化してみたのが、次頁の**表一**である。[14]

一目瞭然、前半に比べて後半の諸篇からの採擇率が高い。萬章以前では公孫丑上篇がきわだって高い率で採用されている。これはこの篇に養氣と浩然の氣を説く長文の章（『孟子要略』では巻五）のほか、「人に忍びざるの心」や「仁は人の安宅」という句が含まれる章（どちらも『孟子要略』では巻一）などが連なっているからである。全編を通じて率の上で最多なのが告子上篇、數の上で最多なのが盡心上篇であり、どちらも性説が話題になることが多い。表二からわかるように、告子上篇から『孟子要略』に收録された一六章は一つを除いてすべて巻一に、盡心上篇も六章が巻一に收められている。巻一收錄の章數が三五だから、この二篇でちょうど五分の三を占める計算である。これらが巻頭に竝ぶのは、眞德秀の序でも論じられているとおり、「性は義理の本源であって、學習者がまず明らかにすべき」點だとされたからであった。

それは、朱熹個人の好尚ではなく、上で述べたごとく、宋代における『孟子』理解の一般的風潮だった。王安石にしろ程頤にしろ、（荀子ではなく）孟子を孔子の正統的な後繼者と位置づける論據は、その性善説にあった。上の第四

表1 『孟子』各篇からの『孟子要略』への採否

	梁惠王上	梁惠王下	公孫丑上	公孫丑下	滕文公上	滕文公下	離婁上	離婁下	萬章上	萬章下	告子上	告子下	盡心上	盡心下
採	2	2	6	1	1	3	10	8	5	2	16	3	17	9
否	5	14	3	13	4	7	18	25	4	7	4	13	29	29

表2 『孟子集註考證』による『孟子要略』での巻條數

梁惠王上　1→3の1，7→4の1

下　13→3の17，16→3の15

公孫丑上　1（前半部）→4の2，2→5の9，3→4の3，6→1の6，7→1の25，8→5の8

下　13→3の16

滕文公上　1→1の1

下　1→3の4，2→3の5，9→5の10

離婁　上　1→4の6，2→4の7，4→1の27，8→1の35，10→1の33，11→2の10，
19→2の3，20→4の5，27→2の2，28→2の4

下　8→3の19，10→5の6，12→1の19，14→1の23，19→1の3，20→5の2，
28→1の26，29→5の7

萬章　上　1→2の5，2→2の6，3→2の8，7→3の7，8→3の8

下　1→5の4，5→3の20

告子　上　2→1の5，4→1の8，6→1の2，7→1の9，8→1の10，9→1の30，
10→3の3，11→1の17*，12→1の13，13→1の14，14→1の15，15→1の16，
16→1の17，17→1の12，18→1の31，19→1の32

下　2→1の4，4→3の6，15→1の28

盡心　上　1→1の22，2→3の9，3→3の11，4→1の21，6→1の34，15→2の1，
17→1の29，20→3の12，21→3の13，25→3の2，27→3の18，30→5の3，
33→1の24，35→2の7，38→1の20，45→2の11，46→2の9

下　15→5の5，24→3の10，25→5の11，31→1の7，32→4の4，33→5の1，
34→3の14，35→1の18，37→5の12

*告子上篇11章について，劉傳瑩は「1の11」の誤りとみなした措置を採っている。

〇條に引く「杞柳」とは、告子上篇首章の告子の發言「性はなお杞柳のごとし」を指し、性善説論者によって常に批判されてきた箇所である。その告子説の誤りは見やすく、わざわざ孟子の反論を讀むまでもないからという理由で、朱熹は『孟子要略』からこの章を省いたらしい。

同じく「生之謂性」は、告子上篇第三章の告子の語。これにもとづいて程顥が自説を開陳し[15]、道學内部で性を論じる際に必ず引き合いに出される文言である。こちらは道學内部で論争を呼ぶ懼れがある箇所であるため、諸説紛々たる状況への深入りを避けて、初學者用の『孟子要略』では省略した旨を語っている。全二〇章中、四章しか省略されていないうちの二つが、どちらも性を主題としながら、一方は論ずるまでもなく明らか、他方は議論が紛糾するからという、逆の理由で割愛されているのである。

このように、『孟子要略』とは、朱熹が注目した重要度に應じて、しかし、重要であるがゆえに言及しないという手法も交えながら、編まれた『孟子』の拔粹・入門書であった。

三　『孟子集注』

朱熹の『孟子』解釋を總合的・網羅的に提示したのは、『孟子集注』である。この注釋作業は『論語』に對するものと竝行してなされ、淳熙四年（一一七七）、彼が四十八歳の時には一應できあがっていた。最初の刊行はその數年後、南康軍在任時代とも言われるが、より整った形では紹熙元年（一一九〇）、六十一歳での漳州における刊行が知られている。[16]

南宋初期、『孟子集注』登場以前に刊行され、よく讀まれていた注解が二つあった。一つは孫奭の名をもって傳わる、趙岐注への疏、すなわち、十三經注疏に收載された作品である。[17]『孟子』が經書に昇格し、科擧受驗の必讀書となるにおよんで、從來の十二經の注疏にこれを加えて出版することが、書肆の營業政策として採用された結果であろう。[18]これが名物訓詁を一切しないことへの批判が、ある程度『孟子集注』に反映されたにしろ、朱熹にとって正面から向き合うような相手ではなかった。

もう一つは、朱熹が洪水猛獸にたとえてその害を指摘した、張九成の『孟子傳』である。[19]彼は楊時の高弟にして、紹興二年（一一三二）の狀元。秦檜と對立したため官界で出世することはできなかったが、數々の著述をものして、胡宏とともに紹興年間の道學を擔った人物である。その中庸篇解釋に對する朱熹の逐條批判は、『朱文公文集』卷七二の「雜學辨」に見ることができる。[20]朱熹の聲高な批判の甲斐あって、朱子學が體制教學となるに及んで張九成の著述への需要はなくなり、そのテキストもほとんど失われた。[21]「洪水猛獸」と酷評したのに見合う形で、『孟子精義』にこの書物は採られておらず、したがって『孟子集注』にも引用はない。

そして、朱熹の作業と竝行しつつも、『孟子集注』に先立つこと四年、乾道九年（一一七三）に完成したのが、張栻の『孟子説』である。[22]張栻は朱熹の盟友であり、『宋史』道學傳には竝んで傳が立っている仲、思想・學説上の交流が密であったことは言うまでもない。

ところが、朱熹の『孟子説』に對する評價は手嚴しい（『朱文公文集』卷三一「答敬夫孟子説疑義」[23]）。そこでは最初に「告子篇論性數章」と題して性説をめぐる張栻の注の附け方が攻擊される。經文自體の意味（「文義」）をきちんと解釋せずに自分の考えだけで議論を立て、經の當該箇所には見えない概念を持ち込んで説明するやり方だというのである。具體的に彼は、ここで性を説明するのに太極を持ち出す必要はないとする。[24]先人の注の附け方はこのようではなかった、と。

張栻の死後も批判は續き、『朱子語類』巻一〇三の「張敬夫」すなわち彼を話題にした問答を集めた箇所には、第四四條以下の四箇條にわたってその『論語解』と『孟子説』が槍玉に擧がっている。

『論語解』初稿に對する朱熹の批判と、それを受けて張栻がどのように訂正し現行本となったかを検討する作業は、すでに高畑常信氏によって行われている。(25) 張栻が自説を修正したことについては、朱熹も『朱子語類』の上述の箇所で具體的に語っている。だが、張栻は『孟子説』については、朱熹の説を入れて改訂することなく終わった。朱熹によれば、その問題點は次のとおりであった（上掲第四七條）。

　經文を解釋するのに論文をこしらえる必要はなく、ただ經文の意味をきちんと説明すればよいのだ。そうすれば理はおのずと明らかになり、意もおのずと通る。近頃のは論文をこしらえることが多く、あれこれと議論を展開していくが、それは一つの理屈を語っているだけで、經文の意味とはむしろ食い違ってしまう。要するに、經の理に對する關係は、傳の經に對する關係のようなものだ。傳は經を解釋するためにある。經に通曉したら、傳はもうなくてもかまわない。經は理を明らかにするためにある。理に通曉したら、經はもうなくてもかまわない。

高弟黃榦の手になるこの記錄は、張栻の注解がどうして朱熹の氣にいらなかったかを明確にしてくれる。經の注釋ということについての彼のこの持論は、尊敬措くあたわざる程頤に對しても向けられる（巻一九—六九條）。

　程先生の『經解』は、理が解釋することばの中にある。私は『論語』に集注を書いた際、その語（「辭」）を明らかにさせるだけで、讀者に經文を十分味わわせ、理はすべて經文の中にあるようにさせた。（程頤の）『易傳』は該當する經文を讀まなくても一冊の書物になっている。杜預の『左傳解』は經文を讀まなくても一冊の書物になっている。鄭玄の（『詩』の）箋は經の趣旨を捉えておらず、そのため字句の解釋が多い。(26)

朱熹は鄭玄・杜預を批判の對象にしている。しかし、それは彼らの經解が經文の趣旨から遊離しているからであった。經文に即しつつ、瑣末な名物訓詁に墮落しない注釋、朱熹が生涯かけて追求したのはそうした經解だったのである。

たとえば、梁惠王上篇の首章では、經文の冒頭、「孟子見梁惠王」で句を切って、朱熹は三十七字の注を插入する。梁惠王とは魏侯の罃である。大梁に都を置き、王と僭稱し、惠という謚をもらった。『史記』（魏世家）に「惠王の三十五年、禮を低くし幣を厚くして賢者を招いたので、孟軻が梁にやってきた」とある。

これはすべてが字義・文義である。以下、この章の斷句（全部で五つ）いずれもそうで、章末に趣旨をまとめたうえ、先人の注を引用する。これが朱熹による注釋の定型であった。

告子上篇の第三章、すなわち上述の「生之謂性」を含む章でも、朱熹は生の字義から說き始め、經文の字句の話者が誰かを特定する注記をこまめに附ける。こうした注文自體は百五十字ほどで終わり、四百字近い長文が「愚按ずるに」という書き出しで附記されている。ただし、これだけの大論文は他に例を見ない措置で、章によっては辭解のみで終わることが多い。前節で觸れたとおり、『孟子』を通じて朱熹が最も問題視した章ならではのことである。

四　朱熹の注釋の特徵とその後——結びに代えて

以上、きわめて蕪雜であるが、朱熹の『孟子』解釋の方法を、南宋の他の注釋書と比較する作業を行ってみた。當初から豫測されたことではあるが、集注における注の附け方は、その形式だけ見れば當時流行の型ではなく、むしろ漢唐の訓詁に近いものであった。ただ、もちろん、その內容においては、經文をもとに心性論・修養論を展開しているのであり、そこに朱熹の注釋の新たなスタイルがあったと言えるであろう。

張九成の『孟子傳』が、意圖的に論文のスタイルを持っているということは、すでに古くから指摘されている。[27]それはもちろん著述の事情によるものなのであろうが、それが世間に流布していることを朱熹が憂慮したように、當時の風潮に見合ったものでもあった。換言すれば、需要があったのである。その理由については今後實證的に考察を加える必要があるだろうが、とりあえず考えられるのは科擧との關連である。王安石による改革以降、南宋においても科擧の經義では『孟子』からの出題がなされた。[28]經の各章ごとに、それにちなんだまとまった議論が展開される注釋のスタイルは、こうした需要に見合うものだったことが想像される。もちろん、事は『孟子』に限られない。

朱熹の注釋の附け方は、これとは異質でありながら、しかし一方で、道學の心性論・修養論をそれとなく盛り込むことで、こうした需要にも充分對應していた。土田健次郎氏が繰り返し指摘する、朱熹の代表作が四書の注解であったということの意味[29]は、こうしたところにもあるであろう。朱熹の經學は、當時の經學をむしろ訓詁の方向に揺り戻すことによって、新鮮な成果を提供することに成功したのではないだろうか。

朱熹自身は、前述のように、注はあくまで經の補助、經は理を把握するための道具と捉えていた。しかし、後學にとっては、そうした注をきちんと理解するためのものが必要と感じられるようになる。幸いなことに（朱熹に言わせれば不幸だったか）、朱熹による大量の文章・語録が遺されていた。朱熹の後繼者たちは、朱熹と同じ次元で作業をするのではなく、朱熹の所説の全貌を整理する作業にいそしんだ。『孟子』について言えば、蔡元定の孫にあたる蔡模によって、『孟子集疏』と題する注釋書が編まれている。[30]それはまさしく「疏」の姿をした書物であった。朱熹の注に對して、文集や語録（語類）から大量の資料が疏として附加されたのである。金履祥は『孟子集註考證』の跋文において、「古典には注があれば疏があるものだ」と述べ、自身の書物を陸德明の『經典釋文』になぞらえている。

こうした流れの結果、やがて明初に『四書大全』が編まれる。それはかつて北宋後半の人士が批判した、煩瑣膨大な疏の再現となった。時勢は一回りし、再びこうした風潮に對する反旗が翻る。明代の學風は、朱熹の意圖せざるところから彼の學問を批判する言說を生み出すのであった。

注

（1）『孟子』の經書化を示す事例として、大中祥符七年（一〇一四）の敕命による孫奭の音義作成が引かれることもある。ただし、これ自體が經書への昇格を意味するものではない。同じく孫奭の名で傳わる疏は、『孟子音義』とは別の書物であるうえ、これが南宋になってから、福建邵武のある人物が孫奭に假託して作った作品であることは、朱熹以來の定論と言ってよかろう（『朱子語類』卷一九―九六條）。『孟子』が經書に認定されたのは、王安石の科擧改革の時とみなすべきである。ただ、その後も『郡齋讀書志』の扱いに見られるように、子部に分類する者もいた。晁公武が司馬光の系譜を引くことも關係しているかもしれない。

（2）嚴密に言えば、孟子が配享されるのは王安石が第一線を退いたあと、元豐七年（一〇八四）のことである。その經緯については、近藤正則氏に專論がある（「王安石における孟子尊崇の特色――元豐の孟子配享と孟子聖人論を中心として」、『日本中國學會報』三六集、一九八四年）。それ以前、『論語』と併稱されるのは『孝經』であることが多かった。『孝經』から『孟子』、もしくは『孝經』から四書へという交替は、宋代における經學思想の變化を示す象徵的事例である。王安石の政敵司馬光が『孝經』を重視し『孟子』を批判する論者であったことも興味深い。兩者の相違については、寺地遵氏の「天人相關說より見たる司馬光と王安石」（『史學雜誌』七六卷一〇號、一九六七年）などで論じられている。程頤の論敵蘇軾が『孟子』に批判的なのも、この點と關連する。それ以前は『孝經』の傳承者として尊崇されていた曾子が、『大學』の傳承者として、道統の擔い手として立ち現われる。すでに諸先學が指摘しているとおり、四書は孔子廟の四配と連動していた。新法黨政權による孟子の配享（この時、荀子・揚雄・韓愈が從祀されている）は、朱子學における道統論の先驅であった。

（3）王安石父子に『孟子』の注釋書があるほか、程門の楊時や尹焞もまとまった注を書き、さらに二程や張載の斷片的な發話を集めて注釋書に仕立てたものも流布していた（『郡齋讀書志』卷一〇）。新學と道學とが意見の一致を見るのは、『孟子』問題ばかりではない。郊祀制度についても兩者は同樣の見解を述べている（小島毅「郊祀制度の變遷」、『東洋文化研究所紀要』

〈東京大學〉一〇七册、一九八九年。また、小島『宋學の形成と展開』、創文社、一九九九年)。それは兩者が天觀念を共有していたからであり、兩者と對極の立場にあるのが司馬光や蘇軾であった。

(4) この頃に活躍した胡瑗・孫復・劉敞・歐陽脩らには、經學上の新機軸を打ち出したさまざまな著作がある。その一つのスタイルが、口義と呼ばれる講義録で、胡瑗『洪範口義』などが現存している(吾妻重二「洪範と宋代思想」、『東洋の思想と宗教』三號、一九八六年)。

(5) 小島毅「朱子學の傳播・定着と書物」(『アジア遊學』七號、一九九九年)にその見通しを述べた。なお、『四書章句集注』については古今東西非常に多くの先行研究があり、本稿が參照したものを竝べるだけでも煩瑣になるので省略させていただく。

(6) 宋代の『孟子』尊崇の經緯については、注(2)でも紹介した近藤正則氏が精力的に研究を進めている。そのうち、主として程頤に關する論考を集めたのが、『程伊川の『孟子』受容と衍義』(汲古書院、一九九六年)である。また、黄俊傑「宋儒對於孟子政治思想的爭辨及其蘊涵的問題——以孟子對周王的態度爲中心」(同氏主編『孟子思想的歷史發展』、臺北：中央研究院中國文哲研究所籌備處、一九九五年)も參考になった。

(7) 陳來『朱子書信編年考證』(上海人民出版社、一九八九年)によれば、慶元三年(一一九七)の書簡。『孟子要略』というこの書物は、『郡齋讀書志』はもちろん、『遂初堂書目』・『直齋書錄解題』や『宋史』藝文志にも見えない。『經義考』では卷二三四に、後述する眞德秀の序文を引用する形で『孟子要略』と題して紹介されている。『朱子語類』では『孟子要旨』としているが、問答のなかで門人が「要略」とこの書を呼んでいたりもしていて、朱熹生前には兩樣の名稱が併存していたことを窺わせる。本稿では、後世の一般的な呼稱に従い、『孟子要略』を採る。王懋竑は、このほかに『孟子指要』とも呼ばれたことを傳えている。

(8) この文章は四庫全書系統の劉爚『雲莊集』卷五にも收錄されている。しかし、劉爚は嘉定九年(一二一六)に沒しているのに對し、陳韡が建寧に赴任したのは紹定年間(一二二八年以降)のこと(嘉靖『建寧府志』卷五「官師」)だから、それはありえない。眞德秀はまさにその時期、故郷である建寧府浦城縣にあって『大學衍義』を書いていた。兩者の文集に併存する文章はこのほかにいくつも見え、小林義廣氏の「宋代の割股の風習と士大夫」(『名古屋大學東洋史研究報告』一九號、一九九五年)に言及がある。

（9）武内義雄氏がこの曾國藩版によって返り點を施したものが刊行されている（高陽書院、一九三四年）。これには朱熹の集注を轉載して割り注としたほか、諸家の注釋によって欄外注が附けられている。わたしは大東文化大學圖書館にて借覽した。
（10）『論語集註考證』と對になる作品である。金履祥みずから陸德明に倣った旨を述べているように、經や注の斷片的な句に注釋を附ける形態を採る。そのため、章によってはまったく登場しなかったり、章の略稱に「要略では何巻の何條」とだけ注記する場合が見受けられる。
（11）『孟子』を構成する各篇は、趙岐以來「梁惠王章句」というように呼ぶのが通例だが、本稿では篇と稱しておく。
（12）『孟子』の篇の配列が、趙岐の章句作成以前にはこれと異なっていたのではないかと、『史記』を論據にかつて小林勝人氏が論じたことは、よく知られていよう（岩波文庫版『孟子』の解説）。ただ、朱熹が『孟子要略』で試みたのは、そうした文獻學上の原型復歸作業ではない。その點で、彼が『大學』のテキストに施した改訂とは次元を異にする。
（13）原文「敬之」。この字を持つ門人は張顯父以外に、朱熹の實子朱在がいる。
（14）曾國藩は巻末の識で『孟子要略』に不採用の章名を列記しているが、離婁上篇六章と盡心上篇四二章とを落としている。
（15）朱熹の編纂になる『河南程氏遺書』巻一に、「生之謂性、性卽氣、氣卽性、生之謂也」と始まる長文がある（第五六條）。兄弟どちらの發言か明示されていないが、現在では程顥の語とみなすのが普通である。この發言は、朱熹が編纂した他の書物にもしばしば引かれている（『孟子或問』巻一一、『近思錄』巻一「爲學大要」）。朱熹が告子の性説に對して採った態度については、吉田公平氏の「告子について」（内藤幹治編『中國的人生觀・世界觀』、東方書店、一九九四年）が分析を加えている。
（16）この經緯を含めて、本稿における事實關係の記述は佐野公治氏の『四書學史の研究』（創文社、一九八八年）に多くを負っている。
（17）注（1）參照。
（18）王安石『孟子解』などがこの時期に廣く讀まれたのも、科擧受驗のためであったという（『郡齋讀書志』巻一〇）。『郡齋讀書志』に見える、『五臣解孟子』や『百家孟子解』といった書物も、まさにそうした類の需要から編まれたと思われる。需要のあるところ、當然、書肆による供給がなされた。
（19）張九成の『孟子傳』については、近藤正則氏の「張九成の『孟子傳』について」（『日本中國學會報』四〇集、一九八八年）

と、蔣秋華氏の「論張九成《孟子傳》中的義利觀」（注(5)前掲『孟子思想的歴史發展』所收）の所説を參考にした。近藤氏は、敍述上および内容の特色から、この書物が高宗への講義錄的性格を持った帝王學の書であり、「一般の經典解釋とは別な、一種の時務を負ったものと言える」とする。一方、蔣氏は、この書がもっぱら各章の大意を論じて字句の訓詁に意を用いないことを、「典型的な宋代の經書注釋」とみなしている。兩氏の所説は一見對立するようだが、その實、前述した口義と共通する性格を備えた書物として、同じ事象を別の面から指摘しているのである。それは、同書の四庫提要に「論の體の如し」と言われたことでもある。こうした經解のあり方を批判し、むしろ「一般の經典解釋」すなわち訓詁學的なるものへの回歸を實踐したのが、朱熹であったというのが、後述するように本稿の基本的な認識である。なお、『孟子傳』は宋代以來の目錄類で『孟子解』と表記されるほか、『孟子說』とも稱されているが、兩氏の所説にしたがい、現行本におけるこの表記を採る。現行本は盡心篇を缺く。荒木見悟氏の「張九成について」（同氏『中國思想史の諸相』、中國書店、一九八九年、に所收）も、彼の學問形成についての「恰好の資料」として、前半で『孟子傳』を取り上げている。

(20) 完全な形ではないが、『中庸說』の前半三巻が四部叢刊三編に收められている。これは京都東福寺所藏にかかる南宋淳熙年間浙刻本の影印（阿部隆一「日本國見在宋元版本志經部」、『阿部隆一遺稿集』第一巻、汲古書院、一九九三年、三五〇頁）。

(21) 『經義考』巻二三四には、『孟子傳』について「未見」とあり、これが清初において稀覯書であったことをうかがわせる。四部叢刊三編には宋刊本をもととしたものを收める。これに跋文を附けている張元濟によれば、諱の缺筆や張九成の追贈された肩書きからして、もとは理宗の頃の刊本だったろうと推定している。とすれば、朱熹の批判を浴びたのちにも、張九成の書物が版を改めて刊行されていたことになる。この書物は四庫全書にも著錄されている。

(22) 書かれた年の干支によって通常『癸巳孟子說』と呼ばれる。通志堂經解に所收。四庫全書にも著錄されている。

(23) この書簡には垣内景子氏による翻譯がある（「『朱子文集』譯注（五）」、『論叢アジアの文化と思想』七號、一九九八年）。

(24) 『孟子說』巻六に「蓋何莫而不由於太極、何莫而不具於太極」とある。

(25) 高畑常信『宋代湖南學の研究』（秋山書店、一九九六年）、一三七～一七五頁。なお、高畑氏は『朱文公文集』巻三一「與張敬夫論癸巳論語說」という書簡のみを取り上げて、『朱子語類』四六條に見える「克己復禮」の箇所の改訂には言及していない。

(26) 前掲「答敬夫孟子說疑義」では、『易傳』の注は長すぎるものの、字義・文義・趣旨という順序を踏まえた構成を取っていると一定の評價をしている。

（27）四庫全書の提要に、「主於闡揚宏旨、不主於箋詁文句。是以曲折縦横、全如論體」とある。この性格については、注(19)で述べたとおり、近藤正則氏に詳しい分析がある。

（28）晁公武が指摘するように、そうした需要によって『孟子』の注釋は讀まれていた。注(18)前掲。彼は新學系統の注釋書について、「崇觀間、場屋擧子宗之」という。南宋においては道學系統の注釋が、受験生たちによって求められていたであろう。

（29）たとえば土田健次郎「朱熹の思想における心の分析」(『フィロソフィア』七八號、一九九一年）には、「心學と經學の兩立こそが朱熹の學問の壽命を長からしめた。筆者が度々述べてきたことだが、朱熹が自分の主著を『四書集註』としたことの意義はもっと注意されるべきである」とある。

（30）通志堂經解や四庫全書に收錄。なお、注(16)前掲の『四書學史の研究』二二二頁で、佐野公治氏は「門下後流には……朱子の四書觀を忠實に繼承しない者もあり、高弟の蔡沈の子、蔡模の『論語集說』は……」と述べているが、これは氏の勘違いであろう。『論語集說』の撰者は蔡節という別人で、彼は建陽の蔡氏一族ではないし、朱熹との師弟關係もない。『論語集說』も通志堂經解や四庫全書に收錄されている。佐野氏が「朱子の四書觀を忠實に繼承しない」とする『論語集說』とは異なって、『孟子集疏』は忠實なる「疏」である。蔡模については、小島毅「思想傳達媒體としての書物――朱子學の「文化の歷史學」序說」（宋代史研究會編『宋代社會のネットワーク』、汲古書院、一九九八年）でも言及した。參照されたい。

〔附記〕本稿は鹿島學術振興財團平成十年度研究助成金による成果の一部である。

宋代刊本『李善注文選』に見られる『五臣注』からの剽竊利用

岡　村　　繁

一

北宋（九六〇―一一二七）から南宋（一一二七―一二七九）に至る兩宋三百二十年間は、中國における本格的な出版文化の勃興期であったと共に、科擧制度の强化・改革と相俟って、文人社會における『文選』の價値觀、ないしその存在意義が、前代とはほとんど異質的なほどに大きく轉換した時代であった。南宋中期の大詩人陸游（一一二五―一二〇九）の隨筆『老學庵筆記』卷八の冒頭に見える次の有名な一文――

國初（北宋初期）は『文選』を尚《たつと》び、當時の文人は、意を此の書に專らにす。故に草は必ず「王孫」と稱し[1]、梅は必ず「驛使」と稱し[2]、月は必ず「望舒」と稱し[3]、山水は必ず「淸暉」と稱す[4]。慶曆（北宋中期の仁宗の年號。一〇四一―一〇四八）の後に至りて、其の陳腐を惡《にく》み、諸作者、始めて之を一洗（一掃）す。其の盛時に方《あた》りては、士子（讀書人）、之が語（諺語）を爲《つく》りて、「『文選』爛すれば、秀才（科擧の合格者）半ばなり」と曰ふに至れり。建炎（南宋最初の年號。一一二七―一一三〇）以來、蘇氏（北宋の蘇軾。一〇三六―一一〇一）の文章を尚び、學者（學生）翕然として之に從ふ。而して（蘇軾の故鄉の）蜀の士は尤も盛んにして、亦た語（諺語）有りて曰く、「蘇文（蘇軾の古文）に熟すれば羊肉を喫《くら》ひ、蘇文に生《なまなか》なれば菜羹《さいかう》を喫ふ」と。

は、この閒の實情を最も端的に物語る記錄である。文中、「慶曆」とは、北宋中期の慶曆四年（一〇四四）三月乙亥（十三日）、時の知制誥歐陽脩（一〇〇七―一〇七二）の建議に基づき、歐陽脩自身の手に成った科擧制度改革の詔書公布に伴う進士科の大幅な科目變更を決定的な契機として、當時の文壇の大勢が、六朝以來の精巧麗雅な詩賦駢文の重視から明快達意の古文の重視へと大轉換を遂げはじめた時期を言う(5)。

陸游のこの文によれば、兩宋時代の科擧に視點を置いて當時の文壇の趨勢を概觀した場合、おおむね北宋前期の八十數年閒は、隋唐以來の傳統を承けて『文選』の作風が尊重され、その麗雅な表現が理想とされていたが、北宋中期の慶曆年閒以後、科擧制度の拔本的な改革を契機として、從來の『文選』を「陳腐」な作風として一擲し、特に南宋時代に入ってからの科擧受驗生たちは、翕然として蘇軾の古文の習熟に傾注していた、と言う。

ところが一方、兩宋時代の出版狀況を通覽した場合、近年おいおいに明確化してきたことだが、後述するように當時の『文選』の刊刻は、意外にも當時の考試情勢とは反對に、北宋・南宋を通じて全く衰退を見ることがなかったばかりか、むしろ都鄙の別なく、日を追ってますます進展普及していったようである。思うに、このような兩宋時代の『文選』刊刻の盛況は、明らかに科擧受驗の範疇とは全く別次元の要因によって招來された文化現象であったと推定せざるを得ないのではないか。

だとすれば、兩宋時代、當時の一般文壇の趨勢と出版界の動向との閒には、『文選』をめぐって看過すべからざる乖離現象が生じていたことになる。にもかかわらず、從來われわれは、かの有名な宋初の諺語「『文選』爛すれば秀才半ばなり」という衝擊的な言擧げに、とかく關心を奪われ過ぎたためか、それとも兩宋當時の出版事情にさほど通じていなかったためか、迂闊にもこの重大な乖離現象に思いを致すことを怠っていたようである。

それはともかく、北宋中期の慶曆以後、さらに嚴密に言えば遲くとも南宋時代に入って、一般文壇の趨勢は、六朝以來の精巧麗雅な『文選』志向から蘇軾に代表される明快達意の「古文」追求へと明確に反轉したのに、一方その『文選』の出版は、北宋から南宋へと日を追って盛況化するばかりであった。それでは、かかる文壇と出版界との乖離現象は、いったい那邊から惹起してきたのであろうか。思うに、この兩現象は、共に時代を同じくし、共に當時の讀書人階層と密接な關聯を持つ文化現象であるだけに、一見矛盾しているように見えても、兩者がそれぞれ全く無關係に別世界で發生し推移した現象であるはずはない。

　ところで、この問題を考察するに當たり、最も有力な手掛かりとなりそうな當時の文人の見解は、ほかならぬ北宋隨一の古文作家蘇軾そのひとが『文選』そのものについて論及した次の評語である。すなわち彼の『東坡志林』巻一・『東坡題跋』巻二には言う、

　『李善注文選』は、本末詳《つぶ》さに備はり、極めて喜ぶべし。所謂『五臣（五臣注文選）』なる者は、眞《まこと》に俚儒の荒陋たる者なり。而《しか》るに世は以爲《おも》へらく「善（李善注）より勝れり」と。亦た謬《あやま》れるかな矣。（「謝瞻の詩に書す」）

と。この文によれば、蘇軾が尊重し愛讀したところは、世人が褒めそやす『五臣注文選』ではなく、基本的な典據も派生的な注解も詳らかに備わった『李善注文選』であった。つまり彼は、一般受けのする粗雜淺薄な通俗的解釋を意識的に排斥して、敢えて本來の精博周密な學問的注解を推稱したわけである。

　思うに、蘇軾が强調したこの『李善注』重視の堅實な學究的讀書態度は、もちろん直接的な效用としては、新興の明快達意な古文では到底適應し切れない詔・制・奏・表など典雅優麗な傳統的文體の制作に資するものであったが[6]、さらに根源的には、出典をも含めた『文選』の眞髓への透徹した讀み込みを目指すものであり、內在する『文選』の文學的本質に肉迫しようとする眞實追求の精神の具現化したものであったと言える。だとすれば、かかる蘇軾の熱っぽい本質追求への志向は、かの張載・程顥・程頤ら理氣心性を說く宋代性理學者や、蘇軾・蘇轍・曾鞏ら明快達意を

重んずる古文家が、いずれも理知的・論理的に人間や社會の本質を直視しようとして新しく勃興してきた當時の文化的動向と、正にその思想基盤を同じくするものではなかったか。

兩宋時代、當時の都鄙における『文選』出版の一般的動向が、果たして蘇軾のかかる見解に直接左右されたかどうか、もちろん今となってはこれを知る由もない。しかし私の見るところ、この蘇軾の評語に象徴されるように、おおむね北宋から南宋にかけてのころ、『文選』出版の大勢は、まことに徐々にではあるが『五臣注』から『李善注』へと漸次その比重を移して行ったように見受けられる。

では、現在われわれが見ている『李善注文選』の版本は、兩宋以後、いったいどのような經緯をたどって成立したのであろうか。この李善單注本の成立事情については、まず淸の乾隆四十七年（一七八二）、紀昀（一七二四－一八〇五）等の編述した『四庫全書總目提要』卷一八六（集部、總集類一）が、内府祕藏本（明の毛氏汲古閣本[7]）を取り上げて次のごとく言う――

其の書（『李善注文選』）は、南宋より以來、皆『五臣註』と合刊し、名づけて『六臣註文選』と曰ひ、而して善註單行の本は、世に遂に傳はること罕なり。此の本（内府祕藏本『文選李善註』六十卷）は、毛晉（一五九八－一六五九）の刻する所と爲る。「宋本に從って校正す」と稱すと雖も、今其の第二十五卷を考ふるに、陸雲「兄機に答ふる詩」の註中に、「向曰」一條・「濟曰」一條有り。又た「張士然に答ふる詩」の註中に、「翰曰」「銑曰」「向曰」「濟曰」各一條有り。殆《おそ》らくは『六臣』の本に因りて、『五臣』を削去し、獨り『善註』のみを留む。故に刊除盡くさず。未だ必ずしも眞に（李善注の）單行本を見ざるなり。云々

と。ついで道光十八年（一八三八）、阮元（一七六四－一八四九）の「『文選旁證』の序」も、前述の『四庫提要』の所說を踏襲して、

『文選』の刻板、最も早き初刻は、必ず是れ『六臣注』本にして、『李注』單本は、傳を失するに幾《ちか》し。宋人の刻する單『李注』本は、『六臣』本より提掇（抽出）して出でたるに似たり。是《ここ》を以て五臣の名、尙ほ删除未だ盡くさざるの處有り。今世通行の單『李注』板本、最初には則ち宋の淳煕の尤延之本有り。尤本、今兩本有り。一本は、余の所藏にして、以て（江蘇省揚州市にある余の書齋）隋文選樓に鎭まる者なり。一本は、卽ち嘉慶の間（一七九六－一八二〇）鄱陽の胡果泉（克家）中丞、據りて以て重刻せし者なり。（清、梁章鉅『文選旁證』卷首）

と言い(8)、近時では、わが國の斯波六郎も、現存する舊鈔本・古版本を可能なかぎり涉獵し、これらを精細に校勘した結果、やはり舊來の『四庫提要』以來の定説に沿って、

此の類（李善單注本）の祖本たる尤本（南宋の尤袤刊本）は、今、之を見るを得ないが、尤本を景模重鐫せる胡刻本（淸の胡克家重刊本）を以て推すに、是の本はもと唐の李善單注本に據れるには非ず、李善注と五臣注とを併せ採れる本に就いて、正文は李善本と思われる文字に從い、注は李善注と思われるもののみを抽出したに過ぎない。

と論定した(9)。

以上が、すこぶる簡略ながら、兩宋以降の李善單注刊本の成立事情について、淸朝以來の文選學者が一應の定説を作り上げてきた經緯の大綱である。だが、われわれが現時點からこれを振り返ってみた場合、かかる舊來の定説は、最近新たに宋版『文選』諸本の存在が陸續と確認されてきた現今(10)に至っても、なお依然として信頼するに足る不易の眞理なのであろうか。

本稿は、まず最近における內外の文獻學研究の成果を參考として、兩宋三百餘年閒にわたる『文選』諸本の刊刻狀況を確認掌握し、ついで、これら諸本の『李善注』と『五臣注』との具體的な重複現象に焦點を當てつつ、宋代刊本『李善注文選』に見られる校刊態度の特色を明らかにしようとする一試論である。

二

まず參考までに、従來必ずしも明確ではなかった北宋・南宋時代の『文選』刊本について、最近内外で發表された貴重な論考や新出資料を參考にしつつ、これを時代順に列擧してみると、現在わたくしが一應把握し得たものだけでも以下のごとく多數に上る。(11)

(一) 北　宋（九六〇－一一二七）

1、國子監校刊本『李善文選』六十巻　眞宗景德四年（一〇〇七）刊。亡。（後述）

2、平昌（山東省安丘縣附近）孟氏校刊本『五臣注文選』三十巻　仁宗天聖四年（一〇二六）刊。亡。

朝鮮宣德三年（一四二八）卞季良跋活字印本『六家注文選』六十巻の巻末に附された天聖四年九月二十七日の沈嚴「五臣本後序」に言う、(12)

今、平昌の孟氏は好事者（奇特の人）なり。精當の本を訪《もと》め、博洽の士に命じて、極めて考覈を加へ、彌《あまね》く刊正を用ふ。小字にして楷書、深く鏤《きざ》み濃く印す。其の抶（帙）を俾《し》て輕からしめば、以て遠きに致す可し。字をして明らかならしめば、以て久しきを經《ふ》可し。其の利を爲すや、良《まこと》に多かる可し矣。且つ國家（天子）は、國子監に於いて、書籍を彫印して、周《あまね》く天下に鬻ぐ。豈に錐刀の末を覘《もと》（規）めて市井の事を爲す所以（手段）ならんや。蓋し傳寫の草率（早とちり）を防ぎ、儒學の因循（停滞）を懼るるを以てのみ。苟或《もし》書肆悉く孟氏の用心（氣くばり）の如くんば、則ち五經・子史、皆得て流布す可し。國家も亦た何ぞ焉《これ》に藉《よ》る所あらんや。

3、國子監重校刊本『李善注文選』六十巻　仁宗天聖七年（一〇二九）刊。同九年（一〇三一）進呈。亡。

前記の朝鮮古活字本『六家注文選』六十巻の巻末に附された「李善本」の後記に、この『李善注文選』を刻印した始末を記録して、

天聖三年（一〇二五）五月、校勘了畢。
天聖七年（一〇二九）十一月　日、雕造了畢。
天聖九年（一〇三一）　月　日、進呈。

と書し、各項の下にそれぞれ當時の校勘官七名・校勘雕造擔當官二名・管勾雕造官六名の官職姓名を列擧している。

また清の徐松（一七八一―一八四八）輯『宋會要輯稿』崇儒（四）には、さらにこれを詳述して次のごとく言う、

（景德）四年（一〇〇八）八月、三館の祕閣の直館・校理に詔して、分かれて『文苑英華』『李善（注）文選』を校せしめ、摸印頒行す。[13]『文苑英華』は、前に編次する所未だ精ならざるを以て、遂に文臣に令して古賢の文章を擇ばしめ、重ねて編錄を加へ、繁を芟り闕を補ひて、之を換易す。巻數は舊の如し。又た工部侍郎の張秉・給事中の薛映・龍圖待制の戚綸・陳彭年に令して之を校せしむ。『李善（注）文選』は、校勘畢り、先づ刻板せしめ、又た官に命じて覆勘せしむ。未だ幾ばくならずして宮城火ありて、二書皆燼す。天聖中に至り、三館の書籍を監する劉崇超、「『李善注文選』は、援引該贍、典故分明なり。國子監官を集めて校定・淨本（清書）し、三館に送りて雕印せんと欲す」と上言し、[14]之に從ふ。天聖七年十一月、板成る。又た直講の黃鑑・公孫覺に命じて焉《これ》を校對せしむ。[15]

だとすれば、南宋の程俱（一〇七八―一一四四）『麟臺故事』巻二（校讎）に、

大中祥符四年（一〇一一）八月、三館（昭文館・集賢院・國史館）の祕閣の直官（直館）・校理を選びて、『文苑英

華』『李善（注）文選』を校勘せしめ、摸印頒行す。

とあるのは、その文面から推して、恐らく前者の「景德四年八月」の事に屬し、後者に所謂「大中祥符四年八月」は、すでに張月雲「宋刊『文選』李善單注本考」（前出）が指摘したように、その年號を誤記したものであろう。

なお、臺北の國立故宮博物院藏北宋刊本『李善注文選』殘卷（存一三卷。北平圖書館舊藏）・北京圖書館藏北宋刊本『李善注文選』殘卷（存二一卷。周氏捐）は、いずれもこの北宋國子監重校刊本に該當する可能性が極めて大きい(16)。

4、秀州（浙江省嘉興市）州學編校刊本『六家注文選』（五臣・李善注）六十卷　哲宗元祐九年（一〇九四）刊。亡。

前記の朝鮮古活字本『六家注文選』六十卷の卷末に附した元祐九年二月の跋文に、この朝鮮古活字本の原本となった北宋秀州州學刊本『六家注文選』の成立經緯を簡明直截に敍述して次のごとく言う、

秀州の州學は、今、監本『文選』を將《もち》ひて、逐段詮次、李善と五臣の注を編入す。其の引用する經・史及び五家（「百家」の誤りか）の書は、竝びに元本の出處を檢して、對勘寫入す。凡そ舛錯・脫剩を改正すること、約二萬餘處なり。二家の注は、詳略と無く、文意稍《わづ》かに同じからざる者も、皆備《つぶさ》に錄して遺《のこ》す無し。其の閒、文意の重疊して相同じき者は、輒ち省去して一家のみを留む。元祐九年二月　日。

思うに、右の文面から推せば、この秀州州學刊本『六家注文選』が、中國における五臣・李善注本の嚆矢と言えよう(17)。

5、廣都（四川省成都市內）裴氏刊本『六家注文選』六十卷　徽宗崇寧・政和閒（一一〇六－一一一二）刊。亡。

清の朱彝尊（一六二九－一七〇九）「宋本『六家注文選』跋」に言う、

『六家注文選』六十卷は、宋の崇寧五年（一一〇六）鏤板、政和元年（一一一一）に至って工を畢る。墨光は漆の如く、紙質は堅緻、全書完好（完備）なり。序尾に識して云ふ、「見（現）に廣都縣の北門の裴宅に在って印

賣（印刷・販賣）す」と。蓋し宋時の蜀牋（蜀地特產の精巧華美な紙）、是の若きなり。……是の書は、（明の）袁氏翜、曾て宋本に仿って雕刻し、以て行はる。故に世に傳はるもの特に多し。（『曝書亭集』巻五二）

ちなみに、明の袁翜の仿宋刊本『六家文選』巻首には、特に北宋國子監本『李善注文選』の雕印に對する「國子監准敕節文」、および唐の開元六年（七一八）九月十日『五臣注文選』獻上の際における「上遣高力士宣口敕」の二文を載せている。疑うらくは、由緒正しい袁本の素性を示唆する引用か。(18)

(二) 南　宋（一一二七―一二七九）

6、杭州（浙江省杭州市）猫兒橋河東岸、開牋紙馬舖鍾家刊『五臣注文選』三十巻　南宋初刊。亡。

北京大學圖書館、存巻二九。北京圖書館、存巻三〇。(19) 北京圖書館『中國版刻圖錄』目錄に言う、

案ずるに、紹興三十年（一一六〇）刻本の釋延壽『心賦注』巻四の後に「錢塘の鮑洵書」五字有り。(20) 此（杭州開牋紙馬舖鍾家刊『五臣注文選』）の「鮑洵」と、當に是れ一人なり。如《も》し鮑洵の一生に有る可き三十年左右の工作時間を以て計算すれば、則ち此の書は當に是れ南宋初年の杭州刻本なり。「猫兒橋」は、本名平津橋。府城の小河賢福坊内に在りて、『咸淳臨安志』に見ゆ。……又考ふるに、建炎三年（一一二九）、杭州を升して臨安府と爲す。因りて推知すれば、此の書の刻は當に建炎三年の前に在るべし。之を總ぶるに、此の書、未だ必ずしも北宋本と爲さずと雖も、定めて南宋初年刻と爲して、當に大誤無かるべし。（八頁）

7、明州（浙江省寧波市）刊本『六家注文選』六十巻　高宗紹興二十八年（一一五八）以前刊。

現存する明州本のうち、わが足利學校遺蹟圖書館が珍藏する金澤文庫舊藏本（一九七四―一九七五年、同館景印）は、この原刻の早印本。わが宮內廳書陵部・東洋文庫等の藏本、北京圖書館・臺北國立故宮博物院等の藏本は、い

ずれも紹興二十八年の重刊本。ちなみに、書陵部等藏重刊本の巻末刊語に言う、

右『文選』の板、歳久しくして漫滅（磨滅）殆ど甚し。紹興二十八年冬十月、直閣（宮廷學官）趙公、是の邦に來鎭し、下車（着任）の初め、儒雅を以て吏事を飾《をさ》め、首めに修正を加へて、字畫之が爲に一新し、學者をして開巻（讀書）に魯魚・三豕の訛より免れしめ、且つ斯文を無窮に垂《つた》へんと欲すと云ふ。右、迪功郎・明州司法參軍兼監の盧欽、謹書。

8、建陽（福建省建陽縣）陳八郎崇化書坊刊本『五臣注文選』三十巻　高宗紹興三十一年（一一六一）刊。

この崇化本は、一九八一年十月、臺北の國立中央圖書館より景印刊行された。その巻首刊記二文に言う、

(1)『文選』の行はるること尚《ひさ》し矣。轉《こも》ごも相摸刻すること、幾家なるかを知らず。……琪、謹みて監本と古本とを將《も》つて參校・考正するに、的《まさ》に舛錯（錯亂）無し。……收書の君子、請ふ現行の板本を將《も》つて比對（比較）せば、便ち概ね見る可し。紹興辛巳（三十一年）、龜山の江琪、咨聞。

(2)建陽崇化書坊、陳八郎宅の善本。

9、贛州（江西省贛州市）州學校刊本『六臣注文選』六十巻　高宗紹興開（一一三一—一一六二）刊。

この贛州本は、李善注を前にし五臣注を後にした所謂「六臣注」本であって、管見の知るところ、現存する「六臣注」本の中では最も古い刊本と言える。現在、その完本は、わが宮内廳書陵部に藏せられ、またその一部修補本は、東京の靜嘉堂文庫（陸心源舊藏本）と臺北の國立中央圖書館に藏せられており、その零本は、臺北の國立故宮博物院（北平圖書館舊藏）・北京圖書館・上海圖書館等に藏せられている。[21]

10、晉陵尤袤（一一二七—一一九四）貴池郡齋（安徽省貴池縣）校刊本『李善注文選』六十巻附「李善與五臣同異」一巻
孝宗淳熙八年（一一八一）跋刊。

この尤本は、一九七四年、北京圖書館藏本を用いて景印され、北京の中華書局より公刊された。尤袤自身の跋文に言う、

貴池は、蕭梁の時に在りて、寔に昭明太子の封邑たり。血食千載、威靈赫然として、水旱疾疫、禱りて應ぜざること無し。廟に「文選閣」有り。宏麗壯偉なれども、獨り是の書の板のみ無し。蓋し缺典（殘念なこと）なり。往歲、邦人嘗て衆力を募りて之を爲さんと欲せしも、成らず。今、是の書、世に流傳するも、皆な是れ『五臣注』本なり。『五臣』は、特《た》だ旨意を訓釋するのみにして、多《まさ》に用事（典故引用）の出づる所を原《たづ》ねず。獨り『李善』のみは、淹貫該洽、號して精詳と爲す。四明（明州）・贛上（贛州）、各おの嘗て刊勒すと雖も、往往《しばしば》語句を裁節するは、恨む可し。袤、因りて俸餘を以て鋟木（刻版）す。會《たま》たま池陽の袁史君、其の費を助け、郡の文學の周之綱、其の役を督し、年を踰えて乃ち克成（完成）す。既に摸本（刊本）は之を閣上に藏し、其の板を以て之を學宮（郡學）に寘《お》き、以て邦人の昭明に尊事する所以の意を慰むと云ふ。淳熙辛丑（八年）上巳の日、晉陵の尤袤、題す。

11、南宋末刊本『六臣注文選』六十卷

上海涵芬樓藏。『四部叢刊』初編に景印收載。また慶應義塾圖書館にも、その零本十卷五册（卷一七・一八、卷四一・四二、卷四七・四八、卷五七・五八、卷五九・六〇。米澤の伊佐早謙舊藏）を存する。[22] 贛州本の系統。

12、茶陵（湖南省茶陵縣）陳仁子校刊本『六臣注文選』六十卷　理宗淳祐七年（一二四七）刊。

この茶陵本は、前述の贛州本・涵芬樓本の系統に屬する。

以上に列擧した十餘種の刊本が、一應現在までに管見の知り得た宋版『文選』のすべてであるが、恐らく實際には當時さらにこれを上廻る數の版本が存在したであろう。

だとすれば、南宋の尤袤刊本等、現存する宋版『李善注文選』の場合、その李善注の文中に時たま五臣注の文が混入しているからと言って、ただちに尤本等の現存『李善注文選』は、もともと李善注と五臣注とを併記した『六臣注文選』から李善注だけを抽出したものに過ぎない（前述）、と輕々に論定できるであろうか。況んや近來のかかる學說が、いまだ北宋國子監本『李善注文選』の存在に氣付かない時期の立論であってみれば、なおさらのことである。

三

では、尤袤刻本をはじめ宋版各本に見られる李善注に、時折かなり長文にわたって五臣注の文が混入しているのは、なぜか。

今、われわれがこの問題を考究しようとする場合、その原因究明を助けてくれそうな、まことに興味ある當時の一文がある。それは、かつて前節でも多少言及したことのある北宋中期文壇の領袖、蘇軾（一〇三六―一一〇一）の『東坡志林』巻一に見える次の有名な一條である。曰く、

『李善注文選』は、本末（主要な注解と派生的な注解）詳《つぶ》さに備はり、極めて喜ぶ可し。所謂『五臣（注）』なる者は、眞に俚儒の荒陋たる者なり。而るに世は以爲《おも》へらく「（李）善より勝れり」と。亦謬れるかな矣。謝瞻「張子房の詩」に云ふ、「苛慝《かとく》は三殤《しやう》より暴《むご》し」と。此（「三殤」）は、『禮』（『儀禮』喪服）に所謂「上中下の殤（夭折）」にして、暴秦の無道、戮は孥稚（兒童）に及ぶを言ふなり。而るに（『五臣注』は）乃ち（『禮記』檀弓下篇の）「苛政は暴虎よりも猛し。吾が父、吾が子、吾が夫、皆な是《ここ》に死す」を引いて、「夫」と「父」とを謂ひて「殤」と爲す。此れ豈に俚儒の荒陋たる者に非ずや。諸《もろもろ》の此の如き類は甚だ多く、言ふに足らず。故に言はざるなり。[23]

思うに、蘇軾のこの一文は、李善本『文選』巻二一（詠史）に見える劉宋の謝瞻（宣遠）「張子房の詩」を例に擧げ、その第六句に所謂「三殤」の解釋をめぐって、李善注と五臣注との優劣雅俗を明辨した論評である。今試みに、この論評に基づいて、蘇軾自身が實際に見ていた『文選』の李善注と五臣注との文を推定してみると、恐らくその李善注は、

　『儀禮』（喪服）、傳曰、年十九至十六爲長殤。十五至十二爲中殤。十一至八歲爲下殤。

に作り、又その五臣（李周翰）注は、現行本とほぼ同じく、

　横死曰「殤」。孔子過太山、有婦人哭於墓者。使子貢問之。曰「吾舅死於虎、吾夫又死焉、今吾子又死焉」。曰「何不去也」。曰「無苛政」。孔子曰「小子志之。苛政猛於虎也」。秦之苛法、天下怨之。其暴、甚於此三殤也。

に作っていたのではなかったか。

　それはともかく、北宋後期、蘇軾が見た『文選』の李善注には、少なくとも五臣注が引用したような「父・夫・子の三代横死」説は絶對に入っていなかったこと、おのずから明らかである。しかしながら、この「苛慝は三殤より暴し」の場合、「三殤」に對する蘇軾の見解は、たしかに當代隨一の文豪の言とはいえ、さすがに妥帖を缺いて識者の贊同を得られず、彼の李善注に對する褒揚は、空しく〈贔屓の引き倒し〉に終ったらしい。なぜならば、北宋監本の舊を留める朝鮮古活字本・袁本の李善注、南宋淳熙八年尤袤刻本等、いずれも『禮記』檀弓下篇の父夫子三代横死説を引いて、『儀禮』喪服篇の上中下三級夭死説はその痕跡すら留めていないからであり、また後世の見解ながら例えば清の胡紹煐（一七九二―一八六〇）『文選箋證』巻二二に、

　注、善曰く、「『禮記』（檀弓下）に曰く、苛政は虎よりも猛きなり」と。苛は猶ほ虐のごときなり」と。（南宋の姚寛の）『西溪叢話』（巻下）に云ふ、「三殤とは、恐らく（秦の）穆公の三良を殺すと爲す。殉葬は秦に始まる。其

の苛慝知る可し。此れ『黃鳥』の哀しむ所以なり[24]」と。紹煐按ずるに、姚説之に近し。「殤」の言たる傷なり。哀傷す可きを謂ふなり。凡そ國の爲に死する、皆「殤」と曰ふ。本書(『文選』)鮑明遠「出自薊門行」：「身死して國殤と爲る」。注「國殤とは、國の爲に戰亡するなり」と。三良、君の爲に殉葬さる、傷む可きの義有り。故に亦た「殤」を以て之に名づくるを得たり。必ずしも「夭死を殤と曰ふ」に泥みて説を爲さざるなり。『東坡志林』に説く、「三殤とは、上中下の殤を謂ひ、秦の無道、戮は孥稚に及ぶを言う」と。恐らく非なり[25]。

と言った反論も出ているほどだからである。して見ると、この「三殤」に對する解釋の場合、すでに北宋以來、かかる蘇軾の李善注擁護説への批判は、かなり識者の閒で支配的であったのではなかろうか。

果たせるかな、この「三殤」に對する爾後の李善注は、蘇軾の強力な支援にもかかわらず、前述のごとく宋版を含めて現存刻本のすべてが例外なく以下のように作っている。

『禮記』(檀弓下)曰、孔子過泰山側、婦人哭於墓者而哀。夫子式(軾)而聽之、使子路問之曰、「子之哭也、一似重有憂者」。而曰、「然。昔者、吾舅死於虎、吾夫又死焉、今吾子又死焉」。夫子曰、「何不去也」。曰、「無苛政」。夫子曰、「小子識之。苛政、猛於虎也」。「苛」猶虐也。

以上のような事象から考えれば、唐代の古鈔本時代はともかく、北宋以後の刊本『李善注文選』は、この「三殤」の出典として、かなり早い時期から全面的に五臣注の見解を採擇し、さらに、この五臣注の文に『禮記』という典據の書名を新たにはっきりと追記して、あたかも原來の李善注のような形態を裝っていたらしいこと、ほぼ確實である。そして、もし當時このように李善注と五臣注とのすりかえが行なわれたとすれば、それは、前述のごとき現存版本の齊一狀況から推察した場合、恐らく北宋國子監の校訂に因るものであったと考えられる[26]。

ところで、このように李善注が、『文選』正文の解釋上、かなり長文にわたって五臣注の文を剽竊し、それとなくこれを自らの文中に取り込んでいる事例は、私の見るところ、ただに北宋時代の李善注に認められるだけではなく、さらに南宋に入れば一層その頻度を増してきたように見受けられる。以下、その事例を幾つか列擧し、併せて參考までに、唐鈔本の面影を傳える集注本・三條本五臣注殘卷、北宋時代の舊を留める北宋刊本殘卷・朝鮮正德刊本・袁褧倣宋刊本、南宋刻本の贛州本・尤袤淳熙刊本の該注を順次呈示して、もって當時の李善注が五臣注を剽襲包攝してゆく過程を窺ってみようと思う。

㈠　三都賦序一首　左太沖（巻四）

【李善注】

（集注本）

臧榮緒晉書曰、左思、字泰沖、齊國人也。少博覽文記、欲作三都賦、乃詣著作郎張載、訪岷邛之事。遂構思十稔、門庭藩溷、皆著筆紙、遇得一句、卽便疏之。徵爲祕書。賦成、張華見而咨嗟。都邑豪貴、競相傳寫、遍于海內也。

（北宋本・朝鮮本・袁本）

臧榮緒晉書曰、左思、字太沖、齊國人。少博覽文史、[27]欲作三都賦、乃詣著作郎張載、訪岷邛之事。遂構思十稔、門庭藩溷、皆著紙筆、遇得一句、卽便疏之。徵爲祕書。賦成、張華見而咨嗟。都邑豪貴、競相傳寫、偏于海內。

（贛州本・尤本）

臧榮緒晉書曰、左思、字太沖、齊國人。少博覽文史、欲作三都賦、乃詣著作郎張載、訪岷邛之事。遂構思十稔、門庭藩溷、皆著紙筆、遇得一句、卽疏之。徵爲祕書。賦成、張華見而咨嗟。都邑豪貴、競相傳寫。三都者、劉備都益州、號蜀。孫權都建業、號吳。曹操都鄴、號魏。思、作賦時、吳蜀已平。見前賢文之是非、

—

—故作斯賦、以辨衆惑。

【五臣注＝呂向】

（集注本）

三都者、劉備都益州、號蜀。孫權都建業、號呉。曹操都鄴、號魏。思、作賦時、呉蜀以平、見前賢文之是非。故作斯賦、以辨衆惑也。

（北宋本・朝鮮本・袁本）

臧榮緒晉書云、左思、字太沖、齊國人也。少博覽史記、作三都賦、構思十稔、門庭藩溷、皆著紙筆、遇得一句、卽疏之。徵爲祕書。賦成、張華見而咨磋。都邑豪貴、競相傳寫。三都者、劉備都益州、號蜀。孫權都建業、號呉。曹操都鄴、號魏。思、作賦時、呉蜀已平、見前賢文之是非。故作斯賦、以辨衆惑。

（紹興本五臣注）

臧榮緒晉書云、左思、字太沖、齊國人也。少博覽史記、作三都賦、構思十稔、門庭藩溷、皆著紙筆、遇得一句、卽疏之。徵爲祕書。賦成、張華見而咨嗟。都邑豪貴、競相傳寫。三都者、劉備都益州、號蜀。孫權都建業、號呉。曹操都鄴、號魏。思、作賦時、呉蜀已平、見前賢文之是非。故作斯賦、以辨衆惑。

今、あらためて右に抄出した唐鈔本系・北宋刊本系・南宋刊本系の各本の李善注を比較照合した場合、その引用する『臧榮緒晉書』の文は、ごく若干の字句異同を除いて三者ほとんど合致し、特に「乃詣著作郎張載、訪岷邛之事」の二句十二字などは、唐代・北宋・南宋の各本を一貫して、例外なくこれを見ることができる。しかるに一方、北宋・南宋各本の五臣（呂向）注が引く『臧榮緒晉書』の文には、いずれも豫想に反してこの二句十二字が省略されている。思うに、かかる兩者閒の字句異同は、從來、現存李善單注本の祖本と目されてきた尤袤刻本の成立に關する一應の定說、すなわち斯波六郎『文選諸本の研究』に所謂「尤本なるものは、唐代李善單注本を傳承したのではなくて、實は六臣注本に據って、其の李善注を抽出したもの」（二二頁）と言う見解を根底から否定する事象であり、却って、尤本のみならず北宋以降の刊本に見える李善注が、かなり正確に唐代以來の古い李善注の形貌を溫存していることを明示する一證左と言えるであろう。

果たして然らば、見てのとおり唐鈔本の李善注にも北宋系刊本の李善注にも未だ出現せず、南宋の贛州本・尤本に至って始めてその李善注に出現してくる「三都者」以下、實に四十六字にも及ぶ長文の解説部分は、南宋刊本に至って、新たに唐代以來の五臣注からすっぽり剽竊援用してきて、これを在來の『臧榮緒晉書』の引文の後に附け加えたものであること、これまた明確に推定し得るところである。

㈡　敢望惠施、以忝莊氏（巻四〇、楊德祖「答臨淄侯牋」）

【李善注】

（集注本）

曹植書曰、其言之不慙、恃惠子之知我也。

（朝鮮本・袁本）

曹植書曰、其言之不慙、恃惠子之知我也。

（贛州本・尤本）

曹植書曰、其言之不慚、恃惠子之知我也。修言、已豈敢望比惠施之德、以忝辱於莊周之相知乎。莊周、喻植也。惠施・莊周、相知者也。故引之。

【五臣注＝劉良】

（集注本）

植書云、其言之不慙、[28]恃惠子之知我。
脩言、己豈敢望比惠施之德、以忝辱
於莊周之相知乎。
莊周、喩植也。惠施・莊周、相知者
也。故引之也。

（朝鮮本・袁本）

植書云、其言不慙、恃惠子之知我也。
脩言、己豈敢望比惠施之德、以忝辱
於莊周之相知乎。
莊周、喩植也。惠施・莊周、相知者
也。故引之。

（紹興本五臣注）

植書云、其言不慙、恃惠子之知我也。
脩言、己豈敢望比惠施之德、以忝辱
於莊周之相知乎。
莊周、喩植也。惠施・莊周、相知者
也。故引之。

この部分の李善注に引かれた「曹植書曰」以下十六字も、集注本・北宋刊本・南宋刊本それぞれの文面の合致狀況から推せば、前者㈠例の場合と同様、やはり唐鈔本以來の古い李善注の形貌をそのまま愼重に溫存してきた文字と推定してよい。だとすれば、當然のことながら、南宋刊本の贛州本・尤本の李善注に至って始めて見える「脩言」以下の解釋・解説部分三十七字は、唐代以來の五臣注の文をまるまる盜竊してきたこと、正に疑う餘地はない。

㈢　南望邯鄲、想廉藺之風（巻四〇、吳季重「在元城、與魏太子牋」）

【李善注】

（舊鈔本）

――――

（朝鮮本・袁本）

廉頗・藺相如、倶趙將也。

（贛州本・尤本）

廉頗・藺相如、趙國之賢將也。故想
其風。邯鄲、趙所都也。

【五臣注＝劉良】

（舊鈔五臣注本）[29]

―

（朝鮮本・袁本）

―

（紹興本五臣注）

―

廉頗・藺相如、趙之賢將也。故想其風。邯鄲、趙所都也。——廉頗・藺相如、趙國之賢將也。故想其風。邯鄲、趙所都也。——廉頗・藺相如、趙之賢將也。故想其風。邯鄲、趙所都也。

この部分の李善注、舊鈔本は殘存せず、北宋刊本系二本は共に「廉頗・藺相如、倶趙將也」九字に作って、南宋刊本の李善注と合せず、却って南宋刊本の李善注は、贛州本にせよ尤本にせよ、いずれも舊鈔本・北宋本の五臣注の文と合する。して見れば、この部分の李善注の場合、南宋刊本に至って、舊來の李善注九字は、すっかり唐代以來の五臣注の文二十一字とすりかえられたことになる。この際、南宋の贛州本・尤本は、決して舊說のごとく誤って五臣注の文を李善注に混入したのではなく、最初から意識的に舊來の李善注を放擲して、より懇切な五臣注の文に取り替えたこと、これまた誰の目にも明々白々であろう。

四

以上、若干ながらその顯著な事例を摘錄しつつ考察を加えてきたように、北宋・南宋の三百餘年間、中國各地で次々と刊刻された『李善注文選』には、意外にも、かなり長文にわたって露骨に、しかも意識的に『五臣注文選』の文を剽竊利用した事例が確認される。そして、その盜用傾向は、北宋から南宋へと時代が降るに從って、幾分かその頻度を增して行ったようにも見受けられる。

さらに、當時の李善注が盜用した五臣注の內容を檢してみると、たしかに當時の李善注には、前述した北宋刊本の「三殤」の注のように、この正文用語の出典として、李善注の『儀禮』喪服篇の文を退けて、五臣注の『禮記』檀弓下篇の文を採擇した事例もないことはないけれども、おおむねの盜用傾向としては、そうした李善注の典故指摘に對する訂正が主眼ではなく、むしろ李善注が及ぶべくもない五臣注の明快的確な解釋や解説の補足に限られていたのではなかったか。

思うに、こうした當時の李善注から窺える五臣注活用の態度は、もちろん一面では、その事例の寡少さから推して、原來の李善注の出典指摘が、さほど後世の訂正を必要としないほど正確であったことを裏書きする現象ではあるけれども、それにも增して重要なことは當時の李善注に內在した五臣注攝收の意圖である。恐らく當時の『李善注文選』刊行者は、北宋國子監をはじめ各地の州學・郡齋を含めて、もっぱら學生・讀者の正確な『文選』讀解に資するために、たまたま李善注だけでは足りない個所や李善注に缺落した部分があった場合、時には五臣注から援引借用してきてこれを補足したり、あるいは、より詳審な五臣注の文をもって在來の李善注の文と取り替えたりしていたのであろう。

とにかく、このように宋刊『文選』諸本の李善注が五臣注から盜用した實態を觀察してくると、そうした兩宋當時の『文選』李善注の盜用態度、ひいては當時の『李善注文選』刊刻に際しての校訂態度は、まだ現今のような喧しい著作權問題など存在せず萬事が鷹揚であった當時、現今のわれわれが想像するより相當に寬柔であり、とかく傳本の一字一句まで李善注と五臣注とを峻別して意識しがちな現今のわれわれの考證態度とは、かなりな懸隔があったのではないか。と言うのは、たしかに當時、北宋國子監から特に『李善注文選』が「摸印頒行」された事實からも推察されるように、漸次『文選』讀者層の關心の重點は五臣注から李善注へと移りつつあったけれども、なお讀者層は、李善注と五臣注とを併せ讀んだ唐宋以來の勉學習慣から脫しきれないでいたもののように思われるからである。つまり當時の『文選』讀者層にとっては、李善注と共に、一應五臣注をも參看しておかなければ、學究上、安堵できなかったのではないか。

もしそうだったとすれば、當時の李善注の五臣注盜用は、決して自らの非力不備を取り繕うための姑息な剽竊行爲ではなく、かの古文運動の擡頭や宋代性理學の勃興という當時の文運に一脈相通ずる、眞實をこそ直視しようとする當時の知識人の文化的欲求に對して、その渇を癒す必要最小限の學問的教育的對應措置の一つであったと言える。

（一九九九年六月三十日稿）

註

（1）前漢の劉安「招隱士」に、「王孫遊兮不歸、春草生兮萋萋」（王孫遊びて歸らず、春草生ひて萋萋たり）と。（『文選』巻三三）

（2）「驛使」の語は『文選』には見えないが、南朝宋の盛弘之『荊州記』に、

陸凱、范曄と相善く、江南より梅花一枝を寄せ、長安に詣りて曄に與へ、并せて「花を贈る」詩に曰く、「折花逢驛使、寄與隴頭人。江南無所有、聊贈一枝春」（花を折りて驛使に逢ひ、寄せて隴頭の人に與ふ。江南には有する所無し、聊か一枝の春を贈る）と。（『太平御覽』巻九七〇に引く）

「驛使」とは、もともと宿驛で文書を傳送する人。

（3）後漢の張衡「歸田賦」に、「時に曜靈（太陽）は影《かげ》を俄《かたむ》け、係《つ》ぐに望舒（月）を以てす」と（『文選』巻一五）。また西晉の張協「雜詩」（其の八）にも、「下車如昨日、望舒四五圓」（車を下りしは昨日の如きも、望舒は四五たび圓かなり）と。（『文選』巻二九）

（4）南朝宋の謝靈運「石壁の精舍より湖中に還るの作」の詩に、「昏旦變氣候、山水含清暉」（昏旦には氣候變じ、山水は清暉を含む）と。（『文選』巻二二）

（5）この慶曆の科擧改革については、清水茂『唐宋八家文』上（一九六六年、朝日新聞社刊『（新訂）中國古典選』第一九巻、四三四－四三五頁）、東英壽「『太學體』考――その北宋古文運動に於ける一考察――」（一九八八年、『日本中國學會報』第四十集、九四－一〇二頁）等に詳しい。

（6）拙著『文選の研究』（一九九九年、岩波書店刊）二一一－二二二頁。

（7）清代における汲古閣本の重要性については、斯波六郎『文選諸本の研究』に、「胡刻文選の未だ世に出ぬ時、清儒の用ひた李善注文選は主として汲古閣本であつたものの如し」と言う。（一九五七年、京都大學人文科學研究所刊『文選索引』第一冊三七頁）

（8）清の嘉慶十四年（一八〇九）二月下旬に作られた胡克家（一七五七―一八一六）の「文選考異の序」に、「今、世間に存する所は、僅かに『袁本』有り、『茶陵本』有り、及び此次重刻の『淳熙辛丑（一一八一）尤延之本』のみ。夫れ『袁本』『茶陵本』は、固より合并せし者にして、『尤本』も仍ほ未だ合并を經ざるに非ざるなり。何を以て之を言ふか。其の正文を觀れば、則ち『善』と『五臣』と已に相羼雜し、或いは前に沿って譌り有り、或いは舊を改めて誤りを成す。心を悉して推究すれば、顯然たらざるは莫きなり。其の注を觀れば、則ち題下・篇中、各おの嘗て「呂向」「劉良」を闌入し、頗る指名するを得。特に意をもて增加を主とするのみに非ず、他に誤り取ること多きなり。云々」と言う。また阮元のこの文と同じ趣旨であろう。

（9）一九五七年、京都大學人文科學研究所刊『文選索引』第一冊所收『文選諸本の研究』六―七頁。

（10）程毅中・白化文「略談李善注『文選』的尤刻本」（一九七六年、北京『文物』第一一期）、張月雲「宋刊『文選』李善單注本考」（一九八五年、臺灣『故宮學術季刊』第二巻第四期）を參照。

（11）以下に列擧する『文選』の宋版一覧は、拙著『文選の研究』（一九九九年、岩波書店刊。二二一―二二七頁）に載せた一覧を、その後の新出資料や新出論文によって補訂したものである。

（12）この朝鮮古活字本は、現在、韓國ソウル大學校中央圖書館（奎章閣舊藏）・日本東京大學東洋文化研究所（周防山口洞春寺舊藏）に珍藏され、前者の奎章閣舊藏本は、一九八三年、ソウル市の正文社によって景印公刊された。

（13）この事、南宋の王應麟（一二二三―一二九六）『玉海』巻五四に引く『實錄』にも、「景德四年八月丁巳、直館・校理に命じて『文苑英華』及び『文選』を校勘せしめ、摹印頒行す。云々」と言う。由って張月雲「宋刊『文選』李善單行注本考」（前出）は、北宋國子監本『李善注文選』の校勘印行を記錄した『麟臺故事』巻二に所謂「大中祥符四年八月」を「景德四年八月」の誤りかと疑っている。

（14）この劉崇超の上言は、『廣都本』（袁本）巻首や、清の彭元瑞（一七三一―一八〇三）『知聖道齋讀書跋』巻二（昭明文選）に載せる「國子監の『李善注文選』刊印を准敕する節文」にも見える。

（15）この時の校勘者であった黄鑑・公孫覺の名は、そのまま朝鮮古活字本『六家注文選』卷末附錄の『李善本』後記（「天聖七年十一月雕造了畢」條下）に見える。

（16）張月雲「宋刊『文選』李善單注本考」（前出）、劉文興「北宋本李善注文選校記」（一九三一年『國立北平圖書館館刊』第五卷第五號）、および阿部隆一『（增訂）中國訪書志』（一九八三年、東京汲古書院刊）五九五－五九六頁を參照。

（17）以上、奎章閣舊藏本『六家注文選』卷末附載後序三篇に見える北宋刊三本の文獻學的考證は、金學主（ソウル大學人文大教授）の論文「韓國古活字本『文選』研究」（ハングル文。一九八四年、韓國嶺南中國語文學會刊『中國語文學』第八輯所收）・「朝鮮時代所印『文選』本」（中國語。一九八五年、『韓國學報』第五輯所收）等に詳しい。

（18）斯波六郎『文選諸本の研究』（前出）にも、この袁本を高く評價して「此の本、明刊に屬してはいるが、往々宋刊にも優る所があるから、決して之を他の明刊諸本と同一視すべきではない」と言う（四八頁）。

（19）北京圖書館『中國版刻圖錄』五・六（一九六〇年、北京文物出版社景排印）。この解說は、阿部隆一『（增訂）中國訪書志』五九六頁、『阿部隆一遺稿集』宋元版篇（一九九三年、汲古書院刊）四二二頁も參照。

（20）北京圖書館藏杭州開牋紙馬鋪鍾家刊『五臣注文選』卷三〇の卷末尾題後に「錢塘鮑洵書字」一行を刻する。

（21）阿部隆一『（增訂）中國訪書志』（前出）三六三・三六四頁、五九三・五九四頁。『阿部隆一遺稿集』宋元版篇（前出）一九四・一九五頁。

（22）一九五八年『慶應義塾圖書館藏和漢書善本解題』一六九－一七〇頁。一九八五年『阿部隆一遺稿集』解題篇一、一八一－一八二頁等。（岡山の芳村弘道氏の教示による）

（23）『東坡志林』卷一のこの文、また『東坡題跋』卷二（書謝瞻詩）に見えるが、やや省文。

（24）この『西溪叢話』卷下からの引文、かなり省略・錯亂がある。今、その原文を示せば、「（「三殤」とは）恐らく穆公の三良を殺し、其の天年を終らしめざることと爲す。此れ『黃鳥』の詩の哀しむ所以なり。殉葬は乃ち秦に始まる。其の苛慝知る可し」と。「黃鳥」の詩は、『詩經』秦風「黃鳥」を指す。三良を哀しんだ詩。

（25）以上のような蘇軾に對する批判は、すでに清の孫志祖（一七三六－一八〇〇）『文選李注補正』卷二（張子房詩）にも見える。

（26）このように李善注と五臣注とをすりかえた事例ではないが、つとに北宋時代、唐鈔本の李善注の誤りを校訂した事例もある。例えば、李善注卷三〇、盧子諒「時興」詩の「形變隨時化、神感因物作」の李善注の場合、その出典として、唐鈔本系の集注本では『莊子』天道篇の「萬物化作、盛衰之殺」を引いているが、北宋刊本系の朝鮮正德刊本・袁本、南宋刊本系の明州本・贛州本・尤本は、いずれもこれを改正して『老子』第十六章の「萬物竝作、吾以觀復」に引き直しており、また、この詩「澹乎至人心」の李善注の場合も、集注本は、まず「至人の心」の出典として『莊子』天下篇「不離於眞、謂之至人」・應帝王篇「至人之用心、若鏡」を引き、ついで「澹乎」の出典として『莊子』知北遊篇「澹而靜乎、漠而清乎」を引いているが、北宋以後の刊本は、いずれもこれを改訂して、正文の順序通りに知北遊篇の文と天下篇・應帝王篇の文とに順次竝べ換えている。

(27) 「欲」字、今袁本に從う。朝鮮正德刊本は「遂」に作る。

(28) この一句五字、天理圖書館藏舊鈔五臣注本、「其言不慙」四字に作って現行刊本と合する。今、集注本に從う。

(29) 舊鈔『五臣注文選』殘卷（存卷二〇）、三條氏舊藏。一九三七年、京都東方文化學院景印（『東方文化叢書』第九）。又一九八〇年、天理大學出版部景印（『天理圖書館本叢書』漢籍之部第二卷）。

兩宋檃括詞考

内山精也

一、はじめに

〈檃括〉とは、その創始者・北宋の蘇軾（一〇三七～一一〇一）のことばを借りれば、詞以外の先行文學作品を、「其の詞《ことば》を改むと雖も」「其の意を改めず」、原篇に「微かに増損を加」えて、「音律に入」[1]るよう詞に改編することを指す。

筆者は、すでに別の機會に、蘇軾の詩業全體における〈檃括〉詞の存在意義について、特に陶淵明「歸去來兮辭」を〈檃括〉した作例に着目しつつ、論じたことがある。[2] 本稿では、その内容を踏まえながら、蘇軾の創始になるこの技法が、彼に續く世代の詞人たちに一體どのように繼承されたのかという點、及びこの技法のもつ意味について、重點的に論じてみたい。

〈檃括〉の語は、——例えば南宋後期の陳振孫（一一八三～一二六一前後）が、北宋末の周邦彦（一〇五六～一一二一）の詞を評して「(周邦彦) 多く唐人の詩語を用ひ、檃括して律に入らしめ、渾然として天成す」と表現したように——語句レベルの加工をいうばあいにも使用される。[3] しかし、本稿では、このような廣義の〈檃括〉については一切觸れない。あくまで一篇全體を改編した詞のみを取り上げ、その改編行爲を〈檃括〉と稱して論を進める。

なお、本稿で引用する詞は、原則として、唐圭璋『全宋詞』（65・6、中華書局刊五册本／『全』と略稱）に依據した。但し、『全宋詞』刊行以降に校訂編纂された別集があるばあいは、つとめてそれら新しいテキストをも參照している。また、詞人の生卒年については、主として馬興榮、呉熊和、曹濟平編『中國詞學大辭典』（96・10、浙江教育出版社）に據った。

二、蘇軾と蘇門の檃括

まず初めに、檃括の創始者、蘇軾の使用狀況を整理しておく。蘇軾が特定の古人の作を檃括した作例は、以下の五首である(4)（詞牌上の數字は、曹樹銘『蘇東坡詞』（83・12、臺灣商務印書館）によって編年整序された作品番號）。

①137「哨徧（爲米折腰）」……陶淵明「歸去來兮辭」（上海古籍出版社『陶淵明集校箋』五）

②156「木蘭花令（烏啼鵲噪昏喬木）」……白居易「寒食野望吟」（上海古籍出版社『白居易集箋校』一二）

③171「浣溪沙（西塞山前白鷺飛）」……張志和「漁父歌」（中華書局『全唐詩』三〇八）

④200「水調歌頭（昵昵兒女語）」……韓愈「聽穎師彈琴」（上海古籍出版社『韓昌黎詩繫年集釋』九）

⑤281「定風波（與客攜壺上翠微）」……杜牧「九日齊山登高」（上海古籍出版社『樊川詩集注』三）

この中、①の原篇が（有韻の）文であるのを除き、他の四例は何れも古今體詩を檃括した詞である。

檃括の第一義的目的は、本來樂曲を伴わない作品、もしくは樂曲が既に失われてしまった歌辭を、當時流行する樂曲に合わせ歌唱可能な形に加工する、という點にこそある。從って、理念的には、古今體詩か散文かというジャンルの異同を問わず、あらゆる文學作品に適用可能な應用範圍の廣い技法である、ということができる。とはいえ、同じく詩歌である古今體詩から詞への櫽括よりも、散文から詞へのそれの方が、改編のダイナミズムという點で、より多く作者の構成能力が問われ、その分作者の創作意欲をより強く刺激したであろうことも容易に推測されよう。

實際に蘇軾の作例に即してみてみると、②～⑤では主として措辭の改編に止まる極めて克己的な櫽括がなされており、蘇軾の新意と呼べる部分は殆ど附加されていない。一方、①にあっては、僅かながら蘇軾の創作部分が認められ、古今體詩の場合と一線を劃している。

以下、便宜的に、散文作品を原篇とする櫽括をA類とし、古今體詩をB類と稱し、蘇軾以降の詩人たちが、蘇軾の創始になるこの技法をどのように繼承～展開していったのかを瞥見してみたい。

蘇軾のすぐ下の世代の詩人では、黄庭堅（一〇四五～一一〇五）と晁補之（一〇五三～一一一〇）に一首ずつ作例がある。黄庭堅の作例は、「瑞鶴仙（環滁皆山也）」（『全』四一五下）で、歐陽脩「醉翁亭記」を原篇とする、A類櫽括である。その冒頭六句を、原篇の對應部分とともに掲げる。

瑞鶴仙	歐陽脩「醉翁亭記」（『居士集』三九）
環滁皆山也	環滁皆山也。（其西南諸峯、林壑尤美、）
望蔚然深秀	望之蔚然而深秀者、
瑯琊山也	瑯琊也。
山行六七里	山行六七里、（漸聞水聲潺潺而瀉出于兩峯之間者、讓泉也。）
有翼然泉上	（峯回路轉）、有翼然臨于泉上者、
醉翁亭也	醉翁亭也。

原篇が六十四字であるのに對して、詞では二十七字、半分以下に約められている。字數の減少は、主として、①一部敍述の完全な削除（右下原文のカッコで括った部分）、②虛辭や代名詞の省略による語句の縮小、の二つの原因によっている。うち、特に②については、この詞の一大特徵が含まれている。

第二句「望蔚然深秀」に象徵的に表れ出ているが、黃庭堅は原文を檃括するに當たって、「而」「者」「于」「之」等の虛辭、代名詞を極力省略した。しかし一方、語氣助詞の「也」だけはそのまま溫存し、全篇通して十一回も繰り返し用い、甚だしい異同を示している。しかもそれを韻字として使用しており、詞律という點からみても、全く破格な詠いぶりとなっている。(5)

むろん、これは黃庭堅の確信犯的な用字法である。「醉翁亭記」における「也」字多用という修辭的特徵については、つとに南宋の筆記類で議論の俎上に乘せられている。(6)しかし、黃庭堅は彼らよりも更に半世紀～一世紀以上早くそれを明確に意識していた。のみならず、創作の領域で大膽にそれを取り入れ具體的に作品化しているのである。

「瑞鶴仙」は、檃括の全體的特徵という點からいえば、削除部分が少なからず存在するとはいえ、總じて原篇に忠實な改編作と見なしうる。しかし、詞の韻律や措辭という點に着目すると、——散文的でスタティクな語氣助詞——「也」をあえて溫存し多用したという一點に、黃庭堅の大膽な創意が込められている、と解釋できる。

一方、晁補之の例は、「洞仙歌（當時我醉）」（『全』五五八下、劉乃昌、楊慶存『晁氏琴趣外編』二（91・2、上海古籍出版社））で、盧仝の「有所思」を對象とするB類檃括詞である。內容的には、蘇軾のB類の作例と同樣の沒個性的な檃括である。

三、南渡前後

蘇門二人に續く檃括詞の作者は、北宋末～南宋初期に活躍した以下の如き詞人たちである。[7]

(1)米友仁（一〇七二～一一五一）…①「念奴嬌・裁成淵明歸去來辭」（『全』七三〇下）、
②「訴衷情・淵明詩」（『全』七三一上）

(2)王安中（一〇七五～一一三四）…③「北山移文哨遍」（『全』七四六上）

(3)葉夢得（一〇七七～一一四八）…④「念奴嬌・南歸渡揚子作、雜用淵明語」（『全』七六七下）

(4)朱敦儒（一〇八一～一一五九）…⑤「秋霽・檃括東坡前赤壁」（『全』存目詞、鄧子勉『樵歌』續補（98・7、上海古籍出版社）

(5)趙　鼎（一〇八五～一一四七）…⑥「河傳・以石曼卿詩爲之」（『全』九四二下）、⑦「滿庭芳・九日用淵明二詩作」（『全』九四六上）

米友仁①、王安中③、朱敦儒⑤の各例は、題下注によって明らかなように、それぞれ陶淵明「歸去來兮辭」、南朝齊の孔稚珪「北山移文」（『文選』四三）、蘇軾の「前赤壁賦」（中華書局『蘇軾文集』一）の檃括である。米友仁②は、陶淵明「飲酒二十首」其五（『陶淵明集校箋』三）の檃括詞。葉夢得④は、「歸去來兮辭」をベースとして、一部「飲酒二十首」其五等を取り入れた檃括。趙鼎⑥は、北宋前期の石延年（九九四～一〇四一）「寄尹師魯（平陽會中代作）」（『全宋詩』三―二〇〇三頁）を檃括した作例で、⑦は陶淵明の「己酉歳九月九日」（『陶淵明集校箋』三）をベースとして、「九日閑居」（『陶淵明集校箋』二）を一部取り入れた檃括である。

まず、右の七例を類別すると、散文を原篇とするA類檃括が三首、詩歌を對象とするB類が三首、AB折衷型が一首である。對象作品は、陶淵明作品が四例を占め、他は孔稚珪、石延年、蘇軾各一例であるが、濃淡の差こそあれ、何れも蘇軾の影を認めることができる。

朱敦儒の作例は蘇軾の作品を直接對象としたものであるから、その影響關係は自明である。四例の陶淵明檃括詞のばあいも、詞學史上、檃括の第一作が――「歸去來兮辭」を檃括した――蘇軾の「哨偏」であったことを想起すれば、彼の存在を無視できまい。さらに、北宋末～南宋初、嶺南・海外の作品＝＜和陶詩＞を中心として、蘇軾の詩歌が士大夫に熱狂的に愛好された事實(8)を考慮に入れれば、いよいよ彼の存在感が高まろう。

王安中の檃括は、一見すると蘇軾と無縁のように映るが、第一に詞牌が「哨偏」であること、第二に安中が十八歳の時、蘇軾に賞贊され、短期間ではあるが蘇軾に師事した經歷を持つこと(9)、の二點から、この作例も蘇軾の影響下にあると見なすことができる。

さて、右の七例の中から見出される内容上の特徴を、具體例に則して一點だけ指摘しておきたい。

イ　闌干倚處。戲裁成　彭澤當年奇語。三徑荒涼懷舊里、我欲扁舟歸去。……（米友仁①）

ロ　……伯鸞家有孟光妻。豈逡巡　眷戀名利。（王安中③）

ハ　故山漸近、念淵明歸意、鞠然誰論。……（葉夢得④）

イとハはともに冒頭の詠い出し部分であるが、「戲裁成」および「念」という語に明らかなように、何れも作品に作者自身が顔を出し參入している。

ロは末尾の部分で、原篇「北山移文」には存在しない表現である。この詞には、王安中による序文が附されており、人に依頼されて檃括に着手したこと、その依頼主に「林下の風」ある賢夫人がいたこと等が明記されている。(10)――この賢夫人の存在ゆえに、「孟光妻」の句が附加されたわけである。

この三例に共通するのは、作り手側の現狀が櫽括詞の中に色濃く反映されているという點である。これらからは、改編者が原篇に近づきそれに限りなく同化していこうという受動的態度ではなく、むしろ原篇を改編者の實状に適合させ再構成しようとする能動的姿勢を見て取ることができる。

このような傾向は、蘇軾の「哨徧」詞の中にすでに認められたものであるが、彼の死後半世紀にして早くも、櫽括詞、とりわけA類櫽括詞の、一つの潮流《トレンド》となった感がある（葉夢得の例は前述の如くAB折衷型であるが、冒頭から三分の二近くが「歸去來兮辭」の櫽括部分であるので、準A類と見なすことができる）。

四、南宋中興期

續いて、南宋三大家（陸游、范成大、楊萬里）が活躍した、高宗末期〜寧宗前期約半世紀の、いわゆる中興期における情況を概觀する。この間の主要作品は、以下の通りである。

(6)曹冠（?〜?）…「哨遍・東坡採歸去來詞作哨遍〜」（『全』一五四〇下）
(7)楊萬里（一一二七〜一二〇六）…「歸去來兮引」（『全』一六六四下）
(8)朱熹（一一三〇〜一二〇〇）…「水調歌頭・櫽括杜牧之齊山詩」（『全』一六七五上）
(9)辛棄疾（一一四〇〜一二〇七）…「聲聲慢・櫽括淵明停雲詩」（『全』一九一二下）
(10)汪莘（一一五五〜一二二七）…「哨偏・余酷喜王摩詰山中裴迪書、因櫽括其語爲哨偏歌之〜」（『全』二二〇二上）

原篇は、それぞれ(6)＝蘇軾「前赤壁賦」、(7)＝陶淵明「歸去來兮辭」、(8)＝杜牧「九日齊山登高」詩、(9)＝陶淵明

「停雲」詩（『陶淵明集校箋』一）、⑽＝王維「山中與裴秀才迪書」（中華書局『王維集校注』一〇）で、⑹⑺⑽の三篇はA類の、⑻⑼二篇はB類の櫽括詞である。

選擇された作品の傾向は、前節で見た南渡前後と基本的に變わらない。何れも、蘇軾が敷いたレールの上をそのまま走っている、とみてよい。

但し、內容に關しては、楊、朱二者の作例に、從來にはない新しいスタイルを見出すことができる。すなわち、從來型は、字數的に、櫽括詞が原篇とほぼ等量かもしくは縮小要約されるという傾向にあった。しかし、この兩者の作例は、何れも原篇より數段多い字數によって構成されている。

楊萬里の櫽括詞は、八章の連章形式からなり、計三九九字である。(11) 原篇「歸去來兮辭」は本文三三九字（序文一九九字）で、蘇軾の櫽括詞は二〇三字、米友仁詞が一〇〇字である。朱熹の櫽括詞は計九五字、原篇＝杜牧詩は七律五六字、蘇軾の櫽括詞は六二字である。

いま試みに、朱熹の作例（B）を、原篇（A）及び蘇軾の櫽括例（C）とともに掲げる。

(B)　朱熹「水調歌頭」

江水浸雲影
鴻雁欲南飛
攜壺結客
何處空翠渺煙霏
塵世難逢一笑
況有紫萸黃菊

(A)　杜牧「九日齊山登高」

江涵秋影雁初飛
與客攜壺上翠微
塵世難逢開口笑
菊花須插滿頭歸
但將酩酊酬佳節
不用登臨恨落暉

(C)　蘇軾「定風波」

與客攜壺上翠微
江涵秋影雁初飛
塵世難逢開口笑
年少
菊花須插滿頭歸

堪插滿頭歸	古往今來只如此	酩酊但酬佳節了
風景今朝是	牛山何必獨霑衣	雲嶠
身世昔人非		登臨不用怨斜暉
		古往今來誰不老
酬佳節		多少
須酩酊		牛山何必更沾衣
莫相違		
人生如寄		
何事辛苦怨斜暉		
無盡今來古往		
多少春花秋月		
那更有危機		
與問牛山客		
何必獨沾衣		

朱熹はオリジナルに一字二字加筆して七言一句を五言二句に引き延ばしたり、句意を敷衍して新たな表現を補ったりし、原篇にほぼ倍する字數の檃括詞を完成させている。波線を施した部分が、原篇にはない朱熹の顯著な補筆部分である。(C)蘇軾の檃括が、あたかも第一義的目的＝徒詩の歌辭化に徹して克己的な微調整に終始しているのと好對照をなし、朱熹は自己の感慨をも織り交ぜながらのびのびと原篇を改編している。南宋初期までは、A類にのみ認めら

れた特徴――作り手の實状を改編作品に參入させる――が、詩歌對象のB類檃括にまで及んできたことを、この作例は顯著に示している。

五、南宋晩期

南宋三大家が他界した西暦一二〇〇年前後を假に中興期の終焉と見なすと、それから滅亡までの南宋晩期、約七、八十年の間には、最も多くの詞人が最も多數の檃括詞を手がけている。いわゆる群小詞人《マイナーポエット》が多く、生卒年さえ定かではない詞人が半數近くを占めるが、宋代檃括史の掉尾を飾るに相應しく、幾つかの特徴的な現象が認められる。まず、作例を殘す詞人を示せば、以下の通りである。

(11) 徐鹿卿（一一八九～一二五〇）「酹江月・元夕上祕校幷引」（『全』二三一五下）　※「引」云、「……乃雜取東坡先生上元諸詩檃括成酹江月一闋、與邦民共歌」。●原篇＝蘇軾「次韻劉景文路分上元」（中華書局『蘇軾詩集』三三）、「上元侍飮樓上三首呈同列」（『蘇軾詩集』三六）等。

(12) 劉學箕（?～?）「松江哨徧」（『全』二四三二下）　※小序云、「……遂檃括坡仙之語、爲哨徧一闋、詞成而歌之」。●原篇＝蘇軾「前後赤壁賦」（『蘇軾文集』一）

(13) 林正大（?～?）計四一篇の檃括詞（『全』二四四〇～）※原篇の内譯については後述。

(14) 衞元卿（?～?）「齊天樂・塡溫飛卿江南曲」（『全』二四八六下）●原篇＝溫庭筠「江南曲」（『全唐詩』五七六）

(15) 劉克莊（一一八七～一二六九）「哨徧」（『全』二五九一上）　※小序云、「昔坡翁以盤谷序配歸去來詞。然陶詞既檃括入律、韓序則未也。暇日、遊方氏龍山別墅、試效顰爲之、俾主人刻之崖石云」。●原篇＝韓愈「送李愿歸盤谷序」（『韓昌黎文集』

四）

⒃吳潛（一一九六～一二六二）「哨徧・括蘭亭記」（『全』二七二八上）●原篇＝王羲之「蘭亭集序」

⒄馬廷鸞（一二二三～一二八九）「水調歌頭・檃括楚詞答朱實甫」（『全』三一四〇上）●原篇＝『楚辭』「離騷」等。

⒅蔣捷（一二四五?～一三一〇?）「賀新郎・檃括杜詩」（『全』三四四八下）●原篇＝杜甫「佳人」（『杜詩詳注』七）。

⒆劉將孫（一二五七～?）「沁園春・近見舊詞、有檃括前後赤壁賦者～」二首（『全』三五二八下）●原篇＝蘇軾「前後赤壁賦」。

⒇程節齋（?～?）「水調歌頭・括坡詩」（『全』三五四八上）●原篇＝蘇軾「賀陳述古弟章生子」（『蘇軾詩集』一一）

以上⑾～⒇、詞人は計十名、[12]作例は五一篇。うちA類（原篇が散文）檃括が二三例、B類（原篇が古今體詩）檃括が二八例である。原篇の作者は、蘇軾が最も多く計一〇例、李白、杜甫各七例、黄庭堅五例、歐陽脩四例、范仲淹三例、王羲之、韓愈各二例と續く。

この時期の特徴として二つのことを指摘できる。第一に、對象作品がかつてなく廣範圍に廣まり多様化した、という點である。上は『楚辭』から下は北宋末の韓駒（一〇八〇～一一三五／林正大に「題王內翰家李伯時畫太一姑射圖二首」其一〔『全宋詩』一四三九〕を檃括した作例がある）までの時間的廣がりを持ち、李（林正大に七例）杜（林正大に六例、蔣捷に一例）の作例も新たに加わった。

第二に、專ら檃括を製作した專業詞人が現れた點である。⑿林正大がその人で、字は敬之、隨菴と號し、永嘉（浙江溫州）の人。開禧年間（一二〇五～〇七）に嚴州（浙江建德）の學官であったという一事を除き、他の傳記的事實は全く分からない。

彼は計四一篇の詞を殘しているが、その全て（A類一七例／B類二四例）が檃括による作品である。原篇の作者は、李白七例（A類二例／B類五例）を筆頭に、杜甫六例（A〇／B六）、蘇軾五例（A二／B三）、歐陽脩（A二／B二）、黃庭堅各四例（A一／B三）、范仲淹三例（A二／B一）と續く。他に、一例のみの作者に、劉伶A、王羲之A、陶淵明A（六朝）／王績A、韓愈A、李賀B、劉禹錫B、白居易A、盧仝B（唐）／王禹偁A、葉清臣A、韓駒B（北宋）の計十二人がいる。

檃括の內容それ自體に特に際だった獨創性は認められないが、のべ十八名の作者に四一篇の檃括詞という數量は空前絕後のことであり、特筆に値する。しかも彼はそれを一集にまとめ、初の檃括詞集、『風雅遺音』二卷[13]として世に問うている。

世嘗以陶靖節之歸去來・杜工部之醉時歌・李謫仙之將進酒・蘇長公之赤壁賦・歐陽公之醉翁記類凡十數、被之聲歌、按合宮羽、尊俎之閒、一洗淫哇之習、使人心開神怡、信可樂也。而酒酣耳熱、往往歌與聽者交倦、故前輩爲之隱括、稍入腔律。如歸去來之爲哨遍、聽穎師琴爲水調歌、醉翁記爲瑞鶴仙。掠其語意、易繁而簡、便於謳唫。不惟燕寓懽情、亦足以想象昔賢之高致。予酷愛之、每輙效顰、而忘其醜也。余暇日閲古詩文、擷其華粹、律以樂府、時得一二、裒而錄之、冠以本文、目曰風雅遺音。

右文は、嘉泰二年（一二〇二）の林正大自序の一部である。右の引用によって明らかなように、『風雅遺音』は林正大自身の明確な編纂意圖に基づく自編の檃括詞集であった。

このように、檃括の製作史は、南宋晚期に至って、專集の出現という一つの最高到達點に達したが、宋朝の滅亡とともに忽然とその命脈を絕つ。『全元詞』には、僅かに白樸（一二〇六～一三〇七）による二例があるのみで、他に全く作例が見つからない。あるいは、歌辭化こそを第一義とする技法であったがゆえに、――詞樂が衰微しやがて新興の散曲に取って代わられたという――音曲の盛衰と命運を一にし、ジャンルとともに風化していったのであろうか。

六、檃括赤壁賦

宋代檃括詞の一つの到達點を示すといっていい『風雅遺音』の作者が序文の中で、規範と仰いだ∧前輩∨が蘇軾であった。この一事に象徵される如く、兩宋檃括詞史における蘇軾の意義は極めて大きい。

この點を最も端的に象徵する事象として、蘇軾の「赤壁賦」を檃括した作例の存在を擧げることができる。「赤壁賦」は、計五名の詞人の手でのべ七篇の檃括詞に仕立て上げられており、檃括された同一作品としては最も頻度が高い。しかも、南宋の各時期に作例が見出され、系統的に製作された點も特筆に値する。改めて、詞人の名を擧げると、朱敦儒（南宋初期）、曹冠（南宋中期）、劉學箕（南宋後期）、林正大（南宋晩期）、劉將孫（宋末元初）の五名である。この中、曹冠、劉學箕、劉將孫の三名は以下の如き序文を殘している。

○曹冠「哨遍」序

東坡採歸去來詞作哨遍、音調高古。雙溪居士檃括赤壁賦、被之聲歌、聊寫達觀之懷、寓超然之興云。

○劉學箕「松江哨徧」序

……己未冬、自雲陽歸閩。臘月望後一日、漏下二鼓、檥舟橋西、披衣登垂虹。時夜將半、雪月交輝。水天一色、顧影長嘯、不知身之寄於旅。返而登舟、謂偕行者周生曰、佳哉斯景也、詎可無樂乎。於是相與破霜蟹、斫細鱗、持兩螯、擧大白、歌赤壁之賦。酒酣樂甚。周生請曰、今日之事、安可無一言以識之。余曰、然。遂檃括坡仙之語、爲哨徧一闋、詞成而歌之。生笑曰、以公之才、豈不能自寓意數語、而乃綴緝古人之詞章、得不爲名文疵乎。余曰、不然。昔坡仙蓋嘗以靖節之詞寄聲乎此曲矣、人莫有非之者。余雖不敏、不敢自亞於昔人。然捧心效顰、不自知醜、蓋有之矣。而寓意於言之所樂、則雖賢不肖抑何異哉。今取其言之足以寄吾意者、而爲之歌、知所以自樂耳、子何哂焉。

近見舊詞、有檃括前後赤壁賦者、殊不佳。長日無所用心、漫塡沁園春二闋、不能如公哨遍之變化、又局於韻字、不能效公用陶詩之精整、姑就本語、捃拾排比、粗以自遣云。

曹冠の詞は「前赤壁賦」を檃括したもの。序の冒頭で、蘇軾の「哨徧」詞に言及している。また、詞の末尾に「戲將坡賦度新聲、試寫高懷、自娛閒曠」の句がある。

○劉將孫「沁園春」序

劉學箕の檃括詞は、前賦と後賦を融合させ一篇に仕立てたもので、序文に明らかなように、時は――七月既望でも十月望でもない――十二月の既望。所も赤壁ならぬ、太湖湖畔、吳江垂虹亭における作である。夜半、冴え渡る月と白銀の雪とにすっかり魅入られた作者は、旅の同行者と意氣投合して、心ゆくまで酒を飲み、この勝景を樂しんだ。この素晴らしき夜を歌に詠じて記錄にとどめるべきだという同行者に同意して作者は「赤壁賦」を檃括して歌った。同行者は、彼が創作をせず、古人の文句を寄せ集めたことを訝り笑ったが、彼は蘇軾が「歸去來兮辭」を檃括した故事を引き自ら辯明している。

劉將孫は、前賦・後賦それぞれ一篇ずつ檃括している。劉將孫の見た〈舊詞〉が具體的に誰の作を指すかは不明であるが、彼がある種の競作意識に驅られて「赤壁賦」の檃括に着手している點は十分注意されてよい。そして、その彼も蘇軾が「歸去來兮辭」を檃括したことに思いを馳せている。

このように、蘇軾の後に續く詞人たちは、蘇軾が「歸去來兮辭」を「哨徧」に改編したという故事を、あたかも追慕すべきゆかしき手本とし、また最大の據り所としつつ、繰り返し檃括詞を再生産していったかの如くである。

一連の「赤壁賦」の檃括詞は、――この技法が多くの詞人によって使用され、技法として一般化してゆく一方で――終始、創始者・蘇軾の影を濃密に引きずりつつ使用されていた事實を、はからずも象徵的に示している。

七、おわりに――宋詞における檃括の意味――

以上の各節において兩宋檃括詞の系譜を略述したが、これらの作品群は宋詞全體にあって果たしてどのような意味を持つのであろうか。まず、後世における評價という點を述べると、評價以前の問題として、存在そのものが殆ど全く無視されている。それを最も象徵しているのが、歷代の詞話および近年の南宋詞研究の專著における林正大の扱いである。

近人・唐圭璋の編『詞話叢編』(86・1、中華書局、全五册)には、北宋から民國に至る計八五種の詞話・詞評が收錄されているが、檃括詞の作者として彼に言及したものは皆無であった。また、近年の南宋詞研究の專著、王偉勇『南宋詞研究』(87・9、文史哲出版社)や陶爾夫・劉敬圻『南宋詞史』(92・12、黑龍江人民出版社)も同樣に、一字として彼には言及していない。

彼が檃括詞しか殘さなかった詞人であるがゆえに、後世のこの冷淡な態度が取りも直さず檃括詞全體の評價を象徵しているように感じられる。事實、創始者の蘇軾の作例を除くと、他詞人の檃括詞も彼同樣に殆ど顧みられてはいない。

冷評の背後にある根本的要因として、以下の二點を指摘できる。

第一に、後世詞人の本流と見なされた代表的作家が概ね作例を殘していないという事實である。宋末元初、兩宋の詞を總括する詞話詞論の書、張炎『詞源』と沈義父『樂府指迷』が出て、後世の詞學に著しい影響を及ぼしたが、兩書において等しく推奬された詞人、周邦彥、姜夔、吳文英には、一首として檃括詞が現存しない。從って、彼らを中心に南宋詞論を構成していくと、檃括詞は自ずと敍述されないことになる。

第二に、――檃括が純然たる創作ではないという――技巧的屬性に向けられた冷視を推定できる。前述の通り、檃括詞はそもそも樂曲に乘せることを第一の目的として〈加工〉された詞である。從って、樂奏とともに歌唱されて始めて生動する技法であった。それゆえ、ひとたび樂曲が失われ、もっぱら視覺に賴って鑑賞されたばあいには、當然、所期の効果は著しく減退する。むろんこれは詞全般に一定程度當てはまることでもあるが、一般の詞のように歌詞が〈創作〉されたものであるならば、そこに作者の個性を認めることは十分に可能である。一方、檃括詞のばあいはそもそも二次的〈加工《アレンジ》〉作品であるがゆえに、絕無ではないものの、一般の詞におけるが如きそれは求むべくもない。

第一の點に關連して附言すると、周邦彥を頂點と見なす詞學觀も、實は樂曲の喪失と陰に陽に關係がある。この詞學觀は、樂曲が失われる以前から一つの潮流として存在したものであるが、樂曲が衰微して以降、特にそれが强調された。歌唱不可能なものに變じた時、詞は、最早、古今體詩と何ら變わりない形態で鑑賞される對象となった。このような條件下で詞の傳統を繼承しようとすれば、いきおい古今體詩とは異質な部分をもって〈詞的〉である、とする力學が生じるのはむしろ當然の歸趨である。

詞は基本的に、――專業詞人の作であるか否かを問わず、あるいはまた〈婉約〉か〈豪放〉かの別を問わず――何れも長短句や雙調體、各種の詞律等、古今體詩と相異なる外形的特徵を具備している[14]。從って、これら外形的特徵は、より〈詞的〉な詞＝狹義の詞を劃定してゆく際の最終的基準とはなり得ない。より重要なのは、音樂性という一點と、他は措辭、題材、意境等、個別の各表現に卽した質的異同の二點である。しかし、樂曲が衰微した後は、音樂性を測る手だてそのものが失われてしまった。殘るは唯一、表現レベルの異同だけである。そして、それらを手がかりに、宋詞を吟味檢討した時、唐末五代以來のスタイルを保持し、傳統への連續性を重視しつつ、詞を製作した一群（尊體派）と、北宋中後期以降、にわかに題材を擴大し古今體詩的要素を積極的に取り入れた一群（破體派）と、二つの流れが存在したことを見出すことはたやすい。そして、擇一的に兩者の何れがより〈詞的〉であるかと問えば、その答えが何れに集中するかは自明のことである。

さらに、樂曲なき後の教本的詞論書（『詞源』『樂府指迷』）が專業詞人の立場から記述されたものであったから、なおさら古今體詩と一線を劃しつつ詞を製作した、周邦彦を始め專業詞人の作品が求心力を高め、他方、古今體詩との境界が曖昧な作品群が傍流として排除されていくという傾向に拍車がかかったと考えられる。かくて、眞っ先に忘去られた作品群が、――非〈詞的〉作品と不可分の關係にある――檃括の諸例であった。

しかし、樂曲があって本來の生命を十全に保持し得ていた當時、詞はそうした一握りの專業詞人の專有物ではなかった。よしんば彼らの作品が最も理想的な詞であったとしても、文壇において必ずしも高い地位にいたとはいえない彼らが、同時代的に壓倒的な影響力を持ったとも考えにくい。彼らを取り巻く士大夫社會では、むしろ彼らの主張や作品と全く無關係に、樣々な局面で詞が製作され、實際に一定の社會的機能を果たしていた筈である。我々は、いま一度、詞が士大夫社會にあって本來の機能を果たしていた頃の狀況を想定しつつ、その中に檃括の諸例を置き、この技法の意味することを考察する必要がある。

このような觀點に立ち、檃括詞の持つ意味を改めて考察すると、少なくとも以下の點を指摘できるように思う。

それは、檃括が詞の製作場面における典雅化、もしくは士大夫（知識人）の作詞動機を高める效果を確實にもたらしたと考えられる點である。

宋代、ことに北宋中期以降は、科擧という國家事業の進展～普及に伴って、士大夫（知識人）の知的基盤がかつてなく高度に均質化された時代である。彼らにとって古典的教養は、彼らのアイデンティティを支える最も重要な要素であった(15)。

詞が＜詩餘＞と稱され、古今體詩より一段低く見られた理由は、それが主として男女の情愛を歌うジャンルであったという質的傳統もさることながら、少なくとも北宋にあっては、新興のジャンルであるがゆえに評價基盤が安定しておらず、彼らが積極的に古典的知識を鬪わせるだけの環境が整っていなかったからだと推測される。かつまた新興のジャンルゆえに、詞には安定的評價を得た古典的作例にも乏しく、專らジャンル固有の傳統に賴って質的轉換を圖り、士大夫（知識人）の知的欲求を滿足し得る創作領域に變質させることも困難であった。

檃括はそれらの弱點を一氣に克服する力を祕めている。作詞の場面で、檃括が導入されれば、作者はすでに安定的評價を得た古典的作例と向き合い、古人と對話することができる。そうなれば當時の知識人（士大夫）も何に憚ることもなく、眞正面から詞と向き合うことができる。林正大のいうように、檃括は「惟だに燕に懽情を寓するのみならず、亦た以て昔賢の高致を想象するに足る」効果をもたらすことができた。

酒宴、歌妓、樂奏という場の力學は、ジャンルとしての詞に强固な傳統をもたらしたが、同時に如何ともしがたい類型性《マナリズム》をも生んだに相違ない。檃括は、蘇軾を始めとする北宋後期の士大夫たちが、そのような類型性《マナリズム》を打破すべく、詞を半ば强引に自らの守備領域に引き込んだその痕跡と解釋できないこともない。しかし、是非はともかく、新興ジャンルとしての詞の輕みを克服するために、さまざまな形で詞に古典性を盛り込み、士大夫自らが積極的にその製作に關與できる環境を整えていこうとする動きが生じたのは、當時の士大夫（知識人）のアイデンティティーに鑑みれば、至って自然な成り行きでもあった。そうした動きの一つとして檃括を位置づければ、詞が士大夫の抒情の具としてしかるべき地位を獲得するまでの、多様な試みの一つとして、檃括詞にも無視し去ることのでない重要な意味が確かに存在することを認めることができよう。——士大夫による士大夫のための知的技法として、あるいは特に南宋期にあっては、蘇軾を敬慕するそのよすがとして、檃括は作詞の場面で折々に運用されていったのだと考えられる。

注

（1）蘇軾「與朱康叔二十首」其十三（中華書局『蘇軾文集』巻五九）。

（2）「蘇軾檃括詞考—陶淵明『歸去來兮辭』の改編をめぐって—」（98・12、早稲田大學中國文學會『中國文學研究』24、蘆田孝昭教授古稀記念號）。

（3）陳振孫の用例は、『直齋書錄解題』巻二一、歌詞類『淸眞詞』の解題に見える（78・7、中文出版社影印、武英殿袖珍本）。詞における〈檃括〉に、廣義、狹義二種類あることについては、馬興榮、吳熊和、曹濟平編『中國詞學大辭典』（96・10、浙江教育出版社、「概念術語」二一二頁）參照。

（4）曹樹銘『蘇東坡詞』では、さらに以下の三首を加え、のべ八首を古人の作例の檃括詞として擧げている（「蘇東坡詞序論」第二十九節、上册六六頁）。⑥123「瑤池燕（飛花成陣）」…無名氏作の琴曲、⑦140「洞仙歌（冰肌玉骨）」…五代十國、後蜀後主・孟昶詞の斷句、⑧253「戚氏（玉龜山）」…『山海經』の穆天子西王母傳說。本稿では、特定の古人の作品一篇を檃括した作例のみを對象として論ずるため、この三篇をあえて除外した。

（5）但し、同一字の通篇押韻という現象については、黃庭堅自身に「阮郎歸・效福唐獨木橋體作茶詞」（『全』三九〇上）という作例があり、後世、この作例にちなんで〈福唐體〉〈獨木橋體〉と呼ばれるようになる（前掲『中國詞學大辭典』「概念術語」二一一頁參照）。もっとも、黃庭堅が〈福唐體〉という意識で「醉蓬樂」詞を製作したのか否かについては一考を要する。「阮郎歸」のばあい、韻字は實辭「山」であり、全篇の詞意に大きく關わっている。一方、「醉蓬樂」のばあい、「也」は虛辭であるので、假に作品から全て削除しても、意味内容の面では殆ど異同を生じない。〈福唐體〉の使用意圖は、おそらく同一字を用いつつ、當該字の相異なる表情を引き出し、同一字のニュアンスのずれを樂しむという側面にあったと推測されるが、虚辭を純然たる虚辭としてのみ使用する「醉蓬樂」のケースでは、かかる効果も期待できず、從ってこの詞が〈福唐體〉であると俄には認定できない。

(6) 朱翌『猗覺寮雜記』巻上、洪邁『容齋五筆』巻八、葉寘『愛日齋叢鈔』巻四、王楙『野客叢書』巻二七等。

(7) 北宋末～南宋初の詞人や詞壇を研究した專著に、黃文吉『宋南渡詞人』(85・5、臺灣學生書局)、王兆鵬『宋南渡詞人群體研究』(91・3、文津出版社)がある。

(8) 拙稿「東坡烏臺詩案流傳考―北宋末～南宋初の士大夫における蘇軾文藝作品蒐集熱をめぐって―」(96・3、『橫濱市立大學論叢』人文科學系列47―3、伊東昭雄教授退官記念號)參照。

(9) 周必大「初寮集原序」(文淵閣四庫全書『初寮集』巻頭)參照。

(10) 序文に「陽翟蔡侯原道、恬於仕進。其内呂夫人有林下風。相與營歸歟之計而未果、則囑予以此文度曲」とある。

(11) 但し、楊萬里詞は、冒頭の一章六二字分が主として原篇序文部分の檃括であるので、それを差し引けば、ほぼ等量の檃括と見なすことができる。しかし、何れにせよ、「歸去來兮辭」檃括の先行例である蘇軾や米友仁の作例に比較すれば、相當の長編である。

なお、「歸去來兮引」は、他の檃括詞と比較して、明らかに異質な部分がある。それは、「歸去來兮引」という詞牌の作例が楊萬里のこの作しか現存しないという點で(前掲『中國詞學大辭典』五〇五頁參照)、他詩人が概ね一般的な詞牌を用いて檃括詞を制作しているのと大きく異なる。楊萬里の自度曲である可能性も否定できないが、同時代に全く作例を見出せないこと、(現存作品から判斷して)彼が自度曲の創作に着手する程、詞の製作に熱心であった様子が伺えないことの二點から、その可能性も乏しい。おそらくは、詞のもつ形式的特徴(長短句、雙調等)と樣式的特徴(樂曲への連想)に依據しつつ、彼が專ら「歸去來兮辭」を改編するために創出したスタイルではないかと推測される。

(12) この他、①黃機(?～?)に「六州歌頭・岳總幹檃括上吳荊州啓、以此腔歌之、因次韻」(『全』二五三四上)、②葛長庚(一一九四～?)に「賀新郎・檃括菊花新」(『全』二五七七下)という作例がある。①は題下注によると、岳總幹＝岳珂(岳飛の孫)の詞に次韻した作のようである。岳珂の原篇も現存する(『全』二五一六下)が、「上吳荊州啓」が不詳のため、本稿では除外した。②の「菊花新」は詞牌名で、柳永、張先、杜安生に先行例がある。但しこれら北宋の作とこの作との間には明確な相關關係は認められない。葛長庚は「菊花新」をのべ九篇製作しており、②における「檃括」は、おそらく自作の改編を意味するようである。従って、本稿の規定する檃括とは異なるので、本稿では①同様に除外した。

(13)『風雅遺音』二巻は、『四庫全書總目提要』(巻二〇〇、集部、詞曲類存目)によれば、南宋刊本が存在し、黃丕烈もその「翻雕」刻本(近人・饒宗頤『詞籍考』巻五[63・2、香港大學出版社]によれば明刊本)を入手し題跋を記している(黃丕烈『蕘圃藏書題識』巻一〇、集類[93・1、中華書局、清人書目題跋叢刊六所收])。黃跋では、明末毛晉の汲古閣未刻鈔本の存在にも觸れているが、この汲古閣未刻鈔本は、清末光緒年間に江標によって宋元名家詞十五種の一つとして思賢書局から上梓刊行されている。筆者もこのテキストを目睹する機會を得た(東洋文庫所藏本)。なお、黃丕烈所藏本は清末の藏書家・丁丙の藏する所となり、現在、南京圖書館に所藏されている。南京大學留學中の阿部順子氏(慶應義塾大學大學院)に、その所在と版式とを確認していただいた。ここに特記して謝意を表す。

(14)蘇軾の詞は音律に協わないとする評があるが、少なくとも平仄を中心とする詞律は嚴密に守られている、という。王水照「蘇軾豪放詞派的涵義和評價問題」(99・5、河北教育出版社『蘇軾研究』所收)參照。

(15)拙論「王安石『明妃曲』考(下)—北宋中期士大夫の意識形態をめぐって—」(95・5、宋代詩文研究會『橄欖』6)參照。

靜坐考

——道學の自己修養をめぐって

吾妻重二

はじめに

一九一四年、日本に留學していた郭沫若が靜坐をおこなったことがある。

一高豫科卒業後まもなく極度の神經衰弱症に陥った郭沫若は、動悸と悪夢に惱まされ、記憶力を喪失して、悲觀のあまり自殺まで考えたという。だが、ある時偶然に王守仁（王陽明）の『王文成公全集』を買ったことがきっかけで靜坐をやってみようという氣になり、『岡田式靜坐法』を購って靜坐の實踐を開始した。早朝と就寢前にそれぞれ三十分ずつ靜坐をおこない、『王文成公全集』を毎日十頁讀むという生活を續けたのである。

これは彼の身心に劇的な効果をもたらした。二週間もしないうちに良く眠れるようになり、動悸もおさまりはじめた。身體的にそのような效果があっただけではない。彼はいう、「精神的には、ある不思議な世界を私ははっきり見るようになった。それまで私の目の前にあった世界は死んだ平面畫にすぎなかったのが、この時はじめて生きかえり、はじめて立體になった。私にはそれが水晶石のようにどこまでも玲瓏としているのが見えた」（以上、「王陽明禮讃」、郭沫若『文藝論集』所收、一九二五年）。

これは、靜坐という修養によって危機を脱した者の興味深い事例の一つである。岡田式靜坐法とは、明治三十九年（一九〇六年）に岡田虎二郎によって始められ、明治後期から大正時代にかけて、知識人から一般大衆を巻きこんで隆盛をみた坐法である。郭沫若も當時流行していたその靜坐法を用いたわけで、彼が購入した『岡田式靜坐法』は明治四十五年（一九一二年）、實業之日本社から刊行されている。(1) この岡田式靜坐法に刺激を受けた上海の蔣維喬が一九一四年、因是子のペンネームで『因是子靜坐法』を著わし、中國でも靜坐が流行するようになったこと、また毛澤東の青年時代の恩師である楊昌濟が靜坐を推奬したこと、(2) 一九一七年、毛澤東が『新青年』に載せた論文「體育の研究」で、因是子の靜坐法は靜に偏して動を無視していると批判したこと、さらには郭沫若が上記の文章の中で彼なりの靜坐法を提唱していること——それらは、廣く靜坐の歴史というものを考えるうえで記憶に値するエピソードたるを失わないであろう。

靜坐とは、本來、宋代の道學においてはじめて自覺的に提示された自己修養法であった。岡田式靜坐法なるものがどれほど道學の影響を受けているのかはともかくとしても、『岡田式靜坐法』を讀んだ蔣維喬が「是れ我が國固有の術なり」（『因是子靜坐法』序）と述べたように、その源流が中國にあったことは疑いをいれない。郭沫若たちの例も、道學に始まる靜坐史の最後のページを飾るもの、と言えなくはないのである。

道學における靜坐についての研究は、それが身體技法にかかわるものであって、「哲學」の領域としては扱いにくいためであろうか、まとまった論考はあまり見あたらず、今なお不明な點が少なくない。(3) 小論では、南宋の朱熹に焦點を置きつつ、（一）靜坐の諸思想、（二）朱熹における靜坐、（三）靜坐における坐り方、（四）「龜山門下相傳の指訣」と朱熹、の四節に分かって考察を試み、靜坐とはどのような方法であったのか、また中國思想史においてどのように位置づけられるのかを、より明確なかたちで説明してみたいと思うのである。

一　静坐の諸思想――四つのタイプ

宋代道學が靜坐という自己修養法を提示したのは、儒教史上、かなり特異な事柄に屬する。道學の術語は、〈居敬〉にしろ〈窮理〉にしろ、あるいは〈天理〉〈人欲〉、〈未發〉〈已發〉にせよ、經書に由來するものが多いのであるが、靜坐という語は經書のどこを捜しても見あたらない。もちろん靜なる狀態が古來から重んじられてきたことは事實であり、『禮記』樂記篇の「人生まれて靜なるは天の性なり」、大學篇の「定まりて后に能く靜かなり。靜かにして能く安し」、『論語』雍也篇の「仁者は靜」、『孟子』公孫丑篇上の「不動心」、あるいは『荀子』解蔽篇の「虛壹にして靜」などの語を我々は知っているのであるが、こと靜坐ということになると、先行事例を古代儒教文獻の中に見出すことは困難である。靜坐は、從來言われているように、佛教や道教あるいは中國醫學の影響を受けつつ、これを儒教ふうに新たに改變し意義づけたものと見るのがよいであろう。

靜坐の位置づけに關しては、朱熹はこう說明している。

伊川の如き、亦た時有りて人に靜坐を教う。然れども孔孟以上には却って是の說無し。要須《すべか》らく上より推尋して靜坐と觀理と見得て兩つながら相い妨げずして、乃ち的當と爲すのみ。（「潘謙之に答う」二、『文集』巻五五）

古代儒教に靜坐の說はないが、「上より推尋して」すなわち大局的に見て、靜坐が道理と矛盾しなければ認められてよいというのが朱熹の立場であった。事實あとにも見るように、朱熹は道教や佛教との違いを愼重に辨別したうえで、靜坐を有意義な一方法としてとらえていた。

さて、具體的檢討に入るまえに、まず靜坐の概念について整理しておきたい。というのも、靜坐は文字どおり靜かに坐って心をしずめることをいうが、場合によってさまざまな意味を有し、しばしば解釋上の混亂を惹き起こしているように思われるからである。ただ靜かに坐るというにとどまらず、ある種の方法論的意味あいをもつタームとしての〈靜坐〉は、大別して次の四つに分類が可能だと思われる。

㈠精神安定の手段としての靜坐。紛擾たる外的世界の意識内への侵入をひとまず遮斷し、靜かに坐り續けることで活力を内部に蓄え育むものと説明できよう。ただしこの修養は、ただ單に靜かに坐るという場合と區別がつきにくいこともある。

まず、北宋の張載の場合を見てみよう。

書は須らく誦を成し思を精しくすべし。多くは夜中に在《おい》て、或いは靜坐して之を得ん。(『經學理屈』義理)

これは、靜坐によって精神を安定させ思索をこらすことで、書物の眞理を把握できるというものである。張載の行狀に次のようにあるのは、張載がこのような靜坐を常時おこなっていたことを示している。

終日一室に危坐し、簡編(書籍)を左右にし、俯して讀み、仰ぎて思い、得ること有れば則ち之を識《しる》す。或いは中夜に起坐し、燭を取りて以て書す。(「横渠先生行狀」)

ここにいう「危坐」については後節で檢討するが、端坐とほぼ同義で、きちんと姿勢を正して坐ることをいう。

實をいえば、朱熹における靜坐もまた、基本的にはこのタイプに屬するものであった。たとえばいう、

讀書して閑暇があるとき、しばらく靜坐して心と氣持ちを安定させれば、道理が次第にわかってくる。(讀書閑暇、且靜坐、教他心平氣定、見得道理漸次分曉。『語類』巻一一—19)

また次の語もある。

「明道(程顥)は靜坐を教え、李先生(李侗)も靜坐を教えた。それは精神が不安定だと、道理も落ち着きどころ

がなくなるからだ」。またいう、「靜坐によってはじめて心が集中する」。（〝明道教人靜坐、李先生亦教人靜坐。蓋精神不定、則道理無湊泊處〟。又云、〝須是靜坐、方能收斂〟。『語類』巻一二—137）

朱熹は、このようにして内的活力を蓄え養うことを「涵養」と呼んだ[4]。

(二)内的自覺ないし自己覺醒を求める靜坐。具體的には、二程以後、その高弟の楊時において顯在化し、さらに羅從彥から朱子の師・李侗へとひき繼がれた方法で、單に精神の安定のみならず、「未發の氣象を體認する」ことをめざす。たとえば朱熹の撰した李侗の行狀にいう、

> 先生、既に之（羅從彥）に從いて學ぶに、講誦の餘、危坐すること終日、以て夫《か》の喜怒哀樂未發の前の氣象の如何なるかを驗して、所謂る中なる者を求む。是の若き者、蓋し之を久しうすれば、天下の大本、眞に是に在ること有らんと。（『文集』巻九七）

「未發」とは言うまでもなく、『中庸』の「喜怒哀樂の未だ發せざる、之を中と謂う」にもとづく語である。李侗はほかに「學問の道は多言に在らず。但だ默坐して心を澄まし、天理を體認するのみ」と述べているから、「未發の氣象」の體認とは、喜怒哀樂といった表層意識のあらわれない、深層意識の中にひそむ人間のあるべき本質（＝天理）を體驗的に拓いていくもの、と規定できよう。かくしてこの靜坐は、方法論的には坐禪との近似性が考えられる。

このタイプの靜坐については後節で改めて檢討するが、朱熹はこれを結局拒絶してしまう。朱熹における靜坐はもっぱら第一の型に屬するものだったからである。

(三)道教養生術としての靜坐。道教における内丹修行では靜坐の語が用いられることがしばしばある。たとえば北宋中期頃の成立と思われる『西山群仙會眞記』にいう、

> 辰巳の間に當りては、幽室に靜坐し、神識内に守る。滿口に津《つば》を滿たし、咽《の》むこと勿かれ、吐くこと勿かれ。鼻

息少しく入れ遲く出だし、綿綿として存するが若くんば、自然に二氣は相い交わり、凝結して露を結ぶ。（巻五、鍊形化氣。藝文印書館縮印本、第七册）

ここで「二氣」というのは、同書によれば腎臓近く（丹田）に藏される「眞一の水」と、心臓近くに藏される「正陽の氣」をいう。「露」というのは丹の萌芽を意味するであろう。身體中の陰陽の氣を交合させることで、丹を體内に結ぶというのである。

あるいは、『西山群仙會眞記』と同じ頃に成ったらしい『祕傳正陽眞人靈寶畢法』にはこうある。

凡そ此の法を行なうは、古今成ずること有る者少なし。蓋し功備わらざるに行なうことの速やかならんことを欲して、便ち此の道を爲すを以て、或いは乃ち功驗未だ證あらず。止だ靜坐を事として超脱を欲し求むれば、或いは乃ち陰靈散出せずして鬼仙と爲らん。（超脱第十。藝文印書館縮印本、第四七册）

また時代はやや降るが、全眞教の開祖・王重陽の『立教十五論』第七章にも「靜坐」の方法が説かれている。

このような場合の靜坐が、言葉は同じであっても、朱熹のいう靜坐とまったく別のものであることは贅言を要しないであろう。もっとも、朱熹の「調息箴」には、道教養生術の影響が色濃く見られるのも事實であるが、「調息箴」の所説は通常の靜坐ではなく、養病の手段としてとられた、いわば非常時における實踐であったことは後述するとおりである。

㈣佛教の坐禪。靜坐の語が、禪観あるいは禪宗における坐禪を指す場合もある。たとえば『魏書』釋老志によると、長安の鳩摩羅什のもとで學んだ惠始は、白渠北で「坐禪」をおこない、「晝は則ち城に入りて講を聽き、夕は則ち處に還《かえ》りて靜坐し」たという。惠始は五十餘年間寢臥せず、身體に白刃を受けても傷つかないという神僧だったと釋老志は傳える。惠始がおこなっていたのはインドふうの禪観瞑想だったと思われるが、それが「靜坐」の名で呼ばれているのである。また唐代初期の僧定は、傷寒（腸チフスか）にかかったとき、「跏坐斷食」をおこなったが、「口を閉じて靜坐する」こと七日で病が快癒したという（『續高僧傳』卷一九・習禪四、大正藏五〇・五七九b）。

禪宗においても、坐禪が靜坐と呼ばれることがあったことは、たとえば六祖慧能を嗣ぐ永嘉玄覺の『證道歌』に次の句があることによって知られる。

深山に入り、蘭若に住す。岑崟幽邃たり長松の下、優遊として靜坐す野僧家。闃寂たる安居は實に蕭灑たり。

（『景德傳燈錄』卷三〇）

これは喧噪を離れた場で優遊と坐禪（靜坐）する禪僧の姿を歌ったものであるが、禪の燈史を調べると、ほかにも「小院に獨居し、多く禪房に閉じて靜坐するのみ」（『祖堂集』卷五、龍潭和尙）、「南臺に靜坐す一炉香、亘日凝然として萬慮忘る」（『景德傳燈錄』卷二四、衡山南臺守安禪師）といった例を見出すことができる。

もっとも、禪宗では、單に心の靜寂を求める坐禪は空に執着する邪禪として退けられる場合が多く、それは慧能の『六祖壇經』に「若し心を空じて靜坐すれば、卽ち無記の空に著す」（大正藏四八・三五〇a）と言われるとおりであるが、むろんそれは坐禪自體が無意味というわけではない。

以上は、〈靜坐〉の概念について、中國の思想史・宗教史における用例を概略整理したものである。靜坐の語は多義的であり、また他の用例もまだまだ見つかるであろうが、それらも結局は右の四つの類型のいずれかに分類できるのではないかと思われる。我々は、同じ語が使われていれば意味も相い等しいと考えがちであるが、〈靜坐〉概念は、宋代道學においては第一と第二の意味で、道教においては第三の意味で、佛教においては第四の意味で、それぞれ用いられていたと考えなければなるまい。もちろん、これら相互の間に影響關係があったことは當然認められるべきであるが、靜坐のタイプとしては、それぞれの思想的立場なり發想にもとづきつつ、相對的に獨自の内容と意義をもっていると理解される。

二　朱熹における靜坐

1　朱熹と靜坐

さて、この整理をふまえたうえで、改めて朱熹における靜坐について考えてみよう。前述のように朱熹はしばしば靜坐し、また弟子に勸めることもあった。「靜坐して閑雜な思慮がなければ、涵養できてのびのびしてくる」（靜坐無閑雜思慮、則養得來便條暢。『語類』巻一二―138）というのは朱熹自身の説明であるが、またその行狀の次の記事は朱熹の家居における生活態度として興味深い。

終日儼然として一室に端坐し、典訓を討論して、未だ嘗て少しも輟《や》めず。……倦《つか》れて休するや、瞑目端坐し、休して起《た》つや、整歩徐行す。中夜にして寢ね、既に寢ねて寤むれば、則ち衾を擁して坐し、或いは旦に達するに至る。

ここに靜坐の語は使われていないが、「儼然として一室に端坐し」て經典の訓えを検討思索したといい、「倦れて休するや、瞑目端坐す」といい、いずれも精神の安定と涵養を旨とする靜坐の表現であろう。衾すなわち布團にくるまって朝まで坐したというのも、やはり靜坐を指すものと見てよい。

弟子に靜坐を勸めた例については、たとえばいう、

もしまわりが全部騒々しい中で暮らしていたら、どうして讀書ができよう。だが人は、毎日仕事がなく、ちゃんと食べるものが用意されているならば、半日は靜坐し、半日は讀書する。そうやって一、二年たてば、進歩がな

いなどという心配があろうか。（若渾身都在閙場中、如何讀得書。人若逐日無事、有見成飯喫、用半日靜坐、半日讀書。如此一二年、何患不進。『語類』巻一一六―55）

またいう、

初學者の實踐としては、ぜひとも靜坐をやる必要がある。靜坐すれば根本が安定するから、ついつい外物を追いかけたとしても、それを心の中に收めるとき、落ち着きどころがある。（始學工夫、須是靜坐。靜坐則本原定、雖不免逐物、及收歸來、也有箇安頓處。『語類』巻一二――140）

また「讀書が終わったら、いつもしばらく靜坐してみよ」（看文字罷、常且靜坐。『語類』巻一一六―28）ともいう。

このように、朱熹は靜坐の意義を認めてはいたが、しかし注意を要することは、一方で、學問修養が靜坐に偏するのをたえず戒めていたということである。靜坐を容認しつつも、靜坐にのみ沒頭することを警戒する發言の方が、朱熹の場合、實はふつうなのである。たとえば次の問答を見られたい。

問い、「初學者は精神が散漫になりやすいので、靜坐したらいかがでしょう」。答え、「それもいい。だが、もっぱら靜のところで修養をしないことだ。動的行爲の場においても體認すべきだ。聖人の教えが、もっぱら打坐することだけだなんてことがあろうか」（問、〝初學精神易散、靜坐如何〞。曰、〝此亦好、但不專在靜處做工夫、動作亦當體驗。聖賢教人、豈專在打坐上〞。『語類』巻一一五―31）

朱熹がこのように言うのは、靜坐が坐禪や道教內丹術に流れて自己目的化することを警戒していたからである。先述のように、朱熹にとって靜坐とはあくまで精神の安定・集中のためにおこなわれるものであって、それ以上のものでは決してなかった。したがっていう、

靜坐とは坐禪入定のように思慮を斷ちきってしまうことではない。ただこの心を收斂させてつまらぬ思慮にはず

れぬようにすることであって、そうすればこの心は湛然として無事になり、おのずと專一になる。何か事態が出來すれば、その事態に應じて對處するが、事態がすめば再び湛然となる。（靜坐非是要如坐禪入定斷絶思慮。只收斂此心、莫令走作閑思慮、則此心湛然無事、自然專一。及其有事、則隨事而應、事已、則復湛然矣。『語類』巻一二—141）

かくして靜坐は、かの〈居敬〉を補完し、これに從屬する位置づけを與えられることになる。「敬」とは心のつつしみをいい、意識を常に專一嚴肅に保つという〈居敬〉の實踐が、〈窮理〉とともに朱熹の思想の骨格をなしていることはことわるまでもない。そのような靜坐と居敬の關係は、次の問答によく示されている。

靜坐を習いて以て其の本を立てて、思慮應事に於て專一にして以て其の用を致す。此を以て主一の法と爲すは、如何。

明道（程顥）は人に靜坐を教う。蓋し是の時、諸人相い從い、只だ學中に在りて甚《なん》の外事も無きが爲に、故に之を教うること此の如し。今若し事無ければ固《もと》是より只だ靜坐するを得。若し特地《もっぱ》ら靜坐を將《もっ》て一件の功夫と做さば、則ち却って是れ釋子の坐禪なり。但只《た》だ一の敬字を著け、動靜を通貫すれば、則ち二者の間に於て、自ずから間斷する處無く、此の如く分別するを須《もち》いざるなり。（「張元德に答う」七、『文集』巻六二）

ここで質問者は靜坐の實踐を根本にすえ、そのうえで「思慮應事」において精神集中をはかっていくというのはどうかと説くのであるが、朱熹はそのような説を拒否する。朱熹によれば、靜坐は靜坐として完結しない。靜的狀態であれ動的狀態であれ、敬の狀態を常に維持することこそが肝要だというのである。換言すれば、靜坐は、たえざる工夫たる居敬のなかに包攝される。「ものを言う場合も敬し、動く場合も敬し、坐する場合も敬し、一刻も敬を離れてはならない」（言也須敬、動也須敬、坐也須敬、頃刻去他不得。『語類』巻一八—114）のである。

朱熹は靜坐を容認するが、朱熹の思想全體からいえば、靜坐は「敬」に裏づけられてはじめてその意義が認められたのである。朱熹の次の發言も見られたい。

人は社會生活を營んでいれば、何もしないという時はない。それが欲しいなら、死ぬしかない。朝から晩まで、いろんなことがある。まさかやる事が多くて掻き亂されるから、ちょっと靜坐してくるとでもいうのだろうか。敬とはそのようなものではない。もし事態が目の前に來ているのに、自分は〈主靜〉でやろうとして頑なに對應しなければ、心は死んでしまう。何事もなければ敬は心の中にあり、事があれば敬は事のところにある。事があろうがなかろうが、わが敬は間斷することは決してない。（人在世間、未有無事時節。要無事、除是死也。自早至暮、有許多事。不成說事多撓亂、我且去靜坐。敬不是如此。若事至前、而自家却要主靜、頑然不應、便是心都死了。無事時敬在裏面、有事時敬在事上。有事無事、吾之敬未嘗間斷也。『語類』巻一二―116）

確かに、このような間斷なき敬の態度は、人間社會のただ中に生き、日々行政官としての仕事を營む士人の生き方に相應しいものであったろう。(5)

2　調息箴の問題

次に、朱熹の「調息箴」（『文集』巻八五）についてとり上げてみよう。呼吸を調える養生法をうたった調息箴は道教の影響が顯著であって、以上に見てきた朱熹の靜坐概念とは明らかに異なる內容をもっている。(6)これを居敬の一補完手段としての靜坐に含めることは困難である、というのが小論の理解である。

靜坐と道教の養生術との違いを、朱熹はこう說明している。

（弟子の）胡が靜坐の仕方について問うた。答え、「靜坐はただこうやって靜坐するだけで、よけいなしわざも、よけいな思量もいらない。べつに方法もない」。問い、「靜坐のときに一事を思念すると、心はその事に倚靠《たよ》ってしまうし、思念しなければ、心は何も倚靠《たよ》るところがなくなります。いかがしたらよいか」。答え、「倚靠《たよ》る必要はない。もしそうしたら、道教徒が出入する息を数えたり、目で鼻端の白いのを注視するのと同じになってしまう。彼らも心の寄せどころがないので、こんなふうに倚靠《たよ》ろうとした。もし思念を絶つことができないのならば、ひとまずはそのようにしても、まあ差し支えはない。（胡問靜坐用工之法。曰〝靜坐只是恁靜坐、不要閑勾當、不要閑思量、也無法〟。問、〝靜坐時思一事、則心倚靠在事上、不思量、則心無所倚靠、如何〟。曰、〝不須得倚靠。若然、又是道家數出入息、目視鼻端白一般。他亦是心無所寄寓、故要如此倚靠。若不能斷得思量、又不如且恁地、也無害〟。『語類』巻一二〇—16）

これを見ると、朱熹は道教養生術ふうの方法を限定つきの便法として認めてはいるものの、原則的には靜坐との違いをはっきり認識していたことがわかる。靜坐とはただ靜かに坐って心をしずめることであって、そこに道教を持ち込む必要はない、というのである。

ところで、よく知られるように、朱熹は晩年に至って病に苦しめられ、養病に務めざるをえなくなった。たとえばいう、

病中、宜しく思慮すべからず、凡百《すべて》は且く一切放下し、專ら存心養氣を以て務めと爲すべし。但だ加趺靜坐し、目に鼻端を視、心を臍腹の下に注げば、久しくして自ずから溫暖にして、卽ち漸く功效を見ん。（「黄子耕に答う」九、『文集』巻五一）

この發言には調息箴と共通する内容が見られ、また「靜坐」の語も使われてはいるけれども、上述した靜坐の謂でないことは言うまでもない。(7) この場合は衰病からの回復という、いわば非常時における醫療手段だからである。そのことはまた、次の書信によっても知られるであろう。

李白の詩に多く此の事を説く。惜しむらくは盡くは曉るべからず。粗《ほ》ぼ端緒を窺うも、亦た入靜行持に暇《いとま》無し。但だ其の言を玩《あじわ》うに、猶お是れ漢末の文字にして愛すべし。其の存神内照を言うは亦た隨時隨處に功夫を下すべく、未だ必ずしも養病に益無からざらん。（「趙昌甫に與う」、『續集』巻六）

ここで言及されているのは、後漢末の魏伯陽の著とされる錬丹術書『周易參同契』に違いない。李白の詩とは、「草創大還、柳官迪に贈る」（『李太白全集』巻一〇）あたりを指すものであろう。李白の錬丹術の知識が主として『周易參同契』によっていたことは先學に指摘がある。[8]「存神内照」については、同書に「内以て己れを養い、安靜虛無にす。本を原《たず》ねて明を隱し、形軀を内照す」（『周易參同契分章通眞義』辰極受正章第二十）、「精を含み神を養う」（同上、惟昔聖賢章第七十九）などと見える。つまるところ、朱熹は、「養病」においては道教養生術の知識が有効であるといっているのである。晩年に『周易參同契』を校勘注釋して『周易參同契考異』を著わした主な動機も、實はそのようなところにあった。[9]

かつて二程は、道教養生術について次のように述べたことがある。

呂與叔（二程の弟子、呂大臨）、氣の足らざるを以て之を養う。此れ猶お只《た》是だ自ら養いて疾《やまい》無きを求むるのみ。道家の修養の如きも亦た何ぞ傷らん。若し須らく存想飛昇せんと要《ほっ》すれば、此は則ち不可なり。（『程氏遺書』二上―215）

またいう、

胎息の說は、之を疾を愈《いや》すと謂うは則ち可なるも、之を道と謂えば、則ち聖人の學と干事せず。（『程氏遺書』二下―3）

この理解は、道學とは異質な道教的養氣法を疾病回復の手段に限って認めていて、朱熹の場合にもそのままあてはまるものである。道教の養生術はこの頃、士人の間で廣くおこなわれていたものであって、結局、二程や朱熹は、そのうちの醫療行爲の部分のみを限定つきで採用したということになる。

三　靜坐における坐り方——危坐・正坐・端坐

さて、朱熹は、養病のさいには上述のように「加趺」すなわち結跏趺坐の坐法をとることがあったらしいが、一方、通常の靜坐の場合には、いったいどのような坐り方をしていたのであろうか。これに關する資料は多くないが、次に檢討してみたい。

この問題については、朱熹撰の李侗行狀に、李侗が終日「危坐」していたとあるのが手がかりになる。張載もしばしば「危坐」していたし（前述）、二程の弟子・呂大臨もまた、室内で「儼然として危坐」していたと程頤はいう。(10)危坐はもともと「跪坐」と同義で、膝を地につけて跪《ひざまず》いて坐ること、日本でいう正坐と同様の坐り方であったことは、『釋名』に「跪は危なり。兩膝、地に隱る」とあり、畢沅注に「古人の危坐は乃ち跪なり」（『釋名疏證補』巻三、釋姿容）とあるのによってわかる。三國時代、魏の嵆康の「山巨源に與えて絶交するの書」（『文選』巻四三）に「危坐すること一時、痺《しび》れて搖《うご》くを得ず」といい、晉の陶侃が「終日、膝を斂《おさ》めて危坐す」（『晉書』巻六六）とされるのは、危坐が跪坐であったことの證左にほかならない。(11)

ただし、李侗たちの場合の危坐は、どうもそのような意味ではないらしい。それがわかるのは、朱熹の「跪坐拜説」という論文である。そこにいう、

古人の坐とは、兩膝地に著《つ》け、因りて其の蹠《あしうら》を反《かえ》して其の上に坐す。正に今の胡跪なる者の如し。（「跪坐拜説」、

『文集』巻六八）

古代において坐とは跪坐のことであって、それを今では「胡跪」と呼ぶというのである。周知のように、宋代は坐具として椅子や凳子が急速に普及した時代であって、この頃、地に膝をつけて坐る跪坐は漢人ではなく、胡人の坐法と見られていたのである。[12] そうであれば、李侗たちが「危坐」していたというその坐り方は跪坐ではない、ということになる。[13]

靜坐のとき、李侗が椅子に坐っていたことを示す資料がただ一つある。張載『正蒙』の一段をめぐって、朱熹が李侗の語を次のように引いているのがそれである。

横渠（張載）のこの語はきわめて精密だ。李先生は次のように言っていた、「以前はこの一段を理解できなかったが、終夜椅子の上に坐って思索し、身をもって體認してみて、やっとすっきりわかった。道理を考える場合はいつもそのようにする」と。（横渠此語極精。見李先生說云、〝舊理會此段不得、終夜椅上坐思量、以身去裏面體、方見得平穩、毎看道理處皆如此〟。『語類』巻九八―37）[14]

椅子に坐っていたのであれば、危坐の「危」とはどのような意味なのかが問題になろうが、この場合は、背もたれに寄りかからず、姿勢を眞直ぐにするということらしい。「危」には端正、高いといった意味もあり、『莊子』繕性篇の「危然として其の所に處る」の郭象注に「危然とは獨正の貌」、司馬彪注に「獨立の貌」とあり、また『論語』憲問篇「國に道有れば危言危行す」に、朱熹は「危は高峻なり」と注している。いわば「しゃきっと」といった語感であろう。

『朱子語類』にはまた、北宋末に宰相となった徐處仁の話を載せる。徐處仁が客廳で長話をするのを部下たちは「終日危坐」しつつ我慢して聴いていたが、眞夏のある時、居眠りしていた者がいたので、徐處仁は怒ってその「椅子」を取りはずさせてしまった、というのである。[15] これは當時、椅子に「危坐」していたことを示す貴重な資料である。ほかに、北宋末の『道山清話』に載せる次の記事も參考になるであろう。

忠宣公范堯夫は居常《つね》に正坐し、未だ嘗て物に背靠《もた》れず。客に見《あ》う處に數胡床有り。暑月の蒸濕する時毎に其の餘の客の坐する所の者、背の著《つ》くる所の處に皆な汗漬の痕迹有り。惟だ公の坐する所の處のみ常に乾《かわ》くなり。

范堯夫は范仲淹の次子、范純仁で、二程とも交際のあった人物である。胡床とは椅子の一種であって、脚が×字型に交差した折疊み式のものをいう。[16] ここでは背にもたれることなく、姿勢を伸ばしてすくっと坐ることを「正坐」といっているが、實質的に危坐と同義と見てよい。

さて、宋代における危坐がこのような意味であるならば、それは椅子に坐る場合に限らないことになろう。蘇軾の「前赤壁の賦」に、長江での舟遊びのさなかに悲痛な洞簫の調べを聽いて「愀然として襟を正して危坐す」（『經進東坡文集事略』巻一）とあるが、これは、それまで何かに寄りかかっていたのを眞直ぐに坐りなおしたということに違いない。もちろんこの場合は舟中の敷物に坐っていたのであろうし、先述のように、この頃、跪坐の習慣はほとんど消滅していたらしいから、おそらくは盤坐（あぐらかき）して、上半身をしゃきっとさせたのだと思われる。

このように見てくると、危坐と「端坐」にはほとんど違いがなくなる。程頤が左遷先の涪州（四川省）から舟で歸京する時、風波のために舟客は色を失ったが、程頤のみは「端坐」して動じなかったというのは有名な話柄である。[17] 朱熹の行狀に「其の坐するや端にして直」とあるのもまた、端坐が眞直ぐな姿勢の坐り方であることを示している。

ところで、二程や朱熹がふだん椅子に坐っていたことは、彼らの語錄によっても確かめられる。程頤には「譬《たと》如えば椅子は、人此に坐せば便ち安し。是れ利なり」（『程氏遺書』巻一八―136）という語があり、[18] 朱熹には「たとえばこの椅子には四本の脚があって坐ることができる。これが椅子の理だ」（且如這箇椅子有四隻脚可以坐、此椅之理也。『語類』

巻六二―72）といった發言がある。[19] 朱熹が家居のさいに「終日儼然として一室に端坐し」、「倦れて休するや、瞑目端坐し」たことは先に見たが、そのような靜坐（端坐）は、一般に椅子に坐り、しかも背もたれに寄りかからない眞直ぐの姿勢がとられていたと考えられるのである。もっとも、朱熹が夜中に「衾を擁して坐し」たというのは、床《ベッド》に坐った靜坐であり、またこの當時は傳統的な榻も一部用いられていたらしいから、そのような場合は盤坐の姿勢がとられていたのであろう。[20]

以上によって知られるのは、結局、靜坐には坐禪や道教内丹のような一定の規則がなかった、ということである。坐禪の場合は北宋末の宗賾「坐禪儀」（『禪苑清規』巻八、續藏二―一六）に見るように、結跏趺坐か半跏趺坐の坐法をとらねばならなかったし、また道教内丹の坐法はふつう盤坐であって、多くの場合さらに握固、閉息といった型が決められていた。[21] だが、靜坐の場合、弟子に對して「べつに方法もない」と朱熹が答えていたように、〈姿勢を眞直ぐにして、ものに寄りかからないで坐る〉ということのほかには、椅子に坐ってもよく、時には床《ベッド》や榻の上に盤坐してもよかったのである。

この坐法の違いは、靜坐を坐禪や道教養生術と區別するもう一つの特徴をなす。朱熹が養病時に結跏趺坐していたとする資料があることから、靜坐も結跏趺坐の姿勢がとられていたと我々は思いがちであるが、そのような見方が正しくないことは明らかである。[22]

ついでに言えば、小論冒頭で觸れた岡田式靜坐法では、日本でいう正坐（跪坐）の姿勢がとられていて、道學の靜坐法とは違っている。

四 「龜山門下相傳の指訣」と朱熹

さて、二程がしばしば靜坐をおこなっていたことについては、次のような記事がある。まず程顥の場合、「明道先生、坐すること泥塑人の如し。人に接すれば則ち渾《すべ》て是れ一團の和氣なり」(『程氏外書』巻一二―41)という。泥塑人とは泥土で作った人形であって、程顥は身じろぎもせずに靜坐していたことになる。程頤の場合には、次の話がよく知られる。

游(游酢)・楊(楊時)初めて伊川に見《あ》う。伊川瞑目して坐し、二子侍立す。既に覺めて、顧みて謂いて曰く、「賢輩尙お此に在るか。日既に晩《く》れぬ、且《まさ》に休めよ」と。門を出ずるに及び、門外の雪、深さ三尺なり。(『程氏外書』巻一二―64)

ここにもひたすら靜坐する程頤の姿が傳えられている。ほかにまた、二程が門人に靜坐を勸めた資料も傳わっている。[23] 二程において靜坐がどうとらえられていたのかは不明な點もあるが、おそらくは先述した第一の型、すなわち〈精神安定の手段としての靜坐〉に分類しうるものと思われる。なぜなら、道教の養氣術と坐禪への批判にちなんで、人が「坐すること尸の如く」であるべきなのは「志を養う」がためだ、と述べた發言があるからである(『程氏遺書』巻二下―3。ただし、二程どちらの語かは不明)。「坐すること尸の如し」とは『禮記』曲禮篇の語で、祖靈に代わって祭りをうける尸のごとく、嚴肅にじっと坐ることをいい、そのようにして心的活力(志)を養っていく、というわけである。右に擧げた二程のエピソードは、そのような「坐すること尸の如き」坐り方を地で行ったものとも見られよう。[24] ことに程頤の場合、靜の思想が敬に包攝されることは周知のところであって、上述した朱熹の靜坐論は、程頤からの影響が顯著なのである。

ところが、興味深いことに、二程の高弟・楊時（楊龜山）に至ると、これとは違った第二の型の靜坐、すなわち内〈的自覺ないし自己覺醒を求める靜坐〉があらわれてくる。朱熹はこれを「龜山門下相傳の指訣」と呼んだ。朱熹はいう、

李先生（李侗）人に教うるに、大抵靜中に於て大本・未發の時の氣象を體認して分明ならしむ。即ち事に處し物に應ずること自然に節に中《あた》らんと。此れ乃ち龜山門下相傳の指訣なり。（「何叔京に答う」二、『文集』巻四〇）

楊時の解釋はその『中庸解』に出るもので、同書は散佚したが、現在、清代の莫友之が再編した石𡼏『中庸集解』にその佚文が引用されている。(25) この資料は從來あまり注意されていないが、楊時がかかる方法をとっていたことは、同書内の引用に明文がある。(26)

喜怒哀樂の未だ發せざる、之を中と謂い、發して節に中る、之を和と謂う。學者は當に喜怒哀樂未發の際に於て、心を以て之を驗すれば、則ち中の義自ずから見わる。執りて失う無く、人欲の私無ければ、則ち發して必ず節に中らん。（『中庸集解』巻上引）

またいう、

須是《すべか》らく喜怒哀樂未發の際に於て能く所謂る中を體すれば、喜怒哀樂已發の後に於て能く所謂る和を得べし。（同上）

このように、靜の場において意識の發動しない「未發の中」を體認するという方法は、確かに楊時によって唱えられたもので、そしてそれが羅從彥と李侗にうけ繼がれたのである。(27)

朱熹はしかし、楊時のこのような方法を批判する。議論は『中庸或問』に詳しいが、それによれば、「未發の中」

を「驗する」とか「執る」とかいうのは一種の意識的追求であるから、その場合、心は未發ではなく、すでに已發に屬する。意識的な心（已發）をもって無意識なる心（未發）を求めるわけで、これでは本來一つである心を分裂させ、心をもって心を求めるという自己撞着に陷ってしまう、というのである。朱熹は楊時のこの方法を、かつて「中を得て之を執る」と說いた呂大臨とあわせてこう非難する――「是れ又た別に一心を以てして此の一心を見んとするなり。豈に誤れることの甚だしからずや」（『中庸或問』第一章）。朱熹は、そのような意識の操作は禪に類するものだとして、靜坐が自己目的化してしまうことをも警戒している。こうして朱熹は、意識操作によって內的自覺を體驗的に求める方法を捨てて、未發・已發に拘泥しない〈居敬〉の實踐を導き出すことになるのである。朱熹において、靜坐は〈內的自覺ないし自己覺醒を求める靜坐〉ではなく、〈精神安定の手段としての靜坐〉としてのみ認められることになったわけである。

朱熹の李侗に對する評價はやや微妙ではあるが、基本的には楊時の場合とさほど變わらない。もちろん、延平先生（李侗）はかつて言われたことがある、「道理というものは晝のうちに理解し、夜は靜かな所に坐って思索することで、はじめて納得できる」と。私はその言葉に從ってやってみたが、確かに效果がある。（延平先生嘗言、〝道理須是日中理會、夜裡却去靜處坐地思量、方始有得〞。某依此說去做、眞箇是不同。『語類』卷一〇四―25）という發言を見ると、朱熹は李侗の靜坐說から一部影響を受けたらしいが、結局のところ李侗型の靜坐をそのまま受け入れることはなかった。次の語はそれをよく物語っている。

私は以前、李先生にお會いした時、靜坐するよう教えられたことがある。あとになってそれが正しくないとわかった。ただ〝敬〞の實踐がよい。（某舊見李先生、嘗教令靜坐。後來看得不然、只是一箇敬字好。『語類』卷一二〇―105）

ところで、楊時が二程とりわけ程頤の靜坐理解をはずれて、第二の型の靜坐を說いたのはなぜであろうか。思想史的に見て考えられることの一つは、佛教からの影響である。楊時が佛教とりわけ禪に深い關心をもっていたことは知られているが、文獻としては、楊時の高弟・陳淵が著わした「存誠齋銘」（『默堂先生文集』巻二〇）が注意される。「存誠齋銘」については最近の研究があるので詳しくはそちらに譲るけれども、(28)部屋の中に坐して「光を迴らして内に照らす」といい、「氣は專らに神は凝る」といい、陳淵の靜坐は、坐禪にかなり類似した特徵を帶びている。そうであれば、朱熹が楊時の自己修養論に佛教の影を見たのも、偶然ではなかったということになる。

かつて二程は、弟子たちが佛教・道教的發想に傾くことをしばしば戒めていた。おそらくは二程という大きな存在を失うことで、そのような佛・道に向かう傾向が程門後學たちの間で再び顯在化し、增幅されていったのではあるまいか。こうして楊時は、道學史の上でも一種獨特の方法を唱えるにいたったのであろう。

五　小結——靜坐その後

小論では、朱熹の靜坐論を中心にして考察をおこなってきた。はじめに述べた靜坐の四つのタイプが、互いに影響しあいつつ、それぞれに獨自の方法と思想的意味をもっていたことも確認できたことと思う。

最後に、しめくくりとして、朱熹以後の靜坐について一瞥しておきたい。というのも、靜坐の思想は、宋明道學に限ってみても、朱熹の理論によって終結したわけではないからである。

朱熹の論敵・陸九淵とその門人は靜坐に積極的であった。たとえば、陸象山は「學者、能く常に閉目するも亦た佳し」といい、それに從って日夜「安坐瞑目」した門人の詹阜民は、半月ののちに、突然心の澄瑩さをとりもどした。陸九淵はそれを見て「此の理已に顯われり」と言ったという（『象山先生全集』巻三五、詹阜民所錄）。いわば、深層意識の中に隠されていた「理」がこのときに顯現したというのである。朱熹の高弟・陳淳は、このような陸門の方法を「終日默坐して、以て本心を求むる」（「李公晦に與う」一、『北溪大全集』卷二三）ものとするとともに、覺醒を得た詹阜民が、佛教で「法門を印證」するのもこれと同じだと述懐したことを傳えている（「趙司直季仁に與う」二、同上、卷二四）。このような靜坐は、上述した第二の〈内的自覺ないし自己覺醒を求める靜坐〉に、まさしく分類されるものであろう。

　このタイプの靜坐は、明代に至って再び脚光を浴びることになった。學問修養において「心」に關心を集中する傾向が士人たちの間に强まったことがそれを加速した。明初の吳與弼は、自己の心のうちを日夜點檢して暇なかったほど靜坐にうちこみ、また吳與弼の門人の陳獻章は、靜坐に沒頭することによって「吾が此の心の體の隱然として呈露する」のをじかに體驗したという（「趙提學憲に復す」一、『陳白沙文抄』卷下）。陳獻章の次の語は、そのような靜坐の流れをよく物語る證言にほかならないであろう。

　伊川先生、人の靜坐するを見る每に、便ち其の善學を嘆ず。此の一靜字は、濂溪先生（周敦頤）の主靜、源を發してより、後來、程門の諸公遞《たが》いに相い傳授し、豫章（羅從彥）・延平（李侗）の二先生に至りて、尤も專ら此を提して人を敎う。學者も亦た此を以て力を得たり。晦翁（朱熹）は人の差《たが》いて禪に入り去《ゆ》くを恐れて、故に靜を說くこと少なくして只だ敬を說くこと、伊川の晩年の訓えの如し。……若し禪の誘う所と爲るに至らず、仍お多く靜に着すれば、方《まさ》に入處有らん。（「羅應魁に與う」三、『陳白沙文抄』卷下）

かの王守仁が流謫先の龍場において、日夜靜坐を實踐することによって大悟したこと、あるいは明末の志士・高攀龍が長い靜坐のはてに「電光一閃」するがごとく本來の心に目覺めたこと（「困學記」、『高子遺書』卷三）は、中國近世思想史を彩る事件と言えようが、これらもまた自己覺醒をめざすタイプの靜坐の延長線上にあることは明らかである。

楊時において顯在化した〈内的自覺ないし自己覺醒を求める靜坐〉は、朱熹の主張した靜坐と竝行しつつ、近世儒教における自己修養の歴史にもう一つの潮流をかたちづくっていったのである。

注

(1) 岡田虎二郎（虎次郎）の靜坐運動とその評價については、久野收・鶴見俊輔『現代日本の思想』（岩波書店、一九五六年）七七頁を參照。また佐保田鶴治・佐藤幸治編著『靜坐のすすめ』（創元社、一九六七年）は岡田式靜坐法を簡明に紹介する。なお、齋藤孝「教師における自己の確立——蘆田恵之助における岡田式呼吸靜坐法體驗を主題として」（『東京大學教育學部紀要』第三一卷、一九九一年）は、生活綴り方論によって戰前の教育界に足跡を殘した蘆田恵之助の靜坐思想を分析したもので、示唆に富む。

(2) 楊昌濟らの靜坐については、馬濟人『中國氣功學』（香港・中國圖書刊行社、一九八五年）四三頁に言及がある。

(3) 岡田武彦『坐禪と靜坐』（大學教育社、一九七七年）、陳榮捷「朱子與靜坐」（陳『朱子新探索』所收、臺灣・學生書局、一九八八年）。なお柳川剛義『朱子靜坐說』（大正四年刊、線裝本）は、朱熹の靜坐に關する發言を集めていて便利である。ほかに陳來「神祕主義與儒家傳統」（『文化：中國與世界』第五輯、三聯書店、一九八八年）が朱熹以後の靜坐思想を主に考察している。

(4) 「蓋靜坐時、便涵養得本原稍定、雖是不免逐物、及自覺而收斂歸來、也有箇著落」（『語類』卷九六—56）、また「當靜坐涵養時、正要體察思繹道理、只此便是涵養、不是說喚醒提撕、將道理去却那邪思妄念。只自家思量道理時、自然邪念不作」（『語類』一二—142）。

(5) 朱熹が李侗の「默坐澄心」についてこう言うのも參照のこと。「只爲李先生不出仕、做得此工夫。若是仕宦、須出來理會事」（『語類』卷一一三—13）。

(6) 「調息箴」の全文は次のとおり。「鼻端有白、我其觀之。隨時隨處、容與猗移。靜極而噓、如春沼魚。動極而翕、如百蟲蟄。氤氳開闢、其妙無窮。孰其尸之、不宰之功。雲臥天行、非豫敢議。守一處和、千二百歲」。「調息箴」については、三浦國雄「朱子と呼吸」（金谷治編『中國における人間性の探究』所收、一九八三年、創文社。のち三浦『朱子と氣と身體』所收、平凡社、一九九七年）に考察がある。

（7）「某今年頓覺衰憊、異於常時、百病交攻、支吾不暇、服藥更不見效、只得一兩日靜坐不讀書、則便覺差勝。但摩障未除、不容如此」（「林井伯」九、『別集』巻四）というのも、非常手段としての靜坐であろう。

（8）A・ウェイリー、小川環樹・栗山稔譯『李白』（岩波書店、一九七三年）一〇一頁、孟乃昌『周易參同契考辯』（上海古籍出版社、一九九三年）一一〇頁。

（9）吾妻「朱熹『周易參同契考異』について」（『日本中國學會報』第三六集、一九八四年）參照。

（10）「昔呂與叔六月中來緱氏、間居中、某嘗窺之、必見其儼然危坐、可謂敦篤矣」（『程氏遺書』巻一八—41）。

（11）嚴密にいえば、膝を地につけて坐るさい尻を蹠にのせてすわるのが坐、やや腰を浮かすのが跪である。中國古代の坐法については、顧炎武「坐」（『日知錄集釋』巻二八）、趙翼「古人跪坐相類」（『陔餘叢考』巻三一）、藤野岩友「中國古代の坐法」（『神道宗教』六五・六六、一九七二年）を參照。

（12）宋代における椅子の普及については、朱家溍「漫談椅凳及其陳設格式」（『文物』一九五九年第六期）、朱瑞熙他『遼宋西夏金社會生活史』（中國社會科學出版社、一九九八年）のほか、宿白『白沙宋墓』（文物出版社、一九五七年）を參照。

（13）ちなみに胡跪の原義については、『一切經音義』巻三六に「胡跪　右膝著地、豎左膝危坐。或云、互跪也」（大正藏五四・五四八c）とある。また無著道忠『禪林象器箋』第十類・禮則門「胡跪」の條參照。

（14）この一節は、周木編『延平答問補錄』にも收錄されている。

（15）「又舉、徐處仁知北京日、早辰會僚屬治事訖、復穿衣會坐談廳上。徐多記覽、多說平生履歷州郡利害、政事得失及前言往行。終日危坐、僚屬甚苦之。嘗暑月會坐、有秦兵曹者瞌睡、徐厲聲叱之……叫客將掇取秦兵曹坐椅子去」（『語類』巻一二—102）。

（16）藤田豊八「胡床につきて」（藤田『東西交渉史の研究・西域篇』所收、一九三三年）、易水「漫話胡床」（『文物』一九八二年第一〇期）。

（17）「伊川先生自涪州順流而歸、峽江峻急、風作浪湧、舟人皆失色、而先生端坐不動」（『程氏外書』巻一一—154）。

（18）ほかにも「不席地而倚卓、不手飯而匕筯、此聖人必隨時、若未有當、且作之矣」（『程氏遺書』巻一五—93）の語がある。

（19）ほかに「〝若欲學俗儒作文字、縱攫取大魁〟、因撫所坐椅曰、〝已自輸了一著〟」（巻一三—147）など。『語類』巻四—27、巻九—55にも、朱熹がふだん椅子に坐っていたことを示す記事がある。また注（20）も參照のこと。

（20）なお、椅子には兩足を垂らして坐る場合と、上に盤坐する場合とがあった。次の問答はそのことを示す。「問、〃盤坐於理有害否〃。曰、〃古人席地亦只是盤坐、又有跪坐者。……今人有椅子。若對賓客時、合當垂足坐、若獨居時、垂足坐難久、盤坐亦何害〃」（『語類』巻九一―29）。

（21）道教内丹の坐り方については、『祕傳正陽眞人靈寶畢法』に「靜室中披衣握固、正坐盤膝蹲下」（肘後飛金晶第五）、「當擇福地置室、跪禮焚香、正坐盤膝、散髮披衣、握固存神、冥心閉目」（内觀第九）とある。また南宋・周密の『癸辛雜識』前集・胎息の條に引く「張安道養生訣」に「披衣坐、面東或南、盤足坐、叩齒三十六通、握固閉息」という。

（22）友枝龍太郎氏は、靜坐の坐り方について「朱子が、結跏趺坐し、目は鼻端を視、心を臍腹の下に注ぎ、身心を收斂すると言い、また調息の法を述べているところから推定すると、ほぼ坐禪の方法に近いものであったろう」（延平答問解題、『上蔡語錄・延平答問』、中文出版社、一九七二年）と言っておられるが、承服できない。

（23）「謝顯道習擧業、已知名、往扶溝見明道先生受學、志甚篤。明道一日謂之曰、〃爾輩在此相從、只是學某言語、故其學心口不相應。盍若行之〃。請問焉。曰、〃且靜坐〃。伊川毎見人靜坐、便嘆其善學」（『程氏外書』巻一二―78）。また、周行己は程頤に出會ったのち「持身嚴苦、塊坐一室、未嘗窺牖」であったという（同上、巻一二―94）。

（24）二程の高弟・謝良佐にも、「靜坐」のとき「坐すること尸の如く」であれば敬であるという發言がある（『上蔡先生語錄』巻上―16）。

（25）『中庸集解』二巻はもともと朱熹の講友・石𡼖の撰で、程門を中心とする道學者十人の『中庸』解釋を輯めたもの。のちに朱熹がこれに刪定を施して『中庸輯略』二巻が作られたが、いずれも朱熹の『中庸章句』撰述のさいの重要資料となった。莫友之は諸書に引用される中庸注佚文を輯集して『中庸集解』を復元校勘したものであって、小論では北京大學圖書館藏の道光刊本を用いた。

（26）以下の二條は、もと趙順孫『四書纂疏』中庸纂疏の或問部分、および『四書大全』の中庸或問部分に引かれる。

（27）羅從彥の靜坐については、李侗の朱熹宛て書信に次のようにある。「某曩時、從羅先生學問、終日相對靜坐、只說文字、未嘗及一雜語。先生極好靜坐。某時未有知、退入室中、亦只靜坐而已。先生令靜中看喜怒哀樂未發之謂中、未發時作何氣象。此意不唯於進學有力、兼亦是養心之要」（『延平答問』、庚辰五月八日書）。

（28）市來津由彥「陳淵の思想―北宋末南宋初における道學繼承の一樣態―」（『廣島大學文學部紀要』第五八巻普通號一、一九九八年）參照。

血湖儀典小考
——その原初形態ならびに全眞教龍門派との關連——

前川　亨

一、はじめに

中國には、『血盆經』類と稱することのできる一群の文獻が存在する。それは一應、佛教經典の『血盆經』（狹義の『血盆經』。單に『血盆經』といった場合には通常これを指す）・血湖儀典（血湖儀禮に關する道教文獻）・準血盆經資料（寶卷資料などに含まれる・血湖地獄や『血盆經』に關するまとまった記述）に分類される。本論では、このうちの血湖儀典に對象を絞って、文獻の初歩的な分析を試みたい。日本・中國の宗教研究における『血盆經』の意義についてここに贅言を費やす必要はあるまいが[1]、『血盆經』類のうち特に血湖儀典を取り上げることの意義については若干の補足説明を要するかも知れない。

量的にみれば、道教文獻全體に占める血湖儀典の比重は決して大きくない。しかし、産死者の鎭魂儀禮に關わるその特異な内容は、佛教の『血盆經』や寶卷資料との關係、日本の習俗との對比など多方面に涉る問題關心を喚起することができる。例えばそれは、臺灣・香港・シンガポールなどで今日まで實施されている血湖儀禮の直接の據りどころをなす點で特別な意味をもつ。一般に、文獻研究と民族學的な儀禮研究との統合は困難な課題であるが、血湖儀典はそのための恰好の資料を提供するのである。幸い、大淵忍爾氏や田仲一成氏らの詳細綿密なモノグラフの中に血湖儀禮が含まれているので、(2)それらを利用した研究が可能となった。日本の習俗との關連についていえば、『血盆經』類のうち日本への廣汎な流傳が確認できるのは佛教經典の『血盆經』に限られ、血湖儀典が廣く流傳した確證は得られていないけれども、産死者に對する中國・日本の儀禮・習俗の比較検討によって、血や死の穢れの意識、女性への不淨視といった深刻な問題を宗教學的に解明する手がかりを得ることが期待される。血湖儀典に對する筆者の關心はこうした點に由來するのであるが、血湖儀典の生成と展開という最も基礎的な方面の研究すらミシェル＝スワミエ氏以降ほとんど進展しておらず、中國宗教史研究者の多くは血湖儀典に餘り關心を示していない。本論の意圖は、かかる現状を多少なりとも改善することにある。資料の成立年代を正確に特定したり、その展開の過程を詳細に追跡したりするのはもとより不可能であるが、これ迄に知り得た資料を操作することによって、何らかの假説を提示することはできるのではないか。それは明清時代の道教思想のみならず、その時期の東アジアの宗教文化全般を考えるうえでも無駄な作業ではあるまい。

本論ではまず血湖儀典の形成の問題を扱い、續いて全眞教龍門派との關係について検討を進める。(3)

二、血湖儀典の原初形態

血湖儀典はいつ・どのようにして形成されたのか――。血湖儀典を讀む者が最初に逢着するこの疑問に對して、ミシェル＝スワミエ氏は、『正統道藏』所收の『元始天尊濟度血湖眞經』（H.Y.72,2／617a-622a略稱『血湖眞經』）、『太一救苦天尊説拔度血湖寶懺』（H.Y.538,16／606a-613a略稱『血湖寶懺』）、および『靈寶領教濟度金書』（H.Y.466）「科儀立成品」中の儀典などを紹介し、大略次のように推定した。——唐代に成立したことが確實な『太上九眞妙戒金籙度命拔罪妙經』（H.Y.181略稱『金籙妙經』）と類似した部分を含む『血湖眞經』の成立は、禮拜すべき神々として列擧されている中の最初の七神が北京白雲観本堂に祀られている七神と一致する『血湖寶懺』より早いであろう。その『血湖眞經』の成立については、『無上黄籙大齋立成儀』（H.Y.508）所載の神々のリストに「磕石硤山血湖無間地獄主者」の名が見えること（16／290a）が手がかりとなる。『血湖眞經』の「有神主之、號曰血湖大神」という句は『血湖眞經』が『無上黄籙大齋立成儀』と同系であることを示し、『無上黄籙大齋立成儀』が完成した一二二三年頃には、『血湖眞經』かそれに類する文献が既に存在していた可能性を示唆するからである——と。[4]

スワミエ説のうち、『血湖眞經』の成立年代の推定については、その當否の判斷を保留しておきたい。『無上黄籙大齋立成儀』に延々と列擧される神々のリストに血湖地獄の主宰者の名が出てくることが、『血湖眞經』の成立年代をそこまで引き上げる根據となるか、筆者には判斷がつかないからである。『血湖眞經』では、北陰酆都羅山の周圍に位置する「血湖硤石大小鐵圍无間溟冷地獄」全體の主宰者として「血湖大神」を想定している（620a）のに對し、『無上黄籙大齋立成儀』では「磕石硤山血湖無間地獄主者」の次に「酆都山大鐵圍山無間地獄主者」の名を別に出しているのであるから、『血湖眞經』とこれとを同系と斷定することも多少躊躇される。とはいえ、『血湖眞經』が『血湖寶懺』に先行するというスワミエ氏の推定は動かし難い。スワミエ氏が血湖儀典と『金籙妙經』との關係に注目したのも卓見であった。

ここで興味深いのは、マイケル＝サソー氏が収集した・北部臺灣の道教儀禮書の集成『莊林續道藏』に収められた二種の血湖儀典、すなわち『太乙救苦天尊説拔度血湖寶懺』（第十七・十八册）と『太上洞玄靈寶玉曆血湖度命赦罪妙經』（第十八册。「玉曆」を「玉籙」とする場合もある。略稱『血湖妙經』）の存在である。このうち前者は道藏本の『血湖寶懺』一巻に増廣を加えて三巻としたものに違いない。[5] そのテキストは開巻冒頭の經題を「太乙救苦天尊説拔度血湖寶懺啓聶科法」といい、道藏本の本文が始まる前段に、神々のリストを含む長い文章を附加したうえ、その部分の末尾に「血湖寶懺上卷」と記している（p.4929）。ところがその三巻本はまた、道藏本の「倶蒙化育之深仁」という一句（607a）の後にもやはり、神々のリストを含む長文を增廣し、その末尾には「太乙拔度血湖寶懺法卷上」と記しているのである（p.4970）。抄寫の際の單なる錯誤でないとすれば、この不體裁は、增廣が少なくとも二度に渉って行われたことを示唆するのかも知れない。ただ殘念ながら增廣が行われた時期を推定する材料は乏しく、『正統道藏』に一巻本が採られた正統一〇年（一四四五年）より以降、三巻本の末尾にある抄寫の年時・道光二〇年（一八四〇年）より以前の増廣としておく他はない。

血湖儀典の原初形態を探るには『血湖妙經』に注目せねばならない。この經典は『正統道藏』（および『萬曆續道藏』）にも『道藏輯要』光緒三二年（一九〇六年）重刊本にも收められていないが、『血湖眞經』とも、またその經題から容易に想像されるように『金籙妙經』とも緊密な關連をもっている。從って、この三つの文獻の關係が明らかになれば、血湖儀典の原初形態もある程度推測できるであろう。そこで、やや煩瑣ではあるが、（A）として三文獻の冒頭部分、および（B）として『金籙妙經』『血湖妙經』の本文末尾（ただし『血湖妙經』はこの後に回向文が附いている）と『血湖眞經』巻中末尾の部分とを、それぞれ對照させて示し、檢討を進めることにしよう。

	『金籙妙經』	『血湖妙經』	『血湖眞經』
（A）	爾時、元始天尊、在九清妙境三元	爾時、元始天尊、昔在始青天上三	爾時、元始天尊、在九清妙境三元
	宮中、御三炁之華、寶雲玉座、鸞	元宮中、九御三炁、華雲玉座、鸞	寶宮、御劫仞臺中、鸞木林下、陞

林之下、與諸大聖・太上道君・太
上老君・九皇上眞・飛天大聖・妙
行眞人・四司五帝・天龍神鬼・無
鞅數衆、一時同會刧仭寶臺、十方
來衆、皆駕五色瓊輪・八景琅輿、
玄靈翠節、飛雲素蓋、麟駕羽軒、
龍旂鳳葆、獅子白鶴、嘯歌邕邕、
燒香散花、遊空飛步、誦詠洞章、
朝讃天尊、總校圖籙、拔度諸苦時、
三元上宮、光明照耀、照朗太空、
靈都紫微、輝映十方、下及無極境
界、長夜九幽地獄之中、善惡命根、
光中煥然、一切玄司、無不照耀、
一一天宮皆見、元始天尊、與諸大
衆、敷弘至妙、開化人天、標記善
功、注名黃籙、金格玉簡、陳列三
清、一一地獄之中皆見、十方救苦
天尊、入於九幽、拔度諸苦、敕命

林之下、與諸天大聖・太上道君・
太上老君・九眞上聖・飛天大聖・
無極神王・妙行眞人・四司五帝・
十方無極聖衆、一時同會、召集天
仙・地仙・五嶽三界神仙・八大天
龍・鬼王從衆・九州社令・五道司
命、悉皆來集、會中燒香散花、誦
詠洞章、朝讃天尊、總校圖籙、拔
度生死、是時、三元上宮、光明照
耀、輝映十方無極世界、長夜九州
地獄之中、光明朗照、一一天宮皆
見、於是、元始天尊、與諸天大聖
衆、眞敷演大法、開度人天、標記
功過、注名黃籙、宣傳玉赦、陳列
上清、一一地獄之中皆遣、十方救
苦天尊、入於九幽、拔度衆苦、敕
命北帝・三官・五帝・九府・四司・
拷官・童子・九地土皇・四明僚吏

七寶妙座、與太上道君・太上老君・
諸君□□・諸天帝君・十方无極飛
天神王・三界五帝・大魔王・三界
群仙、一時同至、皆駕八景鸞輿・
五色瓊輦、麟取羽騎、鳳葆龍旂、
遊空飛步、吟詠洞章、朝賛天尊、
總校圖錄、拔度生死時、（-616a）

北帝・三官・九府・百二十曹・五帝考官・察命童子・司命・司錄・司功・司殺・土皇九壘、及四明公賓友僚屬・五嶽掾吏・執罰神兵・巨天力士・天騶甲卒・牛頭獄吏・威劍神王・三界大魔・九億鬼王、皆集九幽地獄之中、同稟教戒、爾時、豐都北帝及諸鬼官、咸皆震悚、各作是念、我等積罪、身爲鬼官、統御冥司、常居黑暗、動經億劫、不見光明、今日何緣、忽感上聖威光、朗耀普照重昏、欲有啓問懷疑、未敢、（-223b）

・五嶽官班・巨大《ママ》力士・豐都鬼王・血湖主者・皆集九幽地獄之中、同稟告誡、尓時、豐都北帝及諸鬼王、咸皆進悚、我等身爲鬼官、統御冥司、常居黑暗、萬劫不見光明、今日何緣、忽感上聖威光、朗照重闇、心欲啓問懷疑、未敢、（-p.5054）

（B）是時、九幽黑簿一時焚燼、火山息燄、氷池靜波、呑火食炭、化爲甘露、金楂鐵杖、變成蓮花、飛空步虛、而作頌曰、

是時、九幽黑簿一時焚燼、血山盡倒、血湖澄波、飲食汚血、化爲甘露瓊漿、血池血盆、變作蓮花寶沼、於是、救苦天尊、飛空步虛、而作誦曰、

九幽黑簿一時焚燼、血湖清蕩、化爲寶池、金楂鐵杖、變成蓮華、飲血食穢、化爲甘露、一切罪魂、須悟本眞、乘光超度、皆得生天、地獄冥官、皆發喜念、同乘惠力、證

稽首無上道
歸心元始尊
至眞妙應主
開化飛玄門
妙戒怡五靈
金書警萬神
察命定籙籍
靈府度苦魂
乘雲朝玉帝
齊契玄中人
太上九眞妙戒金籙度命拔罪妙經終

稽首虚無無上道
稽首元始大天尊
遍覆慈雲施法雨
神光一道照黃昏
硤石溟冷諸地獄
血湖血海血池盆
解脱沈淪萬劫苦
玉籙大赦諸罪魂
煉形復性朱陵府
悟道昇眞衆妙門
巍巍功德難思議
永爲衆生作慈父
說是頌畢、諸天神仙・天龍八部・
三界眷屬、皆大歡喜、稽首辭謝、
皈依靈寶大法、流行景運、億劫長
存、信受奉行、
靈寶玉籙度命血湖赦罪妙經終（pp.

道成眞、而獻頌曰、
稽首虚无无上道
慈悲救苦大慈尊
神光百億照中昏
遍覆慈雲濡法雨
硤石溟冷无間獄
血湖血海血池盆
玉籙大赦諸罪魂
解脱沈淪萬劫苦
鍊形度命朱陵府
悟道登眞衆妙門
巍巍功德難思議
永爲衆生作慈父
是時、慈悲救苦諸大眞人、依稟聖
言、宣通命令、開明長夜、救拔幽
途、凡沐慈恩、同超極樂、
元始天尊濟度血湖眞經卷中（621a-

（227a）

5092-5097, 以下、回向文）

b, 以下、巻下）

『血湖妙經』『血湖眞經』に對する『金籙妙經』の先行は確實な前提とみなすことができるが、では、血湖儀典を生成する母體の一つとなったと思われるその『金籙妙經』とはいかなる經典であろうか。吉岡義豊氏によれば、これは中元施食（施餓鬼）を説く經典であって、『太上洞玄靈寶三元玉京玄都大獻經』（H.Y.370）と相通ずる内容をもち、唐代には『九幽經』の名で知られていたらしい[6]。このことを考えあわせるならば、施食（施餓鬼）儀禮の中から、現世に對してとりわけ強い悔恨を殘して死んでいったに違いない產死者の孤魂への鎭魂の儀禮＝血湖儀禮が派生したという想定は、比較的大きな蓋然性を有するであろう。『血湖眞經』が產死以外の異常死に關する記述を含む點で『金籙妙經』と共通することは（『血湖眞經』618a-b,『金籙妙經』226b）、一般的な施食關連の經典としての性格の名殘りに違いない。そこで擧げられているのは戰死・刑死・（癰疽など）惡病による死であるが（『金籙妙經』との間には出入がある）、かかる記述は、「降生女質、五濁形漏」云々として女性の出產や月經に關心を集中させた箇所（618b）との不協和を際立たせている。

　施食關連の經典から血湖儀典が分岐する契機は佛教經典の『血盆經』との接觸であったと解される。『血湖眞經』で「血汙地神、汙水傾注溪河池井、世人不知不覺汲水飲食、供獻神明」という箇所（618b）が、「……只是女人、產下血露、汚觸地神、若穢汚衣裳、將去溪河洗澤、水流汚漫、誤諸善男女、取水煎茶、供養諸聖、致令不淨」という佛教の『血盆經』に依據することは明らかである。『血湖妙經』では佛教の『血盆經』との繋がりは更に顯著であって、「救苦天尊懷悲、遂問酆都鬼王血湖主者」から「……候百年、身謝之後、勒送血湖獄主、受諸苦報、動經萬劫、無有出期」に至る箇所（pp.5058-5062）は、『血盆經』の「目連悲哀、問獄主」から「……候百年、命終之後、受此苦報」

に至る箇所に、佛教的な語句の差し替え（例えば目連→救苦天尊、南閻浮提→世間など）や道教的な語句の増添（例えば「江神河伯」「天眞地聖」「天地水三官」など）を施したものに他ならない。

『血湖眞經』と『血湖妙經』との先後を判斷するのは難しい。『血湖妙經』で轉誦するよう勸められている「靈寶血湖救苦眞經」（pp.5081-5082）が現行の『血湖眞經』の流布を前提としているとすれば、當然『血湖眞經』が『血湖妙經』に先行することになる。また、非常に入念に血湖地獄からの救濟を説く『血湖妙經』に比べて、『血湖眞經』の記述は原初的な形態をヨリ多く留めているように思われる。他方、『血湖妙經』の先行を示唆する論據も見出されないわけではない。『血湖眞經』では墮地獄の原因として「……月水流行、洗浣汚衣」（618b）と月經にも言及するが、これは産死者の鎭魂という血湖儀典の原初形態からはかなり發展した段階での記述ともみなせるかも知れない。『金籙妙經』との關係でいえば、（A）の箇所での『金籙妙經』と『血湖眞經』との類似が『血湖妙經』との類似の約三分の一にとどまること、『金籙妙經』と『血湖妙經』とがともに（B）の末尾を以って經典の末尾とするのに對し、『血湖眞經』はその後に巻下を續ける體裁をとっていること、も注目される。つまり、『金籙妙經』は『血湖妙經』に對しては經典全體の枠組みを提供しているが、『血湖眞經』に對してはそうではないのであって、『金籙妙經』を血湖儀典の母體とみなす限り、經典の構成上それとヨリ強い共通性を示すのは『血湖妙經』なのである。しかしここでは一應、『血湖眞經』が『血湖妙經』に先行すると假定しておくことにしよう。『血湖眞經』巻上（616b）および巻中（620a）には『太上靈寶朝天謝罪大懺』巻八（H.Y.189,5／361b）と關連する表現がみえており、『血湖眞經』が『金籙妙經』以外の文獻の要素をも取り込んで作成されていることを想像させるから、上述の諸點も『血湖眞經』のそうした文獻上の特性として解釋することが可能であり、『血湖妙經』より後出とする必要はないと思われるのである。ただし、『血湖眞經』も『血湖妙經』も現行テキストには後代の附加が含まれる可能性が大きいことを留意しておかねばならない。

『血湖眞經』と『血湖妙經』との關係についてはなお検討を要する問題を殘しているが、[7] これ以上の立ち入った考察は差し控え、成立年代についてのみ簡單に言及しておく。『血湖妙經』の中でしきりにその功德が强調されている「靈寶大法」「太上洞玄靈寶大法」(pp.5067,5068,etc.)が王契眞の『上淸靈寶大法』(金允中にも同名の書がある)を指すか・少なくともその存在を前提としているとすれば、それが成立したと見られる一三世紀半ば以降に『血湖妙經』は成立したのであろう。[8] 從って『血湖眞經』の成立はそれを少し遡る可能性がある。しかしこの問題についても更に愼重な検討が求められよう。

三、『廣成儀制』所收の血湖儀典

血湖儀典の展開を跡付けるのもやはり困難であるが、『血湖寶懺』と『靈寶領敎濟度金書』所收の血湖儀典とが貴重な示唆を與えてくれる。後者についてスワミエ氏は、「この「金書」の資料は一一八一年以前に甯全眞によって集められた、といわれているが、一三〇二年に逝去した林靈眞がさらに編集したのだから、その作成年代を遲くみて後者のときにすれば安全であろう」としているが、[9] この一三〇二年という年代もおそらく安全とはいえない。卷頭に置かれた「靈寶領敎濟度金書嗣敎錄」(門人・林天任の撰)によれば、林靈眞が譔集したのは僅かに「濟度之書一十卷、符章奥旨二卷」合わせて十二卷に過ぎなかったのであり(12／29b)、現行の三百二十一卷との隔たりは餘りにも大きい。このことは、林靈眞の編集以後、多量の文章が續々とそこに增添されたことを意味する。[10] 林靈眞の編集以後の附加の方が壓倒的に多いことはほぼ確實なのだから、現行本は林靈眞編集本とは別の著作とみなすのが妥當かも知れない。どこが林靈眞以後の附加かを見分けるのは至難であるが、當面の血湖儀典の部分についても、それが林靈眞の編集以後に附加された可能性はかなり高いと言わざるを得ない。その製作年代が明初にまで下ることもあり得よう。

ところで、『血湖寶懺』は『靈寶領教濟度金書』所收の血湖儀典と密接な關連を有すると思われる。前者で擧げられている・禮拜すべき神々のリスト（616a）と、後者の巻二「靑玄黃籙救苦妙齋三日節目」に擧げられている・奏上すべき神々のリスト（12／57b）とに「正一天師」「救苦眞人」「大慧〔惠〕眞人」がともに含まれていることは、その例證となろう。『靈寶領教濟度金書』所收の血湖儀典と『血湖寶懺』とは、遲くとも明初までのほぼ同じ時期に相次いで出現したとみてよい。このことは、南宋末から元代にかけて血湖儀禮が普及し、血湖儀典の需要が増えたことの反映に違いない。なお、『靈寶領教濟度金書』の血湖儀典に「謹按經云」として引用される「經」（例えば13／831b,832a-b）は、『血湖眞經』『血湖妙經』『血湖寶懺』のいずれとも一致しないが、血湖儀典の普及する過程で作成されたのであろう。『天皇至道太淸玉册』巻二には『靈寶昇玄濟度血湖保生眞籙』『靈寶昇玄濟度血湖拔亡眞籙』の名をあげてあるが（60／397b）、これらは正一教の經典に屬し、明初までに成立していたとみられるから、[11]『靈寶領教濟度金書』所引の「經」も、こうした經典の一つであったと思われるのである。『靈寶領教濟度金書』では既に、血湖儀禮は他の種々の儀禮と竝ぶ獨立の儀禮として確固とした位置を獲得しているように見える。それまでに量產された血湖儀典がそこで整理されたのかも知れない。

そして、殘念ながら特定することはできないものの、『血湖寶懺』や『靈寶領教濟度金書』所收の血湖儀典が作成されて以降のある時期に、全眞教がこれを取り入れて再編成し始めたのである。全眞教がその成立の當初には呪術を排していたことは間違いないが、教團の膨張、信者の擴大は、ほとんど不可避的に呪術的要素との妥協をもたらした。全眞教教團は、おそらく元代には既に、他教團に比べて立ち遲れている儀禮の整備を急速に進める必要に迫られたであろう。極めて呪術性の強い血湖儀禮も全眞教に採取されて、次第に重要な位置を占めるようになっていった。今日私たちは、『藏外道書』所收の・全眞教龍門派による道教儀禮書の集成『廣成儀制』の中に、夥しい量の血湖儀典を見出すことができる。『廣成儀制』の資料は咸豐五年（一八五五年）刊本、宣統元年（一九〇九年）―民國三年（一九一四年）の内題をもつ成都二仙庵重刊本、道光四年（一八二四年）―宣統元年に抄寫された手抄本、の三種から成り[12]、血湖儀典はこのうちの後二者に屬するのであるが、いずれにしても資料の來歴としては清朝末期を大きく遡ることはできない。しかし、全眞教がいかにして血湖儀典を採取したかをかなり明瞭にそこから窺うことができる點で、それらはやはり貴重な資料群たるを失わない。

『廣成儀制』は清微派の儀典の集成である『清微儀制』の文獻を幾つか含むという特徴を備えており、血湖儀典としては『清微儀制靈寶玉籙血湖集』と『清微儀制血湖正朝集』とがそれにあたる。このうち後者については、これとの何らかの關連を豫測せしめる『廣成儀制血湖正朝全集』という類似した名稱の文獻の存在が注目され、いずれも「血湖教主寶相眞人」を救濟者として措定する點で興味深い共通性を示す。この寶相眞人とは『廣成儀制血湖大齋三中全集』『廣成儀制血湖大齋科品全集』などにも登場する・『廣成儀制』の血湖儀典で最も重要な神格に他ならない。特に『廣成儀制血湖大齋科品全集』において、彼が血湖教主となった由來が青城山との關連で語られていることは重要である（C.D.14,724b-）。青城山を根據地とする全眞教龍門派が意識的に血湖儀禮を取り込み、寶相眞人を主人公に仕立て上げた自前の神話を生成した樣相が窺えるからである。またその中で、「科簡金籙、世に流傳」して以後、「賢夫孝子」が「產亡・傷死・疫痢・瘡傷の衆魂に遇う毎に、正一道士を延請し、靈寶文檢符籙に照依して、科に依り血湖大齋を修建」するようになったとされていることは（C.D.14,727a）、血湖儀禮をめぐる全眞教と正一派との緊密な連關を想像せしめる。明代には全眞教・正一派・清微派は互いに接近した關係を持っていたことが知られており[13]、全眞教がそれらへの積極的な接近を圖っていたことも想定して構わないであろう。この想定は、『廣成儀制血湖啓師全集』の「清微・靈寶・混元・道德・正一・弘先、光天中古、前傳後教、南宗北派、歴代宗師、年號相殊、功行不異、或居金闕雲霄、或處名山洞府、教著法門、思覃世域」という箇所（C.D.14,667a）や各宗派のそれぞれの神格を列擧している箇所（667b-669a）、及び『廣成儀制血湖曲赦全集』における同様の神々のリスト（C.D.14,713b-714a）によって補强することができる。『廣成儀制』は全眞教による血湖儀典整備の最終的な段階を示すものに違いない。ところで、寶相眞人の名は既に『太上靈寶朝天謝罪大懺』巻二の・禮拜すべき神々のリストに見出されるが（5／324a）、そこでは數多くの神々の中の目立たない一に過ぎない。前節に言及したようにこの文獻には『血湖眞經』と類似した表現が含まれるから、そのことが血湖教主への寶相眞人の發展と何らかの關連を有するのかも知れないが、寶相眞人が『清微儀制』や『廣成儀制』で特異な位置を占めるに至る過程については不明としておく他はない。

『廣成儀制』所收の血湖儀典が『血湖眞經』『血湖妙經』『血湖寶懺』を重要な素材として構成されていることは隨所に窺われる。例えば『廣成儀制血湖正朝全集』では、『血湖寶懺』の「惟願、已生未生、悉遂生成之快樂、前化後化、倶蒙化育之深仁」（607a）など「惟願……」で始まる願文が取りこまれ（C.D.14,151b,152a）、「觀覺鬱鑑、大明紫靈、……四吁員象、濯曜騰精」という『血湖眞經』の頌（619a）も「科咒」として採られている（C.D.14,152b-153a）。更に、ヨリ注目すべき資料として『廣成儀制血湖大齋科品全集』を取り上げねばならない。そこでは、血湖儀禮の開始を告げる若干の文言に續いて、「爾時、救苦天尊、在浮黎國土五明宮内、……威光遍滿十方世界、集諸天尊・救苦天尊《ママ》〔眞人カ〕時」という文章が現れるが、ここから「……東岸名號血盥獄、南岸名號血冷獄、西岸名號血汚獄、北岸名號血資獄、在中名號血湖獄」に至る一節は（C.D.14,718a-b）『血湖寶懺』冒頭の一節（606a）と極めて類似し、『廣成儀制』が『血湖寶懺』を自らの儀典に嵌め込んだ形跡を明瞭に留めている。その暫く後の「玉帝旨下、血湖有食胎黄球之鬼・靑姑黑齒之神、竝六丁六甲・天狼天狗天蛇等衆、檢點人間善惡」から「……種種血疾之厄、皆在血湖受罪」に至る箇所も（C.D.14,719a）、『血湖寶懺』の「……皆分拘帶血之魂・腥穢無邊之衆」以下「……乃是世間産死之魂・血傷之魂、墜墮斯獄」に至る箇所（606a-b）を中心に、それ以外の箇所をも參照して構成されたのに違いない。そして「奏靑詞於紫府、頒旨命於金闕、諷誦血湖尊經、拜禮血湖法懺《ママ》或三巻五巻乃至百巻」などが説かれたうえ、「振鈴持誦太上靈寶玉籙度命血湖赦罪妙經」として、『血湖妙經』と『血湖寶懺』とを組み合わせた記述が始まり、その合間には寶相眞人の母・王秀貞、華光の母・玉蘭小姐、馬勝の母・金蓮、朱玉の實母・齊氏、劉達詔の妻・姜氏の說話が插入されていくのである。(14)『血湖大齋科品全集』はおそらく淸朝中期には全眞教龍門派で行われていた血湖儀禮の次第に隨って記述されているのであろうが、それが『血湖妙經』『血湖寶懺』を合揉し、そこに幾つかの・おそらく自前の物語を散りばめた形態をとっていることは興味深い。

もっとも、嚴密にいえば、『血湖眞經』『血湖妙經』『血湖寶懺』のこのような採取・合揉が龍門派によって始めて行われたのか、それともそれ以前に別の宗派で行われていたものを龍門派が踏襲しただけなのかを考慮する必要があろう。また、『廣成儀制』所收の血湖儀典には、現在までに知られていない資料に依據した記述も含まれるに違いない。例えば、『血湖大齋科品全集』の「鐵圍萬仞勢嶙峋、血海揚波不計春、救濟傳科憑玉籙、詠游何處控金鱗、爐烟一線通天府、雲路九重格地眞、願仗慈悲垂接引、仙槎遙駕渡迷津」という頌は（C.D.14,719a）、若干の語句の異同を伴いながらではあるが、『血湖大齋三中全集』にも載っており（C.D.14, 670a）、兩文獻が依據した何らかの先行文獻が存在した可能性が大きいように思われる。しかし、これらの事情を解明するには、『血湖寶懺』および『靈寶領教濟度金書』所收の血湖儀典と、『廣成儀制』所收の血湖儀典との中間に位置する資料が決定的に缺けている。資料の更なる發見、『廣成儀制』所收の血湖儀典それぞれの文獻的性格の究明など、血湖儀典についてはなお多くの問題が殘されている。[15]

四、おわりに

道教文獻が道教研究の専家以外には容易に近づき難い難關であることは言うまでもない。それは、内容の難解さもさることながら、それぞれの文獻の關係が錯綜しており、各文獻の先後關係や成立の過程についてすら、解明の緒口を見出しにくいという事情による。血湖儀典もまた道教文獻の例に漏れず、複雑なパズルの様相を呈しており、多くの不確實な推測の上に立論を重ねざるを得なかったことは、筆者の特に遺憾とするところである。しかし、これ迄に知り得た資料を用いて一應の假説を提示したことで、本論の目的は果たすことができたと考える。このパズルが道教文獻の扱いに手馴れた専家によって改めて解き直されることを切望してやまない。

注

（1）ミシェル＝スワミエ「血盆經の資料的研究」『道教研究』一、一九六五年、によってその概要を知ることができる。『血盆經』の日本における受容に關する研究はスワミエ氏以後、質量ともに充實している。なお、筆者は『血盆經』類全體についての検討を行う機會を別に持ちたいと考えている。

（2）大淵忍爾編『中國人の宗教儀禮——佛教・道教・民間信仰』一九八三年、六三七－六四七頁、六五六－六七六頁、田仲一成『中國の宗族と演劇——華南宗族社會における祭祀組織・儀禮および演劇の相關構造』一九八五年、一〇三九－一〇四三頁。また、Gary Seaman, "The Sexual Politics of Karmic Retribution", *The Anthropology of Taiwanese Society*. Stanford. 1981. も臺灣中部の埔里における血湖儀禮を扱っている。更に、『中國民間歌曲集成湖北巻』一二一五－一二一七頁には「血盆經」と題する歌曲が收錄され、女性の死者に對する葬儀の際に唱われたとされている。

（3）本論では、道藏からの引用は新文豐版により、第一册一頁上段を1／1aのように表記する。また『藏外道書』からの引用は、第一册一頁上段をC.D.1,1aのように表記する。

（4）ミシェル＝スワミエ前掲論文一二一－一二五頁、一三三－一三五頁。『金籙妙經』については吉岡義豊「施餓鬼思想の中國的受容」『道教と佛教第一』一九五九年、三七七－三八二頁に內容が紹介され、同「中元盂蘭盆と敦煌本中元玉京玄都大獻經」『道教と佛教第二』一九七六年（原載、『中野教授古稀記念論文集』一九六〇年）もこれに關連する記述を含む。

（5）大淵忍爾編前掲書六四〇－六四一頁で紹介された血湖儀禮で用いられているのも三卷本の『血湖寶懺』である。

（6）吉岡義豊前掲「中元盂蘭盆と敦煌本中元玉京玄都大獻經」二三七－二三八頁、二四八頁注(16)。

（7）經典の主要部分（いわゆる正宗分）に關する限り、『血湖眞經』と『血湖妙經』との共通箇所は意外に多くない。（B）に擧げた頌はよく似ているが、『血湖妙經』が（最終句を除いて）偶數句で脚韻を踏んでいるのに對して、『血湖眞經』では句の順序が違うため韻が合わない。かかる現象が起きている原因はよくわからない。なお、『廣成儀制血湖大齋科品全集』所引の頌（C.D.14,735a-b）は『血湖眞經』と一致する。

（8）『上清靈寶大法』については丸山宏「金允中の道教儀禮學について」『道教文化への展望』一九九四年、參照。丸山氏によれば、金允中は一二〇五年－一二二五年に活躍していたと思われるが（五三頁）、王契眞編纂の『上清靈寶大法』は金允中の同名書に遅れて成立したらしい（同七三頁）。ミシェル＝スワミエ前掲論文一三四頁がいうように、金允中は『上清靈寶大法』の中で血湖地獄のことを「於今日求異」として批判しており（53／307a）、彼が同書を編纂したその時期に、血湖地獄が漸く道教宗派の間で話題に上りつつあったことが知られる。これに對して、王契眞の同名書では逆に、血湖儀禮に關するかなりの量の記述が含まれるに至っており（52／384a-389b,612a-615a）、血湖儀禮への關心が既に押し留め難い程度に達しつつある狀況を窺わしめる。

（9）ミシェル＝スワミエ前掲論文一三三頁。なお、澤田瑞穗『修訂地獄變』一九九一年（原刊一九六八年）、三二頁ではこれを南宋末の成立と認定し、「その頃にはすでに道家の血湖道場すなわち產亡婦女の追善の法事が完成していた」とみなしている。

（10）この點は任繼愈主編『道藏提要』一九九一年、三四六頁にも指摘されている。現行の『靈寶領教濟度金書』は卷二百六十一以降、目錄と實際の內容とが一致せず、この點でもテキストの問題性を感ぜしめる。

（11）この點については澤田瑞穂前掲書、三三頁。

（12）田誠陽「《藏外道書》書目略析（一）」『中國道教』一九九五年第一期、四一頁。

（13）既に元代、全眞教の道士・張道貴は正一教の道士・葉希眞、劉洞陽とともに清微呪法を黃雷囦眞人に學び、張守清も正一教や清微呪法を學んだといわれ、元から明初にかけての南方（武當山系の）全眞教は正一派に組み込まれていたらしい。この點については石田憲司「明代道教史上の全眞と正一」山崎宏先生頌壽記念論集『臺灣の宗教と中國文化』一九九二年、一五九－一六〇頁。また、明初における清微派とその他の道教宗派との關係については Kristofer M.Schipper, "Master Chao I-chen 趙宜眞 (?-1382) and the Ch'ing-wei 清微School of Taoism"『道教と宗教文化』一九八七年、p.11.

（14）その全體を詳述する煩に耐えないので、參考までに骨格のみを略記しておく。「爾時」(719b)-「深可悲哀」(720b)＝『血湖妙經』、「爾時」(720b)-「得覩光明」(722a)＝『血湖寶懺』、「是時」(722b)-「出離血湖之苦」(723a)＝『血湖妙經』、「爾時」(723a)-「誓堅信向仰答生成」(724a)＝『血湖寶懺』、「天尊言」(724a)-「方行拔度」(724b)＝『血湖妙經』、「爾時」(724b)-「依科修建血湖大齋」(727a)＝寶相眞人の母の說話、「天尊言」(727a)-「難可受度」(727b)＝『血湖妙經』、「昔日」(727b)-「永不墮羅酆之苦」(729a)＝華光の母の說話、「天尊言」(729a)-「上生南宮」(729b)＝『血湖妙經』、「昔日」(729b)-「爲風火聖母」(731a)＝馬勝の母の說話、「天尊言」(731a)-「吉時告下」(732a)＝『血湖妙經』、「昔日」(732a)-「轉生人道而去」(733a)＝朱玉の實母の說話、「爾時」(733a)-「上登天堂」(733b)＝『血湖妙經』、「昔日」(734a)-「只怕業垢未消除」(734b)＝劉達詔の妻の說話、「十方救苦天尊」(735a)-「太上靈寶玉籙度命血湖赦罪妙經」(735b)＝『血湖妙經』。『血湖妙經』『血湖寶懺』との間には語句の異同がある。なお、王天麟「嬰靈煉度科儀初探」『民俗曲藝』一一八、一九九九年、によれば、一九九七年に臺北市において行われた嬰靈釋罪科儀でも『血湖寶懺』『血湖眞經』と『廣成儀制』所收の血湖儀典とが共に依用されている。

（15）本論に取り上げた以外の資料としては、スワミエ氏が既にいうように（スワミエ前掲論文一五八頁注（24））『正統道藏』所收の『靈寶玉鑑』(H.Y.547) と『道法會元』(H.Y.1210) が、また『藏外道書』所收の文獻では『上清靈寶濟度大成金書』がかなりまとまった量の血湖儀典を含む（第一六・一七冊）。特に『上清靈寶濟度大成金書』は田誠陽前掲論文四一頁によれば明刊本であり、稀覯に屬するもので、この文獻そのものについては丁煌「國立中央圖書館藏明宣德八年刊本〈上清靈寶濟度大成金書〉四十卷初研——道藏失蒐書系列研究之一（上）」『國立成功大學歷史學系歷史學報』一五、一九八九年、が檢討を加えてはいるが、同書所收の血湖儀典の位置付けは今後の重要な課題である。更に浙江省磐安縣樹德堂に傳承される科儀の中に「血湖燈」が含まれること（『中國傳統科儀本彙編』二、一九九九年）も補足しておく。

陽明學研究の一視點

吉田公平

一

王陽明を創唱者とする學問思想を、中國では陽明學とは呼稱しなかった。黃宗羲の『明儒學案』は、王陽明及びその影響下の儒學者儒教徒群を、明代儒學の中樞に据えて姚江學と總稱している。陸隴其などの陽明學に對する酷評を冤罪であるとして辯護した彭定求の『姚江釋毀錄』などがその用例の一つである。王陽明の學問思想が良知學と稱されることもあったが、より一般的なもう一つの呼稱は王學である。張武承の『王學質疑』がその一例である。三輪執齋が陽明學に轉向して『標注傳習錄』を著したのに對抗して豊田信貞が崎門を總動員して編集した反擊の書も『王學辯集』と命名された。岡田寒泉・柴野栗山・尾藤二洲などの所謂寛政の三博士たちの陽明學理解に異議を唱えて陽明學の復權を力說して幕末維新期に陽明學者を輩出させる契機を創出したのは、佐藤一齋と大鹽中齋の二人である。その中にあって陽明學の綱領を簡要に發明したのが、佐藤一齋の高足の弟子である吉村秋陽の『王學提綱』である。大鹽中齋の亂の後に陽明學を批判した菅山重昭もその著書を『王學駁議』と命名した。姚江學というよりも、むしろ王學という呼稱の方が一般的であった。

陽明學という呼稱は、日本の明治時代に始まる。東澤瀉の後嗣である東敬治は陽明學を基本綱領とする機關誌を

『王學雜誌』（明善學社）という名で刊行した。明治三十九年三月に創刊し明治四十一年十一月に廢刊している。あしかけ三年、都合三十一號である。この後も王學という呼稱も、そして姚江學という呼稱も使用されるけれども、通稱の地位を陽明學に讓ることになる。

陽明學という呼稱を機關誌に用いた嚆矢は、恐らく吉本讓の『陽明學』（鐵華書院）であろう。明治二十九年七月に創刊し、明治三十三年五月に廢刊している。吉本讓の陽明學運動を繼承したのが、先に述べた東敬治の『王學雜誌』であったが、明善學社を陽明學會と改稱して、『王學雜誌』をも『陽明學』とした。明治四十一年十一月のことである。また、大鹽中齋の顯彰に情熱を燃やした石崎東國が『陽明』『陽明主義』（大阪陽明學會）を刊行している。蟹江義丸・井上哲次郎編『日本倫理彙編』もその冒頭に收めたのは「陽明學派」であった。高瀬武次郎著『日本之陽明學』（明治三十一年序）、井上哲次郎著『日本陽明學派之哲學』（明治三十三年）などと、この後は陽明學という呼稱が一般的になった。

それは日本ばかりではない。梁啓超の『陽明學』・錢穆の『陽明學要』などと、陽明學という呼稱が中國でも普通に用いられるようになり、韓國においても同樣である。

二

日本においては、陽明學は單なる知識體系としてではなく、實踐倫理學として強く自覺されて受容されてきた。陽明學そのものが、修己（人格主義的個人倫理學）と治人（差等愛的社會倫理學）を二焦點とする楕圓型の思惟構造であるから、原理的には當然のことであった。しかし、性善説を根底にすえて修己と治人を併せ説くのは、陽明學ばかりではない。王陽明が強く對決した朱子學といえども、根本原理は陽明學と同案である。それにも拘わらず、日本では、陽明學が鮮明な形で思想運動を展開したのは、對決する朱子學が嚴然として屹立していたからである。その朱子學を學びながらもそこに安心を見出せない學徒が、朱子學を疑いながら、性善説の原理を追求したそのはてに、陽明學の世界にいわば性善説の原理主義を發見したのである。中江藤樹も三輪執齋も佐藤一齋も大鹽中齋も、みな朱子學からの轉向者であった。

新儒教を集大成した朱子は『論語』『孟子』に加えて『禮記』から『大學』『中庸』を抜き出して合わせて『四書』を編成し『四書集註』を著した。眼目は『大學章句』『中庸章句』にあるが、朱子學の原論として秀逸なのは『大學或問』『中庸或問』の二書である。試みに「大學章句序」『大學或問』をみられたい。朱子が文章表現に意を用いて力説していることは、本來は性善であるのに、現實にはその本來性を實現發揮できないでいる現實態を直視して、而も猶いかに頽落が甚だしくても自力で本來性を回復しなければならないこと、回復できることである。本來性を回復するという志を立て（このことを「立志」とか「聖人を學ぶ」という）本來性（聖人）という鏡に照らして現實態を自己否定する、いわば「中間者」意識を保持することが「學者」の緊要事ということになる。この「中間者」意識は「中途者」に甘んずることを許すことになり、眞の性善説理解ではないと批判したのが所謂陽明學者達であった。現存在に本來性善が圓滿に成就しているという。性善説の原理主義という所以である。

中國では、とりわけ明代以降には、科擧制度のもとで、朱子學が「正統教學」の位置を占め續けたから、讀書人・官僚士大夫豫備軍は、受驗勉强（擧業）という形で、『四書集註』などの朱子學の基本經典を學習した。學習方法は暗記暗唱にはじまる。受驗生が實踐倫理學として正しいか否かを問う前に、學習すべきものとして朱子學は嚴然としてあった。科擧の制度が維持され朱子學が基本教學であり續けた中國では、讀書人は例外なく朱子學の洗禮を受けることになる。尤も思考の柔軟な時期に徹底して學習するから、朱子學的思考方法が讀書人の頭腦の最深部にしっかりと浸透する。その意味では、中國の陽明學者は必然的に朱子學からの轉向者として誕生する。同じく朱子學から轉向したとは言っても、日本の陽明學者とは事情が異なるのである。

科擧制度のなかった日本においては、朱子學が制度の思想であったわけではない。日本では朱子學も陽明學も「學者」が生き方の原理（實踐倫理學）として選擇する對象であった。しかし、新儒教を本格的に受容した十七世紀のその初頭から、中國の明末清初の朱子學者によって著された激越な反陽明學書を媒介にして、新儒教を理解したから、「陽明學は誤謬の思想である」という理解が先行した。日本においては、新儒教の渡來時に既に、朱子學こそが聖學として正しいということを力說する著書を媒介にして、新思潮を受容したから、朱子學がたまたま主座を占めることになったにすぎない。また日本では朱子學から轉向したからといって社會的に決定的な不利益を被ることはなかった。あくまでも「學者」が選擇する問題であり、結果として舶來の新思潮としては主流であった朱子學からの轉向者として「陽明學者」が誕生したにすぎない。そのはやい時期の陽明學者が中江藤樹である。

朱子學に對して抱く疑問の一つは、性善說の理解として、はたして朱子學は妥當なのかということである。いいかえるならば、朱子學の性善說理解に基づく實踐倫理學は、實踐者を安心の世界に導くのかという疑問である。性善說とは、自力による自己實現・自己救濟を可能にする、人間本性論である。この性善說・自力救濟論を大前提として承認するところに新儒教は成立している。そして、「戰いの時代」から「文治の時代」になった江戸時代において新儒教が流布したのは、「修己」と共に「治人」を併せ說いていたことが效を奏した社會的政治的理由もあるだろうが、何といっても、性善說・自力救濟論を主張した「修己」論の斬新さにある。阿彌陀如來や天主の他力本願に一切を委ねる、他力本願の信仰體系ではなくして、自力による自己實現自己救濟を追求する、性善說を人間本性論とするが故に、新儒教は普及したのである。安心の世界を得たいというのが、參學者の初發の動機であるから、單に知識體系の修得ということでは終わらない。あくまでもそれは自己の安心を導くものであるという確信が得られないときは、その新儒教理解は、批判の對象になることは避けられない。その際、性善説そのものを否定する事は、自力救濟論の原理を放棄することになる。放棄してなお安心を求めるなら、他力本願の世界に立ち返るしかない。江戸期にそのような求道者も存在したに違いないが、そのような事例があまり紹介されないのは、研究者の視點が曇っているからであろう。

また、安心の世界を儒教から放擲して、治人の一點に集約する儒教理解も誕生する。人間本性論としての性善説を否定した徂徠學がその典型である。儒教を政治思想に限定した儒教理解に不滿を覺えて、改めて朱子學に回歸することを說いたのがあの寬政の三博士達であった。

あくまでも自力による自己救濟をもとめて、陽明學に曙光を見出した性善説の原理主義者達は、自己の安心を求めたから日用の世界において本來の自己を實現しようとする。理論や知識もそのためのものである。陽明學が我が身に切實な實踐倫理學として熱烈に活學されたのは、當然のことであった。しかし、だからといって、朱子學が性善說・自力救濟論として機能しなかったということを意味しない。人間の本性が本來は善であったとしても、我々の現實態が不條理に滿ちており、容易に非本來的な姿を結果してしまう、その限りでは弱き者であるという人間理解を拂拭できず、だからといってすぐさま他力救濟をすがることもできずに、あくまでも自力救濟の道を模索することを覺悟した者にとっては、朱子學こそが、切實妥當な實踐倫理學である。本來性と現實態とをどのように把握するかという、眼差しの違いである。

ただ、陽明學が、朱子學に比較してより實踐的思惟であると理解されがちなのは、陽明學が知行合一說を說いたことが一因であるが、知行合一説を實踐强調論であると誤解している向きがまだあるのは殘念なことである。陽明學がより實踐的思惟であると理解されるのは、現在に實存する者が「日用」の場で安心を求めることに迫切であるからに他ならない。安心に直接しない理論や知識それ自體の位相に留まることが許されなかったからである。その點は、究極的には、實は朱子學も同案である。そのことを端的に示すのが、王陽明が編集した『朱子晩年定論』である。安心に直接しない知識・理論の位相に安住していたことを自己批判した、朱子の悔悟の言を編集したものである。收錄された著書の一部に執筆年次が晩年でなかったものが含まれていたために、朱子學者から非難されながらも、この『朱子晩年定論』が、求道者の間で讀みつがれて、所謂陽明學者を誕生させた。それは、朱子のこの自己批判が、性善説・自力救濟論の自ずからなる發露であり、本心からの自己批判であったからである。それは、たしかに朱子一人の悔悟ではある。

しかし、いわゆる朱子學の實踐論・知行論は、順序階梯を遵守することを嚴しく要求する。實踐の道筋をたしかに理解してから具體的な實踐に取りかかるようにという。階梯論として、理論・知識それ自體を追求することが、その實踐論の構造の中に、位置づけられている。朱子その人の立論が機械的に知と行を先と後とに分斷しているわけではないものの、實踐が「その次」となる傾向が濃厚になるのはいかにも避けがたい。安心に直接しないと受け取られる素因はここにある。

陽明學が實踐的であると理解されることの、もう一つの理由は、王陽明自身の經歷が關係する。

新儒教は、先にも述べたように、修己と治人を二焦點とする楕圓型の思惟構造をもつ。そのいずれか一方でも缺ければ、正統思想として自己主張することはできない。個人の人格的充實（修己）を無視し、政治的成果（治人）のみを追求するものは、事功主義・覇道主義として非難された。逆に社會的政治的責任を果たすことを放棄して、個人的安心をのみ追求する者は、利己主義の佛・道と同じであると酷評された。

陽明學もまた新儒教のこの根本的性格を共有する。單に個人的安心を求めるのではなく、社會に獨りでも不幸な人がいる限り、誰もが幸福になれる理想世界の實現をめざして行動したいという。萬物一體論に基づく大同社會論である。しかし、このことは陽明學の專權ではない。程度の差こそあれ、新儒教の基本理念である。ただ、問題は、王陽明の場合、個人的安心が、自己一身の世界で完結するのではなくして、その自己が初めから社會の一員であること、そのために萬物（社會全體）が安心することが、その個人が安心することの必要條件であったことである。その實現はすぐには見ることはできなくとも、それを實現する方向にあることを確信できることが肝要である。王陽明の「狂者の自覺」はそのことを意味する。それが自覺の位相にとどまらずに、王陽明が士大夫・官僚・軍人として躬行實踐し、顯然たる成果を上げた儒將でもあったこと、それが王陽明ばかりではなく、その派下に社會的實踐者を多く生んだことが、陽明學をことさらに實踐を重視した思想であると理解させてきた。

しかし、實踐を強調したということであれば、實は、朱子學も同じである。實踐倫理學を說くものが、知解にとどまることを善しとして、實踐を輕視することなどあり得ない。行動の指針をしっかりと把握してから、具體的實踐に踏み出すことが肝要であることを力說した朱子學も亦、まごうかたなく實踐を強調した實踐倫理學である。そして、朱子學を信奉した儒者の中に社會的政治的實踐者を見出すことは難しくはない。また、朱子學徒のあげた功績が陽明學徒に劣るとは決していえない。

ことほど左樣に、陽明學が實踐を強調した思想であるという理解を、一方的に釀成したのは、王陽明個人の實績が促したのである。それも、軍人官僚として華々しい成果をあげたことが、强烈に印象づけられたのである。寧王宸豪の叛亂を敏速に平定したこと、その戰後處理に苦勞しながらも終局を迎えたこと。たびかさなる農民叛亂を鎭定したこと。その恆久的對策を施したことなど。王陽明の年譜は、書齋の學者ではなく、軍務に東奔西走する實踐者の姿を如實に記している。

短期間、地方官僚を經驗するものの、大半を書齋の哲學者としてすごした朱子との差異は歴然としている。その分だけ、朱子は論争の人であった。生涯に亙って、「毫釐の差」がもたらす弊害を豫知して、執拗に論難したのが朱子である。そのおかげで、性善説を骨格にすえて修己・治人の二焦點構造を構想するときに起こりうる問題點に目配りしながら、考究されたことにより、新儒教の基本構造が整備されたことは、朱子の一大功績である。朱子に「毫釐の差」の危險性を覺醒させた論敵もまた、歴史的な役割を果たしたといえる。

軍人官僚として大活躍した王陽明の思想が「實踐」を重視した思想として、特に高く評價され、それが陽明學理解に投影した更にもう一つの理由は、日本では、新儒教の中心的擔い手が、武士・軍人であったことである。江戸時代になると、もと武人である武士が文官としての役割を果たすことになった。武人としては兵學を學び、併せて、文官としては儒學を學ぶというのが、期待された武士像であった。そのような中にあって、一人にして文官士大夫としてはもとより、軍略家として前線で八面六臂の活躍をした王陽明は、頭でっかちのなまくら儒者ではないとして、共感をもって迎えられたのである。明治時代以降になっても軍人・政治家にして眞摯な儒者という理解が通奏低音として流れていた。日本において「事上磨錬」説が殊更に王陽明の學説として强調されたのは、理由のあることであった。日本における陽明學の展開を考える場合、この點は看過してはいけない。

陽明學を考える場合、朱子學と比較してその儒教理解の特色を解析するのが、通例のようである。そのこと自體は、確かに誤りではない。王陽明自身が、所謂陽明學に覺醒して朱子學の呪縛から解放されたのであるから、朱子學と比較することは、王陽明の思想を理解しようとする時には、必要不可缺の作業である。そして、王陽明の朱子學批判の原型が、朱子と同時代の、直接朱子と論争した陸象山によって既に開示されていたのであるから、朱子・陸象山・王陽明の三者を検討することが、肝要であることもまた、いうまでもない。新儒教の雙璧である朱子學と陽明學を明らかにするという限りでは、それで十分であろう。日本における陽明學を解明しようとする場合にも、この三者の新儒教理解の特色を把握し、この兩學の論争史、所謂朱陸論争の大概を理解しておけば、準備作業としては、ひとまず十分とは言える。

しかし、それは、あくまでも新儒教の枠内のことである。中國でも、日本でも、この新儒教を包み込む、より廣義の學問がある。その學問の儒教的一展開が、朱子學であり、陽明學であったことを忘れてはいけない。その廣義の學問とは、心學である。

「學問」という語は、『孟子』に由來する。そこでは「學問の道は他なし、その放心を求むる而已矣」という。見失っている本當の人間らしさを回復することだ、というのである。孟子のこの人間學が心學として脚光を浴びるのは、中國・宋代にいわゆる新儒教が勃興してからであるが、人間學・實踐論として「心學」が自覺的に検討されるのは、中國に佛教が入ってきた後のことである。「心學」と熟して鍵言葉として用いられるのは、所謂禪學の世界が始めてのようである。所謂禪心學である。「心學」という時の心とは、心身一如としての心である。身は身體であり、それと不可分にある心とは、人格・實踐主體というほどの意味である。そしてこの心學者達は、人間（心）は倫理的能力を「本來完全」に具有していると確信する。この確信が大前提にある。もちろん「本來完全」であるか否かを、客觀的に檢證することはできない。それはひとえに確信の一點にかかっている。論理的に、あるいは實驗的に、證明できることではない。禪宗においては「悟り」を得ることに全量が投入されたのは、「本來完全」を覺悟することが生死の關鍵であったからである。「本來完全」ということは、生死の一大事を擔當する力を固有していることだという。自力のみで自己を生死の世界から救濟できるというのである。この禪心學が開拓した「本來完全」を大前提とする自力救濟論を、儒教の世界で開發したのが、所謂新儒教である。孟子の性善說を儒教的「本來完全」說として新解釋したのである。儒教心學の誕生である。新儒教のこの儒教心學の雙壁が朱子學と陽明學というわけである。心（現存在）の不條理性不安定性を配慮して、心が依據すべき定理を措定する朱子學を理學、現存在としての心が卽自的に自力能力を持つことを力說する陽明學を心學と對比して、それぞれの特色を開示することがある。しかし、朱子學者により『朱子心學錄』（王蓂）『心學辨』（雲川弘毅）があることが證言するように、朱子學もまた廣義の心學の一つである。

佛教が中國に受容されると、その刺激をうけて、民間の習俗が道教として收斂され、新儒教が形成されるのとほぼ時を同じくして、所謂新道教が成立する。道教的「本來完全」說が樹立されて、ここに道教心學が誕生する。そしてこの道教心學が儒・佛・道を包括する三教一致心學を主張する。何の目的のために、どのような方法をとるかという點では三教は各々異なり、それ故にこそ三教は獨自性を保持する。しかし、心が「本來完全」であること、つまり自力による自己實現・自己救濟をはかるということにおいては、三教は共通する。獨自性よりも共通性を重視して、儒佛を積極的に我が陣營に組み込んで非士大夫階層にも布教したのが、三教一致心學・道教心學である。特に王陽明の良知心學が教學の枠を撤廢したために、明代末期は三教一致心學が喧傳された。

つまりは、「本來完全」という人間觀を基底にして自力による自己實現・自己救濟をめざすのが、廣義の心學である。中國近世以降の實踐倫理學・宗教思想を包括するのが、實は廣義の心學である。儒教心學・佛教心學・道教心學＝三教一致心學は、獨自性を强調するときに個々の心學の立場から異學批判をすることがあるが、あくまでもその限りのことであって、絕對的排斥論ではなく、優劣論にすぎない。いいかえるならば、適用範圍や機能面を相互に補完する形で一人の中に共存することが常態であるということである。だから、個別心學の特定の黨派に注目することにより、その思想・思想家の特色を明らかにすることは、もちろん大事なことではあるが、そこに目を奪われてしまうと、廣義の意味での心學として理解する道を閉ざすことになりかねない。

このことを中江藤樹を例にして説明したい。

中江藤樹は一般的には、日本陽明學の開祖であると理解されている。この理解そのものは誤りではない。しかし、陽明學・陽明學者という理解が固定觀念となってしまったために、これまでの中江藤樹研究は、中江藤樹は朱子學から何歳の時に陽明學に轉向したのか、實はその陽明學からも自由になって藤樹學を樹立したのだ、佛教的な要素もある、道教をも活用した、童蒙教育にも多大の關心を示し、醫學教育にも熱心であった、など、ある時期の思想を個別の學派に色分けしようとしてきたために、時期區分論をめぐってやかましい議論をしてきた。それが全く無意味であったとまではいわないが、結果的には、さして豊かな成果を生まなかったことは、いかにも否定できない。中江藤樹はある特定の學派・黨派のために學問したのではない。あくまでも實踐倫理學としての心學を我が身に親切に探究したのである。そのことは藤樹自身が明言していることである。藤樹の學問事始めのころをみると、人間らしく生きることを自覺的に促す教えとしては、それまでの日本の教えは、藤樹の視野には全く入っていない。儒者としての藤樹評價が定まった後に年譜の類が著されたがために、敢えてそのような記述になったのだろうか。戰亂の時代から平和の時代へと劇的に轉換した時代に思想を形成した藤樹の前には、武術にふける者はいても、「學問」に精進するものが身近に存在しなかった。祖父の配慮のもと、藤樹は中國渡來の新思潮である心學を教則本として學問した。獨學である。大洲時代に京都から來た禪僧に『論語集註』の手ほどきを受けている。在所ではまだ儒者不在の時代であったのである。その教則本が、朱子學關係のものであったのは、輸入元の中國では朱子學が科擧の基本教學であったから、最も廣く普及しており、最も輸入しやすい教則本であった。この點は江戸時代を通じて變わらない。歷史的狀況が藤樹に朱子學を最初に學ばせたのである。朱子學を親切に學ぶ中で疑問を覺え、新しい情報にも恵まれて、「學問」の内容を豊かにしていく。その折々に「學問」の所得を書き殘したので、それを後からたどってみると、變化したように見える。しかし、それはある學派から別の學派に轉向したのではない。固定した固陋な學派意識・黨派心はなかった。林羅山を痛烈に批判した場合も、朱子學者林羅山を批判したのではない。あくまでも似而非學者林羅山を「鸚鵡」と批判したのである。藤樹は心學として朱子學を學んだのであり、心學としての王陽明・王龍溪を學んだのであり、同じく心學として『性理會通』所收の道教文獻を學んだのである。獲得された藤樹學もそれは心學であった。藤樹は最初から最後まで一貫して心學を親切に探究したのである。その藤樹心學の成熟のために最も滋養になったのが陽明學であり、そして最初に心學としての陽明學を活學した人であったこと、その派下に陽明學をこよなき滋養源とした心學者を輩出したがために、日本陽明學の開祖という理解が釀成されたのである。中江藤樹を狹義の「陽明學」の枠から解放し、廣義の心學に返して、あらためて原姿をみつめることが肝要であろう。

狹義の學派に閉じこめられてきたために、原姿が單色に色分けされてしまい、本領が發明されないままにあるのは、中江藤樹だけではない。中江藤樹が論難した、あの林羅山が、朱子學者と刻印されたために、「朱子學者」の枠に收まりきれない林羅山の營みが長いこと放棄されてきたことは、林羅山の全體像を平衡のとれた形で理解する視點を育まなかった。

心學といえば、すぐさま石田梅岩のいわゆる石門心學を思いうかべるのが通例であろう。石門心學が、心學の特色をよく示していることは確かであるが、あくまでもそれは廣義の心學の一學派であることを銘記すべきである。そのような視點に立って理解することにより、石門心學の全體像が一層明らかになり、豊かなものとして、我々の前に現れるはずである。

井上哲次郎の三部作『日本陽明學派之哲學』『日本朱子學派之哲學』『日本古學派之哲學』、井上哲次郎・蟹江義丸編『日本倫理彙編』の「陽明學派」「朱子學派」「古學派」「折衷學派」「獨立學派」という學派分類が、日本における儒教思想の歴史を理解する上で果たした功績を認めることに吝かではない。單純化することによって複雑な實態を明瞭に解析してしまうという利點がある。また、黨派心に促されて異學批判を展開した論爭家が多數存在したことは紛れもない事實である。だから、日本思想史を思想闘爭の歴史と理解することが不當なのではない。しかし、思想を理解するときに、頑なに狹い枠に押し込めてしまうと、複雜系が元もと持っていた大きさ豊かさ不可解さを、ありのままに見つめることを忘れさせてしまう。むしろ、實態は複雜系なのだと辨えることによってこそ、その「腑分け」をしてみたいという探求心・研究意欲が刺激されるのではないだろうか。

王畿「大學首章解義」の考察

水野　實

始めに

「大學首章解義」（以下「解義」と略）は、王守仁（陽明）の高足王畿（龍溪）の『大學』首章に關する論説である。この自説を正當化するためであろう、文末にはさらに朱熹『大學』説の批判三箇條が補説的に附加されている。

この論述の形體は、本文を明示して解釋を施す所謂注釋とは異なり、守仁の「大學問」と同樣、本文を前提にして重要事項を取り擧げて解釋するというものである。この種の論述は原文に對する忠實性に缺け、省略が過度になるなど難解になりがちであって、「解義」もこの嫌いがないではない。また「解義」は守仁の『大學』説に對する理解をも前提にして論述するもので、この點についても同樣の嫌いがある。意圖的な面はあろうが、總じて難解である。

「首章」の範圍は、「大學問」と同樣冒頭の「大學之道」から、「自天子云云」の前までと判斷される。[1]「解義」はこの内部の把握のあり方と位置づけが極めてユニークである。また補説部の朱熹「補傳」批判の論説からは、「格致」の傳釋箇所の把握のあり方が判明し、さらに全體の本文把握も類推可能となる。

本稿においては、先ず「解義」における本文把握のあり方を解明し、王門諸氏の動向を基に王畿の『大學』解釋の變化について論及しつつ、彼の工夫説の根本に迫るべく、特にその「格致」の傳釋把握のあり方と意味について探究することにしたい。

一

「大學首章解義」は、師王守仁の『大學』説（特に「大學問」。他に、「大學古本序」・「與羅整庵少宰書」）を踏襲しつつ展開される。

先ず『大學』本文冒頭の段

大學之道、在明明德、在親民、在止於至善。

を前提とした論説において、『大學』を天地萬物を一體とする大人の學と規定し、そして「明明德」と「親民」の關係を體用の論理で把握し、前者を天地萬物一體の體を立てる方法、後者を天地萬物一體の用を達する方法とした。また「至善」と「明德」の關係も體用の論理で把握し、道家・佛教が天下國家に役立たず、春秋の五覇が民衆に對する愛情がなかったのは「止至善」を知らなかった故であるとする。これらは「大學問」を確かに踏襲するものである。

しかしながら、ここでは「大學問」のように「至善」を「是非の心」としての「良知」であると言い切ることはなく、また「至善」を「明德」と「親民」の「極則」と言わずに「極」と言うなど、少しく差異を見せる。恐らくこれは意圖的なものであろう(2)（五參照）。

無論、これは「止至善」に對する輕視とは異なるもので、彼はここでまた、

德を明かにし以て民を親しむ、其の機は至善に止まるに在り。

と言うように、「止至善」を「明德」・「親民」の樞機（根本）と位置づけて極めて重視している。また補説部で、綱

領はただ一つであるべきだとしたが、それはこの「止至善」に他なるまい（後述參照）。

さて、本段の論説の末には注目すべき見解が示されている。

本體に卽きて以て工夫を爲すは、聖人の學なり。悟り得たる時は、只だ至善に止まるの一句、已に是れ道ひ盡せり。人の信じ及ばざるを恐れ、故に復た止まるを知るの一段を說き、以て學ぶ者に功を用ふるの要を示す。

ここでは「止至善」を工夫の目的や結果とするのではなく、本體に卽して工夫をすることを說いたものとし、聖人の爲學のあり方と把握した。これは王畿獨自の解釋で、彼の自論である所謂「四無說」の考え方が、ここに投影されていると見てよいのではないか（五參照）。

次いで『大學』本文の第二段

知止而后有定、定而后能靜、靜而后能安、安而后能慮、慮而后能得。

を前提とした論說においては、

此れ工夫を用ひて以て其の本體に復する、賢人の學なり。悟り得たる時は、止まるを知るの二字、亦た已に是れ道ひ盡せり。又た人の信じ及ばざるを恐れ、故に復た下面に先後次第を說き、以て學ぶ者に功を用ふるの序を示す。

と言う。「知止」の工夫から數種の階梯を經て本體を「得る」（至善を得て之に止まる）に至るもので、これは第一段の論說によれば學者のための說明ということになるが、ここではその中でも特に賢人の爲學のあり方と把握した。

さらに次いで本文の第三段

物有本末、事有終始。知所先後、則近道矣。

を前提にした論說においては、

此れは是れ困勉の工夫を用ひ却りて、以て其の本體に復らんことを求むる、學者の事なり。

と言って、この段を學者についての事項とし、續けて、

本體工夫の淺深難易は、聖人・賢人・學者の同じからざる有るが若きも、其の之を知り功を成すに及びては一なり。下二段は正に是れ詳かに先後の工夫の條件を言ふ。

と言っているのを見ると、この後の八條目を示した本文は、學者の爲學の筋道を論述した二つの段と理解していたことになる。以上のような把握は「大學問」や他書にも見られない極めてユニークなものであろう。

ところで、先に少しく觸れたが、「解義」の補説部の最初に示される、朱熹の「三綱領」という把握の仕方に対する批判の中で彼は、

綱領は惟一にして、綱擧がれば則ち目張り、領挈がれば則ち裘順ふ。若し三綱領と曰へば、則ち將た何れの所に其の用を施さんや。

と言う。彼は綱領はただ一つであるべきだとするのは、いくつもあればそのどれに力を注いでよいかわからなくなるからである。そして唯一の綱領が明示されれば、それを實現する細目もそれに伴って整い明確となるとした。それを綱領という語から襟の意味を持つ領を取りあげて、それを皮衣との關係で譬えたのである。

唯一の綱領とは「止至善」に他ならない。そして學者にとってはこの「止至善」を達成する細目が所謂八條目ということになろう。この解釋は、「大學問」の「明明德」に「格物」から「修身」を配當し、「親民」に「齊家」から「平天下」を配當する解釋（朱熹の「大學説」に同じ）とは異なるもので、これもまたユニークな解釋と言ってよい(3)。

以上の「解義」における首章の構造を表にして示すと次のごとくである。

『大學』本文　　大人の學

首章

〔一〕大學之道――在止於至善　〔綱領〕止於至善　聖人の學
〔二〕知止而定――能得　賢人の學
〔三〕物有本末――近道矣　學者の事
〔四〕古之明明德――在格物　〔條目〕格物――平天下　學者の學
〔五〕物格――平天下　學者の學

なお、『大學』の本文に沿って聖人・賢人・學者の學問に三者の分があるとしたのは、學問の方法を言うもので、『大學』全體を「大人の學」と規定することとは矛盾するものではないであろう。

二

王畿は「解義」の補說部において朱熹の「補傳」を批判し、缺文がないことを主張した。その文を示すと次のごとくである。

「天子自り以て庶人に至るまで、壹に是れ皆な身を修むるを以て本と爲す」。身を修むと言へば、則ち格・致・誠・正之を擧ぐ。「此を本を知ると謂ふ、此を知の至りと謂ふなり」。正に格物致知の義を發する所以にして、實は未だ嘗て亡びて補ふを待つに有らざるなり。（「」内は『大學』の本文。以下同じ）

さて、王畿がここで「格物致知」（以下「格致」と略）の意味を明かにしたとする本文、亡佚していず、補う必要はないとする「格致」の本文とは、どの箇所を指すのか、極めてわかりにくい。一見、所引中の後引の二句のみである感もあるが、そうではあるまい。この二句は結びの文でこれのみでは内容がわからない。朱熹がこの前に脱文を認めて「補傳」を行い、董槐等の學者がこの前に他所から句を充當して「格致」の傳釋とした所以もここにある。

こうしてみると、王畿が「格致」の傳釋とした本文は、結文の「此を本を知ると謂ふ、此を知の至りと謂ふなり」から遡って、所引にも示される「天子自より云云」までの一連の文ということになるのではないか。そうでなければ、彼がこの文章をここに引用した意味が不明となるであろう。

また、ここでは全く記されていないが、『大學』においてこの引用の兩文の間にある「其の本亂れて末治まる者は否ず。其の厚くする所の者薄くして、其の薄くする所の者厚きは未だ之有らざるなり」の文は、當然含まれると考えてよいであろう。もしかりにこの文を排除したとすれば、「古本」に衍文、あるいは錯簡を認めることになり、「古本」を否定することになる。「古本」は王門の旗印と言っても過言でなく、これを高弟の王畿が否定したとすればどんな波紋が廣がったであろうか。實際、彼の遺稿中に「古本」否定するような發言はどこにも見當らないのである。

以上のことから、「解義」で主張される「格致」の傳釋箇所を明示すると次のごとくである。

自天子以至於庶人、壹是皆以修身爲本。其本亂而末治者否矣。其所厚者薄而其所薄者厚、未之有也。此謂知本、此謂知之至也。

しかしながら、このことが何故にかくまで不明瞭となっているのであろうか。全般的面から見れば、「解義」が『大學』本文を自明なものとして論述することによるものである。この形式の論述において、本文の省略、その説明の不足等のことは往往にしてありがちであろう。このことを前提とした具體的例を指摘すれば、「其本亂而末治者否矣云云」の本文が完全に省略されていること、本文の引用の間に「身を修むと言へば、則ち格・致・誠・正之を擧ぐ」という説明が唐突に插入されていることが擧げられよう。

前者は、とくに前文「自天子以至於庶人云云」の文とは常に一體化して扱われてきたことから、言及する必要を認めなかったからではあろう。後者は、「修身」が「正心」以下「格物」までを抱括することを強調する內容からすると、「自天子以至於庶人云云」の本文が、「格致」の傳釋として矛盾しないことを主張しておきたかったのではないか。「格致」の傳釋として有效であることを主張するためであったとは言いうるであろう。

しかし、それにしても王畿のこの件に關する說明は拙劣に過ぎはしないであろうか。守仁に對する遠慮から筆致が鈍ったのであろうか。[4]ともかく、極めて晦澁な內容ではあるが、王畿が「解義」で所謂「自天子」の章を「格致」の傳釋として把握していたことは動かし難い事實であろう。これは王畿の思想を考える上で注目すべき重要な意味を持つものと言えよう。

ところで、この「格致」の本文把握は、當時斬新なものでも王畿獨自のものでもなかった。師守仁の盟友であり論敵でもあった湛若水（甘泉）が守仁の生前に打ち出したものであり、この兩人と異なる思想を堅持した當時の大儒呂柟（涇野）も同樣の把握をしている。また王門の同僚王艮（心齊）もこの把握を基盤にして所謂「淮南格物」說を提唱していたのである。

この本文把握は、朱熹「補傳」の不當性、不要性の主張を可能ならしめる一方、「誠意」の傳釋の前に「格致」の傳釋が條目の順序正しく配置されることから、「古本」の透逸性、正當性の主張を可能ならしめる。また加えて「格致」の他の條目に對する優先性を保證することにも擊がる。この本文把握が「古本」を採用する學者に支持されたのも十分首肯できよう。王畿の「解義」における理解もこの潮流の中に位置づけてよいものであろう。[5]また王畿がこの本文把握の正當化についてあまり積極的でないのは、一つにこの把握がすでに特殊なものではなく、聲高に主張する必要のない狀況になっていたことを物語るものでもあろう。

ともあれ、この「格致」の本文把握は、守仁がその最期まで採用しなかったものであり、その沒後に後學が遺訓とした把握とも完全に異質のものである（三參照）。が、王門においては所謂泰州學派の王艮がその「淮南格物」說の基盤とした把握でもあったことに思いを致せば、王門の『大學』解釋における新たな展開を示すものと言ってよいであろう。また王艮が「淮南格物」說を確立したのは、嘉靖十六年（一五三七）、守仁沒後九年のこととされる（『明儒王心齋先生全集』の「年譜」）。王畿の場合も、守仁沒後かなりの時を經て主張されたものと見てよいであろう。

ところで、「格致」以下の傳釋はいかに把握しようとしていたのであろうか。「解義」が指向する方向は推察可能であろう。上述の、綱領を一「止至善」に集約し、その細目を「八條目」とする解釋から、「明明德」・「親民」の傳釋は不要となろう。また首章に續いて條目の「格致」・「誠意」の傳釋が順序正しく配置されるあり方から、「止至善」の傳釋も置く餘地がなくなる。(6)「解義」は「三綱領」の傳釋を認めない方向にあったと言えよう。とすると、從來問題の所謂「誠意」と、正心（・修身）の間にある本文を一括して「誠意」の傳釋と見れば、以下條目の傳釋が整然と竝ぶことになろう。實際明代中期以降、この把握を試みる學者が散出し始めており、(7)「解義」が指向する把握もこの潮流の中に位置づけてよいであろう。

以上の臆測を基に『大學』全體の骨子を示すと次のごとくである。

一綱領（止至善）――八條目――八條目の傳釋

この整合性に富む把握のあり方は、守仁の連續性を尊んだ自在の理解(8)に比して全く異質で、この發想はむしろ朱熹に近い。同類の構造は、呂柟のような朱子學系の學者によって主張されたことを考慮すると、「解義」における『大學』本文把握は保守的傾向を有すると言ってよいものであろう。しかし、これは必ずしも彼の思想の保守化的傾向を表すものではなかろう（後述參照）。

三

王畿には「解義」の他、「格物問答原旨」（以下「原旨」と略）なる『大學』に關する論述があるが、ここでも「格致」の脱文がないことを強く主張して次のように言う。

誠意の好惡は卽ち是れ物。「好色を好むが如くし、惡臭を惡むが如くす」とは則ち是れ格物なり。「自ら欺くこと毋かれ」とは自ら其の良知を欺かざるなり。「獨を愼む」とは卽ち是れ致知なり。「獨を愼む」の工夫は好惡上に在りて用ふ。是れを「致知は格物に在り」と謂ふ。

ここの理解は「解義」とは異なり、說明の語からも了解されるように、「誠意」の章に「格致」の傳釋箇所を見出しているのである。「格致」の傳釋は「誠意」の傳釋と重なり合う形で把握されていると言ってもよいであろう。

ここで「原旨」における「格致」の傳釋箇所を、「解義」の場合と同樣に明示しておくと次のごとくである。

毋自欺也、如惡惡臭、如好好色、此之謂自慊、故君子必愼其獨也。……

（この後にも「其の獨を愼む」等の語があり、「誠意」の章全體と見てもよいが、中心は所引の本文である）

この「格致」理解は、守仁沒後の王門にあってほぼ一致したものであったと言ってよい。(9) 一例を示せば、鄒守益（東廓）は「書靑原嘉會卷」（『東廓鄒先生文集』卷九）において「惡臭を惡むが如くし、好色を好むが如くすとは誠意の功なり。致知格物は將た缺くる無からんや」という問いを設け、それに答えて次のように言う。

好惡の明覺、之を知と謂ふ。好惡の在る所、之を物と謂ふ。故に善を爲し、惡を去るの物格さるれば、則ち善を知り惡を去るの知致りて、善を好み惡を惡むの意誠なり。誠意・致知・格物は、卽ち一時、卽ち一事なり。

所引の説明は先の王畿の理解と多少ニュアンスは異なるが、上掲の『大學』の本文を「格致」の傳釋とする解釋を背景としていることは明白であろう。またこの問答から、この本文把握は、「誠意」・「致知」・「格物」の同一性を強く主張することと密接な關係にあることも理解できよう。

さて、ここで注目すべきは、この文は「嘉靖癸巳七月」卽ち守仁沒後略五年の嘉靖十二年に開かれた靑原の會散會の日に書したものであること、またこの書の冒頭で上引の問答の導引となる、「善を好むこと好色を好むが如くし、惡を惡むこと惡臭を惡むが如くすとは、是れ能く其の良知を致し、君子の自ら多福を求むるなり……」という見解を守益が「師訓」として確認していることである。(10)

このことは、守仁沒後のまもない時期の王門にあって、上掲の「格致」の本文把握が師守仁の遺訓として認識されていたことを物語るものであろう。そしてこのことは「原旨」の理解が「解義」の理解に先行することを示すものであり、「原旨」の解釋が「解義」の解釋へと變更されたことを示すものであろう。

それでは、王畿は何故に「格致」の傳釋を「誠意」の章（「原旨」）から「自天子」の章（「解義」）に移し更えたのであろうか。彼は「解義」において、

夫れ良知は性の靈竅、千古聖學の宗、所謂是非の心、好惡の實なり。好惡必ず物有り。

と「良知」を規定し（末句の「好惡必ず物有り」は意圖が不明確であるが、恐らく「格物」を意識した表現であろう。後述參照）、

誠意は眞に好み眞に惡み、自ら其の良知を欺く毋きのみ。正心は好惡作す所無く、其の良知の體に復するのみ。修身は好惡偏る所無く、其の良知の用を著すのみ。好惡一家に同じければ、則ち家齊ふべし。好惡一國に同じければ、則ち國治るべし。好惡天下に同じければ、則ち天下平らかなるべし。誠意自り以て平天下に至るまで、好惡之を盡す。

と、「誠意」から「平天下」まではすべて「好惡」に關する工夫であり、「好惡」で一貫すると斷定し、さらに續けて、

　好惡の實は、是非之を盡す。是非の則は、致知之を盡す。

と言い、「好惡」の正しいあり方は「是非」の價値判斷に裏づけられたものとし、「是非」の準則は「良知」を發揮させる「（格物）致知」の工夫によって達成されるとした。

　王畿はここで八條目中の「誠意」から「平天下」までの工夫と「（格物）致知」の工夫を截然と區別しようとしたことは明白であろう。[11] 前者は「好惡」に關する領域の工夫、後者は「是非」に關する領域の工夫と言ってもよい。しかも、後者は前者より次元の高い、根元的な工夫であるとしていることも窺い知ることができよう。二で述べたように、「格致」の傳釋を「誠意」の章に置くことは、兩者が同樣の工夫であることを示すことになりかねない。王畿はこの間に一線を畫したかったわけで、「格致」が「誠意」と別個の工夫であることを示すためにこその根據となる傳釋を必要とした。それが「自天子」の章に他なるまい。ここに「格致」の傳釋を確立することは、「格致」の傳釋が條目の順序通り「誠意」の傳釋の前に位置することになり、「格致」が「誠意」に優先する工夫であることを如實に示すことになる。これが、「自天子」の章を「格致」の傳釋とした理由であろう。

　ところで、上引において王畿は「誠意」以上を「好惡」の工夫であると言い切っていたが、「誠意」以上のみではなく、全工夫を「好惡」で一貫するとしたのが、當時の王門の大方の解釋であった。[12] 全工夫を「好惡」に集約させる理解は、「格致」の傳釋を「誠意」の章に見る解釋と不可分の關係にある。錢德洪は次のように言う。

　誠意の功は「自ら欺くこと毋き」のみ。「自ら欺くこと毋し」の功は、良知の本然に復（得）るのみ。「惡臭を惡むが如くし、好色を好むが如くす」とは是れ良知欺かざるの體を指出し以て人に示す。致知の功は好惡上に在り。故に曰く、「致知は格物に在り」と。好惡を離却して更に致知の功無し。

これは、「致知」とこれに附隨する「格物」の傳釋が、やはり「誠意」の章にあることを示すものであると同時に、この工夫が「好惡」に對するものであることをも示している。さらに續けて、

故に大學の誠意の章は好惡の二字を指出す。正心の章の忿懥好樂恐懼憂患も亦た只だ一好惡のみ。修身の章の親愛賤惡畏敬哀矜敖惰も亦た只だ一好惡のみ。治國の章の「人の好む所を好み、人の惡む所を惡む」も亦た只だ一好惡のみ。平天下の章の上下前後左右に惡む所も亦た只だ一好惡のみ。

と言う。所引では王畿と同様「誠意」以上「平天下」まで「好惡」の工夫で一貫するとする。が、上引では「格致」も「好惡」の工夫としていたことを合わせると、錢說は全條目一貫して「好惡」の工夫となる。從って、

好惡一たび正しくして、物格されざるなく、身心國家天下の理、一に正に歸す。（以上『聖學宗傳』巻十四）

と言い切るのである。「誠意」以上を「好惡」の工夫とし、「格致」の傳釋が「誠意」の章にあって「誠意」の傳釋に重なり合うとすれば、條目の全工夫を「好惡」で一貫すると見ることはごく當然のことであろう。

以上を踏まえて、王畿はこの「格致」を「好惡」の工夫とする解釋に不滿を持っていたが、その傳釋を「誠意」の章に置くかぎり、それを容認せざるを得ない、そこで「格致」を「好惡」とは別箇の工夫とするために「自天子」の章にその傳釋を確保するに至ったと言い直してもよいであろう。

この章についての解釋の様子は上論二で示したが、極めて消極的であり、かつ後述する「格致」の解釋とは特に接點を持たない（四參照）のは、當にこの章を強引に「格致」の傳釋と關連づけようとした跡を示すものではなかろうか。

四

「解義」において、「致知」（＝「格致」）の工夫を「好惡」の工夫の埒外に把握しようとしたのは何故であろうか。そもそも先ず「好惡」の工夫とはいかなるものなのであろうか。これは三の所引で錢德洪が「好惡一たび正しくして、物格されざる無く……」と言っていたように、好惡の不正を正すことであり、三の所引で王畿が「眞に好み眞に惡む」と言っていたように、眞の好惡をなすことである。

ことばを換えて言えば、善を好み惡を惡むことに勵み務めることであろう。これは王守仁の南京講學以來（正德九年）の「天理を存し、人欲を去る」という所謂「省察」の工夫（＝「年譜」）と同一線上にある工夫と言ってよい。「好惡」の工夫は、三の所引で德洪が「誠意の章は好惡の二字を指出す」と指摘していたように、ここの「惡臭を惡むが如くし、好色を好むが如くす」に由來し、これが全條目に敷衍して理解されるとしたもので、本來「誠意」の工夫でもある。「好惡」としたのは、意識よりも行爲の始源としての意味が強く、實踐的な意味を持つからで、眞に好み、眞に惡めば、行動に驅られるであろう。三所引の鄒守益所傳の守仁の遺訓、「善を爲し、惡を去る」工夫となる。

この「好惡」の工夫を成り立たせる根據は意念の善惡の判斷と同樣、「良知」にある。この判斷によって好惡を正していくことが、守仁沒後の王門にほぼ共通する工夫のあり方であったとも言ってよい。

この工夫はまた、所謂「四有說」に示される工夫にも共通するもので、

善無く惡無きは是れ心の體。善有り惡有るは是れ意の動。善を知り惡を知るは是れ良知。善を爲し惡を去るは是れ格物。（『傳習錄』下卷他）

と言うように、この「善を爲し惡を去る」工夫は「格物」でもあったのである。

ところで、守仁の死出の征旅の前日、天泉橋において、守仁の教説の宗旨を「四有説」とする錢德洪に對し、王畿は究極の教説は「四無説」にあると主張して、互に讓らなかった話はあまりに有名である。王畿説を敢て引用すれば次のごとくである。

若し心は是れ善無く惡無きの心なるを悟得せば、意は卽ち是れ善無く惡無きの意、知は卽ち是れ善無く惡無きの知、物は卽ち是れ善無く惡無きの物ならん。

また、心の本體（天命の性）が「無善無惡」・「至善」であることを言って次のように續ける。

若し善有り惡有れば、則ち意は物に動きて自性の流行に非ず。有に著す。……意は是れ心の發する所、若し是れ善有り惡有るの意なれば則ち知、物と一齊に皆な有、心も亦た之を無と謂ふべからず。（以上『龍溪王先生全集』巻一「天泉證道紀[13]」）

本體（心の本體）が「無善無惡」（「至善」）とすれば、そこから發生する「意」は當然「無善無惡」であるはずであり、この本體にこそ基盤を置くべきであるというが上引の所言の意圖である。しかるに、あくまで「意」に善惡を認めるかぎり、「物」は無論、「心」も「知」も善惡の世界に墮してしまい、有相に著し、その相對世界に振り回され、最後までそこから脱け出ることはできない、と所引では主張したのである。

師の王守仁は、兩説を調停して、王畿説を頓悟の學と規定し、上根の人に接授する學説とし、錢德洪説を漸悟の學と規定し、中根以下の人に接授する學説とした。が、守仁も言うように、上根の人は得難い故、王門の中心學説はあくまで「四有説」となる。

王畿は内心恐らく守仁の調停に不滿があったに違いない。上根の人を得難いことは承認しても、「四有説」によっては究極の悟りに至り得ないとするのが彼の最も主張したいことであったと考えられるからである。彼は、「有」を超越した「無」に足場を築き、そこのあり方を發揮させる方法は上根のみならず、中根以下の人にも有效であると考えていたに違いない。

　彼はこの自論を『大學』の「正心」の工夫に活かそうとしていたと考えられる。彼は「正心」を先天の學、「誠意」を後天の學と規定して兩者を分離して把握し、その理由を説明して次のように言う。

　吾人、一切の世情嗜慾は皆な意從り生ず。心は本至善、意に動いて始めて不善有り。若し能く先天の心體上に在つて根を立つれば、則ち意の動く所自ら不善無く、一切の世情嗜慾は自ら容るる所無し。致知の功夫も自然易簡に力を省く。(『全集』巻一「三山麗澤錄」)

　所引の大半は「正心」についてのものであり、「誠意」については全く言及がなく、僅かに「致知」との關係に觸れるのは前論からして一見釋然としない感を持つ。が、それは所引の「致知」の理解が、上述の「原旨」における解釋と同樣であることを示すものであろう。すなわち「格物」・「致知」・「誠意」の三者を同一の工夫と見る解釋であり、「致知」は「誠意」の工夫に他ならなかったのである。

　彼はここで「正心」を「致知」(「誠意」・「格物」)に優越する工夫としたが、この内容は「心體」に直接働きかけ、そのあり方を保ち、その本來の作用を活かす工夫である。すなわち所謂「存養」と同類の工夫と言ってよいであろう。この王畿の「存養」重視の見解は、陸象山の「存養は是れ主人、點檢は是れ奴僕なり」(『陸象山全集』巻三五、ここでは「點檢」を「檢斂」に作る)という意見に對して、

　學問主を得れば、百體自然に命を聽く。主人堂に在りて奴僕自然に敢て放縱ならざるが如し。若し只だ點檢を以て事と爲さば、到底只だ東に滅し西に生ずるを成すのみ。(『全集』巻一「撫州擬峴臺會語」)

と論評する點にも見られる。これは象山の見解を是認し、「存養」を主體とし「點検」（省察）を從とすることを主張するものである。

さて、「正心」は、守仁を始め多くの學者に本體、「未發」の工夫として理解されており、[14] 王畿がここに本體の工夫、「存養」の根據地を置いたのは極めて自然であったと言ってよい。しかし、問題は『大學』の工夫の順序には「正心」に先行する「誠意」以下の工夫があり、「正心」をこれらの工夫より優先させて工夫の根本に据えることはできないはずである。この點について王畿がいささかも觸れることがなかったのは、恐らく「正心」を優先化する理由づけができなかったからではないか。が、この問題に腐心していたことは「解義」の解釋の中に十分窺えるものであろう（後述參照）。

ところで、この問題を解決する近道は、先行する「格致」に「正心」に附與していた意味すなわち本體の工夫、「存養」の意味を附與することであろう。彼は「解義」で次のように言う。

「致知は格物に在り」とは、正感正應、其の天則の自然に順つて、我、心を容るる無し。是れを之格物と謂ふ。

ここでは「格物」を「良知の天則の自然に順う」こととしている。[15] これは「その（意念の）不正を正して正に歸す」という守仁の「格物」説とはかなり隔りがあろう。守仁は、所謂「致良知」説以降、意念の正不正の判斷を「良知」に依據することを基調とするが、工夫の基本は上述した「省察」の工夫に他ならない。この王畿説は決して「省察」の工夫とは言い難い。從來の「存養」とは多少とも異なるニュアンスを持つが、あくまで本體（良知）を基盤にしてその作用にゆだねようとする工夫で、少なくとも「存養」的工夫とは言ってよいであろう。

とすると、上述の「正心」の意味はほぼここに移し置かれたと見てよいであろう。この際「正心」はいかに處置されたかと言えば、三所引のように「好惡爲す所無く、……」として「好惡」の工夫の中に取り込まれた。[16] かくして

「誠意」以上「平天下」に至るまで一貫して「好悪」の工夫として把握される一方、「格致」のみは、これらと別の工夫として把握されることになった。

「格致」が「誠意」以上の工夫と截然と分離されたのは、ここに「存養」的意味を持たせた結果であり、本體（良知）の工夫の領域を確保した所産であると言ってよいであろう。また天泉橋以來の自論「四無説」的論理は、「格致」の解釋の中に消化されて活かされることになり（五參照）、一方「四有説」は「誠意」以上の工夫の中で活かされることになったと見ることもできよう。

五

上論一の「首章」における學問論は、天泉橋における議論と一見するかぎり共通點があるかに思える。すなわち、聖人と上根の人、「聖人の學」と「四無説」、そして賢人・學者と中根以下の人、「賢人・學者の學」と「四有説」が整然と對應しているかに見える。このことは、名稱こそ異なれ、守仁の調停を「首章」解釋に十全に活かしたと看取する可能性があろう。しかし、これは誤認であろう。この理解は賢人・學者の學問を「四有説」に限定することになり、學者の學問とする「八條目」を「格致」と「誠意」以上を分離せず一體化して「四有説」的工夫とすることになる。これは上論二以下と明白に矛盾することになるからである。

問題は上論一で王畿が〝工夫を用いて本體に復する〟のを聖人ならぬ者の學問としたことにある。が、この工夫は確かに工夫でも、本體に基盤を置き、本體に密着し、本體のあり方を活かす工夫であったと見れば問題は解消しよう。賢人・學者の學問にも「四無説」は十分活かされていたと見てよい[17]。

しかしながら、「四無説」の論理を學者にもそのまま適用しようとしたのではなかった。上論一で少しく觸れたことであるが、「解義」においては、守仁の「大學問」のように「至善」と「良知」を同一視することはなく、「至善」はあくまで心の本體としてのみ意味づけたことにも示されていよう。これは心の本體の本來性を保持しようとした意圖があったと思われる。「四無説」の論理を「聖人の學」とした「止至善」に純粋な形で組み込もうとした結果と言ってよいであろう。が、一方「良知」を「性の靈竅」として心の本體（性）と同一視せず、あくまで「是非の心」としたのは、「學者の學」とした「八條目」の「格致」に「存養」的意味を持たせながらも、意念に善悪がある現實を重視し、學者的立場を顧慮したもので、「四有説」にも配慮した結果と言えるのではなかろうか。

王畿の天泉橋以來の自論「四無説」の論理は、『大學』の中で「聖人の學」として「止至善」に位置づけられ、また「學者の學」の「格致」の中に多少形を變えても活かされることになった。これは王畿の天泉橋以來の腐心の結果に他なるまい。

結語

王畿の「大學首章解義」は、師王守仁の『大學』説を繼承した内容を持つことは事實であるが、彼自身の獨自性に富む内容も持っている。これは佛教用語や道家的表現で説明することのみにあるのではなく、『大學』本文の把握の形體とその持つ意味にこそ求められるべきであろう。

『大學』全體を大人の學とするのは、守仁の説を踏襲するものであるが、「首章」を三分して把握し、そこから聖人・賢人・學者三者の學問法を導き出したこと、また「格物致知」の傳釋部を所謂「自天子」の章に定め、「好悪」の領域に對して「是非」の領域を確保し、「誠意」から獨立した「格物致知」の工夫を主張し、ここに「存養」的意味を持たせたこと、これらは守仁說の中にはない。

この主張の背景には天泉橋以來の問題があった。「解義」は彼の自論「四無說」の論理を『大學』解釋の中に活かした結果である、もう少し詳しく言えば「四有說」の論理に對する「四無說」の論理の優先性を『大學』の解釋の中で確保し、かつ兩說を調和させせた結果であると言ってよいであろう。守仁は出征の前日この兩說を自らの教法として承認したことを顧慮すれば、少くとも守仁の學說の發展として理解することはまちがいではない。

王畿は守仁の學說を祖述するかのような表現を取り、差異については敢て明白にしない。が、それを十分認識していたことは言うまでもなかろう。師守仁の、朱熹『大學』說に抵捂せざるを得なかった立場を汲んで、「蓋し異なるに忍びざるは先師の本心なり。しかれども道の在る所、之と異ならざるを得ざるは、天下の公學は先師の得て私する所に非ざればなり」と言う。表向きには守仁の朱熹に對する立場を辨明したものであるが、この裏には王畿の守仁に對する立場の辨明が込められていたのである。

注

（1）「解義」の末文にある朱熹『大學』說批判は、上論の正當化のために附加されたものであろう。「格致」の傳釋を「自天子」の章とするのは、この批判の最後の「補傳」批判の中で論及されたもの。王畿はこの箇所を首章に含めていたと見るべきではないであろう。
（2）これは「至善」を是非の準則としての「良知」と同一視することを避けるためであろう。
（3）綱領を「止至善」に絞ることはないが、「止至善」を達成する細目を「八條目」とする解釋は、王道の『大學億』等にも見られる。
（4）王畿は補說部で朱熹の「敬」に對して守仁と同樣その「大學の要は誠意に在り」（「大學古本序」）を持ち出して批判するが、

これはこの後に續く、補傳批判の内容と齟齬する感が強い。
（5）「明代における『古本大學』顯彰の基盤」（『日本中國學會報』第四十一集）參照。
（6）王畿は綱領と條目の關係から、綱領（「止至善」）に傳釋は不要と見ていたのかもしれない。同世代の呂柟は、綱領は條目によって解釋されているとして綱領の傳釋を認めなかった（『四書因問』大學）。
（7）（5）に同じ。
（8）「『大學古本傍釋』の特質－解釋の方法とその實相－」（『中國古典研究』第四十一號）參照。
（9）以下の本論に示すものの他、歐陽德（南野）の「答羅整菴先生寄困知記㈡」（『歐陽南野先生文集』）等。
（10）これと同一の語は守仁の最晩年の書、說にも見出し得ないが、「大學問」では「致知」の說明に「誠意」の章の語が使用されている。「大學問」が最晩年のものかは多少疑問である。
（11）王畿は「答呉悟齋」（『龍溪王先生全集』卷十）でも「是非は好惡の公なり。誠意自り以て平天下に至るまでは、好惡の兩端を出でず」と「好惡」と「是非」を辨別している。
（12）この解釋の基は王守仁にある。「良知は只だ是れ箇の是非の心。是非は只だ是れ箇の好惡。只だ好惡は就ち是非を盡（了）くす。只だ是非は就ち萬事萬變を盡（了）くす」（『傳習錄』下卷八八條）。この内容は難解な面があり、稿を改めて考察したい。また、王門では鄒守益の「書靑原嘉會卷」（『東廓鄒先生文集』卷九）、歐陽德の「答項甌東」（『歐陽南野集』卷五）等に見える。
（13）『傳習錄』下卷二一五條所傳とは多少ニュアンスを異にするが、ここの論旨に問題はない。
（14）王守仁の例を示せば、『傳習錄』上卷一二〇條に見える。
（15）この說は「解義」において始めて主張されるものではなく、「原旨」にもある。が、「原旨」では「格物」を守仁の「其の不正を正して正に歸す」でも說明しているのは、「格致」の傳釋を「誠意」の章から切り放せないでいた證據でもあろう。
（16）この「正心」の工夫の實際は、やはり「存養」に近いとも受け取りうるもので他の條目の工夫と同一に扱うべきではないように思えるが、ここでは敢て詮索はしない。
（17）學者の學問については本論で述べたごとくである。賢人の學問についてはなおさらであると考えられよう。賢人の學問とした「知止」を說明して「知は知識の謂に非ず、性を見て以て悟りに入る、眞知なり。心の本體は原と是れ至善にして無欲なり。無欲なれば則ち止まる」と言う。難解ではあるが、本體の工夫とするニュアンスは十分傳わるものであろう。

薛蕙の生涯と思想・文學について

鷲野正明

はじめに

明代の正德から嘉靖にかけて、文學界では李夢陽（一四七二～一五二九）・何景明（一四八三～一五二一）によって復古が提唱され、思想界では堪若水（一四六六～一五六〇）・王守仁（一四七二～一五二八）によって新しい學問が拓かれた。復古運動はのち李攀龍（一五一四～七〇）・王世貞（一五二六～九〇）によってより强力にかつ廣範に展開され、新しい學問は「心學」として支持者をを擴大し、二派が生まれて政界にも大きな影響力を與えるようになる。

正德・嘉靖の間は、明代を特徴づける文學・思想が生育した時代であった。しかし、王漁洋（一六三四～一七一一）が「明にはもと古澹の一派がいた。王世貞・李攀龍が格調を謂ってからその清らかな音が中絶した[1]」と云うように、のちに大きな潮流となる流れに乗らなかったがために、文學史に取り残された詩人たちがいた。

その取り残された詩人の一人に、薛蕙（一四八九～一五四一）がいる。薛蕙は、字は君采、號は西原、また晩年には大寧居士と號した。若い頃は、後先を考えない一本氣なところがあり、武宗の南巡に際しては皆が怯む中でひとり抗疏諫止し[2]、嘉靖初年の「大禮の議」では直言して帝の怒りに觸れ、獄に下されている。剛腸で惡を憎むために逆に小人につけ込まれて苦境に陥ることもあった[3]。

詩人としての薛蕙は、紀昀（一七二四～一八〇五）によって「正德・嘉靖の際には、文學界が初めて新しくなり、李夢陽・何景明の聲華が盛んになったが、詩は獨り清削婉約を以て、其の間に介在した」[4]と評價されている。薛蕙の詩人としての評價はその在世中からあったようで、彼の死後に行狀を書いた王廷が、詩人としてのみ薛蕙が評價されることを嘆いて、「その學は自らが自らの性を知り、それを養うことを主とし、獨りを愼むことを要とし、敬に居ることを務とした」[5]と彼の學問・思想、そしてその實踐を顯彰している。政界での行動は道義心からくるものであるが、それは爲にするものがなく、つねに「恬靜寡欲」[6]であったからできたのであろう。

小稿は、今日ではほとんど言及されることのない薛蕙について、その生涯を概觀し、思想と文學の特色を紹介するものである。

一、薛蕙の生涯[7]

薛蕙の五十三年の生涯は、四期に分けて考えることができる。

第一期は、十九歳までの修養の時代。第二期は、王廷相（一四七四～一五四四）と出會った二十歳から、進士に合格する二十五歳まで。王廷相に親しく學を授けられ、學問に開眼した時期である。第三期は、進士に及第した二十六歳から、大禮の議を經て辭職する三十六歳まで。官場時代である。第四期は、鄉里にあった三十六歳からその死まで。俗塵を去った隱棲時代である。

㈠ 第一期（〜十九歳）・第二期（二十歳〜二十五歳）

薛蕙の祖は河南省偃師の人で、明の初めに高祖彬が従軍隷武平衛となって亳に移り住んだ。曾祖は、諱は森、字は茂林。才氣人に優れ、義行があった。祖は諱は琇、字は廷瑞、衛主文となり、法をもって人道的な政務を行った。父は諱は鑑、字は大用、承徳朗吏部驗封司主事に封ぜられた。寛簡質直で、人と争わず、衆に長者として推された。母は、楊氏。封安の人。第二婦人は侯氏。

薛蕙は弘治二年（一四八九）十月六日に生まれた。幼少より穎異で、生まれて三か月、たまたま芒神を見て、「芒兒、芒兒」と連呼し家人を驚かせた。やや長じてますます聰明で、ほかの子どもたちと異なっていたことから、郡の長老から「薛氏は末頼もしい」と羨ましがられた。

弘治八年（一四九五）、七歳、科擧の勉强を始め、作文が上達した。十二歳、詩をよくし、隣舎にその名が掲げられ、十五歳では、郡學の弟子員に補せられた。正徳一年（一五〇六）、十八歳、郷試に應じたが、落第。

正徳三年（一五〇八）二十歳、王廷相が亳州判官として赴任してきた。薛蕙を一目見て、「天下の奇才だ、何・李を繼ぐであろう」と賞賛。そこで多くの人の中から特に拔擢して、親しく學を授けた。薛蕙は、載籍を探り窮め、英華を採みとり、古えを規範として詞をかざり、その名聲は京師にまで傳わった。

正徳五年（一五〇九）、二十一歳、秋、郷試を受けたが落第。冬、王廷相に落第の手紙を寄せる。王廷相の勸めにより、理學に傾斜。正徳八年（一五一三）、二十五歳、南畿郷薦を領し、翌年、偕計のため京師に赴いた。夜に中書舍人何景明のもとに至り、盃を把ってともに樂しみ、ついに莫逆の交わりを結ぶ。當時の名公は、競うように隣に引っ越し、次々と名刺を投じて交際を願った。

(二) 第三期(二十六歳〜三十六歳)

正徳九年(一五一四)、二十六歳、進士の第に登り、刑部貴州司主事を授かる。ついで、病をもって告げ歸り、正徳十一年(一五一六)、刑部福建司主事直本科に除せられる。諸司の章疏は、すべて薛蕙の手筆を經た。文に敏なうえにまた法を丹念に引いて照合することから、省中の人々はその能力に感服した。

正徳十四年(一五一九)、三十一歳、武宗の南幸にあい、抗疏力諫した。咎めは豫測できなかったが、泰然とかまえてうろたえるようなことはなかった。しばらくして吏部驗封司主事に調せられた。

嘉靖元年(一五二二)、三十四歳。薛蕙は、吏部にあってひたすら賢俊を擧げ、淹滯を抜くことを自らの任務とし、そのため裁判所には濫吏がいなくなり、門には私ごとで謁する者がいなくなった。ついで文選司主事から驗封司員外に昇格。嘉靖二年(一五二三)、三十五歳、會試同考官となる。

嘉靖三年(一五二四)、三十六歳、考功司郎中に昇格。朝廷ではおりしも皇帝の廟號についての議が起こった。いわゆる「大禮の議」[8]である。經緯をかいつまんで記すと、以下のようになる。

世宗が即位すると、父・興獻王、伯父にあたる孝宗、堂兄にあたる武宗に對して、それぞれ太廟での呼稱をどのようにするかが問題となった。楊廷和らは、皇統を重んじて、孝宗を皇考、武宗を皇伯、興獻王を皇叔父興獻大王と稱することを主張したが、張璁らはそれでは實の父が叔父の扱いになると反對し、孝宗を伯皇考、武宗を皇伯、興獻王を皇考とするよう主張した。張璁等はもとより世宗の意を體しての反論である。初めは楊廷和等の廷臣派が優勢であったが、結局、嘉靖三年(一五二四)九月に張璁等が勝利をおさめることになる。

楊廷和等の主張の根據となったのは、『公羊傳』成公十五年の「爲人後者、爲之子」である。薛蕙は、墳典を參考にし、古今に照らしあわせて、「爲人後解（人の後と爲るの解）」「爲人後辨（人の後と爲るの辨）」のおよそ數萬言を撰した。帝はもとより反・廷臣の立場にあるので、薛蕙はこの文書を上奏すると帝の怒りに遭い、詔獄に下されてしまった。

嘉靖三年七月、時の部院の諸司三百餘人がおのおの異議を認めた疎狀をそなえ、左順門に跪伏し、哭訴した。上は震怒し、それぞれに等差をつけて鞭打った。薛蕙は獄に繫がれていたので、跪伏哭訴はできなかった。のち、薛蕙は、崔氏の盡力によって救われ、詔によって復職した。

たまたま給事中の陳洸が外に轉じることになった。文選郎の夏良勝（一四八〇～一五三八）と薛蕙が畫策したせいではないかと疑い、途中で大禮について上書し、召見されて事を申し述べる機會を得るや、當路の者に阿諛し、異議を唱える者を攻擊して失脚させた。夏良勝は非難されて失脚したが、薛蕙は非難される何物もないため、そのままもとの職に留まった。

ちょうどその時、亳州知州の顏木が罪に坐した。亳の武臣が無道悪辣で、境内で暴れ、勝手氣ままに人を捕らえたり、物を強奪して、手のつけようがなかった。顏木が亳に赴任すると、その武臣の悪行を法律に照らしてあばきたてたが、逆に冤罪だと彈劾されたのである。

陳洸は、薛蕙が亳の出身で顏木と同年の進士であることから、結託して不正な利益を得ていたのではないかと疑い、誣告した。薛蕙は奏辨したが、帝に聞き入れられず、事の眞僞が判明するまで鄉里に歸ることになった。

(三)　第四期（三十六歳～五十三歳）

嘉靖六年（一五二七）、三十九歳、母死す。嘉靖八年（一五二九）、四十一歳、喪が明ける。誣告されたことの眞僞も明らかになり、吏部も回し文をして、復職させるよう促した。しかし、權貴の者の勢力がまだ强かったので、薛蕙は「首を垂れて釜ゆでの刑に就くことなどできようか」と、とうとう仕進しなかった。以後、二度と仕えず、權貴の者もついに歡心を得ることができなかった。

嘉靖十年（一五三一）四十三歲頃、『老子集解』成る。

嘉靖十二年（一五三三）、四十五歲、父の吏部公卒す。薛蕙は、母の死のあと元氣がなく、瘦せていたところに、父の喪に遭っていっそうやせ衰えた。すでに喪が終わっても、なお墓の傍らに庵を結び、家人が病氣になることを心配して、親友に頼んで止めるように諭してもらったが、聞き入れられなかった。服喪が終わると、小圃に退き、廬舍を墳墓の後ろに營み、朝夕掃謁して自適した。

その廬舍は、額には「退樂」とあったが、中丞の柳泉馬公はそれを變えて「常樂」と言った。中に四角の池を掘って蓮を浮かべ、回りには竹や樹、花や藥草を植え、ほとりに亭を築いた。白巖喬公は「瑩心」と題した。薛蕙は悠々自適し、詩や文を學び、あるいは客人と文を論じ、酒を酌み交わしながら詩を歌って樂しんだ。時には田圃へ出かけて木陰で休んだり、川に臨んだり、農民や漁師と話をした。心は利欲にとらわれず、さっぱりとしたものであった。

嘉靖十七年（一五三八）、五十歲、王廷に委ねて魏校に『老子集解』を贈る。

嘉靖十九年（一五四〇）、五十二歲、冬、たちまち病にかかる。次第によくなり、翌嘉靖二十年（一五四一）正月一日から六日まで、身體はすっかり元通りに回復していたが、翌日家人に「後事に備えよ」と言い、九日の夜四更、机の前で端座して逝った。

薛蕙には子供はいない。兄弟が三人いた。長兄は蘭、末は萱という。甥が一人いて存という。蘭の子である。

二、薛蕙の學問と思想

薛蕙には『西原集』『約言』『老子集解』『大寧齋日錄』『五經雜錄』などの著作がある。そのうち『約言』『五經雜錄』『老子集解』の著作動機について、唐順之は次のように云う。

①學者が廣範で薄っぺらな學問をしていることを憐れんで、約言を著した。②學者が言葉を詮索して聖人の心を求めながら、結局その心を見ることができないことから、五經雜說を著した。③方士が性命の外を穿鑿して、養生たるを知らず、世の中の儒者が有無の内にこだわって、無爲の有爲たるを知らないことから、老子解を著した。(9)

このことから逆に、薛蕙が、廣範な學を修め、言葉の表層に止まることなく、眞實相の奧深くに分け入って聖人の心を求め、また、性命とは何か、有無とは何かについて深く考察した、ということが分かる。この學問への姿勢は、學びながら惱み、考え拔いた末に至りついたものであり、唐順之によれば以下のような經過をたどったという。

薛蕙は、中年に始めて養生家の言を好み、それ以後文字を去り、耳目を收斂し、おもいを澄ませて默照したが、數年たっても何も得ることができなかった。久しくたって「生死が障壁になっているだけで、養生家は學ぶに足りない」と悟り、老子や佛典を讀むようになり、虛靜慧寂の說を得、心に逆らわず、これを六經や濂洛の諸說によって證していった。かくして『中庸』の「喜怒哀樂の未だ發せざる、之れ中と謂ふ」に至り、學の神髓を得た。(10)

故に其の學は一に復性を以て鵠と爲し、愼獨を以て括と爲し、喜怒哀樂の未發を以て奧と爲し、能く未發にして之に至るを以て竅と爲す。(11)

養生家の言は、不老長生を事とするだけで、現實世界に積極的に生きるためには何も役に立たない。薛蕙は、生死を超越していかにして積極的に現實に關わるかを求めていた。悟りを得る契機となったのが『中庸』の「喜怒哀樂之未發謂之中」であったというのが、その邊の事情を示している。また、薛蕙は『約言』で次のように云う。

未發の中は、卽ち性善なり。發して不善有り、物に惑ひて其の性を遷すのみ。其の性なるを知りて物に累はされざれば、則ち其の情に不善なる者有る無し。然して情の不善なる者、其の性善も亦た豈に遂に亡びんや。物往きて情息み、其の本不善なる者無きは、復た自ら若くのごとし。世儒人の不善に因りて、性に不善有りと謂ふ。是れ未發の性を知らず、乃ち情を以て性を言ふなり。其の謬らざらんと欲するも、得可けんや。(12)

當時の學者は、人の不善に因って、性には不善がある、と考えていた。それに對して、薛蕙は、未發の性を知らずに情によって性を言うから間違うのだ、という。薛蕙の說はこうだ。

喜怒哀樂の情がまだ外にあらわれないのが未發。その未發の狀態が「中」で、その「中」のとき、性は善である。情が外にあらわれた已發のとき、つまり「中」の狀態でないときには、ときに情が不善になることがあり、そこで、性が不善であるように見えることがある。しかしそれは、外物に惑い、不善の情によって性が不善のように遷って見えるに過ぎない。性は外物に惑わされることは決してないのであり、性が善であることが分かっていれば、情が不善となることもない。

薛蕙は、「性善」の立場に立ち、未發の狀態、「中」の狀態がまさしく善である、という。そのためには、「性に復り、未發の中の性善を守る必要がある、というのである。

「性＝善」という確固たる信念は、次のように「性＝太極」の主張につながる。

朱子曰く、心は一なり。體を指して言ふ者有り、用を指して言ふ者有り。伊川の此の語は、橫渠の心は性情を統ぶと相ひ似たり。愚謂へらく、程子の說は、蓋し謂ふ、凡そ心を言ふ者は、性を主として言ふ有れば、此れ則ち體を主として言ふなり。情を主として言ふ有れば、此れ則ち用を指して言ふなり。性を主として言へば、此の心の字は卽ち是れ性、情を主として言へば、此の心の字は卽ち是れ情。性情の外に、復た所謂心なる者有りて、性情を統ぶるを謂ふに非ざるなり。故に性動靜を統ぶと謂へば則ち可、心性情を統ぶと謂へば則ち不可。性は卽ち太極なり。太極の上に、當に復た物有るべからず[13]。

心は一つである。性情の外に心があって性情を統べるわけではない、そして、性は太極である、と云う。「性＝善」であるから、つまりは「心＝性＝太極＝善」ということになる。そこでまた、

吾が心の理と、宇宙の理と、二有るに非ざるなり。
人心の神と、天の神と、二有るに非ざるなり[14]。

と云う。

「中」の状態の時は、「心＝性＝太極＝善」が全き状態にあるが、ともすれば外界の刺激によって起こる情に、不善と見える場合がある。そこで「中」を保つには、聖人の盡くした理、「寂感」を心がける必要がある。

寂感なる者は、心の理なり。惟だ聖人のみ能く其の理を盡くす。寂として感多きは、亦た其の理の然るなり。衆人嗜欲に亂る、故に私かに感じて息まざるは、寂無きに幾し。易に曰く、憧憧として往來すれば、朋のみ爾の思に從はん、と。之を爾の思の私己より出づると謂ふ。感應の正理に非ざるなり[15]。

「寂感」とは、心を安らかにして私心をなくし、すべてのものに廣く感應することを言う。「易に曰く」と、『易』の咸を引用して、私意をはさむ同類だけが應じるのは、感應の正しい理ではない、と言えば、薛蕙は、單に個人やその周邊の人々の善を希求するだけではなく、公明正大に廣く萬民の善を希求していた、ということがわかる。

また、君子として大切なことは「誠身」であるとも言う。

君子は誠身を以て貴と爲す。實に身に有する、之を誠身と謂ふ。夫れ天下の物、以て實に身に有す可き者、惟だ善のみ然りと爲す。其の固有の實理爲るに由る、故に以て實に有す可きのみ。彼諸を外に取る者、夫れ豈に得てして之有る可けんや。學は誠身を主とするに非ざれば、博學多能と雖も、卒に己が有に非ず、所謂誠ならずんば物無きなり。(16)

「誠身」とは、善を確實に身につけることである。性である善を確實なものとし、身を誠にしなければ、博學多能は何の役にもたたない。

薛蕙は、永遠を得ようとしながら生死に拘泥する養生家を否定した。老子や佛書を讀み、その虛靜慧寂の說を得、『中庸』によって「未發の中」を悟り、善をひろく行うべきであると主張した。その主張は、机上の空論ではなく、現實生活で活かされなければ意味のないものであった。(17)

三、薛蕙の詩とその評價

薛蕙の詩を早い時期に評價した一人に文徵明がいる。

詩を爲りては溫雅麗密にして、王孟の風有り。樂府歌詞は、躅を漢魏に追ふ。(18)

また、「古文辭派後七子」の王世貞は云う。

薛君采の詩は、宋人葉玉の、幾んど天巧を奪はんとするが如し。又倩女池に臨み、疏花獨り笑ふが如し。(19)

技巧の跡をみせず自然であり、淸らかで美しい、という評價は、多くの評者の共通認識であり、たとえば『詩藪』では「端麗溫醇」(20)と云い、『明詩選』では「自然壯麗」(21)と云い、また『梁園風雅』では「意は綿密にして辭は新、格は醇雅にして調は逸」[22]と云う。

このような詩風は、どこから生まれるのであろうか。

阮公の詠懐詩は、間ま亦た切迫する者有るも、君采は反って優游寛暇して、漢人の意有り。[23]

復古を目指すことは時代の風潮であったが、そうした風潮のなかで心にゆとりをもちながら古人の心に迫っている、との評價は注目すべきであろう。「句を追い字を琢することなく、心に慕って手が追う」[24]のであって、決して模擬剽竊はしない。

薛蕙の詩風は、彼の生き方、考え方から生まれたのであろう。紀昀は、薛蕙の詩の由來が人柄にある、と次のように云う。

人品の高き、迥かに流輩に出づ。其の詩格蔚然として孤り秀づるは、實に自ら來たる有り。是れ其の樹立する所、又區區たる文字の間に在らざるなり。[25]

詩形別の評價としては、五言律詩は唐人と比べても遜色はないが、七律の評價はそれほどでもない。[26]次のように、『國雅』で具體的に詩句を評價しているのも、すべて五律である。

古體は、「江南曲」「從軍行」の如き、甚だ佳なり。近體は、「詠燭」に「珠簾照りて隔たらず、羅幌映じて空なるかと疑ふ」と云ふが如き、又た「餘花近渚に飄り、衆鳥深竹に喧し」「征鳥返顧せず、浮雲相背馳す」「渚花笑語を藏し、沙鳥歌聲を亂す」「翠帷舞燕低れ、錦薦驚鴻踏む」は、竝びに是れ警句なり。[27]

「詠燭」の引用はその頸聯。以下、「舟中看雨」の頸聯、「送馬伯循」其二の頷聯、「泛舟」其二の頷聯、「觀舞」の頷聯、である。

ここでは、「泛舟二首」其二[28]を讀んでみよう。

水口移舟入　水口　舟を移して入り
煙中載酒行　煙中　酒を載せて行く
渚花藏笑語　渚の花は笑語を藏し
沙鳥亂歌聲　沙の鳥は歌聲を亂す
晩棹沿流急　晩棹　流れに沿いて急に
春衣逐吹輕　春衣　吹くに逐《したが》ひて輕ろし
江南采菱曲　江南　采菱の曲
回首重含情　首を回らせば重ねて情を含む

江南の春の舟遊びをうたった詩で、頷聯は、渚に美しい花がさき、鳥がさかんにさえずっている様子。と同時に、船の上の笑語に渚の花もほほえみ、船上の歌聲に鳥が驚いて飛びめぐるさまをも表す。頸聯は、心ゆくまで遊んで夕暮れに歸るさま。舟足が速く、着物が風になびく。尾聯は、采菱の曲を聞いて、ほのかな戀心に、舟遊びの餘韻、心殘りをうたう。詞は平易で、構成も素直で、何ら彫琢の跡がない。自然な詠じかたのうちに、情緒が纏綿する。ことに警句と評された頷聯は意味深長で、象徴的な聯となっている。『國雅』で警句と評された他の句も、同様に象徴的なうたいかたになっている。

五律以外にも見るべきものがある。七絶を見てみよう。「雪」七首のうちの其二(29)。

綠水初氷百子池　綠水初めて氷る　百子の池
飛花正滿萬年枝　飛花正に滿つ　萬年の枝
君王夜醉瑤臺雪　君王夜醉ふ　瑤臺の雪

侍女冬歌白苧詞　侍女冬に歌ふ　白苧の詞

全對格で、雪を詠じながら、艶やかで優雅な氣分を醸し出す。まさしく「優游寛暇」のなせる詩風と言えよう。

おわりに

王廷と唐順之がともに紹介する薛蕙晩年の生活ぶりはすがすがしく、讀む者の胸をうつ。(30)「薛蕙は、郷里に居て人に何かを求めたり頼んだりすることは決してなかった。身内や郷里に病の者があれば、自分で診察して薬を調合し、いつも綿を變えてやったり着物をかえてやった。貧者が『人々みんなを救うことができようか』というと、先生は『自分の心に恥じないだけだ』と答えた」と。

輕佻浮薄な世では、權勢の強い者の主張は、どんなことでも受け入れられるものである。そのような世では、有德者であろうが、隱棲して善行を積もうが、誰にも評價されることはない。確かに明代は人格者が貴ばれる時代ではなかった。情報を發信し、メディアを利用して自己を顯示する時代であった。身近な平安を希求して終わった薛蕙が歴史の波に埋沒したのは當然のことと思われる。

しかし、善は宇宙の理であると喝破し、實生活で善行を積んだ薛蕙は、「自分の心に恥じ」ることは決してなかった。輕佻浮薄な世に喧傳されるより、宇宙の理を實踐することを選んだのであった。

老佛の説を取り入れた王陽明の學が認められ始めたころ、その學説をいち早くとりいれたのは薛蕙であった。(31)しかし、薛蕙は一家として名は擧がらず、歴史の大きな流れのなかに埋沒してしまった。それは復性を鵠とし、寂感という心の理を盡くして、學者としてよりはむしろ一人の實踐者として、生きたためであろう。

本稿では、薛蕙の生涯と思想・文學についてその概略を見てきたが、究明すべき多くの課題がまだ殘っている。たとえば、當時の文人たちとの交流、特に第二期で、王廷相との出會いとその學問的な影響、何景明との交友と文學の影響については、明代の思想・文學をより深く理解するため精細に研究されるべきであろう。また、第三期の大禮の議で奏上された「爲人後解」「爲人後辨」の經學的な解釋とその位置づけ、また第四期における思想と文學の掘り下げ、等も大きな問題である。六朝の詩に「擬」う詩も多く、それと比較することによって薛蕙の詩の特色がより明確にもなろう。これらについては、今後の機會に待ちたい。

注

（1）『池北偶談』（巻十二）：「明詩本有古澹一派。如徐昌國、高蘇門、楊夢山、華鴻山輩。自王李專言格調、清音中絶」。なお、古澹派に關して、鷲野に「徐禎卿の「樂府」について」（中國文化40號）、「徐禎卿―江南時代の詩」（中國古典研究27號）、「徐禎卿の『談藝錄』について」（大東文化大學創立60周年記念中國學論集）、「明代「古澹派」の詩人・高叔嗣について―その詩と詩觀―」（中國古典研究36號）、「王漁洋の「古澹」詩說について」（日本中國學會創立五十周年記念論文集）がある。

（2）文徵明「吏部郎中西原先生薛君墓碑銘」（『文徵明集』補輯巻第三十二）：「性彊執、遇事直前、無所觀望。武宗南狩、先生抗疏諫止。同時諫者、或標表示直、或解嫚恐�、而先生不訐不隨、直申其志」。

（3）文徵明「吏部郎中西原先生薛君墓碑銘」：「剛腸疾惡、與時抵捂、竟爲小人所乘、迄又廢死」。

（4）『四庫總目提要』：「正嘉之際、文禮初新、北地信陽、聲華方盛、　詩獨以清削婉約、介乎其間」。

（5）王廷「吏部考功郎中西原薛先生行狀」：「其學以自知其性而養之爲主、以愼獨爲要、以居敬爲務。卒乃造詣深邃、窅不可測、而自得寔多。然今之人、但知先生爲詩人耳」。

（6）文徵明「吏部郎中西原先生薛君墓碑銘」：「恬靜寡欲、擧天下之物、莫有動其中者。非道義不親」。

（7）薛蕙の事跡を記す早期の資料には、すでに前注で引用した文徵明の「吏部郎中西原先生薛君墓碑銘」、薛蕙の友人で蘇州知府王廷の「吏部考功郎中西原薛先生行狀」（考功集附錄）の他に、唐順之の「吏部郎中薛西原墓誌銘」（『荊川先生文集』卷十四）がある。

（8）「大禮の議」に關しては、①中山八郎「明の嘉靖朝の大禮問題の發端」（人文研究八－九、一九五七）、②中山八郎「再び「嘉靖朝の大禮問題の發端」に就いて」（『清水教授追悼記念明代史論叢』、一九六二）、③横久保義洋「嘉靖大禮議の經學的解釋－毛奇齡の立場」（中國研究集刊辰號、一九九三）等がある。①は大禮問題の發端について、②は①を補足したもので、さらに王陽明のこの問題に關する姿勢にも觸れられている。③は、大禮問題の經緯が要領よくまとめられ、毛奇齡の立場を經學面から明らかにしている。

（9）唐順之「吏部郎中薛西原墓誌銘」：「先生憫學者濡於多岐。作約言。學者執言詮以求見聖人之心、而不能自見其心也。作五經雜說。方士穿鑿乎性命之外、而不知養性之爲養生也。世儒泥象於有無之內、而不知無爲之爲有爲也。作老子解」。

（10）唐順之「吏部郎中薛西原墓誌銘」：「中歲始好養生家言。自是絕去文字、收斂耳目、澄慮默照。如是者若干年。而卒未之有得也。久之乃悟曰、此生死障耳。不足學。然因是讀老子及瞿曇氏書、得其虛靜慧寂之說。不逆於心、已而證之六經及濂洛諸說。至於中庸喜怒哀樂未發之謂中、曰是矣、是矣」。

（11）唐順之「吏部郎中薛西原墓誌銘」：「故其學、一以復性爲鵠、以愼獨爲括、以喜怒哀樂未發爲奧、以能知未發而至之爲竅。自是、收斂耳目、澄慮默照。如是者又若干年、而後信乎其心。其自信之確也、而後著之於書」。

（12）『約言』：「未發之中、卽性善也。發而有不善、惑於物而遷其性耳。知其性而不累於物、則其情無有不善者。然情之不善者、其性善亦豈遂亡哉。物往而情息、其本無不善者、復自若也。世儒因人之不善、而謂性有不善。是不知未發之性、乃以情而言性也。欲其不謬、可得乎」。

（13）『約言』：「朱子曰、心一也。有指體而言者、有指用而言者。伊川此語、與橫渠心統性情相似。愚謂、程子之說、蓋謂凡言心者、有主性而言、此則主體而言也。有主情而言、此則指用言也。主性而言、此心字卽是性、主情而言、此心字卽是情。非謂性情之外、復有所謂心者、而統乎性情也。故謂性統動靜則可、謂心統性情則不可。性卽太極也。太極之上、不當復有物。五峰心妙性情之德、與橫渠之失同。朱子極稱此二言、殆未然也」。

（14）『約言』：「吾心之理、與宇宙之理、非有二也」。「人心之神、與天之神、非有二也」。

（15）『約言』：「寂感者、心之理也。惟聖人能盡其理。寂多於感、亦其理然也、衆人亂於嗜欲、故私感不息、幾於無寂。易曰、憧憧往來、朋從爾思。謂之爾思出於私己。非感應之正理也」。

（16）『約言』：「君子以誠身爲貴。實有於身、謂之誠身。夫天下之物、可以實有於身者、惟善爲然。由其爲固有之實理、故可以實有焉耳。彼取諸外者、夫豈可得而有之耶。學非主於誠身、雖博學多能、卒非己有、所謂不誠無物也」。

（17）王廷「吏部考功郎中西原薛先生行狀」に、「誠身」を實行したみごとな生き方が描かれている。その一部は「おわりに」に紹介した。

（18）文徵明「吏部郎中西原先生薛君墓碑銘」：「爲詩溫雅麗密、有王孟之風。樂府歌詞、追躅漢魏」。

（19）『藝苑卮言』卷五：「薛君采詩、如宋人葉玉、幾奪天巧。又如倩女臨池、疏花獨笑」。

（20）『詩藪』續編卷二：「弘正五言律、自李何外、如薛君采之端麗溫醇、高子業之精深華妙、置之唐人、毫無愧色。然二君倶不能七言律。高蓋氣局所限、薛由工力未加」。

（21）『明詩選』：「如貴主初降、雲軿鸞輅、懸珠編貝、自然壯麗」。

（22）『梁園風雅』：「西原咀英魏晉、振秀齊梁。意綿密而辭新、格醇雅而調逸」。

（23）『王氏家藏集』：「阮公詠懷、間亦有切迫者、君采反優游寬暇、有漢人意、可謂妙擬矣」。

（24）『靜志居詩話』：「古詩自河梁以曁六朝、近體自神龍以迄五季、靡不句追字琢、心慕手追、卓然名家」。

（25）紀昀『四庫總目』：「人品之高、迥出流輩。其詩格蔚然孤秀、實有自來。是其所樹立、又不在區區文字間也」。

（26）注（20）。

（27）『國雅』：「古體、如江南曲、從軍行、甚佳。近體如詠燭云、珠簾照不隔、羅幌映疑空、又餘花飄近渚、衆鳥喧深竹、征鳥不返顧、浮雲相背馳、渚花藏笑語、沙鳥亂歌聲、翠帷低舞燕、錦薦踏驚鴻、竝是警句。辟之馬飾金羈、連翩蝶躞、穩步康莊、了無跼蹐之迹」。

（28）『考功集』卷五。

（29）『考功集』卷八。

（30）王廷「吏部考功郎中西原薛先生行狀」及び唐順之「吏部郎中薛西原墓誌銘」。

（31）唐順之「吏部郎中薛西原墓誌銘」：「嗚呼、心學之亡久矣。有一人焉、倡爲本心之說、衆且譁然、老佛而詆之矣。學者、避老佛之形、而畏其景。雖精微之論出於古聖賢者、且惑而不敢信矣。先生直援世儒之所最詆者、以自信而不惑」。

嘉靖七子再攷——謝榛を鍵として——

田口一郎

○はじめに

「嘉靖七子（或いは後七子）」とは、李攀龍《りはんりよう》・王世貞・謝榛《しやしん》・宗臣・梁有譽・吳國倫・徐中行の七人からなる、「文必西漢、詩必盛唐」（『明史』巻二八七・王世貞傳）という擬古主義を主張した明代の文學流派を指す、というのは文學史上の常識といえるだろう。

だが、嘉靖七子は我々の考えるような「文學流派」だったのだろうか。結論から言えば、嘉靖七子は「文學」の流派というよりは、私的な高級官僚サークルというべきもので、「彼ら」が「文必西漢、詩必盛唐」という擬古主義の主張の下に團結したとするのは、正確さを缺く。

以下、その構成員の檢討、またその文學觀の檢討を通して、嘉靖七子という概念の再檢討を行っていきたい。

○誰が「七子」か?

先ず「七子」の構成員を考察しよう。『明史』の記載に基づき「七子」の構成過程を見てみる。

攀龍之始官刑曹也、與濮州李先芳・臨清謝榛・孝豊呉維岳輩倡詩社。王世貞初釋褐、李先芳引入社、遂與攀龍定交。明年、先芳出爲外吏。又二年、宗臣・梁有譽入、是爲五子。未幾、徐中行・呉國倫亦至、乃改稱七子。

（『明史』巻二八七李攀龍傳、『明史稿』も概ね同）

攀龍の始めて刑曹に官たるや、濮州の李先芳・臨清の謝榛・孝豊の呉維岳の輩と詩社を倡す。王世貞初めて釋褐するや、李先芳引きて入社せしめ、遂に攀龍と交わりを定む。明年、先芳出でて外吏と爲る。又二年、宗臣・梁有譽入りて、是れを五子と爲す。未だ幾もなくして、徐中行・呉國倫も亦た至り、乃ち改めて七子と稱す。

これに據れば、先ず李攀龍が、李先芳・呉維岳・謝榛らと「詩社」を始める。その詩社に王世貞が入社。翌年、李先芳が轉出、二年後、宗臣・梁有譽が入社しこれが「五子」。しかし李攀龍・王世貞・謝榛・呉維岳・宗臣・梁有譽と、數えてみると六子がいる。續いて徐中行・呉國倫が入社し「七子」となったと言うが、同様に李攀龍・王世貞・謝榛・呉維岳・宗臣・梁有譽・徐中行・呉國倫の八子となってしまう。

『明史』は資料としては問題のある史書で、此の程度の齟齬なら往々にして存在する。別の信頼度の高い資料を採用しよう。

「嘉靖七子中、元美の才氣、于鱗《うりん》に十倍す。……當日名は七子と雖も、實は則ち一雄」（朱彝尊『靜志居詩話』巻一三）

と言われる七子の棟梁、王世貞自らは次のように言う。

余德甫時已登第、爲尙書比部郎。郎有李攀龍・徐中行・梁有譽・呉國倫・宗臣及余世貞者、與德甫相切劘爲古文辭。有譽死而得張佳胤、名籍籍一時、或以比鄴中七子。

（「瑞昌王府三輔國將軍龍沙公暨元配張夫人合葬志銘」『弇州山人續稿』巻一一一）

余德甫時に已に登第し、尙書比部郎と爲る。郎に李攀龍・徐中行・梁有譽・呉國倫・宗臣及び余世貞なる者有り、德甫と相い切劘して古文辭を爲す。有譽死して張佳胤を得、名一時に籍籍たり、或いは以て鄴中の七子に比す。

これに據れば「七子」とは「余曰德（字、德甫）・李攀龍・徐中行・呉國倫・宗臣・王世貞・張佳胤」の七人で、普通の「謝榛・梁有譽」の代わりに「余曰德・張佳胤」が入っている。錢大昕『潛研堂文集』巻一六「嘉靖七子攷」が指摘する通りである。

更に王世貞の弟、王世懋の「賀天目徐大夫子與轉左方伯序」（『王奉常集』巻五）に據れば、

世廟時、比部郎李于鱗與其儕梁公實・宗子相・今左伯徐公子與・余兄元美五人者友也。而呉明卿稍後入、是爲六子。最後、德甫・肖甫輩益進矣。而海内好事者家傳嘉靖間七子。

世廟の時、比部郎李于鱗、其の儕梁公實・宗子相・今の左伯徐公子與・余が兄元美五人の者とは友たり。而して呉明卿稍や後に入り、是れを六子と爲す。最後、德甫・肖甫の輩、益進せり。而して海内の好事の者、家ごとに嘉靖間の七子を傳う。

と、「李于鱗・梁公實・宗子相・徐子與・王元美・呉明卿・德甫・肖甫」の「八人」が「嘉靖間七子」とされたという。やはり「謝榛」は含まれず「余曰德・張佳胤（字、肖甫）」が入る。

とはいえ、「普通の」七子の謂いも確かに存在した。「廣五子」の一人、歐大任は梁有譽の傳「梁比部傳」（『國朝獻徵録』巻四七）で「請沐輒從謝山人榛・宗考功臣・呉舍人國倫・同舍郎李攀龍・王世貞・徐中行唱和爲樂、都人無不標目七子焉」と記すし、陳繼儒は『新刻陳眉公攷正國朝七子詩集註解』の序に「七子爲王大司寇世貞・李觀察攀龍・徐比部中行・宗學憲臣・梁刑曹郎有譽・呉舍人國倫而謝山人榛」と一般に我々の言う七子の構成員を記す。

以上の資料から分かることは二つ。第一に「李攀龍・王世貞・謝榛・宗臣・梁有譽・呉國倫・徐中行」の七人を構

成員とする嘉靖七子は、何種類かあった「七子」の數え方の一つに過ぎないということ。

第二には王世貞等は、「七子」という呼稱を、特定・固定された代名詞として用いたのではなく、「建安七子」「竹林七賢」等の「七」の數を用いて、李攀龍ら身近な友人との集まりを示したに過ぎない、という事である。

實際、王世貞は右に見たように、他所で「七子」の呼稱を用いているにも關わらず、

吟詠時流布人間、或稱七子、或八子、吾曹實未嘗相標榜也。（『藝苑卮言』巻七）

吟詠時に人間に流布し、或いは七子と稱し、或いは八子とするも、吾曹實に未だ嘗て相い標榜せざるなり。

と言う。「標榜したことはない」という言を鵜呑みにすることは出來ぬとはいえ、世間に流通する「七子」の呼稱を、積極的には認めていないことが分かる。また王世懋も前引「賀天目徐大夫子與轉左方伯序」で、

海内好事者家傳嘉靖間七子、豈非以建安之鄴下、正始之竹林、好稱擧其數耶

海内の好事者家ごとに嘉靖間の七子を傳う、豈に建安の鄴下、正始の竹林を以て、好んで其の數を稱擧するに非ざるや。


と述べ、自分たちではなく、世間の者たちによって「建安七子」「竹林七賢」に數を合わせ七子と稱されたのだとしている。

つまり單に七子といった場合、それがどの時期の七子なのか、誰のいう七子なのかによって示す對象が異なって來るのである。七子の概念がかくも曖昧なものである以上、一般に謂われる李攀龍・王世貞・謝榛・宗臣・梁有譽・吳國倫・徐中行の「七子」に範圍を限定しての七子の檢討は、危險を伴うことになる。具體的には後に見るように、謝榛を「七子」に含め、「七子」の文學主張を論じるのは、聊か問題があるのだ。以下では、混亂を避けるため李攀龍・王世貞を中心とした實際に交流のあった集團の總體を「李・王集團」と呼び、その時々での「七子」の呼稱と區別し

て、話を進めていきたい。

○李・王集團の人間關係

さて、李・王集團の形成過程と、その集團としての性質は、具體的にはどのようなものだったのか。先の例で「七子」とされる場合とされない場合のあった謝榛（一四九九～一五七五）[1]の動向に注目しながら、考察してみよう。

謝榛と李攀龍・王世貞との交際は嘉靖二七、二八年頃から確認できる[2]にもかかわらず、謝榛自身は李・王の詩社に加わった時期、經緯について次のように述べる。

嘉靖壬子春、予遊都下、比部李于鱗・王元美・徐子與・梁公實・考功宗子相諸君延入詩社。一日、署中命李晝士繪六子圖、列座於竹林之間。　（『詩家直說』巻四・一五）[3]

嘉靖壬子（三一年、一五五二）春、予都下に遊び、比部の李于鱗・王元美・徐子與・梁公實・考功の宗子相の諸君 延《まね》きて詩社に入らしむ。一日、署中 李晝士に命じて六子圖を繪かしめ、竹林の間に列座す。

つまり彼が詩社に招かれ、「…子」の一員とされたのは、知り合ってから少なくとも三、四年後のこととなる。しかし徐中行・梁有譽・宗臣は、王世貞とのつき合いが謝榛より新しいにもかかわらず、これより先に詩社に入っていて[4]、謝榛を招く側となっている。

では謝榛は何故、知り合ってすぐに入社とならず、三、四年の時間を經て入社の運びとなるのか。それを考えるのには、謝榛とそれ以外の成員の立場の検討から始めるのが都合がよい。

謝榛を詩社に招いた李攀龍・王世貞・宗臣・梁有譽・徐中行の五人の共通點は、いずれもほぼ同時期に進士となり

（李攀龍は嘉靖二三年。王世貞は嘉靖二六年。宗臣・梁有譽・徐中行は嘉靖二九年〈吳國倫・余曰德・張佳胤も〉の進士）、さらに五人とも第二甲の進士合格の後、刑部主事という全く同じコースを歩んだ刑部の同僚であったことだ（宗臣はすぐ吏部考功郎に移る）。一方、謝榛だけは、詩名は多少あったようだが、北京に遊ぶ無位無官の布衣であった。

そしてこれら人物を年齢順に竝べて見ると、謝榛（一四九九生）、李攀龍（一五一四生）、余曰德（一五一四生）、徐中行（一五一七生）、梁有譽（一五一九生）、吳國倫（一五二四生）、宗臣（一五二五生）、王世貞（一五二六生）、張佳胤（一五二七生）となり、謝榛は王世貞とは實に二十七歳の離れがあり、年齢が一段と高い。(5)

要するにこの時點での「諸君」とは（後述するように「七子」もそうなのだが）、李・王と、この二人に率いられる年齢・官職の近い「嘉靖二九年進士の集團」だった譯である。初めに引用した『明史』李攀龍傳での李・王集團からは、普通吳維岳が除かれて「五子」「七子」とされるが、これは吳維岳が嘉靖二九年の進士ではなく、最も早い李攀龍よりも六年早い一七年（一五三八）の進士であったことに、除外の理由の一端を見ることが出來るだろう。つまり、謝榛は年齢的に見ても經歴的に見ても、この詩社にそぐわない異質な存在であったのだ。

では、謝榛は何故嘉靖三一年になり、突然詩社に招かれたのか。そこには、何か理由があって然るべきだろう。

當時、京師を騷がせた出來事に、盧柟《ろなん》の冤罪事件というものがあった。盧柟、字少楩《しょうべん》、濬《しゅん》縣（河南省）の人。博聞强記で知られたが、その傲慢な擧止が災いし、役夫殺害の容疑をかけられ獄中で長い間迫害を受けた。其の經緯は王世貞の「盧柟傳」（『弇州山人四部稿』卷八三）に詳しく書かれるが、彼はかなり狂簡な人柄で、冤罪を招くだけの要素はあったようだ。謝榛はここでその釋放活動に奔走し、それが功を奏し、盧柟は嘉靖二九年（一五五〇）に釋放されることとなった（盧柟『蠛蠓《べつぼう》集』卷三「九騷」序）。その結果謝榛は、「予昔遊都下、力拯盧柟之難、諸縉紳多其義、相與定交（予昔都下に遊び、力《つと》めて盧柟の難を拯《すく》い、諸縉紳其の義を多とし、相い與に交を定めんとす）」（卷三・一九）というように一躍京師の名士になり、交際を求める者が引きも切らない立場となっていたのである。
謝榛の詩名はそれ以前から高かったにも關わらず、その入社自體は以上のような事件を經て、謝榛の社會的立場が變化して初めて認められることになった。
また入社だけではなく、後の謝榛の排斥も、文學主張上の對立からではなく、交際上の問題から發生する。謝榛はかなり傲慢な人柄で、李・王集團の他の成員の悪口を平氣で口にし、それが反發を招く。

一日謝生恨于鱗、數其郡不法事、衆默然。順甫獨前質曰、爲先生見之耶、抑聞之人耶。生遽曰、亦聞之人耳。
（王世貞『弇州山人四部稿』巻八二「魏順甫傳」）

一日謝生（謝榛）于鱗を恨み、其の郡の不法の事を數《せ》むるに、衆　默然たり。順甫獨り前みて質して曰く、先生　之を見たりと爲すや、抑《は》た之を人に聞けるや、と。生　遽《うろた》えて曰く、亦た之を人に聞けるのみ、と。

爾有二心於呉生、曰、稱詩如此、他何用糞土爲。呉生固甚憎爾、是用告我。元美悪爾之二三其德、亦來告我。
（李攀龍『滄溟先生集』巻二五「戲爲絶謝茂秦書」[6]）

爾《なんじ》　呉生（呉國倫）に二心有りて曰く「詩を稱すること此の如きは、他は何を用て糞土と爲さん」呉生固より甚だ爾を憎み、是を用て我に告ぐ。元美　爾の其の德を二三にするを悪み、亦た來りて我に告ぐ。

以上で問題となっているのは、文學觀の相異というよりも、むしろ謝榛の態度である。そして謝榛に對するこの様な風當たりの強さは、もちろん謝榛の個性による部分も大きいだろうが、朱彝尊が指摘するように「特明時重資格、於章服中、雜以韋布、終以爲嫌爾」（『靜志居詩話』巻一三）即ち謝榛一人が布衣であったことも大きく與っているだろう。

○謝榛と李・王集團との文學主張の相違

とはいえ、このように文學主張と殆ど無關係に、謝榛を含む「七子」が形成されたとする見方に對して、彼らを一種の文學流派として見る立場からは、次のような反論が有るだろう。謝榛は實は李・王集團の理論的指導者で、詩は盛唐という、後に世間を席巻する「七子」の理論は謝榛に由來し、李攀龍等は當初は詩は必ずしも「盛唐」ではなかった、と。その根據として錢謙益『列朝詩集小傳』丁集上「謝山人榛」（『明史』巻二八七謝榛傳もほぼ同じ）が提出されるだろう。

當七子結社之始、尙論有唐諸家、茫無適從。茂秦曰「選李・杜十四家之最者、熟讀之以奪神氣、歌詠之以求聲調、玩味之以裒精華。得此三要、則造乎渾淪、不必塑謫仙而畫少陵也」。諸人心師其言、厥後雖争擯茂秦、其稱詩之指要、實自茂秦發之。

七子結社の始めに當り、有唐諸家を尙論するに、茫として適從する無し。茂秦曰く「李・杜十四家の最たる者を選び、之を熟讀し以て神氣を奪い、之を歌詠し以て聲調を求め、之を玩味し以て精華を裒《あつ》む。此の三要を得ば、則ち渾淪に造《いた》り、必ずしも謫仙を塑し少陵を畫さざるなり」と。諸人心に其言を師とし、厥の後争いて茂秦を擯《しりぞ》くと雖も、其の稱詩の指要は、實に茂秦自り之を發す。

この部分だけ讀めば「有唐諸家」の内から盛唐の李白・杜甫等「十四家之最者」を選んで、これをよく嚙み砕くことが肝要だ、卽ち謝榛が盛唐の詩人を熟讀すべしと言い、諸人がそれに従ったようにとれる。しかしこれは錢謙益の捏造部分とも言える個所で（錢謙益の『列朝詩集小傳』、又それを踏まえて書かれた『明史』列傳には、屢々このような改變が

加えられているので、引用に際しては注意が必要である)、その基となった謝榛の『詩家直説』巻三・四〇の原文は、

予客京時、李于鱗・王元美・徐子與・梁公實・宗子相諸君、招予結社賦詩。一日、因談初唐盛唐十二家詩集、幷李杜二家、孰可專爲楷範。或云沈宋、或云李杜、或云王孟。予默然久之、曰「歷觀十四家所作、咸可爲法。當選其諸集中之最佳者、錄成一帙、熟讀之以奪神氣、歌詠之以求聲調、玩味之以裒精華。得此三要、則造乎渾淪、不必塑謫仙而畫少陵也。夫萬物一我也、千古一心也、易駁而爲純、去濁而歸清、使李杜諸公復起、孰以予爲可教也」。諸君笑而然之。

予 京に客せし時、李于鱗・王元美・徐子與・梁公實・宗子相の諸君、予を結社に招き詩を賦せしむ。一日、因りて初唐盛唐十二家詩集、幷びに李杜二家、孰れか專ら楷範と爲すべきかを談ず。或いは沈宋と云い、或いは李杜と云い、或いは王孟と云う。予默然たること之を久しくして曰く「十四家の作す所を歷觀するに、咸な法と爲すべし。(以下略)

というもので、謝榛自身は盛唐でも初唐でもその優れた作品を選び、それを熟讀・歌詠・玩味し、神氣・聲調・精華を得、渾然一體の境地に至れば、杜甫や李白を模倣する必要はない、と言っているのであり、盛唐を殊更に重視している譯ではない。

ここでの記述のみならず、謝榛の文學觀というものは、そもそも我々が「七子」=古文辭派の文學理論として想起する擬古的なものとは大きく異なっている。

例えばこの「熟讀之以奪神氣」は、謝榛の詩論の大きな特徴の一つを成すものと見てよいが、彼は古人の作品をそのまま模倣するのではなく、先ず「熟讀」(巻二・五三。同・一一五。巻三・一二。同・五三等)し、その「神氣」(巻二・五三。同・七二等)を自己の中に充分體得(「悟」〈巻二・五六等〉、「以養胸次」〈巻二・一二〇〉、「養氣」〈巻三・一二〉)させ

ることにより優れた作品が書けるようになると强調する。

謝榛は「熟讀」という以上、「學詩者當如臨字之法」（巻二・五六）というように古人の作品に習うことを否定はしないが、それは「久而入悟、不假臨矣」（同）という「悟」の前提あってのものであり、李攀龍等が主張したような直ちに模倣へ繋がるものではない。彼の『詩家直説』を通讀すると、「作詩最忌蹈襲」（巻二・一〇六）「凡襲古人句、不能翻意新奇、造語簡妙、乃有愧古人矣」（巻三・九）「本朝有學子美者、則未免蹈襲」（巻三・二四）というように、直接的な模倣に對して批判的であり、(7) いずれも李攀龍等の「似臨摹帖」な擬古主義とは一線を劃すものとなっている。

更に規範とすべき作品に關しても「熟讀初唐・盛唐諸家所作、……學者能集衆長、合而爲一、若易牙以五味調和、則爲全味矣」（巻三・一二）「兼以初唐・盛唐諸家、合而爲一、高其格調、充其氣魄、則不失正宗矣。若蜜蜂歷采百花、自成一種佳味與芳馨、殊不相同、使人莫知所蘊」（巻四・五七）という様に、謝榛はその對象を盛唐に限定してはおらず、「詩必盛唐」の文學主張を彼がとったとするなら誤りとなる。

また布衣であった謝榛はその文學的素養が、他と大きく異なった。王世貞等との作風の差異に關しては、ここでは紙幅の都合上省略せざるを得ないが、王世貞等の、典故を巧みに用いた作品に對し、謝榛は典故の運用が苦手であった。明・王兆雲『皇明詞林人物考』（萬暦三二年序刊本）巻九には、作詩に關して次のように記される。

然榛少不學爲詩、患少故寔。每一字一事則識以俟之、歷年不虛置、至必得佳對、乃構成聯。故近體絶句、多可頡頏名汴、而至大篇古調、則猥露本末、終莫自覆也。

然れども榛　少《わか》くして詩を爲すを學ばず、故寔少なきを患う。一字一事ある每に則ち識して以て之を俟ち、歷年　虛置せず、必ず佳對を得るに至りて、乃ち構して聯を成す。故に近體絶句は、名汴に頡頏すべきもの多きも、大篇古調に至れば、則ち本末を猥露し、終に自ら覆う莫きなり。

謝榛の「故寔」が少ないのは、その實作を見ても確認できる。謝榛の文學主張が李・王集團とここまで異なる以上、謝榛が迎え入れられた理由を、彼らの文學的志向の一致に第一に求めるのは、難しいだろう。

○當時の文學集團の性質

一に李・王集團ばかりがこのように形成されていたのではない。ほぼ同職・同年の進士によって集團が形成されるという狀況は、例えば彼らに對立する文學集團とされる王愼中・唐順之等の場合も同樣であった。

『明史』その他の記錄に據り、彼らの集團形成過程を見てみよう。嘉靖十一年吏部で同僚だった唐順之・王愼中・任瀚（皇甫汸『皇甫司勳集』巻五六「明吏部文選淸吏司員外郎王君墓表」）らを中心とし、「咸在部曹」であった趙時春・陳束・熊過・李開先・屠應埈・華察・陸銓・江以達・曾忭らは、互いに講習し學問に努めたが（『明史』巻二八七王愼中傳）、その中でも特に、唐順之と王愼中・趙時春・陳束・熊過・任瀚・李開先・呂高は「嘉靖八才子」と呼ばれるようになった（『明史稿』ならびに『明史』陳束傳）。これが所謂「唐宋派」の原型と考えられるが、彼らの關係を見ると、唐順之と陳束・熊過・任瀚・李開先・呂高が嘉靖八年の何れも第二甲の進士、王愼中・趙時春はその前回の嘉靖五年の第二甲の進士（趙時春は會元）というように、この場合もほぼ同年合格の進士同士が、官僚組織の中で結び附いたサークル的な繫がりであったことが分かる。

一方、王愼中・唐順之等と共に文學史上「唐宋派」として纏められて來た歸有光の場合、その文學主張の近似と裏腹に、王愼中・唐順之等とは、全く交流が認められない。彼は晩年六十歳になるまで進士及第を果たせずにいたため、彼らの一員ではあり得なかったのだ(8)。

さて、李・王集團と彼らの仲が悪かったことは、よく知られている。例えば李攀龍「送王元美序」（『滄溟先生集』巻一六）、王世貞「寄敬美弟」其三（『弇州山人續稿』巻一八八）、その他多くの資料に「晉江・毘陵二三君子」を批判する個所が見られる。

一方唐順之等の側でも王世貞・李攀龍を嫌ったことは、唐順之『重刊荆川先生文集』巻七「與洪芳洲郎中」其二に「濟南生文字黃口、學語未成（濟南生、文字黃口、語を學びて未だ成らず）」といった例などで確認できる。

ところが、李・王集團の成員の具體的な文學觀となると、極端な擬古主義を唱えた李攀龍を除けば、意外に唐順之等に近似している部分があることに氣附かされる。これに就いては『明代文學批評史』（上海古籍出版社、一九九一）での、劉明今氏の考察が詳しい。

劉氏は、宗臣『宗子相集』巻一三「總約八篇　談藝第六」の次の例を引き、その文論は正に「唐宋派」のものに一致すると指摘する（該書二四九頁）。

左馬之古也、董賈之渾也、班揚之嚴也、韓柳之粹也、蘇曾之暢也、咸炳炳朗朗、千載之所共嗟也。然其文馬不襲左、而班不襲揚也。柳不襲韓、而曾不襲蘇也。何也。不得不同者文之精也、不得不異者文之迹也。……文而襲者舛也、況拾世俗之陳言庸語而掇以成文、又舛之舛者也。（以下略）

左馬の古たる、董賈の渾たる、班揚の嚴たる、韓柳の粹たる、蘇曾の暢たる、咸な炳炳朗朗として、千載の共に嗟する所なり。然れども其の文、馬は左を襲わずして、班は揚を襲わざるなり。柳は韓を襲わずして、曾は蘇を襲わざるなり。何ぞや。同じからざるを得ざるは文の精なり、異ならざるを得ざるは文の迹なり。……文にして襲うは、舛《あやま》りなり、況や世俗の陳言庸語を拾いて掇りて以て文を成さば、又た舛りの舛りなる者なり。

劉氏は更に「當時後七子の中で、宗臣は文章論では最も擬襲に反對し、その詩文もまた古人の成法に拘泥していない」（該書二六二頁）と、宗臣が所謂七子の文學論とは異なった文學觀を有していたことを指摘する。

續けて劉氏は、王世貞に關しても、王世貞『弇州山人四部稿』巻六八「古四大家摘言序」や『弇州山人續稿』巻四二「蘇長公外紀序」の例を擧げ、王世貞は實際上「唐宋派」の作風を認めていたと論證する。

もちろん彼らと王・唐との文學論の近似の部分だけを採り上げて、これにより彼らの文學的主張が王・唐のそれと近かったと卽斷することは出來ない。しかし、もし二つの集團が純粹にそれぞれの文學的志向の一致によりまとめられた集團であったなら、以上の様な主張、例えば宗臣のそれは、もう少し李・王集團の内部で議論の對象となってい い問題であるはずだが、そうした議論は見られない。

これはつまり李・王集團と「嘉靖八才子」は、先に二つの文學主張があって、互いのグループに分かれて對立したのではなく、先に見たように二つのグループが人間關係として先ず存在し、文學的對立はその上にむしろ二次的に生じたものであったことによると考えられる。それ故、あるグループ内には、文學主張的には矛盾をもった成員も含まれることになり、逆に同じ様な文學主張をもった人間が、必ずしも集團を形成することにはならない、ということになったのだろう。

また、明代中葉のこうした集團が、同年の進士を中心とした集まりであることには、注意しなければならない。というのも、その年代のズレから、各集團の對立の仕方は決して同等の對立ではなく、一世代上の集團に、下の集團が新たな主張を提出するという形になるわけである。李・何の「前七子」の主張が「後七子」として復活したのは、王・唐等の「嘉靖八才子」の主張が「前七子」に對するアンチテーゼであったことを考えれば、その理由が推測できよう。

○まとめ

我々は文學を「文學史」という歴史の流れとして見る時、説明の都合上どうしても「派」という概念を用いざるを得ない。ただ問題なのはその「派」が文學主張・作品の性質から纏められたものなのか、交際上の集團として纏められたものなのかを、はっきりさせることだ。もちろんグループとして活動する場合、極端に異なった文學觀を持つ成員達が竝立して活動していく、というのはあまり見られるケースではない。しかし明代の文學集團の場合は右で見てきたように、同世代の高級官僚の集合が何より前提となっている。それ故、その集團を以て直ちに「……派」とするのは、文學の流れを見る上で時にあまりに危險すぎることとなる。「七子」の場合、李攀龍と王世貞は實際に確かに擬古を主張した譯であるから「七子」の中心人物「李・王」の主張が擬古主義であった、というのは外れてはいない。しかし「七子」の主張が擬古主義であったとするのなら、その構成員の不確定性、また謝榛や宗臣の文學主張などからして、不正確を免れないことになるのである。

注

(1) 謝榛の生卒年は現代の諸研究書では皆、一四九五～一五七五とするが、その根據を記さない。卒年は潘之恆『亙史』(錢謙益『列朝詩集小傳』丁集上「謝山人榛」所引)に「乙亥之冬月也」とあることから萬曆三年(一五七五)とすることが出來る。生年に關しては謝榛は『詩家直説』巻三・四二に「予自正德甲戌(一五一四)、年甫十六、學作樂府商調」と記し、自身のこの記述に従えば弘治一二年(一四九九)生まれとなる。筆者未見の謝榛の傳記資料に陳文燭『二酉園文集』巻三「詩説序」(『明人傳記資料索引』に據る)があり、そこに弘治八年(一四九五)生まれが明記されている可能性はあるが、一四九九年説も一説たるを失わないだろう。

（2）吳維岳『天目山齋歲編』卷一〇戊申歲（嘉靖二七年・一五四八）「謝四溟山人、蔡白石太守、莫中江膳部、張玉亭・王鳳洲二比部過集各賦、得仙字」。又『詩家直說』卷三・二〇「己酉歲（嘉靖二八年・一五四九）中秋夜、李正郎子朱延同李于鱗・王元美及予賞月。……」。

（3）謝榛『詩家直說』（後世『四溟詩話』と改名され出版）の最も整理されたテキストに、李慶立・孫愼之箋注『詩家直說箋注』（齊魯書社、一九八七）があり、本論での謝榛の引用は全てこの卷數・項目番號に從う。但し本書は本文も簡體字であるため、『四溟山人全集』（萬曆二四年趙府氷玉堂本影印、臺灣偉文圖書出版社『明代論著叢刊』所收、一九七六）等によって繁體字に改め、又句讀の不適切な部分を田口が直した箇所がある。

（4）王世貞『明詩評』卷四「後敍」「蓋予居京師七年、友師李攀龍、次謝榛、次李先芳、近爲社友者、吳興徐中行、南海梁有譽、濰揚宗臣耳」。

（5）各人の出生年の典據は、謝榛は前注（1）參照。李攀龍は殷士儋「明故嘉議大夫河南按察司按察使李公墓誌銘」（『滄溟先生集』附錄）、余曰德は王世貞「明故中憲大夫福建按察副使午渠余公墓誌銘」（『弇州山人續稿』卷一一二）、徐中行は王世貞「中奉大夫江西布政使司左布政使天目徐公墓碑」（『弇州山人續稿』卷一三四）、梁有譽は梁有貞「梁比部行狀」（梁有譽『蘭汀存稿』附、但し原典未見、鄭利華『王世貞年譜』復旦大學出版社、第二七頁より引用）、吳國倫は王世貞「吳明卿先生集序」（『弇州山人續稿』卷四七）、宗臣は王世貞「明中憲大夫福建提刑按察司提學副使方城宗君墓誌銘」（『弇州山人四部稿』卷八六）、王世貞は王世貞「亡弟中順大夫太常寺少卿敬美行狀」（『弇州山人續稿』卷一四〇）、張佳胤は王世貞「光祿大夫太子太保兵部尙書居來張公墓誌銘」（『弇州山人續稿』卷一二三）に據る。なお、王世貞『弇州山人四部稿』『弇州山人續稿』は『四庫全書』本を使用した。以下同じ。

（6）李攀龍『滄溟先生集』は上海古籍出版社『中國古典文學叢書』本（包敬第標校、一九九二）を使用した。以下同じ。

（7）更に謝榛が古人の「全襲」ということに、部分的にせよ通篇的にせよ、批判的であったことが、李慶立・孫愼之氏前掲書四一七頁に指摘される。

（8）歸有光を含めた「唐宋派」という文學集團が存在しなかったことは、拙論「歸有光の文學―所謂「唐宋派」の再檢討」、『中國文學報』第五五冊（一九九七）參照。

『菜根譚』一巻本とその註釋書

中村璋八

一、はじめに

『菜根譚』二巻本（前集・後集）は、加賀藩儒、林瑜（字は孚君、號は蓀波・蘭波、一七八一―一八三六）によって文政五年（一八二二）に刊行されてより、日本では廣く讀まれるようになった。この版は、その後、文政八年（一八二五）、元治元年（一八六四）と重刊され、明治・大正期にも幾度か版を重ねている。(1) この版本については、私は既に『菜根譚』（講談社學術文庫）の「解説」の項で詳細に紹介した。(2) 二巻本は、内閣文庫藏（現在、國立公文書館内閣文庫藏）の明、高濂撰『（雅尚齋）遵生八牋』(3) 十一册本（萬暦十九年、一五九一）にはないが、十二册本と十八册本の明刊本には、共に『菜根譚』（前集・後集、洪自誠）が附されている。これには、于孔兼（字は元時、三峰主人）の「題詞」があり、「還初道人洪自誠著、覺迷居士汪乾初校」と記されている。また、尊經閣文庫には『菜根譚前集・菜根譚後集』（明、洪自誠、明版）が藏されているが、これには于孔兼の「題詞」はない。林瑜は、江戸に留學した折に内閣文庫藏『遵生八牋』の後刊本と加賀藩の尊經閣文庫本とを校合して文政八年に刊行したのであろう。(3) 文政本の巻頭には「明の萬暦間の人の著する所、惜しむらくは稱する所の還初道人洪自誠と覺迷居士汪乾初とは、均しく其の何省の人、何縣の人かを悉す能わず」と兩人は何れも、その傳が明らかでないとしている。日本では、この二巻本に依據して明治後半より近藤元粋評點『菜根譚』（明治三十一年、井上文鴻堂）、山田孝道著『菜根譚講義』（明治四十一年、光融館）、東敬治『標注菜根譚』（明治四十二年、松山堂）、山口察常譯註『菜根譚』（昭和九年、岩波文庫）など多くの註釋書が出版されていることは、既に指摘したが[5]、最近、吉田公平教授は「日本における『菜根譚』[6]」で詳述されている。この二巻本は臺灣にも渡り、今でも臺北驛前の重慶南路にある三民書局には、二十種に近い『菜根譚』の通俗本が書架に竝んでいる。これに據っても如何に臺灣の人達に愛讀されているかが分かる[7]。しかし、何れも二巻本であり、依據した監本などの記載はない。また、韓國でも多く出版されているが、全て二巻本である。これも文政刊本によったのであろう。

『菜根譚』は、中國では餘り重んぜられず、『四庫全書總目提要』『四庫全書簡明目錄』『四庫未收書提要』など、何れも收めていない。ただ、洪應明（自誠）の『仙佛奇蹤』は、『四庫全書總目提要』二十八、子部、小說家存目には收められている。それは、

仙佛奇蹤　四巻　內府藏本

明の洪應明の撰、應明、字は自誠、還初道人と號す。其の里貫は未だ詳らかならず。是の篇は明の萬曆壬寅（三十年、一六〇二）に成る。前の二巻は仙事を記し、後の二巻は佛事を記す。首めに老子より張三丰に至る六十三人の名を載せて逍遙墟と曰い、末に長生詮一巻を附し、次に西竺の佛祖、釋迦牟尼より般若多羅に至る十八人、中國の佛祖、菩提達摩より船子和尚に至る四十二人を載せ、寂光境と曰い、末に無生訣一巻を附す。仙佛には皆繪像有るも殆んど兒戯の如し。釋道を考うるには古より門を分ち、其の著錄の書も、亦た各々部を分つ。此の篇は兼ねて二氏を採りて、偏より屬すべからず。荒怪の談多きを以て、姑《しば》らくこれを小說家に附す。

と記している。これより推すと、この內府藏本は、仙事を記した逍遙墟・長生詮と佛事を記した寂光境・無生訣と、それぞれ一巻で、四巻から成る書であったことになる。しかし、內閣文庫（現在、國立公文書館）藏（明刊、大和館）の

『仙佛奇踪』、東京大學東洋文化研究所藏の萬曆三十年序刊本、『還初道人著作二種』（喜咏軒叢書、戊編所收）、「道藏精華」（第五集）所收の覆明刊本の『月旦堂仙佛奇踪』などは、これとやや異っていることも既に紹介した。[8] この『仙佛奇蹤（踪）』には、それぞれ巻首に了凡道人袁黄の「逍搖墟引（仙引）」と眞實居士馮夢禎の「寂光境引（佛引）」とが冠せられ、洪應明が袁了凡や馮夢禎と何らかの關係があった人物であったことを示している。また、長生詮と無生訣（大和館本）にも、それぞれ巻首に「長生詮小引」「無生訣小引」が冠せられ、「萬曆壬寅季冬朔、還初道人洪應明、書於秦淮小邸」と記されている。これによって、この書は『四庫全書總目提要』の記載のように萬曆壬寅（三十年、一六〇二）に、洪應明の當時の居處、秦淮（江蘇省南京の附近）で書かれたものであることが分かる。ただ、この兩小引は『月旦堂仙佛奇踪』にはない。

この『仙佛奇蹤（踪）』に「仙引」「佛引」を書いた袁黄（了凡）と馮夢禎についても、既に詳述したので、[9] ここでは省略するが、袁黄は、洪應明（自誠）のことを「洪生自誠氏は新都の弟子なり」と記している。これによって從來日本では、彼は蜀（四川省）成都府新都縣の人であるとされていた。これに對し、呂宗力氏は、種々の資料を驅馳して、洪應明は安徽省徽州歙縣に本籍があり、江蘇淮安に居住して、出身は富有な鹽商人であったかも知れない、と推定している。[10] 彼の知人である袁黄・馮夢禎・于孔兼が、何れも江蘇・浙江の人であり、秦淮に居を構えていたことからも、呂宗力氏の說の方が納得できる。なお、普穎華氏は、江蘇省金壇縣の人ではなかろうか、と推測している。[11]

民國四年（一九一五）に來日した奉化（浙江省寧波府）の孫鏘は、林瑜の文政刊本を京都の書店で入手し、この書の若干の僞誤を修正して「菜根譚序」を冠し、中國で刊行した。この書には、海寧（浙江省杭州府）の人、馮湯楹の「書後」が附されている。しかし、その後は、少しの例外を除き、中國では餘り讀まれなかった。それが、昭和六十二年（一九八七）五月二十二日の「讀賣新聞」（夕刊）に「中國の古典、目下齊放」と題して、東京驛前の八重州ブックセンターで、陽明學書等と共に講談社學術文庫本『菜根譚』（表紙の寫眞を掲載）が、ビジネスマンや公務員の間で廣く愛讀されているとの記事が掲載された。すると、直ぐ六月一日の「香港明報」に、それが轉載され、それを中國の「參考消息」が「日本掀起中國古典知慧熱」と題して掲載した。(12) それ以降、中國でも『菜根譚』の註釋書などが相い繼いで刊行されるようになった。(13) しかし、これらの書は、何れも日本や臺灣・韓國で通行している「洪自誠」の二卷本に依據するものではなく、修省・應酬・評議・閑適・概論の五篇よりなる一卷本に據るもので、著者も多く「洪應明」となっている。これは何故であろうか。

二、菜根譚一卷本の版本について

『菜根譚』は、明刊の『遵生八牋』本や單行本も既に通行していたが、『四庫全書總目提要』などには收められず、中國では餘り重んぜられなかったとされている。しかし、紀昀（一七二四―一八〇五）などが、乾隆三十八年（一七七三）に四庫全書館を開き、天下の書籍を徴求し初める前の乾隆三十三年（一七六九）には、北京西北の郊外にある潭柘山岫雲寺の監院、來琳（琮公）によって重刻されていた。それには、來琳に請われて記した同年中元節（舊七月十五日）後三日の三山病夫通理の「識語」がある。この書は、前集・後集から成る二卷の明刊本とは異なり、修省・應酬・評議・閒適・概論の五部から成る一卷本で、修省・應酬・評議・閒適の四部の文は、二卷本には全くない條であり、概論の一九〇條は、二卷本の前集二二二條・後集一三四條、合計、三六六條の中から抽出したものである。この潭柘寺本は、同年に常州天寧寺沙門清鎔によって重刊された。これにも、三山病夫通理の「識語」がある。また、乾隆四十年（一七七五）には「維揚（揚州）天寧際願撰」として重刻されている。

別に乾隆五十九年（一七九四）二月三日の遂初堂主人の「識語」のある一本もある。そこには、

余、古刹を過ぐるに、殘經敗紙の中に於いて菜根譚一錄を拾得せり。これを繙きて視るに、禪宗に屬すると雖も、然も身心性命の學に於いて、實に隱々の相發明する者有り。亟かに攜え歸りて、重ねて校讐を加え、繕い寫して帙を成す。もと序文有るも、雅馴ならず、且つ是の書に於いて關渉する語なし、故にこれを芟《のぞ》く。是の書を著する者は、洪應明と爲す。究むるに其の何許の人たるを知らざるなり。

と記されている。この古刹が何處にあったかは明らかでないが、乾隆三十三年刊本が北京郊外の潭柘寺にあり、道光六年（一八二六）胡信刊本も宣文寺（河北省滿城）の僧より入手した書に據っていることから考えると、『菜根譚』は、中國の處々の寺院に藏せられ、佛教（禪）書とされていたのであろう。この書は、民國二十年（一九三一）に陶湘（涉園）によって『仙佛奇蹤』と共に『還初道人著書二種』として公刊された。これは潭柘寺本とは若干の相違はあるが、極めて近い善本である。(14)

道光六年（一八二六）年には、會稽（浙江省）の胡信（樸堂）の「序」のある版本も刊行された。この書は、彼が乾隆己酉（五十四年、一七八九）に滿城（河北省）の方順橋にある宣文寺の僧から手渡されたもので、嘉慶年間、北京・開封・廣東・浙江と役人の生活を轉々としていた折、常に身につけて閱讀していたが、身心も安定したので、道光六年に重刻した、と言う。臺灣に渡った黃公偉が『菜根譚注疏』に使用した底本は、道光丙午（二十六年、一八四六）に重刊した惇厚堂藏版である。この書は、その後、幾度か版を重ねていたのであろう。(15)

私が藏している道光七年（一八二七）四月の淮鎣堂藏板には、「原序」として乾隆四十年乙未（一七七五）の「維揚（揚州）天寧際願撰」が載せられ、「重刻菜根譚序」として「嘉慶十五年（一八一〇）歲次庚午浴佛日知契欠謹識」という「識語」があり、「粵東（廣東省）海幡寺藏板」によって、霞漳（浙江省）の張應振（溪邑）と謝孟符（澄邑）が重刻

したものであることを示している。巻末の「跋」には、「道光七年歳在丁亥夏五月朔岐山（陝西省）王西堂謹跋」とあり、

洪應明の菜根譚は、海内に凡そ三刻あるが關中では未だ聞いていない。丁亥（道光七年）の春、私は南屏洪氏の家に館した。たまたま出して見せてもらった書は、その友人、保陽（河北省保定）の徐靜齋の藏する所のものであった。南屏（洪蔚）は購ひ求めて、遂に刊行しようと思い、私に校訂を依賴した。暇日にこの書を開いて見ると、初めは何も變った處はなかったが、長い間讀んでいると漸くこれは普通の書とは異なり、讀めば讀むほど魅了され、恍然として、塵氛も覺えず頓に豁かれた。

と述べ、菜根譚の內容を紹介し、この書を重刊した經緯を述べている。この「跋」の三刻と言うのは、維陽天甯寺本・粤東海幢寺本・霞漳本の三本と思われるが、それに關中（陝西省）の灞陵でも重刻したことになる。しかし、それらは何れも潭柘山岫雲寺本に據っているが、この書には、三山病夫通理の「序」はない。

道光十三年（一八三三）には、天朗了睿によって重刻增訂本（京都大學人文科學研究所藏）が刊行されている。この書には、乾隆三十三年中元節後三日の三山通理達天（三山病夫通理ではない）の「識語」が「原序」として冠せられているが、書名は、「菜根談」とし、「譚」を「談」に改めている。そして「道光十三年歲在癸巳春月、吉日、紅螺山（河北省）資福寺天朗了睿重刊」「板存德勝門外忠義廟」とあり、巻末に「音釋」が附されている。それは「履、音里、踐也」「狠、恨、平聲、毒惡也」などという簡單なものであるが、修省、八十一字・應酬、四十八字・評議、四十九字・閑適、四十七字・槩論、六十一字、合計、二百八十六字にも及んでいる。その後に「鐵佛寺敬印、昌平州西門外許子明敬二百十、琉璃廠漱潤齋刻字、鋪內張姓刊刷印」とある。

また、道光乙未（十五年、一八三五）にも重刊（東京大學東洋文化研究所藏）されている。これは「菜根譚」とし、「板

存琉璃廠西門内路北魁元齋刻字舖」とあり、「菜根譚序」として三山病夫通理の「識語」を冠し、巻末には、「乾隆三十三年歳在戊子吉日、潭柘山岫雲寺監院來琳重刊」「道光十五年仲秋、廣東肇慶府知府長白珠爾杭阿重刊」とあり、前の重刻増訂本と同じく「音釋」も附しているが、概論の部だけ缺けている。その後、同治四年（一八六五）にも、中道堂刻印字本が刊行されている。(16)

光緒五年（一八七九）刊本は、(17)「洪應明先生著、板存上海邑廟國内翼化堂善書坊、菜根談　光緒己卯歳、春田氏重刊」とあり、巻頭に三つの「序」を掲げている。最初の「序」は、乾隆三十三年刊の三山病夫通理のものであるが、この書には、年號や書名もなく、「菜根譚」を「菜根談」とし、「有仁語、有義語、有禪語、有趣語」を「有仁義語、有禪趣語」とするなど、文字に異同が多い。次に「光緒己卯夏月、元吉敬敍於杭州樂書堂」と言う「菜根談序」(18)を掲げている。ここには「顧田九、西蜀に遊び、終りに迄びて、方に菜根談の書を福昌（河南省）の公所に得。之を閲するに、是れ古濵南軒翁の此を翻刻する所。その首章は名づけて修省と曰い、己を修むるに敬を以てし、身を省みるに誠を以てするの談に非らざるは無し。次章は名づけて評議と曰い、古今の人物を批評し、成敗の事宜を略議するの談に非らざるは無し。三章は名づけて間適と曰い、情を怡び性に適い、目に觸れ心を警するの談に非らざるは無し。四章は名づけて概論と曰い、君子・小人の品概を敍べ、天地・事物の衡談を統ぶるの談に非らざるは無し」と、この書を得た經緯と、その内容を述べているが、應酬の章に就いては觸れていない。これは何故であろうか。續いて、「光緒辛卯（十七年、一八九一）春二月、施善昌書於春申江（上海の黃浦江）上仁濟善堂」という「菜根談序」がある。この書は、他の版が「修省」としているところを「修省章」とし、以下、全て「章」の字を加えている。「本文」の後に、私が所藏している二本とも、「字音備考」の題目があるが、何れも題目のみである。もともと「重刻増訂本」の「音釋」のようなものが附してあったのではなかろうか。巻末に「光緒己卯（十七年、一八九一）夏月穀旦　晩生武溪氏謹跋」という「跋」

がある。そこで、この版が光緒十七年の重刻であることが解かる。

それより前の光緒丁亥年（十三年、一八八七）後四月には「菜根譚」（陶維周題）とする揚州藏經禪院重刊本（東京大學東洋文化研究所藏）が刊行された。この書は、巻頭に「重刻菜根譚原序」として、乾隆三十三年中元節後三日の三山病夫通理の「識語」のみであるが、原本の型を良く踏襲した善本である。

また、宣統三年（一九一一）にも『菜根談』（早稲田大學圖書館藏）が重刻された。この書には「常州天寧寺沙門清鎔重校」とあり、「乾隆三十三年中元節後三日、三山通理達天謹識」という「序」だけが冠せられている。この「序」は、「三山病夫通理」とする「序」とは文字の異同が多く、道光十三年刊本『菜根談』（京都大學人文科學研究所藏）に近いが、「道光十三年歳在癸巳春月吉日、紅螺山資福寺天朗了睿重刊」等はない。しかし、巻末には、道光十三年刊本と同じ「音釋」が附されている。これから推すと、道光十三年刊『菜根談』と同系統の版本であることが解る。そして最後に「宣統三年仲秋吉日、比丘副寺歩颺敬刊」「板存鼓山（福建省）湧泉寺」とあるが「跋」などはない。

このように『菜根譚（談）』は、乾隆・道光・光緒・宣統の間に、北京・江蘇・浙江・河北・關中・廣東・福建などの各地で重刊されていたが、「菜根譚」「菜根談」と名稱は違っても、何れも修省・應酬・評議・閒（閑）適・概論の五部からなる一巻本のみで、明代に刊行された前集・後集より成る二巻本は重刻されなかった。そこで中國では一巻本が通行していたのであろう。

そのほか、刊行年月日の記されていない滿漢對照の内府刊本『菜根譚』（上・下、二巻）が、臺灣の故宮博物院に藏されている（寫眞參照）。この書については、既に陶湘（涉園）が『還初道人著書二種』の庚午（民國十九年、一九三〇）の「序」で「己巳（民國十八年、一九二九）仲春、故宮の圖書を檢査するに、景陽宮に在りて、一滿漢文巾箱本を見る。未だ梓年月を著附せず」とだけ紹介している。この書は、上・下の二巻よりなっているが、修省・應酬・評議・閑適・

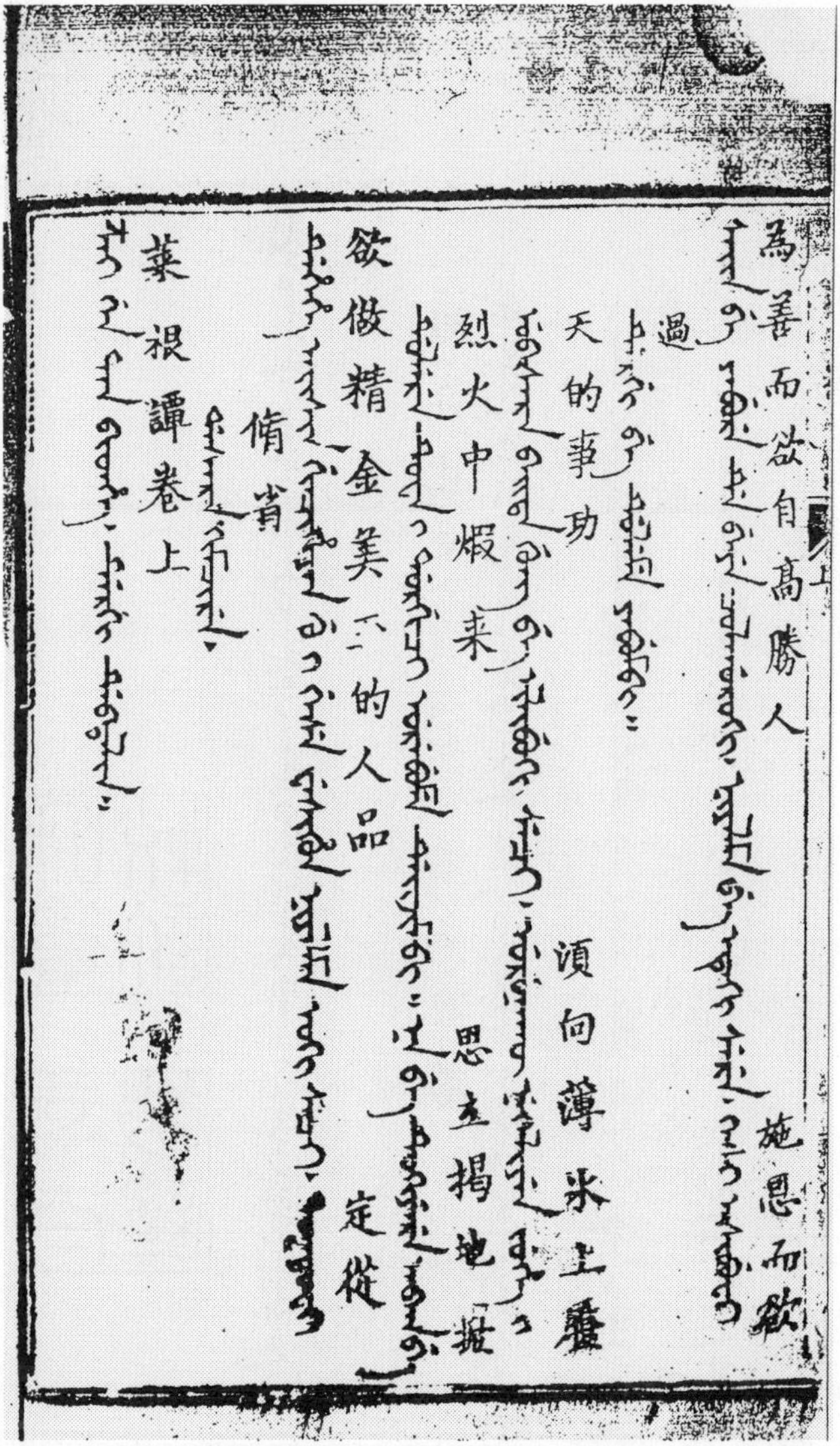

滿漢菜根譚卷上の最初

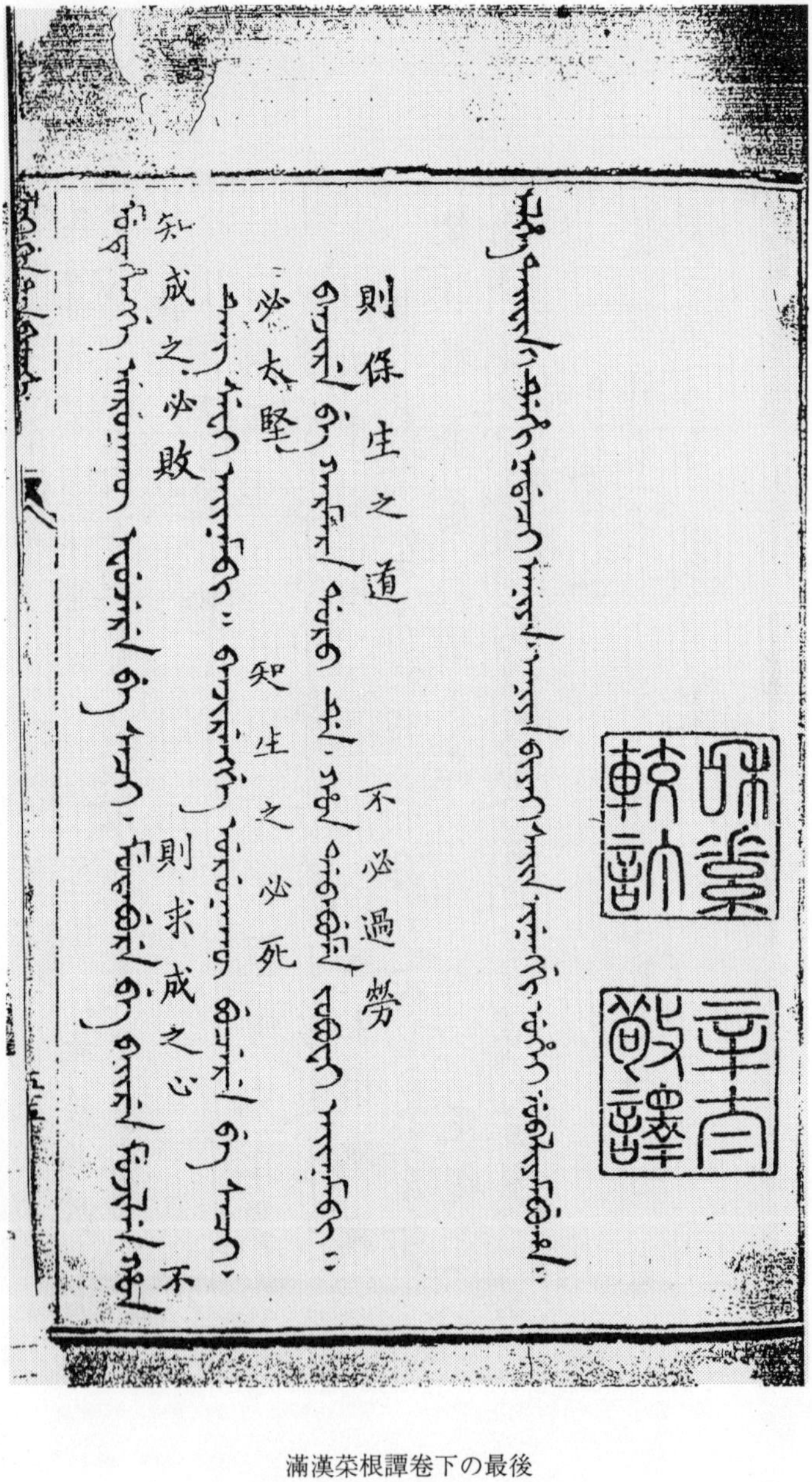
則保生之道　不必過勞
必太堅　知生之必死
知成之必敗　則求成之心　不

滿漢菜根譚卷下の最後

概論の五部よりなり、その中から一七三條を抜粋して滿州語に譯したものであるが、その順序は乾隆本とはやや異っている。これから察すると清朝の滿州族も、この書を愛讀していたと思われる。

三、菜根譚の注釋本

『菜根譚』の注釋書は、早くも明末、興寧（廣東省）の人、石隨園（咏竹）によって『菜根譚注』が書かれた（光緒六年、一八八〇、庚辰重校本、民國四十八、一九五九、興寧先賢叢書所收、東京大學東洋文化研究所藏）。しかし、この書は、前集・後集に分けられた二卷本の前集、二百二十二條中の二十一條を除く二百一條に極めて簡單な注を附けただけのものである。ただ、これから推察すると、明末の廣東では二卷本が通行し、また、前集と後集が別々に流布していたことを示す資料となる、とも考えられる。

その後、民國四年（一九一五）に來日した奉化（浙江省寧波府）の人、孫鏘（硯舫居士）は、二卷に分けられた文政刊本『菜根譚』を陽明學派の書十二種と共に京都の書店で入手し、その僞誤若干を修正し「校印菜根譚序」を冠して中國で刊行した。この書には、同年の海寧（浙江省杭州府）の人、馬湯楹の「書後」が附されている。そこには「是の書は、前明の萬曆時代に作るものなるも、吾が國にては已に久しく其の名を佚す。署する所の著者還初道人洪自誠、及び校者覺迷居士汪乾初、均しく其の姓氏を詳らにせず」と記している。しかし、孫鏘は、民國庚申（九年、一九二〇）に中國にも、別の刊本が傳存していることを知り、修省・應酬・評議・閑適・概論の五部に分れた常州天寧寺本に購い、また同系列の金陵刻經處本をも購って校合し、「菜根譚後序」を附けて刊行した。この金陵本には末尾に清初の屠緯眞著『波羅館清語』が附されていた。この『菜根譚』は、民國十一年（一九二二）福建汀州醫院傅達璋（一八九四―一九六九）捐磨石印本（三百部の限定本）・民國甲子（十三年、一九二四）四川合川重刻・民國十六年（一九二七）上海青年協會排印本・民國十七年（一九二八）六餘居士秦光第（一八七一―一九四〇）「菜根譚全篇」石印本などとして通行して行った。[20]

　民國二十一年（一九三二）に周學熙は、『近思録』『呻吟語』など十二篇と共に『古訓粹編』十二巻に、洪自誠著『菜根譚』も節録した。これは修省十九條、應酬十五條、評議十三條、閑適十五條、概論九十四條で、その後に陶湘が清初の屠緯眞著としている『沙羅館清語』二十七條を「洪自誠著」として附している。しかし、これらは何れも本文のみで「注釋」は施していない。

　注釋が全般に渡って施された最初の書は、民國六十九年（一九八〇）八月に臺灣の新文豊出版公司より刊行され原籍、河朔定縣（河北省）の黄公偉『菜根譚註疏』[21]である。この書は、「丙辛春鐫（道光二十六年）惇原堂藏板」を底本とし、國立臺灣大學の同僚巴壺天の「序」と劉昭晴の黄公偉の「自序」を讀んだ感想「讀『菜根譚』序」とを巻頭に置き、黄公偉の「明朝、洪應明『菜根譚』注疏自序――原版係清道光六年胡信、樸堂氏刻本――」という紹介を載せている。それによると、黄氏は民國十四年（一九二五）に初め『菜根譚』に接して興味を持ち、二十六年（一九三七）に北京東城隆福寺の舊書肆で買い求め、二十七年（一九四八）臺灣に移住する時に共に渡り、その後、詳細に讀んで「注疏」を作り、遂に民國六十八年（一九七九）、この「自序」を記し、刊行する運びになったとのことである。時に黄公偉は七十歳であった。また、胡信が『菜根譚』を得た河北省望都縣方順橋の宜文寺は、黄氏の故郷の近くであったことに親近感を持っている。「自序」に次いで胡信の「重刻菜根譚敍（原序）」を載せている。本文は、第一篇、修省第一、三十二章（心性修養）・第二篇、應酬第二、四十三章（動態生活悟解）・第三篇、評議第三、四十五章（人生觀的評論）・第四篇、閑適第四、四十四章（靜態生活啓示）・第五篇、概論第五、一九〇章（全文綜論）から成っている。各篇の初めには「前言」を附け、全體の内容を要約し、各章には、それぞれ「註云」として極めて簡單な字解をし、「解曰」として感想を述べている。そして各篇の後には、簡單な「結言」を附け、篇全體を要約し、黃氏自身の見解も披瀝している。この書が、私の知る限り最初の整った『菜根譚』の學問的注釋書である。臺灣で二十年前に、この一巻本の『菜根譚注疏』が公刊されたが、現在、臺灣で通行している二十種前後の『菜根譚』は、全て二巻本であり、底本も示さない通俗本のみであることは如何なる理由によるものであろうか。

中國では、私達の『菜根譚』（講談社學術文庫）が出版され、それが「參考消息」に紹介されて以降、急に注目され、相次いで刊行されるようになった。最初と思われる書は、一九八八年、中國和平出版社刊『菜根談』（明、洪應明著、梅伯春注釋）である。[22] この書は、最初に三山病夫通理の「重刻『菜根談』序」を載せ、次に唐韜の一九八七年八月の「序」があり、「光緒十三年揚州藏經禪院重刊本」に依據したことを明示している。各章に二・三の簡單な注があって參考になる。巻末に「附錄」として「傳連璋序」を載せている。

次いで一九八九年、上海人民出版社刊『菜根譚（新編）』（明、洪應明著、張熙江整理編註）がある。これには、一九八七年七月、昆明五華山南麓で記した張熙江（雲裔老人、時年八十有二）の「前言」が巻頭にある。張氏は、若い時から菜根譚に親しみ十二種の版本を持っていたが、最近、日本でこの書が盛んに讀まれていることを、一九八七年に掲載された李榮標の「日本的『菜根譚』熱」（經濟日報）、「『菜根譚』在日本」（環球）などの記事で知り、それに刺激されて出版を思い立った。そこで比較的に完善な六餘居士秦光第の「合編本」を藍本とし、その他の十一種の版本を參考にして刊行した、と言っている。本文は、改編し、礪石第一（六五條）・器識第二（一三〇條）・明智第三（一二〇條）・風操第四（一二七條）・曠達第五（八七條）・逸興第六（七四條）の合計四八三條を六部に分けている。この書は「合編本」を藍本としているので、二巻本と一巻本の兩本より採っている。そこで「附錄」には「明代金壇于孔兼題詞」

「近代奉化孫鏘序」「近代汀州傅達璋序」「近代雲南呈貢秦光第序」の四篇を掲げ、最後の著者が參考にした「乾隆三十三年常州天寧寺校刊本」など十三種の刊本を擧げている。「注」は、十條に一・二箇所と極めて少なく、殆んど本文のみである。

また、同年、浙江古籍出版社からも『菜根譚注釋』(明、洪應明著、王同策注釋)が刊行された。この書は、巻首に「『菜根譚』是本什麼書?」という解説が「代序」として載せられている。この書も、日本で『菜根譚』が多くの人々に愛讀されていることを知って刊行するに至ったという經緯を述べ、この書の内容をも分析し、「常州天寧寺沙門清鎔重校刻本(卽三山通理達天序本)」を底本とし、「還初道人著書二種」本を參考にし、更にその他の各本をも參照したことを明示している。この書は、「正編」と「續編」の二部から成り、「正編」は、修省以下の五部を載せ、「續編」は、一巻本で採用しなかった二巻本の一五七條を收めている。各條には「注釋」として極めて簡單な字句の解説がある。また、「附錄」として「于孔兼『菜根譚』題詞」、「三山通理達天『菜根譚』序」、「遂初堂主人『菜根談』序」、「涉園『還初道人著書二種』序」、「福田雅太郎『菜根譚講話』序」、「中村璋八・石川力山『菜根譚』考述」(張鶴泉譯・陳連慶校)の六篇を載せている。巻末には、一九八八年五月七日、長春での王同策の「後記」のほか、同年歳末の「重印附記」(私達の解説の譯を校訂された東北師大の陳連慶教授が病歿されたことなど)及び一九九一年一月二十二日の「重印再記」(第四次印刷)があり、この書が出版されると全國各地から多くの反響があったこと、及び張熙江氏の「新編」には、本書に收めなかった四條があったので、それを補充している。

一九九一年二月には、湖南省の嶽麓書社より『呻吟語(明、呂坤著)菜根譚(明、洪自誠著)』(歐陽小桃點校・楊雲輝責任編輯)が出版された。この書は、最初に二巻本の于孔兼の「菜根譚題詞」を載せ、本文は、一巻本の「乾隆間岫雲寺刻本」に據ったとあり、修省・應酬・評議・閑適・槪論の五部からなる。「補遺」として、二巻本にはあるが、概論で删った前集・後集の一五八條（王同策本とは若干異なる）が附け加えられている。また、「附」には「乾隆三十三年中元節後三日、三山病夫通理、重刻菜根譚原序」を載せる。この書は、本文のみで、「校註」などの解説は全くない。

同年十二月には、浙江大學出版社より『（校注全譯）菜根譚』（明、洪應明著、杜守華・吳曉明校注、葉華譯）が出版された。この書には、「前言」があり、日本で廣く『菜根譚』が讀まれていることを知ったことが、その出版の動機であるとし、二巻本三種と一巻本七種の兩版本を紹介し、本書は、「武進陶湘一九二七年序刻還初道人二種本」を底本とし、「揚州藏經院重刻本」を主要な校本とした、と記している。そして最初に二巻本「三峰主人孔于兼、明版『菜根譚』序」、次に一巻本「乾隆三十三年版三山病夫通理『菜根譚』序」を載せ、以下、「乾隆五十九年版遂初堂主人『菜根譚』序」「光緒己卯版元吉『菜根譚』序」「一九一五年鉛印本孫鏘『菜根譚』序」「一九二〇年石印本孫鏘『菜根譚』後序」「一九二二年石印本傅連達『菜根譚』序」「一九二七年陶氏刻本陶湘『菜根譚』序」の八種の二巻本と一巻本の「序」を時代順に載せている。本文は、修省三七章・應酬五一章・評議四八章・閑適四七章・概論一九八章の五部よりなり、何れも「原文」「譯文」「注釋」の順序で列んでいる。「譯文」があるのは私が知る限り最初と思われ、苦勞のほどが偲ばれる。「注釋」も前の本に比べると小册子ではあるが、やや詳細であり、參考となる。また、「後記」には、「陶氏序刻本」と「乾隆三十三年序本」との原文の校比があり、「乾隆三十三年序本」には見えるが、「陶氏序刻本」には存しない章が二十もあることを指摘している。そして結論として、

一、二巻本は、一巻本に比べると成立したのは少し早く、比較的に本來の姿を保留している。

二、一巻本は、何れの版本も修省など五部に分類している。

三、二巻本と一巻本の兩系統の多くの版本は相違はあるが、しかし、總體的な骨組みや思想内容は同じで、重大

な、そして本質的な區別はなく、基本的には何れも早期の『菜根譚』の面貌を反映している。と記している。

一九九五年八月には、時事出版社（北京）より『白話菜根譚』（普穎華編著）が刊行された。この「前言」では、洪應明は、江蘇省金壇縣の人かも知れない、と初めて出身地に就いて觸れている。しかし、その根據は何も言っていない。恐らく二巻本の「題詞」を記した于孔兼が金壇の人であったからであろう。しかし、一巻本の三山病夫通理の「序」によって内容を分析しているので、一巻本に依據したものである。本文は、一巻本の順序により、修省の最初の章を「精金美玉」などと、それぞれ四字の表題を冠し、五部には分けず一六二章を節錄して、それぞれ「原文」「注釋」「譯文」「評析」に分けて解説している。特に「評析」に力を入れている。ただ、依據した底本に就いては記していない。

一九九六年一月には、浙江人民出版社より『塵外三昧－菜根譚－一日一語』（梁一群）が出版された。この書には、巻頭に「『菜根譚』之譚」という序文があり、著者の洪應明や『菜根譚』の説明や、その思想内容に就いて詳しく論じている。そこには日本の釋宗演『菜根譚講話』（大正十五年、京文社書店刊）の福田雅太郎「序」と中村璋八・石川力山『菜根譚』（昭和六十一年、講談社學術文庫）の「解説」を多く引用して、著者獨自の見解を展開している。底本に就いては觸れていないが、乾隆五十九年の遂初堂主人の「序」や乾隆三十三年の三山通理達天（三山病夫通理ではない）の「序」を引用しているので、二巻本と一巻本の兩者を使用しているのであろう。「一日一語」であるから、兩者より三六五章を十二箇月（二月は二八日）に分け、それぞれの季節に合せて採り出し、原文と、それに對する著者の詳細な感想が述べられているが啓蒙書である。

同年四月には、廣西民族出版社より『（原注）菜根譚』が出版された。巻頭の「簡介」には、日本では『菜根譚』

は早くも明治維新前後より多くの解説書が出版され、八十年代に至って企業家が好んで讀むところとなった。中國でも改革解放以來、多く讀まれるようになり、今に至っても衰えない、と記している。この書の底本は示していないが、「乾隆三十三年版三山病夫通理『菜根譚』序」と「一九二七年陶氏刻本陶湘『菜根譚』序」があるので一巻本に據ったのであろう。本書は、處世篇七六章・修身篇一〇四章・養家篇八九章・蒙養篇二八章・閑適篇四六章の五篇、三四三章より成り、各章の始めに全て「抱朴守拙、渉世之道」など八字句の要約を附け、「原文」「注釋」「簡譯」を載せている。「注釋」は極めて簡單なもので、「簡譯」も啓蒙的な色彩が強い。

同年五月には宗教文化出版（北京）より『儒解　菜根譚　仁者的恕語』『道解　菜根譚　智者的指歸』『禪解　菜根譚　禪者的捧唱』（共に明、洪應明著。英哈編譯）が同時に出版されている。「儒解」は、修性篇・立身篇・處世篇・明智篇・行事篇の六篇に分け、二八一章を收め、「道解」は、無爲與有爲・自然與造作・靜與動・生命與名利・禍與福・困境與出路の六篇に分け、二八六章を收め、「禪解」は、平常境界・平等境界・閑適境界・頓悟境界・自然境界・曠達境界・風流境界・自由境界・審美境界・無言境界の十篇に分け、三一〇章を收めている。各解には、各々の立場による簡單な「前言」があり、各章の始めには全て「登高心曠、舒嘯與邁」など八字句の表題を冠し、「原文」「譯文」「儒解（道解・禪解）」で構成されていて、編著者の博學が窺える。また、同一の章が三解ともに存する場合もある。依據した底本に就いては解れていないが、二巻本と一巻本の兩者より採っている。同年に浙江・廣西・北京の出版社より『菜根譚』が出版されているところを見ると、八十年代以降、この書が中國の各地の人々に如何に親しまれ始めたかを知ることができる。

以上、私が入手した中國で出版された『菜根譚』を極めて簡單に紹介したが、そのほかにも出版されていると思われる。それらに就いては別の機會に述べることとする。

四、おわりに

日本で明治以降、盛行している『菜根譚』は、全て前集・後集の二巻より成る林瑜の文政刊本に據っている。日本の最近の菜根譚熱に刺激されて中國でも八十年代後半より多くの『菜根譚（談）』が出版されるようになった。しかし、その多くは日本とは異なる五部に分類された一巻本に依據している。それは、二巻本は明刊のみであるのに對し、一巻本は、清の乾隆・道光・光緒・宣統の各時期に多く重刻され、中國に現存する版本の大部分は一巻本であったからである。日本では二巻の文政刊本が通行し、一巻本も傳來していたが、多くの人々は、それを注目しなかった。では、何れが先に著わされたか、と言うと、呂宗力氏も「或る人は推測して『遵生八牋』本は、洪應明の早期の著作であり、清刊本の祖本は、洪氏晩年の改修本としている。[23]」と指摘するように、二巻本が古く、一巻本は後に編修したと考えられる。それは同じ文章が一巻本の方がより洗煉されていることからも實證できる。與えられた紙幅は既に超過してしまったので、その検討は別に示すことにする。[25]

註

（1）長澤規矩也『和刻本漢籍分類目錄』（昭和五十一年、汲古書院刊）一三三頁、參照。

（2）中村璋八・石川力山『菜根譚』（講談社學術文庫、昭和六十一年、一九八六）の「解說」三、諸本について、參照。なお、この「解說」は、王同策『菜根談注釋』（浙江古籍出版社、一九八九年）の「附錄」に張鶴泉譯・陳連慶校「菜根譚考述」として中國語に譯され、他の書にも引用されている。

（3）尊經閣文庫藏『遵生八牋』（明、高濂、明、萬曆版）八册も、清修妙論牋一、四時調攝牋二、起居安樂牋三、延年却病牋四、

飲饌服食牋五、燕間清賞牋六、靈祕丹藥牋七、塵外避擧牋八の「八牋」で『菜根譚』はない。

(4) 註(2)の拙稿、參照。

(5) 註(2)の拙稿、參照。

(6) 町田三郎教授退官記念『中國思想史論叢』（平成七年、一九九五、同記念論文集刊行會刊）所收。

(7) 十年程前に同書店に行った時も、多くの『菜根譚』の注釋書が竝んでおり、全て買い求めたが、何れも底本等は示さず、學問的な解説はなかった。ただ一冊、後述する黄公偉『菜根譚注疏』（民國六十九年、一九七五、新文豐出版公司刊）のみ、詳細な「自序」があり、道光二十六年の一卷本に據っていたが、今年（一九九九）は見えず、全て二卷本のみであった。

(8) 註(2)、四二〇頁~四二五頁、參照。

(9) 註(2)、同、參照。

(10) 呂宗力著、中村璋八譯「菜根譚の作者の本籍と版本の源流についての考察（菜根譚作者籍貫及版本源流小考）」（駒澤大學外國語部論集第三十一號、一九九〇）參照。

(11) 普穎華編著『白話菜根譚』（時事出版社、一九九五）の「前言」參照。これについては、後に觸れる。

(12) この「參考消息」の「菜根譚」の載った記事のコピーを河北省の會社に勤務していた中國の友人が直ぐ送ってくれた。また、同年、李榮標が「日本的『菜根譚』熱」（「經濟日報」）「『菜根譚』在日本」（「環球」）などを書いた。

(13) 中國での出版については、本論の三、菜根譚の註釋書、で紹介した。

(14) この書を私達の『異本採根譚』（東方書店、未刊、現在整理中）は底本とし、他の版本と校合し、「校異」の項を設けている。また、『(校注今譯) 菜根譚』（浙江大學出版社）も、これを底本とし、揚州藏經院重刻本を重要な校本としている。

(15) この胡信の刊本については、三、菜根譚の注釋書の項で述べる。

(16) 同治四年本は未見。張熙江整理編註『菜根譚（新編）』（後述）參照。

(17) この光緒五年刊本は、二本所藏しているが、何れも「菜根談」となっている。私達の『異本菜根譚』には、道元七年刊本と共に「校異」の項に、その異同を示している。

(18) 『(校注今譯) 菜根譚』（後述）は、この「菜根談序」を載せているが、「菜根譚序」としている。

(19) この滿漢『菜根譚』は、今年（一九九九）訪臺の折に、臺北の故宮博物院で實物を見る事が出來た。呂宗力氏は、註(10)

に揚げた論文の中で、「この本の最も早いものは康熙（一六六二—一七二二）期にあった選本で、共に一七三條、滿・漢對照のもので、内府で刊行されたものによっている」と述べているが、故宮博物院の呉哲夫氏によると清末のものとしている。この書に就いては後に詳細に論ずる。

(20) 張熙江整理篇註『菜根譚（新編）』「附錄」參照。

(21) この黄公偉『菜根譚注疏』は、私達の『異本菜根譚』で、「校異」の項で用いた。

(22) この梅伯春注釋『菜根譚』も『異本菜根譚』で「校異」に用いた。しかし、それ以後の書は原稿作成の時には入手していなかったので、參考することができなかった。

(23) 註(10)、二〇一頁、參照。

(24) 『異本菜根譚』概論の項で兩者を比較している。

(25) 『異本菜根譚』の「解說」で詳細に述べることとする。

郝敬の文章論

川田健

前言

郝敬（一五五八～一六三九）は明代を代表する經學者である。彼は『九部經解』を著して、過去の傳注の影響を取り除いて經から直接聖人孔子の意を明らかにしようとした。贅言するまでもなく、郝敬の生きた明末は、儒教の基盤が大きく搖らいだ時代であったが、そのような時代にあって郝敬はあくまで孔孟の道を明らかにすることを希求した。『九部經解』はそうした彼の活動の經學上の業績である。

彼は五經の中では『詩經』と『春秋』に特に重きを置いたが、先人の解釋の誤りとして『春秋』は深く讀みすぎで『詩經』は逆に淺く讀みすぎであると考えていた。『春秋』のような紀事の文章は「易簡」すなわち文字を見ればたちどころに意味がわかる性質のもので、言外に深奥な意味づけなどしていないのであるとし、一方『詩經』のような詩は、婉曲な表現でもって人々の感性に訴える性質のものであり、字面だけで解釋すべきものではないという論の展開をしている。[1] すなわち文章論を經典解釋の根據の一つにしているのである。

彼の文章論が最もよくまとまっているのは『藝圃傖談』四巻である。本書は古詩・辭賦・樂府・唐體・雜文・間燕語の六篇及び附記として「論制義」「家藏野人語題辭」の二つの文章を收録している。題辭には天啓三年（一六二三）

とあり、跋辭はなく、附記の最後には崇禎二十八年（一六三九）の年號が附せられている。『九部經解』は萬曆末年には成立しているのでそれよりやや遅い成立である。ちなみに天啓三年には、左傳の文章に批點と評語を加えた『批點左氏新語』を著している。あるいはこの時期に文章論について考える所があったのかもしれない。

さて明末の文學の趨勢は「文は必ず秦漢、詩は必ず盛唐」のいわゆる古文辭派に對し、王愼中、唐順之、歸有光ら唐宋八家を顯彰した一派や[2]「性靈説」を唱えて自己の感情の發露を重視した袁宏道らの公安派及びその流れを汲む鍾惺・譚元春らの竟陵派が獨自の文學主張を展開した。ただ『中國の文學論』（伊藤虎丸等篇　汲古書院　一九八七年）によると、王愼中らのグループは古文辭派に對抗する派閥にはならず、竟陵派は盛行したがやはり明一代でもっとも勢力を持ったのは古文辭派であったということである。本論では、古文辭派の主張である「文は必ず秦漢」との對立を軸に郝敬の文章論の一端を考察する。

一、散文における問題點

郝敬の文章論の根本は經書への回歸である。經書こそは文章の典範であるということが彼の文章論の基本になっている。彼は次のように述べている。

六經『論語』『孟子』には特異な難しい字はなく、婦人や兒童でもわかる。だから百世の垂範となったのである。後世は難しい字を使うようになり、（それがひどくなるにつれ）ますます淺薄な印象をあたえる。[3]

すなわち、經書が不朽の垂範になったのは、その文辭が平易で誰にでも理解できるからであるとしている。ところが漢代以降、文章は徐々に經書のもつ性質から離れてしまった。彼は文章の發展の歴史を次のようにとらえている。

世界の始まりの頃、文字はまだ出來ていなかった。聖人は卦を描いて象を設け、その下に經文をつけて意味を現した。だから「書は言を盡くさず、言は意を盡くさず」と言うのである。（卦象に對する説明である）易の辭が深奥に道理を明らかにしようとするのも無理はない。孔子が十翼を作ってから、意味はわかりやすくなり、子供でも理解しやすくなった。詩書春秋禮樂は道德の集まるところ、すでにそこには深く暗く隱されているようなわかりにくい話はない。しかして諸子百家は、どこに言に現れない眞意や、言い難き祕があろうか。また幽靈譚などの怪異物をもっぱらにしようか。司馬相如や揚雄の文は、理は諸子につけくわえるほどのものはなく、文辭はかえって六經よりもわかりにくい。どうしてそうなってしまったのか。これでは正大の情、易簡の旨ではない。『易傳』『論語』『春秋』は孔子の文章で、古書に比べて易しく、實に平易で品がある。しかしながら含蓄があって寛容、深く思って味わい深い。孟子の文は心がさっぱりとわだかまりなく、のびやかで明るくさわやかである。しかして義理は日新されている。漢唐に至ってより一つの作品を敷衍したようなものが氾濫し、おだやかで美しくあでやかな文辭が貴ばれた。かくして名理は捨て去られた。すなわち（これが）衰世浮薄の習なのである。(4)すなわち孔子の文は『易』の十翼にせよ『論語』『春秋』にせよ、平易にしてしかも道德が凝縮されている。この「平易」と「理」は郝敬が散文に對して最も要求するところである。諸子百家の文もこの氣風を受け繼いでいるが、時代が漢に下ると次第に華美に流れ、文辭も典型を踏襲するのみで文の命とも言うべき「理」が拔け落ちてしまっているのだと考えているのである。

二、郝敬の古文辭批判

このように六經以降の散文がたどってきた道は、安直な模倣・蹈襲によって何らの思想性もない文が量産され、また文辭も「易簡」ということを離れてしまったというのが郝敬の見解である。これは冒頭に取り上げた古文辭派の文學運動を意識したものと思われる。模倣・蹈襲というのはまさに古文辭派が批判される第一の要素である。そして古文辭派が模範とした漢代の文章は、郝敬にしてみればすでに六經論孟を離れたもので文章の典範としてふさわしくないものである。以下に「蹈襲」「漢代の文章」という二つの要素についてもう少し郝敬の見解を詳細に検討してみる。

文章というのは、模倣を繰り返すことによって新鮮味が失われて無價値になると言うのが郝敬の基本的立場である。逆にすぐれた作品を繼承するには、形式をまねるのではなく經書の底流にある本質を受け繼ぐことが大切と考えている。この點について郝敬は、詩經と離騷との關係を、東方朔と離騷との關係に對比して次のように述べている。

離騷と詩經は、聲調は全く異なるけれども、その長言・嗟嘆・溫厚といったものは風雅と同じである。東方朔以下の諸人は離騷に擬しているが、文辭は似ているがもとよりやぶれ落ちぶれる感がない。強いて泣いているが悲しくない。よく學ぶ者は模倣せずとも（正しき精神は）似ることができ、必ず足るを知るのである。（形式や文辭を）蹈襲するのは勞も多くてまずいやり方である。あるいは言うかもしれない。「擬古は新豐を作るがごとし」と。どうしてそんなことがあろうか。どうしてそんなことがあろうか。[5]

つまり、形式や文辭が異なっていても、理想とすべき經書の精神を受け繼ぐことは出來るが、擬古と稱して形式などを模倣するだけではそれは實現しない。むしろ經書の理念を受け繼ぎつつ日々新たにならなければならない。彼はその點を次のように述べている。

萬物が次々と日新されていくことを盛德と言う。文章はその顯著なものである。六經は時代が下って諸子となり、虞夏殷周の四代が下って漢唐となる。そして（文章の）作者は次々と誕生する。初めて作られたものは新しいが、すでに述べられたものは古くなる。天は惠みの雨を降らせるが、その雨は地面に落ちたら汚れてしまう。たとえ陽春白雪（といった美しいもの）でも何度も何度も繰り返され、町中の人がそれをまねすれば、聞くに足らなくなる(6)。

このように文章のあり方を、郝敬の尊重してやまない『周易』「繫辭傳」の語を用いて説明している。「日新」とは無窮の生成變化である。古く汚れたものを除いて次々と新たなものが生まれることが文章の生命と主張するのである。

さて、郝敬の批判のもう一點は、典範とすべき對象を漢に設定したことである。ただし郝敬の批判は單に文の優劣という問題だけではなく、漢の文章を典範としていることが現實社會に及ぼしている影響を非常に重要視している。以下にその點を確認する。

國朝の先輩は古文辭を提唱して、秦漢を尊んで唐宋を輕んじている。私は秦漢ではすでに時代が降りすぎだと思う。六經以降だと、文章はまさに『論語』『孟子』を正統とし、『老子』『莊子』を羽翼とすべきである。司馬遷は新進の者として後世が目を見張っているが、韓愈や蘇軾の方が新進であってその迫力は『孟子』や『莊子』と肩を竝べるほどの速さで走れるほどである。どうして司馬遷だけを雄と稱することができようか。司馬遷の『史記』は、誤謬は枚擧に暇がない。創始者ということで優れた功績とされているが、もし當時司馬遷がいなくても『史記』は作られたであろう。杜甫のいわゆる(7)「時來不得誇身强」ということである。蘇軾・韓愈の二人は千載の後に生まれ、起ちて革新を興した。事は爲し難く功績は（司馬遷より）格段に高い。どうして（二人を）輕んじて語ることができようか。今の士子は唐宋を淺はかと言って輕んじて、遠く司馬遷・楊雄に託して競って奇險（風變わりで險しい）の文體に趨っている。これは古文の習氣であり、時文がこれに倣うのは大いなる弊害である。思うに韓愈・蘇軾は時文に近く、司馬遷・楊雄・司馬相如は時文に遠い。韓愈・蘇軾の文は清暢（清々しく伸びやか）、司馬遷・楊雄・司馬相如の文は沈着である。(8)

このように「文は必ず秦漢」という古文辭の運動に對して、六經論孟を次ぐものはむしろ韓愈・蘇軾であるとしている。司馬遷を代表とする漢の古文は「奇險」であって「文は易簡を貴ぶ」という郝敬の價値觀とは相容れない。そしてここで重要なのは、こうした漢代の文章を典範とすることによって時文が悪影響を被っていると考えていることである。擧業に志すものはそのようであってはならないとして次のように述べる。

昔の博學で深奧な文章の書き手は揚雄に及ぶものはいない。「長揚賦」「羽獵賦」を讀んでいると心膽ともに吐き氣がする。これらは「上林賦」「子虛賦」の焼き直しに過ぎない。後に「卿雲歌」に倣って賦を作るものは實に多かったが、どうして蘇軾「赤壁賦」一篇におよぶものがあろうか。すがすがしく塵一つないさまは千年來の肥えて濃く重く濁った（文章の）氣をあっという間に洗い流した。これを「日新」と言うのである。擧業を學ぶ者は、まさによく覺えておくべき所である。淸く平易であることを捨て苦しく深奧であることを求めるのは、後生をあいまいにさせ、人に吐き氣を催させる。(9)

つまり制義文は「平易」「日新」でなくてはならないとしているのである。經學者郝敬にとって、時文は單なる受驗答案ではなく、儒教の精神を現實社會に示すものとして重要な位置づけをなしている。(10) 古文辭の主張が浸透して漢の文章が典範とされると、時文は「婦人兒童可識」という論孟の文章に立ち返ることはできず、それでは「聖賢の心を傳えるもの」たり得ない。おそらく郝敬の古文辭批判は、純粋な文藝論からの見解ではなく、現實に社會に及ぼしている影響に對する憂慮が念頭にあってのことではないだろうか。

三、郝敬の詩論

文は孔子・孟子の文を典範とし、あえて難解な表現を用いずに婦人や子供でもわかるような平易なものを理想とした。一方詩は『詩經』を典範とし、ここから詩の精神である「溫柔敦厚」を學ぶべきと郝敬は主張している。[11]詩は韻文である以上當然散文とは異なる。郝敬は詩と散文との違いを次のように述べている。

詩は文の聲韻があるものである。文は理を主とする。だから明切を貴ぶ。詩は聲を主とする。だから溫厚を貴ぶ。詩はかざりの多い表現を厭わないが、文のそうした表現は貴ぶに足らない。詩は微妙であでやかでよいが、文は直接表現すべきである。詩は遠回しな表現を厭わないが、文は奇異な表現を嫌う。ここが異なるゆえんである。だから詩は理づめで解釋してはならないものがある。[12]

つまり詩は韻文である以上その表現は穩やかで、修辭をこらしてよく、遠回しな表現と聲韻で訴えかけるもので、散文のように直接鋭く思うところを述べるものではない。[13]從って字面を解釋するだけでは詩人の意圖は讀みとることができないとしている。この點に關して楚辭を例にとってさらに次のように述べている。

初學者が楚辭を讀むと、味わい方を知らず、ただ意味に沿って躁率に讀んでしまう。およそ詩賦はゆったりと諷詠してはじめて人を動かすことが出來る。いくら數多く讀んでも、詩の情・興を領會しなければ字面の解釋のみになってしまう。楚辭を讀むときは何回も反復咀嚼してようやくその激しい悲しみと恨みの境地が讀みとれるのである。[14]

先述したように屈原の楚辭は『詩經』の精神を受け繼ぐものと意識されている。楚辭のようなすぐれた韻文は聲韻の奥に込められた情を讀みとらなければ作者の眞意は讀みとれないというのである。

「情」の重視という點で言えば、宋の詩文を「宋人は理を主として調を主とせず」と述べて痛罵した古文辭派の主張にも、郝敬と同時代である公安派の性靈説にも見られるいわば時代の共通認識といえる。郝敬も「詩は性情の發露」という見解を否定するものではない。しかし、郝敬の場合はあまりに「理」を輕視するような動きに對して危惧を抱いている。例えば、明代の詩論にも影響を與えたと言われる南宋嚴羽『滄浪詩話』の「詩に別趣あり、理に關わるに非ず」に關しては次のように述べている。

嚴羽は「詩に別趣あり、理に關わるに非ず」と言っているが、天下は理の外には文字はないのである。詩家には詩家の理があるのだという のはよい。しかし理は全く理に關わらないというのは誤りである。詩が理に關わらなければ、經を離れ道にそむき淫蕩に流れてしまう。文字に義理がなければすなわち意味も精彩もなくなる。詩經は純粋に義理の凝縮である。だから輝きは千古より失われない。今の詩といえば美しく飾り附けをし、韻を追い求めているだけである。だから理がないだけでなくでたらめなのである。うわついて中身のない響きだけしかなくてどうして性情に關わろうか。どうして風教を補えるだろうか。蛙や蟬がやかましく鳴いているだけのものをどうして詩といえようか。[15]

つまり嚴羽の「理に關わるに非ず」というのは誤りで、詩にも「理」が内在していなければならないということである。ただ、周知の通り、郝敬の引用したこの『滄浪詩話』「詩辨」篇では「しかしながら多く讀書をし、多く理を窮めなければ詩道の頂點を極めることはできない[16]」と續けているので、嚴羽は何も「詩」の「理」を否定しているわけではない。しかしあえて嚴羽のこの發言を引いた上で、問題を提起していることから「理なき詩」に對する郝敬の問題意識を讀みとることが出來る。詩は確かに性情の發露であるのだが、その中には儒教道德に根ざした「理」が備わっていることが條件である。當然單なる擬古であったり、ただ花鳥風月を愛でるものであってはならない。郝敬はさらに次のようにも言っている。

現代の人の詩についての議論は「理」を主としない。議論が落ち着くや悪道がつくられてしまう。按ずるに二雅は君主に忠言を述べるものであり、三頌は功德をたたえるものである。誰が道理に根ざさずに議論を行うだろうか。今の俗士の詩を學ぶや、かたきのように理を憎んでいる。ただ風月をもてあそび、光景（の世界に）遊びほうけて詩文の遊びに興じているだけである。たとえ文辭が伸びやかで優れていても、性情に關わらず、風教を補うのでなければ、詩道から言えばまったく役に立たないものである。(17)

つまり詩には道德的價値がなければならず、それのないいわゆる「文學のための文學」には全く價値がないと考えているのである。それゆえに郝敬と同時代に隆盛した竟陵派の活動には當然否定的である。

最近では異を好み、他をそしって道をつくり、別にいわゆる幽深にして孤獨な情緒を見つめ、喧噪の現實の中に靜かに身を寄せている。そしてみずから「心中の思いを虛しくして俗念を抑え、現實を遠く離れて虛無飄渺の間に遊ぶ(18)」と言っている。實に奇妙な語である。そもそも性情の道は共に知り共に由るもので、聲音を聞き響きに接すれば觀たり興したりできるものである。しかし彼らは多くの人のおもむくところをきわめて淺はかで狹くて熟しすぎと見なし、別に（目指すものを）いわゆる性靈という語に求めて紙面より浮きだたせ、多くの人のことばと同じくしないものは、それを一人靜かにものを見つめる者の心とし、（この境地を）理解できなければならないと驕っている。どうしてそれが聖人の詩を興する意にかなおうか。(19)

つまり彼らの文學運動は獨りよがりで他者との關わりなしに自らの世界に閉じこもっていると批判している。本來詩は文辭に牽連されることなく聲音を通じて相手にその「理」が傳わるべきものである。それは換言すれば、優れた詩からは誰にでも必ず「風教を補う」べき「理」が讀みとれるはずであるということであろう。詩は感情の發露であるが、その感情はすなわち「風教を補う」ものであるべきで、他人（儒教の教養を持ち、しかもそれを信奉する者）の理解を得られない「感情の發露」は詩としての價値はないと考えているのである。このような詩理論は彼の『詩經』観によるのではないかと推察できる。西口智也氏「郝敬の詩序論[20]」によると、

郝敬の詩經解釋は詩序論の特徴は詩序（特に「古序」）に表された意義を詩篇の本旨であるとして、詩篇の本文から直に儒教的な道義をよみ取ることを放棄したところにある。詩篇本文に儒教的道義を求めない點では、明末の鍾惺ら竟陵派に代表される「文學的解釋學派」と同様の態度が見られる。しかし郝敬は詩篇の本文の語に基づく文學的解釋を認めず、むしろ詩篇の本文から經書としての意義が失われてしまうことを恐れた。

つまり詩篇本文を文字通り解釋すると竟陵派のように道德的に全く無價値な解釋を行ったり、朱子のように淫奔詩として解釋されてしまう餘地がある。それを防ぐためには、「孔子の手を經た聖典たる『詩經』は「風教」を補う理がそなわっている。」ということを解釋の前提とせねばならない。そして『詩經』が詩の典範である以上、詩のあり方も當然『詩經』同様、言外に「風教を補う」理が感じ取れるものでなくてはならないということになる。

四、結　語

郝敬の文章論は散文は『易』繫辭傳、『春秋』『論語』『孟子』という孔子・孟子の言になる（またはその手を經た）ものを典範とし、一方詩では『詩經』の溫柔敦厚の精神こそあるべき姿とした。すなわち文章の典範は孔孟こそにあ

り、その原點に戻るべきことを希求したのである。彼は經を孔孟の原始に戻すことを企圖して『九部經解』を著した。彼の文章に對する意識もこれと軌を一にするもので、この意識を出發點と見るべきである。郝敬は古文辭派の主張である「文は必ず秦漢」という主張は郝敬の主張する文章の孔孟回歸を阻害し、例えば經典解釋や制義文といった儒教國家の樞要にも悪影響を及ぼしているとしてこのことを非常に憂慮している。郝敬の生きた明末は、經書の價値觀が大きく搖らいだ時期であった。孔孟回歸を強く希求する郝敬にとって、當時の文學運動は人心の風教からの乖離を助長するものとして批判しなければならなかったと言える。

附記

今回この問題を取り上げた出發點は、彼の文章論と歸有光のそれとの間に何らかの相似點はあるのかという疑問である。贅言を盡くすまでもなく歸有光は、いわゆる「載道のための文學」を主張した桐城派が明代古文の代表として意識した人物である。しかしながら管見の及ぶ限りでは郝敬が歸有光に言及した部分を發見できず、また『史記』に對する評價が歸有光と郝敬とでは決定的に異なることなどがあり[22]、現時點では論究できる材料が發見できなかった。ただ、郝敬の文章論の歷史的位置づけを考察する上で重要なことと思われるので、今後檢討を加えてみたいと思う。

注

（1）具體的には『春秋』においては言外に微言大義や凡例を認めず、『詩經』については淫奔詩の存在を認めなかった。

（2）一般的に「唐宋派」と稱されている集團のことである。ただ田口一郎氏「歸有光の文學―いわゆる唐宋派の再檢討」（『中國文學報』第五十五册）は「唐宋派」という概念自體に疑問を呈している。特に歸有光を王愼中、唐順之らと同一の文學集團と見なすのは、作品の傾向からも、歸有光の交友關係からも實狀にそぐわないことと論じている。論者はこの方面について言及する資格をもたないが、本論では田口氏に從って「唐宋派」という用語を用いないことにする。

（3）六經論孟、無奇詭之字。婦人兒童可識。所以能垂世。後世用詭字、轉覺膚淺。［『藝圃傖談』巻四　雜文］

（4）洪荒之初、文字未立。聖人畫卦設象。繫辭見意。故曰、書不盡言。言不盡意。易辭隱微鉤深、無怪其然耳。自夫子十翼作、明白易簡、童蒙可曉。詩書春秋禮樂、道德之淵藪、既無深晦隱僻之談。而諸子百家、有何不洩之隱、難言之祕、專何隱怪。如司馬相如楊雄之文。理無加于諸子。辭反晦于六經。何爲其然。非正大之情、易簡之旨也。易傳論語春秋、夫子之文章。較古書易、尤爲平雅。然而含蓄緼藉、深思雋永。孟子之文、光風霽月、疏快明爽。而義理日新。至於漢唐以來、汎濫敷衍、溫麗華婉之尚。而名理廢爲芻狗。則衰世浮薄之習矣。［『藝圃傖談』卷四　雜文］

（5）騷與三百篇。聲調絕殊、而長言嗟歎溫厚之意、與風雅同。東方朔以下諸人擬騷、辭非不肖。而本無傷讒流落之感。强泣不哀。善學者、不摹而似、必知足。而爲屨、勞且拙矣。或曰、擬古如作新豐。豈其然乎。豈其然乎。［『藝圃傖談』卷一　辭賦］

（6）造化往來日新之謂盛德。文章其著者也。六經降而爲諸子、四代降爲漢唐、作者遞興。創始則新、已陳卽故。自天爲膏雨。落地成溷潦。卽使陽春白雪。一唱再唱三唱。市人皆效之。不足聽矣。［『藝圃傖談』卷二　辭賦］

（7）時來不得誇身强、關中已留蕭丞相「洗兵馬」

（8）國朝先輩倡古文辭、尊秦漢而薄唐宋。以司馬子長主盟。余謂秦漢已上、六經以降、文章自當以論孟爲正宗、老子莊生爲羽翼。司馬子長新進、瞠乎其後矣。而韓退之蘇子瞻尤新進、力追孟莊、駸駸與方駕、何獨子長稱雄哉。子長之史記、紕漏不可枚擧。惟以創始得首功、設使當時無子長、亦必有爲史記。杜甫所謂時來不得誇身强也。蘇韓二子生千載後。起而鼎新。事難功倍、談何容易。今士子薄唐宋爲庸淺。遠託遷雄、競趨奇險。此古文之習氣、而時文效之大病也。蓋韓蘇二子、於時文近。遷雄相如、於時文遠。韓蘇二子之文清暢。遷雄相如之文沈著也。［『藝圃傖談』卷四　間燕語］

（9）從前博學深文莫如楊雄。長楊羽獵、心膽俱嘔、亦不過上林子虛之舊腔。後來效卿雲作賦者、何止千家、豈若蘇子瞻赤壁一篇。清爽妙利、纖塵不染、千年來肥濃重濁之氣、一洗頓淨。此之謂日新。學擧子業者、所當服膺也。舍清淺而趨艱深、後生、令人嘔吐。［『藝圃傖談』卷四　間燕語］

（10）例えば『藝圃傖談』の巻四には「論制義」という文章が附せられている。彼は冒頭で「經術制義、原爲聖賢傳心。國家以此程士。」と述べ、その後で現在の制義文は試錄の程文、正式に發表された答案であっても經義にもとっていたり、平氣で邪説を述べていたりすることを嘆いている。また彼には「四書制義」六卷があり、みずから制義文の範を示そうとしている。

（11）例えば「詩不熟達三百、不知古人溫柔敦厚之義。」（『藝圃傖談』卷一　古詩）など。

（12）詩者文之有聲韻者也。文主理、故貴明切。詩主聲。故貴溫厚。詩不厭浮靡。文浮靡斯不足貴矣。詩微婉、文可直發。詩不

厭譎。文嫌弔詭。所以異耳。故詩有不可理求者。〔『藝圃傖談』巻二　辭賦〕

（13）このような視點から、郝敬は唐詩を貴ぶ風潮を批判している。例えば「近代…詩宗唐人、貴近體、而刻厲之意多。故今之爲詩也、亦文也。」（『藝圃傖談』巻四　雜文）のように、唐を宗とした今の詩は『詩經』の溫厚の意がなく、本質は文になってしまっているとしている。このほかにも「詩至近體、駢麗無以復加。…至近體峻刻、使人意苦。腐毫閣筆、得一語駢麗志矣。其實綺靡過於六朝。毀六朝譽唐人、豈公平之論。」（『藝圃傖談』巻一　古詩）というように、唐の近體詩は六朝よりも綺靡に過ぎているなどと述べ、唐詩に對する批判を隨所に展開している。

（14）初學讀楚辭、不知味、秖緣意思躁率。凡詩賦須優游諷詠、始能動人。汎濫涉獵、不領其情興、猶之文字而已。讀楚辭、須春容三復、乃得其沈痛悲婉之致。〔『藝圃傖談』巻二　辭賦〕

（15）嚴儀卿謂詩有別趣、非關理也。天下無理外之文字。謂詩家自有詩家之理則可、謂詩全不關理則謬矣。詩不關理、則離經叛道、流爲淫蕩。文字無義理、則無意味無精采。三百篇純是義理凝成。所以晶光千古不磨。今之詩、粉飾妝點、趂韻而已。豈惟無理、亦且無稽。浮響虛聲、何關性情、何補風敎。蛙鳴蟬噪、烏得爲詩。〔『藝圃傖談』巻一　古詩〕

（16）然非多讀書、多窮理、則不能極其至（『滄浪詩話』詩辨　五）。

（17）近代人謂詩不主理。一落議論、便成惡道。按二雅獻納、三頌揚功德。其誰不根道理涉議論者乎。今俗士學詩、疾理如讐、惟嘲弄風月、流連光景。卽使鏗金戛玉、無關性情、無補風敎、詩道之贅疣耳。〔『藝圃傖談』巻一　古詩〕

（18）引用文の鍾惺「詩歸」序の部分の譯は前掲『中國の文學論』によった。

（19）晩近好異、詆爲途逕、別求所謂幽情單緒孤行、靜寄於喧雜之中者。自謂虛懷定力、獨往冥遊于寥廓之外。則幾乎語怪也。夫性情之道、共知共由。聞聲接響、可觀可興。今以衆之所趨爲極膚極狹極熟、別求所謂性靈語、浮出紙面、不與衆言伍者、爲獨往靜觀者之心、傲人以不知不能。豈聖人之興詩之意乎。〔『藝圃傖談』巻三　唐體〕

（20）『詩經研究二十三』一九九九年二月　引用部分は一六～一七頁。

（21）『詩經』解釋における郝敬の朱子批判として「ただ文辭に據りて疑似懸談し、大抵淺俗なり」（『談經』巻三　毛詩）というのがある。すなわち、朱子が淫奔詩などといった卑俗な解釋をするに至ったのは、字面だけから詩を讀みとろうとした結果であると考えている。

（22）郝敬は『史記』に對する評價はあまり高くない。前掲注（8）「設使當時無子長、亦必有爲史記。」の他にも例えば「愚按

近世學士有文筆專攻應酬爲人作誌銘碑版題讃之類、大抵多敍事之文。故遷固二書、於今主盟、家誦而戸習矣。先輩推轂子長、後世以耳食。不知子長實未就之業、中間草率紕繆處多、未可一概盡以爲佳也。（『史漢愚按』巻一　史記）ということも述べている。

郝敬の賦比興論
――その「興」説を中心に――

西口智也

一　緒言

郝敬（一五五八～一六三九）字は仲輿、號は楚望、「郝京山先生」とも稱される。[1] 明末を代表する經學者であり、黄宗羲は『明儒學案』巻五五「諸儒學案下三」で郝敬を許して次のように述べている。

五經之他、儀禮、周禮、論、孟、各著爲解、疎通證明、一洗訓詁之氣。明代窮經之士、先生實爲巨擘。

その傳は『明史』李維楨の傳に附されている他數種あり、自敍傳的文章として『小山堂集』巻九「生狀死制」もある。また、彼の著作の大部分は、經學に關する著述をまとめた『九部經解』と、論文・隨筆等を集めた『山草堂集』とに收められている。[2]

郝敬の詩經學については、注1に擧げた拙稿「郝敬の詩序論――朱子批判と孔孟尊重――」（「詩經研究」第二三號・一九九九年二月）において既にその詩序説を中心に論じており、本稿はそれを繼ぐものである。そこで論の都合上、以下にその要旨を述べることをお許し頂きたい。

郝敬は朱子の新注を大いに批判し、詩序（特に、郝敬が「古序」と稱して別に扱う詩序の第一句目）に基いて詩本文を解釋することを主張した。郝敬のこうした詩序說は、淸初の姚際恆以來、「詩序を廢した朱子說を批判するめの論」と評價されてきた。しかし、新たに彼の孔子觀及び孟子觀を檢討することによって、從來のこうした評價は一面的なものであり、詩序を尊重した郝敬の意圖は孔子以來の「法戒」としての『詩經』のあり方を守ろうしたところにあったことが明らかとなった。さらに、その詩序論の注目すべき特徵として、詩序（「古序」）に表された意義を詩篇の本旨であると考えて詩篇本文から直に儒教的な道義を讀みとることを放棄したため、詩篇本文の意義が失われてしまう危險性を帶びている點を指摘した。郝敬はその解決策として獨自の賦比興論を展開するのだが、本論考ではその賦比興論について考察していく。

二　郝敬以前の賦比興說

「賦・比・興」は、始め「風・雅・頌」併せて論じられてきた。いわゆる六義說である。(3)

教六詩、曰風、曰賦、曰比、曰興、曰雅、曰頌。（『周禮』・大師）

詩有六義焉。一曰風、二曰賦、三曰比、四曰興、五曰雅、六曰頌。（『詩經』・大序）

後漢の鄭玄は、右の『周禮』の經文に注して次のように述べている。

賦之言鋪、直鋪陳今之政教善惡。比見今之失、敢不斥言、取比類以言之。興見今之美、嫌於媚諛、取善事以喩勸之。

つまり、「賦」は當時の政治に關する意見を率直に述べる方法、「比」は當時の政治の悪い點を批判するのに別の似た事例を批判することによって間接的に意見する方法、「興」は今の政治の良い面を見て譽めてへつらうのではなく、良いことを例として出し、それにならって行うことを勸める方法であり、「賦・比・興」はどれも政事について意見を述べる際に用いる方法としていたことがわかる。(4)

その後、唐の孔穎達は次のように述べている。

風・雅・頌者詩篇之異體。賦・比・興者詩文之異辭耳。大小不同而得竝爲六義者、賦・比・興是詩之所用。風・雅・頌是詩之成形。用彼三事、成此三事。故同稱爲義。非別有篇卷也。（『毛詩正義』・大序・疏）

つまり、「風・雅・頌」は詩體の分類、「賦・比・興」は詩の表現上の分類であるとした。またさらに、「賦」については鄭玄の注を取り、

詩文直陳其事、不譬喩者、皆賦辭也。

と述べて一種の直敍法であるとし、「比」については鄭司農の注を取り、

諸言如者、皆比辭。

と述べて一般的な比喩法であるとし、「興」については

興者起也。取譬引類、起發己心。詩文諸擧草木鳥獸以見意、皆興辭也。

と述べ、身近なものを言って詩の主題を言い表す連想法であるとした。

「賦」「比」「興」をそれぞれ一種の修辭法であるとするこの孔穎達の賦比興説は、その後かたちを變えつつ踏襲され、朱子が著書『詩集傳』の中で

賦者、敷陳其事、而直言之者也。（《葛覃》・注）

比者、以彼物比此物也。（《螽斯》・注）

興者、先言他物、以引起所詠之詞也。（《關雎》・注）

と述べるに至って定説となり、その後新たに賦比興説を唱える者はほとんどいなくなった。

三　郝敬の賦比興説とその評価

郝敬は、當時の定説となっていた前述の朱子の賦比興論に對して次のように述べている。

詩言微婉、託物爲比、陳辭爲賦、感動爲興、三義合而成詩。朱子斷以某詩爲賦、某詩爲興、某詩爲比。非也。詩有無比者、未有無賦與興者。興不離比、比興不離賦。古註未達、而朱子以興爲先言他物、興起所詠之事、則與比何別。子云「詩可以興」。豈謂先言他物與。舛誤難通。各章舊分賦・比・興。今盡削之、學者自以義求耳。

（『毛詩原解』巻一・國風・周南・《關雎》・注）

このように郝敬は、「興」「比」「賦」の「三義」が合して詩を成しているという「一詩三義説」を新たに唱え、そもそも朱子の説明では「比」と「興」の區別がつかないとして、「賦」「比」「興」を各詩篇あるいは各章ごとに割り振る朱子の態度を批判しているのである。

この郝敬の「一詩三義説」に對し、姚際恆は次のように述べている。

詩有賦、比、興之說、由來舊矣。此不可去也。蓋有關于解詩之義、以便學者閱之卽得其解也。賦義甚明、不必言。惟是興、比二者、恆有游移不一之病。然在學者亦實無以細爲區別、使其鑿然歸一也。第今世習讀者一本『集傳』。『集傳』之言曰、「興者、先言他物、以引起所詠之辭也。比者、以彼物比此物也」。語隣鶻突、未爲定論。故郝仲輿駁之、謂「『先言他物』與『彼物比此物』有何差別」是也。愚意當云、「興者、但借物以起興、不必與正意相關也。比者、以彼物比此物也」。如是、則興、比之義差足分明。然又有未全爲比、而借物起興與正意相關者、此類甚多、將何以處之。嚴坦叔得之矣。其言曰、「凡曰『興也』、皆兼比。其不兼比者、則曰『興之不兼比者也』」。然辭義之間、未免有痕。今愚用其意、分興爲二。一曰「興而比也」、一曰「興也」。其興而比也者、如《關雎》是也。其云「關關雎鳩」、似比矣。其云「在河之洲」、則又似興矣。其興也者、如《殷其雷》是也。但借雷以興起下義、不必與雷相關也。如是、使比非全比、興非全興、興或類比、比或類興者、增其一途焉、則興、比可以無淆亂矣。其比亦有二。有一篇或一章純比者、有先言比物而下言所比之事者。亦比之、一曰「比也」、一曰「比而賦也」。如是、則興、比之義瞭然、而學者可卽是以得其解矣。若郝氏直謂興、比、賦非判然三體、每詩皆有之、混三者而爲一、邪說也。（『詩經通論』巻前・「詩經論旨」）

姚際恆は、「賦・比・興」については詩義を解釋する上で重要な説であり、古來、特に「比・興」については説が一定しておらず、また前述の朱子説も不十分であるとし、郝敬の朱子説に對する「『先に他の物を言ふ』と『彼の物もて此の物に比す』と、何の差別有らん」という批判は尤もだと述べている。しかし一方では、郝敬の「興、比、賦判然たる三體に非ずして、詩每に皆之有り、三者を混ぜて一と爲す」という「一詩三義説」は「邪說」として取らず、「凡そ『興なり』と曰ふは、皆比を兼ぬ。其の比を兼ねざる者は、則ち曰はく『興にして比を兼ねざる者なり』」という嚴粲の説を受け、「興なる者は、但だ物を借りて以て起興するのみにして、必ずしも正意と相關せざるなり。比なる者は、彼の物を以て此の物を比するなり」と言い、比には純粋な比と比でありかつ賦であるものがあり、興には純粋な興と興であってかつ比であるものとがあって、比・興それぞれに二つの種類あるのだする獨自の賦比興說を述べている。

また、大田錦城は次のように述べている。

一詩三體之說、伊川言一篇之中、有數義者。橫渠言一詩之中、蓋有兼見賦比興之意。及晦庵言、《綠衣》之比、兼於興、《關雎》之興、兼於比、《小弁》八章、賦而比也。《氓》七章、賦而興也。既有其意、然而其旨未明辨。京山郝氏特奮首唱其義。其見亦卓矣。蓋國風二雅三頌之三者、既列爲三百之綱領。是故求比賦興於各篇各章之中。

（『六義考』二〇丁・裏）

錦城は、「賦比興」と「風雅頌」を含めたいわゆる六義に關する諸説を、「三經三緯説」（「賦比興」と「風雅頌」との二つに分けて考える説）、「一詩六體説」（詩體の「（國）風・（大・小）雅・（三）頌」といわゆる六義の「風雅頌」と區別した上で、六義を考える説）、「一詩三體説」（基本的には「三經三緯説」であるが、特に「賦比興」について、一詩の中に「賦」「比」「興」が複數存在しているとする説）に大別し、郝敬の「一詩三義説」を「一詩三體説」を代表するものとして評價している。[5] 錦城はさらに「三經三緯の別は晦庵に從ひ、一章兼義の旨は京山に從ふ」と言い、「上二句の比を以て下二句の賦を喚起す、是れ興なり。故に興の名二者の他に在り」（同氏著『九經談』巻八）と述べ、自らの賦比興説が、郝敬の説と朱子の説との折衷の上に成り立っていることを明言している。

このように姚際恆と大田錦城は、郝敬の賦比興に關する言説に強く關心を寄せたものの、全ての詩に賦比興が用いられているとする郝敬獨自の賦比興説（一詩三義説）をそのままのかたちで受け入れることはなかった。しかし、郝敬の斬新な發想は、彼ら後世の學者を刺激し、古來紛糾していた賦比興説に新たな觀點からの檢討を促したのである。

四　郝敬の賦比興論の意義

前述のように、郝敬の賦比興論はその斬新さゆえ後生の注目を浴びた。しかしそれらの言説は「一詩三義説」という賦比興論の表面的な部分を述べている過ぎず、郝敬の詩經學全體からの分析を試みた結果からではない。そこで本章では、郝敬の詩經觀に注目してその賦比興論の意義を考察していく。

郝敬は、「賦」「比」「興」のうち特に「興」について次のように述べている。

賦比興非判然三體也。詩始于興。興者動也。故曰「動天地、感鬼神、莫近于詩」。夫子亦曰「詩可以興」。凡詩未有離興者矣。興者詩之情。情動于中、發于言爲賦。賦者事之辭。辭不欲顯、託于物爲比。比者意之象。故夫鋪敍括綜曰賦、意象附合曰比、感動觸發曰興、非但歡娯爲興。喜怒哀樂、皆本于興。故詩者、性情之道、和人神、協上下、移風易俗、莫非興也。

（『毛詩原解』巻前・「讀詩」・第二五條）

郝敬は、「詩は興に始まる」と言い、《關雎》序（いわゆる大序）中の「天地を動かし、鬼神を感ぜしむるは、詩より近きは莫し」こそが「興」の働きであり、『論語』陽貨篇中の「詩以て興す可し」という孔子の言葉はそれを意味しているとしている。喜怒哀樂はその「興」に基づくものであるから、「性情の道」を旨とする「詩」には全て「興」の要素があるのだというのである。「賦比興は判然たる三體に非ざるなり」とはつまり「興」という表現技法を、ある事象を直接表現する「賦」やある事象を別のものに託して表現する「比」といった辭句の修辭法から切り離し、一詩篇が全體として何を意味しているのかという詩の本旨に關わるものとして別格に扱うことを意味しているのである。(6)

また、「比」については續けて次のように説明している。

比者寓宅之義。非獨兩物切譬爲比也。但不直斥此事、而託言于彼、皆是比。如《關雎》・《鵲巢》・《鳳凰》・《麟趾》・《黄鳥》・《鴟鴞》・《狼跋》・《鹿鳴》・《桃李》・《唐棣》・《黍稷》・《葛藟》之類、此其親切譬喩者也。其他或「文字」・「音響」・「物象」・「情景」、假借附合。如「采葛」以喩讒言蔓引、「采蕭」以喩其薫灼、「采艾」以喩其爍膚。此類比之取義者也。如《載馳》之「阿丘采蝱」、蝱一名「貝母」、借作「背母思歸」之喩。《中谷有蓷》「蓷」、一名「充蔚」、一名「益母」、借作「豐年得養其妻」之喩。此類比之爲隱語者也。如《殷其靁》之「殷」、借作殷商、以靁喩商紂之威虐也。（中略）《采唐》刺淫。「唐」言「蕩」也。《兔爰》閔周。「兔」之言「毒」也。「雉」之言「癡」也。《終南》之「條」言理也。「梅」言謀也。他如「棣」之言「弟」、「桑」之言「喪」也。「棘」之言「急」也。「栩」之言「虎」也。如「新臺有泚」借作「頮泚」之「泚」。《君子偕老》之「玼兮」亦借作「泚」、言「可愧」也。「瑳兮」之「瑳」、借作「巧笑之瑳」言「可笑」也。此類比之切響者也。如《清人》「在彭」「在消」「在軸」、未必河上實有是地。《桑中》「孟庸」「孟弋」、未必上宮實有是女。「彭」、「盤」也。「消」、「散」也。「軸」、「旋」也。皆遊嬉之喩。「庸」言「賤」也。「弋」言「引」也。皆誨淫之喩。此類比之會意也。至如周頌之《絲衣》因縁于「祭竈」。小雅之《鴛鴦》取義于「交物」。此類無序、幾不可解。故凡託物皆比。而朱子于此類、一切以爲發端之語無所取義。其疏莽可勝言哉。

（『毛詩原解』巻前・「讀詩」・第二六條）

「比」とはある事象を表現する際、それを直接指す文辭を用いず、その事象を暗示する別の文辭を用いて表現する修辭法であると述べ、實際に各詩篇の例を擧げて説明している。しかし、「比」によって暗示される事象は詩本文のみを検討しても理解することは困難であり、「此の類は序無くんば、幾んど解す可からず。」と述べて、「比」という修辭法が詩序によって示される詩篇の本旨をふまえてからの検討なしには解し得ないものであると言うのである。

さらに續けて次のように述べている。

詩之有比猶易之有象。易義難言、以象像之。詩志難言、以比譬之。漢魏諸家、言易象過于穿鑿、及言詩比、全沒理會。朱元晦所以誤比爲興、其疏謬從來遠矣。

（『毛詩原解』巻前・「讀詩」・第二七條）

つまり、『詩經』における「比」とは、『易經』における「象」と同様、言葉にしがたいものを示す表現方法なのであり、言葉に直接表しがたい作者の「志」を詩に詠い込むための修辭法が「比」なのであるから、「比」を正確に理解することは困難であり、朱子のように「興」と混同してしまうのだという。

詩の「志」を理解することについて、郝敬は次のように述べている。

或謂予解詩大略、而予惟原夫作者之志耳。詩志也。志明則辭易曉。子云「興于詩」。詩有興、猶易有象。象在辭外、興亦在辭外。興者情之動、如哭死者而數、其事可哀不在事而在哭泣之情。詩可以興、亦猶此也。後儒以託物爲興。苟不託物其無興乎。禮云「溫柔敦厚詩之教也」。其失也愚。高叟・咸丘蒙、執辭遺興、所以愚也。古人引詩、不必本事、不必泥辭、貴興而已。不得其興、辭雖詳、與性情無涉。故無興、不可爲詩得志、斯得興矣。孟子曰「以意逆志」。是謂得之。古之詩皆志也。後世之詩皆辭也。詩所以爲絶學矣。

（『毛詩原解』巻前・「讀詩」・第五二條）

郝敬は、自らの詩解釋を大ざっぱであると批判する者に對し、そもそも詩解釋の目的は詩篇の作者の「志」を理解することにあり、ひとたび「志」を理解することができれば詩の辭句に關する細々とした問題は容易に解決できるのだと反論する。たとえ「辭」を詳細に見ていっても、「辭」外にある「興」を疎かにしては、「性情」と關わりのある「（詩の）志」を理解することはできないと言うのである。

この「辭」（以下、「詩辭」と稱する）にとらわれたために引き起こされる誤りの最たるものとして郝敬が問題としたのが、いわゆる淫詩である。郝敬は、朱子が詩序の説を取らず、「詩辭」のみに基づいて詩篇を解釋し、淫奔の詩であると判斷していることを強く非難している。以下、鄭風《將仲子》の本文と詩序と朱子『詩集傳』の注釋、そして郝敬の『毛詩原解』の注釋を擧げ、實際にその例を見ていくことにする。

〈詩本文〉

○將仲子兮・無踰我里・無折我樹杞・豈敢愛之・畏我父母・仲可懷也・父母之言・亦可畏也

○將仲子兮・無踰我牆・無折我樹桑・豈敢愛之・畏我諸兄・仲可懷也・諸兄之言・亦可畏也
○將仲子兮・無踰我園・無折我樹檀・豈敢愛之・畏人之多言・仲可懷也・人之多言・亦可畏也

〈詩序〉

《將仲子》、刺莊公也。不勝其母以害其弟。弟叔失道而公弗制。祭仲諫而公弗聽。小不忍以致大亂焉。

〈詩集傳の注〉

賦也。將、請也。仲子、男子之字也。我、女子自我也。（中略）莆田鄭氏曰、此淫奔者之辭。

〈毛詩原解の注〉

古序曰、《將仲子》、刺莊公也。毛公曰、不勝其母以害其弟。弟叔失道而公弗制。祭仲諫而公弗聽。小不忍以致大亂焉。○朱子改爲淫奔、非也。詩寓言莊公逆母殺弟之事。詳春秋傳。蓋莊公殺叚之心、切于祭仲、仲欲早圖、而公欲養成。故詩人因祭仲之諫、托爲莊公拒仲之辭。仲子卽祭仲也。畏父母諸兄國人云者、借莊公之口、以誅其心。辭若寛而心甚險。千載讀之如見肺肝。詩所以善于諷也。若朱子言詩、必睚眥怒罵而後謂之刺、少涉情致。卽斥爲淫奔矣。杞木高、桑木韌、檀木堅。以比公室强、而叚無能爲也。

（『毛詩原解』巻八・鄭風・《將仲子》・注）

詩序は、詩本文中の「仲子」は「祭仲」を指しており、母の寵愛をうけて增長する弟の共叔段をその兄である莊公が放置しているのを大夫の祭仲が諫めた際、莊公が聞き入れなかったため、後に共叔段が反旗を翻し兄の莊公が弟の共叔段を伐つはめになってしまったことを刺っていると述べている。しかし朱子はこの詩序の說を廢し、「仲子」を「男子の字」であるとし、男の求愛に對して女が家族や他人の目を氣にして拒んでいるという鄭樵の說をとって、「淫奔」の詩であると解釋している。

これに對して郝敬は、朱子のような詩序を憎んで廢する解釋態度は「情致に渉ること少し」とし、詩を解釋する際には「情致」を理解することに心を砕かなくてはならず、そうすれば一見女の戀心を表したようにみえる詩の本文も、實は「托して莊公仲を拒むの辭」であることがわかり、「杞木は高く、桑木は韌かにして、檀木は堅し。以て公室强くして、叚（＝段）能く爲す無し」という「比」が生きてくるというのである。

つまり郝敬は、いわゆる「淫詩」と解釋されうる詩篇に對して、「詩辭」の意味するところから詩を理解することを否定し、詩序（特に「古序」と稱される第一句目）に示された「作詩者の志」をもとにし解釋することで、『詩經』中から「淫詩」なるものを排除しようとしたのである。

しかしここで重大な矛盾が生じている。各詩篇の本義を的確に表現しているのが「詩序」であり、「詩辭」がそうした本來の解釋を誤らせるものであるとすれば、『詩經』には「詩序」さえあればよいということとなってしまい、「詩辭」の存在意義が希薄になってしまう。もし聖人の志が託されたはずの經書である『詩經』の大部分が「不要」ということになれば、經學そのものの意義が危うくなりかねない。郝敬はこの問題について以下のように説明している。

子貢論「貧富」、與詩何干。而以「切磋琢磨」解。子夏論「素絢」。與禮何干。而以「禮後」解。顧仲尼極加歎賞謂「其始可與言詩」。此意二千年來、無人會、但作穎悟上伎倆。實是三百五篇證盟公案。蓋詩人託興深遠、言語寬厚、抑揚反覆、不可爲典要。理有切合、而辭若矛盾。語有疑似、而志相背戾。是故言詩難也。善解者通其志、而冥合不違者、執其似而反遠。子貢論學知詩、離而能出也。子夏論詩知禮、入而能出、離而不殊、合而不泥、入而不執、出而不遠、兩端用中、乃可言詩。世儒于詩、以「切磋」解「切磋」、以「素絢」釋「素絢」。見《關雎》則以爲鳥、聞《羔羊》則以爲獸、讀《狡童》則以爲蕩子、目《靜女》則以爲淫婦。膠柱鼓瑟、無一可通。乃有如高叟以「怨慕父母」爲「小人」、如咸丘蒙以「普天率土」爲「臣父」、乃至執辭生疑。如朱元晦以古序爲牽强、率意師心、爲易簡直訣。若是則易簡直訣、孰如高叟・咸丘蒙。而賜・商二賢亦烏能免于牽强之誚也。故子貢・子夏之後、善言詩者、莫如孟子、孟子之後、知其解者莫如毛公。（『毛詩原解』巻前・讀詩・第一七條）

つまり、詩篇の作者は自身の心境を「興」に託し、厚みのある言葉を用い絶妙な抑揚を效かせて表現しているので、一定の方法で解釋することは難しい。したがって文辭的には「詩辭」と「詩志」とが一見違った內容を意味しているように見えるが、實は「理」によって繫がっていると言うのである。郝敬はいわば、「詩篇本文」と「詩序」との關係を、「詩辭」と「詩志」との關係に置き換えて、その矛盾を解決しようとした。そして、その際に考案されたのが、彼獨自の賦比興論だったのである。その意味で、郝敬の賦比興論成立の意義は、姚際恆や大田錦城が評價した「一詩に賦比興を同時に存在させた」という點にだけあるのではなく、むしろ、自らの詩經學における矛盾點を解決し、體系化を可能にしたことにこそより大きなかたちであるのである。

五　小　結

これまで考察してきたことから、郝敬にとって、この獨自の賦比興說（特に「興」說）は、詩序によって表される詩篇の作者の心（＝「詩志」）としての『詩經』と、經書的解釋から切り離された詩篇本文（＝「詩辭」）としての『詩經』との關係を理論化する切り札であることが明らかとなった。そしてこの「興」說は、詩篇を朗詠することによって現れる音聲（＝「詩聲」）としての『詩經』という、さらなる見方を郝敬にもたらすこととなった。これは詩人でもあった彼自身の文學に對する考え方と無關係ではあるまい。(7) この「詩志」「詩辭」「詩聲」の關係と意義についての檢討は次稿に讓りたい。

注

（1）　郝敬に關する論文に、岡田武彥氏「吳廷翰と郝楚望」（「テオリア」〈哲學紀要〉第三輯・一九六〇年二月）、村山吉廣氏「『毛詩原解』序說」（「詩經研究」第一二號・一九八七年十二月）、井上進氏「漢學の成立」（「東方學報」第六十一册・一九八九年三月）、荒木見悟氏「郝楚望の立場」（「九州大學中國哲學論集」第二〇號・一九九四年十月）、同氏「郝敬の立場――その氣學の構造――」（『中國心學の鼓動と佛教』・中國書店刊・一九九五年九月）、川田健氏「郝敬『批點左氏新語』について」（「中國古典研究」第四二號・一九九七年十二月）、同氏「郝敬春秋學の一側面」（「早稻田大學大學院文學研究科紀要」第四三輯・第一分册・一九九八年二月）、蔣秋華氏「郝敬的《詩經》學論點」（「中國文哲研究集刊」第一二號・一九九八年三月）、同氏「郝敬的詩經學」（『第三回詩經國際學術研討會文集』・天馬圖書有限公司刊・一九九八年六月）、同氏「郝敬著作考」（『張以仁先生七秩壽慶論文集』・臺灣學生書局刊・一九九九年一月）、村山吉廣氏「明儒郝敬の詩解」（「早稻田大學大學院文學部紀要」第四三號・第一分册・一九九九年二月）、拙稿「郝敬の詩序論――朱子批判と孔孟尊重――」（「詩經研究」第二三號・一九九九年二月）がある。

（2）　『九部經解』は、各經の注釋書である『周易正解』二〇卷・『尙書辨解』一〇卷・『毛詩原解』三六卷・『周禮完解』一二卷・『儀禮節解』一七卷・『禮記通解』二二卷・『春秋直解』一五卷・『論語詳解』二〇卷・『孟子說解』一四卷の九部、計一六五卷から構成されている。なお、各注釋書の卷前にある、要旨をまとめた論文「讀易」・「讀書」・「讀毛詩」・「讀周禮」・「讀儀禮」・「讀禮記」・「讀春秋」・「讀論語」・「讀孟子」各一卷を併せると、計一七四卷になる。

『山草堂集』は、内篇一六種と外篇一二種の計一五三卷から構成される。内篇には、『談經』九卷・『易領』四卷・『問易補』七卷・『學易枝言』四卷・『毛詩序說』八卷・『春秋非左』二卷・『四書攝提』一〇卷および附錄一卷・『時習新知』六卷・『閑邪記』二卷・『諫草』二卷・『小山草』一〇卷・『嘯歌』二卷・『藝圃傖談』四卷・『史漢愚按』八卷・『四書制義』六卷・『讀書通』二〇卷が收錄され、外篇には、『批點左氏新語』二卷・『批點史記瑣瑣』二卷・『批點前漢書瑣瑣』四卷・『批點後漢書瑣瑣』六卷・『批點三國志瑣瑣』四卷・『批點晉書瑣瑣』六卷・『批點南史瑣瑣』四卷・『批點北史瑣瑣』四卷・『批點舊唐書瑣瑣』

四巻・『批選杜工部詩』四巻・『批選唐詩』二巻・『蜡談』六巻が収録されている。

両叢書の版本やその所藏狀況、また両叢書以外の著作については、注（1）で擧げた蔣秋華氏の論文「郝敬著作考」を參照のこと。なお補足として、一九九九年三月に上海辭書出版社所藏本『山草堂集』を拜見した際、『批點三國志瑣瑣』・『批點晉書瑣瑣』・『批點南史瑣瑣』・『批點北史瑣瑣』・『批點舊唐書瑣瑣』が缺本となっていたことを附け加えておく。

（3）賦比興論に關する主な論文に、橋本循氏「詩の比興に就て」（「支那學」第五巻・二號・一九二九年六月）、松本雅明氏「詩經修辭における賦比興の分類——古代中國人の自然感情についての研究序章——」（「法文論叢」二號・一九五一年三月）、田中和夫氏「詩の『興』について——その名稱の發生と發見と——」（「早稲田大學大學院文學紀要別冊」第一號・一九七五年二月）、江口尙純氏「大田錦城の六義說——その歷代學說分類と賦比興說を中心に——」（本論集に掲載）などがある。

（4）鄭玄はこの時既に同箇所において、鄭司農の注「比者、比方於物。興者、託事於物」を引用し、「比」「興」の修辭的要素を指摘している。

（5）大田錦城の六義說についての詳細は、注（3）の江口氏の論文を參照のこと。

（6）郝敬のこの「興」說については、前述の大田錦城が次のように述べている。

特京山郝氏就一詩求三義、其說極偉矣。且以晦翁所謂興者、皆斷爲比、是亦其說明快者也。學者不可不敬服也。唯其解比賦則就詩辭而求之、而其解興則曰臣子忠孝誠敬之情、卽是興、曰感動成王、卽是興。則予亦不乖無疑焉。何則臣子忠孝也。感動成王詩之用也。與其就詩辭說比賦、其義能戾不協、且引夫子言、詩可以興者、亦左矣。語所謂詩可以興、興於詩者、言詩之感發奮興人之善心耳。是故興觀群怨、竝言、興立成、竝言、與六義之興、固是沒交涉、予故亦於是知京山之言未盡善矣。

このように大田錦城は、郝敬が「賦比興」のうち「興」だけを取り出して特別な意味を與え、他の「賦」「比」とは異質のものとして扱っている點に不滿だった。

（7）郝敬の文學論については、川田健氏「郝敬の文章論」（本論集に掲載）がある。

女子題壁詩攷

合山究

はしがき

長い間ほぼ男性詩人の獨擅場であった中國の詩の世界において、女流詩人が活躍し始めたのは明末に至ってからである。その傾向は清代になると、ますます顯著になり、胡文楷編の『歴代婦女著作考』によれば、清代には三六七一人にものぼる著作をもつ女詩人が現れている。これらの女流詩人の多くは知識階層の家に生まれた閨秀詩人であるといってもよいが、明清時代の詩話や筆記などを讀んでいると、そのような女詩人とは別に、いずこの人かもよく分からぬ名もなき女性が、驛亭や寺院などの壁に書きつけた「女子（女史）題壁詩」についての記述がしばしば見られる。はじめは、その種の無名の女性の作品は文學史的には重要とも思われず、さほど氣にも留めなかったが、題壁詩を書いた女子の行爲や心事が何となく氣にかかり、少しずつ收集しているうちに、それらが文學史的にも決して無視できないものであることが分かった。そこで、明清時代の女子題壁詩にはどのようなものがあるか、その作者はいかなる人物なのか、また、その詩はいかなる特徴をもっているのかなど、題壁詩をめぐる諸々の問題について考察することにした。

(一) 最も有名な新嘉驛における女子題壁詩

周知のごとく、中國には、古來、郵亭・寺院などの「墻壁」に詩を書くという獨特の風習がある。作詩の「場」としての「墻壁」に焦點を當て、男性詩人の「題壁詩」の歴史について考察するのも興味深いことではあるが、ここでは婦女子が「墻壁」に書いた「女子題壁詩」に絞って述べることにしよう。

まず、「女子題壁詩」がいつ頃から始まったのかについてみると、『全唐詩』には女子題壁詩が五例收錄されているので、遲くとも唐代には女子も詩を「墻壁」に題することがあったと見られる。五代では、王建の前蜀が滅びたとき、太后徐氏と太妃徐氏の姉妹が書いた「天廻驛題壁詩」が知られているが、宋代になると、その例は一段と多くなり、『宋詩紀事』巻八七だけでも韓玉父「題漠口鋪」詩など八例が載っている。その他にも、宋代には、管見の及ぶ限りでも十一例を數える作品があるので、宋代の女子題壁詩は少なくとも十九例は下らないことになる。元代には、今のところ五例の女子題壁詩を見出すことができる。

以上見てきたように、女子題壁詩は、すでに明代以前にもかなりあるのであるが、明清時代にはそれが急速に多くなってくる。明清時代といっても、嚴密にいえば、明末以後多くなるのである。ただ、明代初・中期のころにはほんの少ししか見出すことができず、わずかに明初、洪武中の節婦、金華の宋氏の長篇悲歌「題郵亭壁歌」が知られているぐらいである。(1) しかも、周亮工の『書影』巻二によれば、この詩は、宋氏の手に成るものではなく、明初の男性詩人の白振の作った「戍婦行」であって、その著『瓊臺淸嘯集』中に見えるという。そうだとすると、明代の初・中期にはよく知られた女子題壁詩は殆どないといってよいだろう。

明末以後、なぜ女子題壁詩が急に多くなったのか、また、なぜそれらが時人に注目されたのかについては、後述することにして、その前にまず、當時の女子題壁詩がいかなるものであるかを、明末清初のころ最も有名であった會稽女子の「新嘉驛題壁詩」を通して見ることにしよう。

新嘉驛は、山東省の兗州府の滋陽縣北四十里のところにあった田舎の郵亭である。明代中期の王韋に「新嘉驛遇顧九和」(『列朝詩集』丙集第一四)の詩があるところをみると、當時すでに、南遷北去の旅人が宿泊する驛亭としてある程度知られていたようであるが、その新嘉驛の驛壁に、會稽女子という名も知れぬ女性によって次のような文字が題されていたという。

余生長會稽、幼攻書史、年方及笄、適於燕客。嗟林下之風致、事腹負之將軍。加以河東獅子、日吼數聲。今早薄言往訴、逢彼之怒、鞭箠亂下、辱等奴婢。余氣溢塡胸、幾不能起。嗟乎、余籠中人耳、死何足惜、但恐委身草莽、湮沒無聞、故忍死須臾、候同類睡熟、竊至後亭、以淚和墨、題三詩於壁、并序出處。庶知音讀之、悲余生之不辰、則余死且不朽。

余、會稽に生長し、幼きより書史を攻《おさ》む。年方に笄に及び、燕客に適《とつ》ぐ。林下の風致を嗟く(贊嘆する)も、腹負(野卑で知恵のない)の將軍に事《つか》う。加うるに河東の獅子、日に吼ゆること數聲。今早《けさ》薄言して(急ぎ慌てて)往きて訴うるも、彼の怒に逢い、鞭箠亂れ下り、辱めらるること奴婢に等し。余、氣溢れて胸を塡め(怒りが胸にこみ上げてきて)、幾んど起つ能わず。嗟乎《ああ》、余は籠中の人のみ、死するも何ぞ惜しむに足らん。但だ身を草莽に委ね、湮沒して聞こゆることなきを恐るるが故に、死に忍えること須臾(しばしの間)、同類の熟睡を候《ま》って、竊かに後亭に至り、涙を以て墨に和し、三詩を壁に題し、并びに出處を序す。庶《こい》ねがわくは知音のこれを讀み、余が生の不辰(時を得ざる)を悲しめば、則ち余死すとも且《まさ》に不朽ならんとす。

さらにそれに續いて、次のような絶句が三首書かれていたという。

銀紅衫子半蒙塵　銀紅の衫子も、半ば塵を蒙むり
一盞孤燈伴此身　一盞の孤燈、此の身に伴う
恰似梨花經雨後　恰かも似たり、梨花の雨を經し後に
可憐零落舊時春　憐れむべし零落せる舊時の春よ

＊

終日如同虎豹游　終日虎豹と游ぶが如く
含情默坐恨悠悠　情を含んで默座すれば恨み悠悠たり
老天生妾非無意　老天の妾を生むは意なきに非らず
留與風流作話頭　風流を留與《とど》めて話頭と作《な》さん

＊

萬種憂愁訴與誰　萬種の憂愁、誰に訴與《うった》えん
對人強笑背人悲　人に對して強いて笑い、人に背《かく》れて悲しむ
此詩莫把尋常看　此の詩は尋常を把って看ること莫かれ
一句詩成千淚垂　一句詩成りて千涙垂る

自序によれば、彼女はもともと會稽（紹興）生まれの江南の女子であるが、北地の文雅のかけらもない無能な將軍（總戎）の妾となり、本妻に虐待され、奴婢のごとく扱われながらも、逃げ出すこともかなわず北地を連れまわされている不幸な女性のようである。その苦しい胸のうちを三首の絶句に託して詠い、夜間、ひそかに起き出してそれを

驛の後壁に書き記したというのである。會稽女子が悍妻に虐げられる妾であったり、野卑無能な夫を持ったりなどの不幸な身の上であることは、それだけでも時人の同情を呼ぶに値するが、さらに、その心事を詠った三首の絶句が加わることによって、薄命の女子としてひとしお讀者の心を搖さぶるのである。

この詩を最初に紹介した著名な詩人は、明末の袁中道（一五七〇—一六二六）（小修）と銭謙益（一五八二—一六六四）であったと見られる。彼らは天啓の初めに、北上の途次、兗州府滋陽縣北の新嘉驛を過ぎり、その壁間に右のような文字が書かれているのを發見したという。右の會稽女子の原序と原詩とは、袁中道の「題會稽女子詩跋」（『珂雪齋集』巻八）の記錄に據ったものであるが、これを見た袁中道は、「覺えず泫然として、猶おその未だ必ずしも死せざるを冀うがごとき」氣分になり、彼女の詩に和する三絶句を作って、原詩の後に題したのである。このとき袁と同道していた銭謙益も、同様に和詩を作っている（『牧齋初學集』巻二「新嘉驛壁和袁三小修題會稽女子詩」）。銭謙益はまた、その編著である『列朝詩集』にも、會稽女子の詩と序とを載せ、「天啓の初め、余、袁小修と北上してこれを見、各々和詩あり。再たびこれを過ぎれば、則ち已《すで》經に圬墁（ぼやけ剝落すること）し、復た跡づくるべからず」といっている。清の施閏章の「新嘉驛女子詩」（『蠖齋詩話』巻下）によれば、この詩が書かれたのは、萬暦四十七年（一六一九）であったというが、もしこれが正しければ、彼らがこの詩を見たのは、その數年後のことであったとみられる。

ところで、袁中道と銭謙益が和詩を作って、原詩と原序を紹介すると、またたく間に會稽女子の新嘉驛題壁詩は人々に知れわたり、彼女は薄命の佳人の一典型として文人たちの間に一種のブームを呼んだようで、「この詩一たび傳われば、文人爭って之に和す」（『情史類略』巻一四情仇類「驛亭女子」）とか「會稽女子、新嘉驛壁に題する詩、傳播久し」（『續本事詩』巻九、施閏章「新嘉驛次會稽女子韻」）などといわれるように、彼女の詩に對する和詩や弔詩や彼女自身に關する記事が引きも切らず現れた。また、それにつれて田舍の名も知れぬ驛亭にすぎなかった新嘉驛も一種の文學名所

となった。管見の及ぶ限りでも、この詩に關して八人の詩人が和詩を作っており、十五、六人が記事を殘している。(2)

それではなぜ、會稽女子の題壁詩に對して、このように多くの和詩や記事があらわれたのであろうか。それについては、明末清初の文人、周之標（字君建、長洲の人）が天涯女子杜瓊枝の題壁詩について、「古より佳人才子、賦命薄きこと多し。況んや才と美と兩つながら擅《ほしい》ままにして、跡を風塵に落とし、山を踏み水を渉り、星霜を飽歷するをや。偶ゝ一念の至れば、能く悲しまざらんや」（「買愁集」集三哀書）といい、また、徐石麒が「弔會稽女子」詩の序において、「古より孤臣怨婦、地を異にするも情を同じくす、爲に會稽女子の驛壁の怨詞に次す」（『續本事詩』巻六「弔會稽女子」）というように、不遇の才子である男性詩人が、自らと相似た不幸な人生を送っている薄命の佳人のいたましい境遇に共感を覚え、憐憫の情を催したからであろう。

ところで、この詩の作者はその姓名を記さず、會稽に生長したとだけ述べているので、「會稽女子」と呼ばれたのであるが、まもなくそれが「李秀」という名の女性であることが判明したという。張大復（一五五四—一六三〇）の『梅花草堂筆談』（巻十二「新嘉驛」）によれば、會稽女子の作と見られるものが雄縣にもあり、それには「銀紅衫子、古虔の李秀書す」（「銀紅衫子」は、會稽女子の原詩の首句に見える）と題しているので、新嘉驛の詩も、「その李秀の作たること、疑いなし」というのである。これは、會稽女子の名前が李秀であるという説の最も早いものの一つであると思われるが、明末の鍾惺編の『名媛詩歸』には「偶過新嘉驛、題怨詞於壁、書曰李秀云」といっており、また、高承埏（一六〇二—四七）が歸隱後に見た夢の中に會稽女子が現れ、自分は「本姓は李」であると語ったという插話（『續本事詩』所收「和會稽女子詩紀夢」）などから、會稽女子＝李秀説がしだいに流布していったようである。しかしながら、明末の小青や清初の雙卿などの例を見てもわかるように、中國でしばしば行われる「無名」の女子の「有名」化には、根據の乏しいものが多く、この場合もおそらく信ずるに足りないだろう。

さて、會稽女子の作った新嘉驛題壁詩とその序とは、その後どうなったのであろうか。原詩と原序とは、先に述べたように、施閏章『蠖齋詩話』巻下の記事によれば、萬暦四十七年（一六一九）に書かれたものである。袁中道と錢謙益がこれを見たのが數年後の天啓初年であった。『堅瓠首集』（巻三「會稽女子」）の記事によれば、崇禎六年（一六三三）には、それはまだ殘っていたかのようである。しかし、遲くとも崇禎十三年（一六四〇）までには、圬墁剝落してわからなくなったようであり、そのころ黄周星がここを通ったときには、「壁間の女子詩を覓むるも得ず」という（『續本事詩』巻七）。さらに降って順治十四年（一六五七）の晩春に、施閏章が新嘉驛を過ったおり、會稽女子が詩を題したという驛後の土壁を調べたが、文字の存するものは全く見あたらなかった。しかし、秦登科という七十歳の老驛卒がその詩の書かれた時の情況をよく覺えており、次のように語ったという。

某將軍挈家過此、不知其姓名、僕妾甚盛。既早發、失一燭檠、尋覓得之壁閒石磶上、始見是詩、蓋女子秉燭夜題者也。世傳死驛中、當時實未死、或永夜沈吟含凄達旦耳、然豈能久人閒哉。

これを聞いた施閏章は、文章を作って石に刻し、さらに會稽女子の詩やそこにあった亭碑の詩に和韻した詩を作ったのである（以上、『蠖齋詩話』巻下「新嘉驛女子詩」）。さらにまた、『續本事詩』巻九によれば、徐緘も同じ年（一六五七）の六月に新嘉驛を過ぎり、施閏章と同様のことを老驛卒から聞き、彼もまた同じように和詩を作ったという。これらは原詩が書かれてから、約四十年後のことであるが、このころにはすでに原詩や原序は跡形もなくなっていたのである。從って、會稽女子の新嘉驛題壁詩が當時の文人たちに喧傳されたのは、明末清初期の四、五十年間であり、その後は和詩を作る者もしだいに少なくなっていったようであるが、ただ、全く忘れ去られたわけではないことは、嘉慶の擧人、潘曾沂に「銀紅衫子曲、題陳小蓮畫新嘉驛圖卷」詩（『功甫小集』巻第二）があることなどを見ればわかるであろう。

㈡　明末清初期における女子題壁詩

さて、女子の題壁詩がにわかに多くなり、また注目を集めるのは、明末から清初にかけての動亂期においてである。この時期には、會稽女子の作ほどには有名ではないけれども、當時の人々にかなりよく知られた女子題壁詩が少なからずあらわれた。紙幅の都合で、簡單にしか觸れられないが、それにはたとえば、次のようなものがある。

宋蕙湘－金陵の女子。北兵に掠め去られて河南の衞輝府（または汲縣、衞州）まできたとき、四絶句をその驛壁に題したという。彼女は、『清詩紀事』では南明弘光朝の宮女というが、『婦人集』巻二では秦淮の教坊の女という。また、『板橋雜記』には詩だけではなく、哀苦に滿ちた自跋も付されている。その他、『明季南略』、『明詩綜』、『蠖齋詩話』巻上、『香奩詩話』、『名媛詩選翠樓集』、『青樓詩話』巻上などに記述があり、清初の徐緘（『續本事詩』巻十「徐緘」）、王端淑[3]、尤侗[4]、蔡仲光[5]などに和詩がある。ただ、『清代閨閣詩人徵略』巻一に引く『衆香詞』には、この詩は宋蕙湘の作ではなく、錢塘の人、吳芳華が衞州の旅壁に題したものだといっている。いずれが正しいかはわからないが、ここにはよく知られている四絶句の中の第一首を擧げることにしよう。

風 動 江 空 羯 鼓 催　　風は江の空に動いて、羯鼓催し
降 旗 飄 颺 鳳 城 開　　降旗飄颺して鳳城開く
將 軍 不 戰 君 王 繫　　將軍は戰わず君王は繫がれ
薄 命 紅 顏 馬 上 來　　薄命の紅顏　馬上にて來る

琅玕女子－姓名は不明。濟南德州の人で、德州の旅壁に一序と二詩とを題した。その序によれば、吳の男性と戀愛

をしたが、戀を實らせるすべがなく、悲しみのうちに情死して果てた妓女のようである。二詩のうち、「昨宵紅拂深閨、今日高唐去矣、自憐身似楊花、願向天涯情死」という詩が知られ、『婦人集』巻二には、「字數は多からざるも、これを讀めば居然《おもわ》ず悵惘たらしむ」「この女子は特に筆の艶なるのみならず、人も亦復た奇なり」と評されている。『然脂餘韻』巻三にも、ほぼ同様の記述がある。

王素音―長沙の人で、江南に生長したが、順治の初め、北兵に拉致されて、冀北を流轉していたとき、良鄉琉璃河（今の北京市郊）の館舎の壁に詩三首と序とを題したといい、『堅瓠首集』（巻一「琉璃河館壁詩」）や『清朝閨閣詩人徵略』（巻一、『衆香詞』を引く）などに、その序と七絶三首とが載っている。『婦人集』巻二には、「長沙の女子、王素音は、亂兵の得るところとなり、詩を古驛に題して云う有り、〈憐れむべし魂魄歸する處なし、應に枝頭に向《お》いて杜鵑と化さん〉、と。見る者、これを憐れまざるなし」といっている。褚篆に和詩があり、王士禛に彼女に贈る「減字木蘭花」の詞がある。後に王士祿もここに立ち寄り、彼女の詩に和したという。

その他、この時期の女子題壁詩としては、山東の兗城縣の李家莊の旗亭の壁間に三絶句を題した吳中の難婦、趙雪華の詩[6]、もと弘光朝の宮人であった廣陵の葉子眉が河南省宜溝の客舎の壁間に題した一絶句と後跋[7]、河北省定縣の北にあった清風店の驛壁に題した西陵の難女、宋娟の「題清風店」詩[8]、河北省涿縣の驛壁に題した晉中（山西省）の薄命の妾、徐淑の「題涿州郵亭詩」[9]などもよく知られている。私が拾い出した明末清初期の無名の女子の題壁詩は、これらを含めて二十數例あるが、この時期の作品には、やはり動亂の時代を反映して、兵亂の中を流亡する「難婦」「難女」が去國離家の悲しみを詠ったものが多い。たとえば、今引いた晉中の薄命妾の徐淑が、順治六年（一六四九）に涿州の驛壁に題して、「子を棄て夫を拋って北風に咽ぶ、馳驅するも心は曉雲を逐って空し。此の身の一たび死するは難事に非らざるも、惟だ戀う今生　魂夢の通ずるを」（尤侗の「和涿州郵亭詩」に引く）と詠っているように、動亂の中で肉親と離ればなれになったり、亂兵に掠め去られたりして、驛舍を轉々とさすらうといった逃難失所の悲恨、流落天涯の辛酸を吐露したものが多いのである。

それでは、明末から清初にかけて、なぜ女子題壁詩が急に增加したのであろうか。その理由としてはまず、實際にこの種の悲劇的な女性がこの時代に數多く現れたことが擧げられるであろう。明末清初の動亂の中で、各地を流浪する女子の數は平時に比べてずっと多かったであろうが、明末清初の王端淑が「遠嫁去燕京、父母恩情薄」(『吟紅集』「北去」)と詠うごとく、とりわけ江南の女性の北地流轉が目だったに違いない。というのは、文獻に徵する限り、この時期の女子題壁詩には、北方を流浪する江南生まれの婦女子の作がとりわけ多いように思われるからである。そしてそれはまた、北地を旅する江南の文人たちに哀憐の情を催させ、それを記錄したり、和詩を作らせたりしたのである。

次の要因としては、當時の女性崇拜的な時代思潮、とりわけ薄命の佳人を贊美する風潮を擧げねばならないであろう。當時、男性文人の間には薄命の佳人に對する異常なまでの崇拜感情が存在したので、彼らの中には、無名の女子の題壁詩のようなものでも、驚くほどの熱心さでそれを收集する者があらわれた。なぜなら、女子題壁詩の作者は、殆どみな薄命の佳人であると考えられたからである。著名な男性詩人たちが女子題壁詩の收集にいかに熱心であったかは、たとえば、清初の詩人、王士慎に次のような逸事があることによってもわかるであろう。順治十二年(一六五五)に王士慎が同邑の傅扆と科擧受驗のために北上の途中、白溝河(北京市郊)の旅舍に泊まっていたとき、壁間に王素音の詩に和する詩があるのを發見した。しかし、素音の原詩が見つからなかったので、宿の主人に尋ねると、五、六尺もの高さに積み上げられた積み木の背後の墻壁に書かれているとのことだった。時あたかも嚴冬酷寒に當たり、凍てつくような寒さであったが、彼らは原詩を讀みたいあまり、その積み木を一本一本片づけて、現れ出た詩を傅扆が炬火をかざして讀み、王士愼が筆に息を吐きかけてこれを記錄し、そしてさらに、それぞれに原詩に和する詩を作って壁に書いた。書き終わって酒を飲み、顏を見合わせて大笑し、自分らの行爲を「癡絕なり」といったというが(『婦人集』巻二)、この一事を以てしても、當時の文人たちの女子題壁詩に對するすざまじいばかりの收集欲を見ることができるであろう。

(三) 康熙年間から清末に至るまでの女子題壁詩

清の康熙以後、清末に到るまでの時期においても、女子題壁詩は數多くあらわれている。たとえば、初期の『堅瓠集』や後期の『東泉詩話』『餘墨偶談筆錄』『南亭詩話』などにもそれぞれ數例ずつ載っており、この風習が清初から清末まで續いていたことがわかる。現在私が收錄したものだけでも、五十例以上あり、量的には決して少ないとはいえない。ただ、全般的に見れば、明末清初期に比べて、この時期の女子題壁詩はやや活氣や話題に乏しいようである。しかし、それらの中にはよく知られている題壁詩がないわけではない。たとえば、次のような例がそれである。

查蕙纕—清初の詩人、查愼行の弟の查嗣庭の娘。雍正五年(一七二七)、父の查嗣庭が朝廷を誹謗したという罪で國法に罹って獄中で自殺した後、大伯の查愼行は赦されて出獄したが、二伯の查嗣瑮は關西に流謫された。彼女は二伯の查嗣瑮に隨って邊塞に赴く途中、驛壁に詩を題したものと見られ、その詩が王應奎『柳南隨筆』巻四、『清稗類鈔』文學類、梁啓超『飲冰室詩話』(一一七引『柳北紀聞』)、『清代閨閣詩人徵略』(補遺引『杭郡詩續輯』)などに載っている。

彼女はいわゆる女子題壁詩人の中では唯一著名人の娘であるが、傳記的記錄は全くなく、實際には無名の女子と何ら變わりはない。しかし、査嗣庭の試題案は清代の文字獄中でもよく知られたものの一つであり、その被害者の娘として彼女が人々の同情を引き、その題壁詩が有名になったことは間違いないであろう。從って、これはこの時代の女子題壁詩中でも特異な例である。それよりもむしろ、この時代の女子題壁詩の一般的な特徵を示すものは、次のような女子の作であろう。

白㹒（浣）月―任邱（河北省）の旅店にあった女子題壁詩の作者。その序によれば、彼女は幼くして兩親を失い、他姓に身を寄せて成長したが、智惠も容姿も人並み優れていた。しかし、閨秀として目立つよりも、清く靜謐な人生を送ることを望んだ。だが、意に染まぬ結婚を強いられ、悔恨の情にさいなまれながら、遠方へ嫁ぐことになった。そこで、自分の悲しい氣持ちを詩にして驛亭に題した、というのである。その序と詩とが、『堅瓠四集』巻四、『然脂餘韻』巻三、『清稗類鈔』文學類などに載っている。清初の詩人、宋犖が、康熙十五年（一六七六）に北上してここを過ぎ、この詩を挑燈細讀し、「調笑令」の詞を作ったという。

雪儂―濼陽の女子の雪儂は、文士の西溪生と白首の約束をしていたが、西溪生は飢えに驅りたてられて幕府に出遊して以來、いつまでたっても歸ってこなかった。彼女の母は、彼女を豫州の客に賣ったので、客は彼女を引き連れて旅立った。中和店に泊まっていたとき、出發に際して、哀怨に滿ちた惻々として憐むべき詩を驛壁に題したという。その詩と序とが『夜雨秋燈錄』三集巻四に見える。

清初の康熙年間ぐらいから、明末清初期に多く見られた動亂の中を流浪する「難女」「難婦」の作品は殆ど影を潛め、以來、清末に至るまでの女子題壁詩は、右の二つの例に見るような、負心の戀人に騙されたり、夫と死別したり、配偶者に人を得なかったりしたような一身上の不幸による流亡生活の中で書かれたものが多くなった。すなわち、この時期には「遇人不淑」「所適非偶」を中心とする個人的な不幸を詠ったものが多くを占めているのである。これが、康熙から清末に至るまでの女子題壁詩の一般的特徴であり、やはり時代情況を反映しているといえよう。

なお、この時期によく知られた女子題壁詩には、上述したようなものばかりではなく、意外にも、男子が名を婦女子に託して書いた贋の女子題壁詩があるが、それについては次章において述べることにしよう。

(四)　男性が女子に假託して作ったと見られる題壁詩

ところで、女子題壁詩は必ずしも名もなき女子の作のみに止まらない。閨秀詩人と呼ばれる名の通った女詩人にも、題壁詩はある。しかし、何よりも不可思議なのは、男性詩人の作った女子題壁詩が少なくなかったということである。というのは、女子題壁詩の作者には無名人が多く、また、姓名や出自を明記せず、別號などですますことが多かったので、男性詩人が僞作したとしても、それを見破りにくいという事情があったからである。

たとえば、清代後期の嘉慶の初め頃、富莊驛の壁に題した詩と序とによって知られた西蜀の女子に鵑紅という者がいる。郭麐の『靈芬館詩話』續巻四によれば、彼の友人の李方湛（號白樓）の詩集の中に「和鵑紅女子題壁詩」があり、それに鵑紅の原作と自序も附されているという。自序は、次のようなものである。

> 妾生自劍嶺、遠別衣江、鋒鏑之餘、全家失所、慈親信杳、夫婿音訛、命如之何、心滋戚矣。得姻親以依傍、同躑躅於道途、攜至蘇州、遂偕南下、妄意少遲玉碎、猶冀珠還、期秋扇之重圓、願春暉之永駐。流離數月、甫達此間。嗟乎、陌頭楊柳、總是離愁、門外枇杷、都非鄕景、望齊門而泣下、思蜀道而魂歸。阿鵑、阿鵑、生何如死、扶病夜起、勉書數絶、郵程信宿、便入江南、當是薄命人斷送處也。時嘉慶六年正月十九日、蜀中女史鵑紅於河間道中。

これに續いて、薄命の身世を詠った彼女の七言絶句六首が載っている。この詩について、郭麐は「この詩は、知らず白樓何《いず》こよりこれを得たるかを。豈に好事者の託してこの哀怨の章を爲り、以て行客を眩惑するか、抑《ある》いは眞に薄命の紅顏、馬上にて來ること有るか。然れどもその詩筆皆な工みにして、過ちて之を存して以て傷心の嘉話となすを妨げず」といい、半信半疑の態度をとっているようであるが、しかし、『然脂餘韻』巻一には、陸繼輅の『崇百藥齋詩集』（文集第十二）中の長い詩題を引き、次のように述べている。

「辛酉正月、偕劉大嗣綰・洪大飴孫、宿富莊驛、寒夜被酒、戲聯句成六絶題壁上、署曰蜀中女子鵑紅。已而傳和遍於京師、兩君戒余勿言。頃來平梁、有王秀才埰以行巻來質、則悲鵑紅詩在焉。旣爲失笑、而死生今昔之感、不能無愴於懷、書此寄劉大都中、並邀同作」。詩中自註曩題壁詩有〈年年手濯江邊錦、不穀人開拭淚斑〉等句。則鵑紅身世、無待更考、前輩風流、可稱雅謔。

これによれば、鵑紅の題壁詩とその序とは、陸繼輅が友人の劉嗣綰・洪飴孫とともに僞作したものであることは明らかである。しかしながら、王秀才はそれが鵑紅の作であると信じて疑わず、「悲鵑紅詩」を作って、行巻として陸繼輅に提出したというのである。『然脂餘韻』巻一にはさらにまた、吳崇梁の『香蘇山館集』巻十二に見える鵑紅に關する詩の詩題を引き、王秀才よりもさらに鵑紅に熱中した者がいたことを記録している。「嘉慶六年、富莊驛に蜀中の女史鵑紅の題壁詩六首あり。趙君野航見てこれに和し、且つ爲に『鵑紅記』院本八齣を譜し、屬してその後に題せしむ」というのである。趙野航という文人は和詩を作っただけではなく、さらに八齣からなる『鵑紅記』という戲曲まで作ったというのである。[10] それについて、『然脂餘韻』では、「然らば則ち野航の癡、更に平梁の王秀才より甚し。ここに付記して以て諧笑を佐け、且つ後の鵑紅詩を讀む者をして撲朔迷離の感あるに至らしめざるなり」と評している。

ところが、架空の人、鵑紅についての話題はこれらに止まらず、馬星翼の『東泉詩話』巻八によれば、鵑紅の詩に魅せられていた馬愛泉という者は、その題壁詩に箋注を施し、さらに鵑紅の元韻に和した六首の集句詩、題後に載せた六首の集句詩、鵑紅の詩に擬した五律の集句詩を一首作り、それらを合わせて『榛苓唫思』という書物を著したというから驚きである。さらにまた、『東泉詩話』巻八の別の記事に據れば、馬愛泉のこの『榛苓唫思』を見た孟雨山博士という者が、閨秀詩人の題詩があれば更によかったのにといったところ、後に果たして鵑紅詩を讀んだ三女史から題詩が送られてきたという。中國人にはもともと、いったん文字化されて評判を取ると、すぐにそれを本物とし、事實とする抜きがたい習癖があるので、このようにどこまでも傳播してゆくのである。(11)

さらにもう一つこのような例を擧げると、道光五年（一八二五）に南沙河の旅店の壁に題した維揚女子、賈芷孚の七律二首と自序も、「一時和作、林の如し」（「然脂餘韻」巻三）といわれるように、非常に流布した作品である。しかし、これについては、劉體信（一八七八—一九五九）の『萇楚齋五筆』（巻九「旅店壁題詩多託名婦女」）に『停雲閣詩話』を引き、次のようにいっている。

有人於青齊旅店、見壁上維揚女子題詩、情詞凄婉、低徊欲絕。閱自跋語、知其爲遇人不淑、流落天涯者。其書法亦美、遂鈔錄之。過數驛、適遇故人、偶談及此、故人問詩工否。其人贊云、「絕佳、但未知貌何如耳」。故人自捋其鬚、曰「與僕相似」。其人不解、再三詰之、乃知卽翁所作、特嫁名耳。其人拍案大噱、謂爲匪夷所思。……余謂好事少年、往往託名女史題壁、以其易於流傳耳……古今女子題壁、全屬佻達少年好事成性、僞作欺人、已屢見前人記載。惜當時未錄副、以致無可蹤跡、茲姑錄兩家以證明之。

右の記述からすれば、當時はやった維揚女子の題壁詩も間違いなく男性詩人の僞作になるものであろう。女子題壁詩に男性の作がかなり含まれていたことは、以上の二例だけではなく、その種の記述が他にも屢々見られることからもわかるのである。(12)

最後に、女子に名を託して題壁詩を作った著名な詩人の插話を擧げよう。清初の吳兆騫（漢槎、一六三一―八四）は若い頃より放誕不羈で、細行に拘らなかったが、陳去病の『五石脂』によれば、「嘗て絶句二十首有り、……名を豫章の女子劉素素に託し、夜に乗じてこれを虎丘の寺壁に題す。厥明《つぎのひ》に諸文士これを見て、咸《み》な甚だ驚異し、以て眞に閨閣中の筆なりと爲す。一時和する者殊に衆し」といわれている。この「虎邱題壁二十絶句」は、吳兆騫の『秋笳集』（前集巻五詩四）に収められているが、その詩の序を要約すると、少きときより母に従い、外氏に育てられた劉素素は、順治四年、十六歳の時、豫州に大亂が起こったので、母とともに山中に亂を避けていたところを、北兵に掠め取られて、母や姉と離ればなれになり、以後、辛酸を極めた流亡生活を送ったが、蘇州の閶門に舟を停めていたとき、百愁總集して哀怨の思いを託した絶句を二十首作り、虎邱に貞娘の墓を弔ねたおり、それを寺壁に書き記したというのである。

私ははじめてこの詩を見たとき、劉素素の作となっているのに、なぜ吳兆騫の『秋笳集』に収められているのか、いささか奇異に感じたが、實は吳兆騫が女子に假託して作ったものだったのである。ただ、劉素素に假託したということについては、彼の親友の徐釚が、「漢槎驚才絶艷、數奇淪落、萬里投荒、驅車北上時、嘗託名金陵女子王倩娘、題詩驛壁、以自寓哀怨」（『續本事詩』巻十二「吳兆騫」）というように、劉素素ではなく、金陵の女子王倩娘だとする者もいる。詩序では、倩娘は素素の姉ということになっているのに、それがどうして王倩娘の作とされたのか、もともと吳兆騫の遊戯の作であるからには、それを穿鑿しても意味のないことであるが、いずれにせよ、「兩河三輔の間に多く和する者あり」（同上）といわれるように、この詩が流布したことにより派生した現象であろう。

以上述べたように、女子題壁詩には、男性詩人が薄命の佳人の名をかたって作ったものもかなり含まれていたと見られるのであるが、そのようなことが行われるということ自體、この時代に薄命の女子を贊美憐惜する風潮がいかにさかんであり、彼女たちの作った女子題壁詩がいかにもてはやされたかを示しているように思われる。

(五) おわりに

明清時代の題壁詩には、男性詩人の作ももちろんある。また、いわゆる閨秀詩人として著名な女詩人にも、題壁詩はある。しかし、この時代には名の通った詩人たちのそれは、それぞれの詩集の中に埋沒してしまい、それらが世人の注目を浴びることは少ない。ところが、既に見てきたように、名もなき婦女子の題壁詩は、時人に大いに珍重され、話題となった。生涯にたった一回、驛亭の壁などに書きつけたわずかな詩篇とそれに付隨する序にすぎないけれども、その中に彼女たちの薄命の全人生が投入されているがゆえに、人々の心を搖さぶる作品となり得たのであろう。明清時代の女流文學の盛況と豐穰性とを示す一事象として、女流文學の一隅において異彩を放っているこのような女子題壁詩に對しても、當時の女流文學史の中に相應の位置を與えて然るべきであると思う(13)。

(補記) なお、明清時代における女子題壁詩は、當時の主要な文學ジャンルである戯曲小説においても、その題材としてしばしば取り込まれている。紙幅の關係で、それについて述べることはできなかったが、女子題壁詩のことを主題にした明清時代の作品には、管見の及ぶ限り、次のようなものがある。

戯曲――吳炳『情郵記』。李玉『意中人』。萬樹『風流棒』。李應桂『梅花詩』(小説『春柳鶯』と同内容)。四中山客『六喩箴』。臥月樓主人『玉梅亭』。謝庭『彩毫緣』(鴛鴦夢)。

小説――『平山冷燕』。『英雲夢傳』。『春柳鶯』。『定情人』。

注

（1）『彤管遺編』、『明人詩抄』、『列朝詩集』閏集第四などに引かれている。

（2）〔和詩〕袁中道「題會稽女子詩跋」（『珂雪齋集』巻八所收）。錢謙益「新嘉驛壁和袁三小修題會稽女子詩」（『牧齋初學集』巻二所收）。高承埏（一六〇二―四七）「和會稽女子詩紀夢」（『續本事詩』巻六所收）。徐石麒（一五七八―一六四五）「弔會稽女子」（『續本事詩』巻六所收）。畹蘭女士「悼會稽女子」二絕（『續本事詩』巻七錢謙益の項）。馮夢龍（一五七四―一六四六）「和會稽女子詩三首」（『情史類略』巻十四情仇類）。黄雙蕙「和會稽女子驛亭三絕」（『午夢堂全集』「伊人思」所收。『列朝詩集』閏集第四所收）。浦湘靑「讀會稽女子詩」（『女中七才子蘭咳二集』所收）。施閏章（一六一八―八三）「新嘉驛次會稽女子韻」（『蠖齋詩話』巻下）。

〔記事〕張大復『梅花草堂筆談』（巻十二「新嘉驛」）。馮夢龍『情史類略』（巻十四、情仇類「驛亭女子」）。錢謙益『列朝詩集小傳』（閏集「會稽女郎」）。黄周星「閒庭枯坐、秋風颯然、忽憶昔年……」詩（『續本事詩』巻九所收）。高承埏「會稽女子判」（『資治新書二集』所收）。尤侗『艮齋雜說』（巻五「字謎詩」）。褚人穫『堅瓠首集』（巻三「會稽女子」）。施閏章『蠖齋詩話』（巻下「新嘉驛女子詩」）。徐釚（『續本事詩』巻九の施閏章「新嘉驛次會稽女子韻」に引く）。『名媛詩歸』巻一四。『玉臺文苑』第六巻。『買愁集』（一集哀書「新嘉驛」）。『名媛詩選翠樓集』（李秀の項）。『全浙詩話』巻二二「新嘉驛題壁詩」。『閨秀佳話』（楊碧秋）。『歴代女子文集』（巻三「題留新嘉驛壁詩序」）。

（3）王端淑「次宮妃宋蕙湘四韻」二十八首（『吟紅集』所收）。

（4）尤侗「和秦淮女子宋蕙湘題衞輝店壁詩三首」（『西堂小草』所收）。

（5）蔡仲光『謙齋詩集八巻』に「讀宋蕙湘題壁詩」がある（袁行雲『清人詩集敍錄』巻四參照）。

（6）趙雪華については、『婦人集』巻二、『板橋雜記』巻下、錢中諧「和驛中女子趙雪華」（『續本事詩』巻九）、孫廷銓『南征紀略』巻一、來元城『南行載筆』などを參照。

（7）『婦人集』巻二の記述によれば、順治八年（一六五一）の冬に宜興の史鑑宗が北上の途中、淇水を經、宜溝（河南省北）の客舍に宿っていたとき、その壁間に題されたこの詩と跋とを見たというが、『隨園詩話補遺』巻一によれば、康熙十年（一六七一）に趙文魁が定州の清風店を經て、逆旅に宿っていたとき、ほぼ同様の詩と跋とを見たといい、それには、庚寅（一六五〇）秋杪「廣陵の葉眉娘題す」となっていたという。

（8）『清詩鐸』巻二五に引く。浦湘靑「雲孫以宋娟詩見示」（『女中七才子蘭咳二集』所收）、宋犖「清風店口號」詩（『續本事詩』巻九）など。

（9）明末清初の尤侗に「和涿州郵亭詩」（『西堂全集』「右北京集」所收）がある。これによれば、徐淑の詩が作られたのは、順治六年のことである。

（10）『清人詩集敍錄』によれば、吳慶恩（一七九〇－一八五三）の『麗則堂詩集』に「題趙野航酬紅記傳奇六首」があるので、趙野航が『酬紅記』（あるいは『鵑紅記』）を作ったのは、確かであろう。

（11）清末の『凝香樓奩豔叢話』（巻二、鵑紅題壁詩）にも、「其時當是敎匪擾亂、被難女子所作、可與國初宋蕙穰諸人文字、同垂不朽矣」といい、この詩を女子の作とみなしている。

（12）たとえば、「郵亭旅舍、好事者往往贋爲巾幗之語、書以媚筆、以資過客傳誦、多不足信」（『觚賸』巻四燕觚）、「余亦初愛其句。……引見入都爲誦之、先生笑而不言、後乃知卽所作也。……可知凡驛壁旅店女子題詩、如〈鑲紅旗下說明珠〉之類、皆文人一時遊戲、嫁名爲之耳。未可信爲眞也」（『竹葉亭雜記』巻六）、「旅居壁間、多有閨人題句、率皆文士贋託」（『全浙詩話』巻五四「武林客舍題壁」に引く『炙硯瑣談』）、「定州邸壁有戲作女郞怨詩者、屬和甚衆、戲和一詩以解其惑」（李來泰『蓮龕集』巻三）などにも、女子題壁詩には男性詩人が女子に假託した遊戲の作が見られるという。

（13）ただ、當時の女子題壁詩について、これまで全く言及されていないわけではなく、清代のそれについては、梁乙眞『清代婦女文學史』（第五編第二章「婦女題壁詩」）、馬淸福『文壇佳秀－婦女作家群』（一九九七、遼寧人民出版社）に、簡略な記述がある。

金堡「刊正正字通序」と三藩の亂

古屋昭弘

一、はじめに

南明永曆政權に仕えたのち出家した金堡（一六一四―八〇）の『徧行堂集』は、刊行後百年近くもたった乾隆年間の禁書政策の中で、その版木を所藏していた韶州丹霞山別傳寺の僧侶達に一大慘禍を齎したことで有名である[(1)]。その續集卷二に「刊正正字通序代」が收錄されている。「代」とあるが、內容のみからでは誰のための代筆かすぐにはわからない。

幸い現存する『正字通』の數多くの版本の中に、この序と酷似したものが見られる。卽ち三藩の平南王配下の將軍劉炳が印行した版本[(2)]に附された劉炳自身の「刊正正字通序」がそれである。「康熙十七年歲次戊午仲春日、潁南劉炳書於湟川公署」の記から、一六七八年陰曆二月に湟川すなわち廣東連州で書かれたことがわかる。後述の如く、この序が金堡執筆の序に基づいていることは明らかである。本稿では金堡がどのような立場で字書『正字通』の序を代筆するに至ったかについて考えてみたいと思う。

二、金堡「刊正正字通序」

まず、やや長いが金堡の序を引用しておきたい。

a方正學語廖鏞「汝讀書幾年、尚不識一〝是〟字」、其言痛切、可以一日三省。夫一字必有一是、則字字皆有一是。不出形聲點畫之外、亦不在形聲點畫之中。卽使無一字不識而有一念不是、則不可以對天地、質衾隱、徵庶民、俟百世。雖加之以不識一字之名而不敢辭者、理如是也(3)。

b「正字通」一書、廖太守百子刻於南康、此張爾公之書也。爾公、西江名宿、年老食貧、百子請以五百金易其藁、藁已入而金未出、爾公下世、百子擅之、卽百子之利與名俱得、爾公之名與利俱失、是路見之所不平也。予鎭連陽、得板於其家、乃爲表爾公之名、正百子之實。百子之實在授梓、爾公之名在立言、爾公可以無怨於百子、百子可以無罪於爾公矣。予未識爾公、曾交百子、非有所私輕重。心術之微、一發於眞僞、而事爲之顯、交争於名實。百子不可欺天下後世、容可自欺。授藁出自爾公、百子豈能强奪、酬金出自百子、爾公故難强求。爾公全不負生交、而百子半負死友、予斷然刊正、所謂南山可移、此判不改者也。雖然、貧老儒生、卽有此書、一旦溘先朝露、終亦蠹殘鼠嚙、安能公諸四方。將毋此書之靈、假手於百子以傳耶。百子未酬爾公、已爲爾公酬剞劂氏矣。豈可謂百子非爾公之益友哉。予不敢自詡爲爾公之功臣、不妨自附於百子之益友。倘於百子生前相規正、使之翻然得此一是、更無餘憾。今也一似翹百子之過而私重爾公者、則予聞而稍後疑有莫之爲而爲者耳。

b以下の内容を要約すると、『正字通』は江西の碩學張自烈（字は爾公）の原稿を、南康府知府廖文英（字は百子）が五百金で譲り受け、自分の名で刊行。支拂い以前に張が死去したので、道德的には批難されるべきだが、張も生前に刊行する能力はなかったのだから、廖の刊行の功績も認めつつ張の名で印行することにした、というもの。連州（連陽）を鎮撫した際、廖の家で『正字通』の版木を贈られたことに言及、金堡が代筆したのが正に廣東連州に關連する武官であることを示す。

なお張自烈（一五九八—一六七三）は江西袁州府宜春の人、明末崇禎年間の貢監生、復社の成員、最晩年の康熙十年（一六七一）からは南康府廬山の白鹿洞書院に居住。一方、廖文英は廣東連州の人、崇禎年間の歳貢生、崇禎十二年（一六三九）南康府推官となり、清朝に入ってからは、順治十五年（一六五八）湖廣衡州府同知、康熙七年（一六六八）南康府知府となり、白鹿洞書院を管理、友人の張自烈を招くとともに、同書院で『正字通』を始めて刊刻している。(4)

三、劉炳「刊正正字通序」

次に劉炳印行の『正字通』の劉序であるが、金堡の代序と較べた場合、aの部分のみ大きく異なっていることがわかる。

a須信畫前原有易。此邵堯夫先生至的之見。夫畫前之易、固不在形聲點畫之內、亦不出形聲點畫之中。是用格至正誠之工、謹懼愼獨之學、則明炳幾先、無一不出於中正者耳。然正則吉、不正則凶。正則通、不正則不能通。正則同文同倫、言法行則、可以對天地、格鬼神、徵庶民、俟百世。不正則不能以質衾影。可見此畫前之易、在天在人、不容須臾泯沒者也。(5)

この部分の變更は、恐らく金堡の序が明初の方孝孺の言葉を引用するなど明朝色を強く出しすぎたせいであろう。ただし、この修改が金堡自身によるものか劉炳によるものか今となっては確定は困難である。

これ以外の部分について劉序は金序と大同小異であるが、劉の連州鎮撫が丙辰の年（一六七六）から始まったという新情報が加わっている。

劉序以外の序の執筆者と官職は以下のとおり。[6]

高光夔　廣東提學道按察使司僉事
李　蕢　連州知州
錢　捷　禮部祠祭清吏司員外郎（廣東正考試官）
王　令　廣東等處提刑按察使司按察使
吳盛藻　廣東通省鹽法按察司副使

このうち高・錢・王の三序（および劉序）に康熙十七年または戊午（一六七八）の記が見られるが、この年は正に三藩の亂の最中に當たる。廣東では、清朝に忠實だった平南王尙可喜は既に死去、十五年（一六七六）二月にはその子尙之信が平西王吳三桂と靖南王耿精忠に呼應して反旗を翻すが、まもなく（同年中）耿と尙は清に再び投降。十七年には吳三桂も形勢不利の狀况下にあった。[7]

上で見たとおり序の執筆者達はみな廣東在任中の官僚である。尙可喜配下であった劉炳も完全に清朝側に立っていると見てよいであろう。康熙刊『連州志』巻五の丘琳の傳に「滇黔播亂、連楚接壤、平藩遣將劉炳爲防禦、凡有機密亦商於琳。炳常疑一鄕通寇、欲滅之、賴琳言而止」とあり、吳三桂の亂が湖廣に接する連州に波及してきたため、平南王側から防衛のため派遣された劉炳は、連州の人が吳三桂に通じているのではないかと疑心暗鬼になっていたことがわかる。

さて、劉序以外の序の内容を總合すると、次のような情報が得られる。

一、廖文英が劉炳と知りあうのは連州に歸鄕してからのこと。
二、戰亂の中、廖は外地で死去、二人の子も危機に陷るが、劉の援助により難を逃れる。(8)
三、二子は返禮として劉に父が南康から持ち歸っていた『正字通』の版木を贈る。
四、劉の友人廣州海幢寺の阿字和尚が連州に來て『正字通』の眞の作者が張自烈であることを告げるとともに、版木の缺を補う。(9)

以上は『四庫全書總目提要』小學類存目「正字通」の項に引かれる鈕琇『粵觚』、裘君宏『妙貫堂餘譚』の說と一致するが、むしろこれらの序文のような資料が鈕氏や裘氏の情報の來源となった可能性が高い。いずれにせよ『正字通』の歷史の中での劉炳補修本の重要性は、何よりもその眞の作者の名を始めて明らかにした點にある。その點では阿字和尚の功績が最も大ということになるが、それならば序の作者達の言及しない金堡の役割はどうなるのであろうか。當時の知名度から見て、また劉炳の序の代筆という一事のみをとっても、金堡すなわち澹歸和尚の貢獻の方がずっと大きかったのではなかろうか。金堡と阿字・廖文英・劉炳の關係について更に探ってみる必要がありそうである。

四、金堡の交友關係

まず金堡と阿字の關係から。そもそも金堡は順治七年（一六五〇）に南明の永曆政權から離れたあと出家、二年後、廣州雷峰寺の函昰和尚の門下に入ったわけであるが、阿字も同門なのである。二人の法名は今釋（字は澹歸）と今無（字は阿字）。年齡は阿字の方が十七歲も若いが、入門は阿字が先である。(10) 丙辰の年（一六七六）阿字は『徧行堂集』の序を書いているが、その中に「壬寅予領衆海幢、澹歸方開丹霞」と言うとおり、阿字は廣州海幢寺、金堡は韶州丹霞山別傳寺を本據としつつ、頻繁に往來していた。『偏行堂集』卷二十一には阿字に宛てた書簡數篇を收錄、また、續集卷三の「光宣臺集序」は阿字の文集のために書かれたものであり、二人の緊密な交流を伺わせる。

次に金堡と廖文英の關係であるが、『偏行堂集』卷二十六に南康府知府廖文英宛の書簡「荅廖昆湖太守」が見える。

耳熱雅望二十餘年……垂示大刻、鼎鐘立業、金玉宣音、如拜百朋之錫。山書附正、未免布鼓過雷門矣。

とあり、金堡は廖と直接の面識はなかったが、廖から刊行物（〝大刻〟）を贈られ、返禮に自著を贈ったことがわかる。この「大刻」が『正字通』である可能性は高い。廖は白鹿洞書院で刊刻したばかりのこの大型字書を友人達に贈っていた。(11)

金堡と劉炳（字は煥之）の關係を物語るものとして、『偏行堂集』には以下のとおり金から劉に宛てた文が多く收錄されている。

①劉副將軍煥之壽序（卷五）
②與劉煥之副戎（卷二十五）
③贈劉副將軍煥之（卷三十六）
④劉煥之總戎六袠壽序（續卷二）
⑤與劉煥之總戎（續卷十二）

まず①では劉炳について「今平王賢之、用以治刑、聽斷唯允」云々と言い、平南王尙可喜の篤い信任を得ていたことを示す。ちなみに金堡と尙可喜の交流、及びそれに對する明の遺民達の反感は有名である。(12)

次に②では廣州で阿字・劉炳と共に語り合ったことに言及するほか「江右道中聞留鎭粵東之信……知有連陽之行、想楚粵要衝、必藉威德乃能彈壓、輒在廣居笑語之間也」と言い、江西を雲遊中に劉炳連州派遣の消息を得たことがわかる。なお「廣居（堂）」は劉の書室名である。⑤にも「廣居之燭影」とあるほか、劉炳補修本『正字通』の見返には「嶺南廣居堂藏板」の篆印が押されている。

④は内容から戊午の年（一六七八）の夏以降の執筆であることがわかる。金堡はその二年後、六十六歳で死去しているので、劉炳はこの二年の間に還暦を迎えたことになる。

最も重要なのが⑤である。

> 荅教至、知旌旆已還連陽、王事鞅掌、故應如是。示及瘡痍滿目……吾兄與同事諸公協力撫綏、已見小康景象矣。

云々とあり、連州一帯の鎮撫が一段落したことを劉炳からの手紙で知ったことがわかる。また、

> 正字通敍槀已寄海幢矣。此擧眞快人意、惜快意事不可多得、生天地間一年、作此等事一件、活得八十年、庶不虛過矣。

とあり、劉炳のために代筆した正字通序を既に海幢寺（阿字宛であろう）に送ったこと、劉炳の今回の措置が一生に数度とない快擧であることを述べている。後者が、張自烈の著と明示した『正字通』の印行を指すことは確實であろう。金堡のこれほどの喜びようは、この快擧の推進者が正に金堡自身であった可能性を示唆するものと言えよう。いずれにせよ、共に語り合う仲であった金堡・阿字・劉炳にとって、廖文英『正字通』の眞の作者が明の遺民張自烈であることは、共通の認識となっていたに違いない。問題は金堡や阿字がその事實を如何にして知りえたかである。

今のところ金堡と張自烈の直接の交流を示す資料はないが、二人に共通の友人が多いことが注目される。金堡の屬していた南明の永曆政權に張自烈を推薦したこともある方以智もその一人であるが、方は『正字通』の前身である『字彙辯』の序を崇禎年間に執筆、順治年間には張の『字彙辯』增訂過程に直接寄與している。また方以智の子方中通は詩文集『陪集』で、「字彙辯」が後に「正字通」と改名したと明言している。[13] 他にも共通の友人として陳弘緒・

錢秉鐙・熊非熊などがいる。特に熊は最晩年の張自烈と共に廬山に滯在していた人物である。(14)

更に金堡は康熙十二年(一六七三)の冬、廬山滯在中の師函昰を訪ねているが、(15)張自烈は正にこの年、廬山で死去したばかりである。

以上から見ても、金堡が『正字通』の眞の作者について知りうる機會はかなり多かったと言うべきであろう。

廖文英が『正字通』の刊行により名利を共に獲得したことについて、上述の金序に「是路見之所不平也」(劉序では「識者有不平之嘆」)と言うとおり、一部の人々、特に康熙年間まで生きのびた明の遺民たちの間には、張自烈の『字彙辯』ないし『正字通』が、禮部尚書の龔鼎孳や明浙江提學史であった黎元寛の序を冠せられて、堂々と廖文英の名で出されたことへの懐疑や不滿があったに違いない。廖文英が子の廖綸璣の「滿字十二字頭」(滿洲語の字母表)を白鹿洞書院本『正字通』に附載したことも反感の一因となりえたであろう。(16)劉炳補修本から「十二字頭」が消えていることや、(17)晩年の黃宗羲が自らの『明文授讀』(康熙三十八年刊)に友人張自烈の文として特に「字彙辯序」を選錄したこと、『字彙辯』の初期の面影を傳える『增補字彙』が康熙二十九年(一六九〇)張自烈の名で刊行されたこと、(18)なども單なる偶然とは思えないのである。

殘る疑問は、劉炳補修本の序の作者達がなぜ一樣に阿字の役割のみを書き立て、金堡(或いは今釋・澹歸)の名に言及しなかったのかという點である。實際に連州の地まで赴いたのが阿字だったからであろうか。それもあろうが、當時の狀況から見れば、やはり金堡が南明の遺臣として著名だったため、廣東在任中の清朝官僚たちに正面から金堡を頌揚するのを憚る氣持があったからと見るのが自然であろう。これについては、金堡が尙可喜のために書いた『元功垂範』が、原刻本では正しく今釋撰となっているのに、後の版では清朝官僚の尹源進(19)の撰となっていることも參考になろう。彼ら、特に廣東在住の知識人の間では、阿字と金堡は一心同體のような存在に映り、阿字の名を擧げた場合その背後に金堡がいることは、暗黙の了解事項となっていたのではなかろうか。

五、おわりに

康熙十九年（一六八〇）、金堡は師の函昰に先立ち六十六歳で死去。[20]翌年、阿字も四十九歳の若さで死去。同年、清朝は三藩の亂を完全に平定。劉炳のその後は不明である。劉炳補修本『正字通』の版木は、數年後、禮科給事中吳源起の所有に歸し、部分的な改刻を經て再び印行されることになる。この版が最も普及した清畏堂本である。著者名については「南昌張自烈爾公輯、連陽廖文英百子梓[21]」と題されるようになる。ちなみにその他の版本すなわち弘文書院本、三畏堂本、芥子園本は「廖百子先生輯」のままである。

つまり張自烈の名が明示されるのは、白鹿書院本の版木を受け繼いだ劉炳補修本と清畏堂本のみということになる。この意味でも金堡・阿字・劉炳の役割は大きい。假定の議論となるが、もしもこの三人の交流がなかったならば、或いはもしも三藩の亂が起きなかったならば、『正字通』は張自烈の名を示すことなく、そのまま廖文英の著として後世に傳わったかも知れないのである。張自烈とその著を繞る不思議な運命の力に今更ながら思いを致さざるを得ない。[22]

註

（1）金堡、字は衞公・道隱、浙江仁和の人。崇禎十三年（一六四〇）の進士、臨海州の知州。國變後、南明永曆政權の兵科給事中となるが、桂林陷落後、出家。『清代人物傳稿』上編第三卷「金堡」（王政堯執筆、中華書局、一九八六年）および廖肇亨「金堡『徧行堂集』による明末清初江南文人の精神樣式の再檢討」（『日本中國學會報』第51集、一九九九年）を參照。なお『徧行堂集』は東洋文庫藏の寫眞版による。丹霞山の慘禍については葉調生『鷗陂漁話』などに詳しい。

（2）いわゆる劉炳補修本である。東北大學圖書館藏本と北京圖書館藏本による。版本については拙稿「『正字通』版本及作者考」（『中國語文』一九九五年第四期）に詳しい。

（3）方正學は明初の正學先生方孝孺。廖鏞はその弟子。徐本『明史列傳』に「成祖卽位、以鏞與弟銘嘗受學方孝孺、令召之。孝孺怒曰汝讀幾年書、尙不識一是字」とある。「質衾隱」は「質衾影」のこと。「我が身を振りかえり恥じるところがない」の意。

（4）張と廖の交友や生涯については拙稿「張自烈と『字彙辯』」（『東洋學報』第74巻第3・4號、一九九三年）や「張自烈年譜稿」（『早稻田大學文學研究科紀要』39・41、一九九三・一九九六年）に詳しい。

（5）堯夫は北宋の邵雍の字。なお黃沛榮「正字通之版本及其作者問題」（第九屆中國文字學全國學術研討會、一九九八年）では、劉炳の序を始め『正字通』の各版本の序をほぼ網羅、標點附きの全文を紹介している。

（6）劉炳補修本には白鹿書院本以來の龔鼎孳と廖文英の序が冠されているが、ここでは新たに執筆された序だけを扱う。

（7）三藩の亂については劉鳳雲『淸代三藩研究』（中國人民大學出版社、一九九四年）を參照。なお、尙之信の亂に際して後述の海幢寺にも被害が及んだという。

（8）兄の仲玉は學名を廖綸璣といい、北京での官職は正黃旗敎習。弟の叔玉の名は恐らく廖綸球。吳盛藻の序に「廖君巳先翺翔異地、竝其二子而出、未幾物故、而二子幾逮鄰封獄」とあり、廖綸璣兄弟が吳三桂側の獄につながれそうになったことがわかる。

（9）錢捷の序には「余將行、於海幢晤阿字上人」とあり、錢は廣州で阿字に會ったことがわかる。

（10）汪宗衍『明末天然和尙年譜』（臺灣商務印書館、一九八六年、もと一九四二年）による。天然は函昰の別字。

（11）例えば錢捷の序に「甲寅郵寄一部、藏家笥中」、後述の吳源起の序に「惠以所梓正字通一書」とある。なお金堡の師の函昰は康熙十年（一六七一）から數年、廖文英の招きにより廬山の歸宗寺に滯在している。

（12）廖肇亨「金堡論考」（東京大學修士論文）によると例えば邵廷寀『思復堂文集』に「堡爲僧後、嘗作聖政詩及平南王年譜。以山人稱頌功德、士林詈之」とある。

（13）拙稿「明刊『箋註陶淵明集』のことなど」（『中國文學研究』第24期、一九九八年）一一八頁。

（14）康熙刊『廬山志』「姓氏考」に「熊非熊、燕西、南昌人、高士」、『崇正同人系譜』巻五下には「連平人、歲貢、任敎授」と

ある。張自烈は死去の直前、熊非熊の詩集の序を廬山で執筆。

(15)『明末天然和尚年譜』七七頁。

(16)東京大學中央圖書館藏白鹿書院本の黎元寬の序や史彪古の序によれば、廖文英は「進御」すなわち皇帝の天覽に供することも考えていたらしい。

(17)後の諸版本の形態と異なり、內閣文庫藏白鹿書院本において「十二字頭」は獨立した見返を持つ單刊本であった。廖綸璣が自編「十二字頭」の版木のみは劉炳に贈らなかった可能性もある。

(18)拙稿「張自烈『增補字彙』について」(『中國文學研究』第19期、一九九三年)。

(19)謝國楨『增訂晚明史籍考』(上海古籍出版社、一九八一年)七〇三頁。尹源進は康熙年間の吏部稽勳司郎中、白鹿書院本の序の執筆者の一人でもある。

(20)蔡鴻生「清初嶺南僧臨終偈分析」(『學術集林』巻四、一九九五年)に金堡の臨終の偈についての解說が見える。

(21)初期の清畏堂藏板本の題。後に「南昌張自烈爾公、連陽廖文英百子、仝輯」と改刻される。

(22)董琨「我國古代辭書編纂中的學術道德傳統」(『〈中國語文〉學術論文集』、一九九七年)も劉炳補修本(董氏は「潭陽成萬才刊本」と名づけているが、誤り)の劉序に基づき、劉炳の功績を特筆している。しかし廖文英のことを學問の殿堂をけがす輩とまで決めつけるのは如何なものか。張自烈が生前に「昆湖公(廖文英)の正字通が完成した」と書いていること、張の死後、廖が盛大な葬儀を行なっていること、などを總合的に見た場合、張は『正字通』が廖の名で出ることも含め、すべてを諒解したうえで死去したように思えるのである。廖の刊行の功績、更に、吳三桂起兵後の不穩な空氣の中、江西廬山から廣東連州まで版木を運んだ功績も無視することはできない。例えば內閣文庫本は五十册に綴じられており、版木の量も相當なものと豫想されるのである。

乾隆嘉慶間刊『綴白裘』翻刻版の諸相

根ヶ山　徹

一

乾隆二十九年（一七六四）から十一年の年月をかけて完成された『綴白裘』は、玩花主人の手に成る祖本に基づき、錢德蒼が增輯した戲曲選本である。該書が乾隆三十九年（一七七四）に一應の完成を見るまでに、凡そ三次に亙る編輯、改訂が施されていることは、別稿において夙に述べたとおりである。[1] すなわち、先ずは乾隆二十九年から同三十三年（一七六八）の間に、第一次編輯として全五編が上梓された。次いで乾隆三十五年（一七七〇）における既出五編の改訂、及び六編の上梓、翌三十六年（一七七一）の七編、八編の上梓が第二次編輯である。最後に第三次編輯として乾隆三十七年（一七七二）から同三十九年に至る既出の七編、八編の改訂と、九編から十二編までの新たな上梓が行われる。以上によって、錢德蒼による『綴白裘』の編輯、改訂は一應の完成を見るのである。

かくも複雜な經路を辿って編まれた『綴白裘』は、當初は如上の編輯の各段階ともに金閶寶仁堂から梓行されたものであった。ところが、原刻本と同時代の乾隆年間、それに續く嘉慶年間において、管見の及んだ限りにおいても數多くの翻刻版が行われたことが明らかである。度重なる『綴白裘』の翻刻は、俳優、觀客の立場からすれば、該書が上演や觀劇に際する手控えとして必要不可缺の存在であったことを物語るものであり、書肆の立場からすれば、僅かな補訂を施しただけで容易に利益を擧げることのできる稀有な存在であったことをも意味していよう。

そこで本稿では、乾隆、嘉慶の兩代に行われた翻刻版の詳細について報告すると同時に、原刻の金閶寶仁堂梓行本がどのように襲用され、增訂が施されているのかについて、當時の演劇界の様相をも視野に入れながら明らかにしようとするものである。

二

『綴白裘』の翻刻版の中で最も古いものは、原刻本において第二次編輯として第一次編輯の全五編が全面的に改訂され、新たに六編が上梓された乾隆三十五年に武林鴻文堂から梓行された初編から六編までであろう。[2] これは、乾隆四十二年（一七七七）の同書肆による全十二編の校訂重鐫本の初編封面は「乾隆四十二年校訂重鐫／綴白裘新集合編／……武林鴻文堂梓行」に作り、初編から十二編までの總目を置いておきながらも、冒頭の乾隆庚寅（三十五年）季春上浣なる刊記を有する程大衡「新鐫綴白裘合集序」には、「玩月《ママ》（花）主人　向に『綴白裘』を集め、銭子德蒼　捜採し復た增輯し、一にして二、二にして三、今は則ち廣まりて六と爲る」[3] とあること、また同書二編の封面上欄には「乾隆三十五年夏鐫」、三編から六編までの封面上欄には「乾隆三十五年春鐫」なる刊記が遺されていることから推測が可能である。

しかも、この武林鴻文堂による初編から六編までの翻刻は、二編以降の封面を書肆名以外は金閶寶仁堂梓行本と全く同様に「時興雅調　○○○○／綴白裘新集／○編　武林鴻文堂梓行」に作り、内容についても覆刻本と言い得べきほど金閶寶仁堂梓行本に極めて忠實に翻刻されている。ために、銭德蒼に新たに七編、八編の編輯を企圖させる要因となったのではないか。

すなわち、乾隆三十六年、朱祿建の手に成る『補訂時調崑腔綴白裘七編』の序文には、上場の曲を能く輯録したものとして評價すると同時に、翻刻本の横行についても指摘することから明らかである。

> 今　君　毎歳　『白裘』一册を輯め、已に六編を成す。其の閒　節奏の高下、鬬笋の緩急、脚色の勞逸、誠に深く場上の痛癢を得し者有り。故に一集の出づる毎に、彼の梨園中　奉じて指南と爲さざるは無く、壟斷輩の利を圖りて翻刻するを怪しむ無きなり。……繕本の已に剞劂に付さるるを聞き、聊か數言を誌《しる》し以て君の請に應ぜんとす。而も亦た以て世の濫竽せし者の恬《やす》んじて恥ぢざるを愧《とが》むるなり。[4]

また、同年の『再訂文武合班綴白裘八編』冒頭には、他ならぬ銭德蒼その人であると思われる鏡心居士の「求作白裘序啓」が置かれる。ここには、篇幅が増大するにつれ、既出の全六編が翻刻されて書價が減じ、糊口を凌ぎ得ぬほどの苦境に陥った、と言う。

> 僕　年來　生計蕭條として、窮愁　益〻甚だし。酒酣の際、愽く時腔を採り、聊か以て愁魔を驅遣す。偶〻梓人に付すに、意はざりき　頗る時宜に合ひ、稍〻少しく錙銖を覓め、賴《さいは》ひに以て口を餬するを得んとは。今　友人の翻刻するところと爲りて、搆へし者稀にして値　頓に減ず。[5]

かくも銭德蒼が心を砕いたにもかかわらず、實際に翻刻本が行われたか、あるいは行われる氣配があったためか、乾隆三十七年に九編、十編が編輯された折から、翌三十八年（一七七三）には第二次編輯の七編、八編を解體して全面的な改訂を施し、更に翌三十九年には八編に輯錄されていた梆子腔と汎稱される地方劇、及び高腔の散齣を包攝した『綴白裘梆子腔十一集外編』、崑山腔の散齣のみから成る『補訂時尚崑腔綴白裘十二編』の公刊という第三次編輯が行われるに至るのである。

乾隆三十九年における第三次編輯版の『重訂崑腔綴白裘七編』に附される周家璠の序文には、先行の七編が再び翻刻されることを憂慮して、改訂を施して新たなる七編を編輯したと言う。

曩時　本《も》と六集の後に再び一集を編まんと欲す。坊人の竟に七集を以て余に示すを期せず。因りて竊かに其の回心を有すを得しを快とす。(6)

以上のごとく、銭徳蒼は周到な用意に基づいて改編を施したにもかかわらず、乾隆四十二年に至って、先の武林鴻文堂によって七編以降の翻刻が行われるのである。このことは、該書の七編、八編、十編の封面上欄に「乾隆四十二年新鐫」、九編の封面上欄に「乾隆四十二年夏鐫」、十一集外編、十二編の封面上欄に「乾隆四十二年冬鐫」とあることから明らかである。七編から十編までの封面は、「内分○○○○四冊／綴白裘新集／○編　武林鴻文堂梓行」に、十一集外編の封面は「内分萬方同慶四冊／綴白裘新集／○編　武林鴻文堂増輯」に、十二編の封面は「内分千古長春四冊／綴白裘新集／○編　武林鴻文堂増輯」に作り、初編の封面を前述のごとく「乾隆四十二年校訂重鐫」に作っていることからすれば、同年には乾隆三十五年における第二次編輯の初編から六編までの翻刻版に加えて、第三次編輯において新たに編まれた七編から十二編までが新たに翻刻され、全十二編を匯集して、「校訂重鐫」なる四字を冠して上梓されたものと思われる。

三

武林鴻文堂梓行本は金閶寶仁堂梓行本に忠實な翻刻本であるけれども、これ以降に上梓された『綴白裘』には、翻刻であることを悟られぬための弄策か、あるいは當初より翻刻の意識が稀薄であったためか、必ずしも金閶寶仁堂梓行本には従わず、少なからぬ手が加えられている。

その嚆矢として掲げることのできるものは、乾隆四十六年（一七八一）の四教堂梓行本である。(7) 該書の初集封面は「内分十二集／重訂綴白裘／全編　四教堂梓行」に、二集から十二集までの封面は「重訂綴白裘／〇編　四教堂梓行」に作り、上欄は全て「乾隆四十六年新鐫」と刻されている。

四教堂梓行本と原刻の金閶寶仁堂梓行本、その翻刻である武林鴻文堂梓行本との最も顯著な異同は、各編四集から成るという構成を、各集四巻に改めたことである。すなわち、金閶寶仁堂梓行本においては、初編を「風・調・雨・順」、二編を「海・宴・河・澄」、三編を「祥・麟・獻・瑞」、四編を「彩・鳳・和・鳴」、五編を「清・歌・妙・舞」、六編を「共・樂・昇・平」、七編を「民・安・物・阜」、八編を「五・穀・豐・登」、九編を「含・哺・擊・壤」、十編を「遍・地・歡・聲」、十一集外編を「萬・方・同・慶」、十二編を「千・古・長・春」の各四集に分かっていた。ところが四教堂梓行本ではこうした煩瑣な分類ではなく、初集から十二集に至る各集を、單に「巻一・巻二・巻三・巻四」に簡略化しているのである。

また版心の表記についても變更が見られる。先ず、金閶寶仁堂梓行本では戯曲名、散齣名、集名の順に記載され、例えば「牧羊記　慶壽　風」のごとき形をとる。一方、四教堂梓行本では戯曲名、巻數、散齣名、集名の順に記載され、例えば「牧羊記　巻一　慶壽　初集」のごとき形に作っている。

輯録される散齣に關しても、先ず崑山腔については、金閶寶仁堂梓行本において八十六種四百二十六齣輯録されていたものが、四教堂梓行本に至って八十六種四百二十二齣に改められている。すなわち、初編順集の『水滸記』「殺惜」「活捉」が二集三巻に、二編河集の『倒精忠』「刺字」が六集二巻に、六編樂集の『盤陀山』「燒香」「羅夢」が五集三巻に移され、二編河集の『倒精忠』「草地」「敗金」「獻金橋」、五編妙集の『清忠譜』「訪文」「罵祠」が删去され、新たに初集四巻に『紅梨記』「賞燈」が増入されている。また崑山腔以外の地方劇や時調小曲など三十四種七十齣について輯録數に變更は無いものの、金閶寶仁堂梓行本において目錄に「梆子腔」、「高腔」、版心において「梆子腔」「高腔」、「西秦腔」、「亂彈腔」と表示されていたものが、梆子腔については全て「雜劇」なる名稱に統一されている。

こうした變改に加えて、該書が單なる翻刻本でないことを明らかにするためか、「綴白裘七集序」は乾隆三十六年版の朱祿建序を襲用しながら、前掲の「壟斷輩」以下の剽竊料彈に係る箇所は刪去され、「誠に風騷の餘事なり[8]」なる一文に置き換えられている。

四教堂梓行本に倣って「○集△卷」の形式で行われたものには、乾隆四十六年の集古堂藏板[9]、同四十六・四十七年（一七八一・八二）の共賞齋藏板[10]、同年の嘉慶十五年（一八一〇）の五柳居梓行本[11]、同十八年（一八一三）の王善壁・郭維瑄序刊本[12]などが存する。これらの刊本では四教堂梓行本とは異なり、梆子腔の呼稱は雜劇には改められない。

一方、散齣の增刪は見られるものの、體裁は原刻本の金閶寶仁堂梓行本、その翻刻である武林鴻文堂梓行本を襲い、「○編△集」の形で行われるものも存する。乾隆四十七年の金閶學耕堂梓行本[13]、乾隆五十二年（一七八七）の嘉興增利堂梓行本[14]、同年の嘉興博雅堂梓行本[15]、嘉慶九年（一八〇四）の武林三雅堂梓行本[16]がそれである。いずれも完本を目睹し得ておらず斷定はできないけれども、金閶寶仁堂梓行本、武林鴻文堂梓行本に少しく變改が加えられている。例えば、嘉興增利堂梓行本では六編樂集の冒頭に置かれた『精忠記』「交印」、『盤陀山』「燒香」「羅夢」は刪去され、新たに『宵光劍』「設計」「誤殺」「報信」が加えられているのである。

因に、上梓された地域について見ると、原刻本の寶仁堂梓行本と同じ系統の學耕堂梓行本は金閶、鴻文堂梓行本、三雅堂梓行本は武林、增利堂梓行本、博雅堂梓行本は嘉興といった江南一帶で上梓されている。四教堂梓行本と同じ系統の集古堂藏板、共賞齋藏板、五柳居梓行本、王善壁・郭維瑄序刊本の上梓された地域は詳らかではないが、やはり江南で上梓されたものと思われる。

四

『綴白裘』に關して、いま一つ興味深い事柄は、金閶寶仁堂梓行本、武林鴻文堂梓行本、四教堂梓行本のごとく、一書肆による全篇の上梓ではなく、ある書肆によって上梓された全篇に別の書肆名を冠したり、異なる書肆によって上梓されたものの零本を匯集したり、その零本の匯集に新たな書肆名を冠したと思われる版本が存することである。

京都大學文學部藏本は、次のごとく初集の封面、すなわち全篇の封面は集古堂藏板としているけれども、二集以降は全て共賞齋藏板に作っている。因に、東北大學附屬圖書館藏の王善壁・郭維瑄序刊本も程大衡の總序に續けて、「嘉慶十八季歳在昭陽作噩孟冬上澣、同里弟王善壁拜題」なる刊記を有する敍、「嘉慶十八年小陽月上澣、表姪郭維瑄頓首拜題」なる刊記を有する題説、「之衆蕭熿藜庭氏識」と署する凡例が置かれる他は、京都大學文學部藏本に完全に一致する。（編名、封面、封面上欄、版心・内容の順で掲げる。封面上欄について記載の無いものには×を附す。版心と内容については、各編（集）が四集（巻）を通じて同一である場合は纏めて、各編（集）の各集（巻）毎に異なる場合は個別に、前述の寶仁堂梓行本系統の形であれば［寶］、四教堂梓行本系統であれば［四］と記す。以下同様）

編名	封面	封面上欄	版心・内容
初集	乾隆四十六年新鐫　内分十二集 重訂綴白裘新 集合編　集古堂藏板	×	［四］

二集～九集	乾隆四十六年新鐫 重訂綴白裘 ○集 共賞齋藏板	×	［四］
十集	乾隆四十七年新鐫 重訂綴白裘 十集 共賞齋藏板	×	［四］
十一集～十二集	乾隆四十六年新鐫 重訂綴白裘 ○集 共賞齋／藏板	×	［四］

また、北京大學圖書館古籍善本室藏本には、次のような體裁から成るものが存する。すなわち、初集から三集までは四教堂梓行本が用いられているけれども、封面を四教堂梓行に作る四集の鳳集・和集には寶仁堂梓行本系統の零本が用いられ、五編以降は嘉興增利堂梓行本が用いられているのである。四編までは四教堂梓行本に生じた一部の缺落を寶仁堂梓行本系統の零本によって、五編以降は增利堂梓行本によって補ったものである。

編名	封面	封面上欄	版心・内容
初集	内分十二集 重訂綴白裘 全編 四教堂梓行	乾隆四十六年新鐫	［四］

二集～三集	重訂綴白裘新集 ○編　四教堂梓行	乾隆四十六年新鐫	［四］
四　集	重訂綴白裘新集 四編　四教堂梓行	乾隆四十六年新鐫	巻一［四］ 鳳集［寶］ 和集［寶］ 巻四［四］
五編～十二編	内分○○○○四冊 綴白裘新集 ○編　嘉興増利堂梓行	乾隆丁未年夏鐫	［寶］

同じく北京大學圖書館古籍善本室藏本には、複數の書肆によって上梓されたものの零本を匯集し、全篇の封面に新たな書肆名を冠したものも存する。すなわち、全篇の封面を桂月樓梓行に作りながら、初集、及び封面を缺く四編には、寶仁堂梓行本系統と四教堂梓行本系統の零本が混在し、封面を金閶寶仁堂梓行に作る三編の巻二、巻四は、四教堂梓行本系統の零本が用いられている。また二編、六編、十編は書肆名を缺くけれども寶仁堂梓行本系統の版本が、五編には嘉興増利堂梓行本が、七編、九編には金閶學耕堂梓行本が、八編には武林三雅堂梓行本が、十一編には嘉興博雅堂梓行本が、十二編には金閶寶仁堂梓行本が用いられている。尚、二編の澄集には「此集缺」なる注記が墨書されているけれども、寶仁堂梓行本系統の八編登集が補われている。以上の詳細は次のとおりである。

編　名	封　面	封面上欄	版心・内容

初集	内分十二集 重訂綴白裘 全編 桂月樓梓行	×	卷一［四］ 卷二［四］ 雨集［寶］ 順集［寶］
二編	内分海宴河澄四冊 綴白裘新集 二編	×	海集［寶］ 宴集［寶］ 河集［寶］ 缺
三編	内分祥麟獻瑞四冊 綴白裘新集 三編 金閶學耕堂梓行	乾隆三十五年春鐫	祥集［寶］ 卷二［四］ 獻集［寶］ 卷四［四］
四編	缺	缺	卷一［四］ 鳳集［寶］ 卷三［四］ 卷四［四］
五編	内分清歌妙舞四冊 綴白裘新集 五編 嘉興增利堂梓行	乾隆丁未年夏鐫	［寶］

六　編	□□□□□平四冊 □白裘新集 六編	×	[寶]
七　編	内分民安物阜四冊 綴白裘新集 七編　金閶學耕堂梓行	乾隆四十七年夏鐫	[寶]
八　編	内分五穀豐登四冊 綴白裘新集 八編　武林三雅堂梓行	嘉慶甲子年春鐫	[寶]
九　編	内分含哺擊壤四冊 綴白裘新集 九編　金閶學耕堂梓行	乾隆四十七年夏鐫	[寶]
十　編	缺	缺	[寶]
十一編	内分萬方同慶四冊 綴白裘外編 十一集　嘉興博雅堂梓行	乾隆丁未年夏鐫	[寶]
十二編	内分千古長春四冊 綴白裘補編 十二集　寶仁堂增輯	乾隆三十九年夏鐫	[寶]

以上のごとく、實際に巷閒に行われた『綴白裘』の中に、異なる書肆によって梓行されたものの零本を匯集し、完本としたものが存することは極めて特徴的なことと言わざるを得ない。全篇の封面を集古齋藏板に作りながら內實は共賞齋藏板の版本を用いるものは、あるいは版權の移讓等の事情によるものであろう。ところが、四教堂梓行本を標榜しながら、四教堂梓行本系統の版本のみならず寶仁堂梓行本系統の零本、增利堂梓行本が一套として纏められているもの、あるいは桂月樓梓行と明示しながら、寶仁堂梓行本系統、四教堂梓行本系統の零本、及び增利堂梓行本、學耕堂梓行本、三雅堂梓行本、博雅堂梓行本(17)を纏め直したものは、零本の匯集によって完本に擬したものであることが明らかである。これらも當初は恐らく一書肆によって全編が上梓されたものであろうけれども、時代の推移に伴って一部分に缺落が生じたがため、已む無く如上の措置がとられたのではないか。これが譬え藏書家の手に成る策術であったにせよ、十二編が一套として行われることに『綴白裘』の存在價値が認められていたことを物語っているであろう。

五

『綴白裘』における散齣の輯錄において、看過できないのは崑山腔以外の地方劇の蒐集である。これは、當時、巷閒で繰り廣げられていた雅部、すなわち傳統的な崑山腔の戲曲と、花部、すなわち新興の聲腔に乘せた地方劇との交替に影響されての事と考えられる。

乾隆三十五年版の『綴白裘』六編凡例には、俗に梆子腔と汎稱される聲腔が、梆子秧腔と梆子亂彈腔の二種を意味しており、前者を梆子腔、後者を亂彈腔と呼ぶ、と定義されている。

梆子秧腔は、卽ち崑弋腔なり。梆子亂彈腔と俗に皆な梆子腔と稱す。是の編中　凡そ梆子秧腔は則ち梆子腔と簡稱し、梆子亂彈腔は則ち亂彈腔と簡稱し、以て混淆を防ぐ[18]。

孟繁樹氏によれば、崑弋腔が安慶に流入し、秦腔との融合に際して、崑弋腔を主體とする梆子亂彈腔と、秦腔を主體とする梆子亂彈腔に分化したもののごとくである[19]。すなわち、崑山腔と弋陽腔系統の聲腔とが融合して生み出された崑弋腔が、秦腔の影響を受けて新たな聲腔へと變容したのである。崑山腔は言うまでもなく長短句から成る曲牌聯套體の形式をとる樂曲系演劇である。弋陽腔系統の聲腔とは、基本的には樂曲系演劇ながらも齊言句から成る詩讚體の滾調を含んだ板式變化體形式の詩讚系演劇であり、萬暦年間以降、皖南において盛行した靑陽腔や徽州腔を指す。また秦腔は恐らく山陝商人によって齎された山西・陝西の詩讚系土腔であり、この秦腔と崑弋腔との融合によって生み出された梆子秧腔、梆子亂彈腔なる新たな聲腔は、いずれも板式變化體の色彩が濃厚である。

別稿において指摘したように、『綴白裘』に輯錄される梆子秧腔、梆子亂彈腔は、いずれも長短句から成る曲牌を含みつつ、齊言體の部分をも併せもつという形態であることから、曲牌聯套體から板式變化體への、まさしく過渡的段階に位置するものと認められる[20]。

これら『綴白裘』の散齣は、まさしく乾隆年間において一般に行われていたものであり、こうした新興の聲腔に基づく散齣の輯錄は、當時の演劇界からすれば時宜に適った快擧であったろうし、事實、明末以來隆盛を誇った崑山腔が忌避されて、新興の聲腔が歡迎される傾向にあったごとくである。例えば、庚午（乾隆十五年・一七五〇）に公刊されたと覺しい、江寧出身の張堅『夢中緣』冒頭に附される徐孝常の序文には次のごとく言う。

好む所は惟だ秦聲・囉・弋のみにして、吳騷を聽くを厭ひ、崑曲を歌ふを聞けば、輒ち鬨然として散去す[21]。

また金匱の人である錢泳の『履園叢話』十一「藝能」の「演戲」の條にも同樣の見解が見られる。道光十八年（一八三八）の上梓ではあるけれども、乾隆年間の樣相が活寫されているものと思われる。

近ごろは則ち然らず、『金釵』『琵琶』諸本を視て老戲と爲し、亂彈・灘王・小調を以て新腔と爲す。多く小旦を搭《おぎな》ひ、雜ふるに插科を以てし、多く行頭を置き、再び面具を添へて、方《はじ》めて新奇を稱すれども、而れども觀る者益ゝ衆し。如し老戲の一たび上場さるれば、人人星散す。豈に風氣の然らしむるや。(22)

觀客の社會的階層の差異も考慮すべきではあろうけれども、かくのごとき趨勢にあって、新興の聲腔を輯錄したことが、『綴白裘』盛行の要因の一つになったものと考えられる。

次の各書は乾隆、もしくは續く嘉慶年間に上梓された曲譜、あるいは演目の記錄である。これらの記錄に『綴白裘』所收の新興の地方劇三十四種七十齣を徵すると、『綴白裘』が巷間における上演を多數輯めていることが明らかである。(〔　〕は略稱)

・安樂山樵『燕蘭小譜』卷之二・三「花部」、乾隆五十年(一七八五)〔燕〕
・葉堂『納書楹曲譜』外集卷二・補遺卷四、乾隆五十九年(一七九四)〔納〕
・李斗『揚州畫舫錄』卷五「新城北錄下」、乾隆六十年(一七九五)〔揚〕
・小鐵笛道人『日下看花記』、嘉慶八年(一八〇三)〔日〕
・衆香主人『衆香國』、嘉慶十一年(一八〇六)〔衆〕
・焦循『花部農譚』、嘉慶二十四年(一八一九)〔花〕

『綴白裘』(散齣名・聲腔)	燕	納	揚	日	衆	花
小妹子(思春)‐3祥	○	○			○	
買胭脂(梆子腔)‐6共	○			○	○	
花鼓(梆子腔)‐6共	○	○	○	○	○	

これらに共通して輯錄、著錄される演目を拾い集めると、以下のごとく二十齣を見出すことができる。

(他書にも同一の散齣が輯錄、著錄される『綴白裘』の散齣のみを掲げ、散齣名〈聲腔名もしくは作品名〉と輯錄編數も

思凡（孽海記）	6樂	○	○	○	○	○	
送昭（青塚記）	6昇		○		○		
相罵（梆子腔）	6昇				○	○	
過關（梆子腔）	6平					○	
連相（梆子腔）	11萬				○		
看燈（梆子腔）	11方	○					
趕子（清風亭）	11方						○
請師（梆子腔）	11方						○
擂臺（如意鈎）	11方	○					
戲鳳（梆子腔）	11同					○	
算命（何文秀）	11同					○	
別妻（梆子腔）	11同	○			○		
上坟（蜈蚣嶺）	11同	○			○		
借靴（高腔）	11同		○				
磨房（梆子腔）	11慶				○		
串戲（梆子腔）	11慶				○		
打麵缸（梆子腔）	11慶					○	

併記する。○は他書において同一の散齣が輯錄、著録されているものに附す）

『綴白裘』は、乾隆壬辰（三十七年）中秋月の刊記をもつ桐鄉朱鴻鈞の「綴白裘十集序」に「古吳錢子沛思」と明記されていること、また當初は「金閶寶仁堂」から梓行されたものであることから、專ら蘇州一帶で行われた演劇のみを輯錄したもののごとくに思われがちである。ところが、乾隆癸未（二十八年・一七六三）孟春の刊記を有する許永昌の「綴白裘八集序」によれば、錢德蒼は河北、山西、山東、湖北の各地を遨遊し、音曲に深い造詣を有していたがゆえに、各地の演劇についての知見をも廣めたごとくである。

錢君沛思、髫年英俊、屢〻場屋に蹶く。然れども豪放不羈、性　音律を好み、常に燕・趙・齊・楚を遨遊し、諸王公貴人、其の才を羨まざるは莫く、羅ねて之を幕下に致さんことを願ふも、錢君　屑しとせざるなり。唯だ酒旗歌扇の場に跌宕し、歲ごとに『綴白裘』一冊を輯め、自歌自咏、醉ゑる

が若く狂へるが若く、凡そ七たび刻せり。(23)

こうしたことから、南方での記録をとどめる『揚州畫舫錄』や『花部農譚』はもとより、北京での見聞に基づく『燕蘭小譜』、『日下看花記』、『衆香國』のみに記録される演目も、『綴白裘』に輯録されているものと思われる。

尚、地方劇を輯録する十一集外編は、恐らく翻刻に攜わった者に演劇に對する見識が乏しかったためか、聲腔の呼稱以外の部分には、乾隆三十九年の編輯當初から手が加えられていない。

六

では、當時の演劇界において『綴白裘』の存在は如何なる意味を持つものであったのか。

錢德蒼の手に成った當初の『綴白裘』は、俳優の指南書としての價値を有していたもののごとくである。第三者の手によって記された序文の言説は、例え褒辭であるにせよ、該書の實情を能く言明したものである。先に掲げた第二次編輯の『補訂時調崑腔綴白裘七編』の朱祿建序に、「故に一集の出づる每に、彼の梨園中 奉じて指南と爲さざるは無く、……」と言う他にも、同じく第二次編輯の『校訂時調崑腔綴白裘四編』冒頭に附される、「丙戌（乾隆三十一年・一七六六）仲秋、靑浦陸伯焜書」なる刊記を有する「綴白裘四集序」には次のように言う。

錢子 復た『綴白裘』四集を輯め、新聲逸調、特だに梨園樂部の奉じて指南と爲すのみならず、抑ゝ亦た鼓吹休明にして、風俗の一端を激揚するなり。(24)

また、第三次編輯の『重訂崑腔綴白裘七編』に附される「乾隆甲午（三十九年）嘉平、耕雲山人周家璠書於武林之臨江艸堂」なる刊記を有する序文には次のように言う。

『綴白裘』の作や、蓋し演劇の緩急を調ふる所以は、梨園子弟の爲に其の勞逸の宜しきを均《ととの》ふるのみ。余　素より宮商を諳んぜず、是の編の詞義を翫ぶに因りて、文質或勝の弊無く、殊に詞曲の時中爲る可く、優伶輩　皆な奉じて以て歸と爲す可き者なり。(25)

上梓された當初は俳優が遵用するに足り得たとしても、舊來の崑山腔に取って代わり新興の聲腔が目覺ましい發展を遂げた當時にあっては、時代の經過につれて實際の上演にそぐわぬものになっていったであろうことは想像に難くない。このことは、乾隆四十六年の四教堂梓行本における散齣の移動と新增、乾隆五十二年の嘉興增利堂梓行本における散齣の加删、また四教堂梓行本において梆子腔を全て雜劇と改稱したり、全編の封面に桂月樓梓行とある匯集本の六編、及び嘉興博雅堂梓行本の十一集外編では梆子腔の一部を崑弋腔と稱するがごとき、崑山腔以外の地方劇の呼稱の變更からも明らかである。

事實、徐珂『清稗類鈔』「戲劇類」の「崑曲戲」には、嘉慶・道光年間にあって、宴席での演劇上演においては、俳優は射利に腐心するのみで、新聲新曲の紹介は等閑視したこと、その要因として、彼らが遵奉した『綴白裘』が乾隆の上梓であったためであるとする。

嘉(慶)・道(光)の際、海内の宴安、士紳の讌會は、音あるに非ざれば樽せず。而して郡邑城鄉、歲時祭賽も亦た劇有らざるは無し。用ゐしこと日ゝ以て多く、故に調べは日ゝ以て下る。伶人　苟も射利を圖りて、但だ竊似することのみを求めて、已に場を充たすに足れり。故に從《かつ》て新聲新曲の其の間に出づるは無し。『綴白裘』の集は、猶ほ乾隆の時本なればなり。(26)

以後、巷間において行われた戲曲の散齣を輯錄する選本としては、乾隆五十九年の葉堂『納書楹曲譜』を除くと、同治九年(一八七〇)の遏雲閣主人の序を有し、上海著易堂書局印行の『遏雲閣曲譜』の登場を待たねばならない。

王錫純輯、李秀雲拍正に係る該書は、工尺譜を附す曲譜であり、しかも崑山腔の散齣のみが輯録されたものではあるけれども、先行の『綴白裘』を強く意識して上梓されたものである。上梓の經緯については序文に次のように言うごとくである。

余 性 傳奇を好む。其の悲歡離合、曲に人情を繪《つぶさ》くことの、閲歴に勝るを喜べばなり。而るに其の善本無きを惜しむ。『納書楹』の舊本有りと雖も、要は皆な『九宮』もて譜を正す。後に『綴白裘』出づるや、白文倶に全く、歌を善くする者 羣奉して指南と爲す。奈んせん相ひ沿ひて今に至り、梨園演習の戯、又た多く合はず。家に二三の伶人有り、其れをして『納書楹』『綴白裘』の中に細かに校正を加へ、清宮を變じて戯宮と爲し、繁白を删りて簡白と爲し、旁に工尺を註し、外には板眼を加へ、投ぜし時に合ふに務めしめんことを命じ、以て同調に公にす。事 游戯に渉り、未だ敢へて諸を大雅に質《ただ》さず。然るに花晨月夕、檀板清謳、未だ始めて怡情の一助に非ずんばあらざるなり(27)。

ともあれ、『綴白裘』は坊刻本でありながら夥多の書肆によって翻刻され、今日に傳えられている。翻刻の過程において、若干の補訂が施され、二系統に分化するものの、適切な補訂を加え得る人物が現われなかったためか、原刻本の面目は概ね保たれ續けるのである。先にも述べたとおり、再三に亙る翻刻版の梓行は、實際の上演に即した内容をとどめていることから、當時の江南演劇界、なかでも俳優達にとって極めて有用な書物であったことを意味しており、ために多くの需要に應えるための暇がなかったことは明らかであろう。とりわけ、舊來の崑山腔だけではなく、新興の聲腔をも輯録していることから、博く俳優、觀客、讀者に歡迎されたことは想像に難くない。すなわち、『綴白裘』の上梓と、その度重なる翻刻は、當時の演劇の様相、とりわけ新舊聲腔の交替を如實に表徴しているのである。

注

(1)「乾隆三十六年版『綴白裘』七編、八編の上梓とその改訂」(『東方學』第九十八輯、一九九九)。
(2)國立公文書館內閣文庫藏本。
(3)原文は「玩月主人向集『綴白裘』、錢子德蒼搜採復增輯、一而二、二而三、今則廣爲六」。因に、乾隆三十五・三十六年における第二次編輯版の同序には「今則廣爲八」とある。
(4)原文は「今君每歲輯『白裘』一冊、已成六編。其閒節奏高下、鬬笋緩急、脚色勞逸、誠有深得乎場上之痛癢者。故每一集出、彼梨園中無不奉爲指南、無怪壟斷輩之圖利翻刻也。……聞繙本已付剞劂、聊誌數言以應君請。而亦以愧世之濫竽者之恬不知恥也」。
(5)原文は「僕年來生計蕭條、窮愁益甚。酒酣之際、博採時腔、聊以驅遣愁魔。偶付梓人、不意頗合時宜、稍得少覔錙銖、賴以餬口。今爲友人翻刻、搆者稀而值頓減」。
(6)原文は「曩時本欲於六集後、再編一集。不期坊人竟以七集示余、因竊快其得有回心」。
(7)九州大學附屬圖書館六本松分館濱文庫藏本。
(8)すなわち「故每一集出、梨園中無不奉爲指南、誠風騷之餘事也」に作る。
(9)京都大學文學部藏本。
(10)京都大學文學部藏本。
(11)京都大學人文科學研究所藏本。
(12)東北大學附屬圖書館藏本。
(13)北京大學圖書館古籍善本室藏本（書號　口／812.08／8324.6）に匯集される零本の一。
(14)前掲注(13)、及び北京大學圖書館古籍善本室藏本（書號　口／812.08／8324.7）に匯集される零本の一。
(15)前掲注(13)に同じ。
(16)前掲注(13)に同じ。
(17)ソウル大學校附屬圖書館には、全十二編ともに嘉興博雅堂梓行本から成る版本を藏する。
(18)孟繁樹氏『中國板式變化體戲曲研究』（文津出版社、一九九一）一六二頁引用の原文は「梆子秧腔、即崑弋腔、與梆子亂彈腔俗皆稱梆子腔。是編中凡梆子秧腔則簡稱梆子腔、梆子亂彈腔則簡稱亂彈腔、以防混淆」。

(19) 前掲注(18)孟繁樹氏論文一六八頁。

(20) 前掲注(1)。

(21) 原文は「所好惟秦聲・囉・弋、厭聽吳騷、聞歌崑曲、輒鬨然散去」。

(22) 原文は「近則不然、視『金釵』『琵琶』諸本爲老戲、以亂彈・灘王・小調爲新腔。多搭小旦、雜以插科、多置行頭、再添面具、方稱新奇、而觀者益衆。如老戲一上場、人人星散矣。豈風氣使然耶」。

(23) 原文は「錢君沛思、髫年英俊、屢蹶場屋、然豪放不羈、性好音律、常遨遊於燕・趙・齊・楚、諸王公貴人、莫不羨其才、願羅而致之幕下、錢君不屑也。唯跌宕於酒旗歌扇之場、歲輯『綴白裘』一册、自歌自分咏、若醉若狂、凡七刻矣」。

(24) 原文は「錢子復輯『綴白裘』四集、新聲逸調、不特梨園樂部奉爲指南、抑亦鼓吹休明、激揚風俗之一端也」。

(25) 原文は「『綴白裘』之作也、蓋所以調演劇之緩急、爲梨園子弟均其勞逸之宜耳。余素不諳於宮商、因翫是編之詞義、無文質或勝之弊、殊可爲詞曲之時中、優伶輩皆可奉以爲歸者也」。

(26) 原文は「嘉・道之際、海內宴安、士紳讌會、非音不樽。而郡邑城鄉、歲時祭賽、亦無不有劇。用日以多、故調日以下、伶人苟圖射利、但求竊似、已足充場。故從無新聲新曲出乎其閒。『綴白裘』之集、猶乾隆時本也」。

(27) 原文は「余性好傳奇。喜其悲歡離合、曲繪人情、勝於閱歷。而惜其無善本焉。雖有『納書楹』舊曲、要皆『九宮』正譜。後『綴白裘』出、白文俱全、善歌者羣奉爲指南。奈相沿至今、梨園演習之戲、又多不合。家有二三伶人、命其於『納書楹』『綴白裘』中細加校正、變清宮爲戲宮、删繁白爲簡白、旁註工尺、外加板眼、務合投時、以公同調。事涉游戲、未敢質諸大雅。然花晨月夕、檀板清謳、未始非怡情之一助也」。

顧頡剛論詩序

林　慶　彰
（西口智也　譯）

民國初期から抗戰までの期間、『詩序』について討論した文章が突如として多くなった。[1]これらの文章を分析すると、彼らの『詩序』に對する討論の中心には、おおむね以下の二點がある。一つは、『詩序』の作者について論辨したものである。ここでは、大部分の學者が『詩序』を後漢の衞宏の作だとみなしている。もう一つは、『詩序』の解釋の觀點から檢討したものである。ここでは、『詩序』の詩旨解釋は不合理であるとみなしている。[2]彼らのこうした『詩序』に對する徹底的な批判により、『詩序』と孔門の間に必然的な關係がないことが證明されることとなった。『詩序』が孔門と無關係であるいうことになれば、必ずしも『詩序』の解釋の中に聖人の旨意が內在するわけではないのであり、もしそうならば『詩序』は必ず遵守しなければならない金科玉律ではないということになる。そうなれば、以前に『詩序』の影響を受けて形成された『詩經』の教化觀も、新たに解釋しなおす必要が出てくる。新たに解釋しなおす必要があるならば、こんどは『詩經』の本文から着手してはじめて、『詩經』の詩篇の眞の意味內容を見出すことができるのである。このように彼らの眞摯な研究を經た結果、『詩經』は「樂歌の總集」と見なされるようになったのである。

以上のように、彼らの『詩序』に對する批判と攻擊により『詩序』と『詩經』の關係が切り離され、『詩經』の詩篇解釋が再び『詩序』によって左右されることがなくなり、詩篇本來の面目が回復された。それゆえ、この民國初期における『詩序』に對する批評と攻擊は、『詩經』を解放し救濟する原典回歸運動の一つであると言えよう。

顧頡剛は『詩經』全部を樂歌であると見なし、『詩序』は、孔門とは無關係で、東漢の衞宏の作であるとした。そして『詩序』が孔門と無關係であることを證明するため、顧氏は『詩序』の解釋の觀點に對して、極めて詳細な分析と批評を行った。本稿の執筆目的は、顧氏の『詩序』の作者に對する見方を論述し、併せて顧氏の『詩序』の解釋の觀點に對する批判を分析することにある。これらの分析を通じて、顧氏の民國初期における反『詩序』運動の位置を明らかにしていく。

一、論《詩序》之作者

民國十二年（一九二三）に鄭振鐸の著した「讀毛詩序」は、『詩序』について最も深くまで討論を加えた論文である。鄭氏は『詩序』を東漢の衞宏の作と見なしたが、彼と同時代人である顧頡剛の『詩序』の作者に對する見方はどのようなものであったのか。

民國十九年（一九三〇）二月、顧頡剛は「毛詩序之背景與旨趣」を著し、「『詩序』者、東漢初衞宏所作、明著於『後漢書』」と明確に述べている。(3) これは顧氏の觀點であるばかりではなく、當時の『詩序』を論辨する學者の共通した認識であった。民國三十年（一九四一）八月、『責善半月刊』二卷十一期「學術通訊」の欄に、『詩序』の作者を衞宏だとする顧頡剛の說に對して寄せられた質問が揭載され、顧氏はその質問の後にコメントを加え、自說を補足して以下のように述べている。

毛公作『詩故訓傳』、而於『詩』獨無注、是其書無序之證也。『史記』不載有『毛詩』、遑論『毛詩序』。『漢書・藝文志』於向、歆『七略』有『毛詩』及『毛詩故訓傳』矣、亦不謂有『毛詩序』、是西漢時『毛詩』無『序』之證也。『後漢書・衞宏傳』曰、「九江謝曼卿善『毛詩』、（中略）宏從曼卿受學、因作『毛詩序』、善得風雅之旨、於今傳於世」謂爲作『毛詩序』、是『序』固作於衞宏也。謂爲「於今傳於世」、是宏『序』卽東漢以來共見共讀之『序』也。漢代史文不謂有他人作『毛詩序』、而獨指爲衞宏作、且謂衞宏卽傳世之本、其言明白如此、顧皆不肯信、而必索之於冥茫之中、是歷代經師之蔽也。

顧氏の上記のコメントは、以下の要點にまとめられる。第一點は、毛公が『毛詩故訓傳』を著した際に、『毛詩序』のために注を作っていないことから、當時『毛詩序』がなかったことがわかるとしている點。第二點は、『史記』に『毛詩』の記載および『毛詩序』についての言及がなく、また『漢書』藝文志にも、『毛詩』と『毛詩故訓傳』が著錄されているものの、やはり『毛詩序』についての言及がないことを、西漢の時には『毛詩』に『序』がなかったことの證據としている點。第三點は、『後漢書』衞宏傳に、衞宏が『毛詩序』を作ったことが記され、さらにそれは「於今傳於世」であって、衞宏の作った『序』こそが東漢以來あらゆる人々に讀まれてきた『序』であると述べられている點である。顧氏は、これらの證據を通じて、『毛詩傳』が衞宏の作であることは既に十分に證明されているとしているにもかかわらず、歷代の經學者たちが皆信じようとしなかったいわゆる「經師之蔽」に對し、大いに遺憾であるとしている。

二、《詩序》解釋系統的探討

前述のように、顧頡剛は『詩序』が孔門の弟子の作ではなく、東漢初期の衞宏の作であるとした。では、衞宏が『詩序』を作った際に、自ら合理的だと認識していた解釋の系統があったのだろうか。この點と、『詩序』が說く各詩篇の詩旨がどのようにして得られたものであるかという點は、我々が『詩序』を研究する際にまず第一に考慮すべき問題である。

顧頡剛は、『詩序』の解釋方法に對し、自らの見方を提出して以下のように述べている。

『詩序』之方法如何。曰、彼以「政治盛衰」、「道德優劣」、「時代早晚」、「篇第先後」之四事納之于一軌。凡詩篇之在先者、其時代必早、其道德必優、其政治必盛。反是、則一切皆反。在善人之朝、不許有一夫之愁苦。在惡人之世、亦不容有一人之歡樂。善與惡之界畫若是乎明且淸也。(4)

顧氏は、『詩序』が一篇の詩を解釋する際、詩篇の順序を論定する方法は、「政治盛衰」、「道德優劣」、「時代早晚」、「篇第先後」が基準となっている、と考えた。詩篇の順序が前にあれば「其時代必早、其道德必優、其政治必盛」であり、もし順序が後にあれば、一切がその逆だと言うのである。

これまで自身で述べてきたように、顧氏は『詩序』の詩篇解釋の方法を證明するため、例を擧げて次のように言う。

夫惟彼之善惡不繫于詩之本文而繫于詩篇之位置、故二南、彼以爲文王、周、召時詩、文王、周、召則聖人也、是以雖有〈行露〉之獄訟、而亦說爲「貞信之敎興」、雖有〈野有死麕〉之男女相誘、而亦說爲「被文王之化而惡無禮」。〈小雅〉之後半、彼以爲幽王時詩、幽王則暴主也、故雖有「以饗以祀」之〈楚茨〉、而亦說爲「祭祀不饗」。

雖有「兄弟具來」之「頍弁」、而亦說爲「不能宴樂同姓」。其指鹿爲馬、掩耳盜鈴之狀、至爲滑稽。[5]

顧頡剛は、詩の美刺が本文からではなく、その詩篇の位置から判斷されていることを指摘し、それら例をいくつか擧げている。たとえば、「二南」が『詩序』によって文王・周公・召公の化を受けたものであり、あらゆる詩はみな美詩であるとしていることである。「行露」篇は、その本文に「誰謂女無家、何以速我獄、誰速我獄、室家不足」という訴訟に關する事柄が記されているにも關わらず、『詩序』は「貞信之教興」としている。また「野有死麕」は本來男女相誘の詩であり、それゆえ詩本文に「有女懷春、吉士誘之」とあるにも關わらず、『詩序』はかえって「被文王之化而惡無禮」としている。これらは「周南」「召南」の方面における狀況である。

「小雅」の方面では、『詩序』は、『詩經』の後半部を幽王の時の詩であるとしており、幽王が暴君であることを理由に、詩篇「楚茨」の本文中に「以爲酒食、以享以祀」という歌詠・祭祀に關する句があるにも關わらず、その詩篇を「祭祀不饗」であると解釋している。また「頍弁」は、その本文中に「兄弟具來」とあるにも關わらず、『詩序』は「不能宴樂同姓」と解釋している。顧氏は、『詩序』のこうした解釋は「指鹿爲馬、掩耳盜鈴」であって、二千年來儒者達は日々讀誦しつつそのことを悟らず、それゆえ鄭玄が『詩序』に基づいて『毛詩譜』を著し、何楷が『詩經世本古義』を著したのであり、鄭樵と朱熹が『詩序』に對して痛烈な批判を浴びせたにも關わらず、學者に從來の觀念を變えさせるに至らなかったのだ、と考えたのである。

『詩序』が詩旨を論定する際、決して詩の內容からは決定せず、顧頡剛の述べるように、「政治盛衰」「道德優劣」「時代早晚」「篇第先後」等を基準としているのであって、同じ內容でありながら國風の各所に分散している詩を一堂に集めて比較してみれば、『詩序』の論定する詩旨がそれぞれ大きく異なっていることがわかる。この點については、民國十二年（一九二三）に鄭振鐸が「讀毛詩序」を著した際、すでに少なからず例を擧げて檢討を加えている。[6]顧頡剛も同様の方法によって比較している。例えば、「周南」中の「關雎」と、「陳風」中の「澤陂」とは、内容が似ているにも關わらず、『詩序』は「關雎」の詩旨を「「周南」・「召南」、正始之道、王化之基、是以「關雎」樂得淑女以配君子、憂在進賢、不淫其色、哀窈窕、思賢才、而無傷善之心焉」であるとし、「澤陂」の詩旨を「刺時也。言靈公君臣淫于其國、男女相悅、憂思感傷焉」としているが、これについて顧氏は、假に「關雎」と「澤陂」の序を入れ替えて、「「關雎」、刺時也」、「「澤陂」、正始之道、王化之基、樂得淑女以配君子」とすることもできないことはないのであり、陳國に陳の靈公という淫君がいたため「澤陂」が刺詩とされ、周公が禮を制定し樂を作製した人物であるため「周南」中の「關雎」が美詩とされたのにすぎないのであると論じている。(7)

また顧氏は、「唐風」中の「杕杜」と「有杕之杜」、「小雅・白駒」と「周頌・有容」、「邶風・谷風」と「小雅・谷風」等を擧げて相互に比較し、『詩序』の解釋の觀點の不合理性を指摘している。(8)

三、批評《詩序》內容矛盾

このように顧頡剛は、『毛詩序』の解釋の觀點は詩篇の內容に基くものではなく、教化觀に基づくものであり、それゆえ順序が前に位置すれば美詩とされ、後ろに位置すれば刺詩とされていると考えた。また、その觀點が不合理であることから、顧氏は極力『詩序』中から矛盾する箇所を取り上げて批判を加えた。以下にその例を擧げて說明を加える。

（一）「周南・葛覃」の序に、「葛覃、后妃之本也。后妃在父母家、則志在於女功之事、躬儉節用、服澣濯之衣、尊敬師傅、則可以歸安父母、化天下以婦道也」とあるのに對し、顧氏は次のように述べている。

「葛覃序」既云「后妃在父母家」、又云「則可以歸安父母」、一句之中、而在母家、在夫家、相爲矛盾、作者之腦筋糊塗可知。(9)

このように顧氏は、「葛覃」の序に、「后妃在父母家」という句と「可以歸安父母」という句があるのは、矛盾を來していると述べている。

（二）「周南・桃夭」の序に、「后妃之所致也、不妬忌、則男女以正、昏姻以時、國無鰥民也」とあるのに對し、顧氏は次のように批判している。

不妬忌如何使男女正、恐怕反使國君多取姬妾、上下化之、而使國多鰥民呢。(10)

このように顧氏は、后妃がもし妬忌しなければ、國君に姬妾を多く娶らせることとなり、國內に鰥民が多くなってしまうのであって、いったいどのようにして男女の間を正しいものとすることができようか、と述べている。

（三）「召南・行露」の序に、「衰亂之俗微、貞信之教興、强暴之男不能侵陵貞女也」とあるのに對し、顧氏は次のように疑問を呈している。

在文王之化下、爲什麼猶有强暴之男。(11)

『詩序』の論法によると、「周南」「召南」は全て文王の化を受けていることになるが、顧氏は、既に文王の化を受けていながら何故依然として强暴な男が存在するのだろうか、と述べている。

（四）「小雅・大田」の序に、「刺幽王也、言矜寡不能自存焉」とあるのに對し、顧氏は次のように疑問を呈している。

「大田」明說「伊寡婦之利」、乃「序」謂「矜寡不能自存」。(12)

このように顧氏は、詩篇「大田」の本文中に「彼有遺秉、此有滯穗、伊寡婦之利」とあるは、收穫の際に故意に

「遺秉」と「滯穗」を殘し、寡婦に與えて援助するということであって、『詩序』の「矜寡不能自存」という句と矛盾している、と述べている。

（五）「大雅・皇矣」の序に「美周也。天監代殷莫若周、周世世脩德、莫若文王」とあるのに對し、顧氏は次のように批判している。

「皇矣序」云、「周世世脩德、莫若文王」。此句實不通、文王只一世耳、何能一人而世世脩德。[13]

このように顧氏は、文王はただ一代に過ぎないのにどうして世々德を修めていくことができようかと考えている。しかし實際には、「周世世脩德、莫若文王」の兩句は、周の人が代々德を修め、ただ文王の時に最も盛んであったと言っているのであって、上記の顧氏の解釋は誤りである。鄭玄の『箋』に「世世脩行道德、維有文王盛爾」とあることからもそれは明白である。顧氏はこの鄭玄の言をよく吟味すべきであろう。

前記の五つの條項以外に、顧氏は、たとえば「麟之趾」は「關雎」の應、「騶虞」は「鵲巢」の應であるというように、『詩序』に各國風中の最初の篇と最後の篇に相關關係があることがしばしば强調されていることについて、『詩序』のそうした論法は誤りであるという認識を强く持ち、次のように批判している。

「序」于「麟之趾」云、「「關雎」之應也」、于是于「騶虞」云、「「鵲巢」之應也」。凡是末篇、皆是首篇之應。然則「二子乘舟」爲「柏舟」之應矣、「溱洧」爲「緇衣」之應矣、可笑。[14]

『詩序』が「關雎」と「麟之趾」、「鵲巢」と「騶虞」にそれぞれ對應關係があると考えていることに對し、顧氏は、その他の國風においても最初と最後の篇にも對應關係があるのかと嘲笑し、この『詩序』の説を極めて荒唐無稽のものであると述べている。しかし實際には、『詩序』にこのような説は見られない。

四、韓詩・魯詩也有序

僅かに『毛詩』にだけ『序』があるのではなく、『韓詩』や『魯詩』にも『序』がある。朱彝尊は『經義考』で『詩序』の一條を論じ、『韓詩』と『魯詩』の『序』を詳細に列擧している。(15) 顧頡剛著『讀書筆記（一）』の中では、朱彝尊の言葉を端的に引用されているが、顧氏がそのように朱氏の言葉を引用したのは、『韓詩』や『魯詩』には『序』があるだけでなく、しかも『毛詩序』とは全く違うものが多いことを證明したかったからに他ならない。『毛詩序』の說は決して金科玉律ではないのである。

『韓詩序』の說は以下の通り。

「關雎」、刺時也。
「芣苢」、傷夫有惡疾也。
「漢廣」、悅人也。
「汝墳」、辭家也。
「蝃蝀」、刺奔女也。
「黍離」、伯封作也。
「鷄鳴」、讒人也。
「雨無極」、正大夫刺幽王也。
「賓之初筵」、衞武公飲酒悔過也。

これらの『序』を『毛詩序』と比べてみれば、相當の違いがあることがわかろう。

『魯詩序』については、劉向が『魯詩』を學んでいたことから、『新序』や『列女傳』の説が、皆『魯詩』序にもとづいていたものであると言うことができる。『新序』中に見られるものに以下の説がある。

「二子乘舟」、爲伋之傅母作。

「黍離」、爲壽閔其兄作。

また、『列女傳』に見られるものに以下の説がある。

「芣苢」、爲蔡人妻作。

「汝墳」、爲周大夫妻作。

「行露」、爲申人女作。

「邶風・柏舟」、爲衞宣夫人作。

「燕燕」、爲定姜送婦作。

「式微」、爲黎莊公夫人及其傅母作。

「大車」、爲息夫人作。

これらは皆『魯詩』の序から出たものである。『齊詩』については、顧氏は朱氏の「『齊詩』雖亡、度當日經師亦必有序」という説を引いている。

朱氏はまた、『毛詩序』は子夏にもとづくと見なし、それゆえ『尙書』や『儀禮』、『左氏內外傳』、『孟子』に引き合わせて見た場合、その說は齟齬しないとしている。朱氏のこうした說に對して、顧氏は以下のように反駁している。

讀朱氏此論、反可見「毛詩序」是後出的、是集『尙書』・『儀禮』・『左氏內外傳』・『孟子』及『魯詩序』・『韓詩序』

而作的。因爲他出得最後、所以比三家爲完備。所謂「彌近理而大亂眞」也[16]。

このように顧氏は、朱彝尊の言葉は、逆に『毛詩序』が三家詩の序の後に出たものであるからこそ特に完備されているのだということを證明している、と述べている。

五、結　論

以上の分析から、以下の數條が結論として導かれる。

（其の一）孔門と『詩經』との關係を絶つために、民國初期の『詩經』研究者は、ほぼ皆『詩序』が子夏の作ではなく、東漢の衞宏の作であると見なした。顧頡剛は論文「毛詩序之背景與旨趣」の中で、「『詩序』者、東漢初衞宏所作」とはっきりと述べ、後さらに《責善半月刊》二巻十一期の讀者の寄せた質疑に答えて再びこの點について補足して述べた。顧氏は、歴代の學者が『後漢書・衞宏傳』中の衞宏が『毛詩序』を作ったとする記述を信じなかったことを、「經師之蔽」であると見なした。

（其の二）顧氏は、『毛詩序』が詩篇の詩旨を定める際に、「政治盛衰」、「道德優劣」、「時代早晚」、「篇第先後」を基準とし、詩篇の順序が前にあるものは「其時代必早、其道德必優、其政治必盛」であり、順序が後のあるものはまったくその逆となると見なしている。さらに顧氏は、「二南」が文王、周公召公の化を被っており、そこに收錄されている詩篇は美詩であるべきであって、それゆえ「行露」に「何以速我獄」という句があるにも關わらず、『詩序』が「貞信之教興」と解釋していることから、教化觀の影響が非常に強いことがわかる、といった例を擧げている。

（其の三）『毛詩序』が詩篇の內容から詩旨を論定しているのではなく、その中に矛盾した部分を有しているということで、顧氏は『詩序』の多くの例を擧げることによってその論法の不合理性を論證している。例えば「周南・桃夭」については、その『詩序』に「后妃之所致也、不妬忌、則男女以正」とあることに對し、顧氏は「不妬忌如何使男女正、恐怕反使國君多取姬妾」と考えている。この種の矛盾を、顧氏は『詩序』中から拾い出している。朱彝尊の『經義考』（其の四）ただ『毛詩』だけに『序』があるのではなく、『韓詩』や『魯詩』にも皆『序』がある。』には『詩序』の一條があり、『韓詩』と『魯詩』の『序』を詳細に列擧している。顧氏はその著『讀書筆記（一）』の中で朱氏のこの言葉を端的に引用している。これはまさしく、『韓詩』や『魯詩』に『序』があるということだけではなく、併せて『毛詩序』との間に多くの差異があることを明らかにしていることに他ならない。『毛詩序』の説き方は、決して唯一の基準ではないのである。

こうした顧頡剛の『詩序』に對する論辨により、『詩序』はその神聖なる地位から引き下ろされるに至った。そして『詩序』はもはや『詩經』を解釋するための唯一の基準なのではなく、多々ある基準のうちの一つに過ぎなくなったのである。

注

（1）林慶彰主編『經學研究論著目錄（一九一二―一九八七）』（臺北・漢學研究中心・一九八九年十二月・上册・二九六頁）の「詩序」の篇目を參照のこと。

（2）林慶彰著「民國初年的反《詩序》運動」（『第三屆詩經國際學術研討會論文集』・香港・天馬圖書公司・一九九八年六月・二六〇頁―二八二頁）を參照のこと。

（3）「毛詩序之背景與旨趣」は、はじめ『國立中山大學語言歷史學研究所週刊』第一〇集・第一二〇期（一九三〇年二月十六日）に掲載され、後に『古史辨』（臺北・明倫出版社・一九七〇年三月重印本・第三册・四〇二頁）に再錄された。

（4）注（3）の論文より引用。

（5）注（4）に同じ。

（6）鄭振鐸著「讀毛詩序」は、はじめ『小說月報』第一四巻一號（一九二三年一月十日）に掲載され、後に顧頡剛編『古史辨』・第三册（三八二頁－四〇一頁）に再録された。

（7）顧頡剛著『顧頡剛讀書筆記(一)』（臺北・聯經出版事業公司・一九九〇年一月）中の「景西雜記(四)」（三四四頁－三四六頁）參照。

（8）「杕杜」と「有杕之杜」の例は、注（7）の引書（四三七頁－四三八頁）を參照のこと。「白駒」と「有客」の例については、注（7）の引書（三九〇頁－三九一頁）を參照のこと。「邶風・谷風」と「小雅・谷風」の例については、注（7）の引書（三八二頁）を參照のこと。

（9）注（7）の引書（三四七頁－三四八頁）を參照のこと。

（10）注（7）の引書（三四八頁）を參照のこと。

（11）注（7）の引書（三四八頁）を參照のこと。

（12）注（7）の引書（三五三頁）を參照のこと。

（13）注（7）の引書（三五四頁）を參照のこと。

（14）注（7）の引書（三五〇頁－三五一頁）を參照のこと。

（15）朱彝尊著・林慶彰等編審『點校補正經義考』（臺北・中央研究院中國文哲研究所・一九九七年六月・巻九九・六九三頁－七三八頁）を參照のこと。

（16）注（7）の引書（四二五頁－四二七頁）を參照のこと。

［譯者後記］

本編は、林慶彰先生が本論集のために書き下ろされた論文を、日頃からお世話になっている御縁で、不肖ながら西口が翻譯したものである。譯出に際しては、可能な限り原文の忠實な直譯體とすることを心がけた。したがって、論文のタイトル、各章の表題および文中の用語は原文の表記をそのまま採用した。翻譯作業に當っては、東洋大學で中國語を擔當しておられる川田健先生から少なからぬご助言・ご指導をいただいた。この場を借りて御禮申し上げたい。

李碧華『胭脂扣』と香港アイデンティティ

――都市の記憶としての小説――

藤井省三

一　路面電車の歴史観

香港島北岸の中心街を走る路面電車が開業したのは一九〇四年のことであり、現在では營業距離は延べ一六キロに達する。それから七六年後の一九八〇年二月に香港島金鐘と九龍半島觀塘とを結ぶ香港最初の地下鐵觀塘線がようやく開通した。翌年の『香港年鑑』は「路面電車に時代遲れの感あり」という見出しで、「長い歴史の路面電車は……おそらく地下鐵港島線開通時には淘汰され」るであろうと記している。[1]香港人でも「最近變化が大きすぎて……五年に一度は風景が變わって[2]」しまうと驚く香港にあって、この時速一〇キロという緩慢な速度で走る二階建ての路面電車とはまさに香港近代史の生き證人といえよう。ちなみに地下鐵開通時に電車は毎日三六萬人もの乘客を運んでいた。

李碧華の小説『胭脂扣』はこの地下鐵開通から二年後の香港を舞臺としており、當初存續が危ぶまれていた路面電車も冒頭で主要な舞臺として登場する。『胭脂扣』は一九八五年一月に初版が刊行され、私の手元にある同書の奧附には一九九八年香港第一九版と記されているから、ベストセラーといえよう。一九八八年には關錦鵬監督、梅艷芳、張國榮主演で映畫化され八九年の香港映畫金像賞最優秀作品賞を受賞している。同作は一九九五年に香港テレビ主催の「忘れ難き香港製映畫投票」で一〇大作の一つに當選してもいる。一九九〇年には「第一三回アジア藝術祭」で香港バレエ團が『胭脂扣』をバレエに改編しており、李焯雄によれば「小説映畫兩者のメディアで模倣作が現れ、〃塘西〃藝者文學を切り開いた……『胭脂扣』は初歩的「正典化」されたとみなされよう。また多分野メディア（書籍・映畫・歌謠・バレエ）に跨りしかも互いに影響し合う「新テクスト」を構成」したという。[3]

『香港文學書目』は同書の内容を、妓樓の藝者である如花は資産家の息子十二少と戀仲になり結婚を望むものの彼の兩親に反對されアヘンを飲み下して心中するが十二少は死にきれずに生き残り、一人で地獄に行った如花は五〇年後の香港に戀人を捜しにこの世に戻ってくる、と要約した上で次のような短評を加えている。「これはひどく傳統的な愛情物語であるが、作者は變奏曲を奏でて、小説に八〇年代の戀人一組を加え、現代と傳統との愛に對する見方の相違を描き出している。[4]」はたして作者の「變奏」とは「愛に對する見方の相違」のみに限られるのであろうか。

物語の發端は語り手で新聞社廣告部副主任の袁永定が、ある日の夕暮れふしぎな若い女客の來訪を受けたことである。彼女は「十二少……いつもの場所で待つ。如花」という尋ね人の廣告を依頼するのだ。女がこの世のお金を持たぬというので袁永定は依頼を斷り、歸宅しようとして路面電車の驛に向かうと、再び如花が現れる。ほぼ空車狀態の車内で二人は、今はマーケットに變わってしまった袁宅附近の古い劇場を話題にするが、袁永定が幼時に見て記憶している映畫や俳優の名を彼女は全く知らず、それどころか『牡丹亭』『陳世美』など舊劇の名前を列擧する。やがて袁永定も、彼女は自分と同じ犬年とはいえ一九五八年の生まれではなく、一九一〇年の生まれであり、五〇年前に死んだ幽靈であることを知るのだ。幽靈に血を吸われると恐怖して「僕らは血液型が違う」などと口走って途中下車しようとする袁永定を無視して、如花は「まだでしょう？　屈地街で下りるなら、その前に水坑があるわ。大きな家が四件あって、四大天王。私は昔、倚紅樓の賣れっ子だったの……」と昔語りを始める。これに對し恐怖におののく袁永定が思わず口走る言葉はなかなか意味深長である――「如花、僕は何も知らないんだ。僕は平凡な小市民で、歴史については何も知らないんだ。昔の統一試験でも僕は歴史でHを取ったんだ。」Hとは最低の評價である。もっとも袁永定は決して落第生だったわけではなく、その後の本人の辮によれば「歴史だけ悪かったんだ。ほかはまあまあだった。……統一試驗のあと、僕は豫科で二年勉强して、それから専門學校で經營學を學んで、今は新聞社の廣告部で……」ということになる。

冒頭の路面電車の一場面からは、この世に舞い戻ってきた名妓をして歴史に無知な現代香港人に五〇年前の香港を講釋するという『胭脂扣』の主題の一端が讀みとれよう。しかもそこで語られる歴史とは政治史でもなく經濟史でもなく、わずか二二歳の若さで心中した藝者の低い視線から見渡される香港の風景であり風俗なのである。

それにしても現代人の袁永定が四八年も先に生まれ五〇年前に心中した如花と共有していた記憶とはほとんど唯一路面電車のみであったというのは興味深い。電車を待つあいだにも袁永定はこんな電車はまもなく淘汰されるだろうと思い「人はのんびりとした電車の良さを覚えているだろうか？　人には記憶する時間があるだろうか？」と自問していたのだ。

小説『胭脂扣』とは、古き良き電車の良さを記憶する時間さえ失った多忙で不安な袁永定の日常に女幽靈が突如として現れて語る古き良き香港の悲戀物語、とも言えるだろう。叶わぬ愛のために十二少と心中し、地獄で五〇年も待ち續けたのち十二少戀しさのあまり來世の命を犧牲にして再び現世に戻ってきた如花――彼女のひたむきな愛に感動した袁永定とその戀人で同じ新聞社で藝能記者を勤める凌楚娟とは、全力を盡くして十二少探しに協力することになる。その結果、「歴史については何も知らない」袁永定が圖書館まで赴き、『香港百年史』をはじめ娼妓史などを調べるのだ。圖書館には新聞マイクロフィルムは如花心中時より六年後の一九三八年以後のものしかなかったが、さすがに廣告部とはいえ新聞社勤務だけあり、袁は物語の結末部では古道具屋で『天游報』なる古新聞の山から如花自殺を傳える記事を見つけ出し、十二少がその期に及んで怯むのを恐れた彼女がアヘンを食べさせる前に酒に睡眠薬を混入していたため、かえって十二少は一命をとりとめた事實を明らかにしている。

そればかりか袁永定は圖書館の歸りに如花を伴ってかつて十二少の實家が大きな藥舗を構えていた古い問屋街の文咸西街を訪れてもいる。藥舗の中年男に誰かに用かと問われた袁永定は、とっさに「――ええと、私の祖父はアメリカ産朝鮮人參を賣買していて、昔、このあたりにも店があったんです。その後、一家で移民して……イギリスに行きました。今度私が歸ってきたのは、祖父に替わって昔の知り合いを訪ねるためなんです。陳さんという姓で、名前は振邦とか言いまして……」と取り繕う。この陳振邦とは十二少の本名である。かくして統一試驗で歷史がHだった袁永定が、なんと「平凡な小市民」のルーツ探しをする鄕土史家へと變身しているのだ。香港の教育體制から考えれば、袁永定が中學・高校で學んだ歷史とはイギリスや中國の歷史であった。その意味で彼は如花と出會って初めて香港の歷史を、しかも植民地支配者や共產黨の視點からではなく、商家の若旦那や藝者といった社會の中層下層の視點から見始めたといえよう。

そもそも袁永定自身の名前の最初の二文字「袁永」は逆轉すれば永袁＝永遠となり、彼は「永遠の定め」と歷史家にふさわしく命名されているのである。實際に小説冒頭の袁永定と如花との出會いの場面には如花が袁永定の名前をめぐって「素敵だわ、長い歲月という感じがするわ。人の名前じゃないみたい。石か橋、あるいはお墓みたい」と評している。さらに如花に燒き餅を燒いた戀人の凌楚娟に行きつけのレストランで「色魔」と罵られ「……喧嘩は永遠に終わらないわよ！」と捨て臺詞を吐かれた彼は、「五〇〇〇年來の男の罪も私の責任なのか？　私、袁永定は彼ら好色の徒に替わって十字架を背負わねばならないのか？」と自らの永遠性を反語的に語っているのだ(5)。

二　五〇年後の回歸

それにしてもなぜ如花は五〇年後に現世に戻ってきたのか。なぜ作者は三〇年後でもなく四〇年後でもなく五〇年後に如花を香港に返したのか。

一日中、香港の街をあてどもなくさまよったのち、如花が袁永定と凌楚娟のカップルに「街のようすはすっかり變わってしまって全然分からない、通りはとっても賑やかなの。わたしたちの頃は車なんて全くなくて、みんな歩くか人力車に乘ってたの。行ったり來たりするあいだに、わたしは車に五、六回もぶつけられたの。本當に恐いわ」と語る一場面がある。すると袁永定は彼女を慰めて「一九九七以後はそんなに恐くはないさ」と答える。これに心根はやさしいのだが口の悪い凌楚娟が悪い冗談を附け加えるのだ。

［一九九七年は］私たちの壽命よ。……その時には私たちも一緒に旗袍を着て、通りを歩き、人力車に乘ってアヘンを吸い、これが運命と諦めるしかないのよ。理想は實現のしようもなく、戀に夢中になるしかないのよ。すべてが五〇年あと戻り。あんたはその時來るとちょうど良かったのに。上手く適應できるから。

『胭脂扣』は一九八二年の物語として設定されており、イギリスのサッチャー首相が訪中して鄧小平との九七年問題をめぐるトップ會談に臨んだのはこの年九月のことである。イギリスはあわよくば新界租借の更新を望んでいたといわれるが、香港全域の一括返還を要求する中國側に一蹴されてしまう。香港では深刻な政治不安が廣がり「特に一九八二年中頃から土地・不動産に對する投融資十五年以上のものの融資などが、一九九七年七月をひかえて、ピタリと止まってしまった。つい、三、四年前には、物の氣に憑かれたように不動産投資・ビル建設に血まなこになっていたこの狭い島にひしめく五百萬の人々（は）……半パニック狀態になった」という。[6] 英中交渉が難航する間にも、株價は最盛時の三分の一に、香港ドルもそれまでの最低に暴落した。袁と凌の二人が一九九七以降に悲觀的になっているのも無理は無かろう。

やがて八三年末に至ると、ついにイギリスは一轉して全面讓步、一括返還を決める。翌年一二月、北京にて香港問題に關する共同聲明の正式調印式が行われ、九七年七月一日を期して香港が中國に返還されることが決定された。そして『胭脂扣』はこの返還決定直後に刊行されているのである。

共同聲明では香港のこれまでの資本主義制度と生活樣式は五〇年間變わることなく殘され、香港を「高度の自治權」を持つ特別行政區とすることが定められている。いわゆる「一國二制度」の構想である。この五〇年不變についてMatthew Turner は次のように指摘している。

香港の「生活樣式」とは何か?……いかなる社會も「五〇年間變わることなく殘される」ことなどないのだから、社會的變化はどのようにして合法化されるのか。香港の將來に關する合意の核心部には曖昧な新表現が置かれており、それはほとんど何も意味していないと解釋できよう。[7]

そもそも過去の五〇年間で香港の「生活樣式」にはどのような變化が生じてきたのか。その變化の大きさを男女の愛のあり方を通じて如實に示すのが一九八二年のこの世に歸ってきた如花なのであった。

三　八〇年代のアイデンティティ成熟

本稿冒頭で引用した『香港年鑑一九八一』は路面電車の存續を脅かす地下鐵建設が切望される理由として「外來移

民の突然の大增加により交通問題はかえって重大性を增した」という事情を述べている。中國の專門誌『人口研究』で、香港の社會學者である邵一鳴は「一九七八年から八〇年までのわずか三年間に、四〇萬人の大陸移民が香港にやって來ており、合法非合法が相半ばしている。このような大きな數値は、當然香港の人口に衝擊をもたらし社會サービスに大きな負擔をかけ」たと指摘している。一九七七年末の人口推計が約四五六萬人であるから、三年間に南下してきた移民は總人口の一割近くに及んだのだ。影響を被ったのは交通體系ばかりでなく、住宅問題も深刻な事態に陥ったとも邵一鳴は述べている。

社會サービスの中でも大きな影響を受けたのが住宅供給の不足であった。香港政廳は一九七三年に非常に野心的な一〇年に及ぶ住宅供給長期計畫を發表し、一九八四年にはあらゆる人が「住む者にその家あり」となるようにして香港の久しき住居問題を解決する豫定であった。だが四〇萬大陸移民が突然流入し、しかもその大部分が政府の住居提供に頼ったので、その計畫は實現しなかった。香港人が失望のあまり大陸移民が彼らの夢を壞したと恨んだのも仕方がなかったであろう。(8)

『胭脂扣』の冒頭、新聞社廣告部を訪ねてきた如花に袁永定が「あなたは大陸から來たの?」とたずねたのも、この移民騷動を意識していたのだろう。だがこの問いに對し如花が「いいえ、わたしは香港人です」と答えている點には敏感な讀者であれば違和感を禁じ得ないだろう。移民の街であった香港の一九三〇年代に暮らしていた藝者が出自を問われたときに、はたして「香港人」と答えたであろうか。

一八四〇年のアヘン戰爭で清朝はイギリスに破れ、二年後の南京條約で香港島がイギリスに割讓されたのは周知の通りである。この時の香港の住民數は約五〇〇〇人だったと推定されている。それが一世紀半後の現在では人口は六三〇萬に達している。この人口の急成長を支えていたのがほかならぬ中國本土からの移民であった。これについて人口學者の張仲深は同じく『人口研究』で次のように指摘している。

女に對する男の比率が高いのが香港人口の特徴の一つである。……一九一一年の人口は四五萬で、男女の比率は一八四・四にまで達しており、一九二一年と一九三一年にはそれぞれ一五八・〇と一三四・八にまで下がっている。……非香港出生者數が總人口に占める割合は、一九一一年で六八・五％、一九二一年で七三・三％、一九三一年で六七・五％であり、つまりは一九六一年以前には、香港住民の三分の二が外來移民であり、初期の移民の大多數は永住的な移民ではなく、其の多くを男性が大多數を占めていた。(9)

このような男性過剰は出稼ぎの街としての香港を端的に表象しており、こうした移民現象を社會學者のLau Siu-kaiは、イギリス人と中國人との富を目指した共同作業、と稱している。(10) そしてこのような「自發的移民」の街をあるイギリス人ジャーナリストは「香港は鐵道の驛と呼ばれてきた。人々はここを行き來し、この街と浮氣したり情事を經驗するかも知れないが、けっして戀愛はしない」と描き出した。(11)

このような移民の街香港が質的に大きな轉換を遂げるきっかけとなった事件に一九六七年の反英大暴動がある。折しも中國で勃發していた文化大革命に呼應して、香港では左派勢力が「毛澤東思想」の全面的な影響下で政治色の濃い勞働爭議を敢行し、これがきっかけとなって五月から八月にかけて反英暴動が續いたのである。(12) しかし武力彈壓に踏み切った香港政廳は、中國國内の權力闘爭による混亂とこれによる香港左派の總崩れとに助けられてこの危機を乘り越えると、經濟成長と住宅を中心とする公共政策とにより「過去からの根本的な決裂」を圖るのだった。Matthew Turnerは次のように述べている。

現地經濟が自立し行政が效果的な自治を引き受けるにつれ、現地の生活樣式も臺灣や共産大陸から急激に外れていき、人々（population）は初めて自らが中國と異なることを知った。香港は一九六六年と六七年の植民地統治

> に對する暴力的對決を經て政治的に消耗し、その代わりに生活水準の緩やかな上昇という物質的利益の方を向いた。そのいっぽうで、最初の現地生まれの世代は新しいマスメディアによりそのイメージが擴散されていた西歐樣式に憧れた。……「市民」や「共同體」「歸屬」というレトリックが反共の對抗宣傳として大規模に展開されたのは一九六七年以後のことで……六〇年代の終わりには「共同體」という概念はすでに人々の大多數にとって無關係ではなくなっていた。政府側の言説と竝んで、現地人のそして大いに不明瞭なアイデンティティの感覺が香港に現れるようになった。
>
> ……エスニシティの强力な牽引にも關わらず、香港の人々は一九六七年以後大陸中國へのアイデンティティを拒否した。そうすることにより、人種という言説（「國民」への愛着にせよ地域的エスニシティにせよ）より融通が利き、多義的で、寛容に受け入れられる現地の通俗的な文化アイデンティティによって置き換えられたのである。
>
> ……一〇年後には現地の生活樣式はアイデンティティの原則とともに傳統文化への執着を驅逐しつつあり、八〇年代の半ばには大多數を大幅に越える人口は自らを「中國人」としてではなく「香港人」として認識するに至った。この意味で六〇年代は「香港人」時代の登場を意味していたのだ。[13]

こうして六〇年代後半から七〇年代にかけて厚い層をなした中産階級が香港アイデンティティを形成し始めるのだった。このようなところに、一〇年にわたる文化大革命が終息した中國から再び嵐が吹き込み四〇萬人もの大陸移民を香港に送り込んだのである。

イエール大學人類學教授の蕭鳳霞は、大陸側の論理に立っているのであろうか、次のように指摘している。

> 香港はこれまで常に移民社會であった。なぜ七〇年代に中國から來た移民は、合法非合法にかかわらず、おしなべて「新移民」と稱されるのか？……彼らが大量に香港に定住した時期とは、まさに當地の人間が自らの將來

への不安を益々増大させているときだった。これらの新移民を前にして、高等教育を受けた當地のエリートはみな受け入れ難く思い、彼らを中國から來た災難と想像したのだ。……當地の一般勞働者はみな生計を脅かされると思い、新移民が彼らの飯茶碗を割ってしまうと恨んだ。……新移民の貶められた形象は香港で生まれ育った住民のあいだにおいて、「我々香港人」と「彼ら大陸人」とを區分する基準となった。(14)

三〇年代の香港住人である如花は「自己をせいぜい漠然と民族的または文化的な存在としての『中國人』として、またはより狹く、出身・言語地域によって『廣東人』『潮州人』等としか認識して」いなかったと考えるのが妥當であろう。(15)これに對して一九五八年生まれで七〇年代に中學・高校・專門學校で教育を受け、社會人になるときに潮の如く押し寄せる新移民の群に驚かされた袁永定は確固とした「香港人」意識を抱いていたであろう。このように五〇年の時間を隔てて兩者のアイデンティティは本來相當に異なっているはずなのだ。すでに述べたように、『胭脂扣』とは袁永定が五〇年前の記憶を學ぶという物語であった。そこでは風俗を中心に三〇年代の記憶が細部に至るまで念入りに再現されている。それにもかかわらず小説冒頭で如花が廣東省某縣といった籍貫を名乘ることなく、袁永定ら八〇年代香港人と同樣に自らを敢えて「香港人」と稱しているのは、この作品が單なる「傳統的な愛情物語」の再演ではなく香港アイデンティティの創出という「變奏」こそが主題であることを讀者に告知するためであったといえよう。五〇年前の戀愛悲劇は香港アイデンティティの延長で記憶し直してこそ八〇年代へと繫がるのだ。小説『胭脂扣』は八〇年代の讀者に三〇年代香港を記憶させることにより、香港アイデンティティに五〇年という歷史を創出したのである。

四　「通俗」小説と香港アイデンティティ

香港アイデンティティ形成において文化の果たす役割については幾つかの議論がある。たとえばChan Hoi Manは次のように述べている。

香港では、高級文化、國民文化、傳統的文化さらには「借り物の文化」などの意味においてであろうが、語るべき基本的文化が整然と統一的にあるのではない。全體を覆うある種の文化構造という概念に最も近い社會文化的舞臺とは、唯一通俗文化の舞臺であろう。……通俗文化は社會的、文化的、政治的心性を形成し體現しながら、核心的でダイナミックな代役を演じているのかも知れない。(16)

またそもそも香港アイデンティティ自體を「淺はか」と考える呂大樂の指摘もある。

「香港意識」自體は中心を欠いている――それは反抗心（たとえばイギリス植民地統治への反抗）でもなく、既成文化の延長でもない。香港人が八〇年代に九七問題に直面して集團要求を表現できなかったとき、それはまさに「香港意識」自體の淺はかさを説明していた。(17)

このような香港におけるアイデンティティと文化との密接だが脆弱な關係および狀況下において、李碧華は路面電車によって繫がれた五〇年前の過去からヒロインを召喚し、香港の地でかつて展開された命がけの戀を語らせたのだ。愛のために死に愛のために五〇年間待ち續ける香港人ヒロインを描き出したのだ。とりわけ如花の變わることのない眞情と美貌とは、アヘン中毒者となった十二少の老醜落剝と對照的であり、愛＝理想を追求する者こそ美しく、臆病に生きる者には辛く醜い餘生が待つばかりであると讀者に語りかけているのだ。

そしてこのような市民的倫理が香港においてすでに半世紀の歴史を持つこと、そのような愛のため、自由と獨立のために命を賭ける香港人の傳統にアイデンティティを見出すことにより、香港市民は大きな變化が豫想される「一國二制度」下の五〇年を生き抜こうと『胭脂扣』は語りかけているのではあるまいか。そしてこれに對する廣範な香港市民の共感がこの小説をベストセラーへと押し上げ、映畫へバレエへとジャンルを超えて改作させていったのであろう。

ところで映畫『宋家の三姉妹』などで知られる香港の女性監督張婉婷（メイベル・チャン）は、一九九二年四月の香港映畫祭李香蘭國際シンポジウムで、「今度李香蘭の傳記映畫を撮る……われわれ香港人はみんなある意味で李香蘭です」と日本の批評家四方田犬彦に語ったという。[18] 李香蘭こと山口淑子の前半生が、アイデンティティとネーションの物語であったことは、今さら言うまでもあるまい。

注

（1）『香港年鑑一九八二』香港・華僑日報社。

（2）李碧華『胭脂扣』香港・天地圖書、一九九八年・香港第一九版。

（3）李焯雄「名字的故事――李碧華『胭脂扣』文體分析」陳炳良編『香港文學探賞』香港三聯書店、一九九一。

（4）黄俊東ほか共著、黄淑嫻編輯『香港文學書目』香港・青文書屋、一九九六。

（5）このような袁永定の名前をめぐり、李焯雄は注（3）の論文で次のような指摘をしている。「名稱（人名、戲曲名、事物の名前――各種の「名目細部」）はしばしば敍述の焦點となり、また作者が歴史を遡る時の着眼點となっている。」

（6）岡田晃『香港』東京・岩波書店、一九八五。

（7）Matthew Turner “60's/90's:Dissolving The People” *Hong Kong sixties:desingning Identity* 香港藝術中心、一九九五。

（8）邵一鳴「大陸移民對香港人口和社會的影響」『人口研究』第二一巻第五期一九九七年九月。
（9）張仲深「香港人口狀況及其特徴剖析」『人口研究』一九八二年第三期。
（10）Lau Siu-kai ,*Society and Politics in Hong Kong*, The Chinese University Press , Hong Kong 1982
（11）E.Pereira "Plain Talk" Hong Kong Standard, 一九六五年二月二八日、注（7）より孫引き。
（12）中嶋嶺雄『香港回歸』東京・中央公論社、一九九七。
（13）前掲注（7）Matthew Turner "60's／90's:Dissolving The People"
（14）蕭鳳霞「香港再造——文化認同與政治差異」『明報月刊』一九九六年八月號。
（15）森川眞規雄「『近代性』の經驗……香港アイデンティティ再論」『民族で讀む中國』東京・朝日新聞社、一九九八。
（16）Chan Hoi Man "Culture and Identity" in *The Other Hong Kong Report 1994* (edited by Donald H. McMillen and Man Si-wai) ,Hong Kong : The Chinese University Press,pp.443-68.
（17）呂大樂『唔該、埋單！——一個社會學家的香港筆記』香港・閑人行有限公司、一九七七。
（18）四方田犬彦『星とともに走る』七月堂、一九九九。

なお香港の批評家の中には、藝妓の自由戀愛に對し違和感を抱く人もいる。たとえば李焯雄は次のように述べている。

作中ではしばしば如花／十二少と凌楚娟／袁永定との愛情が對比され、いたるところ昔の方が良かった……當時の塘西〔妓樓街〕にのみ眞の愛があったかと讀者に思わせている。……この種の埋沒した風俗への哀惜は、香港自身の歴史に對する覺醒ではなく、背景の複雜な歴史現象（娼妓）を壓縮して興味本位の遊覽に供しているのだ。（前掲注（3）李焯雄「名字的故事——李碧華『胭脂扣』文體分析」）

だが中國では一九四〇年代まで女性は基本的に屋敷の外に出ることは許されず、自由戀愛ができたのは大學など高等教育を受けられたごく少數の女性であった。一九三〇年の統計に據れば戀愛豫備軍とも言うべき中等學校の女子學生數でさえ全中國でわずか九萬人にすぎない（中央教育科學研究所編『中國現代教育大事記』北京・教育科學出版社、一九八八）。三〇年代の香港で若い男女の出會いがあり戀が語られる場とは妓樓がその中心であったのだ。

李碧華が五〇年前の戀愛物語を召喚する際、ヒロインに藝者を當てたことの意圖は「興味本位の遊覽」にあるのではなく、「香港自身の」戀愛の「歴史に對する覺醒」にあると言えるのではあるまいか。しかも『胭脂扣』は「公平」と言う名の植民地統治者や中國共産黨の官許の歴史観ではなく、低いまなざしで「歴史を見つめる」香港市民の身の丈にあった歴史観なのである。

「大」字二音考

平山久雄

一

「大」の音として『廣韻』は次の二音を載せる。日本漢字音（呉音）ダイは甲音、その漢音はタイの筈だが通常は行われない。乙音は日本漢字音に移せばダ或いはタとなる。

甲：去聲泰韻開口定母「徒蓋切」。推定音價 dɑi。

乙：去聲箇韻開口定母「唐佐切」。推定音價 dɑ。

甲音の釋義が「小大也。說文曰、天大地大人亦大、故大象人形。又漢複姓」云々と詳しいのに對して、乙音には釋義がない。『十韻彙編』[1]を檢すると、乙音の「大」は「王一」「王二」には見えず、『唐韻』に見えるのみであるから、乙音は原本『切韻』以後の增補と知られる。『完本王韻』[2]にも乙音は見えない。

一般に一字が複數音をもつ場合、それらの間には品詞性の相違も含めて意味に區別のあることが多いが、實質的な區別のないこともある。例えば「忘」には平聲・去聲兩音があるが、唐詩では同義と見てよい。[3]「大」もこちらのケースに屬するであろう。「大」の二音に何らかの意味區別が伴っていたことを想わせる徵證は見出されない。

上古音において「大」は祭部に屬する。段玉裁の十七部說では第十五部である。『詩經』の韻字として「大」は、大雅「民勞」四章において「愒」「泄」「厲」「敗」と押韻し、魯頌「泮水」一章において「茷」「噦」「邁」と押韻し、魯頌「閟宮」五章において「艾」「歲」「害」と押韻し、これらは祭部の字であるから、「大」もまた問題なく祭部に屬すると認められる。假に中古音の聲調を上古音にも適用すれば「大」は祭部去聲に屬する。

上古音祭部去聲の字は中古音においては蟹攝の泰・夬・祭・廢・怪・霽の諸韻に現れる。「大」の二音の中、甲音はまさにこの規則に合致するが、乙音はこれに合わない。上古音祭部の字が中古音箇韻（歌韻去聲）に見えるのは例外的現象である。「大きい」狀態を表わす形容詞はどの言語でも強調した發音で話されることが多い。「大」に例外的語形變化をもたらした原因は或はそこにあろうかと推測されるが、具體的考察は他日に讓りたい。

二

日本・朝鮮・ベトナムの漢字音における「大」の字音を見ると、壓倒的に甲音が優勢である。築島裕編『日本漢字音史論輯』(4)所收の沼本克明編「吳音・漢音分韻表」、小倉肇『日本吳音の研究』(5)「資料編二・法華經音義字音對照表」、沼本克明『日本漢字音の歴史的研究』(6)第三章第四節「新漢音の分紐分韻表」、河野六郎『朝鮮漢字音の研究』(7)「資料音韻表」、姜信沆「朝鮮初期韓國漢字音（高麗譯音）資料」(8)、三根谷徹『越南漢字音の研究』(9)「越南漢字音對照表」にはみな甲音が現れる。唯一の例外は朝鮮漢字音に乙音 ta が現れることである（「資料音韻表」一六九頁）。但しこれは一八世紀の韻書『華東正音通釋韻考』『三韻聲彙』『奎章全韻』に限られ、中國近世音の影響を受けた可能性がある。一五・一六世紀から一七世紀にかけての資料は一致して「大」に甲音卽ち tai の音を注する。

唐代末期のチベット文字轉寫資料についてはどうか。高田時雄『敦煌資料による中國語史の研究』(10)「資料對音表」

によると、これら轉寫諸資料において「大」は多く甲音を以て現れるが（三二〇－三二一頁）、ただ NT 卽ち「南天竺國菩提達磨禪師觀門」において再度乙音 'da' と注されている（三〇五頁）。NT は高田氏の第二類資料、卽ち敦煌など一〇世紀河西地方の方言を反映する（一八六－一八七頁）資料群に屬する。[11] また高田時雄「コータン文書中の漢語語彙」[12]によると、敦煌發見の一〇世紀コータン語文書に見られる漢語語彙でも「大」は多く甲音で現れるが、「大師」「大王」に各一例乙音が見られる（七六頁）。また高田時雄氏が同氏「チベット文字書寫『長卷』の研究（本文編）」[13]所載、敦煌發見のいわゆる long scroll（C1331）の復元漢字テキストにおける「大」の字音一覽表を惠與されたのによると、「大」の用例のべ八四例の中甲音が七七例を占める。乙音七例の中二例は NT と同一文書の同一箇所「非大非小」「大聲念佛」に見えるが、殘り五例は「彌勒禪門」の「大看大見」（一六七行）・「大言大說、大者」（一六九行）におけるもので、これらの語句は高田氏が極めて口語的な要素の多い文體と認められる（前揭論文三七三頁）「彌勒禪門」の中でも特に口語的な印象を與えるものであるのが面白い。[14]

日本萬葉假名において、例數は少ないが「大」がタ・ダに用いられるのが注目される。「太」（泰韻開口透母）も同様で、その用例はかなり多い。これは「大」と通じての用法と理解されよう。大野透『新訂萬葉假名の研究』[15]第四章「常用假名・準常用假名」の一覽表（九六頁）參照。大野氏は「大」「太」をタ・ダに用いることが泰韻の韻尾を省略した略音假名と見る方向に傾いているが（四三九－四四〇頁）、一方で「太はその現存最古例が白雉2年（六五一）の御物觀世音銘に見え、古層又は其に近い中間層の假名と考へられる。……泰韻の太がア列の單音節假名に用ゐられるのは異例の用字であるから」と述べた上で、「大は泰韻の外に箇韻の別音を有してをり、大と同源の太も箇韻の別音を有していたかも知れない」と注している（一六六頁）。もし萬葉假名「大」「太」が「大」の乙音を反映するならば、それは呉音または更に古く日本に傳わった漢字音の基づく中國語方言——恐らくは南方方言——の状況を反映するであろう。後述のように、現在乙音が官話方言のほか江蘇・浙江の呉方言にも口語音として分布するのと思い合わせると、これは面白い事象であるが、いま立ち入って論ずる用意がない。

三

「大」の二音について唐代の状況を窺う材料として更に唐詩を擧げることができる。卽ち「大」の押韻字としての用例を調べ、泰韻字と押韻するか、箇韻字と押韻するかを見れば、その「大」が甲音・乙音いずれに讀まれたかを知ることができる。そこで『全唐詩索引』[16]第一批所收の代表的詩人三七名の作品一字索引を用いて「大」の韻字用例を調べた。その結果を「表一」に示す。「大」が韻字として作品に見えない詩人は次の通り。王勃・楊炯・盧照隣・駱賓王・張九齡・陳子昂・張說・沈佺期・宋之問・錢起・李益・盧綸・王建・柳宗元・張籍・李賀・元稹・杜牧・李商隱・賈島・溫庭筠・韓偓・韋莊・寒山・拾得。

<表 一>

詩人	韻字「大」所屬			
	泰韻		箇韻	
	五言	七言	五言	七言
王維	1			
王昌齡	1			
劉長卿	1			
孟浩然	1			
李白	3			
韋應物		1		
岑參	1	1		
高適	1			
杜甫	3			1
韓愈	1			
劉禹錫	2			
孟郊	1	1		
白居易	3	2		
計	19	5		1

この他、初唐（六一八—七一二年）を對象とする鮑明煒『唐代詩文韻部研究』[17]について見ると（一三六—一四〇頁、二六一—二六二頁）、「大」を甲音で韻字に用いた例は十人の作者に計一三例ある。一例を除き『全唐文』所收の賦や碑銘などであるが、乙音で用いた例はない。また、羅宗濤『敦煌變文用韻考』[18]について見ると、變文では甲音の押韻例が五例ある

（一五五－一五九頁）のに對し、乙音の押韻例はない。

以上の限りでは、杜甫の一例（「夜歸」詩、第七節參照）を除きすべて甲音で韻を踏むものばかりである。ここから推しても、唐代「大」の讀書音は甲音であったと知られる。『佩文韻府』箇韻「大」下の語詞の用例には韻字「大」を含む詩句が見えるが、作者は唐代では晩唐の陸龜蒙のみ、他は梅堯臣・蘇軾から高啓に至る北宋以降の詩人である。

四

現代中國の諸方言において「大」の甲乙二音はどのように現れているだろうか。北京の「大」dà[19]は乙音に對應する。これは歌韻（上聲哿韻・去聲箇韻）の端組（舌頭音）字に「他」tā、「那」（疑問詞）nǎ、「那」（指示詞）nà の如く平行する例があることから確かめられる。もっとも同じ條件下にありながら「多」duō、「挪」nuó、「羅」luó の如く -uo となるものがあり、兩者分化の理由が問題となるが、いまは立ち入らない。「大」の dà 音が甲音由來でないことは上揭の平行例から明らかである。ただ北京においても、『現代漢語詞典（修訂本）[20]』によれば「大城」（河北省の地名）dàicheng・「大夫」dàifu・「大黃」dàihuáng・「大王」dàiwang では甲音に對應する dài が用いられている。高本漢著、趙元任・李方桂・羅常培譯『中國音韻學研究[21]』の「方言字彙」（五七三頁）について「大」の音を調べると、甲音を示すのは廣州・客家・汕頭・福州・溫州・上海、これ以外の「方言字彙」收載一六地點は官話方言であるが、すべて乙音である。溫州・上海の語形は da であって、一見乙音の如くに思われるが、實はそれが甲音であるのは「方言字彙」で隣接する「奈」「賴」「帶」「泰」（同じく泰韻開口端組に屬する）がこの二地點で -a を示す（但し「奈」の上海音は ne）ことから知られる。「方言字彙」には溫州、上海に「大」に du という又讀があることを注するが、これは乙音に對應するものである。後述する趙元任『現代呉語的研究[22]』から知られる状況を併せみると、これら呉方言地域では甲音が文語音、乙音が口語音として併存していると察せられる。

『漢語方言字匯（第二版）[23]』には全國二〇地點における漢字の音を収める。「大」の項目の記載（四頁）を整理して「表二」に記す。記載内容が濟南・太原・成都・合肥・揚州は北京と全同、潮州は厦門と全同なので省略する。聲調記號は省略するが、いずれも去聲又は陽去聲で、中古音との對應規則に合致している。各音形の右に私の判定により甲音・乙音の別を記す。この判定は各方言と中古音との音韻對應關係の觀察に基づくもので、音聲上の類似とは必ずしも一致しない。「文」は文語音、「白」は白話音であるが、武漢の二音には「文」「白」の注記がない。西安の二音はいずれも乙音に對應し、白話音は北京に移しかえるならば「多」「羅」などと平行する duò に相當する。

厦門以下の閩方言白話音の甲乙類別の判定について説明が必要である。羅常培『厦門音系[24]』によれば（一〇七―一〇九頁）、泰韻開口「帶」「蓋」「賴」の白話音、歌韻「歌」「拖」「籮」「我」「舵」の白話音いずれも -ua である。從って厦門「大」の白話音は甲音由來でも乙音由來でもありうる。「表二」に「?」と記したのはこの意味である。建甌についても同様であるが、文語音・白話音の區別はない。これに對して福州では、藍亞秀「福州音系[25]」によれば（二七九頁）歌韻字「柁」「我」「破[26]」の白話音韻母は -uai であるが、泰韻開口字には -uai となるものがない。しかしこれから「大」の白話音を乙音と決めるのは躊躇される。

<表二>

地點	音形	類別	音形	類別
北京	ta	乙		
西安	ta（文）	乙	tuo(白)	乙
武漢	ta	乙	tai	甲
蘇州	dɒ（文）	甲	dəu(白)	乙
溫州	da（文）	甲	dəu(白)	乙
長沙	ta（文）	乙	tai（白）	甲
雙峰	da（文）	甲	du（白）	乙
南昌	t'ai(文)	甲	t'ɔ（白）	乙
梅縣	t'ai	甲		
廣州	tai	甲		
陽江	tai	甲		
厦門	tai(文)	甲	tua(白)	?
福州	tai(文)	甲	tuai(白)	?
建甌	tuɛ	?		

何故ならば、歌韻白話音 -uai の字が右記の通り極く少數であるのから見て、「大」の白話音そのものが泰韻開口もまた -uai でありうることを示すかも知れぬからである。さらに言えば、右記三字及び「大」の福州白話音を中古漢語の範疇で見ること自體に問題があり、中古以前に直接溯って考える必要があるかも知れない。これらの意味で「表二」の福州欄にもまた「?」を記した。

以上は「大」字の讀み方である。これに對し『漢語方言詞匯（第二版）[27]』は『字匯』と同じ二〇地點について、ある意味範疇（標準語の語形を表わす文字で示される）を表わすに用いられる單語を記した書物であるが、「大」の項（四七六頁）には甲乙兩音の分布について『字匯』におけるとほぼ一致した状況が觀察される。『字匯』で文語音・白話音の區別がある場合、『詞匯』の語形がその中の白話音に一致することが期待されるが、雙峰・南昌には逆に『字匯』の文語音に一致する語形が記されている。

五

現代方言の状況を他の材料によって若干補充したい。

陳章太・李行健主編『普通話基礎方言基本詞匯』[28]「詞匯卷」（卷三―五）は官話方言地域全體から選ばれた九三地點の語彙對照表であるが、「大」（卷五、四四〇五頁）の項目では全ての地點で乙音が現れている。

趙元任『現代吳語的研究』第二表「平上去韻母表」は特に「大」一字の白話音のため一欄を設けている（第二表6右端）。これによると江蘇・浙江兩省の吳方言三三地點中二九地點において「大」の白話音は歌韻端組（「多」など）と同韻母であり、泰韻開口端組（「泰」など）の白話音韻母（「第二表」2）とは異なっている。從ってこれらは乙音である。これ以外の四地點中、杭州 dɑ は官話系統の語形と見られ、やはり乙音である。殘る嵊縣崇仁鎭・嵊縣太平市・衢州は浙江省南部に位置するが、當該欄には記載がない。それは「大」が白話・文語の區別なく甲音である故と理解される。

楊時逢『湖南方言調査報告[29]』所收七五地點の各方言「同音字表」について見ると、長沙を含む多數地點では「大」は乙音であり、甲音が現れるのは寧鄉（乙音と併在）・安化・安鄉（白話音）・漢壽（白話音）・平江・瀏陽・醴陵・通道・衡山・茶陵・汝城・耒陽・安仁・桂東の一四地點、これらの多くは東部卽ち江西寄りに位置する。一方鮑厚星等編『長沙方言詞典[30]』（四四頁・八八頁）では「大」は一般に甲音であり、少數の語彙でのみ乙音が現れ、これは『字匯』の記載と一致する。

李如龍・張雙慶主編『客贛方言調査報告[31]』は江西省の贛諸方言及び南方諸省の客家諸方言計三四地點に關する報告であるが、その第二章「客贛方言字音對照表」によると（一九頁）、「大」の音としてはすべての地點で甲音が現れている。ここには南昌が含まれていないが、熊正輝編纂『南昌方言詞典[32]』（八二―八四頁、六三―六四頁）を調べると、「大」の一般的な語形は甲音 tʻai、ただ「大爺」「大娘」など少數の親族名稱にのみ乙音 tʻo が用いられている。趙元任等『湖北方言調査報告[33]』「特字表」の七「韻母雜例」（一四九七頁）には、「大」について廣州・福州・長沙では甲音、蘇州・南京・北京では乙音が現れると記した上で、湖北省内の方言は一般に乙音であり、ただ通城では甲音、嘉魚・蒲圻では白話音が甲音、文語音が乙音であると述べている。甲音の現れる通城・嘉魚・蒲圻は同書の分類では第三區すなわち贛方言系統のグループに屬している。

粵方言に關しては詹伯慧・張日昇主編になる『珠江三角州方言字音對照[34]』（一

＜表三＞

	甲音	乙音
官話		○
呉	○（文）	○（白）
湘	○（白）	○（文）
贛	○	
客家	○	
粵	○	
閩	○（文）	
	？（白）	

頁・六二頁）・『珠江三角州方言詞匯對照』[35]所載二五地點（三九二頁）、『粤北十縣市粤方言調査報告』[36]所載一〇地點（八一頁・一四二頁）及び詹伯慧編『粤西十縣市粤方言調査報告』[37]所載一〇地點（八六頁・一四七頁）において「大」はすべて甲音である。

以上に觀察した現代諸方言の狀況は、大略「表三」の如くに槪括することができよう。

六

「表三」の狀況を、域外漢字音や唐詩の押韻など過去の狀態を反映する資料と組合わせて、隋唐時代の長安・洛陽を中心とする北方中國の中心地帶の狀態を推測するならば、あたかも現代の吳方言におけると似て、「大」の甲音は文章や詩を朗讀する際に、また日常の口頭語でも「かたい」語感をもつ語において用いられる文語音であったと思われ、乙音は日常口語で使われる白話音であったろう。日本語で譬えるならば、甲音は「おおきい」に似て、乙音は「でかい」「でっかい」に當る語感であったかと思われる。

一字について文語音・白話音の區別が存する場合、現代の吳方言や閩方言の如く多數の字について兩者の區別が系統的に見られるならば、あたかも日本語の音讀と訓讀と似た關係が兩者の間に生じて、その區別は保持され易いであろう。これに對し現代の北京方言の如く兩者の相違が比較的少數の字についてのみ見られるならば、やがて一方が淘汰され易い。現に中國標準語ではこの過程が急速に進行しているようである。例えば戰前の字典には「白」の文語音は bó、白話音は bái と記されていたが、『現代漢語詞典（修訂本）』は bái の一音のみを載せる。「他」の文語音 tuō、白話音 tā についても同樣で、現在では tā 一音のみである。中國本土の知識人のことばを聞いていても「白」「他」

の文語音はほとんど影をひそめたとの印象を受ける。この場合、多くは白話音が文語音を壓倒するかたちで淘汰が行われる。それは自然な俗化現象である。「學」の文語音 xué が白話音 xiáo を壓倒した如き逆の例もあるが、これは學習が高尙な行ないに屬する故である。

さて「大」に關しても同樣の俗化作用によって白話音乙音が文語音甲音を抑えて次第に勢力を擴げ、ついに甲音が消滅に瀕するに至ったと見られる。この過程は北方中心地域では恐らく唐末から宋・金・元にかけて進行したであろう。『佩文韻府』所載の用例から推して北宋以後の詩人は「大」を乙音で押韻することがさほど稀ではないようである。乙音「大」を韻字とする陸龜蒙「置酒行」「雨夜」[38]も、杜甫「夜歸」が後述の如く特殊な口語詩であるのと違って平明ながら普通の文語詩である。これからも乙音の地位向上が窺われよう。本稿は五代・北宋以降歷代の資料における「大」を詳しく調査する餘裕がないが、遠藤光曉編『「翻譯老乞大・朴通事」漢字注音索引』[39]によって『老乞大』『朴通事』のハングル注音を見ると、乙音 da が百例近くあるのに對して、甲音 dai は僅か一例、『朴通事』の「大寧」という地名に現れるに過ぎない。明代一六世紀初頭までに、北方のある方言では現代官話と變らない狀態が既に出現していたことが分かる。

前記のように現代標準語でも「大夫」など少數の語中では甲音が現れる。これはかつての文語音がよく熟した複合語の中に固定保存された化石と見てよい。「大夫」「大王」は本來文語的な敬稱、「大黃」は藥材として一種の專門語、「大城」はお上の名附けた(五代後周の改稱)「大いなる城鎭」、いずれも古く文語から入った口語語彙と見なされる。『朴通事』の「大寧」もまた官定の都邑名である。[40]

一部の贛方言・湘方言では甲音が白話音、乙音が文語音である。これは本來甲音の優勢な地域に乙音が官話語形として採り入れられた結果であると解釋される。『湖南方言調查報告』で乙音のみ記錄された方言の中には、官話から入った乙音が本來の甲音に被さって、ついに甲音を消滅させた場合があるかも知れない。

七

「表一」中で唯一乙音押韻の例は、杜甫の夔州時代の作「夜歸」、題材も文體も異色の作品である（仇兆鰲『杜詩詳注』[41]卷之二十一、『全唐詩』卷二百二十二）[42]。

夜半歸來衝虎過　山黑家中已眠臥
傍見北斗向江低　仰看明星當空大
庭前把燭嗔（一作喚）兩炬　峽口驚猿聞一箇
白頭老罷舞復歌　杖藜不睡誰能那

傍線を附けた押韻字の『廣韻』所屬をみると、「過」「臥」は歌韻の合口に當たる戈韻の去聲過韻であるが、唐詩で歌・戈兩韻は同用されている。「箇」「那」は箇韻である。從って、この詩の韻字「大」が乙音として用いられているのは疑いない。覆宋本『杜工部草堂詩箋』[43]では「大」に「唐佐切」と乙音が注されている。『杜詩詳注』本も同じ。これはかつて「大」が普通甲音に讀まれたことの一證である。

陳貽焮『杜甫評傳』[44]（一一七八頁）はこの詩について、夔州城内の宴席から深夜瀼西の寓居に立戻った際の情景を詠んだものと説明し、「這詩寫得好。……此間眞有虎、夜經荒山、哪能不提心弔膽?·寫夜行感受逼眞、讀之不覺如身臨其境」云々と評釋を加えている。

かつて北京大學の費振剛教授は、「夜歸」は口語詩であると筆者に語られた。確かに「一箇」「誰能那」のような表現のほか、「衡虎過」「向江低」「當空大」の如き介詞構造の多用からも全體に口語的な味わいが感得される。詩體の面では律詩と似た點はあるけれども、平仄が極めて破調であり、また破調であってこそこの詩の内容にふさわしい。恐らく杜甫は意識して口語の發音で「大」を押韻させたもので、これは「夜歸」詩のもつ大膽な實驗性の一つの表われと見ることができよう。

最後に本題から外れるが第八句末尾の「那」について考えたい。鈴木虎雄氏は口語譯では「那」を「耐」と解して「こらえる」と譯し、一方讀下し文では「那《いか》にせむ」と「奈何」の意味に解している。後者は仇注によったもので通説といってよい。私はこれを助詞と解する餘地もあろうかと思う。『廣韻』及び『唐韻』は去聲箇韻「奴箇切」小韻の「那」に「語助」と注する。「語助」という用語は『廣韻』では「哉」「邪」「也」などへの釋義にも使われ、文末助詞を指している。實は『康熙字典』が既にこの解釋を採り、「那」字「『廣韻』奴箇切……語助也」の項に『後漢書』の一句と杜詩「杖藜不睡誰能那」とを用例に引く。『後漢書』は巻八三「逸民傳」韓康の條「公是韓伯休那?乃不二價乎」[45]（李賢注「那、語餘聲也、音乃賀反」）。こちらは『字彙』『正字通』以來の引例である。『漢語大詞典』[46]第十巻（五九七頁）は助詞「那」の疑問を表わす用例としてこの文を載せ、外に感嘆を表わす用例として『晉書』巻五三「愍懷太子傳」の「不孝那！天與汝酒飮、不肯飮、中有惡物邪?」[47]を載せるが、「夜歸」の句は擧げない[48]。

『後漢書』『晉書』の二例ともに文中の會話で、「まさかそんなことはありえない」という強い反撥の感情を「那」が擔っている。「杖藜不睡誰能那」の「那」をこれと同じ助詞と見るならば、句全體の意味は「（踊り歌いもせず）杖にすがったまま眠らず立ってるなんて誰にできるものかい」となる。深夜の狂態を怪しむ家人に向って叫んだことばであろう。城内から深更敢えて瀼西に戻ったのは、當夜の酒宴で何か心に傷つく所があった故かも知れない。杜甫の感情は昂ぶってそのまま寢に就くどころではなかったのであろう[49]。

このように「夜歸」詩の「那」を助詞と解するのは、本詩が大膽な口語詩であることとも合致して面白いのではあるが、助詞「那」の中古時代の用例として目下知られている右記二例と異なり、「夜歸」の一句は疑問詞を含む疑問文だという條件の相違になお若干の不安があると言うべきか。この詩句の「那」を「奈」と解する通説を積極的に否定するのは難しい。全句を通説で解釋すれば「杖の助けを藉りつつ（踊り歌って）眠らないのを誰がどうできるものか」となろうか。ただ通説による場合でも、「大」と同じく「奈」に泰韻・箇韻の二音（いずれも開口泥母）のあることが注意される。上古音での「奈」の部所屬は直接知りえないが、それがもし祭部であったとすれば、「奈」が箇韻に現れるのは「大」と同じ例外變化であり、恐らく當時の口語音であろう。疑問詞は通常つよく發音されるので、「大」と同様の變化が生じておかしくない。その意味でやはり「夜歸」詩の「那」は「大」と竝ぶ口語性の象徵と見ることができる。

注

（1）國立北京大學研究院文史部編竝びに印行、一九三五年。
（2）龍宇純『唐寫本全本刊謬補缺切韻校箋』（香港中文大學、一九六八年）所收摹寫本による。
（3）王力『漢語詩律學』（新知識出版社、北京、一九五七年）一三三頁以下「雖有平仄兩讀、而意義不變者」の項を參照。
（4）汲古書院、東京、一九九五年。
（5）新典社研究叢書七七、新典社、東京、一九九五年。
（6）汲古書院、東京、一九九七年。
（7）『河野六郎著作集』第二卷（平凡社、東京、一九七九年）所收。
（8）中央研究院歷史語言研究所集刊五九－一、一九八八年、二四九－三二四頁。
（9）汲古書院、東京、一九九三年。

(10) 創文社東洋學叢書、創文社、東京、一九八八年。
(11)『敦煌資料による中國語史の研究』「資料對音表」三二〇頁の泰韻「大」TD（「天地八陽神呪經」）欄に見える ta は、實は TD 六五行「多」に附けられた音である旨、高田時雄氏より教示された。高田氏の教示並びに資料惠與に感謝したい。
(12)『漢語史の諸問題』（京都大學人文科學研究所、一九八八年）七一－一二八頁。
(13) 東方學報京都六五、一九九三年、三八〇－三一三頁＋圖版。
(14)「彌勒禪門」の中でも「大圓鏡智」（一一九行・一四〇行・一四一行）、「大乘」（一二〇行）、「大□」（一二四行・一七三行）、「大慈悲」（一三三行）の「大」は甲音で寫されている。
(15) 高山本店、東京、一九七七年。
(16) 中華書局、北京、一九九一－一九九七年。これらと同一體裁で印行された『寒山拾得卷』（社會科學出版社、一九九三年）も併せて計三十一卷。
(17) 江蘇古籍出版社、南京、一九九〇年。
(18) 衆人出版社、臺灣、一九六九年。
(19) ローマ字綴りに聲調符號が伴なうのは漢語拼音方案による現代標準音の表記である。
(20) 中國社會科學院語言研究所詞典編輯室編、商務印書館、一九九六年。
(21) 商務印書館、長沙、一九四〇年。臺灣商務印書館再版、一九六二年。
(22) 清華學校研究院叢書第四種、清華學校研究院、一九二八年。
(23) 北京大學中國語言文學系語言學教研室編、文字改革出版社、北京、一九八九年。
(24) 國立中央研究院歷史語言研究所單刊甲種之四、一九三〇年。科學出版社再版、北京、一九五六年。
(25) 國立臺灣大學「文史哲學報」五、一九五三年、二四一－三三一頁。
(26)「破」は歌韻の合口に當たる戈韻の去聲字であるが開合對立のない脣音であるから歌韻去聲字と同等と見なされる。
(27) 北京大學中國語言文學系語言學教研室編、語文出版社、北京、一九九五年。
(28) 語文出版社、北京、一九九六年。
(29) 中央研究院歷史語言研究所專刊之六十六、中央研究院歷史語言研究所、一九七四年。

(30) 江蘇教育出版社、南京、一九九三年。
(31) 厦門大學出版社、厦門、一九九二年。
(32) 江蘇教育出版社、南京、一九九五年。
(33) 趙元任・丁聲樹・楊時逢・吳宗濟・董同龢著、國立中央研究院歷史語言研究所專刊、商務印書館、上海、一九四八年。
(34) 新世紀出版社、香港、一九八七年。
(35) 新世紀出版社、香港、一九八八年。
(36) 暨南大學出版社、廣州、一九九四年。
(37) 暨南大學出版社、廣州、一九九七年。
(38)『全唐詩』巻六百二十一。
(39)「中國語學研究 開篇 單刊」三、好文出版、東京、一九九〇年。この索引は戰後發見された、音注に聲點が附けられた原刊本を對象とする。『朴通事』は上のみ、中・下巻は發見されていない。通行の奎章閣本は「大寧」にも乙音を注する。
(40)「大寧」は遼・金の「大定」を元が改稱したもの、「大」を甲音に讀むのは「大定」以來の習慣であろう。
(41) 中華書局、北京、一九七九年出版の鉛印本による。同書一八四四頁。
(42) 鈴木虎雄譯『杜甫全詩集』(『續國譯漢文大成』誠進社、東京、一九七八年(復刻愛藏版)、第四册、四七四―四七五頁)に讀下し文と口語譯がある。鈴木虎雄・黑川洋一譯『杜詩』第七册(岩波文庫、一九六六年、二二七―二二八頁)にも同文が收められている。
(43) 古逸叢書之二十三所收宋廡沙本、巻三十五。
(44) 上海古籍出版社、一九八八年。
(45) 標點本『後漢書』(中華書局、北京、一九七三年再印)二七七一頁。韓康(字伯休)は山で藥草を採り長安の市に鬻ぐこと三十餘年、掛値をしなかった。あるとき、値を負けぬのに怒った小娘が、相手が當人とは知らず「韓伯休でもあるまいに、どうして負けないの」と詰ったのがこの臺詞。韓は自分がかくも有名になったのを厭い山中に隠れた。
(46) 漢語大詞典出版社、上海、一九九二年。
(47) 標點本『晉書』(中華書局、北京、一九七四年再版)一四六一頁。賈皇后が側近に命じて太子に傳えさせた言葉。皇帝の下賜と稱する酒を飲みほせと迫り、それに從わぬ太子を不孝者と責めたのである。太子が事件の顚末を妃に說明した書簡に見える。

(48) 文末助詞「那」については外に太田辰夫『中國語歷史文法』(江南書院、東京、一九五八年)三六五―三六六頁、太田辰夫『中國語史通考』(白帝社、東京、一九八八年)八八頁、曹廣順『近代漢語助詞』(語文出版社、北京、一九九五年)一六一―一六二頁、江藍生・曹廣順編著『唐五代語言詞典』(上海教育出版社、一九九七年)二五七―二五八頁、孫錫信『漢語歷史語法叢稿』(漢語大詞典出版社、上海、一九九七年)三六―四〇頁參照。

(49) 仇注は王嗣奭『杜臆』の評語「公深夜歸舍、必有不如意事、而又未易語人、所以杖藜不睡而舞復歌也」を引く。

「繆氏」の發音の史的變化と日本漢字音
――「入聲・去聲」の關係に卽して――

松浦友久

(一)

古くは春秋時代の秦の繆公、戰國時代の魯の繆公、趙の宦者繆賢、魏の詩人繆襲……、下っては清の書誌學者繆荃《せん》孫《そん》、繆曰《えつ》芑《き》、近代の古典學者繆鉞《えつ》、等々、「繆」を諡號または姓氏とする中國の人名は、今日に至るまで連綿と續いている。

ただし、これを「中國語（漢語）の中古音」および「日本の漢字音」としてどう讀むべきかという點については、現在までのところ、入聲系の「ぼく」と去聲系の「びゅう（びう）」に二分され、有力な辭典・譯注類においても統一されていない。

ここには、①漢字「入聲」音の時代的な變化の原則、②原則に加えられた修正の條件、③現代日本語における中國人の姓氏の讀みかた、等々の點で、興味ある問題が含まれている。本稿では、姓氏としての「繆」字の變遷をたどりつつ、これらの諸問題を系統的に考えてみたい*。

* 本稿での漢字・漢語の發音表記については、反切・直音のほかは、便宜上、日本漢字音表記のためのひらがな・カタカナ、

および、中國漢字音表記のための拼音字母、を用いている。

(二)

現行のわが國の關連文獻では、謚號・姓氏としての「繆」は、大きく「ぼく」「びゅう（びう）」の二系統に分かれている。

〔A〕「ぼく」（入聲系）に讀むもの

『大漢和辭典』（諸橋轍次、大修館書店、一九九四年修訂二版の三刷）——繆公・繆襲を始め、謚號・姓氏としてはすべて「ぼく」とする。（依據文獻=明、梅膺祚『字彙』入聲「屋」韻、莫卜切）。

『漢和大字典』（藤堂明保、學習研究社、一九七八年初版）——人名としては「繆《ぼく》公」を擧げ、入聲「屋」韻の現代音として「miào」を充てる。

『新字源』（小川・西田・赤塚、角川書店、一九七二年、四十九版）——人名として「繆《ぼく》公」を擧げ、入聲「屋」韻の現代音として「mù」を充てる。

『李太白詩集』(上)（久保天隨、續國譯漢文大成、國民文庫刊行會、一九二八年初版）——宋版『李太白文集』の覆刻者を「繆《ぼく》曰《えつ》芑《き》」と讀む。

『李白』（武部利男、世界古典文學全集、筑摩書房、一九七二年）——「繆《ぼく》曰芑」。

『李白詩選』（松浦友久、岩波文庫、一九九七年初版）——「繆《ぼく》曰芑」。等々。

〔B〕「びゅう」（去聲系）に讀むもの。

『中國學藝大事典』（近藤春雄、大修館書店、一九七八年初版）——魏の「繆襲《びゅうしゅう》」、清の「繆荃孫《びゅうせんそん》」（ただし、「また『ぼくせんそん』と讀んでいる」と附記する）。

『文選（詩篇）下』（内田泉之助、新釋漢文大系、明治書院、一九六四年初版）——「挽歌詩」の作者を「繆《びゅう》襲」とする。

『文選　四』（花房英樹、全釋漢文大系、一九七四年初版、集英社）——繆熙伯（襲）の「挽歌」（『文選』巻二十八）の「補説」に、『文心雕龍』（時序）を引いて「嵆・阮・應・繆《びう》」とする。

『文心雕龍』（興膳宏、一九六八年初版、世界古典文學全集、筑摩書房）——「繆《びゅう》（襲）」（第四十五章「時序」）。

『鍾嶸詩品』（高木正一、東海大學古典叢書、東海大學出版會、一九七八年）——「繆襲《びゅうしゅう》」（下品）。

『杜牧』（荒井健、中國詩文選、筑摩書房、一九七四年初版）——「繆鉞《びゅうえつ》氏」（「あとがき」）。等々。

ここで、謚號・姓氏としての「繆」字の音注の變遷を、歴史的に確認しておきたい。

まず、最も早くから多用されたもの、謚號としての「繆公」「繆侯」の音については、『經典釋文』中の十數例(1)は、いずれも「音穆（3等）」「音木（1等）」であり、「ぼく」の入聲で讀まれている。（唇音聲母における屋韻1・3等通用例）。また、『漢書』（巻四十五「息夫躬傳」）の「秦繆公」についても、顔師古は「繆、讀曰穆」と音注を記している。謚號としての「繆」は、「穆」に通じて、すべて入聲「ぼく」（『廣韻』莫六反）と讀まれていたことが確認されよう(2)。

これに對して、姓氏としての「繆」については、その音注に異同が見られる。『史記』（巻百二十一「儒林傳」）の「蘭陵繆生」に對して、盛唐初期の司馬貞(3)の「索隱」は、「繆、音亡救反。*……一音穆」と注記し、去聲（宥韻）の

「びゅう（びう）・みゅう（みう）」と、入聲の「ぼく」の兩音が行なわれていたことを示す。

＊　この反切下字に「幼」（幼韻）ではなく「救」（宥韻）が使われているという事實は、少なくとも司馬貞自身の發音においては「幼韻」と「宥韻」の區別が無くなっていたことを示唆していよう。

ここで注目されるのは、現行の『廣韻』に見られる「繆」への注解である。『廣韻』（澤存堂本・古逸叢書本等）の「去聲、五十一幼韻」には、「謬」（靡幼切）の同音字として、次のように記す。

紕繆。又姓。『漢書』儒林傳、有申公弟子繆生。

これは、「繆」の用法として、「紕繆《ひびゅう》」（錯誤・乖錯）のほかに、「姓」としての用法を記すものであり、『漢書』（巻八十八「儒林傳」）の「繆生」を例として引いている。この「繆生」は、上述の『史記』（巻百二十一「儒林傳」）の「蘭陵繆生」と同一人物であり、從ってこの注解は、司馬貞『史記索隱』の「繆、音亡救反」と同じ人物を同じく去聲「びゅう」と讀ませていることになる。

しかしまた、同じ『廣韻』の「入聲『屋』韻」の「目」（莫六切）の小韻中には、「穆」のほかに「繆《ぼく》」を収め、

『禮記』有繆公。又姓也。又靡幼切。

と記している。とすれば、『廣韻』は、司馬貞の『史記索隱』よりさらに積極的に、姓氏「繆」について、「ぼく・びゅう」の兩音を認める立場をとっていることになるわけである。

では、『廣韻』の藍本たる隋の『切韻』では、この點はどういう狀態にあったのだろうか。劉復ほか『十韻彙編』（臺灣、學生書局影印本、一九七三年）に収める唐鈔本の殘巻によれば、初期の『切韻』は必ず

しも現行の『廣韻』と一致していなかったことが知られる。まず、現存『切韻』のより早い史料として、王仁昫『刊謬補缺切韻』（パリ國立圖書館藏敦煌唐寫本＝王一）の去聲「幼」韻の當該箇處の注解は、

　繆、紕繆、亂。又、武彪・武陸二反。

となっており、「繆生」を例とする姓氏としての用法は、全く見られない。特に、「武彪＝びゅう《〔びょう〕》（びう）」「武陸＝ぼく」（「陸」は呉音「ろく」）という「又音」が併記されている點は注目される。また、同『刊謬補缺切韻』（北京故宮博物院藏唐寫本＝裴務齊正字本＝王二）は、「謬、靡幼反。狂者妄言。一曰誤也、一」と記して「謬」一字のみを「小韻」中に收め、「繆」については文字自體を收めない。

　さらに、周祖謨『唐五代韻書集存』（臺灣學生書局、一九九四年）に收める『王仁昫刊謬補缺切韻』（故宮博物院藏、宋濂跋本＝いわゆる王三（完本王韻）*）では、去聲（幼韻）の「繆《びゅう》」に訓注として「亂」とのみ記し、姓氏の注は加えていない。こうした王仁昫系切韻諸本**に對して、現行の『廣韻』と同じ注解を記すのは、天寶十載（七五一年）の「序」をもつ孫愐の『唐韻』になってからである。

＊ 王仁昫の『刊謬補缺切韻』は、現在、廣義には三種あるが、劉復ほか『十韻彙編』では、敦煌本（パリ國立圖書館藏、ペリオ二〇一一）を「王一」とし、裴務齊正字本（北京故宮博物院所藏）を「王二」とする。

一方、周祖謨『唐五代韻書集存』では、「パリ圖書館本」を「切韻一」とし、「宋濂跋語本」（故宮博物院藏）を「切韻二」（いわゆる王三）とする。そして、『十韻彙編』が「王二」とする「裴務齊正字本」は、中宗以後の時點で「長孫訥言箋注本」と「王仁昫刊謬補缺切韻」その他のテキストを匯合したもの、として、「王仁昫刊謬補缺切韻一・二」とは、別箇の扱いにしている。

　兩者の關係を明示すれば、左のようになる。

《唐五代韻書集存》

《十韻彙編》

「王一＝ペリオ本」＝「切韻一＝ペリオ本」

「王二＝裴務齊正字本」＝「裴務齊正字本」

未收錄（いわゆる王三）＝「切韻二＝宋濂跋語本」

＊＊ 王仁昫『刊謬補缺切韻』の成書は、その序に記す「大唐龍興」の語句から見て、中宗の神龍二年（七〇六）と確定されている。この點については、唐蘭「故宮印王仁昫〝刊謬補缺切韻〟跋」を踏まえた周祖謨論文「王仁昫切韻著作年代釋疑」（『問學集』上、中華書局、一九六六年）に、詳細な考證がある。

こうした一連の事實から考えてみると、六朝期から盛唐期までは、姓氏としての「繆」の發音は、新興的・口語的な「びゅう」と傳統的な「ぼく」が竝存する不安定な狀態にあり、『切韻』の原本には、むしろ、姓氏としての「びゅう」は採錄されていなかった可能性が大きい、と推測される＊。

＊ 陸法言『切韻』から長孫訥言『切韻』―王仁昫『刊謬補缺切韻』―孫愐『唐韻』―李舟『切韻』―陳彭年『廣韻』までの間に、繼續的に文字や注解の增加が行なわれたことは、今日の通說である。

この場合、八世紀中葉の『唐韻』に姓氏としての「びゅう」が注記されたのは、八世紀前半、開元初期の司馬貞『史記索隱』が、漢の「繆生」の發音を――「謬《びゅう》」（靡幼反）と同音だとする認識から――「亡救反」として注記した情況と、恐らくは呼應しているであろう。それはつまり、八世紀前半から中葉にかけての新しい標準音において、入聲「繆《ぼく》」が去聲「繆《びゅう》」に移行する（後述）趨勢が生まれていたことを示すものと考えられる。

しかしこのことは、盛唐期の[5]孫愐『唐韻』や北宋期の『廣韻』が、「繆《ぼく》氏」よりも「繆《びゅう》氏」を優先させていたということを、決して意味していない。現存の王仁昫『切韻』三種（上記）には入聲「繆《ぼく》」字を收めていないが、『唐韻』

（清末の蔣斧舊藏本。周祖謨『唐五代韻書集存』下、所收）では、去聲「幼韻」に姓としての「謬《びゅう》」を収めつつも、入聲「屋韻」の「繆《ぼく》」字においては、「禮有繆公。又姓。加」と注解して、謚號・姓氏としての「繆《ぼく》」を特に追加したことを記している。また、『廣韻』の入聲「繆《ぼく》」字では『唐韻』を承けて「繆公。又姓也」と記すだけでなく、「又靡幼切」と記して、去聲「繆《びゅう》」を「又音」扱いにしている。これらの點から言えば、『唐韻』も『廣韻』も謚號・姓氏としては、むしろ入聲「繆《ぼく》」を優先していた可能性のほうが大きい。この推測はまた、次に引く『集韻』の構成や注解によって、さらに明確化するであろう。

『廣韻』（一〇〇八年）に約三十年後れて編まれた『集韻』（北宋の丁度ほか。一〇三九年）は、『廣韻』への增補改訂が加えられている點で、當時の二大韻書における規範意識の異同を明確化する結果にもなっているが、姓氏「繆」に關しては、『廣韻』以上に入聲「繆《ぼく》」を重視する立場をとっている。

すなわち、謚號・姓氏の「繆」は、入聲「屋」韻だけに「繆《ぼく》」（莫六切）として収められ*、去聲「宥」韻の「繆《びゅう》」（眉救切）についてはたんに「戾也」という注解しか記していない。

＊「繆、謚也。古有魯繆公、秦繆公。亦姓」（『集韻』入聲「屋」。「目」の小韻二十一字の一つとして、「穆」とともに収める）。

これは要するに、「又音」としてさえも「繆《びゅう》氏」を認めないという點で、『史記索隱』以來の「繆《びゅう》氏」の音に對する批判であり、かつその批判の意圖を徹底させたものと言えよう。

しかし、言うまでもなく、こうした「中古的古典學」的な規範意識だけでは、現實の社會における發音變化の流れを規制することはできない。さらに下った南宋初期の鄭樵『通志』（巻二十八、氏族四「以謚爲氏」）には、去聲「びゅう」を優先させて、次のように記している。

　繆氏、音謬。亦作繆、亦作穆。嬴姓、秦繆公之後、亦作穆。

「繆氏、音謬」という記述自體は、『唐韻』『廣韻』の去聲「繆」と同じ立場である。しかし、「秦繆公之後、亦作穆」という記述によれば——一般に「繆公（穆公）」を去聲「びゅうこう」と讀む先例はないから——その音と義を繼承して入聲「ぼく」をも許容している、つまり、兩立竝存で、かつ「びゅう」を優先、ということになるわけである。

　このように、晩くとも南宋期には主流となっていた「繆《びゅう》氏」の音は、恐らく明代になって、さらに變化する。明末・清初の張自烈『正字通』（初稿は明末崇貞年間、刊行は清初康熙十年（一六七一））には、「今姓繆、讀若妙。卽靡幼之變音、非本音也」と記し、當時すでに、一般には「妙 miào」（びょう（べう）・みょう（めう））と讀まれていたことを指摘する。[6]

　これはつまり、本來は『唐韻』『廣韻』（靡幼切）・『史記索隱』（亡救反）のように「繆《びゅう》」の音として去聲化・定着すべき「繆氏」の音が、當時實際には、去聲「笑」韻の「妙《みょう・びょう》」（『廣韻』彌笑切（明母））と同じ音に變っている、という事實を指摘するものであり、それゆえに「靡幼」からの「變音」であって「本音」ではない、と記したものであろう。

　そしてこの音は、今日の中國社會における「繆《みょう・びょう》 miào 氏」の音と完全に一致している。

（三）

　ここで、上古以來の謚號・姓氏「繆」の發音の變化を音韻的に確認し、その變化の原因について考えてみることが必要であろう。

上古の謚號における「穆」と「繆」の頻繁な通用は、『經典釋文』の音注にも保證されるごとく、「繆」が入聲「屋」韻で讀まれていたことを確認させる。

次いで、盛唐初期の司馬貞『史記索隱』に見える「亡救反」や、『唐韻』の「靡幼反」、『廣韻』の「靡幼切」、また、南宋初期の鄭樵『通志』に見られる「音謬」等々の一連の記述は、入聲「繆《ぼく》氏」が、次第に去聲「繆《びゅう》氏」に變化していく趨勢を反映しているであろう。しかしまた、それらの文獻は、——『集韻』のように「繆《ぼく》氏」しか認めないケースをも含みつつ——基本的にはすべて入聲「繆《ぼく》氏」の音をも竝存させている。この事實は、中古～近世初期における「繆氏」の發音が、傳統的な入聲「繆《ぼく》」音と、より新出の去聲「繆《びゅう》」音の二系列に分化していたことを、さらに明確に示しているであろう。

では、こうした「繆氏」における「入聲・去聲」二分化の現象は、なぜ生まれたのだろうか。
一般に、上古～中古の漢語史・漢字史における「入聲」と「去聲」の關係の深さは、Ⓐ諧聲（形聲）文字のなかに「發潑↔廢癈」「察↔祭際蔡」「折哲浙↔逝」「各客洛↔路」など、「入↔去」相通の例が多いこと（段玉裁『六書音均表』巻二「古十七部諧聲表」等）や、Ⓑ中古系韻書に「食・惡・識・易・植」など「入去兩讀」の文字が多いこと等によって、客觀的に確認される。

そしてこの場合、大勢としては、「入聲」がより基本的・傳統的な音と義を擔當し、去聲はより後出的・派生的な音と義を分擔する、という傾向、ないし原則が認められる。つまり、同一の文字を、音を含めて讀み分ける必要が生まれた場合、新たに關連の去聲が派生してその派生義を擔當し、「入去兩讀」の現象が生まれたと考えられるわけである。この意味において、上古~中古音の去聲は、入聲に比べて相對的に新しい聲調である、という大勢は動かしがたい。段玉裁がいわゆる「古無去聲——上古音には去聲がなかった」という説を立てたのも(7)、いわれのないことではない。

入聲「繆《ぼく》」と去聲「繆《びゅう》」の關係も、恐らくはこの現象と無關係ではなかったと考えてよいであろう。*

* ちなみに、姓氏「繆」字の「入 mù↔去 miù」二分化は、近世の北方漢語における「六《りく・ろく》」の字の「入 lù↔去 liù」の二分化と、結果的には形式を全く同じくしている。そしてその「六」は、『廣韻』(入聲)において、他ならぬ「繆《ぼく》」字の反切下字(莫六切)として用いられているのである。むろん、中古漢語における「入↔去」兩收の「繆」字と、近世漢語における「文↔白」二分化の「六」とを同一次元で論ずることは、音聲變化の時代性や多元性という點で困難であろう。が、①兩者ともに、文言的・古典的な入聲音から白語的・口語的な去聲音が派生していること、②兩者ともに、入聲としては「屋」韻に屬し(『唐韻』『廣韻』)、去聲としては「尤侯」韻の「去聲」(8)に屬している(『中原音韻』)、換言すれば、入聲としても去聲としても、相互に緊密な「疊韻」の關係にある、という事實がある。この點を考慮に入れるとすれば——中古漢語と近世北方漢語の間には數百年の隔りは有るものの、「六」の白話的去聲化も、底流としては、「繆」の口語的去聲化に準じた比較的早い時點で發生していた、という可能性も考えられよう。その場合、「六」は最も使用頻度の高い基本語彙に屬する「數詞」であるゆえに、語感的・理念的な保守性がより強く、古典詩の發音の規範たる「韻書」に口語的な去聲音を記錄することに心理的抵抗が大きかったのかもしれない(9)。

さらにまた、「較《かく》 jué(「覺」韻)↔較《こう》 jiào(「效」韻)」「覺《かく》 jué(「覺」韻)↔覺《こう》 jiào(「效」韻)」のような、一見、近世漢語における「文↔白」二分化を思わせる「入↔去」兩收の例字が、『廣韻』中に存在する。それだけでなく、「宿《しゅく》 sù(「屋」韻)↔宿《しゅう》 xiù(「宥」韻)」のような、より早い段階での「入↔去」兩收の例字が、『經典釋文』中に存在する。こうした點も含めて考えれば、入聲の「口語的去聲化」（より廣くは「口語的非入聲化」）の現象は、中古的韻書への採録の有無とは別個の次元で、より早くから發生していた可能性も考えられよう。

(四)

ここで、『正字通』にも指摘されるごとく、なぜ、近世以後、「變音」たる「繆《びょう・みょう》 miào」（去聲「笑」韻）が――「正音」たる「繆《びゅう》 miù」（『広韻』去聲「幼」韻）に代わって――姓氏「繆」の發音として定着したのか、という點について考えておきたい。

中國語（漢語）の史的音韻變化に見られる一現象、すなわち、原則的な「正音」となるべきものが非原則的な「變音」に轉化しているという現象に關しては、性的なもの、聖的なもの、死に關わるものなど、何らかの禁忌《タブー》を避けるという原因が作用していることが多い[10]。また、中國語に限らず、何らかの禁忌性を連想させる單語が他の單語によって代替されているということは、言語心理的に見ても理解しやすい。

この點から、「繆《びゅう》 miù」が「繆《びょう》 miào」に轉化した原因を考えた場合、――『通志』にも「繆、音謬」と記されるごとく――「繆」の字には、同聲母・同韻母・同聲調の「同音字」が「誤謬」の「謬」以外にほとんど無い*、という點が指摘できよう。

* 例えば、『廣韻』（去聲五十一「幼」韻）で、「繆《びゅう》」と同音のいわゆる「小韻」グループには、「謬」と「繆」しか存在しない。

このため、①「繆《びゅう》」という發音は、必然的に、「誤謬」を連想させることになる。②しかもそれは、字形としても「糸ヘン」と「言ベン」の差しかないために紛れやすく、現に「謬」の音通字としても使われている。③さらにそれが、個人や一族を象徴する「姓氏」の文字であるため、みずから「繆《びゅう》（謬）氏」と名乗り、或いは相手を「繆《びゅう》（謬）氏」と呼ぶことには、語義・語感として大きな違和感が生まれざるをえない。とすれば、同じ去聲の近似音で、語義的にもプラスのイメージをもつ「妙 miào」に讀み變えることは、有效かつ具體的な解決策だったと言うべきであろう。*

＊ 近似音「繆 miào」への讀み變えに當たっては、①同じく稀少な姓氏であり、②かつ、同一の聲符「翏」をもつ「廖《りゅう》氏」が、去聲の「廖《りょう》 liào 氏」（『正字通』「广」部「嘯韻。音料、姓也」）と讀み變えられていたことも[11]、連想上の一要因となっていた可能性があろう。

(五)

以上のように見てくると、姓氏「繆」を現代の日本漢字音としてどう讀むのが相應しいかという問題も、或る程度、筋道が整理されることになる。

まず、謚號としての「繆公」については、『經典釋文』から顏師古の『漢書』音注まですべて入聲「ぼく」であるから、「びゅう」と讀むべき餘地はない。

次に、謚號に基づくものとして生まれた姓氏としての「繆」については、八世紀、盛唐初期以後の段階で、去聲の「繆《びゅう》氏」（『史記索隱』亡救反、『唐韻』靡幼反）が記錄され、同時に入聲「繆《ぼく》氏」の音も併存される、というのが原則となる。しかし、社會一般の口頭語において入聲「繆《ぼく》氏」が消滅してゆくに従い、通行音としての去聲「繆《びゅう》氏」がいっそう「誤謬《びゅう》」の「謬《びゅう》氏」を連想させるようになる。そしてついに、明・清以後の段階では、近接音の「繆《びょう(みょう)》氏」（去聲）への讀み變えが一般化して今日に至っているのである。

従って、「繆氏」への日本漢字音としては、現行の「ぼく」も「びゅう」も、共にそれぞれの依據史料を有していることになり、どちらかが完全な誤りというわけではない。しかし、讀書や教學における疑問や混亂を避けるために優先順位をつけるとすれば、以下の理由から、日本漢字音としては入聲「ぼく」がより相應しい、と言うべきであろう。

第一は、「切韻系韻書」における優先性・規範性である。周知のごとく日本漢字音は、いわゆる呉音・漢音・唐音など多くの系統的な差異をもつが、その基本をなすものは、言うまでもなく漢語史における「中古音」である。「平・上・去・入」の四聲體系を枠組とする中古音は、具體的には、『切韻』以下『廣韻』『集韻』に至る「切韻系韻書」によって規定されている。その、いわば「中古的（隋唐的）古典學[12]」を支える諸韻書において、姓氏としての去聲「繆《びゅう》氏」は、上記のごとく（第㈡章參照）、王仁昫『刊謬補缺切韻』には見られず、かつ、原本『切韻』にも採錄されていなかった可能性が大きい。また、宋初の『廣韻』においては、入聲「繆《ぼく》氏」と去聲「繆《びゅう》氏」が「兩收」のケースとして竝錄されているが、去聲は入聲の「又音」として扱われ、入聲「繆《ぼく》氏」が優先されている。さらに『集韻』に至っては、そもそも去聲の「繆《びゅう》氏」を認めていない。

こうした一連の事象を要約してみれば、唐〜五代〜北宋期に、去聲「繆《びゅう》氏」の音が新興の口語音として一般化しつつあったことは疑いないが、日本漢字音が準據した中古的讀書音の體系において入聲「繆《ぼく》氏」が規範であり續けた、という事實自體は動かないわけである。

第二は、當の去聲「繆氏《びゅう》」自體の不安定さである。恐らくは「誤謬＝誤繆(13)」への連想から、去聲「繆氏《びゅう》」はすでに明清期において、近世音「繆氏《びょう》」に變わってしまっている（第四章參照）。當事者としての中國人たちが經驗的に避けてきたその音を、あえて墨守するということは、――『廣韻』や『集韻』の段階ですでに入聲「繆《ぼく》」が完全に消えている、といった情況でもない限り――語感として適切さを缺くであろう。

或いはまた、萬一、現代語音「miào」氏への連想から去聲「繆氏《びゅう》」の音が用いられているとすれば、それは當然、「繆氏《（みょう）びょう》」と改讀されるべきであろう。しかしその場合も、例えば現代語音としての「郝 hǎo 氏」や「白 bái 氏」が、日本語音としてはやはり「郝氏《かく》」「白氏《はく》」であって「郝氏《こう》」や「白氏《はい》」ではない、という原則から見れば、現代音を生かした改讀音「繆氏《びょう》」「繆氏《みょう》」の讀みもまた、中古的讀書音「繆氏《ぼく》」に比べて優先順位は下がる、と言うべきであろう。――むろん、もし將來の日本語において、「中國人の姓名は古典から現代まですべて現代普通話《プートンホア》の發音で讀む」という習慣が定着したような場合(14)には、「繆氏《ミアオ》・繆先生《ミアオ》」が最優先されることになるわけであるが。

註

（1）潘重規『經典釋文韻編』（國字整理小組、一九七三年景印三版、臺北）による。

（2）ただし、ともに諡號として通用されながら、『逸周書彙校集注本』（上海古籍出版社、一九九五年）の「諡法解、第五十四」では、「穆」については「布德執義、曰穆」「中情見貌、曰穆」と褒義であるのに、「繆」については「名與實爽、曰謬(繆)」と貶義を記す。この點につき、同書「集注」では清の陳逢衡『逸周書補注』を引いて、――「繆、誤也。……『風俗通、皇覇篇』〝繆公殺百里奚、以子車氏爲殉〟。故謬爲繆。據此則繆當讀如謬。然、繆・穆實通用」と記している。

（3）參照：『司馬貞史記索隱、三十卷。開元、潤州別駕』（『新唐書』卷五十八「藝文志、二」）。また『新唐書』（卷百三十二「劉知幾傳」）に、司馬貞が宰相宋璟に阿ねって劉知幾に反對した旨が記されている。『史記索隱』は、開元九年（七二一）に劉知幾が沒するまでの約八年間の作と推測するのが穩當であろう。

（4）この點は、周祖謨『唐五代韻書集存』上・下（學生書局、一九九四年、臺北）所收の各關係書について、周祖謨教授の詳細な解説がある。また『中國語學新辭典』（中國語學研究會、光生館、一九六九年）の「切韻」（森川久次郎執筆）の項も參照。

（5）孫愐「唐韻序」には、開元二十年（七三二）の記述をもつもの（「唐序甲」）と天寶十載（七五一）の記述をもつもの（「唐序乙」）とが有るが、兩者の關係については論が定まっていない。

（6）『正字通』の母胎をなすものとされる明、梅膺祚『字彙』（未集）では、去聲「繆《びゅう》」（靡幼切）と、入聲「繆《ぼく》」（莫卜切）の兩收となっているが、「謚號、姓氏」の用法は入聲（「屋」韻）についてのみ認めている。なお、『字彙』『字彙辨』『正字通』の相互關係に關する諸問題については、『正字通』（東豐書店影印刊行、一九九六年、東京）卷頭の古屋昭弘「正字通解説」、および、そこに附記された古屋諸論文に、詳しい論述・考證がある。

（7）この點については、小稿「聲調の史的變化に關する二、三の問題（上）」（『中國文學研究』早稲田大學中國文學會、第一期、一九七五年十二月）の第三・六章を參照されたい。

（8）ただし、「謬・繆」は、本來の「去聲」の項に屬し、「六」は「入聲作去聲」の項に屬している。（服部四郎・藤堂明保『中原音韻の研究　校本編』（江南書院、一九五八年）。

（9）發音變化が抑制されやすい語群として、日常基本語彙、特に「數詞」が指摘できることについては、日本語音を中心に言及したことがある。參照：「ふみは『文集《ぶんしふ》』『文選《もんぜん》』――「吳音」「漢音」の意味するもの」（『萬葉集』という名の雙關語《かけことば》』所收（大修館書店、一九九五年）。

（10）この問題については、平山久雄「中國語における避諱改詞と避諱改音」（『未名』中文研究會、第十號、一九九二年三月）、同「中國語における音韻變化規則の例外――それを生み出す諸原因について」（『東方學』東方學會、第八十五輯、一九九三年一月）に、原理的な次元を踏まえた詳しい論證・解説がある。

（11）ただし、「廖《りゅう》」自體も、『廣韻』では去聲「宥《ゆう》」にのみ單收され、『集韻』では去聲「嘯《しょう》」「宥《ゆう》」韻に、ともに「姓氏」として兩收されている。

（12）參照：松浦友久「認識の枠組としての「平上去入」體系――〝中古的古典學〟の形成と繼承」（『中國文學研究』早大中文學會、第二十二期、一九九六年十二月）。

（13）この場合、中古以來、去聲「繆《びゅう》」自體が「誤謬」の「謬《びゅう》」の音通として社會的に常用されているという事實は、姓氏「繆《びゅう》」を避ける心理的原因として特に重要であろう。「音」「義」ともに「繆《びゅう》=謬《びゅう》」に他ならないという一般的な情況下では、「別義」としての姓氏「繆」を明確に表わすためには、明確な「別音」がどうしても必要になるからである。

（14）一般に相互交流の歴史が久しい外國語間では、姓名、――より廣くは固有名詞――の原字が自國語化されて發音されることは、心理的にも社會的にも、むしろ自然な現象と言えよう。この意味で、漢字表記の姓名や地名については相互に自國語音で讀む、という日・中兩國語間の現狀は、とりたてて改訂を必要とするという情況ではない。（ただし、日・韓兩國語の場合のように、相互の現地音讀みが政治的・社會的に要請されている場合は、「かな」や「ハングル」のルビつきで相互に現地音を優先する、というのが實情に卽していよう。）

〔附記〕本稿の關連資料については、古屋昭弘氏から多くの指教を得た。特に記して謝意を表したい。

三浦梅園の歴史意識

名倉正博

はじめに

三浦梅園（一七二三〜八九）は、その歴史認識の理論において、一方では王道論に立脚し、人智を以て天意を推し量ることの愚を戒めている。また、他方では歴史認識において「勢」という概念を提起し、「勢」の乗ずるところでは理の當然なるものも壓せられることを述べ、人は「勢」の走るところを良く認識して事を處理すべきであると説いた。つまり、歴史の新たな事態や局面の出現について、その根據を傳統的な「天」「天道」に求めつつも、その實質的な決定要因は人間自身の行動の内において認め、行動の累積としての「勢」がひとたび歴史の流れの中に形成されると、諸個人の意志や願望を超えた動かし難い重壓となって、個人や國家の運命をも決定して行くと説いたのである。このようにして「天道」と「勢」とは、歴史が展開して行くための決定要因であると同時に、梅園の歴史認識の核をなす概念でもあった。

小論においては、梅園の學問における「天道」及び「勢」という相反する概念の考察を通じて、梅園の歴史意識の一端に觸れたい。

一、「天」「天道」

梅園において世界とは、天（一）と神（一）という對偶語によって捉えられ、兩者が無意にして「一即一一」「一一即一」の條理關係で混成し、萬物を生化・增殖する空間として考えられた。

天則自然也、不拚也、成也、常也、神則使然也、不測也、爲也、變也、（玄語、小冊人部）

のように、天は自ずから然る所の「自然」であり、萬物は覆い隱すことのない自然の誠において成り行くものである。しかし、天の「氣」には、例えば水差しの中の氣のように場所を占める「粗なる氣」と、場所を占めない「精なる氣」の別がある。萬物に活力を與え機能させる神は後者であって、それは然ら使むる所の「使然」として、萬物を生かしめる主體とされたのである。つまり、物の機能は「立」であるが、神の機能はそれを「活」する點にあるとされ、それぞれ「一一即一」の關係において相食み混成して、萬物を生成せしめるものとされたのである。そのような天地の「混成」という觀點からすれば、一と一一（二）の相互浸透性を認めない「混沌」説は、當然批判の對象となった。

其混混沌沌。疇視傳之既置混沌於天地之先。天地之後。蓋棄混沌。天地之後。不廢混沌。混沌之時。何可廢天地。無稽莫甚焉。（贅語、天地帙、始終）

つまり、混沌の時に天地の存在を認めず、それを天地未分の先に立て、天地滅亡の後にも設定していることは、論理的に不整合であるというのである。更に、萬物が增殖する天地を前提とすれば、人間の歴史は「華夷」観に象徴されるような文化的な質の問題よりも、生化する萬物がその生を全うし增殖して行く量の方に、比重が置かれねばならない。

身之於衣。口之於食。父子之於親。男女之於感。疾病之於醫藥。信疑之於卜筮苟有其物。則不能無其事。勢與民偕生。奚竢有巣初巣。竢燧人始炊。(同前)

夫風化之開不開者。人以敦樸而居。與以聰慧而居之閒。而彼一時。此一時者。何天地之開闔。(同前)

に見るように、本來人の營みは有巣・燧人のような特定の聖人に教えられて在るのではなく、人類の誕生以來衣食住や人閒關係の本質は不變のものとして存在するものだと、中國における「開物成務」論への批判が加えられた。人閒の基本的な營みが不變のものであれば、未開と開化とは素朴さと賢さの差に過ぎないことになり、天地の開闔などという大袈裟なものではあり得ない。梅園のこのような主張が、華夷内外の辨を念頭に置いたものであったことは、球形の地球における日本の緯度を示した後に「天地豈有定中外哉」といい、「中外之稱者。自我所居而立。華夷之辨者。自文樸而分」(贅語、天地帙、皇和)と述べていることにも明らかである。[1]

このようにして天地に始終はないものとされ、あらゆる民族の文化の獨自性が認められ、そこに無窮・無限の時閒・空閒における萬物の生化と人閒の歷史が考えられたのである。「神活爲成、物立氣物、爲成則天神、氣物則天地」(玄語、本宗)には、萬物が氣・物によって立つことをいい、その成・爲は天・神によるものとされている。つまり、「神機活于來、天跡成于往」(玄語、地册沒部)であり、神の「爲」によって「活」せられて「來」たる時と、天の「成」によって「往」く時と、時閒は二側面において捉えられたのである。そしてそのような無窮に天・神の往來する時閒としての歷史を、人閒が如何に認識するかという點については、次のように言及する。

人以始終新舊之質、追駸駸者、於是將迎之閒、智有所畫、以爲疑於天地以今觀古、則鴻濛焉、既往將來、除典籍之所傳、事跡之所推、而智之所不至也、(玄語、地册沒部)

つまり、この無窮の時閒の流れの中で、人はその一生においても考え方においても、極めて限定を受けた存在である。

そこで既往としての過去は典籍の傳える所により認識し、將來する所の豫測は現在までの事跡に賴って知るのであるが、そこには誤りも多い。その妥當性は拘りのない目でこの天地を疑い、天地の在り方にならおうと言う姿勢を通じて、初めて知られる、という。このような人智の有限性について梅園は、先の天・神という對偶とは別に本・神という二氣の對偶關係を説いて、「動植分神本」「天者成物跡事、神者、往而感來應、人執有意、窺窬天神」（玄語、小册人部）ともいう。つまり、動物は「活」する神氣に勝り、植物は「立」する本氣に勝るものである。動物の使然としての神は、時開的に遭遇するものに感じ、來るべきものに應ずるのであるが、有意の存在である人閒は本來無意である天・神のはたらきをも、意志あるもののように推し測ろうとする。つまり、意志をもった天帝の存在を考え、その賞罰應報として歴史を「窺窬」するという過ちを犯すものであるというのである。

　このように天地の在り方が梅園の歴史認識の視座に据えられたのであるが、それを考える上で延享三年二十四歳の折に、『史記』と併せて『左傳』を讀んでいたことは、注目すべき事實である。また、二十七歳で『朝鮮信使聘書』を讀み、天皇と將軍を巡る「日本國王」の稱號の問題を考えているが、それは『左傳』の王道論に誘發されての問題であったであろうし、その成果はやがて後に述べる『贅語』天地帙中の「皇和」に見る天皇制論として、結實を見せている。日本の神代史を考えるにあたっては、『古事記』よりむしろ『日本書紀』に親しみ、『日本書紀纂疏』『神皇正統記』を併せ讀んでいたことも知られている。[2] 更に、梅園が『左傳』桓公二年の條の「下無覬覦」という語句を、晉の杜預の註までも含めて書き拔いているという事實、また「覬覦」の語が『玄語』や『贅語』の稿本に用いられ、やがて「窺窬」の語に置き換えられて行く過程について、明らかにされた研究成果もある。[3] 確かに『玄語』の第九次草稿である『垂綸子九戌』には、「覬覦」の語が下位の者が上位を窺うという本來の意味から離れて、天を人閒の小智で窺おうとする愚かしさの意で用いられ、「天者人也。人者非天。以人爲天者覬覦之道也」とある。それが最終的な安永本及び浄書本の『玄語』小册人部では「窺窬」の語に換えられ、「惟以有意観無意者、以人窺天也、謂之窺窬」となっている。感情や意志を持たない自然の生成にあっては、物質や運動が先で法則や原理は後（氣先理後）であるが、感情や意志を有する人間の生活にあっては、法則や原理が先で物質や運動は後（理先氣後）である。従って氣の條理という意味での「氣中之理」はあっても「理中之氣」は存在し得ないし、「天中之道」は存在しても「道中之天」は無いことになる。これが天は人であり、人は天ではないと述べられる所以であった。

『左傳』の成立については前漢の僞造であるという先學の指摘もあるが[4]、

意左氏傳其所聞。以竢識者之斷。然則今之以此貴左氏者。其得無或過于刻哉。故今之讀春秋者。取捨斯簡牘以讀經。左氏何負仲尼。故左氏之所傳。古者簡牘之體。策書無簡牘。則不可之考。（贅語、死生帙、五長）

と、梅園は『左傳』がもともと『春秋』の經文の注釋書ではなく、史官の左氏が政治外交上の重要事項を記録し續けた竹簡・木牘を集成したものであると考えた。注釋書でないとすれば、經と傳との間に齟齬が生じるのは當然であって、その點において左氏を責めるのは刻に過ぎる態度であり、左氏の傳えた簡牘を取捨し參考することによって、經文を理解すればいいともいう。「左氏直所傳。宜信。宜不信」（贅語、死生帙、鬼怪）というのが、『左傳』に對する梅園の評價であったが、そこから批判的に學び取った歴史についての認識方法もまた大きい。特に「窺窬」の語は『禮記』中庸篇の「誠者天之道也。誠之者人之道也」や「誠者自成也」と結びつけて理解され、天道の公・誠に沿った人間の歩みを庶幾するという態度を培っていった。

天德無意。人德有意。天道成焉。人道作焉。故天則公而誠焉。人則私而僞焉。人懷其私。故公之法天。（贅語、天人帙、天人訓）

私・僞である人の公・誠であることが、天地の化育を贊け天地の在り方に沿うことになると、説いたのである。このような天と人の關係を前提とすれば、確かに「死生通塞」は人間の意志ではどうすることも出來ぬ「天の事」であり、「殺活與奪」は人間の意志によって招來される「人の事」である。しかし、そこには一つ例外的な關係が存在した。『玄語』小冊人部には、君臣關係において權力者の意志によって成される「殺活與奪」は「非我不可如之何者焉」であり、「自彼至、則我之天也」というように、有意の人においても權力者の意志だけは「天」と見なされたのである。そこに「天の德」たる公・誠を體して、天の生成化育に贊する爲政者の出現が期待されるのであり、爲政者は當然君子たらねばならないということにもなる。

蓋、君子之於命、俟而不謀、正而當之、小人之於命、謀而不俟、詭而過之、故惟君子而可以曰天曰命、小人、而未可以曰天曰命、正非之分也、

に見えるように、爲政者たる「君子」とは天命を奉ずる者であり、私利私欲による策謀を自ら戒め、至公・至誠に則る者とせられたのである。爲政者が誠を盡くした結果、俟って遇う天命は「正命」であり、策謀や詭謀を用いた結果遇う天命は「非命」であるとされたのである。

『左傳』において「天」は、人間の力や意志の上にあって人の生活を動かすもの、萬物を生育する德を有して人に恩寵を與えるものとされ、その意味において、人間生活の本源として人生に內在するものであると共に、他方で超越的な存在として人生に禍福を下すものとされている。ところがそれを「氣中之理」として捉える梅園は、天に意志があって人に禍福・窮達を與えると考えるのは、「詭遇」(贅語、天人帙、天命)に他ならず、私情に出づるものとして嚴しく排斥した。例えば『贅語』天人帙・天命には、魯を去った孔子が各地を流浪していた際に三人の弟子達と交わした問答が、ほぼ『史記』孔子世家に基づいて取り上げられている。まず梅園は、子路に「爲善者。天報之以福。爲不善者。天報之以禍」るはずであるのに、何故孔子には安定した居所すら得られぬのか、と問わせている。天の應報と

いう記事は『史記』に見られず、わざわざ『孔子家語』在厄篇から採ったものであるが、そこに應報説に對する梅園の見解を述べようという意圖が明示される。これに對する孔子の答えは、伯夷・叔齊などの歴史上の人物にその例證を求めつつ、

夫遇不遇者。時也。賢不肖者。才也。君子博學深謀。而不遇時者衆矣。何獨丘哉。

というにあった。要するに、天は人の善惡に對して禍福で應報するような、有意の存在ではないとする梅園の立場が、ここに鮮明に示されるのである。また『尙書』洪範篇には、天帝が治水に關する鯀の罪を怒って「洪範九疇」を與えなかったという記述が見えるが、梅園はそれについても、

怒者。帝之怒也。與者天之與也。之爲天者。舜之不自私也。（贅語、天人帙、天命）

と、「怒」は舜帝の怒りであって、私情によらず天の公・誠な立場に立って、禹に與えたことを表現したものと解釋するのである。つまり、善惡は有意の人における價値判斷であるが、天の無意からすれば爲・成の誠に基づいて行われるのみである。無意の天による誠として成ったものが、有意の人の期する所に合えば「順」となり、合わなければ「逆」となるに過ぎないとして、

我以有意之爲、觀無意之成、成會于意之所期、則爲順、不會于意之所期、則爲逆、此故、遇之順逆、成于無意、分于有意、（玄語、小册人部）

というのである。

『左傳』はいわゆる治國平天下を政治の全體とするに滿足できず、民をしてその生を遂げさせるのが帝王の任務であるとする、漢儒の主張を背景に成立したものであるが、それを繼承することによって、梅園の主張は天に對する宗教的感情の現れ、もしくは宗教的な權威からは離れたものとなっていった。「聖人の教は天を畏れつつしむといへど

も、専ら人倫の教なり」であって、「君よりも父よりも尊きものをこしらへ」（價原）るキリスト教の教説とは異なるとされる所以である。

天がこのようなものであれば、『左傳』に見える易姓革命が天命によって遂行されたという主張についても、「是豈天親命之云哉」であって、「湯武不自私之意」（贅語、陰陽帙、説數）に解すべきであるという。つまり、湯王が夏の桀王を討伐したのも、武王が殷の紂王を討ったのも、ともに私情によるものでないことを「天命」と表現したのであり、天下萬民のために公誠な心構えで行われる易姓革命は、是認されるというのである。『左傳』においては覇者がもともと王道に背き、儒家の道に反するものとして排撃される存在であることから、覇者を覇者のままに観ることをせず、王者化・儒教化することによって、それを包容しようとする傾向が極めて強く示されている。つまり、覇者として成功した者には、成功するに値する理由を儒教的見地から與えようというのである。これは覇道によって興った漢室を王者化しようとした、當時の儒家一般の態度に誘われたものであり、正當化は覇者となり強固になるための方法が、戰いによらず徳によるべきである、と主張することによって成された。僖公四年の條の屈完の「君若以徳綏諸侯、誰敢不服君」という答えにも、同じく二十八年の條の「能以徳攻」めたために勝ったというのも、みなそれである。このような『左傳』の主張を先蹤にして、梅園は一方で「古の聖人と云ふ者は、天下を有する者なり。これを王者と云ふ」と「王道」の理想を掲げつつも、覇者である徳川氏の治世を「元和元年、大坂冬夏の兩陣あり。是より天下統一、今に一百七十年、鼓腹して太平の化を樂しむ」と評價し、「治封建にならひ、百六十年來、四海波を揚げず、吾儕小人に至るまで、緩帶鼓腹、早く寐ねて食ふことを得るも、何れか恩波の及べる所にあらざらん」（價原）と讃美したのである。[5] つまり、梅園において「徳」とは天（地）の氣が萬物を造化する點において捉えられ、天皇及び將軍以下の四民がその職分に應じて、天（地）の徳を贊することを要請するものであった。そこにおいて「太平の化」をもたらした徳川氏の功績は、「天地の大徳にそむかざる」（多賀墨卿君にこたふる書）義なる行爲として、讃美せられたのである。

しかし、力を以て諸侯を威服し、機會に乘じて隣國を滅ぼすのは、王道ではなくて覇者の道である。それにも關わらず、覇道を王者の道と結合させ、儒家の理想を現實の歴史の内において無理に導き出そうとしたところに、『左傳』の執筆態度の限界が認められるのであり、それは梅園の歴史觀にも一つの制約を與える結果となった。つまり、梅園は無意の天による誠として成ったものが、有意の人の側において順逆に分かれて意識されるといい、「不測の神」の存在をも說いていたが、それは「天道」の合理性のままには行かない歴史を前提とした主張であったからである。ここにおいて、『垂綸子九戍』の

覆者勢有難支。事難兩全。勢難持平。事勢之所歸。有不得不使然者也。

に見るような、「勢」「事勢」の語を用いて、『左傳』の天道のみでは說明の附かない、歴史における不合理性が問題にされているのは注目に値するものであろう。「勢」という概念を提示することによって、歴史的生成の捉え方がますます深められ、無理のない解釋が可能となることが豫想されるからである。次に章を改めて、この問題について考察する。

二、「勢」「力」

『玄語』小册人部には「福必於善人、禍必於不善人乎、否」と、有意の人の世が無意の天道のままに行われ得ぬことを明記している。そして天道のままに行われ得ぬ人の世の「勢」と、それに彈みをつけたり抑止したりする「力」

に言及して

天下之事、一治一亂一興一亡、或相亡、或相持、勢然也、惟回勢者、力也、故有力者、回亂爲治、轉亡致存、凶換吉、惡變善、

という。ここに治亂吉凶善惡が問題とされているが、それは同部に

自天言之、則爲者氣也、成者天也、自人言之、則致者我也、至者彼也、我者、善惡機焉、彼者、不可如之何也

とあるのを參照すれば、我における死生通塞も、他者との關係における殺活與奪も、すべて「致す者」としての人開關係における問題である。それに對して夏冬・古今の時開や、榮枯・生化の空開的現象は、天から「至る者」と考えられた。有意の人の錯綜して複雜な彼我關係において、「人心之適否、作離合之勢」ことにより天から「至る」吉凶禍福に「遇ふ」のが、「致す者」たる人の立場であると考えられたのである。梅園は「勢」と「理」とを對比して

至勢走、則壓理之當然者、當然者、不能如其不得不然者、（玄語、天冊活部）

理者當然而不能使之然。勢者至於其不得不然者。壓其當然者、（垂綸子九戌）

というが、これが「理」（天道）を貶め「勢」に走ることを勸めたものでないことは、

君子從容閒暇、不離道、不忤勢、如不得全二者、則不問勢、（玄語、小冊人部）

からも明らかである。

このように梅園の著作の隨所に用いられて、重要な歴史的概念とされた「勢」であるが、それは『左傳』はもとより經書類にも全くその用例を見ない語であり、『說文』に解字すら施されていないのである。梅園が何を典據としたかが問題となるところであるが、歴史を決定する重要な概念として「勢」という語を用いたのは、司馬遷の『史記』がその初めであった。學問の究極を歴史にあるとし、事實の究明を重んじて史書としての『左傳』及び『史記』を竝

び推賞したのは、當時において力を得ていた徂徠學である。梅園が徂徠の學統に連なる杵築藩儒綾部絅齋に師事したこと、また徂徠學派の著述の幾つかに親しんでいたこと、(6) その上で先に述べたように二十四歳の年に『左傳』『史記』を併せ讀んで史的考察を深めていたことなどを併せ考えれば、「勢」の語の由來の一半を『史記』にもとめることは、あながち無理ではないであろう。司馬遷は歴史的展開の根據を、一方では傳統的な「天」「天道」にあるとしながら、他方で歴史の實質的な決定要因は何よりも人間自らの行動にあり、行動のうちに釀成される「勢」にあるとした。いわば無意の天と有意の人の「一一」の關係において歴史（一）は成り立つのであり、それは梅園の條理説とも適合する主張であった。

司馬遷が『史記』を執筆するに至った經過と心情とを語った書簡に「報任少卿書」があるが、そこには文王を始めとする英雄豪傑達が塵埃にまみれ生き恥をさらさなければならなかったのは、「勇怯」という「勢」と「强弱」という「形」によるものと述べられる。「勢」「形」の語は、いわゆる「趨勢」の意味で用いられ、『史記』に「自然之勢」（樂書）「事勢之流」（平準書）とあるのと同義に解される。『史記』の「伯夷列傳」中には、司馬遷の「天道是耶非耶」という嘆きが記されている。七十列傳中の總序として、前篇が論贊の體裁を採っている重要な一篇に、天道そのものへの懷疑を表白しているのである。しかも、その懷疑が單なる懷疑に止まらなかったことは、體制的秩序の外にある「刺客」「游俠」の二列傳の存在からも明らかであり、「天道」とは別にむしろ個人個人の主體的な意志や行爲の内にこそ、歴史を決定附ける要因があると考えたのである。

太史公曰。知死必勇。非死者難也。處死者難。方藺相如引璧睨柱。及叱秦王左右。勢不過誅。（史記、廉頗藺相如列傳）

には、個人の生死を決定するものが天道ではなく、客觀的な情勢としての「勢」であることが示される。梅園が「不

定治亂者、勢也」（垂綸子九戌）というのも、これと同様である。また

（范雎・蔡澤の）及二人羇旅入秦。繼踵取卿相。垂功於天下者。國彊弱之勢異也。（范雎蔡澤列傳）

には、政治的な力關係としての「勢」の强弱が、國の運命を決定する要因の一つとされている。これも梅園が「回勢者、力也、故有力者、回亂爲治。轉亡致存」（玄語、小册人部）といったのと同じである。このように個人や國家の運命を決定する要因として、「天」の意志すなわち「天道」とは別に、各個人の主體的な營爲の質、延いては政治的な力關係の强弱といった、現實的で客観的な要因を考え、それらを「勢」の語で表現した點で『史記』における「勢」の用例は、梅園におけるそれの先蹤と位置附けることが可能となろう。

しかし、その最も大きな相違點は、梅園において「勢」と「天道」とが、天皇制に結びつけて理解されていたという事實である。萬物の生成增殖という意味での、「勢」を中心とした梅園の時閒空閒論については、先に考察したことがあるが、[7]特にここで問題となるのは、わが神代史に見える「勢」の特異な捉え方である。梅園は『贅語』天地帙・皇和に見える天皇制論において、このような「勢」や「天道」が、共に天皇の血統の内に内在する「德」として理解し、天皇制を萬國に誇るべき政體として讃美している。そもそも「天道」に象徴される王道論と、歴史における「勢」とを結び合わせることは、早く『日本書紀』にその例が見えるところであった。例えば、神武天皇の條に「德」「威」、景行天皇四十年に「威」、顯宗天皇元年に「聖德」、欽明天皇十三年に「福」、推古天皇二十九年に「德」、皇極天皇元年に「至德」、同二年に「威」など見られる德・威・福は、すべて等しく「いきほひ」と訓讀されている。そのような記述を承けて梅園は

本邦。上古淳樸。天子未有別稱。唯尊者稱美御德。（贅語、天地帙、皇和）

といい、天地初發の生成の勢を内在する故に、上古の天皇の稱呼である「みこと」が、「美御德」と表記されていた

事實に言及する。そのような神代の生成の「勢」を繼承することが歴代天皇の「德」であって、それ故にわが國は

政自廟堂下。垂衣裝。御宇內。中葉天子。雖倦政委之幕府。北辰之尊。衆星共之。寶祚之隆。與天壤無窮。分定之故也。（同前）

というような、北辰（天皇）を中心として衆星（群臣・庶民）が天の造化を贊する、平和な秩序の保たれた國體であるというのである。そのような「勢」「德」を巡る主張の背景に

國常立則藐矣。（同前）

本邦自古奉神之道最謹。故人呼爲神國。配始祖於天。配太祖於日。大事不出諸己。政自祖廟下。（贅語、天人帙、鬼神）

に見るような、始祖を國常立尊（天）太祖を天照大神（日）とした神道說が存在したことは注目すべきである。[8] 前に天・神、本・神という對偶語を見たが、ここで鬼・神という對偶關係にも觸れておきたい。

一感一應、感體曰神、應體曰鬼、蓋性者一也、（贅語、天人帙、鬼神）

天地者、所爲體、鬼神者、所爲用、鬼神體天地、天地用鬼神、此故、自設神道、而分天神人鬼、而其實則不同焉、（同前）

には、鬼・神を說明して、陽の神たる「神」の感に對して、陰の神たる「鬼」の應がなされるといい、生者の靈魂である「神」に對して、死者の靈魂たる「鬼」の存在を認めている。しかも、鬼・神は天地のような實體として捉えられる物や體ではなく、事であり用であるために、鬼・神の「應」を人は「感」として捉えるものとされた。そこから

豈止、人鬼焉哉、門戶井竈、至猫虎之屬、有功德則祀、使人不忘報本反始之心、豈止祭祀焉哉、出門如見大賓、使民如承大祭、用誠敬於人也、（同前）

と、人鬼のみならず猫虎の類に至るまで、根元的な「一」から剖析された天地萬物に、報本反始の心を持って、誠敬の態度で接することが説かれたのである。根元的な「一」を、神代史の天地初發における無意なる天・神によって自然に成り行く姿に認め、國常立尊を「天」に配し天照大神を「神」に配することによって、萬物が剖析されて行く國體と考えたのである。

このような神道説を背景にして、天命を受けて「徳」によって「天子」となる中國と、天の子たる血筋に自ずから世の秩序をあらしめる「徳」が内在し、天命と關わりなく「天子」である日本とを對置するのである。わが國においては、古今を通じて變わらぬ天皇の存在が、無窮に「分定まる國」であることを保障するのであり、『日本書紀』神代下の「天壤無窮」の神敕がその證據とされたのである（贅語、天地帙、皇和）。そもそも『日本書紀』の天皇觀には、一方で有徳者を君と爲すという立場が頗る明瞭に出ており、それが中國の儒教的聖王觀の模倣によるものであることは、否定し得ない事實であった。しかも、他方において天皇は決して中國的な有徳者なるが故に尊ばれるのではなく、神の裔なる血統の故に尊崇せられるのである。儒教的な「徳」を持つ故に天皇たり得るのではなく、

背に日神の威を負ひたてまつりて、影の隨に壓ひ躡みなむには。此の如くせば、曾て刃に血ぬらずして、虜必ず自づからに敗れなむ（神武即位前紀、戊午年四月）

に見られるように、連綿として歴代天皇の身内に宿る「日神の神氣」を想定し、「徳は勢也」（齋部八箇祝詞）というように天皇であることに由來する尊貴性を「徳」、すなわち「勢」と考えたのである。こうして『左傳』や『禮記』中庸篇から知らされた天の誠の「徳」、さらには『史記』の「勢」という考え方は、梅園において天子たる天皇の一身に血の内に、矛盾する事なく解消されたのである。

むすび

敍上のごとく、梅園の著作において「天道」「勢」という意味的に全く對照的な二つの歴史的概念は、後者は前者のみでは説明の附かない歴史の矛盾を補い、逆に前者は後者に倫理的な枠組みを與えるという、相互補完的な役割を擔って用いられた。しかも、梅園はその上にわが國固有の天皇制の問題をも併せ考え、天皇の血筋の中に天地生成の「勢」が自然に内在するものと見なし、その「勢」に身を委ねさえすれば、人の「使然」の「僞」によらず「自然」に「天道」の行われ得る國柄と考えたのである。無意なる天は公で誠を成し、有意なる人は私で僞を爲すというが、無意なる天・神を血として内在する天皇の存在によって、生成增殖の保障されたわが國においては、共同體の目標に向けて天皇を中心に四民が勢いよく邁進することこそが、「天」の公・誠なる在り方に倣った生き方であるということになる。そこには本居宣長の主張に似通った點が認められるが、國學者の如き偏狭な日本中華論ではなく、日本人として中華に學ぶ儒家の自己矛盾、劣等感の拂拭に出發したものであった。從って、それぞれの國・それぞれの民族に固有の文化的傳統を認めようという姿勢は、いささかも失われていない。萬世一系の天皇制と覇府たる幕府の存在についても、中國の「文」に對する日本の「樸」から論を進め、「本朝自古。嚴于君臣之分」しい國柄であり、「覇主勞政于下。天子垂拱于上」する政治形態をとる（贅語、死生帙、倫理）點で、中國の史書に記載されるような「朝帝趙三。暮王李四」とするような擾亂も、「讀歴朝之史。雖名臣大家。一旦觸逆鱗。若刈艸菅」という歴史的事實も見られぬのだ（贅語、天地帙、皇和）という。そしてその「君臣之分」が、『日本書紀』に記される天地初發の際の神々の生成の「勢」と結びつけられ、天の神の子たる「天子」の「徳」を中心に、將軍から士農工商に至るまで「天職」たる職分に勵みさえすれば、自然に順調な生々化育を遂げる國と考えたのである。「分」が儒教本來の名分論における上下貴賤の別としてではなく、全體における個の位置づけと役割、卽ち職分として說かれた點に、また「德」という極めて儒教的な用語にすら、わが神代史に見える特殊な意味内容を附加して受容しようとするのであり、そこに近世の儒者の多くと共通する、儒教受容の在り方が認められるのであった。(9)

註

(1) 地球體說を中心視座に据えた梅園研究として、高橋正和『三浦梅園の思想』(ぺりかん社、一九八一)がある。
(2) 大分縣史料刊行會編『大分縣史料二十二』(大分縣立教育研究所、一九六〇)所收「浦子手記」に據る。
(3) 岩見輝彥「三浦梅園の窺窬」(菅原信海編『神佛習合思想の展開』汲古書院、一九九六、所收)
(4) 津田左右吉『左傳の思想史的研究』(津田左右吉全集、第十五卷、岩波書店、一九六四)
(5) 朝廷と幕府の稱謂について、新井白石は公式の文書に將軍を「日本國王」としている。私的な著作では、林羅山の『寛永御入洛記』や室鳩巢の『國喪正義』にも、幕府を「朝廷」將軍を「王」としている。これに對して雨森芳洲は「王」「朝廷」は皇室にのみ用いるべきであると攻擊した。それを承けて梅園は將軍を「霸主」幕府を「霸府」とし、天子の「朝廷」の下に置いている。
(6) 前揭の「浦子手記」によれば、寶曆五年(梅園二十三歲)『南郭全集』、同六年『辨名』『蘐園隨筆』、同十三年『經濟錄』、安永三年『徂徠絕句』、同五年『南留別志』、同七年『答問書』、天明元年『南郭詩集』、同五年(梅園六十三歲)など、生涯に涉って徂徠學關係の讀書の記錄が見える。
(7) 拙稿「三浦梅園の「神」と「時」——その日本的發想と現實主義」(梅園學會報十八、一九九三)
(8) 始祖を天御中主神でなく國常立尊としたところに、吉田神道の影響の痕が認められる。「形顯」である天御中主神に對して、「無形」にして「陰陽不測之神明」(吉田兼俱『神代鈔』)とされる國常立尊の方が、梅園の「一元氣」の概念に通うものがあったのであろう。

（9）前者の職分思想及びそこに由來する知足安分の思想は、例えば熊澤蕃山・貝原益軒・山鹿素行などに見られる。また後者の日本的變容については、近世の儒者達が權道權謀に相對的に高い價値を與えていた事實、特に中江藤樹や山鹿素行の主張にはそれが顯著である。

大田錦城の六義説

——その歴代學説分類と賦比興説を中心に——

江口尚純

一

大田錦城は江戸時代の文化・文政期に活躍し、考證に長じた儒學者として知られる。ことに經學に通じ、「經學、古今の閒に三大變有り。……漢學は訓詁に長じ、宋學は義理に長じ、淸學は考證に長ず」（『九經談』巻一）といい、猪飼敬所らに「大議論、古今に達する者に非ざれば此の言を爲す能はず」と大いに賞賛されたことはつとに有名である。早くから顧炎武の『日知錄』などから考證學の方法を學び、考據家として一家をなしたが、一方で「近世淸人考據の學行はれ、……學問の博きこと前古に過絕す。然ども義理の當否を論ぜず」（『九經談』巻一）とその限界をわきまえてもいた。

錦城の詩經學を概觀して言い得る特質として、歴代の諸説をきわめて適切に分類整理した上で議論を展開していることが上げられる。その引用諸家も詩經の專著を殘した者のほか、類書・隨筆の類に至るまで博搜しており、現在私たちが詩經に關する學説を議論する際に引用する重要な論説の多くを網羅している。さらに中國では顧頡剛ら疑古派の稱揚を待ってその關心が喚起された鄭樵など疑經・疑傳に屬する論説が主要なところで據り所とされていることは注目に値する。

歴代の學説を整理するということは簡單な作業ではない。まして對象が經であるという歴代の最重要の關心事であり、從ってその學説が迂遠なほど廣汎にわたることを考えただけでも、その要をとり、的確に分類し、その關連を探ることの難しさは十分に察することができる。これも經學の流れに精通し、博覽多識で知られた錦城でこそできた先驅的な業績であると評することができよう。そこで本稿では前稿[1]の詩序論をふまえ、錦城の六義説分類に注目し、彼の詩經學の一端を明らかにしたいと思う。

二

錦城には六義説に關して『六義考』の著がある。所見のものは國會圖書館藏本。不分卷。寫本。「毛詩大序十謬」と合本されている。卷末に「文政八歳次乙酉春三月二十日筆者訒齋」の寫記がある。筆者は中根半仙（名は容、字は公默、江戸の人）と思われる。本文中に「毛詩大序十謬」の語があるから、本書は「毛詩大序十謬」と同時期か、もしくは十謬の編まれた寛政四年（一七九二）から『六義考』への言及のある『九經談』の撰された文化元年（一八〇四）の閒の著述ということになろう。本書は冒頭より六義に關する和漢の學者の諸説を時に按語を附しながら列擧し、續いて「賦比興」と題して先學の説の評價とみずからの説を論じている。以下「注疏之誤」「詩之總名」「豳之雅頌」「左傳之大小雅」「詩之編次」「風雅正變」と六義にまつわる諸問題を歴代の説をふまえながら論じている。「六義考」で風雅頌についての總論がないのは、錦城の別著「毛詩大序十謬」の中で詳説しているためであろう。『九經談』によれば、『六義考』には「續考」があるというが未見である。さらに錦城には『三緯微管編』[2]の著がある。この書は詩經概説のおもむきがあり、巻二のうちに「朱傳三緯之誤」と題する論文が含まれ、錦城の六義説理解の助けとなる。

詩經の六義説は『周禮』大師に「教六詩、曰風、曰賦、曰比、曰興、曰雅、曰頌」といい、『毛詩』大序に「詩有六義焉。一曰風、二曰賦、三曰比、四曰興、五曰雅、六曰頌」と稱するのに由來する。今日では一般に「風雅頌」と「賦比興」に二分し、前者は體または聲音の分類、後者は修辭法と解されることが多い。しかし先に引用した『周禮』や大序の次序では「風賦比興雅頌」とあり、「風雅頌賦比興」とはなっていない。ここにこそ六義説の異説が生じるゆえんがあった。

錦城はそこで「愚按ずるに古今の六義を論ずる者、……今其の要領を撮りて之を辯ずるに、蓋し其の大綱に三有り。曰く三經三緯なり、曰く一詩六體なり、曰く一詩三體なり」（『六義考』賦比興　原漢文　以下同じ）といい、三經三緯説、一詩六體説、一詩三體説の三つに分類して示している。以下、大田錦城『六義考』の引用諸家の説を中心に三説についてその特質を考察してみたい。

三經三緯説

これは今日一般に行われている説であるが、錦城はその系譜を次のように言う。人名をカッコ内に補足して示した。

鄭氏（鄭玄）發其源、孔氏（孔穎達）詳其委。然猶未晢、至於晦庵（朱熹）、其説大備矣。（『六義考』）

鄭玄の説は『周禮』大師の注に見えるが、それを敷衍して孔穎達は『毛詩正義』の中で、「風雅頌は詩篇の異體、賦比興は詩文の異辭のみ。大小同じからずして、竝べて六義と爲すを得るは、賦比興はこれ詩の用ゐる所、風雅頌はこれ詩の成形、彼の事を用ゐて此の事を成せばなり。是が故に同じく稱して義と爲す。別に篇卷有るには非ず」と述べ、風雅頌は「體」、賦比興は「辭」の別で、類を異にするという。唐の成伯璵が「賦比興はこれ詩人制作の情、風雅頌はこれ詩人歌ふ所の用」（『毛詩指説』）と論じるなど、二者の分類の意味合いには論者によって差異があるが、宋の朱子が、(3)

三經是賦比興、是做詩底骨子、無詩不有、才無則不成詩。蓋不是賦、便是比、不是比、便是興。如風雅頌却是裏面橫串底、都有賦比興、故謂之三緯。（『朱子語類』巻八十）

というように、「風雅頌」と「賦比興」を分けて考えるのが三經三緯説の特質である。ただし錦城所引の『朱子語類』では三經と三緯が逆轉している。すなわち錦城所引では三經が風雅頌、三緯が賦比興となっており、相反している。ちなみに和刻本の語類でも賦比興を三經としている。一般には三經は風雅頌で、三緯は賦比興を指すことが多い。『詩經疑問』序でも「三經は風雅頌、是のみ。三緯は曰く賦、曰く比、曰く興なり」とある。

ところで三經三緯説に従えば、先に引いた『周禮』や大序の次序が問題になる。「風雅頌賦比興」となっていないからである。これについて孔穎達は次のようにいう。

六義次第如此者、以詩之四始、以風爲先、故曰風、風之所用、以賦比興爲之辭、故於風之下、即次賦比興、然後次以雅頌。雅頌亦以賦比興爲之、既見賦比興於風之下明、雅頌亦同之。（『毛詩正義』巻一）

風雅頌は詩體の分類でそれぞれに修辭である賦比興がある。「風」に「賦比興」があり、「雅」「頌」にも同じく「賦比興」があるとの意で、あのような次序をなしているのであるという。朱子を始め諸學もおおむねこれに同調している。

なお風雅頌賦比興についてのそれぞれの論説は周知の通り紛然としている。これも重要な問題であるが、本稿では六義そのものの分類を主旨とする關係上、ここでは細説しないこととする。

一詩六體說

三經三緯說に對するものに一詩六體說がある。錦城によれば、その學統は次のようである。

程（程頤）張（張載）垂其統、東萊（呂祖謙）繼其緒。然猶未審。至於近世、伊藤氏（仁齋・東涯）其說大全矣。（『六義考』）

この立場の立論は程伊川が「國風大小雅三頌は詩の名なり。六義は詩の義なり」（『河南程氏遺書』卷二十四・伊川先生語十）というように、詩體の國風大小雅三頌と六義の風雅頌とを分けて認識することにはじまる。二程は次のように述べる。

詩有六體、須篇篇求之、或有兼備者、或有偏得一二者。今之解詩者、風則分附與國風矣、雅則分附與大小雅矣、頌卽分附與頌矣。詩中且沒却這三般體、如何看得詩。風之爲言、便有風動之意、興便有一興喩之意。比則直比之而已。……賦則賦陳其事。……雅則正言其事。頌則稱美之言也。（『河南程氏遺書』卷二上・二先生語二上）

詩之別有四。曰風、曰小雅、曰大雅、曰頌。言一國之事、謂之風。言天下之事、謂之雅、事有大小、雅亦分焉。稱美盛德與告其成功、謂之頌。（『河南程氏遺書』卷三・伊川先生詩解）

六義の風雅頌を言うとき、詩體のそれと論說の違うことを注意しておきたい。詩體の風雅頌の說は大序の說を敷衍したものだが、六義のそれは「風は風動の意」「雅は道理を正言する意」「頌は稱美の言」と解釋がまったく異なるのである。さらに「或は兼備する者有り、或は偏して一二を得る者有り」と、篇篇を考察すれば六義のうちすべてを具備するものもあり、一二を偏有するものもあるとする。こころみに呂祖謙[4]の說をみてみよう。

關雎其風比興三義、一篇皆言后妃之德、以風動天下、首章以雎鳩發興、後二章皆以荇菜發興、至於雎鳩之和鳴荇菜之柔順、則又取以爲比也。（『呂氏家塾讀詩記』）

關雎篇は一篇みな后妃の德をいい天下を風動するから「風」、一二章は雎鳩と荇菜で興を發しているから「興」、雎鳩の和鳴し荇菜の柔順なさまは喩えであるから「比」、すなわち關雎篇は風興比の三體兼備ということになる。錦城が「其の説大いに全たし」と評する伊藤仁齋[5]の論は次のようである。

予故謂、詩六義亦當不在作者之意、而在讀者之所用如何。蓋風賦是一類、比興是一類、雅頌是一類。風賦在尋常之所用、比興在臨時而寓意。雅頌取於音聲。何以言之。觀左氏傳列國士大夫、以詩贈答、皆曰賦某詩、或曰賦詩第幾章。如此則三百篇皆可以爲賦。論語曰、可以興。則三百篇亦可以爲興。周禮有豳雅豳頌之稱、而豳風一詩、或以爲雅、或以爲頌。則三百篇亦可以爲雅爲頌。故一詩各具六義。而六義通三百篇之中。（『語孟字義』）

六義が作者の意とは關係なく讀者の用い方いかんに關わっているという論説は興味深いが、六義を「風賦」「比興」「雅頌」と三分類しているところに三經三緯説との大きな違いを見いだすことができる。伊藤東涯は仁齋の三分類を敷衍して「風」は風が物を動かすように民閒に流行するもので、後世の民閒歌謠や竹枝曲のようなもの。賦はそのことを直賦し互いに贈答する。春秋の士大夫が「某詩幾章を賦す」というのがこれであり、今の歌曲を歌って酒肴に供するようなもの。この風と賦が一類。比はその辭を誦して物に喩え比べ、あるいは褒めあるいは貶しおのおの託するところがある。興はその詞に感じて感懷をもよおす。この比と興がまた一類。雅はこれを朝廷に用い、その聲音の雅正にとったもの。頌はこれを宗廟に用い祖先の功德を頌する。この雅と頌が一類（『辨疑錄』）、という。先に引いた二程の風雅頌それぞれの內容解釋とは截然と異なるが、詩の中に六義が備わっているとする點では同一である。東涯は續けて次のように言う。

凡此六者、皆在用者之取義如何、而非詩定有此體也。今有一詩、民閒流行、則可謂之風、詠歌相贈、則可謂之賦、倚辭以譬、則可謂之比、觀以有感、則可謂之興、奏之于朝廷、則可謂之雅、薦之于郊廟、則可謂之頌。如孟子左氏傳所引詩、多比興之義。故六義通三百篇、而一詩各具六義。雖然、非一詩各必具有六義。蓋一詩或通數義、亦隨讀者之見識、兼通多義也。(『辨疑錄』)

讀者の義をとるところがどこにあるかで六義のどれに相當するかが定まるとする。民間に流行するという點からすれば風、歌って贈るとすれば賦、言葉によって喩えていれば比、詩を觀て感じるところがあれば興、朝廷に奏すれば雅、郊廟に用いれば頌ということになる。詩を用いる者がどこに義を取るかが六義の要點であり、詩に本來固有の體が備わっているわけではない。そういう點で國風二雅三頌の説とは異なるとする。

一詩三體説

この説は前記の三經三緯説と一詩六體説とは、やや趣を異にする。「風雅頌」「賦比興」を二分することは三經三緯説と同じだが、「賦比興」について一詩一體とせず、「比而興」など二體を備えたもの、三體を兼備したものがあり、「三義原非離析也」とする説。錦城は言う。

一詩三體之説、伊川言一篇之中、有數義者。横渠言、一詩之中、蓋有兼見賦比興之意。及晦庵言、綠衣之比、兼於興。關雎之興、兼於比。云々。(『六義考』)

錦城は續けてその學統を「(程頤・張載・朱子にその萌芽を見)京山の郝氏(郝敬)特に奮ひて其の義を首唱す。亦其の見卓たり」(『六義考』)と記している。

郝敬[6]の説は朱子の比興説に疑念をもつことから起っている。すなわち「興は先に他物を言ひ以て詠ずる所の事を興起す。比は彼物を以て此の物を比す」とする朱子の比興説に對して「先に他物を言ひて彼物を興すと此の物を比すと何の差別か有らん」と非難し、次のように論じる。

所謂興者、其實皆比也。如關雎本比、而所興之情與所賦之事、已寓於雎鳩二語中。今但謂先言雎鳩、以興起所詠之事、及下二句、又不明言所事而但贊淑女爲好逑。然則淑女所以爲好逑之事已寓言於首二句之中矣。安得謂首二句、但爲興起所詠而已也。豈惟失比之體、亦錯會興之義。蓋借物爲比、不言正意、而意已宛然、卽比也。(『談經』)

朱子のいう「興」は實は「比」である。關雎の場合は「雎鳩」の語に催した詩情と歌うべきことが寓されている。下二句に淑女が好きつれあいとなる所以を明言しないのはすでに「雎鳩」の語にこれを寓していて明らかであるからである。朱子のように首二句のみを「興」とすることはできない。「物に借るを比と爲す。正意を言わずして意已に宛然たるは卽ち比」であり、この詩は「比」であるとするのが郝敬の論である。やや判然としないので「興」についての郝敬の他の論説を見てみたい。

賦比興非判然三體也。詩始于興、興者動也。故曰動天地、感鬼神、莫近于詩。夫子亦曰、詩可以興。凡詩未有能離興者矣。興者詩之情、情動于中、發于言爲賦。賦者事之辭。辭不欲顯、託物爲比。比者意之象。故鋪敍括綜曰賦、意象附合曰比、感動觸發曰興。(『談經』)

この論説からすれば「興」は詩人の心が突き動かされる、詩情そのものと不可分であると考えられているようである。であるから「凡そ詩未だ能く興を離るる者有らざるなり」なのであろう。郝敬によれば詩の情が心に動き、言に發したものが賦、賦は「事の辭」で、明らかにしがたいときは物に託して「比」する。また次のようにも言う。

如黍離・清廟・緜衣・閟宮之類、本直賦其事。而託黍稷衣服宮室、亦卽是比、臣子忠孝誠敬之情、卽是興。又如鴟鴞、全篇借鳥言是比。陳說武庚事、卽是賦。感動成王卽是興。若裁爲三體、豈成義理。(『談經』)

先に引用した「借物爲比、不言正意、而意已宛然、卽比也」とは逆に、正意を言わずして宛然ならざるものを詩人の情にまでさかのぼって「興」と解釋したのであろう。錦城も「疑ひ無き能はず。……其の詩辭に就て比賦を説くと其の義乖戾して協はず」というように詩の表面には表れない「義理」を説明するために、古注の牽強さを超えた特有の「興」意を含ませているように思われる。郝敬の專論ではないので別に論を待ちたいと思うが、詩序に固執する餘り詩本文には見えない「義理」を「興」を用いて古注とはまた違った立場で解釋したのではなかろうか。

三

以上、三經三緯説、一詩六體説、一詩三體説と論じてきた。これらに對して錦城はどのような六義説を展開したのであろうか。まず一詩六體説について錦城は次のように論難する。

國風二雅三頌、既剖判如此、則豈復求之於一詩之中哉。是其不可信者一矣。……一詩六義、皆用詩之義。然而以風爲後世里巷歌謠及竹枝曲柳枝詞、則又風爲詩之體。而體用混淆、自與其説支離矛盾。是其不可信者二矣。予故斷然知一詩六義之妄矣。(『六義考』)

そもそも國風二雅三頌と六義の「風雅頌」を分けて考えるのは道理に反することと、六義を詩を用いる側に歸着し六義には特定の詩體はないとしながら、「風」を今の竹枝曲や柳枝詞のようなものといい詩の體でたとえ、體用が混淆していることなどから、「斷然一詩六義の妄なるを知る」と斷じている。一方、朱子らの三經三緯説には「千古不刊の論」と贊辭を呈しながらも、

唯以賦比興、判然排當各篇各章者、其説雖精且密乎、予不能無疑焉。(『六義考』)

と言い、詩篇を例示しながら、その具體的な「賦比興」説に異論を唱えている。また郝敬の一詩三體說には「特に京山の郝氏、一詩に就て三義を求む、其の説極めて偉なり。且つ以て晦庵の所謂興は皆斷じて比と爲す。是れ亦た其の説の明快なる者なり。學者敬服せざるべからず」と贊意を示すが、一詩三體說の項で述べたようにその「興」の扱いには不滿を表明している。

予故三經三緯之別、從晦庵、而一章兼義之旨、從京山。(『六義考』)

錦城の六義說は朱子の三經三緯說と郝敬の一詩三體說の折衷の上に展開されたものであった。

ところで朱子の集傳を見ると「賦」「比」「興」のほか「賦而比」「比而興」など二體具備の説がある。錦城は朱子のこの説にはどういう見解を有していたのであろうか。

若夫朱傳三緯(ここでは賦比興)之説、其所言雖著明乎。其條貫則不能無差謬矣。蓋坐其所建之説未得作者之旨也、今辨其差謬。(『三緯微管編』巻二)

その説は「著明」としながらも條例に誤りがあると指摘する。朱子の集傳には「賦(全章賦者)」「比」「興」のほか、「賦而比」「賦而興」「比而興」「興而比」があるとし、朱子が「比」と注したものの中には「章首比者(たとえば柏舟)」「全章比者(たとえば甫田)」が混在し、「興」と注したものには「章首興者(たとえば何彼穠矣)」「全章興者(たとえば關雎)」が混在するという。また「比而賦」「興而賦」がなく、錦城によれば先の「章首比者(たとえば柏舟)」「章首興者(たとえば何彼穠矣)」がそれぞれ「比而賦」「興而賦」に配當されるべきであるとする。

晦庵以章首比者、定爲比、以章首興者、定爲興。不顧後賦辭也。倘以章首之辭爲定乎。晦庵之解、於前賦而後比者、則註曰賦而比。前賦而後興者、則註曰賦而興。於前比而後興者、則註曰比而興。於前興而後比者、則曰興而比。未曾首之辭爲定也。(『三緯微管編』巻二)

錦城の賦比興解釋は嚴格であり、『三緯微管編』巻二には朱子の説を補正して多くの詩篇が擧げられている。こころみに一二示すと以下のようになる。

比興賦　　比而興而賦者　　三體全備者

桑之未落、其葉沃若（比）、于嗟鳩兮、無食桑葚、于嗟女兮、無與士耽（興）、士之耽兮、猶可說也、女之耽兮、不可說也（賦）　（衞風「氓」篇の第三章）

比賦比　　比而賦而亦比者

麟之趾（比）、振振公子（賦）、于嗟麟兮（比）　（周南「麟之趾」篇の第一章）

さてここで注目しておきたいのが錦城が展開した獨特の興說である。

夫比者譬諭寓託之名。賦者鋪敍陳說之名。此二者求之詩文、固明白易知。特其隱微難窺者、興已。興者何也、況也。起也。託況彼物、而興起此辭、是也。（『六義考』）

「興」の字義については先人とさしたる違いはない。しかし彼における「興」は單獨では存在しない。すなわち「興」は「比」と「賦」が合わさったもので、しかもそれらが意味的に喚應し合うものとした。

所謂興者、比賦之合、前後文字相喚應者也。（『六義考』）

關關雎鳩、在河之洲、卽是比、窈窕淑女、君子好逑、卽是賦。…是皆比彼物而賦此事、託況於彼而起辭於此、卽是興也。（『六義考』）

關雎篇は首二句が「比」、下二句が「賦」で、「彼の物に比して此の事を賦し、彼に託況して辭を此に起こ」しているから「興」であるとする。ここには先に引いた郝敬の影響が見られるが、錦城が續けて「是が故に賦比興三者は、判然と三體には非ず」というように錦城の論説でも「興」のみ特殊な位置が與えられているのである。

故興者興起也。然比託彼物而興起此辭。故古來以興爲興象。與比喩同義。參差行菜左右流之、窈窕淑女寤寐求之。南有喬木、不可休思、漢有遊女、不可求思。…凡此類上二句是比、下二句是賦、以上二句之比喚起下二句之賦、是興也。故興之名在于二者之外。而其實不出于二者之間。古來無知之者、非以其難知乎。雖然、得予之此解、而興之一字照然明白。雖兒童可得而知。則後之學詩者、或當以予解爲正焉。(『九經談』卷八)

「上二句の比を以て下二句の賦を喚起す、是れ興なり」。彼の興説はこれに盡きる。引用後半にはその自信のほどを伺うことができるが、また次のようにも述べる。

予通觀三百篇、沈潛多年、始得其解。愚者千慮之一得。自以爲啓千古之幽祕。興起詩人於九原、亦或首肯予之言矣。(同上)

このように錦城にとっては會心の論説である興説であるが、猪飼敬所に、

錦城不能解、而妄誇立說。恐未免爲時流所笑。何得望詩人之首肯乎。(『九經談』卷八所引)

と鋭く非難されてもいる。たしかに敬所も指摘するように錦城の比興説を精讀すると、特に次に示すような喚應關係のあるなしにおいて解しがたいところがある。

毛公朱晦庵、以桃夭爲興。是其不知比興之明驗也。桃之夭夭、灼灼其華。比女子之少好的皪其容色。是比也。之子于歸、宜其家室。直言事實。是賦也。是比賦合體。而上下不喚應。則非所謂興者也。(『九經談』卷八)

錦城の他の書を見てもこの上句と下句が喚應しないゆえんが見えてこない。先に引用した錦城の「關雎」解釋の「興」とどのような喚應關係の違いがあるというのか。今は疑問とする他ない。

以上、大田錦城の六義説について、特にその歴代六義説分類と錦城の立場について考察してきた。前稿で取り上げた錦城の詩序論でも指摘したが、その歴代學説の整理には錦城の本領が大いに發揮されている。特に詩序論において鄭樵・程大昌などその當時異端とされ後世の疑古派に屬する學者によって稱揚された疑傳の立場に立つ儒者や、本稿の六義説において明の郝敬の論説のように近年に至ってにわかに注目されるようになった學人の學説にはやくから着眼し、從來の詩經學史の缺を補うと共に、類書や隨筆類に至るまで博捜してその學説をたどり分類していることは十分に評價できるのではなかろうか。

注

(1) 拙稿「大田錦城の詩序論」(中國古典研究第四十三號　一九九八年十二月)に卑見を述べた。
(2) 所見のものは無窮會眞軒文庫藏本。
(3) 朱子の六義説について齊藤護一氏「詩經六義に對する朱子の解釋法」(漢學會雜誌三−一　一九三五)がある。
(4) 呂祖謙の詩經學については拙稿「呂祖謙『呂氏家塾讀詩記』序説」(詩經研究第十四號　一九八九)がある。
(5) 仁齋の詩經學に關して土田健次郎氏に「伊藤仁齋の詩經觀」(詩經研究第六號　一九八一)の所論がある。
(6) 郝敬の詩經學については村山吉廣氏「『毛詩原解』序説」(詩經研究第十二號　一九八七)、同氏「明儒郝敬の詩解」(早稲田大學大學院　文學部紀要第四十三號・第一分册　一九九九)、西口智也氏「郝敬の詩序論——朱子批判と孔孟尊重」(詩經研究第二十三號　一九九九)などがある。

韡村・宕陰・息軒

町田三郎

一

安井息軒に生涯敬慕する二人の友がいた。木下韡村と鹽谷宕陰である。莫逆の友であった。この二人について息軒はこう書いている。

予れ人を閲すること亦た多し。友二人をう。曰く鹽谷毅侯、曰く木下子勤。二人なるもの予れより少きこと、或いは十年或いは五六年。而れどもその才と學とは、みな予れより長ずること遠きこと甚し……。文久壬戌、予れと毅侯とともに幕朝に昇る。子勤も亦た徵さる。時に子勤京師に在り。竊かに庶幾くまた相見んことを喜ぶ。而れども子勤は則ち病と謝して西歸す……。(木下子勤墓碑銘)

ここに文久壬戌、幕朝に昇るとあるのは、昌平黌教授に招聘され、息軒・宕陰はこれに應じたことで、實は韡村も同時に招かれたが病氣を理由に辭退した。いわばこの三人は當時の學術界を代表する碩學であったのである。

因みに息軒は寛政十一(一七九九)年生れ、韡村は文化二(一八〇四)年生れ、そして宕陰は最年少で文化六(一八一〇)年の生れである。息軒の出自は下級武士、韡村は農民、宕陰は醫家、學統學派でみれば、息軒は古學派、韡村・宕陰は程朱學派にくくられる。

二

韓村、熊本藩儒者。本姓木下、諱は業廣、子勤は字で、韓村や犀潭は別號。家世農業。文化二年に生れ、十歳で鄕人の桑滿伯順に句讀を學び、やがて府學助教の大城氏について學ぶ。つまり農民の子弟でありながら學才を認められて藩校時習館に入學を許され、二十二歳の時學業優秀を以て名字帯刀を許される。その翌年居寮生員に撰ばれて勉學一筋の道に入る。破格の所遇であった。天保六年、年三十一、藩主の伴讀となり中小姓に組み入れられ江戸へ。のち常に江戸と熊本とを往復する。天保十三年世子の伴讀に轉じ信任される。この頃江戸で息軒・宕陰らと交わる。世子に侍すること九年、世子病沒。安政元年諸公子の伴讀となる。文久二年、成山公子とともに京師にい、幕命によって昌平黌に招かれるが「吾れ編戸より起り、恩眷此に至る。未だ報ゆるところを知らず。臺命嚴なりと雖も吾の敢て當るところに非ざるなり」と謝絶し熊本へ戻る。みごとな進退であった。

韓村の學問は「主程朱、然不肯墨守、以愷悌近情爲宗」で、生徒を導くときにはその者の資質に應じて教え一律の規格を押しつけることはなかった。「要は成を期すのみ」である。說經の場合も目前平易のことに例をとって、隱微深奥の言を交えることはなかった。[1] ただことが人倫性情に關してはきびしく、とりわけ黨派を組むことを嫌った。行政に關しては進獻することは多かったがすべて「冥々の中」に行われて人に知られることはなかった。慶應三年五月、病を以て沒す。享年六十有三。

以上は息軒の「木下子勤墓碑銘」からの畧述である。實は息軒には、三者の若い日の交情をつづった「送木下士《ママ》勤序」なる一文がある。輕妙な文章であるが、對照の便宜のため文の序列を一部變更して次に示すこととする。

1057 韡村・宕陰・息軒

予れ天下の士に接すること多し。友二人をう。曰く濱松の鹽谷毅侯、熊本の木下士勤なり。予の是の二人を友としてより、目は日に明を加え、耳は日に聰を加う。而して二人なる者亦た予を鄙棄せざるなり。暇日ごとに相聚り、經を談じ文を論じ、その底蘊を究む。酔えば則ち一室に盤礴し、善謔互發、歌呼嗚々、自ら謂えらく、天下の樂しみ以て加うるなしと。既に歸らば家人ら必ず逆え謂いて曰く、君亦た鹽木二子より來れるか、何ぞその喜氣の多きやと。その親好すること蓋し此の如し。

然れども我が三人なる者の志行、亦た各〻同じからず。

士勤恭遜直諒、敢て激論放言せず。その學純ら宋儒を守る。その文典麗にして雅潔なり。故に（予れは）迂疏狂戇、世と俯仰すること能わず。則ち士勤より取りて以て之を飭さん。

毅侯　倜儻にして大志あり。秉心充塞、その學時に洛閩より溢れ、その文遒勁明快なり。（予れは）趦趄齷齪、施爲するところある能わず。則ち毅侯より取りて以て之を達せん。

みな予の能く企及するところに非ざるなり。然らば則ち二子何ぞ予に取るや。詩に云う、他山の石以て玉を攻むべしと。それ唯だ疏礦石の如くにして然る後以て玉を攻むべし。是を以て迂疏狂戇なる者、二子亦た資りて以てその玷玉を磨かざるを得ざるのみ。

（不幸）

士勤五六年の間連りにその父親妻子を喪い、餘すところは唯だ一幼兒。又人に託して以てこの都に來る。

毅侯　一貧洗うが如く、殆んど婦をして褌なからしむ。而して盛名の在るところ謗りもまた起る。

（息軒）予れ又狂妄を以てその墳墓親戚を遠ざかる。

吾れらの爲すところ神人の惡むところに非ざるなきをえんや。

毅侯矍然として曰く、是れ仲平足るを知らざるの過ちなり。

（幸）

士勤　農より奮い、撰ばれて世子の侍讀となる。その幸論ずるなきのみ。

（息軒）子客居すと雖も、近く亦た藩政に參ぜんとす。

（毅侯）而して世弘醫を去りて儒、又その俸と階とを增す。之を紙鳶に譬うれば、既に已に天に冲し、その疾風に翻り、喬木に罥すること、乃ちそれ常なるのみ。

既にして熊本の世子また捐館、士勤慟哭、まさに任を治めてその國に歸らんとす。

予れと二子と數百里の外に生れ、各〻その土に長じ、各〻その君に事え、而して首を一都の中に聚むること十餘年、經史に切劘し、文酒に周旋す。則ち是の十餘年なる者は、天の吾れらに貺うゆえんなり。我も亦た之を至幸と謂わざる能わず。然らば則ち今の茲の別れも、固よりそれ宜なるのみ。

嗚呼、幸と不幸と、予れ敢て言わず。大丈夫の處世、當にその志すところを成して以て後世に表見すべきのみ。我が三人なる者の同じきところ、此に同じきに非ずや。

「送木下士勤序」が書かれたのは、嘉永四（一八五一）年、時に韡村四十六歳、宕陰四十一歳、息軒五十二歳であった。

三

韡村の文章を輯めたものに『犀潭文』乾坤巻があり、そこには別後十四五年ころの「書安平仲文巻後」や「書毅侯六藝論後」等の書翰が納められてい、別後もつづいて書状や論文の交換が行われていたことが知られる。また著書に『山窗閑話』がある。この書はかねがね韡村が私淑していた「道を諸侯の間に信べ、膏澤民に下すこと、平洲紀氏のごときは、近世儒者の希に覩るところなり」(『山窗閑話序』)という細井平洲の人となりや學問について記述したもので、若年から平洲に師事した西條藩士上田翁からの聞き書きを編集したものである。書名も翁の命名である。冒頭に韡村の漢文體の序文があり、年紀は弘化甲辰(一八四四)の年である。

この前年にはオランダ國王が將軍に開國勸告の書を送り、この年にもオランダの軍船が長崎に來航、同樣な國書を呈する。國内では數年來の蕃社の獄、庶民の奢侈禁止と世情不安がつづき、國の内外はようやく騷然とした空氣に籠められていた。こうした折り、儒者はいったい何を爲すべきか、またいかにあるべきか。韡村は敬慕する平洲の在りし日をノートしながら、己れの道を考える。

平洲には『嚶鳴館遺草』六巻、『遺稿』十巻の著作があり、韡村は『山窗閑話』とともにこれらからも當然多くを學びとったことであろうが、韡村がなぜ平洲に學ばねばならないかを、儒者の現在の態樣とともに率直に述べたものが、『山窗閑話』冒頭の漢文による序である。かれはいう。

世の侍讀講官と稱する者は、おおよそ經を抱いて進み、古人の註脚を墨守して、一字を失せず、一語を錯たざれば、則ち得々として退き、或いは顧問するところあれば、畏首畏尾、務めて言を無過の地に立つ。その榮遇となす所以のものは、陪讌飲賞風月詩賦奏技に過ぎずして、德の修否、民の安危は、全然地を拂えり。是れ醫官茶師官宦宮嬙の承歡泣恩と甚だしくは異なるなきなり……。

夫れ布衣韋帶の賤を以て、進んで千乘の君に獲て、その魚を食いその章を衣ば、將に何をか爲さんや。その多聞なれば則ち當にその多聞を致すべく、その賢たるや當にその賢を陰さざるべし。乃ち推諉退縮、動もすれば輒ち曰く、吾は大臣に非ざれば國事言うべからず、曰く、吾は摯御に非ざれば宮闈の事は情を悉くさず。おおよそ默々を以て恭愼となす。吾れ未だその何の義たるかを知らざるなり。

蓋しその人俗吏賦官と當世の能を争うこと能わず、姑く章句に籍りて祿仕の地となす。而して上の人も亦た簿書期會の急に如かずと視、且つこれを延きて以て文具となす。上下交も虛文を以て相遇す。嗚呼古の人それ竟に及ぶべからざるかな。

いつまでも儒者はこうであってはならないのである。從來爲政者は儒者を文具とみ、儒者もまたそれに甘んじる。恰もこれが傳統の如くである。平洲と米澤侯との關係は、これとは全く別樣であった。限りなく平洲を讃美するのも韡村の理想とする姿がそこにあるからであった。

韡村の藩における行動は、藩主や世子の側近にい、種々獻策するところがあったが、すべて「冥々の中」に行われて具體的には不明である。長く時習館にいて人材の育成には熱心で、門下から竹添井井・井上毅・古庄嘉門・岡松甕谷らの俊秀が輩出する。一方で時習館の一時期塾長でもあった横井小楠が弘化四年實學黨を旗上げし、これに長岡是容・元田永孚らが參加して藩論は二分し、以後藩は動搖不定の狀況がつづく。

慶應三年、韡村は病の床にあった。時々うわごとをいう。「一夕門人側に侍し、適ま囈語あるを聞く、荀々二分せよと。覺むるに及び何の夢みるところかを問うに、曰く、肏下の二豎分朋相攻む、痛苦言うべからずと。門人曰く、平生の憂うるところに非ざるを得んやと」（木下子勤墓碑銘）まさに藩の分裂狀態を憂えてのうわごとであった。死の床にあっても韡村の願いはひたすら藩の安定にあった。己れの藩の安泰こそが大事であった。

四

鹽谷毅侯、諱は世弘、字は毅侯、宕陰と號す。江戸愛宕山下に文化六（一八一〇）年四月十七日誕生。醫から儒に轉じ、慶應三（一八六七）年八月二十八日沒。享年五十有九。

嗣子誠の『宕陰鹽谷先生行述』によってその生涯を畧述するとおおよそ次の如くである。

兒となり嬉戲するに常に軍容を裝い、麾を執り床に踞し、群童俯仕し敢て譁するものなし。

いっぱしのガキ大將である。やがて句讀を學び外師につき嶄然として頭角を現わす。十六歳で昌平黌入學、二十一歳關西に遊ぶ。その二年後父を喪い家計の重みがすべて若き宕陰にのしかかる。餘りの貧窮を師の松崎慊堂が憐れみ、濱松侯水野忠邦に說いて十五口俸を附與される。特例であった。

水野忠邦に拔擢されて醫から士の身分をえ、感激して忠勤に勵む日々を、孫の時敏の編集による『宕陰先生年譜』天保三年の條

先生惟忠直、講に方るの前夕、室を閉じ靜坐し、反覆構思し、文義の外、參ずるに時事を以てす。諷諭備さに至り、務めて君を道に納る。公甚だ之を嘉す。

十年の條

十二月封事を上る。事きわめて祕。先生意えらく必ず嚴譴をえんと。門を閉じ屛居數日。公召見してその敢言を賞し、帛一端を賜う。公資性英邁、首相となり事を用う。銳意治を圖る。先生の用うべきを知り、深く之を信任す。老臣と雖も如かず。先生感激し、知りて言わざるなく、言いて悉くさざるなし。公每に之を優納す……。

天保十二年、水野忠邦は将軍家慶の信任をえて政治上の大改革を斷行する。享保・寛政の勤倹制度を理想としたものであった。ただその施策が急激にして嚴峻に過ぎ人望を失して僅か二年で失敗し、老中職を去る。忠邦は天保十五年再び老中首座に返り咲くが、翌二年免官蟄居を命ぜられ、子の忠精が嗣ぐ。

嗣君幼冲、先生を以て輔導となす。先生その知遇に感じ、啓沃輔弼、鞠躬盡瘁す。積勞を以て俸を増し、二百石に至り、國政に與る。

時に宕陰三十七歳。

この頃から佛英蘭の諸國は開國を迫る國書を奉呈して世上騒然。アヘン戰争のニュースも傳わってくる。宕陰は『阿芙蓉彙聞』『籌海私議』『通絶始末』等の書を發表して外夷の侵畧に備えるべきことを警告する。同時にこの状況を憂念して「數しば書疏を作りて當路に上す」。しかし當時慷慨の餘り口禍によって咎めをうける者も多く、周圍から自重を求める聲もあって『六藝論』『隔韡論』を最後の著書とする。

文久二年、水野忠精老中に拔擢。

幕府漸やく衰ろえ内外多故。諸浪士京師に集い、公卿の間に出入し關説するところあり。京師と江戸と水火の如し。

そこで忠精は、

常に先生を召し、人を屛けて密語し、意見を陳し、或いは封章疏答せしむ。みな機密樞要の事なり。先生論議持重、天下を以て任となす……。先生嘗て公と約し、上書の草稿、みな之を焚毀し今一も之を存するものなし

（『宕陰先生年譜』文久二年の條）。

この年、昌平黌教授拜命。

宕陰は程朱學派に位置づけられるが、その立場は「經を經とし史を緯とし、以て實用を爲す」かなり自由なもので「その治經も宋學を墨守せず、諸を漢注に原ね、諸を唐疏に參じ、必ずその是を得て後止む。然れども訓詁に屑々たらず、衆說に膠々たらず、要は經を以て經を解し、平易的當、經旨を失せざる」ものであった。前後門に入る者數百人。邦君諸侯も多く弟子の禮をとった。

世間的には「宕陰は我が歐陽氏なり」として文章で一世に鳴ったが、こうした評價も「儒者」と目されることも嫌った。かれはいう、

儒學は人道なれば、人だれか儒たらざらん。上にして天子諸侯、下にして士農工商、みな儒なり。世嘗て別に一種の儒者あらんや。予れは士なり。儒に非るなり。

若き日兵法や槍術に熱中していた頃の詩に、

死して儒林傳に入るを願わず、輕甲一联藏して家に在り

という。かれの元來の出自は醫で士の身分ではなかった。水野忠邦に見出されてはじめて士の身分をえたわけで、それだけにいっそう士意識が强かった。

天保五年、宕陰二十六歲。この年「與山田琳卿書」を書き、自らの學問の變遷や信念を披瀝する。自傳ともいえる文章である。次のようである。

僕年十五六の時、經術文章を以て世に名あらんと欲す。以爲えらく道を求むるは古言を知るに在り。古言を知るは古書を讀むにあり。目には則ち漢後の書を見ざるを誓い、手には則ち李王氏の辭を修む。既にして昌平學に入り、漸やく四方俊髦と交わり、磨礱切磺、始めて文章の小技にして修むるに足らず、章句の腐儒爲すに足らざるを知る。妄意自ら斷じて曰く、學者將に以て世に用あるべし。諸葛武侯書を讀みて大略を觀、桓彥範甚だしく

は書を讀むを喜ばず。志すところは忠孝の大略なり。有用の學、必ず是の如くにして足る。作文を廢し研經を後にし、専ら以て經國の務めを知るを以て念と爲す。性命の說を視ては迂腐と爲し、理學の言を聞きては、則ち耳を掩いて走る。當時客氣甚だ盛ん、勝心燃ゆるが如く、斷然として自ら以て是となして人言を恤わず。是の如きこと數年、年二十餘關西に周遊、京阪の間に僑寓し、頗る辛艱を嘗む。その後父の憂いに丁り、始めて家事を躬らし、漸やく世路に接し、齟齬扞格、百意の如くならず。乃ち嘆じて曰く、學者將に以て用を爲さんとして學ぶところ爲すところと每に相い負く。豈れ學の道を失せるに非ずやと。嘗てこれが爲に深思長慮、以謂えらく、天下の事爲し難きことあるは、獨り私あるを以てなり。苟も私なければ則ち事爲すに足るものなし。是に於て一切功利の學を排し、また闇然として自ら修むるのみ……。（『宕陰存稿』巻二）

文章はさらに續いて琳卿の率直な意見を求め、そうした他者の言辭に十分心を開く餘裕も近來生れてきた云々と文を結ぶ。こうした學問的な彷徨から拔け出して虛心に對象に向き合う自由をえ、身分的にも安定し、さらに水野忠邦・忠精の側近に侍して國內外の情勢にも精通する。晩年の宕陰を重野成齋はこう評する。

先生晩年內外の情勢に熟し、識趣益ゝ高く、議論持重、大體を綜ぶ。幕府をしてその職任を竭くし、以て朝廷を奉じ、浮浪不逞の徒の動かすところと爲さざらしめんと欲す。その外事に於けるや、約章に按據し、之に處すること漸ありて、故なくして釁を啓くべからずと。大旨此の如し。（『宕陰先生年譜附錄』「宕陰鹽谷先生碑」）

かくして宕陰の目は遠く天下國家の將來を見つめる。

五

安井息軒に「送鹽谷量平序」の一文がある。文政十二（一八二九）年、關西への遊學に旅立つ宕陰の弟量平への送辭である。ここには儒學を事とする己れらの境遇や不滿、本來あるべき儒者の姿等々が縷々述べられる。

鹽谷量平は醫を去りて儒、將に道を浪華篠崎氏に問わんとし、予に來別す。予曰く、子何爲れぞ儒たる、當今の世用って儒たること勿れ。

以て榮と爲さんか……、人甚だ之を輕んず。

以て利と爲さんか……、獲るところ甚だ少し。

以てその道を行うべきと爲さんか……、秩卑くして官散なり。

しかも日常はただ「唔咿呫嗶、日に童儒と伍」すばかり。「一たび顧問に備われば喧然として相い傳え、以て殊遇と爲す。此の如きのみ」たまたま過失があれば一般人では許されることが、「儒にありては則ち必ず之を擿し、刻論苛駁、錙銖を遺さず。此れ聖人の道を學びながらその行い此の如しと。その身を汚衊しその名を敗壞し、必ずその意を快くして止む」まさに「是れ之を待つに奴隷を以てして之を責むるに聖賢を以てするなり。今の儒たる者、亦た難からずや」。

世間の目は冷い。しかしそうなる理由もある。

且つ子も亦た今の儒たる者を知らん。道必ずしも講ぜず、德必ずしも修まらず。ほぼ經史に渉りて以て談柄を爲す。まま傑出したる者あるも亦た唯だ著述をもって自ら安んじ、經世の務、泯焉として未だ嘗て心に入らず。師はこれを以て教え、弟子は此れを以て習う。學と事と判れて兩途となす。士大夫の斯に從事する者と雖も、みな以て學問の道は此に止まると爲す。儒また何ぞ貴ぶに足らんや。

思えば長い歴史の中で儒者像はこのように固定され、自らもそう局限するようになった。

慶元以來、封建を治と爲し、士はその祿を世とし、大夫はその言を世とす。而してその人率ね武辨より起り、その事事するところ槍刀弓馬の技に過ぎず。苟もこれを粗習せば、身一經に通ぜずと雖も、その士大夫たるに害なし。而してその政事なるもの、亦た唯だ簿書期會、故典を奉じて以て周旋し、また意を治教の源に置かざれば、則ち固より夫の學に待つことなきなり。是を以て究經の士上より出でずして下より出ず。恆產なくして以て衣食を共すれば、則ち亦た無用の勤に服すること能わざれば、以てその身を饑寒す。是に於てか務めて世の好む所に趨りて以てその技を售る。黠なる者唱え、惰なる者和す。往きて反らず、滔々としてよく遏むることなきは、則ち今日儒風の弊なり。その罪分つところあり。その罪分つところありて道分たず。我が儒たる者、その責を重任せざるを得んや。故に予れ、窮儒たるとも顯儒たること能わず、既に儒たれば則ち此に安んぜんのみ。

その結びにいう。

然るに吾子の才識、修治の道に通敏にして瞭として掌を指すが如し。而して子の君方に大政を輔け、弊風陋俗、抉擿して之を去る。その建明するところ往々にして經術に根ざす。子の學既に成る。その得たるところを出して以て之を助けば、豈にただに良醫の獨り病に仁なるのみならんや。子の醫を去りて儒たるは、意殆んど斯に在るか。

量平笑いて言わず。

一方息軒はこの書を書いた翌天保元年、飫肥に藩校振德堂が設立され、父の滄洲が總裁、息軒は助教に任じられ、出生の地清武から居を飫肥に移す。時に息軒三十二歲。

翌二年、九州巡察を命ぜられ各地を視察。『觀風抄』執筆。四年には側儒者として江戶勤務。翌年歸國。七年再び江戶へ。江戶と飫肥との往復がつづき生活に落着きもない。八年父滄洲沒。意を決して勸學のため江戶移住を藩主に願い出て許され、昌平黌再入學。この年米艦浦賀に來り、世上騷然。昌平黌にも學問的雰圍氣はなく人材も稀少と嘆く。增上寺の居室を借りて讀書に專念。

江戸移住の前、飫肥にいて息軒は必ずしも愉快ではなかった。藩行政に對するかれの意見は、ことごとに藩重役と衝突する。凶作がつづき萬事にとげとげしかった。この時期の息軒を「余昌平ニ在ルヤ、仲平ト交リ最モ親シク、頗ルソノ人ト爲リニ熟ス」（明教堂の記）という宕陰はこう述べる。

歸鄕の後、歲に數次は必ず書の至れるあり。大率激憤忼慨、僻壤の師友の乏しきを以て言と爲す（送安井仲平序）。

しかし息軒が怒り嘆いている時、實はこの地の人は息軒を評價しかれに期待していた。宕陰はつづける。

其（飫肥）の藩士の東に來れる者はみないう、仲平少時孤介、人を容るるに短なり。今や直にして平、方にして恕、衆に接して諧和、長に事えて禮あり、闔藩敬信す……（同上）。

それにもかかわらず息軒の心は餓えていた。かくして「戊戌の歲、遂に官を辭し家を挈え、來りて江戸に學に就く」（同上）。江戸での生活にはっきりした目算があってのことではない。それでも江戸こそ自らを鍛える唯一の場だと思われた。貧苦は恐るるに足りない。

天保末から嘉永にかけての十數年、息軒も幕府も多事多難であった。息軒は三計塾を主宰すると同時に藩主とともに『論語』を讀み『管子』に財政的なヒントを求め、『讀書餘適』『續讀書餘適』を書き、時に房總を視察して海防上の知識を廣め、『靖海問答』『料夷問答』の書を通して海防の要を說き、飫肥には養蠶製絲、煙草栽培の技術を傳えて殖産興業の路を開く。

天保八年、米艦浦賀に來航して以來の幕府の諸政策は、内外を通じて破綻失政の非難を免れぬものが多かった。もっと腰の据わった一貫した政策が望まれた。息軒は水戸の藤田東湖と相識り、水戸公の知遇を得たのも束の間、東湖は地震により壓死。やがて安政の大獄、尊皇派の肅清とつづき、その復仇が櫻田門外の變に發展し、水戸公も逼促し、時世はいよいよ暗く切迫していった。

文久二年、息軒六十四歳。正月妻佐代沒。こうした折り將軍家茂から拜謁の命あり、病氣を理由にいったんは辭退するが、結局七月拜謁、十二月昌平黌教授を拜命、二百苞。學資として別に十人口。息軒はいまやレッキとした幕臣であり、最高學府の教授であった。同時に宕陰も韡村も昌平黌への召命を受けていたこと既述の通りである。

息軒が幕府儒官の地位にいたのは、文久二年十二月の拜命から元治元年の正月までの足かけ三年、まるまる一年と二ヶ月のことであった。辭任は奥州塙の代官として出向するためであった。「自述年譜」[2]には「元治元甲子二月奥州塙代官ニ轉任ス未赴任八月免官親友數輩老テ寒鄕ニ往ヲ憐ミ閣老ニ請テ免官ト云」とある。儒官から代官へは位階が四等降格するのであるが、幕府政治の根基としての直轄地支配に識者をあてて基礎固めをしたいとの意向があって行われた人事で、實地の行政に關心をもつ息軒もこれを了承したわけだが、結局老年の息軒には無理という各方面からの聲もあって赴任前に免官、卽日閑職の小普請入りとなった。

慶應三年、五月に畏友韡村沒、あとを追うように宕陰が八月死去。獨り息軒のみが殘される。そして翌四年、すなわち明治元年は、幕臣のだれにとっても辛い年であった。德川家はいま終焉を迎えようとする。薩長連合のいわゆる西軍が東下し、德川氏は恭順の意を表したが必ずしもその意向は徹底せず、一部に抗戰の動きがあった。江戸での東西軍の衝突を避けて息軒は川口在の領家村に身を寄せた。三月から十一月の間で、その時々に身邊に繼起するさまざまな事柄を漢文で日記に書きとめる。『北潛日抄』[3]がそれである。

(四月)十三日晴而風。寒きこと三冬の如し……。十一日西師入城。錢穀戎器皆盡くこれを取る。旗士四散する者十の三四、その留まる者は蓋し田安黃門の封を待つ者なり。嗚呼二百五十年の基業、一朝にして雲消烟滅せり。歎ずるに勝うべけんや。然れども此の事や、識者つとに己丑米夷横濱《ママ》に入るの時にみ、心を盡くして箴規するも、有司は怯惰にして狡詐を以て自ら免れんとし、正議を持する者あればこれを惡むこと讐の如く、ただその進用せらるるあるを恐る。又愚にして好んで自用する者あり。祖法を毀壞し洋制に陷溺す。その鬻獄貪贓、聚歛して饜くなきものは、世々皆是れなり。是を以て人心日に離れ物價沸騰す。十餘年間、著々として皆誤りて以て今日に至る。將に誰をか怨まんや。噫。（原漢文）

幕府は自らの失政によって敗れるべくして敗れた。だれも怨むことはない。理屈ではそう思い乍らも、奥羽での戰況のニュースに一喜一憂する。領家村での八ヶ月の間に、息軒は『戰國策補訂』『書説摘要』を參訂脱稿し、『左傳輯釋』『論語集説』の定稿作りに着手する。たいへんな勉強ぶりであったが、主家の滅亡、自らは年來の足疾に加えて時折り胸も痛み、次男謙助の嫁淑の餘りにも早い死、殘された孫千菊の行末等々、四周に喜びの色はない。何かに執心するところがなくては日を送り難い心境にあったのであろう。かくしてこの時期「その學に得たること殆んど都下三十年の讀書に勝れり」（『北潛日抄序』）という。

領家村に韓村の愛弟子、竹添井井が訪ねてくる。

（六月）三日、正午茂助、肥後の竹添漸卿、植野常吉、古莊惟正を將いて以て至る。皆な舊友犀潭木下氏の徒なり。去年犀潭の沒するや、その子弟及び門人、狀行を以て予に銘を請う。その暮れの十月文成る。澤村修造に附して之をその子に致さしむ。而るに修造航海して歸り、三子と逢わず。因りてその文を乞うを以て名と爲し、實は天下安危の形を質さんとするなり……。

始めは息軒も愼重に對應するが、かれらに他意のないことを知ると酒を呼び、大いに縱談し「日蹉昳して三生辭し去る」とある。田舍に隱れ住んでいてもさまざまな人物が出現する。長州の小倉健策など强引に面會を求め、儒學に對する西學の優位性を説いて議論を吹っかけてくる。息軒は日本の儒教の傳統の薄弱さから說き起し、爲政者が儒者を終始方外の人と見なし、儒者もまたその範圍に己れを局限して恥じなかったことを縷々述べる。かつての「送鹽谷量平序」にいうところと等しい。十一月一日には新政府への反逆の疑いで取り調べをうける。門人小島熊藏こと雲井龍雄に連累してのことであった。疑いは直ちに晴れるが、わずらわしい事ではあった。

明治三年、淸國の應寶時から息軒の著書『管子纂詁』への序文が送られてくる。これは慶應二年イギリス留學に向う中村敬宇に船が上海に寄港中、中國の有識者に『管子纂詁』の閱讀を乞い、能うべくんばその序文が欲しいと依賴した。敬宇はこの依囑を果した。當時江蘇界隈の治安・關稅の責任者の地位にいた應寶時は早速序文を書き日本へ送った。その序文が三年がかりでようやく息軒の手許に屆いたのである。序文はおよそ二千字。堂々たる文章で、うちに侈靡篇に關して年來疑問をもっていたとして二十四條を指摘してきた。息軒はこの疑問に誠實に答えて『管子纂詁』の改訂版を作った。その序に「予が考正の力、此に盡きたり」という。全力を傾注しての作業であった。時に息軒七十二歲。(4)

明治六年、この年『辨妄』を書く。新政府になって六年、ともかく時代は變り世の中もひとまず落着いた。そこへ滔々と西洋文明が流れこんでくる。息軒はこの文明の正體をキリスト教にあるとみ、この宗教を支える精神は萬人の「平等」にあると捉えた。果してこれがわが國體に合致するのであろうか。こうしたキリスト教を容認してよいのであろうか。息軒が學んだ經典の教える理想の世界は、階級秩序の整然とした社會であって、平等に根ざし平等を目ざすものではない。爲政者は秩序を尊重する經典を學び道德的にも秀れた人物でなければならない。いわゆる士大夫の教導する世界である。戊辰の際にはひたすら沈默を守ったが、今回はぜひとも發言せねばならない。息軒は自ら聖書を讀み學んだ。そして老儒生の眞摯さの全てを注いでキリスト教批判を展開する。わが國のために、である。

後に山路愛山は『辨妄』をこう評論する。

「此書は實に耶蘇教會が最初に日本に植えつけられたる時に於て先ず蒙りたる非難の聲なり。日本の舊き思想を以て新しき信仰を批判したる最も聰明なるものなり。」

「論文は當時の知識を水平として論ずれば固より非凡の傑作」であった。しかしせっかくの傑作も當時の熱きヨーロッパ志向の前では「無用の觀なきに非りき」[5]であった。

翌七年、息軒七十六歳。以前からの足疾は痛みを增し歩行もままならず、加えて視力も衰えた。この年十月恩顧ひとかたならぬ舊藩主伊藤裕相が死去する。以來俄かに衰え、この一年で十歳も老けた。その翌八年、思い立って『睡餘漫筆』を書く。內容はさまざまで家庭生活から社會習俗、日中の慣行の相違等々、まさに「思出ルママ書キ」(序)記したものである。息軒最期の著述である。

明治九年九月二十三日、社會の不合理な仕組みや學問の退廢、儒教社會と相い容れぬキリスト教の教理、また共和體制等々、これらと果敢に斗った老儒生、息軒沒。享年七十八。死因は「澼飲症」、淺野宗伯の診斷である。

六

韡村・宕陰・息軒、三者それぞれに激動する幕末の一時期をま正面から見据えて己れの信念に生きた。若き日の境遇への不滿、體制への憤りは、後年形を變えてかれら自身による施政や思想活動に投影される。

韡村は藩主を軸に、藩內の對立抗爭を極力排してひたすら藩の安定を追求し、一方で物產の開發等の諸政策を人知れず「冥々の中」に行っている。息軒のいう「恭遜直諒、敢て激論放言せず」の人柄のままにである。しかし時代はかれの思量を追い越して、藩を超えての動きをいよいよ加速する。宕陰は一國を代表する老中の側近にいて國内外の情勢に通じ、西歐諸國の東洋進出に危機感を抱いて爲政者に警告を發し、同時に儒教の實學化への道として禮樂射御書數の六藝の尊重を高唱する。こうしてこそ西歐の技術中心の學術に對抗しうる儒教の再生がかなうのだと。かくして宕陰には一藩に局限される發想はない。天下國家こそがかれの視野にあった。若き日息軒は己れをも含めた儒者の地位の低さ、それに甘んじた儒者自體の責任を責めるが、本意は儒者の本來の有用性を主張することにあった。當然息軒も藩の諸行政に參畫し貢獻するところ大であったが、かれの本領はあくまで學問にあり、學問を通じて廣く世界と交流し論議するところにあった。『管子纂詁』において清末の應寶時と、『辨妄』においてキリスト教と對決する。時代は明治に入っていたとはいえ、息軒はあくまで儒者の目で、自らが生きてきた聖賢の教え、社會の仕組みを背にして、堂々とキリスト教世界と渡り合う。日本と西歐の對峙の構圖の初生である。

韡村ら三者の生きざまはまことに三者三様であったが、互いに自らの信念に、また自らの境位に忠實に生きたが故に、それぞれの立場や思想を超えて終生の友情を保ちつづけたのであろう。まことに「大丈夫の處世、當にその志すところを成して以て後世に表見すべきのみ」（安井息軒「送木下士勤序」）を貫いたそれぞれの生涯であった。

註

（1）木下韡村の講説をうかがう資料に、竹添井井『論語會箋』がある。井井は各所で「韡村先師曰」として恩師韡村の所説を掲げる。韡村に『論語』についての專著はないので、井井は記憶によって記録したと思われる。なお井井は韡村の訃に接して「哭韡村先生」（『獨抱樓遺稿』所收）を書く。慶應三年秋七月、藩命を帶びて上海に航した折りの文章である。

（2）慶應大學斯道文庫藏。明治六年に書かれている。

（3）原本は川口市領家の高橋家にあり、埼玉縣の縣文化財の指定をうけている。この日記が帙入り二巻二冊本として刊行されたのは大正十四年で、維新ののち六十一年であった。この時たまたま息軒沒後五十年の式典があり、また外孫の朴堂安井小太郎も一高教授を退官することとなった。當時定年退官の教授には、退官記念論文集が贈られるのが慣行であったが、安井小太郎はこれを斷り、代りに祖父息軒の『北潛日抄』の刊行を希望した。こうした經緯があって家藏の『北潛日抄』は陽の目を見ることとなった。

（4）この點については拙稿「力作の『管子纂詁』」一八七頁～二〇三頁（『江戸の漢學者たち』研文出版）を參照されたい。

（5）山路愛山「現代日本教會史論」三〇～四三頁（『基督教評論』岩波文庫）所收。

應劭の淫祀批判

池田秀三

一

俗説に、夔は一足にして精を用ふること專、故に能く音樂を調暢す、と。

謹しみ按ずるに、『呂氏春秋』（察傳篇）に、「魯の哀公　孔子に問ふ、『樂正夔は一足なりといふ、信なるか』。孔子曰く、『昔者《むかし》舜　夔を以て樂正と爲し、始めて六律を治め、五聲を和均し、以て八風を通ぜしめ、而して天下服せり。重黎又た能く音を爲《をさ》むる者を薦む。舜曰く、「夫れ樂は天地の精、得失の節、故に唯だ聖人のみ能く樂の本を和すと爲す。夔能く之を和し、天下を平らぐ、夔の若きは一にして足れり」。故に夔は一（にして）足（る）と曰ふ、一（本）足にして行くに非ず』」と。

俗説に、丁氏の家　井を穿ちて、一人を井中に得たり、と。

謹しみ按ずるに、『呂氏春秋』（同上）に、「宋の丁氏　井無く、常に一人　外に漑汲す。自ら井を穿つに及び、喜びて人に告ぐ、『吾れ井を穿ちて一人を得たり』と。之を傳へて宋君に聞す。公　其の故を問ふ。對へて曰く、『一人の使を得《う》、一人を井中に得たるに非ざるなり』」と。

むかし『風俗通義』[1]（以下『風俗通』と略稱）をはじめて手にした折、右の二つの話になぜか興趣をそそられ（ともに正失篇に見ゆ）、ああ、これがいわゆる「神話の合理主義的解釋」というもんなんだなと、妙に感心した憶えがある。

中國に神話が乏しいこと、そしてその原因が神話の合理主義的解釋、すなわち神話の人間化・歴史化にあることはすでに定説となって久しい[2]。本當にそう單純に決めつけてしまってよいかどうかは論議のあるところであろうが、神話の合理化ということがら自體は否定のしようがなく、また右の二話がその好例であることにも異論はないであろう。實際、この兩話、とくに前者は、「黄帝四面」「黄帝三百年」などとともに、中國神話の合理化を語る際、ほぼ必ずといってよいくらい紹介されている話である。

さて、右の二話が神話の合理主義的解釋の好例ないし典型であるとすれば、それを收載した著者應劭は、當然、合理主義者ということになる。かくしてそれ以來、私の中では、應劭といえば合理主義的思想家という印象が定着してしまったのである。しかしその後は、『風俗通』からすっかり遠ざかってしまい、その印象が當っているかどうかの檢證すら怠ったままうち過ぎてきた。ただ、近時、儒家的合理主義について語る機會があり、また中國でも應劭の合理主義に言及する論著も少數ながら現れてきたこともあって[3]（ただし、「合理主義」という語そのものは用いられておらず、「無神論」なる規定をもってその系譜の中に位置づけられている）、改めてその檢證を行ってみたいと思うようになった。

本稿はその試みの一環であるが、紙幅の制約もあるので、今回は合理主義的――中國流にいえば無神論的――傾向の最も顯著に現れている怪神篇を中心に考察を進めることとしたい[4]。

二

「怪神」なる篇題についてまず説明しておこう。怪とは物怪《もののけ》、神とは鬼神および諸々の神靈のことをいう。この篇題がかの『論語』の「子、怪力亂神を語らず」（述而篇）を踏まえていることは容易に氣づかれようが、應劭自身も怪神篇の小序（以下「序」と略稱）に右の一文を引き、そのことを明示している。

さて、怪神篇には古文獻に見える故事、あるいは應劭自身の見聞した話をとりまぜ、鬼物の現出した種々様々な怪異が收錄してあるほか、それに加えて、民間の俗信・風俗等もあわせ記載されている。では、それらの怪異・俗習に對して應劭はどのような態度をとっているかといえば、大半は虛妄・迷惑として一蹴し去っているのである。後述するごとく、個々について見れば、その對應は微妙に異なっているのであるが、基本的には怪異否定、怪神批判の立場に立っていることは誰の目にも明らかと斷言できる。またそのような立場をとることは、「怪力亂神を語らず」を自己の立脚點とするからには當然の歸結といえよう。

このように、怪異を認めるかいなかという點だけを問題とすれば、答はまことに簡單なのであるが、眞の問題はそこにあるのではない。考究さるべきは、應劭がどのような論據・仕方で怪神を批判しているかである。以下、その檢討に入ることとしよう。

三

應劭の怪神に對する見方を一言でいえば、怪神は人自らが作り出すもの、ということに盡きよう。すなわち、自らの心の不明、おびえが怪神を現出させ、災禍を招き寄せるのだ、と應劭は考える。その典型的例として、應劭は怪物を見て病氣となった齊の桓公の故事を擧げる。

謹しみ按ずるに、『管子書』に、[5]「齊公　澤に出で、紫衣を衣、大いさ轂の如く、長さ轅の如くして、拱手して立つものを見る。還歸して疾に寢ね、數月出でず。皇士なる者有り、公に見ゆ。（公）語《つ》ぐるに驚きて曰く、『物惡んぞ能く公を傷めんや、公自ら傷むるなり。此れ所謂《いはゆる》澤神の委蛇なる者なり、唯だ霸主にして乃ち之を見るを得たり』。是に於て桓公欣然として笑ひ、日を終へずして病ひ愈《い》ゆ」。（「世間多有見怪、驚怖以自傷者」）

應劭はつづけて、自分の祖父彬にまつわる次のような逸話を載せている。

應彬が汲縣の令だったとき、主簿杜宣に酒を賜うた。杜宣が飲もうとすると、盃の中に蛇のごときものが映った。杜宣は氣味惡く思ったが、飲まないわけにもいかないので、盃を干した。その日からすぐ胸や腹が痛み出し、食事もできず、醫療萬端をつくしたが、衰弱する一方という有様。ところが後日、蛇を飲みこんだとばかり思いこんでいたのが、實は壁にかけてあった弩の影が映っただけのこととわかった途端、たちまち全快した。（同上）

まさに「病いは氣から」である。ありもしない、またといあったとしても何の害もない怪異をおじ怖れて病いに伏せる、まさしく「自傷」というほかはない。

右の「世間多有見怪、驚怖以自傷者」の條は怪神篇の最初に置かれており、そのことからも應劭の用意がうかがえ

るであろう。また怪異の災禍は自らが招き寄せるものであることは、

淫躁にして畏るる者は、災自ら之を取る、厥の咎響《ひびき》のごとく應ず。（序）

小人愚にして善く畏る。……故に咎證を速《まね》く。『易』(6)に曰く、「其れ亡びなん、斯れ自ら災を取る」と。（「世間多有狗作變怪」）

と、繰返し强調されている。

怪神は自らの心が作出し、災禍は自ら招くものであるならば、怪神に對していかなる態度をとればいいかはおのずから明らかであろう。然り、怪異現象に心を動じさせることなく、泰然自若としておればいいのである。その好個の例に數えられるのが李叔堅である。

謹しみ按ずるに、桂陽の太守、汝南の李叔堅、少き時、從事と爲る。家に在りしとき、狗　人のごとく立ちて行く(7)。家（人）當に之を殺すべしと言ふ。叔堅云ふ、「犬馬は君子に諭《たと》ふ。狗　人の行くを見て之に效ふも、何ぞ傷まん」と。叔堅　縣令に見えて還り、冠を榻上に解くに、狗戴持して走る。家（人）大いに驚愕するに、（叔堅）復た云ふ、「誤りて冠に觸れ、冠纓之に挂著せるのみ」と。狗　竈前に於て火を蓄ふ、家（人）益ます怔忪するに、復た云ふ、「兒婢皆田中に在るに、狗助けて火を蓄ふ、幸ひに隣里を煩はさざる可し。此れ何の惡か有らん」と。里中相罵りて狗怪と言はざる無きも(8)、（叔堅）遂に殺すを肯んぜず。後數日にして、狗自ら暴かに死し、卒に纖介の異無し。叔堅　大尉の掾に辟され、固陵の長、原武の令たりて、終に大位を享けり。（「世間多有狗作變怪」）

かくも堅實なる對應を見せた李叔堅を、應劭はこう稱讃する、

叔堅の若き者は、心　金石より固く、妖至るも懼れず、自ら多福を求む、壯なるかな。（同上）

確かに、李叔堅のこの冷靜沈着ぶりは、ある意味で「壯」との稱讃に値いしよう。だが、「壯」という點では李叔堅

に優るとも劣らぬ果断さを見せている人物は他にもいる。山神の威を借り百姓《せい》を苦しめていた衆巫を誅殺し、悪習を根絶した、當代の西門豹とも稱すべき宋均（「九江浚遒有唐居山」）、會稽の淫祀を禁絶した第五倫（「會稽俗多淫祀」）、血を流す大樹をいささかの怖れ氣もなしに伐り到した張叔高（「世間多有伐木血出以爲怪者」）といった人々がそれである。中でも、應劭に及ぼした影響という點で注目されるのが第五倫である。

四

第五倫が太守となって赴任した會稽郡は淫祀の多い土地柄で、人々は卜筮を好み、巫祝を怖れ、彼らの言うがままに贈饋を供出し、鬼神の祭祀に家産を使い果たす有樣であった。第五倫は着任するや、ただちにこの習俗を禁絶した。鬼神の祟りを怖れて諫める屬官に、彼はこういった、

夫れ功を建て事を立つるは敢斷に在り。爲政は當に經義を信ぶべし。經《の》に言ふ、「淫祀は福無し」（『禮記』曲禮下）、「其の鬼に非ずして之を祭るは諂ひなり」（『論語』爲政篇）と。律、少齒を屠殺するを得ず。令《も》し鬼神に知有らば、妄りに民間に飲食せず。使《も》し其れ知無くんば、又た何ぞ能く人に禍ひせん。(9)

かくのごとく己が信念を披瀝した第五倫は、「民に出門の祀有るを得ず」との通達を屬縣に出し、「部吏を督課し、罪罰を張設し」て、民を惑わす巫祝を嚴しく取り締まった。はじめは「恐怖し、頗る搖動し不安」だった民もやがては第五倫の諭しを受け入れ、かかる風俗は一掃された。そしてその後、何の禍祟もなかった。

以上が第五倫の事跡であるが、ここに見える彼の行爲は應劭に極めて重大な影響を與えたものと思われる。というのは、應劭自身が營陵の縣令として淫祀の抑壓に苦勞したことがあったからである。その有司に移すの書に云う、

到りて聞く、此《こ》の俗、舊《も》と淫祀多く、財を糜《つひや》し農を妨げ、亂を長じ惑ひを積む、と。其の侈忿る可く、其の愚愍む可し。昔仲尼 子路の禱りを許さず（『論語』述而篇）、晉悼 桑林の祟りを解かず（『左傳』襄公十年）。死生命有り（『論語』顔淵篇）、吉凶 人に由る（『左傳』僖公十六年）。哀しき哉《かな》黔黎、迷謬に漸染すとは。豈に樂しまんや、之を徴《こ》らす莫《な》きのみ。今《いま》條して禁を下し、吏民を申約し、爲に利害を陳《の》ぶ。其れ犯す者有らば、便ち朝廷に收め、若し私かに遺脱し、彌彌として絶えざるあれば、主者髡截せん。嘆ずるも及ぶ無きのみ。[10]（「城陽景王祠」）

應劭の淫祀禁壓が第五倫のそれと基調を一にするものであること、一讀、明白であろう。應劭にとって第五倫は恰好の先例、模範であったのである。

ところで、「城陽景王祠」は怪神篇のうちでも際だって長文であり、また序において「淫祀は福無し」と斷じた上で、本條に見える孔子・晉公に言及していることよりすれば、淫祀禁絶が應劭にとっていかに重大な關心事であったかが推察される。性急を承知で敢えていえば、淫祀批判こそが本篇の眼目だったのではあるまいか。ならば、なぜ應劭はかほどに淫祀にこだわるのであろうか。その考察に移らねばならない。

五

先に見たように、第五倫は鬼神の祟りを物ともせぬ毅然たる態度をとった。何が第五倫をして自ら信ずることかくのごとく厚からしめたのか。その答としてまず第一に擧げられるのは、「令し鬼神に知あらば云々」という冷悧にしてかつ合理主義的な思考法・判斷であろう。第五倫の自信がそのまま應劭の自信であったとみてよいなら、應劭を支えていたものもやはり同樣の合理主義であったと考えてよかろう。

かかる合理主義的思考は實質的に鬼神の存在否定に傾くのが常であるが、應劭の場合も例外ではない。死と鬼神を論じて、應劭はかくのごとくいう、

夫れ死は澌《し》なり、鬼は歸なり。精氣消越し、骨肉 土に歸るなり。夏后氏は明器を用ひ、殷人は祭器を用ふ。周人の兼ねて之を用ふるは、民に疑を視《しめ》すなり。子貢 孔子に問ふ、「死者其れ知有るか」。曰く、「賜よ、爾《なんぢ》死せば自ら之を知らん。由《な》ほ未だ晩からざるなり」。……予《われ》以爲へらく、桀・紂の殺す所、以て軍を成すに足る、湯・武の衆を須《もち》ひざる可し。古事既に察《あき》らかにして、且つ復た今を以て之を驗せん。人の相啖食すること、畜生より甚しく、凡そ菜肝鱉瘕、尙ほ能く人を病ましむ。人は物を用ひて精多く、生有るの最靈なる者なれば、何ぞ其の胸腹に芥蔕《とどこほ》りて之を割裂せざるや。[11] 猶《よ》りて死者の知なきこと審なり。（「世間多有亡人魄持其家語聲氣、所説良是」）

ここに我々は、應劭のこの合理主義が、「未だ生を知らず、焉んぞ死を知らん」と明言した孔子以來の儒家の傳統に根ざしたものであることを知る。もっとも、この合理主義の傳統は應劭一人のものではない。應劭の據れる典據からも明らかなように、[12] むしろ漢儒に共有のものとさえ言い得よう。ただ、「桀・紂の殺す所云云」という、かの王充を彷彿とさせる論據をもって「死者に知なきこと審なり」と言い切った點と、[13] 孔子の鬼神に對する懷疑を自説の根據として自覺的に踏襲しているところに應劭の思想的意義を見出すことは許されよう（孔子が本當に鬼神に冷淡であったかどうかは、ここでは問題ではない）。

應劭が孔子の鬼神への懷疑を自己の根據に据えていることについては、實はくだくだしく論ずるまでもない。はじめにも述べたように、「怪神」なる主題設定自體がそれを明示しているからである。ともあれ、應劭が鬼神の類に對して合理主義的ないし無神論的立場をとることを基調としていることには疑問の餘地はない。

ただし、ここで注意しておかねばならないのは、應劭はあらゆる怪異の存在を一切否定し、抹殺しているわけでは

ないということである。怪神篇の後半に載せる狗・蛇をはじめとする諸々の物怪・妖怪の類はおおむね事實として認めている。それどころか、

漢の淮陽の太守尹齊、其の治嚴酷なり。死して未だ殮に及ばざるに、怨家これを焼かんと欲せしが、屍も亦た飛去せしこと書傳に見ゆ。樓上の新婦（の幽靈）、豈に虚ならんや。（「世間多有精物妖怪百端」）

『春秋』（『左傳』莊公十四年）に、「外蛇　內蛇と鬪ふ」と。文帝の時も亦た復た此れ有り、『傳』『（漢書五行）志』に其の云爲を著せり。而して鴻卿獨り終吉を以てするは、豈に所謂「或いは神を得て以て昌えしものか」。（「世間多有蛇作怪者」）

のごとく、積極的あるいは無條件に肯定する例さえある。なお、後者の「鴻卿云云」とは、馮鴻卿が蛇怪に遭ったとき、許季山[14]の孫の寧方なる者が、それは榮達の吉祥であると占ったことを指す。應劭は卜占は信じていたらしい。橋玄が司徒長史であったとき、白光の變怪を見て驚き苦惱したことがあった。その折、應劭は卜術に長けた董彦興（許季山の外孫）なる者を推薦し、占ってもらうよう橋玄に勸めている。もちろん出世の前兆との占いはあたり、橋玄は三公に榮進することになるのだが、應劭はそれを「今妖此こに見《あらは》れ、應彼《かし》こに在り」と評している（「世間人家多有見赤白光爲變怪者」）。

こうなってくると、應劭の合理主義というのもどうやら怪しくなってくる。少なくとも、彼を無神論者と規定するのは明らかに無理である[15]。ただ彼にとっては、この兩様の對應は何ら矛盾したものではなかったであろう。序文で怪力亂神を語らぬはずの孔子が「土の怪を墳羊と爲す」（『國語』魯語下・『史記』孔子世家）と稱したことを、かの一條と平然と竝べて記しているのだから。恐らく、語らぬことと、一切存在を認めぬこととは兩回事なのであろう。

考えてみれば、こうした矛盾は應劭に限ったことではない。むしろそれは、漢儒に、いや全ての儒者に通有のこと

がらとみるべきものであろう。さらに惟みれば、そのことはまた合理主義に反するものでもない。いやむしろ、かかる矛盾――我々にとっての――を内包しているところにこそ、儒家的合理主義の眞骨頂が存するのではあるまいか。話が餘計な方向に滑りかけたが、要するに應劭としては、怪異が虚妄であろうとなかろうと、怪異に動ぜぬ態度を保持していればいいのである。そのような態度を保持していさえすれば、「物悪んぞ能く人を害せんや」(「世間多伐木血出以爲怪者」)。

だが、怪異の實在を認めた上でなおかくのごとき豪毅ともいえる態度をとり得るのは、單に合理主義的思考の力によるものなのであろうか。恐らくそうではないであろう。別に何か、彼らの自信を支える根據があるに違いない。次にその第二の根據を論じてみたい。

六

第五倫や應劭に怪異に動ぜぬ自信をもたらした第二の根據は、自らの行爲が道義にもとづいた正しきものであるとの信念である。

誠に反《かへ》り義に據り、内に省みて疚《やま》しからざる者は、物能く動かす莫く、禍轉じて福と爲る。(序)

心正しく行い淸き者は、たとい妖怪・災變に遭遇しても禍害をこうむることはない。禍はおのずから去っていくのである。

昔《むかし》晉の文公出獵し、大蛇を見る。高さ隄の如くして、其の長さ路を竟《を》ふ。文公曰く、「天子　妖を見れば則ち徳を修め、諸侯は政を修め、大夫は官を修め、士は身を修む」と。乃ち齋館に卽き、食と寢とを忘れ、廟に請ひて曰く、「孤《われ》犧牲瘯蠡あり、幣帛厚からず、罪の一なり。遊逸度無く、國政を卹へず、罪の二なり。賦役重數《しばしば》にして、刑罰慘剋なり、罪の三なり。三罪有り、敢て死を逃れんや」と。其の夜、守蛇の吏、天の蛇を殺し、「何の故に聖君の道に當たれる爲《か》」と曰ふを夢む。明に及んで之を視るに、則ち已に臭爛せり。（「世間多有狗作變怪」）[16]

右の説話は、善行を修めれば妖變去りて祥瑞來り、德に怠れば嘉祥去りて災異來るという災異説の基本公式そのままで、何らの新味はないが、それ故にこそ、この公式からいかに脱却しがたかったかを如實に物語っていよう。もとより應劭はこの公式を全面的に受容し、そしてそれをそのまま物怪に對するあり方と定めているのである[17]（このことからも、應劭が物の妖怪を全面的に否認しなかった、というよりする必要がなかった理由が知られよう。災異の存在はもとより否定できない[18]。それどころか、「國家《てんし》天の威を畏れ、譴告を思求す、故に上西門城の上に於て候望す」〔正失篇「葉令祠」〕とあるように、天意を知る手段として災異は必須であったのであり、應劭もそれを當然の前提としている）。

應劭のこのような災異觀および對處の仕方について、ここで特段の考察は必要ないであろう。いまも言ったごとく、それは漢儒共通の公式的姿勢であり、それ故、類似の例についての考究がこれまでに十分なされているからである。いまはただ、天譴を認める以上、應劭を天を無爲自然の氣の流行とみる類の無神論者と規定することはできないこと、および、災異を説くことと上述の合理主義的思考とは何ら背馳しないものであること[19]、この二點を念のために指摘しておくに止めよう。

さて、いま私がここで注目したいのは、應劭が自らの行爲が道義にかなっていると自負する理由のほうである。その滿腔の自負を應劭に與えたものは經義である。すなわち、自らの道義性の自信の根底に、さらに自らの行爲が經義にもとづき、經義に合うとの確信が存在しているのである。第五倫の「爲政は當に經義を信ぶべし」との發言は、まさに應劭のその確信を代辯するものにほかならない。經義こそ第五倫の、そして應劭の正當性を證する根源的根據なのであった。

だが、經義を金科玉條とするのは、もとより應劭や第五倫に限ったことではない。およそ儒者なら、經義を尊重しない者などあるまいが、中でも漢儒はこの語を常套的に口にする。と同時に、このことばほど曖昧なものもない（その曖昧さ故にこそ、愛用されたわけなのだが）。とすれば、應劭が經義なる語をいかなる概念として運用しているのかが問われねばなるまい。その全面的解明は今後の課題とさせていただくしか今はないのだが、その解明の第一歩としていま注目したいのが、第五倫の言にあるように、經義が爲政と結びつけられていることである。つまり、經義は爲政の實踐と結びついてはじめて意義あるものとなるということである。

となれば、怪神論における政治的意味が必然的に問題として浮び上がってくることになろう。何となれば、怪神批判の窮極的根據が經義であり、而してその經義は爲政の場においてこそ意義あるものだったからである。以下、應劭の怪神批判における政治的意味の探求に移ることとしよう。

七

第五倫は峭直無私な人物であったと傳えられている[20]が、怪神篇において彼が稱えられるのは人格高潔の故ではない。あるいは應劭もその人柄を慕っていたかもしれないが、當面それは關係ない。第五倫が評價されるのは、あくまで淫祀を禁絶したという治政上の功績によってである。宋均についても、事情は同樣である。この點からだけでも、怪神批判にこめられた政治性は明白であろう。

では、淫祀を禁絶することをなぜそれほどに高く評價するのであろうか。前にもふれたように、實はここにこそ、應劭の怪神批判の核心が祕められているのであるが、その解明の前にまず改めて「淫祀」とは何かを検討しておかねばなるまい。實をいえば、その解答は篇の冒頭ですでになされているのである。曰く、

禮(『禮記』王制・曲禮下)に、「天子は天地・五嶽・四瀆を祭り、諸侯は其の望を過ぎず、大夫は五祀、士は門戸、庶人は祖のみ」と。蓋し其の鬼に非ずして之を祭るは諂ひなればなり。又た曰く、「淫祀は福無し」と。(序)

淫祀とは禮典に記載された以外の祭祀、すなわち祀典に在らざるものであり、祭る資格のない者がとり行う祭祀の謂である。同様の記述はまた祀典篇の序文にも見えている。彼處に云う、

禮(『禮記』曲禮下)に、「天子は天地山川を祭り、歳ごとに徧し」と。『春秋國語』(魯語上)に、「凡そ禘・郊・祖・宗・報、此の五者は國の典禮。之に加ふるに社稷山川の神を以てす、皆《みな》民に功烈有る者なり。及《ま》た前哲令德の人は、質を爲す所以の者なり。及た天の三辰は、昭仰する所なり。地の五行は、生殖する所なり。九州の名山川澤は、財用を出す所なり。是の族に非ざれば、祀典に在らず」と。(21)『論語』に、「其の鬼に非ずして之を祭るは諂ひなり」と。又《ママ》た曰く、「淫祀は福無し」と。

「淫祀無福」の句の繰返しての引用は、應劭がいかに淫祀を嫌悪していたかをうかがわせるに足るであろう。(22)前に述べた、應劭の怪神批判の眞の目的は淫祀禁絶にあったろうとの推測も、かくみてくれば、あながち見當はずれともいえないであろう。

祀典に在らざるものならば、經義の上からは、淫祀は當然禁絶して然るべきものとなる。もっとも、祭祀花盛りの漢代なれば、嚴密に禮典を適用すれば、大半の祭祀は淫祀ということになりかねない。(23)應劭とても、それらを全て禁絶せよとまではいうつもりはなかったであろうが、最低限、祭祀は國家の禮法の枠組の中に統制されているもの、すなわち國家によって統御さるべきものであることだけは譲れぬ一線であった。そのことを證明するのが、城陽の景王

祠に對する彼の措置である。

八

景王祠は「琅琊・青州の六郡より渤海に及ぶまでの都邑・鄕亭・聚落にみな立て」られていたもので、その盛んなることは、

> 五つの二千石車を造飾し、商人次第に之を爲る。服を立て綬を帶び、官屬を備置し、亨殺謳歌して、紛籍　日を連ぬ。轉た相誑曜し、神明有り、其の譴問禍福立ちどころに應ずと言ふ。

という状況であった。長らく「これを匡糾する」者もいなかったのだが、「唯だ欒安の太守陳蕃・濟南の相曹操が一切禁絶し」た結果、「肅然として政淸めり」。ところがその後、また次第に景王祠は復活しつつあった。ちょうどそんなころ、應劭は景王の食邑であった營陵の縣令となったのである。

以前の景王祠はまさしく淫祀と斷罪されても仕方なきものであった。[24] それ故に應劭は、陳蕃・曹操の禁絶を稱讚したのである。しかし、景王祠自體は立てられて然るべきものである。なぜなら、景王は生前、諸呂を誅し、文帝を尊立して社稷を安んじたという大功を立てているからである。かかる大功を立てた者は、「勞を以て國を定め、能く大災を御す」(『國語』魯語)という條例により祀典に列せられる資格を有する。ましてや景王は天子の同姓である。よって景王は、禮の規定においても「宜しく常に血食すべき」ものである(「其の淫祀を歆《う》くること、禮も亦たこれを宜しとす」)。しかし、以前のごとき亂立、華美はもとより許されない。では、どうするか。ここにおいて應劭は、次のごとき折衷案を提示するのである。

景王祠は、朱虚と莒（＝城陽）という王の舊封地のみに立てるを許し、餘郡はこれを禁ずるがよい。その祠は「歳に再祀するを聽《ゆる》す」が、祭祀には、「物を備ふるのみにして、牛を殺し、遠きより他倡を迎え、宗落に賦會して、紛華を造設するを得ず」。もしかような僭失あらば、嚴しく處罰する。

應劭が祭祀を統制することにいかに腐心していたかうかがえるであろう。景王祠に對してすらかくのごとしとすれば、禮に規定されず、國家の認めるところでもない民間の俗祠などが許されることなどあるはずはない。「鮑君神」「李君神」「石賢士君」といった俗神の、まさに「鰯の頭も信心から」を地で行く滑稽さを徹底的に揶揄嘲笑しているのも、蓋し當然である。

そもそも應劭にはもともと民衆に對する輕侮の念が少なからずあるように、私には思われる。彼の言動のはしばしにそれが感じられるのだが、怪神篇においても、

凡そ變怪は皆婦女下賤のこと。何となれば、小人は愚にして善く畏れ、其の説を信べ《の》んと欲して、類もて復た裨増す。文人も(25)亦た證察せずして、與に倶に悼懾す。邪氣 虛に承《じょう》じ、故に咎證を速《まね》く。（「世間多有狗作變怪」）

と、下ざまの者への侮蔑の念を隱さない。「哀しきかな黔黎」とは、決して民に對する慈愛の心から發せられたことばではない。民衆は、應劭にとって「其の愚を愍れむべき」存在だったのである。

このような民衆に對する蔑視は、自らがエリート士大夫であるとの強烈な自負心・優越感と表裏一體のものであることは言うを俟たない（實際、應劭はそういったエリート意識――それはまた、結局は貴顯の地位には至り得ぬ劣等感の裏返しにすぎないのだが――の固まりのような人物であった。怪神篇において稱揚されている者の大半は後に榮達を遂げている。應劭のいう「福」とは、しょせん官界での榮達でしかないのである）。そして、士庶を區分する規準が經義、中んづく禮義を修めているかいなかにあるとすれば（「禮は庶人に下らず」）、祀典に在らざる民間の俗信・祭祀など到底許容できぬもので

あったのも道理である。

應劭が淫祀を排斥するのには他にもいろいろな理由があろう。たとえば、第五倫が禁絕の理由とした財用の浪費による民生の疲弊は、應劭にとってもすこぶる大きな課題であったことは前にみたとおりである（まして世は「三邊紛拏して、師老い器弊る。朝廷旰食し、百姓囂然た」〔城陽景王祠〕る危急時である）。また「淫祀邪教」と熟するごとく、淫祀は容易に公權力にとって危險な宗教的結社と轉ずることへの危惧、それも黃巾の賊の脅威を目のあたりにしていた應劭にとって切實なものであったに違いない。だがそれでもなお、應劭をして淫祀を禁絕せしめんとした根本的動機は、國家の典禮を經義にのっとり、秩序あらしめんとする儒者としての理念であったように私には思えてならない。もしこの推測にして誤りなければ、應劭もまた禮教國家の幻想の中に生きていたのである。

注

（1）『風俗通義』のテキストは吳樹平『風俗通義校釋』（一九八〇、天津人民出版社）の本文に據り、あわせ王利器『風俗通義校注』（一九八一、中華書局）および『風俗通義逐字索引』（一九九六、香港商務印書館）の正文・校記を參照した。底本はいずれも元大德本である。『校釋』には吳氏の校訂により底本を改めているところがあるが、吳氏の校訂に從う場合には一々注記しない。なお篇中の標目についても『校釋』に準據する。

（2）中國神話の合理主義的解釋については、森三樹三郎『中國古代神話』（一九六九、清水弘文堂。初出は一九四五）を參照。

（3）管見に入ったもののみ擧げておく。王友三『中國無神論史綱』（一九八二、上海人民出版社）、および牙含章・王友三主編『中國無神論史』（一九九二、中國社會科學出版社）のそれぞれ『風俗通義』の項（後者の執筆は劉文英氏）、趙泓『風俗通義全譯』（一九九八、貴州人民出版社）前言。

（4）以下、とくに注記しないものは全て怪神篇の文。

（5）今本『管子』には見えないが、『莊子』達生篇にはより詳しい形で載せられている。

（6）今本『周易』にはこの句は見えない。類似の語句としては否卦九五の爻辭に「其亡其亡、繫于苞桑」、旅卦初六の爻辭に「斯其所取災」とあり、呉樹平氏は「此引易是合併兩處而言之」という。王利器氏もこの二爻辭を出典として擧げるが、易順鼎の說に從い、「自取災」は「其所取災」の誤りとみているようである。しかし、別文を一つにまとめたり、字句を改めたりすることは他にも見え、また文義からしても原文のほうが通りがよいことからして、原文のままでよいと考える。

（7）『校釋』は『御覽』卷九〇五引くに據りて「狗如人立行」に作るが、大德本には「如」の字はない。なくとも文義は通ずるので、いまは『校釋』に從わない。

（8）原文は「不言無狗怪」に作る。このままでは通じがたいので（呉氏は脫誤有りという）、いま意を以て「無不言狗怪」に改め讀む。

（9）原文「經」字なし。いま、『校注』の『後漢紀』に據りて補うに從う。『逐字索引』正文も同じ。

（10）原文は「及」を「反」に作る。『校注』は「及」に作る（校記なし）。呉氏は本文は改めないものの、「反疑當作及」といい、『逐字索引』はその說に據って「及」に改めている。いま呉氏說に據り、「及」に改む。

（11）この句の意味はよくわからない。また、「人用物精多」は『左傳』昭公七年にもとづくが、そこでは、それ故にこそ靈鬼となり得るという方向で言われており、ここの主旨とは逆であり、應劭の論理・意圖は不明である。

（12）「死、澌也」は『白虎通』崩薨篇・『說文』、「鬼、歸也」は『爾雅』釋言・『說文』・『韓詩外傳』他、「骨肉歸于土」は『禮記』檀弓下・『論衡』論死篇、「夏后氏用明器云云」は『禮記』檀弓上、「子貢問孔子」は『說苑』辨物篇。

（13）「城陽景王祠」にも「安有鬼神能爲病者哉」という。また序には「神、伸也」とあり、よくわからないが、あるいは氣の屈伸往來をいうものか。とすれば、宋學の鬼神論に近い考え方をしていたのかもしれない（『朱子語類』卷三に「神、伸也。鬼、屈也」とある）。

（14）許季山の逸話は「世間多有精物妖怪百端」に見える。

（15）趙泓氏は、應劭の無神論的傾向を認め評價しつつも、「作者幷不否認鬼神的存在」といい、「算不上一箇無神論者」とする。注（3）所揭書前言および怪神篇題解參照。

（16）『新序』雜事二にもとづく。また『新書』にも類話があるが、そこでは罪は五となっている。

（17）災異は日食・大水・地震等の天變地異を主とするが、『洪範五行傳』に見られるように、物の妖怪は本來、災異のうちに含まれている。

(18)『續漢書』五行志序に「故泰山太守應劭・給事中董巴・散騎常侍譙周竝撰建武以來災異」とあり、應劭が災異に多大な關心を寄せていたことが知られる。また『風俗通』には災異を論ずる佚文が多數残されており、災異を主題とする一篇のあったことをうかがわせる(『群書拾補』の佚文の部には「災異」を篇目として立ててある。ただし、王利器氏は服妖篇がそれに該當するとみている)。

(19)「世間多有狗作變怪」に、「武帝時迷於鬼神、尤信越巫、董仲舒數以爲言、武帝欲驗其道、令巫詛仲舒、仲舒朝服南面、誦詠經論、不能傷害、而巫者忽死」とある。これは心正しく經義を守る者には災禍は及ばないことを説くを主眼としたものだが、災異を説くことと鬼神に迷うこととがまったくの別物とされていることもあわせ注目される。

(20)『後漢書』第五倫傳(列傳第三十一)を參照。

(21)原文「祀典」の下に「禮矣」二字有り。『國語』二字なし。いま『拾補』引く孫志祖説に「或二字皆衍文」とするに従い、二字を刪る。

(22)「非其鬼而祭之、諂也」を繰返すのは、應劭の建てる祭祀の原則「神は非類を歆けず」を主張するためであるが、そのことについては別の機會に論じたい。

(23)祀典篇序に「自高祖受命、郊祀祈望、世有所增、武帝尤敬鬼神、于時盛矣、至平帝時、天地六宗已下、及諸小神、凡千七百所」と見える(『漢書』郊祀志にもとづく)。

(24)『三國・魏志』武帝紀には「光和末、還爲濟南相、禁斷淫祀、姦宄逃竄、郡界肅然」とあり、「淫祀」と明記してある(裴注引く『魏書』も同様)。

(25)『校釋』引く史樹青氏説に「上句言小人愚而善畏、此句文人必是大人之譌。大人、謂正人也」とある。従うべきかとも思うが、文人という語が使われていたとしてもおかしくはないし、またいわゆる文人は應劭の輕んずるところであったことも認められるから、いま姑くは舊に従っておく。なお『校注』『逐字索引』も文人のまま。

洙泗訪古録

坂田新

引言

平成十年十月および十一年七月と、二回にわたって中國山東省に滞在する機會があり、あわせて一か月半ほどの間、曲阜市を中心に孔子および先秦儒家關係の古蹟を踏査參觀してきた。早朝から雨模様であったりすると、その日は終日旅舍にとじこもって過ごすようなありさまで、けっして勤勉な調査ではなく、しかも、それぞれの古蹟について地方志や古記錄での歷代の記載をいちいち突き合せることも怠ったままで、ここに「訪古錄」と稱したのでは題目が誇大にすぎるが、訪れることのできたいくつかの古蹟については、近年になってようやく重修復興ができたものもあり、從來必ずしも紹介がなされていない場所も含まれているので、踏査地點の項目だけでもあらましを掲げ、やがて好學深思の同學が後日の詳細な報告をもたらして下さるまでの極めてささやかな手引きとしたい。

曲阜市内の孔廟（孔子廟）・孔府（衍聖公府）・孔林（孔子一族の墓所）・復聖廟（顏淵廟）・周公廟・少昊陵、また鄒城市の孟子廟・亞聖府（孟子の子孫の公府）などについては、文化大革命終結の後、比較的早くから修復整備が進められ、すでに多くの參觀者を迎え入れているので、項目を立てておくだけにとどめて、特に語を添えることをしない。それらの古蹟には、おおむね文物管理所等の作成した説明の小册子なども世に出ていて、概況はそれで知ることができる。

ただし、そうした既に多く國内外からの旅遊客を迎えている著名な古蹟も、基本的な修復は終えたといっても、古蹟施設の細部においては、現在なお改修復原の作業が續けられており、今後なお、年ごとに面貌を新たにしていくものと思われる。本年七月の狀況でいえば、たとえば曲阜孔子廟の東西廂房なども、建物だけは一應の修復を終えているが、そこに配祀してある孔門弟子および歴代先賢の神位については、また新たに臺几等の作成が現に行なわれている。文化大革命以前、もしくは民國以前のような形で孔子廟の東西兩廡がきちんと復原されるまでには、まだ暫くの時間がかかりそうである。

これまでにある程度の修復を終えて公開されている古蹟について、いささか參觀者をとまどわせるのは、それがいつの時點の規模樣式を基準に復原したものであるのか、必ずしも明らかにされていないことである。孔子關係の古蹟は、とにかく清末までは國家もしくは地方官廳の責任で管理が行なわれていたところが多いはずだが、その後、今日までの一世紀に近い期間、絶え間ない戰亂や政情不安定のため、十分な保護のなされぬままにうち過ぎてきた遺構ばかりといってよい。從って、いざ往時の形を復原しようとしても、遺蹟の細部については何の手掛かりも殘されていないことも少なくないことだろう。そうなると、たとえば現在修復を終えつつある尼山書院の孔子廟についても、曲阜孔廟の形式を模して、その實は新たな再建にすぎぬといった事例があるに違いない。そのあたり、修復の實情が詳細に語られていなければ、おおげさに言えば後世を誤ることになりかねない。

それに關連して、かつて明淸の頃に種々の古蹟が修復されるときには、その事業が事を主宰した地方官にとっては文教上の治績のひとつと數えられるために、修復を終えたあかつきには、きまって「重修碑」が立てられていた。現在の曲阜孔廟內にも、歴代の重修碑がおびただしく殘されている。要するに地方官の手柄話の記錄に過ぎぬということで、ともすれば輕視しがちではあるが、遺構の變遷をつぶさにたどるためには、やはりそれなりの價値をもつ。ところが、今日必ずしも往年のような重修碑を立てないということになると、やがては現存する遺蹟の建造年代なども模糊としたままになりかねない。

曲阜郊外、尼山にほど近い魯源村の道傍に「古昌平鄉」の碑が立てられている。つまり、現在の曲阜市魯源村が『史記』孔子世家にいう孔子の出生地とされる昌平鄉にあたることを示す石碑であるが、碑面から「孔子生二千四百七十五年」を記念して「甲子九月康有爲敬題」になるものと知られ、一九二四年に康有爲が筆を執ったということになる。ただし、現在の碑は新しい石にただたどしく「孔子生二千四百七十五年」「古昌平鄉」「甲子九月康有爲敬題」と刻まれているだけで他に何の文字もないが、明らかに近年立て直された新碑である。おそらく、もとはここに康有爲の筆になる「古昌平鄉」の碑があり、やがて文化大革命の際にでも打ち壊されてしまっていたのを、最近になって村人が再建したものに違いない。

「古昌平鄉」の碑の場合、碑石と刻文とがあまりにも拙いために、それが一九二四年の原碑でないことは一見して明らかである。しかし、今でこそ一見して明らかであるが、やがて多年の風雨を經た後に、この碑が實は二十世紀も末年に近いころとなって再建されたものであることが人々の記憶に殘っているとは限らない。魯源村が『史記』でいう昌平鄉であると傳承されていて、そこに康有爲の石碑が立っていること自體は、この地を訪れるものとって、ゆかしくも懐かしい。ただ、その懐かしさの據りどころとなる「古昌平鄉」碑が、一種のまがいものであることは嬉しくない。

同様の事例は、いわば中國中のすべての古蹟に存在する。河南省の淮陽の街は、春秋時代の陳國の都城が置かれていたところで、その街外れに「絃歌臺」という遺蹟がある。孔子が十四年にわたる放浪の中で、陳蔡の野で土地の人々に包圍され、孔子に同行した從者の中には病みつかれて起つこともできなくなる者まで出てきた。この時、孔子ひとりは悠然として「講誦弦歌」（孔子世家）していた、その地がここ「絃歌臺」だと言い傳える。ただし、清末までは「陳蔡の厄」を記念する祠堂がそれなりに維持されていたであろうが、やがて朽ちるにまかせる狀況となり、數年前までは一片の荒丘にすぎなかった。この一兩年に「絃歌臺」再建がはじまり、本年の七月には堂宇と孔子一行の新たな塑像がほぼできあがりつつあった。ところが、再建のなった堂宇に掲げられた額は「康熙五十年歲次辛卯十月吉旦」「絃歌臺」「經過講官起居注工部左侍郎兼管翰林院掌院學士長白揆敍重建」と記すものである。こうなると、今後「絃歌臺」を訪れるものにとっては、康熙五十年に重修のなった祠堂を參觀したことになってしまうであろう。事を誤らせぬためには、かつての地方官が誇らしげに立てたような、あの「重修碑」に類する記述がどこかに必要となる。

一九七六年、はじめて中國の地を踏んだときに、河南省鄭州から陝西省西安へ向かう列車の窓から、偃師・首陽山・白馬寺・洛陽東と、通過していくひとつひとつの驛名を讀み上げては、いつか全國的な對外開放がなされた日には、ひと驛ごとに下車して舊籍古書で親しい街々を歩いてみたいと思ったものだ。今日、ようやくそれが叶いつつある。それだけに、今後はひとつひとつの古蹟について、僞りのない現況の報告を知りたいと願う。

一、魯　國

①孔廟
②孔府
③孔林

「孔廟」「孔府」「孔林」は曲阜では三孔と呼んで、曲阜でもっとも早く整備の手が入っており、遺蹟說明の册子類も種々備わる。以下、その種の古蹟には語を添えることをしない。かつての「孔府」での生活については、孔德懋『孔府内宅軼事』（一九八二年、天津人民出版社）、柯蘭『千年孔府的最後一代』（刊記なし、天津教育出版社）、葛志强『少年衍聖公・孔德成』（一九九七年、華藝出版社）等に詳しい。

④顏廟（顏淵廟）

⑤周公廟

⑥少昊陵

⑦梁公林

防山鄉梁公林村。孔子の父叔梁紇を祀る正殿の背後に二墳丘があり、一は孔子の兩親の合葬墓、一は孔子の異母兄孔伯尼の墓と稱する。

⑧夫子洞

曲阜から東南の郊外へ約三十キロ、尼山の山麓にある小洞窟。顏徵在が尼山に參詣してにわかに產氣づき、この洞内で孔子を生んだと。

⑨尼山書院

尼山山上に尼山書院と孔子廟の遺構。ともに九十年代末年の重修。堂宇の外に孔子が「逝者如斯夫、不舍晝夜」（『論語』子罕篇）の語を發したという「觀川亭」がある。

⑩魯國故城壁址

曲阜市街の東のはずれで故城壁の遺構を見ることができる。

⑪顏子林

曲阜市東郊防山鄉。顏氏一族の墓所で、顏淵の墳丘もここにある。顏家歴代の墓所は曲阜に二か所あり、それぞれ「東顏林」「西顏林」と呼ぶ。顏淵の墓のあるこちらは「東顏林」。「西顏林」はまだ訪れていない。

⑫洙泗書院

孔林の東北、曲阜市街の盡きるあたり。清末まで曲阜四大書院と稱して洙泗・尼山・春秋・石門の各書院があったが、清代重修の遺構を殘すのは洙泗書院のみ。通常は開放していない。

⑬闕里

曲阜孔廟に隣接する東の通りを闕里街と稱し、孔子舊居の地と。

⑭孔子作春秋處

曲阜市街の東南郊、息陬村。かつて孔子が『春秋』を整理した地と稱し、清末まで春秋書院が置かれていたが、今は農村に「孔子作春秋處」と記した碑が立つのみ。

⑮舞雩臺

曲阜の新市街が南の沂河のあたりまで廣がりつつあり、周圍を新造家屋に包まれる中に舞雩臺の叢林が殘る。樹間に「舞雩壇」「聖賢樂趣」の二碑。

⑯林放墓

曲阜市街南方、北興埠村の公道の傍ら。墓碑ならびに墳丘がある。

⑰有若墓

曲阜市街東南、南泉村の農地の中に曲阜市文物管理所のたてた石標がある。かつてここに墓碑および墳丘があったというが、いまはかすかに小墳丘の痕跡を殘すに過ぎない。

⑱古泮池
曲阜市街の東南隅の池が『毛詩』魯頌に見える「泮水」の遺址と稱する。

⑲十二府故址
曲阜市街、東門大街北。現在の濟南軍區前衞招待所。六十八代衍聖公の子弟がそれぞれ曲阜に屋敷を構え、十二府と總稱する。十二府の嫡系は孔家の小宗ということになる。これは第十二府の遺址。かつての十二府の生活については、第八府の出の孔令朋『今生今世』(一九九八年、中國文史出版社)に回想記がある。第十府から出た孔廣森の故居址も十二府故址の近くにあるはずだが、捜し當てることができなかった。

⑳古昌平鄕碑
曲阜郊外、尼山にほど近い魯源村の入口に立つ。一九二四年九月に孔子生誕二千四百七十五年を記念して康有爲が題した「古昌平鄕」の碑がもとあったようで、現在の碑は近年の粗末な模碑。

㉑曾子廟
濟寧市の西郊、嘉祥縣南武山の麓。曲阜から嘉祥縣城に入る公路の交差點には近年作られた巨大な曾子像が立つ。かつての魯國南武城の位置についてはもと二説あり、顧炎武『山東考古錄』に記述がある。曾子廟正殿の左には曾子の父曾點が配祠される。

㉒宗聖曾子墓
曾子廟の南、半キロほどの畑の中。まだ未整備のままで墓前の碑や石人像も倒れたままとなっている。

㉓孔子登臨處
泰安市。泰山の登り口に「孔子登臨處」と記した石牌坊が立つ。

二、鄒　國

①孟子廟
②孟公府
③亞聖林
四基山古墓群の一角に孟子の墳丘墓がある。交通の便がよくないせいか、旅遊客がここまで足をのばすこともほとんどなく、整備の手があまり入っていない。舊參道の兩傍の老柏樹によって往時の盛觀をしのぶことができる。
④孟母林
今日までの孟一族の墓所。中に孟子の父母の合葬墓がある。孟子その人の墓だけが他の孟氏と離れて營まれていることになる。
⑤孟子故居
孟母林の西約一キロ、曲阜市小雪鎮凫村の集落中。

三、齊　國

①齊故城城墻遺址

淄博市東部の臨淄地區は春秋戰國の齊國の都城。齊故城の西北部にあたる城壁址の一部が保存されており、城壁からの排水施設を見ることができる。この他、河崖頭村には六百頭以上の齊の景公への「殉馬墓」、齊陵鎭淄河村の「四王塚」（田氏齊王四代の陵墓）、齊陵鎭北山莊の「管仲墓」等々、きわめて豐富な古蹟が殘されているが、孔子および初期儒家に直接關わることがないので、ここでは記さない。臨淄一帶の遺蹟の概要は齊國歴史博物館で知ることができる。

②孔子聞韶處

臨淄地區城關鎭韶院村。『論語』述而篇の「子在齊、聞韶。三月不知肉味」の地であるという。「孔子聞韶處」と記す宣統三年（一九一一）の碑が立つばかりである。

③晏嬰墓

齊都鎭永順村。齊の景公は孔子を任用しようとしたが、宰相晏嬰の反對で取り止めることになったという。畑の中に晏子の墳丘があり、齊國故城の宮城北門外にあたる。

附、陳國

①絃歌臺

河南省周口市の淮陽縣はもと陳國の都城で、縣城中心部に「伏羲太昊陵」などの古蹟がある。縣城の南西のはずれに「絃歌臺」があり、このあたりで孔子一行が旅の中での危難におちいった、いわゆる「陳蔡の厄」を記念する場所となっている。祠堂等、ここ一兩年の再建。

曲阜郊外、尼山麓の夫子洞（魯國⑧）

春秋書院址に立つ「孔子作春秋處」碑（魯國⑭）

編集後記

西暦二〇〇〇年三月、村山吉廣先生は古稀の壽を迎え早稲田大學を去られる。母校に奉職されること三十有餘年、學部入學以來、鬪病のため離れた數年を除き、實に半世紀にわたって早稲田におられた。その間、終始熱誠を込めて研究と教育に從事されたほか、中國古典研究會・詩經學會を主催され、後進の育成と斯學の發展に努力を傾けてこられた。また日本中國學會・全國漢文教育學會・日本比較文學會・斯文會等の役員として多大の貢獻をされたことは周知の通りである。

私事、先生のこのたびのご退休にはひとしお深い感慨を催す。先生には學部以來二十年にわたって懇切なご教導をいただいている。學部以來というのは正確でない。私は當時書を志して他の大學にいた。しかし馴染むことができず、悶々としながら目に附く書物を手當たり次第に讀む日々であった。この折、何氣に手に取ったのが先生の著書であり、これが中國古典學の世界に導かれる機縁ともなった。學部の一年、恐いもの知らずの私は無禮にも手紙を出して入門を乞うた。先生は見ず知らずの靑二才を快く包容され、以降公私にわたって何くれとなくご恩顧を忝なくしている。今となっては宿縁としか言いようもないが、先生は出身門地など問題とされず、學に志す者には誰彼となく熱誠を込めて應對してくださった。自編年譜にも切實に記されているように、先生はお若いときより大志を抱きながら長く辛酸の中にあり、苦勞の末に研究者の地位につかれた方である。こうした辛いご經驗が學問に志す者への溫情としてあらわれたものと私は密かに思っている。先生のこの溫情は時として嚴しい叱咤となった。「實力は他人に賴らず自分で附けておけ」「生活のための職に埋沒せず、時間を作って書くべき論文を書くように」と。しかし一方、門下生の生活の具合を非常に氣にかけられ、生活が立つように原稿を書かせたり、非常勤のポストをあてがったり八方手を盡くされてもいたのである。

早稲田の大學院に入學してからは以前にも増してお側にいる機會も多くなった。學會の運營、原稿執筆、講演など先生のお仕事がかくも廣汎にわたっているのを思い知ったが、その間、ご自身の研究活動を休まれることなく、かといって「忙しい、忙しい」と連呼されることもなく、終始悠揚としておられた。今、大學に身を置く身になり、忙しさにかまけて何の成し遂げることもないわが身を恥じずにはおれない。當時及ばずながら事務處理、原稿の校正など仕事のお手傳いをさせていただいていたが、先生の研究テリトリーの廣さは驚くばかりであった。詩經の論文をお書きかと思えば、次には龜田鵬齋、ジェームズ・レッグ、明治漢詩、比較文學、中國笑話などなど。校正においても出典確認、論述の當否など高レベルを要求される先生であったから、不學の私どもには毎回冷や汗の出る思いであった。「廣く學べ、それが先生の教えであった。「今は專門が深くなりすぎて哲學はわかるが文學はわからない、そういう學者が多すぎる」とは先生の口からよく耳にした言葉である。時代の廣がりという點でも、分野の膨らみという點でも、廣い視野から見なければ一個の人間は理解できないというのが先生の教えであったろう。その根底として先生はテキストの徹底した讀みを要求された。讀書會でも演習でも意味內容はもちろんのこと、訓讀の正確さ、美しさを求められる。こうした徹底した讀みの訓練が先生の本領とも言うべきものである。それぞれの專門分野は自ら研究法を編み出し、自ら開拓すべきもので、その根底を支える讀みこそ大前提としてまず鍛えるものという信念であられたと思う。先生はきちんとした流麗な訓讀のできる人の少なくなっているのをことのほか嘆かれ、そうした人材を育てるのを責務と感じておられたようである。「中國古典研究」誌上ほかで先生は學生によく譯注を命ぜられた。これもひとえに如上の責務がしからしめたものであることはいうまでもない。

「書いてきてごらん」。座談の最中で研究上思いついたことをお話しすると、先生は必ずこう言われた。血氣盛んで恐れを知らない當時の私などはがむしゃらに書いてお見せする。一度や二度で通るはずもないのに……。先生は書かせ上手である。これもどこかの席でうかがったことだが、「若い人にはまず大きな器を與えればよい。本來なら小さくまとまる者が大きな器を與えればより以上に伸びていくものだ」と。私などは單純で乘せられた口であろうと苦笑しながら、今振り返ると生來怠け者の私は自分から論文を書こうとはしなかったであろう。そうしたところにも師のありがたさを感じる。このおかげで研究者として世に出た人は少なくない。このたびの退休記念論集を見ても日頃の多彩な交際もさることながら、先生の廣い視野に支えられた若い學人の多いことに今更ながらに氣づかされる。私事にわたって贅言を費やしてしまったが、師としての先生の一面を傳えるのも門弟の責務とご海容をたまわりたい。

さてこの論集が生み出されるいきさつについて記録にとどめておきたい。先生の研究分野におけるテリトリーの廣さは先にも記したが、專門の詩經學をはじめ、江戸漢學・明治漢詩・清詩・中國笑話・イギリスの東洋學・比較文學など廣い裾野を有している。そうして直接の門弟のほか他大學で先生の教えを受けた研究者も先生の幅廣い研究分野に應じるように文學・哲學・史學にわたり專門は多彩である。

さらに先生は漢文學の啓蒙にも意を用いておられる。文筆の方面では日本エッセイストクラブの「ベストエッセイ」賞に擧げられるなど名文家として定評があり、著作の多くが長く版を重ねていること周知の通りである。一方、早大エクステンションセンター・カルチャーセンターなどの講師を多年つとめられ、研究者以外の方々のファンも少なくない。

こうした幅廣いご活躍をされる先生のご退休にふさわしい論集を獻じたいと、關係者がはじめて集ったのが平成十年夏であった。この實行委員會には日頃から先生に親しく教えを受けている直接間接の門下生があたり、事業の完遂を期して何度か會合を開いた。論集刊行のための發起人會への參加を呼びかけるに當たって、學會で先生と縁の深い池田秀三先生・石川忠久先生・伊東倫厚先生・内山知也先生・小林正美先生・竹村則行先生・福井文雅先生・松浦友久先生（五十音順）に發起人呼びかけ人となっていただき、廣く學界に呼びかけることとした。

幸い百二十名の方々（ご芳名は別記）のご賛同を得て記念論集刊行會發起人會を結び、實行委員會として論集刊行期成のため廣く一般に寄金のお願いをした。一方、論集のテーマ選定は悩みの種であった。先生が半生をかけて取り組まれている詩經學についての論集という意見もあったが、テーマを設定しての論集では關係者から廣く論文を寄せていただくとなると困難である。議論の末、詩經學の關係論集はこれとは別途で考えることとして、この記念論集はあえてテーマを設定せず、執筆者それぞれの問題意識のもと、それぞれの專門分野でご健筆を揮っていただくこととした。こうした論集こそ廣汎な研究分野をカバーされる先生に獻じるのにふさわしいと考えたからである。日頃から先生と縁の深い方々に執筆を依頼し、門下生と合わせてその數は五十七本にも達した。本來はご關係が深くご執筆願わなければならない多くの先生方には誠に失禮なことながら、限られた頁數のことでもあり申し譯なく思う次第である。

この論集では先生より年長の内山知也先生・岡村繁先生・金谷治先生・楠山春樹先生・中村璋八先生・古田敬一先生からも玉稿を頂戴している。これは先生と年來親しくご交誼を結ばれていることから特にご執筆を依頼したものである。同じく先生と昵懇の間柄でこのたび懇切な序文を寄せられた石川忠久先生、夏傳才先生と併せて深甚の謝意をささげたい。

題字については筆者自身日頃からご厚誼を賜り先生とも年來のおつきあいである静岡大學教授平形精一先生にご染筆を煩わした。特記して謝意を表したいと思う。また今回の退休記念事業について裏方としてなにくれとなく心を配って實際の實務を遂行完遂してくれたのは東洋大學講師川田健氏と早稲田大學大學院の西口智也氏である。兩氏の骨身を惜しまないご努力に對して衷心より御禮申し上げる。さらにこうした大部の論集刊行を危險を賭してお引き受けいただき萬端滯りなく刊行を推進して下さった汲古書院の前社長坂本健彦氏、現社長石坂叡志氏、編集擔當小林詔子氏にも滿腔の謝意を表したい。

こうしてご執筆の先生方をはじめ多くの方々のご助力のもと本論文集は上梓の運びとなった。論集のことでご依賴申し上げると、どなたからも、日頃村山先生にはお世話になっていますから喜んでお引き受けします、というご返事をいただき、事務もこの上なく順調に進んだ。これも人を大切にされる先生のお人柄のたまものと改めて師の大きさを實感する仕事でもあった。先生にはこの後も攝養につとめられ、われわれ若輩をご教導いただくとともに、南山の壽を保たれんことを切にお祈り申し上げて、編集後記の責めを塞ぎたいと思う。

平成十二年正月吉日

江口尙純

村山吉廣教授古稀記念論集刊行會發起人會

愛甲　弘志　青木　五郎　赤井　益久　吾妻　重二　安東　俊六　安藤　信廣　池田　秀三
池田　知久　井澤　耕一　石井　公成　石川　忠久　伊東　倫厚　稲畑耕一郎　今濱　通隆
入谷　仙介　岩田　孝　石見　清裕　植木　久行　謡口　明　内山　精也　内山　知也
宇野　茂彦　宇野　直人　埋田　重夫　江口　尚純　大久保良峻　大地　武雄　岡　晴夫
岡本　光生　小原　廣行　影山　輝國　加固理一郎　加藤　敏　加藤　道理　加藤　實
門脇　廣文　川合　康三　川田　健　菊地　隆雄　雲英　末雄　金　文京　倉田　信靖
興膳　宏　合山　究　小島　毅　小林　正美　坂田　新　坂出　祥伸　櫻井　宏行
佐藤　一郎　澤井　啓一　嶋崎　一郎　島村　亨　清水　悦男　新川登龜男　末岡　實
杉本　達夫　高橋　明郎　高橋　良政　高橋　良行　田口　暢穗　田口　一郎　竹田　晃
竹村　則行　田中　和夫　田中　智幸　谷口　匡　田部井文雄　戸川　芳郎　永井　彌人
中島　隆藏　中村　春作　中村　璋八　長村　美慧　名倉　正博　西口　智也　新田　幸治
根ヶ山　徹　長谷川潤治　樋口　勝　平形　精一　平山　久雄　廣常　人世　廣野　行甫
福井　重雅　福井　文雅　藤井　省三　古田　敬一　古屋　明弘　堀　誠　前川　亨
前田　繁樹　增子　和男　增野　弘幸　町田　三郎　松浦　友久　松原　朗　水野　實
水元　日子　宮岸　雄介　三宅　崇廣　宮澤　正順　宮本　勝　向嶋　成美　森　由利亞
守屋　宏則　矢崎　浩之　安井　總子　山崎　純一　山田　勝弘　山本　明　卯　和順
吉崎　一衞　吉田　公平　吉原　浩人　流王　法子　和穎　通海　若水　俊　鷲野　正明
渡部　英喜

（五十音順）

執筆者一覧（五十音順）

愛《あい》甲《こう》弘《ひろ》志《し》　京都女子大學文學部助教授
赤《あか》井《い》益《ます》久《ひさ》　國學院大學文學部教授
吾《あ》妻《づま》重《じゅう》二《じ》　關西大學文學部教授
安《あん》東《どう》俊《しゅん》六《ろく》　岐阜大學教育學部教授
池《いけ》田《だ》秀《しゅう》三《ぞう》　京都大學大學院文學研究科教授
井《い》澤《ざわ》耕《こう》一《いち》　關西大學文學部非常勤講師
伊《い》東《とう》倫《とも》厚《あつ》　北海道大學文學部教授
入《いり》谷《たに》仙《せん》介《すけ》　島根大學名譽教授
石《いわ》見《み》清《きよ》裕《ひろ》　早稲田大學文學部非常勤講師
植《うえ》木《き》久《ひさ》行《ゆき》　弘前大學人文學部教授
内《うち》山《やま》精《せい》也《や》　早稲田大學教育學部專任講師
内《うち》山《やま》知《ち》也《なり》　筑波大學名譽教授
宇《う》野《の》茂《しげ》彦《ひこ》　中央大學文學部教授
宇《う》野《の》直《なお》人《と》　共立女子大學國際文化學部助教授
埋《うめ》田《だ》重《しげ》夫《お》　靜岡大學人文學部助教授
江《え》口《ぐち》尚《なお》純《すみ》　靜岡大學教育學部助教授
岡《おか》村《むら》繁《しげる》　九州大學名譽教授・久留米大學名譽教授
加《か》藤《とう》實《みのる》　早稲田大高等學院教諭

金《かな》谷《や》治《おさむ》　東北大學名譽教授・追手門學院大學名譽教授
川《かわ》田《だ》健《たける》　東洋大學文學部非常勤講師
楠《くす》山《やま》春《はる》樹《き》　早稲田大學名譽教授
興《こう》膳《ぜん》宏《ひろし》　京都大學大學院文學研究科教授
合《ごう》山《やま》究《きわむ》　九州大學大學院比較社會文化研究科教授
小《こ》島《じま》毅《つよし》　東京大學大學院人文科學系研究科助教授
坂《さか》出《で》祥《よし》伸《のぶ》　關西大學文學部教授
坂《さか》田《た》新《しん》　愛知文教大學國際文化學部教授
島《しま》村《むら》亨《りょう》　早稲田大學大學院東洋哲學專攻修士課程
高《たか》橋《はし》良《よし》行《ゆき》　早稲田大學教育學部教授
田《た》口《ぐち》一《いち》郎《ろう》　新潟大學人文學部專任講師
田《た》口《ぐち》暢《のぶ》穗《お》　鶴見大學文學部教授
竹《たけ》田《だ》晃《あきら》　東京大學名譽教授・明海大學外國語學部教授
竹《たけ》村《むら》則《のり》行《ゆき》　九州大學文學部教授
田《た》中《なか》和《かず》夫《お》　宮城學園女子大文學部教授
谷《たに》口《ぐち》匡《ただし》　下關市立大學經濟學部助教授
中《なか》村《むら》璋《しょう》八《はち》　駒澤大學名譽教授
中《なか》嶋《じま》隆《りゅう》藏《ぞう》　東北大學文學部教授

名《な》倉《ぐら》正《まさ》博《ひろ》　防衛醫科大學校醫學教育部助教授

西《にし》口《ぐち》智《とも》也《や》　早稲田大學大學院東洋哲學專攻博士後期課程

根《ね》ケ《が》山《やま》徹《とおる》　山口大學人文學部教授

平《ひら》山《やま》久《ひさ》雄《お》　東京大學名譽教授・早稲田大學政治經濟學部特任教授

福《ふく》井《い》文《ふみ》雅《まさ》　早稲田大學文學部教授

福《ふく》井《い》重《しげ》雅《まさ》　早稲田大學文學部教授

藤《ふじ》井《い》省《しょう》三《ぞう》　東京大學大學院人文科學系研究科教授

古《ふる》田《た》敬《けい》一《いち》　廣島大學名譽教授・姫路獨協大學名譽教授

古《ふる》屋《や》昭《あき》弘《ひろ》　早稲田大學文學部教授

前《まえ》川《かわ》亨《とおる》　駒澤大學外國語部非常勤講師

増《ます》子《こ》和《かず》男《お》　梅光女學院大學文學部助教授

増《ます》野《の》弘《ひろ》幸《ゆき》　大妻女子大學文學部助教授

町《まち》田《だ》三《さぶ》郎《ろう》　九州大學名譽教授・純眞女子短期大學國文科教授

松《まつ》浦《うら》友《とも》久《ひさ》　早稲田大學文學部教授

松《まつ》原《ばら》朗《あきら》　專修大學文學部教授

水《みず》野《の》實《みのる》　防衛大學校人文科學教室教授

山《やま》崎《ざき》純《じゅん》一《いち》　櫻美林大學文學部教授

弭《ゆはず》和《かず》順《より》　北海道大學文學部助教授

吉《よし》田《だ》公《こう》平《へい》　東洋大學文學部教授

鷲《わし》野《の》正《まさ》明《あき》　國士舘大學文學部教授

王《Wang》水照《Shui-zhao》　復旦大學中文系教授

林《Ling》慶彰《qing-zhang》　臺灣中央研究院正研究員

村山吉廣教授古稀記念中國古典學論集

平成十二年三月三十一日　發行

編　者　同論集刊行會
發行者　石　坂　叡　志
印刷所　富士リプロ
　　　　モリモト印刷

發行所　汲　古　書　院
〒102-0072 東京都千代田區飯田橋二-五-四
電　話〇三-三二六五-九七六四
FAX〇三-三二二二-一八四五

ISBN4-7629-2649-3　C3090

KYUKO-SHOIN, Co.,Ltd. 2000　Tokyo